徽州魂

大唐越国公汪华传奇 上

汪鑫 著

天津出版传媒集团

天津人民出版社

图书在版编目（CIP）数据

徽州魂：大唐越国公汪华传奇 / 汪鑫著. -- 天津：
天津人民出版社，2025. 1. -- ISBN 978-7-201-20970-8

Ⅰ．I247.5

中国国家版本馆 CIP 数据核字第 2025BV5499 号

徽州魂：大唐越国公汪华传奇

HUIZHOU HUN ： DATANG YUEGUOGONG WANGHUA CHUANQI

出　　版　天津人民出版社
出 版 人　刘锦泉
地　　址　天津和平区西康路 35 号康岳大厦
邮政编码　300051
邮购电话　（022）23332469
电子信箱　reader@tjrmcbs.com

责任编辑　霍小青
装帧设计　青年作家网

印　　刷　永清县晔盛亚胶印有限公司
经　　销　新华书店
开　　本　787 毫米×1092 毫米　1/16
印　　张　72.25
字　　数　925 千字
版次印次　2025 年 1 月第 1 版　2025 年 1 月第 1 次印刷
定　　价　195.60 元

作者
简介

汪鑫，又名汪家弘，1981年出生于湖南，现居北京。先后在出版社和文学网站从事编辑、策划与运营管理工作。专注于历史人物、历史事件、地域文化和姓氏文化研究与创作，出版作品多部，在各报刊发表文章百余篇。

《徽州魂》是一部以隋末唐初为背景的长篇历史小说，展现了古徽州汪华的传奇人生，全景式呈现了汪华平寇起兵、保境安民、建吴称王、弃王归唐、执掌禁军、辅佐朝政的跌宕历程。

故事围绕汪华在隋末乱世的崛起展开。他在各方势力的纷争中，凭借卓越的军事才能和坚定的信念，统一江南，建立吴王国，实施仁政，重视教育，鼓励商贸，百姓安居乐业。之后，为顺应历史潮流，主动放弃王位，率土归唐，协助李唐政权实现中华统一。

在唐朝的政治舞台上，汪华始终秉持忠诚与智慧，深受唐太宗李世民信任，在贞观年间执掌禁军二十余年，他廉洁奉公、鞠躬尽瘁，抵御外敌，拱卫都城，为李唐王朝的稳定立下了赫赫功勋。在风云变幻的朝廷权力斗争中，他始终坚守忠君爱国的原则，最终全身而退。

小说不仅将笔触深入到汪华的政治生涯，还细腻地描绘了他在家庭生活中的形象。他以身作则，言传身教，悉心培养子女的品德和价值观，展现出一位父亲的慈爱与担当。

小说通过汪华的经历，生动地展现了一个充满热血与豪情的历史时代，深刻地刻画了一个充满传奇色彩的历史人物，以及他对国家和民族的贡献。这部作品不仅是对历史的深情回望，更是对爱国主义和英雄主义精神的弘扬。

追寻历史英雄，重塑徽州文化

在历史的长河中，总有一些英雄人物如璀璨的星辰，照亮着时空的角落。汪华，这位被誉为"古徽州第一伟人"的英雄，正是其中之一。他的一生跌宕起伏，充满了传奇色彩，不仅为徽州乃至整个中华文化留下了丰富的精神遗产，也为我们今天提供了宝贵的历史借鉴。

徽文化，作为中国三大地方显学之一，源远流长，辉煌耀眼。无论是徽商、徽剧、徽菜，还是徽雕，以及新安理学、新安医学、新安画派等，都是世界闻名的文化瑰宝。但鲜为人知的是，被誉为"古徽州人文初祖"的汪华，正是这辉煌徽文化的奠基人。

隋末天下大乱，群雄四起，生灵涂炭。出生于古徽州登源河畔（今位于安徽绩溪）的汪华挺身而出保境安民，先后据歙、宣、杭、睦、婺、饶等江南六州，尽力调和山越土著与中原移民之间的矛盾，促进山越文化与中原汉文化的大融合。他实施仁政，德惠一方，深受百姓拥护，在战火纷飞的隋末唐初，江南六州居然政清人和、百姓从无兵戈之苦。唐初战乱的狼烟还未完全熄灭之时，为促中华一统，汪华主动归唐，使江南六州得以休养生息。在他的有力推动下，江南六州的文化教育随之得到发展，民风也实现了净化，古徽州开始了空前的繁荣与昌盛。归唐后的汪华因忠君爱国、勤政爱民，被朝廷委任执掌皇宫禁军，拱卫京师，并辅佐朝政，与唐太宗李世民、宰相房玄龄等君臣共同开创了举世闻名的贞观之治。

汪华的伟大不仅体现在他的军事才能和政治智慧上，更体现在他的为人之道、为官之道以及教子之道上。他在历代帝王对其"生封公，死封帝"的推崇中一次次被推上神圣的"祭坛"：唐玄宗、宋徽宗、元世祖、明太祖等历代帝王 19 次下诏加封其为王，把他作为一心为民、一切为国的典范来表彰；历代名臣良相赵普、苏辙、朱熹、岳飞、文天祥等把他作为学习楷模来歌颂；江南六州百姓更是视汪华为神。"汪公大帝""太阳菩萨"等深入人心的尊号将他不断升华为人们顶礼膜拜的偶像，供奉汪华的忠烈庙、汪王庙、汪公庙遍布古徽州地区，奉拜祭祀的香火连绵一千四百多年而不衰……

然而，历史的风尘往往掩盖了英雄的光芒。汪华的事迹和精神在当代并未得到足够的传播和弘扬。因此，笔者希望借助文学的力量，通过长篇小说《徽州魂》复活这位"古徽州第一伟人"汪华和他经历的那段隋唐历史，呈现一个爱国爱民的历史形象和那个波澜壮阔的时代，让更多的人了解他的故事，感悟他的精神。笔者更进一步，期望能够借助小说举重若轻、深入浅出地将以汪华为奠基者的徽文化的核心价值和精神遗产贯穿其中，使徽文化的脉络有迹可循，为中华民族复兴、文化大发展、大繁荣提供参考。

读历史是为了吸取历史的精华，演绎好正在进行的历史。在当今复杂的国内外形势下，我们更需要铭记历史英雄的精神遗产。通过汪华的故事，我们希望能够触动每一个人的内心，激发我们爱国爱民的情怀，悟出"国家兴亡，匹夫有责"的历史责任感。同时，我们也希望通过比较国家稳定祥和与分裂战乱之苦，让大家更加珍视国家统一、民族团结的大好局面。

本套《徽州魂》在原出版的《徽州魂之建吴称王》（九州出版社，2012），《徽州魂之率土归唐》（九州出版社，2016），《徽州魂之忠烈有道》（天津人民出版社，2023）的基础上进行了精心修订和重新出版。

最后，笔者要感谢所有为汪华文化研究和传播作出贡献的领导、专家学者，他们的辛勤付出和无私奉献，让我们有机会更深入地了解这位历史英雄，感受汪华的精神力量。让我们一起追寻历史英雄的足迹，重塑徽州文化的辉煌！

汪　鑫

2024 年 6 月 26 日　北京

序言

目录

上

第 一 章　六星连珠⋯⋯⋯⋯⋯⋯⋯⋯⋯⋯ 001

第 二 章　济世中华⋯⋯⋯⋯⋯⋯⋯⋯⋯⋯ 012

第 三 章　隋军南下⋯⋯⋯⋯⋯⋯⋯⋯⋯⋯ 022

第 四 章　陈国灭亡⋯⋯⋯⋯⋯⋯⋯⋯⋯⋯ 037

第 五 章　宝欢传艺⋯⋯⋯⋯⋯⋯⋯⋯⋯⋯ 053

第 六 章　天降横祸⋯⋯⋯⋯⋯⋯⋯⋯⋯⋯ 065

第 七 章　迁居歙西⋯⋯⋯⋯⋯⋯⋯⋯⋯⋯ 085

第 八 章　山中放牛⋯⋯⋯⋯⋯⋯⋯⋯⋯⋯ 101

第 九 章　仁勇乡里⋯⋯⋯⋯⋯⋯⋯⋯⋯⋯ 117

第 十 章　外出学艺⋯⋯⋯⋯⋯⋯⋯⋯⋯⋯ 133

第十一章　贼寇猖獗⋯⋯⋯⋯⋯⋯⋯⋯⋯⋯ 150

第十二章　初试牛刀⋯⋯⋯⋯⋯⋯⋯⋯⋯⋯ 167

第十三章　平叛贼寇⋯⋯⋯⋯⋯⋯⋯⋯⋯⋯ 184

第十四章　新安之盟⋯⋯⋯⋯⋯⋯⋯⋯⋯⋯ 202

第十五章　花山宝窟⋯⋯⋯⋯⋯⋯⋯⋯⋯⋯ 216

第十六章　渔梁水坝⋯⋯⋯⋯⋯⋯⋯⋯⋯⋯ 231

第十七章　凤凰于飞⋯⋯⋯⋯⋯⋯⋯⋯⋯⋯ 244

第十八章　英雄相会⋯⋯⋯⋯⋯⋯⋯⋯⋯⋯ 258

第 十 九 章 三征高丽 …………………………… 270

第 二 十 章 保境安民 …………………………… 284

第二十一章 主政新安 …………………………… 298

第二十二章 讨伐宣州 …………………………… 317

第二十三章 兄弟联手 …………………………… 334

第二十四章 围阻睦兵 …………………………… 352

第二十五章 追击饶兵 …………………………… 367

第二十六章 杭州来归 …………………………… 380

第二十七章 统领六州 …………………………… 393

第二十八章 逼杜归唐 …………………………… 408

第二十九章 建吴称王 …………………………… 422

第 三 十 章 左右出击 …………………………… 436

中

第三十一章 血战苏州 …………………………… 449

第三十二章 挥军西进 …………………………… 466

第三十三章 讨伐梁国 …………………………… 480

第三十四章 岳阳会战 …………………………… 496

第三十五章 心系长安 …………………………… 511

第三十六章 深夜话谈 …………………………… 523

第三十七章 吴国兵变 …………………………… 533

第三十八章 率土归唐 …………………………… 546

第三十九章 爵封越国 …………………………… 560

第 四 十 章 攻灭萧梁 …………………………… 571

第四十一章 伪吴归西 …………………………… 582

第四十二章 诱敌深入 …………………………… 597

徽州魂
大唐越国公汪华传奇
上

第四十三章　诈败新安···············616

第四十四章　奉召进京···············629

第四十五章　冷箭难防···············641

第四十六章　比武夺亲···············652

第四十七章　突厥南下···············668

第四十八章　杀机重重···············680

第四十九章　声东击西···············691

第 五 十 章　王者归来···············702

第五十一章　丹阳谋反···············711

第五十二章　旗开得胜···············720

第五十三章　饮马长江···············730

第五十四章　江南太平···············742

第五十五章　秦王夜访···············750

第五十六章　王者伐道···············759

第五十七章　谋定六州···············769

第五十八章　农商兼顾···············782

第五十九章　南山追忆···············793

第 六 十 章　请旨晋京···············802

下

第六十一章　路途凶险···············811

第六十二章　防不胜防···············825

第六十三章　稽圭失踪···············836

第六十四章　寻找凶手···············847

第六十五章　夜遇杀手···············857

第六十六章　营救稽圭···············869

第六十七章　玄武血雨 …………………………… 882

第六十八章　秦王继位 …………………………… 896

第六十九章　惊天命案 …………………………… 908

第 七 十 章　化险为夷 …………………………… 924

第七十一章　步步为营 …………………………… 936

第七十二章　千钧一发 …………………………… 947

第七十三章　临危受命 …………………………… 958

第七十四章　执掌禁军 …………………………… 968

第七十五章　汪达出征 …………………………… 983

第七十六章　防患未然 …………………………… 992

第七十七章　邂逅恋约 …………………………… 1002

第七十八章　两情相悦 …………………………… 1011

第七十九章　心生退意 …………………………… 1020

第 八 十 章　儿女亲家 …………………………… 1030

第八十一章　高昌野心 …………………………… 1040

第八十二章　西域情缘 …………………………… 1049

第八十三章　妙计退兵 …………………………… 1058

第八十四章　无力胜天 …………………………… 1068

第八十五章　平定高昌 …………………………… 1078

第八十六章　汪七公子 …………………………… 1087

第八十七章　忠武将军 …………………………… 1100

第八十八章　九宫留守 …………………………… 1107

第八十九章　忠勤大唐 …………………………… 1117

第 九 十 章　魂归江南 …………………………… 1125

附录一　汪华历代册封 …………………………… 1131

附录二　历代歌颂汪华的诗词选 ………………… 1132

附录三　唐朝爵位制度和官员品级 ……………… 1138

徽州魂
大唐越国公汪华传奇
上

第一章　六星连珠

　　会稽山，这座巍峨壮丽的山脉，自古以来便在中国历史长河中占据着举足轻重的地位，是中国历代帝王加封祭祀的著名镇山之一。古代开国圣君、治水英雄大禹与会稽山有着不解之缘。据说这里是大禹娶妻封禅的地方，同时也是大禹的陵寝所在地。早在隋朝之前，会稽山便以其独特的地理位置和深厚的文化底蕴，被列为中国"四镇"之一，闪耀在中华大地的历史天空之中。

　　从会稽山蜿蜒向北，富春江如一条银带在山脚下流淌，逆江而上，再转入静谧的新安江，约一百五十千米的航程，便抵达了天目山与黄山交织的群山腹地，也是影响中华千年历史的重要地域之一——徽州！这个地方在历史上被称为新安郡、歙州，直至宋徽宗宣和三年（1121年），改名为徽州，并且一直沿用八百多年。

　　在这片约一万平方千米的锦绣土地上，六座巍峨的山峰屹立其间，它们分别是清凉峰、牯牛降、大鄣山、凤游山、白岳齐云山和黄山的莲花峰。这六座山峰，仿佛是天地间的杰作，每一座都散发着独特的魅力。它们彼此相连，如同一条巨龙蜿蜒盘旋，从高空俯瞰，宛如一朵盛开的莲花，绽放着无尽的生机与美丽。这莲花般的山脉，是大自然的神奇创造，也是徽州历史的见证者。它们见证了这片土地上的沧桑变迁，也见证了徽州人民的勤劳与智慧。如今，这六座山峰依然屹立不倒，如同历史的守护者，默默守护着这片古老而美丽的土地。

　　在这片广袤而富饶的土地上，矗立着一座雄伟壮丽的山，它在历史的尘埃中默默守望着，直至唐朝之前，人们亲切地称它为"黟山"。直至后来，唐玄宗李隆基听闻了轩辕黄帝曾在这座山中采药炼丹，并最终得道升天的传奇故事，深受触动。他深感此山的神秘与神圣，于是决定将这座山更名为"黄山"，以此纪念轩辕黄帝的功绩，并赋予这座山更加深远的历史文化内涵。自此，黄山之名流传千古，成为中华大地上一座极具传奇色彩的名山。

在这充满黄帝和大禹神话传说的地方，于隋末唐初之际，诞生了一位千古英豪！他集儒释道于一身，文韬武略，拥有决胜千里的军事才能和运筹帷幄的政治谋略。自唐代至清朝，唐玄宗、宋徽宗、元世祖、明太祖、乾隆帝等，历代帝王多次下诏，把他作为忠君爱国、勤政安民、始终维护中华统一的典范来表彰；李纲、赵普、苏辙、朱熹、岳飞、文天祥等，历朝文臣武将赋诗题词，把他作为千秋楷模来赞颂；江南六州百姓奉其为神，喻为"汪公大帝""太阳菩萨""太平之主"，建祠立庙七十余座，四时祭祀，千年不辍。

南北朝陈后主至德四年，即公元586年，隋朝此时已经基本统一了北方，隋帝杨坚准备派兵南下，实现中华一统。

这一天是正月十七，在黟山脚下的海宁县，刚刚发生了一场数百人的械斗，死伤十几人，场面非常激烈。

夕阳西下，通往海宁县衙的官道上，海宁县令汪僧莹一筹莫展地坐在轿内，虽然带领衙役赶往现场，制止了械斗，但他始终高兴不起来。这是他就任县令三年来处理的第二十起大规模械斗。

斗争双方分别是世代在此居住的山越土著族人和南迁的中原世家大族。双方互相提防，为疆界领地，为纳粮交租，为礼仪教化等，或纠纷不断，或械斗不息。世家大族因为各种原因迁居这一带，并且有些已居住上百年，在政治和商业上拥有自身优势，在与山越族人的交往中，总是有意无意地轻视他们；而山越族人由于以务农为主，多是平民百姓，没有向官府纳粮的习惯，生活习惯也格格不入，在常被世家大族欺压的情况下，形成一种排外的心理。于是很多小事，只要产生摩擦，就越闹越激烈，最后发展到大规模械斗，而官府对这种情况基本上都是睁一只眼闭一只眼，不管是有理还是无理，都支持世家大族。这样双方的矛盾就越积越深，即使偶尔调解好，但下一次矛盾照样激烈。

汪僧莹为人公正廉明，办事不偏不倚，深受山越族百姓的赞扬，世家大族虽然偶有微词，但是见他断案有理有据，公平合理，也无话可说。再加上汪家是当地望族，汪僧莹出身名门，本人也算是南迁世家大族的一员，如此秉公执法，另外的世家大族也没法提出异议。但是山越族与世家大族的矛盾还是无法永久消除，一些小事总是经唯恐天下不乱的小人挑唆，最终又变成大事，发展成大规模械斗，导致人员伤亡。受到欺压的山越族有时就抢砸世家大族，而世家大族利用手中的权力增收山越族的赋税，反正是无处没有矛盾。

汪僧莹叹了口气，拉开轿内的帘子看了看外面，夜幕降临，远处几户人家已经点起了灯火。登源里的汪府是否也已经点亮了灯？过完除夕在家还没休息几天，衙门里就有事了，本来计划前天回去陪夫人郑氏一起闹元宵的，自从当了这个海宁令后，就没有清闲过，答应过她的事情也都因为公务繁忙而耽搁。

汪僧莹的心随着夫人的孕肚而起伏，每当想到那即将出生的新生命，他的嘴角就不由自主地挂起一抹温暖而期待的微笑。他的手指轻轻滑过下巴，那胡须已经有些灰白，仿佛在诉说着岁月的沧桑和等待的漫长。他深知，膝下仅有一女，对于家族的传承来说，是一份深深的遗憾。每当夜深人静，他独自向列祖列宗献上香火时，那份愧疚感就如同一把无形的剑，刺入他的心房。

汪僧莹缓缓地闭上双眼，思绪飘回到与郑氏共度的岁月。自两人喜结连理，次年便迎来了他们的女儿汪世贞。如今，世贞已亭亭玉立，年方二十，两年前更是嫁入了棠樾的名门望族——鲍家。鲍家在杭州商界声名显赫，经营着茶叶、木材、金银和典当等生意，世贞也随夫家迁居至杭州，父女两人已有两年未曾相见。

然而，汪僧莹的心中始终有一个难以言说的遗憾。自世贞出生后，郑氏便再未孕育新的生命。他们曾遍寻名医，两人身体均无大碍，但奇怪的是，整整二十年过去，除了世贞外，他们再未迎来新的生命。郑氏曾提议让他再娶一房，但汪僧莹深知，这样做只会让郑氏感到冷落和伤心，于是他多次拒绝了这一提议。

如今，夫人的肚子终于传来了好消息！汪僧莹的内心充满了激动和期待，他仿佛已经看到了那个新生儿的脸庞，感受到了那份纯真的生命力和无尽的希望。

"老爷，到了。"

衙役一句卑微的话，打断了汪僧莹的思绪。

"落轿！"汪僧莹轻轻地说。

"落——轿——"衙役大声喊道。

"咣——"衙门的大门也同时打开。

汪僧莹从轿中走出来，抖了抖官服。天已经黑了，衙门上的两个大灯笼格外明亮，衙门的两侧分别站着六名衙役，轿子后面站着一排刚从外面回来的衙役，他们恭恭敬敬地等着老爷回府。

汪僧莹缓缓拾级而上，踏入灯火辉煌的府衙之中。在五六步之遥，主簿方水源早已躬身而立，恭敬地唤道："老爷！"

汪僧莹微微颔首，未发一言，径直朝大堂方向行去，因为他知道还有一些公文需要处理。

"老爷，车骑将军来了！"方水源紧随其后，轻声禀报。

"什么，汪宝欢？"汪僧莹突然停下脚步，满脸惊讶。他记得汪宝欢现在应该在前线军营，怎么突然会来这里呢？

"是的，老爷。"方水源肯定地回答，"他是申时到的，没等多久。"

汪僧莹心中有些不解。汪宝欢作为一位骁勇善战的车骑将军，每次出行都应该有士兵相随，但这次怎么一个人都没带呢？他记得前年汪宝欢来访时，衙门附近都站满了士兵。难道真的发生了什么重要的事情吗？

汪僧莹生出一丝不祥的预感，他急切地问："他在哪里？"

"在后院大厅。"方水源回答后，做了一个请的手势，然后仍然站在原地等待汪僧莹先走。

汪僧莹跨步就往后院走去，那是汪僧莹居住的地方，前院是衙门办公之地，后院是他个人居住之处，郑氏曾到这里来住过一段时间，后来一位高僧说，这些年来您在各地做官，天南地北，两三年换一个地方，水土不服，对身体难免有影响，夫人应该住在老家登源里的汪府，那里风水好，靠近祖宗祠堂，能保佑郑氏子息繁衍。从那时起郑氏才结束长年跟他奔波的生活，由于海宁离歙县登源里并不太远，他便每个月抽几天时间回老家与郑氏团聚。

"你在这里，我自己去就行。"汪僧莹回过头对跟在后面的方水源说。

"是，老爷。"方水源停下了脚步，他也觉得车骑将军这次来得突然，让人感到意外。

汪宝欢是汪僧莹的族弟，两人从小关系就非常好。后来长大了，汪僧莹世袭了身为会稽令父亲的爵位——戴国公，开始出入衙门，与文吏打交道；而汪宝欢继承了先祖优秀的军事才能，成为驰骋疆场的车骑将军，在平定叛乱和对外作战中，屡立奇功，是朝廷里不可多得的战将。

汪宝欢正在后院大厅里，边喝茶边翻看书籍，显得悠然自得。

"宝欢，你怎么来了？"汪僧莹还没跨过门槛，就急切地问道。

"大哥。"汪宝欢忙放下书籍，站起来。

"你到底怎么啦？"汪僧莹拉着宝欢的手关切地问道。

"没什么，被朝廷贬官回家了。"汪宝欢看着兄长，故作轻松地说。

"怎么会这样呢？"汪僧莹遗憾地说。

"没什么，你坐下来，我慢慢跟你讲。"汪宝欢拉着僧莹坐下。

"你这样跑来，可把我吓了一大跳啊。"汪僧莹边说边沏茶，"但是看到你一副轻松的样子，估计事态没有想象中那么严重。"

"皇帝天天沉迷酒色，让一帮小人把持朝政，而江北局势紧张，随时会有大的战争爆发，前线将士缺衣少食，我实在看不下去，连续上书，惹怒了他，那帮小人就乘机弹劾我。"汪宝欢喝了口茶，接着说，"当今皇帝耽于诗酒，专喜声色，大建宫室，生活奢侈，不理朝政。真是前无古人！"

汪宝欢把当今皇帝贬了一通。

汪僧莹叹了口气，又点了点头。皇帝这些事情自己何尝也不知道呢？都已经家喻户晓了。

自从陈叔宝登基为陈国皇帝以来，他便过上了挥金如土、醉生梦死的日子。他夜夜笙歌，日日饮酒作乐，享受着无尽的奢华与欢乐。然而，他仍觉得自己的宫殿过于简朴，于是下令斥巨资兴建了三座金碧辉煌的宫殿——临春阁、结绮阁与望仙阁。这三座宫殿，每一座都高耸入云。宫殿内，房间众多，每一间都宽敞明亮，令人目不暇接。门窗、墙壁、柱子、栏杆、门槛，无一不是用珍贵的沉檀木精雕细琢而成，上面镶嵌着闪闪发光的金玉珠翠，璀璨夺目。就连门口垂下的帘子，也是用一颗颗稀世的珍珠串成，随风摇曳，熠熠生辉。在这三座宫殿中，每个房间都摆放着华丽的宝床和宝帐，供陈叔宝随时与后宫的佳丽们寻欢作乐。他沉浸在这无尽的奢华与欢乐之中，不理朝政，不问民间疾苦。

在内宫奢华无度的同时，朝廷的大臣们也不遑多让。尚书令江总，以擅长创作艳诗而闻名，都官尚书孔范则以其逢迎拍马、善于吹捧的伎俩而受宠。陈叔宝对他们言听计从，仿佛他们的每一句话都是金玉良言。孔范曾对陈叔宝直言不讳："那些在外带兵打仗的将军，不过是一群武夫而已。匹夫之勇，怎能谈得上深谋远虑？国家大事岂能由他们来插足？"这番话深得陈叔宝的认同。自此以后，那些驰骋疆场、英勇善战的将帅，只要稍有差错，便会被无情地剥夺兵权，而那些只会阿谀奉承、无所作为的小人却因此得势，官运亨通，朝堂之上充满了虚伪与浮躁。

"我向他奏报战事，他居然听信奸臣之言，说长江天险，古往今来无人能飞渡，说我妖言惑众，唯恐天下不乱，要砍我的脑袋。"汪宝欢气呼呼地说。

"啊？！"听到砍脑袋，汪僧莹惊讶，没想到皇帝这么糊涂。

"幸好有几位老臣帮忙苦苦哀求，才没下旨，否则这脑袋真搬家了。"汪宝欢苦笑着拍了拍脑袋。

汪僧莹看了看窗外，见无人，轻声地叹了口气："昏君！"

"那你以后有什么打算？"汪僧莹关切地问汪宝欢。

"哈哈，打算？！"汪宝欢笑道，"我还没考虑呢？回到登源里，过着'采菊东篱下，悠然见南山'的生活也挺好啊。"

"江北战事随时爆发，隋军若真渡江南下，指不定朝廷还会召你回去的。"汪僧莹没有直接与朝廷重臣接触过，根本不知道朝廷已经对国事荒废到什么地步，还对朝廷抱有幻想。

"大哥，不要指望了。"汪宝欢站起来拍着汪僧莹的肩膀说，"只怕到时我们陈国能征善战的将军都被杀光了，就算我挂帅，也只能仰天长叹了。"

"听闻隋主杨坚是古往今来少有的明君，颁均田及租调新令，制定出的一系列重农政策，让中原百姓安居乐业，又击败了北边的突厥，让强大的突厥一分为

徽州魂
大唐越国公汪华传奇
上

二，成为东西两部；去年，东突厥沙钵略可汗称臣于隋，南迁入塞，隋国势力强盛，看来中华一统只是时间问题了。"汪宝欢对隋主杨坚赞叹不已。

"如果真能中华一统，消除南北连年战争，这不失为一件好事，"汪僧莹也对隋国政策很认可，"江南与中原本来就是同宗，均为炎黄子孙，作为百姓来说，安居乐业才是大事，谁坐龙椅那不是他们考虑的事情。而作为我们这样的地方官，只期望在自己的能力范围之内保百姓平安已是万幸。"

"是啊，现在朝廷不管百姓死活，昏君陈叔宝怯懦无能，已把一切大权交给嫉贤妒能的孔范之流，你我兄弟没有机会施展抱负啦。"汪宝欢说到这里，笑着说，"这次罢官其实也是一件好事，我就有机会考虑个人的事情了啊。"

汪僧莹一愣，突然哈哈大笑，一拍额头，说道："对哦，你也快四十的人啦，可不能再这样一个人过日子了。"

"再过三年就四十了，以前天天在军营里打滚儿，没心思考虑这事情，现在得考虑了。"两兄弟把话题从沉重的国家大事转到了轻松愉快的个人事情上了。"刚来时我问方师爷，嫂子快要生了？"

"是的，应该也就这几天吧。"汪僧莹脸上洋溢着幸福。

"那就好，上次我接到你的信，说嫂子有喜，我为你兴奋得一夜没睡。"汪宝欢高兴地说。

"连续九年给菩萨烧香，每天三炷，从不间断，终于感动菩萨了。"汪僧莹很虔诚地说。

"信中说，嫂子曾梦见黄衣圣人下凡？！"汪宝欢道。

"是的。"汪僧莹说，"那段时间我正好告假在老家登源里，晚上你嫂子在梦中见一个身长九尺的黄衣圣人从天而降，随后就感觉到有身孕了。"

"那真是太好了，嫂子这次怀的一定是男孩，并且将来贵不可言。先恭喜兄长了。"汪宝欢边说边向汪僧莹抱拳恭贺。

"哈哈！"汪僧莹笑得合不拢嘴，"谢谢贤弟！"

"咚咚咚！"两兄弟正谈得开心，方水源敲门进来。

"老爷，可以用膳了。"

方水源站在旁边提醒，两人忙看窗外，早已天黑，见面一高兴，都快过了晚餐时辰了。今夜天气好，繁星点点，月亮也分外明亮。

"老方，你晚点儿回家，跟着我们一起吃吧。"汪僧莹很高兴，挽留方水源一起用餐，平时也都是方水源一起陪他吃饭的，如果老家来人，方水源就不陪他了。

方水源跟了汪僧莹十五年，自汪僧莹袭戴国公爵位开始，便如影随形，始终相伴左右。方水源的故乡本是海宁乡野之地，后来汪僧莹到海宁来任县令，就要求他把家人接到县城居住，以便相互照应。方水源的居所与县衙相邻，走路仅仅是一袋烟的工夫。

方水源为人老实本分，任劳任怨，办事能力突出，汪僧莹很喜欢他，每次外出时，就留方水源在衙门负责主持政务，他工作很出色，让人放心。

"两位老爷难得见面，今晚多喝点儿？"方水源边说边把酒坛打开。

"好，今天高兴，多喝点儿！"汪僧莹非常赞成，"咱们兄弟一醉方休！"

"不喝了吧，我怕喝酒会引起箭伤复发。"汪宝欢用征求的口气跟兄长说。

"箭伤？"汪僧莹急切地问，"你什么时候有箭伤的？"

这是他的好兄弟，听说有箭伤，能不急吗？

"没什么，就是去年刚入春时，与隋军韩擒虎打的那一仗。"汪宝欢看到兄长急切的样子，如一股暖流流入心田，这是一种幸福，"伤到右胸，也没什么大碍，伤好后，一喝酒就难受。"

汪宝欢说得很平淡，其实只有他自己知道，当时中的是毒箭，昏迷了三天三夜，差点儿命就没了，幸好随军中有个大夫医术高超，才挽救了他一条命。从那时起，本来酷爱喝酒的他，只要一沾酒，右胸伤口就奇疼无比，令人抓狂。也就从那时起，他的身体逐渐差了起来，但他不能把实际情况告诉兄长，以免使他担心。

"那次战争，你不是把韩擒虎阻击于江北了吗？整个陈国都知道这件大事，但没提到你受伤。"汪僧莹疑惑。

"韩擒虎是隋军第一名将，老爷当时听说你拒敌于江北，让隋军不敢南下，都高兴地给我们县衙上下每个人都发了赏呢。"方水源补充说道。

韩擒虎是隋军中第一名将，与贺若弼是隋朝皇帝杨坚对外作战的左膀右臂，这两人对隋朝的建立功不可没，尤其是韩擒虎这个人文韬武略，战功赫赫，传闻十三岁时就擒杀老虎，因而得名。

"我这是冲锋时被乱箭所伤。那次作战其实是隋军试探性进攻，是来摸我们底牌的。当时双方兵力相当，隋军派遣的不是最精锐的部队。"汪宝欢若有所思地说，"隋军让韩擒虎派兵来试探，可以推测，隋军主力部队正式南下时，肯定以他为先锋，杨坚是让他来熟悉这边环境的。"

"你分析得不无道理。其实那次就等于隋陈两国的第一名将在对垒，尽管你受伤了，但是你拒隋军于江北，展现了我们陈国的作战能力，在一定程度上让隋国重新考虑南下计划，也延缓了我们陈国被隋军攻占的时间。"汪僧莹对兄弟江北之战赞赏有加。

他们的谈话确实很有预见性，公元 588 年秋，即江北之战三年后的秋天，隋军以晋王杨广为统帅，兵分两路，东路由贺若弼指挥，西路由韩擒虎指挥，共统兵五十二万，开始南下，而那时的汪宝欢还在登源里老家，等待陈国昏君陈叔宝重新启用他的圣旨。

"分分合合，合合分分，现在我们不考虑这些事情。先让将军吃饱再讨论吧。"方水源边说边看着汪僧莹，征求他的意见。

"好！开饭，吃饱再聊！"汪僧莹爽快地说。

亥时，海宁县衙后院书房。

晚餐后，方水源安排人收拾了餐桌，见汪僧莹没别的吩咐，就回家了。

汪僧莹与汪宝欢在书房里，围着一个小火炉，有谈不完的话。

他们从周公辅佐武王伐纣谈到秦王嬴政一统天下，到楚汉争霸，到汉武帝派遣卫青和霍去病追击匈奴，再到火烧赤壁三足鼎立，再到五胡乱华。

他们满腔热血，恨不得也像历史英雄那样，羽扇纶巾，横刀立马，同时他们又沮丧，为何遇到一个这样的皇帝，空有文治武功，却不能发挥到极致。

"兄弟，你比我好啊，终究你指挥过十万大军，驰骋战场，排兵布阵，杀得敌人灰飞烟灭，是何等英雄气概！"汪僧莹羡慕地对汪宝欢说。

"那不算什么，只能说是小战役。男子汉大丈夫，驰骋疆场，马革裹尸，才是真正的归宿。"汪宝欢略带遗憾地说道，"现在回到老家来，隋陈两国的全面开战，不知道是否有机会经历。"

"你同韩擒虎的战役可不是小战役啊？双方各投入兵力十万人，决战一个月，要不是你受伤，估计你不是阻止他南下，而是你北上了。"汪僧莹对江北之战很感兴趣，也可以说那是汪宝欢指挥过最经典的战役。

汪宝欢摆了摆手，说："不能这样说，如果战争时间长了，对我们来说不是好事，我们粮草供应不足，昏君都把钱拿去盖亭台楼阁了。不过话说回来，这次战争让我更清楚地认识了隋军与陈军的实力。"

汪宝欢说到这里，话锋一转："老兄，近期你还夜观天象吗？"

"我学的只是皮毛，哪能跟你这个调兵遣将、排兵布阵的大将军比啊？现在晚上基本都是看看古书，很长时间没有像小时候那样跟着爷爷一起站在外面看星星了。"汪僧莹自嘲起来。

汪宝欢一听，叹息了一下，很认真地说："老兄，近期我夜观天象，发现紫微星可能在我们吴越方位有异动，估计就在这几天。"

"噢？这么说将有大事要发生啊。"听到吴越之地，汪僧莹感兴趣了。

"是的。"汪宝欢说到这里，看了看窗外，"今晚天气好，我指给你看。"

说着，汪宝欢就站起来往外走。

"披件衣服，外面太冷。"汪僧莹随手取了衣架上的一件貂皮大衣披上。

"不用，这算什么，打仗时，我们都在冰天雪地里摸爬滚打呢。"汪宝欢摆摆手，几步就走到院内天井旁。

"你看，紫微星一直在闪烁，而天空四方有六个星星呈圆形也在不停闪烁，似乎在跟紫微星相互传递信号。"汪宝欢指着天空说，过了一会儿，突然惊讶道，"哎呀，今夜他们闪烁的节奏很快，亮度也比以往大很多。你看，六个星星都在向紫微星靠拢。不得了，不得了。"

"怎么了？！"汪僧莹听到说，不得了，很惊奇地问。

"六星连珠，再加上紫微星，这可是千年难见的征兆！"汪宝欢看着天空，掐指算着。

"你看，它们的速度加快了。"汪僧莹指着天空说。

这时，天空中紫微星急速闪烁，天边的六个星星加速向紫微星靠拢，半盏茶的工夫，六个星星像一串珍珠一样围着紫微星旋转，突然，六星彻底与紫微星合为一体，光芒一下子增强数十倍，犹如白昼。

"唰——"

与六星合体的紫微星，放射出一道巨光，如同发光星球，像箭一样直向吴越之地冲来，光芒再次增强，瞬间就消失了。天空又恢复成往常的样子。

"天降祥瑞！"汪宝欢惊喜道，"没想到居然发生在我们吴越之地啊！"

第一章 六星连珠

第二章 济世中华

六星连珠过后，汪僧莹与汪宝欢又聊了很久，汪宝欢说，这是千年难遇的现象，古书里面曾经提到过，天降祥瑞，贵不可言。

安排汪宝欢休息后，汪僧莹坐在书房里，心情异常激动，他说不出为什么，但是总有一种预感。他拿来一本经书，把蜡烛移到桌前，控制住内心的激动，打开了经书，轻轻地念起来。

他在等着捷报传来，尽管他为了这个消息，苦等了二十年，尽管还没得到确切的消息，但是他知道，这个好消息一定是他的。

他为官多年，什么大风大浪都经历过了，但是这次，确实让他内心沸腾，他没办法让自己控制住这份喜悦，唯有经书。

院外公鸡的叫声，把汪僧莹从经书中拉了回来，已经拂晓，一夜未眠。他看了看窗外，晨光透过窗户照了进来。

汪僧莹走出书房，他准备去洗脸，再到天井走几圈。没想到，他还没到天井，就听到了忽忽剑声。原来汪宝欢早已起床，正在练剑。汪宝欢剑术超群，刚柔并济。每天早上练习剑术是他必修的功课。

高山流水，丹凤朝阳，蛟龙入海，猛虎下山……

汪僧莹见汪宝欢人剑合一，顾不得疲倦，就从书房里取剑而出。

汪僧莹尽管一夜未睡，但是心中惦记的事情，让他还是处于亢奋之中。要不是朝廷让他来做这个县令，他早就驰骋疆场了。从爷爷那里学到的武功，只能与好友相互切磋，根本没有机会在战场上一展雄姿！

今天看到汪宝欢在舞剑，他能不手痒痒吗？

"我来与你比划比划！"汪僧莹还没容汪宝欢说话，拔剑就上。

"好！"汪宝欢转身向汪僧莹攻去。

不愧是将门之后，两兄弟剑花如雨，龙争虎斗。

汪僧莹与汪宝欢都是在爷爷那里一起学剑术和兵法，当时两人不相上下，在各项比试中，往往还是汪僧莹取胜的机会多，但是后来一个云游的和尚来到登源里带走了汪宝欢，三年后才回家。从那以后，汪宝欢在武功和兵法上远远超越了汪僧莹，整个新安郡均无对手，从军后凭借超群的武艺和卓越的军事才能，一跃成为陈国最优秀的军事将领。

两人战了一百回合，越打越兴奋。

汪僧莹知道汪宝欢很多招式让着他，两人切磋的目的不是分胜负，而是兄弟相见的兴奋，同时也有另外的深意。汪僧莹是为了放开自己内心的惦念，而汪宝欢是为了让潜伏在内心的抑郁能被剑雨冲走。

汪宝欢见两人都已经出汗了，就把剑一收，跳到圈外，双手一拱："大哥英勇不减当年啊！"

"贤弟见笑了，我已是很久没有握剑，有些生疏，全靠贤弟承让，不然我连三十招都过不了啊。"汪僧莹甚是痛快，顺手收剑入鞘，他多次梦见自己率领大军南征北战，过着刀光剑影的生活。但是因各种原因，只能伏案衙门，处理各种黎民琐事，忙于应酬上级。今天这样切磋真是痛快，以前宝欢回来时，贵为车骑将军，总是来去匆匆，哪有时间？！

"大哥自谦了。"汪宝欢也顺手把剑收入剑鞘，"咱们汪家历代先祖均为驰骋疆场的英雄，而大哥文武兼备，只可惜生不逢时，不然成就定在小弟之上。"

"不提了，只能说比你多读了几本书而已。"汪僧莹无奈地叹口气。

其实以汪僧莹的才干，早就应该成为朝廷重臣了，但是南朝宋齐梁陈四国的开国君主曾经都是朝廷手握军政大权的重臣，靠逼帝退位而夺取政权的，朝代更替频繁，后来君主为了防止重蹈覆辙，在军政上防止家族坐大。当时汪氏家族多人在陈国担任要职，声名显赫，有一定威信。朝廷大臣中曾有多人上书，推荐汪僧莹和汪僧湛两兄弟担任要职。陈主当初同意，但是一看履历，手握重兵的汪宝欢为他们族弟，立即就否决了。从那以后汪僧莹和汪僧湛两兄弟就一直分别在海宁和鄱阳担任县令，不上也不下。

"嫉贤妒能，不善用人才，这也就是我们陈国在四国中地盘最小，实力最弱的一个原因。"汪宝欢尽管已经离开了朝廷，但是无时无刻不提到国家，"但是隋帝杨坚却是不拘一格招贤纳士，大胆启用北周旧臣，可谓人才荟萃，兵强马壮。"

没错，汪宝欢说的隋帝杨坚与南陈皇帝陈叔宝有天壤之别，隋帝杨坚文韬武略，是千古少有的君主。

杨坚出生于关陇贵族世家，十四岁时，被赐姓普六茹氏。十五岁时，由于父亲杨忠的功勋，被授予散骑常侍、车骑大将军、仪同三司，封成纪县公。十六岁时，晋升骠骑大将军，加开府。十八岁时，其父亲杨忠因军功进位柱国大将军，次年，又晋封随国公，食邑万户。二十一岁时，杨坚便出任随州刺史，进位大将军，得到了鲜卑族大贵族、柱国大将军、卫国公独孤信的赏识，并把自己第七女许配给杨坚。独孤信比杨忠早十年进位为柱国大将军，是历史上赫赫有名的八柱国之一。

杨坚二十八岁时，父亲杨忠病死，袭爵随国公。三十五岁统率三万水军讨伐齐国，击破齐军，次年再次讨伐齐国，获全胜，进位柱国，南征北战，辅佐北周国君周武帝统一中国北方。

杨坚三十八岁时，周武帝病逝，二十岁的太子宇文赟即位，即周宣帝，身为太子妃的杨坚长女被立为皇后，授亳州总管杨坚为上柱国、大司马，入宫辅政。周宣帝因贪图享乐，没过几年就把帝位传给八岁的太子宇文衍，即周静帝，而自己称天元皇帝。不久，周宣帝突然病死，杨坚矫制遗诏，八岁的周静帝任命杨坚为"假黄钺、左大丞相"，享有代表皇帝征伐的大权，朝廷百官都听命于左大丞相。杨坚因此掌握了北周军政大权，随后他乘机讨伐对其不满的各路藩王。次年，周静帝任命杨坚为相国，统辖百官，总理国家政事，晋爵为随王，备设九锡之礼，恢复汉姓。再过一年，即公元581年，二月甲子日，周静帝禅位于随王杨坚，杨坚即皇帝位，改国号为隋，宣布大赦天下，改纪元年号为开皇。

杨坚即位后躬行节俭，体恤百姓，用人唯贤，海纳百川，隋朝国力很快强盛起来，在安定了北方局势之后，眼光开始关注江南，谋划一统天下。

当破晓的第一缕阳光悄然洒落，新安江上的渔船便如诗如画般在晨雾中悠然穿梭。那薄雾如轻纱般缭绕，给这静谧的江面增添了几分神秘的韵味。

而此刻的海宁县城，集市上已是人声鼎沸。熙攘的人群中，每张脸庞都洋溢着幸福的笑容，宛如初绽的花朵。熟人之间相遇，相互作揖鞠躬，彼此间的问候如同春风拂面，温暖而亲切。店铺的吆喝声此起彼伏，各种商品的叫卖声交织成一首欢快的交响乐，为这繁华的集市增添了几分生机与活力。

歙县通往海宁县的官道两侧，苍山逶迤，渠水淙淙，一名管家打扮的人骑着快马向海宁飞驰而来。他就是汪僧莹老家府邸的管家来福。

汪僧莹忙了一上午公务，吃完午餐后，正准备陪汪宝欢出去走走，就听到外面有人在大呼小叫。

"老爷——老爷——"

"老方，什么事情？"汪僧莹一时没有听出是谁的声音，就冲着外面问方水源，一般这种情况下，方水源肯定在外面候着。

"老爷，是老家的刘管家。"方水源隔着窗户回答，并没有走进来。

"来福！"汪僧莹"嗖"地站了起来，他的预感是对的。

他拉开门，快步迈出房间。

管家来福从前院跑来，这家伙肯定是刚跨进前院的门就开始大呼小叫了，方水源正往前走几步迎接他。

这要是在平时，汪僧莹肯定会皱着眉头轻轻甩出一句"没教养"。

但是今天例外，他很兴奋，知道有喜事发生。来福是登源里老家的管家，他的爷爷在汪僧莹的爷爷手里当管家，他的父亲在汪僧莹父亲手里当管家。汪僧莹也记不清来福家在汪家待了几代人了。

从登源里到海宁，约一百千米，必定是天还没亮就骑马赶来的。

"老爷，老爷。"来福一路上风尘仆仆，有点儿上气不接下气，看到汪僧莹走了出来，连忙跑过来。

"来福，什么事？慢慢说。"汪僧莹用手做了个让来福别急的动作。

"老爷。"来福缓过一口气说，"夫人生了，是公子！"

"公子？"汪僧莹尽管早就有了心理准备，但是，还是感觉有些眩晕，苦等了二十年啊，当梦想真出现时，又不敢相信。

"是的。是公子。"来福使劲儿地点了点头，他也很激动。

"太好了！太好了！"汪宝欢从里面走出来，用力拍了下汪僧莹的肩膀。

"快到屋里坐，喝口水，慢慢说。"方水源对来福讲。

在客厅坐好后，来福喝了口水开始娓娓道来。

昨夜子时，准确地说，也就是正月十八子时，汪家老宅外面忽然有人大声呼喊，"走水了，走水了！"

古人对火是十分敬畏的，认为失火是鬼神在惩罚人类。在失火的情况下，若嘴里火啊火啊地叫个不停，很不吉利。五行中水能克火，所以用水字来压制火，比较有口彩，所以只要着火，就呼喊"走水"，相互通告，让大家赶快拿水过来灭火。

后来才知，村口有个老人晚上睡不着，听到有人敲门，就开门去看，但是打开门又没见到人影，却远远看到汪家老宅红光笼罩，犹如着火，就大声惊呼，结果村邻大家都出来了，端着盆、拎着桶纷纷往汪家老宅跑去。

而当时，汪家老宅里，大家都在忙上忙下，汪家老宅的女主人郑氏躺在床上，痛得汗如雨下，正在分娩。

来福听到外面人声鼎沸，还有人不停地在拍打大门，以为出什么大事了，就忙跑出去开门，结果看到外面围着上百个村邻。

"你家哪里走水了？"大家齐声问。

"没……没啊。"来福一下子被这种情况搞蒙了。

"那你们家怎么火光冲天啊，真的没走水？"有人问。

来福一手把着一扇门，堵着门缝，生怕大家冲进来。因为夫人要生了，怕人多惊吓着她。

"真的没有。"来福果断地说。

有人挤到前面，伸进脑袋往院内瞧，"奇怪，还真没有啊。"

"真的没有？！"后面的人问。

"奇怪，是没有啊。"往里看了的人说，"不信，你自己看。"

那人说完就往后退。

后面有人听说没有着火，就开始嚷嚷："奇怪啊，我现在还看到这个屋子上空火光冲天啊。"

这时院里另外两个仆人跑过来："刘管家，怎么这么吵啊，要他们小声点儿，夫人要生了。"

没办法，来福只得跟大家解释。

"各位大爷婶婶兄弟，我们府里真的没有走水，谢谢你们的好意！"两个仆人帮他顶着门，来福向大家作了个揖，"我们家夫人马上要生了，请大家小声点儿，不要惊扰她了。"

"哦，那是好事啊，恭喜恭喜啊。汪家要生公子爷了。"村口那个老人率先答话。

其他人也纷纷说，恭喜恭喜。

"哇——哇——哇——"来福不停地向大家作揖感谢吉言，后院突然传来了婴儿的哭声。

"生了——生了——生了——"大家一起鼓掌，个个喜笑颜开。

"刘管家，夫人生了，是个公子爷。您快去给接生婆赏钱。"刚一会儿，一个丫鬟从后院兴冲冲地跑来。

"好，太好了——"大家又一阵欢呼！

这时，有人发现，屋顶上的红光已经没有了。

"你确定是子时？"听来福说完后，汪宝欢掐着手指问来福。

"没错，当时我去喊接生婆来的时候，正是亥时，在路上我还与打更的更夫说了几句话，接生婆来后，又过了会儿夫人才生下公子。"来福喝了口茶，"公子出生后，接生婆跟几个丫鬟交代了一些事情，我就送她回去，还真巧，在街上又遇到更夫，已是丑时。子时，我们都没有听到打更声，可能是当时院子外的人太多，闹哄哄的，没听见。"

"子时，子时。"汪僧莹喃喃自语，右手在桌子上轻轻敲了几下。

汪宝欢看着他，两人相互对望了一眼，心领神会。

"好！"汪宝欢一拍桌子，就站起来，"非常好！"

方水源和来福都看着他，也一齐呼应："非常好！"

但是他们两个与汪宝欢理解的意思肯定不一样，他俩以为是赞扬汪僧莹生个宝贝儿子，而汪宝欢与汪僧莹想到的是昨晚六星连珠正是子时！

汪僧莹安排来福去厢房吃饭后，就把衙门里的公务交代给方水源，他要马上回登源里，得过一段时间才能回来。

海宁县通往歙县登源里的官道上，汪僧莹、汪宝欢和来福，三人快马加鞭，一路奔驰，天还未黑就已经到了登源里村口了。

"汪老爷，恭喜您喜得贵子啊！"村口的老头，正扛着锄头从地里干活回来，老远就看着汪僧莹骑马奔来。

汪僧莹一看是昨晚喊大家救火的村口老头，就忙从马背上下来施礼："谢谢，谢谢！"

说着，汪僧莹从腰里掏出一文银子，双手送到老头面前："昨晚的事，让您老人家操心了，这是一杯茶钱，随喜随喜。"

老头见汪僧莹这么大方，也不客气，穷人家有这一文银子，也能过几天好日子，汪僧莹老来得子，又是县太爷，家境殷实，不差这点儿钱，于是他就双手在自己衣服上蹭了蹭，接了过去，欢喜道："随汪老爷的喜，公子长大后一定做大官！"

"呵呵，老家伙，你可真会拍马屁，我家老爷是朝廷命官，我家公子爷长大了肯定也是，这还用你说。"来福与老头很熟，说话也就很随便。

当时社会门阀盛行，士庶等级森严，平民百姓除了靠参军打仗立功获取官位，没有其他途径，朝廷爵位和官职大部分都是世袭。而汪僧莹袭戴国公，官居县令，大小也是当地显赫人物，按当时社会制度，其子孙也定袭爵位。

"那可不一样啊，刘管家，您家公子爷长大后肯定比汪老爷厉害！"老头很认真地说。

"哈哈！"大家都笑了，汪僧莹刚进村口就听到别人说得这么吉利，笑得更开心了。

"你老人家难道是神仙？"汪宝欢心情非常好，也跟着调侃起来。

"哎哟，这是车骑将军啊，恕草民老眼昏花，没看仔细。"老头这才发现站在汪僧莹后面的是当前登源里走出去的大将军，赶忙跪下施礼。

汪宝欢一个箭步上去，用手托着老头："老人家，免礼，我现在已经与你一样，是平民百姓啦。"

"哪里哪里，将军大人说笑话了，您是朝廷的擎天柱，没有您，敌人早就打过来了。"老头说，"将军大人，我可不是神仙，既然您问，我就跟你们说，昨晚就是我把大家喊醒去汪老爷家灭火的。当时整个大院子上空红光冲天，真的以为着火了。汪公子出生之后，那红光忽然就消失了。你说奇怪不？不是大人物出生，怎么会有这样的瑞兆呢？"

老头见大家都在认真听，接着说："更奇怪的还在后头，听一些去过贵府的老太太说，产房里到现在为止还一直散发着一股香气，连汪夫人自己都不知道从哪里飘出来的。"

听到这里，汪僧莹也奇怪了，他可没有听来福说起这个事情啊。

他看了一眼来福。

来福忙解释说："这事我也才听说，我送接生婆回来后，刚进院门，夫人就从房里传话给我，要我休息片刻连夜骑马来给老爷报喜。"

"老爷，这是天降祥瑞啊！"老头对汪僧莹说。

汪僧莹笑了笑，他掩住心中的喜悦，向老头点了点头，就翻身上马往汪家老宅走去。听老头这样说，他更急切地想见见自己的儿子。

登源里因登源河而生，原来住的都是其他姓氏的人，后来汪僧莹的曾祖父，也就是当年南朝宋孝武帝时期任军司马的汪叔举，偶尔经过这里，见登源里一带山明水秀，风景秀丽，激动地说："此陶公牛眠也。"后弃官定居登源里，其他汪姓人也陆续迁来，逐渐成为这一带大族。现在整个村落有一百多户人，算是比较大的聚居区，大部分人都姓汪，加上登源河上下各村落，汪姓更多。

"陶公牛眠"的传说指的就是东晋名将，官至大司马的陶侃在发迹前，家境贫寒，父母病逝后，正准备择日下葬时，家中唯一的一头水牛忽然走失。陶侃寻牛途中遇到一个老者对他说："在前面山冈下看见一条牛躺在水沟中，如在那里埋葬先人，后人可以位极人臣。"老者说完忽隐身而去，陶侃寻到牛后，就把父亲葬在那里，从此发达。后世便以此为典，指葬先人于牛眠宝地，风水极佳，子孙富贵。汪叔举迁居此地，死后又要求把自己葬于附近，就是期望子孙发达，胜过自己。

汪家老宅就坐落在整个村落的正中心，一条小溪从门前流过，溪水清澈见底。老宅与小溪之间是一块宽阔的平地，平地两侧种满垂柳。一座石板拱桥跨过溪流，在拱桥两端四角各栽种一棵桂花树。

汪僧莹一行从村口走到老宅，一路上有人跟他们打招呼，遇到年龄大的，又要多说几句。这里汪姓人家都是一个宗族，同一座汪氏祠堂的后人，年龄大的基本都是族叔，年龄相仿的基本都是族兄族弟。汪僧莹跟大家客客气气。

汪家老宅的大门已经敞开，仆人大贵、双喜和丫鬟红梅、蕙兰，都立在门外恭候老爷回府。汪僧莹一行刚进入村口，他们就听人说了。

汪僧莹骑马跨过石拱桥，走到平地中央，抬眼望了望大门上的"戴国公府"四个大字，这是他父亲在世时，朝廷赐的金匾。

他淡淡一笑，笑得很惬意！

大贵忙走上来，牵着马，后面的来福忙上前扶着他下来。

"老爷——好——"

在汪僧莹刚抬腿跨进大门的瞬间，仆人双喜弓着腰，丫鬟红梅、蕙兰把双手放到右腰前，微微屈腿，一起向其请安。

"好！好！"汪僧莹今天说话的声音特别洪亮。要在平时他一般是不吭声，直接背着手走进去的。

今天他感觉到自己是真正的男人！

汪宝欢跟在后面，俨然觉得这个老宅又焕发着新的希望。

"夫人，老爷回来了！"

汪僧莹走进里屋，果然有一股奇异的香味，郑氏正抱着儿子在睡觉，丫鬟紫菊和楠竹在整理小孩衣物。见老爷回来了，紫菊忙到床边轻轻唤夫人醒来。

汪僧莹正准备摆手别叫，郑氏醒来了。

"老爷。"郑氏准备坐起来，紫菊忙扶着她。

郑氏从床上抱起儿子，递给汪僧莹，幸福地说："看看我们儿子。"

汪僧莹双手小心地接过来，老来得子，心情是无法形容的。

"大哥，快抱出来给我看看啊。"汪宝欢在门外喊道，他不方便进去。

小家伙原本是睡着的，被汪宝欢这么一喊，居然醒来了，睁开眼睛，看着他的父亲。

汪宝欢从汪僧莹手里抢过来仔细端详。

"啧啧，天生贵相。"汪宝欢盯着小家伙的眼睛说。

"贵从何来？"汪僧莹也伸着脑袋看自己的儿子。

"贵从神来！"汪宝欢道，他见汪僧莹盯着他，就看着小家伙一字一眼地说，"眼神、上额、眉心、鼻梁、嘴唇、下颚、脸庞，还有精神。"

汪僧莹哈哈大笑，听到这么吉利的话，当然高兴啦。

"该取个好名字。"汪宝欢抱了很长时间，看到汪僧莹在一旁急不可待的样子，就把儿子递给他。

"在回来的路上就想好了。"汪僧莹用脸轻轻地贴了下儿子的脸蛋。

"叫什么？"

"世华，取济世中华之意。"

"好，非常好！济世中华！"

"中华"这一词汇，其历史渊源深远，最早可追溯至魏晋南北朝时期。据《晋书》记载，晋代已有"中华"一词的使用。随着时间的推移，它的含义也逐渐演变和深化，最终在这一时期开始特指中华这片土地上的民族。

十几年后，身为大隋唐国公的李渊为自己次子改名为世民，取济世安民之意。

第三章　隋军南下

在陈国皇帝陈叔宝花天酒地、寻欢作乐、醉生梦死之时，北边的隋国皇帝杨坚吸取上次江北之战的教训，停止战争，休养生息，励精图治，三年时间就使国力、军力显著增强。而隋军大将韩擒虎也始终整军经武，训练士卒，随时等候南下的命令。

公元588年的陈国，政治更加腐败，府库空虚，社会矛盾尖锐，朝廷各派系相互斗争，你死我活，民间荒民剧增，打家劫舍成为常事，甚至出现多起抢劫官府粮仓和库银的事件，一场大的动乱随时爆发。

这年十月，杨坚见时机成熟，便设淮南行台省于寿春，以晋王杨广为尚书令，全面负责灭陈的战役。不久，又以杨广、秦王杨俊、清河公杨素为行军元帅。杨广在六合，杨俊在襄阳，杨素在永安，荆州刺史刘仁恩在江陵，蕲州刺史王世积在蕲春，庐州总管韩擒虎在庐江，吴州总管贺若弼在广陵，青州总管燕荣在东海。东自东海，西至巴蜀，绵绵千里，各路隋军共五十一万八千人，号称百万大军，由杨广全权指挥，布下了向陈国发动全面进攻的行军准备。

登源里，汪宝欢站在村口的银杏树下，眼睛直直地看着远方，他在等待，等待朝廷重任他为车骑将军的圣旨。

自从得知北边的杨坚设淮南行台省于寿春开始，他就天天站在这棵大树下等待，只要稍微懂点儿军事的人都会知道，隋军准备正式南下了，战事迫在眉睫，朝廷需要他。

他每天凌晨满怀希望地到这里等候，每天夜晚又失望地离开。远处一个女人拉着孩子远远地看着他，满面的无奈。

她就是马氏，是汪宝欢革职回乡后娶的妻子，原是邻乡一个员外家的小姐。

徽州魂　大唐越国公汪华传奇　上

马员外为官正直，也是因得罪朝廷权贵而被迫告老还乡。马员外仰慕汪宝欢的英雄气概，早已想与其结交，但是汪宝欢当时贵为车骑将军，身份显赫，后得知汪宝欢被革职回乡后，主动上门拜访，并把女儿许配给他。

马氏相貌出众、知书达理，常听父亲谈及汪宝欢事迹，也心仪已久，没想到父亲居然把自己许配给他。汪宝欢到她家登门拜访时，与马氏见了一面，也很满意，于是两个人很快就完婚了。马氏比汪宝欢小二十来岁。当时隋军尚无南下迹象，汪宝欢也乐得自在，与马氏夫唱妇随。经常是汪宝欢舞剑，马氏在一旁弹琴，琴剑和鸣，其乐融融。

第二年春，马氏生下一子，汪宝欢非常兴奋，取名汪天瑶。虎父无犬子，每次汪宝欢舞剑时，小天瑶在他妈妈怀里也不停地舞拳蹬腿，常常逗得大家哈哈大笑。马氏跟汪宝欢说："这小家伙不得了，长大了也跟你一样喜欢舞枪弄棒的，也不得安分。"

汪宝欢说："男子汉嘛，不安分，也无妨。重要的是他日能成就一番事业，光耀门楣。"

夕阳西下，干农活的农夫陆陆续续回家，今年的天气特别冷，才刚刚入秋，就已经刮起了寒冷的北风。今天汪宝欢又失望了。

马氏蹲下来对不到两岁的小天瑶说："天儿，跟娘一起去叫爹爹回家吧。"

小天瑶长得虎头虎脑，皮肤偏黑，很像他父亲。他拉着马氏的手，慢腾腾地向汪宝欢走去。

"爹爹，爹爹。"小天瑶走到汪宝欢的身边，轻轻地拽着爹爹的衣服。他还小，刚会说话。

汪宝欢低头，见是小天瑶，笑着弯腰把他抱起来，高高举起："好，天儿真乖，爹爹抱你回家吃饭。"

他抱着小天瑶，马氏跟在后面，向家里走去，留下了更多的惆怅和失望。

其实这个时候，在江北，有一个人同样为此失望，他就是隋军大将，现官居庐州总管的韩擒虎。

三年前的那一战，虽然只是试探性的进攻，但是战争刚一开始，韩擒虎就想创造奇迹，直接过江灭掉陈国，建立不朽功勋。为此他在战争开始的当天晚上，又调来了三万精兵。没想汪宝欢的军队非常具有战斗力，他多次进攻都被陈军击退。更可气的是，自己下令退兵后才获知，当时汪宝欢中箭昏迷不再指挥作战了。如果那时自己再坚持一天，说不定陈国就并入了隋朝的版图，而自己将成为隋朝拥有战功最多最大的将军，成为历史上最璀璨的将星。

这次皇帝的布局，韩擒虎看得很清楚，平陈的统帅是晋王杨广，最大的功劳也将是晋王的，而自己只是先锋，并且是和吴州总管贺若弼共同担任先锋之职。这次南下灭陈肯定是易如反掌，对于一名驰骋战场、身经百战的将军来说，这样的战争已经没有什么让人兴奋的了，隋军就如一只饿极了的猛虎，而陈军犹如身染重病，并且还在睡觉的小狗一样，力量太悬殊。他唯一期望的是能与三年前的对手汪宝欢再次交手。

此时的韩擒虎在庐州军营大帐里，来回踱着步子，他到现在还没有收到陈国重新启用汪宝欢的消息，派出去刺探军情的探子传回来的消息是，汪宝欢一直在登源里老家，而他以前得力的手下也基本都被革职或者杀掉了，陈军当前纪律松散，兵营内天天喝酒赌钱，从陈国君主陈叔宝到下面兵卒，都认为长江天险会让隋军望而止步。

韩擒虎来回走了几步，在行军地图前停了下来，心想兵分两路，齐头并进，各领兵五万，这样的打法已经没什么刺激了，如果汪宝欢真的没有复出，就把兵力全部分给贺若弼，自己就带五百精兵杀过去，直捣建康，擒俘陈叔宝，让世人看看我韩擒虎的威风。十三岁时就能擒杀猛虎，现在还抓不住一个荒淫无道、软弱无能的陈叔宝？！

他又看了一下初步制定的行军路线，一握拳头，就这么定了！

天气已经转凉，在通往登源里的路上，钱端彦带着一个随从骑着马，向这边走来。他经过村口的高大的银杏树，看了眼站在树下的汪宝欢，下了马，没有说话，继续往村里走去，他不认识这位曾经赫赫有名的车骑将军。

一位衣着华丽、年约三岁的小男孩在石拱桥上拿着小树枝，"冲啊！""杀啊！"独自玩着游戏，他拿着树枝一会儿指向东，一会儿指向南，满头大汗，他没有伙伴，一个人忙得不亦乐乎。远处戴国公府大门口站着两个仆人和两个丫鬟紧紧盯着小男孩的一举一动，有时窃窃失笑。

钱端彦要经过石拱桥才能去戴国公府，他停下来微笑着对这个小男孩说："请问这位小公子，你在干什么呢？"

钱端彦很喜欢逗小孩玩，看着这个小男孩，让他想起在京城的女儿，比这小孩稍微小一点儿。

"你没看到我在指挥千军万马打仗吗？"小男孩很认真地说。

"噢，那怎么只有你一个人？你的千军万马在哪里？"钱端彦故意逗一逗这小孩。

小男孩一拍小小的胸膛："在这里！百万雄师！"

钱端彦一惊，此小孩口气可不小啊，居然敢说胸有百万雄师，不简单！他正准备再问小男孩几句。

戴国公府大门口的两个丫鬟见有陌生人与公子说话，忙跑过来。

"大公子，快回家，天凉了。"

丫鬟蕙兰边说边拽着小男孩就走。

另一个丫鬟红梅对钱端彦说："这位大人，请问您是要来汪府吗？"

红梅在戴国公府负责待人接物，见过不少人物，人很机灵，见钱端彦穿着不凡颇有气势，尽管没有穿官服，但是从神态上可以推测这个人一定是做大官的。

钱端彦看了眼被蕙兰拽走的小男孩，说："是的，我来找贵府汪大人，烦你通报一下，海宁县的钱端彦求见。"

"好的，大人，请跟我来。"红梅很客气地在前面带路，她走在钱端彦右侧稍微靠前，没有挡着钱端彦的视线。

"大贵，这位钱大人要见老爷，我进去通报一下。"走到大门口，红梅跟大贵说。

她又转身跟钱端彦客气地说："钱大人，请您稍等，我马上进去禀报老爷。"

钱端彦微微点了点头，他以前来过戴国公府几次，都是很久以前的事情了。

当时只有来福在，还没这几个丫鬟。

戴国公府的这四个丫鬟是郑氏回登源里居住时买来的，名字也是汪僧莹重新起的，红梅、蕙兰、紫菊、楠竹；大贵和双喜都是来福的亲戚，也来没多久。以前的丫鬟年龄大了，汪僧莹给她们一些钱，把她们打发回去，让她们趁着还未老，赶紧找个好婆家。

"端彦兄弟，失礼失礼。"汪僧莹听到红梅通报后，亲自跑出来迎接。

"僧莹兄，客气了，是我不恭，没有提前告诉您。"钱端彦忙双手打恭。

汪钱两家是世交，关系非同一般，汪僧莹比钱端彦大十岁，汪僧莹去朝廷述职时，还在钱端彦家居住过。钱端彦官居太府少卿，掌管金帛府帛、营造器物等工作。

在客厅分主宾坐下后，红梅给钱端彦端上了茶水。

"端彦兄弟，你这次回来，我怎么没有听到一点儿消息啊？是发生了什么事？"按他两人的交情，钱端彦离京回家之前会给汪僧莹来信的。

"下个月是亡母十年祭日，而我又要去九江赴职，算了下时间，来不及，我就提前回来祭祖，前天刚回来。现在江北局势紧张，我过两天得立即启程去九江。时间很匆忙，也就没有提前写信告诉您。"钱端彦喝了口茶解释道。

"恭喜恭喜，家眷怎么安排？一起回海宁了吗？"汪僧莹一听钱端彦要去九江郡任职，按他级别肯定就是九江郡太守，掌握地方实权。

"这次行程匆忙，家眷随后从京城启程直接去九江。"

"现在国难当头，你能身居九江郡太守，可以好好地展现你的才华，救民生于水火。"汪僧莹非常了解钱端彦，以前在朝廷任太府少卿，说白了就是给皇帝和宫里采购奇珍异宝，而具体采购什么地方的，什么价格，都是那些把持朝政的权臣或皇亲贵戚说了算，自己只是一个跑腿的而已。而现在外放到九江郡，管辖五六个州县，可以实实在在地发挥才华，造福一方，实现多年的鸿志。

"希望如此，但是现在时局形势严峻，尽所能让百姓免于战火。"钱端彦又显得无能为力，"咱们不提这个，你长年在地方做父母官，比我了解得更多。"

"好。不谈国事，我们都有五年没见了。你家的千金小姐，快三岁了吧。"汪僧莹也不想一见面就谈论这些烦心的国事，影响气氛。

"虚岁三岁，农历五月十七出生的。"提到自己的宝贝女儿，钱端彦眼睛充满着慈祥。

"如果没记错的话，是丑时出生。"汪僧莹也来精神了，用手轻轻敲了下桌子说。

"没错，僧莹兄好记性啊。令公子也长大了吧，能否请出来看看？！"钱端彦想到刚才在石拱桥上见到的小男孩，他想证实一下。

"好的，我让大的出来拜见叔父大人，我家老二才几个月大，还在吃奶睡觉，就不让他出来了。"汪僧莹对站在门外的红梅说，"去把大公子带来。"

郑氏在今年夏又生了一个男孩，取名世英。汪僧莹老来又得一子，人一下子感觉年轻了二十岁，只要衙门里面没有重要公务，他就骑马回到登源里，享受天伦之乐。

很快，小世华被红梅带来了，果然是刚才在石拱桥上指挥千军万马的那个小男孩。

"过去，给叔父行礼。"汪僧莹走过去拉着小世华的小手。

小世华看着钱端彦呵呵笑了。

汪僧莹轻轻拽了他一下小手，小世华恭恭敬敬地向钱端彦鞠了个躬："侄儿拜见叔父大人！"

"哈哈，孺子可教啊！"钱端彦哈哈大笑，站起来用手摸着小世华的小脑袋，"僧莹兄，您可生了个好儿子啊，胸有百万雄师！"

"哦？！"汪僧莹没听明白钱端彦的话，满脸疑惑地看着他。

钱端彦就把刚才在石拱桥的一幕说给汪僧莹听，汪僧莹听了，心里非常高兴，古人云"三岁看大"，他表面上忙谦逊地说："小儿无知，口出狂言，让您这个叔父看笑话了。"

钱端彦端详着小世华，一个想法从心中油然而生，他决定找个机会说出来。

钱端彦拉着小世华问，是否开始识字了？开始读什么书？启蒙老师是谁？

小世华一一作答，彬彬有礼。

这时汪僧莹坐在厅堂里，无意中看到大贵带着一个人在侧院跟楠竹悄悄说话。

汪僧莹仔细一看，是郑大，郑氏的兄长，自己的妻兄，只见郑大背一个包袱，手里拎着一个大篮子，站在大贵的后面。随后大贵接过篮子往厨房方向走去，估计篮子里装的是一些鸡鱼之类的；郑大跟着楠竹向后院走去，应该是去见郑氏。

汪僧莹没动声色，端起杯子喝了口茶，他知道郑大是来干什么的。他让红梅把小世华带出去，同时吩咐她把来福叫过来。

红梅带着小世华出去后，汪僧莹跟钱端彦说："今晚你在我这里过夜，我给你介绍一个人认识认识。"

"什么人？！"钱端彦有些好奇。

汪僧莹并没有直接回答，而是说："这个人你应该非常熟悉，但是肯定没有见过面，要说见面也就是在进村口的时候，你见过他。"

"村口？我见过？站在大银杏树下的那个人？"钱端彦更加充满疑惑。

"没错，就是他。"汪僧莹果断地说。

"他是谁？"钱端彦小心翼翼地问，听汪僧莹这样说，这个人肯定不简单，刚才匆匆的一个照面，虽然那人衣着朴素，但是眉心间透着英雄气概，当时没有在意，突然，他灵光一闪。

"你是说汪宝欢，车骑将军汪宝欢？！"钱端彦猛然想起，既惊讶又兴奋。

"没错，就是他。"汪僧莹点了点头，他很赞叹钱端彦的反应能力，"他常年带兵在外，肯定没有跟你们这些朝中大臣有过多的接触。"

"我确实没有跟他见过面，就算皇帝召见他，我也不够级别去作陪啊。"钱端彦把身体微微往汪僧莹座位上倾斜，"他每天都那样站在村口？"

"是的，已经在那里站了很长时间了，自从得知杨坚在寿春设淮南行台省，就开始风雨无阻地在那里等朝廷圣旨。"汪僧莹感到爱莫能助。

"现在朝廷被那些权贵把持，皇帝成天沉迷于酒色之中，左光禄大夫、骠骑大将军萧摩诃已在朝廷失势，鉴于其女为太子妃，所以没有被罢官，但是已无实权，他是汪宝欢的顶头上司，当年也是他对皇帝一再请求，皇帝才收回杀汪宝欢的圣旨，现在他闲居府里；散骑常侍、湘州都督周罗睺当年是汪宝欢的副将，现在也已被夺权，闲居在家。除汪宝欢之外，只有这两个人在军队中拥有绝对的威信，也只有这两人才能跟皇帝说上话，现在他俩自身处境都很危险，而其他能征善战的将军不是被关就是被杀，指望复出非常困难。"钱端彦身居朝廷，能掌握最新消息，他说出来的事情让汪僧莹都大吃一惊。

萧摩诃素有南朝第一猛将之称，出身世家，临阵对敌，所向披靡，常单骑出战，无人敢挡，战功颇多。当年陈宣帝陈顼去世时，始兴王陈叔陵想夺取帝位，差点儿杀死太子陈叔宝，是萧摩诃率兵斩杀陈叔陵，拥立太子陈叔宝登基。萧摩诃因功被封为车骑大将军，皇帝陈叔宝把抄没陈叔陵的所有财产全部赏赐给他。不久，陈叔宝又改授萧摩诃为骠骑大将军，加左光禄大夫，并经萧摩诃举荐把车骑大将军封给战绩卓越的汪宝欢。萧摩诃曾说，我只是匹夫之勇，而宝欢智勇双全，将来成就定在我辈之上。同时陈叔宝还立萧摩诃的女儿为皇太子妃，可谓荣宠至极。没想到一个这样的人物都被罢官在家，可叹可气啊！

而周罗睺年少时擅长骑射，作战勇猛，陈叔宝登基后，他先后持节都督南川诸军事、太子左卫率、督湘州诸军事、散骑常侍。战功显赫，是汪宝欢一手培养出来的良将。

上无靠山，下无良将，就算汪宝欢出山，胜算能有几何？

正当汪僧莹陷于沉思中，汪府总管来福进来了。

"老爷，请问您有什么吩咐？"

"钱大人来了，您去请车骑将军过来一起坐坐。"汪僧莹指了下钱端彦说。

来福刚进来时，是低着头，没有看旁人，听汪僧莹说，忙仔细一看，是自己认识的钱端彦大人，忙作揖打躬。

钱端彦右手轻轻一抬："辛苦你了！"

来福刚退出厅堂，楠竹就进来了。

"老爷，夫人有请。"楠竹向钱端彦施了个礼，就向汪僧莹恭敬说道。

汪僧莹一猜就知道是为了郑大的事情，不好意思地跟钱端彦说："请老弟先到我书房休息片刻，我去去就来。"

说完，他就跟楠竹说："你给钱大人带路。"

"是。老爷！"楠竹向汪僧莹施完礼，"钱大人，您请！"

郑氏从小就失去父母，与哥哥郑大相依为命，家境贫寒，常受周围邻居欺负，一些村里小孩，还经常把郑氏捡来的柴扔到河里，把郑氏家种的菜全部拔掉。老实巴交的郑大除了骂几句之外，就不敢多说话，而郑氏只有偷偷地掉眼泪。

有次，郑氏刚捡柴回来，几个小孩把她堵在路口，要抢走她手里的柴。这时，一个云游的老和尚过来了，跟这些小孩说，你们以后不能得罪这个女人，谁得罪她，谁就会倒霉一辈子，也不能私下里骂她，否则以后就会全身长脓疮。吓得那些小孩从此以后再也不敢欺负郑氏，每次看到郑氏走来，他们都躲得远远的。

那些小孩走后，老和尚对默默掉眼泪的郑氏说，你不用哭，你面相奇好，常人不能比，你吃多深的苦，就会享多深的福报；你的子孙将来贵不可言，你的善良委屈疾病贫苦都是为子孙修福。记住，你一定要坚强！

那一年郑氏才十二岁，她似懂非懂地记住了老和尚说的话，从那以后，她与哥哥坚强地活着，很乐观地生活着。

命运之神，在她十六岁那年终于降临。

二十五岁的汪僧莹，因反对父亲为其指定的婚姻，一气之下，叫上汪僧湛、汪宝欢等六七个族内兄弟，跑到歙西山林里打猎。在追赶一只野兽时，汪僧莹脱离了队伍，一下子迷路了，找不到回去的路。正在着急时，坐骑突然受惊，一路狂奔，汪僧莹骑在马上死死抓住缰绳，生怕摔了下来。马很快就跑出了山林，直往一个村庄奔去。

刚到村口石桥上，汪僧莹发现有个人正拎着一篮子菜走在桥中间。

"快躲开，快躲开！"汪僧莹紧张地大声呼喊，这人要是被马撞上了，哪里还有命？！

或许是突如其来的事件让那人惊愕不已，导致她呆立在原地，一动也不动。

幸好这是一座长桥，还容得汪僧莹反应一下，他见那人被吓傻了，只得一用力，马头一偏，直接跃入河里。

那个人就是郑氏，她正从菜园里摘菜回来，走到桥中间，就听到有人从背后大声呼喊，她转身一看，就被呆住了。

河水轻缓，并不深，汪僧莹连人带马跃入河里后。马被陷到泥沙中，大声嗥叫几声后，也就老实了。汪僧莹跳入河里，水只有齐腰深，这是寒冬，只有忍着刺骨的冷水小心翼翼地走到岸边。

这时在对岸干活的郑大跑来了，他刚才远远就看到这个人是为了救他妹妹，连人带马跳入河里的。要是遇到心眼儿坏的人，人家肯定是骑马冲过去了，妹妹非死即伤。

郑大和郑氏满怀感激地要请汪僧莹到家里去烤烤火，把衣服烘干。

到了茅草屋，烤上了火，冻得打冷战的汪僧莹才仔细瞧了瞧这个差点儿送了命的姑娘。

尽管穿着破烂，头发也有些凌乱，但是双眼充满灵气，整个人显得非常清秀，汪僧莹心中不由得泛起了点点涟漪和莫名的心动。

"碧莲，你多加些柴火，烧旺一些，别让这位公子冻着了，我叫几个人去把公子的马弄上来。"郑大又从外面抱了一大堆柴进来跟郑氏说。

在郑大去河边牵马的时间，汪僧莹有意无意地与碧莲聊天，发现这个穷人家的姑娘谈吐举止居然非常有涵养。

这才是自己要找的妻子，那个娇生惯养的千金小姐哪能跟她比啊。汪僧莹暗自心想。

汪僧莹回到登源里，跟父亲提出了这个想法。贵为戴国公、官居会稽令的汪勋明气得吹胡子瞪眼睛。自己给他订的那门亲事，可是自己同僚家的千金小姐，门当户对，这个臭小子说人家娇生惯养。贵族世家哪个千金不都这样啊，给他从十八岁相亲到二十五岁了，都没一个满意的，这次居然对一个穷人家的姑娘动心，这不有辱家门，有败家风吗？

坚决不同意。汪勋明坚决反对。

汪僧莹只得又叫汪僧湛、汪宝欢一些兄弟来家里当说客，又要自己母亲去讲好话。终于等到汪勋明一句话，把她的生辰八字拿来，若两人的八字相契合，他便会考虑考虑。

汪勋明实在没办法了，只有用这招了。如果真相合，那就在一起算了，自己也有台阶下，不能总因为长子僧莹的婚事而耽搁次子僧湛的婚事，哥哥没结婚，弟弟是不可以结婚的。如果不相合，所有支持僧莹的人，都会反过来支持他。汪勋明的算盘打得精明。

汪勋明吩咐人去碧莲家取来生辰八字，又安排人去批这个婚姻。结果批完八字后，汪勋明一回到家，就说年前就把婚事办了吧。

郑氏碧莲的八字太好了，多子多福，儿孙满堂，更重要的是其子，贵不可言。

这个贵不可言，汪勋明能想象出深层的含义。

就这样，汪僧莹很快与碧莲完了婚。碧莲知书达礼，孝敬公母，邻里都赞不绝口。

郑氏正与兄长郑大说话，汪僧莹进来了。

"妹夫。"汪僧莹还没开口，郑大忙站起来很恭敬地打招呼。汪僧莹是郑家的福星，汪僧莹与郑氏结婚后，给了郑大一笔钱，买了几十亩地，盖了大宅子，娶了媳妇，从此过上了村里人羡慕的生活。虽然算不上是财主，但是与以前的生活对比，简直就是天壤之别。

"你坐，难得来一趟，应该带嫂子一起过来走走。"汪僧莹坐到郑大旁边，两人就开始寒暄起来。

果然不出汪僧莹的意料，郑大是来借钱的，今年收成不好，加上村里牲口发瘟疫，那几十亩水稻被蝗虫吃了，养的几头牛也都病死了，今年苛捐杂税又增了好几倍，把家里老底都掏空了。

这些情况汪僧莹是知道的，别说歙县境内，就是整个新安郡境内，今年虫害严重，蝗虫铺天盖地，因到处撒药灭蝗虫，结果有些村里牲口突发瘟疫，不少农户家里牛、猪、鸡、鸭成群地死去；而荒淫无度的陈国皇帝为了扩建宫殿，又增加了赋税。现在是民不聊生，怨声载道。

郑氏抱着小世英，没有说话，她从来不干涉丈夫的事情。

过了一会儿，汪僧莹吩咐来福取来一包银子，递到郑大手里："这些钱你拿回去买几头牛和粮食，省着点儿用，想办法种点儿其他作物。到明年早稻收割，还有很长时间，你要计划好。"

"好的，好的。"郑大一接这钱袋就知道不轻，妹夫家对他的帮助实在是太大了。

两人又寒暄了一会儿，郑大就要起身回家，说得连夜赶回去，汪僧莹和郑氏挽留了一下，见他执意要走，也就算了。

隋军大营外，韩擒虎正在巡视受训的兵卒，隋军都是北方人，马背上作战厉害，灭北齐，破匈奴，但是要渡江，难免就要水上作战了，这些马背上的勇士都是旱鸭子，必须昼夜不停地训练水战才行。

在略带寒意的秋风中，上万名兵卒光着上身在江上进行严格的训练，他们气势磅礴的呐喊声震天响。一部分士兵在木船上挥剑交锋，练习战斗技巧，而另一些则跃入水中，锻炼水战中的拼杀技能。

韩擒虎一跃上马，走到山丘上，看着长江南岸。

汪宝欢，你再不复出，我就要带五百兵卒灭掉你的陈国，俘虏你那个天天躺在逍遥窝里的狗屁皇帝，我要侮辱你!

晚饭的时候，汪宝欢来了，与钱端彦相互寒暄了一阵，饭后大家都进了汪僧莹的书房。

钱端彦把在朝廷里了解的一些情况详细地告诉了汪宝欢，并表示他会联合一些文官共同给皇帝上奏，请求皇帝降旨启用他。萧摩诃年事已高，就算在关键时候，皇帝重新启用他，那也只能在朝中指挥全军，而领兵在前方作战，还得依靠汪宝欢才行。

"钱大人，我复出不是为了帮助这个昏君挽救这个王朝，而是为了陈国百姓。"汪宝欢终于说出了心里话。

他见钱端彦和汪僧莹都没说话，等着下文，就解释道。

"当今皇帝荒淫无度，百姓民不聊生，而隋国杨坚开明务实，轻税赋薄徭役，百姓安居乐业，国富民强。陈隋两国本是华夏一统，就因五胡乱华后，让中原陷入了两百多年的内乱中，既然我们都是炎黄子孙，为何一定要分裂呢？分久必合，这是历史规律。"

汪宝欢的话太出格了，要是让外人听到的话，可是要杀头的啊。钱端彦知道汪宝欢没有把他当外人。

"作为老百姓，谁愿意跟着一个昏庸无能、不顾百姓死活的皇帝去过穷日子？没人愿意！我想得很明白，我是希望隋国能一统天下，让我们陈国的百姓也过上好日子。"汪宝欢说着说着有些激动起来。

他站起来，走了两步："你们知道我为什么着急复出吗？"

汪僧莹和钱端彦对视了一眼，都摇了摇头。很矛盾啊，既然你希望隋国统治天下，那你还复出干什么？但是他俩都没有说话。

"隋军号称要发动百万大军灭陈，而各路人马都已调遣到位，到现在已经两个月了，为何还不进攻？我们整个陈国能打仗的军队估计也就十几万，隋军只要南下，势如破竹。但是他们没有进攻，而是一直看着我们，他们就是想等我们放松警惕之后，乘机一举拿下，这样既可少出兵，又可避免更多的战争，减少伤亡。"

没错，不愧是车骑将军，隋军刚进行部署时，陈国曾一度紧张过，把大部分军队都调往前线，准备与隋军作战，结果隋军居然在江北安营扎寨两个月都无动静，陈叔宝就责怪萧摩诃危言耸听，用心可疑，罢了这个军事统帅的职务，把另外一些军队调到一些地方去镇压土匪。隋军要的就是这样的结果，要的就是一个毫无战斗力的防线。

"隋军很有可能以韩擒虎和贺若弼为先锋，因为他们的军营在最前线，战争爆发时，极有可能是两支军队同时杀出，分左右两路齐头并进！"

汪宝欢的分析，让汪僧莹和钱端彦暗自叫好。

"这两个人，在隋军中都是一等一的高手，杨坚的左膀右臂，但是他两个最大的区别就是，贺若弼治军严厉，所到之处秋毫不犯；而韩擒虎的军队，烧杀抢掠，无恶不作，攻占一个城池后，有时连手无寸铁的老百姓都不会放过。"

汪宝欢说到这里，紧紧握着拳头，他似乎看到陈国百姓被韩擒虎的铁骑践踏。

"你是想出兵阻止韩擒虎的军队，免得攻破城池的百姓遭遇杀戮？"汪僧莹明白了，他连忙抢过汪宝欢的话。

"是的，这是无奈之举，也是万全之策啊。"汪宝欢苦笑着说，"我只是想拖住韩擒虎的军队，让贺若弼先行占据城池。"

"既然中华统一是必然的，能让百姓免于意外的杀戮，也是我们的责任啊。"钱端彦说道，"就凭你这想法，我要连续上奏，直到皇帝让你复出为止！"

"我也不避嫌了，为了天下苍生，我也联合同僚上奏。"汪僧莹被汪宝欢感动了。汪僧莹在两年前已由县令升任为州长史。

汪宝欢一听，忙向两人一拱拳："那就劳烦两位了。"

"呵呵，不用谢谢我，我还得请你帮我一个忙呢？"钱端彦话题一转，狡黠地说。

"什么事情还能轮到我这个山村野夫？"此时的汪宝欢心情大好，多日来的烦恼一扫而光，看着钱端彦开玩笑道。

"我有件大事要做，想请你给我做个证人。不过这个事情能否成功还得僧莹兄同意才行。"钱端彦故意卖个关子。

气氛一下子活跃起来。

"跟我还有关系？"汪僧莹正喝茶，打趣道，"我还以为你想等宝欢当大将军后，举荐你做大官呢。"

"哈哈哈……"三个人一起大笑起来。

随后，钱端彦收住笑容，很诚意地对汪僧莹说："僧莹兄，我们两个做亲家如何？让您家世华和我家钱英结秦晋之好。"

"亲家？！好啊，我支持啊！"汪宝欢抢先说道。

汪僧莹没有说话，看着钱端彦，看得钱端彦都不好意思。

"你说的可是真的？没开玩笑？"汪僧莹一字一眼地问。

"当然是真的啊，开什么玩笑啊，我见到世华第一眼，就打定主意让他做我钱家的女婿了。"钱端彦激动得都站起来说话，他走到汪宝欢身边，"有车骑将军作证，只要你同意。”

“好事啊！我当然同意，我求之不得呢！”汪僧莹也从椅子上站起来，用力拍在钱端彦肩膀上。

“好，就这么定了！”钱端彦可高兴啦。

“那我赶紧让我儿子来拜见岳父大人。红梅，红梅。”汪僧莹对着外面喊着。

“明天再说，明天再说，现在都很晚了。”钱端彦忙拉着他。

“老爷，请问有什么吩咐？”丫鬟红梅忙从外面跑进来。

“大公子睡了吗？”汪僧莹问。

“老爷，现在已经深夜了，大公子早就睡了。”红梅小声地回答。

“哦。那你下去吧，没事。”汪僧莹一挥手，就让红梅出去。

“僧莹兄，这是我的信物，上面有我小女的名字，现在就交给你汪家。”钱端彦从怀里掏出一块白玉，玉的两面，分别刻有钱英两字。女儿是他的心肝宝贝，每次外出时，都携带这块白玉在身上，犹如女儿在身边一样。

汪僧莹双手接过，很小心地捧在手心。

“世华也有一块白玉，刻有他的名字，他出生时我从庙里请回来的，现在每日都戴在身上，明天早上，他来拜见您时，让他亲手交给你，作为定情之物。”

“好。”

“恭喜你俩成为亲家！”汪宝欢也为此高兴。

三人又开始继续聊天，快到天明才睡。

公元588年，隋开皇九年，农历十二月底，陈国君主陈叔宝不听部将建议，凭恃“长江天堑”，疏于防务。为了元会（即春节）之庆，竟命镇守九江和镇江的两个儿子率战船回建康，致使江防更为薄弱。十二月三十日夜，贺若弼率十万大军从吴州率先出发，直扑江南；次日，即正月初一，韩擒虎趁陈军欢度年节、疏于守备之机，率精兵五百出庐江夜渡长江，一举袭占陈国沿江要塞采石。袭占采石后，韩擒虎命令主力部队立即渡过长江，挥军逼近建康。

隋军南下灭陈，战幕正式拉开。

第四章　陈国灭亡

收到前线军情的陈叔宝把奏报往地上一扔，自我安慰说："王气在此。当年齐兵三次南下，周师两次进攻，都被击退，我陈国固若金汤，还怕他们这些无用之辈？！"尚书孔范也附和说："长江天堑，插翅难飞，隋军居然想飞渡南下，真是天大的笑话！"

接着，那个糊涂官孔范就开始诬蔑人了："那些边将故意假报军情，唯恐天下不乱，趁机邀功。武夫们用心险恶，每次陛下欣赏歌舞时，就说边关告急，扫大家的兴。下次还有这样的情报来，应该杀他们的头。"

"没错，传旨，乱报军情者，斩！"陈叔宝搂着爱妃张丽华霸气十足地说。

陈叔宝的圣旨让前线的将士寒了心，求救无门，只得陆续投降隋军。

不到三天时间，贺若弼的十万大军全部渡过长江，并全面占领了周边城池。

大军压境。

直到正月初四，每天歌舞升平的陈叔宝终于觉察到事态严重了，慌忙下诏让萧摩诃官复原职，立即率众拒敌。这时的建康附近有兵十万，均是之前从各地调遣过来拱卫都城的。当周围的陈军聚集后，陈叔宝却突然命令萧摩诃无他旨意绝不许出兵攻击，只能防御。此时的陈国君臣还不知道隋军另一猛将韩擒虎的动向。萧摩诃提议，拨一部兵力留守建康，下旨让汪宝欢复出，前来镇守京城。

汪宝欢复出的建议陈叔宝是同意了，但没有立即下旨。陈叔宝还在幻想这隋军会像三四年前一样，跑来抢抢东西，就会回去的。

正月初七，韩擒虎率领五百精兵只花了半天时间就攻占了姑苏城，沿线陈军将士相继投降，生活在水深火热中的百姓纷纷打开大门欢迎隋军前来。韩擒虎的军队犹如进入无人之境，一路向前，目标只有一个——建康！

萧摩诃面临着一个严峻问题，手无兵符，兵马调动还得先奏请皇帝，他感到希望越来越渺茫。贺若弼的军队到京口时，他请求出战，陈叔宝拒绝；贺若弼军队开进钟山时，他建议出兵，陈叔宝还是拒绝。实际上陈叔宝根本就没有收到萧摩诃的奏折，都被把持朝政的昏官孔范压住了。孔范曾经在皇帝面前说了萧摩诃很多坏话，担心萧摩诃这次复出后对他不利，就想方设法不让萧摩诃出战，每天告诉陈叔宝的都是好消息，陈叔宝还真相信了，继续歌舞升平。真是小人啊，国家快灭亡的时候了，还想到个人恩怨，注定死得很惨！最关键的是，陈叔宝给萧摩诃送去了一顶大大的绿帽子。萧摩诃有个小妾风华正茂，有次到后宫看望太子妃时，被陈叔宝看上了，两人还真厉害，很快就勾搭在一起了。当时罢官在家的萧摩诃并不知情，小妾天天往后宫跑，他还以为是去看望他身为太子妃的女儿呢。事情很不凑巧的是，在这节骨眼儿上，小妾身边的丫鬟因偷了东西，被小妾责罚了，结果这个丫鬟就把两人私通的事情说了出来。

早就来到建康城外的韩擒虎，见建康守卫森严，无法攻破，只得在外围悄悄把军队隐藏起来，寻找攻城机会。很快各路隋军赶到，对建康完成了合围。整整半个月，萧摩诃率领的十万陈军因没有皇帝旨意，而无所作为。

直到二十日，陈叔宝才知道建康已被包围，只得仓促下令出战。陈军在白土冈一带连续四次打退贺若弼军的进攻，这时身为都官尚书、忠武将军的昏官孔范，以为隋军不堪一击，认为立功的大好时机来了，就单独率领军队贸然出击。孔范哪是贺若弼的对手，刚一交战就被贺若弼发现了破绽，全军溃败，陈军其他各部受孔范兵败影响，发生混乱。

在隋军投入战争的人马不断增多的情况下，得知私通丑事的萧摩诃又意气用事，最终陈军全线溃退，萧摩诃自己也被俘。韩擒虎趁外围作战，建康城内空虚之际，率精兵五百直入建康，建康守军不战而降。韩擒虎兵不血刃地进入宫殿，纵容兵卒奸污皇宫嫔妃宫女、掠夺珍宝，又在皇宫后花园的枯井内生俘了陈叔宝和爱妃张丽华。

陈国灭亡。

身在登源里的汪宝欢，终于接到了朝廷重新启用他的圣旨，但在他正准备出发之际，接踵而来的是建康失守、陈叔宝被俘虏的消息。

陈叔宝的圣旨是正月十五日发出的，因建康已被隋军包围，使者无法突围，只有趁正月二十日隋陈两军大决战时跑了出来。

登源里一带为汪宝欢送行的亲朋好友都掩不住泪水，汪僧莹和汪宝欢带领大家一起面北叩头，亡国之痛到来时，居然这么让人悲伤。

一阵悲伤后，汪僧莹扶起汪宝欢。

"一切都是天意，不要悲伤，我们回家吧。"

汪宝欢默默地点了点头。

汪僧莹在上个月被朝廷罢官回家了，同时被罢官的还有他的儿女亲家钱端彦。陈叔宝认为汪僧莹推荐族弟重掌军权是居心叵测，陈国良将济济，难道非他汪宝欢能当大任？立即降旨，夺去戴国公爵位，免去官职，贬为平民。

陈叔宝认为钱端彦因联合各级文官上奏，是藐视朝廷，间接指责皇帝无能，免去官职，全家发配千里之外的岭南。此事距钱端彦任九江郡太守才两个月。

在汪宝欢家坐下后，汪僧莹安慰道："天行有常，不为尧存，不为桀亡。你乃人中豪杰，大隋天子会重用你的，只要你愿意，南方及西南都还需要你这样的人才去平定的。"

汪宝欢苦笑了一下："大哥，您不用担心我，江南百姓能像中原百姓一样过上美好的生活，我不在乎个人名利。"

汪僧莹了解他，陈国灭亡是必然的，只是事情太突然了。

"你好好休息，我们先回去了。"

汪僧莹拍了拍汪宝欢的肩膀，起身走了。

"大家都回吧。不用担心。"汪僧莹看到外面围了很多人，便劝大家回家，这个时候的汪宝欢需要冷静地想想，想想他的未来如何走。

大家都散了，一阵寒风吹来，汪僧莹不由得打了个冷战。

钱端彦一家现在到哪里了？当时他发配走的时候，自己刚被罢官，还没来得及与他联系，具体是岭南什么地方？隋军攻破建康后，肯定会从江南继续推进到岭南，最终完成统一，那么对他是否有影响？

汪僧湛的消息怎么一点儿都没有？他身居鄱阳县令，战争来得这么猛烈，他是安还是危？平时两兄弟经常书信往来，但是这次已经三个月了，都没有消息，有人说全家被隋军俘虏杀头，有人说已经逃往岭南，有人说已经降隋并被授予高官。多方打听都没有结果，现在到处都是战争，隋军已经对江南全面作战，也不方便派人去寻找他们。不过，按常理，他全家也应该回老家才是。

汪僧莹忧心忡忡。汪家老宅大门上的"戴国公府"金字大匾被朝廷收回，现在挂的只是"汪宅"木匾。

回到家里，郑氏正在教小世华识字。郑氏虽然在出嫁前不识一字，但是自从嫁入汪家，汪僧莹就常教她读书写字，她天资聪慧，一教就会，一点就通。二十多年来，郑氏也看了不少书，四书五经都能略知一二，还能写一手漂亮的毛笔字。

小世华见爹爹回来了，忙放下手中的书，跑过去："爹爹，叔父这次出去打仗什么时候回来？他说等我长大了，要教我武功呢。"

汪僧莹蹲下来，双手抓着小世华的胳膊，轻轻晃了晃。

"你希望叔父出去打仗吗？"

小世华摇了摇头。

"为什么呢？"小世华越来越懂事了，汪僧莹很喜欢引导儿子去谈论一些简单的问题。

"这个皇帝很坏，就知道自己享受，不管老百姓死活，叔父不能去帮这种人打仗。"小世华一板一眼地说。

汪僧莹被小世华的言语惊讶了，这么小的孩子，都明白这道理了。他是怎样知道皇帝很坏的呢？难道是平时自己与一些人谈事时，被他听到了？！

"如果我告诉你，那个坏皇帝已经被抓起来了，叔父不用出去打仗了，你高兴吗？"

"真的吗？"小世华半信半疑。

"是真的，爹爹怎么会骗你呢？"汪僧莹认真地说。

"噢，太好了。坏皇帝被抓了，叔父可以在家教我武功了。"小世华欢快起来，手舞足蹈。

汪僧莹和郑氏都笑了。

突然，小世华停下来，很严肃地问："爹爹，新来的皇帝是好人吗？"

汪僧莹一时没反应过来。

"他对老百姓好吗？他能让大家吃饱饭吗？"小世华接着问爹爹。

"爹爹怎么知道呢，现在新皇帝刚来呢。"郑氏把书本合上，"你怎么关心大家吃饭呢？"

"如果来的又是坏皇帝怎么办？叔父可以去把他赶走吗？"小世华歪着小脑瓜，"我听来福和红梅他们说，外面村里经常饿死人，昨天我还听见来福说他们老家有人没饭吃，只能吃野草，天冷没有草，就吃树根。"

小世华的表情很悲伤。

"现在不用担心了，听说新皇帝生活节俭，爱民如子，他就是听说我们江南老百姓吃不饱饭，才发兵过江，抓走坏皇帝，让大家过上好日子的。"汪僧莹紧紧抱着儿子，小小年纪就能懂得关心百姓疾苦，他感到骄傲。

隋军在占领建康后，趁势向南面继续推进，兵分两路平定了岭南，很快统一了全国，结束了西晋末年至今近三百年的南北分裂，实现了中华一统。

因汪僧莹在陈国灭亡之前就已经被贬为平民了，所以郡州县的衙门官员更替，他也就不去关心，乐得自在。

阳春三月，莺飞草长。新王朝下的江南生机盎然，从中原运来的粮食让遭受蝗虫灾害的新安郡百姓重生了希望。

这天，登源里村口来了一小支军队，所有兵卒骑着战马，身着铠甲，目光凌厉，都是久经沙场、以一敌百的精锐。

已过半百之年的韩擒虎骑马走在最前面，在村口停了下来，环顾了一下周围的山水，点了点头。

他从马背上一跃而下，后面的兵卒也全都跟着下马，手不离剑。

接着他手轻轻往前一挥，兵卒自动分成四路，从村口向东西两方，和村口往里左右两侧跑去，列队排好。

村民远远看着，见这阵势，知道来者不善，不敢靠近。

汪宝欢正在家里看书，马氏带着小天瑶在后院午睡，天瑶还小，每天下午都要睡一个时辰。

汪宝欢的府邸修得非常不错，在整个登源里也仅次于汪僧莹的汪宅，这也是他父亲当年留下来的，汪宝欢在结婚前简单翻修了一下。

"老爷，有军爷往我们这边走来。"管家寿叔慌慌张张地从外面跑进大厅。

寿叔是老管家，汪宝欢的父亲在世时，他就一直在这府里，汪宝欢是他看着长大的。后来汪宝欢的父亲过世，汪宝欢又常年在外带兵打仗，这座府邸就一直由老管家寿叔看管。

汪宝欢缓缓把书合上，看了一眼挂在墙上的剑。

寿叔忙跑上去取。

"不用，你要大家不用慌，都到后院去。"汪宝欢看到院里几个仆人都慌成一团，这些仆人都是汪宝欢回乡后才进入这个府邸的，大家从来没见过这样的场面。

那些人马就是冲老爷来的。听到老爷一说，大家都慌忙往后院跑去。但是寿叔站在原地，他没有走。

"寿叔，你也进去。"

寿叔一挺腰，很硬气地说："我在这里陪老爷，当年老太爷就嘱咐我一定要照顾好老爷您的。"

汪宝欢感激地笑了笑。

"那你就留下来给我们沏茶吧。"

"是，老爷。"在关键时候老爷答应留下他，与老爷共同面对危难，是他的荣幸。

"咚咚咚。"

外面的敲门声传来，汪宝欢看了一眼寿叔。

寿叔的目光透露坚定，他一点头，就往外面大门走去。

"请转告汪将军，韩擒虎求见！"寿叔刚拉开门，一个高个子的老将军用洪亮的声音说。

人在屋檐下不得不低头，现在改朝换代，老爷也只是平民百姓，而韩擒虎这个人的名字如雷贯耳。曾是老爷的死对头，而今天找上门来，看来真是凶多吉少了。为了维护老爷的面子，他不亢不卑地说："韩将军远道而来，一路辛苦，我家老爷已在大厅恭候多时。"

寿叔说完略停了一下，做了个请的姿势："韩将军，请！"

韩擒虎左手握佩剑，右手往上微微一举，后面兵卒立即后退三步，肃立。

韩擒虎大步跨过台阶，走进大院，汪宝欢站在大厅门口。

"韩将军，一路辛苦！"汪宝欢刚才听到韩擒虎在门外的说话声。

"韩某仰慕汪将军已久，今日相见，实乃幸事。"韩擒虎双手抱拳。

在大厅分主宾之位落座后，寿叔给两人沏好茶，端上，就默默地退下，站在大厅外面候着。

"韩将军远道而来，必有要事，可否直言？"汪宝欢见韩擒虎毫无顾忌地喝了一口茶，就直接挑开话题。

"韩某今日前来是有几件事转告汪将军，陈国后主陈叔宝已答应效仿三国孙浩做隋王朝的归命侯；您的恩师萧摩诃老将军和您的爱将周罗睺也已归降；陈国数百名文武将官都在北上长安的路上，将接受我大隋天子的册封。"韩擒虎说到"大隋天子"四字时，恭敬地向北拱手。

汪宝欢没有说话，他内心很纠结。

"汪将军是顶天立地的英雄，是陈国最优秀的将军，也是我韩擒虎最敬佩的对手。"韩擒虎看了一眼汪宝欢的表情，毫无反应，接着说，"皇帝和晋王仰慕将军已久，希望将军早日出山，为朝廷分忧解难。"

韩擒虎眼睛一直没有离开汪宝欢。

"中华一统，天下归一，我这个武夫也派不上用场啊。"汪宝欢沉思了一下，淡淡地回答。

"汪将军自谦了，众人都知道将军您文武双全，拥有治国安邦之才能，大隋王朝初建，在很多地方还需要将军您这样的人才。"

"皇帝有清河公、左仆射、贺将军和将军您，便可拱手而治，更何况太子、晋王和秦王正当青年，精力旺盛，文韬武略。"汪宝欢看着庭院发出的柳树新枝，"就让岁月把我留在这山野，让年轻人去创造历史吧。我心已经老了。"

清河公是杨素，灭陈时为水军主帅，因功被晋封为越国公，后官至左宰相；尚书左仆射高颎，灭陈时任元帅长史，协助晋王杨广统帅军队，因功被封为齐国公，后官至右宰相；贺将军是就是贺若弼，因灭陈有功被封为宋国公。

韩擒虎也跟着他的目光，看着柳枝，绿荫翠翠，他知道汪宝欢有别的顾虑，他想争取一下。

"皇帝主张仁德，我跟随多年甚是了解，当年汉高祖兔死狗烹、鸟尽弓藏的事情不会重演。"

"世事难料，但愿如此。"汪宝欢看着韩擒虎坚定地说，"请转告皇帝和晋王，宝欢心意已决，愿意过采菊东篱下的生活，做大隋的子民。"

韩擒虎见他如此坚定地说，也就不勉强了。

"既然汪将军决心已定，韩某也不勉强。我也羡慕你们这种田园生活。"

韩擒虎站起来，很欣赏地看着汪宝欢，双手抱拳。

"告辞！"

"慢走！"汪宝欢站起来，正准备去送。

韩擒虎转过身："既然汪将军要过平民生活，那么以后朝廷或者晋王派使者来请汪将军复出时，可对他们说，身体不适，待调养好后再为朝廷效力。"

汪宝欢不解地看着他。

"晋王看中的人才，不为他所用，他就会让任何人都用不了。"

韩擒虎说这句话的声音很低，但是汪宝欢听得很真切。

"多谢！"汪宝欢双手抱拳。

历史在这个时刻，既然让两个曾经的对手以这种方式见面，又以这么简单的方式告别。

这是历史对惺惺相惜的两位英雄安排的相会。两人在经过千军万马、血流成河的厮杀后，犹如春风刚刚拂过一样相会，又似不曾相会。

韩擒虎的最后这句话，在五年后像噩梦般真的来了，并且带走了太多的幸福，留下了太多的悲痛。

这一年，大隋皇帝杨坚为了统治需要，改郡为州，以州统县，将歙、黟二县并入海宁为歙州，州治设海宁；又将始新县改为新安县，原遂安、寿昌并入新安县，划归婺州管辖。歙州辖地仅有原新安郡的一半。

这是新安与歙州在历史上的名称与地域管辖的一次变更，追溯南朝，已有多次了。

南朝宋孝武帝大明八年，即公元464年，新安郡领歙县、黟县、海宁、遂安和始新五县。

南朝梁武帝普通三年，即公元522年，将原属吴郡管辖的寿昌县，划归新安郡，新安郡从此复领六县，即海宁、始新、遂安、寿昌、歙县和黟县。

南朝陈文帝天嘉三年，即公元562年，将黎阳县并入海宁县，新安郡领歙县、黟县、海宁、始新、遂安和寿昌共六县，隶属东扬州。

"子曰：'人而不仁，如礼何？人而不仁，如乐何？'"

"子曰：'唯仁者能好人，能恶人。'"

"子曰：'君子怀德，小人怀土；君子怀刑，小人怀惠。'"

"子曰：'君子喻于义，小人喻于利。'"

"子曰：'君子欲讷于言而敏于行。'"

在登源里东头，一座宽敞明亮的学馆里，十几个五六岁的小孩坐在书案前大声地跟着先生朗诵《论语》。

学馆正中间挂着元圣周公姬旦的画像，画像的两侧分别是孔子和孟子。一名六十多岁的老先生正摇头晃脑地带领弟子们读书。

他忽然停了下来，看着坐在中间位置的一个小男孩，这个小男孩没有像大家一样跟着朗诵，而是看着窗外。

而窗外，几只小鸟正在树枝上飞来飞去，自由自在。

其余小孩随着老先生的目光，看了过来。

"汪世华！"老先生的声音带着严厉。

"汪世华！"居然没听见，老先生声音提高，更加严厉。

小世华才反应回来，忙站起来。

"先生。"

"你刚才在干什么？看到哪里去了？"老先生盯着他。

小世华低着头，没有吭声。

"你解释下：君子怀德，小人怀土；君子怀刑，小人怀惠。每次上课都不认真，如果回答不好，我就罚你抄写十遍《论语》。"

小世华仍然没有说话。

"哈哈……"所有小朋友都笑了。

"上课不认真，成天三心二意，长大了会有什么出息？！"老先生已经被他气得肺都快炸了。

他后悔当时三番五次地跟汪僧莹说，让小世华来他这里上学，当初见小世华小小年纪就识不少字，毛笔字又写得不错，天资聪慧。心想自己在前朝给太守当了几十年师爷，与汪僧莹关系又很熟，如果能把这小孩培养出来，那也是一件大好事啊。没想到，这小世华来学堂三个月，没有一天是老实的，常在课堂上搞些小动作。

"先生，我不是不理解这句话的意思，而是我认为您给我们讲解得不合理。"小世华勇敢地看着老先生，这是他第一次否定先生。其实他刚来不久就对先生讲的一些学问有不同看法，他认为爹爹和娘给他讲的好像更有道理些。

小世华的话刚落，整个课堂的小孩都哄笑起来，居然敢说先生教错了。

"哦，那你有什么高见呢？说来给大家听听。"老先生没想到这小家伙居然敢在大庭广众之下说自己教错了，真是不知天高地厚。

"先生说这句话的解释是，君子心中总想着或者要时刻想着怎么加强自己的道德修养，而小人则不然，他们只会依恋自己的土地。君子畏惧刑罚，所以行事才会谨慎，不会违法，而小人则心怀私利，只要有利，就可能无所不为。"

"没错，我是这样说的。那你认为呢？"老先生倒觉得奇怪，这小家伙上课没怎么听讲，可教给大家的内容，他全都记着。

"弟子愚钝，但弟子认为这句话的最好解释应该是这样的。"小世华见先生承认其所教的内容，便环顾了一下课堂，很自信地说，"君子怀德，小人怀土。应该理解为，执政的君王们只有心中想着怎么行仁政，小民们才会怀恋这片土地，才不会出现迁居其他地方的状况。"

"君子怀刑，小人怀惠。应该是指执政者心中常想的是怎么以法治国，小民们心中想的是怎样生存下去、怎样谋利、怎么得到更多的实惠。"

老先生坐在上面，为这么一个小孩居然能说出这样的话，感到惊讶，不管这解释是谁教他的，但是他选择认可这个道理，就表示他已经非常不简单，何况他还只是个不到六岁的小孩。这个解释他不是没听说过，但是当前社会真正理解和执行的却没有。

"这是谁教你的？"老先生的语气很平缓。

"家父。"小世华很自豪地回答。

"为什么你认为这个解释是更好的？"老先生决定再考考他。

小世华见先生的口吻已经改变，同时先生的眼神透露出赞赏，就大胆地说："春秋之前的执政者都是受过良好教育的社会精英，他们比任何人都懂得只有治下的民众生活稳定了，自己的地位才有保障。周公制定礼乐制度本身是鼓励小人发家致富的，因为周公知道只有保障所有的人能过上幸福的生活，社会才会稳定，国家才会强盛。如果只要求大家懂礼仪知廉耻守规矩，但是又让他们吃不饱穿不暖，那么所有的仁义道德都会变成空话。"

"没有吃穿就可以没有仁义道德了？"老先生反问。

"先生应该也听说过易子而食的事情，难道作为父母不疼爱自己的儿女吗？那么为什么舍得与别人交换儿女相互啃食呢？前朝陈后主大建宫室，生活奢侈，不理朝政，百姓过着食不果腹、衣不蔽体的生活；而当今皇帝任贤纳谏，减轻赋税，消除奢靡之风，爱民如子，所以当时隋军南下时，百姓欢呼。难道是陈国的百姓不热爱自己的国家？"

没想到小世华居然会举一反三，旁征博引。

他见先生没有说话，就继续说。

"管子曾说，仓廪实而知礼节，衣食足而知荣辱。对待百姓，要鼓励他们从事生产劳作，在物资上得到满足，同时保障他们财富，他们就不会触犯刑律，因为害怕法律的威严，自然就会遵守国家颁布的各项法典，懂礼节知荣辱。如此下去国家也就会不断发展壮大。"

老先生见小世华没有说话了，就点了点头："坐下吧。好好跟大家一起朗诵课文。"

小世华说得很有道理，但是目前很多人把周公的礼乐和孔子的《论语》都歪曲了。自从汉武帝刘彻罢黜百家独尊儒术之后，有些统治阶层为了自身利益，只强调百姓知礼节，而自己却不管百姓死活。当前新王朝刚建立几年，这个皇帝到底将怎样来治理国家呢？他不敢去推测，也不敢对小世华的言论进行评价。但是他从小世华的身上看到了希望，是小世华的未来，也是国家的未来。

小世华端端正正地坐了下来，周围小孩似懂非懂地对他投去了赞许的眼光。

这就是小世华对礼仪的理解，对仁义的解读，这一次的回答注定影响了他整个人生，在他走向权力高位时，他用行动演绎得更加精彩完美！

"汪世华，你又在干什么？"刚朗读不到半个时辰，老先生发现汪世华趴在书案上，一动不动。

"先生，我肚子痛，痛得厉害！"小世华非常吃力地扶着书案站起来，满脸痛苦的样子。

"怎么这样呢？刚才不是好好的吗？"是啊，刚才回答礼仪的时候，举一反三，精神十足，怎么才一会儿就跟霜打的茄子一样。

"我也不知道，哎哟，痛得厉害。"小世华的表情让人怜悯。

"那怎么办？找个同门送你回去。"先生见小世华那痛苦的表情，也着急了，走过来扶着他。

小世华强忍着痛，有气无力地说："谢谢先生，我自己回去就行，不能影响大家的功课。"

"你一个人真能回去？"先生疑惑地问。

"没关系的，没有多远。哎哟，好痛哦。"小世华捂着肚子。

"那你赶紧收拾书本，回家找郎中看看。"老先生见他痛苦的样子，一时也没了主意。

"谢谢先生，我先走了。我会让大贵来帮我拿书。"小世华把书本盖好。

"好的，你快回去吧。"先生还没说完，小世华就已经走出了私塾的大门。

小世华捂着肚子走出了一百多步远，回头看后面没有人，立即腰板一挺，微微一笑，往河边跑去了。

原来他根本就没有肚子痛，只是要个小聪明，找理由出来玩。

现在正是五月天，正午的太阳不是很晒，微风送来阵阵凉爽。小世华蹲在一棵大树下，河边一条条小鱼从他脚下游过，树上的蝉鸣像一首美妙的乐曲。

小世华完全沉浸于这大自然中。

"世华，你在干什么？怎么没去上学？"从外面办事回来的汪宝欢远远地看到河边有个小孩，他担心有什么危险，就走过来，一看竟然是小世华。

这家伙肯定又逃学了，听他父亲说，才上学三个月，就常说肚子痛、头痛、全身发冷等，找一大堆借口不去上课。私塾里的先生已经被他折腾得没办法了，如果不允许他请假，他就在私塾里哎哟哎哟地叫个不停，搞得大家都没法听讲。

"叔父。"小世华见是汪宝欢，就忙站起来，他打心眼儿里喜欢这个叔父，喜欢听叔父跟他讲打仗的事情。

"你怎么在这里呢？"汪宝欢盯着他，这小子越来越顽皮了。

"我肚子痛，出来休息一会儿，等会儿就回学馆。"小世华很认真地说。

"你别跟我装了，你这点儿小花样我还不知道啊。"汪宝欢也在树旁的石块上坐下，"你也坐，我们聊聊天。"

"真的？"小世华很惊讶，既然叔父知道自己耍花样，按道理应该批评自己的，没想到语气非常平和。

"坐吧，不批评你。"汪宝欢向他招了下手。

待小世华坐下后，汪宝欢问他："平时你挺爱学习的，为什么就不愿意去学馆听讲呢？"

"先生太迂腐了，有些东西我认为他说得没有爹娘说得好。最重要的是，他教的东西我都会，我觉得坐在里面太没意思了。"

"先生可是我们方圆百里有名的人物啊，当年还给太守做过师爷，天文地理无所不通，你才多大的小孩，就敢说都会，应该虚心学习，将来长大了才能做一番大事业。"

"我不是这个意思，我只是觉得先生目前教我们的东西，我娘都跟我说了，还有我爹和娘讲解的一些东西觉得更有道理。"小世华说，"他教书太慢了，一段内容要教好多次，我早就记会了。"

"先生教的东西可能跟你爹娘教的有区别，那是每个人所处的位置不同，对问题的看法就不一样。你能够选择自己认为对的，又能坚持自己的观点，这是了不起的。但是，作为小孩，你应该耐心去学习，如果你将来想做大事，就要学会接受不同人的不同意见，然后你再作出正确的判断。"

汪宝欢摸着他的小脑袋，接着说："就比如我以前带兵打仗一样，战前各将领就会有好几种作战方案出来，每个方案都有自己的道理，这主要是由个人的能力高低决定的，不是谁对谁错的。而作为统帅，就需要综合各方的意见，形成自己的方案。如果某人方案不对，我们应该寻找他为什么这样做的原因，帮助他认识到缺点所在，要有理有据，并让他认可并完全服从你的方案，这样他们才能浴血奋战，勇往直前，你才能攻无不克战无不胜，才能成为胜利者。"

小世华似懂非懂地看着汪宝欢点了点头，突然说："叔父，你什么时候教我武功，什么时候教我打仗？"

"需等你长大一些再说，你现在得好好读书识字。"汪宝欢曾答应教他武功的，但是觉得他年纪太小，等长大点儿再说，到时可以与小天瑶一起学。

"那得等多久啊，这样如何？您教我武功，我就认真地听先生讲课。"

"你小子还跟我谈条件啊，我问你，你为什么一定要学武功？当今中华一统，天下太平，不需要打仗了，应该多读书做学问才行。"

"叔父，您这样说就不对。"小世华的一句话，让汪宝欢吃惊。

"国家强盛应该是文武并用，对外用武功抵御外族侵略，保护百姓不受凌辱，拥有强大的军队才能让敌人知难而退；对内用礼仪让大家做一个仁义礼智信、忠孝廉耻勇的子民。只有这样，国家才能长治久安。"小世华看着远方的云彩，语气那么坚定又那么自信。

汪宝欢被他的言语震惊了，没想到一个小孩居然能说出这么大的道理，不简单，他注定一生不简单！

汪宝欢用手拍着他的肩膀，也看着远方。

"世华，你将来想做一个什么样的人？"

"做一个像远祖周公姬旦那样的人。"小世华看着叔父很果断地大声说。

周公，姓姬名旦，也称叔旦，西周时期的政治家、军事家、思想家、教育家，被尊为"元圣"、儒学先驱。周文王的第四子，周武王的同母弟。因采邑在周，称为周公。周公在当时不仅是卓越的政治家、军事家，而且还是个多才多艺的诗人、学者。武王死后，其子成王年幼，由周公摄政当国。周公的兄弟管叔、蔡叔和霍叔等人勾结商纣之子武庚和徐、奄等东方夷族反叛。他奉命出师，三年后平叛，并将势力扩展至海。后建成周洛邑，作为东都。相传周公制礼作乐，建立典章制度。其言论见于《尚书》诸篇，被尊为儒学奠基人，是孔子最崇敬的古代圣人，《论语》中，孔子曰："甚矣吾衰也！久矣吾不复梦见周公。""文武周公"是孔子最为推崇的人物，即文王奠基，武王定鼎，周公主政。正是由于文王、武王作为君主，而周公为周朝制定了礼乐等级典章制度，使得儒家学派奉周公、孔子为宗，之后历代文庙也以周公为主祀，孔子等先贤为陪祀。周公在巩固和发展周王朝的统治上起了关键性的作用，对中国历史的发展产生了深远影响。只是后来到了汪世华之后，也就是唐开元时期，掌控欲极度强烈的唐玄宗李隆基作为皇帝不能容忍周公在武王逝世、成王年幼时期主政以及西周末期周厉王出奔后的"周召共和"，于是下令取消周公文庙供奉的资格，改以孔子为主。

可以说，周公是周王朝夺取政权的主要领导者之一，是周王朝巩固和发展政权的重要决策者，是中国大一统版图的开拓者和奠基者，是中国传统文化、国学的缔造者和始祖，是中华民族人格、道德完美的典范，是忠君、勤政、爱民的榜样，是历朝历代帝王、丞相的楷模。周公是集大成者！

而周公是汪姓的远祖，周公长子伯禽被封于鲁国，为鲁国国君，传至第二十一位国君时，鲁成公因次子出生时左手有水纹，右手有王纹，合而为汪，故为子取名为汪，并封其为颍川侯，史称汪侯。从此，汪侯的子孙以汪为姓，成为汪姓的主要来源。因而汪姓一直尊周公为自己的远祖，并以此为荣。

汪宝欢再一次被震撼了，他带着赞许和期待的眼神看着小世华。

"你会做到的！"

是的，他会做到的！从懂事起，他就以周公为榜样，一生都在要求自己！

天边的云彩在太阳光的照射下，显得格外美丽！

第五章　宝欢传艺

汪宝欢带着小世华来到汪宅，跟汪僧莹聊了很长时间，把他与小世华的对话一一告诉了汪僧莹。

汪宝欢说："大哥，你放心，我一定会把平生所学毫无保留地传授给世华。当年天降祥瑞，今日谈吐非凡，昔日必将成为我们家族的骄傲，国家的骄傲！"

汪僧莹何尝不想让汪宝欢教世华武功呢，只是觉得他年龄太小，本来想等一两年自己亲自教他，尽管宝欢以前说过教世华武功，但是都是自家人之间闲聊时说的，没有今天这样特意要求，自己也正求之不得。

"交给你，我绝对放心，只是怕给你添麻烦。世荣刚刚出生，你嫂子没有精力照顾世华和世英，既然你愿意帮忙照顾世华，这样我就更有精力教世英读书识字了。"

汪僧莹不到六年连得三子，精神焕发，仕途之事漠不关心，一心都扑在照顾夫人和三个儿子身上，他当年的宏图大志就寄望儿子们去实现了。

"那就这样说定了，从明天起，我来安排他的作息时间。"汪宝欢从小世华的身上也看到了希望，既然自己不能走上历史的巅峰，那么就培养个能走上历史巅峰的人吧！

卯时，天刚亮没多久，登源里后山的一条小道上，小世华正在往上跑。汪宝欢跟在后面，不停地喊，快，快，快。

辰时，后山山顶上，小世华正在边扎马步边练拳。他从基本功开始。

巳时，吃完早餐的小世华向村头私塾走去，大贵拎着装笔墨纸砚的考箱跟在后面。走在石板路上，小世华还手舞足蹈，拳打脚踢的。大贵不停地喊，大公子，小心点儿，别掉到水田里去了。

申时，午饭后的小世华，在后山山顶上练习兵器。汪宝欢要他学会十八般武艺。十八般武艺就是指会使用十八般兵器的本领，分别为：弓、弩、枪、刀、剑、矛、盾、斧、钺、戟、鞭、锏、挝、殳、叉、耙头、绵绳套索、白打（赤手空拳，徒手搏击）。并要求小世华以弓箭和剑为常用兵器。

汪宝欢说："弓箭之威，远胜其他兵器十倍百倍。拥有强健臂力者操纵之，其射程之远、攻击力之强，足以令人震撼。倘若你潜心修炼、深入钻研，就能百步射人，尤其是领兵作战，弓箭尤为重要，可离百米之外取上将首级，攻城略地，均为首选。想当年，黄帝与蚩尤激战于涿鹿之地，正是凭借弓箭之威，方能大获全胜。因此，在十八般兵器中，弓箭自然稳坐头把交椅，无出其右者。"

"剑，自古便是令人敬仰的圣品，它尊贵而威严，被人们奉为神明。作为短兵器的鼻祖，近战中的利器，剑因其深邃的道艺内涵，甚至融入了玄幻传奇的色彩。其便携轻盈的特性，佩戴时的英姿飒爽，以及出剑时的迅疾如风，使得历朝的王侯将相、文人侠客，乃至商贾百姓，都以剑为傲。剑术，这一古老的武艺，在沙场上英勇驰骋，在武林中称霸一方。它既是立身处世的法宝，也是行侠仗义的工具，深受世人喜爱。自轩辕黄帝时代起，剑便开始流传于世。在中国古代，有十大名剑熠熠生辉，它们分别是：轩辕夏禹剑、湛泸剑、赤霄剑、泰阿剑、七星龙渊剑、干将剑、莫邪剑、鱼肠剑、纯钧剑、承影剑。其中，轩辕夏禹剑高居榜首，而湛泸剑紧随其后，二者皆为剑中翘楚。"

后来领兵的汪世华因机缘巧合，获得了其中一把名剑，成为他开疆辟土、建功立业的神器！

戌时，小世华坐在他父亲为他专门安排的房间内，汪宝欢正在给他讲解《孙子兵法》，偶尔又放下书本，走到一张地图前面，指指点点，讨论不停。

汪宝欢说："兵者，国之大事者也，死生之地，存亡之道，不可不察也！孙子早就说过，战争跟国家的命运、人民的生死都息息相关。他不仅点明了战争在国家事务里的重要地位，还告诉我们，打仗的最终目的就是为了保卫国家，让人民安居乐业。所以啊，战争是咱们国家的重中之重，直接关系到军民的生命安全，还有国家的存亡。咱们得小心翼翼、深思熟虑地去观察、分析和研究，才能行稳

徽州魂
大唐越国公汪华传奇
上

致远。"

在汪世华的人生中，战争时时伴随着他，戎马一生，但是每次作战前，都经过慎重周密地观察、分析、研究才宣布发兵。

"咱们来聊聊打胜仗的五大要素：道、天、地、将、法。首先，"道"，就是民心。君主和百姓得一条心，劲儿往一处使，这样大家才能同甘共苦，一起面对困难，无惧任何挑战。然后，"天"，说的是天时。白天黑夜、晴天雨天、冷天热天，还有春夏秋冬，这些都得考虑进去。接着是"地"，讲的是地利。你要看地形咋样，路好不好走，有没有险要的地方可以利用，战场大不大，还有这个地方是安全还是危险。再来就是"将"，将领很重要。一个好的将领得聪明、讲信用、对部下好、有勇气，还得管得住军队。最后，"法"，就是得有个好制度。你得把组织结构搭好，每个人的任务和权力得明确，还得管好人员和资源，保证打仗的时候有东西用。这五个方面，当将领的得好好琢磨。懂了这些，打仗就容易赢；不懂，那可能就得吃亏了。"

汪世华后来不管是成为统领三军的主帅，还是成为拥有六州的吴王，他都需从这五个方面进行全面深刻的了解，做到万无一失。

"非利不动，非得不用，非危不战。主不可以怒而兴师，将不可以愠而致战；合于利而动，不合于利止；怒可以复喜，愠可以复悦，亡国不可以复存，死者不可以复生。故明君慎之，良将警之，此安国全军之道也。《孙子兵法》里面的这句话的意思就是：'不是有利可图就不要轻易出兵，没有必胜把握就不要随便用兵，不到危急关头就不要轻易开战。国家的君主不能因为一时的愤怒就发动战争，将领也不能因为一时的气愤就下令攻击。只有符合国家的利益才能行动，如果不符合，那就应该立刻停止。愤怒过后可以重新欢笑，气愤之后也能再度喜悦，但国家一旦灭亡就不能复存，人死了也不能复生。所以明智的君主会对此非常慎重，优秀的将领也会常怀警惕。这才是保护国家和军队的正确方法。'由此可以看出，以利为动，是孙子重战慎战思想的核心，也是《孙子兵法》对待战争问题的基本观点和思想。"

汪世华的一生是重战而又慎战，对待把百姓卷入战火而又泯灭良心的敌人，毫不客气地进行军事打击，但是对于改邪归正的敌人就慈悲为怀。

"兵者，诡道也。故能而示之不能，用而示之不用，近而示之远，远而示之近。利而诱之，乱而取之，实而备之，强而避之，怒而挠之，卑而骄之，佚而劳之，亲而离之，攻其无备，出其不意。此兵家之胜，不可先传也。意思就是：用兵作战，就是诡诈。因此，有能力而装作没有能力，实际上要攻打而装作不攻打，欲攻打近处却装作攻打远处，攻打远处却装作攻打近处。对方贪利就用利益诱惑他，对方混乱就趁机攻取他，对方强大就要防备他，对方暴躁易怒就可以撩拨他怒而失去理智，对方自卑而谨慎就使他骄傲自大，对方体力充沛就使其劳累，对方内部亲密团结就挑拨离间，要攻打对方没有防备的地方，在对方没有料到的时机发动进攻。这些都是军事家克敌制胜的诀窍，不可先传泄于人。"

汪宝欢接着解释："作为指挥千军万马的将军，除了拥有超群武艺，同时也需要运筹帷幄决战千里的谋略，临阵对敌往往都是计计相扣，步步惊心，需临危不乱，足智多谋，方才百战百胜。"

"孙子曰：夫用兵之法，全国为上，破国次之；全军为上，破军次之；全旅为上，破旅次之；全卒为上，破卒次之；全伍为上，破伍次之。是故百战百胜，非善之善也；不战而屈人之兵，善之善者也。意思就是：战争的原则是使敌人举国降服是上策，用武力击破敌国就次一等；使敌人全军降服是上策，击败敌军就次一等；使敌人全旅降服是上策，击破敌旅就次一等；使敌人全卒降服是上策，击破敌卒就次一等；使敌人全伍降服是上策，击破敌伍就次一等。所以，百战百胜，算不上是最高明的；不通过交战就降服全体敌人，才是最高明的。"

小世华对这一段非常感兴趣，不战而屈人之兵。孙子的这一条后来深深地影响了汪世华，他在一生的征战中，首选此策。

尽管每天给小世华安排的学习任务很重，但是令汪宝欢感到高兴的是，每次只要教一遍，小世华就能理解，并且善于思考，还会提出很多新的问题。

光阴似箭，日月如梭，转眼间小世华已经八岁了。

清晨，登源河畔，晨雾霭霭，山脚下几户人家炊烟袅袅，冉冉升起的旭日被几缕淡淡的云雾遮盖着，散发出微弱而和煦的光芒，山上河涧的流水缓缓地流淌着，不时地传来鸟儿欢快的叫声，周围又散发出阵阵花香，置身其中如坠天境一般，不免让人感到心旷神怡，流连忘返。

"嗖——"

一只正飞去啄食小鸟的老鹰被远处飞来的利箭射中，掉在地上。

汪宝欢骑马直奔而去，在马背上斜着身子，抓紧马缰，一个海底捞月，就把地上的老鹰捡起来。

"世华，好样的。一箭穿喉！"

"好！大哥好棒！"

小天瑶和小世英分别骑在马上欢呼。

小世华左手搭着弓，骑在马上，看着差点儿被老鹰啄去的小鸟，淡淡一笑。

汪宝欢骑马转身面对三个小孩说道："今早上的训练就到这里，吃饭后去好好上学。"

"是！"三个小孩一齐答话。

"爹爹，我今天可以不去上学吗？上学多没意思啊。我就是喜欢练武功。"小天瑶皱着眉头，嘟着嘴巴说。

"不行！不要跟我耍花样，如果你不认真念书，我就不教你武功。"汪宝欢很严肃地看着小天瑶，"快跟我回家吃饭。"

小世华与小世英对视一笑，骑马往家走去。

从去年开始，小天瑶和小世英也跟着汪宝欢一起学武术和兵法，小天瑶比小世英年龄大一点儿，但是力气非常大，用汪宝欢的话说，是一头蛮牛，将来像张飞一样力大无穷。

小世英非常懂事，什么事情都听哥哥世华的，老实憨厚，不像小世华那样调皮捣蛋。

到路口时，汪宝欢停下来，看着小世华和小世英从身边走过，他看着小世华的背影，心中涌现出一种说不出的焦虑，自从今年开春，这种焦虑一直围绕着他。

他不知道为什么？但他总感觉有什么事情将要发生。

第五章 宝欢传艺

他看了看跟在后面的小天瑶，这小子还是一副不情愿的样子。听先生说每次上课他都不认真，不是睡觉，就是带领一帮小孩瞎闹，就是不爱念书。就这么一个儿子，不好好培养成才，怎么能对得起列祖列宗呢。

"快点儿走，不然你娘会责怪你的。"汪宝欢的语气充满慈祥。

这一年是公元594年，大隋开皇十四年，位于东北部的高丽、百济、新罗开始向隋朝朝贡。任扬州总管已经四年的晋王杨广学江南方言，娶江南妻子，亲近江南学子，重用其中的学者来整理典籍，用巧妙手段笼络了人心，人人称贤。江南一带文臣武将对其推崇有加。

这时的杨广在政治上和军事上都非常成熟，城府极深，在众人面前常赞太子贤德，而每晚都要对着长安方向，想着的是如何收拢天下人心，夺取太子宝座，继任大统。

"情况如何？"在总管行台后院，杨广急切地问从外面跑来禀报消息的使者。

"启禀殿下，韩将军说他一直在与汪宝欢联系，只是汪宝欢身体没有康复，疗养后一定会前来为朝廷效命，为殿下效命。"使者跪在地上一字一句地回答，小心翼翼。

"哼！"杨广很失望地转过身，把手往后挥了挥。

使者紧张得松了口气，忙磕头退出。

"殿下，汪宝欢的事情不能再拖了，否则会误大事。"宇文化及的眼神充满杀机。

杨广侧过身看着他，没有说话。

宇文化及是杨广的心腹，虽然只有十八岁，但是文武双全，杨广在江南笼络人心的策略就是出自他手，江南平定后部分地方还出现过几次叛乱，也都是宇文化及带兵去剿灭的。

"你说说看。"

"他的恩师萧摩诃已经任开府仪同三司，与汉王关系甚密，皇上让其协助汉王整顿军务；他的爱将周罗睺任上仪同三司，拜豳州刺史，为封疆大吏，与秦王关系密切。如果汪宝欢能站在殿下这边，那么这两名虎将就自然也会站到殿下这边，为以后殿下谋大事起到事半功倍的效果。"

杨广看着宇文化及，这些道理他是明白的，这就是为什么他三番五次地要韩擒虎出面请汪宝欢出来的原因。

"殿下认为除太子之外，兄弟之中还有谁对你的危险最大？"宇文化及问道。

"杨谅。"杨广吐出两个字，眼神中带着杀机。

"没错，汉王杨谅为皇上幼子，皇上对其宠爱有加，现为左卫大将军，手握兵权，与太子关系密切，随时有可能被皇上派出京城掌管一方军政。而秦王杨俊虽然战功显赫，但生活太奢侈骄纵，常常让皇上生气，同时他与殿下您曾并肩作战，感情甚深，对你也是敬畏有加。"

宇文化及不愧为一代奸雄，他对问题的分析非常尖锐、准确。没过几年，杨俊就被皇上夺取一切官职，空留王位，最后忧郁而死；杨广篡位时，杨谅身为并州总管，五十二州尽为所属，立即起兵造反，并重用萧摩诃，率领大军直向长安杀来。

"是的，杨俊下面的人都可以争取过来。"

"我们对汪宝欢的处置应该早做决定，如果他要是真归顺朝廷，就很有可能像萧摩诃一样站在汉王那边，成为太子的人。"宇文化及接着说。

杨广脸上显出焦虑："有什么好办法呢？"

"要么归顺殿下，要么……"宇文化及抬起右手做了个杀的手势。

杨广没有说话，他还是希望汪宝欢出山为他效命。终究现在是在聚集实力与太子抗衡的时候，如果轻易动手杀掉昔日赫赫有名的将军，会引起负面效果。

"只要不为殿下所用的，就会成为殿下潜在的敌人，不管他是真的想做一个山村野夫，还是另有企图，我们再给他一次机会，如果他还拒绝，那就只有如此了。"宇文化及的眼神中充满杀机。

"我已经为他准备了车骑将军的大印，你安排人带过去给他。"杨广很惋惜地说，"难得的将才啊！"

汪僧莹正带着三个儿子在厅堂讲故事，郑氏也坐在一旁。来福撩开帘子走了进来，郑大跟在后面。

"妹夫，妹妹。"郑大空着手，显得很尴尬。

"哥哥，您怎么来了？"郑氏见哥哥突然跑来，感到很吃惊。

"快坐，快坐。"汪僧莹忙站起来，"外面还有谁？"

汪僧莹看到窗外还有人站在外面。

"是大牛。"郑大笑着说，"没见过世面，害怕见姑爷。"

"让他进来吧。小时候不是来过几次吗？有什么害羞的？"汪僧莹看着来福，向外面指了指。

"大牛也来啦，快进来。世华，去叫表哥进来。"郑氏一听是娘家的侄儿来了，非常热情。

大牛是郑大的儿子，二十岁了，为人憨厚木讷。郑大一共三个儿女，两个女儿都已经出嫁，大牛是最小的。

"姑爷，姑母。"大牛的声音跟蚊子一样轻。

"快坐快坐。"郑氏发现好几年没见的侄子比他父亲高多了。

汪僧莹看着郑大与郑大牛坐下后，又开始琢磨他们这次来的意图。除了借钱，郑大一般是不会来的。

"来福，你把公子都带出去。"汪僧莹不想让郑大在小孩面前尴尬。

世华三兄弟跟着来福走出去，郑大的表情恢复了自然。

郑大首先啰唆了一大堆，说大牛这孩子太憨了，脾气又倔，都这么大了，还没有娶媳妇，相了不少亲，不是人家看不上他，就是他看不上人家。

自己这些年来依仗姑爷，虽然说有些田地，多少有些钱。两个女儿嫁时，为了让她们在婆家有些地位，就给了每人十几亩地作为嫁妆，女儿都嫁在邻村。遗憾的是这几年积攒的一些钱财，去年被大牛拿去做生意，全部亏了。

一听全亏了，郑氏着急地问："怎么全都亏了呢？家里田地多，怎么跑出去做生意呢？"

"你是知道的，我们歙州一带山多地少，每年收的粮食是完全不够全家吃喝的，一般家庭在年份好的情况下，才够吃半年，所以为了生计很多小伙子都跑到杭州、扬州等地方去谋生，比如贩卖茶叶、木材等。这几年来没有打仗，有一部分人赚了不少钱。"郑大知道妹妹常在大院里面待着，很少外出，对外面社会的一些变化可能不太了解，就先把情况说了一下。

"以前出外的人很少，大家辛苦种地一年也基本够吃饱饭的啊。"郑氏说。

"这情况我没有告诉你，这二十年来，由于各种原因，很多人都迁居到南方来，而歙州环境优美，吸引了很多人到这里安居。"汪僧莹说，"迁入的人多，土地就自然少了。"

"没错，这几年我们村里有些小伙子见在家吃不饱饭，就跑到外面赚了些钱，回来买了地、盖了房、又娶了媳妇，很风光。"郑大满眼都是羡慕，"你想想，我们都是农户人家，唯一的出路就是多种地，但是现在地少了，而外面又能赚到钱，经同村的人介绍，我们也就心动了，就把多年的积蓄让大牛运了木材去杭州，没想到一场大火把整个木材场都烧了。"

郑大说到这里，非常伤心。

汪僧莹正准备说话宽慰，见郑大还没说完，就接着听他讲。

"这是天灾，没办法，我们只有认命。后来我又把剩余积蓄拿出来给大牛，运茶叶去杭州，当时听回来的人说杭州那边的价格非常高，他两个姐夫也都拿了钱进来，大家一起去杭州。"

"后来怎么样？"郑氏关切地问。

"唉，说出来就心痛。他们三个太笨了，太老实了，结果茶叶全部被人给骗走了。"郑大盯了一眼大牛，气得肺都快炸了。

"怎么这么不小心啊。你们是三个大人，不是小孩啊。"郑氏急了。

郑大牛低着头说："那个骗子把茶叶装船后，说带我们去拿钱，结果我们在门外等了半天，都没等到人出来，推开门一看，人家从后门跑了，我们跑到码头去找船，船也开走了。我们去报官，当时买卖没有写字据，官府不理我们。"

"唉……"汪僧莹与郑氏对视了一眼，长长地叹了口气。

"还是老老实实在家看好田地，老大不小了，娶个媳妇，安生过日子吧。"

郑氏看着大牛说，"你跟你爹爹一样为人老实。"

"是啊，没办法，现在就是想外出做生意，也没有本钱啊，他这么笨，就是去人家店铺做学徒，都不收。"郑大也没办法，自己是老实，而这儿子是笨。

"前段时间给他相了个亲，就是邻村子的，姑娘还可以，但是目前聘礼不够。"郑大只得直说了，"所以，只有来姑爷家……"

郑大说到这里又不好意思开口，说实话，这近三十年来，从姑爷家确实拿了不少钱。

"娶亲是好事，你有困难我和碧莲会尽力帮的。"汪僧莹见郑大吞吞吐吐，知道他不好意思张嘴，就抢过话，说完看了眼郑氏。

郑氏心里很感激自己的丈夫，娘家的哥哥每次来借钱，都是有求必应，从来没有二话。只是这几年自己连续生了三个儿子，开支增大，汪僧莹又被贬为平民，没有朝廷俸禄，唯一的收入就是以前买的两百亩田地，这两年收成并不很好，前段时间村里一些人家生活艰难，已经借出去一些钱物和粮食了。

汪僧莹生长于官府之家不愁吃喝，从来不管钱财多少，在开支上相对大方，心眼儿又好，见到周围乡邻有困难的，就主动让来福送钱去，从来不要人家还。

郑氏担心哥哥一下子要多了，就忙说："僧莹赋闲在家，三个儿子开销很大，尽管比不了当年，但大牛是郑家唯一的儿子，我们会尽力帮的。只是婚礼方面不要太铺张浪费，终究男女双方都是农户人家。"

郑大一听郑氏这样说，就明白了意思，钱是可以借，但是现在不比往年，不能借太多。这个借其实就等于给。

"有妹妹这句话就行，我们都是从穷日子里面走过来的，我们会节省着用。"郑大对妹妹很感激。

后来，汪僧莹给了他一些钱，说就算是给大牛的贺礼，余下的钱省着用。

郑大回家没几天，小世华惹事了。

他跟在大贵后面，偷偷地溜回自己的房间。额头上肿起一个大包，衣衫也被扯破，左手上有明显血迹。

"大公子，你怎么伤成这样啊？"红梅见世华这个样子，吓了一跳，看到他鬼鬼祟祟的样子，知道肯定是犯了什么错误，不然大贵早就跑到老爷那里去告状了。

"没事，只是跟几个人打了一架。"小世华一副不屑的样子。

"还没事？要是我不去，估计没法收场了。大公子，以后你可千万别在外面惹事了，否则老爷会骂我的。"大贵还在担心。

"大公子，快用热水擦擦。大贵，你赶紧去拿刀伤药来。"蕙兰端一盆热水进来。

"大公子，今天你打架也太狠了点儿吧。"红梅边给小世华换衣服，边说。

"红梅姐，那个要饭的好可怜，从河边经过，又没有惹他们，他们居然远远地用石头砸别人，还用棍子去打。我得教训他们才对啊。"小世华还很自豪地说。

"你怎么跑到河边去了？不是去上了学吗？"红梅反问他。

"他呀，肯定又逃课了。"蕙兰插嘴说。

"别多嘴，那老夫子教书太枯燥了，我在里面都快憋死了，刚跑出来的。"小世华瞪了蕙兰一眼。

"他们几个人啊？你怎么没打赢呢？"蕙兰见小世华责怪她，就故意问他。

"他们五个人，就是邻村程二虎他们。"

"啊，大公子，你怎么能跟他们打起来呢？他们可比你大两三岁，从小家里没人管的，常干一些偷鸡摸狗的事。"红梅听人说起过这些人，都是附近几个村里有名的小流氓无赖。

"那你把他们打得怎么样？"蕙兰又故意刺激小世华。

"我就一个人，要是天瑶和世英也在，肯定把他们五个全都打趴下。"小世华一副不服输的样子，"明天我带他俩去，找他们算账。"

"你还去找他们啊？"大贵走进来，"大公子，他们都是流氓无赖，你是金枝玉叶，不要跟那些人去打。"

"哼。"小世华见大贵反对他，很不高兴，"只要你不告诉我爹娘就行。"

红梅和蕙兰看着小世华，这大公子可是常惹事的，学馆里打架、村里打架，老爷是烦透了心，但是每次老爷训他的时候，他又说得头头是道，还答应下次一定改正，弄得老爷都没法下手揍他。

红梅和蕙兰给他把身上几处伤处理好，正准备退出，小世华把他们喊住。

"等会儿吃饭时，你们帮我把饭菜端进来吃，就说我在用功念书。"

红梅和蕙兰看着大贵，大贵一副与他无关的样子。

"还有你，要是我娘进来了，就说我身上的伤是练功时不小心摔的。"小世华指着大贵说。

大贵一听，完了，又要说假话，老爷知道后自己又要挨训。有什么办法呢？若说是打架，自己是负责接送公子上学的，责任更大。

红梅靠近小世华："大公子，要是夫人不让我送饭进来，我该怎么办？"

"你自己想去。"小世华说完就躺在床上了。

红梅碰了壁，没办法，这大公子向来难伺候，只得给大贵使了个眼色，拉着蕙兰出去了。怎么找理由，老爷和夫人肯定是不会相信的，看来只有等着挨训了。

而这时，扬州通往歙州的官道上，宇文化及带着五十名武林高手，黑衣黑马，快马加鞭。他们的目标——登源里汪宝欢！

徽州魂
大唐越国公汪华传奇
上

第六章　天降横祸

这几天来汪宅的人不少，汪僧莹应接不暇，都是来借粮和借钱的。还没到端阳节，早季稻没到收割的时候，但是这一带有不少村民已吃不上饭了。

州府尽管已经向总管的扬州府发出了拨发粮食的请求函，但是扬州府粮库已无余粮。西北驻扎了大量军队，为了让突厥彻底称臣，大隋计划继续向突厥用兵，加上西北地区连续几年干旱无雨，江南一带调去不少粮食。

没有饭吃，就没法过日子，不少贫穷人家就开始向大户人家借粮，借一百斤粮食，早稻收割后就需要还一百五十斤；或者到市场高价购买。

汪僧莹以乐善好施闻名，所以到这关键时刻，他见朝廷里的赈灾粮迟迟未到，把自己库内大部分粮食拿出，在附近几个村里设义粥摊，一日三餐，免费供应。

周围其他村民也蜂拥而至，大家对其义举称赞不已。汪宝欢受到感染，也加入了义举。

但是汪僧莹的善举很快就让一部分人开始记恨起来。有些大户人家本来想趁此机会把库里的粮食高价卖出或者类似高利贷一样的借出去。而汪僧莹的举动，就等于断了他们的财路，他们决定寻找机会报复。

很快，他们还真等到了一个好机会。

汪宝欢左手揞着剑，小心地走到白天教小世华、小天瑶和小世荣练武功的后山上，透过月色隐隐约约地看到远处站着一排人。

"请问是哪位朋友？"汪宝欢气沉丹田。

"汪将军，在下宇文化及，在晋王殿下效命。"汪宝欢通过声音能听出，宇文化及功力深厚。

晚餐后，汪宝欢刚走进后院书房，一支利箭射到窗户上，上面插着一封信，约他半夜子时到后山来。

他知道，该来的终于来了。

"啪，啪，啪。"宇文化及轻轻拍了三掌，三十盏灯笼齐亮。

宇文化及与汪宝欢置身于灯笼包围圈之中。

"汪将军不愧是领兵行家，这可是练功的好场所啊。"宇文化及似笑非笑。

"在下从小在这里长大，喜欢这里的山水，其实在什么地方练功不重要，重要的是无官一身轻。"汪宝欢再一次阐明了自己的意图，他也知道宇文化及约他来这里，身体尚未康复需要调养的借口是没有用的。他已了解朝廷权力各派情况，自己是真心不想卷入其中。

"晋王一直很仰慕将军，迫切希望将军为朝廷效命，为皇上分忧。"

"在下已经在乡下闲居惯了，与朝中那些文臣武将相比，能力就差远了。"

"汪将军自谦了。当年将军与韩将军的江北之战乃经典之作。"

"宇文大人见笑了，当时各为其主，相互试探性的军事演习而已。"

"汪将军，你也不用自谦了。这次晋王让我为你带来了车骑将军的官印。"宇文化及不想啰唆，他话刚落音，旁边的随从端出一副纯金打造的金印，金印上面雕刻的是一头威严的猛虎。

汪宝欢知道善者不来来者不善，如果自己拒绝官印，就可能会招来杀身之祸，并且还可能殃及家人；如果接受官印，估计也不是想象中那么好。杨广的态度很明显，做官就得做他的官，为他效命。

汪宝欢一直记着韩擒虎四年前临走时说的话。

如果为杨广效命，就等于变成杨广的鹰犬。杨广现在坐镇扬州，大隋天下最富饶的地方握在他手里，大隋最优秀的文臣武将都与他一起南征北战过，他现在广罗人才，是另有企图的。

汪宝欢进退两难。

"汪将军，还需要考虑吗？"宇文化及见汪宝欢没有表态，就给他了一个台阶下。

"容在下回去与家人商议一下如何？"汪宝欢松了一口气。

"一切听汪将军吩咐，三天时间够吗？"宇文化及很大方地让汪宝欢三天后答复他。

"足够，我会给宇文大人一个满意的答复。"

"那很好，汪将军，再容在下说句话。"宇文化及叫住刚准备走的汪宝欢。

"请讲。"汪宝欢看着宇文化及。

"汪将军如果复出，请多提携在下，在下追随晋王多年，也希望能有出头之日，同时在下这些兄弟也盼望早日能光宗耀祖。"

宇文化及的话出乎汪宝欢意外，在杨广面前还有谁能跟宇文化及比？难道？

"宇文大人多虑了，在下年纪也大了，成不了什么大事。"

"如果汪将军拒绝，在下又拿什么向晋王交代呢？"宇文化及的话带着寒意。

汪宝欢感到背有些凉，事情果然没有想象中那么简单。

"宇文大人，请放心，你一定会满意的。"

汪宝欢带着寒意往山下走去。

以前他从来没有这样的心情，当年在战场上看着血肉横飞，眼睛都没眨一下。现在有了家，有了小天瑶，真的很留恋。

宇文化及最后的那两句话是什么意思？

汪宝欢望了望宁静的登源里，大家都在梦乡中，宇文化及在这个时候约他出来，就是不想让任何人知道他们已经来到这里，不同于当年的韩擒虎。

如果复出，那么又是身份显赫的车骑将军，而宇文化及已经是晋王的红人，这几年来身经百战，正是飞黄腾达之时，他父亲宇文述是朝廷重臣，怎么用得着让我来提携呢？除非，除非？！想到这里，汪宝欢一下子明亮了，宇文化及是不希望他复出，车骑将军这样的位置他怎么能舍得给一个毫无关联的人呢？他现在正值年轻，是建功立业的大好时机，如果我复出，他对外领兵打仗的机会就自然减少，对他来说就是阻碍他的前程。

如果不复出，他如何向杨广交代？

不行，他肯定要动手！

汪宝欢想到这里，疾步往家里赶。

刚走了几步。不行，不能显得太着急，他们肯定有人跟踪，不能让他们知道自己已经识破了意图。看着村落，他一下子觉得安静得可怕，自家府邸周围肯定已经被人监视。

汪宝欢边走边想对策，步子显得很稳重，这三天必须把事情处理好。

汪宝欢走到后院外墙下，冲刺，腾空，一个跟头就翻墙而入。他出来时，也是翻墙而出的，他不想让家人知道他的行踪。

他推开房门，马氏醒来正坐在床上。

"你去哪里了？"

"出去了一下，你赶紧穿好衣服，收拾一些财物，我去把天儿叫醒。"汪宝欢也没时间跟马氏解释。

"出什么事了？"马氏从来没见过汪宝欢这样，显得很紧张。

"没什么大事，可能发生也可能不发生。为了安全。"汪宝欢说完就到隔壁房间去了，那是小天瑶的卧室。

小天瑶睡得正香，被叫醒来时，还很不情愿。

汪宝欢把小天瑶拉到马氏身边："刚才我去了后山，朝廷已经来人，情况很危急。"

"那你答应复出为朝廷效命，不就可以了吗？"马氏说。

"情况不是这样的，现在是晋王派人来找我，就算答应复出接受官职，结局一样的，下面的人不会轻易把官职让给我。如果我拒绝复出，他们如何向晋王交代？现在整个江南都是他们的势力。"汪宝欢解释。

"那……那该如何是好？"马氏一听汪宝欢这样说，就更紧张了，抓住汪宝欢的手，"难道没有其他办法？"

"还没想好，我的意思是你带儿子先离开这里，以防万一。"

"那你怎么办？"

"没关系，我会处理好的。只要你们离开这里，安全了，我就不怕了。"

马氏明白汪宝欢的意思，万一有危险，她娘俩在这里就是他的累赘，只有离开，才有希望。

"那我娘俩现在就从后门出去？"马氏看着汪宝欢依依不舍。

"爹爹，我不走，我要留下来陪你。"小天瑶挣开马氏的手，走过去抱着汪宝欢。

"乖天儿，爹爹当年可是英勇无敌的大将军，你和娘先离开，我过几天就去找你们。"汪宝欢摸着小天瑶的头，多么希望自己的担忧是多余的啊。

"你们从暗道出去，直接通到僧莹兄的后院。到那里后，你跟他说明情况，他会想办法让你们出村的。"汪宝欢边说边在书架上翻一些书籍，"出村后，你不要回娘家，直接坐船去会稽你姐姐家，到时我去那边找你。"

汪宝欢把几本泛黄的书籍递给小天瑶："这是几本我珍藏的兵书，你先带走。记着，要听你娘的话。"

马氏听汪宝欢这么一说，眼泪都流出来了，自从嫁给汪宝欢以来，两人还从来没有分开一天的。她知道宝欢为什么要留下来，只有留下来，她娘俩就有时间可以离开这里，如果一同逃走，可能谁也逃不了，他们的目标是汪宝欢。

马氏带着小天瑶依依不舍地从书房内的地道离开，这个地道是在汪宝欢爷爷手里就修建好的，当时两兄弟修好这条暗道目的就是防止突发事件，能及时地离开自己的府内得到另一方的救援。

汪宝欢把灯熄灭，躺在床上，他需要休息一下，想想对策。

离登源里十里远的一座寺庙内，灯火通明。

"大人，下一步我们该怎么做？"一个随从很小心地问宇文化及。

"明晚子时动手，一个不留，完事后就放火把整个房子全部烧掉。"宇文化及的眼神中充满杀机，"你让那些人盯紧了，不要让他们跑了。"

"是，大人。"随从连忙答应，想退下，又有些犹豫。

"还有什么事？"宇文化及看出来了。

"既然大人想动手，为什么还要拖到明天呢？今天见面时就可以直接动手啊。"随从感到很疑惑。

"是我想动手的吗？是他拒绝了我们的请求后才动手的。"宇文化及的眼神让随从寒凛。

"小人愚钝，原来是汪宝欢拒绝晋王的美意后，大人才不得不动手的。"随从心惊胆战。

"下去吧，没你的事了。"宇文化及终究是有顾忌的，不可能过来就向汪宝欢下手，不便向晋王交代。

宇文化及故意给汪宝欢三天时间，却决定明晚动手，就是想杀汪宝欢一个措手不及。宇文化及早已野心勃勃，扬州府的文武官员中间已经安插了很多他的心腹，车骑将军这么重要的位置，怎么能落到汪宝欢手里，一定得让自己的人担任。

汪僧莹的书房有一个铃铛，而铃铛的另一端通在地道里。

马氏左手拎着一个包袱，右手举着火把沿着地道一直往前走，小天瑶背着一个小包袱跟在后面。

"叮叮叮。"

汪僧莹的卧室就在书房旁边，铃声把汪僧莹和郑氏惊醒了。

汪僧莹一骨碌爬起来，出事了。

他明白这铃声的意义。

他忙穿好鞋跑过去，连衣服都没披。他摸索着在书房把油脂灯点亮。

轻轻地把一个小书柜挪开："宝欢，是你吗？"

"大伯，是我。"马氏的声音，她以天瑶的身份喊汪僧莹，说着她就从下面钻了出来，小天瑶也跟着出来。

"弟妹，你们怎么来了？出什么事了？"郑氏一见马氏和天瑶从地道钻出来，她知道这地道的用途。

"大哥，大嫂，宝欢他现在很危险。"马氏刚说，眼泪就流了出来。

"别急，慢慢说。"汪僧莹知道事情肯定很严重。

于是马氏坐下后，把汪宝欢的情况给一五一十地说了出来。

汪僧莹听完以后，知道事情的严重性，但是不能让她们看出来，便说："碧莲，你安排她娘俩休息，宝欢吉人自有天相。"

郑氏拉着小天瑶说："不用担心，大伯会安排你们安全离开这里的。"

马氏无助地看着汪僧莹。

"弟妹，白天我想办法送你们出去，晚上人少不能走，他们肯定派了人潜在村子附近，出村容易被发现。"

汪僧莹见马氏担心，就把想法告诉她。

"明天你化妆成我家的仆人，与红梅她们从大门口大摇大摆地出村，只要适当低着头，不要让村里人认出来就行。"

说到这里，汪僧莹看了看郑氏，接着对马氏说："明天双喜要送些粮食回老家，天瑶身子小，可以躲在箩筐里。你们在双喜老家会合，随后让双喜送你们出歙州，去会稽。"

马氏一听汪僧莹这样说，就放心了："谢谢大伯操心。"

"你安心睡个踏实觉，宝欢当年可是驰骋战场的车骑将军，这不算什么。"汪僧莹嘴上这样说着，但是内心却在担心。

天刚蒙蒙亮，汪宝欢就把寿叔叫醒，把情况跟他说了。如果仆人问及夫人和公子哪儿去了，就说大清早回娘家了，同时要寿叔从府邸大门正常进出。

寿叔见过世面，知道怎么做得更好。

"老爷，您放心，我知道怎么安排。"寿叔听说夫人和公子都离开了，也就不担心了，"府里这几个仆人，等拖延到第三天下午，让他们以买菜或者干活的名义出府，到了晚上别别回来，直接回老家。"

"这样很好，到时你也分批走出去。"汪宝欢说。

"不用，我留下来陪老爷，若是所有的人都走光了，倒容易引起大家注意。"寿叔看着汪宝欢，"我老了，孙子都长大了。没有任何牵挂。"

汪宝欢看着寿叔，没有说话。患难之中见真情，在主子危难的时候首先想到的是与主人并肩作战，多好的人啊，先这样答应着，到时再想办法把他支走。

不知道宇文化及到底想如何动手？光天化日之下估计不敢，终究朝廷现在要对突厥用兵，一直在安抚江南。如果对前朝遗臣大开杀戒，会引起叛乱。

歙县县衙后院，五六个乡绅在向县令张文告状。

"张大人，汪僧莹他这样做，就是藐视衙门，让歙县百姓觉得大人您这个父母官做得不够好，解决不了他们的吃饭问题。"

"没错，张大人，汪僧莹他算什么东西，一个前朝被贬的人，他这样做，有什么企图？难道想收买人心？"

"是啊，张大人，现在整个歙县百姓眼里只有汪僧莹，没有大人您啊。"

"大人，汪僧莹这样做确实解决了一些人的吃饭问题，如果他的声势再搞大一点儿，就可能会砸了大人您的饭碗啊。"

"这家伙向来仗着是这一带的望族，目空一切，从来不把大人您放在眼里。大人您从上任到今，他来拜访过您吗？我记得很清楚，当时大人刚来时，还亲自去登门拜访过他啊。"

这几个人围着张大人七嘴八舌，他们知道只有官府能整倒汪僧莹，他们必须夸大汪僧莹的负面影响，煽风点火，添油加醋，挑拨汪僧莹与张大人的关系。

当年隋军平定江南后，撤并了一些州县，并全都换了新的官员，都是生面孔。开皇十一年，公元591年，朝廷把原来并入海宁县的黟县和歙县，又复置，并于次年，即公元592年，朝廷把州治迁到黟县。

张文就是歙县复置后，派来任县官的，两三年了，他一直也想升上去。歙县这一带世家大族不少，想从他们手里搞些银子。世家大族盘根错节，虽然说朝廷更替了，但是这些人多多少少还是有些背景，自己是通过上下打点才弄了个县令当，初来乍到还不能轻易对这些人动手。但是，经过这几年观察，发现这些世家大族之间也是矛盾重重的，大家为了各自利益，不择手段。既然有人愿意挑头来点这把火，还怕这火烧不旺？

张文喝着茶，没有说话，这几年自己在歙县的根基深了，得趁机多搞些钱财孝敬上面，争取早日往上再爬几级上去。

"张大人，小民担心汪僧莹大量收买人心，是另有企图啊？还有那个汪宝欢多次拒绝朝廷给他的官爵，难道他们还在留恋前朝？那个陈后主陈叔宝可还没有死，听说还经常写一些怀念江南的诗词。"

"哼！做梦！"张文把茶杯一摔。他知道该到自己说话的时候了。

徽州魂 大唐越国公汪华传奇 上

这几个满肚子阴谋的乡绅被张文的动作吓着了，都没吭声。

"他难道想收买人心，复辟前朝？"张文说得很慢，但是每个字都很重。

"没错，张大人，他们两兄弟就是想做开国元勋，一文一武，左右丞相。"有个乡绅大胆地说了句。

"他敢？！"张文把桌子一拍，站了起来。

"大人是得给他们一点儿厉害瞧瞧了，不然这歙县还不翻了天？！"

"但是有什么理由去抓他？"张文话锋一转，问四周。

"勾结难民，图谋不轨。海宁县的回玉乡听说已经有一些难民在闹事了。大人应该防患于未然。"

"有道理。"张文捋了捋胡须，"但是汪宝欢有万夫不当之勇，衙门这些人能抓住他们吗？就算我先对汪僧莹动手，汪宝欢不会袖手旁观的。若同时抓两人，就怕周围那些老百姓会有想法。"

张文踱着步子边走边思考着："你们先想想，用什么方法更好。最好是把两人全部抓起来，杀杀他们威风。"

"好，大人深谋远虑。"这群乡绅齐声附和。

"哈哈哈……"张文满意地笑了笑，他要杀鸡儆猴，这一步棋走好了，以后就财源滚滚。

"哈哈哈……"

晚上，汪宝欢和衣躺在床上，旁边放着宝剑。

奇怪，感觉头晕晕的，难道是自己紧张过度了？他强撑着站起来，完了，浑身无力。

宇文化及，你这龟孙子，太阴了，居然用这么下三烂的手段。

他吃力地去推开门。

"寿叔！寿叔！"

没反应，又叫了另外几个仆人的名字，还是没回音。

糟糕，这些人都没武功，药效一发作，就都睡了。

汪宝欢想大声喊，有气无力，喊不出来。

既然来了，那就面对吧。

汪宝欢吃力地走到天井，手里握着剑，眼神中充满杀气！

夜，很静很静。

"大人，可以动手了。"山上一个随从向宇文化及禀告。

"都布置好了？"宇文化及还不放心，已经问了好几次了。其实在内心里他还是比较顾忌的。

"大人放心，他的井水里、大米中，都下了药，一个都逃不了。"这个随从看了看天空的月亮，"现在应该全都倒了。"

明天就是端阳节，此刻的月色显得格外柔美，银色的月光轻轻洒落在宁静的村落，仿佛是流动的银河倾泻人间。

"进去后立即放火，多带些油，即使没有被药晕倒，也要让他们插翅难飞。"宇文化及的眼神让人害怕，"一定要做到像自然着火一样。"

"大人放心，我们不光给他家点火，我们还要给另外一些人家也点火，让大家没法跑来救火。"

"聪明，完事后会重重奖赏你们的。"宇文化及笑了笑，就如已经看到了登源里火光冲天。

"出发！"宇文化及大手一挥，二十名黑衣人瞬间在夜色中消失。

"大人，您就等着看好戏吧。"宇文化及看着夜色中的登源里方向，他身边还留下十来个随从。汪宝欢府邸周围也早就埋伏好二十个人，在观察动向。

不到半袋烟的工夫，整个登源里村庄，燃起了十几处大火，而汪宝欢的府邸火光最大。

哭声，叫喊声，乱成一片。

宇文化及冷笑着，盯着火光中的村庄，看着在火光中挣扎的老百姓，他看到了自己的希望。

汪宝欢府邸的大火，无人暇顾，连汪僧莹也措手不及。因为汪宅的西厢房也着火了，大贵和双喜他们住在这边，大家忙活到天亮，才发现汪宝欢的府邸已在大火中倒塌。

"大人，一个都没有跑出来，我看到有人在里面挣扎，但是火势太大，最后被烧死了。"一名随从在宇文化及身边邀功。

"很好！"宇文化及满足地看了眼在残墙断壁里翻寻有用东西的人们，"撤！"

很快五十名黑衣人跟随宇文化及消失在登源里后山里。

"宝欢！宝欢！"

汪僧莹站在废墟堆里，嘶哑着嗓子喊着。

想过很多种可能发生的情况，还是出乎意料。这手段来得太快，太毒！

"老爷，回去吧，别找了。"来福拉着汪僧莹，"我和大贵都已经全部翻了一遍了，人全部都烧焗了。"

"老爷，你回去休息吧，府里还要收拾呢。这里由我来清理。"大贵手里拿着翻找东西的铁锹。

"走吧，老爷。"来福扶着汪僧莹就往汪宅走。

"大贵，你一定要清理好，认出宝欢老爷的尸体。"汪僧莹流着眼泪，"来福，你等会儿去安排下，我们要送宝欢老爷上山。"

上山，就是埋葬的隐讳说法。

来福点了点头："老爷，您放心，我会安排好的。"

"对了，多准备两副棺材，中间放些砖头，封盖后，才允许人进去。尽快安排丧事。"汪僧莹突然想起，既然结果如此，就不能让别人知道还有马氏和小天瑶已经逃走了。

汪僧莹看着来福，来福点了点头："老爷，我明白。"

汪宅这边也在忙上忙下，小世华和小世英帮助红梅、蕙兰、紫菊、楠竹四个丫鬟在整理西厢房里的物件，寻找还有什么能用的东西。

这大火一烧，把整个西厢房烧掉一半，同时大火又把旁边的房子也引着了。昨晚大家都在忙着救自己家的火，根本没外人来帮汪家救火。

郑氏拉着小世荣站在旁边，偶尔也搭把手，帮一下忙。

"娘，您不觉得这火烧得很奇怪吗？"小世华边翻一个倒着的小柜子，边说。

"为什么呢？"郑氏总喜欢把问题留下儿子，培养他们独立思考能力。

"整个登源里，有十二家同一晚上着火，这肯定是有人故意放火的，是有预谋的。"小世华很肯定地说。

"大公子，你说得有道理，什么人这么缺德啊？"楠竹插话。

"不知道，肯定是非常大的坏蛋，他是想达到自己的目的，故意在很多地方点火，把大家的注意力吸引到救火上面，其实他是另有所图。"小世华说。

"是啊，哥哥说得没错，早上来福说，大户人家和穷人家，都着火。"小世英说。

"啊！"小世华突然一声惊讶，像想起什么。

所有的人都看着他。

"娘，叔父家的房子是不是也着火了？！"小世华瞪着大眼睛问道，"我得去看看。"

"世华，别出去，你爹已经去看了。等他回来会告诉你的。"郑氏也感到不对劲儿，早上来福在汪僧莹耳边嘀咕几声后，汪僧莹脸色一变，就带着来福和大贵急匆匆地出去了。

当天下午，张文就接到消息，说登源里着大火，烧了很多房子，尤其是汪宝欢家的房子都被烧尽，人全部被烧死。大家猜测可能是有人专门针对汪宝欢的。

张文一听这消息，就乐了。真是千载难逢的好机会！汪宝欢不在，他就可肆无忌惮了。

汪宝欢肯定得罪了上面的人，不然对方不可能下这么大心思来整他的。这可不是一般货色能玩出来的手笔。

张文想到这里，更加不用怕了。

他觉得现在就得向汪僧莹动手，越快越好。

张文亲自带上衙役，调来当地守军两百名，浩浩荡荡地向登源里出发。一群乡绅跟在后面看热闹。

张文让师爷写好布告，说汪僧莹勾结土匪，图谋不轨，引起上天愤怒降下天火，给登源里带来灾难。望所有乡邻远离汪僧莹，以免遭到上天怪罪。汪僧莹打入大牢，严加审讯，听候发落，如有人求情，则列为同犯。

登源里一带受过汪僧莹恩惠的乡邻，见张文带来这么多官兵，又听到布告里的说辞，都远远躲开，怕惹祸上身。这就是小人的本性，为了自身利益可以抛弃自己的恩人！

"你们凭什么抓人？"汪僧莹坐在大厅里，怒问道。

"你没看到布告吗？收买人心，图谋不轨，引来天灾，你罪大着呢。"一个衙役走上来就想用铁链锁拿汪僧莹。

"不许抓我爹爹。"小世华一个箭步冲到汪僧莹面前，双手伸开，护着父亲。

"臭小子，还敢阻挠官爷办差？！"另两个衙役冲上来就对小世华动手。

"住手，他还是孩子。"汪僧莹大喝一声，"我要见刺史大人。"

"哈哈，汪老爷，现在是大隋天下，不是你说想见谁就见谁的。"张文走过来阴阳怪气地说，"有什么事情，难道本县令不能做主？"

"张大人，那些罪名都是捏造的。"汪僧莹明白这就是冲着他来的，是陷害他的。

"汪老爷，情况是否属实，你也得配合本县令调查啊。难道把衙门设在你这汪府大院？"张文要想把汪僧莹弄到衙门去，不想在登源里闹得太厉害，他为官多年，也知道汪僧莹在这一带的威望，万一激起民变就不好收场，就故意这样问道。

"不，不。"汪僧莹知道张文是有准备而来的，只是这两天还陷于汪宝欢的悲伤中，今天衙门又来人对他动手，他觉得太突然了。

"那汪老爷是否应该跟我们回衙门呢？"张文就是典型的笑面虎，他心想你不敢不去衙门。

一听说去衙门，郑氏紧紧拉着汪僧莹，她知道真要迈进了衙门，可就不是那么容易回来的。地方衙门的黑暗，她非常清楚。

"我汪僧莹身正不怕影子斜，愿意配合张大人办案。"汪僧莹大义凛然，同时也自信地对着大门外面围观的乡邻说，"登源里的所有乡邻都会作证，我汪僧莹是一个什么样的人，他们心里都很清楚。"

"走吧，汪老爷。"另外一个衙役用手推汪僧莹。

"僧莹。"郑氏拽着汪僧莹的衣服。

"爹爹。"小世华也着急了，拉着父亲的手。

"没事，你们不用担心，我会很快回来的。"汪僧莹被人推搡着回过头来跟他们说。

"僧莹。"郑氏眼泪都流出来了，拽着衣服不放。

"还嚷什么嚷。松手！"一个衙役走来就向郑氏一脚踹去。

郑氏"啊"的一声就倒在地上。

"娘。"世华忙扑上去扶着母亲。

"唰！"一群衙役拔出尖刀，冲着外面的乡邻大吼，"你们也想去衙门吗？不服就全抓起来。"

看热闹的乡邻一听，吓得全都往后退。

红梅和蕙兰跑上去扶起郑氏，郑氏面色惨白，刚才衙役的一脚正好踹在她的心窝。紫菊和楠竹分别拉着世荣和世英，不让他们俩靠近人群，人太小，以免被衙役欺负。

"娘，痛吗？"小世华含着泪水给郑氏轻抚心口。

"儿，娘没事。你爹这一去，不知道什么时候回来。"郑氏费力地用手抚摸着小世华的脸蛋，"他们饿狼猛虎一样，我怕你爹吃亏。"

"娘，要是他们对爹不利，我决不轻饶！"小世华咬着牙齿，看着从门口走出去的衙役，紧紧握着小拳头，坚定地跟母亲说。

"夫人，快到后院去躺着，不要乱动。"红梅扶着郑氏往里走。

"大贵，你快跟着去打听情况。"蕙兰见胁持大贵的衙役走了，就跟大贵说，"有消息随时回来告诉夫人。"

"好的。你们照顾好夫人。"大贵说完就跟着去了。

来福没在家，这两天一直在忙汪宝欢的葬礼，此时他正在外面寻找墓地。

而整个汪宅周围已经被衙役看管起来了。

天黑后，大贵回来了，带来的是坏消息。

汪僧莹到衙门后，张文就问他为何聚众谋反？是否有人在幕后指使？谋反的钱财在哪里？

汪僧莹根本就没有做谋反的事情，给乡邻施舍米粥全都是自己地里的粮食和用多年积蓄换来的。并且说，若不相信可以找左邻右舍来证明。

张文竟然真的拘捕了几位登源里的村民，向他们探询汪僧莹的底细。然而，尽管这些村民长年以来都受到汪僧莹的无私援助，但在衙役们挥舞的棍棒面前，他们个个噤若寒蝉，畏缩不前。面对张文的质问，他们无论听到什么都唯唯诺诺，应声附和，丝毫不敢为汪僧莹辩解一言。

汪僧莹的内心深感失望，他未曾料到，自己曾倾尽全力去帮助的那些乡亲，甚至是同宗的亲人，在这生死攸关的时刻，竟然为了一己之私，无一人敢挺身而出，为他仗义执言。此情此景，他无言以对，只有深深的无奈与悲哀。

张文眼见村民们在他的威逼下纷纷屈服，便对汪僧莹施以重刑。一阵严酷的拷打之后，汪僧莹被无情地投入了阴森的地牢之中。

张文施刑时，特意邀请了歙县内那些德高望重的大户人家前来观刑，随着板子声声落下，这些大户的尊严也在一点点被剥夺。

郑氏惊闻汪僧莹受刑的消息，心如刀绞，内火猛烈攻心，几度呕出鲜血，她的身体仿佛被悲伤撕裂。

小世华的心灵遭受了前所未有的重创。叔父汪宝欢在火灾中丧生，父亲被官府无情羁押并打入阴森地牢，母亲亦因伤心欲绝而病倒。这些接踵而至的打击，对于一个年幼的孩子来说，实在是太过沉重。

他跑到列祖列宗的灵位前，怀着无比虔诚的心，点燃了三炷香。他毕恭毕敬地叩了三个响头，祈求祖先们能保佑父亲早日归来。在他幼小的心里，只要父亲能够回来，母亲的身体定会恢复如初，他们一家也能重回往日的温馨与和谐。

这一夜，小世华拥着小世英和小世荣躺在床上，却怎么也睡不着。尽管三兄弟各有自己的房间，但在这个风雨飘摇的夜晚，小世华决定与弟弟们共渡难关。他深知，作为家中的长子，他有责任守护好这个家，保护好他的弟弟们。他们躺在一起，相互依偎着，共同抵挡着外界的冷酷与无情。

两天后，汪僧莹回来了，是被来福和大贵从衙门抬回来的。他全身是伤，皮开肉裂，奄奄一息。

张文对汪僧莹审讯了三个晚上，都没有从汪僧莹口里套出半个字。当年堂堂的戴国公，世代为朝廷重臣，肯定有不少财产，还派了人去汪宅搜，都没找到什么银子。

原来汪僧莹祖上历代积善好德，常常救济周围穷苦百姓，又加上为官清廉，哪里还有多余的银子。

张文实在没有办法了，只有让汪宅来人把人抬回去，经过这三天折腾，汪僧莹也活不了几天，还是让他别死在衙门为好。

来福叫来大夫帮汪僧莹处理了伤口，走的时候大夫拉着来福悄悄地说："汪老爷的内伤很重，你们一定要好好服侍，要医治好需要很长时间。"

"只要能医治好就行，大夫你一定要帮忙救救我老爷。"

"我尽力，最好近段时间不要让他受到外界刺激，以免加重病情。"大夫拎着药箱走出了大门，他知道汪僧莹的伤情很棘手，但是现在又没有别的法子能快速医治，慢慢疗养，应该还是有希望的。

来福刚把大夫送到门口，见一个二十来岁的小伙子急匆匆地往汪宅走来。

"这位朋友，请问你找谁？"来福不认识这个人，见他已经走上台阶了，就忙问。

"我是从海宁来的，要见汪老爷。"小伙子说。

"汪老爷身体不舒服，正在后院休息，有什么事情可以跟我说，我是汪宅的管家。"来福见小伙子边说边往里走，他忙伸手挡住。老爷这个时候不能见客，又见这人神色慌张，肯定有什么大事，也怕老爷受到刺激。

"你是刘管家？！"小伙子见伸手挡他，怪自己不懂这边的规矩，忙问眼前这位老头。

"正是。"来福点了点头。

"刘管家，我叔他死得好惨啊！"小伙子一听真是来福，一把抓住来福的手就哭了。

徽州魂
大唐越国公汪华传奇
上

"请问你是？"来福心一沉。

"我叫方进，我叔就是方水源，他……他前天全家被人杀害了。"小伙子边哭边说。

"啊，方师爷全家被杀？谁干的？"事情太突然了，这几天连续发生的事情已经让来福感觉是在做梦。

"就是那帮天杀的贼寇，他们见我叔拿出很多粮食出来救济乡邻，便以为我叔家里有很多钱，晚上摸近他家抢劫，结果没有搜出值钱的东西，就残忍地把我叔全家都杀害了。"

太可恶了，太可恶了，这些挨千刀的贼寇，怎么一点儿良心都没有呢？你们是没有吃的才聚集到一起打家劫舍的，但是也不至于连一个救济乡邻的好心人也杀啊。

"我也差点儿没命，幸好邻里救了我，我叔在临死前，让我告诉汪老爷，回玉乡的贼寇没有人性，要汪老爷向歙州府请愿发兵剿匪。"方进从小就失去父母，是方水源一手抚养长大的。

方进和方水源哪里知道，此时的汪僧莹已经奄奄一息地躺在床上，他连自己的命都保不了。

"歙州府不知道这事情？"来福问道。

"刺史大人说现在是非常时期，不能激发矛盾，说是我叔自己太露富了，所以才招致杀身之祸。"方进痛恨地说，"我叔救济乡邻怎么就是露富了呢？"

"方进，你到屋里坐。"来福关上大门，拉着方进往东厢房走，因为西厢房着火后，他和大贵他们就搬到这边来住。

来福把方进拉到房间里面，只得跟他讲了下这边发生的情况，并告诉他，老爷这个时候受不得刺激。

"咚咚咚……"

"开门！开门！"

来福刚把情况跟方进说完，外面大门就有人在踹门，并大声嚷嚷。

来福忙跑去开门，门还没打开一个缝，就被人挤进来，一手就把来福推倒在地，直接从他身上跨过去。

是衙役。二三十个人。

"你们干什么？"来福的腰被闪了，他扶着墙站起来，大声问道。

"滚一边去，我们来查封房子的。"一个衙役凶狠狠地对来福说。

另外几个人往大厅走去，见到字画、花瓶和值钱的东西就拿。

有两个衙役为了抢一个玉观音还吵了起来，差点儿都动手打起来了。另外一个估计是头目的走来，一把抱走，那两个刚才还争吵得面红耳赤的衙役都傻眼了。

原来这帮衙役想趁查封之前，先为自己捞些东西。

这群披着官差外皮的土匪在大厅扫荡一圈后，便冲进后院。

"咣——"红梅正端着一碗汤去给老爷喝，见一群饿狼般的衙役，吓得手一哆嗦，碗掉下来摔在地上，碎了。

每个房门都被端开。

"你们干什么？"小世华从父亲的房间冲了出来。

"滚一边去。"一个衙役向小世华一脚踢去，小世华轻轻一闪就躲开了。

"哎哟，还有两下子！"这个衙役见没踢到，就开始上火了，他按着刀子，"爷陪你玩会儿！"

世华用仇恨的眼光盯着他。

"傻子，跟小孩玩什么啊？还不快去抢，晚会儿东西就全没了。"另一个衙役抱着箱子从旁边走过。

"哼，臭小子，老爷等会儿再找你。"那衙役说完就向别的房间跑去，他还真担心没抢到东西，这机会难得啊。

"外面在干什么？"汪僧莹听到外面闹哄哄的，有气无力地问坐在床边的郑氏，此时的郑氏心窝还是有些痛，但是她更关心自己的丈夫。

"你不用担心，没事的。"郑氏也不知道怎么这么乱。

"砰……"房门被一脚踢开。

三四个衙役走了进来。

"你们干什么？"蕙兰见来人，硬着头皮站起来走到衙役面前。

来人一见是汪僧莹的房间，就说："县老爷有令，查封汪僧莹所有田地财产，限三日之内搬出汪宅，里面所有物品一律充公。"

"你……你们……"汪僧莹一听，话还没说完，就气晕过去了。

等了几分钟，汪僧莹醒过来，一看房间基本被洗劫一空，除了他躺着的这个床，没看到什么物件了。

大家见他醒来，红梅忙端杯水过来。

大家看着他，也没说话。也不让他说，以免他说话消耗体力。

汪僧莹看了看周围，郑氏、世华、世英、世荣、来福、大贵、红梅、蕙兰、紫菊、楠竹，都在淌眼泪。还有一个人很面熟，一时想不起来。

对了，是他。

"方……方……方进。"汪僧莹认出来了，方进从小在方水源身边长大的。

"你怎么来了。"他见方进左袖上扎个黑布，"出什么事了？"

方进蹲下来拉着汪僧莹的手，摇了摇头，他意思是别问了。

"老方怎么啦？！"

肯定是老方出事了，其他人出事是没有必要这么大老远跑来告诉他的。

方进强忍着眼泪，但是汪僧莹也猜出来了，老方不在了。多年的同僚，多好的朋友。

汪僧莹想着与老方一起在衙门里的日子，眼泪流了出来。

过了一阵子，他放开方进的手："你们都出去吧。碧莲，你与儿子留下。"

"老爷！"来福、大贵和四个丫鬟一起跪在地上。他们知道老爷留下夫人和儿子的含义，他们舍不得老爷离开。

"出去吧。我没事。"汪僧莹的声音很小。

来福站了起来，他的腰还痛着，他向几个仆人扬了扬手，大家都跟着出去了，方进也跟着离开了，来福把门轻轻关上。

"碧莲，对不起，我可能不行了，三个儿子还小，可得辛苦你了。"汪僧莹握着郑氏的手很愧疚地说。

"老爷，你没事的。会好起来的。"郑氏边说边流着眼泪。

"我的情况，自己知道。"他看了看三个儿子，"我最担心的是，什么都没给你们留下，你们以后怎么生活？我对不起你。"

"爹爹。"世华和世英、世荣跪在地上。

"世华，你是大哥，爹爹不在，你一定要照顾好你娘和两个弟弟。"

世华边哭边点头。

"好好做人，要像你之前说过的一样，做一个周公那样的人物。"汪僧莹放开郑氏的手，用手摸着世华的脸蛋，"爹爹相信你！"

"爹爹……"

"僧莹……"

突然房内传来郑氏和三个儿子撕心裂肺的哭喊。

"老爷……"

来福和仆人们一起跪在门外。

第七章　迁居歙西

登源里村庄的汪氏宗祠，郑氏带着三个儿子借居在这里。

汪僧莹下葬后，汪宅被衙门查封了，已经没有任何经济来源的郑氏只有遣散仆人，带着三个儿子到汪氏宗祠的偏房居住。当年翻修汪氏宗祠时有一半的费用是汪僧莹捐献的。

幸好，来福从老家送来一些钱粮，不然郑氏四个人连吃饭都成问题。来福说，老刘家世代在汪家做事，虽然说经济不宽裕，但是照顾夫人和公子的生活问题不用担心，他会定期送些钱粮过来。

祠堂旁边有一块荒地，郑氏想开辟出来种些菜，以缓解生活压力。

郑氏带着世华拿着锄头在翻地，世英带着三岁的世荣在旁边玩耍。世华和世英已经没有条件去学馆上学了，只有在家帮助母亲干一些活儿

从汪宅大院一下子搬到老鼠乱窜的宗祠偏房，三个小孩都不适应，世荣每天晚上哭闹，世华和世英懂事了，虽然内心一时难以适应，但是只有苦中寻乐，逗弟弟开心，宽慰娘。

郑氏虽然说身体虚弱，但是为了三个儿子，只得强撑着身体忙里忙外。

"哎呀，碧莲，你这是干什么啊？"一个六十多岁的老头走来，他是汪僧莹的族兄，也是登源里的里正，掌管登源里一百多户人的户口和赋役，叫汪大。在汪僧莹没死之前，汪大见到郑氏都尊敬的称呼弟妹，而现在是直呼其名。

"大伯，您来啦。"郑氏一见是族里兄长，忙以儿子的口吻称呼汪大。搬到这里快半个月了，还没人来看望，今天身为登源里的里正跑来这里，郑氏还没感到世态炎凉。

"你们在干什么啊？"汪大的口气有些硬。

"大伯，我见这地荒着，就带世华来翻一翻，种些菜。"郑氏还没看出汪大的态度。

"这地方可不能动啊！"汪大的话让郑氏一下子愣住了。

汪大见郑氏还没听明白，就接着说："这是我们汪家祠堂的地，是不能动的，动就会破坏风水的。"

"我只是种菜，不做其他的用。"郑氏一下子明白汪大来的目的了。

"这里的土动不得，我们登源里一百多户人的风水，不能因为你种点儿什么菜就给大家带来霉运吧。"汪大看都不看郑氏，指着翻松了的地。

郑氏没有说话，她心在痛，说风水，这是明显地故意找理由，这块土地离祠堂还有十多米远，前几年还有人在这种过菜呢。她知道再怎么解释也是徒劳。

郑氏默默地拿着锄头放到祠堂屋檐下，把世华拉在旁边用手拍落他衣裳上的泥土。

汪大见郑氏没有说话，就走到偏房门口看了一眼，又隔着祠堂的大门往里瞧了瞧。

"碧莲，你们在这里长住下去可不是办法啊。"郑氏听得懂汪大话后面的意思。

"大伯，我们就暂住一段时间，已经请大贵去打听他叔父的下落了。"人在屋檐下不得不低头，她只有强笑着跟汪大说。

"这可难说啊，僧湛已经五六年没跟我们联系了，听说已经发配到岭南，也听说全家在隋军南下时被杀了。"汪大心想，今非昔比了，你还指望僧湛回来帮你们，肯定没戏，改朝换代都五六年了，僧湛一点儿消息都没有。

"僧莹是因勾结叛匪、图谋不轨而被衙门抓去的，以前跟他往来的人都可能被衙门带去审问。你们在这里住得太久，可能会给大家带来麻烦。"汪大故意把事情往大的方面说，他要吓唬吓唬郑氏。其实此时的歙县县令张文已经没有心思去关注汪僧莹的事情了，杀鸡儆猴的效果已经出现，各家大户都送金银财宝去孝敬他。

"大伯，如果我们连祠堂都不能住，那我们应该去哪里住呢？"小世华实在忍不住了，"修建祠堂就是为了供奉先祖，而修建祠堂偏房的最初目的，不是用来收留无家可归的族人吗？"

"大人说话，小孩别插嘴。"汪大一副不屑的样子。

"大人说话不一定有道理。更何况我说的是事实。"世华不服气。

"哼。"汪大看了看世华，"此一时，彼一时。现在祠堂偏房就是不能住人，乱糟糟的，会影响老祖宗清静。"

"难道老祖宗愿意看到他的子孙流离失所、无家可归吗？"郑氏拉了拉世华的袖子，意思要他别说了，但是世华继续说道，"老祖宗在天有灵的话，看到我全家落难到这样的地步，也会大发慈悲的。"

"哼。我懒得跟你说。"汪大说不过世华，就准备走，恶狠狠地对郑氏说，"碧莲，你生了个好儿子！"

汪大一脚踢倒摆放在外面的小凳子，边走边说："不允许你们住在这里，不仅是我的意思，也是整个登源里人的意思。你们就等着吧。"

等汪大走远后，郑氏坐在凳子上抱着小世荣哭了。

她实在想不明白，作为族人也这么势利眼，没有汪僧莹当年对他的帮助，他怎么能当上里正呢？

"娘，不要哭，这些人都是势利眼、白眼狼。我们不要气坏了自己的身体。"世华勇敢地看着母亲，"实在不让我们住，我们就到山上搭个茅屋住。"

郑氏点了点头，儿子长大了。

没过两天，汪大带着几十个乡邻来到祠堂，汪大说要在这里商议宗族大事。

汪大说，首先，郑氏一家在祠堂旁边翻土种菜破坏风水，这几天村里不少人身体不舒服，肯定是跟这里有关。

第二，这是供奉先祖灵位的祠堂不能住人，要住也只能住孤寡老人，不能住妇女和小孩，这是对先祖的不敬。

第三，汪僧莹是有罪之人，田地和房屋都已经被衙门查封了，案子是否了结还不清楚，郑氏带着孩子住在村里，万一衙门来人说大家与汪僧莹是同谋，那么大家都会遭殃，所以为了整个登源里的村邻，郑氏与孩子们不能留在登源里。

第四，赞成的人都举手。

结果，大家木木地看着郑氏和三个小孩，都没有吭声，也没人举手。

郑氏紧紧地抱着三个儿子，等待着他们的决断。

汪大知道大家不好意思表态，就反过来说，反对他们离开的人举手。

结果，这群曾经受到汪僧莹救助、照顾、扶持的乡邻们，自己宗族们，一个个面无表情地看着郑氏和她的三个儿子，他们为了自身的利益都成了忘恩负义的人，他们一动不动地站在那里，手都没有举起来。

郑氏这次很坚强，她站起来，拍了拍衣裳上的泥土。

"各位大叔大婶、汪家兄弟、嫂子们，僧莹离开不到一个月，他是怎么死的你们知道吗？没有他打开我们家的粮库，你们有几个能吃饱饭？他傻啊！他真傻！"

郑氏边说边强忍着自己的眼泪，一个月前还巴结着她，期望能多借点儿粮食和银两的人，现在一个个都麻木不仁！

大家还是没有吭声。

郑氏太伤心了，继续说道："你们就是这样感谢他的吗？你们忍心让他的妻儿出去做叫花子到处讨饭吗？"

终于有个妇女说话了："万一衙门里来人说我们与汪僧莹图谋不轨怎么办？我们可不能落到他那种下场啊。"

"是啊，你不能太自私啊，不能为了你们全家，让我们整个登源里的人都跟着倒霉。"另外一个妇女也说话了。

郑氏认识他们，两个月前她们还来汪宅借过粮食呢，当时汪僧莹说，都是自家族里人，有困难是应该要帮的，拿去吧。

郑氏冷笑了一下，恨恨地说："是，我们太自私了。要不是僧莹设义粥摊，他会被衙门说成收买人心图谋不轨吗？感谢你们对他的报答！"

说到这里，郑氏坚强地对三个儿子说："回屋里去，收拾东西。天大地大，难道就没有我们的栖身之地吗？"

世华领着世英往屋里走去。

郑氏拉着世荣站在外面，看着远方，她不屑于瞧一眼这群昧了良心的乡邻。

很快，世华和世英两人各拎着两袋包袱出来。

"走，离开登源里，我们照样能活下去。"郑氏问都没问儿子是否已经把衣物都收拾好了，她也不需要问，因为在这里失去的东西太多了。

郑氏从世英手里接过一个包袱，拉着世荣走在前面，昂首挺胸，高傲地向村外走去。世华和世英背着包袱跟在后面，他俩在这很短的时间内，长大了，懂得了世态炎凉，懂得了责任和义务。

四个人走出了村口，没有回头，在炎热的太阳下一直往前走。

"娘，我们去哪里？"小世荣害怕地问。

"我们去歙西舅父家。"郑氏看着三个儿子，"儿子，你们要记住，在这个世界上，很多人宁愿做强者的犬马，也不愿意做弱者的救世主。眼泪是换不来别人的怜悯，换来的只是嘲笑和轻视。你们长大后一定要成为强者！永远！"

三兄弟都似懂非懂地用力点头。

人世间可怕的不只是种种令人发指的暴行，还有命运的无情冷酷，而命运不是上苍的安排，是人和人之间制造出来的。

汪世华这个弱小的心灵再一次受到了冲击，他变得更成熟。当二十多年后，他身为歙州刺史率领大军从这里经过时，看到的又是人性的另外一面。

郑村位于歙县西部，离棠樾很近，从登源里到郑村，要经过云岚山。这是汪家祖坟地，汪僧莹就安葬在这里。

练江绕云岚山而过，奔向东南与新安江回合；远处群山环绕，而从最北端高山上一山脉直奔而来，如神龙入海，而云岚山就是这龙头。细看云岚山又如佛祖张开的手掌，几个小山脊犹如伸开的手指。

郑氏带着三个儿子一起跪在汪僧莹的墓前，这半个月来的悲伤、欺辱随着眼泪流了出来。

"僧莹，我带三个儿子来看你了。登源里已经没有了我们的一席之地，为了三个儿子能吃饱饭和有一个住的地方，我只有带他们回娘家，请你原谅我。"

一个嫁出去的女人，被丈夫那边的族人赶出，带着儿子回到自己的娘家居住，这是多大的屈辱？！回到娘家后，那边的人又如何看待她？！

世华把娘扶起来："娘，不用伤心，也不用担心我们寄居舅父家时受别人的冷眼。男儿四海为家，我们不在乎别人的眼光，当年越王勾践还卧薪尝胆。您放心，我和两个弟弟一定会光宗耀祖，为您脸上添光的！"

"娘，走吧。"世英看了看世荣，"弟弟饿得厉害。"

郑氏站起来，抱起世荣，从昨天被赶出登源里，到现在第二天中午，四个人还没有吃东西。

离郑村还有十几里路程，看到远处山脚下有几户人家，郑氏只好硬着头皮带着三个儿子往那边走去。

世荣端着一碗只有几粒米的稀粥一口气就喝完了，舔了舔嘴巴，看来还没有吃饱。

"实在对不住啊，家里就这么一点儿吃的。"一个老头坐在石板凳上跟郑氏说。

在外面的晒谷坪上有一张小石桌，围着四个石板凳。

"谢谢大爷，能让这个老幺垫点儿肚子就行。"郑氏很客气地说，她知道离收割稻谷还有将近一个月，农户人家如果不省着吃，粮食早就没了。这一碗稀粥还是老头给出去干农活的儿子准备的。

"汪老爷是个好人啊，我们十里八乡都知道的。唉——"老头住的地方离云岚山近，而汪僧莹每年清明都过来这边祭祖。这附近村庄的人都认识汪僧莹。

"汪老爷当年在海宁县做县令时，我们这一带曾遭遇山火，半座山都烧了，还把村里的几座房子都烧掉。汪老爷给我们这边送来了钱，还跟歙县的县老爷为我们说好话，免了我们一年的赋税。"老头一副感激的样子。

郑氏与世华对视了一眼，还有人心存感恩，他们感到很欣慰。

"你们几个先坐会儿，我去地里摘几根黄瓜来给你们垫垫肚子。"老头站了起来，举着拐棍，步子蹒跚，饿得没有力气。

"大爷，不用了，我们不饿。"郑氏站起来，肚子却在咕咕叫。

"夫人，您不用客气。就在这旁边，很快就回来。"

郑氏也就不勉强。其实他们从登源里过来时，一路上也经过不少菜地，也看到一些菜地里种了黄瓜，周围也没有外人，顺手摘几根别人的黄瓜，也不是大事，但是他们连想都没想，就算遇到有人在菜地，郑氏也没有向人家讨要，因为缺少粮食的百姓，也得靠种在山坡上的黄瓜充饥。

黄瓜原名叫胡瓜，是汉朝张骞出使西域时带回来的，在后赵时石勒改名为黄瓜。隋朝统一南北后，黄瓜得到了很好推广，成为南北常见的蔬菜。

老头过了一会儿就回来了，拿着三个花瓣还没掉落的黄瓜走过来。

"夫人，实在不好意思，就这三根大些的，你们垫垫肚子。"老头很不好意思地把黄瓜放到石桌上。有些村庄只要黄瓜比手指大一点儿就吃了，没几户人家有耐心饿着肚子等它长大。

"太谢谢了。有点儿吃的就行了，但是我们吃了，你们吃什么？"郑氏有些为难。

"没关系的，你们吃吧。"老头仔细看了看三个小孩，"三位少爷长得不错，夫人要好好培养，将来一定会大有出息的。"

"谢谢大爷吉言！"郑氏摸着世荣的小脑袋说，"将来他们出息了，再来报答您老人家。"

"我等着他们出息！报答就不用了。"老头笑着说。

"那我们就先走了，谢谢您。"郑氏拉着世荣的手站了起来，世华和世英也都站了起来。

"谢谢爷爷！"世华和世英向老头鞠了一躬。

"好的，慢走，路上多注意。"老头也站了起来。

郑村是一个五六十户人家的村落，在歙西也算是大村庄了。郑大的房子在村庄的东边，土墙灰瓦，有六个房间。郑大在郑村算是中等人家，过得比较舒坦。

郑大牛已经结婚，分到西边的两个房间住，平时干干农活，或者去山里放牛。

住房的后面，盖着一排牛棚，养了十几头牛，除一头用来耕地之外，另外的是等牛养大卖出去换些银子，歙州一带山多，放牛不麻烦，把牛往山上一放，只要盯着别走丢就行。

郑氏带着三个儿子来到郑大家，让郑大很是意外，因为汪僧莹过世太突然，还没来得及告诉他。

郑氏泪眼婆娑，将事情的始末跟郑大原原本本地说了一遍。每一字每一句都充满了无尽的哀伤与无奈。

郑大听罢，心如刀绞，他颓然坐在凳子上，心中满是忧虑与无助。他未曾想到，曾经在大户人家中风光无限的妹妹，如今竟会落得如此境地，未来的路该如何走下去，这对他来说，无疑是一个巨大的难题。

郑大的老婆邹氏一听就皱了眉头，看来这个嫁出去快三十年的妹妹要回娘家住了，三个小孩都没成年，以后吃穿可不少开销啊。

但是不收留肯定是不行的，终究自家多年来都是蒙这个妹妹照顾的。

她看了看坐在凳子上唉声叹气的郑大，心想，没有碧莲嫁到汪家去，这个老实巴交的郑大估计还是单身，而自家当时也很穷，也是因为后来汪僧莹资助了郑大，自己才嫁了过来，跟着过上了好日子。

邹氏娘家就是邻村的，当时邹氏家里也非常贫穷，家里姐妹多，吃了上顿没下顿，全家都挤在一间破茅屋里。得知郑氏嫁给豪门后，邹氏的母亲就赶紧找媒婆把女儿邹氏说给郑大。果不其然，汪僧莹与郑氏结婚后，给了郑大一笔钱，盖起了瓦房和买了地，一下子就过上了好日子。邹氏比郑大有心眼儿，结婚后家里一切处处以邹氏说了算，而邹氏娘家兄弟姐妹很快也跟着沾了光。正所谓，一人得道，鸡犬升天。

不管怎么说，终究自己受过人家的恩惠，何况又是自家的妹妹，说得近一点儿，没有前次汪僧莹和碧莲的慷慨资助，自己那个笨儿子不可能这么快娶到媳妇。

"妹妹，不要难过，有你哥哥在，我们会帮你一起照顾好三个外甥的。"邹氏拉着郑氏的手说。

"是的，是的。妹妹，你能在这个时候想到回郑村，表示你还没有小看你哥哥。你放心，就是我不吃不穿，我也一定会让你和三个外甥吃饱穿暖的。"郑大擦着流出的眼泪，安慰郑氏。

"那以后就给哥哥嫂嫂添麻烦了。"郑氏搂着世荣感激地说。

"你这说哪里话，当年我们兄妹两人那么苦的日子都熬过来的，更何况现在家里还有田地。"郑大一下子又找到了从前照顾妹妹的责任。

·

从此，郑氏就带着三个儿子居住在郑大家，开始过起了农户生活。虽然粗茶淡饭，但郑大和邹氏对他们的照顾还是非常周到，郑大牛也很尊敬姑母，常在农忙之余，上山去抓一两只兔子或野鸡回来给大家改善改善生活。

郑氏想帮郑大干干农活，郑大总是阻挡，说你身体不太好，三十年没下地干活了，不能让你去，你在家好好照看好三个儿子就行。

郑氏只有在郑大和邹氏出去干活太忙之时，帮忙做些家务，做饭洗衣。平时主要时间是教世华和世英读书写字，以及照顾年纪尚小的世荣。

屋漏偏逢连夜雨，这么平静的日子还没过半年，郑氏病倒了。

当时抓走汪僧莹的衙役踹在郑氏胸口的那一脚，让她心脏一直疼痛，也没吃药；再加上汪僧莹去世后的打击一直抑郁在内心，才刚刚入冬一场小感冒就把她击垮了。

就如压倒骆驼的最后一根稻草一样。

郑大找了好几个郎中，但是都说病情已经到了晚期。主要是心脏当时受伤后，没有得到疗养，并且又接二连三地受到刺激，心脏功能衰竭，已无回天之力啊。

躺在病床上的郑氏也知道自己日子不多了，但是她舍不得丢下三个未成年的儿子就这样走了，她如何向汪僧莹交代。

这天她看着围在床边的三个儿子说："儿，为娘熬不了几天了，你们一定要听舅父舅母的话，长大了做一个有出息的人。"

郑氏看了看世华："华儿，你是大哥，以后要好好照顾两个弟弟，处处做好表率。虽然你还不到九岁，但是这几年你也读了不少书，懂一些道理，为娘不在了，你要继续读书习字，同时也要教会两个弟弟。"

世华含着泪水点了点头。

"你脖子上挂的那块玉，上面写了钱英两个字，那是你爹给你订的亲，当时你三岁，不知是否还记得？"郑氏抬了抬手指，指了指世华的脖子。

世华解开上衣领子，掏出挂在脖子上的白玉。

"孩儿记得。"

"那就好。钱家与我们汪家是世交，钱家人品非常好，钱英这个姑娘长得如何，你爹和为娘都没有见过，但是她父母我都见过的，长得都不错，女儿应该也差不到哪里去。自从钱家被发配到岭南后，都五年了，还杳无音讯，你长大后一定要想办法去寻访。"

世华点了点头。

"假如人家另攀高枝，不愿意跟我们过穷日子，那也就算了，你再找一个喜欢的姑娘就行。但是，只要钱家坚守承诺，不管你是否有出息，你一定要娶她，不管她身处何种境况，你都要履行诺言，照顾她一辈子。"

"知道，娘。"世华似懂非懂地点了点头。

"你们的姐姐世贞就嫁在离这里不远的棠樾鲍家，鲍家也是世家大族，因朝代更替频繁，官场黑暗，鲍家就离开官场，在扬州、杭州一带做生意，你姐夫鲍安国与你姐结婚后，就去了杭州经营生意，听说生意做得很大，与西域、倭国都有往来。你爹爹曾派人去打听他们，但是都没有找到，为了挣钱他们天南海北地到处闯荡，也是可以理解的。你们长大后多方打听打听，那是你们的亲姐姐，是为娘唯一的女儿。"郑氏说到这里，眼泪都流了出来，"我快十年没跟她见面了。"

"娘，您不用说了，孩儿都知道。"世华拉着娘的手，"您好好休息，您的病很快就会好的，姐姐会回来看你的。"

郑氏用手轻轻地抚摸着世华的手："你的叔父全家至今也下落不明，连年战争让亲生兄弟天各一方。"

"娘，孩儿知道，长大后一定打听叔父下落。"世华说。

"你叔父与你爹爹感情深厚，他肯定遇到了什么困难，不然是不可能回来找我们的。"郑氏向世英和世荣招了招手。

世荣走过来趴在郑氏身边，郑氏轻轻抚摸着他的脑袋。

"你们两个要听哥哥的话，兄弟之间要同舟共济，好好做人。不要让别人笑

徽州魂

大唐越国公汪华传奇

上

话。"郑氏看着世英说。

"知道，娘。"世英跪在床边，把头埋在被窝上。

远处一个人正冒着寒风往这边跑来。

"世华，世华。"

正在埋头劈柴的世华抬起了头，他认识这个人，就是前天来给母亲看过病的郎中。

"大夫，什么事情？"

"你母亲可能有救，我忽然想起离这二十里远的一个山里，住着一位高人。"郎中掩不住喜悦。

"这人原是前朝御医，听说医术非常高超，后来看不惯皇帝的荒淫无度，就隐居到这边山里。三年前，我去山里采药时见过他。"

"只是这人古怪，说不要让我告诉外人，他不想别人打扰他的生活。"说到这里，郎中又感觉没有什么希望。

"救人一命胜造七级浮屠，他老人家看不惯前朝皇帝的作风，就证明他是一个正直的人，只要去求他，一定会答应给我娘治病的。"世华一下子来了精神，"大夫，您告诉我他住处的具体位置，我去找他。"

"你去不行，路不好走，眼看这两天要下雪了，你还小，太危险。"郎中看了看世华。

"大夫，快过年了，我舅父和表哥都去歙州城卖牛去了，估计还得等两三天才回来，现在只有我去。"世华一拍自己胸脯。开皇十二年，歙州的州府从海宁县迁到黟县，离歙县有一定距离。

"还是等你舅父回来再说吧。山路不好走，又有野兽出没，太危险了。"郎中看了看阴沉沉的天空，"万一你走在半路上，下雪了，就更危险。"

世华举起手中的小斧头说："不怕，野兽来了，我有这个；我带着火种去，实在很冷，我可以捡些柴烧点儿火。"

"那我得跟你舅母说一声，看她是否同意。"山路崎岖，一路上又没有人烟，野兽横出，他怕自己担当不了这个责任。

"大夫求求您，这事千万不能跟我舅母说，她要是知道了，肯定不会同意我去的。而我娘身体一天不如一天了，我不能等舅父和表哥回来，我怕再晚几天，我娘就……"世华拉着郎中的衣裳说着眼泪都快流出来了。

"哎，只有如此了。我本来是可以陪你去的，但是我八十岁的老娘现在也在病床上，还得我照顾。"郎中叹了口气，他也没有别的法子啊。

于是郎中就把具体路线和那位高人的相貌仔细跟世华说了。

等郎中走后，世华把世英叫到一旁，把情况跟他说了，要他保密，千万别告诉娘和舅母，要他好好照顾世荣。如果问及他去哪里了，就说出去有点儿事情，晚上一定会回来。

"大哥，我陪你去吧。"世英担心哥哥。

"不行。你跟着去，谁照顾娘和世荣。不用担心，才二十多里山路，现在刚吃了早饭，我一路跑去，今晚一定会赶回来。"世华在心里盘算着，平常的二十里路，走得快的话两个时辰就行，就算是山路，四个时辰肯定能到那里，一天之间往返来得及。

"大哥，那你得多注意，山里野兽多。"世英还是不放心。

"没事的，这些年来大家只要没有吃的，就跑进山里打野兽，大的早就被扫荡光了，就算来一两只小的，怕什么？我不是还带着斧头吗？"世华其实心里也没谱，但是为了医治母亲，他只得宽慰弟弟。他是大哥，他不承担这责任，谁来承担？

也许是上苍在考验世华的孝心，世华刚出村口，天上就开始飘起了雪花，并且越来越大，像鹅毛一样。世华戴着破皮帽子，双手往袖子里一拢，头也不抬地直往郎中指引的山路走去。

山路比想象中还要难走，寒风呼呼地刮着，吹得树叶呜呜直响，如豺狼虎豹在嚎叫。世华深一脚浅一脚地翻山越岭，有时不小心滑到在地上，爬起来继续走。有时路实在不好走了，他就从腰间抽出小斧头砍倒前面的荆棘。

快天黑时，世华终于找到了郎中说的那个村子。由于下雪，大家早早就关上门在家烤火了。

这是一个只有十来户人家居住的山村，世华只得敲开村口一家人的门，问高人的家在哪里。

开门的农户是一个老头，他见一个八九岁的小孩冒着严寒和大雪跑来找郎中给母亲治病，很感动，亲自带着世华去高人的家里。

原来所谓的高人，只是一个四十多岁的中年男子，正坐在火炉边逗一个两三岁的小女孩玩。

世华说明来意后，这个中年男子什么都没说，走进里屋，很快就拎着药箱走了出来。

"走吧！"

世华一时还没反应过来，他见人家进里屋还以为人家不愿去呢。何况现在天色已晚，还要走二十多里山路。他太惊喜了。

"带个火把走吧，不然路不好走。"说话的应该是这个高人的妻子，她抱着小孩看了眼满身是泥的世华，对高人说。

"不用，带火把容易吸引山里的野兽，下了一下午的雪，路上能看得见。"高人边说就边拉开门往外走。

妇人抱着小孩站在门口，冒着寒风，缩着脖子，说："宗沅，路上小心，照顾好这个小孩。"

"知道。回吧，外面凉。"这个名叫宗沅的高人向妻子招了招手。

一大一小，两个人在雪地里走着。

"吃块饼吧。"宗沅见世华走路的步伐，就知道这小孩肯定是从早上到现在还没吃东西，又在大雪天跑这么远的山路，不容易，就从药箱里面掏出一个饼。

"谢谢，我不饿。您吃吧。"世华见人家二话没说去给母亲治病，哪里还敢吃人家的饼。

"我刚在家已经吃了。你肯定饿得厉害，不用客气。吃饱了，有力气，我们走得更快。"宗沅见这个小孩还挺懂礼貌的。

见这个高人都这样说了，世华也就不客气了，接过饼就两口啃完，差点儿噎着了，只有抓起路边一把雪和着咽下去。

宗沅从这小孩的言行来看，觉得又不像农户家的小孩，于是就有一句没一句地开始与世华聊天，想了解一些情况。

世华见宗沅问他，也就一五一十地把自己的家世说了出来。

宗沅才知道原来这是戴国公的儿子，车骑将军的侄子，没想到被贪官污吏逼到这副情景。他与汪僧莹和汪宝欢曾有数面之缘。

宗沅感慨良久，也把自己的情况说给世华听。

原来宗沅，姓稽，饶州白水乡人，是前朝的御医，陈后主的宠妃张丽华要他配一副堕胎的药偷偷地给已经怀孕的妃子喝，他拒绝了，就被张丽华在陈后主面前说他坏话，结果全家被杀，自己侥幸潜逃出来。几经周转，后来就在这村里住了下来，另外娶了个妻子，生了女孩。女孩名字叫稽圭，快两岁了，他当心肝宝贝一样地照顾着。失去亲人的痛苦，是最大的痛苦，他看到世华小小年纪冒着大雪跑来找他去给母亲治病，他很受感动，所以二话不说就答应了。因为他不希望世华再失去亲人。

两人就这样边聊边走，一路无事，两人翻山越岭走到郑村时已经亥时。

稽宗沅把了把郑氏的脉，沉思了很久，走到另外一个房间跟邹氏和世华说："已经病入膏肓，就算开方子，也只能延续几天时间而已，而且所配的药非常贵。"

"扑通——"世华跪在稽宗沅的面前。

"稽叔叔，您一定要想办法救救我娘。"世华听说连稽高人都没有办法能医治母亲，眼泪都快流出来了。

"世华，站起来。你母亲的心脏已经步入衰竭之境，若是当初及时服药调养，或许能避免今日之患。然而，如今病情已至晚期，即便神仙在世，恐怕也难以回天。"稽宗沅的声音充满了无尽的惋惜，他轻轻扶起世华，"我会为她开几副药方，你明日便去取药煎服，虽不能治愈，但愿能稍缓病魔带来的疼痛，争取能多延缓几天。"

"能延缓多久？"世华擦了擦眼泪问。

"争取过了这个年关。"稽宗沅也没有把握，"我尽力吧。"

第二天，天刚亮，稽宗沅就拿着方子去歙县药铺抓药，世华说跟着去，他说不用了，你在家照顾好你母亲吧。稽宗沅是自己掏的钱，郑大和郑大牛都还在歙州城卖牛，邹氏也掏不出钱。

雪还继续下着，比往年更大，下午的时候稽宗沅就拿着三副药回来了，他跟世华说，昨晚出来时太匆忙，带的钱不够，所以先买三副吃着，等你舅舅回来按着这个方子再去抓些药吃，过几天我再来看看情况。

世华抱着药，非常感动，没想到一个陌生人除了冒着大雪连夜给娘看病之外，还掏钱买来药。

当天晚上郑大和郑大牛回来了，还有一头牛没有卖掉，今年收成不好，大家手里没有富余的钱。郑大听邹氏讲了世华冒着风雪请稽宗沅来看病的情况，心里很高兴，觉得妹妹这儿子孝心可嘉。虽然邹氏觉得这药太贵，但是郑大在这方面还是很有主见，说服邹氏拿钱去买药。

立春之日，阳光洒满大地，唤醒了沉睡的田野，农户们纷纷走出家门，怀揣着希望与期待，前往田间地头，开始了一年的播种劳作。他们挥洒着汗水，播种着希望，期待着丰收的季节。

这天中午，郑氏忽然要世华和世英扶她到外面晒晒太阳，她显得精神特别好。世荣忙往外拖凳子，他快四岁了，力气挺大的，一个长凳子都能扛起来。世华一见娘精神特别好，也非常高兴，三兄弟围在娘身边，好长时间没见娘走出这个屋子了。

郑氏与三个儿子在太阳下聊着天，跟三个儿子讲做人的道理，同时说在困难之际，舅父和舅母能收留我们，并且把卖牛的钱都用来抓药给她吃，你们三兄弟长大后一定要好好孝敬舅父和舅母；三人一定要听舅父和舅母的话，就算是错的，也不要顶嘴，要尊重他们；帮助舅父和舅母多干些农活，空闲之余要记得看书；要世华照顾好两个弟弟，要记住娘曾经跟他说的话。

就这样一直聊到下午郑大他们干农活回来，郑氏要郑大把郑大牛和媳妇一起叫来吃饭，大家见郑氏身体精神多了，非常高兴，大家一起开开心心地吃饭，邹

第
七
章

迁
居
歙
西

氏还特意杀了一只鸡。郑氏说了很多话，说感谢哥哥和嫂子对他们的照顾，世华三兄弟一定要像孝敬爹娘一样，孝敬他们。

晚上睡觉时，郑大心里不踏实，觉得总有什么地方不舒服，翻来覆去睡不着，他隐隐觉得可能要出事了，但又不敢说出来，又认为自己是不是想歪了。

天刚亮，郑大就走到郑氏的房间去。

"妹妹，妹妹。"

没有声音。

郑大推门进去一看，郑氏躺在床上，已经微笑着离开了人世。

郑大的喊声惊动了睡在隔壁房间的世华三兄弟，三个人忙披着衣服过来，一起扑倒在郑氏的身上。

三天后，郑氏被安葬在汪僧莹的墓旁，两墓相依，仿佛诉说着一段凄美的故事。三兄弟孤苦无依，站在树木初萌的云岚山前，目光所及之处，皆是生命的脆弱与未来的迷茫。

他们将来的路该如何走？这茫茫人生，谁来为他们指引方向？命运之神似乎也在沉默中注视着他们，等待着他们用智慧和勇敢去开创未来的天地。

在这悲痛的时刻，世华紧紧地拉着世英和世荣的手，仿佛要将所有的力量都传递给他们。他们沿着练江缓缓前行，每一步都踏得坚定而有力。练江水波荡漾，映照着他们坚毅的脸庞，也仿佛在诉说着一段不屈不挠的故事。

在这个春天的傍晚，三兄弟的身影在练江边渐行渐远，留下了无尽的哀思与希望。

第八章　山中放牛

春耕开始了，农户们都比较忙碌。世华主动跟舅父说，以后由他来负责放牛，让表哥大牛多拿出时间到田地里干活，这样舅父就相对轻松些。

郑大一听，心里很高兴，农户家的孩子五六岁就开始放牛了，世华现在都九岁了，完全可以分担一些劳动。外甥虽然已经落难，好歹当年是戴国公府的公子，何况妹妹过世还不到一个月，就让他去放牛怕过意不去。所以郑大心里答应，但嘴上却反对。

世华坚持要去放牛，说田地的活儿不会干，看管几头牛还是没问题的。世荣虽然小，有世英照顾就行。

见世华坚持，郑大也就顺水推舟，把家里五头牛都交给世华看管，并说过几天再买十头小牛犊回来，养到年底长大了又可以卖钱。

其实，世华主动提出去放牛，除了免得外人说三兄弟在舅父家白吃白喝之外，还有一个原因就是放牛的时候可以多看看书和练习武功。因为牛放在山上吃草，只要盯着别跑丢了就行，何况牛的本性也不野，放在什么地方吃草，基本就在附近转来转去，不会跑太远。

世华明白一个道理，只有多读书和多练武功才能有出头之日，若像表哥大牛那样，一辈子都是农户，哪里还谈得上光宗耀祖，哪里谈得上照顾好两个弟弟。虽然大隋天下太平，但是也常听一些从外面经商的人回来说，隋军时常与西北突厥交战。他想只有像先祖那样投身军营、扬鞭走马，方能出人头地。

于是世华每天早上带着几张烙饼，拿着书，赶着牛群往山上走去，下午太阳下山就赶着牛群回家。

村里一些小孩跟他差不多大的也都去山上放牛，那些小孩在嬉闹的时候，他就坐在石头上看书，有时找个偏僻的地方自己拿根树枝练习武功，他不怎么与大家说话。

这些小孩也知道他家的情况，都认为他母亲去世后，他精神有些不正常。大家也不怎么搭理他。

那日，正值午时，世华惬意地躺在青石板上，脑海中回荡着叔父汪宝欢传授的兵法精髓。突然，一阵急促的脚步声打破了这片刻的宁静，几个小孩气喘吁吁地跑了过来。

"世华，不好了！你的牛跑到山那边去了！"一个小孩脸上写满了紧张。

世华微微皱眉，心中虽有疑惑，却也不以为意："跑那边去了？拉回来不就好了吗？这山又不是什么险峻之地。"

"不行啊，我们的牛不能去那边。"另一个小孩急切地解释。

世华轻笑一声，调侃道："你们这群放牛娃，今天怎么这么胆小？那边有鬼不成？"

这时，一个略显成熟的身影走上前来，是郑虎，他比世华大两三岁，住在郑村村口。他语气凝重地说："世华，不是开玩笑。那边的人特别凶悍，只要我们的牛一过界，他们就会冲过来打人。我们每次都被他们打得很惨。"

世华一听，眼中闪过一丝兴奋，他翻身而起，拍了拍身上的尘土："哦？这山成他们家的了？我倒要看看，谁敢在这光天化日之下撒野！"他迅速将兵法书籍别在腰间，大步流星地向山那边走去。

"你真去啊？"郑虎有些担心地说。

"我得把牛给找回来啊，难道你去？"世华觉得这帮放牛娃今天怎么跟瘪三儿一样。

"他们有个头儿，叫程富，跟你一般大，打架可厉害了，我们五个人都没打过他。"郑虎觉得应该把情况说清楚，终究大家是一个村的，"他们那边的人虽然比我们的人少，但是我们打不过他们，有次还把我们跑过去的牛给杀了，当场烤牛肉吃，还跟我们说，若告诉家里人，他们就跑来放火烧我们村子。"

"这么不讲道理？你们跟我走，我倒要瞧瞧这个程富是什么样子的。"世华手一挥，想要大家跟着去。

郑虎与另外几个放牛娃，面面相觑，他们被人家给打怕了。

"瞧你们窝囊废！"世华见大家都不敢去，就顺手从地上捡起一根树棍就走。

郑虎挠了挠头："咱们还是跟着去吧。他是我们村里的，万一他被打得动不得了，我们得把他抬回去啊。"

另外几个点了点头。

"你把其他的人都叫上。"郑虎用手指了指一个最小的小孩，意思把这周围放牛的同村里的人都叫上，一起去。

世华的牛其实还没到山那边去，只是在离他们所谓的分界线比较近的位置。世华一看就猜着，肯定是大家害怕，连靠近分界线的地方都要躲得远远的，可见被那个叫程富的人吓成什么样子。

世华远远看到一群小孩拿着树棍跟着一个小孩在学功夫。世华一看，什么狗屁武功，都是最基本的招式，还有好几招都是错了的。估计这家伙就是程富吧。

世华回头一看，村里十来个放牛的小孩，都过来了。今天得露两手才行，让他们瞧瞧我汪世华的厉害。

"哪个狗杂种是程富？"世华对着那边扯着嗓子就喊。

郑虎没想到世华来这一曲，还敢直接骂人，赶紧拉他："走吧，别惹事了。"

而那边的人正玩得尽兴，忽然听人这么一喊，还没反应过来。

"哪个狗杂种是程富？"世华见那边没反应，又大声喊一句。

只见那个刚才还趾高气扬指挥一群小孩的人，拿着树棍就跑来："找死啊，谁在骂爷爷？"

那一群小孩也跟着跑来，也有十来个，个个都拿着树棍。

世华站在那里，抱着双臂，拿着树棍。

"郑虎，你带他们退后，看我今天如何收拾他。"

郑虎听到世华说退后，赶紧往后跑了十来步。他们觉得这个平时不怎么说话的家伙，今天是不是疯了，居然去挑衅程富。

程富跑过来，看到一个与他差不多个子的小孩目空一切地站在那里，一副不屑的样子看着他。程富二话不说，举起手里的树棍就向世华打去。

"看我怎么收拾你！"世华顺手把树棍一举，"不是程富就滚开。"

程富手一麻，心想这人力气不小啊。

"我就是。"程富咬牙切齿地说。

"今天看爷爷怎么收拾你。"世华边说边一脚向程富踢去。

"哎哟。"程富的肚子被踢了一脚，见自己的伙伴都跑来了，"有两下子，刚才我还没注意呢。"

世华一听，知道程富冲上来就挨一脚在伙伴们面前很丢面子，更何况自己刚才这一脚踢得太快，他肯定没有反应过来。

世华淡淡一笑，握着树棍，做了个进攻的姿势，说："那你就准备准备，爷爷等你。"

程富从地上爬起来，拍了拍衣裳上的灰，眼睛像狼一样盯着世华。

世华说："开始了吗？"

程富说："开始！"

程富刚答话，世华冲上去就打，程富拿着树棍抬手一接。

"啊！"程富的右手虎口震出血来，树棍掉在地上，满脸痛苦的样子。

世华收手拿着树棍看着他。

"打得好！"郑虎他们在后面欢呼。

"还打吗？"世华问他。

"打。赤手空拳如何？"程富用左手摸着右手，晃了晃。还好，没事。

世华把树棍一扔："好。"

"你说开始。"世华看了看程富，心想这家伙不咋地。

"开始。"程富边说边冲过来。

程富还有两下子，世华与他打了二十个回合，才把他压在地上。

世华用手腕抵着程富的脖子，膝盖顶着程富的肚子："认输吗？"

程富躺在地上，没想到今天遇到这么强劲的对手，但是不认输人家能放过自己吗？

"算你有本事！"

"我本来就比你有本事。"世华用力压着他，霸气地问道，"以后我们的牛可以过来吃草吗？"

"可以。"

"还敢欺负我们郑村的人吗？"

"不敢了。"

世华站了起来，同时把程富也拉起来。

"这山又不是你们家的，也不是你们村的，你为什么不允许我们的牛过来呢？"世华看了看郑虎，"我们大家都是放牛的，两个村子的人在一起玩不是更好吗？"

程富站了起来，没有说话，刚才他已经见识了世华的功夫，他不敢说不。

"我们很欢迎与大家一起在山上放牛，这样我们就更热闹了。"郑虎终究年龄比较大些，知道这个时候是向对方提出友好相处的最好时机。

"好！好！"程富那边的伙伴一见世华武功不错，而又愿意与他们交好，非常高兴，因为他们生怕世华把程富打趴下后，再找他们算账呢。

世华一见这情景，也很高兴："既然大家都是好伙伴，那以后我教大家武功。"

"真的吗？"郑虎以为听错了。

"是的，我学过一些拳术，反正大家放牛没事干，我可以教你们。"世华看了看程富，"其实程富的武功还是不错的，只是有些要领还没掌握好。"

程富一听世华夸他，就觉得挽回了刚才被打败的面子："我的武功是从捡来的书上学的，没人教我。"

"那你很厉害啊。以后我们大家天天就在这山上练武功，到时长大了都去当将军！"世华昂首挺胸，俨然他们的首领。

"好！好！"一群放牛娃欢呼起来。

"那好，以后我们大家都叫你师父！"一个放牛娃说。

"对，对，我们都叫你师父！"郑虎带头赞成。

世华没有说话，他微笑着看着程富，他见这个新伙伴没有说话，想听听他的建议。因为世华觉得叫师父这个称呼显得自己像个老头，他想看看程富除了能打之外，是否有点儿小聪明。

"我觉得叫师父不太好听，我们都当将军了，他应该是什么呢？"程富用手轻轻一挥，要大家安静下来。

"元帅！"

"大王！"

"皇帝！"

下面像炸了锅，各种叫法都出来。

世华还是没吭声，仍然看着程富。

程富明白了，世华是尊重他的意见，同时也是在考验他。

他听下面嚷了一阵后，就说："大家安静，我认为，叫皇帝是不错，但是万一被当差的知道了，会抓我们的。叫大王挺好，是一国之王，不是山寨大王、土匪大王。大家以后不管是在山上放牛还是在村里，都得听大王的，大王说什么，我们就做什么，谁也不得反对。"

"很好，很好！"郑虎一听程富说得有道理，立即附议。

其他放牛娃也没读过什么书，也不懂得什么，听两个村的头儿都同意这样说了，也都一起拍手叫好。

世华微微一笑，他很满意程富的表现，觉得这小伙伴不错，值得结交，有自己的想法，让人喜欢。

其实这时谁也没有想到，二十年后，也是以程富为首带领一帮文臣武将恭请六州之主汪世华登上了吴王宝座，创造了吴越千年传奇！

世华觉得这个时候自己该说话了，他清了清嗓子。

"既然这么多兄弟都支持我，我很高兴，但是我得先声明三条，若大家做不到，这个大王我是不会当的。"

大家一听他这么说，郑虎就说："大王，你说，我们都听你的。"

"好！第一，我们要相互团结、相互帮助，有活儿大家一起干，团结的军队才能以一抵十，以一抵百；第二，我们要尊老爱幼，平时见到老人砍柴挑水等力气活儿，我们都要去帮忙，见到小孩子，不能因为我们有武功就去欺负他们，仁义之师才能受到大家的尊敬和支持；第三，我们不光要学会练习武功，还要学会写字看书，只有这样，我们长大了才能当真正的将军，文武双全，报效朝廷。"

"好！好！"

"赞成！"

"同意！"

别看世华年纪尚小，但是三岁就开始读书，还是懂得不少道理的，他的话音刚落，大家就一阵拍手叫好，纷纷支持。

这群放牛娃都是一些家境贫困的小孩，除了个别人是给自己家里放牛之外，大部分小孩都是给别人家放牛的，大家年龄尚小，本质都很善良。

"那我们就开始参拜大王！"程富一声号令，下面的放牛娃都规规矩矩地跪在地上。

世华站在石头上，俯视着二十多个小伙伴，他真的有种当上大王的感觉。

"大王千岁！"

"平身！"

随后世华就让小伙伴一个个报上名字，他一一记下，共二十七个人，并分成两组，由程富和郑虎分别带领一组。

世华安排每天抽出六个人轮流照看牛群，他带领其余二十人读书写字和练习武功。

就这样，世华在放牛不到一个月时间内，收拢了两个村二十多个小伙伴，并且以这些小伙伴为基础开始实施他从书本中学到的东西。他为此乐不知疲。

自从教小伙伴们操练开始，世华对放牛更感兴趣，他为了更好地在这些小伙伴面前显示自己的能力，每天晚上都要翻看书本，记住各项要领，也无意之中提高了他自身的学识和武功。小伙伴们对世华也言从计听，每天早上，世华把牛赶到山里，往大石头上一站，就给他们分工。每天早上操练一阵后，就跟着他读《论语》，他用树枝把字写在地上，大家照着上面大声朗诵；随后跟他们讲古时作战的故事，讲得大家热血沸腾；接着是让两组伙伴相互打斗，或者让郑虎和程富指挥队伍满山林里跑来跑去，说学会长途奔袭，出其不意攻其不备，把汪宝欢教他的排兵布阵用了上来。

一天早上，世华清点人数，少了一个，是张士堨，他属于郑虎组的。

"怎么回事？太阳都出来这么高了，他怎么还没来啊？"世华一看天上的太阳，已经到约定的操练时间了，他严肃地问郑虎。

"启禀大王，张士堨估计是生病了。"郑虎小心翼翼地回答，虽然他比世华高一个头，但是打心眼儿里很佩服世华的能力，没想到今天自己队伍里有人缺席，他担心世华连他也一块儿处罚。

"到时辰了，我们操练，不等他。"世华表情严肃，"开始！"

很快，大家就操练起来了，没想到刚打了一组拳，张士堨赶着牛急匆匆地跑来了。

世华装作没看见，继续带着大家舞棍弄棒。

张士堨小心翼翼地跑到世华面前。

"大王，我有事来晚了。"

"停！"世华手一举，大声一喝，所有的人都停下来，原地站立。

"过期不至，该当何罪？"世华怒目而视。

"斩。"张士堨见世华这副表情，吓得有点儿哆嗦，但又不得不说。

"斩！"世华伸手就往张士堨头上劈去。

"啊！"

大家还没反应过来，张士堨已经躺在了地上，脸色发青。程富伸手一摸，完啦，没气了。

"死人啦，死人啦！"有个伙伴一惊吓，大声呼喊起来。

其余的人也都吓着了，世华心里也咯噔一下，完啦，要是真把人打死，那就麻烦了。但是他站在那里没动，不可能一掌就死了吧，估计是打晕了。不行，我是大王，我不能紧张。

"怎么啦？怎么啦？"张士堨的父亲居然从山下走来，"你们这帮小孩闹什么闹。"

"死……死人了。"程富也吓着了，他见张士埌父亲突然跑来，更加紧张。

"谁死了啊？"张士埌的父亲说。

"张士埌。"其他小孩都不敢说话，世华大声说。

"啊！"他拨开人群，一见自己儿子果然躺在地上，脸色发青，没有动弹，"埌儿，埌儿！"

说着就要扑过去。

"别动！"世华往前一挡，"你不能碰他。"

"是谁打死我儿子的？说！"张士埌的父亲眼睛都红了。

"你滚开！"他用手就去推世华。

世华顺势一躲，没碰着。

"你真的不能碰他，我能打死他，我就有本事救活他。"世华明白要是张士埌的父亲真扑上去乱摇，可能把张士埌真给摇死。

"那你快去救啊。"张士埌的父亲急得眼泪都出来了。

"你们让开。"世华一挥手，让大家散开，他轻轻扶起张士埌的头，右手掐着他的人中，念念有词，大家也听不懂他在说什么。

其实此时的世华自己心里也没有谱，表面上假装乱七八糟地念几句古文，实际上他心里不停地在念道，老天爷保佑，让这家伙快点儿醒过来。

没过一会儿，张士埌真的醒来了，伸了下懒腰："我怎么就睡着了啊。"

"儿子，你没事吧？"张父扶着儿子焦急地问。

"爹爹，你不是去砍柴了吗？怎么到这里来啦？"张士埌一点儿事都没有的样子，"我好得很，没事啊"。

大家一听说都没事，也就放心了，开始一言我一语地说大王厉害，更加佩服世华。

世华心里的石头也落了地。原来张士埌把在山里放牛的事情说给父亲听，父亲觉得这是好事，自己家里穷，有人能教儿子识字和练武功，是求之不得的事情。正好今天要去山里砍柴，就让儿子稍微晚点儿过去，他就跟着来看看，没想到，自己在后面解个小手，才晚了几步路，儿子就被人一掌打晕，当然急啦。不过见世华小小年纪遇到这么大的事情，能很镇定，并且三下两下地就让儿子醒来，又见世华在掐人中时，嘴里念个不停，以为这小孩还真有能耐，不由得对这个九岁的小孩，打心眼儿里佩服。

张父见儿子确实没事，与大家说了几句，就去砍柴了。

这帮放牛娃童子军又开始操练。

大家变得更守纪律，从此再也不敢违反军规了。

世华和大家每天下午赶牛回家时，要求每人都带几把干柴，如果自己家里的柴火够用，就要大家把干柴送给村里的老人。

很快郑村和程村都知道有个叫汪世华的小孩带领一帮放牛娃白天在山上放牛练武功和读书，下午还给村里老人送干柴，下雨天帮老人去挑水。

两个村里的小孩原本非常顽皮，到处捣蛋，常让父母生气，现在自从跟随世华以后，都变得懂礼节和助人为乐了。

郑村的人见到郑大和邹氏都夸世华，说这孩子心眼儿好，将来一定有出息。郑大和邹氏听了乐呵呵的，没想到这个外甥还真有些能耐，让他们都觉得走出去脸上有光。以前村里有些人家见郑大比较老实，偶尔趁机占他便宜，比如在地里翻土时，趁郑大家里人没在，就往郑大这边的地里多挖一些过去；或者见郑大家菜地里菜比较多，就偷偷地摘几颗，等等。自世华把这帮小孩教育得懂道理后，这些小孩的家长也开始注意自己的行为了，慢慢地变得守规矩，相互帮助，相互谦让了。

村里的老人常常说，郑村的人变了，都变成一家人了。

一天，世华一帮人正在分成两组对练，一场暴雨下来，把大家都淋成落汤鸡，现在天气凉了，大家都冻得发冷，只得满山里找干柴来点燃烘烤衣服。

由于这场大雨下得大，大家忙碌了半天才找到一点点干柴，点上火后，世华说："我们常在山上放牛，遇到下雨是常事，但是我们不能像夏天那样，下雨了，大家把衣服一脱，晾干了再穿。我们得在山里搭个草棚，用来躲雨。"

世华刚说话，程富就说："大王英明！"

"大王，太好了，我们搭一个大的，冬天还可以用来挡风，即使下大雨，大家也可以在里面练武和读书。"张士埙也抢着说。

"大王，我赞成，这主意非常好！"郑虎也觉得这主意非常好。

其余的小伙伴也都跟着说好。

"那好，就这么定了，明天大家把斧头和锄头带来，一起动手，三天完工。程富你负责具体施工。"世华一听大家都赞成，马上就布置任务，"郑虎，你带几个人现在去选地址，地势要好，能避风，又要视线开阔。"

"好的！"程富和郑虎领命。

"张士埙。"世华见张士埙那表情，就知道这家伙想让大王给他分配任务，以此显得自己跟一般的小伙伴不一样。

"大王，你要我做什么？"张士埙急不可待。

世华一笑："你看看今天有几个带斧头来砍柴的，你带他们先去砍树，具体跟程富商量。"

"好的。大王。"张士埙一听，让他带人去干活，感觉自己像个将军一样，马上站起来对后面人说，"你们谁带斧头了，跟我走。"

世华与程富和郑虎相视一笑。

世华站起来："三天之内必须完工，到时我宰牛烤肉为大家庆祝，如果谁不积极，耽误工期，我就宰谁家的牛。"

大家一听，按时完工有牛肉吃，要是不积极干活自家的牛就会被宰，干劲儿更足了。

令人意想不到的是，短短不到三天的时间，一个宽敞的大草棚已经竣工，足以容纳二十多人同时练武。程富独具匠心，特意将草棚的地面设计成北面高出两个台阶，这样一来，世华便可以站在北面稍高的台阶上，既方便教授大家武艺，也能更好地发号施令，和接受大家朝拜。

世华在程富和郑虎的陪同下，仔细巡视了草棚的每一个角落，对最终的成果表示了极大的满意。

"很好，你们两人很有能力。"程富和郑虎听到世华夸奖，都很高兴。

"大王，你满意吧？！"张士埙跟在后面，这家伙来讨表扬的。

世华哈哈一笑："你干得很好，大家都干得很好！"

张士埙和一群小伙伴都呵呵大笑。

"大王，你的牛肉……"又是张士埙，这家伙流着口水，一副馋嘴相。这群放牛娃大部分都是穷人家的孩子，一年都难得吃上肉。

"宰牛！"世华一听，想都没想就说。

"大王，真宰牛？"程富问。

"宰！君无戏言！"世华俨然一副君主的样子。

"好！宰头牛，去挑一头合适的小牛犊来。太大的话，我们吃不完也浪费。"程富对众人吩咐道。

"世华，你舅父问及牛犊的下落，我们该如何解释？"郑虎有些担忧，他担心世华因这次举动而受到责备。

"没事，我有对策！"世华一副胸有成竹的样子，"程富，你带人去宰牛。张士埙，你带人去捡些干柴来。"

世华一声令下，众人迅速行动，四散开来。

不久，一头健壮的小牛犊被宰杀，其皮被熟练地剥离，肉身被巧妙地分割成八大块，每一块都摆放在熊熊燃烧的火堆上。

火光映照着诱人的烤肉，香气扑鼻而来，令人垂涎三尺。还未等烤肉完全熟透，饥肠辘辘的众人便迫不及待地开始品尝。

二十多个放牛娃如同饥饿的狼群，他们风卷残云般地将整头牛犊一扫而光，吃得津津有味，这是他们生平最美味的大餐。

张士埙手里提着一个快啃干净的牛腿走到世华身边："大王，我想到一个好办法，你回去跟你舅父说，他肯定不会骂你。"

世华一听，知道这家伙又想来表现了，就看着他："你说说看。"

张士埙清了清嗓子，很自豪地说："你回去就很着急地说，舅父，我们一头牛犊跟别的牛打架，它一着急就钻到山洞里去了，出不来了。"

"哪个山洞？"程富问。

"就后山那个山洞啊，那山洞黑糊糊的，谁也没进去过，你舅父听了，肯定不敢跑进去找牛。"张士埙这家伙的脑袋还是不错的。

"要是他舅父真进去了呢？"程富问。

"他敢吗？"张士埙很得意自己的计谋，"他不怕中间有野兽？"

"你认为呢？"世华问旁边没说话的郑虎。

"不太好，万一你舅父为了牛，真的进去了，怎么办？万一里面真的出现野兽把他吃了怎么办？"郑虎不认可张士埙的计谋，觉得这家伙总是喜欢哗众取宠，武功也不咋的，识字也不认真，还总以为自己很聪明，他瞧不起张士埙。

"那你认为应该怎样？"世华反问郑虎。

"就把牛尾巴插在石头缝里，就说牛犊钻进石头里面去了，拔不出来。"郑虎刚说话，大家都哈哈哈笑了。

"郑虎，你的脑子被牛肉充满了，牛犊怎么能钻进石头呢？土堆都钻不进。"另外一个小伙伴说话，年龄跟郑虎一般大。

"是的，他舅父又不是傻子，连三岁小孩都蒙不着。"程富也笑了。郑虎是一个老实憨厚的人，没有什么坏主意。

"程富，那你认为应该怎样呢？"世华决定趁机考考大家。

"大王不是已经胸有成竹了吗？"程富看着世华，"其实张士埙的方式可以参考。"

"想想也对，按我舅父那样的脑袋，我的计谋还没有必要用上。"世华笑了笑说，"张士埙说得不错，我有办法让舅父不进洞里看。"

"张士埙，你按我的这个办法去做。"世华跟张士埙一说，大家都听见了，因为世华本来就没想保密，他还需要大家配合呢。

大家一听，都拍手叫好，接着就去准备了。

晚上，天黑了，世华赶着牛群回家，郑大在外面干农活还没回来。一般农户家里晚上是不吃饭的，担心到时粮食不够，但是郑大家里田地相对多些，粮食基本够吃，又加上下午在外面劳作，到了晚上就特别饿，而世华每天早上出去放牛，只带些干粮，晚上也要回来吃些热饭。

到了吃饭时，郑大还没回来，邹氏要世华出去看看。世华刚出去，就见郑大举着火把从牛棚那边急匆匆地走过来。

世华一看，就猜着，舅父肯定到牛棚那边放农具时，发现牛少了。因为舅父有个习惯，每天晚上都会点着火把看看牛今天是否吃饱。

"舅父，怎么才回来啊，准备吃饭了。"世华装得很平静。

"世华，怎么少了一头牛犊啊？"郑大见是世华，劈头就问，"是不是丢了？"

"没有，那牛犊钻到后山山洞里了，不肯出来。"世华一副很平淡的样子。

"那就进山洞里面去找啊。"郑大很着急，一头牛犊可值不少银子啊。

"山洞黑糊糊的，挺吓人的，听说里面还有野兽。"世华说话的样子，让人听起来毛骨悚然。

"再害怕也得去啊。那可是一头牛啊，不是一只鸡。"郑大边说边去取挂在墙上的柴刀，"具体在什么地方？我去找。"

"这么晚了还去？"世华见郑大焦急的样子，他可不想这么晚了陪舅父白跑一趟，"要翻好几座山，路不好走。明天去吧，我们把山洞都挡起来了，牛跑不掉的。"

"真的不会跑掉？"郑大一听要走很远山路，还要钻山洞，晚上也有些害怕。

"明天吧，明天大家一起去山洞找。不会跑掉的。"世华安慰舅父。

"那好吧。"到了此时，郑大还真以为牛犊钻进了山洞。

第二天，天刚亮，郑大就叫上世华赶着牛群往山上走去。郑大昨晚都没睡好。

没想到，刚到洞口，发现程富他们都来了，正在山洞外面放火。

"你们干什么啊？牛还在里面呢。"世华大声喊。

"哎呀，世华，牛犊可能被老虎吃了。"程富见郑大果然来了，在大人面前，他们不敢称呼世华为大王，"你看，这地上到处都是牛骨头，还有牛尾巴。"

程富边说边指着洞口一堆牛骨头、破牛皮和牛尾巴，郑大一看，头蒙了，牛犊果然被野兽吃了。

"我们来时听到洞里面有老虎叫声，估计这山洞就是老虎的窝，晚上老虎回来就跑进去把牛犊给吃了。"程富边说边指着山洞说。

"你看，用来挡牛的树还在这里，老虎身子小，能钻进去。你说这牛怎么搞的，竟然往山洞里面去找死。"程富一副很生气的样子。

"那你堆这么多干柴，又放火，干什么？"郑大不想听程富唠叨不停。

"老虎肯定还在里面，我们要把它烧死在里面。为牛犊报仇雪恨。"张士埙带着一帮伙伴不停地往洞口堆干柴。

"我们害怕老虎跑出来，用柴火把山洞堵上，熏也要熏死它。"张士埙忙得满身是汗。

"唉，可惜了，可惜了。"郑大看着一堆牛骨头唉声叹气，他也没有心思去管张士埙烧老虎了，只得对着旁边的世华说，"以后放牛时一定要注意啊，千万不要让它们乱跑。"

"知道，舅父。"世华点了点头，很诚恳地说，"对不起，舅父，我也没想到有老虎跑来。"

"山林大，难免有野兽的，你们以后放牛也要多注意安全，千万别让野兽伤着人了。"郑大心疼牛犊，但还是不忘提醒外甥。幸好这只是头牛犊被野兽吃了，要是自己外甥遇到老虎，那自己就没法向死去的妹妹交代了。

就这样，世华与伙伴们让舅父深信不疑。

光阴似箭，转眼就过了五年，十五岁的汪世华已经长得高大英俊，虎背熊腰，在充当师父教这些放牛娃的同时，自己更加努力地练习武功和钻研兵法，由于天资聪敏，自学成才，他的剑术、箭术已经非常纯熟。尤其是箭术，他常带领伙伴们漫山遍野地打猎，山鸡、兔子、飞鸟常成为他们箭下之物，更令人惊叹的是世华独自用短刀杀死过一头发疯的野猪。发疯了的野猪比老虎还厉害呢。

而那个时候世华才十二岁，当时有好几头牛被凶猛的野猪攻击，大家都不敢去围攻野猪，终究都是小孩，野猪一嚎叫，就吓得直哆嗦。只有世华拿着短刀冲上去与野猪搏斗，最终野猪被连捅了二十刀后倒在了地上，而世华只是衣服破了而已，没有受伤。从那以后大家对世华的勇气和胆量更是刮目相看。

这帮与他一起放牛的伙伴都长大了，总是每天"大王、大王"地叫世华，也觉得不合适，都一律改称为大哥了，连比世华大两三岁的郑虎也叫他大哥。

此时的郑大却在发愁了，世荣已经十岁了，完全可以代替世华去放牛的，而世华可以像弟弟世英那样帮他到田地里干活儿了，但是郑大每次提出这样的意见，世华总是说，世荣可以去放牛，但是我不会干农活儿，也学不会。说白了，世华不愿意把自己的时间浪费在田地里，他有远大的理想。

现在三个外甥都长大了，吃饭穿衣开销也大了，何况郑大牛也生了两个小孩，郑大觉得压力越来越大，他在琢磨，该让世华做些什么事情。

第九章　仁勇乡里

这一年是公元 601 年，仁寿元年，东突厥突利可汗向大隋称臣已经两年，大隋进入了全面和平、强盛时期。北上统率隋军击败突厥的杨广在宇文化及和杨素的帮助下，蒙蔽了英明的杨坚，成功地从兄长杨勇手里夺过了太子宝座。

既然每天不去山中放牛，世华觉得这样也好，不能总带着这帮兄弟天天在山林里面，得到外面走走，自从舅父安排放牛后，自己连歙县县城都没去过，每天都是早上把牛赶进山里，晚上太阳下山才回来，哪里有时间去别的地方看看呢。

现在放牛的任务交给世荣，世华就得干其他活。郑大让他干农活，世华总是找各种理由推脱，喜欢呼朋唤友穿梭于乡里，帮助孤寡老人，见到人家无钱吃穿，他就找周围有钱的大户人家商议，请人家发慈悲救济。遇到一些铁公鸡的财主，他就让程富、郑虎叫上几个伙伴，帮助人家干活，换取钱财给老人。或者就写张字据给有钱人家，说现在借钱以后还，但是那些有钱人家怎么还好意思要他还呢？因为这几年来世华带领这些小伙伴们的一言一行已经为周围乡里带来非常好的现象。他的行动让更多的有钱人知道为富还要仁。

此时，世华开始思考，自己这几年放牛学的武功和看的书籍都没有名师点拨，很多地方只是一知半解，并没有升华，不能像当年宝欢叔传授那样，只要简单一点拨，就能一日千丈，该到哪里去找名师呢？他决定带着程富、郑虎和张士埧到歙州去看看，终究那是州治所在地，那里人多，获取消息的机会大。

"大哥，你真去歙州城？"晚上，世荣听说世华要去歙州看看，就很好奇地问他。世荣的性格有些像世华，悟性也很高，而世英属于那种踏踏实实的人，舅父让他做什么就做什么。

"反正这段时间没什么农活儿，我出去看看。我们兄弟不能一辈子都窝在这个郑村啊。"世华最喜欢与世荣交流。

"你要是有把剑就好了，那样走出去，多威风啊，像大将军。"看着世华在整理包裹，世荣忽然说了一句。

"我们汪家世代为官，先祖都是驰骋疆场的将军，当年父亲手里有把祖传的宝剑，可惜时运不济，被张文那个坏蛋抄家时拿走了。"

世华说到这里，摸了摸世荣的小脑袋："没关系的，以后会有的。你在家要听舅父的话，放牛时记得抓紧时间练武和看书，不要瞎玩。"

"知道，大哥。"世荣非常尊敬这位兄长。

正说着，郑大就推门进来了。

"出去看看也好，早点儿回来，要注意安全，不要在外面惹事，动不动打架也不好。"郑大见这个外甥在家也不干农活，还不如让他到外面去看看，能遇到一个拼搏前程的机会就更好了。

"这是一些银两，你在外面省着点儿花，你也知道舅父的家境。"说着，郑大就掏出一些碎银，估计也有一二两。

"不用不用。"世华不好意思拿舅父的钱，忙推辞。

"嘘，拿着，别吱声，不要让你舅母知道。"郑大忙制止世华说话，把钱硬塞进世华手里。

"谢谢舅父。"世华觉得很过意不去，本来以为舅父会反对自己出去的，没想到很支持，并且还送来银子作为路费。

"早点儿休息吧。"郑大说完就出去了。

早上，世华带着郑虎和张士埍在江边与程富会合，一起向黟县方向走去。

开皇十二年，朝廷把歙州州治从海宁县迁到黟县，随后于开皇十八年，又把海宁改名为休宁。

前往黟县，要经过休宁，世华有些激动，休宁是父亲当年为官的地方，他越靠近休宁一步，越感觉闻到了父亲的呼吸声，尽管父亲早已不在人世，但是那种情感还在。

一路上四人谈天说地，都是年轻小伙子，虽然走起来挺快，但是走走停停，对一切都充满好奇，看来总在山林里面待着放牛，了解外面事情太少了啊。

"大哥，我们加快速度，争取天黑前赶到篁墩落脚，我老家就是那里的。"程富跟世华说。

"那是你老家？我还以为你就是程村的。"世华还真没听程富说过。

"我爷爷一辈的时候就到程村做长工，后来就在程村安家了。"程富解释道，"篁墩是一个大村，有十几个姓氏都聚居在这里。我们程姓就是其中最大的姓氏。"

"啧啧，还挺会吹的嘛，最大的姓氏呢。"张士埙打不过程富，但是喜欢跟程富顶嘴，总喜欢从嘴皮子上赢过来。

程富一见张士埙小视他程氏，就说："你到了篁墩可以去打听。实话告诉你，原来这个地方叫姚家墩，在东晋的时候有个叫黄积的太守死后葬在这里，随后他们很多后人就聚居在这附近，并以这个太守的姓把这个地方改名为黄墩，就是黄帝的黄；但是后来我们程家的人不断迁入，就把这里改名为篁墩，就是竹字下面加个皇帝的皇。如果程家不是这里最大的姓氏，谁会同意改名啊。"

程富一副很自豪的样子。

"不错啊，还懂得挺多的啊。"见程富还会说出渊源，世华对他夸赞起来。

"为什么改成篁墩？"张士埙见程富一个得意的样子，觉得再问问他。

"那还不简单，因为这附近有很多篁翠竹。我们改成篁墩，也就是告诉大家，这个地方不再是某一个姓氏聚居的村庄，而是欢迎大家都迁居到这个美丽的地方来。再告诉你一个消息，前朝陈国名将忠壮公程灵洗与我同宗，他就出生在篁墩。"程富的表情洋溢着兴奋和自豪。

程灵洗，年少时以勇猛闻名，于侯景之乱时起兵保卫家乡，被授为谯州刺史，后来被陈霸先委以重任，助防京口，治军号令分明，与士卒同甘共苦，能征善战，累官至安西将军、郢州刺史，封重安县公。程灵洗去世时获赠镇西将军、开府仪同三司，谥号"忠壮"，其威名在歙州家喻户晓。

"那我们今天晚上就到篁墩借宿吧，不然可要饿肚子哦。"世华忙把话岔开，他知道张士埙这家伙如果没在嘴上占到便宜，是不会罢休的。

"你们快看，那边有群人在追打一个人？"郑虎留意到远处有十几个人拿着棍棒在追打一个人。

仔细一看，那十几个人都是护院打扮，而被打的，却是一个十五六岁的穿得破破烂烂的小伙子。看样子那个小伙子没有什么力气，边躲边跑，向这边逃来，而后面追打的人凶神恶煞，一副不把这人打死决不罢休的样子。

"冲！快去救那个人！"世华手一挥，自己都跑出一丈远了。

四个人冲上去，二话不说，三拳两腿，一人打倒一个护院。

世华一把扶起被打的小伙子，对那些人说："你们再打，就会出人命的。"

这十几个护院还没反应过来，就被人打倒四个，再看仔细看这四个人，个个都人高马大，从刚才出手就能看出，都是有武功的人。

一个看上去是护院头目的人走到前面，手里拿着棍子："这是我们的家务事，你们不要插手。"

"什么狗屁家务事，只要是打人，我们都要管！"张士塝口气强硬地说。

"朋友，你们最好不要插手这事。这小子打死了我们老爷两条狼狗。"护院头目懂点儿武功，见这四个人出手敏捷，不是好惹的人，就跟他们解释一下，不想把事情闹大。

"打死两条狼狗，那也不能要人家用命抵啊。"张士塝见人家对他客气，他就开始趾高气扬了，有世华和程富在，他才不怕呢。

"那可是我们看家护院的狗！"护院头目看不惯张士塝的样子，心想这里再怎么着也是我们的地盘，我对你客气，你还得寸进尺，趾高气扬的，太不给我面子了，以后我如何在后面这些手下面前露脸啊。

"不是还有你们这些狗嘛！"张士塝的话刚说完，世华、程富和郑虎同时心里"咯噔"一下，完了。

"你说什么？！"护院头目一听恼火了，顺手就一棍子向张士塝打来。

张士塝一偏，躲过了。

"上！打死他们！"护院头目见一棍子没打着，更火。

"打！"世华一看这一仗还真免不了，就一声令喝。

四个人赤手空拳地与十几个手拿棍棒的护院打了起来，才两口烟的工夫，十几个护院都躺在了地上，有手脱臼的，有腿受伤的，有鼻子流血的。

"小子，等着，爷爷我等会儿再来找你。"护院头目从地上爬起来，牙齿打落了好几颗。

"走！"他咬牙切齿地带着手下灰溜溜地走了。

看着远去的护院，世华问："有受伤的没？"．

"启禀大哥，我们毫发无损。"程富走过来说道。

"那就好，适当练练拳脚也是不错的，只是我们今晚去篁墩可得要小心了。"世华说。

"这位兄弟，请问你如何称呼？"世华忽然想起那个穷小伙子还站在旁边。

"感谢各位英雄，在下任贵，任务的任，富贵的贵。"任贵强撑着身子回答。

他已经三天没吃饭了，身上的病又发作，全身无力。

"我叫张士埙，这是我们大哥汪世华，这位是程富，这位是郑虎。"张士埙又抢着介绍。

世华不介意这些，任由张士埙出风头。

"请问是郑村的汪世华吗？"任贵一下子来了精神。

"正是！"汪世华觉得奇怪，这人从未见面，居然还知道郑村汪世华。

"大哥，感谢您救命之恩！"任贵扑通一下跪在汪世华面前，"久闻大哥威名，一直想去拜见，无奈小弟只是一个叫花子，没脸去郑村。今日相见，我任贵三生有幸。"

世华从没见过有人对他这般尊敬，忙扶起任贵："兄弟，快快请起，世华受不起啊。"

程富、郑虎和张士埙也看傻了，他们是非常尊敬世华这个大哥的，没想到一个陌生人对大哥如此顶礼膜拜，实在是出乎意料。

"大哥勇战野猪，锄强扶弱，仁义远播，方圆百里无人不知歙西郑村的汪世华！"任贵激动得还想再拜。

"别客气，别客气。"世华被夸得有点儿不好意思了，"任贵兄弟，刚才到底是怎么回事？你怎么把人家的狼狗给打死了？"

"大哥，是这样的，小弟父母早亡，一直过着乞讨的生活，刚才我走到篁墩一家大户人家门口时，实在是太饿了，就敲门想讨碗饭吃，没想到他们居然放大狼狗出来咬我。"任贵解释道，"我一急之下，就两拳把两只大狼狗给打死了。"

两只大狼狗可不是容易对付的，而任贵说得很轻巧，两拳就打死，看来这家伙功夫不俗。

任贵接着说："于是他们就冲出十几个护院拿着棍棒来打我，要在平时我还可以与他们斗一斗，可是今天实在是太饿了，没有多大力气，肚子痛得厉害，不适合多次交手。我就只好逃了。"

"哦，原来是这样啊。"世华点了点头，觉得任贵应该是个人才，只是成长环境不同。

"任贵兄弟，问一句不该问的话，你别介意。"世华说。

"大哥，您说！"任贵见世华口口声声叫他兄弟，很感动。

"你年纪不小，为何不找点儿事情做呢？"世华觉得奇怪，任贵也是十五六岁的人了，为何要去乞讨，却不去给别人帮工挣口饭吃呢？

一听到这里，任贵像泄了气的皮球："我家其实就是附近村的，在我三岁时父母就离开人世；村里一个老奶奶收留了我，没过两年，老奶奶也过世了。村里人都说我命硬，容易克死人，就没人管我了。我长大了也没人敢雇用我干活。"

"哈哈哈，那你以后就跟着我们吧，只要我们有饭吃，就绝对不会让你喝粥。"世华一听任贵这样说，就觉得很好笑，他这人不信邪，就认定要任贵这个人了。

"那你的武功是怎么来的？"张士埙什么事情都喜欢问个底朝天。

"是一个老叫花子教我的，他说出去要饭也不是容易的事情，得学会打狗。他还认识一些字，带着我出去要饭时，就常教我认几个字，和耍儿招武功。"任贵一五一十地说。

"可惜我们去年在外面吃坏东西，老叫花子肚子痛了几天就死了，而我痛了一段时间后倒也没事了，但是从此落下病根儿，每天要痛几次，一痛起来就全身无力。刚才打死狼狗后，肚子又痛了，所以只有逃命。"任贵说到老叫花子死时，很伤感。

"看来你还真是倒霉鬼啊，跟谁，谁就死。"张士坝的嘴巴够损人的，"看来你也不能跟我们在一起，我可害怕啊。"

张士坝说话时，郑虎在旁边拉也拉不住。任贵听到这话，脸色非常难看。

"张士坝！不要乱说。命硬之人能成大事，他只是腾飞的时机未到而已！"世华觉得张士坝的话很伤人，不制止住，会让人很尴尬。世华想到将来要成就大事，就得多聚集一些英雄好汉。

"郑虎拿些干粮给任贵吃，他肯定非常饿。"世华见任贵不停地去摸肚子，猜就是饿了，就让他先吃点儿东西垫垫肚子。

任贵也不客气，接过郑虎递给他的饼干就狼吞虎咽起来。

正在这个时候，远处黑压压地来了一批人，看阵势有五六十人，个个都拿着棍棒往这边冲来，看来就是冲着他们来的。

"咋办？大哥，这么多人啊，跑还是打？"张士坝一看这阵势心里有些发虚，准备拔腿逃跑。

世华看了看任贵，见他已经吃饱了，他想看看任贵的胆量。

任贵见世华看着他，知道是想听听他的意见，微微一笑："大哥，没关系的，这些人就是人多而已，没啥武功。只要上去先放倒几个，他们就害怕了。"

"大哥，你给我们掠阵，我和任贵去会会他们。"程富也想验证一下任贵的武功。

"他们人多，你们都上！不行的时候，我再上。"世华也想在外围仔细看看任贵的身手，"大家小心，等他们过来摸清情况再动手！"

这个时候对方正在愤怒中，直接冲上去对打，会让自己处于劣势。春秋时期，曹刿在长勺之战就是采用"一鼓作气，再而衰，三而竭"的原理击退强大的齐军，成为历史上以弱胜强的著名战例。世华见对方人多势众，又气势汹汹，这个时候冲上去跟对方打起来，正好把对方的战斗力发挥到极点。

很快，对方冲到眼前，带头的是一个满脸胡须的三十多岁的中年男子，个子不高，长得五大三粗。

"大哥，就是他们！"刚才那个受伤的护院头目被人扶着从后面走出来，指着世华一伙，跟大胡须说。

"你们是哪里人？敢到篁墩撒野，不想活了吗？"大胡须越看越像张飞，声如洪钟，手里拿着一根铁棍。

"大哥，别跟他们废话。"护院头目报仇心切。

"这位大哥，你可能有些误会，我们是从歙西去歙州城玩的，走在这里见他们十几个人追打这位兄弟，我们就出言相劝。"世华指了指任贵说，"可能是我们在言语上有些冒犯，所以就与你们兄弟切磋了一下，实在不好意思。"

世华心想对方人多，打起来，自己这边不一定能占到便宜，说不定还会两败俱伤。就算要打，也得拖延一下，等他们斗志相对衰竭了再打。

"歙西？歙西什么地方？"大胡须一听歙西，感兴趣了，"离郑村远吗？"

"我就是郑村的。"世华觉得这大胡须怎么对郑村感兴趣呢？

"是吗？太好了。"大胡须居然露出了笑脸，"那你一定认识汪世华吧？！"

世华笑了笑，没想到这个大胡须还知道自己名字："我就是汪世华。"

"真的？"大胡须眼睛瞪得大大的，一副不相信的表情，他身后的那帮人也开始低头嘀咕。

"我大哥就是郑村的汪世华。"张士埙见大胡须的表情，猜着这人对大哥肯定也是仰慕已久，很自豪地说。

"行不更名，坐不改姓，我就是汪世华。"世华很认真地说。

大胡须瞪着大眼睛上上下下左左右右地把世华仔细打量了一遍，猛然扔掉铁棒一把抓住世华的肩膀。

"兄弟啊，兄弟，哥哥我可想死你啦。"大胡须突然激动起来。

这一下子把世华给懵住了，哪门子蹦出一个哥哥来了。大胡须紧紧抓住他的肩膀，他刚开始还以为人家要攻击他呢。

大胡须也可能感觉到自己太激动了，忙放开手，对后面的人说："兄弟们，他就是郑村的汪世华！你们以前不是都嚷着想见他吗？"

所有人一下子都欢腾起来，刚才还是凶神恶煞的样子，转眼都眉开眼笑了。

世华和程富他们瞬间有些措手不及了，这变化也太快了啊。

"这个大哥，我还没请教你高姓大名呢？"世华拉着大胡须的手说。

"兄弟，我叫董晏，晏子使楚的晏，你不认识我。但是我们可在几年前就听过你的大名，一直想与你结交啊。"董晏大大咧咧的样子，让人感觉很亲近。

董晏见世华还没听明白，接着说："兄弟，你的仁义，早已传遍歙县啦，苦于我们只是给大户人家帮工的，一直没机会去认识认识你。"

"惭愧惭愧，兄弟只是在山中放了几年牛而已。"世华谦虚地说。

"耶，话可不能这样说啊。刚才我们跑来就觉得奇怪，谁这么胆大包天，五六十号人跑来，你们才五个人居然不跑？真是艺高人胆大！你们放牛的故事我可听说了不少。十八般武艺、古书战策，你们都是样样精通。"董晏打一照面就觉得这几个人有胆量，没想到居然是汪世华一伙，果然名不虚传。

"咱们先别站在这里聊啦，天快黑了，回村里，我今天得好好宴请你们。"董晏不容世华推辞，拉着他就走，一行人也就跟着往村里走去。

酒过三巡，世华知道了董晏的情况，他今年不到三十岁，是外村人，因有些功夫，就到篁墩来担任整个村庄的守卫，被打的那个护院头目就是他弟弟董平。

因篁墩一带大户人家较多，所以董晏在这里的待遇不错，还单独有个小院子，主要负责统管各护院的守卫，平时帮大户人家干干活，闲时带大家操练操练。

大家正喝得开心，有个穿着得体的老爷推门进来。

董平忙站起来："老爷！"

这个老爷在篁墩是最大户，姓程，他面相慈善，走到世华面前。

"这位小兄弟应该就是汪世华吧？"程老爷仔细端详着世华，早就有人向他报信了。

"世华，这位就是程老爷，董平就是给他家护院。"董晏忙向世华介绍。

"见过程老爷，打搅您了。"世华客客气气地说。

"哪里哪里，你能来篁墩玩，我非常欢迎，早就听大家说起你了。"程老爷非常和蔼，"这次好不容易到这里来，多玩几天，吃住都由董家兄弟安排，费用一切都由我出。"

"太客气了。无功不受禄。"世华也没觉得自己做了什么惊天动地的大事，怎么外面这么多人对他敬佩有加呢。

"程老爷，您放心，世华兄弟来了，我们一定会招待好的。"董平插话说。

"那就好。"程老爷很放心地说了句，随后他向世华和任贵解释，今天的事情确实有些误会，以后再具体解释，请不要介意，从现在起大家都是朋友。

任贵本来对程老爷让护院放狗出来咬人很有成见，但是现在见程老爷确实很有诚意，也就不计较了。至于是什么事情让程老爷放狗咬人和派护院来追打他，那都是过去的事情了，不去想了。

这晚大家一直喝到深夜，谈天说地，好不快乐。

第二天上午，汪世华准备带着大伙去歙州，任贵病得不轻，正好可以让他一起去瞧瞧郎中。没想到程老爷亲自跑来挽留，并说今日中午一定要留下来吃饭，已经安排了几个乡绅一起作陪。

世华几番推辞，见程老爷确实是非常有诚意的人，如果不留下来吃饭，倒给人感觉不给面子，就只好答应。

中午的饭菜非常丰富，程老爷当着很多人的面向世华敬酒："世华是我见过最优秀的年轻人，文武双全，将来必成大器。"

"程老爷过奖了，世华我刚涉世，以后还得请程老爷多指点。"世华一饮而尽。

程老爷借着酒劲儿跟程富他们说："在座的各位小兄弟，世华虽然才十五岁，但是他的为人处世、仁义道德可都是你们学习的榜样。你们跟这样的人成为兄弟，绝对不会错的。"

世华第一次在这么多人的面前被人夸赞，脸都红了。

"各位乡邻，你们看，世华天庭饱满，地阁方圆，龙眉凤眼，面带异相，将来必定贵不可言。"程老爷指着世华给各位乡绅看。

乡绅们都点头称奇，并纷纷向世华敬酒。

临行告别时，程老爷安排人送来十两银子，说是送给任贵的，希望任贵能到歙州找个好郎中，早日把病治好。

任贵看着世华，想看他如何决断。

世华本想拒绝，但是转念一想，任贵去看病还真的需要银子，大事不拘小节，就说："感谢程老爷一片美意，任贵拿着吧，到时你富贵了可记得报答。"

"滴水之恩，当涌泉相报。拜谢程老爷。"任贵接过银子正准备跪拜，程老爷赶紧把他扶起来。

"男儿膝下有黄金，请起！"

于是，世华与程富、任贵、郑虎、张士埙五人向程老爷、董晏、董平等一干人告别，向歙州城走去。

五人不停赶路，当他们走到歙州城外时，还是晚了，城门早已关闭，看来只有明天进城。五个小伙子在城门外转悠，这周围也没有客栈，看来只有到城外五里路远的寺庙借宿了。

寺庙已经年久失修，里面供奉的是释迦牟尼佛，世华点着火把带着大家把大殿打扫了一下，在佛祖面前虔诚地磕了三个头。

"佛祖，如果您有灵，请保佑我汪世华能出人头地，做一番惊天动地的大事，重整汪家雄风，为天下百姓谋福祉，届时，我一定为您重修庙宇，塑金身，让这里香火不绝！"世华跪在佛祖面前默默祈祷。

这一晚，世华与兄弟们就在佛像的后面找了地方和衣而睡。

这一晚，他做了一个梦，梦见佛祖把他捧在手心，对着他微笑。

半夜，任贵肚子疼，翻来覆去地睡不着，正准备到外面走走。突然一簇强光刺激着他的眼睛，他睁眼一看，天啦，世华全身被金光笼罩。他惊讶得一时不知所措，过了好一会儿，回过神来，正准备叫醒旁边的程富，金光瞬间消失了。任贵一摸自己的额头，全都是汗水，刚才的一切恍若梦境。

这就是自己要追随一生的主公。当年老叫花子就跟任贵说过，你虽然现在是个叫花子，只要你找到菩萨转世的主公，你就是指挥千军万马的将军。金光笼罩，除了菩萨转世的人，谁还能有这么大的佛缘？任贵喜从心升，暗暗下定了决心。

清晨，一群喜鹊在寺庙里欢歌，世华和兄弟们深呼吸着清新的空气，精神百倍。

世华感觉到全身从来没有这样舒畅过。

"大哥，现在进城早，是不是大家比划比划。"张士埙活动了一下身子，打了两拳，跑到世华面前说。

"好主意！这么好的地方，不活动一下筋骨怎么行呢？"每天早上练习武功是惯例，世华说着就向张士埙攻去，他知道张士埙有几斤几两，他只用了五成功力，张士埙就节节后退。

郑虎见世华心情特别好，而张士埙的招法越来越乱，就笑了。

"张士埙你这家伙，再不好好长进长进，大哥到时可不搭理你了。"

"郑虎你别说我，有本事你来跟大哥斗一圈。"张士埙本来想与任贵斗的，他觉得任贵这个病样子容易收拾，没想到，刚开口，世华对他出招了，搞得他一慌张，就更乱了。他可从来不敢单独跟世华过招的。

"来吧，郑虎，你两个一起来。"世华感觉到自己浑身有无穷的力气。

"那我就来啦。"郑虎边说边从台阶上直冲而来，拳脚并用，他知道凭他俩的能力跟世华过招，还是差一截的。

龙争虎斗。一百招下来，感觉全身舒畅极了，世华往后一跃，离他俩三四米远，拳脚一收："郑虎有长进，张士埙你可很让我失望啊。"

"大哥，话可不能这么说，在二十多个人中，我武功还是能进前五名的。"张士埙是指在山里放牛的二十多个伙伴，他嬉皮笑脸地说，"你不能总把我与你比啊，再过五年，我也不敢与野猪斗啊。"

"那你与任贵过过招如何？"程富想趁机试试任贵的武功，他本来想自己与任贵切磋的，但是见任贵带病在身，不适合说这话。

"可以啊。"张士埙说完就摆好姿势准备与任贵过招。

"不了，你们休息一下，我与程富玩玩吧。"任贵通过这两天言行看得出来，程富的功夫在郑虎和张士埙之上，他也猜着张士埙认为他没什么武功。

任贵轻描淡写的一句话，出乎大家意料。

世华看着程富笑了，程富也笑了，他们明白任贵是想给大家一个好印象，本来前天傍晚是要与董晏他们一群人战斗的，结果大家化干戈为玉帛，错过了一次施展身手的好机会。

"任贵兄弟很给我程富面子。那我就与你玩玩，点到为止。"程富走到场中间，任贵跟着走过去。

"怎么？还不与我打啊？瞧不上？"张士埧有些火了，感觉任贵是在侮辱他。

"兄弟，你误会了，你们都活动完了，就我两个还在站着看，这不合适吧，反正只是玩玩嘛，你别介意。"这两天来，任贵也知道张士埧这人的性格了。

"没错，咱们看着，看他们玩。等任贵病治好了，你小子就天天跟他打。"世华笑着跟张士埧说。

"那就这样说定了，任贵你要是病好了，还不与我打，我天天骂你娘。"张士埧扯着嗓门跟任贵说，一副大老爷们的样子。

任贵微微一笑，突然右手如鹰爪般猛然伸展，迅猛地朝程富攻去。这突如其来的变化，速度之快，连世华都为之惊愕，心中暗自赞叹："任贵果然身手不凡！"

程富则显得沉稳老练，他沉着应对，巧妙地躲闪过任贵的攻击，同时也不失时机地发出反击。两人刚开始的较量只是试探性的拳脚交锋，但随着时间的推移，他们的招式逐渐变得迅猛凌厉，犹如狂风骤雨般猛烈。

每一招每一式都充满了力量与技巧，让人目不暇接。他们全力以赴，毫无保留地展现出自己的实力。这场对决实在太精彩了，完全出乎了世华的预料。

任贵的功夫竟然能与程富相持到八十招之久，这确实不简单。在这个过程中，程富敏锐地察觉到任贵的体力逐渐下降，而双方的实力也已经有了清晰的展现。于是，他向任贵投去一个微妙的眼神，两人心领神会，同时向后跃出一丈多远，结束了这场激烈的对决。

"哈哈！你要是身体康复，我可不是你的对手啊。"程富向任贵一抱拳。

"程兄弟谦虚了，我就是治好这个病，武功也高不到哪里去。"任贵知道程富在某些招式方面让着自己，自己身体治好后，能跟他打成平手就非常不错了。

"好！果然是两名虎将，真是我汪世华的福气。"世华鼓掌叫好，"任贵，你这小子真让我刮目相看，看来教你武功的老叫花子不是简单人物。"

"谢大哥夸奖，我师父具体是什么人物还真不好说，反正他懂的东西可多了。"

任贵向世华抱拳致谢。

"江湖真是藏龙卧虎，至于你师父为何要做一个叫花子，估计有他自己的难言之隐吧，也可能是上天有意赐予你的。"世华感慨万千。

"是的，大哥，我们要想将来成就一番大事，还得寻访名师，让文武之才更进一层才行。"任贵说的正是世华的想法。

张士埙不得不暗暗佩服任贵，人家不跟他切磋，是怕他败下去尴尬。

五人又聊了会武功之事，一起在佛祖面前磕完头，向歙州城走去。

进城后，五人在路边摊简单吃了些早点，向摊主打听，得知城北有个医术高明的郎中。摊主还告诉他们，这个郎中为人非常好，穷人去看病他从来不收钱，有些人实在太穷，连抓药的钱，他也不要人家付，但是有钱人去他那里看病，他就收双倍的钱。他还有一个特点，普通的病症他不医治，除非是重病和疑难杂症才能去找他，他在城北已经开了五六年药铺了，口碑非常好。

世华五人就按照摊主说的路线向城北走去，歙州城里热闹非凡，一片祥和。

仁和药铺，其实并不大，一个人背对着窗户正在看书。

世华一伙走进来，那人也没有抬头看。世华打量了一下药铺，简陋而又整洁。

"您好！请问郎中在吗？"世华站在那人后面非常客气地询问。

那人缓缓地放下书本，回过头来。

好熟悉的面孔，世华一时想不起来。

"有什么事？"那人问。

"我这位朋友一年前食物中毒，落下病根，每天肚子疼痛好几次，非常难受。想请郎中帮忙瞧瞧。"世华指了指任贵说。

那人坐在凳子上，也没有起身，只是远远瞧着任贵，没有说话。

任贵走到那人跟前，恭敬地鞠了一躬："大夫，请帮忙给我看看，每天痛得非常厉害。"

"把手给我。"那人轻轻一抬右手。

任贵忙捋起衣袖把左手伸了过去。

世华努力在脑海里回忆着，这人是谁？

那人把脉的一个动作，突然让世华想起来了。

"稽叔叔。"

那人微闭的眼睛突然一闪，很快又合上。

过了一会儿，那人松开了手，闭着眼睛一动不动。又过了会儿，那人若有所思地点了点头，缓缓睁开了眼睛。

"我姓稽，刚才是哪位叫我？"

这人就是稽宗沅。世华一听这人说自己姓稽，更确认无疑，激动地说道："稽叔叔，是我，郑村的汪世华。"

"世华？！"稽宗沅在脑海中回忆世华的模样。

世华见稽宗沅一时想不起他来，又补充一句："那年大雪天我请您去给我娘瞧病。"

稽宗沅听到这里，猛一拍腿，站起来说："真的是你啊。都长这么高了，变样了，真不认得了。"

世华见稽宗沅想起他来了，兴奋地说："稽叔叔还是没变，还是那么年轻。"

"哈哈哈，已经是老头子了。"稽宗沅也很兴奋，拉着世华的手，对着世华瞧来瞧去。

世华忙向稽宗沅介绍了几位兄弟，大家一见这人与世华熟悉，也非常高兴。刚才大家还担心人家不给瞧病呢。

大家相互认识后，稽宗沅就跟世华说，任贵确实是食物中毒，也是命大，才捡回来一条命，现在他的肠胃都受到严重影响，若不赶紧治疗，有可能肠胃都会坏掉，最后痛苦而死。

稽宗沅说，幸好任贵的体质好，让病毒没有扩散，非常万幸，等下就给他在相关穴位上扎几根银针，把毒血放出来，再吃一段时间草药，疗养一阵子，不要动拳脚，不出三个月会完全康复。

刚才任贵还听得直冒冷汗，现在又听稽宗沅这么一说，心里又高兴了。

大家一听，稽宗沅三个月就能帮任贵完全康复，都感到高兴。

随后，世华又向稽宗沅简单介绍了一下这几年在山中放牛的情况，又说了下来歙州的目的。

稽宗沅听后非常赞成世华的想法，说虽然高人不一定在歙州城内，但是这里人多，消息灵通，应该能打听到高人的下落。同时笑着说，你的仁勇可是闻名乡里，我可不止一次听别人说起你啊。你小子不错，当年我没有看错。

随后稽宗沅跟大家说，那次被世华冒着大雪请去给他母亲治病后，内心受到触动，自己不能把这么好的医术藏在深山里，应该做到真正的救死扶伤，帮助需要帮忙的人。见天下又太平，于是就把家搬到歙州城来了。

由于世华一行有五个人，稽宗沅家里没有这么宽的地方，就安排他们住在隔壁的小客栈，并写好几个名帖，让世华去拜访城里几个有名望的人。

任贵就在稽宗沅的药铺接受治疗，不让其外出。

就这样过了半个月，任贵的病情有明显好转，稽宗沅就跟世华商议，让任贵留在歙州继续治疗，同时也可帮他在药铺里面做点儿事情，管吃管住，等身体好了后，再做安排。

世华想了想，觉得这是最好的法子，自己现在还一事无成，算是在舅父家吃闲饭的，不可能再带个人回去。很明显是稽宗沅了解他们的实际情况后，才跟他们提出这样的建议，也算是暂时解决一下任贵的食宿问题。

第十章　外出学艺

"世华，我打听到朱老夫子的下落了，就在婺州一个小山村里。"世华一伙人刚从外面回到仁和药铺，稽宗沅就把这个好消息兴奋地告诉世华。

"那太好了。能拜在朱老夫子门下，将是我的福气。"世华非常高兴。

世华与稽宗沅当初见面时就把自己的想法说了出来，自己这些年在山中放牛，虽然看了些父亲当年留下的《论语》《左传》《战国策》《史记》等书籍，但是还有不少地方领悟不了，需要指点才行，终究从九岁开始就无人教他学习。而武功方面宝欢叔在那三年内把很多东西都传授给他，并给他留下了兵书，但是仍有不少精髓他无法参透。

稽宗沅见世华如此好学，不满意现状，感到很欣慰，仅凭世华当前的能力，也是可以闯荡一番的。但是世华说，要想扬名立万，做辅国之栋梁，为天下苍生谋福，还得学习更多知识才行。

朱老夫子在前朝非常有名，当时的陈国君主还数次派人来寻访他，请他出山给太子做老师。朱老夫子见陈国政治已入膏肓，就多次婉拒，最终隐居在吴越的山水之间。朱老夫子是人们对他隐居之后的称呼。

稽宗沅与朱老夫子有数面之缘，凭他的面子写一封举荐信，朱老夫子应该会收世华为徒的。

于是，世华一伙人收拾行李告别稽宗沅和任贵，回郑村向舅父说明情况。

郑大听了世华的情况后，也很支持他的选择，觉得现在年纪还小，多学些东西，将来朝廷有事，说不定还真用得上，世华若能博个一官半职，作为舅父的也能跟着沾光。

可是舅母邹氏不高兴了，她本来以为世华到歙州是寻找机会做买卖的。若是做买卖的话，到时就可以不断地问他要些银子，补贴家用。现在一听说要出去拜师学艺，便满脸不高兴了，现在天下太平，学那么多东西有什么用？还不如在家干农活儿呢。

世荣听说大哥要出去学艺，非常支持，还说大哥学好本领后回来教他。而世英就不怎么支持，他说现在舅父和舅母年龄大了，若还这样出去乱跑，不在家多干活儿，对不起二老的养育之恩。

世华心意已决，不听他们任何人的意见，他觉得在家务农仅是对舅父舅母的孝敬，男子汉当像汉高祖一样，胸怀天下，让天下百姓过得幸福。

郑大虽然支持世华外出学艺，但是希望世华将来在武功上能有所长进，他就劝世华："还是去学武功吧，万一边疆有事，还得靠武功才行，读那么多书有什么用啊？拿刀杀人抢劫的敌人是不跟你讲道理的。"

世华听了觉得好笑，自己是去学治国之策的，而不是简单地读之乎者也，他又没法跟舅父解释，就算解释了，舅父也不懂，只有笑而不答。

郑大见世华执意要去婺州，也就不勉强，终究外甥已经长大了，将来的路是靠他自己走的。郑大只好说："既然你心意已决，我也就不多说什么了，终究我只是一介农夫，只知道种田、养牛，未来的路，还是得靠你自己去闯。"

郑大见邹氏不在身边，便轻声说："婺州路途遥远，一路上得多带些盘缠，前段时间你去歙州已经花了一些银子，家里暂时拿不出多余的钱，你先在家休息几天，我想办法凑凑，实在不行，我跟你舅母商议下，卖一头牛。总之，不能误了你的前程。"

世华听了非常感动，说道："舅父舅母将我等兄弟抚养成人，含辛茹苦，现又凑借银子为我外出学艺，我等终身不忘。将来有出头之日，一定会报答你们的大恩大德。"

郑大又与世华寒暄了几句，就回房睡觉了。世华从歙州一路回来很辛苦，也就早早就寝。

次日，天刚亮，郑大就带着世英去地里干活，世荣也去山上放牛。郑大见世华这段时间在外面风尘仆仆，肯定很辛苦，就跟邹氏说，今天就别叫他早起干活了，让他多休息会儿。

邹氏答应了一声，也就到菜园子里种菜去了。对她来说，叫不叫世华起床已经无所谓，世华之前在家也不爱干农活，过几天又要外出学艺，随他睡懒觉吧。

到了晌午，郑大和世英从地里回来吃饭，见世华房门还是紧关着，心想都未时了，怎么还没起床。

"世华是出去玩了，还是还在睡觉？"郑大坐在桌旁问刚端菜上来的邹氏。

"不知道，我回来就烧火做饭了，没去看。"邹氏一副漠不关心的样子。

"我去看看。"世英正端起碗，又放下，准备去看看世华是否在房间睡觉。

"你吃饭吧，让你舅母去。"郑大边说边端起碗，"我们快点儿吃完，今天地里的活儿比较多。"

邹氏从腰上摘下围巾，双手在上面擦了擦，就往世华房间走去。

"啊！"

邹氏突然传来惊恐声，接着扑通一声，摔倒在地。

世英与郑大忙放下碗冲过去，邹氏惊慌失措地倒在门内，世华揉着双眼从床上爬起来。

"舅母，你怎么啦？"世英忙走过去扶起邹氏。

世华一副疑惑的表情："舅母，你怎么摔倒了？".

"你……你……龙……大青龙……"邹氏用手指着世华，吓得吞吞吐吐。

"怎么啦？"郑大也过来扶着邹氏，"什么大青龙？"

邹氏见大家都过来了，缓过了神，使劲儿地闭了下眼睛，再睁开："刚才我看到床上有一条特别大的青龙趴在那里，好吓人啊。"

"哪里有什么龙啊？老糊涂了吧。"郑大觉得邹氏在说胡话。

"舅母，你肯定是看花眼了，我刚才在睡觉呢。"世华又看了看床，"这床上什么都没有啊。"

"大白天说胡话，去吃饭吧。"郑大扶着邹氏就走，"世华，赶紧洗脸吃饭。"

世英看了世华一眼，什么也没说，其实这个现象他曾在晚上也见过，像是龙，也像是蟒，具体是什么，也说不清楚，只是每次都认为自己是在做梦，今天舅母也看到了，看来自己当时肯定不是在梦境中。大哥非池中之物，将来定会一飞冲天！

晚上躺在床上，邹氏还是神魂未定，她跟郑大说："我没骗你，真的看到是条龙在床上，可吓人了。"

"确定没看错？"郑大在心里想，世华出生时就听说有种种异象，这老婆子应该是没有看错。

"真的没看错。"邹氏靠近郑大说，"好像只有皇帝老儿才是龙，你说你这个外甥怎么也是龙呢？"

"不好！要是被人知道这事怎么办？会杀头的啊……"忽然邹氏如梦初醒一样，赶紧又捂着自己嘴巴，眼神出现恐慌。

"只要我们不说，谁知道啊。"郑大有些困，想早点儿睡。

"不行，我们得让他早点儿离开这里，他这个人的种种行为，哪像一个平民百姓的样子？现在是太平盛世，朝廷能容得民间还有真龙？"邹氏不想让郑大睡觉，她越想越觉得问题的严重性。

听说要世华早点儿离开这里，郑大忽然灵光一闪，正愁没钱让世华出去学艺呢，忙一骨碌爬起来："你说得没错，得赶紧让他离开这里，不然他惹事了，我们全家都要跟着倒霉。"

"明天就让他走。"邹氏一听郑大支持她的想法，也来了精神。

"可是，我们没钱打发他走啊。"郑大故意垂头丧气，"不至于我们让他出去要饭吧。"

"那怎么办？我原来攒的那些钱，前段时间你不是都给他了吗？"邹氏也着急了，想不出办法。

"要不我们卖头牛如何？"郑大试探性地问邹氏。

邹氏一惊，看着他，没有说话。

见邹氏没有立即反对，郑大觉得还是可以说服的，便赶紧道："他在家不干活，又经常往外跑，花的钱更多。你想想，现在我们好礼把他送出去，让他去婺州，离我们远，出什么事情，跟我们没有啥关系；若他有出息了，肯定也会回来报答我们这几年对他的养育之恩。"

"行，明天你就出去借钱送他出去，我们尽快把牛卖掉还给人家。"邹氏恨不得天亮就让世华出去呢。现在全家日子过得都不错，家里有田地，有牛群，孙子也好几岁了，可不能出事啊。

"这样说定。早点儿睡吧，明天起床我就去借钱。"郑大说完就倒头睡了，其实他心里还是挺高兴的，老婆子同意拿钱就行，明天多借点儿钱让世华拿走，在外面闯荡，一分钱都会憋死英雄汉的，得让他预备着，这样也对得起死去的妹妹和妹夫。

第二天，郑大喝了一碗稀粥，就出去借钱，很快把钱借回来了。郑大为人老实，又加上家庭条件也还算可以，别人不怕他还不起。

世华还没起床，郑大只好又去叫他醒来，跟他吞吞吐吐，前言不搭后语地说了一堆话。最后，世华听明白了，舅父要他今天就拿钱出去学艺，免得过几天舅母又不同意了。并要世华记住，一定要出人头地，不然愧对死去的父母。

随后，郑大掏出十两银子递给世华。十两银子，可不是小数目了，在那个时候能买两头小牛犊。

世华跟世英交代，一定要听舅父舅母的话，好好在家干活儿，别忘记看书习武。世荣已经一大清早就去山里放牛了，便嘱咐世英照顾好弟弟。世华收拾好行李，正准备出发，郑虎和张士埙来了，他们听说了世华今天就要去婺州的消息，都来送行。

世华跟他们说，他先去打个先锋，若朱老夫子答应广招门徒，一定会让人捎信回来，让他们过去。

郑村的百姓得知世华即将离开家乡，前往婺州求学，纷纷来到村口为他送行。众人都希望这个仁勇的小伙子能有一番作为，那将是天下人的福气。

在众人目送下，世华毅然踏上了前往婺州的学艺之路。他的背影在晨曦中逐渐远去，留下的是村民们对他未来的美好期待和祝福。

从歙县前往婺州有数百里路程，途中需穿过睦州，世华孤身一人，跋山涉水，日夜兼程，很快就进入睦州境内。

这一日傍晚，世华翻越了一座险峻的山峰，眼前豁然开朗，一座古朴的道观静静伫立，隐于云雾缭绕之间，若隐若现，仿佛与世隔绝。道观之内，似乎还有人在活动，这让他心生欢喜。这几日为了节省开销，世华多以干粮充饥，夜宿农家，如今眼见道观，便想着既能借宿歇息，又能与道长交流修行之道，实乃一举两得。

世华心中一喜，加快了脚步，向那山腰上的道观进发。只见山路上，两三百级石阶蜿蜒而上，直通云霄。望着眼前这宛如仙境的道观，世华心中不禁感慨万分。若是能在此地习武修道，定能领略到超凡脱俗的境界，真乃人生一大幸事。

"喂，你要去上面找谁？"世华只顾看山上的道观了，没注意到旁边一块大石头上躺着一个人。

只见那人，面如锅底，好像枣木炭心，黑中透亮，一对朱砂眉，斜入天仓，准头端正；两只豹环眼睛炯炯有神；狮鼻阔口，膀大腰圆，身高七尺，熊腰虎背，年龄看起来跟世华差不多。

世华一看觉得这个似曾相识，但是又想不起来。

"这位朋友，我从歙州来，前往婺州去，途经此地见道观巍巍，想去拜见拜见道长，也望能在此借宿一宿。"

上面的那个人一听，从一丈高的石头上，一个跟头翻了下来，轻轻地落在世华面前。

好功夫，世华心里微微一怔，自己那帮兄弟中可没有一个有这能耐。

"师父说今天有贵人要从这里经过，要我在此等候，从太阳出山到太阳落山，才看见你一个人打这里经过，看来你就是所谓的贵人了。我得请你到观里留宿才行。"那个人上下打量世华。

"谢谢尊师美意。"世华心里却在想，不管你们是什么目的，反正我就一个人，啥也不怕，"让你在此久等了。"

"不用客气！那我们就上山吧。"说完那人就先跨上台阶往上走。

世华肩上横挎着行李，在后面琢磨，这个人的师父是真的掐指神算知我要来，还是每天都派人在此等候路人，然后杀人越货？这周围方圆二十里都没见人烟的。

世华凝视着那人稳健的步伐，每一步都仿佛蕴含着深厚的内力，显然武功非凡。他心中暗自评估，若与此人交手，定是一场势均力敌的较量，要想取胜，恐怕得费一番周折。

原本世华有着前往道观借宿的心意，却不料在途中意外遇到了一位久候之人，这突如其来的遭遇让他颇感意外。在荒郊野岭中行走，他一直保持警惕，担心遭遇不测。然而，眼前的这位陌生人，尽管出现得突兀，但举止间却显得纯真无邪，眼神中透出的天真与坦诚，让世华难以将其与恶意联系起来。他心中虽有疑虑，但仔细观察之下，却找不出任何破绽，不禁开始怀疑自己是否过于多虑。

正想着，两人就到了道观跟前。

"紫霞观"，道观正门的三个大字苍劲有力。

"你在这里等着，我去跟师父说一声。"那人把世华晾在外面，自己进去了。

一会儿，那人就出来了："进来吧，师父在里面等你呢。"

这时夜幕降临，屋内已经点起了蜡烛，犹如白昼，一个六十多岁的老头一副道士打扮，站在八卦图前，正打量着世华。

"歙州汪世华拜见道长！"世华恭恭敬敬地向老道长作揖。

"免礼，一路风尘仆仆，你先坐下喝口茶。"老道长见世华天生贵相，心中暗喜，不时用手捋一捋胡须，"天瑶，你看看饭菜准备好了没有。"

天瑶。

猛然，世华心头一震。

"请问你是歙州登源里的汪天瑶吗？"世华一激动，也顾不得老道长在旁了，忙问站在门外、刚才在路上迎接他的黑脸小伙子。

"你怎么知道？"黑脸小伙子正准备离开，听世华这么一问，忙回过身问他。他正是汪宝欢的儿子天瑶。

世华一把抓住天瑶的胳膊："兄弟啊，我是你大哥世华啊！"

天瑶一听，非常惊喜，反手抓着世华："你真是我世华大哥？"

刚才汪世华自报家门时，汪天瑶还在疑惑准备找机会细问呢。

世华含着泪，使劲儿地点着头。

"大哥！"

"兄弟！"

两个离别七八年的兄弟，居然在这一座道观里相见，泪流满面，两人紧紧地拥抱在一起。

老道长微微一笑，离开了。

当年天瑶与母亲逃离登源里，去了会稽山下的姨母家等待汪宝欢，但是等来的却是噩耗。母子两人悲伤至极，幸好得到姨母照顾。

不到半年，演公寻访到天瑶，就带到这座道观来。演公就是刚才的老道长，外人只知道他姓演，具体什么名字，无人知晓，外人就称他为演道长、演真人，但是他本人喜欢大家称他为演公。

演公是汪宝欢当年的同门师兄，均在一个老和尚那里习文武之道，都是俗家弟子，演公的武功谋略均在宝欢之上。宝欢曾多次邀请他出山，但是演公以师父年事已高，需要照顾为由，屡次拒绝。老和尚仙逝后，演公准备回家，途经这里，见这一带山峦层叠，美不胜收，又见这里有座荒废的道观，就干脆在这里做了个道士。因当时站在道观前，见天边紫霞艳丽，故取名为紫霞观。此后，演公潜心修炼道学，博闻强记，又常访世外高人，融会贯通，故在道学中自成一体，造诣深厚。后来演公得知宝欢遇难，就暗中查访，找到了天瑶，以保师弟血脉，并希望自己和师弟的宏图大志能在这个天瑶身上得以延续和弘扬。

演公擅长卦爻，今日清晨占了一卦，酉时有贵人来，就要天瑶午时去山下等着。因天瑶这人做事没有耐心，正好让他早点儿去等候，磨炼磨炼他的性子。

两兄弟聊了很久，才想起本来是拜见师父的，现在师父都不在这里了。

此时演公正坐在后面小房间里面独自品茶，见世华和天瑶走进来，放下茶杯。

"见你们兄弟久别重逢，不忍心打扰，我就离开了。世华，你这是要到哪里去呢？"演公开门见山。

世华一五一十地把情况说了。

"朱老夫子，这个人我听说过，是吴越的儒学大师，就连中原那些名扬天下的儒学大家在造诣上也不一定比他高，他是儒家学说的集大成者。他为人孤僻，据我所知，至今为止还没有人能成为他徒弟，如果他能收你为徒，那是你一辈子的福气。"

世华忙点头称是。

演公看着世华说："今天早上我占了一卦，卦象显示我俩有缘，见你气宇非凡，将来必成大器。若朱老夫子不收你为徒，你可来这道观，与天瑶一起习武。"

世华听闻演公愿意传授他武功，忙作揖致谢。

"当然，我更希望你能成为朱老夫子的弟子，学成归来，一样可以到道观来。"

不管世华此行结果如何，演公都把话说到这份了。

世华忙磕头而拜："师父在上，容弟子一拜。"

演公忙过来扶着世华："贤契请起！"

当晚，演公、世华、天瑶，还有演公另外两个徒弟鲁汉和石五郎，共五人秉烛夜谈，演公与世华两人都有一种相见恨晚的感觉。

鲁汉与石五郎是演公当年收养的两名孤儿，与世华、天瑶的年龄不相上下。

世华在道观一连居住了五天，依依不舍地与大家告别，前往婺州。

在离开之前，世华请求演公能收下他的一些放牛伙伴为徒，演公说他考虑下，到时再安排人通知你那些伙伴来。言下之意，演公已经答应了请求。

果然，世华离开后，演公就安排鲁汉和石五郎去歙西找程富、郑虎和张士埙，也通知了在歙州城治病的任贵，让他身体恢复后，就到道观习武。

一时之间，道观内热闹非凡，演公给他们制订了严格的学习计划。

世华来到朱老夫子居住的山村时，正是中午，如镜的湖面倒映着一座木屋，远处的树荫下，一个老头正在垂钓。

他就是朱老夫子。

世华恭恭敬敬地把稽宗沅写的信函递给他，朱老夫子接过后，什么话也没说，继续钓鱼。

世华记着稽宗沅的叮嘱——不乱说话，不多说话，不轻易说话。

他坐在朱老夫子旁边，看着他垂钓。

到了该吃饭的时候，朱老夫子收起鱼竿，看了看世华，依然不说话，拍拍屁股上的泥土，就往小木屋走去，装鱼的木桶还在湖边，有三条大鱼，世华忙拎着木桶跟在后面。

朱老夫子进屋后，放下鱼竿，坐了下来。

世华拎着小木桶，不知道放哪里，只有干站着。

"会烧鱼吗？"朱老夫子终于说话了。

"会。"世华赔着笑脸说。他虽未曾踏入过厨房，但在山里的放牛岁月，他与伙伴们不仅捕捉野兔野鸡，更时常在溪流里抓鱼，烤制的野味，不仅满足了口腹之欲，更在无形中磨砺出了他独特的厨艺。

"那还愣着干什么？伙房在后面。"朱老夫子说完，转过脸看着湖面，好像一切与他又没有关系似的。

"是。先生。"世华忙放下行李，拎着木桶就往厨房走去。

朱老夫子微微一笑。

一年过去，世华在朱老夫子的点拨下，经史子集，无所不通。本来他就翻看过不少书籍，本性聪慧，一经名师指点，便顿开茅塞，学问大进，尤其是对周孔之道有自己独特的见解。

这天朱老夫子特意打来两壶好酒，又让世华做了三条鱼，两人酒足饭饱。

"世华。"朱老夫子端着一杯清茶轻轻喝了一口。

"先生。您有什么吩咐？"世华刚给自己沏了一杯茶。

"我送你一本书。"说完朱老夫子把《周公戒子》递给他。

"你把这一段读给我听。"朱老夫子帮他把书打开，指着一段。

正是周公对长子姬伯禽说的一句话。

"德行宽裕，守之以恭者，荣。土地广大，守之以俭者，安。禄位尊盛，守之以卑者，贵。人众兵强，守之以畏者，胜。聪明睿智，守之以愚者，哲。博闻强记，守之以浅者，智。夫此六者，皆谦德也。夫贵为天子，富有四海，由此德也。不谦而失天下，亡其身者，桀、纣是也。"世华朗声而读。

"能明白意思吗？"朱老夫子问。

"弟子明白。"世华从字面上就能理解这段话的含义。

"很好。"朱老夫子也相信凭世华的才智一看就能明白这段话的含义。

"知道周公是在什么情况下跟伯禽说的吗？"朱老夫子再问。

"是周成王将鲁地封给伯禽时，周公告诫正准备前往鲁国的伯禽。"世华记得这典故。

"你来这里整整一年，也学了不少东西。"朱老夫子又缓缓地喝了口茶，"只要记住这六条，即可成就非凡。你现在该去演公那里学学武功兵法，只有这样将来才能治国安邦。"

世华正准备说话，朱老夫子伸手打住。

"杨广已是太子。相传，当年他将出生时独孤皇后梦见金龙一条，突然从自己身上飞出，初时小，渐飞渐大，直飞到半空中间，足有十来丈长短，张牙舞爪，盘旋空中，最后摔在地上，断成两截。他出生当晚本来皓月当空，明月如镜。当深宫中传来一声婴孩啼哭声之时，突然雷声大作，刹那间天昏地暗，倾盆雨注。天显预兆，杨广登基后，可能会天下大乱，生灵涂炭。你一定要记住，太平时期，你要施仁德，富万民；乱世之际，要挽狂澜，安天下。"

"弟子明白。"

"去年我准备三条鱼，迎接你的到来，今天我同样准备三条鱼，欢送你学成而归。三，就是天地人三者。一生二，二生三，三生万物。"朱老夫子说到这里看着世华，"你能明白我的意思吗？"

世华恭恭敬敬地回答："谢先生教诲，弟子明白。"

"以后你要多看看这部书。快去收拾行李吧。"朱老夫子轻描淡写地说着，内心里却是依依不舍。

世华无言以对，只得去收拾好行李，对着朱老夫子三拜而走。他知道多说无益，对先生的最好报答就是将来建功立业，把先生的教诲得以实施。

这个时候的紫霞观热闹非凡，程富、任贵、郑虎、张士埕早已拜在演公门下了，加上原来的天瑶、鲁汉和石五郎。大家见世华归来，都非常高兴。

一番寒暄后，演公当着大家的面说。

"世华，你虽然在一年前就喊我师父，但是今天才正式成为我的弟子，按照规矩，这些都是你的师兄。"

世华瞧大家都对他乐，就说："弟子明白。"

"你向我行过师礼后，就得去向各位师兄行礼。大师兄鲁汉、二师兄石五郎、三师兄汪天瑶、四师兄郑虎、五师兄程富、六师兄任贵、七师兄张士埕。"

演公指着在一旁站着的弟子们，跟世华介绍顺序。

"师父，我有话说。"世华正准备给他们一个个施礼时，程富说话了。

"程富，你有什么话说？"演公知道程富的心思，这些人都是世华当年的小弟，怎么敢在世华面前尊为师兄呢。

"师父，世华以前是我们的大哥，以后也是我们的大哥，虽然说师门之内按拜师顺序来定，但是这样会让弟子们内心别扭。"程富说到这里停顿了一下，看了眼任贵，"我们愿意尊世华为大师兄，其余人等顺序不变。望师父恩准。"

"对，师父，就应该让我大哥做大师兄。"天瑶一听，也扯着嗓子附和。

"我们都同意。"任贵、郑虎和张士埕也异口同声。

只有鲁汉和石五郎没有说话。尤其是鲁汉，这十几年来自己一直是大师兄，这个汪世华才刚跨进道观大门，就想骑在他头上，心里是老大不愿意。但是见那些人都支持汪世华，自己与石五郎反对又有什么用呢？

"这个……"演公一下子为难了，"世华，你是什么意思。"

解铃还得系铃人，自己不好表态，只有由世华自己表态了。

144　　"弟子一切遵照师父的。"世华对什么大师兄啊，小师弟啊，都无所谓。

又回到演公这里了，他知道，鲁汉为人心胸狭隘，喜欢处处当头，并且又爱对人指手画脚，以前总是欺负天瑶，把天瑶呼来唤去，天瑶这人大大咧咧，也不计较。只是在每次比武时，把鲁汉打得落花流水。后来程富他们来了，鲁汉和石五郎又开始对他们吆来喝去，程富他们不搭理他俩。这次世华回来，很明显这些人是不想让世华也被鲁汉和石五郎吆喝，又加上是他们的大哥，所以都一致要求世华做大师兄。

见师父没有表态，任贵只有出来说话。

"师父，世华跟随朱老夫子学习周孔之道后，学识更是一日千丈，可乃文武兼备，将来我们下山后，为了能更好地报效朝廷、造福四方，我们也希望在闲余之时能跟世华学一些经史子集，光耀师父门第。我们称其为大师兄，也是应该的。"

任贵说得句句有理，天瑶和程富他们连连点头称是。

见任贵都这样说了，鲁汉和石五郎也就没辙了。

鲁汉只得说："师父，世华文武兼备，仁义侠勇，素得人心，弟子愿尊其为大师兄。"

石五郎也说："弟子也请师父立世华为大师兄，以便闲余之际传授我们周孔之道。"

见鲁汉和石五郎都表态，演公也就顺水推舟，让世华做大师兄，鲁汉做二师兄，其余都按原来顺序往下排列。

因世华是刚入门，所以有很多东西需要快速传授，以免他跟不上，幸好世华天生聪慧，一点就会，并能举一反三，演公甚是喜爱。

深夜，在道观的坛内，只有两人。

演公打开《道德经》，他告诉世华，道教，即道德教化。

"道可道，非常道；名可名，非常名。无，名天地之始，有，名万物之母。故常'无'，欲以观其妙；常'有'，欲以观其徼。此两者，同出而异名，同谓之玄。玄之又玄，众妙之门。"

演公告诉世华，道教最高信仰就是尊道贵德。道的尊高和伟大，其最高体现就是"德"，道造化万物由德来蓄养，神明可敬也是因为有最高尚的德行。所以，道教尊道贵德。"道德一体，而具二义，一而不二，二而不一"。就是说，道和德本来就是一个整体，因为道是由德来体现的，在理义中又有差异，是可分又不能分，但又不能合而称为道。因为德不是造化之根，神明之本。但人们信道修道，必须以"德"为根。古人常说，仁者无敌，德兼天下。而尊道贵德，就是这个德。无论我们走到哪里，无论我们做什么，都应该以"德"为根，用我们的善行去影响他人。

世华坐在演公面前认真地参悟着，他的思想进一步得到了升华。

就这样，世华在紫霞观跟随演公学艺，除了道家学说之外，更重要的是演公把汪宝欢传授给世华的很多武功和兵法进行了一一点化，世华充分吸收，形成了一套完全属于自己的战略战术和技艺。尤其是他的箭法，堪称一绝，箭无虚发；骑术精湛，纵马奔驰时如履平地，技艺高超。

时光荏苒，转眼两年过去，世华与这群志同道合的兄弟们一同习武、修道、读书，各自技艺突飞猛进，大家感情笃深。

一天，演公把世华叫到后院。

"世华，你跟随我学艺已有两年，你现在是真正的弓马娴熟、十八般武艺样样精通。"

世华见师父夸他，很不好意思："都是师父教导有方，弟子还未学到师父的十分之一。"

"哈哈哈，自谦了，你的武艺已在我之上。"演公哈哈大笑。

"谢师父抬爱，弟子愚钝。"世华也知道这两年来，演公把平生所学都倾囊相授。

"我有位朋友，叫罗玄，潜心钻研孙吴兵法和鬼谷子，谋略盖世，武艺高超，因看破红尘，在婺州双林寺出家，已是得道高僧，曾说只有旷世奇才方可成为他的弟子。为师见你仁德，必将是社稷之福，如能得到他的点化，收你为徒，把平生所学传于你，你的才华将独步天下，你今日就去，成与不成，一切随缘。"

"见他如何说才行？"世华意思是想请演公写份举荐信带去。

"拜高人，一切随缘，你去就行。"

世华一时还没反应过来。

"今天就收拾行李去吧，他人问起，你就说去婺州看望师父。他们会认为你去朱老夫子那里的。"

世华只得拜谢师父，骑上一匹枣红色大马，匆匆上路。

这一年，正是公元604年，十八岁的汪世华向佛教圣地双林寺走去，在他的学艺生涯中迎来了另一种新的境界。

此时的朝廷发生了一件天大的事情，七月，太子杨广因勾引后宫宠妃，被杨坚发现。杨广恼羞成怒，一不做二不休拔剑而出，把自己的亲生父亲一代明君杨坚杀害在后殿。

随即，杨广勾结朝廷重臣杨素、宇文化及，对外宣称杨坚暴病身亡。太子杨广继位，君临天下，追杨坚谥号为文皇帝，即隋文帝，定次年为大业元年。

杨广的阴谋很快就被汉王杨谅发觉，一场声势浩大的皇权争夺战随即展开。

双林寺创建于公元520年，由达摩勘基和梁武帝敕建，香火不绝，佛事鼎盛，受到历代帝王将相、文人学士的重视和护持。

梁武帝多次诏双林寺开山始祖傅大士进京，并赐水火珠，共论佛学真谛；齐梁间，云麾将军贾孝到双林寺献钟，乞求成为双林寺弟子；陈宣帝为傅大士立碑并为双林寺护法。大隋天子杨坚也御书敬问傅大士弟子慧则法师平安，并多次御书慰问双林寺住持。

双林寺佛教根基深厚，历代高僧辈出。世华一直以为双林寺只是烧香磕头，潜心念佛之地，没想到藏龙卧虎，若自己真能有幸在佛门之地学佛练功，那将是终生之幸。

从紫霞观到双林寺路程两百余里，按常理两天就可到达，但是道路崎岖，具体位置还要多方打听，世华花了五天时间才来到双林寺。

双林寺，这尊佛教的璀璨明珠，果然名不虚传。寺庙四周，青翠的山峦如屏风般矗立，层层叠叠，宛如一幅秋日的画卷，万重山色间，金黄与翠绿交织，犹如锦绣般灿烂夺目。寺庙本身则巧妙地融入这片山林之中，与山峦溪流交相辉映，楼塔错落有致，或依岩而建，或跨壑而立，金碧辉煌，熠熠生辉。寺庙内的建筑，飞檐翘角，檐牙高啄，宛如展翅欲飞的凤凰，给人以无尽的遐想。每一处细节都展现着佛教文化的博大精深与无尽魅力，令人流连忘返，美不胜收。

难怪这里出高僧，真是好地方。世华感慨万分，想到自己要在这么如诗如画的地方拜世外高人为师学艺，不由精神百倍。

可惜世华一打听，寺庙中并无叫罗玄的和尚，正在他郁闷之极，有个小和尚从后殿走来，说慧则法师有请。

慧则法师乃得道高僧，多次得到天子杨坚的御书敬问，能一睹法师佛面，也乃荣幸。

世华跟随小和尚步入后殿，一炷香的功夫，世华兴奋地走了出来。

原来慧则法师与罗玄和尚是同门师兄弟，本来师父要罗玄做双林寺的住持，罗玄婉拒了师父的好意，宁愿继续做一个孤独的僧人。后来因双林寺朝野闻名，来访的人络绎不绝，罗玄就到南山结茅为庐，继续修行。

世华问罗玄高僧的法号。

慧则法师说，师兄四大皆空，有就是无，无就是有。

南山其实离双林寺不远，一日行程就到了。

一年后，世华拜别了南山寺，向紫霞观走去。

世华在罗玄的指点下，武学修为和谋略更是登峰造极。

此时的中原战事不断，罗玄让世华出山匡扶社稷。

原来杨广在弑父夺位后，决定铲除自己最强大的竞争者——汉王杨谅。而此时的杨谅已经是并州总管，手握从渤海到雁门关五十二州，天下三分有其一，前几年在攻高丽、败突厥的战役中，他一直担任行军元帅，拥有一支强大的忠于自己的精兵强将。

杨广登基后第一件事，就是委派车骑将军屈突通假传杨坚圣旨，说要召见杨谅。杨谅接过圣旨一看，就发现了破绽。因为杨坚曾与他约定，圣旨上如无暗号，则表示有诈。

杨谅假装答应，送走屈突通后，立即起兵反叛朝廷。

汉王杨谅重用萧摩诃，也就是汪宝欢当年的恩师，率领大军攻城略地，声势浩大，一时之间势不可挡。而杨广任杨素为元帅，拜汪宝欢当年的爱将周罗睺为右武侯大将军，辅佐杨素平叛。周罗睺曾在杨谅为元帅的征伐高丽时，任水军总管，领三十万水军从海路进攻平壤，忠于朝廷，深受杨广喜爱。

历史真是这么巧妙，要是汪宝欢在世，不知道是什么状况。

由于杨谅决策失误，萧摩诃于八月在山西清源兵败被俘，后被杀，时年七十三岁。以勇猛著称的一代名将，就这样画上了人生的句号。

然而杨谅的反叛并没有因为萧摩诃的死而停止，反而更加猛烈。

中原的内战打得不可开交，而江南一带增加赋税征集粮草支援朝廷，让本来人多地少的歙州一带陷入了困境，一些唯恐天下不乱的狂徒乘机煽风点火，聚众造反，打家劫舍，祸害乡里。州府多次出兵平叛，由于这些贼寇熟悉当地环境，穿梭于山林之中，犹如自己家里，不但没有剿灭贼寇，反而损兵折将，损失惨重。州府为此多次上书朝廷派大军来镇压，可此时的朝廷哪里还能腾得出手？

第十一章　贼寇猖獗

紫霞观。

汪世华向演公转达了罗玄的意思。

演公说："本来以为萧摩诃死后，杨谅会立即兵败，没想到战争都持续了一年，还没有分出胜负，生灵涂炭，百姓才刚过几年好日子啊？！现在歙州一带贼寇猖獗，势力已发展到周围州郡，而州府无能为力，如不早日剿灭，后患无穷。"

说到这里，演公见大家都在，就接着说："昨天我还在与程富商议，想安排他这几天去南山找你，现在天下大乱，正是你们建功立业挽救黎民百姓于水火之际。看来罗玄跟我的想法是一样的。既然你回来了，这些师弟们就都交给你，你们速速下山前往歙州。"

一听都要下山去歙州，大家喜出望外，但又舍不得师父。

"你们放心去吧，但是一定要牢记我平日的教导，为人必须要光明磊落，保国安民，不可挟术害人，为非作歹。如违我言，同门共诛之。"

世华与众师弟三拜演公大恩。

演公扶起世华："你已集儒道释于一身，终生受用不尽，更希望你能广惠万民、延绵后昆。你身边现在是富贵相随，文武同行，不愁大事不成。"

世华知道师父是指他身边有程富和任贵，富贵相随；郑虎和张士埙，虎为武，士表示文，所谓文武同行。

"遵师父教导。师父多保重！"世华再拜。

汪世华一行八人拜别演公，骑马离开紫霞观，向歙州走去。在离开婺州地界时，鲁汉与石五郎商议不愿意跟随汪世华去歙州，想另谋出路。

汪世华挽留再三，见他俩执意如此，也就不勉强。人各有志，只好嘱咐两句，就地分别。

刚到歙县时，就传来消息，贼寇派人潜入了歙州府衙，刺杀了刺史张文。

原在歙县担任县令的张文，因有当地大户支持，不断给上级送礼，终于升为歙州刺史。身居刺史的张文变本加厉，假借朝廷名义加倍征收赋税，让歙州百姓怨声载道，贼寇猖獗也有他不可推卸的责任。更可气的是张文在剿匪的过程中，派兵大肆掠夺村民，官逼民反，张文的作为让更多的村民加入贼寇行列，对抗州府。张文的如意算盘是借此机会向朝廷要钱和搜刮民脂民膏，再加大力度出兵镇压贼寇，这样就名利双收。然而，让他没想到的是，贼寇声势越来越大，张文觉得再不压制的话，就难以控制了。事与愿违，张文太低估了贼寇的能力，结果府兵多次被打得落花流水，正在他一筹莫展之际，居然被贼寇潜入衙门割掉了脑袋。而各路贼寇中最厉害的居然有两三千人，俨然一股不可小视的战斗力，还打着替天行道的旗杆，不停地招兵买马。

世华听到这消息后，又惊又喜。惊的是贼寇势力发展如此神速，喜的是仇人张文被贼寇杀害，想起当年张文关押和拷打父亲汪僧莹，世华也恨不得亲手杀了这个狗官。

"大哥，现在怎么办？"天瑶问道。他们出了紫霞观，对汪世华的称呼从"大师兄"改为了"大哥"。

天瑶听闻刺史都被杀了，歙州群龙无首，而贼寇是打着替天行道的旗号，现在狗官被杀了，贼寇是不是会解散了呢？这个问题在他脑海中刚闪出，就被否决了。本性难移，这些所谓贼寇，替天行道只是给自己造反找一个冠冕堂皇的借口而已，即使刺史张文被杀，他们的活动也不会停止，只会更加猖獗。

"我们先到歙州城看看情况再说，张文狗官被杀已经有好几天了，朝廷肯定会派新的刺史就任。我们见机行事。"汪世华刚说完，突然提高声音呼唤起两人的名字，"程富，张士埙。"

"大哥，有什么吩咐？"程富和张士埙忙从后面跑过来。

"我考虑再三，决定这样：你们两个分别回郑村和程村，把我们以前的兄弟都聚集起来，随时等候我的通知；我与他们几个抄近路去歙州城，就不回郑村了，顺道去篁墩，看看董晏那帮人在做什么。"

"是。大哥。"程富和张士埙异口同声。

"前面就是岔路口，你们回去后告诉大家，这是建功立业、保境安民的大好事，加入的人越多越好，但是也不能强求他们。"世华叮嘱他们。

"大哥，我们是不是准备自己招兵买马去灭匪贼？"张士埙听说要他们回去聚集人马，非常兴奋。

"笨。大哥只是要你们回去把队伍准备好。我们自己哪里有钱去招兵买马？"天瑶常爱与张士埙顶嘴，"我们只有通过官府才行，不然也名不正言不顺。"

世华笑了笑没说话，别看天瑶人看起来大大咧咧的，其实是粗中有细，完全继承了他父亲汪宝欢的优点。

程富和张士埙立即与世华等人分别，直向郑村奔去。

世华一行马不停蹄，很快就到达篁墩，一打听，董晏兄弟都已经被府衙招募去做了府兵，董晏和董平兄弟还担任了校尉，成为管辖三百人的小头领。这对世华一行来说是非常好的消息，他们连忙赶往歙州城。

进了歙州城，世华就安排郑虎去府兵营里找董晏兄弟，告诉他们，我们已经回来了，现就在城内仁和药铺。

"大哥，我们一起去找他们多好。他们肯定还得给大家接风洗尘。"郑虎觉得既然还要从府兵营前面经过，怎么不进去，偏要绕道去仁和药铺？

"你去就是，听大哥的肯定没错。"任贵是何其聪明的人，他一下子明白世华的意思，若汪世华把话说得太透了，郑虎就更不知道如何做了。

仁和药铺还是原来那个样子，只是来看病的人增多了。

稽宗沅正在给病人写方子，一个十一二岁的小姑娘忙着在一旁给病人抓药。

稽宗沅刚开始没有留意来人，还以为是病人，等送走病人起身去拿药时，才注意到，原来是世华一行，瞬间双眼闪烁着惊喜，脸上绽放出笑容。。

这个时候的世华已经是身高八尺，雄姿英武。大家寒暄一阵，稽宗沅听说世华回来是想投身军营，剿灭贼寇，保一方太平，非常赞成。

稽宗沅告诉世华，新的刺史还没有赴任，整个府兵营由一个叫王雄诞的统领，这个人武功了得，是山东曹州人氏，最初是剿灭了几股贼寇，但是贼寇势力越来越强大，而王雄诞对歙州一带山地环境并不熟悉，又不听取下面人的意见，所以后来多次被贼寇击败。

"张文狗官死后，这些贼寇现在有什么动静？"世华问。

"听街上人说，这些贼寇并没有因为张文被杀而停手，以前是骚扰一些富裕的村庄，要大户人家交保护费，现在是不管你家有钱没钱，都来抢劫，大家只有破财消灾，谁敢反抗？谁都害怕像刺史那样掉脑袋。"稽宗沅叹息地说。

"难怪我们一路走来，很多人家一见我们就马上躲到屋子里去。"世华不由得为百姓们担忧起来。

"现在府兵都不敢出去打仗了，大家都等着新的刺史来，唯一做的就是守着城门，别让贼寇进来。"稽宗沅把当前的情况告诉世华。

"贼寇肯定不会来攻打歙州城的。"世华说。

"是的，这些贼寇很狡猾，他们虽然人多势众，但都是来自不同的山头，还相互之间抢地盘，谁也不敢分兵攻打歙州城，生怕在自己攻打歙州城的时候，被别人端了老巢。"稽宗沅说，"但官府派兵去打他们，他们又相互联盟。"

"听说有个叫方进的文人率领的贼寇实力最大，这个人聪明，舍得花钱，抢劫来的东西自己都不要，全部分给手下。"稽宗沅降低声音跟世华说，好像生怕别人听见，"而另外有一支全部是山越族的人，首领姓毛，听说是毛甘的后人。"

"毛甘是三国时歙县起义军首领，屯兵在乌聊山，后来被贺齐将军领兵讨伐和收服，贺齐将军正是我先祖龙骧将军淮安侯会稽令文和公的部将。"

"现在整个歙州境内，大大小小的贼寇有七八股，刚开始的时候据说有二三十股，他们之间弱肉强食，相互兼并，已发展成一定规模。"稽宗沅因是当地名医，来看病的人不少，同时他留心贼寇之事，所以掌握了不少消息。

"稽叔叔，您知道目前府兵营里大概有多少兵卒吗？"世华问。

"这个还真不好说，以前听说我们整个歙州有府兵一万人，被朝廷调走一些，后来州府招募了一些，加上衙役，数量应该不少。"稽宗沅说，"但是，府兵分布各地，真正能调动作战的估计没有多少。"

"只有智取，不能强攻。"世华沉思了一下，"任贵，趁你刚进城不久，无外人认识你，你想办法打入方进的贼窝。"

"现在就去？"任贵问。

"没错，现在就去，你想办法成为里面的小头目，掌握他们的动静。需要时，我会安排人与你联系。"世华看看见窗外无人，接着说，"你应该知道怎么做。"

"是！大哥！"任贵犹如接到将令，立即起身出发。

任贵刚走到门口，世华叫住他："注意安全！"

"大哥，放心，只是对付几个小毛贼而已。"任贵说完就头也不回地走了。

稽宗沅见世华还没进兵营就开始为平叛贼寇做准备，心里也不由得对这小伙子赞赏二三。

不到一会儿，郑虎就带着董晏和董平兄弟来了，原来董晏兄弟听说世华学艺归来，马上向统兵王雄诞请假出来相见。

大家寒暄了一阵后，董晏和董平就悄悄地告诉世华一个秘密。

新的刺史昨天就已经来了，只是一直没有对外贴告示。新刺史叫王成，一个很有想法的读书人，这两天就是在与王雄诞商议平叛之事。

王雄诞一直在策划让贼寇内乱起来，也曾派人想招安几股贼寇，但是不管用，花了不少金银财宝，结果被贼寇当傻瓜一样耍。府兵营里士气低落，几次战败下来，跑了不少兵卒。

"那下一步如何做？"世华问董晏。

"不清楚。我们是没有资格参与商议重要事情的。基本都是刺史大人与统兵两人密谈。"董晏说。

"不过，我感觉这几天可能要出兵。"董平插嘴说了句。

"哦。为什么？"世华说。

"凭感觉，刺史来了，肯定要尽快找一股贼寇决战，打出士气。"董平说，"不然，他只能是这样偷偷地躲在州府里，如是露面，就会遭到贼寇的刺杀。"

"我们现在防范已经非常严密了，刺客进得来吗？"董晏不太赞成董平的话。

"进不来也得进来，他们就是要做出刺杀的姿态，让州府内的官员人人自危。"董平说。

"董平说得对。"世华接过话说，"贼寇很有可能这样做，目的就是让大家知道他们嚣张的程度。"

"世华，你有什么好的想法？"董晏寄希望于世华。

世华没有回答，而是看了看董晏说："你们再出兵，有取胜把握吧？"

董晏一听："不好说，除非是出其不意攻其无备，不然是很难取胜的。"

他见世华看着他，就解释："整个府兵营能调动作战的兵卒只有两千人，而任何一个山头的人数都在一千以上，他们占山为王，把守险要关卡，一人守隘，千人难攻。"

"我们担心出兵攻打某个山头的时候，另一山头的贼寇趁机进攻我们府兵营和州府。而我们又不敢分兵。"董平补充道。

"我们一个府兵营要同时面对七八个山头一万以上的人马。"董晏面对现状，只有摇头叹息。

"今晚我就不与你们一起喝酒了，你们早点儿回兵营，以免耽误你们公事。"世华说。

"没事，我们都请了假的，营里没啥重要事情。"董晏与世华好久没有见面了，想着哥几个好好喝几杯。

"还是小心为好。你把几个山头的贼寇情况和分布图画给我看看就行。我们随时保持联系。"世华对董晏说。

"我这里有草图，就是各山头的分布图和掌握的人数。"说着，董晏就从怀里掏出一张地图给世华。他听说世华到歙州后，第一时间想到的就是把这张地图带来给他看。

世华接过地图打开仔细看了看，没有说话，把地图叠好递回给董晏。

各山头的基本情况，世华已经全部掌握在脑海中了。

"你看，我是不是向刺史大人举荐你？"董晏征求世华的意见。

世华摆了摆手："不用着急，让下面的兵卒知道就行。"

董晏笑了笑："我明白了。"

"我这边有什么情况时，会安排人与你们联系的。"世华站起来，"你们早点儿回营吧，我就不送了。"

世华见董晏兄弟走后，就对郑虎说："你想办法打入贼寇里面去，掌握动向，到时我们里应外合。"

"具体去哪一家？"郑虎问，刚才世华看地图的时候，他没有看，也不知道具体有哪几家。

"你就去野鸡山吧。"

野鸡山的贼寇头领是沈雪，整个山头拥有贼寇千余人，为非作歹，杀人越货，手段残酷，可以说是整个歙州贼寇中品行最差的一个。

郑虎也不多问，胡乱吃了几口饭就出发了。

晚上，世华、天瑶、稽宗沅和稽圭坐在一起聊天，稽宗沅的妻子忙前忙后做着家务。

稽圭缠着世华给她讲在外面的所见所闻，稽圭长这么大，除了幼儿时期在山村里生活外，后来一直在歙州城里居住，对外面的世界充满好奇。

仁和药铺的后院扩建了，有好几个房间，稽宗沅就安排世华和天瑶在这里留宿。后院清静，来人谈事也很方便，不会引起外人注意。

没过几天，张士埕就捎来信，说和程富已经组织了一百余人，之前熟悉的一部分人，因为各种原因，先后落草为寇了。汪世荣听说世华要剿灭贼寇，也踊跃参加，把他一起放牛的小伙伴也组织起来了，大约有五六十人。此时的汪世荣已经十五岁，很像大哥汪世华，文武双全。

世华听到这消息后，很高兴。只要自己当年的放牛兄弟都在，就不怕，另外一些熟悉的人虽然当年不是在一起放牛的，但从小就认识，可以派人去争取过来。

还有一个更重要的消息，世华的姐姐汪世贞前段时间回到棠樾了，并且到郑村拜见了舅父舅母，看望了世英和世荣。姐夫鲍安国听说世华要去剿灭贼寇，说

徽州魂
大唐越国公汪华传奇
上

要在粮饷上大力支持，随后就会来歙州与世华商议。

听说从未谋面的姐姐居然回到棠樾了，并且与两个弟弟见了面，想起过世的父母，世华眼泪止不住流了出来。鲍家是大户人家，姐夫又在外面多年经营，若剿灭贼寇能得到他的财力支持，事情就更好办了。

世华便让捎信人回去转告张士埙、程富和世荣，让他们抓紧时间秘密操练队伍，随时等候他的消息。

有了自己的放牛军和姐夫的承诺，世华对剿灭贼寇更有信心了，他加紧收集各山头的贼寇信息，分析每个山头头领的性格特征、作战方式和贼寇的来源等。虽然还没有州府让他去领兵剿匪，但是汪世华已经把自己放在了领兵布阵统帅府兵的位置上了。

鲍安国和汪世贞来了，世华紧紧拥抱着这个自己出生前就已经出嫁并远走他乡经商的姐姐。

世贞年近四十，看到自己弟弟，也哭成泪人，自己出嫁后跟随丈夫辗转各地，疏忽了父母，没想到三个弟弟居然寄居舅父家，从一个官宦世家的公子落难成农户的放牛娃。世贞深感懊悔，内心充满了自责。

鲍安国在一旁也深表歉意。

稍后，鲍安国简单地向世华介绍了他这些年的一些情况。因南陈和隋文帝时，与周围地域友好往来，鲍安国在杭州的产业顺势发展，东与高丽、百济、日本，南与琉球，西与吐谷浑、突厥均有商业往来，加上隋文帝时，鼓励商业贸易，大兴城成为世界的商业中心，周边国家都与大隋贸易往来，鲍安国也趁势成为富可敌国之人，只是为人低调，产业又分散面广，布置得当，真正知道他拥有多少财产的人只有他夫人汪世贞。

杨广和杨谅的对决，让整个大隋一下子卷入战火中，而周边国家，尤其是西边突厥和东边高丽乘机蠢蠢欲动，在很大程度上影响了生意，由于多年远离故乡，自己也都四十多岁的人了，不想再冒这个风险，干脆关掉店铺，停下生意，与夫人带着两个儿子回歙州棠樾。

"世华，你有保境安民的想法是百姓之福，有任何需求都可以提出来，作为你的姐夫，我必将竭尽全力，给予你最大的支持。"鲍安国郑重其事地说道。

"现在新的刺史刚上任，估计要对贼寇有一番动作，但是目前靠府兵营里那些人去剿灭贼寇胜算难料。"世华把情况说给姐夫听，"第一，府兵营里可调用之人较少，几次战败下来，兵卒见到贼寇已经不是冲锋杀敌，而是落荒而逃，没有战斗力；第二，州府又不敢招募新的兵卒，上次招募时，反而潜入了上百名贼寇，在作战中，这些贼寇临阵反攻，让府兵损失惨重。"

世华见姐夫鲍安国和姐姐汪世贞都在细心倾听，就把自己的想法和盘托出。

"要想消灭贼寇，只有从这几个方面下手。第一，扩充兵源，让我熟悉的一些人加入府兵中，提高战斗力和作战信心，让这些人带头冲锋，打出士气；第二，合纵连横，让我已经潜入的人挑拨各个山头的关系，让大的去打小的，让小的团结起来对付大的，削弱他们的实力；第三，不战而屈人之兵，我已经了解到几个山头的头领的情况，到时派说客去找一两个头领晓之利害，有成功招安的把握；第四，选中一个山头进行毁灭性攻击，当然不是盲目进攻，计谋和武功并行，让所有山头的头领知道我们的厉害，这样就可为招安做好铺垫。"

鲍安国听得连连点头，天瑶也在一旁摩拳擦掌，跃跃欲试。

说到这里，世华看着鲍安国，笑了笑。

"现在就差中间几个环节。"

"哪几个？"鲍安国问。

"第一，府兵营在新刺史的指挥下再次失败；第二，我要掌握整个府兵营大权；"世华说到这里笑着以一副恳求的样子看着鲍安国和世贞，"第三，我那些放牛军还缺乏精良的兵器和充足的粮食。这些，恐怕得劳烦姐夫您慷慨解囊了。"

鲍安国和世贞交换了一个眼神，鲍安国立即表态："提供兵器和粮食，小事一桩，包在我身上了。"

紧接着，鲍安国话锋一转，好奇地问道："世华，你为何希望府兵营再次失败呢？"

世华猜到姐夫要问这个问题："据可靠消息，府兵营这几天可能就要出发攻打某个山头，但据我分析，此次行动胜算不大，只会白白牺牲将士的性命。新刺史上任首战若败，必将受到打击，这会使他不得不放下身段，听取更多人的意见。同时，对王雄诞的失望也会加剧，这样一来，我便有机会趁势得到府兵营的指挥权，灵活调度兵力，实施我精心策划的平寇策略，从根源上铲除贼寇的威胁。"

"为何不去找刺史毛遂自荐？"世贞问。

"不行，新刺史到任还无外人知晓，我直接去找刺史，就等于出卖了董晏兄弟。王雄诞在府兵营担任统兵两三年，根深蒂固，新来刺史肯定是先相信他，而不可能相信我一介布衣。"世华解释道。

"你说得有道理。"鲍安国说，"据你介绍的情况看，府兵营就算侥幸打了一次胜仗，并不能彻底剿灭贼寇。目前歙州的多处粮仓已被贼寇占据，也不利于府兵营的长期作战。"

"除了大哥的方法之外，还有一个办法就是等朝廷把杨谅叛军消灭，腾出手来了，派大军过来消灭贼寇。"天瑶在旁边插话，他来了这么多天，恨不得立即领一支人马杀向山头。

"消灭贼寇越快越好，岂能等到朝廷来兵，那样的话歙州百姓不知道要遭受多大的罪了。"鲍安国说。

随后鲍安国又向世华询问了兵器情况，世华把需要购置的兵器、马匹和粮草等要求详细地告诉鲍安国。鲍安国一一记好，并说会尽快准备妥当。

鲍安国和世贞刚离开仁和药铺，董平带着几个府兵以巡逻的形式恰好经过药铺门口，世华此时刚送姐姐和姐夫离开，站在门口。

董平示意府兵们向附近散开巡查，自己则径直走向世华。他压低了声音，神秘地说："今晚，有行动。"

世华心头一动，低声问道："目标在何处？"

董平摇了摇头："尚未得知详情。"

"多加小心。"世华关心地叮嘱。

董平点了点头，随即转身离去。

世华听到这个消息，眼中闪过一丝兴奋的光芒。他迅速转身，走进后院，找到正在擦拭兵器的天瑶。

"今晚我们跟踪队伍，看看他们到底是如何对付贼寇的。"世华把想法告诉天瑶。

"那太好了！"天瑶听到消息顿时来了精神，"到时我也趁机冲上去杀一番。"

世华知道他这些天来憋坏了，不打打杀杀，全身难受，嘱咐道："不可造次。我们只是去观阵而已。"

天瑶听世华这样说，虽有些不情愿，但还是乖乖地放下兵器，转身去做准备。

夜幕深沉，世华和天瑶藏匿在巨大的岩石阴影下，目光如炬，紧盯着府兵营那扇沉重的木门。随着一阵轻微的吱呀声，营门缓缓开启，新任刺史王成和府兵营统兵王雄诞骑着雄壮的战马，率先走出，身后跟随着一支训练有素的军队，他们悄无声息地朝北门进发。

北门，背靠着巍峨的山峦，是天然的屏障，从这里出发，可以巧妙地避开敌人的视线。王雄诞治军严格，近两千人的队伍在夜色中行进，竟未发出半点儿声响。营内营外，哨卡依旧森严，毫无调动人马的迹象，一切平静如常。

王成和王雄诞率领的大军一路疾行，如同鬼魅般穿梭在夜色中。当天际逐渐泛白，第一缕晨光破晓时，他们已悄然抵达一个静谧的村庄。士兵们如同影子般迅速分散，藏匿于林间、屋舍之中，整个村庄看似平静无波，实则暗藏杀机，近两千人的大军隐匿其中。

世华和天瑶也不由得佩服王成的计谋。

此地距离野鸡山仅有咫尺之遥，显然，王成计划利用夜色的掩护，悄然接近野鸡山，意图在深夜时分发动突袭，使那些毫无防备的贼寇措手不及。

眼见天色已大亮，世华与天瑶决定暂时撤离，前往五里外的一座破败寺庙内稍作休息。

"大哥，虽然他们这样秘密行动，但想要达到出其不意的效果恐怕很难。"天瑶说。

"你说说看。"世华想听听天瑶的意见。

"大哥，关于这次行动，我有几点担忧。"天瑶眉头紧锁，严肃地分析道，"首先，他们虽然尝试秘密出城，但真的能保证无人知晓吗？城门附近或许早已有贼寇的眼线在暗中窥探，城内的一举一动，恐怕都难逃那些山贼的耳目。"

"其次，他们选择的藏身之地——那个村庄，看似隐秘，实则隐患重重。"天瑶继续说道，"若那个村庄在行动前已被官府清空居民，那么这种大规模的迁移必然会引起野鸡山的警觉。再者，即使村庄空无一人，难道就不能排除沈雪也想利用那个村庄吗？"

世华听罢，眼中闪过一丝精光，他点头赞同道："天瑶，你果然心思缜密。正如你所说，若村庄原本有人居住，在迁移时必然会引起野鸡山的注意；若村庄空无一人，则更可能成为贼寇设伏的绝佳地点。"

"此次行动，确实危险重重。"天瑶斩钉截铁地总结道，他的目光中透露出对即将到来的战斗的深深忧虑。

"那现在应该怎么办？"世华见天瑶分析得很有道理，就问他。

"你说呢？"天瑶反问。

"将计就计？"世华说。

"没错，只有这样才行。但是得有人去把消息告诉他们。"天瑶关切地说。

世华听了，摇了摇头："不用。"

"为什么？"天瑶感到惊讶，见死不救，不是大哥的风格。

世华微微一笑，解释道，"他明白，所有的秘密行军都难以逃过贼寇的敏锐目光。但这一切，恰恰是他有意为之，是他精心布下的局。"

"他率大军藏于村庄，并非为了深夜的突袭。"世华继续说道，"而是有意为之，故意让贼寇觉察到他们的存在。"

"哦！"天瑶眼睛一亮，恍然大悟道，"他是想诱使贼寇上钩，主动攻击他们！"

"没错。"世华点头肯定，"他的真正意图是让野鸡山的贼寇全军下山，从而将他们一网打尽，彻底歼灭。"

天瑶越想越觉得有理，他不禁对王成的策略佩服得五体投地，心中对即将到来的战斗也充满了期待。

"野鸡山，道路崎岖，易守难攻，府兵对山里地势又不熟悉，进山剿灭，肯定是自投罗网。以前基本都是，府兵进攻，贼寇就往山里躲；府兵一撤，贼寇又出来了。王成是故意倾巢而出，让沈雪觉得这是一个歼灭府兵的大好时机。"世华说道。

"哎，这王成可真是狡猾得可以啊。"天瑶听后，忍不住说。

"兵不厌诈，他这一招确实让人难以捉摸。"世华微微一笑，随后说道，"不过，你再好好想想，这府兵的行动是否还有其他的破绽。"

"嗯，让我想想。"天瑶揉了揉眼睛，打了个哈欠，"不过，现在我得先睡会儿，养足精神，晚上咱们再去看这场好戏。"说完，他倒头就睡，不一会儿便传来了均匀的呼噜声。

世华看着天瑶熟睡的样子，也感到一阵困意袭来，便和衣躺下，两人很快都陷入了沉睡之中。

此时，得知消息的野鸡山首领沈雪正洋洋自得，他野心勃勃地计划着这一场大动作。他心中盘算，若是此次能一举成功，不仅将成为歙州各山头之首，连方进和毛仁这两位大佬也必将对他俯首称臣；若能再顺势收编那些战败的府兵，那自己将真正称霸整个歙州，成为无可争议的大王。

为了万无一失，沈雪让所有的箭头全都包上布，蘸上油。他要用火把整个村庄烧毁。因为他知道，若自己冲下去与府兵直接对决的话，肯定是杀敌一千，自损八百。

沈雪又安排几个贼兵化作农夫绕道在村庄附近偷偷地浇满油，只留一处口子，通往山谷，而山谷又布下埋伏。

村庄里，每个屋子的窗户后面都有一双鹰一样的眼睛盯着外面，防止有任何意外出现。其余的府兵都和衣而睡，他们要养足精神，要在新的刺史大人面前打一场漂亮的剿匪战。

时间犹如村外那股泉水一样缓缓地流淌，终于到了天黑。村外那股泉水是村里唯一饮水来源，泉水清甜可口，是从山上的石岩里涌出。而在泉水涌出的地方，几个贼兵正在往里面倒入白色粉末。

王成坐在一座宅子的正厅里，王雄诞等候着他的命令。所有的兵卒都严阵以待，他们都在等待鱼儿上钩。

果然，村外隐隐约约有人向村庄悄悄靠近。

王成在笑，而沈雪也在笑。

十里之外，另外一支人马正悄悄前进，这是王成安排的援兵。这是王成出城后，趁着漆黑的夜色在路上留下的一半人马。

只要沈雪的贼寇全部下山，王成就进行反包围，全歼贼寇。

董晏是王成的底牌，这时的王成在盘算着董晏兵马的到达时间。董晏的兵马有两大任务，切断贼寇上山之路，同时包围贼寇，与王雄诞的兵马里外夹击。

王成的桌上放着一碗水，碗里飘着淡淡的白色物质，他冷冷一笑，幸好自己警惕，不然这一千人马，就会被这些贼寇用下三烂的手段全部放倒。

白色物质是泻药，只要喝下水后半个时辰，就会上吐下泻，全身无力。

沈雪的贼寇慢慢地包围了村庄，在白天洒下油的外围埋伏，都在等着沈雪的命令，这些贼寇今晚都很激动，这是他们有史以来，面对一场最刺激的游戏。

突然，一名探子匆匆跑到沈雪面前。

府兵还有一支人马，离这里只有五里远了。人数不少。

探子的速度并没有比董晏的速度快很多，刚听到消息后的沈雪，还没抬头，就听到群鸟在山林里发出的声响，府兵已经到前面那座山了。

"放箭！"沈雪来不及思考，果断地向身边的贼兵下达命令。

与此同时，王成一拍桌子，站起来，大手一挥，"杀！"

整个村庄瞬间冲出无数名府兵。

意外发生！冲出去的府兵很快就被点着火把的乱箭射了回去。

被裹上布醮上油的箭头，点燃了村庄的每一个角落。村庄变成了火的海洋。

一个个兵卒倒在火海中，痛苦的挣扎。

而原来流经村庄的小河，此时居然没水，断流了。

老谋深算的沈雪在天黑时，就让人在上游筑堤把河流截断了。

董晏的人马赶到时，哪里还谈得上包围，沈雪的贼寇射完手中的箭后，快速地向山上撤退，留下一条宽宽的火墙，挡住董晏人马。

董晏只有折回兵马到村庄去救人，总不能让刺史出师未捷身先死吧。

沈雪的速度也出乎了世华的意料，没想到沈雪把火攻用得如此之好，并且又布置得如此缜密，不愧是歙州最狡猾最残忍的贼寇头目。

"天瑶，让董晏派人到上游掘堤放水。"世华指着远处被大火映照得清清楚楚的董晏说。天瑶二话不说就向董晏跑去。

火海里的士卒慌乱中发现有一缺口没有着火，于是大家都往那条路奔去，相互踩踏。

世华在火海中瞥见了董平正竭力护着王成，穿梭在混乱的人群中。

"不妙，定有蹊跷。"世华心中暗忖，但火势已如狂龙般肆虐，他无法直接冲入火海救人。人群慌乱不堪，嘈杂声中，即使他大声呼喊，也无人听得见。

不远处，一个兵卒正骑在马上，惊慌失措。世华瞬间一跃而起，如飞燕般落在马背上，随手一挥，将那名吓呆的兵卒甩落在地。

他策马疾驰，奔向一条火势较小的小路，这条小路直通一个看似平静的山谷。然而，世华的心却如悬在刀尖，他知道那里可能隐藏着更大的危机。

当他骑马冲到人群前方时，世华冲到人群前面，勒住缰绳，横刀立马，战马仰天长啸。

"不要进山谷，那边有埋伏！"世华的声音如惊雷般在众人耳边炸响，让正在逃命的兵卒们为之一怔。

"世华，快救刺史。"董平扶着惊魂未定的刺史，见世华突然出现，犹如见到了救星。

"大人快上马。"世华飞身下马，迅速将王成扶上马背。他目光坚定，手中已多了一把从地上捡来的大刀。

"这位英雄是？"王成在董平的搀扶下，看到眼前这位布衣打扮的陌生人，心中虽惊却也有了几分信任。

"刺史大人，快走，山谷里有埋伏！"世华简短地解释，随即与董平一同护着王成向安全地带撤离。

然而，就在他们刚刚转身之际，山谷中突然杀声震天，近百名贼兵高举火把，挥着大刀杀来，还不停地叫喊着："活捉王成！

惊慌失措的府兵更是慌乱，大家争先恐后地逃命。

"董平，你护着大人先走，我来断后！大家不要慌！贼寇人数不多，我们返回去，杀他们个片甲不留！"世华的声音充满了决绝和勇气，让原本慌乱中的府兵们为之一振。

几个胆大的府兵鼓起勇气回头一看，发现贼兵确实不多，于是停住了脚步，但仍有不少人犹豫不决。

世华见此情景，大喊一声，转身面对冲杀而来的贼兵，他紧握大刀，气势如虹。世华是何等高手，一眨眼工夫，五六个贼兵就倒在了地上。

"听我指挥，杀！"世华大喝一声，大刀往前一指，后面的府兵一下子有了底气，纷纷转身向贼兵杀去。

这群埋伏在山谷的贼兵见府兵没有进入埋伏圈，本来想趁府兵慌乱之际，虚张声势冲出来杀几个府兵逮住刺史立个大功，没想到遇到了一个如此英勇的人物，还没反应过来就被杀了五六个，一下子就慌了。府兵纷纷反攻，贼兵的气势一下子被压了下去。

世华如入无人之境，冲杀在前，贼兵纷纷倒下，后面的府兵也杀声震天，很快贼兵死伤一遍，其余的都逃入了山林。

由于对山林情况不熟，又是黑夜，世华只得收兵。

这时董晏已派人打开了上游的堤坝，河水一泻而下。

歙州府衙，刺史王成终于缓过神来，忙让董平把世华请过去。

董平和董晏趁机向王成介绍世华，不停地赞扬世华文武盖世，是难得的人才，只有他才有能力消灭州内贼寇。世华的武功不用多说，王成已经见识了。

世华早就在府衙外面候着，听到刺史召见，赶紧进去。这时天已经大亮，世华跨进大门的一瞬间，王成不由得为之一怔。

王成精通相人之术，昨晚慌乱，根本就没顾得上瞧瞧世华，而今天再见世华，不由得直起身子，站了起来。

龙行虎步，贵不可言！

第十二章　初试牛刀

王成得知汪世华出身于前朝贵族世家，见其谈吐举止处处显示王者之气，再经过一上午交谈。王成当即任命汪世华为歙州副将，府兵营统兵，全面负责剿灭贼寇。王成兼任歙州府兵营主将。

公元 583 年，即开皇三年，隋文帝杨坚下诏废罢境内五百余郡，改州、郡、县三级为州、县两级。州置刺史，废除过去的将军号以及军府、州府，将州府和军府合一，并沿用旧制，凡军事上较重要的州设置总管，兼任刺史，或由刺史兼任总管，即州府主将。

王雄诞因管理失察，导致贼寇居然连从未公开露面的刺史姓名都已知晓，免去其统兵之职。汪世华任命汪天瑶为先锋官，负责整顿军务，操练兵卒，择日出兵剿匪。

"报！"

"进来！"世华站在大帐内看行军地图，董平走了进来。

"将军，已经查到奸细了。"董平走过来轻轻地跟世华说。

世华笑了笑："速度还挺快的嘛。"

"将军，交代的事情，能不办好吗？"董平也有自豪感。

世华接任总兵的首日，就安排董平偷偷调查府兵营内的奸细。每次府兵的行动，贼寇都掌握得清清楚楚，尤其此次，王成悄悄来到歙州的消息尚未外传，但山里的贼寇竟已得知其名，更在混乱的人群中准确辨认出了他。这足以说明贼寇的情报网络之缜密、渗透之深。若不将这股潜伏的威胁彻底去除，剿匪行动必将受到严重阻碍，难以顺利展开。

"不要打草惊蛇，我们要好好利用他。"世华说，"你去通知天瑶和你哥来。"

很快，天瑶和董晏就过来了。

董平把情况跟大家说了下，这奸细是一个带领五十人的队正，叫马俊，平时总喜欢跟在王雄诞身边，这次王雄诞因解除兵权在家养伤，他就几次提出要伺候将军，并且他出手大方，与营里的兄弟常常喝酒吃肉旁敲侧击打听各种消息。经过暗中调查，他每天都要到城东的包子铺去买包子，在那里把收集的情报转送给卖包子的老刘，老刘把消息送到城外的马家庄，再通过马家庄把消息送到山里。马家庄其实就是野鸡山贼寇观察州府的一个据点。

世华听董平把情况说清楚后，就对大家说："董平这次任务完成得非常好，我想将计就计，利用这奸细一举把野鸡山的贼寇灭掉。野鸡山这股贼寇虽然人数不是最多，但却是行动最诡秘，杀人放火的手段最残忍的。我们必须一战成名。"

"大哥，你放心，你说怎么做，我们一定会拼了命去干的。大哥首次带兵，我们绝对不会给你丢脸的。"天瑶这几天也总在琢磨如何杀杀沈雪的威风。

"郑虎在那边已经是个小头目了，董平，你等下送十两银子到仁和药铺，稽叔叔会想办法把钱送到郑虎手里的，郑虎需要跟下面的小弟打点打点。"世华说。

"十两是不是有些少？"董平问。

"不能给太多，太多就容易引起别人注意。"世华说，"同时也给任贵送十两银子过去，方便他办事，他那边进展得很顺利。"

"好的，我立即去办。"董平说完就往外走。

"慢。"世华叫住董平，"你告诉稽叔叔，说我想见见我姐夫和程富，明天晚上，你让他安排。"

"是。"董平说完，看着世华。

世华笑了笑："去吧。想办法别让人知道你的行踪。"

晚上，鲍安国和程富乔装成普通兵卒，跟随董平悄悄地进入世华的军帐。世华、天瑶和董晏早已在等候。

程富首先向世华汇报了这几天的情况，通过鲍安国的支持，已经组织了两百人的队伍，刀剑和粮食都已经准备好，在外地购买了一批马匹，后天就到，能组织成一支小规模的骑兵，作为主力军。

世华一听连马匹都有，更加高兴，这可大大增加了战斗力。

随后世华拿着地图跟大家说出了自己的计划。

第二天，歙州刺史王成正式对外张贴公文，说要招兵选将，大量扩充军力，同时请各乡绅、乡邻献良策剿贼寇。而世华却安排董平悄悄带领三百兵马到一些大户人家征收粮食，押送到吴镇。

吴镇原为歙州一处粮仓，地理位置非常优越，因多次被贼寇抢劫后，就再也没有存放粮食了，只剩下几座空仓库。

这些消息很快就传到了野鸡山沈雪的耳朵里。

沈雪听闻这消息就猜着，府兵准备重新启用吴镇了，并且很有可能要把吴镇这个地方作为招募的新兵卒训练基地。

这时的野鸡山余粮并不多，沈雪得到这情报后，决定在新招募的府兵尚未送到吴镇来时，就把已经收集的粮食抢劫上山。

过了几天，世华又派董晏率领三百兵马镇守吴镇，而董平的军队每天在各乡村收购粮食，不断地往回运，晚上六百兵马一起留守。

当奸细马俊跟随董晏的人马到了吴镇以后，发现大半粮仓都塞满了粮食。

沈雪眼中闪烁着决绝的光芒，他从没把董晏和董平放在眼里。他深知，再等下去只会让府兵营的兵力更加庞大，时机稍纵即逝。于是，他决定在白天董平的兵马离开吴镇之际，以雷霆之势杀入其中，抢夺那堆积如山的粮食。

沈雪在心中反复盘算着计划，他想象着自己如何悄无声息地潜入吴镇，如何率领手下突然袭击，让府兵们措手不及。他思考着如何巧妙地避开府兵的巡逻，如何确保粮食的安全运输，又如何防范其他山头趁机来抢夺这难得的战利品。

正当沈雪沉浸在自己的计划中时，马俊急匆匆地赶来，带来了一个令人震惊的消息：汪世华计划明天晚上悄悄向吴镇增派五百兵马，并在周围布置暗哨和关卡，重整吴镇的粮仓。这个消息让沈雪的心跳瞬间加速，他知道这是一个千载难逢的机会，不能错过。

沈雪紧握拳头，猛地一击桌面，发出砰的一声巨响。桌子在他的重击下瞬间四分五裂，木屑飞溅。这个突如其来的消息让他的计划更加紧迫。

沈雪虽然名字听起来温文尔雅，但他的外表却与名字形成了鲜明的对比。他身材魁梧，五大三粗，力大无穷，能单手举起三百斤的巨石，在大厅中绕行十来圈，武艺高强，而又粗中有细。

当天深夜，沈雪率领着八百名精锐贼兵，悄无声息地潜入了吴镇附近的树林中。他们隐蔽在茂密的枝叶之间，像一群潜伏的鹰，密切地观察着吴镇的每一个动静。

沈雪双眼如炬，紧盯着吴镇的城门和周围的巡逻队伍。他心中盘算着每一个细节，等待着最佳的时机。一旦董平的兵马离开吴镇，就派人在路上埋伏，切断董平回援的路。而这边就突然杀进吴镇粮仓，灭掉董晏的三百人马，运走粮食。

果然，天还没放亮，董平就带领人马离开了吴镇，据马俊的线报，除了放哨的，留守吴镇的其余人马基本上都要到天亮才起床。

等了好一阵工夫，估计董平的人马也走出七八里地了，一个小贼兵跑到沈雪身边："大王，可以动手了吗？"

"别急，再等等，等董平那小子的人马再走远一点儿。"沈雪的眼睛像鹰一样盯着吴镇。

"再等的话，这边的人就都起床了。"这小贼兵是沈雪的亲信。

"没事，今天天气阴沉沉的，他们肯定睡懒觉。"沈雪边说边抚摸着手中的五齿九环刀，"等一会儿让你去杀个痛快的。"

小贼兵笑了笑，他不知道沈雪这句话是对他说，还是对手中的大刀说。沈雪已经不记得这把五齿九环刀砍掉了多少人的脑袋。

"杀！"见时候不早了，沈雪终于大刀一挥，命令贼兵贼将如狼似虎地杀了下去。

在吴镇外面放哨的兵卒见贼寇远远杀来，一下子全散了，跑得比兔子还快。

沈雪一路人马，毫无阻挡地杀进了吴镇，直奔粮仓而去。

"快打开粮仓！"沈雪有些焦急，他瞬间有种不好的预感，居然毫无兵卒抵抗，董晏也没出现。

"大王，粮仓是空的！"一个贼兵跑来报告。

"其他的看了吗？"沈雪心里突然咯噔一下，莫非上当了！

"全都是空的。"贼兵说。

"快撤！"沈雪知道中计了。

突然，周围人马鼎沸，战鼓轰轰，杀声震天。

汪世华带领二百兵卒从东门杀入，汪天瑶带领二百兵卒从南门杀入，程富带领二百兵卒从西门杀入，这群兵卒是汪世华从二千名府兵中挑出的精锐，还有程富和张士埙招募过来的当年的放牛娃，个个犹如猛虎下山，势不可挡。汪世华就是要通过这一仗打出士气，杀出威风！北面是高山，无路可退，野鸡山的贼寇犹如瓮中之鳖，对突如其来的变化一下子没反应过来。以前只有他们包围别人，还从来没有被别人包围过。

汪世华身着铠甲，手提七星鎏虹剑，跨着千里追风白云驹："沈雪，下马投降吧！"

沈雪通过马俊见过汪世华的画像："你是汪世华？！"

"正是！"汪世华面无表情地说，"你的野鸡山已经被郑龙占领了。"

"郑龙？！怎么可能？"郑龙虽然刚进山寨不久，但是为人老实可靠，武艺也不错，这次下山来，是让他带领两百名手下镇守山寨的。

"他就是我的兄弟，真名叫郑虎，你那两百手下也都投降了，野鸡山的所有建筑一律烧毁。"汪世华的话一下子让贼兵们傻了，老巢都被烧了，还往哪里跑？

"哼，一派胡言。"沈雪紧紧握着大刀。

"你抬头看那边。"汪世华淡淡一笑，用手一指野鸡山方向，果然火光冲天。

"你刚才派出去的两百贼兵也已经被董晏和董平带领的五百兵卒包围了。"汪世华的每一句话，像利箭一样射向沈雪的心，像天崩一样，让贼兵一个个魂飞丧胆。

"放下武器投降，免得跟随你多年的这些兄弟成为我们的刀下鬼！"汪世华的眼神直直盯着沈雪。

"没门！"沈雪举起大刀就向世华杀来，"汪世华，你有本事跟我战三百回合！"

"放肆！你竟敢如此嚣张！"汪天瑶一声怒喝，骑着他那匹雪蹄乌骓马，手握丈八滚云枪，犹如一道闪电般冲出阵去。"大哥，对付这种宵小之辈，何须您亲自出马，就让小弟我来将他灭了！"汪天瑶的声音充满了自信与霸气。

"找死！"沈雪说着，大刀已经向汪天瑶砍去。

汪天瑶把长矛一抬，拨开了沈雪的大刀："看看谁找死！"

天瑶长矛在手，犹如银蛇翻滚，不到三十回合，就杀得沈雪手忙脚乱。

而另外一边，野鸡山的二头领沈风正在与程富杀得不可开交。沈风也力大无穷，武功与沈雪是半斤对八两，两个大铁锤挥得忽忽生风，不少山头的贼寇只要听说沈风来攻打，都是望风而逃。野鸡山能在歙州境内由如此威名，沈风有很大的功劳。

但是沈风今天碰到了克星，程富骑着赤炭火龙驹，握着亮银盘龙戟，如行云流水，招招直杀沈风要害，使其毫无回旋之地。

沈风越杀心里越发虚。

"沈雪，哪里走！"沈雪见自己不是天瑶对手，想虚晃一刀就逃，没想到，背后一凉，天瑶的长矛像长了眼睛一样，从沈雪的后背穿去，矛头从沈雪的胸膛钻了出来。

"啊！"沈雪"扑通"从马背上掉了下来，当场毙命。

那边沈风一听沈雪的惨叫声，心里一慌，手一乱，被程富用戟一挑，也从马背上摔了下来。沈风还没来得及爬起来，就被程富举着亮银盘龙戟对着胸膛一扎，被钉在地上了。

"你们头领死了，快快投降！"天瑶把沈雪的脑袋用长矛高高举起。

"沈风已死，投降者不杀！"程富直接用戟把沈风整个人举起。

所有的贼兵见两个头领都死了，谁还敢再战啊，只得纷纷放下刀枪投降。

刺史王成得到汪世华凯旋的消息，喜出望外，杀了沈雪，为他出了一口恶气，连忙让镇守州府的张士埙和汪世荣带领兵卒出城门迎接。

在回城的队伍中，没有程富的身影。因为从吴镇回来的路上，汪世华已经交给程富一个新的任务。此时的程富正带领三百精兵悄悄地急行军。

原来汪世华安排董平到各地收购粮草是故意引蛇出洞之计。奸细马俊传递出去的消息都是假的，是汪世华一步步设套让沈雪上钩。

在得知沈雪准备下山后，汪世华调张士埙和汪世荣悄悄进入州府带兵镇守，而让程富提前带兵埋伏在吴镇周围，每次董平和董晏来回进出兵力都是有变化的，都是出去少，回来多。又让郑虎在沈雪下山时想法留下来镇守山寨，从山上到山下一举消灭沈雪。得知沈雪下山后，汪世华独自连夜赶往吴镇，因为此时的吴镇周围已经是天罗地网，通过障眼法已经调去了一千多兵卒，让沈雪插翅难飞。

汪世华经过周密计算，只花了不到一个时辰就把野鸡山的贼寇全部收拾，让沈雪和沈风身首异处。这是州府平叛贼寇以来，最大的胜利，整个歙州城的百姓都拥到街头，争相来看英雄汪世华。

回到府兵营后，汪世华的第一件事情就是斩杀马俊，在校场上，当着所有府兵的面，把马俊五马分尸。

汪世华用严厉的口气警告所有的府兵："有些人吃着朝廷的军饷，却愿意做贼寇的奸细，马俊就是这种人！那些潜伏在我们兵营的奸细，你要好自为之，主动归顺朝廷。要想人不知，除非己莫为。三天之内不主动说清问题者，一经查实，与马俊同样下场！"

随后，汪世华跟刺史王成商议，把归降的贼寇挑出强健者和家有兄弟能赡养父母者留入军中，让一些战斗力差，上有父母下有妻儿者领取路费回家。

法不责众，尽管这些贼寇跟随沈雪干了些伤天害理之事，但是他们大部分人都是生活所迫而落草为寇，所作所为都是受沈雪指使。

在遣散这些贼寇之际，汪世华身骑骏马，在汪天瑶、张士埙、董晏、董平以及汪世荣的簇拥下，郑重训诫道："今日放你们归去，并非放任你们如虎归山，而是给予你们改过自新、重新做人的机会。望你们珍惜此次机会，若再有山寨贼寇招揽你们入伙，务必规劝他们放下武器，归顺朝廷，成为守法良民。切莫再犯糊涂，否则，你们的下场必将如同沈雪一般。我已命画师为你们每人绘制了肖像，若再发现你们出现在贼寇之中，必将严惩不贷，一律格杀勿论。"

那些即将回归家乡的贼寇们一听汪世华的训诫，顿时吓得纷纷用手去摸自己的脖子，仿佛能触摸到即将到来的厄运。他们之前还在疑惑，为何从昨天起就有那么多画师忙碌地为他们一一画像并登记姓名，此刻终于明白了其中的深意。

"你们回去以后，一定要遵纪守法，辛勤劳作，不要投机取巧，坑蒙拐骗。若有人胆敢再犯，一经查实，我必将加倍严惩，决不姑息！"汪世华目光如炬，话语掷地有声。

随后，汪世华的语气又变得温和起来："当然，若你们能够真心悔过，努力成为朝廷的良民，我也会上报州府，为你们争取应有的奖励。这不仅是你们重新做人的机会，也是你们为自己和家人争取未来的希望。"

"听明白了吗？"汪世华大声问道，声音在空旷的校场上回荡。

那些贼寇们先是一愣，随后像是被惊醒一般，齐声答道："听明白了！"但他们的声音仍然显得有些微弱，如同蚊子般嗡嗡作响。

汪世华眉头微皱，提高了音量："我要你们大声回答！让我听到你们的决心！"

这一次，他们不再犹豫，齐声高呼："听明白了！！！"声音如同排山倒海般汹涌而来，震动了整个校场。

汪世华满意地点了点头，脸上露出了微笑："很好！现在列队去领取回家的饷银吧！"他手一挥，骑马离开了校场。汪天瑶等人紧随其后，一行人浩浩荡荡地离去。而那些即将回归家乡的贼寇们则带着复杂的心情，开始了他们的新生活。

此时的营帐里，王雄诞正在收拾行李，他知道这里已不是他的天地了，他要离开这里，寻找新的机会。

当汪世华知道王雄诞离开后，对身边的人说："王雄诞此人武艺高强，也算一条汉子，只是为人狡猾，又心术不正，统兵之位归我，颜面丢尽，他肯定是嫉恨我的。这次无声无息地离开，指不定他羽翼丰满之时，就会回来报此之仇。"

汪世华说得没错，日后王雄诞多次发兵歙州，一时成了汪世华的心腹大患。

过了三天，歙州全境都贴满告示，限各山头贼寇在一个月之内下山投降，否则州府即将发兵征讨。

"哈哈哈！"方进把告示"啪"地撕烂，扔在地上，这告示是探子从山下送上来的。

"汪世华太目中无人了，才灭了个野鸡山，就想让歙州境内所有义军都向他投降，真是可笑。"方进看了看坐在聚义厅里的十个把兄弟，"我方进就不同意，汪世华你做梦去吧。"

"大王，你看我们是不是派兵去灭灭他们的威风？"大虎问方进。

方进的十个把兄弟一律以大虎二虎三虎为名，以此类推，排行第十的是小虎，每虎掌管两百贼兵，方进自己亲领五百贼兵，加上家眷，方进拥有人马三千，盘踞在风景秀丽、山险石奇的黔山一带。

"是得去灭灭他们威风，不然他们天天还在白日做梦，等我们去投降呢。"方进刚说话，大家都哈哈大笑起来，嘲笑汪世华自不量力。

"大虎你带领三个虎队把黔县观音山兵营的粮草劫来，听说那边只有三百人。记住，不到万不得已，不要轻易杀人。"

"得令！"大虎深知方进的为人。方进虽落草为寇，却胸怀侠义之心，从不滥杀无辜，更以劫富济贫为己任。他博览群书，智计百出，即便手无缚鸡之力，却能让十虎心悦诚服，敬仰有加。那些前来投靠的贼寇，皆是因生活困苦，仰慕方进的声名，而来投靠的。

大虎安排二虎、三虎和他的部属一共六百人计划夜袭黔县观音山兵营。此时的任贵已经在大虎的手下当一个小头目，管五十个贼兵。

任贵很快就得到进军的消息，若现在把情报送到府兵营去，肯定来不及，黔山就在黔县境内，贼寇到黔县观音山加速行军只要三个时辰；而把情报送到歙州府兵营，快马加鞭也得三个以上时辰，府兵营把兵调过去，贼寇早就没影了。

算了吧，还是让这帮贼寇今天得逞吧，这样也能在某种程度上让他们更骄傲，也可以通过这次行动，看看方进这支所谓的义军到底如何。

"将军，有个兵卒说要亲自见您，有要事相告。"汪世华正坐在大帐内看书，大帐外守卫进来禀报。

"让他进来吧。"汪世华放下书，汪天瑶等人带领府兵在校场操练，这个时候有兵卒来求见他，肯定是有见不得人的事情。这也就是他这几天一直在大帐内看书的原因，给他们机会，从那天在大军面前杀鸡儆猴五马分尸处理了奸细马俊后，肯定有人会主动投诚的。

一名身材矮小、脸色苍白如纸的兵卒，颤抖着双腿，小心翼翼地踏进了宽敞的大帐。他还没走几步，便双腿一软，扑通一声跪在了地上，仿佛被无形的力量压垮了脊梁。

"将军，我……我求您饶我一命。"小矮个兵卒的声音带着哭腔，边说话边磕头，仿佛这样能让自己的恳求更加恳切。

汪世华见状，急忙站起身，大步走上前去，伸出手去扶兵卒："快起来，这里没有什么不能说的。你有什么事情，慢慢道来。"

但兵卒仿佛被恐惧钉在了地上，就是不肯起身："将军，我……我……"他结结巴巴，话未出口，眼泪已经先流了下来。

汪世华心中一动，他知道这兵卒肯定藏着什么秘密。他语气柔和了几分："你别慌，只要你老实交代，我保证，既往不咎。"

听到汪世华的承诺，兵卒方勇才终于鼓起勇气，站了起来。他抹去眼角的泪水，深吸了一口气，开始一五一十地交代自己的问题。

"我叫方勇，是方进的远房亲戚。"他声音颤抖，但已经比刚才稳定了许多，"一年前，我根据方进的安排，被招募进了府兵营，现在是董平将军营下的步兵。但这一年来，方进很少联系我，我也没有为他送过什么消息。"

"我时常想，方进不可能只安排我一个人打入府兵营，可能还有其他的同伙。"方勇继续说道，"这几天，我每晚都梦见马俊被五马分尸的惨状，常常在恶梦中惊醒。我实在受不了了，只能主动来向您坦白。"

徽州魂
大唐越国公汪华传奇
上

"方进虽然落草为寇，但他为人仗义，很少做杀人放火的事情。"方勇补充道，"他在我们那里，有着侠义之名。"

汪世华静静地听着方勇的叙述，心中已经有了计较。他拍了拍方勇的肩膀，安慰道："方勇，你做得很好。现在，你已经是我们的人了。只要你好好表现，我保你无事。"

方勇深吸一口气，目光坚定地对汪世华说："将军，我愿意为您写一封信，并亲自前往黔山招安方进。我有信心，我能说服他归顺州府。"

汪世华看着方勇那坚毅的眼神，嘴角勾起一抹微笑，但语气依然严肃地问道："你主动提出前往招安，这份勇气确实可嘉。但你要明白，此行凶险异常，方进若是不肯归顺，你的性命便岌岌可危。你真的不怕方进一怒之下杀了你吗？"

方勇挺直了胸膛，回答道："将军，我父亲当年对他有救命之恩，他全家被贼寇杀害后，正是我父亲伸出援手，救了他一命。这份恩情，我相信方进不会忘记。而且，我相信方进本性不坏，只是一时误入歧途。我愿意用我的诚意去感化他，让他明白归顺州府才是正途。"

"原来如此，时机成熟时我会让你带信去劝他投诚。方进那边我已经布置了人在里面，他的一举一动，我都非常清楚。"其实汪世华还不知道方进的任何动静，但是他不能直接拒绝方勇，他不了解方勇，不知道方勇是真的借机立功赎罪，还是借机上山不下来了，同时他得向方勇释放一下烟雾弹。

"将军，那我现在该怎么做？"方勇一听方进周围已经有汪世华的人，想早点儿立功赎罪。

"这样吧，你现在送个消息给方进，我们计划三天之内出兵攻打黔山。"汪世华微微一笑，眼中闪过一丝精光。

"他会信吗？"方勇疑惑地问道。

"他自然不会轻易相信。"汪世华淡淡一笑，"但这正是我要的效果。你只需如实传达，接下来的事情，我会安排妥当。"

方勇一听，心中不禁有些忐忑。他担心方进会因此怀疑他，甚至对他不利。但看到汪世华那镇定自若的神情，他知道自己只能听从安排。

"你下去吧，我自有分寸。"汪世华挥了挥手，示意方勇退下。方勇走出大帐时，心中满是疑惑和不安，他不知道汪世华葫芦里卖的是什么药。

方勇刚走，汪世华传令让汪天瑶、张士埙、汪世荣和郑虎进帐。

"天瑶，你与郑虎点兵一千，明天凌晨大张旗鼓地开往观音山，在半路上休整一晚上，后天下午到达离观音山十里之外安营扎寨，等候我的命令。记住，行军速度不要太快。"见他们进来后，汪世华立即布置任务。

"得令！"汪天瑶领命就带着郑虎出去了。

"士埙、世荣，上次战役你们两个没有一展身手，这次给你们机会，一定要奋勇杀敌，好好表现！"汪世华看着张士埙和汪世荣坚定地说。

"是！"张士埙和汪世荣同时回答。

"你们两个换上便装，立即出发，快马加鞭，前往观音山与程富会合，方进的人马只要下山，立即歼灭。同时通知任贵，让他做好准备，创造条件，逼方进下山投降。"汪世华果断地说。

"是！"张士埙和汪世荣领命后立即离开大账。

原来汪世华在消灭沈雪后，让程富带兵悄悄前往观音山。汪世华的思路是，只要收拾了最凶猛的沈雪和人马最多的方进，余下的就可以刚柔并济、威恩并施。若先平叛小山头，只会让这些失败后的小山头贼寇逃到大山头去，反而壮大了这些贼寇的势力。

从府兵营到黟县观音山，走小路只有两百里路程，张士埙和汪世荣快马加鞭，不到天黑就达到了程富的驻地。

程富带领的三百兵卒隐蔽得非常好，就在观音山兵营的附近，而观音山兵营已被程富接管，但是从外看整个兵营无任何变化。而在黟山附近，又安排人化装成砍柴人、采药人、乞丐、农夫等各种身份的人，分布在村庄、小镇。

程富见张士埙和汪世荣来了，眼中立刻闪烁着兴奋的光芒，激动地说："我就等你们前来助我一臂之力。我已经有了周密的计划，准备发动一次突袭，骚扰方进，诱使他们的人马下山。"

程富立即调兵遣将，张士埸负责指挥观音山兵营人马，汪世荣领一部分兵卒去准备锣鼓、弓箭、石头，潜伏在前山险要位置，如有贼寇下山，要起到切断退路，阻止贼寇援兵的作用。

大虎、二虎和三虎，率领六百贼兵在深夜时期，悄悄地向观音山兵营摸去。他们要给州府一个下马威，见识下什么是真正的绿林好汉。

任贵也在贼寇的队伍中，在出发前他已经得到了程富送来的消息，获知程富已经在观音山兵营外面布好了口袋。

真可谓天时地利人和，一方正期盼着敌军人马下山，另一方却已摩拳擦掌，准备发起突袭。程富在得知贼寇意图进攻观音山兵营的情报后，立即让张士埸按照既定计划行动，全军上下迅速进入战前准备状态。他心中早已布下天罗地网，誓要让大虎的人马有来无回。

正当程富的布置刚刚就绪，探子如飞燕般归来，疾声报道："报！贼寇已经下山，正悄悄朝我军兵营进发！"

程富听后，嘴角勾起一抹冷笑，眼中闪烁着胜利的光芒："很好，这正是我们等待的时机。"

与此同时，大虎率领着六百名贼兵，如同暗夜中的猛虎，一路急行，迅速逼近观音山兵营。他们见兵营外守卫看守松懈，巡逻的士兵三三两两，站岗的士兵甚至还在打盹儿，心中不禁暗喜。而营内灯火已熄，看似所有人都已陷入沉睡。

观音山兵营的大寨正中，矗立着一座巍峨的粮仓，那是贼寇们此行的目标。然而，他们并未察觉到，这看似平静的营地，实则暗藏杀机，一场大战即将在这里爆发。

大虎见时机已到，猛地挥动手中的火把，火光瞬间照亮了黑夜。

"兄弟们，跟我冲，杀个片甲不留！"他挥舞着大刀，犹如猛虎下山，率先冲进了兵营的黑暗之中。

"杀！——"随着他的号令，六百贼兵如同潮水般涌向兵营，杀声震天，火光映红了半边天。

大虎站在大寨门前，目光如炬，指挥若定。二虎带着一队人马直扑帐营，他们如同猎豹般敏捷，悄无声息地接近那些还在梦中沉睡的兵卒。

与此同时，三虎率领另一队人马冲向粮仓，他们的眼中只有那些金黄的粮食，仿佛已经看到了胜利的果实。

然而，就在他们即将触及胜利的那一刻，变故陡生。

"啊——！"一声声惨叫划破夜空，如同噩梦中的惊雷。大虎心头一紧，循声望去，只见不少贼兵掉进了事先挖好的陷阱中，陷阱里尖刀闪烁，惨叫声此起彼伏。

突如其来的变故让大虎惊出一身冷汗，他瞬间明白，自己中了埋伏。那些在外面巡逻和放哨的兵卒，一听到杀声便消失得无影无踪，整个兵营仿佛成了一个空壳。

"大哥，我们中计了！"三虎狼狈地跑了过来，他的脸上写满了惊恐和不解。他们行动如此隐秘，居然还是被官府察觉了。

"粮仓周围全都是陷阱！"三虎的声音颤抖着，他从未想过会有这样的结局。

"通知兄弟们，不要慌！"大虎虽然也慌了神，但他知道此刻必须保持冷静。然而，话音刚落，四面八方便射来了密集的箭矢。

"啊——！"又是一阵惨叫，箭矢如同暴雨般倾泻而下，地上倒下了几十具尸体。但奇怪的是，他们连射箭者的影子都没见到。

"撤！快撤！把火把都熄了！"大虎深知此刻必须迅速撤离，否则将全军覆没。然而，刚迈出一步，又是一阵箭雨袭来，又有几十名贼兵倒下。

"不要慌！拿木板挡箭，跟我冲出去！"大虎虽然也受了伤，胳膊上中一箭，但他依然奋力挥舞着手中的大刀，带领着手下冲出重围。然而，这场战斗才刚刚开始……

突然，周围数千个火把如流星般划破夜空，一齐点燃，将黑暗中的战场照得如同白昼。程富身骑赤炭火龙驹，手握亮银盘龙戟，如同一尊不败的战神，威风凛凛地立在阵前。他的目光锐利如鹰，扫视着混乱的战场，每一个动作都透露出不容置疑的霸气。

"大虎，放下武器投降吧。否则，你们这些兄弟都将成为刺猬。"程富的声音低沉而坚定，仿佛有魔力般穿透了战场上的嘈杂声。

大虎挥舞着手中的大刀，怒喝道："你是何人？"他从未见过如此威风的对手，心中不禁升起一股寒意。

程富嘴角勾起一抹轻蔑的笑意："你不配知道我的名字。"他轻轻一挥长戟，指向大虎，仿佛已经宣判了他的命运。

"你是汪世华？"大虎试探着问道。

"哈哈，对付你这样的小毛贼，还劳我统兵大人出马？"程富放声大笑，笑声中充满了不屑和嘲讽。他猛地一挥长戟，指向大虎，大喝一声："别废话，让你的人全都放下武器，束手就擒，否则今日此地就是你们的葬身之地！"

大虎被程富的气势所慑，但威武不能屈，他大喝一声："兄弟们，冲！"便率先朝程富冲去。二虎和三虎紧随其后，他们知道此刻只能拼死一搏。

然而，程富的兵马早已严阵以待。随着他一声令下，数千支箭矢如暴雨般倾泻而下，将冲来的贼兵射得人仰马翻。大虎虽然勇猛无比，但在程富的长戟下也只能左躲右闪，狼狈不堪。

正当战局胶着之际，后方突然杀来一队人马。张士塽骑着一匹乌云抱月驹，手持混元双铜锏，如同猛虎下山般冲向贼兵。他勇猛无比，一人勇对二虎、三虎两大贼首，丝毫不落下风。

大虎见状不妙，知道前后都被包抄，心中一慌。此时，不远处鼓声震天，府兵如潮水般涌来。大虎右手被程富一戟刺伤，大刀脱手而落。

"休伤我大哥！"潜伏在敌营中的任贵见状，挺身而出，拔刀救出了大虎。程富见任贵出来，也明白了他的意思，两人对战了十个回合。任贵与大虎并肩作战，边战边往外撤退。由于人数众多且黑夜掩护，任贵与大虎很快就逃出了包围圈。程富见状也没有刻意追赶，他知道已经达到了目的。

二虎和三虎有些本事，与张士塽还能斗上几十个回合。

"士塽，需要我来吗？"程富见张士塽斗得起劲儿，想上去帮他一把，早点儿拿下这两个贼寇头目。

"对付几个毛贼还是小菜一碟的。"张士塽边战边回答，其实真的要用力杀起来，二虎和三虎肯定是非死即伤，只是汪世华有令，只能抓活的。

"那也是，刚才那个大虎，被我已经砍成两半了。"程富轻描淡写地说着。

二虎和三虎真以为大虎死了，一慌神，就落了下风。其实这是程富故意唬他们的。

张士埙趁机一个铜锏打在三虎的肩上，只用了七分力，三虎"啊"的一声，大刀掉在地上。

二虎忙扑上前来救三虎，张士埙反手打在二虎的背上，二虎一声惨叫，倒在地上，一群府兵围上来，把二虎和三虎抓了起来。

"你们的头领都被抓了，快放下武器投降，否则格杀勿论！"程富一声厉喝，贼兵们一看自己头领已经被捆绑起来，哪里还有斗志，都纷纷放下武器投降。

任贵带着大虎逃出了包围圈，后面还跟着十来个贼兵，十几个人跟跟跄跄地往黟山逃去。

走了不到十里地，忽然周围数百个火把一起点燃，大虎他们又被包围了。

"完啦！"大虎的胳膊还在流血，而自己这边就十几个人，就是插翅也难飞了。

汪世荣脚踏靠山雪花骢，身披战甲，手持皂金虎头枪，犹如一位年轻的战神，在一群精锐兵卒的簇拥下威风凛凛地走出。他的眼中闪烁着锐利的光芒，扫视着战场上的每一个细节。

大虎仔细打量着眼前的少年将军，见他不过十五六岁的模样，心中不禁升起一股轻蔑之意。他暗想："这毛头小子，也敢来与我交锋？"

任贵与汪世荣两人素未谋面，也不知道对方的具体身份。

"尔等贼寇，还不快快放下武器投降，否则休怪我枪下无情！"汪世荣的声音虽年轻，却充满了威严和不容置疑的坚定。他举枪直指任贵和大虎，气势逼人。

大虎见汪世荣如此嚣张，心中怒火中烧。他挥舞着大刀，怒吼道："小毛孩！休要狂妄！看我来会会你的枪法！"说着，他便冲上前去，准备与汪世荣一决高下。

任贵见状，连忙劝阻道："大哥，此人看似年轻，但气势非凡，不可轻敌。还是由我来对付他吧。"

徽州魂
大唐越国公汪华传奇
上

任贵不知道汪世荣的武功如何，虽然大虎受了点儿伤，但是武功还是不错的，他见汪世荣这么小，怕有什么闪失。

然而大虎哪里肯听，他一心想要亲手打败汪世荣，以证明自己的实力。他挥舞着大刀，气势汹汹地冲向汪世荣。

汪世荣见状，嘴角勾起一抹冷笑。他提枪迎上，一个马上，一个马下，很快就战成一团。

汪世荣不愧为少年英雄，刚开始任贵还为他担心，没想到，才过了二十个回合，大虎的步子就乱了。

任贵觉得自己的担心实在多余，汪世荣没有两下子，汪世华也不会让他领兵作战啊。任贵不由得也佩服起汪世荣来。

"啊——"

大虎手里的大刀被挑在地上，皂金虎头枪顶着咽喉，只要一动，必定丧命。

"今天爷爷高兴，放你们一条生路，回去告诉方进，立即下山投降，否则你们山寨就会鸡犬不留！"汪世荣把枪一收，淡淡一笑，就好像方进已是笼中之鸟。

"多谢这位小将军的不杀之恩，请问尊姓大名，在下任大贵感激不尽！"任贵忙跨上前去，扶着大虎，向汪世荣施礼。任贵进山时改名叫任大贵。

汪世荣一听，任大贵？明白了，这人肯定就是哥哥说的任贵，是自己人，也得让他知道自己的身份。

"哼！"汪世荣把枪一横，故意不还礼："歙州府兵营统兵大人汪世华是我同胞兄长，我乃汪世荣，你回去告诉方进，我们大军即将开进黟县，希望他不要步沈雪的后尘。听说你们劫富济贫，算是绿林好汉，统兵大人希望你们能以仁义当先，下山归顺州府，共保歙州太平，共享荣华富贵！"

汪世荣的话其实是说给大虎听的。

任贵看着大虎，大虎一叹气，双手抱拳："多谢小将军！"

"不送！"汪世荣看了任贵一眼。

"走。"任贵扶着大虎带着惊魂失措的兵卒一溜烟地消失在黑夜中。

第十三章　平叛贼寇

汪世华深思熟虑后，决定派遣董晏与董平两员虎将镇守州府，确保后方稳固。随后，他携同汪天瑶，率领着一千精锐府兵向黟山进发。然而，他们的行军却显得异常从容，时而缓行，时而停留。

在行军的途中，汪世华下令士兵们沿途宣扬，称此次出征旨在平定方进之乱，恢复歙州境内的安宁。

然而，他们的行动方式却令得到情报的几大山头首领们摸不着头脑。歙州境内几个得到情报的山头一下子都被搞糊涂了，无法揣摩出汪世华的真正意图。怎么去打仗跟出去游玩一样，玩的是哪门花招？

汪世华正是利用这种看似散漫的行军方式，在暗中布置着一场精心策划的战术。他深知兵法之道，在于虚实结合，让敌人捉摸不透。而此刻，他正一步步地将敌人引入自己设计的圈套之中。

而此时，方勇快马加鞭地把消息送到了方进手里。

方进正在伤心，这次偷袭损失很大，六百名手下，就回来十几个，其余的是生是死都还不知道。总共有战斗力的也就两千多人，一个晚上，就被汪世华的军队干掉了这么多，整个山寨的人一下子都蒙了，逃回来的那十来个贼兵把汪世华的军队说得神乎其神的，就跟天兵天将一样，大家瞬间都被灭了威风。现在汪世华的大队人马又随后就到，这如何是好？

"大王，我有一个主意。"小虎见大虎受伤，二虎和三虎又生死不明，觉得自己该为大王分忧，刚打一战就土崩瓦解，那这几年真是白折腾了。

"什么主意？"方进正在发愁，见小虎主动献计，一下子来了精神。别看小虎排行最末，但是人很机灵。

"围魏救赵！"小虎说得虽轻，但是方进听得非常清楚。

"谁去围？"方进反问。

"牛头坑。"小虎说。

小虎说的牛头坑是坐落在黟县、歙县和休宁县三县交界处的一座山峰，因山峰有牛头形状，而群山环绕之间有一大坑，固称为牛头坑。牛头坑有贼寇老少及家眷五百来人，算是一个小规模的贼寇团伙。

"牛头坑的那帮兔崽子怎么会帮我们呢？"方进对牛头坑的人是很有成见的。

"牛头坑的大王现在是牛高。"小虎说。

"牛高？那牛青呢？"方进一听牛高当了牛头坑的大王，感到很惊奇。

"大王，这已经是半个月前的事情了，牛青与牛高两人向来不和，那天两人一喝酒又闹了起来，都动了刀子，牛高把牛青给宰了。"小虎解释道。

"牛高能打过牛青？"方进觉得事情蹊跷。

"估计当时牛青喝多了，也可能是牛高早就有准备。"小虎说。

"哦，原来这样啊。管他谁当牛头坑老大，只要能跟我们合作就行。"方进才懒得管他们内部的事情呢，只要有人能帮他解燃眉之急就行。

"你多准备些金银财宝，一定要牛高立即出兵攻打州府。这家伙贪财，告诉他，事成之后，还有更多的。"方进又说，"我们的情况不要告诉他们太多，就说联合对付汪世华就行。"

"大王，你放心，我知道怎么做。"小虎说完就去安排了。

军队刚开拔，没走多远，汪世华就收到程富送来的捷报，于是跟汪天瑶交代几句，就带领五十名骑兵先行，要汪天瑶随后慢慢前来。

汪世华带领的骑兵不走大道直奔黟山，而是绕道白岳。

"将军，前面就是黄土岭。"一个兵卒快马加鞭地跑到汪世华身边报告。

"听说这里也有一小股贼寇？"汪世华问。

"是的，有五六百人，这里的贼寇原来盘踞在白岳，后来都跑到这里来扎寨。听说白岳很邪乎，贼寇都不敢去。"兵卒说。

"白岳，乃神仙居住之地，岂容贼寇盘踞。"汪世华冷冷一笑。

白岳，以山奇、水秀、石怪、洞幽著称。自晋朝以来，文人墨客、显官巨贾纷至沓来，有很多修道之人在此居住。至明嘉靖年间更名为齐云山，与江西龙虎山、湖北武当山、四川鹤鸣山并称中国四大道教圣地。尽管在当时，齐云山尚未如后世那般遍布道观，但其神秘莫测、超凡脱俗的气质已然显露无遗，并有种种不凡的传说。

"将军，所言极是。我听说那帮贼寇盘踞之处，疾病肆虐，许多人不明不白地离世。"兵卒沉声道，脸上露出担忧的神色。

"你对他们的情况了解多少？"汪世华目光锐利，直视着兵卒。

"略知一二，半年前，我们府兵曾前来平叛，可惜，因他们的援兵及时赶到，我们只得撤退。"兵卒回忆着，语气中带着一丝不甘。

"当时交战了吗？"汪世华追问。

"没有。我们的行动被他们察觉，周边山头的贼寇也前来增援，人数上我们处于劣势，便选择了撤退。"兵卒坦言，脸上露出一丝羞愧。

"今日，我们便要将他们一举拿下。"汪世华远眺黄土岭，语气坚定。

"我们？"兵卒惊讶地重复，显然对汪世华的决策感到难以置信。

汪世华微微一笑，他知道，用这五十人去对抗五六百人的贼寇，确实是一场看似不可能的战斗。但正是这样的挑战，才能激发士兵们的斗志，让他们明白，勇气与智慧往往能创造奇迹。

"全军听令，原地休息，补充体力。"汪世华下令。

士兵们纷纷坐下，取出干粮和水，就地进食。

片刻后，汪世华见士兵们精神焕发，便下令整队。他迅速将队伍分成两组，一组由他亲自率领，携带弓箭，悄无声息地向黄土岭进发；另一组则由副将带领，绕道黄土岭后山，准备发动突袭。

汪世华带领的一小组队伍走到离黄土岭只有五里路远时，故意加快步伐，这时天还没黑，黄土岭的贼寇们已经远远发现了他们的行踪，做好了准备。

黄土岭是夫妻山寨，贼寇头领是宋志和刘五娘夫妻，两人也是被官府所逼才上山为寇，宋志使双钩，刘五娘使长鞭，两人武艺超群，与各山头的贼寇关系密切，主张连横，扎据黄土岭一年多来，虽然有州府派兵来过，都是他们联合周边山头一起把州府赶走。董晏和董平两兄弟曾经就败在他们两夫妻手下，差点儿丢掉了性命。说起歙州贼寇宋志和刘五娘也是响当当的人物。

宋志一听有二十多府兵要从山前经过，觉得很奇怪，这是什么意思？是借道从这里经过？还是故意来刺探军情？

"当家的，你说怎么办？"刘五娘问宋志，黄土岭头目没有大王的称呼，下面的贼兵都叫宋志为大当家，刘五娘为二当家。

"不管是什么目的，我们得去拦下他们。"宋志说，"方进虽然与我们关系一般，但是州府现在要向他用兵，我们还是不能袖手旁观的。"

"我带些兄弟下去把他们全部抓上来，你审问审问他们。"刘五娘性格豪放，做事风风火火。

"去吧，务必小心。"宋志嘱咐道，眉头紧锁，他对这股突然出现的府兵感到困惑和不安。他怎么也想不到，这区区几十人，竟敢孤身前来挑战他们整个黄土岭的势力。

刘五娘率领着一百名精锐贼兵，一字排开，严阵以待。她心中早已盘算好，要么与对方决一死战，以一百对二三十，她有着绝对的信心；要么对方望风而逃，见到他们的人数优势，便吓得屁滚尿流。

然而，刘五娘并不担心他们逃走。她与丈夫落草为寇多年，一直坚守着一条原则：尽量不招惹官府。他们主要的活动是拦路抢劫和下山洗劫有钱人家，即便偶尔抢些农户的猪牛粮食，也绝不伤害农户的性命。她自信地认为，只要对方识相，就不会轻易与他们为敌。

汪世华的人马很快就到了刘五娘跟前。

"前方何人？速速止步！"刘五娘心中疑惑，眼前的这二十余人面对他们这一百多人的阵势，竟毫无畏惧，继续前行，无视她的存在。

"你就是黄土岭的刘五娘？"汪世华的目光如鹰隼般锐利，他早已通过情报熟知刘五娘的相貌，此刻一见，便认出了她。他故意用一种不屑的语气问道。

"正是本人，敢问阁下大名？"刘五娘原本豪放的性格在面对汪世华时，竟不由自主地产生了一丝敬畏。汪世华的气宇轩昂，举止间透露出的威严让她在气势上稍逊一筹。

"我们？"汪世华嘴角勾起一抹冷笑，"我们就是来荡平你们这黄土岭的府兵！"他的话语中充满了坚定与决心，仿佛已经看到了黄土岭的末日。

"狂妄之徒！"刘五娘被汪世华的话激怒了，她紧握着长鞭，眼中闪烁着愤怒的光芒。

汪世华却不为所动，他深知擒贼先擒王的道理。只要拿下刘五娘，黄土岭的其余势力便会群龙无首，不攻自破。他故意挑衅道："听说你的长鞭在歙州境内无人能敌，我倒想亲自试试它的威力。"

汪世华坐在马上，眼神中透露着轻蔑与不屑，一副目空一切的样子。

刘五娘感受到汪世华的侮辱，心中怒火中烧。她双腿夹紧马腹，策马疾驰，犹如狂风骤雨般冲向汪世华。与此同时，她手中的长鞭犹如灵蛇出洞，在空中划出一道凌厉的弧线，直逼汪世华。

"报上你的名字，我长鞭之下不杀无名之辈！"刘五娘咬牙切齿，声音中充满了愤怒与不屑。

汪世华见状，冷笑一声，右手轻轻一挥，七星鎏虹剑瞬间出鞘，剑身闪烁着寒光。他气贯长虹，目光如炬，毫不畏惧地迎向刘五娘。

两人的交锋瞬间展开，长鞭与长剑在空中交织成一幅惊心动魄的画卷。然而，刘五娘虽然勇猛，但论起武艺，她哪里是汪世华的对手。仅仅十个回合过去，她的长鞭便已经开始出现破绽，被汪世华的七星鎏虹剑逼得连连后退。

"立即投降，饶你不死！"汪世华冷冷地说道，声音中不带一丝感情。

然而刘五娘岂会轻易屈服？她一边说着"休想"，一边策马而逃。然而汪世华岂能让她轻易逃脱？他催动千里追风白云驹，如同闪电般追向刘五娘。

两人之间的距离迅速拉近，刘五娘见势不妙，急忙从怀中掏出一支飞镖，奋力向汪世华掷去。然而汪世华早有防备，他身子一侧，躲过飞镖，同时挥剑斩向刘五娘。

徽州魂

大唐越国公汪华传奇

上

只听"嗖"的一声，刘五娘的头颅便与身体分离，鲜血四溅。她的身体还在马背上坐了一会儿，然后才无力地倒下，马儿狂奔五六十米后，她的尸体才重重地摔在地上。

这一幕让在场的贼兵们吓得目瞪口呆。他们怎么也没有想到，平日里威风凛凛的二当家竟然在转眼间就被汪世华斩于马下。这突如其来的变故让他们感到极度的恐惧和不安，士气瞬间低落到了极点。

"快！撤退！"一个较为机敏的贼兵大声呼喊，犹如一道惊恐的波纹，迅速在人群中扩散。所有的贼兵如同被鬼魅追赶一般，惊慌失措地向山上逃窜。他们曾经顶礼膜拜的二当家，此刻却倒在了血泊之中，这突如其来的变故让他们的勇气瞬间崩溃，哪里还敢有丝毫的进攻之心。

"放箭！"汪世华一声令下，声音冷静而果断。随着他的手势，几十支利箭划破长空，直扑逃窜的贼兵。

"啊！"惨叫声此起彼伏，箭矢穿透肉体，留下了一道道触目惊心的伤口。一些贼兵瞬间倒下，成了这场战斗的牺牲品。其余的人更是惊恐万状，纷纷加速逃向深山。

汪世华并未下令追击，他深知此刻的追击只会徒劳无功。他望着远处的山峦，眼中闪烁着冷冽的光芒。他知道，宋志很快就会带领剩余的贼兵下山。

果然，不出所料，不一会儿，宋志便骑着战马，带着剩余的贼兵从山上冲了下来。他远远地站在山上观战时，看到刘五娘惨死的场景，心中怒火中烧，恨意滔天。他毫不犹豫地跳上战马，挥舞着手中的大刀，带领剩余的贼兵向山下冲去。

"为二当家报仇！杀！"宋志的怒吼声如同雷霆一般，在山间回荡。贼兵们在他的带领下，发出震天的喊杀声，疯狂地向汪世华的队伍扑来。然而，他们面对的是早有准备的汪世华和他的精锐部队，一场激战即将上演。

"稳住阵脚！"面对倾巢而出的贼寇，原本兴奋的兵卒们瞬间被巨大的敌我悬殊所震慑，汪世华一声雷霆般的怒吼如重锤击在众人心上，"后退者，杀无赦！弓箭手，准备！"

众兵卒见汪世华剑尖尚挂着敌人的鲜血，心中虽有恐惧，却也不得不硬着头皮，紧紧拉满手中的弓箭，严阵以待。

"还我娘子命来！"宋志咆哮着，双目赤红，如疯魔一般挥舞着双钩，率领着一百多骑兵如狂风骤雨般冲来。

汪世华坐在马上，神色冷静如冰，目光如炬。他远远地凝视着宋志的骑兵，静静地等待着，等待着最佳的时机。

"放箭！"汪世华一声令下，如同晴天霹雳。只见每个弓箭手都拉开了三支利箭，它们如同黑色闪电般划破长空，齐齐射向宋志的骑兵。这些弓箭手都是汪世华精心挑选的府兵精英，他们臂力惊人，箭术精湛，每一箭都直奔目标而去。

"啊——"随着惨叫声此起彼伏，十几个骑兵应声倒地，他们的生命在这一刻被无情地剥夺。

"再放！"汪世华的声音如同冰冷的钢铁，没有丝毫感情。弓箭手们再次搭箭，弓弦响动间，第二批利箭如同暴雨般倾泻而出。

"啊——"又是十几个骑兵倒在了血泊之中，他们的生命在汪世华的冷酷指挥下变得如此脆弱。

"起！"汪世华左手一挥，一根粗长的绊马索瞬间被抛出，犹如一条巨蟒在空中飞舞。紧接着，十几匹战马被绊倒，它们的骑手也随之摔下马来。

"杀！"七星鎏虹剑上的血迹尚未干涸，汪世华已经如同猛虎下山般冲向宋志。他的剑光闪烁，如同闪电划破夜空，直取宋志的咽喉。

与此同时，所有的府兵也扔下了弓箭，手握长矛，紧随汪世华向贼兵的骑兵发起了冲锋。他们如同一股洪流般席卷而来，誓要将这些贼寇一举荡平。

"宋志，此刻你若率众投降，我或许可为你留一条生路！"汪世华手中的长剑如同雷霆一般，逼得宋志步步后退，无力还击。

"做梦！先还我娘子的血债！"宋志上气不接下气地怒吼，双眼燃烧着熊熊怒火，仿佛要择人而噬。

"你与刘五娘在山上称王称霸，烧杀抢掠，恶贯满盈。州府已经公告天下，只要你们下山投降，就能得到一条生路，为何你们还要负隅顽抗？为何今日要阻我去路？"汪世华言辞犀利，手中的剑如同游龙般掠过宋志的双钩。

"你……你就是汪世华？！"宋志的语气中带着几分惊愕。在整个歙州，统兵的大名如雷贯耳，无人不知，无人不晓。

"正是！"汪世华冷然一笑，手中的剑如同闪电般刺出。宋志躲闪稍慢，左肩被剑锋划过，一道深可见骨的伤口顿时血流如注。

宋志忍住剧痛，打马逃向山林深处。他深知汪世华的武功深不可测，自己绝非其敌。只有先逃回山寨，再图复仇大计。然而，他并不知道，汪世华除了剑法高强外，还有一项更为惊人的技艺——箭术。

汪世华自幼便练就了百步穿杨的本领，八岁时就能一箭射落空中翱翔的大鹰。此刻，逃跑中的宋志在他眼中就像是一个巨大的靶子。

汪世华从容不迫地取出强弓，搭箭拉弦。弓如满月，箭似流星，"嗖"的一声，利箭划破长空，直取宋志后颈。

箭矢如同长了眼睛一般，精准无误地穿透宋志的颈项。宋志只来得及听到背后的风声，便感觉后颈一凉，紧接着一个箭头从喉咙穿出。他重重地摔下马来，双眼瞪得大大的，死不瞑目。

这一切的转变犹如迅雷不及掩耳。仅仅一个时辰之前，宋志与刘五娘还在讥笑着州府要求他们一个月内下山投降的命令，仿佛是场荒诞的白日梦。然而，仅仅一个时辰之后，他们便双双倒在了汪世华的剑下，生命永远定格在了那一刻。

"宋志已死！投降者不杀！"汪世华长剑指天，声音如同洪钟大吕，回荡在山谷之间。

贼兵与府兵激战正酣，然而，随着汪世华的利箭和府兵的砍杀，贼兵开始显得力不从心，逐渐陷入了劣势。而山上的贼兵还未及时赶到战场，便远远望见他们的首领已经倒在了血泊之中。这一幕让他们惊恐万分，举着刀枪的手开始颤抖，不知道该进还是该退。

在阳光的照射下，汪世华如同战神一般矗立在战场之上，他的身上仿佛散发着天神般的光辉。他再次大声厉喝："宋志已死！投降者不杀！"声音如同惊雷般在贼兵们耳畔炸响。

一个勇敢的府兵冲上前去，一刀砍下宋志的脑袋，然后高举长矛大声呼喊：

"宋志死啦！宋志死啦！"这声音如同丧钟一般，彻底击溃了宋志骑兵的斗志。

"所有贼兵，全部下马，放下武器，违令者斩！"汪世华的命令如同冰冷的刀锋般直指贼兵们的心脏。无人敢反抗，因为他们知道，反抗只会带来更残酷的惩罚。

"我们已经占领了山寨，大家快看旗帜！"一个兵卒激动地指着山上飘扬的"汪"字大旗喊道。原来，汪世华早已派遣了二十多名精兵趁宋志倾巢出动之际，从后山小道偷袭并成功占领了山寨。

面对如此绝境，三四百名贼兵只得乖乖地放下手中的刀枪。他们的眼神中充满了恐惧和无奈，仿佛已经预见了自己未来的命运。然而，他们也知道，此刻投降或许是他们唯一的生路。

汪世华打开黄土岭山寨的钱库，把金银财宝和粮食都登记成册；从投降的五百多名贼兵中抽选了一百多名精锐归于府兵，其余的拿出部分银子分发给他们，让他们回家务农或做些小买卖养家。

汪世华在黄土岭山寨休整了一天，接着率领近两百名兵卒向新的目标出发。

当汪世华的人马在黄土岭进行休整之际，小虎已经抵达牛头坑，并与牛高结成了紧密的同盟。

尽管牛头坑的几位头目对出兵州府持保留意见，但首领牛高却一意孤行，坚持挥师出征。他深知，自己当初是用毒计铲除了牛青，才得以在众多兄弟的簇拥下登上牛头坑的首领之位。尽管那几个头目表面顺从，但内心难免有所不甘，毕竟自己的资历尚浅，难以完全服众。因此，牛高决心借此机会积累更多的资本，让那些心存疑虑的头目彻底臣服。

小虎刚刚离去，牛高便迅速调动了三百多名精兵强将，浩浩荡荡地向歙州城进发。他对于小虎开出的条件感到十分满意，同时也洞悉了方进选择他作为"围魏救赵"策略主角的深层次原因。与其他山头相比，虽然牛头坑的人数较少，但势力却不容忽视。方进之所以选择他，是因为即便牛高在此次行动中捞取了好处，其势力也难以与方进相抗衡。

而对于牛高而言，这不仅仅是一次捞取资本、树立地位的机会，更是一次招兵买马、扩张势力的契机。他对方进的信誉深信不疑，坚信只要帮助方进解围，后续的金银财宝定会如约而至。

打着这样的如意算盘，牛高满怀信心地出发了。

牛高并没有隐蔽行军，他目的是围魏救赵，从牛头坑前往黟县需要经过休宁，当他的三百多牛头坑贼兵跨进休宁地界后，就开始大张旗鼓地声称要进攻州府，活捉王成。

牛高的大张旗鼓是要汪世华知道的，希望汪世华能回兵救州府，同时牛高也不想让自己真去攻打州府，手里这些兵力，是什么样的战斗力，他是很清楚的。他摸不清楚府兵营到底留了多少人马在驻守州府，自从汪世华担任府兵营统兵后，保密工作做得很严，想要的消息又得不到。所以牛高并不想与府兵交战，他只是作出一个姿态，解方进之围，自己就能从方进那里拿到金银财宝。

牛头坑离州府并不远，急速行军，不管怎样，一天都能到达，但是牛高不一样，他慢慢腾腾地，走了三天，还没有跨进黟县地界。

经过五六天的行程，牛高的三百余贼兵终于靠近了歙州州府，但是越靠近，他心里越发怵，他得到的情报居然是府兵营毫无动静，汪世华的人马不知道现在何处，汪天瑶的人马也一下子了无踪迹。现在已经跨进了黟县地界，州府就在眼前，只要三四个时辰就能到达。

与牛高一样紧张的还有其他山头的头领，黄土岭在一个时辰之内就被汪世华率领五十名兵卒收拾了，而汪天瑶率领的八九百人在开往黟山的途中，突然消失得无影无踪，会在哪里出现呢？

汪世华太可怕了。

尤其是从黄土岭遣散的那些贼兵们，在回家的路上逢人就说汪世华如何可怕，宋志被一箭穿喉，刘五娘身首异处，口口相传，越夸越厉害，把汪世华说得神乎其神。大家忽然之间觉得，整个府兵营太神出鬼没了。灭沈雪、败方进、平黄土岭，让歙州境内所有山头都窝在山上，不敢轻易下山，他们害怕汪世华的人马说不定就在山下某个位置等着他们呢。

牛高已经没有退路了，刚出发时还打着如意算盘，现在越打越心凉。牛头坑现在可没有什么人在驻守啊，都是一些家眷和残兵败将，哪是汪世华的对手。但是现在回去就会让自己陷于不守承诺的境地，不仅会得罪方进，还让歙州境内其他山头小视，落到自己有困难也无人救援的地步。

"大王，我们怎么走？"一个贼兵走到牛高身边问，"前面就是三岔路口，一条是从高尖岭直接翻过，到州府，另一条是通往桃源洞，要多走几十里路才能到州府。"

牛高骑在马上，远远看着高尖岭，深山树林，越看越紧张，那里肯定有埋伏，汪世华不可能这么轻易地让我们平安无事地走了五六天。

"命令兄弟，加速前进，快速通过桃源洞。"牛高不敢冒险走高尖岭，决定绕道走地势平坦的桃源洞。

"得令！"这个贼兵马上就去传令。

方进正看着二虎和三虎写来的劝降书，劝降书是方勇送来的。

"大王，府兵营现在是神出鬼没，听说已经有好几个山头与汪世华联系了，愿意归降州府。汪世华也多次申明，在指定时间内归降，既往不咎，否则将荡平山头，鸡犬不留！"

"这个汪世华到底是什么身份？为何战术如此超群？"方进放下劝降书，他开始认真思考这个问题，汪世华的武力讨伐和劝降是同步进行，真是左手刀剑，右手金银，听话就给金银，不听话就人头落地。

汪世华手下的带兵将领个个武艺高超，自他任府兵营统兵半个月以来，现在整个府兵营上下齐心，斗志昂扬！

"我听下面的兄弟议论，汪世华是前朝戴国公的后人，五岁就跟随车骑将军汪宝欢学艺，家道衰落后，又师从吴越儒释道三位高人，文武双全，百年少有。"方勇忙在旁边介绍。他是主动为汪世华来做说客的，他要把握好为自己立功的好时机。

"戴国公？车骑将军？"方进自言自语。

"戴国公就是原来海宁县令汪老爷，汪世华是大公子。"方勇见方进在思索，赶紧补充。

"你确定他是汪老爷的大公子？"方进的眼神闪烁。

"这个是绝对不会错的，那个汪天瑶就是汪宝欢的儿子，武功也非常了得。"方勇说。

"上次在山下放大虎走的，就是汪世华的弟弟——汪世荣，年纪轻轻，也是了不得的人才。"方勇接着说。

这个消息，大虎回来跟方进说过。方进没有说话，他想起他叔父方水源，想起了当年去汪府时见到官府欺辱的汪僧莹，想起了拔剑要去杀差役的小世华。

大隋统一江南后，免赋税八年，让整个江南百姓的生活水平得到改善。但是八年后，由于官吏勾结，赋税增加，让百姓们难以承受，尤其是这两年，为了天子宝座，杨广和杨谅兄弟之间发动了战争，数百万大军投入其中，让百姓们生活雪上加霜。

方勇见方进没有说话，不知道他到底在思考什么，就接着说："牛头坑已经被汪世华带人占领了，所有留在牛头坑的人马钱粮全部送进了州府，而牛高却行军在外，毫不知情。"

"牛头坑被汪世华占领了？"方进听到这个消息有些吃惊，随后又觉得这也是意料之中的。

"汪世华作战讲究速战速决，他率领的骑兵行如闪电，只要得到可用信息，就连夜奔袭，在作战中不容对方有丝毫喘气的机会。"方勇说，"牛高刚跨进休宁地界，汪世华就带兵占领了牛头坑，并封锁所有消息，让牛高傻愣愣地在他的监视下走来走去。"

"若我们就这样投降，不甘心啊，我手里还有两千多兵马。"方进说。

"现在汪世华已派兵马驻扎在附近，我们能直接率所有人马下山突围吗？下山后去哪里？不下山的话，过一年半载，我们吃什么？"方勇说得很有道理，一定要说服方进下山投降，他不忍心看着方进被杀。想起还在歙州城门口挂着的沈雪、沈风、宋志和刘五娘的人头，方勇好几次都梦见方进的头也挂在上面，自己父亲当年救过方进的命，现在也不能就这样让方进再次有危险，自己有责任让方进回头是岸。

"二虎三虎已经归顺州府，大虎受伤在家毫无斗志，也常说一些建议我与州府和谈的话。"方进说，"我自从上山扎寨以来，虽然也偶尔烧杀抢掠，但是对平民百姓都是秋毫无犯，杀的都是贪官污吏和为富不仁的财主。谁愿意一辈子做贼呢？"

"大王说的极是。"方勇说。

"但是就算我同意下山，另外几虎不一定同意啊。五虎六虎七虎八虎是亲兄弟，与大虎二虎素来有些别扭，今日清晨，他们还闹着要下山去救二虎三虎。其实我知道他们的意图。"

"他们是想逼急州府，让州府杀了二虎三虎。"方勇说。

"是的。他们手里有不少兵，现在就怕他们内讧。"方进担忧地说。

这些话他也只跟方勇说，因为方勇家对他有恩，同时方勇对山上的斗争来说，是局外人。

"那大王你身边的人……"方勇没想到方进内部还有矛盾。

"我身边的人应该没有问题，所谓明枪易躲暗箭难防。"方进说，"五虎当年要娶大虎的妹子，是大虎反对才没娶成的。他就一直耿耿于怀。五虎为人凶残，好酒好色，以前在外面是无恶不作，后来归顺到我这里，多次严格要求后，才有所好转。"

"那大王您要多加小心，早点儿做决定，别让五虎抢了先机。"方勇说。

"我写封信，你悄悄地给我带上去，交给汪世华和王成大人。我得先试探探他们的诚意。"方进说。

"没问题，我一定送到。"方勇拍着胸脯说。

"大贵，你救了大虎回来，功劳最大，大王给你的赏赐一定不少吧。"五虎拉着任贵在自己的寨子里喝酒。

"打了败仗，就我们几个逃了回来，没被惩罚就非常不错了，哪里还奢望有奖赏。"任贵把酒喝了一口，装着很有怨言的样子。

"留得青山在不怕没柴烧，只要大虎回来，我们大王就能继续占山为王，州府拿我们仍然没办法的。"五虎看任贵喝闷酒，知道任贵他们这次出去打了败仗回来，心里不舒服，他要拉拢拉拢。因为任贵现在被分到虎卫军里面，负责方进的安全，这是大虎极力举荐的。

大虎自己手下已经没人马了，而任贵对他有救命之恩，武功又高，为人可靠，担任方进的安全禁卫是非常合适的。方进自己亲自指挥的五百人，被称为虎卫军。

"现在这些府兵就等我们下山呢，他们神出鬼没，那些领兵打仗的将军个个身手不凡，我们下山，随时都会被他们包围。"任贵说，"上次我们那么隐蔽地下山，居然都被他们发现了。"

五虎一听这话，知道话里有话，忙靠近任贵故意悄悄地问："你说我们这山上会不会有卧底？沈雪被杀，也是因为汪世华派了卧底在里面的。"

任贵一听，知道五虎想问什么，他低声诫道："不可乱说，这话大虎将军听见了会生气的。"

"哈哈，我才不怕他生气呢。"五虎说，"二虎三虎被抓，他为什么能逃出来？"

"那是因为夜晚混战，我护着大虎将军逃出来的。"任贵故意把矛头引到大虎身上去。

"我几次提出下山救二虎和三虎，他居然都反对，这是什么意思？"五虎突然生气一拍桌子，"那是我们一起浴血奋战的兄弟，怎么能不救呢？难道就希望看着他两个的人头与沈雪的人头一起挂在歙州城门？"

"不是人头挂城门，他们已经归降汪世华了。"六虎推门进来，"刚得到消息，二虎和三虎带领上次下山的五百多兄弟要上山来剿灭我们了。"

"真有此事？"这消息让五虎也大吃一惊。

"他们还在观音山，加上归降的人马，府兵在那边已经有一千多人。"六虎说。

"观音山的人马到底是谁在统领？他们现在做些什么？"五虎问。

"谁在统领，还真不知道名字，只知道他们现在天天在操练。"六虎也没打听到程富、张士堞他们的名字。

"再告诉你一个消息，我们的盟友，牛头坑的牛高在桃源洞附近被杀，州府让牛头坑那些被俘虏的家眷出来招降，牛头坑的那帮人一下子就瓦解了，除了几十个反抗被杀之外，其余的全部投降府兵。身手好的被留在府兵营，差一些的或者愿意回家的，都给了银子打发走了。"

"牛高被杀？！"五虎感到非常惊讶。

"估计现在人头已经挂在歙州城门上了。"六虎说，"汪世华已经发出告示，投降者一律不追究以前罪行，抗击府兵者一律砍头挂上歙州城门示众。"

六虎说到这里，也不由得额头冒冷汗。

"我真想与汪世华面对面地决斗一番。"五虎说，"他这样的神出鬼没，让所有的绿林好汉都心里没底，担心他什么时候又从哪里冒了出来。"

"是啊，他的族弟汪天瑶带领的八九百兵卒也不知道在哪里，听说汪天瑶这个人武艺超群，也不是好惹的。"任贵补充一句。

"汪天瑶不是带兵来黟山吗？怎么好几天都没他一丝消息呢。"五虎说。

"我派人去打听了，现在消息是真假难辨。反正是汪世华这几次出兵，让好几个山头都开始人心惶惶。"六虎说到这里，忽然神秘兮兮地说，"听说汪世华这人很擅长派人潜入山头，他自己也放出话，说期限一到，若不下山投降，头领的人头就会被他派去的人带下山。"

"你说他真的在各山头都派了人？"任贵问。

"难说啊，反正沈雪老巢就是被汪世华派去的人烧了的。不可不防。"六虎很有把握地说。

"不见得，汪世华肯定在其他山头没有派人，他是故意放出这样的消息，制造紧张气氛。若你派人潜伏在他身边，你会这样对外告诉大家吗？"任贵反问五虎和六虎。

五虎摇了摇头，六虎也摇了摇头。

"这是汪世华故意放出来的烟雾，迷惑大家的。"任贵故意很肯定地下这个结论。

"你说得不无道理，但是汪世华还发出了一个新告示。这个告示太毒了。"

徽州魂

大唐越国公汪华传奇

上

六虎说。

"是什么？"五虎急忙问。

"告示说，若山寨内部有人能砍下头领的脑袋，赏银五百两，若抓住活的送下山，赏银一千两。"六虎说。

"啊，这不是在诱惑各山头的兄弟去对付自己的头领吗？这是想搞内讧削弱山头势力。"五虎急得都站了起来。

"这招真的很毒，各山头难免会有一些人见利忘义啊。"任贵也跟着呼和。

"我们这边以后怎么办？"六虎问五虎。

五虎没有吭声，向任贵那边使了下眼色。六虎明白五虎的意思。

"大贵兄弟，你这几天在大王身边，大王到底是什么意思？二虎和三虎都已经投降州府了，大虎难道就没有一些牵连？"六虎很关切地问道。其实他是想打听方进的情况，是另有目的。

"这真不好说，反正大虎将军回到山上后，行动就很诡秘了。"任贵故意说道。

"我看他脱不了干系，指不定他伤养好了，刀子就架到大王的脖子上了。"六虎故意把事情往严重的方向说。

"六虎，你带兄弟立即去把大虎看管起来，若反抗就直接杀了他。我们一定要保护好大王。"五虎趁机布置任务，"大虎与二虎三虎关系密切，现在二虎三虎都投降州府了，大虎能好到哪里去，很有可能就会拿着大王的脑袋去邀功。"

五虎说得合情合理，任贵也不说话，自顾喝酒。

"大贵兄弟，你说我这样做对吗？"五虎也总觉得任贵这个人不简单，何况现在又是虎卫军的小头目，以后很多地方还用得上他。

"防患于未然。五虎将军说得是非常有道理的，若我们等到事情发生了再行动，那么一切都晚了。"任贵说。

"大贵兄弟，你说得非常对，为了大王，我们也只有这样做的。"五虎像找到知己一样。

"关起来就行，若杀了的话，我们又没有掌握他与州府勾结的证据，会让兄弟们不服。"任贵嘴上这么说，其实打心眼儿里也不愿意杀掉大虎，他辛苦地救了大虎出来是另有它用的。

"没错，没错，不能杀，终究大家都是拜把子的兄弟。"六虎嘴上这么说，其实心里在想，先抓起来，控制了山头以后，想什么时候杀就什么时候杀，想怎样杀就怎样杀。

"小虎在山上吗？"任贵突然问准备出去的六虎。

六虎停下了脚步，看着任贵。是啊，忽略小虎了，这个人非常狡猾机灵，在方进面前说话管用，若他要是出面阻止行动，该怎么办？

"小虎还有脸待在山上？"五虎说。

"送出去那么多的财宝给牛高，结果一点儿忙都没帮上，反而让府兵营多了一两百兵。"任贵故意说小虎坏话。

"你们在这里喝酒，我与七虎八虎一起过去一下。"六虎说完就走了。

任贵猜着六虎另有深意，想让五虎和任贵装作不知道这回事。其实也是让五虎在这里拖住任贵，终究他们与任贵没到生死之交，怕他提前泄密。

小虎急匆匆地踏入大虎的寨子，脸上写满了焦急。他已经得知了牛高被杀的消息，这个意外的变故让他心中充满了不安。他来找大虎，是希望能共同商讨出一个对策。

"二虎和三虎已经投降了州府，"大虎沉闷地开口，同时抚摸着身上的伤口，"他们此刻正在观音山等待我们。"他回想起被汪世荣包围却又奇迹般被放过的经历，对州府的态度也变得复杂起来。

小虎担忧地看着大虎，"我现在最担心的是你的安全，还有大王的安危。"

大虎没有说话，他直直地盯着小虎，眉头紧锁，显然还没完全理解小虎的意图。

"五虎他们得知了二虎三虎的消息，肯定会在这件事情上大做文章，借大王的手来对付你。在解决你之后，他们下一个目标就是大王。"小虎的语气充满了紧迫感。

大虎一愣，他显然没有考虑到这一层，"那你呢？"他忍不住问道。

"我手下还有一批忠诚的兄弟，五虎他们暂时还不敢对我轻举妄动。"小虎解释道。

见大虎沉默不语，小虎突然紧紧抓住他的手，"大哥，我们下山吧。继续在这里耗下去，我们可能会被五虎他们害死，或者被府兵消灭。"他的眼中闪烁着恐惧和不安。

大虎看着小虎焦急的神情，深吸一口气，"别慌，五虎他们不会这么快就动手的。大王手下还有五百名虎卫军呢。"他试图安慰小虎，同时也是在安慰自己。

"你不要对虎卫军抱太大希望，"小虎悲观地说，"你不知道他们中有多少人和五虎关系密切。到了关键时刻，他们很有可能会把刀尖对准大王。"

"你说得太严重了，虎卫军不至于这样。"大虎虽然口头否认，但心中也不禁开始打鼓。他其实已经和方进在商议下山的事宜，只是他还不甘心就这样轻易放弃。

"大王正在秘密联络各山头，计划同时出击，主动寻找府兵作战。我们不能坐以待毙。"大虎试图展现出坚定的态度。然而话音刚落，外面突然传来一阵人马声。

紧接着，大虎的寨子被包围了。

只见六虎带着一群贼兵走了进来。他平时都会亲切地叫大虎"大哥"，但此刻他的脸上没有一丝笑容。

"大虎将军，"他冷冷地说，"请跟我一起去大王那里，好好交代一下吧。"

第十四章　新安之盟

聚义厅。

方进坐在大厅最上首，大虎和小虎跪在地上。

六虎、七虎和八虎带着一群贼兵把整个聚义厅都包围了。

"大王，二虎和三虎已经投降州府，大虎难逃干系。"六虎首先发难，他的口气已经不同于以往在方进面前那般恭敬。

方进眉头紧锁，他没想到五虎他们这么快就开始动手了。然而，他仍然保持着冷静，缓缓地说道："大虎将军是我们的擎天柱，我完全信任他。目前我们强敌当前，应该精诚团结，一致对外。"

"大王一向提倡赏罚分明，大虎带领六百兄弟下山，损兵折将，回来的才十几个人；小虎自认为赛诸葛，出那么个馊主意，我们送出去的金银不算，硬是把牛头坑给坑没了，以后还有哪个山头愿意与我们结盟？"六虎说得句句在理。

六虎的话句句在理，让方进一时语塞。他深吸了一口气，反问道："那你认为应该怎么办？"

"按老规矩办！"六虎毫不犹豫地回答，"四哥，你说呢？"他突然将目光投向坐在第四把交椅上的四虎，试图拉他下水。

四虎一愣，没想到六虎居然问他，这是很明显让四虎为难，也是让四虎确定立场的时候。四虎为人憨厚，从来不拉帮结派，方进吩咐的事情都踏踏实实地完成。五虎他们有时下山抢来女人给他，他也不要。

"大王说得不错，大敌当前，我们不能自斩大将。不过你说得也不错，不赏罚分明，就不能服众。"四虎两边都不得罪。

"哼。"六虎一听四虎的话，跟放屁一样，等于没说。

六虎又把眼光盯着九虎，九虎忙把自己的眼神瞟到另一边去，装作没看见。

能成为歙州人数最多的山头，方进最重要的是保持下面兄弟的实力均衡，相互制约，又相互竞争。方进是文弱书生手无缚鸡之力，完全没有武功，但他做事公平合理，多次在关键时候出奇计化险为夷，才赢得了大家的尊敬和信任坐上了山大王的位置。

方进没有说话，眼神死死地盯着六虎。

方进终究还是山大王，锐利的眼神让六虎都不敢去直视。

六虎只是想借这个机会试探方进而已，他还不想把事情做出格，就算自己真坚持用老规矩，方进火起来，会两败俱伤，这是六虎不愿意的。

"大王请不要误会，我只是从山寨的长治久安着想，若大虎将军真的对大王忠心耿耿，那么就先委屈一下他，让他先单独待在一个地方，等我们退敌以后就放了他。清者自清，这也是为他着想。"六虎见效果已经达到了，就给方进找个台阶下。

"老六，你不要假惺惺的，你心里怎么想的，我难道不知道？"大虎见事情既然到了这一步了，就不怕再与六虎闹一闹。

六虎一听，奇怪了，我给你们台阶下，你们还不愿意，他盯着大虎，口气一变："大哥，我看你前几天下山，脑袋糊涂了，你放心，兄弟我不会乱动你一根毫毛的。"

"老六，你就直说吧，想怎么样？现在山上就你们势力最大，没人敢反对你。"大虎不愿跟六虎走的，真到了六虎手里，自己是怎么死的都不知道，只有逼着大王向六虎施压，或者挑拨六虎等人与大王的矛盾。

"大哥，你错了，我的人马再多，也是大王的人，我们都听大王的。"六虎不简单，反应能力很快。

"老六，你别装了，大王掌管的虎卫军有多少人是你的兄弟？你们四兄弟的那点儿小把戏，你以为大王不知道？"大虎看着方进说，"别做梦了，老老实实听大王的安排，不要自以为是，小心自己是怎么死的还不知道呢。"

大虎说这些话，其实心里是有底气的，今天横竖都是死，那还不如赌一把。

"大王你听，大虎将军现在连这样的话都说了。"六虎没打算这么快把矛盾公开的，今天这样做只是想试探试探方进的反应，因为他们兄弟还没想到更好的办法。同时还要考虑好夺取方进的权力后，如何应对下面的府兵，他们是绝对不愿意投降州府的，做山大王要多自在有多自在，喝美酒睡美人，多爽啊！

方进是何等人物，从两人对话中，他就猜到大虎已经有安排，看六虎的态度，肯定是他们还没有准备好，既然如此，那就先出击，打他们一个措手不及。

"大虎说得太不像人话了，老六，都是自家人，我会按你的意思处置大虎和小虎的。"方进很赞赏地看着六虎说，六虎一听，就猜出方进不敢引起内乱。

方进还没等六虎回答，就接着说："你把这些人都退了，这是聚义厅，带这么多兄弟在这里，太不像话，还会引起兄弟们误会。"

方进说到这里，看了眼四虎："老四，你去把这些兄弟都解散了，都离这里远点儿，这里终究是我们头领们议事的地方，还是不要让下面的人听见为好。老六，你说对不对？"

方进的眼睛盯着老六。你能不让这些人撤走吗？不撤走就证明你有企图。

六虎这下为难了，他看了看七虎和八虎，若把手下全部撤走，万一方进使什么花招怎么办？不能撤，干脆一不做二不休，直接把事情办了。

"大王，您误会了，这些人是来保护您的安全的。大虎武艺高超，他又与二虎三虎关系密切，说实话，我就担心他对你不利。"六虎冷冷一笑。

方进一听，一拍桌子，站了起来："老六，你什么意思？本大王的话你敢反对？"

六虎突然哈哈大笑起来，一切变化太快，出乎了他的意料。

"大王，不是我反对，而是我根本就没必要听你的命令。"六虎向方进走上两步，把手放在刀柄上。

"你想干什么？"方进紧张地说。

"实话告诉你吧，你们把我逼急了的。本来我还不想这么快动手。"六虎再向方进走了两步。方进坐在台上的椅子上。

"老六，你想干什么？"四虎快速走到两人之间，挡住了六虎的路。六虎可以与大虎对着干，但是不能对大王动手，这是四虎的底线。

"老四，你走开！"六虎双眼睛闪着凶光。

"哈哈哈！"突然大厅外面传来大笑声。

任贵右手拿着剑，左手拎着一个黑袋子，袋子里还往外滴着血。

"大贵，你跑来干什么？"六虎见是任贵，感到惊讶，按计划此时他应该与五虎在一起喝酒呢。

"六虎，你说是刀杀人快，还是箭杀人快？"任贵没有回答六虎的问题，而是反问他。

"你什么意思？"六虎觉得事情不对劲儿。

"我的意思很简单，这个聚义厅都已经被我的弓箭手全部包围了。"任贵淡淡地说。

"放屁！"六虎的话刚说完，站在门口的两个贼兵就倒下了，是飞来的箭。

"你……你想怎么样？"六虎不由得心里打颤，螳螂捕蝉，黄雀在后。

"很简单，你们所有的人都放下武器，把自己捆绑起来，向州府投降，否则你们都将成为弓箭手的肉靶子。"任贵说得很轻巧。

"大贵，你在做梦吧，老子手里的刀绝不答应。"六虎说着就拔出大刀。

"你们五虎将军的武功太一般了。"任贵说着，就把黑布袋往地上一扔，滚出老五的人头。

"啊！"所有的人都惊讶了，五虎的武功还是很不错的，怎么就毫无动静地被杀了呢，大家都没有听到打斗声。

六虎七虎八虎一下子给懵住了。

"我要杀了你。"六虎最先扑了过来。

七虎八虎也没有一丝犹豫，拔刀杀向任贵。

四人很快就战成一团。

四虎乘机把大虎和小虎的绳子解开。大家都退到墙边，看着任贵力战三人。

"啊！"七虎倒在了地上，脖子上喷出鲜血。

"六虎，下一个就是你。"任贵指东杀西，一把大刀耍得虎虎生威。

八虎见任贵的大刀不断地砍向六虎，想从后面偷袭任贵。

没想到任贵一个转身，刀已经进了八虎的肚子。

六虎一看打不过，就拔腿往外跑去。刚到门口，五六支箭迎面向他飞去。速度太快了，六虎迅速躲闪，但还是有一支箭穿过了他的胸膛。

整个聚义厅的人都被这突如其来的变化惊呆了，任贵在三十个回合之内战败方进三名大将，方进、大虎、四虎、九虎和小虎才发现自己看错人了。

任贵看了看三个尸体，盯着方进。

"方进，你带领这些兄弟下山投降吧。"任贵的大刀上还滴着血，表情很冷漠。

"你是谁？"方进从突如其来的变化中缓过神来。

"任贵，在统兵大人麾下效力。"任贵用眼神扫了一下大厅，"你们没有别的选择，府兵已经上山并占据了所有险要位置。"

原来任贵在山上找到一条秘密小路，程富安排汪世荣带领一百名府兵先行上山，并占据了重要位置，随后程富率大军挺进黟山，并占领粮库。而聚义厅周围的贼兵已经全都被任贵收买，五虎他们的行动早就在任贵的意料之中。与五虎喝酒本来就是想借机杀掉五虎，因为五虎是他们四兄弟中间武功最高的，没想到五虎他们也想借此机会收买任贵，在两人喝得尽兴之时，任贵佯装喝醉呕吐，五虎来扶他时，一刀捅进了五虎的心窝，五虎连声音都没出，就断气了，死时还睁着大眼，这变化让他死都不瞑目。任贵割下五虎脑袋，就把五虎尸体抱到床上，用被子盖好。自己把外套脱了，走到大门外面跟贼兵说，五虎将军喝醉了，你们不要去打扰他，我回去换衣服去，吐得我全身都脏了。

"方进你本是官宦子孙，当年你叔父与统兵大人先父为官一方为百姓们做了不少好事，方老爷若在天有灵，看到你落草为寇，岂不寒心？统兵大人已经看了您的信，只要你真心归顺官府，前事一律不究，他在歙州府设宴等着你们。"任贵的话让方进惭愧。

方进率领黟山所有贼兵下山归降，让另外山头的贼寇倒吸了一口冷气，这可是歙州境内势力最大的山头，居然被汪世华不动刀戈地把他们给收拾了。汪世华的部队作战可以用出神入化来形容。离约定的一个月期限还有十天，而汪世华的另一支部队，汪天瑶率领的九百兵卒，居然还没有任何踪迹。这些山头的贼寇被压抑得喘不过气来，他们半夜常在梦中惊醒，总以为汪天瑶的部队从天而降了。总共八个山头，现在方进、沈雪、宋志、牛高四个都没了，就剩下四个，而这四个中间除了毛仁带领的山越族势力大些之外，其余的都不怎么样。

还有让这些山头大王们提心吊胆的是，天天在琢磨身边到底谁是汪世华派来的卧底？走在路上都害怕被汪世华的卧底从背后捅一刀。沈雪和方进的例子不得不让他们警惕起来，同时也让一些跟随在大王身边，而又不太会说话的人倒了霉，这些大王见谁不顺眼，就怀疑谁是卧底，杀！结果搞得山寨人心惶惶，有些贼兵偷偷地下山跑了，不干了。加上粮草缺乏，这些山头的大王越来越觉得熬不住了。

州府又出告示了。

在最后期限之日，汪世华将在新安江畔设宴等待各山头来归降，将与各山头订立新安之盟，不追究前事，愿为朝廷效命者，将保荐官爵，愿做平民者，将赏银两。并请歙州所有百姓为证，州府一律平等对待山越族父老，中原南迁世族与原居山越族永世友好共处。

全歙州百姓看了告示之后，都说汪世华仁义！歙州刺史王成见汪世华办事得体，能力超群，自己也乐得清静，自己虽为主将，但军务之事全都由汪世华全权处理。

新安之盟击退了各山头的最后防线。

不管这是鸿门宴还是真正的新安之盟，各山头的大王已经没有退路了，这其实也是最后的机会。尤其是朝廷近期捷报频频，汉王杨谅节节败退，若现在不归降州府，等朝廷打败杨谅以后，肯定会派大军围剿山头的。

投降还有出路，不投降迟早被消灭。

五天过去了，除了毛仁之外，另外三个山头的大王也派人下来请求投降，应允一定在约定之日烧毁山寨，接受府兵营收编，山头大王准时赴宴。

"程富，现在就毛仁没有消息吧？"大帐内，汪世华问程富。

"是的，他们是山越族，历年备受南迁世家大族的欺辱，以前州府也多次提出友好共处，但是两者只要有矛盾，州府还是倾向世家大族。几百年来都这样。"

程富说。

汪世华听到这里，没有说话，沉思了一下，又点了点头。程富看着他，知道他在思考问题。

"其他几个山头的事情安排得如何？"汪世华突然发问。

"大哥，其他三个山头的都已经请求归降，我已经安排董晏和董平兄弟负责接管工作；方进的人马，已经由任贵和世荣负责编整；郑虎负责操练兵马；张士塽已经带兵去了新安江。"程富一一汇报。

"不错。你安排一下，我们下午去会会毛仁。"汪世华淡淡地说。

"怎么个会法？打？"程富急忙问道，攻打毛仁的事从来没有提到话题上的。

"不是，就你我两人去见见他，今天下午我们出发，晚上再找个客栈过一夜，明天早上到他山里去。"汪世华说。

"那也太危险了，我们与他没有接触过，万一真动起刀枪来，他们人多势众啊。"程富听说就两人去见毛仁，有些太儿戏了。

"怎么？你不敢？"汪世华哈哈一笑，故意问程富。

"哪里，我一个人去都可以，但是要你也去，就不合适，你现在身份不同了，整个歙州府的安危都系在你一人身上，不能这样草率。"程富知道汪世华是故意激他，"大哥，你写封信，我带去就行。听说他们有些人世代寄居山林，跟野人一样，不讲道理的。"

"我们只有拿出诚意跟他们示好，他们肯定愿意下山的。杀了你我两人，对他们又有什么好处？府兵营这些人马难道就剿灭不了他们？"汪世华说，"毛仁肯定也在等我们呢。"

"既然大哥心意已决，那小弟陪你走一趟。"程富嘴上这么说，心里却在想，若真有什么危险，凭两人的武功逃命应该不会有事，只要处处留意就行。

汪世华和程富两人布衣打扮，骑着马朝毛仁的山头走去，路过一个集市的时候，就下马牵着走。

"大哥，前面有个茶楼，我们去喝杯茶休息一下，到下个小镇我们就找个客

徽州魂
大唐越国公汪华传奇
上

栈落脚。"程富指着前面集市上一个比较大的茶楼说道。

"好的，反正我们这次是走走看看，不用着急。"汪世华见集市的人不少，也想去瞧瞧热闹。

"两位爷，到小店喝杯茶吧。"还没说几句话，汪世华和程富就到了茶楼门口，热情的店小二忙迎上来。

"人还不少，有座位吗？"程富伸头往里一望，生意不错，人挺多的。

"有，有，楼上还有。"店小二生怕客人走了，忙向店门口两个下人使了个眼色，下人忙过来接过马绳。

"两位爷，楼上请，有靠窗的桌子。我会让下人给马添足草料的。"店小二很会做生意。汪世华就与程富到楼上选了靠窗的位子坐下。

楼上也有不少人，大家兴致勃勃，谈天说地。

"你知道吗？听说汪世华一箭就能射好几里地，宋志就是在山上观战，被一箭射下来的。"

"是啊，我也听山上下来的人说，汪世华只要宝剑拔出，立即乌云密布，等云一散开，贼兵就全部倒在地上了。"

"肯定有神仙助他，你想想，这些贼寇横行这么长时间，州府都没办法，他不到一个月就一个个给收拾了。"

"我看，他本来就是神仙下凡，不然不可能这么厉害。听说他带领的那些兵都会遁地，一下子全没了，一下子又从另外的地方出现了。这些贼寇只有挨打的份儿，有时候连汪世华是什么样子都没看清楚，就稀里糊涂地被杀了。"

汪世华和程富刚刚落座，就听到旁边桌子上几个人在议论，并且越说越夸张，越说越神乎其神。

汪世华和程富对视一笑，没有说话。

"幸好有他出现啊，不然我们哪能这么安安心心地在这里喝茶？"

"你说到了约定期限，要是还有山头不投降怎么办？"

"怎么办？肯定死。这么长时间烧杀抢掠，吓得我们什么地方都不敢去，现在州府开出这么好的条件，他们不投降，还想怎么样？"

"没错，对抗朝廷，抢劫平民百姓，我们支持汪世华剿灭他们。"

这时店小二把茶端了上来。

"小二哥，你这生意一直这么火爆吗？"汪世华笑着问店小二。

"回爷的话，我这店都歇业半年了，十天前才重新开张的。"店小二恭恭敬敬地回答。

"为什么？"汪世华问。

"这位爷，听你口音是本地人，是不是常年在外做买卖不了解情况？"店小二说，"我们歙州一带贼寇猖獗，常来这里收保护费，我们一天挣的钱还不够给他们的，山头又多，今天这个来，明天那个来。没办法，我们就只有关门谢客，躲在家里。前段时间我们州府来了个非常厉害的统兵大人，就是汪世华将军，那可不得了，他没几天工夫就剿灭了好几个山头的贼寇，吓得其他山头贼寇都躲在山里不敢出来了。"

店小二说到这里，用手指了指楼下街道上巡逻的府兵说："汪将军收编了贼兵以后，在人口密集地方都派了官兵保护，维护治安。现在太平，我们要养家糊口，于是就又让这店开张了。"

汪世华听到这里，点了点头，安排兵卒守护各镇，是他剿灭沈雪后施行的一项维护百姓的方法，其实也起到在各地方查看贼寇动静的作用。

"府兵也来喝茶吗？"汪世华问。

"常来，每次都给钱，我们不收，他们还不愿意，说不给钱就是违反军纪，真是不一样了啊，以前府兵来这里吃喝是一分钱都不给的呢。吃好喝好后，还得带些东西走。汪将军真是我们歙州百姓的救星，现在走到哪里，大家都在夸赞。"店小二见汪世华和程富两人面善，也就多说了几句。

"小二哥，你们把汪将军说得那么厉害，你们见过他吗？"程富故意问道。

"这位爷，实话跟你说我还真没这福分见过汪将军。不过，听人说，汪将军天庭饱满地阁方圆，是个了不得的盖世英雄；一双大眼睛非常有神，老百姓一见心里就特踏实，贼寇一见就吓得尿裤子。"店小二的眼神中流露出崇拜和敬佩。

"小二哥说得没错。"旁边桌上有人插嘴，"听我家在州府当差的兄弟说，汪将军英俊潇洒，气宇非凡。现在很多人都想一睹汪将军虎威，再过五天就是新安之盟，大伙儿都想到新安江边去瞧瞧神勇无敌的汪将军呢。"

汪世华见话题又扯到他身上了，就把店小二打发走，看着楼下人来人往。他在思考着歙州的未来。

"大王，山下来了两个人，其中一个说是汪世华，要见您。"

毛仁握着一对短把青铜开山斧，正耍得虎虎生威，一个贼兵匆匆忙忙地从山下跑来报告。

毛仁五十来岁，熊腰虎背，威猛不亚壮年，膝下有一子，毛凤，今年二十岁，武艺高超。

"汪世华？两个人？"毛仁一愣，这太出乎意料了。

"是的，就两个人，其中一个高个子的，说自己是汪世华。要来见你，共商要事。"兵卒说。

"周围都查看了吗？有没有埋伏府兵？"毛仁问。

"没有，我们就见他们两个骑马过来了，就两人。"兵卒说。

"毛凤，把画像拿来。"毛仁大喝一声。毛凤忙从屋子里取出画像来。

"你仔细瞧瞧，是这个人吗？"毛仁指着画像问兵卒。

"大王，就是他！"兵卒一见画像的人正是山下自称汪世华的人。

"父亲，怎么办？"毛凤见毛仁没有说话，有些焦急。

"传令下去，打开山寨大门，迎接汪将军！"毛仁果断地说。

其实此时的毛仁已经看出了汪世华的诚意，果然是盖世英雄。前几天看了告示，心里一直在纠结，落草为寇只是权宜之计，现在各山头已经归降，而汪世华仁义，对归降的贼兵都以礼相待。若自己再不归顺朝廷，就会成为众矢之的。但是他一直在争取山越族百姓的地位，这么多年来，屡受外来的世家大族的欺辱，若汪世华真有心化解两方的多年矛盾，那也功德无量。

"得令！"

山寨大门打开，兵卒从山下到山上左右列队排开，刀剑在手。

"大哥，毛仁没有下来迎接。"程富说，"我们上去吗？"

"他在看我们的诚意。"汪世华说。

"我们就两个人跑到这里来了，还不够诚意？"程富担心汪世华有闪失。

"前面几战，我们虚虚实实，实实虚虚，假若他下山，从旁边飞出一支冷箭把他放倒了怎么办？他们对我们的招数都没摸出头绪。"汪世华说。

"那也是，他担心大哥你万一不守信，后悔就来不及了。"程富说。

汪世华冷冷一笑："这老头，还不了解我啊。我汪世华一诺千金，宁愿天下人负我，我决不负天下人。"

汪世华看了一眼程富："走！"

两人骑着马，缓缓向山上走去。随着他们的接近，山顶上的景象也逐渐清晰起来。只见毛仁站在山顶，远远地望着他们。当汪世华和程富快到山顶时，毛仁终于迎了上来。

"汪将军，真是失礼了！"毛仁的声音洪亮而有力，他快步走到汪世华面前，深深地鞠了一躬。

汪世华从马上跳下来，稳稳地走向毛仁，"老英雄，是我汪世华来打扰了。"

"汪将军太客气了。"毛仁直起身子，脸上露出深邃的笑容，"老夫准时参加新安之盟。"

毛仁说到这里，指了指旁边的毛凤说，"此乃犬子，以后还得仰仗将军提携！"

毛凤身材魁梧，面容英俊，颇有几分毛仁当年的风采。他向汪世华和程富行礼，表示敬意。

汪世华看着毛凤，眼中闪过一丝赞赏的光芒，说道："老英雄客气了，歙州各族的融合共存离不开老英雄的鼎力相助。"

新安江畔。

风和日丽。

汪世华骑在千里追风白云驹上，腰挎七星鎏虹剑，在程富、任贵、郑虎和张士坝的陪同下，向蜂拥而来的百姓一一致意。刺史王成坐在轿子中，也不时地伸出脑袋向百姓招手。

在一个小山丘上，主座上设有两个桌子。

东边一排三个桌子，西边一排三个桌子。

王成缓步走下轿子，踏上那座山丘，面对着人头攒动的人群，他深吸一口气，然后大声地、饱含深情地说道："父老乡亲们，今天是我们歙州迎来太平安定的日子，统兵大人带领府兵全体将士浴血奋战，为我们的安居乐业创造了喜人的成绩，我们要珍惜这来之不易的美好生活，从今天开始，我们要官民一心，共扶歙州太平！"

"共扶歙州太平！"百姓群呼！

随后，王成走在前面，汪世华紧随其后，向主座上走去，王成坐在上首，汪世华坐在右侧。程富、任贵和郑虎、张士坝分别立于王成和汪世华两侧。

方进也跟随而来，走到东边一个桌子前坐下。

另外五个桌子是给另外山头准备的。

还有一炷香的时间，就到午时，就是与各山头约定的时间。

"报！"

汪世华刚落座，就有探子从远处跑来。

"讲！"汪世华觉得探子的脸色不对。

"歙岭的贼寇又重新挂起了旗子，说要与州府对抗到底，誓死不降。"

探子的声音很大，周围百姓都听见了。

大家都看着汪世华，这是一个坏消息，战争还会延续吗？

汪世华一听歙岭的樊化居然临阵变卦，非常气愤，这是一个非常不好的现象，另外三个山头是什么反应？

"任贵！"

"在！"

"点火！"

任贵走到山丘一角，点燃了狼粪，一股浓烟迅速腾起，如同一道信号，笔直地向天空升腾而去。

王成向汪世华点了点头，他很赞许汪世华这种果断。为了歙州太平，非常时期就得用非常手段。

"报！"

"凤凰岭黎俊前来赴宴！"

黎俊单枪匹马跑来，在山丘前下马，步行走上山丘。

王成和汪世华相视一笑。

黎俊走到王成和汪世华桌前，十步远的地方，施礼："草民黎俊拜见刺史大人、统兵大人。"

汪世华缓缓站起，声音洪亮地说道："黎英雄，你一路辛苦了，快请坐。"

随着他的话音落下，王成也礼貌地抬起右手，示意黎俊落座。黎俊点点头，便在方进的旁边坐了下来。

"黎英雄，山上的兄弟都安顿好了？"汪世华问。

"回统兵大人，已由董校尉在负责。"黎俊忙站起来回答。

是董晏负责改编凤凰岭的人马。

"报！"

"老鼠岭的李龙李虎兄弟前来赴宴。"

李龙李虎是一对双胞胎，本来就是老鼠岭山下的村民，后来见州府横征暴敛，也就带领乡亲们上山为寇了。

李龙李虎也走到王成和汪世华面前施礼，分别在西边桌子上坐了下来。

还有毛仁没来。时辰马上就到了。

大家都没有说话，都等着消息。狼烟仍冉冉升起。

在宴会的正中间，有一根香，已经燃到了最后一丝。

毛仁会不会也像樊化临时变卦？原著山越族与外来世家大族的问题今天就不能解决？历年的争斗难道还要继续？

王成的袖子里装着一份名单，那是授予山越族一些人士的官职和奖赏。这是汪世华与王成多次商议出来的结果。

"报！"

"山越人毛仁父子前来赴宴！"

香的最后一丝燃尽，留下一缕青烟。

汪世华笑了，王成也笑了。

山丘下所有的百姓都欢呼了。

"山越人毛仁、毛凤拜见刺史大人、统兵大人。"毛仁和毛凤走到王成和汪世华桌前十步远的地方施礼。

"老英雄，请坐！"汪世华忙还礼。

毛仁在东边末位坐下，毛凤站在毛仁身后。

现在就剩下樊化的位置是空的了。

汪世华见大家都把眼睛看着为樊化留下的位子，就淡淡地说："各位英雄，樊化临阵失约，并打出与州府血战到底的旗帜，我已派汪天瑶去剿灭，随后人头就会送到。我们就不用等他了。"

大家一听面面相觑。

见此情景，王成忙举起酒盅："诸位英雄，今天能准时赴宴，共订新安之盟，共扶歙州太平，我心甚慰！让我们为歙州太平昌盛，干！"

"干！"

百姓们齐声喝彩。

酒宴刚进行一个时辰，汪天瑶飞马来到山丘下，快步跑上山丘。

"报刺史大人、统兵大人，樊化人头带到！"

汪天瑶身着铠甲，半跪在地上，双手举起一个木盒子，樊化的人头清晰易见。

"好！歙州太平！"王成站起来朝众人挥臂，这是他最高兴的一天。

"歙州太平！"汪世华和众将士，及百姓们齐声高呼。

第十五章　花山宝窟

汪世华收服了歙州各山头贼寇，这一年正是大业元年，公元 605 年。

这一年大隋皇权争夺战即将画上句号。在持续一年多的战争中，因汉王杨谅不听部将良谋，多次错过制胜先机。

在歙州迎来太平之时，大隋皇帝杨广派遣智勇双全的杨素，率领五千精锐骑兵，如猛虎下山般直扑杨谅部将王聃与纥单贵重兵防守的蒲州。杨素，这位沙场老将，以其过人的智谋和胆识，瞬间便攻破了蒲州的防线。

紧接着，杨素马不停蹄，率领四万步骑混合大军，浩浩荡荡地杀向太原。杨谅闻讯大惊，急忙派遣大将赵子开前往高壁进行防守，然而这一切在杨素面前都显得如此徒劳。赵子开终不敌杨素，兵败如山倒。

消息传回，杨谅心中惶恐不安。他亲自率领大军，在蒿泽布下战阵，意图与杨素决一死战。然而，天公不作美，一场大雨倾盆而下，仿佛连老天都在助杨素一臂之力。面对如此不利的局面，杨谅的信心开始动摇，他打算率军撤退。

然而，有部将看穿了战局的关键，力劝杨谅："杨素孤军深入，正是疲惫之师，大王若以精锐之师出击，定能取得胜利。此时退却，只会让军心涣散，助长敌军气焰。"可惜，杨谅并未听从这金玉良言，执意退守清源。

杨素岂会放过这样的机会？他趁杨谅撤退之际，发动猛攻。一战过后，杨谅大军死伤惨重，伤者无数。杨谅被迫退守并州，然而杨素的大军已如狼似虎地四面包围而来。

在人心惶惶、粮草告急的情况下，杨谅已无路可退。他无奈地向杨素投降，最终被削去爵位，沦为庶民，继而被囚禁。不久之后，他便在囚室中黯然离世。

而另一位名将周罗睺，在围攻杨谅余党的战斗中，不幸中箭身亡。他的离世，仿佛预示着一个时代的结束。

历史的车轮滚滚向前，新天子杨广已稳坐龙椅。在他的统治下，大隋的子民将走向何方？

稳坐皇位的杨广，深感江南之地的淳朴民风与人心之善，对吴越的宁静太平满怀感慨。他特御笔宣敕江南第一寺婺州双林寺表示"瞻望载怀"，以表达他深深的怀念与敬意。他又亲笔作书，向该寺的住持致以诚挚的慰问，期望他的德化能够惠及天下，昭示环宇。而此时的南山高僧罗玄，已飘然远去，云游四方。

"汪将军，经过改编，我们现在的府兵营拥有五千精锐士兵。但按照朝廷分配给我们的粮饷，这根本不够用。"在州府衙门的后花园中，刺史王成与汪世华正在讨论军务。

汪世华沉思后回应："王大人，这个问题我也考虑了很长时间。虽然如今天下太平，但这五千士兵都是我们精心选拔的，他们的战斗力都非常强。若让他们解甲归田，万一社会出现动荡，他们可能会再次被卷入纷争。"

王成抬头望向天边的云彩，深有感触地说："你说得对。我们歙州人口众多，但土地相对稀少。过去朝廷免除了我们八年的赋税，大家生活都还算过得去。但现在赋税恢复了，民众的负担自然会增加。而且，我今天又接到了朝廷的圣旨，因为要营建东都洛阳、开通济渠和疏浚邗沟，所以今年的赋税要增加一倍。"

"增加一倍？！"汪世华吃了一惊，这皇帝是怎么想的，刚坐稳天下，就要大兴土木。

"皇上为了更好地治理江南，还将修建大运河，南粮北运，现在正派人勘察地形地貌。"王成说，"这是朝廷的大事，大运河修好后，南北交通便利，不管是运兵运粮，还是经商，都是一件好事。"

"大人说得对，但是战争刚结束就营建东都和修建运河，是不是速度太快了，应该休养生息两三年才对。"汪世华说。

"朝廷之事，不是你我可商议的。"王成笑了笑，自从认识汪世华以来，他越来越喜欢这个小伙子了，觉得这年轻人除了军事才能卓越，在政治上还有自己独特的见解，"所以我就在想，我们应该怎样减轻歙州父老乡亲的赋税，不能因为朝廷的各项措施而影响他们的生活。"

"大人爱民如子，世华有一想法，不知可行否？"汪世华一听王成跟他商议的是如何做到既完成朝廷的赋税要求，又不影响百姓们的生活，就忙把这几天思考的想法提出来。

"你说说看。"

"当年曹操屯兵垦田，让兵卒平时垦田，战时杀敌，我觉得可以借鉴。更何况先帝也曾提出过鼓励屯兵垦田，我们正好可以实施。"汪世华说。

"让府兵营自给自足？"王成反问。

"是的，我们歙州虽然山多地少，但是我们可以开荒种地，在歙州境内各地划出一定的荒地出来，让府兵营去耕种，这些府兵大部分都是来自农村，种地对他们来说都是小事。每年的收成多余的都存入粮仓，救济需要的百姓。"

"你这想法不错。"

"歙州要想永久太平，离不开府兵营来守卫，把整个府兵营人马分散在各地垦田，既可维护地方治安，又可让这些兵卒有事可做。"

"是的，只有拥有强大的武力，才能保卫百姓的安居乐业。"王成说。

"大人既然觉得这方法可行，我明日就立即安排。"汪世华见王成认可他的想法，就接着说，"我还有几个想法，请大人决断？"

"你说。"

"第一，方进饱读私塾，知礼节，懂大义，我想让他来肩负起传播仁义之责。我建议在歙州境内的关键地点设立学堂，邀请各姓族长共同参与，携手传授礼仪之道。通过这种方式，我们可以让歙州的每一位百姓都深刻理解忠君报国、尊老爱幼以及和睦乡邻的重要性。这将有助于民间社会的进一步安定与和谐。"

"好办法！"王成不由得仔细看了看汪世华，"当前，民间确实有一些人道德观念淡薄，行为不端，自私自利。这主要是因为歙州是一个多元文化交融、外迁族众多的地方，人们来自不同地区，素质参差不齐。在这种情况下，有些人容易受不良影响，而忽略了仁义礼智信。因此，我们需要运用圣人的教诲来引导他们，重塑道德观念。你的提议非常中肯，我全力支持。只有通过这样的教化，我们歙州才能孕育出更多杰出的人才。"

"第二，把府兵营分散在各地垦田后，就可以组织各村民十五岁以上，四十岁以下男子，每月在约定时间，在指定的地方进行操练，这样一可以强身健体，二是让这些人也都能成为战时的后备力量。"

王成听到这里没有说话，思索了一下："把他们训练出来，万一他们造反怎么办？"

汪世华猜着王成会问这个问题："现在歙州境内有些男子是曾经在各山头落草为寇的人，他们已经改邪归正。此外，各地有府兵驻扎，起到了维护治安的作用，确保他们不再惹是生非。更为关键的是，每月定期训练，也是考察了解一个人的最佳时期，谁有什么困难，有什么想法，我们能及时发现，从而尽早解决问题，有效防止矛盾的积累和爆发。"

"你这想法不错。"王成听汪世华这样一说，就觉得非常有道理，"只有深入最底层，才能知道他们真正的需求。汪将军不愧是名门之后！"

汪世华听后忙谦虚地说："承蒙大人夸奖。"

"世华。"王成见身边没有外人，就亲切地叫汪世华的名字，"你姐夫现在做什么？"

"回大人，我姐夫上次送来马匹、粮草和兵器之后，就一直在家，听世荣说，天天在钓鱼，我正准备过几天去看望他。"汪世华回答。

"好雅兴啊。"王成说，"鲍公对我们歙州平叛贼寇居功至伟，州府应该好好奖赏他。"

"谢大人。"汪世华代鲍安国谢王成的称赞。

"我有一个想法，先跟你商议下。"王成说。

"大人吩咐就是。"汪世华说。

"鲍公在外经商多年，见多识广，能否请他出山主持歙州商贸活动呢？"王成的一句话，让汪世华都有些意外，商贸一直被看成是下等人做的事情，虽然大家买卖皮毛珠宝等离不开商人，但是商人在大家眼中终究是个不务正业的行当。歙州因为历史和地理原因有不少人出外经商，但是由刺史亲自提出让一个商人来负责商贸活动，这是绝无仅有的。

王成见汪世华没有说话，知道他在犹豫什么，就接着说："我们不能轻视商贸活动，当年的吕不韦、范蠡可都是流芳百世的商贾，他们为国家和地域发展做出了很大的贡献。我们歙州山多，有不少特产，比如茶叶、木材、山货，就应该送到江都、杭州等地去换取银两，再买回大米、丝绸，这样大家才能吃饱穿暖。"

"大人高瞻远瞩，令卑职汗颜。"汪世华说，"我过几天就去跟我姐夫说这事情。"

"好。一定要他出山帮忙。"王成说，"你把军务之事安顿好以后，多来衙门，协助我处理州事。"

"处理州事？"汪世华纳闷了。

"汪将军的远祖是元圣周公姬旦，而将军您自幼便以周公为楷模。从这段时间的共事以及您刚才所提的几项建议中，我深信您有能力协助我妥善处理州内事务。"王成注视着汪世华说道，"汪将军气质非凡，未来的成就必定会超越我！"

"感谢大人的信任与提拔！"汪世华迅速拱手表示感激。

"以后就要多倚仗汪将军了，这样我就可以腾出时间练习书法、品茶、钓鱼了。"王成露出微笑，他坚信自己的眼光是准确的。

自那以后，汪世华不仅掌管歙州的兵营，还开始参与管理州内事务。除了重大决策需与王成商议外，其他一般事务均由汪世华自行决断。

汪世华把府兵营五千人马，分成六营，董晏和董平领董字营八百人马；毛仁和毛凤领仁字营一千人马；任贵和郑虎领贵字营八百人马；程富和张士埙领富字营八百人马；汪天瑶领天字营八百人马；汪世华和汪世荣领华字营八百人马。六营人马分配完后，立即遵循汪世华的安排开往指定地点负责垦田。

因歙州此时管辖黟县、歙县、休宁三县，故华字营和董字营在黟县，仁字营和天字营在歙县，富字营与贵字营在休宁。

原来山头的李龙李虎兄弟和黎俊愿意解甲归田，则都由州府奖赏田地银两让他们回家。汪世荣因年龄尚小，汪世华就让其留在身边，可以抽时间教其武艺。

安排妥当后，汪世华带三弟世荣到郑村看完舅父舅母，此时的郑大，已是歙西名人，走到村里，都感觉高人一截。

郑大见汪世华和世荣回来看望他，非常高兴，邹氏忙着杀鸡宰鹅。世英这几年也变了，身材高大，武艺高强，虽然常跟郑大下地干活，但是他总是在农闲之余看书习武，擅长计算。

汪世华说："二弟，现在歙州百废待兴，我想请你做我们的粮草官，协助姐夫主持州府商贸活动，你觉得如何？"

"大哥，我只在家种种地而已，能胜任粮草官吗？"世英想了想，有些犹豫。

"二弟，你武艺高强，为人踏实，做事稳重，只有你掌管粮草，我才真正放心。"汪世华说，"自古以来粮草是兵家之本，历史上无数次战争都是因为粮草匮乏而由胜转败的。"

汪世华拉着世英的手说："姐夫经商多年，经验老到，你跟着他定能学到很多本事。以姐夫的老道加上你的稳重，我就可以高枕无忧了。"

"大哥既然这样说，那我就答应吧。我辈本乃贵胄世家，屈居田野是迫不得已，现在既然有此良机，一定会不负众望，与兄长一起重振家业！"汪世英说。

"没错。世荣聪明伶俐，年龄尚小，我先带他一两年，让他多学些东西，若战火再起，可以由他负责押送粮食，敌人肯定找不到他的踪迹；你和姐夫负责筹备粮草，同时你负责镇守大本营，而我领兵外出作战。"汪世华把自己的想法说了出来。

汪世华的这个想法后来果然实现，以鲍安国的老道、汪世英的稳重、汪世荣的诡计多端，建立了一支非常安全的后勤保障系统。

第二天，汪世华携带世英、世荣告别舅父舅母，踏上前往歙州的大道。

当兄弟三人有说有笑地走到练江边时，汪世华说："两位弟弟，我这几年在外，一直没有到父母坟前叩头了。你们陪我去一趟吧。"

世荣说：“大哥说的对，你平叛贼寇，已是歙州英雄，今日去拜祭父母，以慰父母在天之灵。”

于是，三兄弟骑马到路边店铺买了纸钱、香烛、瓜果等，前往云岚山。

三兄弟在父母坟前摆上贡品，点燃香烛和纸钱，恭恭敬敬地跪在坟前叩了三个响头。

“爹，娘，孩儿带两个弟弟来看你们了。”

汪世华跪在地上，泪如雨下，当年被官府抄家，父亲被县衙抓走拷打，母亲被衙役一脚踢到心窝，三兄弟与母亲被赶出登源里汪村，历历在目。

祭拜完父母后，汪世华三人走下了云岚山。

“世英、世荣，你还记得前面那个小房子吗？”汪世华指着云岚山对面山下的一座小土屋。

“大哥，我们当然记得。”两人同时回答。

“我们去看看那屋里的老人家吧。当年我们与娘一起经过这里的时候，是他给我们一碗粥喝。”汪世华说，“滴水之恩，当涌泉相报。”

“我至今还记得，那碗粥你们不喝，都留给我喝。我们应该去感谢老人家。”世荣说。

三人骑马很快就到了土屋前面，远远就见到当年那个老人正举着拐杖在屋前喂鸡，汪世华下马跟他打招呼：“老人家，您好！”

老人可能听力不行了，他用手窝在耳朵边，把头侧过来。

三人把马拴在屋前的树下，走到老人身边。

汪世华靠近老人的耳朵说：“老人家，身体可好？我们三兄弟来看您啦。”

老人家听明白了，他笑着端详面前三个年轻人，努力去记忆中搜寻。

十三四年了，三兄弟已经从小孩长成了小伙子，老人家肯定想不起来。

汪世华用手指了指云岚山，说：“家父就是当年的海宁令汪公，我们当年跟母亲从这边经过，您老人家给了我们粥喝。”

老人家终于想起来了，他紧紧抓住汪世华的手，仔细地看着。

“好啊。好啊。感谢你们来看我。我很好。”老人家有些激动，“你是排行老大吧？"

"没错，我是老大。"汪世华说。

"了不得啊，你是我们歙州的大英雄了。汪老爷在天之灵都会感到高兴的。"原来老人家也知道汪世华平叛贼寇的事情。

三人问了老人家一些情况，给老人家留了一些银两，就告辞回歙州城了。

这天汪世华正在带领府兵开荒种菜，汪天瑶急匆匆地骑马跑来。

"什么事？"汪世华见汪天瑶独自跑来，知道肯定有什么重要事情，忙站到一边问。

"大哥，我藏兵的那洞有秘密。"汪天瑶神秘地说。

"什么秘密？"汪世华觉得这肯定是大秘密。

"你知道我在旁边洞里发现了什么吗？"汪天瑶故意低声问。

"发现了什么？"

"整个洞的金银珠宝！"汪天瑶的眼睛瞪得比灯笼还大。

"整个洞？"汪世华也惊讶了，这还了得，一个洞都能藏数千人，整个洞中放满金银珠宝，那将是什么概念？

"你清点了吗？"汪世华忙问。

"哪里清点得完，我知道这消息后，就跑来见您。"汪天瑶说。

"有多少人知道这消息？"

"除我之外，就十来个亲信兵卒知道，他们也都吓得不敢说话，我跟他们说了，千万不能把这消息告诉外人，否则就会有人来抢，拿着这么多的宝藏不是好事。"汪天瑶说。

"别急。这么多的宝藏还真不一定是件好事。"汪世华沉思了一下，"我去换身衣服，把世荣也叫上，一起过去看看。"

汪天瑶说的山洞，就是位于篁墩至歙县雄村之间新安江两岸的花山一带。汪天瑶前段时间带领九百名兵卒就是隐蔽在这里。当时兵卒在一起闲聊时，汪天瑶无意中得知这里有个大山洞，就偷偷跑来勘察，到了这里才发现，山洞极大，足能放下三四千兵卒，是人工开凿而成。洞口小，非常隐蔽，而洞内非常广阔。不走进，都还以为这是一个普通的山洞而已，进去后才发现，洞内结构犹如宫殿，有石门石窗，洞内还有河水穿过，是藏兵的好地方。于是在行军黟山平叛方进时，故意绕道让部队深夜进入了山洞。九百名兵卒在山洞里面吃睡休息了好几天，而吓得外面各山头的贼兵生怕他们从天而降。后来在新安之盟，剿灭歙岭樊化那股贼寇的就是这支军队。

当时汪天瑶在洞里与大家划拳喝酒、操练，想到的就是何时接到命令出击，而根本就没有考虑这山洞的由来。

这次汪世华把他的天字营分到歙县，他又不爱种地，就每天带领十来个兵卒，骑着马到处打猎。那天又走到山洞这边，他兴致一来，又走进去看看。

汪天瑶有其父遗风，也喜欢思考。他看着凿得如此宏伟的石洞，就在想，谁花这么大的精力来凿这么大的山洞，这山洞拿来做什么？边看边思考的时候，他突然发现这个石洞还连着另一个洞，只是两个石洞之间的门，给人感觉就是自然形成的，并且旁边还有机关，他轻轻一扣，石门缓缓打开。接着就发现了不可思议的一幕，整个洞的金银珠宝。

汪世华、汪天瑶和汪世荣快马加鞭跑到歙县时已是深夜。

汪世华说："今晚休息吧，明天仍然带那十来个兄弟去看看就行，不要惊动任何人。"

于是汪世华和汪世荣就在汪天瑶的营里留宿。第二天，天刚亮，汪世华一行就前往花山。

当汪世华看到堆在眼前的金银珠宝时，尽管早就有心里准备，但还是大吃一惊。

"比我想象中还要多。"汪世华对身边的汪天瑶说。

"周围地方都察看了吗？"汪世荣问。

"哪里有时间去察看？！我看到这么多宝藏后，就立即跑去禀告您了。"汪天瑶说到这里，对身边的兵卒说，"你们去其他地方看看，瞧仔细些，小的洞口也不要放过。"

"谁有这么大的能耐开凿这么大的山洞，藏这么多的宝藏？"汪世荣边看宝藏，边嘀咕。

"拿几个金银器仔细瞧瞧，应该能找到线索。"汪世华说。

"管他什么人凿的山洞藏的宝藏，现在最重要的是这些宝藏如何处理？"汪天瑶问，"上报朝廷？告诉刺史大人？"

汪世华没有说话，而是捡起一个金碗拿在手里反复看了几眼。

"有点儿像是孙皓留下来的。"汪世华说。

"孙皓？吴主孙皓？"汪天瑶和汪世荣异口同声。

"就是他。你看这碗，这里写着宝鼎年制。这正是孙皓在吴为帝时的年号。从历史上看，也只有他这样的人才想起这样的怪招在这里挖山洞。"汪世华指着金碗底部上的文字说。

"我知道了，魏灭蜀后，司马炎称帝，建立晋朝，并开始对南用兵，孙皓肯定是担心自己成为第二个刘禅，就派人到离都城建业不远的歙县开创另一个天下。"汪世荣说。

"有道理。"汪天瑶说，"如此巨大的工程，为何大家都不知晓？也很少听人说起。"

汪世华说："孙皓向来喜欢大兴土木，到处开采石头，即使有人在这里大动干戈开凿山洞，大家也习以为常，见怪不怪。不过这些也仅是我们猜测，不能真的确定是他。这个山洞也可能早就开凿了，只是后来被孙皓发现了，便用来藏宝。这周围肯定还有其他山洞，不可能就这一处。"

"这些金银珠宝如何处理？"汪天瑶只关心这个问题。

"你认为呢？"汪世华反问他。

"你是统兵大人，这事得由你决定啊。"汪天瑶说，"不过，咱们兄弟之间说实话，这些宝藏就是交给朝廷，也会被朝廷拿去兴建土木，给糟蹋了。"

汪世华看着汪天瑶，一拳打在他肩膀上："你小子还挺有心眼儿的。"

"自从文帝以来，国库里面已经是存了不少钱财，天下粮仓都装得满满的。

虽然这几年战争不断，但是从皇帝营建东都、修建大运河就可以看出来，朝廷还真不缺钱。"汪世荣也补充说。

"别急，等等看周围还有没有新发现，再做具体决断。"汪世华说。

这时，一个兵卒跑了过来。

"禀报将军，在一里之外发现了一个洞，比这里还要大，里面有更多的金银珠宝。"兵卒报告。

"我们去看看。"汪世华说完就往外走，汪天瑶和汪世荣也忙跟着去看。

当汪世华一行跨进这个山洞，一下子被整个山洞的宏伟气势震撼了。这处山洞，口小洞大，经过二十多米长的引洞，眼前是一座惊人的庞大地下宫殿，面积大约在四五千平方米。二十六根四个人手拉手才能抱住的异形石柱顶天立地，一派豪气、霸气、帝王之气。环绕大殿有三十六间石房，最小者其面积也有两平方米；石房墙壁厚薄不一。这些石房仅临殿堂一侧有门洞，门洞仅容一人进出。殿堂边有深潭，水清澈见底。就是这三十六间石房里面放满了金银珠宝。

"天瑶，你去天字营抽调一部分人马过来，在山下设立关卡，从现在起，禁止所有的人进入花山。"汪世华看着汪天瑶，"这个花山下面可能还有很多洞。"

"还有？"汪世荣说。

"孙皓既然想躲到这里，就一定想到把他的后宫妃子、宠臣全部迁到这里来。这个大殿若是为他自己准备的，那么周围也会留有山洞给他的宠臣们。"汪世华绕着大殿走了半圈，接着说，"当年吴国占据江南，农业、商贸都非常兴盛，在三国中是最富裕的国家，自孙权开始，吴国皇帝就一直喜欢收藏金银珠宝，孙皓尤为突出。但是晋军攻下建业，俘虏孙皓后，并没有找到传说中的大量金银珠宝。后来大家猜测是孙皓大兴土木和大量奖赏宠臣，把几十年从天下收集的财宝都花了，也有人说被孙皓身边的太监用船全运到大海里去了。这两个山洞里的宝藏加起来，富可敌国，足可建立一个王朝。若让太多的人知道，可能就是灾难！"

"大哥说得没错。这是孙皓当年搜刮的民脂民膏，我们要想办法守住这些宝藏，适当时候再还给百姓。"汪世荣说。

"先守住这个秘密再说，我们从长计议。先别让人靠近花山，这三个山洞就派人把守，不让任何人进入，再选一些弟兄到其他地方寻找，但是人也不能太多，要那种能守得住秘密的人。"

"好的，我立即安排人手把这里翻个底朝天，看看到底有多少山洞和宝藏。"天瑶说完就准备离开，世华叫住了他，"别急，我们一起走，世荣你去通知程富他们到天字营来，知道的人越少越好。"

五十八个巨型石洞，其中三十六个洞属于基本完工，包括之前发现的三个山洞。

除了在另外山洞发现少量金银珠宝之外，还发现很多锅碗瓢盆，及大量粮食。更为奇怪的是，发现有个别山洞开凿的印迹久远，洞中居然还遗留有春秋时期的兵器。

"大哥，看来这个花山就是一个谜，从这些山洞来看，不仅是孙皓昏君在这里凿洞，春秋时期就有人想到花山里面凿洞了。"程富拿着战国的一把青铜剑在手里掂量掂量。

"看来花山真是个好地方啊，这么多位古人都想到这里过逍遥日子。"汪世华笑着说道，"姐夫，你见得世面多，你觉得这会不会是当年越王勾践秘密练兵之处？"

"世华说得很有道理，我也是这样想的。"鲍安国站在洞里翻看了一些兵器，"当年勾践兵败后给吴王夫差当了三年马夫，受尽羞辱，回国后，他卧薪尝胆，提出'十年生聚，十年教训'，发誓要报仇雪耻，但是在越国没有强大之前，又不能让吴国知道自己的野心，于是就安排文种和范蠡在某个地方秘密训练死士。此处当年归属越国，崇山峻岭，在此处凿洞练兵是很有可能的。"

"姐夫言之有理，我也是这样猜测的。"汪世华点了点头，"这些山洞到底是谁开凿，我们就不去论断，既然上天让我们找到了先人辛苦凿开的山洞，那么我们就应该多加利用这些山洞。"

说到这里，汪世华见在场的都是和自己一起并肩作战最信任的兄弟，汪天瑶、汪世英、汪世荣、鲍安国、程富、任贵、郑虎、张士埙，没有外人，就把另外两个山洞有无数宝藏之事说了出来。

"你们看看，该如何处理？"汪世华问大家。

这些人一听，汪世华把一个这么大的秘密告诉了他们，大家一时你看看我，我看看你，傻眼了。

"这样吧，大伙先商议一下。"汪世华说。

"前面发现的暂时不算，仅仅后面发现的这些财宝计算起来也不少了。方进正在各地办私塾，免费让各地儿童读书识字，需要不少花费，我看可以拨一部分给他用。"鲍安国说。

"怎样说这笔钱的来历？"程富问。

"这些钱还不能说是从山洞里面找到的，若说出去，以后肯定有人不断地来花山寻宝，这样迟早会出事。前些日子刺史大人已经把州府的银库交给我和世英掌管了，具体数目他不一定知道，我们就说这些钱从州府库银中拨出来的。"鲍安国解释道。

"余下的钱，全部奖赏给参与寻找山洞的这些兵卒兄弟，让他们守住秘密。"鲍安国不愧是久经商场的老手，"同时告诉他们，这个秘密要烂在肚子里，若说出去就会招来杀身之祸。得到好处的人，谁也不愿意告诉别人，都怕别人见财起歹心。"

大家听了，觉得有道理。

"姐夫说得对，但是我们前面找到的宝藏有当前你们看到的宝藏千万倍之多，该如何处理？"汪世华问。

"钱财乃身外之物，但是没有钱财什么大事都做不成。"鲍安国见大家都不说话，只得把自己想法提出来，"把这些宝藏找个地方全部埋藏起来，就当我们从来不知道这些宝藏。"

"都埋了？不拿出来花？"张士埕刚听说这么多的宝藏，才兴奋一会儿，听说又要埋藏起来，有些失望。

"姐夫您继续说说理由。"程富白了张士埕一眼，大家跟随汪世华称呼鲍安国为姐夫。

鲍安国笑了笑，张士埙的反问是很正常的，他接着分析："我先说这些宝藏没必要拿出来的原因。首先，宝藏那么多，我们拿着也是一种负担，在座的各位将军也不可能占为己有；其次，上报朝廷，这些宝藏必定会被朝廷全部拿走，遇到奸臣在皇帝面前诬蔑造谣说宝藏还有很多被我们藏起来了，你们拿得出来吗？拿不出来，大家轻者被杀头，重者抄家灭族；再者，宝藏到了朝廷，皇帝会做什么？大兴土木，建宫殿，修运河，现在朝廷正在全国征召劳役，这些钱财正好可以多征不少家庭的男丁背井离乡去修河渠。"

"姐夫说得有道理，这些宝藏若不能惠及百姓，那就没有必要拿出来。"汪世英说。

"我说的埋藏，并不是永远埋在地下不见天日，而是指因现在拿出来意义不大，就暂时埋藏起来，待需要时再挖掘出来。"鲍安国接着说。

"什么时候需要？"张士埙问。

"比如天灾人祸，而朝廷又无钱救济之时；比如兵荒马乱，需要救百姓于水火之时。只有在关键的时候才能拿出来。说句自夸的话，我鲍安国经商二十多年，家财万贯，曾经考虑捐献一部分给朝廷，但跟朝廷收入比较只是九牛一毛，做不了什么大事。但是在歙州这次平叛贼寇中，我拿出钱财购买马匹粮草兵器，对歙州百姓来说就是福。若我当时把钱捐出去，可能只是让朝中某些权贵多吃几顿山珍海味，或者多养几个年轻美貌的小妾而已，我哪里还有钱来帮助你们平叛贼寇救歙州百姓于水火？！这些富可敌国的宝藏，我们这一代人，天下太平，国强民富，若用不上，那么就留到下一代人，下一代人不需要，就再传下一代。总有用得着的时候。"鲍安国说。

大家听鲍安国说得有道理，也都点头称是。

"其实这些宝藏也都是百姓的民脂民膏，我们能不用就最好不用，姐夫说得很有道理，让我们把宝藏重新埋藏，等百姓们需要的时候，我们再拿出来。"汪世华说，"现在我们歙州境内，大力推行兴农重教，实施轻徭减赋，又广开集市，鼓励通商，男耕女织，大家积极向上，若把此宝藏拿出来给他们，不一定会改善他们的生活，反而会让有些人变得堕落。老天爷让我们能有缘获得这些宝藏，就是相信我们能正确地决定这些宝藏的未来。"

大家见汪世华说得也很有道理，一起附应："我们听大哥的。"

"既然大家都赞同，那就把金银财宝重新埋藏起来。绘制出一张藏宝图，分成三十六份碎片，我、天瑶、程富、任贵、郑虎、张士埚，我们六人，每人从三十六份碎片中间任意取出六份保存，在需要时，我们再一起拿出碎片拼成地图，按照地图指引去取宝。"汪世华刚说完，大家一齐反对。

程富说："大哥，宝藏是天瑶和你发现的，是你让世荣通知我们来才得知这个消息的。藏宝图，你不用如此分开，就由你一人保存即可。难道你还担心我们不相信你吗？"

张士埚也跟着说："大哥，不管宝藏如何多，我不稀罕，我们都听你处置就行。但是你说让大家分开保存，这是寒了兄弟们的心，您是什么意思？我们身家性命都交给你了，还在乎这些身外之物？"

不爱说话的郑虎也说："你说的宝藏，我又没见过，你要我保管干什么？我什么都不知道，埋藏金银财宝，我也不参加，你想埋哪里就埋哪里。大哥，我们一切都相信你。"

大家坚决要求由汪世华独自保管，世华见推辞不了，只好暂时答应。

什么是兄弟？当你有困难的时候，他义无反顾甚至冒着生命危险去帮助你；当你家财万贯、大富大贵的时候，他却从不考虑从你手里去分一杯羹。

百密终究还有一疏，汪世华虽然很秘密地把宝藏转移到一隐蔽之处，但是由于转移之人中还是有人没守住秘密。随后，因花山宝窟而引发了多年的寻宝、夺宝之战，战争之惊险、残酷、持久，令人惊叹！

徽州魂
大唐越国公汪华传奇
上

第十六章　渔梁水坝

　　方进有了汪世华拨去的银两，很快就在全州三县各镇建立了私塾，聘请当地有声望有才学的人担任先生，歙州境内，六岁以上男童，不分家庭贵贱，不分外迁人士和山越土著人士，一律免费上学。学习的课程由王成、汪世华和方进三人制定，读四书五经，学周孔之道。汪世华在巡视兵营时，总是不忘到各私塾走走看看。一时之间，歙州到处都是朗朗读书声。

　　歙州迎来了一片新的气象，很快全州百姓又得到了一个更喜人的消息，朝廷建立进士科，开举考试，以考政论文章为主，选拔文才秀美之人到朝廷做官。考试之人不分门第出身，均可参加，考试通过者即可授予官爵，从根本上打破了数百年来人才选拔由世族大家垄断，互相吹捧，弄虚作假的局面。此消息的传来，让歙州百姓乃至整个大隋上下欢腾，让更多的贫民草根看到了改变命运的希望。

　　随后科举制度经过多次完善，成为中国历史上的考试选拔官员的一种基本制度。其核心理念——"自由报名、公开考试、平等竞争、择优取仕"，为中国古代社会的官员选拔制度带来了翻天覆地的变革。

　　它颠覆了汉代的察举和征辟制，也否定了魏晋南北朝的九品中正制，构建了一个全新的、公平的竞技场。在这个平台上，不论出身、贫富，只要你有才华、有梦想，便有机会脱颖而出，实现从平民到士人的华丽转身。让广大中小地主和平民百姓通过科举的阶梯入仕登上历史政治舞台。

　　在随后漫长的一千三百多年的科举考试中，就产生出七百多名状元、近十一万名进士、数百万名举人，至于秀才就更不计其数了，他们如同满天的繁星，点亮了古代中国的文化夜空。

　　隋唐以降，几乎每一位有志于学的知识分子都与科举结下了不解之缘。那些在历史长河中熠熠生辉的名臣、名相，那些为中华文明作出杰出贡献的政治家、思想家、文学家、艺术家、科学家、外交家、军事家等，他们中的大多数都曾是科举考场上的佼佼者。

一千三百多年的科举制度几乎占据了中国帝国历史五分之三的时间，也占据了中国五千年文明的近三分之一的时间。它的历史之长，影响之大，可谓家喻户晓，深入人心。在国家统一、社会稳定、各民族团结与融合方面，科举制度都发挥了举足轻重的作用。同时，它也极大地推动了华夏文明的传播与建设，特别是对儒家文化和古代教育的繁荣与发展作出了不可磨灭的贡献。

朝廷的科举制度更加鼓励了汪世华对歙州教育的关注，并对贫困学子的家庭定期发放银两，对参加进士科考并金榜题名者进行重奖。汪世华的举措得到全州上下支持，刺史王成也在多个场合赞扬和支持汪世华，并要汪世华放手大胆去做。

汪世华实施的免费开办私塾，从根本上帮助了更多的出身寒微之士能够改变自己的命运，为中华文明的弘扬和传承，起到了不可磨灭的作用。汪世华的开教育之风气，在随后的几十年内，从歙州扩展至江南其他地区，江南才子如雨后春笋，蜂拥而出，为江南文化的崛起提供了物质基础，为江南文化千年繁荣奠定了坚实基础。

这天，汪世华在毛仁和毛凤的陪同下，巡视练江两岸农田，走到城南龙井山下，见此处水流湍急，江内乱石嶙峋，浪峰咬石，两岸山上林木葱郁，环境优美，而山下杂草丛生，无一农作物生长。

"老将军，此处为何没有开荒种田？"汪世华尊称毛仁为老将军。

"将军，您有所不知，这里水流湍急，夏季时节，洪水泛滥成灾。再者，周遭乱石丛生，土壤贫瘠，实在难以耕种粮食。"毛仁解释道。

"可惜了这块土地啊。"毛凤说。

"是啊，倘若我们能把这附近的土地都开垦出来种植粮食，能解决不少人的口粮问题。"汪世华眉头紧锁，沉思良久，才叹息道。

"将军您可不知，不仅是这一片不能种粮，下游更广的地方也不能种粮，下游几千亩农田常受洪水影响，少收了不少粮食。"毛仁说，"天旱时，这些江水早已奔流而下，无水灌溉周围农田；雨水充足时，又变成了洪灾。我们曾经考虑过在此修筑一座大坝，把水蓄存起来，旱时有水用，涝时又能缓解洪灾。"

汪世华一听，忙说："这是好办法啊，为何不做？"

毛仁和毛凤一对视，毛仁说："我们也考察了这一带江面，要筑成大坝，非常困难，并且还需要很多银两。王大人和将军一直反对大兴土木，我们也就不敢提这件事。"

"利国利民的好事，花再多的钱也是值得的。"汪世华说，"当年都江堰修建时，秦国上下都反对，结果呢？前期的投入，换来了千里沃土。这是非常值得去做的事情。何况这几年，我们重农兴商，州府钱库里已经有不少银两了。"

"将军既然这么说，那我们就决定修。"毛仁说。

汪世华又环视了一眼，接着说："你们找几个懂水利方面的人了解情况，做好预算，我把这事禀报给王大人。银两的事情，你们不用担心。"

过了一日，汪世华回到州府，还没来得及说修建堤坝之事，王成却告诉他另外一件大事。

"世华，昨天朝廷颁布《大业律》，州改为郡。"王成说。

汪世华一听说："那么以后歙州就叫歙郡？"

王成说："朝廷的意思应该就是歙郡吧，不过，我想既然改为郡，还不如就叫新安郡，你说呢？历史上曾经就是这样的。"

"大人说得不错，既然改为郡，就叫新安郡。"汪世华很赞成王成的提议。

"歙，这个字，在其他地方少有，这是当年特意为这一地区造的字啊。"王成这么一说，汪世华还真没听说过。

"大人您说说看，为什么用歙这个字？"汪世华好奇地问。

"这一带山多地少，多为山越人居住，生活艰苦，大家吃不饱饭是常事。夸张一点儿地说，就是一人连一口羽毛都不够吃，所以就造出这个歙字。"王成边说边用毛笔在纸上写下大大的歙字，"你看这个字，是不是这个意思？"

汪世华一看，笑了："大人，您真会思考，歙字还真像这含义。"

"我们歙州的母亲河就是新安江，现在我们歙州的商贸发展起来了，前几天鲍公也跟我提议，为了更好地带动歙州的发展，能否把州治迁到歙县去。我觉得这个提议很好，歙县交通便利，通过新安江的船运，可以更好地与江南各地进行商贸往来。"王成说。

"歙县水系发达，相对黟县来说田地更多，前往江都、杭州等地，从地理位置来说更合适。"汪世华也非常赞成这个举措。

"我即日把改郡名和迁郡治这两件事上奏朝廷，只要朝廷准奏，我们立即就办。"王成办事从来不拖泥带水，这几年他治理的歙州百姓安居乐业，州府钱库也越来越充裕，多次得到朝廷表彰。

"一切听大人调遣。"汪世华说。

"对了，你来找我有什么事？"王成喝了口茶，不是大事，汪世华一般是不会来单独找他的。今天也不是约定述职之日。

汪世华一听王成问他，也跟着喝了口茶，说："事情还真凑巧，我来禀告的就是关于歙县方面的事情。"

"歙县什么事？"王成问。

"从歙县县城沿练江往南四五里之地，即新安江的上游，那里山高水急，周围土地不能开垦，下游农田也常受旱涝影响，仁字营毛老将军提议在那里修筑一座大水坝，蓄上游之水，缓坝下之流，像都江堰一样，把那一带变为良田。"汪世华说。

王成听到这里，点了点头："这是件好事，值得商议，若真修筑成坝，灌溉千亩农田，那是一件功德无量、流芳百世的大好事。"

"刚才王大人提到商贸之事，使我想到另外一件事情。那一带水流湍急，无法行船，歙县的山货运往江南其他各州，均是通过路运到新安江后再装船；从黟县运送货物到歙县，也是到新安江卸货，再通过路运到歙县县城，两城之间虽有水陆，却不能直接抵达。倘若在那一带修建大坝，就可以缓解练江下游至新安江之间的水势，船就可以直接抵达县城附近，不但我们歙州三县之间通过练江、横江、率水、新安江可以通过船舶直接往来，同时也对歙县的商贸往来有很大的帮助。"

汪世华说。

听到这里，王成一拍大腿："世华，你说得非常对。这个坝一定要修，花钱再多也值得。"

汪世华高兴地站了起来，说道："大人，您最近抽时间去实地察看一下，倘若没有问题，我们就开工！"

"好！"王成说。

"大人，倘若我们迁郡治和筑水坝同时进行，会不会对百姓们生活带来负面影响。"汪世华沉思了一下说。

王成一听，没有说话，他缓缓地喝了一口茶："你这想法提得好，怪不得歙州百姓称赞你是歙州的活菩萨啊。"

汪世华忙谦虚道："菩萨应该是大人您，世华只是遵循大人的旨意做事而已。"

"不用自谦。"王成微微一笑，"我一直就说，你将来的成就必在我等之上，平贼寇、理州事，已经看出了你的非常才识，你定将成为国家之擎天柱。"

汪世华听王成这么一说，忙站起来，向王成一作揖："谢大人抬爱，世华愿为天下社稷鞠躬尽瘁。"

王成右手一抬，示意世华不要客气："你我乃忘年之交，我就无话不说啊。你刚才说到迁郡治和筑水坝同时进行，担心民间影响不好，这考虑是非常对的。但是此一时彼一时，两件事情早完成，歙州百姓就早得利。"

说到这里，王成看了看大厅外面，见无他人，就接着说："我明白你的意思。当今皇帝到处修建离宫别院和运河，大兴土木，引起百姓不满。但是有没有往深层的方向去想？当今国强民富，八方来朝，各地的粮食堆积成山，作为皇帝多修建几座宫殿又算得了什么？难道修建大运河是错误的吗？就比如我们要修水坝一样，都是利国利民的好事。你有没有考虑过，百姓不满的根源在哪里吗？"

汪世华想了想说："作为平民百姓，手里有钱了，也都想盖座新房子，对于皇帝来说，国家昌盛了，多盖几个宫殿是没有错。修建运河，对加强东南方的统治、沟通南北经济、加强我国东北部的军事力量，成为南北交通的大动脉，对国家的统一和经济文化的发展起了很大的作用。引起百姓不满的根源应该是，倾全国之力修建，仅开通济渠就征发河南、淮北诸地百姓前后百余万人，负责修建和监督的官吏趁机中饱私囊，欺压百姓，贪污粮饷；还有在修建的过程中，以各种手段敲诈勒索地方官和当地有钱人家，欺男霸女，所以才引起民愤。"

"哈哈……"王成哈哈大笑，"世华，看来你还是很明白的啊。朝廷制定的措施是对的，只是下面的人念歪经，让一些小人趁机大发横财。倘若大家都像你一样，心里装着百姓，就算是再大的工程，也没有人反对的。"

汪世华没有说话。

"我觉得迁郡治和筑水坝都可以进行的。有你总监工程，我就放心。"王成果断地说，"只要朝廷下旨同意迁郡治，就立即修建新的衙门。"

"好，一切听大人安排。"汪世华说。

很快朝廷下旨，改歙州为新安郡，迁郡治至歙县。

汪世华从府兵营里抽出三分之二兵力全力投入新衙门与渔梁坝的建设之中。他深知这两项工程对于新安郡的繁荣与安定至关重要，因此不惜一切代价要确保其顺利推进。与此同时，汪世华还广泛征召新安郡的男丁参与建设，为了调动他们的积极性，并支付高额工钱。他更提出在农耕时期，工程将暂停进行，以确保田土的耕种与收割不受影响。汪世华的此举措得到了全郡百姓的支持，纷纷应召。在百姓的共同努力下，这两项工程得以顺利推进，为新安郡的发展奠定了坚实的基础。

汪世华为大坝起名为渔梁坝。

渔，取自《说文解字》"渔，捕鱼也"之意。而"梁"，既有桥梁、堤堰之意，也是对其坚固的期望。

汪世华是借此希望大坝修筑成功后，这一带不仅成为鱼米之乡，而且还能凭借坚固的堤堰，为往来舟楫提供通途，助力商贸繁荣，成为四方辐辏的经济要地。

渔梁坝，坐落于水势汹涌之处，其建设之难，犹如在急流中逆水行舟。在修建过程中，困难重重，试验再三，终得汪世华的巧妙构思与坚定决心。他综合各方智慧，决定采用垒砌之法，巧妙利用花山遗留的巨型花岗岩石，这些石头每块

徽州魂 大唐越国公汪华传奇 上

都重达数吨，犹如古代巨兽，沉稳而庄重。

在施工过程中，每垒十块巨石，便立一根石柱，如同定海神针，稳稳地插入江底。而上下层之间，更是用坚如磐石的石墩作为连接，这些石墩被形象地称为"元宝钉"，寓意着稳固与富贵。通过这种巧妙的设计，坝体上下层紧密衔接，形成了一道坚不可摧的防线。

为了进一步加固坝体，每一层条石之间，都巧妙地用石锁相连，使得整个坝体上下左右紧密相连，宛如一体。这样，一座横跨江面的坚实渔梁坝便巍然屹立，成为江上的一道壮丽风景。

渔梁坝的设计匠心独运，坝长四百余尺，宛如巨龙横卧江面；底宽约百尺，彰显出其雄伟的气势；顶宽也有十余尺，足以容纳行人悠然行走。而水坝更是巧妙地分为左、中、右三个水门，左边水门长年流水潺潺，为江面增添了一抹灵动；而中、右水门则既防涝又防旱，体现了施工者的卓越智慧。

新安郡的衙门也在同时开工，从战争方面考虑，新安郡的城墙也全部采用花山之前凿洞时遗留的花岗岩修建，这样既省下了开采石头的人工和费用，又让原来堆散在花山附近的石块得到了利用，花岗岩使城墙更加坚固。在后来的战事中，发挥了重要的防御作用。

大业五年，即公元609年，大隋皇帝杨广御驾亲征，向吐谷浑发起了征讨。此战大捷后，他设立了西海、河源、鄯善、且末四郡，稳固了新占领的土地。当伊吾的吐屯设选择归附时，杨广又果断地将该地设置为伊吾郡。此外，高昌王伯雅也在张掖朝见了杨广，表示臣服。

杨广的这次征战，不仅大大扩展了隋朝的疆域——东自青海湖东岸，西至塔里木盆地，北起库鲁克塔格山脉，南抵昆仑山脉，更关键的是，他在这些新领土上实行了郡县制度，使得这些地区正式被纳入中国的统治之下。这是历史上的一次重大突破，因为这些地区在以往的朝代中从未被设置为正式的行政区。

同时，为了精确地掌握应纳税和应负担徭役的人口数量，朝廷再次下令，要求各郡县官吏进行全面的户口检查。经过核实，全国共有一百九十个郡，一千二百五十五个县，八百九十万余户，总人口达到了四千六百余万。这一举措极大地增强了中央政府对全国人口和税收的掌控力，为隋朝的稳定和繁荣打下了坚实的基础。

自郡治迁到歙县之后，稽宗沅也带着老婆女儿一起迁到歙县居住。

稽圭十六岁了，长得非常出众，尚未许配人家，由于从小跟随稽宗沅看病采药，稽宗沅把多年潜心钻研的医学知识全部传授给女儿。

汪世华常抽空到仁和药铺看望稽宗沅，而稽圭每次都远远躲在一旁看着，当汪世华的眼光看到她时，她便脸红心跳地慌忙躲开。而汪世华来时，倘若没见到稽圭，内心觉得空荡荡的。

由于汪世华多次前往仁和药铺，本来已是太平盛世，却有一个人一直在暗中监视他。这个人就是宋志和刘五娘的儿子宋大壮。

当年汪世华平叛黄土岭的时候，宋大壮尚小，才十二岁，被仆人带下了山。从那时起宋大壮就在内心埋下了复仇的种子。

宋大壮此时已经十七八岁，也有一身好武艺，他多次想向汪世华下手，但汪世华武艺高强，每次出进身边又都跟着十几个府兵，所以一直不敢轻易出手。

汪世华常常去仁和药铺看望稽宗沅，让宋大壮想到了另外一个报仇的方式。他暗中调查，稽宗沅的仁和药铺曾经就是汪世华与各兄弟的联络点，稽宗沅也是帮助汪世华散播行军假消息的人。府兵营里兵卒生病或者作战受伤，大部分都是由稽宗沅负责治疗。

宋大壮决定对稽宗沅下手，他父母被汪世华杀害，稽宗沅也是有责任的。先杀掉稽宗沅一家，再想办法对付汪世华。

这天深夜，宋大壮偷偷摸进了仁和药铺，稽宗沅还没睡，正在灯下看书。

"你是谁？"宋大壮的出现，让稽宗沅吓了一跳。宋大壮一身黑衣，蒙着面。

"要你命的人。"宋大壮拔出短刀，逼向稽宗沅。

"谁派你来的？"稽宗沅边问边退到药柜边，他经历过大风大浪，并不感到紧张。

宋大壮冷冷一笑："谁也指派不了我。"

"好汉，既然如此，我与你有仇吗？"稽宗沅想故意拖延时间，寻找逃生的机会。

"仇，当然有，倘若没有你，我父母怎么会被汪世华杀害呢？"宋大壮见夜深人静，多年来压抑在心头的仇恨终于有机会发泄了，他要让稽宗沅死得明白。

"好汉，请不要激动，有话慢慢说。"稽宗沅听宋大壮这样说，就猜了个八九不离十，肯定跟汪世华当年平叛贼寇有关。

宋大壮用刀对着稽宗沅的脖子，凶横地说："我会慢慢说的，让你死个明白。"

稽宗沅的手在下面摸着了一把刀子，是平时切药材的小刀。

"我父母就是黄土岭的宋志和刘五娘，当年倘若你不给汪世华送递情报和散布进军假消息，我父母岂能被汪世华杀害？倘若提前知道是汪世华领兵从黄土岭过，我母亲岂会大意下山？"

宋大壮越说越激动，他的眼睛充满怒火，左手抓着稽宗沅的衣服，右手举着的刀子恨不得立马捅进稽宗沅的脖子。

"老爷，很晚了，回房睡吧。"稽宗沅的妻子端着一碗参汤推门进来。

"啊！"稽夫人一下子被眼前的情景吓坏了，"啪！"碗掉在地上。

"别叫！"宋大壮被突如其来的变故也吓了一跳，但是很快就反应过来了，"别出声，否则我立即杀了他。"

稽夫人吓得捂着嘴巴，眼睛充满惊恐，她从来没有遇到过这样的情况。

宋大壮冷冷一笑："来得正好，免得我去找你。"

稽宗沅也没想到自己妻子这么晚到前院来看他，一下子他也紧张了。

"好汉，你不要冲动，人死不能复生，我可以给你很多银两，让你过上好日子。"稽宗沅想办法说服宋大壮，其实也是想拖延一下时间。

"谁要你的臭钱，老子要的是你的命！"宋大壮说着就举起刀子向稽宗沅扎去。

说时迟那时快，稽宗沅左手死死地抓着宋大壮的刀，右手握着小刀捅进了宋大壮的胸脯。

"啊……"宋大壮双眼冒出惊慌的神色，没想到自己中刀了。

血，流了出来，宋大壮胸脯的血，稽宗沅左手的血。

宋大壮抓着稽宗沅，双脚不停地用膝盖撞击着稽宗沅的肚子。

"来人呐！快来人呐！"稽宗沅左手死死地抓住刀，而右手握着的刀还插在宋大壮的胸脯上，他忍着剧痛叫喊着。

"老爷！老爷！快来人啦！"稽夫人跑过来帮助稽宗沅抢宋大壮手里的刀。

三人厮打在一起，由于稽宗沅的小刀并不长，又加上一慌张，并没有捅到宋大壮致命的地方。

宋大壮练过武功，身手不凡，很快夺过刀子，用力地捅进了稽夫人的心窝，稽夫人当场就倒在地上。

随后宋大壮又向稽宗沅刺去，稽宗沅慌忙一躲，刺到右胸。

"住手！"任贵一声厉喝，冲了进来。

原来，任贵近期身体总是感觉不舒服，下午就到仁和药铺找稽宗沅看看。稽宗沅说任贵这几年在军营生活，忽略疗养身体，就建议任贵到他家休息几天，同时帮他疗理一下。晚上任贵正在房里睡觉，听到前院的叫喊声，忙跑过来。

来得还算及时，否则稽宗沅也就没命了。

宋大壮仗着自己有一身武功，并没把任贵放在眼里，转身就向任贵扑去。

他哪是任贵的对手，更何况他自己又被稽宗沅捅了一刀，没几个回合就被任贵结果了性命。

"义父，您没事吧？"任贵最初在仁和药铺治病时，为感激稽宗沅，就有心想认稽宗沅为义父，但是自己当时身份卑微，也就没有提出这个要求。后来任贵为贵字营统领后，就亲自到仁和药铺拜认稽宗沅为义父。

"没事，你快去看看你义母。"稽宗沅口里还流着血。

稽夫人躺在地上，生命垂危，不过还有点儿气。

"任贵，快去把圭儿叫来。"稽夫人躺在地上，任贵又不敢去轻易动她。

"娘！"稽圭听到叫喊后，也跑了过来，此时正在门外。

"娘，你怎么啦？"稽圭扑倒在稽夫人身边。

"圭儿，我不行了。你要照顾好你爹爹。"稽夫人抓住稽圭的手。

"不，娘，你不能丢下我和爹。"稽圭泪流满面，"娘，你一定要坚持住，我马上给你拿药来。"

"不用。"稽夫人拉着稽圭的手，"老爷。"

任贵扶着稽宗沅走了过来。

"我先走了。你照顾好圭儿。"稽夫人的声音越来越弱。

稽宗沅咬着牙，使劲儿地点了点头。稽夫人满意地闭上了眼睛。

"娘……"

"夫人……"

"义母……"

稽夫人的离去，对稽宗沅的打击非常大，他躺在床上，刀伤还没好。稽圭也忍着内心的痛苦照料着父亲。任贵帮着她忙上忙下。

"稽叔叔，您安心养伤，人死不能复生，您一定要保重身体。"汪世华坐在稽宗沅床前，他很内疚，"婶婶的不幸，都是我大意，都是我的责任。"

汪世华眼泪都流了出来。

稽宗沅说："世华，我可能活不了多久了，我现在放心不下的就是圭儿。"

汪世华拉着稽宗沅的手说："稽叔叔，您放心，我一定待圭妹如胞妹。"

"世华，你怎么能这样说呢？"汪世华的姐姐汪世贞与姐夫鲍安国也随同一起看望稽宗沅，汪世贞听汪世华这样说，忙打断他的话："稽老，今天事已至此，我斗胆求你一件事。"

"鲍夫人，您请讲。"稽宗沅说。

"世华很快就二十四岁，至今未婚，而圭妹也已芳龄十六，我作为他姐姐斗胆向您提亲，让世华娶圭妹为妻，已报答您多年来对世华的照顾。"汪世贞诚恳地说。

"姐姐。"汪世华一听姐姐代他向稽宗沅提亲，想打断汪世贞的话。

"父母不在，我是你姐姐，这事由我做主。你只要以后不要辜负圭妹就行。"

241

汪世贞不容汪世华说话，其实她也早就想要汪世华成家，"稽老对我们汪家恩重如山，就凭当年冰天雪地翻山越岭给母亲治病之事，我相信九泉之下的母亲也会非常赞成这件事情的。"

"既然鲍夫人这么说，正是我稽宗沉求之不得的事情，如今世华名震江南，被誉为新安郡百姓的活菩萨，我家圭儿能托付于他，也是圭儿的福气。"稽宗沉说到这里，看着汪世华，"但是，这得看世华自己的意思，不可强求。"

汪世华看了看鲍安国，又见任贵和稽圭正在外面熬药，他有难言之隐，但看到稽宗沉一副期盼的眼神，想起稽夫人被杀、稽叔叔又受伤生命垂危，这一切都是因自己而起，岂能辜负人家的一片美意呢？

汪世华看着汪世贞说："一切遵循姐姐安排。"

"好，好事！"鲍安国见汪世华答应了，高兴地说，"稽老，我们以后就是亲戚了。"

稽宗沉笑了，笑得很幸福。

过了三天，稽宗沉离开了人世。

稽圭安葬了父亲稽宗沉后，就暂时先搬迁到汪世贞家居住。稽圭提出，因父母双亡，她要为父母分别守三年孝道才可成亲，也就是六年后成亲。汪世华非常理解稽圭的一片孝心。

"世华，我见稽圭早就对你有意，为何那天你还一直犹豫，不肯答应呢？"这天汪世华来到鲍家，汪世贞见周围无人，就问汪世华。

"姐姐，你有所不知，任贵一直对稽圭有意，你说我能不为难吗？"汪世华解释道。

"这个我听世荣他们说过，但是你有没有想过，稽宗沉心目中的女婿就是你，并且稽圭看中的也是你，她与任贵只是兄妹之情。"汪世贞说。

"你怎么了解这么多啊？"汪世华一听姐姐说得一板一眼的。

"你别忘了，我可是跟你姐夫在外面做了二十多年的生意，察言观色，收集情报，我比谁都灵。"汪世贞说，"稽宗沉在弥留之际，你能不圆人家的心愿？

岂能让人家带着遗憾离开呢？"

说到这里，汪世贞故意低声地说："任贵喜欢稽圭，而稽圭不喜欢他，这个事情早点儿定下来，对任贵也是好事，免得到时，任贵喜欢她，她喜欢你，大家牵来扯去的，会影响你与任贵的关系。"

汪世贞见汪世华没有说话，就接着说："早让任贵死了这条心，这样他就可以另外去找心仪的姑娘，我过几天去给他说媒，找一个大户人家的千金小姐。"

汪世华听姐姐这么一说，觉得有几分道理，也就不好说什么。

"只是爹娘以前给我订的钱家小姐，我该如何办？"汪世华想了想说，"我已经派人多方打听了，至今音讯全无。"

"那也没关系，男子汉大丈夫，三妻四妾都是常事，更何况你在我们新安郡可是一人之下，众人之上，多娶几个妻子有什么奇怪的？"汪世贞说到这里，叹了口气，"钱家小姐还是要抽时间去寻一寻的，咱们不能做失信之人。正好稽圭提出守孝六年，你忙完手头的事情，出去找找。"

"姐姐说得有道理，等渔梁坝修筑完工后，我就去岭南一带寻访，到各地走走，顺便也长长见识。"汪世华说。

第十七章 凤凰于飞

汪世华站在石坝上，举首四望，气象万千，尽收眼底。坝上水面如镜，倒映着碧空如洗的天空，鱼儿在清澈的潭水中自由穿梭，小舟轻轻划过，激起层层涟漪，仿佛一幅恬静安详的画卷。坝下，乱石嶙峋，波涛汹涌，浪花拍打着坚硬的礁石，发出阵阵轰鸣。而西岸，则是巍峨耸立的高山，山间林木葱郁，苍翠欲滴，景色之美，令人叹为观止。

渔梁坝终于修筑完工了，汪世华想到这座水坝将造福千亩农田，成为新安郡商人必经的码头，心情久久不能平静。

"世华，这就是江南的都江堰！"刺史王成也惊叹不已。

"全靠王大人英明决策，此乃新安郡之福！"汪世华对王成说。

"哪里哪里，此功劳我不敢承受啊，全都是你世华的功劳。从提议、筹划、施工、监督，哪一项不都是你在操劳？"王成笑着说，"这渔梁坝将让你流芳百世、名垂千古！"

"大人过奖了！"汪世华扶着王成走下石坝。

"现在工程完成了，还有一件重要的事情得由你去做才行啊。"王成沿着江边，边走边说。

"一切听大人吩咐。"汪世华说。

"皇帝现在江都，前几天下旨要我们新安郡进贡茶叶和砚台。"王成说，"见你忙着渔梁坝的收工，我也就没有告诉你，贡品我都已经安排人准备好了。"

新安郡之地，茶树遍布，尤以黟山茶叶以其独特的风味和品质独领风骚，各山岭间之茶，各有其独特韵味。有的茶叶，一经冲泡，杯中雾气缭绕，汤色清亮而带微黄，叶底黄绿交织，生机勃勃。入口醇甘，香气如兰，余韵悠长，仿佛能

徽州魂
大唐越国公汪华传奇
上

引人进入一片幽静的茶韵世界。而另一些茶叶，叶色苍绿且匀润，叶脉间绿中隐红，兰香浓郁而高爽，滋味醇厚，回甘无穷。汤色清绿，明亮如镜，叶底嫩绿匀亮，芽叶肥壮，宛若一朵盛开的花朵。品上一口，仿佛能品味到大自然的馈赠，让人陶醉其中，回味无穷。两汉时，南方开始喜好饮茶，尤其是魏晋南北朝时，在江南已经成风，而杨广当年身为扬州总管时，为了统治需要，学吴语，品香茗。后来杨广登基做了皇帝，朝中大臣、名流雅士纷纷效仿，均以喝茶为高雅之事。

新安郡境内，有一特产砚台，因在改名前被发现，人们习惯称之为歙砚。歙砚以其坚韧、润密的石质和美丽的纹理而著称。敲击时，发出清越的金属声，宛如天籁之音。它贮水不耗，历寒不冰，呵气可研，发墨如油，且毫不伤毫，实乃砚中之珍品。雕刻上更是精细入微，浑朴大方，展现出无与伦比的工艺之美。歙砚凭借其"涩不留笔，滑不拒墨；瓜肤而縠里，金声而玉德"等诸多优点，备受赞誉。按其天然纹样，可分为眉子、罗纹、金星、金晕、鱼子、玉带等石品，每一款都独具特色，令人叹为观止。尽管当时并未大力开发，但新安郡的一些独具慧眼的商人，已经敏锐地察觉到了歙砚的潜力价值。他们将其作为特产礼品，赠送给达官贵人，同时也面向那些具有丰厚文化底蕴的世家大户经营。因此，歙砚成为了尊贵用品，备受推崇，但并未全面普及于民间。杨广好学，善属文，对文房四宝有着极高的要求，因此对歙砚情有独钟。

"我去江都？"汪世华说。

"是的，只有你才是最合适的人选，这几年皇帝正在筹备进攻高丽，纠集了百万大军在涿郡，又强征百万民夫运粮械，加上修建京杭大运河，弄得民怨载道，已经有一些小股农民造反，世道又不太平了。前往江都虽然路途并不遥远，但也要以防万一。这些茶叶和砚台值不了几个钱，但是这也是皇帝喜欢的东西，若弄丢了，我就要掉脑袋。"王成边解释原因边叹息。

"我明白大人的意思，请放心，我一定会把贡品平安送达江都。"汪世华拍着胸脯回答。

"有你出马，我就放心。"王成说，"听说你本来计划去寻找未婚妻？"

汪世华微微一愣，随即有些羞涩地摸了摸后脑勺，"看来大人的消息真是灵通啊。"他笑着回应，脸上不禁露出了一抹幸福的期待。

"哈哈，不要害羞，你也不小了，早就应该娶妻了，天瑶、程富、董晏他们都已经做爹了，任贵也已娶妻，唯独我们的统兵大人信守承诺，一直苦等。"王成笑着说，"州事和兵营的事情耽误了你很多时间，其实我应该早就让你出去寻访的。"

说到这里，王成看着江面上波光粼粼，思索了一下说："我有一个朋友，当年在陈国的吏部当差，现在皇帝身边，你到了江都后，去拜访他，看看他是否有点儿消息。我给你写封信，到时你去找他。我也是多年没与他联络了，希望能对你有些帮助。"

"太谢谢大人了。"汪世华忙向王成作揖。

"我们之间，就不用这么客气。我早就想喝你的喜酒啦。"王成打趣道。

汪世华打点好行李后，就带上程富、任贵、汪世荣和一些随从押着十几车茶叶、砚台和珠宝出发了。新安郡兵营之事就交给汪天瑶代管。

走水路虽然也能到达江都，但是绕道太远，皇帝年底就要移驾涿郡，明年开春将亲征高丽，所以必须早点儿把贡品送到。

汪世华计划先走旱路直接横穿到石头县，再从石头县走长江水路，由长江直下江都。这样就能节省很多路程。

由于押送货物，大家只能缓缓前行，一路上相安无事，有说有笑，虽然这是初次前往江都，路上充满好奇，但是想到押送的是朝廷贡品，也都不敢大意。

"大哥，从地图来看，倘若我们加快速度的话，天黑前就能到达石头县。"程富骑在马上，拿着一张地图看。

"那就好，这一路走来，大家都辛苦了。"汪世华骑在马上看了看天上的太阳，现在恰好正午，秋高气爽，"到了石头县，大家洗洗热水澡，好好休息一晚上。兄弟们，加把劲儿，到了石头县，我请大家喝酒吃肉。"

"好呢。"大伙儿一起附应，推车的也更卖力气了，仿佛已经闻到了酒肉的香味。

汪世华一行正往前走着，忽然从远处传来一阵琴声，琴声委婉连绵，犹如山泉从幽谷中蜿蜒而来，缓缓流淌。

"此乃山野，何来如此优美之琴声？"汪世华四处张望。

程富和其他人等也都一下子被这琴声迷住了。

"太美妙了。"程富惊叹道。

"程富为先锋，任贵断后，世荣居中，你们看好货物。"汪世华辨出了琴声的方向，就在前面的山谷中，"我到前面去看看。"

"大哥，您多加小心。"世荣嘱咐道。

"没事。"汪世华吩咐完之后，就打马前去。

世荣还想说什么，程富向他摆了摆手："大哥闲暇之余偶尔也抚琴弄曲，今日闻得如此美妙之琴声，能不着急前去打探吗？"

"我怕有危险。"世荣说，"这崇山峻岭之中，万一贼寇出现？"

"世荣，你可别瞎说。"任贵听见世荣说话了，就在后面嚷嚷，"你可别忘了，我们都是靠平叛贼寇起家的哦。好久没打仗了，倘若真有贼寇，我们就上去把他们都灭了。"

世荣一听，哈哈大笑起来。

"世荣，你平时挺胆大的，这次出来却很谨慎啊。"程富说，"是不是这两年在姐夫身边做事，都把你的锐气磨光了啊？"

"没有啦，这次出来任务特殊嘛。" 世荣见程富故意打趣他，感到有些不好意思。

平叛贼寇后，世荣一直跟在世华身边学文习武，郡治迁到歙县后，世荣又跟随姐夫鲍安国学习商贸和理财。世荣文武全才，行事处处显世华风格。

汪世华顺着琴音，在谷口见到一个白衣少年，端坐在一块大青石上轻抚古筝，美妙之音从他细长手指下如小鸟出笼一样，欢快而出。

汪世华倚在马上，倾心而听，恨不得自己也和弹一曲。当年跟随朱老夫子学艺时，就常在湖边焚一炷香，轻抚古筝。自从领兵平叛贼寇之后，就少有此雅兴，偶尔弹奏，可怜高山流水无知音。

白衣少年见有人听琴，忽儿琴声一转，如高山屹立，气势雄伟，又如惊涛骇浪，汹涌澎湃。

汪世华知道白衣少年是在向他打招呼，一曲终后，汪世华纵马来到白衣少年面前，下马双手一拱："今日听朋友一曲《高山流水》，乃人生之幸事。新安郡汪世华打扰了。"

"阁下能听出此乃俞伯牙和钟子期的《高山流水》，算是我的知音。"白衣少年开心一笑，"在下饶州庞实。"

庞实见汪世华一愣，忙说："就是鄱阳郡。"

汪世华笑了笑，自改州为郡后，很多地方的名字都改了，但是大家印象中还是记住最初的。

庞实年约十八，文弱书生的样子，步履轻盈，体态婀娜，体带馨香，吐气如兰。汪世华不由得惊叹，此少年容貌秀丽就连女子都自愧不如。

"这里荒山野岭，小兄弟为何一人有雅兴在此抚琴呢？"汪世华好奇地问。

"兄台，你没发现我也是路过此处的吗？"顺着庞实的手指，汪世华看到远处树下还有一驾马车，车旁还立着马夫和书童，"我见四周风景秀丽，就停车下来的。"

"见笑了，刚才听小兄弟琴音，一时忘了看四周。"汪世华自我打趣道。

"兄长刚才说是新安郡汪世华，可就是被新安百姓称颂的活菩萨汪世华？"庞实问道。

"惭愧，那是百姓对世华的抬爱。"汪世华谦虚地说。

"兄台不用自谦。"这时庞实见远处有一队人马走来，"你们要去石头县？"

汪世华忙说："是的，我们要去江都，从石头县走水路。"

"那太好了，小弟我正要前往石头城，与兄台搭伙同行，是否方便？"庞实听说汪世华一行要去江都，正好经过石头城，他也是从石头县走水路。

汪世华毫不犹豫地就答应："求之不得，正好可以一路与兄弟畅谈音律。"

"那我们就下去等候他们吧。"庞实也不客气，把古筝放入琴匣，轻轻拎起就往大路走去。

汪世华不由吃了一惊，那可是用上等紫檀木做的古筝，加上琴匣，本以为庞实一个文弱书生拎起来比较费劲儿呢。

很快程富一行过来了，彼此认识后，就一同往石头县走去。

庞实骑着白马，与世华并肩而行，书童坐在马车里与大队人马跟随在后面。

一路上，庞实就把自己的情况告诉了汪世华。

原来庞实从小就被父亲送到道教名山葛仙山习黄老之术，自己这次奉师父之命前往石头城办事。

葛仙山位于鄱阳郡中部，如同一巨鳌，耸立于峰峦豁谷之中，奇秀峻绝，站在主峰眺望四周，近观九条支脉如九条苍龙，盘旋腾跃，气势雄伟，人称"九龙窜顶"。东晋初，著名道士葛玄来到葛仙山，炼丹传教，遂使葛仙山成为名闻江南道教圣地，有"中国灵宝第一山"的美誉。

到了石头县，汪世华一行休息一晚上之后，就雇用了一艘大船，大家一起顺江而下。因汪世华再三邀请，庞实三人也与汪世华等人同坐一船。

一路上，汪世华与庞实谈天说地，相见恨晚。谈得兴奋之处，庞实抚琴，世华舞剑，或者世华抚琴，庞实舞剑。

程富、任贵和世荣见世华找到知己，也为他高兴。而从庞实舞剑可以看出，这个文弱之人，乃剑术高手。

尺璧寸阴，时光如梭。半个月后，汪世华一行就到达了石头城。

站在码头，庞实与汪世华告别："多谢兄台一路对小弟的照顾，与兄台的这些天是小弟一生中最美好的日子。他日，我一定会前往新安郡，再与兄台共饮美酒，畅谈天下。"

"庞弟，一路上你多保重。为兄寻访到你嫂子后，我在新安郡等你来喝喜酒。"汪世华也恋恋不舍地与庞实告别。

站在码头上，庞实目送着船只渐行渐远，心中涌起一股莫名的惆怅。这时，身边的书童悄悄走了过来。

"小姐，看来汪公子已经把你的心带走了。"

庞实瞪了书童一眼，脸上泛起一抹红晕，她佯怒地笑着说："你这死妮子，小心我就撕烂你的嘴。"

原来庞实和书童都是女扮男装。书童其实就是庞实身边的丫鬟若溪。

"看来我说到小姐的心坎儿上了。"丫鬟若溪笑着说，"可怜汪公子还一直蒙在鼓里。"

"哼，办完事，我就去新安郡找他。"庞实坚定地说。

若溪故意与庞实开玩笑："倘若汪公子找到了他的未婚妻，我家小姐该怎么办呢？"

庞实没有回答，只是静静地看着远方。她知道，自己和汪世华的身份和背景都相差悬殊，但心中的那份情感却是无法抑制的。

若溪见庞实沉默不语，便也不再打趣她，只是默默地陪在她的身边，一起看着远方的船只消失在视线之中。

船上，汪世华正站在甲板上观看两岸风景。程富走了过来。

"大哥，告诉你一个秘密。"程富靠近汪世华，故作神秘地说。

"秘密？"汪世华看着程富。

"关于庞实的，想不想知道啊？"程富说。

"他有啥秘密，这一路上，他的身世都告诉我了，他的武功我也见识了。"汪世华觉得程富无聊，故意找话题聊天。

"倘若我告诉你庞实是女扮男装的，你会感到惊讶吗？"程富说。

"女扮男装？她是女的？"汪世华确实很惊讶。

"想问我是怎么知道的吗？"程富嘻嘻哈哈地说，"告诉你，我们都知道这个秘密。就你自己蒙在鼓里。"

"别骗我，小心我揍你。"汪世华见程富嬉皮笑脸的样子，以为程富拿他开心。

"哈哈哈！"从船舱传来了笑声，任贵和世荣撩开帘子走了出来。

"大哥，程富真没骗你。"世荣说，"庞实真是女扮男装。"

"你们什么时候知道的？怎么不早告诉我呢？"汪世华问。

"那天在石头县客栈，我们大家喝酒，庞实才喝了几杯，就不胜酒力，面如桃花，说回房休息。"程富说，"但是我担心她有诈，终究我们押送的是贡品，不能大意。等了会儿，我就假借去解手，到她窗外偷听，才知道她是女的。"

程富说到这里，见汪世华专心在听，就接着说："第二天，我就仔细观察她，她两个耳垂都有孔，这明显是女孩子穿戴耳环时留下来的。"

"程哥担心她另有图谋，就把这消息告诉了我和任哥。"世荣说，"第二天我故意去帮他们抬箱子，趁他们没注意的时候打开一看，里面全都是女人的衣服和首饰。"

世华听到这里，就看着任贵。

任贵说："我只负责调查那个赶马车的老头，跟他们没有什么关系，那马车是庞实在葛仙山下雇的，送他们上船后，就去接别的活了。我套过老头的话，他也不知道庞实的身份。"

"好啊，看我怎么收拾你们，你们一个个背着我搞了不少动作啊。"汪世华哭笑不得。

"大哥，我见你与庞实两人聊得那么好，倘若戳穿她的身份，就会很尴尬，你也就不会随心所欲地与她琴剑和鸣啊。"程富说。

汪世华叹了口气："哎，本来以为找到了一个知己，没想到她居然骗了我。"

任贵看着汪世华有些失落的表情，坏笑着安慰道："大哥，别伤心，说不定庞实不是有意要骗你的。出门在外，女扮男装这种做法也是可以理解的，毕竟这样更安全、方便。"

他顿了顿，接着说："不过，从她的眼神里我可是看出来了，她对大哥你可是非常有意的。那种含情脉脉、依依不舍，可不是一般朋友之间会有的。"

汪世华听了任贵的话，不禁有些愣住了。回想与庞实相处的点点滴滴，他似乎也确实感受到了那份特别的情愫。

"旁观者清，当局者迷。"任贵说，"她在石头城办完事情之后，肯定会去新安郡找你的。"

"庞实听你跟她谈论未婚妻和稽圭时，那表情真的很失望呢。"世荣故意夸张地说道，试图逗乐汪世华。

然而，汪世华没有笑。他知道庞实对他的感情，而现在，他也发现自己对庞实有了不一样的情感。自从得知庞实是女扮男装后，他的内心就发生了翻天覆地的变化。他对庞实不再是单纯的兄弟之情，而是充满了爱慕。

"她真的会来找我吗？"汪世华喃喃自语，眼中闪烁着期待与不安。他开始想象与庞实再次相见的场景，心中充满了激动和渴望。

"大哥，一看你就在这方面不如兄弟们了吧。庞实不来找你，难道你不会去葛仙山去找她吗？"程富说，"英雄难过美人关，庞实确实是天下少有之美女，更何况才华出众，文武双全，与大哥在一起真是天造地设，你们将来要是在一起，必定比翼双飞，羡煞旁人。"

"她若真对大哥有意，才不会稀罕大哥娶几房夫人呢。"世荣在一旁说得汪世华心花怒放。

"大哥。"任贵靠近汪世华故意悄悄地说，"那还去找你的未婚妻钱英吗？"

"去你的，我汪世华怎么能做失信之人呢？就是天涯海角，我也得去。"汪世华说。

"大哥乃多情之人，守信之人。"世荣说，"大哥，要是等到稽圭嫂子守孝完了，还没找到钱英大嫂，该怎么办？"

"就随天意吧，暂时不去想那么多。"汪世华看着两岸高山，"我相信与她有缘。"

在通往新安郡的官道上，一队人马缓缓前行，骑马走在前面的是一个四十岁左右的威武男子。

紧随在后的是一辆漂亮的马车，汪世华的未婚妻钱英就坐在里面。

钱英撩开马车帘子，对前面的男子问："大哥，我们进入新安郡地界了吗？"

马上男子着铠甲，南蛮人模样，他回过身来答话。

"英妹，已经在新安郡地界了，天黑前就能赶到新安郡治所在地歙县。"

"那就好，一路上辛苦大哥了。"钱英感激道。

"说哪里话。我们虽不是同胞兄妹，却胜同胞兄妹。"马上男子说，"到了歙县安顿好后，我差人去打听一下世华的下落。"

"大哥要赶往江都随皇帝讨伐高丽，战事繁忙，到了歙县安顿后，小妹自己去寻访即可。"钱英说。

"这样也好，朝廷那边催得确实有些急。到时我陪你将钱叔父安葬之后，就立即动身去江都。"男子说。

"那就有劳大哥操心了。"钱英刚说完，后面有使者快马加鞭追上来。

"启禀大人，兵部函，六百里加急。"

男子从使者手里接过信函一看，是兵部催他快速赶赴江都，皇帝准备提前动身前往涿郡。

"大哥，朝廷来催你吧？"钱英等男子看完信后，关切地问道。

"是的，英妹，看来我把你送到歙县之后，就得立即前往江都。"男子边说边把信函叠好藏入胸襟之内。

这个男子就是南粤首领冯盎，今年四十岁。冯盎是被岭南百姓尊称为"圣母"的冼太夫人之幼孙。

冼太夫人是岭南的传奇人物，原名冼英，是广东高凉人，后嫁于当时的高凉太守冯宝。冼太夫人喜欢结识英雄豪杰，公元550年在参与平定侯景叛乱中结识了梁国大将陈霸先，并认定陈霸先将是平定南方乱世之人；次年，冼太夫人协助陈霸先擒杀叛将高州刺史李迁仕，被册封为"保护侯夫人"。公元557年，陈霸先称帝，建立陈国；公元558年，冼太夫人丈夫冯宝病卒，岭南大乱，冼太夫人平定乱局，因功被册封为石郡太夫人。隋朝建立，岭南数郡共举冼太夫人为主，尊为"圣母"；隋军南下时，冼夫人率领岭南民众归附，被加封为谯国夫人。

冼太夫人的儿子冯仆被叛贼杀害后，孙子冯盎因在兄弟中才能出众，并在助隋军讨伐岭南叛乱中立有战功，被朝廷封为高州刺史，后高州改为高凉郡。再后来又因平定叛乱有功，被授予金紫光禄大夫、汉阳太守。成为继其祖母之后，新一代岭南首领。

这次朝廷准备讨伐高丽，因冯盎军事才能突出，被皇帝杨广点名随驾出征，并被升迁为左武卫大将军。

钱英随父亲钱端彦发配到岭南后，巧遇冼太夫人。冼太夫人见其可爱，收钱英为义孙女，并要冯盎当同胞妹妹一样看待，随后不久冼太夫人过世，冯盎就一直照顾钱家老小。

钱英聪明可爱，常到冯盎家走动，长到七八岁后，说要以冼太夫人为榜样，开始习武练兵。冯盎见其有心学习，也就把自己平生所学都传授与她，寄希望能从钱英身上看到祖母当年的飒飒英姿。长大后的钱英，果然文韬武略，巾帼不让须眉，尤其在治理州事方面，很有主见，给冯盎提了很多好的建议。

因钱英母亲迁往岭南后，身体一直不适，隋朝统一后，钱端彦也几次想返回故里，一则钱英母亲身体虚弱不便长途跋涉，二来冯盎挽留。两个月前，钱英母亲病逝，钱端彦思念亡妻，不久也就随妻而去了。

钱端彦临死之前，要钱英把他与他夫人的灵柩送回老家休宁安葬，同时去寻访汪世华，与汪世华完婚。凑巧朝廷下旨，要冯盎前往江都随驾讨伐高丽。于是冯盎就走旱路绕道亲自送钱英回新安郡。

离新安郡府还有十里远，新安郡刺史王成就率领郡府官吏在此候着了。按照官职来说，冯盎比王成要高，同时冯盎为朝廷镇守岭南立下赫赫功勋，是朝廷难得的人才，王成打心里敬重他。当王成得知冯盎前往江都要经过新安郡时，也非常高兴，能结交这样的英雄豪杰，是王成求之不得的事情。冯盎一行刚进入新安郡地界，王成立即率领郡府文武官吏一同到十里亭迎接。

"冯大人，一路辛苦了。卑职是新安郡刺史王成。"王成见冯盎远远走来，忙上去迎接。

冯盎忙下马还礼："王大人，太客气了。这次借道宝地，辛苦您了。"

"大人乃朝廷栋梁，皇帝东征的得力干将，能到新安郡来，是新安百姓的福分。"王成忙客气地说。

两人又寒暄了几句，把身边的几个官吏向冯盎介绍后，就一同回府。

到了郡府大厅，分主宾坐下后，相互说了一会儿话。

"冯大人这次途经新安，不知有何要事需要老夫效劳？"王成为官多年，猜测冯盎绕道经过新安郡肯定是有重要事情要办，怕冯盎不便开口，便主动提出。

"王大人治理新安郡深得人心，为人为官皆令人敬佩。"冯盎见王成主动问自己，便一五一十地把缘由说出来，"这次前来新安，其实就是想拜托王大人帮忙寻访一个人。"

"不知冯大人要寻访何人？"王成一听只是帮忙找人。

"登源里的汪世华，其父为前朝戴国公海宁令汪僧莹。"冯盎说。

汪世华？

一听说是汪世华，大厅里其他人等也都惊讶。鲍安国、汪天瑶、汪世英都在场呢。

"请问冯大人，您寻访汪世华有何事？能否方便透露？"王成有些纳闷了，从来没有听说汪世华与冯盎有什么关系啊。

"王大人，情况是这样的，前朝休宁人士钱端彦因得罪朝廷权贵，全家被发配到岭南，有缘与我祖母相遇，钱家有一小女，叫钱英，被我祖母收养为义孙女。而在之前钱家与汪家有约，待钱英与汪世华成年后，结秦晋之好，并相互留有信物作为凭证。后来因朝代更替，岭南战事频发，钱家几次写信到登源里，杳无音讯，又听说汪家遇到大难，已被抄家，下落不明。钱英如今已长大成人，父母双亡。这次我特绕道送她回来，一是为了安葬其父母，二就是寻找汪世华下落，完成她的终身大事，与汪世华完婚。"冯盎把情况介绍了一番。

大家一听冯盎这么说，都掩不住地兴奋。

王成哈哈大笑："冯大人，佳偶天成，老天爷都会被钱小姐的诚意感动啊。您要找的汪世华，就是我们府兵营统兵，新安郡家喻户晓的活菩萨。"

冯盎一听，怎么这么巧啊。

"王大人，可是真的？"冯盎激动地说，"可否现在就安排人请他过来？"

王成一边点头，又一边摆手："绝对是真的，只是汪世华现在不在这里，前段时间我派他去江都办差了。"

"哦？！"冯盎以为马上就能与汪世华见面，听闻其去江都了，有些失望。

"冯大人，我给你重新介绍一下。"王大人走过去拉着冯盎的手，指着旁边几个人说，"这位是鲍安国，汪世华的姐夫；这位是汪世英，汪世华的二弟；这位是汪天瑶，汪世华的族弟。其他各位都是汪世华并肩作战的兄弟。"

冯盎一听，也不顾自己身份了，忙与大家相互施礼。

"冯大人，能否请钱英出来一叙？"鲍安国是新安郡大贾，生意人，汪世华在新安郡是一人之下万人之上，他想先看看钱英本人，再做打算，便征求冯盎的意见。

"姐夫，你可别这样称呼我，钱英是我的义妹，你是她的姐夫，也就是我的姐夫。"冯盎为人豪爽，"以后我们都是一家人了。我马上让钱英出来见你们。"

很快钱英出来了。

饱读诗书的王成见钱英第一眼，立马惊叹，钱英的容貌犹如三国时期曹植《洛神赋》中描述的一样：其形也，翩若惊鸿，宛若游龙，荣曜秋菊，华茂春松。仿佛兮若轻云之蔽月，飘摇兮若流风之回雪。远而望之，皎若太阳升朝霞；迫而察之，灼若芙蕖出绿波。秾纤得衷，修短合度。肩若削成，腰如约素。延颈秀项，皓质呈露，芳泽无加，铅华弗御。云髻峨峨，修眉联娟，丹唇外朗，皓齿内鲜。明眸善睐，靥辅承权，瑰姿艳逸，仪静体闲。

钱英一下子让在场的人都惊呆了，真若仙女下凡。

冯盎忙把王成和鲍安国等人介绍给钱英认识。

钱英向大家一一施礼，大家也忙向她答礼。

"王大人，不知世华几日能从江都回来？"钱英端坐下来问王成。

王成将了将胡须回答："钱小姐，老夫实话实说，在此之前世华曾派人到九江和岭南多方打听你的下落，因无你的消息，所以他至今未婚。这次世华外出，一是为了向朝廷上贡，二是亲自去寻访你的下落。没有三五个月，恐怕还回不来。"

钱英听到王成的话，心中充满了感激和温暖，她知道汪世华一直在惦记着她。然而，当得知还需要等待三五个月才能与世华相见时，她不禁感到些许失望。那种对心爱之人的思念和渴望，让她急切地希望能够早日与他团聚。

冯盎看到钱英的失落，心生怜悯，他温言宽慰道："英妹，你放心，我到江都后会立刻去打听世华的下落，尽快让他回来与你相聚。"

钱英感激地看着冯盉说："谢谢大哥，你身负朝廷重任，战事要紧，我与世华二十多年未见面，不在乎等他这三五个月，只是我担心他在外这么长时间，风餐露宿，太辛苦了。"

"英妹可还没有进汪家的门，就开始心疼世华了啊。"冯盉哈哈大笑。

笑得钱英都不好意思，面若桃花。

"王大人，我看这样如何？"鲍安国见钱英害羞，忙说话解围，"世华到江都交完差可能绕道去其他地方寻访，我明天就派人把消息传到他可能要经过的一些地方。同时也请冯大人到了江都派人留意一下世华的消息，看其是否还在江都。我们尽量让他早点儿回来，别走冤枉路。"

王成赞同地点了点头："这样安排确实很妥当，只是又要麻烦冯大人了。"

冯盉连忙摆手："都是一家人，不说两家话。我理应尽力。"

接着，冯盉与鲍安国开始详细商议钱端彦夫妇的安葬事宜。鲍安国郑重表示会选一个黄道吉日进行安葬，并且所有的操办工作都由他来负责，无需冯盉和钱英操心。

一切商议好后，鲍安国又建议钱英暂时到棠樾与姐姐汪世贞住在一起，这样有个照应。钱英满口答应。

第二天，冯盉就与大家告别，前往江都了。

汪世贞和稽圭得到通知，也忙赶往州府，来接钱英去棠樾。

走在路上，汪世贞一直在思索，该如何向钱英解释世华与稽圭的关系呢？钱英能否接纳稽圭呢？此时的稽圭心里又是如何想的？

·

第十八章　英雄相会

汪世贞、稽圭与钱英见面后，汪世贞主动把稽圭介绍给钱英认识。

钱英见稽圭清艳脱俗、娉婷秀雅，甚是喜欢，她二话没说，走上去拉着稽圭的手说："妹妹家对世华恩重如山，与世华也算是青梅竹马，我定和妹妹如亲姐妹般相处，不分彼此，共同服侍世华，做他的贤内助。"

稽圭起初还担心钱英会说些不好听的话，没想到刚一见面，就这么客气，忙向钱英施礼："稽圭以后愿听姐姐差遣，共侍世华。"

汪世贞一听，心花怒放，没想到钱英和稽圭两人如此识大体，一路上的担忧算是白费了。同时也为弟弟世华日后能与这两女子共处，感到高兴。

随后鲍安国选了个风水宝地，在黄道吉日与钱英一起安葬了钱端彦夫妇。

钱英与稽圭住在汪世贞家里，汪世贞两个女儿均已嫁人，两个儿子都在府兵营效力，而鲍安国也常在新安郡府，只是偶尔回棠樾。于是棠樾鲍家就留汪世贞、钱英和稽圭三人带一群丫鬟一起生活。

钱英与稽圭如同胞姐妹般亲热，钱英常跟稽圭讲岭南见闻，而稽圭常把世华的一些情况说与钱英听。

汪世华一行失望地在街道上走着。

"大哥，别失望，我们再想想别的办法，肯定能打听到嫂子的下落。"世荣安慰汪世华。

汪世华一行把贡品送到户部之后，就拿着王成写的信去找王成介绍的那个人，结果上门一打听得知，那人早于去年过世了。让汪世华好不失望。

"别想那么多了，大哥与嫂子若有缘，即使千里也能相会，若无缘，说不定

嫂子就与我们一样在这街上走着，也会擦肩而过。"程富也安慰汪世华。

"程富说得没错，大哥，既然来到了江都，我们就多走走看看，长长见识。"任贵也跟着说，"也快中午了，咱们去喝酒如何？就那家酒楼吧，看起来挺不错的。"其实任贵并不爱喝酒，只是想找个地方让世华别闷着。

江都就是扬州，杨广喜欢长居扬州，文武百官也迁来不少，相当于大隋在江南的都城，秦汉时扬州就被称为江都，因此大隋的子民也称扬州为江都，是有多重含义的。

江都城内车水马龙，熙熙攘攘，到处繁花似锦，鳞次栉比，让人流连忘返。

汪世华一行走进酒楼，在楼上选了个靠窗的位置坐下，这里有来自全国各地的山珍海味和美酒佳酿。

"大哥，你后面那人好像跟我们住在同一客栈。我在客栈楼道上见过他。"刚点完菜，世荣指着世华侧面相隔两桌的一个人说。

汪世华仔细看那人，三十多岁，相貌堂堂、面有微须，着青衣，一副饱读诗书之士，双眼炯炯有神，透出经天纬地之才。

汪世华不由一怔，从这人容貌和举止即可看出，此非凡人。江都之地汇集天下人才，藏龙卧虎。汪世华决定跟这人交个朋友。

那人坐在那里自斟自饮。汪世华对三人说："你们先吃，我去跟那个人打个招呼。"

汪世华走过去："这位兄台，在下新安郡汪世华，可否借你桌子一叙，交个朋友。"

那人抬头一看汪世华，气宇非凡、英姿雄伟、显王者之气。

"请坐，在下齐郡房玄龄。"那人忙请汪世华入座。

原来房玄龄这次也是向朝廷进贡，是齐郡一个县令，本不由他负责押送贡品，只是他与几个朋友有约在江都见面，所以就讨了这份差事过来。

两人一见如故，汪世华忙邀请房玄龄移座到他那一桌，并把程富、任贵和世荣引荐给房玄龄，原来他们还真的住在同一客栈。五人边说边聊，好不快活。

饭后，汪世华打发程富三人去游玩，自己与房玄龄找一茶楼，从四书五经到兵书战策，无所不谈，相见恨晚。

谈到家世时，房玄龄像忽然想起什么一样，说："我在徐州认识了一个朋友，叫汪铁佛，才学非凡，这次就随我一同来江都，前几日去新安郡访亲去了。不知跟你们家族是否有关联。"

"不知其年龄几何？家世是否告诉过你？"汪世华想起父亲曾提过，叔父家有子七个，其中一个叫汪铁佛，只是隋军南下后，两家失去了联系。

"比你年长，与我年龄相仿。其父原是鄱阳令，后隋军南下，归顺本朝，因功累迁至徐州刺史。"

房玄龄刚说到这里，汪世华站了起来："房兄，太感谢您了，此人就是我堂兄，我们一直在寻访他们的下落。"

房玄龄听说是汪世华堂兄，也为他高兴："令兄才华出众，有治国安邦之才。"

"那是社稷之福。"汪世华一听房玄龄这样赞扬自己的兄长，心里甚是很高兴，"他到了新安肯定能找到我的家人。"

说到这里，房玄龄看了看世华说："房某自幼好读古书，钻研易经，对阴阳五行、八卦九星、天干地支等多有研究，兄弟面相非常人，事后必大富大贵。"

汪世华忙说："过奖，兄弟不才，也略懂一二，房兄也非池中之物。"

"哈哈！"房玄龄哈哈大笑，见周围无人，就神秘地跟汪世华说，"大隋气数将尽。"

汪世华一听，知道房玄龄有话要说，就故意说："当今天下国强民富，尽管中原偶有贼寇闹事，但也不掩华夏太平盛世。"

房玄龄听汪世华这么说，站起来，拍着他的肩膀说："既然如此，世华兄弟为何不应征讨伐高丽？我想你其实什么都明白的。天意如此，你我就等风云际会。"

汪世华见房玄龄看出了他的心情，也就不好说什么："多谢房兄训示，世华愿携三尺长剑为天下苍生谋太平！"

房玄龄听汪世华这样说，大家心知肚明了，举起茶杯："喝茶！"

房玄龄比世华年长八岁，自幼聪敏，博览经史，工书善文，十八岁时，被本州推举为进士，并被朝廷授予羽骑尉职。时任礼部侍郎的高孝基素有知人之明，见了房玄龄，深相交接，便对人说："我阅人无数，但是从来没有见过他这样的人，事后必成伟器，但遗憾的是我不能看到他直冲凌霄之上。"

房玄龄在年少时就展现出了非凡的洞察力和分析能力。当他随父亲到达繁华的京城，身处开皇盛世之中，周围的人都沉浸在隋朝将会长久统治的幻想中时，他却能冷静地看透隋朝的脆弱和隐患。他却对父亲说："隋帝本无功德，只知诳惑百姓。而且他不为国家长久之计，诸子嫡庶不分，竞相淫侈，最终会互相诛夷倾轧。现在国家康平，但灭亡之日翘首可待。"弱冠之年的房玄龄从杨坚用人行政，以及嫉功忌能，杀戮无辜功臣等种种行为，就能对世事做出如此精到的分析。

此时杨广征百万大军讨伐高丽，各地大兴土木修建离宫别院，数百万人开凿运河，各地农民又相继起义，房玄龄怎能看不到其中的要害？！

刚才房玄龄有句话也让人回味，不知是巧合，还是有意，在隋末唐初风云际会、群雄争战、英雄辈出之际，还真的鲜见那些讨伐高丽的将帅身影。

因朝廷忙着调遣军队和运送粮草准备讨伐高丽，朝廷上下都在忙着战前准备。汪世华和房玄龄两人上贡的礼物，一连等了近一个月都没拿到户部的回函，没有回函，就等于还没有完成差事，是不能走的。而房玄龄要在这里等一些朋友，趁这个时机，两人正好可以游江都谈古今。

这天，两人刚从外面回到客栈，房玄龄的仆人跑来说，唐国公的二公子来了，已在房里等候多时。

唐国公的二公子，李世民。他何时来的？房玄龄忙说："带我去见他。"

"房兄，可是唐公的二公子李世民？"汪世华问。

"正是他，我也只是听一些朋友说起过他，尚未见面，年龄虽小，只有十二三岁，但爱结交江湖豪杰志士，多有美誉。"

"哦，我来江都时也听旁人说起过他的一些事迹。"汪世华说。

"那好，你随我一同去见见。"房玄龄见汪世华也有意认识李世民，也就邀请他一起去见见。

此时的唐国公李渊刚被身为表弟的皇帝杨广从地方太守召为殿内少监，这次从京城来江都就是禀报一些关于战事方面的筹备工作。李世民也就随父来到江都，结果得知齐郡的房玄龄也在江都，之前曾闻房玄龄美名，就多方打听其落脚之处，想结为朋友。

"李公子，让你久等了。在下齐郡房玄龄。"房玄龄刚进门，见李世民正襟危坐在椅子上喝茶。

"房兄，今日能见尊容是我世民之荣幸，岂谈久等二字。"李世民忙站起来。

此时房玄龄年长李世民二十岁，可作为李世民的父辈了，而李世民居然称其为房兄，可见两人之间没有年龄之间隙。

"这位是新安郡的汪世华。"房玄龄指着汪世华对李世民说。

"汪兄，幸会幸会。"李世民忙向汪世华施礼。

"李公子，客气了，请坐。"汪世华见李世民双目含日，两眉如神龙遨游，贵不可言，作为堂堂国公爷的公子，当今皇帝的姨甥，身上无半点儿纨绔之气，却有一副礼贤下士之风。小小年纪有如此风范，令人敬佩。

三人坐下后，李世民开门见山地问房玄龄："房兄，您如何看待这次皇帝东征高丽？"

房玄龄没想到李世民见面就问这么敏感的问题，以李世民的身份，房玄龄是不便说朝廷的坏话的。他看着李世民，没有说话。

李世民也看着他。

眼睛是心灵的窗户，两人眼神的交会，都读懂了彼此的内心。

"当今皇帝平南陈，灭吐谷浑，定西疆，开疆辟土，开科取士，万国来朝，大呈武威，威震寰宇，前无古人。"房玄龄说，"可惜很多事情操之过急，物极必反。"

"物极必反，房兄这四个字很精辟。"李世民说，"只怕征高丽加速掏空国力和民力，把大隋拖入泥潭。"

"国家强盛，大兴土木，只伤皮毛；雄兵百万，贼寇闹事，足可镇压；只是讨伐高丽，将激发和扩大矛盾。倘若上有朝廷高官显贵反对、中有世家大族闹事、下有平民百姓造反，隋朝必亡。"房玄龄的话说得很轻，但是李世民和汪世华两人听起来，如雷贯耳，惊心动魄。

果然不出房玄龄所料，隋炀帝杨广连续三年三次兴兵征讨高丽，但每次都以惨败收场。他下令征召马匹十余万，搜刮无尽的钱粮，导致中原的富裕家庭十之八九破产，这一举动迅速加剧了社会矛盾。在这样的背景下，隋朝的三股势力如火山喷发般崛起：有以李渊、杨玄感为代表的隋朝高官显贵，他们手握重权，却因不满朝廷的腐败而反戈一击；有以萧铣、沈法兴为代表的南朝残余势力，他们怀着复国之志，趁势而起；还有以王世充、刘武周为代表的地方大族豪强，他们凭借地方势力，割据一方。这些势力如同星星之火，迅速燎原，形成了锋镝鼎沸、星罗棋布的反隋阵营。后人将这一时期的割据叛乱称为"土崩"，而将农民起义形容为"瓦解"。在这样的狂澜之中，大隋王朝不仅失去了天下民心，更失去了其赖以生存的地主阶级的支持。这个曾经繁荣昌盛的王朝，顷刻间便如同沙堡般土崩瓦解，消失在了历史的洪流之中。

"二十多年的天下太平，只怕即将东流，天下百姓又将卷入战火，于心不忍啊。"汪世华也感叹。

"汪兄对百姓仁爱，是天下之福。"李世民说，"可惜皇帝一意孤行，无人能阻止其征讨高丽。"

"只能说是天意了。"房玄龄说。

三人就这样无话不谈，相见恨晚。

当三人正谈得热火朝天之际，有人推门进来。

"二公子，老爷找你。今晚就要回京城。"是李府的下人。

"这么快就走？"李世民意犹未尽。

"听说是皇帝的旨意。"下人说。

李世民看着房玄龄和汪世华。

"李公子，你就赶紧回去吧。来日方长。"汪世华说。

"来日方长。"房玄龄说。

"好。"李世民抓着两人的手说，"将来世民定会与两位兄长共扶社稷！"

房玄龄和汪世华点了点头："保重！"

六年后，年仅十八岁的李世民追随他的父亲李渊，在太原举起了反隋的义旗。在这场起义中，他们在渭北地区寻访到了才华横溢的房玄龄，并立刻将他召入幕府。从那一刻起，房玄龄便成为了李世民身边不可或缺的智囊。房玄龄多次随李世民出征，不仅在战场上为他出谋划策，更在背后默默地为他网罗各路英才。他的智慧和谋略，使得李世民能够一次次战胜强敌，逐渐在乱世中站稳脚跟。可以说，房玄龄是李世民最得力的谋士。

而那时的汪世华已是歙州刺史，并收服了宣州，成为江南一带最深得民心的地方豪强，从某种程度上说，他为李世民一统天下奠定了基础。

房玄龄、汪世华与李世民的相遇，仿佛命运的巧妙安排。他们三人，如同金字塔的基石与尖顶，原本看似遥不可及，却因历史的大潮汇聚在一起，共同铸就了一段辉煌的传奇。在这个伟大的历史交汇点上，房玄龄以其卓越的智慧和谋略，为李世民提供了宝贵的建议和支持；而汪世华则以其独特的见解和行动力，助力李世民稳定政权，推动国家向前发展。他们三人的结合，形成了一股强大的合力，使得唐朝在贞观年间达到了鼎盛时期，开创了光耀中华的贞观之治。

后人曾如此描绘房玄龄与李世民在渭北的那次会面：当房玄龄沉稳的步伐停在李世民面前时，整个中原似乎都在这历史性的瞬间轻轻颤抖。一位是满腹经纶、深藏不露的智者，一位是初露锋芒、武功赫赫的少年英雄。一个如水般深沉而平静，一个如山般坚毅而激昂。这一老一少的相遇，仿佛是命中注定，他们那迥异却又互补的家世与气质，在初见的一刹那便深深吸引了彼此。

房玄龄，这位阅历丰富的智者，在李世民年轻的脸上看到了关陇集团的辉煌未来和无尽力量。他微微一笑，那笑容中蕴含着岁月的沉淀与智慧的积累，然后，他毫无保留地将自己一生的才华与能量，全部倾注于这个年轻人身上，尽管这个年轻人的年纪足以做他的儿子。

从那一刻起，他们的命运便紧紧相连。但回溯六年前的今天，他们的心灵早已在冥冥中产生了共鸣。不仅是房玄龄与李世民，汪世华与李世民之间亦是如此。在那个动荡的时代，天下的精英可划分为三类：来自长江中下游的"江南华族"、黄河中下游的"山东士族"，以及扎根于陕西关中和甘肃陇西的"关陇军事贵族集团"。而他们三人，正是这三大精英群体的佼佼者。

在历史的洪流中，他们如同三颗星辰，在各自的轨道上熠熠生辉，却又在某个特定的时刻交汇在一起。汪世华，作为"江南华族"的代表；房玄龄，出身"山东士族"；而李世民，则是"关陇集团"的核心。他们三人携手并进，形成了大唐的无敌铁三角，共同铸就了一个辉煌的时代。

当李世民郑重地说出"与两位兄长共扶社稷"时，他们的命运便与天下苍生紧密相连。他们为了同一个目标并肩作战，直至生命的最后一刻。

更令人惊奇的是，房玄龄逝世后的半年内，汪世华和李世民也相继离世。这难道是上天的安排？或许，这正是历史赋予他们的使命，当使命完成，他们便如同流星般划过天际，留下了永恒的光芒。

过了一天，汪世华和房玄龄都拿到了户部的回函，同时房玄龄告诉汪世华一个刚得到的消息，齐郡正在爆发杜伏威和辅公祏领导的农民起义，声势浩大，领头人杜伏威才十六岁。

房玄龄是齐郡人，杜伏威和辅公祏也都是齐郡人。州改郡后，当时齐郡其实就是大家常说的齐州，后来农民起义大面积爆发，大家就都习惯把郡称为州了。

杜伏威这个十六岁就带领农民造反的起义首领，后来成了汪世华的死对头，一个为了扩大地盘，一个为了保境安民，双方多次血战。

房玄龄说："现在农民起义大有风起云涌之势，战争难免烧杀掠夺，世华兄弟你在新安郡多有威名，当地百姓的安危就系在你身上了。"

汪世华说："房兄，我正想向你告别，当前中原动荡，我担心会波及江南。决定立即赶回新安，以安百姓。"

"我们今日就在此告别，我也立即起程回齐郡。"房玄龄说。

"房兄保重！"汪世华双手一拱说。

房玄龄遗憾地说："杜如晦本来约好这次来江都与我见面的，但他来函说身体不适，只有等以后了。他才学在我等之上，以后你们可以多交往。"

"多谢房兄，来日方长，以后肯定有机会的。"汪世华感激地对他说。

"后会有期。"房玄龄说。

"后会有期。"汪世华说。

杜如晦就是历史上有名的"房谋杜断"中的"杜"。他出身于世宦之家，少年好学，吏部侍郎高孝基器重他机敏善应变，遂将他补为滏阳县尉，他见隋朝政治腐败，又认为县尉之职卑微，而弃官归家。杜如晦被房玄龄推荐给李世民后，常从征伐，参与机要、军国之事，剖断如流，并被列入文学馆十八学士之首。杜如晦因病而卒，死时年仅四十六岁。

"大人，我们找到客栈时，汪世华等人已经离开了，听掌柜说是回新安郡。"一名随从向冯盎禀报。

冯盎到了江都后就立即派人查找汪世华，刚从户部打听到落脚点，却发现人已经离开了。

随从见冯盎没有说话，忙又补充道："我等又快马追到江边码头，但船已经开出多时。"

"下去吧。"冯盎轻轻挥了挥手。

"天遂人愿，英妹很快就要见到世华了。"冯盎看着随从离开的背影，自言自语。

这是历史让汪世华与冯盎擦肩而过，但是两人又都有共同之处，数年后，两人先后率土归唐，都被授予上柱国和封为越国公。是历史的安排，还是大唐开国皇帝李渊故意为之，在当时的国公这一级的爵位中，是不可能同名的，只有他俩例外。巧合的过程中，历史又跟他们开了玩笑，两人终生未曾见面。

"大哥，马上就到丹阳了。"汪世华坐在船舱看书，世荣走了进来。丹阳就是石头城。

"哦，这么快啊。"汪世华把抬起头，看着船外。

"你说她还在这里吗？"汪世华突然问世荣。

"你说谁？"世荣刚说完这话，忽然明白，忙说，"不知道。她不是说办完事就去新安郡找你吗？"

世华问这话，等于没问。世荣哪里知道呢？他又不是神仙。其实世华也不需要世荣回答。

"今晚我们就在石头城过夜吧。"汪世华说。

"好的。"世荣了解汪世华的心情。

石头城就是南朝宋齐梁陈的都城建业，这里繁荣富裕，汪世华一行目不暇接。

"前面有人在耍把戏卖艺，过去看看。"世荣指着路口一群人。

"凑凑热闹，看看。"程富也说。

"停，你们看，有人偷东西。"汪世华用手指着前方。

大家仔细一瞧，有个衣衫褴褛的老头正把手伸进一个四十岁左右中年人的包袱里，一看就知道这老头是刚干这种活，手脚不麻利，在包袱里磨蹭了半天掏出了一本书。正在老头失望地想把书扔掉时，那个中年人一只手抓住了书，另一只手抓住了老头的手。

"老爷，求求您，我实在是太饿了才偷东西的。"老头吓得跪在地上。

中年人从兜里掏出一锭银子递给老头："拿去用吧。把书给我。"

老头一看银子，足有二两，忙把手松开，接过银子不停地叩头："谢谢恩人，谢谢恩人。"

"走吧。赶紧回家吧。"中年人边说，边把书放进包袱。

《孙子兵法》，汪世华看得很清楚。汪世华又见那人丰神飘洒，器宇轩昂，非等闲之辈。

老头走后，汪世华走到中年人身边，双手一拱："兄台仁义，令人敬佩。在下新安郡汪世华，刚见兄台随身携带兵书，情趣相投，愿交个朋友。"

中年人一听，拱手还礼："京兆郡李靖，刚才只是举手之劳，不足挂齿。看来汪兄弟也是熟读兵书之人了。"州改郡时，京兆郡是由雍州改名。

"哪里哪里，翻看过几次，略知一二。"汪世华说。

"那就一起找个地方聊聊。"李靖主动说。

"求之不得，就在旁边茶楼如何？"汪世华指着对面的茶楼说。

"好。"李靖满口答应。

两人一打开话匣子，直到世荣来提醒他们用膳才停下来。李靖拍着汪世华肩膀说："汪兄弟是我遇到的唯一能如此深论兵法之人，真是幸事。我舅父就多次在我面前称赞汪宝欢将军，你得其真传，并且后浪胜前浪。"

原来李靖是隋朝鼎鼎大名的韩擒虎将军的外甥，而韩擒虎与汪宝欢是沙场宿敌。汪宝欢是汪天瑶的父亲、汪世华的族叔，当年传授过汪世华的武功和兵法。真是巧合啊。

大家一起用完膳，李靖和汪世华又在客栈里秉烛畅谈，直至天明。

由于李靖此时身为马邑郡丞，要赶往江都，而汪世华也要急着回新安郡，两人只得依依不舍地告别。

李靖出生于官宦之家，自幼便显露出与众不同的"文才武略"。他心怀壮志，曾对父亲坦言："大丈夫若遇明主，恰逢其时，定当建立赫赫战功，成就一番事业，以此赢得荣华富贵。"其言辞中透露出对功名的渴望与追求。李靖的舅父韩擒虎，每每与他探讨兵法、战略，总被他的独到见解所折服。韩擒虎曾赞叹不已，抚摩着李靖的头说："能与我深入探讨孙吴兵法的精髓，唯你一人而已。"这足以见证李靖在军事方面的非凡造诣。尽管李靖当时的官职并不高，但他的才华与能力却在隋朝的高层中广为流传。吏部尚书牛弘对他的评价极高，称赞他具备"王佐之才"——即具有辅佐君王成就伟业的卓越才能。甚至连隋朝的大军事家、开国功臣杨素也对他寄予厚望。杨素曾拍着坐床对李靖说："你终有一日会坐在我这里的！"

在石头城的这次短暂相遇，仿佛是命运的巧妙安排，让汪世华和李靖结下了深厚的友谊。两人后来各自书写出自己的传奇，并都成为民间百姓顶礼膜拜的神人。一个率大军南征北战，开疆辟土，在民间百姓心中树立起了崇高的威望，被人们顶礼膜拜；一个掌管禁军鞠躬尽瘁，拱卫京都，用忠诚和执着，赢得了人们的敬仰和尊重。若干年后，汪世华因病逝世，五十天后，李靖也溘然长逝，仿佛是去追寻他一生中的知己。

"程富、任贵、世荣，你们三个速回兵营，一定要约束好兵卒，防患于未然。即使天下大乱，我们新安郡也不能乱。我去向刺史大人交差。"汪世华一行快马加鞭，刚回到新安郡，就命令三人前往兵营。

"是，大哥。"三人同时领命向各自的兵营奔去。

"世华，你怎么这么快就回来了？"刺史王成听说汪世华已经回来，忙到大堂外面迎接。

"大人，现在中原贼寇蜂拥，我担心会波及江南，拿到回函后就直接赶回来。"汪世华说。

"世华你心系百姓安危，是新安百姓之福。有你带领的府兵营在，新安郡不会乱。"王成很高兴。

"应该说有您这样爱民如子的父母官在，新安郡不会乱。"汪世华说。

然而，新安郡内已有一股暗流涌动，只是在伺机而动。即便是太平盛世，也总不乏寻衅滋事之徒。

"哈哈哈，咱们之间就不必互相恭维了。"王成紧握汪世华的手说道，"你的未婚妻可曾寻得？"

王成故意问汪世华。

"还未找到，此行匆忙，只能日后再寻了。"汪世华露出遗憾之色。

"你速去你棠樾姐姐家，有要事相商。"王成神秘兮兮地说道。

"大人，究竟有何急事？"汪世华感到不解。

王成笑道："天机不可泄露。你只管去便是，越快越好。"他催促着。

汪世华满心疑惑，只得骑马急奔棠樾。

此时，一个师爷走至王成身旁，低声问道："大人，何时将方进的罪行告知将军？"

"等他从棠樾回来后再说吧。方进是死罪难逃。"王成看着汪世华离去的身影说。

"夫人，将军回来了。"仆人急匆匆跑进大厅向汪世贞禀告，此时汪世贞与稽圭正在听钱英讲岭南的趣事。

"哪个将军？"汪世贞问，因为仆人把汪世华三兄弟都称将军。

"统兵大人。"仆人说。

汪世贞一惊，看了眼钱英和稽圭："前后才两个来月，这么快就回来了呢？"

"早回来不是更好吗？免得我们英姐日思夜想的。"稽圭故意调侃钱英。

"死妮子，小心我撕烂你的嘴。"钱英红着脸故意生气地说。

"姐姐是大家闺秀，才不会这么粗野呢。"稽圭笑呵呵地说，两人相处一段时间后，不分彼此。

"现到哪里了？"汪世贞问。

"还有三里地，又被那个老太婆拉着说话呢。"仆人说。

"估计一时半会儿还回不来，他每次回来都会被那老太婆拉着说半天话。"汪世贞说。

"是的，我正在地里干活，远远看见，就知道将军一时脱不开身，便跑回来报信了。"仆人说道。

"那老太婆是什么人？为什么每次都要拉着他说话呢？"钱英问。

"唉，说来话长，这个老太婆是大贵的娘，大贵是当年我们登源里老家的下人，为人憨厚老实，后因我们家道衰落，母亲把下人全都遣散了。大贵后来常到郑村看望世华三人，虽然他家条件差也帮不上忙，但是来看望一眼，也是很好的。"汪世贞说的这些都是后来汪世华告诉她的，"后来世华当了府兵营的统兵就让大贵去了兵营当差，为世华做一些端茶倒水的事，也算是我们记他的恩情，报答他。"

"在患难之中还有人能想到你，关心你，不管他的帮助有多大，我们都应该记着他，报答他。"钱英感慨道。

"是的，这个老太婆见到世华就喜欢跟他说这说那，问这问那，处处关心世华。世华被百姓称为活菩萨，就是从这老太婆嘴里喊出来的。"稽圭也跟着说。

"平叛贼寇一年后，郡府的财政收入提高了，世华提议王大人以郡府的名义，每月给全郡之内所有的六十岁贫穷老人发放大米，到年岁之际还送去银两和猪肉。得到全郡百姓称颂。这个老太婆从那以后每天不管刮风下雨都在凉亭里摆茶摊，有人路过就请去喝茶，从不收钱，逢人就夸世华如何如何好，是菩萨降世。"稽圭继续说。

"世华为百姓做几件事情，这是应该的。世华爱民如子，只要闻知百姓有疾苦，他就寝食难安。"汪世贞说。

"百姓如此信任世华，我们应该帮助他再多做些事情。" 说着，钱英站起来向房里走去，"姐姐，我现在就去会会他。"

钱英很快就提着一把剑出来。

"你想去干什么？"汪世贞搞糊涂了。

"姐姐，你放心，我去试试他的武功。倘若他知道我的身份后，他还敢向我动手吗？"钱英拉着汪世贞的手解释。

汪世贞一听，笑了，用手指着她脑门："你一个大美人，就这样去，世华肯定也舍不得下手啊。"

"那我去换装，马上就出来。"钱英说完又向房里跑去。在岭南生活了二十多年，跟随冯盎在刀剑里走过的钱英，决定利用这个机会看看稽圭常常夸赞的世华到底能耐如何？

"快点儿，不然世华就到家了。"稽圭也想看看这热闹。

"知道。"钱英从卧房甩出一句话。

"这位兄弟，请让一下，我要去村里。"汪世华好不容易听老太婆唠叨完，还没走半里路，见一个眉清目秀的小伙子骑着一匹追风桃花马挡在道上。

这个人就是女扮男装的钱英。

钱英一看世华，果然英俊潇洒、威武雄壮，心中窃喜，但嘴上却说："不行。"

汪世华恼火了，这家伙是谁啊，这么嚣张，在新安郡还没人跟他这么横的。但是他还是压着火气："这位兄弟，我有要事，请让开。"

王成又没把事情说清楚，搞得汪世华糊里糊涂的，担心姐姐家里出什么事情。

钱英骑在马上，拔出剑："你只要赢过我手中的剑，我就放你过去。"

遇到一个疯子，汪世华的第一念头，这是典型的无理取闹，刚听老太婆唠叨完，又来一个素不相识的要打架。

"我不想浪费时间，我有急事。"汪世华说。

"什么急事？"钱英问。

"不知道。"汪世华说。这是他的实话，他还真不知道有什么事。

"哼，笑话，都不知道是什么事情还算什么急事。你是不是瞧不起人？"钱英举剑就刺过来。

汪世华早有防备，轻轻一躲，就躲开了。但是钱英的剑像长了眼睛一样，不停地向汪世华刺来。汪世华左躲右闪，"唰"的一声拔出剑。

"不错，有几招功夫。那我就陪你玩玩。"钱英这几招下来，让汪世华看出此人剑法非同一般，倘若这样躲闪不还手的话，估计十招之外就会被刺伤。

钱英笑了笑："这还差不多。看招。"

"不客气了。"汪世华一招长虹贯日，也不看钱英的剑，直接扑去。

两人骑在马上，三十招过后，汪世华心里嘀咕，这人还真不错，武功在程富、任贵等人之上，是个人才。

"兄弟，马上功夫不错，下马试试如何？"真叫棋逢对手、将遇良才，汪世华越斗越高兴。

"谁怕谁啊。"说完，钱英一个掠影就到了地上。

"好功夫！"汪世华也到了地上。

"接招！"钱英还没等汪世华站稳，就直接杀去。

钱英不愧是冯盎亲手培养出来的，果然不同凡响。

两人越斗越心里佩服对方，五十招下来，汪世华开始占上风了。

"世华，英姐，你们别打了。"稽圭老远跑来。她见两人越斗越激烈，怕有闪失。

"圭妹，你认识他？"汪世华收住手里的剑，"你叫她什么？"

钱英也收剑入鞘，轻盈地走到稽圭的身旁，内心满是欢喜，自己的未婚夫果然了得。

"她就是英姐，钱英姐姐。"稽圭指着钱英，激动地说。

"钱英？"汪世华疑惑的目光在稽圭和钱英之间流转。

"她其实是女扮男装的。"稽圭笑着解释，一边说着，一边轻轻地把钱英拉到汪世华面前。

汪世华看着眼前这位英姿飒爽的女子，突然明白了什么，"哦，原来你是想借此试探我的武功。"

钱英与汪世华经过一番比试，也不害羞，而是大方地笑着看向汪世华，眼中闪烁着欣赏与认可的光芒。

"快回家吧，姐姐也跑来了，怕你们万一伤着。"稽圭看着汪世华指着远处急匆匆往这边赶来的汪世贞。这时她感到有些尴尬，不知道说什么好。

汪世华见钱英模样，打心里高兴。

他走上去抓着钱英的手说："英妹，这些年你受苦了吧。"

钱英从怀里掏出玉佩，这是当年定亲的玉佩，上面刻着"世华"两个字，她静静地递给汪世华。

汪世华明白了，他也从怀里掏出当年交换的玉佩，放到钱英手里，上面刻着"钱英"两个字。

两个人的手紧紧握在一起，默默地看着对方，眼神中流露出深深的情感。他们仿佛希望时间在这一刻静止，就这样站成一对石像，守望着彼此，直到永远。周围的空气仿佛都凝固了，只有他们两人的存在。钱英的脸上微微泛红，而汪世华的眼神则充满了温柔和坚定。他们不需要言语，只需要通过眼神和紧握的手，就能感受到彼此的心意。

"姐姐来了，我们回去吧。"稽圭心中泛起一丝酸楚，她看着汪世华和钱英紧握的手，轻轻地说。

汪世华转头看去，只见姐姐汪世贞也正朝这边走来。他松开钱英的手，走过去亲昵地捏着稽圭的手，温柔地说："圭妹，你真好。"

稽圭没有说话，只是静静地感受着汪世华传递过来的温暖和情意，幸福像一股暖流穿过她的全身。

此时，汪世华也终于明白了王成之前的神秘和暗示。他感激地看着稽圭，心中充满了爱意和感激。

换上女装后的钱英更加美艳动人，世华见后喜形于色。因钱端彦过世不久，钱英需为父亲守孝三年方可完婚。所以，即使世华与钱英两人相遇了，也只有等三年之后了。

从此，渔梁坝常常可以见到一幅美丽的画卷：汪世华与钱英并肩骑马，驰骋在江边。他们的身影在夕阳的余晖中拉得长长的，仿佛与江水、天地融为一体。汪世华的英勇与钱英的飒爽交相辉映，成为新安郡一道独特的风景线。

"世华，你看该怎么办？"王成征求汪世华的意见。

汪世华看着一堆关于方进贪赃枉法的证据，说："一切由大人处置，王子犯法与民同罪。"

汪世华实在是没想到这几年方进居然变了，完全不是当年的绿林好汉。人，在金钱面前为什么变得这么脆弱呢？

"他除了把郡府拨下去建私塾和奖励学子的钱贪污之外，还利用他手中的权力，掠夺百姓，更重要的是他大置田地，广建豪宅，强占民女，人家不从，居然拔刀杀了人家，罪大恶极。"鲍安国也接着说。

"现在办学之事由谁负责？"汪世华问。

"我们只是把方进抓起来关入大牢，还没考虑其他事情。"王成说。

"就让陈朴来干吧。"汪世华说，"他才识高，又有威信。"

"不错，他又是山越土族，这样更利于民族融合。"王成说。

"我觉得不错，陈朴这几年协助方进做事，成绩斐然。"鲍安国也很赞成。

"大虎他们有牵连吗？"汪世华担心方进原来那些手下闹事。

"暂时没有发现，大虎他们一直在天字营和富字营，表现都不错。"王成说。

"那就好。方进的事情就由大人决定吧。"汪世华不想管，方进犯罪的证据确凿，并且还有死者的家人递交的状子，但是他心里担心大虎他们会有动作，只是没有说出来。

汪世华的担心其实是对的，方进被杀，对大虎二虎三虎等几个方进当年的手下产生很大的心理压力，最重要的是他们偶尔得知了花山宝窟的事情，富可敌国的宝藏让他们产生了新的念头。

方进被杀时，新安郡方圆十里的人都赶到刑场来看。

方家与汪家是世交，方进被杀，就等于汪世华大义灭亲，全郡百姓都极力称赞汪世华不滥私情。

杀人偿命欠债还钱，方进就应该为被杀的民女偿命，尤其是当前中原动荡时期，更应该杀方进平息民愤。汪世华自得知方进被抓到砍头，都没有去见他。

方进也知道汪世华不会来看他，他也没有脸面见汪世华。自方进归顺郡府后，汪世华对其尊重有加，并委以重任，但是他慢慢地陷入了权力和金钱这个怪圈，迷失了自己。

仁和药铺又重新开张了，但是这次与以前的性质不同，从现在起仁和药铺就归属郡府，新安郡内所有的贫苦人家有任何疾病均可免费来取药。这几年开办私塾和到各乡村弘扬仁义之后，大家懂礼仪知廉耻，尊老爱幼，以三纲五常为道德和人伦的行为准则，形成了独特的风俗和民情。夜不闭户路不拾遗在新安郡成为了现实。

仁和药铺除了有稽圭在打理，同时新安郡一些有名望的大夫也来到这里坐诊帮工，一时之间成为新安郡百姓的希望。这是历朝历代都没有的举措。

这天汪世华刚从外面回来，大贵就迎了上去。

"将军，有个叫汪铁佛的在大厅等你。"

汪铁佛。汪世华才想起，从江都回来后一直忙碌，都忘记这件事情了。但他怎么这么晚才来呢？

"来了多久？"汪世华问。

"有一阵子了，问了下老爷的情况，我一一回答了。他只说那就对了，那就对了。"大贵说。

"他是我堂兄，叔父的儿子。"汪世华说。

"啊？！他啊？！当年老爷让我去找二老爷找得好苦，一点儿音讯都没有。"大贵感到很吃惊，当年他就奉汪僧莹之命出去寻访过汪铁佛父亲汪僧湛的下落。

"他们当年肯定也有自己的苦衷。"汪世华说。

大贵低着头，本来他想问问他们当年去哪里了，为什么联系不上。见汪世华这么说了，也就不好问了。

"铁佛兄嘛？我就是世华。"汪世华刚迈进大厅，就向汪铁佛打招呼。

汪铁佛正在喝茶，他见汪世华进来就问，忙站起来，看着世华："你真是登源里的汪世华？"

尽管汪世华的身份他早就打听清楚了，但是亲人相见时，还真有一种不敢相信的感觉。

"铁佛兄，家父名讳僧莹，登源里戴国公府的。"汪世华抓着汪铁佛的手，内心激动万千。

汪铁佛也紧紧地抓着汪世华的手，眼泪都快流了出来："兄弟，你们受苦了。"

"都过去了。"汪世华强忍着泪水，想笑，但是脑海里浮现的却是父亲被衙役抓走拷打得遍体鳞伤、母亲带着三个儿子被赶出登源里的场景。

"家父当年处境微妙，有难言之隐，后来派人寻访时，得到的消息是人全没了。"汪铁佛含着泪水解释道，"但是家父仍然不死心，临终前一直嘱咐我兄弟几人一定要寻访到你们的下落。"

汪世华知道叔父当年肯定是身不由己，不然不可能二十多年不回歙县，他只有使劲儿地点头，不知道说什么好。

随后汪世英、汪世荣、汪天瑶一干人等也都来了。兄弟重逢，有无数的话想说，

徽州魂
大唐越国公汪华传奇
上

但又不知道从何说起。

第二天，大家一同去云岚山祭祖后，又去了棠樾鲍安国和汪世贞的家，

原来汪铁佛与宣城郡刺史周晓之前相识，这次来新安郡时就从石头城上岸走旱路顺道去拜访周晓，结果得知了很多新安郡的事情。汪铁佛见汪世华仁义已播江南，甚是欣慰，而这时宣城郡境内正有一股贼寇说要响应中原农民起义，推翻大隋，诛杀杨广，几天之间就占据了一个县城，声势浩大。见周晓焦头烂额，汪铁佛只得出手相救，用计帮他剿灭了贼寇。所以前后就耽搁了一段时间，到现在才回新安郡。

汪铁佛在新安郡住了一个月，对汪世华在新安郡的治理赞不绝口。由于周晓多次派人到新安郡邀请汪铁佛去宣城郡辅助他处理州事，又在汪世华等人极大的支持下，汪铁佛恋恋不舍地与大家告别，前往宣城郡。

大业八年二月，即公元 612 年，大隋的皇帝杨广雄心勃勃，率领百万雄师渡过辽水，决意征服高丽。然而，长途跋涉、粮草不济，加之策略上的失误，使得屡次错失战机。终于，在七月，隋军尝到了失败的苦果，损失惨重，不得不黯然撤回。

当时，杨广欲以德行服人，遂下令军队，凡遇守军投降，便不得再行攻击。然而，高丽军队却狡猾地利用这一命令，每每在城池即将失守之际，便假意投降。当隋军信以为真，停止进攻后，他们却又趁机重整旗鼓，从后方偷袭隋军。

高丽军队的这种无赖战术，严重地拖累了隋军的进攻节奏。特别是在围攻辽东城时，隋军不仅面临着守军的顽强抵抗，还要应对那些假意投降后反戈一击的高丽军队。这使得辽东城久攻不下，数十万隋军被困城下，士气低落。

与此同时，水军大将来护儿率领的江淮水军已进逼高丽都城平壤。高丽军队稍作抵抗后便撤出城池，隋军得以进驻平壤。然而，城中的隋军因胜利而松懈了纪律，忙于掠夺财物。就在这时，撤出不远的高丽军队突然回马杀来，来护儿的军队猝不及防，大败而逃，四万精锐之士仅有数千人逃生。

消息传至辽东城，杨广急忙命令宇文述率领陆路大军绕过高丽人坚守的辽东

城，向鸭绿江挺进。为了加速前进，兵卒们不顾禁令抛弃粮食，结果在途中军粮告急。高丽得知这一消息后，决定采取拖疲隋军然后决战的策略。此后高丽军屡战屡退，宇文述在一日之中连战连捷，最终在距平壤城三十里的地方安营扎寨。然而这时高丽大臣乙支文德却诈降说，如果隋军撤走，他一定将高丽王高元生擒献上。宇文述信以为真，同时也因士卒疲乏，于是决定撤军。然而就在这时，高丽军忽然四面出击，隋军一触即溃，败返鸭绿江。杨广一征高丽就这样以惨败告终。

征讨高丽失败的消息更激化了各地农民起义的爆发，而此时的杨广誓灭高丽，把征讨高丽作为重点，而只是派出小股军队到各地扑灭农民起义。杨广认为只要灭了高丽，在百万大军面前，地方武装起义很快就会灰飞烟灭。

大业九年，即公元 613 年，四月，杨广再次御驾亲征高丽，决心一雪前耻。此次出征，他汲取了上次的教训，赋予将领们更大的自主权，"便宜从事"，以灵活应对战况。隋军如猛虎下山，迅速包围了辽东城，昼夜不息地连续攻城二十余日。飞楼、云梯、地道、冲梯竿……各种攻城手段层出不穷，然而高丽守军却如同磐石般坚韧，一一化解了隋军的攻势。

杨广不甘示弱，下令以百万布口袋装土，环绕辽东城筑起巍峨的高墙，使战士们能够登高远眺，发动更猛烈的攻击。同时，他又命人制造了八轮楼车，高耸入云，使得兵卒能够从上往下俯射城内。辽东城岌岌可危，似乎指日可破。

然而，就在这个关键时刻，后方的礼部尚书杨玄感却看到了机会。他负责筹集大军粮草，眼见隋军主力远在高丽，国内空虚，便意图谋不轨。在黎阳起兵造反，直逼东都洛阳。这一消息如同晴天霹雳，令杨广大惊失色。他不得不赶紧下令撤军，以保国内安宁。

高丽军对此毫不知情，见隋军突然撤退，疑惑不已。他们怀疑其中有诈，直到两天后得知实情，才敢派兵追击。杨广的第二次征高丽之旅，就这样因为杨玄感的意外叛乱而草草收场。

说起这杨玄感，乃是杨素之子。杨素是大隋的杰出军事家和政治家，曾助杨坚称帝，平陈有功，被封为越国公。杨广称帝时，又改封杨素为楚国公，并委以重任。然而，手握军权、功高盖主的杨素与权力欲望强盛的杨广之间逐渐产生了隔膜。

徽州魂
大唐越国公汪华传奇
上

为了保全全家性命，杨素在病重时拒绝医治，静待死亡降临。

杨玄感和家人对杨广心怀怨恨，认为是他逼死了杨素。加之杨广曾无意中流露出对杨素家族的杀意，更使杨玄感惊恐万分。于是，他趁杨广征高丽、中原百姓怨声载道之时，举起了救百姓于水火的旗帜，于六月三日毅然起兵造反。

杨玄感的军队迅速壮大，从一万人扩展到十万人，声势浩大。然而，他却没有继承父亲杨素的军事才能。他放弃了李密的进攻策略，执意要攻占东都洛阳。结果十万大军耗时四十天仍未能攻下城池，严重挫伤了军队士气。这犯了起义军应首战首捷、速战速决的大忌。随着杨广调遣各地援军源源不断地开往洛阳，杨玄感的情况急转直下，很快就陷入了四面楚歌的境地。

最终，在八月的一个清晨，杨玄感兵败被杀。大隋第一个由上层贵族推动的造反运动就这样烟消云散了。

大业十年，即公元614年，杨广再度燃起战火，发动了第三次征讨高丽的壮举。这一次，他汲取前两次的教训，战略部署更为周密，使得隋军在战场上如鱼得水。大将来护儿在毕奢城一战中大败高丽军，乘胜向平壤进发，势如破竹。

然而，高丽已因连年征战而疲惫不堪，无力再与隋军抗衡。于是，他们选择遣使请降，为这场漫长的战争画上了句号。隋军得胜班师，凯旋回朝。

然而，此时的天下已然大乱。农民起义的烽火从山东、河北蔓延至全国各地，起义首领们各据一方，拥兵数万，成为了不可忽视的力量。唐弼占据扶风之地，张大虎雄踞榆林之域，刘迦论在延安举起义旗，刘苗王在离石崭露头角，王德仁在汲郡独当一面，彭孝才于东海之滨称雄，左孝友在齐郡振臂一呼，卢明月在涿郡崭露锋芒。

尽管杨广三次征讨高丽对大隋来说劳民伤财，甚至引发了国内农民起义的频发，但这也无疑削弱了高丽的国力。这一系列的战争为大唐后来平定辽东奠定了坚实的基础，成为了历史的一个重要转折点。

可以说杨广是个以大局为重的帝王，农民起义在他眼中毕竟是国内的问题，高丽却已经是两个民族之间的战争了，而且农民起义自古至今都是小打小闹成不了气候。中国历史几千年中，农民起义成功的例子几乎没有，除了后来的明朝朱元璋是靠农民起义最终当了皇帝，其他人基本上都是为他人作嫁衣。

秦末陈胜、吴广开创了农民起义的先河，也最先送命。刘邦虽然也是农民起义出身，但是秦朝的主力军并不是他灭掉的，而是项羽，项羽是楚国贵族出身。刘邦最先进入咸阳，却只被项羽封到蜀地做了汉王，最后隐忍几年才打败了项羽，做了汉高祖，也勉强算是农民起义成功。

东汉末年，张角起义闹得轰轰烈烈，最后一样以失败结束，最终三分天下的三人都是贵族，曹操、孙权自不用说，连刘备也是个中山靖王之后、破落皇叔。自魏晋开始，基本上就不存在农民起义这一说辞，朝代更替全是大将、权臣篡位，杨坚的皇位就是从自己外孙手里抢来的。所以杨广把高丽的威胁看得比国内烽烟四起的农民起义严重得多，他才会不顾国内实情，坚持要讨伐高丽。

这个决定在当时来看，对隋王朝来说可能是雪上加霜，是压死骆驼的最后一根稻草，但是放到民族大义上来看，是值得肯定的，农民起义军再怎么闹也是自己国家的事情，高丽乃是外族，杨广又怎能只顾与农民军互相消耗，让高丽得利呢。

后来各路起义军都宣称杨广奢靡无能、好大喜功，其实这些都是为了抹黑杨广，让自己的造反光明正大而已。当时杨广发誓要平高丽是有深层原因的。

原来在大业三年，即公元607年，杨广北巡至东突厥启民可汗大营，偶遇高丽国派来朝觐启民可汗的使者。东突厥在大隋北面，高丽在大隋东北面，在大隋早期，突厥一直对中原地区屡有侵犯，后来杨广带兵打得突厥臣服，但那只是表面的，突厥内心并不甘愿，总是企图积蓄力量，重反大隋。

现在高丽竟然派使者去朝觐启民可汗，这意味着什么？这是明摆着的事情。杨广当时见到这两个强敌之间竟有联系，很受震动，马上宣旨高丽使者道：启民诚心归顺，朕才驾临他的大帐。明年朕打算巡视涿郡，你回去转告高丽王高元速来朝见，否则朕将和启民率领大军巡游高丽国土。高丽王高元闻报后甚为恐惧，一直也未敢赴隋。

杨广对真心臣服的番国一向礼遇有加，赏赐也很丰厚，为什么高元不敢到涿郡朝见杨广？因为他心里有鬼，所以一直找借口不去朝见杨广，杨广不是傻子，他当然看出高丽的野心，因此有了征讨之心。

杨广在突厥见到高丽使者那年是大业三年，正式出征高丽已经是大业八年了，这完全说明杨广并不是一时冲动，而是做了充分的思考和战争前期准备。

中原动乱蔓延到了江南，但是唯独新安郡太平。周围各州百姓为躲避战乱，纷纷逃奔新安郡，一时之间新安郡境内人数急速增加不少，汪世华为了安顿流离失所的难民，在各乡村均设置安置点，新安郡富商地主以汪世华为榜样，也纷纷效仿，设义粥摊，腾出仓库、杂物房供难民居住。

正在这忙乱之际，新安郡境内居然出现了一系列命案，一些人相继死去，并且都是死于他杀，手段残忍。汪天瑶把统计的结果汇报给汪世华后，竟然得出了一个惊人的消息，死者全都是当年参与隐藏花山宝藏的人。

此时汪世华正在棠樾照顾钱英，近期由于难民较多，钱英帮助汪世华到处安抚难民，结果给累病了。

"大哥，从这些人的死因来看，一定是花山宝窟的秘密已经被别有用心的人知道了，他为了消息不被更多的人知道，就采取杀人灭口的措施。"汪天瑶跑到棠樾来向汪世华禀告情况。

"这些宝藏倘若落入贼寇之手，天下真的要大乱了。"汪世华说。

两人正在商议，程富骑马向鲍府飞驰而来。

"大哥，大虎造反了，在回玉乡扎起了旗帜，说你即将起兵杀进长安，活捉杨广，还天下太平。"程富急匆匆地跑来报告。

汪世华一听，麻烦了，他几年前隐隐预感的事情发生了，自从方进死后，大虎的行为就越来越老实，但就是在这个越老实的外表下，包藏着一个阴谋。大虎把方进的死归咎于汪世华，同时也因自己曾参与方进一些事情之中，他害怕汪世华查出他。

大虎惴惴不安之时，无意中从一个喝醉的人那里得知了花山宝窟的秘密，这个人以前曾在兵营里待过。大虎决定找到这笔钱，拿到这笔钱找一个地方过自己的快乐日子。但是随着各地农民起义的不断兴起，大虎的想法变了，他要找到这宝藏，趁天下大乱之际，招兵买马，称王称霸。

大虎利用在兵营里担任千夫长之职务，带领自己的亲信到处翻山越岭，寻找可疑之处，并多次通过金钱美色诱惑那个人，从那人口里套出参与转移藏宝人员，随后安排亲信把他们一个个杀害。令大虎遗憾的是，那个人并不知道宝藏到底埋藏在什么地方，当时是深夜大家又都是蒙着眼睛搬运财宝的，那人只记得大家走了很远的路，都是一只手摸着一根绳子，一个胳膊抬着装满财宝的箱子前进的。

功夫不负有心人，经过一个月的地毯式搜索，大虎终于在山里寻到了一些财宝，他认为已经找到了宝藏，而这时数十人被杀已经引起了郡府的重视，大虎就拉着二虎、三虎带了两百名愿意跟随他的兵卒占领回玉乡，也举起救天下百姓于水火的大旗，招兵买马。

要想在新安郡立住脚，必须先除去汪世华才行，所以大虎听从小虎的建议，对外说汪世华即将起兵造反。其目的就是陷害汪世华，想借朝廷之手除去他。

"必须立即派兵把他剿灭，不然大家都有麻烦。我汪世华怎么能做不忠于朝廷、把新安郡百姓带入战火之人呢？"汪世华非常气愤，大虎这几年在府兵营里面学聪明了很多，武功、谋略都长进不少。

"富字营和贵字营所有人马都纠集完成，就等大哥的命令。"程富恨不得马上发兵抓住大虎，因为大虎原来是属于他富字营下面的。

"他现在有多少人马？"汪世华问。

"已经有五千人马，他说已经找到了天下最大的宝藏，是上天赐给他用来拯救天下的，周围几个郡县的难民就蜂拥加入了他的旗下，人数每天都在增加。"程富说。

"才几天时间就这么多人？"汪世华没想到大虎的人数发展得这么快。

"现在除新安郡之外，其他各郡都在闹事，附近的听说他有钱，有饭吃，就投靠到他这里来了。"程富说，"据说他在造反之前就已经悄悄地在招罗人马了。他就是负责镇守回玉乡那一带的。"

"我们这段时间只顾着安顿外地的难民和防范外地的贼寇进入新安郡，却疏忽了内部。"汪世华说，"他早就有预谋了。"

"世华，现在当前之计就是你立即回郡府，发出布告，宣布立即出兵回玉乡，诛杀大虎。"钱英见汪世华好像有什么顾虑，就提出建议。

"对，大嫂这主意很好，我们应该立即向新安郡所有百姓表态。"程富忙在旁边称赞。虽然汪世华与钱英尚未完婚，但两人是父母亲约定的未婚夫妻，成婚只是时间问题而已，因此，程富等人也就私下大嫂大嫂地叫开了。

"如今只有这样了。王大人前段时间得罪了宇文化及，我怕朝廷会借这个机会对他不利。"汪世华说。

得罪宇文化及，这消息谁也不知道啊。程富看了看钱英，看来钱英也不知道。

"宇文化及生性贪婪、好色成性，前段时间派人向王大人索要珠宝和美女，被王大人拒绝了。他与他父亲靠帮助杨广夺取太子位而受宠，成为朝中权贵，再加上他的弟弟宇文士及娶了皇帝的长女南阳公主，攀上了皇亲，这小子就更加骄横，目中无人了，在同公卿百官交往中，他语多不逊，许多公卿都受到过他的侮辱。"汪世华把缘由说了出来，"这次大虎造反就会成为宇文化及对付王大人的借口。"

"那可怎么办？"程富说，"大哥你的处境也很危险啊，大虎口口声声对外宣扬说你要杀进长安。"

程富有些着急了，倘若宇文化及趁机一锅端的话，大家都倒霉。

钱英见程富着急，忙说："程兄弟不用担心，只要世华杀了大虎，平定贼乱，朝廷也不会说什么的。现在世道不宁，朝廷还是需要世华这样的人来扑灭战火。"

钱英见程富还是不放心的样子，接着说："我现在就给大哥写封信，倘若朝廷真有对世华不利的消息，就请他出面斡旋，他是左武卫大将军，又随皇帝征讨高丽，应该能办得了这事。"

世华一听钱英说起冯盎，忙抓着钱英的手说："一定要冯大哥去斡旋，我们新安郡不能没有王大人。"

钱英点了点头："我现在就写信，你们赶紧去郡府贴出布告。只要提前平了叛乱，王大人就安全。"

"好，我安排人亲自把信送到冯大哥手里。"汪世华说。

第二十章　保境安民

布告贴出来后，新安郡百姓一下子都踏实了，汪世华忠君爱国，爱民如子，怎么可能会像贼寇一样反叛朝廷呢？大家都说这是贼寇故意陷害汪世华，想让原来太平的新安郡卷入战火。于是大家共同推举汪世华为新安郡主将，出兵平叛贼寇，王成也积极赞成。大家都以此来表示对汪世华的信任。

因各地贼寇造反，为了更快地镇压反叛，朝廷规定主将一职可由有军事才能之人担任，便宜行事，刺史不再兼任。

汪世华对新安郡的百姓说："我汪世华终生以保境安民为己任，为了新安郡父老的安居乐业，我愿意与一切破坏太平稳定之人决战到底！"

这天，新安郡主将汪世华亲率五千兵马，打着"保境安民"的大旗，以程富为左路先锋，任贵为右路先锋，率领新安郡最精锐的骑兵，兵分两路包抄回玉乡。汪天瑶另率领一千兵马作为后援，汪世荣负责押送粮草，其余各兵营人马驻扎原地，防止当地叛乱。

回玉乡处于休宁县的西部，崇山峻岭，连绵起伏，城池依山而建，易守难攻。任贵和程富各领五百骑兵一日行程就到达指定位置，开始安营扎寨。

"大将军，任贵和程富都已经到了城外十里之处，正准备安营扎寨，都是骑兵，我们是否趁其刚来、人马疲惫之际，杀他们一个屁滚尿流，拿任贵和程富的人头来祭旗。"二虎得知任贵和程富消息后，建议大虎立即出兵。大虎他们造反后，就封自己为大将军，二虎为二将军，三虎为三将军，另外大小头目也都封为各种名号的将军。

"没想到汪世华这么快就发兵过来，他是想一举消灭我们，证明自己是清白的。"大虎捋了捋胡子说，"我们要分两种战术，第一，直接消灭他的先头部队，打击他们士气；第二，不进行大规模作战，不轻易出兵，拖延时间，就说汪世华拥兵自重，其实是与我们一伙的，让朝廷下旨杀掉他。只有汪世华一死，新安郡就是我们的。"

"大将军英明。属下愿带兵下山取任贵人头。"二虎非常赞成大虎的意见，他要借当前士气正旺之际，立头功，树立威信。

"属下愿带兵下山取程富人头。"三虎生怕二虎抢了头功，也争着下山。当年二虎和三虎被生擒，此时想来，一定要报此奇耻大辱。

虽然他们武功比不过程富和任贵，但是现在程富和任贵两部人马不多，才各领兵五百，他们决定以多胜少。而此时的大虎已经有一万人马，因回玉城池尚小，大家只有在城池周围或山上安营扎寨。人马的不断扩大，发展的速度也大大出乎大虎他们的意料，这让他们的野心也越来越膨胀，还梦想着很快就会手握百万大军问鼎中原。

"好，命你们各领两千人马立即出发，灭掉汪世华的士气。"大虎知道这是非常好的时机，首战非常重要。

"是！"两人立即出发。

看着二虎和三虎的背影，大虎得意地笑了，汪世华，你没想到吧，时势造英雄，等朝廷下旨把你杀了后，我大虎马上就去占领新安郡，攻取江南，你就来回玉乡吧，我还不稀罕这个地方呢。

程富和任贵两路人马扎营之地分别在回玉的南北两个方向，东边是汪世华来的方向，西边就是陡峭高山。也就是说回玉这个小城池就只有三条路可走。汪世华设计的包围圈，大虎一点儿都不担心，他要与汪世华拼的就是时间。还有一点他知道，现在外面还有起义军向他这边赶来，到时汪世华就会遭到里外夹击。

速战速决是汪世华这次平叛所期望的，不但要防止外面郡县的贼寇拥进，还要把大虎的人马围困在回玉，倘若走出回玉，对新安郡百姓来说就是灾难。虽然说大虎不会烧杀贫民，还会争取他们加入队伍，但是那些大户人家、地主商贾将会被大虎他们洗劫一空。这些贼寇虽是乌合之众，但人多势众，不断扩大，不及时扑灭，谣言就会授予人之手，后患无穷。

既然大虎说自己拥有天下最大的宝藏，那么就从宝藏下手，我让你大虎成也宝藏，败也宝藏。汪世华决定利用宝藏做文章，他已经打听了，大虎找到宝藏的那个地方离花山宝藏埋藏之地还很远，根本不是一回事。大虎手里的宝藏估计只是当年官宦人家埋藏的而已，与花山宝藏相比，九牛一毛。

二虎的人马士气高昂、杀气腾腾，尤其是宣布取任贵人头者赏银千两，人为财死鸟为食亡，把贼兵贼将的士气激发到极点。他们很快就靠近了任贵营地，直接冲杀过去。这是没有任何战术的战争，因为在这种情况下，战术已经失去了意义，二虎就是要以多胜少，狭路相逢勇者胜，更何况任贵的人马疲惫。

任贵部并没有在安稳扎寨，而都是就地休息，吃干粮喝水。二虎的人马越来越近，这是一块平地，很远就能看到对方杀来，而任贵的人马就如看不着听不到一样，继续吃吃喝喝。

莫非有诈？越靠近任贵部队，二虎的速度就越慢，任贵为人诡计多端，二虎是很了解他的。大约只有五百步的距离，任贵的所有人马忽然上马就逃，一副惊魂失措的样子。

"追！"二虎一声令下。贼寇们又加快速度追赶，很多人边追边在笑，哈哈，原来新安郡将士也就这个熊样。

二虎忘记了一件事情，他的两千人马并不全都是骑兵，骑在马上的只有两百人。刚从回玉城出发时，骑兵在前，步兵紧跟其后，同步推进。而此时，一个"追"字，拉开了骑兵和步兵之间的距离，并且是越拉越远。

二虎一口气追了五里地，恍然大悟，自己的步兵被甩在后面了。

"杀！"正当二虎停止步伐撤回时，任贵部突然返杀回来。此时惊慌失措的二虎，也只有硬着头皮迎战。刚一接触就知道什么是精锐部队，什么是乌合之众，不到一会儿，二虎的骑兵损失了一半，魂飞丧胆地往回逃。

"追！"任贵部队跟紧二虎部队不停追杀。二虎的骑兵很快就遇上了步兵，但是此时的骑兵并没有停住脚步，而是直接冲进步兵队伍逃命，可怜不少步兵就这样被自己的骑兵踩踏而死。

"大部队来啦。快快投降！"任贵部队边追边喊。不明实情的步兵见自己的骑兵疯狂逃命，还真以为后面有大部队杀来，也就跟着逃命。任贵部队趁机追杀一阵，追到原来休息的地方，也就不追了，都停下来休息。二虎人马损兵折将，又死了一半人马，只得往回玉城逃窜。

三虎这边的情况也好不到哪里去，他也是二千人马，其中有两百骑兵。程富在回玉的南边，当三虎的人马一个劲儿地的往南杀来时，走了十里路，居然还没看到程富的踪影。

肯定在前面，继续追。三虎马不停蹄地带着人马往前追赶，又追了五里地，他觉得有些不对。三虎这几年在府兵营也学了不少东西，何况他在天字营，汪天瑶传了些兵法和武功给他，也算是一个了不得的人物。

"停！"三虎看着前面两座大山，山势陡峭，中间道路只容两匹马并排走过，程富肯定在这里设了埋伏。

"兄弟们，程富被我们吓跑了，咱们回去向大将军领赏！"三虎说。

"好！"全军喝彩!

"前军为后卫，后军为先锋，回营！"三虎发布军令，二千人马立即变成步兵在前，骑马断后。三虎这样做的目的就是防止程富从背后袭击。

"三将军，官兵这副熊样，我们马上让大将军发令，杀进新安郡城吧！"几个小头领跟三虎说。

"他们本来就不怎么样，我在里面待了那么多年，最清楚了，大将军说了，再等一些盟友过来，我们立即杀进新安郡，横扫江南。"三虎嘴上这么吹着，但是心里在琢磨，程富是汪世华手下得力干将，这次又是骑兵出动，为什么刚到这里就跑了呢？府兵营的人马平时都是天天训练，战斗力很强的，莫非有诈？

当三虎带着人马走过原来程富计划扎营的地方时，营地仍然空空。

"砰！"突然一声炮响，从东边山里瞬间杀出一队骑兵，一百来人，挥舞着大刀向步兵队伍的腰部横杀。三虎人马本来是斗志昂扬的，来回折腾了二十里路，士气已经低落了，这忽然杀出的人马，让前面的步兵有些束手无策。

"快，骑兵冲上去！"步兵在前，山路并不宽阔，这一慌乱，后面的骑兵就得穿过步兵的方阵，程富的骑兵从东往西冲，而三虎自己带领骑兵从南往北冲。可怜步兵一下就乱了阵脚，程富的骑兵在三虎的步兵队伍中砍杀一阵，立即撤向西边的山里。

三虎忙整理人马，刚站稳脚，"砰！"东边山里又是一声炮响，又冲出一百骑兵往三虎的尾部杀去，三虎的尾部本来是骑兵，刚才都冲到队伍腰部去了，步兵变成了尾部。

又是一阵砍杀，三虎的骑兵此时又冲开自己的队伍杀向尾部，但程富的骑兵又立即跑进了西边的山里。

"东边，他们在东边。"三虎叫嚣着指挥队伍往东边杀，因为刚才冲出来的人马不多，大部队应该在东山。可惜他忘记了，刚才的人都是跑到西山去的。三虎人马嗷嗷大叫地往东山去找官兵拼杀。

"砰！"东山又是一声炮响。

贼兵立即你望我，我望你，人呢？怎么没见一个官兵杀出啊。就这样大家提心吊胆，握着刀剑站在原地等了半天，还是没有看到官兵出来。

"砰！"西山忽然一声炮响。程富率领骑兵从西山杀了出来，足有四百人马，这时贼兵大部分人马在山里树林中，只有少部分人在山脚下，还没有进山，一下子看到这么多人马杀出，并且后面鼓声震天，贼兵还没反应过来，不少人头就落地了。

"杀！"三虎气得龇牙咧嘴，终究贼兵人多，很快就冲下山，但是程富带着骑兵都又返回西山了。

"杀！杀！今天一定要杀了程富！"三虎叫嚣着，指挥人马去追赶，"取程富人头者，赏银万两！"刚才这三次冲杀，三虎这边死了四五百人，并且大家被这种神出鬼没的冲杀法一下子搞糊涂了。

为了杀败程富，银子算什么。这些贼兵听说赏银从千两一下子飞升到万两，刚才的惊恐一下全没了，士兵两眼冒光，杀气十足。大家争先恐后地往西山去追，骑兵和步兵都混在一起了。

"砰！"东山再次响起了炮声。三虎都想哭了，怎么东山还有人啊。慌忙回头一看，东山果然杀出一百骑兵，直向三虎尾部扑来。

"砰！"西山也响炮了，直对着三虎的首部扑来。

"分兵迎击！快！"只有分开前后作战了。但是程富的两路人马并不想跟他们作战，才刚接触，都一齐往南跑了。

"追！"三虎恨死程富了，见程富的队伍已经会合，人数果然只有五百人，就率领人马紧追不舍。又出问题了，步兵哪能跑得过骑兵。很快骑兵与步兵的距离拉开了，而三虎的骑兵想到的都是万两银子，根本就没注意自己的步兵已经被远远地甩在后面了。

于是又重现了任贵率骑兵追杀二虎骑兵的一幕，程富见跟上来的只有骑兵，立即率领五百名骑兵返杀三虎人马。五百对两百，再加上程富这边是精锐部队，很快三虎的人马被杀的望风而逃，而程富人马紧跟着追杀。一路上到处都是贼寇的尸体。三虎也被砍伤，骑着马一个劲儿地从南往北逃。而从北往南来的三虎步兵还正往这边跑，一见三虎头盔没了，手也伤了，狼狈而逃，于是一窝蜂地逃窜，这一乱，把路又给堵住了，三虎骑兵为了自己逃命，才不管步兵死活，疯狂地从步兵人群中冲过去。程富人马趁机一阵追杀，一直追到回玉城附近，见那边有贼兵过来接应，才快速撤退。这一战，三虎损失惨重，后来一清点，才剩下六百人，其中还有不少受伤的。

"可恶，可恶。"大虎气得一脚把椅子踢飞，在大厅里来回踱步。

二虎和三虎跪在地上，不知道说什么才好。出战前还信心十足地说要拿任贵和程富的人头来，结果自己的人头差点儿被他们两个提走了。

"我一定要把他们抓住碎尸万段，把他们的人头挂在新安郡城上。"大虎咆哮着，他无法接受首战就这样惨败收场的现实。

"大哥，他们太狡猾了。"二虎跪在地上说，他期望喊大哥这个称呼，求大虎看在兄弟之情上别军法处置他们。

"废话，他们一个个都比狐狸还狡猾，这么多年，你们又不是不知道。"大虎非常生气，战场上瞬息万变，很多事情由不得你去假想。

"大哥，你说现在该怎么办？汪世华的大部队很快就要到了。"三虎忍着痛说，他的伤口只是简单地包扎了一下。

"不用担心，我自有良计破他。"大虎走过去扶起三虎，"还好没有伤得太严重，你俩先下去休息，大哥一定会帮你们出这口恶气的。"

"谢大哥！"二虎和三虎退了下去。

看着两人的背影，大虎盘算着自己这边还有八千人马，明天有一支三千人的队伍从北边过来加入，西边还有一支五千人的队伍也在赶来，倘若速度快的话，应该还有两天的路程。现在愁的是粮食而不是钱，得从哪里弄些粮食，一下子来这么多人，原计划能吃两个月的粮食，现在最多只能维持十天。也就是说必须在十天之内离开回玉，杀进新安郡才行。这些队伍要投奔你，是不能拒绝的，必须招纳。既然他们要来，就得让明天来的队伍打通北边的出口，西边来的队伍绕道从南边进来，打通南边的通道。这样再根据事态发展可随时北上或南下。

"传猛虎将军、飞虎将军！"大虎的声音如同雷霆，对门外笔直站立的守卫命令道。这两位新晋投靠的将领，武艺高强，更各自统领一群精兵强将，因此大虎慷慨地赐予他们猛虎与飞虎的将军封号。

不一会儿，猛虎与飞虎两将军便疾步而至，他们齐声问道："大将军，有何紧急之事需我等效劳？"

大虎眼神坚毅，声音低沉而有力："明日，从北方将有我们的兄弟部队到此，共商起义大计，他们带领的三千人马，将是我们未来成大业的重要力量。两位将军勇猛善战，我欲请你们各自率领一千精锐，出城迎接。"

两位将军闻言，眼中闪过一丝炽热的光芒，他们昂首挺胸道："感谢大将军的信任，我们虽然初来乍到，但必定不辱使命。明日，我们将亲自打通北边的通道，确保兄弟部队安全进城。"

大虎听后，脸上露出深邃的笑意："好！有了你们的协助，我们以十倍兵力击败任贵，斩断汪世华的右翼，指日可待。"言语间，他心中的阴霾已一扫而空，取而代之的是对胜利的无限渴望与坚定信心。

到了晚上，回玉城内外的各所贼营里都在传一个消息：大虎说的宝藏其实就在回玉城内，他害怕被官府拿走才造反起义的，目的是吸引各路英雄过来投靠他、保护他，他自己一直守在回玉城内不出来，而让各路来的人马在城外安营扎寨，目的就是让外人去送死，等到将士与投靠他的人斗得两败俱伤之时，他就渔翁得利。

消息越传越让大家失望，都觉得这个大虎太阴险了，口口声声说救百姓于水火，为什么总是待在这个小地方不动？为什么不去攻占新安郡城？原来是他自己斗不过官兵，又想独吞财宝，就把大家骗来为他卖命。

回玉贼兵来自各郡县，相互之间并不熟悉，很多人是因为皇帝三次征讨高丽加重了赋税，家里没吃没喝的，才跑来的。听这么一说，大家都不想去打仗了。管他呢，来这里就是为了吃几口饭的，倘若用命去换饭吃，不划算，有饭吃就放开肚子吃，要打仗就让别人去打吧。

接着又传出一个消息：新安郡兵营里的人都如狼似虎，神出鬼没，今天仅用五百人就把二虎和三虎的两千人杀得没剩几个；新安郡的将士就喜欢砍人头，听说砍下头颅喜欢放在地上当球踢；还有一点，汪世华带兵就喜欢晚上进攻，都在深夜等别人睡熟了后，忽然从天而降。

白天侥幸活命回来的人也不停地说官兵打仗跟狂风一样，唰，一堆人就没脑袋了，唰，又是一堆人没脑袋了。

消息人传人，越传越夸张，传得让人毛骨悚然，大家晚上都不敢睡觉，稍微听到外面有什么动静，都吓得瞪大眼睛，拿起刀子。

第二天清晨，汪世华的大军已经到了回玉城的东边十里处，与北边的任贵、南边的程富互为犄角之势，把回玉的三条出路堵得死死的。

汪世华亲自带领一千兵马来到回玉城前面喊话："各路英雄好汉，今天我汪世华是来擒拿大虎的，与大家毫无关系。回玉城地下最近发现有一个宝库，我等本想奏报朝廷赏赐给我们新安郡百姓，并由大虎负责驻守保护这些宝藏，没想到大虎见财起意，想据为己有。他说救百姓于水火，请各位看看，我们新安郡百姓哪一个不都安居乐业？他是想以此为借口，把各路英雄骗到这里来，让你我之间杀得你死我活，用你们的生命来为他保护这些财宝，其用心非常险恶。倘若你们不相信的话，可以传话让他带兵出来与我决战！"

昨晚的传言加上今天的喊话，彻底动摇了贼兵的斗志。大家都低头议论，有人跑进城去还真喊大虎出城。大虎哪里敢出来与汪世华对战，那不是自寻死路吗？但是外面的情况出乎他的意料，汪世华急于求战，而他想拖延时间。倘若现在自己不出战，就可能瓦解军心，让所有投奔他的人都相信汪世华的话。

大虎只有安抚猛虎和飞虎两人，并当场赐黄金千两，说我大虎就是想与大家共享荣华富贵，不要听汪世华蛊惑，他的兵力远比我们的少，他的目的就是想让我们起内讧，瓦解军心。

猛虎和飞虎两人本来就很贪财，这次又见大虎一下子拿出这么多的黄金出来赏赐，眼睛都花了，心里嘀咕，目前大虎就依靠我们两个了，只要我们这一战取胜，打通北边通道迎接援军进来，这里还不是我们俩说了算？！

真是有钱能使鬼推磨，猛虎和飞虎立即表示绝对效忠大将军，请大将军放心，马上带兵出城迎接援军。

"报！"探子来报，"主将大人，有大军往北路开去，约两千人马。"

"二弟，你带一千人马立即前去支援任贵。不管这些人马是什么目的，非降即杀！"汪世华对身边的汪世英说。汪世英也随军多年，但是新安郡太平一直没有参加过实际作战，这次汪世华就是让他出来历练历练。汪世英文武双全，在郑村务农时，常在农闲之余看书习武，后来又跟随汪世华多年，汪世华也是将其所学一一传授。

"是！大哥！"汪世英立即打马奔向营地去调兵。此时汪世华的东路只有两千人马，因为凌晨到达时，已经向南路程富和北路任贵分别增援了五百兵力。若瓦解大虎叛军的计谋失败，汪世华便用手里的三千兵力和汪天瑶的后援一千兵力武力攻城。

新安郡只有两千骑兵，除程富和任贵带领了一千人马之外，另外的都驻守在重要关口和镇守郡县。汪世英带领的是步兵，从东路到北路需要绕过两座大山，一千人马长途奔袭，到达任贵营地时，战争已经开始了。不巧的是汪世英的人马刚到，大虎从北边投靠的人马也到了。

两千人对战五千人，战斗非常激烈。

"报！"探子飞马来报，"贼寇从北路开来了三千援军，也投入了战争，战斗力强，请火速支援！"

三千援军，这出乎汪世华的意料，由于回玉地处新安郡西部州边，与鄱阳郡接壤，援军从北边过来，有高山阻挡，正好要绕道从鄱阳郡过来，所以汪世华并没有留意。

"汪天瑶到哪里了？命令他火速赶往北山。"汪世华问随行官。

"报！"又有使者飞马来报，"天字营已经飞奔北山支援，汪总管令我来禀告主将大人！"

汪世华一听，松了口气，北山有三员大将，兵力已达三千人，必定取胜！汪世华问："你是哪一营的？"

使者递上腰牌："启禀将军，卑职是贵字营信使，由于北山战争激烈，任总管发出第二道求救令，卑职在来的路上遇到天字营，就跟汪总管报告了战况。汪总管听后，立即率领人马火速赶赴战场，并让卑职来禀告将军。"

"很好！"汪世华此时还在回玉城前面，不断让官兵喊话让大虎出战，其目的就是让大虎贼营的人越来越相信昨晚的传言和汪世华早上说的话是真的。而实际上昨晚的传言是汪世华故意找人放出去的。

马上就到开午饭的时辰，而大虎命令大家中午只吃干粮，说防止官兵攻城。其实他的想法是北山的战役胜利后，就开个庆功宴，重新激发士气。可惜事与愿违，这些本来就是为了混口饭吃的人，听说只吃干粮，怨言越来越多。

汪世华在外面已经看出了苗头，这个时候他们居然没有生火做饭，而都手捧干粮在吃。就让官兵对着里面喊话："兄弟们，你们被大猫骗了，他手里已经没有粮食了，你们不要被他蛊惑。"兵卒把大虎左一口大猫右一口大猫地叫着。

官兵接着喊话："从北山企图逃跑的人马已经被府兵包围了，你们只要放下武器投降官府，我们既往不咎，倘若愿意从军，每月都有很多的饷银和大米；倘若愿意回家，我们给你们发路费。"

"兄弟们，你们的父母妻儿都在担心你们的安危，不要听骗子蛊惑，不要为了给别人守宝藏，而让你们的父母失去儿子，让你们妻子失去丈夫，让你们儿女失去父亲。你们愿意让他们失去依靠吗？你们愿意他们以后天天被人欺负吗？没有结婚的兄弟，难道你们就不想娶个漂亮的老婆吗？不想生几个胖胖的儿子吗？"

官兵的喊话，让贼营里有些人一下子触动了感情，有些人干粮也不吃了，蹲在地上流泪。是啊，亲情让他们无法割舍。贼营里的士气彻底完了。

大虎也听到了喊话声，城内外都闹哄哄的了，看样子大家都不想干了。大虎一气之下站上城楼："不要听汪世华胡说八道，谁不听话就砍谁的脑袋。"大虎决定用杀人来立威。

"大猫，你怎么还执迷不悟，你不拿这些兄弟的性命当回事，可他们家人都盼着他们平安无事啊。"汪世华见大虎站在城楼上，就大声说。

"汪世华，你不要胡说八道，你自己做了那么多坏事，你自己心里有数。"大虎看到汪世华又气又怕。

"那你说说我做了哪些坏事？难道我让新安郡百姓安居乐业地过日子就是做坏事？！你前几天不还是要我保天下太平吗？你自相矛盾了。"汪世华哈哈大笑。

"你，你……"大虎气得直跺脚，他还真想不出汪世华做了什么坏事。

"报！"正在大虎气急败坏之际，汪天瑶快马飞奔过来，手里拎着两个人头。

北山之战打赢了！

"报告主将，贼将已死，这是头颅！"汪天瑶下马把两个人头递给汪世华。

这是猛虎和飞虎的人头。

汪世华没有接过来看，直接说："上马，把头颅给他看！"汪世华的手指着回玉城上的大虎。

汪天瑶一跃上马，走近回玉城，在弓箭射程之外，用手拎着两个头颅的头发，下面还在滴血，大声说："大虎快下来投降吧，你认识这两个人头吗？"

岂有不认识，大虎感觉有些眩晕，本来还指望这两个人去灭了任贵，没想到人头被汪天瑶给拎来了。难道自己刚才中计了？汪世华早就在北山埋伏好兵马？

太可怕了。

其实大虎一直在城内，根本不知道外面的战况。猛虎和飞虎也争强好胜，见官兵明显比他们的少，也就没有向城里报告战况。他们人多是有优势，但是新安郡官兵训练有素，战斗力极强。两人不知天高地厚与任贵和汪世英交上了手，很快就人头落地，而从北边来的援军首领也被汪天瑶砍下了头颅。群龙无首，本来作战就处于劣势，又见头领被杀，一干人等，就只有放下武器投降。汪天瑶得知猛虎和飞虎是从城内出来的，就拎着头颅先行来到汪世华这边传递捷报，其余人等留在北山负责战后工作。而此时的贼营中有不少人也看清了汪天瑶手里的头颅，大伙都轻声嘀咕，商量该不该投降。

"兄弟们，你们看仔细了，我刚才就告诉你们，从北山企图逃跑的人马已经都被府兵包围了，没有骗你们吧？！你们一定要听官府的话，不要听人蛊惑。任何破坏新安郡太平的人，都是这下场！你们立即放下武器投降，我汪世华在此保证，前事一律不究！"汪世华骑在马上喊话，他要趁机火上浇油，让贼兵下定决心投降。

原来驻扎在东路十里之外的一千名兵卒也来到了城下，北山汪天瑶的天字营一千人也向城下靠拢。鼓声震天，战旗遍野，弓已上弦。贼兵越看越心慌，越听越胆战。

汪世华见时机成熟，立即喊话："回玉城的兄弟们，一炷香后我们即将攻城！抵抗者格杀勿论！取大虎头颅者赏银千两！"不战而屈人之兵，乃上上策也。

贼营彻底瓦解，大部分都放下武器向这边跑来投降，也有一些胆大的拿着刀子往城内走。

"快关城门！快关城门！"大虎吓着了，这些驻扎在城外的人马都是新投靠进来的，现在见他们拿着刀子跑来，看那样子是冲着他的人头来的。

城门还没关上，大虎被人从背后捅了一刀。城内的贼兵见城外的都蜂拥跑去投降，知道造反没戏了，于是壮着胆子拔刀刺向了大虎。

大虎的后背不停地流着血，手里拿着大刀，刀口还流着血，脚下已经倒下了两三个贼兵，而周围却有十几个贼兵都拿着刀子围着他。

很快城楼上挂起了四个头颅，大虎、二虎、三虎、小虎的。

汪世华班师回到新安郡城时，全城百姓欢天喜地，迎接主将大人凯旋。新安郡父老特意把"保境安民"四个字制作成金匾，由新安郡有德望的长者亲自送到汪世华手里。

新安郡的庆功宴还没结束，朝廷的圣旨来了，刺史王成被削职为民，理由是办事不力。宇文化及本来想灭了王成九族，后来冯盎从中斡旋，才有了这个比较好的结局。

"大人，这是宇文化及搞的鬼，什么办事不力？让他来新安郡看看！"汪世华很气愤，与王成相处快十年了，没有王成对他的信任和支持，他汪世华哪里能有这么好的机会统率新安郡兵马和协助郡府诸事。可以说王成是为了成就汪世华，宁愿让自己站在幕后，成为影子。

"没要我的脑袋已经不错了。新安郡安居乐业，而你有保境安民之才能，我已经很放心了。"王成想得开，他反过来安慰汪世华，"无官一身轻，我也可以回老家带带孙子啦！"

汪世华说："明天我送你！"

"不用了，就像我来时一样。"王成当年来担任刺史时，就是悄悄来的，来了几天后新安郡百姓才知道。

"那多不好啊，新安郡父老也想多看看您。"汪世华说。

"我得感谢你，没有你带领这些兄弟镇守新安郡，指不定我早就被革职了，也可能脑袋早搬家了。"王成笑着说，"名利均为身外之物，我追求的就是心安两字，百姓过上好日子，我就心安了。"

王成握着汪世华的手说："见当今局势，干戈扰攘，盗贼蜂起，保境安民之重任还任重道远，世华，新安郡之太平、江南之太平，乃至天下之太平，你责无旁贷。"

汪世华点了点头："世华一定谨记大人教诲。"

"你很快就要完婚了，本来想吃完你的喜酒再向朝廷告老还乡的，看来没这机会了。"王成说。王成是扶风郡岐山县人，他常开玩笑跟汪世华说，我来自周公故里，而你是周公后裔，我是来辅佐小周公的。"

"到时我去接你来喝喜酒！"汪世华说，"正好我可以去周公庙祭拜远祖。"

"接我就没必要了，路途遥远，我这老骨头也不想这样折腾。"王成说，"以后你成就大业祭拜周公时，记得来看望我。"

"那是当然！肯定得去看你。"汪世华说。

第二十章　保境安民

王成悄悄地走了，正如他悄悄地来。当新安郡父老知道这个消息的时候，已经是新的刺史就任之际。新刺史叫张么，无德无能，靠溜须拍马和花大量银子换来了新安郡刺史这顶乌纱帽。新安郡是当时最太平的一个郡，张么挖空心思来到新安郡，就是希望在这个地方平平安安地做官，开开心心地捞钱。在别的地方做官一不小心，遇到当地造反厉害的，脑袋就会搬家，不是被朝廷砍头，就是会被造反的贼寇杀头。新安郡没有战事，商贸繁荣，多捞几个银子那还不容易？张么就是打着这样的小算盘来的。

汪世华正在屋里看书，大贵送进来一封信。

汪世华随手拆开一看，"高山流水"。

高山流水？！莫非是她？本来计划抽空去鄱阳郡葛仙山寻访她的，这三年来一直忙于军务和州事，给耽搁了。

"大贵，这信谁送来的？"汪世华叫住刚退出去的大贵问。

"将军，是一个白白净净的读书人送来的。"大贵如实回答。

"说什么了吗？"汪世华问。

"那人就说把这信亲自交给你，什么也没说就走了。"大贵说。

"你下去吧。"

既然来了，为什么不进来见一面呢？既然写信，为什么不告诉我一个地址呢？难道在怪我这几年没有去找她？她自己不是说要来新安郡找我的吗？！

汪世华灵光一闪，拿着桌上的一支箫就往外跑："大贵，赶紧备马。"

"将军，您去哪里？"大贵见汪世华突然急匆匆地出门，饭菜都已经上桌了，怎么就出去了呢？手里拿的是箫，又不是剑，肯定不是去忙军务。

徽州魂
大唐越国公汪华传奇
上

"渔梁坝。"汪世华边说边往前门走去,大贵赶紧跑到马房去。

很快大贵就把马牵过来了,汪世华话也不说翻身上马,直向渔梁坝奔去。

他清晰记得当年庞实在船上跟他说,新安郡山清水秀,是人间仙境,如果我们两人划一小船游弋在渔梁坝上,你吹箫,我抚琴,或者我吹箫,你抚琴,让我们"兄弟之情"由山水见证,由日月相伴,岂不羡煞天下英雄。

此时的庞实肯定在渔梁坝等他。

长河贯日,鸿雁声声。渔梁坝的江面,飘着一叶扁舟,老船夫伫立船头,撑一支长篙,在阔水碧波间游弋。庞实坐在船尾,青丝飘逸,白衣披身,丰神如玉,沉香袅袅,指尖轻拨,琴声泠泠;青山含黛,碧水潋滟,船行水上,人如画中。

汪世华下马,站立江边一青石上,玉箫在手,旋律从箫孔飘出,宛如清风拂面,白云轻吻。

扁舟缓缓驶向青石,汪世华手中的玉箫戛然而止,与此同时,庞实的琴声也渐渐消散在江风中。他望着她,眼中闪烁着期待与疑惑交织的光芒。

"来,陪我游江。"庞实的声音柔和而亲切,仿佛一缕春风拂过汪世华的心田。她微微一笑,没有站起来,但那笑容却如同暖阳般温暖了他的心房。

汪世华身形轻盈,如同飞燕一般,轻点青石,稳稳地落在扁舟之上。他的目光与庞实相遇,仿佛有一股看不见的情丝将他们紧紧相连。

"你是个骗子。"汪世华笑着说,语气中带着几分调侃与宠溺。

庞实闻言,笑意更浓:"我骗你什么了?"

"心!"汪世华深情地望着她,仿佛要看穿她的内心。

庞实没有回避他的目光,她缓缓地站了起来,江风吹动她的衣裙,仿佛仙子下凡一般。

"我来到新安郡已经三年了。"她轻声说道,声音中透露出一丝沧桑与感慨。

汪世华震惊地看着她,三年,她竟然在这里待了三年,而他们却未曾相见。他心中有太多的疑问,却不知道该从何问起。

"石头城一别后,我猜你已经知道了我的身份。"庞实继续说道,她的目光望向远方,仿佛在回忆着过去的点点滴滴,"我来到新安郡后,第一次看见你,你正与钱英在这岸边策马奔腾，欢声笑语。"

汪世华想要解释，却被庞实轻轻抬手制止了。她的眼中闪烁着复杂的情绪："看到你们幸福的模样，我曾想过立刻离开这里。"

她顿了顿，继续说道："然而，当我深夜从你军营前走过时，传出了你的琴声，琴声中的期待、眷恋、渴望，让我难以割舍。"

汪世华静静地聆听着，他的内心充满了愧疚与思念。每当夜深人静，他总会弹奏那首寄托着对庞实深深眷恋的曲子，琴声在夜空中回荡，仿佛在诉说着他内心的无尽渴望。

"我不想立即去找你，希望你把更多的时间留给她。"庞实轻声说着，转过头向汪世华微微一笑。她的笑容中透露出一种深深的无奈与宽容，仿佛在说："我理解你，我等你。"

汪世华苦笑着摇了摇头，他确实曾感觉到庞实的存在，但却无法确定她的具体位置。或许，这只是一种心灵上的感应，一种无言的默契。

"你为什么不来找我呢？"庞实深情地看着汪世华，语气中带着一丝期待与嗔怪。

"你不是说让我在这里等你吗？"汪世华鼓起勇气走过去抓住庞实的手说，"为什么在离开的时候你不说你是女儿身呢？程富他们不说，我真会把你忘了。"

"后来呢？"庞实抿着嘴笑，芊芊柔荑被握在世华的大手心里。

"后来你不是听见琴声了吗？你又不是不知道。"汪世华故意坏坏地笑，"难道我还对一个玉树临风的小伙子奏出相思琴音？！"

庞实一听忍不住笑了。

"庞妹。"汪世华深情地望着庞实，"留下来陪我吧！"

"就知道你没安好心。"庞实低着头，脸颊微微泛红。

爱情真是一个奇妙的东西，认定相守一辈子的人，两人不需要太多的话，也不一定需要太多的波折，只要心灵相通，一个眼神，一个微笑就足够了。

两人依在船尾，看着两岸。

庞实指着岸边古树下一群读书人对汪世华说："你让新安郡形成了一种习俗，早晨习武，傍晚诵经，开习武之风气，扬读书之功德，千秋万代都将记住你。"

"你送的这顶高帽够大的啊。"汪世华笑着说，"我当时只是想让新安郡小孩多读些书，学周孔之道，长大以后明事理、知礼节、忠君爱国，也没想到新安郡上至五六十岁的老人，下到四五岁的小孩，都以读书诵经为要事，居然形成了一种风气。"

说到这里，汪世华指着树下的人说："你看那个老者头发都白了还跟着先生吟诵书经。十里之村，不废诵读。除了读书考功名之人在私塾读书，其他父老不论贫富贵贱，也都要读四书和五经，家中可以没有米，但不能没有书！即使是扛锄头下地，也都要带一本经书。有了知识，做官、从军、经商、种地，都会胜人一筹。"

"普天之下，能有如此盛况的，也只有新安郡啊。"庞实感叹道。

汪世华说："我真希望像你说的一样，形成了习俗，千百年都保持这样。"

"我想一定会的。"庞实肯定地对汪世华说，"不仅是读书，还有你提倡的习武。"

"自从提倡州县乡村男子均需习武之外，本来规定是每十天统一训练一次，没想到很快就行起习武之风，成为大家农闲之余每天早上必修的功课。"汪世华说，"习武不但可强身健体，也可抵御贼寇。尤其是新安郡地少人多，很多年轻人十三四岁就外出闯荡，长年在外，风吹日晒，舟车劳顿，没有功夫，哪能挺得住？万一路上遇到了强盗和虎狼，没有功夫，就没法保障货物和人身的安全？"

庞实接过他的话说："更重要的是，这些人平时经商、耕田，万一天下大乱、贼寇横行之时，就可以拿起刀剑立即跟随我们的汪大将军保境安民！这比曹操的屯田还要高明。"

汪世华会心一笑，庞实看透了他的心思。

汪世华和钱英的婚事轰动了整个新安郡，十里八乡的父老都争相来看新郎新娘，新安郡的富商巨贾为图喜庆和感激汪世华为新安郡带来的太平，都拿出银子在城内大摆三日酒席宴请所有进城观看婚礼的百姓，整个新安郡城张灯结彩，热闹非凡，州县乡村父老都争相祝贺。

稽圭承诺的守孝六年还没结束，是她不停地催促汪世华和钱英完婚，她不同意钱英提出的一起完婚，还说姐姐年龄比她大七岁，就应该早完婚，这样就有人能照顾汪世华的起居。庞实也不争名利，这段时间她与钱英、稽圭相处得很好，都以亲姐妹相待。庞实说，钱英是你三岁时父母订的婚，稽圭全家又有恩于你，是姐姐亲自向稽家求的婚，她二人都比我先认识你，而年龄也都比我长，不管从哪方面说，我都应该排在她俩后面。汪世华见稽圭和庞实如此深明大义，甚是感动。

就在汪世华与钱英完婚的同时，大隋皇帝杨广在北巡路上被东突厥始毕可汗率十万铁骑围困于雁门，朝野震惊。而大隋军队此时却在中原各地镇压农民起义，勤王之师无法一时赶到，雁门只有隋军两万人，杨广多次突围失败，危在旦夕。

此时年仅十六岁的李世民终于找到了发挥其军事才能的绝佳机会，他辞别已经身为太原留守的父亲李渊，飞马投奔到屯卫将军云定兴军营，提出虚张声势的疑兵计，夜晚让城里的兵卒偃旗息鼓悄悄出城，白天让这些人延绵数十里大张旗鼓地进城，一连数日，让始毕可汗以为各路勤王已来，迟迟没有下定攻城的决心，最后东都和各路援军开到时，始毕可汗只得退兵。李世民军事才能由此让隋朝大将名宿称颂，他开始走上了历史舞台！

农民起义首领杜伏威率众转向淮南，用计击败江都派来镇压的隋军，先后合并了邗县和海陵的反隋武装，兵威渐盛，不断扩张地盘，直接威胁江都，朝廷急忙派精兵八千人对其进攻，企图在杨广到达江都之前消灭杜伏威。

此时的隋末各路农民起义中，势力最大的有三家，第一是瓦岗翟让、李密，第二是河北窦建德，第三就是江淮杜伏威了。杜伏威是齐郡章丘县人，自幼与辅公祐交好，二人为刎颈之交，江淮军就是他俩一同创立的。与前二者相比，杜伏威的出身最为贫苦，翟让是个芝麻官，李密是世袭蒲山公，窦建德也算是个小土豪，杜伏威不同，他无财无势，是彻底的贫农出身。杜伏威的起义与贫穷有关，杜伏威家贫无以唯生，他的好朋友辅公祏挺身而出，偷了人家的羊送给杜伏威。后来这事泄露出去，官府追查得很严，当时正是民怨载道，老百姓纷纷造反的时候，杨广忙于讨伐高丽没心思搭理老百姓造反的事情，则允许地方官对这些盗贼"生杀任情"。杜伏威和辅公祏二人害怕抓住杀头，只得扯旗造反了。那是大业九年十二月，当时杜伏威年仅十六岁。

两人就近参加了一支小起义军，刚加入时只是小卒，但杜伏威十分勇猛，每次打仗总是冲锋在前，撤退时又主动断后，很快就取得了大家的尊敬和信任，被推为首领，这是杜伏威势力的开始。

江淮一带隋朝的力量比较强大，杜伏威意识到自己的小部队实力太弱，倘若不尽快壮大根本无法生存，于是努力寻找机会去联合和吞并附近的其他起义军。比较典型的例子有两个，其一是下邳苗海潮，杜伏威派辅公祏送信过去，说力分则弱力合则强，倘若你认为能力足够，我就投靠你；倘若你认为不如我，就来加入我。苗海潮收信后，权衡再三，最终率领人马归降杜伏威。另一个例子是海陵赵破阵，人马比杜伏威多，想收编杜伏威。杜伏威假意同意，只带了十几人去投诚并献上礼物，赵破阵一向轻视杜伏威，认为他必然投降，因此毫无防备，结果被杜伏威当场刺杀，辅公祏同时率领大队人马前来接应，赵破阵人马群龙无首，只得当场全部归降。

实力大增后，杜伏威自称将军，纵横淮南，江淮杜伏威的名字逐渐传扬大江南北。

大业十一年十月，东海李子通率所部万余人来淮南投靠杜伏威。李子通部的加入使杜伏威实力更强，杜伏威非常高兴，对他相当信任。不料李子通是个胸有大志不肯屈居人下的人，竟然带领自己原来的人马突然发起兵变，妄图吞并杜伏威的地盘。杜伏威措手不及，全军大乱，作战中也不幸身负重伤从马上跌落，千钧一发之际，其得力干将王雄诞冲入敌阵救出杜伏威，背负他藏匿到芦苇丛中，侥幸躲过了追杀。

祸不单行，隋军见贼寇内部之间打起来了，立即前来进攻杜伏威。杜伏威此时正在养伤，无法指挥，结果全军大败，纷纷逃亡。危难时期，幸亏军中一个女子力气很大，背着杜伏威夺路而逃，王雄诞领着十几名手下拼命断后，杜伏威才侥幸逃命。靠女人背着逃命，狼狈可想而知，这是杜伏威一生中最黑暗的一幕。唯一值得安慰的是，兵变的罪魁祸首李子通也没好下场，隋军在进攻杜伏威的同时也进攻了李子通，李子通也大败，只得领着残兵败将逃往海陵。从此李子通与杜伏威结仇，在以后的数年中，双方多次交战，都想致对方于死地。

连续两次死里逃生，人马伤亡很大，杜伏威的实力受到很大冲击，无法与隋军进行大规模的正面作战，只好四处游击，不断吸收流民加入以扩充势力。经过半年的努力，杜伏威又有了数万人马，并控制了江都附近的六合县作为根据地。与此同时，李子通占据海陵，经过一段时间的扩张，也拥有了数万兵力。

大业十二年七月，杨广因北方多事，不顾群臣反对，离开京师前往江都巡幸。杜伏威部正好就在江都眼皮底下，为了保障皇帝巡幸的安全，隋军派出大将陈棱带八千精锐讨伐杜伏威，双方多次交手。毕竟隋军的训练和器械远强于起义军，人数虽少，但是作战凶猛，杜伏威连连失利。幸好陈棱兵力不多，想剿灭杜伏威也不容易，慢慢地双方打成僵局。

王雄诞在新安郡平叛贼寇失败，府兵营统兵之职被汪世华夺取之后，就离开了新安郡，游荡于江湖，并拜师学艺，武功和谋略长进很大，农民起义风起云涌，王雄诞见杜伏威势力发展迅速，就投靠入杜伏威帐下。

打仗亲兄弟，上阵父子兵。为了笼络人心，当时将帅都喜欢认军中的一些优秀将士为义子，让这些人感恩戴德地为他们出谋划策、冲锋陷阵，起义首领更是如此。杜伏威为人豪爽，而自己好不容易依靠把兄弟协助打下一片局面，为了更好地巩固自己的阵营，让更多的部下忠诚于他，他认领了三十多个义子，而王雄诞就是其中一个。说起来有些好笑，此时的杜伏威自己年龄才二十一二岁，这些义子没几个比他年龄小的，但是在当时大家也不计较这个。这些义子中又以阚陵和王雄诞最为优秀，由于阚陵年龄比王雄诞大，因此军中都称阚陵为"大将军"，称王雄诞为"小将军"。两人是杜伏威的左膀右臂，尤其是王雄诞还多次在危难关头救了杜伏威的性命。

王雄诞见战争僵持不下，就向杜伏威献策："义父，战争如此打下去对我们有弊无利，不说隋军加派援军过来支持陈棱，李子通见我们如此局面，肯定也会借机挥军南下对付我们。"

杜伏威一听点了点头："你说得不无道理，我也这样担心，尤其是李子通这狗娘养的，他无时无刻不在算计我，这个机会他怎么会错过呢？"

王雄诞见杜伏威这么说，就把身子靠近杜伏威说："如今我有一计，可扭转乾坤。"

杜伏威立即来了精神："你快说说看。"

"倘若江南有一支起义军往北杀来，即使人马未到，陈棱也会担心腹背受敌，阵营必乱，我们就可趁机向南发展。"王雄诞说。

"说得不错，问题是江南哪里来的人马？"杜伏威说。

"属下当年曾在新安郡府兵营任统兵，因各种原因后来离开新安郡，对新安郡比较熟悉，新安郡的新刺史张么是一个贪官，爱财如命，义父倘若送去金银珠宝，并许诺以高官厚禄，必定会听我们安排。"王雄诞说。

杜伏威摇了摇头："他是堂堂的州刺史，怎么会听我们的呢？也不可能出兵反抗朝廷啊。"

王雄诞知道杜伏威不了解情况："别的地方刺史可能不会，但是张么必定会。"

王雄诞见杜伏威没有说话，就接着说："杨广到了江都自然要考察地方官的政绩，他的考察手段非常简单，专看谁进献的财宝多或珍奇，满意的立即升官，不满意的统统没好下场，至于地方官真正的政绩如何，杨广根本没心情去理会。而现在，江南地方官们正在拼命地挖地三尺，敲诈百姓，所得金银财宝除了孝敬皇帝，也装满自己腰包。唯独新安郡刺史张么拿当地百姓无可奈何。"

"为什么？"杜伏威纳闷了，一个爱财如命的贪官还没办法对付小老百姓？

"新安郡主将是汪世华，此人是我的宿敌，当年就是他夺了我的统兵之职，他是新安郡本地人，又经营了十年，深得人望，军务和州事全部被他抓在手里，张么是有名无实。所以他现在想孝敬皇帝，又拿不出钱。拿不出钱，乌纱帽就可能会丢。"杜伏威说。

"没错，听说他官帽还是花大钱买来的，都快一年了，连本钱都没捞回。"

王雄诞说。

"你是想去帮他干掉汪世华，夺回兵权？"杜伏威说。

"义父英明。"王雄诞拍了下马屁，"新安郡到手之后，宣州、杭州、饶州、睦州等江南之地唾手可得。"

杜伏威被王雄诞这么一分析看到了希望："此不失为一着好棋，你速速去办。"

王雄诞带一名随从携黄金千两及各类珠宝扮作商人来到新安郡，深夜时分来到张么府前，说是商人想求见刺史大人。张么一听有人主动求见他，又是深夜，定有要事，何况又是商人，非常高兴。

王雄诞走入大厅后，张么一看，这不是恩人王雄诞吗？当年张么还是县令的时候，被强盗拦截，王雄诞正好路过，打跑了强盗，救了他的性命。张么见王雄诞武艺高强，想让其跟在身边。王雄诞见其一个小县令，也就没搭理他，就说另有重要事情去办，就告辞了。

今日见恩人找上门来，无事不登三宝殿，两人寒暄了一阵后，张么就主动问王雄诞："恩人来到新安郡不会是单单看望我这个老头子吧。定有要事，这里无外人，但说无妨。"

"在下现是江淮义军首领杜伏威的部下，我家主公久慕刺史大名，特遣我来结好。"王雄诞靠近张么轻声说道。

张么一听，大吃一惊，差点儿吓出一身冷汗，杜伏威是朝廷派兵平叛的贼寇，但是张么何等精明，他立即恢复了镇静："不敢当，请速直言。"

"当今天下民不聊生，百姓易子相食，而各地粮仓丰富，昏君杨广不但不开仓救灾，却变本加厉地搜刮民脂民膏，还有心思前往江都游玩。这样的皇帝我们为什么要去保他？张大人爱民如子，正当天下为难之际，为何不救百姓于水火呢？"王雄诞边说边让随从递上金银珠宝，"这是我主公的一点儿心意，希望与张大人一起共图大业，共开万世之太平。"

张么不愧是久经官场的人，看着金银珠宝，心里却在打着算盘。杜伏威尚未成气候，皇帝这次南下时护驾骁果十余万人，声威赫赫，骁果不是一般军队，个个身强力壮，骁勇善战，杜伏威难逃灭亡。现在就投靠他，自己难免死路一条。天下群雄混战，而皇帝又只图享受，大隋王朝被推翻也是可能的事情，可先表面上答应，不得罪他，万一杜伏威真成了气候，自己也多了条路走。

张么假装下了很大决心一样，压着声音说："只怕我有心无力啊。新安郡兵权在汪世华手里，他与我不是一条心，郡府里面不少人也都听他的。"

王雄诞早就知道这样的情况，眼睛像刀子一样，恨恨地说："此人断不可留，在下来时就为大人考虑到这一点了。我想办法帮您先拔掉这个钉子。"

张么听说王雄诞帮他除掉汪世华，这是求之不得的事情，新安郡没有了汪世华，事情就好办多了。他相信王雄诞的能力，就感激地说："这件事情就多靠恩公相助了。"

王雄诞见自己的话果然对张么的胃口，心里就有数了。他说："不仅是一个汪世华，他那些兄弟都要一网打尽才行，否则汪天瑶、程富等人也会闹事。"

果然是有备而来，考虑周全，张么满意地说："你分析得非常对，府兵营下面分六个兵营，每个兵营的总兵都效忠他，最好的办法就是一锅端才行。不动则已，若动必须一网打尽，置其于死地。否则，后患无穷。"

王雄诞点了点头很赞成张么的意见，说："我有一计，请大人决断，只是需要多费时日。"

"没关系，只要能成功，我有耐心等。"张么终究为官多年，很多事情还是能沉得住气的。

王雄诞本来计划直接刺杀汪世华，虽然以前的武功没有汪世华高，但是这些年自己武功长进不少，他觉得有希望能刺杀成功。可是到了新安郡以后，他发现事情比他想象得复杂，夺取新安郡兵权之事还不能操之过急，只要能赶在昏君杨广到达江都之前办好就行，所以他就向张么献了一个万全之计。

"你就说接到密旨，皇帝到江都后，就要来黟山，需从箬岭经过，你让他带领将士去开通道路以供皇帝銮驾通行，逾期未完成者，所有将士一律杀头。"

箬岭是歙北一座连绵起伏的石山，山上因主要生长一种叶子宽大的箬竹，故而被称为箬岭。山势陡峭，无法通行，平时无人从那边翻越，也是新安郡北面的屏障。从箬岭若真开通道路，就可直接到达黟山，会省很多路程。看来王雄诞对新安郡地势不是一般的了解熟悉啊。

"真是妙计。皇帝老儿本来就喜欢游山玩水，从江都来黟山，寻访当年黄帝升仙的足迹也不是不可能啊。"张么对王雄诞这个主意拍手称绝。

"当年昏君要从陆路到北方巡视，就征发了十几个州郡的民工开凿太行山，铺一条巡行的道路；为了保护他巡行的安全，又征发了一百多万人修筑长城，限期二十天筑成。"王雄诞接着说，"现在昏君正带着二十万人的庞大队伍来巡游江都，上万条大船在运河上排开，首尾相连，一两百里长，就连征发来拉纤的民工都达八万多名。如此穷奢之举，你假传一个密旨让汪世华限期开凿箬岭御道，他不会不信。"王雄诞举例说道。

张么对王雄诞这个主意佩服得五体投地，说："这是最好的借刀杀人，实在是高明，我就让他一个月之内必须完成。"

王雄诞一听张么这么说，也笑了："别说一个月，就是半年都难开凿完。"

两人得意地笑了，仿佛就看到汪世华一干人等都已经躺在他们的刀下。

第二天，张么就把汪世华请到府上，并说了密旨之事。汪世华一听，就怒火冲天："这不是劳民伤财吗？现在正是多事之秋，如此折腾，真是寒了百姓的心。"

张么假意叹息："没办法啊，这皇帝的行为你我又不是不知道。我昨晚为这事，一夜未睡。思来想去，我们还真不能征发民工去做这事。"

汪世华说："张大人说得对，现在正是秋收农忙之际，百姓都在忙碌，岂能在这个时候让他们放下农活呢。"

张么故作无奈地说："为了新安郡父老的安定，只有请汪将军从府兵营里抽调一些兄弟去开凿。那里地势险要，还不能去太多人，只有辛苦你们昼夜赶工，分批进行。"

汪世华不明情况，张么即使不这样说，他也会从府兵营里抽调人马过去。张么见汪世华不说话，怕他反对，忙接着说："汪将军忠君爱国，是新安郡父老的活菩萨。在此关键时刻，只有委屈你们了。"

"张大人，这个你不说我也懂。我明天就安排人手立即开工。"汪世华也没办法，皇帝的差事，谁敢抗旨？皇帝这些年为了游玩享乐大摆威风，什么折腾人的事情都有。汪世华根本就没有怀疑张么说的话。

"那就太好了，有汪将军这句话，老夫就放心了。"张么假装关心道，"虽然说误了工期要杀头，但也得让兄弟们别太辛苦，多抽调些人过去，让汪天瑶、程富、任贵等人都去帮帮你。"

"谢张大人关心，我会按时交差的。"汪世华说着就走，"我现在就去安排人手。"

为了按时完成任务，汪世华把汪天瑶、程富、任贵、郑虎和张士埙兵营中的兵卒大半都抽调到箬岭，毛凤和董平负责伙食和镐钎等后勤，其余人仍坚守各自岗位。

汪世华率领将士们分成四组，他们不顾风雨，夜以继日地辛勤开凿。短短几天后，每个人的手掌都磨出了血泡，衣衫多处破损，鞋子也早已被磨烂。所有人都汗流浃背，身体疲惫不堪。然而，由于将士们平时就习惯于无怨无悔地追随汪世华，他们坚持苦干了二十多天，每个人都疲惫至极，面容憔悴。但遗憾的是，工程进度尚未过半，按时完工似乎已无望。因此，按时交差变得非常困难。

汪世华正在帐内发愁，汪天瑶与程富走进来，汪天瑶扯着嗓子说，"大哥，再过三天就到期限，看来张么老头真要杀掉我们了。"

"是啊，看来这次凶多吉少啊！"汪世华说。

程富说："大哥，你找我们要商量什么事情？"

"找你们陪我出去走走。"汪世华说，"昨晚我做了一个奇怪的梦，梦见我走进江边一个天然石洞里，有个老道在那里跟我说了很多话，但是我一句都没听见。很是奇怪。"

"江边？要不我们到那里走走看。反正现在待在这里也完不成工期了。"程富劝说，其实他们是见汪世华在这山里一连待了二十多天，都待烦了，尤其是这几天心情非常不好，想借机劝他出去散散心。

"那条路我以前没有走过，但是我脑海里现在还清楚记得如何去那个山洞。"汪世华还在想着梦里的事情。

"那很好啊，我们去看看到底有没有那条路，说不定还真是老天爷安排好的呢。"汪天瑶以为汪世华这几天急得脑筋不正常了，正好可以借这个机会陪他出去走走，放松放松。汪天瑶却在心里琢磨，什么逾期杀头，逼急了带着新安郡将士反了这个狗屁皇帝。

于是，三人换上便装，走到附近的江边，还真有一条小道，顺着小道往前走，居然真有个山洞。山洞旁有三间茅草屋，一个着道袍鹤冠童颜的长者立于石阶前。

"昨晚老道梦见七彩祥云，今日早上喜鹊欢叫，一定有贵人来，贫道就一直在路口等候。三位英雄一路辛苦了。"老道士见到汪世华三人走来，远远说道。

"老人家好！"汪世华与汪天瑶、程富心里都在想，还真奇怪了，居然有这么巧的事情，便一齐问候老者。

"这位英雄，目如日月，口如山河，行如龙，步如虎，乃人中之龙，贵不可言！"老道士对着汪世华说。

"老人家过奖了，在下一介草民，无德无才！"汪世华谦虚一笑，心想新安郡上下还没有不认识我的吧。其实汪世华想错了，这个老道几十年来从未下过山，更别说进新安郡城了。

"贫道不会走眼的。"老道士微笑着看着汪世华，"近日夜观天象，紫微星异动，吴越境内将出圣主。"

老道士说完就做了个请的姿势，汪世华也赶紧做了个请的姿势。随后两人并肩走上石阶。

汪天瑶和程富听到老道士这番话，感到如坠云雾之中，不明所以，只得紧随其后。

走到洞口，老道士停下脚步。

"贫道有一事相求，不知这位英雄可否帮忙？"老道士看着汪世华。

"老人家有何吩咐？尽管说来听听。"汪世华含笑而答。

"这山洞中有一古剑，为先祖所传，贫道手无缚鸡之力，英雄可否帮我取出？"

老道士指着山洞说。

汪世华一看这山洞，自然天成，洞口不大，但里面光线非常好，想是还有洞口直通山上，与花山人工开凿的石洞完全不同。

"愿意一试！"汪世华充满好奇。

"请！"老道士说完就领路在前，汪世华一行紧随其后。

真是千年古洞，里面石笋林立，各种造型，鬼斧神工。山洞上方有十几个小洞直通山上，光线充足。

老道士在洞里石壁前停下，扯下一块素布。

剑直插入石壁，石壁上只露出一把剑柄，一看剑柄就知，定是天下名剑，有上千年历史。刚才的素布定是老道士故意盖在剑柄之上，以防灰尘。

"老人家，您要我大哥帮您拔出此剑？！"汪天瑶一看剑入石壁，非一般人所为，抢着答话。

"正是！"老道士答道。

汪世华立于石壁前，看着这剑，有一种亲切感。

"这有何难，剑能插进去，拔出来还不容易？"程富也接着说。

"看两位英雄刚才走路的形态，一定武功盖世，要不你们先试试？"老道士半开玩笑地说。

"天瑶兄弟武艺超群，你帮老人家拔出此剑。"汪世华微笑着对汪天瑶说。

汪天瑶二话不说，走上去就拔，结果费了九牛二虎之力都没有把剑拔出一丝。程富见了，也走上去拔了，还是不行。仿佛这剑就生在这石壁上一样。

"还是让这位英雄来试试吧。"老道士捋着白花花的胡子，微笑着说。

既然这样，汪天瑶和程富只得退开，汪世华走过去，缓缓伸出右手，刚握着剑柄，忽然晴天惊雷，古剑瞬间光芒四射，居然顺手而出。

老道士两眼一亮，忙对着汪世华施礼："贫道叩拜圣主！"

"老人家，为何行此大礼？"汪世华对瞬间发生的一幕惊讶。

汪天瑶与程富两人也被眼前发生的事情惊呆了。

"圣主，您可知此剑来历？！"老道士激动地说。

汪世华细看此剑，剑身、剑尖、剑锋、剑末、剑脊、剑刃、剑格、剑柄、剑首，通体黑色浑然无迹，却又无处不透出一种俯视天下群雄的感觉，天下名剑！

见三人都没说话，老道就开始介绍："这就是被称为仁道之剑的湛卢，天下十大名剑之一。"

"啊？！湛卢？！"三位惊讶不已。在天下十大名剑之中，湛卢仅次于排行第一的轩辕夏禹剑。传说湛卢剑是一柄神奇之剑，唯有仁道之君，方可使用此剑。湛卢剑不仅仅是一件兵器，而是一只目光深邃、明察秋毫的上苍之眼，注视着天下君王、诸侯。君有道，剑在侧，国兴旺；君无道，剑飞弃，国破败。

"没错。"老道接着说，"这就是铸剑世祖欧冶子当年奉越王允常之命，携妻朱氏、女儿莫邪及徒弟干将到湛卢山上铸成的湛卢剑。"

汪世华三人已被这剑吸引住了，三人都屏着鼻息，听着老道娓娓道来："欧冶子铸成此剑时，不禁抚剑泪落，因为他终于圆了自己毕生的梦想，铸出一把无坚不摧而又不带丝毫杀气的兵器。湛卢剑出炉之后，为越王所得，后传至越王勾践。因勾践战败，无奈之下把湛卢剑进献给了吴王夫差。这把通体黑色浑然无迹的长剑让人感到的不是它的锋利，而是它的宽厚和慈祥。五金之英，太阳之精，出之有神，服之有威，它是正义与仁德的代表。"

汪世华见老道感慨良久，则问道："传说吴王无道，此剑自行消失，最后出现在楚王身边。楚王之后下落不明，为何又在此山洞出现呢？"

老道听汪世华说起这事，就笑了笑："那只是传说而已。越国在勾践的十年卧薪尝胆后最终战败吴国，吴王夫差兵败后逃亡至此洞，回顾自己生活奢华无度，对外穷兵黩武，明白战争不仅给位居王权的人带来灾难，更重要的是让百姓流离失所，妻离子散。他在自杀前，带着悔恨把此剑埋入石壁，许下'能为吴越两地带来千年太平者获此剑！'的心愿。"

"哦，原来这样啊。"三人点了点头，终于明白为何后来一直没有听说过湛卢的下落，包括野史也无人提起。

"从那以后此剑再也没有被人拔出来过？老人家您与吴王夫差是什么关系？"汪世华细问。

"贫道先祖是吴王夫差殿下的近卫总管，当年就是先祖与吴王夫差一路逃亡至此。先祖感悟吴王临终前埋剑心愿，就要求我们世代后辈在此等候能为吴越两地带来千年太平的圣主出现。千百年，来了不少英雄好汉，都没有拔出此剑。贫道还以为这辈子也如历代先人一样见不到圣主，可喜的是三十年前吴越之地出现六星连珠，我就知道圣主已经降生。今日，终于把圣主盼来了！"老道像是完成了一件伟大的历史使命一样，心情非常轻松。

老道看着世华，坚定地说："圣主，当今天子荒淫无道，黎庶百姓饥寒交迫，白骨盈野，饿尸遍地，已经是干戈扰攘，盗贼蜂起。十八路反王，六十四处尘烟，齐举亡隋义旗。圣主乃贵胄后裔，今日得湛卢剑，应当干一番轰轰烈烈、惊天动地的大事业，以立身扬名于天下，荫庇子孙于万世，拯救天下黎庶于水火之中。"

老道的言语让汪世华热血沸腾，这是汪世华久埋在心中的愿望，他素有包揽四海之志，深藏经略天下之心。大丈夫当顶天立地，流芳百世！

"圣主，您来的目的，我能预知一二，回去吧，一切均有天意安排！您会逢凶化吉，遇难呈祥，不必担忧，潜龙在渊，风云际会之时，定会一飞冲天！"老道士意味深长地说。

汪世华等人回到箬岭后，当晚狂风大雨，电闪雷鸣，大雨倾泻了一天一夜，第二天深夜，猛然间，一道白光划破长空。紧接着，不远处响了一个惊天炸雷，震得地动山摇。将士们不由得心惊肉跳，连汪世华也吃了一惊。谁知响雷过后，大雨却渐渐停了。

次日凌晨。"报告将军，昨夜大雨，山洪暴发，打通了箬岭山道。"整夜未眠的汪世华刚准备合眼休息一下，就有官兵来报。原来是那尚未开凿之处的绝壁，不知是雷公打下来的，还是山体滑坡，竟然坍塌下来了。

汪世华见了，那颗悬了多日的心，终于落到了肚子里。不由得抬头望天："此天助我也！想我汪世华命不该绝，老天有眼啊！"

随后，汪世华亲自带着所有将士一齐出动，借着坍塌之势，削高填低，撬石平土，很快就清理出一条大道。所有的人都长长出了一口长气，只待来日官府验收了。

没想到老天爷帮了汪世华，张么完全出乎意料，他急得团团转。在汪世华带兵去往箬岭开凿巡道时，张么把郡府银库、粮库全部封存，把银库内的金银珠宝选出上等货色悄悄地送往江都了，并且以汪世华的名义发出告示增加赋税，说以备战争需要，强制郡内巨富商贾向郡府献出珍奇宝物和一定数量的金银。巧合的是，这段时间鲍安国身体不适正在家养病，钱英本来是参与处理郡事，但身怀六甲，也在家静养。所以整个郡府就张么一人说了算，为所欲为。

张么终究是在官场上混了很多年的，他在汪世华一行高高兴兴进城时，就已经做好了准备。此时他已经收买了郡府内一些衙役，并说是皇帝要杀汪世华，要这些衙役待汪世华进来没有防备之时，一举拿下，谁杀了汪世华，谁就是新安郡的主将，并赏银千两。世上不乏忘恩负义、见钱眼开的小人，二十几个衙役这一个月来被张么收买得服服帖帖，此时正是表现的好机会。张么决定赌一把。

汪世华带着汪天瑶、程富、任贵、郑虎、张士垠、汪世荣和董晏董平兄弟，刚走到郡府大门口，就有人站在门口挡住众人，说刺史大人有要事与主将大人商议，其他人等都到厢房喝茶休息，随后再一一召见。

话说得有理有据，汪世华也没怀疑，就独自跟着衙役进去。而汪天瑶等人进入的厢房早就在暗处藏有十几个弓箭手，只等张么的命令了。

张么站在大厅外面等着汪世华，一见面就说："汪将军这次辛苦了，老夫立即上奏朝廷，定要重重奖赏汪将军。"

汪世华忙说："张大人客气了，箬岭石道开凿虽然辛苦，但也方便了新安郡父老，北上长江，就省了不少路程，也算是一件利国利民的大事。"

"你看，还是汪将军有眼光，很多人都说这是劳民伤财，但是若干年后，大家就知道这个石道的重要性了。"张么一听汪世华这么说，很高兴，"快坐，快坐，给汪将军上茶。"

一个衙役端着茶杯上来，这个人小心翼翼地把茶杯放到汪世华的桌前。但是有个动作被汪世华无意中察觉到了，这个人的手在颤抖。

衙役是有武功的，端杯茶居然手发抖，汪世华再看那人的脸，一副故作镇静的样子，但是眼神很慌乱。

汪世华微微一笑，用手端过茶杯，缓缓解开盖子，故作品茶香的样子，实际是把眼神扫向周围，看是否有什么异象。

"汪将军，请喝茶，这是极品绿茶。"张么见汪世华准备喝茶，压着内心的激动。

周围有多人的呼气声，呼气声带有紧张和急迫。汪世华没有看到周围有其他人，但是他在装着闻茶香的过程中，闭气静听了周围动静。果然有异。

汪世华把茶杯重新放回桌上，微笑着看着张么，他还不敢断定张么是否要对他不利。

"张大人。"汪世华看着张么，左手移到腰上，那是湛卢剑。

张么见汪世华没有喝茶，又把手放到剑上，以为被他发现了茶里有毒，慌忙站起来："汪世华，你想干什么？"

不打自招了，果然是张么这家伙有问题。汪世华也站了起来："张大人，你想干什么？"汪世华的眼睛像箭一样盯着张么。

"啪！"张么把自己桌上的茶杯摔在地上，"杀！"

十几个人一齐从后院冲了出来，手里拿着刀剑，虎狼一样向汪世华扑来。十几个衙役在汪世华眼中算什么东西。这些人本来是想等汪世华喝了毒茶再动手的，此时急忙出动，在心里就有三分害怕了。

与此同时，厢房那边有个弓箭手见里面全都是兵营总管，紧张害怕，竟然先松了手，一支箭直向汪天瑶飞去，汪天瑶是什么角色，听到风声不对，伸手居然把箭给抓住了。

"小心！"所有人的刀剑出鞘，十几支箭再飞来时，都被挡落。

"快！大哥危险！"张士埙说着就往大厅冲去，所有人等也一起跟上。

十几个衙役倒在了汪世华的剑下，没想到湛卢第一次在汪世华手里，居然斩杀的是一群无名小辈。

见汪天瑶等人向大厅冲来，而大厅里面就剩下三四个衙役在与汪世华激战了，张么吓得魂飞魄散，慌忙跑向后院，越墙而逃。

汪天瑶等人把郡府上下搜了一遍，没有找到张么，知其逃走。汪天瑶见刺史印信尚在，心中已有了计较，他转身向众人振臂高呼："那张么已如丧家之犬逃之夭夭，如今这新安郡已成无主之地。而大哥不仅威望卓著，更是深得民心。我们共同推举大哥主持新安郡的大政，各位意下如何？"

程富情绪激昂地接口道："如今天下纷扰不安，正需要有能力、有担当的英雄站出来。大哥一直以来都以守护百姓、安定地方为己任，我代表新安郡的父老乡亲，恳请大哥挺身而出，顺应大势，主政新安郡！"

众人闻言，群情激昂，纷纷附和。

然而，汪世华却面露难色，他摆手推辞道："世华一介武夫，况且又没有朝命，怎能当此大任？"

任贵挺身而出，慷慨陈词："那张么因贪婪成性、祸害百姓、赏罚不公而引发兵变，他自知罪孽深重才畏罪潜逃。大哥你出身名门，又协助管理郡事已达十年之久，早已在民众中树立了极高的威望。如今，除了你，还有谁能担起保境安民的重任呢？请你不要再推辞了，暂且接管州事以安民心吧。日后有机会再向朝廷请命也不迟。"

其他人等也一起说道："请大哥免从众请，主持郡事。"

面对众人的热切期盼，汪世华深吸了一口气，缓缓说道："圣人曾言，'民贵君轻。'如今事态紧急，为了新安郡的父老乡亲，我暂且接管郡事。我将与众兄弟一起保境安民，荣辱与共。"

众人闻言，无不热血沸腾，齐声高呼："一切遵循大哥指示！"

于是，汪世华当即出榜安民，向军民属吏宣布了新的政令。他要求各司其职，各尽其责，共同维护新安郡的安定与繁荣。同时，他还派人将张么的眷属礼送出境，以彰显他的宽宏大量和仁爱之心。

新安郡的父老乡亲听说汪世华主政郡事后，纷纷拍手称好，欢呼雀跃。大家都遵循郡令，上下一心。不过数月，新安郡气象为之一新。

徽州魂
大唐越国公汪华传奇
上

第二十二章　讨伐宣州

王雄诞与张么商定好谋害汪世华的计谋之后，就前往其他郡招募义军。本来指望新安郡兵来改变局势，没想到新安郡状况比他想象中还要复杂，只有指望张么能依计成功，到时接应义军南下，作为谋取江南的根本。

王雄诞在招募义军时，出乎了意料，各郡灾民纷纷加入。因为这年收成不好，不仅中原百姓吃树皮树叶，而且江南这样原本富庶之地，居然也是如此。其实当年杨坚登基时，就已经在全国各地设置了粮仓，并分为官仓和义仓两种，用来保障国家稳定。据估计，仅杨坚在位的仁寿年间粮仓所存粮食，就可供全国五六十年之用。尤其是义仓设置于乡间，其储粮由百姓捐纳，以备饥荒时赈济灾民，对天下百姓来说，是一项有力的生活保障。

在全国如此状况之下，皇帝杨广却在享受财富和美女，认为整个大隋都是一片繁华景象，根本不知道城外饿死人，地方官吏没有朝廷命令，又都不敢擅自开仓赈济灾民。为了有口饭吃，老百姓就纷纷造反闹事，杜伏威和王雄诞乘机到处招募，吸收了大批人马，势力迅速膨胀。

叛军杜伏威与隋军陈棱两方的强弱之势很快就倒转过来，杜伏威为了在杨广到达江都前立住脚，就主动向陈棱挑战。陈棱察觉战局对自己不利，多次向杨广发出求援，但援兵迟迟未到，只有龟缩不出，任由杜伏威耀武扬威天天叫阵。无奈之下，王雄诞要杜伏威学三国时诸葛亮对付司马懿的办法，派使者给陈棱送了一套妇女衣裳并称陈棱为陈姥，即陈老太太的意思。可惜陈棱无司马懿那么厚的脸皮，当场怒气冲天，立即命令全军出战。

战争打得十分激烈，杜伏威亲自披甲上阵，还被暗箭射中。杜伏威像发了疯一样，骑着马举着大刀一个劲儿地追杀射手，并且边追边喊，不杀死你，老子就不拔出此箭！最后把射手斩于马下，陈棱这边士气立即大挫，全军覆没，陈棱仓皇而逃，最后躲进了江都不敢出来。杜伏威趁势攻占了高邮、历阳等重镇，并在历阳自称总管，封辅公祐为长史。

汪世华自主政新安郡以后，立即把张么收缴上来的财物都退还给百姓，并免赋三年，民心大悦。

湛卢剑果然让其逢凶化吉，遇难呈祥，汪世华手握湛卢剑沉思。董晏和任贵走了进来。

董晏说："大人，明天是程老爷子七十大寿，您需要送什么贺礼吗？"汪世华已经暂代新安郡刺史，大伙儿开始尊称其为"大人"。

汪世华抬起了头："哎呀，你不提这事，我倒忘了呢。人生七十古来稀，难得啊，我们应该都去看望他。他是我们的恩人。"

"没错，他当年馈赠银两给我治病，一辈子也忘不了。"任贵感恩地说。

"滴水之恩，当涌泉相报。"汪世华说，"明天早上我们一起出发。"

董晏说的程老爷子，就是当年汪世华第一次去新安郡府游玩，路过篁墩时认识的程老爷，当时董晏和董平兄弟还是程府的护院，程老爷宴请了汪世华一行，并馈赠了银两给任贵治病。

篁墩变化很大，居住的人口更多了，今天张灯结彩，都在庆祝程老爷子的寿辰。程老爷子为人豁达，对待贫困人家慷慨解囊，深受父老乡亲尊重。

正在大厅里接受大家恭贺的程老爷子听说刺史大人亲自登门为他贺寿，忙到门外迎接："刺史大人亲自上门，折杀老夫了。"

汪世华拉着程老爷子的手说："程老，您是我们的恩人，今日是您的寿辰，做晚辈的岂有不来之理？"说完汪世华就把一份礼单亲自递到他手里，"一点儿心意，不成敬意，恭祝您福如东海，寿比南山。"

程老爷子接过礼单，很高兴地说："我哪里算得上是刺史大人的恩人啊，当年只是留您吃了一顿便饭，大人学艺归来，每年都过来看望老夫，逢年过节又都派人送来礼品，真是老夫的福气啊。大人的仁德定将远播四方。"

任贵、董晏、董平等人也都一一上前献上贺礼，程老爷子一一笑纳，并说："你们是刺史大人的左膀右臂，定要听从驱使，前途必定不可限量。"周围人等纷纷议论汪世华知恩图报，是新安郡之福。

汪世华刚落座，茶水还没喝，就听到府上派人来报，夫人要生了，请大人速回！

早上汪世华来时，还对着钱英的大肚子说："小家伙快点儿出来，爹爹想早点儿看到你哦。"

汪世华忙向程老爷子匆匆告辞，快马加鞭地往新安郡城奔去。

当汪世华赶回府上时，钱英已经生了，是一对孪生兄弟。汪世华一手抱一个儿子，欣喜若狂。稽圭对躺在床上的钱英说："姐姐，这两个小家伙好可爱哦，给我做儿子吧。"

钱英知道这是稽圭开玩笑，就说："你想得美，你赶紧跟世华完婚，到时多生几个。"

稽圭就故意生气地说："真小气。"

汪世贞在旁边插嘴说："圭妹很快就守孝期满了，到时一口气给世华生三四个。"

稽圭见世华和庞实正围在一起看小孩，酸酸地说："我才不呢，到时让庞妹多生几个，现在世华走到哪里都带上她。"

汪世贞和钱英笑了，钱英拉着稽圭的手，故意对汪世贞说："看来圭妹吃醋了。姐姐你得批评世华才行。"

汪世贞说："清官难断家务事，可别让我一个外人掺合你们的事。"说到这里，她拉着稽圭的手说："庞实武艺高强，她可以协助世华处理军务，不然世华可真是太辛苦了。你们三个，英妹协助他处理郡事，庞妹协助他处理军务，你又负责掌管仁和药铺，救治新安郡父老，你的功劳最大，父老乡亲才是世华的根基，也正因你的功劳，世华才能得到新安郡父老乡亲的支持。"

汪世贞的话说的稽圭心里美滋滋的，她低着头说："姐姐，我是跟英姐开玩笑的，我们三人亲如姐妹，为世华做任何事情都心甘情愿。"

庞实其实早就听到他们说话了，见稽圭这么说了，就走过来拉着汪世贞的手说："姐姐，世华每次去郡府的时候，都要绕道进仁和药铺里面去喝杯茶，还有说有笑的，程富他们都说世华一天不去仁和药铺，就魂不守舍。姐姐，你说他去里面干什么啊？我也吃醋了。"

"哈哈！"汪世贞大笑，"你们啊，等圭妹孝期满了，你们两个一齐把婚事办了，让你们去找世华闹吧。"

四人一齐笑了。汪世华此时也笑了，只是他插不上嘴啊，只有抱着儿子左看右看。他在给两个儿子想名字呢。

《广雅》里有"建，立也"，建功立业之意，那就给老大起名建，一是提醒自己在天下大乱之际要建功立业，同时也寄望儿子将来也能建功立业，有所成就；老二就起名璨，璨，即璀璨也，明亮灿烂之意，也是寄望自己和儿子将来都能前途明亮灿烂。两个儿子的名字连起来，还有更深的含义，就是建立璀璨之新安郡，建立璀璨之功业。

建立璀璨之新安郡，建立璀璨之华夏，这是汪世华树立的璀璨之理想，也是他毕生之追求，他将为了此理想而不懈努力。在天下群雄争霸，相互兼并，社会动荡不安之际，如何建立璀璨之新安郡？如何建立璀璨之华夏？任重而道远！

孔子云三十而立，指的就是三十岁人应该能依靠自己的本领独立承担自己应承受的责任，并确定自己的人生目标与奋斗方向。而此时的汪世华正好年已三十，已把保境安民、维护天下太平、造福苍生，建立璀璨之新安郡、建立璀璨之华夏定为自己的人生目标与奋斗方向。这是对孔子之言的最好诠释！

此时天下已乱，各地可能出于对文帝杨坚的怀念，不约而同地恢复了原来名字，比如新安郡，称为歙州；宣城郡，称为宣州。

再说歙州原刺史张么逃出府衙后，便前往宣州投奔了任刺史的妹夫周晓。周晓碍于郎舅之亲，当然接纳。张么一面上奏朝廷说汪世华率众造反，占据州郡，恳请皇上派兵征剿；一面时时撺掇周晓出兵攻占歙州，并不断与王雄诞往来，企图能借两股势力一举消灭汪世华。此时的杨广躲在江都已是自身难保，哪还有兵派往江南？而王雄诞见张么计划失败，杜伏威这边又忙于在江淮地带争雄，一时难以分兵渡江南下，就纵容张么让宣州出兵攻占歙州，实际王雄诞希望两败俱伤，到时他率兵南下坐收渔翁之利。周晓见天下大乱，皇帝都管不了，想借机霸占新安郡，扩充实力，割据一方，经张么蛊惑，便野心勃勃。于是一面招兵买马，派小股势力去骚扰歙州边境，一面想办法如何处理汪铁佛。此时的汪铁佛已是州府记室，协助周晓处理州事和军务，深受宣州父老爱戴，而汪铁佛其他兄弟几人也都来到宣州，在军中和州府担任不同职务，分别是大哥铁秩、二哥铁师、四弟铁罗、五弟铁彪、六弟铁环、七弟铁珉，其中铁师和铁彪在军中才能出众。

汪世华和汪铁佛是堂兄弟，倘若能挑拨汪铁佛七兄弟去对付汪世华，那是最好不过的。如何说服汪铁佛同意领兵去攻打汪世华，这是值得思考的问题。周晓又怕计谋被揭穿，万一汪铁佛兄弟等人调转矛头对付自己，那就完了。一连多日，都没想出好法子，正在周晓与张么一筹莫展之际，机会来了。

汪世华要把州府衙门迁往休宁万岁山，也就是说要把府衙从歙县迁到休宁。

万岁山位于休宁万安镇以东，万安镇是休宁县一座商贾云集、水陆两栖的重要商埠集镇，汪世华巡视万安镇时见万岁山上风景秀丽，便率众去万岁山游玩。当时正是早晨，汪世华一行刚登上山顶，一轮红日，冉冉升起，如火映金盘，光芒四射，朝霞灿烂，染红了整个天空。不一会儿，太阳普照大地，晴空万里，彩云飞渡，远望横江，水阔天空，大气磅礴，美不胜收。

汪世华不禁感叹："没想到万岁山有如此美景，居住在此处岂不如神仙般快乐！"

负责处理民事和教育的土家人陈朴正在身边，就说："万安镇自三国以来，均是州治或县治所在地，此处交通便利，商贸繁荣，又东依此万岁山，历朝地方官吏为图彩头，都酷爱此处。"

鲍安国见状就说："大人很快就要迎娶二夫人和三夫人，家眷陆续增多，以前从黟县迁州治到歙县时从节约处考虑，府衙规模矮小，前日还与陈大人商议扩建府衙和后院之事，只是一时找不到好地方。此处历来均为州治之处，地势开阔，不如把府衙修建在此处如何？"

"迁州治到这里来？"汪世华反问，忙摇头，"不可，不可，搬迁府衙需要花费不少费用，怕对歙州父老造成伤害。"

陈朴明白汪世华不愿意做劳民伤财之事，知道他误会了，解释道："大人多虑了，府衙尚小，本来就需扩建，刚才鲍大人也说了，大人的家眷将陆续增多，总不能无处安身吧？万安镇本来就是州治和县治之处，部分建筑均还保留，我们尚需略加修缮即可办公和居住。"

鲍安国接着陈朴的话说："现在不少外地商贾都来歙州经营，也都私下议论府衙矮小，有些寒酸。修建一座像样的府衙可显示我州实力，便于更好开展商贸。正好近期从附近州郡来了不少灾民，可让一部分身强力壮之人来做工，这样既可解决他们的食宿问题，也在一定程度上能稳定社会治安。"

汪世华觉得很有道理，就说："那这件事情就交给你们去办，能少花钱的尽量少花钱，一切以节约为本。"

鲍安国和陈朴于是就领命负责府衙建造之事，万安镇就开始了大兴土木。

也就在新的州治建造工程刚开始时，陈朴接到了一件棘手的案子。郑大牛的儿子郑小虎强抢民女，打死老头，罪大恶极，按律当斩。郑小虎是汪世华舅父郑大的孙子，并且是唯一的孙子，陈朴左右为难。

郑大牛结婚后一连生了五个女孩和一个儿子，这个儿子就是郑小虎，今年十七岁，因是郑家独苗，从小就娇生惯养。当年汪世华成了府兵营的统兵后，为报答舅父收留他们的恩情，把当时州府奖赏给他的钱财和田地大部分都转送给郑大，鲍安国也把郑大牛带在身边经商，这样日子一长，郑家成为当地有名的财主了。汪世华的舅母邹氏便开始变得趾高气扬，越来越不把周围的乡亲放在眼里，宠爱独孙子，郑小虎常骑着马带着一些狐朋狗友惹是生非，她也不管教。郑大和郑大牛有时想教训一下郑小虎，每次都是话还没说完，就被邹氏顶了回去。郑小虎平时只是在外面喝酒赌钱斗鸡走狗，偶尔对良家妇女或小姑娘动手动脚，至少还没有发展到奸淫妇女的地步，父老乡亲看在汪世华的份上，都忍着了。但是汪世华成了歙州刺史之后，郑小虎就越发无法无天了。那天，郑小虎喝得醉醺醺与狐朋狗友走到邻村，见到了一个叫小花的姑娘，就直接走过去拉着人家，吓得小花直躲闪，而郑小虎这些哥们都不停地吆喝，虎哥把她拿下。这个小花长得很水灵，郑小虎早就对其垂涎三尺，今天喝了酒胆子就更大了，被狐朋狗友这样纵容，就把小花按在地下扒衣服，要强奸人家。小花的父亲正从地里干活回来，见女儿被人欺辱，拿着棍子就来打人。郑小虎刚扒光衣服，事情还没办，就遇到这事，便一气之下，吆喝大家去追打老头，老头边走边高呼要小花躲屋里去，结果小花乘机逃回屋里把门锁上，而老头就沿着村口跑。郑小虎见追不上老头，怒火中烧，骑着马直接向老头冲去，结果当场把老头撞死。人一死，这些人一下子就吓傻了。这时在地里干活的人都回来了，人命关天，大家一齐把郑小虎等人送到歙县衙门了。

歙县县令了解情况后，只得请示陈朴，不知该如何办。陈朴跟县令说，杀人偿命欠债还钱，按道理郑小虎是必须被杀头的，但是刺史大人那边如何交代？县令说，刺史大人向来秉公执法，大公无私，只是这次情况特殊，倘若让刺史大人知道此事，他就没法向郑大交代，怕他落一个忘恩负义的名声；倘若不禀告刺史大人，邹氏肯定会去找他，倒时也会怪罪我们这么大的事情都隐瞒着。

陈朴考虑了一下，说近段宣州不断骚扰我们边界，抢夺财物，刺史大人明天要亲自前往巡视，我与刺史夫人商议一下。县令一听，这样更好，终究郑小虎是他舅父家的独苗，倘若杀了，郑家绝了后，到时邹氏天天跑到州府哭闹，刺史大人肯定也拿她没办法。所以陈朴想与钱英先商议下，看看怎样妥当处理才好。

钱英正在家带儿子，当陈朴在一旁偷偷地把情况告诉她时，她也吃了一惊，这是命案。

"夫人，你说该怎么办？"陈朴只有把球踢给钱英。

"现在死了的老头在哪里？"钱英问。

"老头就停在他自己屋里，郑大牛已经送去了一口好棺材，并跟小花好话说尽，赔再多的钱都行，只要小花别状告小虎。"陈朴说，"邹氏去小花家，请求原谅，说小虎只是喝醉了酒，一时冲动，才酿成了大祸。还跟我说，小虎骑的那马是受了刺激才冲过去撞上小花爹的，跟小虎没有直接关系，小虎的罪最多就是调戏民女而已，愿意接受罚款。"

钱英没想到邹氏还挺会狡辩的，就说："不管她如何解释，反正是他骑马撞死了人，他就得接受法律的制裁。看来有人已经提前跟村里的父老乡亲打了招呼教他们如何说话了。"

"是的，不然这些父老乡亲不可能忽然改口说不清楚情况，并一致说能大事化小小事化了是最好的。我来找您之前，汪世英大人和鲍安国大人都到我府里，说目前乡亲们都不想把事情闹大，愿意接受私下处理，给年轻人一个改过的机会，并向小花做了某些承诺，让其尽快撤诉。"陈朴小心地说。

钱英听闻此事后，顿觉其中错综复杂，远超出她的预想。汪世英从小跟表哥郑大牛一起干农活，感情深厚，肯定也不忍心看着表哥绝后，姐夫鲍安国肯定是受姐姐汪世贞怂恿来的。汪世贞看在舅父当年收留母亲和三个弟弟的份上，想保郑小虎，也算是对舅父的一种报答。如今的官场中人，一个个都是人精，他们心里跟明镜似的：一方面，谁也不想主动拿起这个烫手山芋，以免引火烧身；另一方面，这事儿也绝不能传入汪世华耳中，以免让他陷入两难境地。事情发生五六天了，邹氏没有来府上找世华，想必已有人向她陈明利害关系，此事若能在底下悄然解决，自是再好不过。万一惊动了刺史大人，事情便会如滚雪球般越闹越大，届时将难以收场。

"陈大人，对于此事，你有何打算？"钱英身为汪世华的得力助手，虽然常提建设性意见，但向来不越俎代庖，做最终定夺。

"下官不才，愿听夫人高见。"陈朴确实不想蹚这浑水，纵使他一贯公正无私，但在如今这舆论风向被人操控的局势下，他也觉束手束脚。倘若原告撤诉，他即便有意严惩，也师出无名。

钱英闻言轻轻一笑，心中暗叹：这些人自从世华上任刺史后，就变得狡猾起来，言辞也变得谨小慎微，不再像在世华面前那般畅所欲言。长此以往，世华还如何能有效治理歙州？这岂不是辜负了歙州百姓的厚望？这种局面，绝不能继续下去。得借此机会让大家看到，汪世华依旧是那个公正无私的汪世华！

陈朴静待钱英发话，终于，她缓缓开口："世华曾对我说过，有陈大人主持歙州民事，他从不担心会有不公。陈大人的公正，是歙州百姓的福祉。"

陈朴听了钱英的话，顿时领悟了她的意思，郑重道："夫人，下官已经知道该如何行事了。"

钱英点头，吩咐道："我会即刻派人快马向世华禀告此事的详细情况。而你，要暗中调查还有哪些官员在为郑小虎求情，将他们的名字和信息一并告诉我。"

陈朴离去后，钱英当机立断，立刻传唤庞实前来。她将整个情况详尽地告诉庞实，并嘱咐她即刻启程，紧急追赶汪世华，将此事详尽禀报。钱英强调，必须让汪世华给予陈朴坚定的支持，并且巧妙地调动涉案的关键人物，为陈朴顺利结案铺平道路。

此外，钱英还提出了两个关键的目标：一是要让外界误以为汪世华对此事毫不知情；二是要让所有人都看到，歙州官吏都是秉公执法，不管是谁的亲戚，只要犯罪，就会得到相应的惩罚。这样做就是让各级官吏照章办事，让那些有其他想法的人别抱任何侥幸之心。

庞实领了命令，迅速跃上马背，快马加鞭，疾驰而去，终于在路上追上了汪世华。她气喘吁吁地将整个情况一五一十地汇报给汪世华，并转达了钱英的意图。

汪世华听后，内心非常纠结，郑小虎是舅父的独孙，倘若法办了该如何对得起养育自己多年的舅父呢？何况舅父现在年事已高，怎么能经得起失去孙子之痛呢？他对庞实说："让我想想吧！"

汪世华一夜未眠。

第二天，汪世华把一本书交给庞实："庞妹，你把这本书送给陈朴，他看后就明白了。到歙州后，你传我令让姐夫和世英立即到这来，这里边镇被宣州破坏严重，商议如何恢复贸易之事。"

庞实一听就明白汪世华的意思，他要把鲍安国和汪世英调离歙州城，以免他们阻止陈朴判案。

陈朴接过汪世华送来的书，就发现中间有折叠起来的一页，此页的内容正是讲述当年周公为了巩固周政权，处理叛乱的管叔和流放叛乱的蔡叔。周公与管叔、蔡叔都是周文王之子，而汪世华一直以周公为榜样。这让陈朴想起当年隋文帝要依法惩治自己儿子杨俊时，对求情的大臣说的一句话："周公当年能不顾情面，杀掉发动叛乱的管叔和蔡叔。我虽然远远不如周公，但我也不能做出违背法律的事情呀！"依法惩处了儿子杨俊，为臣民作出了榜样。有了汪世华这样的暗示，陈朴悬着的心彻底落了下来，刺史大人大公无私！

郑小虎问斩那天，人山人海，百姓都来围观，邹氏和郑大牛媳妇哭天喊地，哭得死去活来，邹氏多次冲进法场闹事，说要等刺史回来。陈朴说，调戏民女，撞死老人，证据确凿，等刺史大人回来也没用，倘若你再扰乱法场，就把你抓进大牢。

陈朴让衙役把邹氏拖走，就对围观的父老乡亲说："任何人触犯法律，都得依法服罪，歙州境内没有第二部法律，人人平等，谁也别抱侥幸心理。"说完，把斩令往刑台上一扔，刀斧手手起刀落，郑小虎的人头就滚在了地上。

邹氏和郑大牛媳妇当场晕倒在地。

周晓和张么得知歙州的消息后，决定借题发挥，挑拨汪铁佛对付汪世华。周晓把汪铁佛请到府衙，义愤填膺地说："歙州汪世华图谋不轨，趁天下大乱之际，拥兵自重，赶走父母官张大人，夺取刺史之职，实在是唯恐天下不乱。不知汪兄对此事如何看待？"

汪铁佛不好发言，一边是自己的堂兄弟，一边是自己的顶头上司，而这个顶头上司又是张么的妹夫，这如何好回答。见周晓等着他回答，只得说："张大人把此事奏报朝廷后，不知朝廷是如何答复的？"

周晓说："哎，汪兄，你也不是不知道，现在皇帝自己躲在江都出不来，哪里有心思来管这些小事啊？我本想领兵北上勤王，无奈歙州屡次骚扰我们边界，我担心勤王之师北上后，汪世华会趁机攻取宣州。"

汪铁佛听闻此言，急忙辩驳道："大人，这绝不可能！汪世华乃我堂兄弟，我深知他的为人，他怎会行此不忠不仁之事呢？这定是有人恶意中伤，企图诋毁他的名声。"

周晓故意叹气道："汪兄，这段时间你身体不适在家休养，不知道歙州的情况。汪世华抢夺刺史之后，为了个人享受，现在休宁万岁山新修府衙，觉得那里风景秀丽、商贸繁荣，要把州治迁过去，正在大兴土木，歙州百姓苦不堪言啊。"

汪铁佛惊愕不已，他叹息道："竟有此事？难道是我当年看错汪世华了？没想到他竟会做出这样的事。"话语间流露出深深的失望与疑惑。

周晓见汪铁佛口气变了，就接着说："前几天他还斩杀了养育他多年的舅父的孙子，那是他舅父家的独苗，郑家绝后啊，你说他怎么这么残忍无情呢？他舅父可养育他三兄弟十几年啊！"

此事再次让汪铁佛感到意外，他不禁疑惑地问道："汪世华为何要杀人？这其中定有缘由。"他的脸上写满了不解与惊讶，似乎无法将这样的行径与自己所知的汪世华相联系。

周晓说："他在杀鸡儆猴，现在整个歙州都处于高压之下，没人敢有异言。"

张么在旁边乘机煽风点火："汪世华野心勃勃，他在造反之前就与江淮的杜伏威暗中有往来，我就是因为知道了他这秘密，他才狗急跳墙把我赶出新安郡的。现在他又到处收买人心，欺骗周围州郡父老投奔到歙州去，壮大他的势力。现在很多不明事理的富商、文人都去了歙州，他想釜底抽薪，掏空其他州郡的钱财和人才，再等时机成熟之时，占领其他州郡。"

汪铁佛已经很长时间没与汪世华联系，不清楚实际情况，听两人越说越气愤，没想到汪世华居然想浑水摸鱼反抗朝廷？！

周晓见汪铁佛表情愤怒，就乘机说："现在歙州已经在不断地骚扰我们边境，汪兄，你说如何是好？"

汪铁佛做事稳重，在没了解清楚情况时，不会轻易下结论，就说："大人，此事容我想一下，或者我派人去说教他一通，让他收敛一点儿。"

周晓听汪铁佛这么说，怕事情搞砸，忙说："汪兄，我希望你能以国家社稷为重，拯救宣州父老啊。"周晓说着连眼泪都流了下来。

汪铁佛见周晓为了宣州百姓都落泪了，一时受到感动，站起来说："大人请放心，倘若汪世华真的大兴土木、斩杀舅父孙子，我汪铁佛亲自领兵去讨伐他。"

周晓和张么听闻此言，心中暗自欢喜。他们并不惧怕对方去了解这两件事，反而觉得这是个让汪铁佛铁定心对付汪世华的好机会。

事不凑巧，汪铁佛准备离开府衙时，旌阳关送来急件，信上说汪世华领兵斩杀了旌阳关总兵郑野。

这让三人大大出乎意料，周晓以为汪世华已经带兵攻击宣州了，忙慌张地问："汪世华领了多少兵？现在到哪里了？"

前来送信的兵卒说："汪世华只领了一千人马，杀了郑总兵后，就撤兵了。"

"可恶啊，可恶，汪世华这是故意挑衅我们，我与他势不两立！"周晓边骂边心里盘算，这下可好了，我出兵的理由更充分了。

汪铁佛听到这消息，非常震惊："汪世华怎么变成这样的人了呢？他哪里算得上歙州的活菩萨？！"

张么知道汪铁佛非常愤慨了，便趁热打铁地说道："汪大人，现在不出兵制止汪世华，就怕他像江都的那位，造成江南动乱啊。"张么说到这里，往北边拱了拱手，他是指当今皇帝杨广，只是不敢直说。同时周晓示意兵卒出去，就留下他们三个人在里面商议。

汪铁佛明白了，当年杨广伪装得非常好才谋取了太子位，后诛杀父亲登基称帝，随后就修建东都洛阳，攻讨兄弟杨谅，并不断征讨周边国家，比如三征高丽，把好好的大隋江山拖入了战乱。

"大人，您不要担忧，我要亲自领兵讨伐歙州，擒拿汪世华！"汪铁佛越想越觉得汪世华像杨广，非常气愤，一拳头砸在桌子上。

周晓激动地紧握住汪铁佛的手，言辞恳切地说道："汪兄如此明辨是非，真是令人敬佩。自从张大人被驱赶后，我考虑到你与汪世华的堂兄弟关系，一直隐忍不发，未曾替天行道，起兵讨伐他。没想到他现在越发猖狂了。有你这句话，我心安了。我代表宣州父老向你表示由衷的感激！"周晓如同演戏般，动情地说了一大堆，令人动容。

"张大人，请问歙州现在有多少兵力？"汪铁佛问坐在一旁不说话的张么。

"总共有一万兵马，除去镇守关隘等之外，可调之人有六千。这些是其次，重要的是歙州男子人人都习武功，这是汪世华以前约定的，倘若战事爆发，他就会征用这些人补充兵力。"张么说。

"那就是说他到底能调动多少兵力作战，我们还说不好是吗？"汪铁佛问。

"是的。他早就有野心了。"周晓补充道，其实心里在想，我就是担心他的后备部队，不然早就派一大将过去灭了他了。

汪铁佛沉思了一下，眼睛一亮："我有一计，必灭汪世华。并且我们还不需要调动太多的人马过去。"

有这好事？汪铁佛在宣州有"小诸葛"之称，周晓相信他能想出好计策："请汪兄说说看。"

"我们宣州现在有兵卒两万人，但是真正能出征的，最多是一万五千人，而歙州兵卒训练有素，汪世华手下的汪天瑶、程富、任贵等，都是能征善战的大将，为了能一举拿下新安郡，我认为可以联合歙州西边的饶州、南边的睦州同时攻取歙州。这样歙州实力再大，岂能以一对三？"

周晓和张么听后连连点头，周晓问："此计甚好！只是如何说服他们共伐歙州呢？"

汪铁佛说："现在饶州和睦州也有灾民涌入歙州，就说歙州图谋不轨，正准备大量笼络人马，谋取江南，睦州和饶州危在旦夕。倘若三家联合攻下歙州，歙州的钱财和粮食任由三家处置，他们肯定愿意。"

周晓一听点了点头："现在饶州和睦州都缺粮食，把歙州的粮食分给他们，他们肯定会乐意的。"周晓说到这里看着张么，想看张么是否同意。

"只要我能回去重掌歙州，这些东西都可以给他们，甚至到时我还可以划一部分土地给你们三家。"张么说。

"那我就放心了。"周晓说道，"我现在就给饶州和睦州写信，即便他们不愿出兵相助，只要能在边界陈兵也能起到很大的作用。这样一来，就能牵制住歙州相当一部分兵力，我们的胜算也就大大提高了。"

"我愿意亲自送信过去，与饶州和睦州商议。"张么觉得这是他翻身的机会，必须得好好抓住，就主动请缨。

"有张大人出马，事情就更好办了。"汪铁佛说，"我还要设局，让汪世华率大军来攻打我们，这样歙州城空，再让饶州和睦州发兵直捣歙州城，端掉他的老巢，让汪世华首尾不能兼顾！"

"妙！真是太妙了！"周晓和张么听到汪铁佛的计策后，齐声称赞。汪铁佛这招确实高明且狠辣！

"大人，现在应该迅速调集大量兵力部署在边界，并不断派出小股部队骚扰其周边的关隘。这样一来，汪世华必定会因为不堪其扰而被迫出兵。"汪铁佛进一步解释道。

"好，就按汪兄说的去做，安排何人带兵？"周晓问。

"郑野之弟郑横是宣州有名的猛将，可由他为先锋，先率领三千人马直奔旌阳关防护，并去歙州边界挑衅，激怒汪世华。把镇守宁国城的汪铁师和汪铁彪调往千秋关，做好随时杀进歙州的准备，也是作为第二道防线阻止歙州兵杀入，其余人马暂且不动。"汪铁佛精通兵法，很快就布置停当，"等我们联合好饶州和睦州，即可向歙州正式宣战。"

其实汪世华斩杀宣州旌阳关总兵郑野，也是事出偶然。汪世华巡视边界时，实际上只带了三百兵马，消息被郑野得知后，郑野觉得这是一个天赐良机，仗着自己手里有一千兵马，就想乘机偷袭汪世华兵营，立个大功。郑野这人武艺高强，自带兵以来还从来没有打过败仗，所以他并没有把汪世华的小股部队放在眼里，便率领五百兵马悄悄地潜入汪世华的兵营附近，在埋锅造饭之时，一起杀出。郑野手握两个大铜锤，凶猛无敌，死劲儿狂杀，汪世华的营地离旌阳关有十里之遥，防备相对松懈，这一突袭确实让汪世华部措手不及，一时处于劣势。但是很快战争便发生扭转，汪世华带的这三百兵马是自己亲手调教出来的，个个以一敌十，骁勇善战，很快郑野部就招架不住。程富和任贵这次也随军巡视，见郑野无人阻挡，两人便一齐杀过去对付郑野，二十个回合下来，郑野招架不住，就准备逃跑，结果被程富从背后直接捅了个窟窿。宣州兵见总兵已死，就慌忙逃走，汪世华怕有埋伏，也就没有率兵去追。

汪世华回到歙州城后，把毛仁和毛凤率领的仁字营调往歙州东边，防止宣州来犯。但是一个月下来，宣州居然毫无动静。汪世华就说，看来给宣州一点儿颜色看看是对的，这一个月来边境安宁多了。其实他哪里知道，饶州和睦州经张么蛊惑之后，蠢蠢欲动，都在暗中调兵靠近歙州边境，只待时机成熟，一举拿下歙州。

休宁万岁山的府衙已经修建好了，稽圭守孝期也已经结束，在汪世贞和钱英的要求下，州治迁往万岁山，汪世华就与稽圭、庞实同时完婚。歙州州治迁往休宁和刺史大人一日娶两女，一时成为歙州父老的美谈，由于稽圭负责仁和药铺，与百姓常打交道，她与汪世华的完婚也让很多父老乡亲实现了个心愿。

这消息自然也传到宣州，一日娶两女，汪世华送来了请束，汪铁佛越看越生气，才当刺史不到一年又是修建州府，又是忙着娶美人，这个汪世华已经完全变了。汪铁佛只派人送去了贺礼，说公务繁忙，宣州的七个兄弟都不参加。汪世华这人向来以州事为重，认为如今寇乱不止，他们不过来喝喜酒，也是可以理解的，也就没有想那么多。其实此时汪铁佛已经与饶州和睦州完成了调兵，准备随时向歙州开战！

郑横是郑野的弟弟，一直想报仇雪恨，现在终于得到了可以骚扰边界的消息，立即带着人马冲进歙州的边界小镇一个劲儿地屠杀，连老人和小孩都不放过，完全不遵守汪铁佛的命令——只抢劫粮仓和商铺，不要烧杀。但是郑横一心想为哥哥报仇，才不管那么多，一踏进歙州地界就开始烧杀抢夺！还与仁字营在边界连日开战数次，毛仁和毛凤均不是郑横对手，只得坚守关隘不敢出击，郑横觉得歙州兵也就如此，越发不可收拾，吓得关隘附近的百姓只有往歙州境内搬迁，哀声载道，纷纷请求汪世华尽快出兵保境安民。

汪世华结婚还不到三个月，边界连连传来战事，本来想息事宁人，不愿掀起战火，没想到宣州越发肆无忌惮，并听毛仁回报，宣州即将率大军来攻歙州。汪世华只得聚众将商议："在此乱世，我等本为保境安民，不愿动干戈。只是宣州周晓，受张么蛊惑寻衅，烧杀抢夺无恶不作，致使边界父老不得安宁，仁字营已无法阻止其侵犯。我等该当如何呢？"

程富说道："周晓与张么本是一丘之貉，残暴贪婪，百姓怨恨。既然其屡屡寻衅，忍无可忍，不如率军把郑横杀了，给他们一个下马威，就跟上次一样，使其知难而止，也省得事情闹大。"

汪天瑶说："他既不仁，我便不义。如此贪婪之辈，不如起兵将其灭掉，也算为百姓除了一害。大哥以保境安民为己任，不但要安歙州百姓，也要安宣州百姓，只要天下百姓有难，大哥你就有责任出兵讨伐！"

众人一听天瑶讲得非常在理，任贵就说："天瑶讲得很对，我们歙州将士愿跟随大哥保境安民，恳请大哥讨伐宣州！"

汪世华沉吟良久，说道："看来与其一战，难以避免。只是铁佛兄弟七人均在宣州，他们或者身担军队要职，或者身为州府官吏，这要是开战，如何是好？"

"现在两军交战各为其主，铁佛作为州府记室，居然不规劝好宣州军队，不处理好两州关系，实在是令人失望。两个月前大哥连续数次写信给他，他都不回复，是何意思？"汪天瑶提起汪铁佛就非常生气。

"铁佛兄在宣州有小诸葛之称，计谋超群，处理州事多有美誉，是难得的人才，其他几个兄弟也都是英雄豪杰，目前两州矛盾或许他们有些误会，或许他们无能为力。为了歙州和宣州百姓过上太平日子，我决定出兵讨伐宣州，若能得到铁佛兄的支持，将事半功倍！"

大家见汪世华讲得有理，就说铁佛兄弟七人若能归顺歙州，那是极好之事。又见汪世华同意讨伐宣州都称赞本应如此，不除贪佞，百姓难得安宁，此时讨伐宣州，上合天心，下顺民意。这样才能免边界之骚扰，救宣州父老于水火！

正在大家讨论之际，忽门吏来报："有宣州使者要面见大人。"

汪世华闻言，便道："来得正好，看他如何说。请。"

那使者大摇大摆地来到大堂，趾高气扬，把头抬到天上，不屑一顾地说："本人乃宣州使者，奉刺史大人之命，前来下书，立等回复。"

汪世华见其傲慢无礼，也不搭理，就看了一眼陈朴，陈朴会意，走过去接过书信提交上去，只见上面写道：

"汪世华，尔本山中牧牛郎，幸得为新安郡主将。然不思报国之恩，反恃强而谋逆，逐州牧，贻害一方。今奉皇诏，谕尔解甲归田。若迎张公还政，掌州事，则赦尔僭越之罪；否则，王师一至，尔将无所葬身。慎之哉！勿自误也。"

原来这是周晓想故意激怒汪世华，诱其发兵宣州。汪世华看完，心中大怒，但脸上故意表现出恐慌的样子，便将书信遍示众人。天瑶暴跳如雷："这周晓老贼，欺人太甚！大哥，让我先宰了这家伙。"说完拔出剑就要杀使者。

汪世华急忙喝止："不可鲁莽。自古道：'两国交兵，不斩来使。'他不过奉命而来，杀了何益？"接着很客气地对使者道："实在对不起，使者大人，在下管教无方。你回去告诉周大人，我等逐除贪佞，乃是保境安民，请停止骚扰我边界，愿与宣州友好！"说完还叫人送了百两银子给使者，并要使者在周大人面前美言，勿让两州起干戈。

汪世华的一番举动，让汪天瑶、程富他们急得团团转，恼得火冒三丈。刚刚才送走了使者，汪天瑶就忍不住嚷嚷起来："大哥，你这是唱的哪出啊？对那种小人，你还跟他那么客气？！"

汪世华知道他们没明白意思，就摆了摆手："此乃缓兵之计，周晓肯定以为我们对他有所顾忌不敢出兵，而我就要出其不意，攻其无备。"

"我懂了，大哥向来喜欢速战速决，依靠计谋取胜。宣州比我们地广人多，兵力在我们两倍之上，倘若我们的行军被对方知晓，就得恶战，那样难免会增加伤亡。"汪天瑶说。

"没错，我们就要先麻痹周晓，再出奇兵杀进宣州。当前他们兵力不断向我们边界靠拢，宣州城自然就兵力减少，防御松懈，正是天赐良机。"汪世华说到这里，站了起来，大手一挥，"即日出兵讨伐宣州！"

第二十三章　兄弟联手

汪世华命令汪天瑶为先锋，率精骑五百偃旗息鼓从小道直奔宣州城；程富和任贵率军五千与郑横部对弈，夺取旌阳关，攻占千秋关，占领宣州重镇宁国；汪世华亲领精骑越过天险尘岭穿插到宣州另一重镇泾县，三军在宣州城外会合；钱英、陈朴、董晏、郑虎负责留守歙州城处理军政之事，并防止有人偷袭；张士埙率兵负责驻扎花山洞内，随时听从钱英调遣；汪世英负责押运粮草供给前线；汪世荣负责与汪铁佛各兄弟联系，争取其归顺；其余人等坚守各自职责。

庞实有孕在身，本不让其出征，但她坚持要与汪世华随行。钱英考虑一番后对汪世华说："我们三姐妹现在都有孕在身，本不能随军作战，但此战关系到两州存亡，庞妹武艺高强，又心思缜密，虽有孕在身但也无碍大事，随军参事可为你分忧，我和圭妹也放心很多。"汪世华觉得也有道理，就答应了。

汪天瑶率精骑先行，汪世华、庞实、程富和任贵随后率大军打着"保境安民"的大旗，一齐向旌阳关浩浩荡荡开去。宣州周晓闻汪世华果然率军前来，不由得哈哈大笑道："汪世华只想逞勇蛮干，却不懂天时。这样的暑热天气，岂是用兵远征之时？"便命旌阳关总兵郑横紧守关隘，又令大将陈罗明率军三千前往迎敌，下令务必要把歙军拖在旌阳关使其进退两难，并遣人暗中知会睦州和饶州尽快发兵。

汪世华部到达边界后，毛仁和毛凤前来请罪。汪世华安抚一番："老将军请起，郑横本是宣州第一勇将，两位将军失利在情理之中，前些日子斩杀郑野都是程富和任贵两人联手才行。"程富和任贵也都上前安慰，说胜败乃兵家常事，这次大哥发兵定为你们报仇雪恨。

毛仁见汪世华完全没有责怪之意，心里感激不尽，就说："将军，我与犬子愿随军作战，攻取宣州，将功赎罪！"

汪世华说："老将军不用着急，你和少将军另有重任。睦州向来与宣州结好，睦州刺史吴仁乃贪婪之徒，睦州离歙州最近，我担心此次出征后，他会趁火打劫。你立即率军驻扎到靠近睦州的边界，倘若他们率兵来犯，你放他们进来，切断他们后援，待他们退回时再杀出，一个不留！"

毛仁一听就明白了，保障根本之地的安危，解除后顾之忧，同时敲山震虎，让睦州知难而退，以后别打歙州的主意。随后毛仁和毛凤立即率领人马赶往歙州之南。

宣州旌阳关总兵郑横得知汪世华部已经靠近关隘之后，几次想出击为兄长郑野报仇雪恨，但是都被陈罗明制止。陈罗明在等睦州和饶州进攻歙州的消息，歙州有难，汪世华回师救援，待那时再杀出，必定全胜。

此时的睦州刺史吴仁接到宣州催其出兵的信函后，直接扔到一旁，继续搂着美女看戏。吴仁之人与其姓名一样，无仁也，贪婪成性，鱼肉百姓，来睦州数年，杀了一大半财主，没收全部田地，对待百姓也不断增加赋税，如有反抗者，杀头灭族，弄的百姓怨声载道，纷纷背井离乡逃亡他州。宣州与其合谋对付歙州时，他满口答应，其实他也早就对歙州垂涎欲滴了，张么一走，他就立即把一半兵力调往边界，准备伺机而动。但是吴仁后来想了想，歙州与宣州对抗，饶州也将发兵对付歙州，不如等到三方都打得筋疲力尽之时，再坐收渔翁之利，现在自己加紧招兵买马，到时一举把歙州、宣州和饶州拿下，群雄割据时机，有了地盘就是老大，随他们去斗吧。

饶州刺史吴有才是个酒色之徒，仗着手握重兵，作威作福，大肆敛财，常年广征民夫修建亭台楼阁，自皇帝杨广被困江都后，更是肆无忌惮，居然学着皇帝广选美女，即便是结了婚的，只要被他看中，也都要拉到州府来，一个月换一批，祸害了不少良家妇女。他又强令鄱阳湖人采蚌取珠，稍有怠慢或无大珠献上，轻则抄家，重则灭族。州民苦不堪言，惶惶不可终日，不少人只得起义造反或逃往他州。宣州提出的攻伐歙州的主意，非常对吴有才的胃口，因为他曾听说歙州有个大宝库就在回玉，靠近饶州，回玉有人造反被汪世华平叛后，发现回玉城内并没有当年大虎对外传说能养百万大军的财宝，他怀疑是汪世华转移了宝藏，决定乘此机会去找出宝藏。饶州之地比歙州广阔，土地肥沃，他才不在乎什么土地和粮食。所以待张么走后，他立即把军队开往东边，决定与宣州、睦州共伐歙州。吴有才心里想的是，宣州从东往西打、睦州从南往北打，饶州从西往东打，而歙州之北就是巍巍黟山，汪世华必定无路可逃。到时你们打你们的，攻下歙州城后，我带领军队去寻宝。有了宝藏，就可以大肆招募人马，到那时天下还不是我的？吴有才打着自己的算盘。当得知汪世华部已经率大军赶往旌阳关后，他就想立即出兵杀进歙州，趁机寻找宝藏。但是就在他大军开进之时，鄱阳湖一带聚集数千贫民起义，声势浩大，为了巩固后方，吴有才只得调兵去镇压，才让少部分兵马驻扎在歙州边境，企图等歙州、宣州和睦州三败俱伤之时再杀进歙州。

宣州的两个盟友就这样心怀鬼胎，并没有按照事前约定好的方案进攻歙州，而歙军却天天跑到旌阳关前叫阵，连续三四天。汪世华一直没有攻打旌阳关，就是在等汪天瑶和汪世荣的消息，据探子回报，旌阳关目前已经有兵力六千人，与自己兵力相当，倘若攻打的话，必定杀敌一千自损八百，不是汪世华行军打仗的作风。汪世华部每天做出攻城姿势，而实际都在聚精养锐，等待时机。

果然，传来消息，歙州大将汪天瑶已经率精骑到达宣州城外，作战凶猛，连端两个兵营，已经安营扎寨在宣州城外的高山上，宣州城危在旦夕，请速回兵力增援。陈罗明一听这消息便傻眼了，汪世华这几天只叫阵却不夺关，原来是要牵制我们，他已经派最得力的部将汪天瑶走小道到了我们的老窝了。

陈罗明问："汪天瑶到底带了多少人马？"

使者说："不清楚，反正行动非常快，他们到了之后，就打出保境安民的旗帜，城外的百姓都纷纷投靠他们，给他们送去了吃的。"

宣州父老久闻歙州刺史爱民如子，这次听说歙州将士要来攻打周晓，深受周晓压迫的父老纷纷给汪天瑶部送去酒水和粮食。陈罗明只得又问："汪铁师和汪铁彪为何不从千秋关回师救援？"

使者说："千秋关只有两千兵马，已经派出一千兵马回去救援了。宁国和泾县的兵力没法调动，也得防止偷袭。"

现在回师救援，汪世华必定乘机夺关，若不回师救援，宣州城可能真有危险，该如何是好？陈罗明思考再三，就跟郑横商议，郑横岂肯这个时候让陈罗明走？自己的仇人就在关前，恨不得立即率兵杀出去。两人商量来商量去，都没有一个结果。正好这时有人来报，抓到一个歙州的探子。

陈罗明和郑横让人带进来，原来是一个兵卒换装成樵夫砍柴，到关前查看军情时，被发现没有逃脱。

陈罗明眼睛像鹰一样盯着探子问："说，你到关前来想打听什么情报？"

探子吓得连连叩头："将军大人，你饶了小的吧。是程将军让我来看看你们这几天有没有撤兵，可是我什么都没打听到！"

"撤兵？我们为什么要撤兵？我们还要攻打你们歙州城呢！"郑横大声喝道。

"将军大人饶命，情况是这样的，因为我们的主将大人已经率兵从小道潜入宣州城了，估计今晚就到，所以程将军要我打听情况，若你们真的回去救援，我们就佯攻关隘，想办法牵制你们，让主将大人顺利攻城！"探子吓得边说边叩头。

"主将攻城？你们主将是谁？汪天瑶吗？"陈罗明问，因为他知道汪天瑶已经从小道到达宣州城外了。

"不是的，我们的主将就是刺史大人汪世华，汪天瑶只是先锋。"探子刚说完，陈罗明和郑横吓了一跳，另外还有人马杀向宣州城！

"什么时候出发的？去了多少人？"陈罗明冲上去就抓住探子脖子，恨不得一手捏死他。

探子满脸通红，舌头都伸了出来，陈罗明松开手："快说！"

探子咳了两声，忙紧张地说："昨天晚上分批出发的，总共四千人，我们主将率领骑兵是最后走的。听说城内有人接应，今晚里应外合夺取城池。"

"四千人？！为什么你们帐营没撤？城内是谁接应？"陈罗明大大出乎意料。

"现在我们大营里面只有一千人马，把帐营留下，每天来叫阵，就是故意迷惑你们的。城内是谁接应，小人就不知道了。"探子一五一十地回答。

"奶奶的，老子上汪世华的当了，果然如大家说的一样，他比狐狸还狡猾，神出鬼没。"郑横一听，气得嚎嚎叫，他气愤地对着陈罗明说，"我早就说去攻打他们，你总是阻止，六千精兵白白地在这里浪费了五六天，而他们却早已到了宣州城了。"

陈罗明拔出剑，对着探子说："你说的句句是实话？有半句谎言，我就杀了你。"

探子吓得趴在地上："将军大人，小人说的句句是实话，如有半句谎言，天打雷劈。"

陈罗明把剑收回，对郑横说："我现在立即带四千人马回师救援宣州城，给你留兵两千，你能拿下歙州大营吗？"

郑横听说歙州只有一千人马在关前，恨不得立即出发踏平歙州大营："将军你放心，这里交给我！"

"很好！我从后面杀他们一个措手不及，只要汪世华拿不下宣州城，没有粮草供给，他就必败无疑。你踏平歙州大营后，留五百人马守关隘，其余人马立即回师，同时我命令其他兵营率兵前来，一起围剿汪世华，让他插翅难飞！现在还不到午时，我加速行军的话，可能还会赶在他们攻城之前到达。"

"将军你放心前去，同时让刺史大人小心城内奸细。"郑横嘱咐道。

陈罗明立即点兵四千，马不停蹄地往宣州城奔袭。

郑横也随即点兵出关，程富正带着三四百人在关前叫阵，郑横二话不说，提着两个大铜锤就向程富杀去，双方交战不到二十回合，程富就招架不住，开始后撤，歙军本来就人少，见将军都败了，大家丢盔弃甲，狼狈逃命，连"保境安民"的大旗都丢在地上。

"兄弟们，杀啊！不要放过一个歙军！"郑横只留了两百人守关，其余人全部跟在后面追杀歙军。

一口气追了十里地，歙军居然无影踪了，旁边的部将对郑横说："总兵，会不会有埋伏？"

在旌阳关憋了好几个月要为兄长报仇的郑横，岂能放过这么好的机会："不用怕，他们没有多少兵力。我们一举夺下他们大营，继续追！"

郑横的话刚说完，"砰"的一声炮响，从山里杀出无数歙军，大家都弓箭在手，对着宣兵，程富跨坐赤炭火龙驹，手提亮银盘龙戟，挡住了郑横的去路。

"糟糕！"郑横知道中埋伏了，刚一回头准备撤退，只见任贵骑着五色斑豹铁黑马，手拿燕翅鎏金铠，挡住了郑横的退路。

"郑横，快下马投降吧，否则你死无葬身之地！"程富大声喝道。

"报上你的姓名，我郑横不杀无名小将！"郑横临危不乱，右手拿着铜锤指向程富。

"你爷爷我就是歙州富字营总管，郑野就是我一刀捅死的。"程富的话一说，宣州兵都吓着了，原来郑野是这人杀死的，郑野武功不在郑横之下，这怎么办？宣州兵一下子被震住了，周围山上都是利箭，前面这人又是高手。

"拿命来！"郑横一听此人是杀兄仇人，立即发怒般的向程富杀去，程富也打马冲上去迎战！

任贵见两人打了起来，就对宣兵说："你们宣州周晓欺压百姓，无恶不作，又多次骚扰我歙州边境，我们以保境安民为己任，讨伐的只是周晓，与各位人等没有关系，请各位想想家里年迈的父母、温柔善良的妻子、活泼可爱的孩子，放下你们的武器，不要为贪官污吏的享受，而失去自己的生命！我们歙军乃仁义之师，我主将素有活菩萨之美誉，只要你们归顺我歙州，就会过上幸福的生活！"

宣兵中间有些人曾听说过歙州百姓安居乐业的事，这次又听任贵这样一说，知道也没有退路了。任贵见还有人犹豫，就指着旌阳关说："我们已经拿下旌阳关了，随后你们就能听到炮声！"

郑横不愧是宣州第一猛将，对方又是自己的仇人，更加威猛无比，恨不得一锤把程富砸成肉酱，两人大战三十多回合后，程富有些吃力，任贵见状怕有闪失，也希望早点儿结束战争，于是举着燕翅鎏金铠从后面杀向郑横。三人很快就杀得天昏地暗，连被包围了的宣兵都看呆了。

"砰"，旌阳关传来炮声，任贵立即大声欢呼："我们已经夺下旌阳关啦！"山上歙军一起欢呼。郑横听说关隘失守，一慌张，被程富找了个空当，举起亮银盘龙戟朝其胸口刺去，郑横躲闪不及，右手受伤，刚回过神，感觉脖子一凉，完了，任贵的燕翅鎏金铠向他脖子直扫而去。郑横的人头飞出两三丈远。

"郑横已死，快快投降，歙军仁义，不滥杀无辜！"程富这一吆喝，宣兵纷纷放下刀枪。

原来汪世华根本就没有率大军从小道潜入宣州城，因为道路艰险，不适合大军推进，汪世华为了减少伤亡，故意派探子放出假消息。

程富和任贵包围郑横的时候，汪世华率军轻易地夺下了旌阳关，随后立即率五百精骑通过尘岭插向泾县，再去宣城与汪天瑶会合。而程富和任贵休整半天后也率军向宣城开进。

陈罗明率兵马不停蹄地向宣城奔去，到达千秋关时，关门紧闭。陈罗明只得亲自出来说话："快开城门，我乃宣州大将陈罗明，需火速赶往宣州城！"

"总兵有令，目前战事紧张，只让出关，不让进关，以免敌军冒充！"城门上的兵卒说道。

"叫你们总兵汪铁师出来，我要与他答话。"兵贵神速，不开关门如何去宣州城救援？

"对不起，将军，总兵大人已经回宣城了。"兵卒答道。

"那就让汪铁彪出来！"陈罗明想起使者说的汪铁师带兵回去救援了。

"对不起，将军，汪副将身体不适，不能到城关上答话。"兵卒的回答，差点儿让陈罗明气吐血。千秋关易守难攻，是赶往宣州城最捷径的路口，若从别的地方绕道走小路，就得多花半天时间。救兵如救火，只能走千秋关。

陈罗明掏出腰牌，举给城关上的兵卒说："这是我的大将军腰牌，看清楚，我现在需立即率兵救援宣城！请速开门！"

"对不起，将军，总兵大人有令谁也不让入关！"兵卒还是这句话，陈罗明牙一咬："再不开门，我就闯关了！"

没想到陈罗明的话刚落，城关上呼呼地飞来无数利箭，幸好陈罗明武艺高强，躲闪得快，但身边却躺下了几十具尸体。气得他火冒三丈，拔出长剑，向城关一指："攻城！"

"杀！"陈罗明的人马向城关冲去，很快又退了回来。原来他们这次远途奔袭，为了抢时间，没有携带任何攻城装备，除了干粮和刀枪之外，什么都没有带。

徽州魂
大唐越国公汪华传奇
上

攻城的云梯、投石车等，哪里有？连弓箭都带的不多，也不可能往城关上射，城关那么高，落下来说不定伤着自己呢。

陈罗明一看这架势，麻烦了，这如何是好？没想到城关上一阵乱箭射了后，见下面人马都退后了，城关上的兵卒就大声跟陈罗明解释："将军，请勿急躁，既然我们都是一家的，为何要攻我关隘呢？你稍等片刻，我去请示一下汪副将如何？"

这个时候的陈罗明能有什么话说，这是求之不得的事情啊，他忙感激地说："谢谢城关上的兄弟，请速去找汪副将，陈某在这里等候。"真是人在屋檐下不得不低头，堂堂宣州大将只得屈尊对小兵卒点头哈腰。

为何事情出现这样的局面呢？原来汪世荣进入宣州后，打听到汪铁师和汪铁彪在此镇守关隘，就找到他俩，把情况原原本本地跟两位堂兄解释清楚，并强调世华大哥是保境安民，歙州上下无人不敬仰，当前宣州百姓民不聊生，我们汪家历代先祖忠君爱国，维护国家太平，造福一方百姓，岂能听从周晓这样的狗官，我们应以国家社稷为重，赶走贪官污吏，让百姓安居乐业。汪铁师和汪铁彪才知道原来是误会汪世华了，又想想这些年在宣州，周晓确实做了不少坏事，倘若歙州这不好那不好，老百姓怎么会傻到往歙州跑呢？为何没有歙州的百姓投奔宣州？两人当即决定归顺汪世华，兄弟联手救百姓于水火，经商议，汪铁师和汪世荣一起去宣州城把情况跟汪铁佛说清楚，同时紧闭关隘，宣兵来就不放行，歙军来就直接让其通过。

当陈罗明在关前苦等之时，汪铁彪却坐在屋子里面喝茶，他的任务就是把这四千兵马拖在这里，再创造机会招降。这时正是炎热天，关外的兵卒早已口干舌焦的，本来长途奔袭时都是就近喝山泉水的，这一下可好，傻等着进关，却一直没开门，又不能跑到外面去找水喝。

尘岭山势险要，树木丛生，有一条古驿小道，其狭窄到无法容纳两匹马并行。特别是在某些路段，山势峻峭，人们不得不下马步行，引导马匹艰难跋涉。然而，只要走过这崎岖的百里山路，就能抵达泾县附近。这条古道是数百年前修建的，

341

第二十三章　兄弟联手

因山上水源奇缺，后来通往的人越来越少，最后几乎无人从此路过。

时当盛夏，骄阳似火，汪世华一行个个汗如雨下，气喘吁吁，所带之水，早已喝光，唇焦口燥，干渴难忍。

正在疲乏之时，汪世华见远处松树下居然有一匹灰黑色骏马在悠闲吃草，而此马被汪世华发现后，居然昂首欢叫。汪世华惊喜万分，一眼就看出这绝对是世间少有的名驹，就走过一跃而起骑上去，马立即飞驰而去，如掠影一般，很快又飞驰而回。大家都惊叹这骏马快如闪电。

汪世华目光锐利地扫过刚才马匹悠闲吃草的地方，注意到那里的青草格外翠绿茂盛，旁边一棵巍峨的大树矗立，生命力勃发。他转向庞实，眼中闪烁着思索的光芒："你看，此处的青草如此嫩绿丰茂，我猜测下方定有隐藏的泉水。"说着，他猛地拔出腰间的宝剑，用尽全力向地面戳去。刹那间，地面裂开，清水顺着裂缝汩汩流出。

"若能把这棵大树移开，泉水定会喷涌而出。"一个士兵兴致勃勃地提议。

"哼，说得轻松，这么粗壮的树，岂能轻易拔起？你这不是异想天开吗？"另一个士兵看着参天大树，不禁嗤之以鼻，觉得这是不切实际的想法。

汪世华闻言，却觉得第一个士兵的话不无道理。他瞥了庞实一眼，庞实心有灵犀地点了点头，表示支持。汪世华毅然挽起袖子，紧紧环抱住粗壮的树干，深吸一口气，然后爆发出一声震耳欲聋的厉喝："起！"仿佛为了回应他的呼唤，大树竟然真的缓缓动摇。

"起——"周围的将士见状，纷纷助威呐喊，声震云霄。

"起——"汪世华再次发出震天的号令，仿佛天地都为之动容。五次三番，终于，在众人的注视下，那棵参天大树被连根拔起，一股清澈的泉水随之喷涌而出，如同甘露滋润着干涸的大地。

"将军神勇！将军神勇！"将士们齐声欢呼，声浪一波接着一波，直冲云霄。

汪世华见状，便命令将士们原地休息，喝水解暑，养精蓄锐。

庞实见汪世华一直在抚摸骏马，甚是欢喜，就走过去说："当年周穆王有八骏：绝地，足不践土；翻羽，行越飞禽；奔宵，野行万里；超影，逐日而行；逾辉，毛色炳耀；超光，一形十影；腾雾，乘云而奔；挟翼，身有肉翅。将军此马迎日而来，何不就叫它超影呢？"

汪世华点头赞许说："夫人说得对，但那是周天子坐骑，现在用来不太合适，此乃吴越之地，超与越相通，叫越影可能更合适！"

庞实觉得这名字改得好："越影，这名字很好！只是不知如此名贵之马，怎么会在山林之中出现呢？令人不解！"

这话正好被旁边一个喝水的兵卒听见了，他见主将正高兴，就插嘴说："这是老天爷赐给将军大人的！"

另外几个兵卒也说："这荒山野岭百里无人烟，有此骏马，肯定就是老天爷赐的！"

汪世华听这样说，非常兴奋："天赐我甘泉和骏马，我必攻下宣城！"

"攻下宣城！攻下宣城！"兵卒一起呼喊，喊声震天！

陈罗明等了半天，还没见到城关上有动静，觉得不对劲儿，只得向上面喊话："兄弟，请帮忙看看，汪副将怎么还不出来啊？都过了一个时辰啦。"

城关上的兵卒说："将军，请稍等片刻，宣城刚有使者过来，汪副将正在接待，马上就过来给你开门。"

又过了一盏茶的工夫，汪铁彪终于站在城关上了。按着官职来说，陈罗明是大将，汪铁彪是副将，副将见到大将哪有不笑嘻嘻的？但是汪铁彪可不一样，他站在城上："陈罗明，你可知罪？"

陈罗明懵了，忙问："汪副将，请明说，是不是有什么误会？"这一个时辰的折腾，陈罗明只想早点儿过关去宣州城。

"你勾结歙军，在旌阳关按兵不动，故意让汪世华率军潜入宣州城，目前城池已被攻破！"汪铁彪怒气冲冲。

陈罗明一听这消息，惊讶道："不可能，汪世华没有这么快的速度！"

"放屁！刚才宣州城使者逃来，宣州城已经攻破，刺史大人被俘；旌阳关也已经被歙军占领，正率大军往这边杀来！"这是汪铁彪故意吓唬陈罗明，目的就是使陈罗明人马丧失士气，放弃抵抗。其实根本没有使者过来，这话都是汪铁彪瞎编的。

"汪副将，这玩笑可开不得啊。"陈罗明不相信，宣州城池情况确实不清楚，但是旌阳关有郑横率领两千兵卒在，不可能被攻占。

"那你就等着吧，旌阳关很快就会有人送信来的！"汪铁彪说完就准备走。

"汪副将，请开门，我立马赶往宣州城去聚集兵马抗拒汪世华！"陈罗明见汪铁彪要走，着急了，不管刺史情况如何，也得过去看看啊，说不定还可以与汪世华交上一战。

"恕难从命，这个门我不能开，我怎么知道你有没有投降汪世华？说不定你就是为了立功，故意来诈开城关的。"汪铁彪的话，让陈罗明气得吐血。

"报！将军，后面有歙军杀来，铺天盖地，不知道有多少人！"正在陈罗明气得想骂汪铁彪时，有兵卒来报。

"怎么回事？怎么回事？"没想到歙军真的尾随而来了，他知道中了圈套了，连城关报信的人都没有，看来该杀的杀了，该降的降了，没有一个漏网的，"还有多远？"

"十里之外，很快就到！"兵卒说。

"汪铁彪，你到底什么意思？快开城门！"陈罗明不想与这股军队作战，因为手下人马都已经筋疲力尽，虽然刚才在关前等了一个多时辰，但是没有人坐下来休息的，都是在太阳下暴晒，大家又没喝水，哪里来的战斗力。

"没别的意思，陈将军是明白人，周晓贪污腐败、欺压百姓，让宣州民不聊生，他已经被抓，正是顺天意顺民心，而歙州汪世华仁德闻名，深受百姓拥护，为何我们不归顺他，一起为宣州父老做些善事呢？！"汪铁彪说。

"好啊，汪铁彪，原来是你这小子投靠了汪世华。"陈罗明听汪铁彪这样一说，手中长剑往上一指。

"没错，不仅是我投靠了汪世华，宣城内文武官吏都已经投靠汪世华了，整个宣州百姓都欢心鼓舞，正在欢迎汪世华进城！"汪铁彪说完，手一招，城关上立即打出一面大旗，上面写着"保境安民！"

344

"汪铁彪，我与你誓不两立！"陈罗明在下面怒吼，"有种的下来跟老子大战一百回合！"

"陈将军，请息怒，你是当今英雄豪杰，岂能为吴仁狗官卖命呢？你上有父母，下有妻儿，难道他们愿意让你跟随周晓为非作歹吗？现在天下大乱，百姓生不如死，汪世华在歙州素有活菩萨之美誉，他视将士为兄弟，视百姓如子女。如今宣州的百姓都在吃树皮草根，为什么歙州的百姓能吃上白米饭？请你三思！"汪铁彪的话与其是说给陈罗明听的，还不如说是对关前的四千名兵卒讲的。

"列阵，准备迎敌！"陈罗明不愿听汪铁彪废话，以免蛊惑军心。

"全部向后转！"陈罗明不担心汪铁彪关里的人出战。他认为应该趁歙军刚过来时，立即出击，不给其喘息机会。

"陈罗明，你不要拿兄弟们的性命去赌你自己的前程，汪世华已经说了，只要放下武器投降，你仍然做宣州大将军！"汪铁彪想争取最后一次机会。

"做梦！"陈罗明撂下一句话，就骑马向歙军冲去。还没走五里地，就与歙军遇上了，直接杀了起来。程富留下五百人镇守关隘后，带来了六千人马，包括在旌阳关归降的宣兵，刚打了胜仗，士气正旺。

"陈罗明，快投降吧！宣城已经被我们攻破了！"宣州的降卒指认出陈罗明，程富故意目空一切地说。

"废话少说，报上名来，老子取你狗命！"陈罗明拔剑就向程富杀去，程富也不示弱，立即手举亮银盘龙戟杀去："老子是歙州富字营总管程富，今天就是来收拾你的！"

两人很快就战成一团。四十多个回合，居然不分上下，陈罗明不愧为宣州大将，武功非常高超。两人龙争虎斗，杀得天翻地覆，让两军将士都看呆了，连千秋关上的将士远远看见，都惊叹不已。

又斗了十几回合后，程富提议道："要不我们稍作休整，再继续较量如何？"两人的喉咙都已干涸，言语中带着一丝疲惫。

"好主意！我们稍后再战！"陈罗明应和道，两人心有灵犀地同时收起手中的兵器，策马后退十步。

"拿水来！"程富一声令下，兵卒迅速递上一个牛皮水袋。程富接过后，仰头一饮而尽，半袋水瞬间消失。看到陈罗明依旧骑在马上，满脸疲惫，汗水淋漓，他心生同情，道："陈将军，若不嫌弃，共饮此水如何？"言罢，他将剩余的半袋水向对方扔去。

陈罗明稳稳地接住水袋，感激道："多谢！"说完昂头一口气把水喝光，把水袋一扔，纵观四周，自己的士卒一个个精疲力竭，又饿又渴，斗志全无，而歙军个个杀气腾腾，士气高昂，就对程富说："今日天色已晚，我们明日再战如何？"

程富哈哈大笑："陈将军，我们还是不用战了吧，周晓都已经投降了，我们何必再斗个你死我活呢？我们将军有令，陈将军是英雄豪杰，望能一起保境安民！"

"我不相信宣城已破，即使你们翻越尘岭，也不会有这么快的速度。"陈罗明在宣州为将多年，各山岭关隘都非常清楚，"你们的大军在这里，你们的小股部队根本攻不破宣城！"

"陈将军真是聪明一世，糊涂一时，难道镇守宣城的汪铁佛和汪铁罗等人就不会给我们开城门吗？"程富见陈罗明的部队通不过千秋关，就知道汪世荣的行动成功了。至于宣城是否攻破，他哪里知道消息？他这样编瞎话也都是为了不战而胜。这是汪世华的作战风格，以谋取胜，以智取胜，不战而胜！

"果然是他们背叛了刺史大人，可恶！"陈罗明早就猜着了，这次听程富亲口说了出来，还是很震惊，看来宣城真的被占领了。他信以为真了。

"陈将军，你说错了，汪铁佛等人只是顺应民心而已，周晓的所作所为，陈将军应该比我还清楚。本来我们两州相安无事，周晓听信谗言，企图攻伐我歙州，陷两州百姓于战火，我们为了保境安民才不得不出兵讨伐。"程富说，"陈将军是英雄豪杰，岂能忍心看着宣州父老深受苛杂猛税之苦而流离失所呢？为何不能像我们歙州那样安居乐业，享天伦之乐？"

程富的一席话让陈罗明无地自容，他叹了口气，没有说话。陈罗明虽然是宣州主将，但是宣州的军政全都被周晓掌控，他也曾规劝过周晓多次，周晓每次都答应得很好，但随后该怎么做，还是怎么做。更何况宣州军中本来就有一些将领听从周晓，比如郑野郑横兄弟都是宣州猛将，对陈罗明这个主将也没怎么放在眼里。还有宣州重镇宁国和泾县镇守的将领都是周晓自己扶持上去的人，所以陈罗明也翻不起什么波浪。

任贵见陈罗明低头叹气，也走出阵说话："陈将军，在下歙州贵字营总管任贵，久闻将军威名，恳请将军以百姓为重，与我们一起共助我主汪世华保境安民，匡扶天下！"

饿了一天肚子的宣州兵卒，听歙军将领这么一说，早就有了归顺之心，便一起呼喊："我不想打仗！我不想打仗！"

陈罗明见事已至此，人心所向，只得重重叹息一声，把手中的剑扔在地上。

两军欢呼！

此时，天色已暗，程富和任贵不费一兵一卒收编了陈罗明部，汪铁彪打开大门，大军鱼贯而入！原来千秋山的两千人马都全副武装，随时准备杀出大门与程富任贵部前后夹击陈罗明。随后，汪铁彪就带领原来关里的两千兵卒连夜开往宁国，程富、任贵和陈罗明率大军在千秋关休整一晚。

汪世华率领的精骑在天黑前终于到达了泾县，泾县是宣州的粮仓所在地，是宣州的命脉，也是部队大营驻扎地。宣州的州治所在地宣城，与宁国、泾县成品字形结构，互为犄角。本来是任何一方有难，其他两方均可前往救援。但是这次经汪世华周密布局后，彻底打乱了这个结构。

汪天瑶的精骑突然驶入宣城附近后，宁国和泾县立即来兵救援，但是汪天瑶率兵扎居山上，居高临下，援兵攻不下又不能撤走，一下子把宣州的五六千兵力都拖在这里。还有一点就是，汪世华布置周密，行军速度快。旌阳关被占领，千秋关易旗，陈罗明归顺，这消息都没有传到宣城去。

泾县大营此时只有两千人马镇守粮仓，这是周晓的失误，当时汪天瑶兵临城下时，汪铁佛说宣城城池坚固，只要坚守，他们一时半会儿是攻不进来的。但是周晓见城外百姓都欢呼汪天瑶的队伍，并有一些年轻力壮的加入队伍，他害怕老百姓跟着造反，同时又不知道汪天瑶到底带了多少兵马。就强行从宁国和泾县各调来二千人马。周晓还说，宣城是根本，我们完了，泾县和宁国还有什么意义？

当汪世华让兵卒休整一夜后，凌晨突然向泾县大营发起进攻。泾县大营驻扎在县城外面，守着粮仓，而泾县县城里面并无多少兵力。这个时候的泾县大营都在睡梦中，大家都提防半夜偷袭，所以凌晨相对就麻痹了。当汪世华率领精骑举着火把冲进大营到处放火时，泾县大营里面惊恐失措，到处火光冲天，有不少人还没来得及逃命，相互踩踏，现场一片混乱。泾县大营总兵是羊宣，是周晓的心腹，他的大帐在正中间，并没有着火，他连铠甲也不披，提着金背滚珠刀杀出营帐，正好迎面碰上汪世华。羊宣翻身骑上拴在帐前的赛鹿铁豹骅名驹，两人二话不说就打了起来，羊宣哪里是汪世华的对手，刀剑相碰，不到二十个回合，羊宣就吃不消了，拍马就想逃，汪世华从后面用剑一戳马背，赛鹿铁豹骅受惊一跃把羊宣摔了下来，汪世华上前一个海底捞月就把羊宣拎上马。

"你们的总兵已经被擒，快快放下武器投降！否则格杀勿论！"汪世华左手把羊宣按在马背上，右手举着湛卢剑，对着一群惊慌失措的宣兵说。

这些宣兵，有些还没穿衣服，有些只戴了头盔，有些连武器都没拿就准备逃命，一听汪世华这么说，透过火光，确实看着羊宣被擒，纷纷蹲在原地举起双手。

几个兵卒刚把羊宣捆绑起来，从远处传来洪亮的声音。

"何人猖狂，老夫来也！"

一名满脸扎须的老将军骑着大马，铠甲也没披，举着一杆长枪直向汪世华扑来，几个骑兵立即冲到汪世华的前面阻挡，均被挑下马。

此时汪世华的剑已入鞘，见来者凶猛，忙喝令："闪开！"

"唰！"湛卢剑出鞘，"在下歙州汪世华，报上尊姓大名！"

老将军一听是汪世华，把马绳紧紧勒住，马立即停住，好深的内力，说："老夫韩胜，今日要为徒儿郑野报仇！汪世华拿命来！"说完手中的枪如长蛇一样向汪世华杀来。

韩胜是郑野和郑横的师父，年龄虽然六十有余，但英勇不减当年，武功远远高于郑野和郑横，同时与周晓是儿女亲家，他一直镇守泾县粮仓，只是不担任任何军中职务，所以泾县大营总兵由羊宣担任。

汪世华一听是为徒儿报仇的，来者不善，不斩杀他，这些宣兵就不会投降，前功尽弃。他的剑拨开长枪后，连变十二招向韩胜杀去。不愧是老将名宿，两人一连斗了一百回合，天都全亮了，这是汪世华带兵以来遇到最强劲的对手。韩胜把仇恨发挥到极致，招招致命杀向汪世华，两军都屏住呼吸，庞实也在旁边捏一把汗，生怕汪世华有丝毫闪失，她手里紧紧握着的龙头凤尾鞭，准备随时杀入阵中，助汪世华一臂之力。

正在庞实担忧之际，汪世华大叫一声，湛卢剑劈向韩胜的长矛，"铛"的一声，长矛断成两截，接着汪世华一个横扫千军，湛卢剑横着从韩胜的肚子前面进去，从背后出来。韩胜被削成两截，摔在地上。

"将军神勇！将军神勇！将军神勇！"歙军欢呼。庞实悬着的心终于落了下来，紧张得汗流浃背。汪世华把剑收入鞘中，向她投去一个微笑。

此时的宣兵彻底失去了斗志，只有投降，别无选择。汪世华立即派兵占领粮仓，让兵卒对外贴出布告，开仓放粮。羊宣智勇双全，见汪世华开仓放粮，知其仁义，又加上汪世华和庞实两人都劝其归降，一起保境安民，也就心悦诚服地投靠在汪世华的帐下。

泾县县城与泾县粮仓有十里之远，虽然看到粮仓火势凶猛，但也无兵派出去救援，只有死守城门。羊宣主动向汪世华请缨，带领一百多投降后的宣兵骗开了城门，很快就把县城占领。

宁国是宣州的重镇，曾数次是宣州州治所在地，商贸繁荣，驻扎着重兵，并由周晓的儿子周智坐镇，汪铁秩、汪铁环也在此协助军务。汪铁彪带着两千人马来到宁国城，汪铁秩见汪铁彪的人马到了，就让人打开了城门，大军顺利进入，占领险要位置。周智此时还被蒙在鼓里，汪铁彪和汪铁环带兵冲进他屋子里，把他绑了起来。宁国的将士见周智被抓，汪铁秩和汪铁环已经归降，再加上汪铁彪一番仁义道德之言，也只得纷纷投降。随后就由汪铁环带领一千归降的宁国人马押送周智前往宣城，其余人马留在宁国休整待命。

汪铁佛很快就接到了泾县和宁国均被占领的消息，汪世荣和汪铁师已经与他见面，把情况说清楚了。汪铁佛决定说服周晓投降，不然他怎么好意思与汪世华见面呢？他来宣州多年，一直想做大事，虽然周晓很尊重他，但是很多关键事情都被周晓找各种理由拖延。他也曾经考虑离开，但是见天下大乱，宣州这个地方与江都仅一江之隔，是成就大事的地方，就把兄弟几人也都邀请到宣州来，等待时机。江都被围后，汪铁佛曾提出派兵北上救出杨广，但是周晓觉得自己兵力不足，钱粮缺乏，建议在宣州先经营，招兵买马，伺机再动。

汪铁佛立即安排汪铁罗带兵前往东门和南门，因为这两个城门均由汪铁佛心腹把守。随后就带着汪铁师和汪世荣去找周晓。周晓此时也已经知道消息了，泾县粮草被夺，县城被占，宁国也都被占。

"汪铁佛！你害我好惨啊！"周晓见汪铁佛居然还敢来州衙，立即咆哮，"左右，给我拿下他！"

"唰！"汪铁师和汪世荣同时拔出宝剑，护在汪铁佛两侧。汪世荣瞪着虎眼，说："周智已经被抓，你们若乱动，我就让人杀了他！"

"你是谁？你把我儿子怎么啦？"周晓只知道宁国被占领，还不知道儿子周智被抓之事。

"在下汪世荣，歙州刺史汪世华之弟，前来与周大人共商保境安民之大事，宣城城门已被我们掌控，令公子已到城外，请大人放心。"汪世荣盯着周晓说。

"你们想怎么样？"周晓一听没戏了，就瘫坐在椅子上。

汪铁佛往前走两步，对周晓说："大人听信谗言才换来今天的后果，现在宁国、泾县已被攻克，汪世华已经打开粮仓救济灾民，百姓如久旱逢甘霖，民心已归歙州。请大人顾全大局，为身家性命着想，及时悬崖勒马。"

张么此时也正在一旁，见内外都已经是汪世华的人，知道自己要完了，就赶紧往后跑。本来周晓还没想那么多，见他居然临阵想逃跑，气得指着张么大喊："杀了他！杀了他！"

周晓后悔啊，悔得肠子都青了，就是听信张么谗言，害得自己现在如此结局。

很快，张么被衙役追上连砍十几刀，惨不忍睹，躺在地上挣扎了好几下，终于断了气。这就是张么的下场，当年在歙州逃走后，汪世华并没有追究他，并且把其家属礼送出境，没想到他心术不正，企图报复，最后害了自己。

看到张么的惨样，周晓流下了眼泪，不知是为张么的死去伤痛，还是为自己落到如此下场悲伤？

"周大人，汪世华的大军很快就要到达宣城，为了避免城外的将士流血牺牲，请你写一道降书吧。你我多年朋友，汪世华不会为难你的！"汪铁佛说。

"我想看到我智儿后，再写降书！"若周智被杀，他也就不想活了，周智没有受到委屈，也就投降算了。

"好的，请周大人移步到城楼上！"汪铁佛说。

周智此时骑在马上，安然无恙，一路上他听了汪铁环一番规劝，也知道毫无选择，只得答应投降。

汪铁环一行人马来到宣州城外时，汪天瑶部正与宣城外的援军对垒。汪天瑶的人马驻扎在山上，每天都要带领一百兵卒冲下来打杀一阵，立即撤退，过几个时辰又带一百兵卒从另外一个方向冲下去又打杀一阵，立即撤退。由于汪天瑶带领的都是精骑，作战能力强，行动诡异迅速，让宣兵援军吃了不少苦头。连续这样折腾了两天，援军干脆把整座山都包围起来，外面摆满挡马架，要把汪天瑶困死在山上。而汪天瑶却不担心，刚来到宣城时，已经有不少人归顺，老百姓又送来了不少吃的。这样一围，汪天瑶倒还高兴了，不担心他们来攻山。其实宣兵援军也听到老百姓纷纷传闻，这个关被攻了，那个城被占领了，等等，搞得援军都人心惶惶。几个将领曾提出率兵去寻找汪世华部作战，但是都被周晓拒绝了。宁国和泾县被歙军占领后，尤其是听说泾县开仓放粮，老百姓有饭吃了，这些援军哪个父母不是老百姓？！都在内心想归顺汪世华了。

周晓见儿子无事，只得在城楼上写下降书，让城外援军全部放下武器，迎接汪世华。

第二十四章　围阻睦兵

汪世华的大军很快就从泾县开到宣城外，但是周晓的投降书并没有让城外的援军彻底臣服，银闵和银黛兄妹率领的一千援军，心怀不甘，他们不愿未经一战便屈膝投降。

此时的宣兵援军被歙军前后包围，银闵根本不考虑周晓已经被控制，他也不考虑宣州百姓和宣兵的内心感受，他唯一念及的是，自己麾下的勇士们还未曾有机会展现他们的英勇，就这样投降，对他们而言，无疑是屈辱的。

于是，他毅然步出军阵，仰头向城上的周晓宣言："大人，您若为求生而选择投降，那是您的选择。然而，我手里的大刀还没答应汪世华呢？！"

周晓见是这愣头青，怕误事，就厉声说："银闵你不要乱来！为了宣城百姓安危，我已答应投降，你快命令将士把武器放下，歙军是仁义之师，不会为难你们的！"

"休想！我要与汪世华决战！"银闵是典型的一根筋的人，"战争本就意味着流血与牺牲，没有经历过生死较量，怎么就能轻易投降呢？"

汪世华耳闻此言，对银闵的性格已然了如指掌。他明白，这是一个只考虑个人荣誉与感受，而忽视大局与百姓利益的人。对于此类人，汪世华心知留之无益，反而可能埋下隐患。于是他沉声说道："银闵，我便是歙州汪世华。你，真的想与我决斗吗？"他的声音平静却充满力量，仿佛深渊般深邃而不可测。

"正是如此！"银闵见汪世华主动现身，毫不犹豫地挥舞起他的银面鬼头刀，"只要你胜过我手中的这把刀，我麾下的一千人马任凭你调遣！"

汪世华闻听此言，不禁微微一笑："我汪世华挥师宣州是为了保境安民，是希望歙宣两州永结兄弟之情，友好相处！"

"哈哈哈！"银闳放声大笑，"你说得倒是动听，但我想看看，你除了会使些谋略诡计，还有什么真本事！"他的笑声在空旷的战场上回荡，充满了挑衅与不屑。

银闳长得非常高大，骑在马上，像一座黑塔，天生蛮力，力大无穷，在宣州内比气力，还真没人能赢过他，他妹妹银黛也是一样，典型的男人婆，能一掌击死一匹马，两兄妹都属于四肢发达头脑简单之人。

"那就开始吧！"汪世华的眼神中透露出坚定与自信。他深知，要想让这么多人真心归降，必须展现出足够的实力。他"唰"地一声拔出湛泸剑，剑光闪烁，寒气逼人。他决定全力施展，一展雄威，让所有人彻底臣服。他对着银闳说："来吧，先让你三招！"

然而，汪世华的话却激怒了银闳，他认为这是一种侮辱。

"哇——"银闳怒吼一声，举着大刀骑马冲向汪世华，刀锋猛烈地劈下。汪世华左躲右闪，轻松地避过了三招。这三招一过，他已经大致掂量出了银闳的武功水平。

"银闳，我在十招之内取你项上人头！"汪世华说完，挺剑冲向银闳。银闳见状，知道自己低估了对方，但他的斗志却被激发出来。

两人迅速交战在一起，剑光与刀影交织，战斗异常激烈。众将士都在关注着这场对决，他们听到了汪世华的话，都想知道他是否能在十招之内取银闳的性命。银闳的武功，宣州将领们都非常了解，他们知道，要在十招之内取胜，非得是顶尖高手不可。

战斗进入白热化阶段，每一招每一式都充满了力量与技巧。汪世华展现出了惊人的剑术和战斗智慧，而银闳也不甘示弱，拼尽全力抵抗。然而，随着战斗的深入，银闳逐渐陷入了被动。

汪世华武艺炉火纯青，现又有越影宝马和湛泸宝剑相助，更是增添了胜算。果然在第九招时，越影宝马一跃而起，湛泸宝剑像风一样从银闳的脖子上飘过。银闳骑在马上往前走出了一丈远，忽然人头滚落在地，鲜血直喷而出。

"将军神勇！将军神勇！将军神勇！"歙军齐声欢呼！城楼上的周晓也看得

真切，吓得差点儿瘫在地上，汪世华如此神勇！自己找一个这样的对手能不失败吗？

"还我哥哥的命！"银黛的眼中闪着泪光与怒火，眼见银闳被杀，她的心仿佛被撕裂开来。脑海中一片混沌之后，她瞬间清醒，紧握开岭砍山刀，向汪世华冲去，刀锋闪烁着凌厉的寒光！

汪世华正欲挺剑迎战，却被汪天瑶一步抢前，"大哥，你且退后，让我来会会这疯婆子。"

"不，让我来！"庞实催马疾驰而出，她的龙头凤尾鞭如同出海的狂龙，气势汹汹地卷向银黛。庞实有孕在身，但是她此时必须出战，她要让所有的宣州将士们看到，连汪世华的夫人都是非凡之辈。庞实英姿焕发，此时天热，身穿衣服单薄，大家都能清楚地看出此女子还有孕在身！

"你在找死！"银黛不屑地冷哼道，她根本没将这个白净柔弱的怀孕女子庞实看在眼里。在她看来，这样的对手根本不值一提，更别提与她交锋了。

然而，战斗的结果却出乎所有人的意料。银黛如同钢铁般坚硬，力大无穷，她的刀锋犀利，却始终触碰不到庞实的衣角。相反，庞实的龙头凤尾鞭仿佛赋予了灵性，如同长了眼睛一般，精准地指向银黛的每一个致命弱点。

银黛惊恐地发现，自己的勇猛与力量在这个柔弱女子面前竟然显得如此苍白无力。突然，庞实的鞭子如同灵蛇一样缠上了她的脖颈。银黛只来得及发出一声短促的惊叫，"啊——"声音戛然而止，她的人头已被庞实的鞭子甩得飞出三四丈远。

这一幕让所有观战的人都惊愕不已，他们无法相信眼前所见的一切。庞实，这个看似柔弱的怀孕女子，竟然在刹那间击败了强大的银黛。

太震撼了，也是九招。此时程富、任贵和陈罗明都已经到了，两场决斗，都看得真真切切，陈罗明不由得对汪世华和庞实敬佩三分。

一阵阵兵器扔在地上的声音响彻全场，所有的宣兵将士彻底臣服。

汪世华一行进入宣城，周晓吓得全身直哆嗦地跪在地上迎接。汪世华走了过去把他扶了起来："周大人不必拘礼，今日之举，将士免于流血，也是大人功德。"说罢，他从旁边随从背上取过一支利箭，站在高台上，当着众将士之面，一折两段，大声说道："我汪世华折箭为誓：礼遇大人，善待将士。如心口不一，天地不容！"

随后，汪世华接着说："周大人起居行止，悉听尊便。如欲还故里，世华派兵护送出境。至于各位将士官吏，有愿留的，各司其职，照旧任用；如不愿留，听其自便，决不勉强。"

周晓听汪世华这么一说，才在惊恐中回过神来。陈罗明、羊宣和宣州主簿沈浮及宣城文武官员都到汪世华面前拜见，汪世华也一一安抚，并晓以大义。所有将吏见汪世华办事公道，均诚心悦服，愿意效力。歙宣两州将士一齐高呼："追随将军，保境安民。"

汪世华随即又宣布，所降士卒，凡老弱者，赠给盘缠，遣散回家；精壮者，发给犒赏银，编入队伍。此次讨伐宣州，不但扩大了地盘，还受降了两万兵卒，和一些能征善战的将领，尤其是汪铁佛兄弟加入汪世华的阵营，为他以后建功立业如虎添翼！

汪铁佛见宣州事情已经处理妥当，便把自己之前还约同睦州和饶州一起攻伐歙州的事情告诉了汪世华。汪世华闻之，大吃一惊，饶州离歙州远，根本没有准备足够的防御，虽然安排人马留守歙州，但是睦州和饶州两军一起开进，后果不堪设想。

此时天色已晚，宣城内外所有将士都在喝酒吃肉庆祝战争胜利。汪世华担心歙州安危，因这次出奇兵，推进速度很快，这几日并没有与钱英联系，歙州情况不明。救兵如救火，兵贵神速。汪世华来不及多想，立即命令汪天瑶和汪世荣率精骑一千连夜出发赶往歙州城；汪铁师和汪铁彪率兵三千随后赶赴歙州替换郑虎和董平的防务，令郑虎和董平随即率驻扎歙州城的将士往西阻击饶军；程富、陈罗明和汪铁罗率兵三千出昱岭关与毛仁部会合，随后由汪铁罗与毛凤率兵往西阻击饶军。

汪世华的布置非常合理，后面两股人马都属于滚动式前进，并不是把东边的将士直接派往西边，这样会让将士长途奔袭降低战斗力，而是把东边的将士经过歙州相关兵营时，由歙州的人马再往西奔袭。避免将士的长途奔袭，在一定程度上会加快行军速度和提高战斗力。正如攻打宣州时的推进模式一样，程富和任贵从旌阳关到千秋关后，停下来休整，由汪铁彪带领千秋关的人马杀向宁国，到达宁国后，部队留下来休整和换防，再由汪铁环带宁国的兵力开往宣城。

汪铁佛心存愧疚，提出随军作战，将功赎罪。汪世华说："铁佛兄用非凡手段让宣州将士顺利归附，让歙军不费吹灰之力就获得了宣州，首功非你莫属。何罪之有？"随即委汪铁佛为宣州长吏，执掌政务；陈罗明为主将，执掌军务；羊宣助理军务，沈浮助理政务；刺史一职由汪世华遥领，并宣布宣州从即日起免赋一年。

在汪世华讨伐宣州，大军到达宁国和泾县后，睦州刺史吴仁认为歙宣两州大战即将开始，汪世华已无精力顾及歙州了。吴仁认为时机已到，便与众人商议出兵事宜。

大隋仁寿三年，即公元 603 年，朝廷以新安故城置睦州，州治新安县；大业三年，即公元 607 年，改睦州为遂安郡，改新安县为雉山县，仍为郡治。但是天下大乱之后，大家又开始把遂安郡称为睦州。睦州在歙州的南面，物产丰富，水系发达，是鱼米之乡。

睦州主簿卫哲民听说要率兵攻打歙州，忙阻止道："卑职认为汪世华虽为将官，但助理州事十年，实施仁政，有活菩萨之美誉，深得军民拥护。张么贪虐，想致汪世华于死地，故而激起兵变，被逐出境。宣州周晓，寻衅滋事，已是骑虎难下。大人不可听信其言，火中取栗。胜则收益不大，败则结怨于人，引火烧身。望大人三思。"

主将褚重听后，愤然道："歙州地狭人少，城小民穷，汪世华又带兵在外，歙城必然空虚。我愿带精兵两千，前往袭取。"

吴仁攻歙决心已定，此次又是歙宣两军对垒之际，不愿意失此良机，便说："当今之世，天下大乱，群雄并起，弱肉强食。若不趁机扩充地盘，岂不成了井底之蛙，无所作为？汪世华已率精锐到宣州争战，歙州剩下的不过是老幼妇孺。我大军一到，必能克之。"

卫哲民继续反对："汪世华武功盖世，谋略超群，尽管带兵在外，对州城必有妥善安排，恐难攻下。"

褚重一听这话，就好像是说他无能一样，气愤地说："我愿立军令状，若不能拿下歙城，拿项上人头来见大人。"

吴仁见褚重攻歙州稳操胜券，非常高兴，便说："我意已决，大家不必再言。褚将军立即率领两千兵马北上，到边界时会同原来驻扎的三千人马，共领兵五千，直捣歙城！"

褚重智勇双全，从军二十多年，从普通兵卒到睦州主将，经历过大小战役无数，在将士中素有威信。但是他这个人有个最大的缺点就是嫉妒心太强，当得知汪世华一战而成为歙州副将，就心里不舒服，后来得知汪世华成了主将又赶走刺史，就越发想与汪世华一比高下，现在正好有如此天赐良机，他要置汪世华于死地。褚重的两千人马还没开出城时，就快马加鞭让驻扎在边界的三千人马通过水路旱路分批潜入歙州地界，向歙州府衙所在地休宁万岁山挺进，此时歙州府城又被大家称为歙城。

毛仁和毛凤遵照汪世华的命令率军赶往歙州边界时，探子发现睦州已经屯兵于不远处，人马是自己的三倍，便立即派人给钱英送信，并找隐蔽地方把军队驻扎起来。谁知，没过几日，毛仁就发现睦兵突然之间只有五百人，其余人员毫无踪迹，因是在睦州地界，他不知道这些人马从哪里离开的，但是目标肯定是歙城。

毛仁决定消灭这五百人马。当睦兵一步步走进他事先设计的埋伏圈，他正准备发动进攻，探子又送来了消息，十里之外有一股大军往这边赶来，约两千多人，另外驻扎在边界的睦兵已经趁黑夜从水路潜往歙州境内了。

歙城危急，这次睦州调去了五六千兵力，而整个歙城内外的兵力不足两千人。

"父亲，怎么办？"毛凤着急地问毛仁。

"火速把消息送给夫人，加强防护，我们再悄悄地率军尾随这股睦兵，伺机从后面杀他们一个措手不及。"毛仁说。

357

歙州的兵力确实不多，城内才五百人马，但是在城外隐藏有张士埙的一千人马，另外兵力都在各关隘和重镇驻扎，是不能调走的。钱英得知睦州屯兵在边界后，就预料到可能要偷袭歙城，便立即安排董平负责召集乡兵，加强防御。乡兵就是临时作战人员，平时在家务农，闲时进行操练，当大家知道歙城危难时踊跃守护歙城，董平仅花了两天时间，就召集了两千余人，有老有少，连很多店铺跑堂的也都来了。

睦州的水军从新安江逆流而上一段路程之后，全部上岸通过山林来到歙城外。一路上无声无息，连张士埙负责新安江防御的人马都没有发现。二千五百名睦兵突然降临在歙城外，这确实出乎意料，他们巧妙地钻过了毛仁部防守的山路，又躲过了张士埙驻守的水路。

这股人马到达歙城立即展开攻城行动，由于钱英早有完备，睦兵攻城并不顺利，多次被城上的滚木、砖石打退。睦兵只得到城外山上安营扎寨等待褚重。而董平遵照钱英的命令，率领乡兵在城外一直与睦兵对弈，千方百计牵制住睦兵，寻找作战机会，防止这股睦兵进入其他地方祸害百姓。

褚重的行军速度非常快，第二天就到了歙城外，声势浩大。此时的董平部面临很大的压力，倘若撤退，睦兵就会攻城。因地理位置的缘故，新修的歙城的城墙相对矮小，城池防御能力并不强，不适合长期坚守。

"董晏，你立即出城支援董平，尽量拖延时间，不要让睦州攻城，我们等待张士埙的援军过来。"钱英只得寄希望在张士埙身上。

钱英自从得知睦州进攻歙州时，就没有把消息告诉汪世华。这正是讨伐宣州的关键时刻，汪世华若得知歙州危机，难免会分散他的心思，打乱他的行动。

此时毛仁正与睦州的押粮大军作战呢。原来毛仁部在尾随褚重时，探知睦州的粮草就押送在途中，毛仁决定先切断睦兵的粮草，再增援歙城。缺粮的睦兵三四天后就会不败而退，而歙城城池虽然低矮，只要城外有军队牵制，坚守五六天应该没有问题。

张士埙部接到命令后，立即率部赶往歙城，从花山到歙城，走水路很快就到达城外，并在周围山上布满疑兵，让褚重觉得已经完全处于歙军的包围之中。

睦兵陷于两难处境，本来以为攻城容易，没想到城外有两千多人的歙州乡兵在牵制他们的进攻，现在援军又到了。

"将军，我们该怎么办？"副将高茂问褚重。

"不用担心，你们看他们的人马就能推测出，人数并不多，故意声张虚实吓唬我们。倘若真的漫山遍野都是歙军，他们肯定会扑过来，主动与我们决战。"褚重根据自己多年的作战经验，一眼就看出歙军的虚实，"但是我们也不能跟他们干耗着，应该速战速决，不然更多的援军赶来，我们就错失机会了。"

高茂跟随褚重多年，对褚重的能力是非常佩服的，也能心领神会，他说："将军的意思是现在就出击把这些城外的歙军全部干掉？再立即攻城？！"

"孺子可教！"褚重笑着说，"这两天我观察了，董平和董晏武功并不高，只要把他们斩杀，其乡兵必败，你与程厚负责对付他俩，我去对付援军的将领，李金宝和赵龙负责盯着城池，只要城池内有人杀出来救援，就乘机杀入。"

褚重布置停当之后，立即率军出击，兵分三路，一路杀向董晏董平率领的乡兵，一路杀向张士堨的阵营，留一路人马靠近城池，随时等待攻城！

歙军没想到睦兵在这种情况下还敢分兵出击，出乎意料。

"董晏，留下你的人头！"高茂一马当先，手提大刀直接向董晏杀去。

而此时的程厚已经与董平交上手了。

四个人很快就打斗起来，两方兵卒一片混战。

张士堨远远看到褚重率军杀来，立即迎战，两人话也不说，打了起来！生死攸关之际，谁愿意跟对方废话？谁愿意通名报姓？先杀掉对方再说。

张士堨从小跟汪世华一起放牛和拜师学艺，为人机智聪明，但是练武方面有些怕吃苦，虽然说武艺高强比董晏董平略胜一筹，但是跟程富和任贵比就差些。这次面对的是睦州第一猛将，两人交战不到三十回合，张士堨就吃不消了，只得败走。褚重岂能甘休，他的任务不是打败张士堨，而是斩杀张士堨。败了还可以再来，只有斩杀掉，歙军才会彻底败走。

张士堨边打边跑，因为再不跑，就没命了。而睦兵见主将占了优势，斗志更加旺盛，张士埙部抵挡不住，很快就开始败退。

董平和董晏这边也好不到哪里去，高茂和程厚是褚重的得意爱将，武功自然不在话下，他们若不一鼓作气把对手干掉，就完不成攻城任务，且还可能陷于歙军不断开来的援军包围中。很快，董平一不小心就被程厚斩于马下。

董晏也受伤落马，幸亏乡兵勇敢，冲了上来，再牺牲了好几人之后，终于把董晏救走。

城外战况非常惨烈，尤其是褚重、高茂和程厚如入无人之境，手起刀落，歙军无人能抵挡得了。歙军面临全线溃败的危机。

钱英在城头上看得真切，倘若再不出城支援，城外歙军一败，城池也就危险了。"碧玉，取铠甲来，备马！"因钱英怀有身孕，站在城头上并没有穿铠甲，见场外战况危急，立即对随身丫鬟说。

"小姐。"碧玉听钱英这么说，差点儿惊倒，钱英快到临产期了，此时怎么能出战呢？万一有闪失，那就麻烦了。碧玉是钱英从小带着的丫鬟，即使钱英出嫁了，也一直以小姐称呼。郑虎和陈朴都在旁，也都听见了。

陈朴忙说："夫人，你有孕在身，千万不能出城决战。让郑将军出马就行。"

"夫人，我去！"郑虎也忙说。

钱英扬了扬手，制止他们说话："现在正是最关键的时刻，不下去救援，歙军就会溃败。郑将军你随我一起出城，你去对付他们另一队人马，牵制他们攻城，我去对付褚重，救援张将军。擒贼先擒王，只要把褚重斩杀，睦兵群龙无首，必败无疑。我心已决，你们不要反对。"

钱英见丫鬟碧玉还站在旁边没动，厉声道："快去！"

碧玉只得含泪跑向州府。

很快，稽圭急匆匆跑来，丫鬟碧玉和两个仆人抱着铠甲拿着兵器跟在后面。稽圭爬上城楼就抓着钱英的手说："姐姐，你不能出去。你怀孕八月，很快就要生了，怎能出去打仗呢？万一有闪失，我如何向世华交代？！"稽圭的眼泪都快流出来了。

"妹妹，你看现在城外情况，董平将军已死，董晏将军已伤，张将军已败，我再不出马，歆军必败，这座城池也就完了，城内这么多父老乡亲，他们怎么办？"她伸手擦了擦稽圭的眼泪，故作轻松地笑了笑，"你难道还怀疑我的武功？别担心。我没怀孕的时候，世华都怕我三分呢！"

"陈大人，城池就交给你了，一定要坚守住！"钱英见陈朴站在一旁左右为难，就坚定地说。陈朴什么话也没说，只得不停地点头，内心却在揪心地痛！

"碧玉，披甲！"钱英一声令喝，旁边的碧玉只得从仆人手中接过铠甲给钱英披上，在系带子的时候，碧玉的眼泪止不住地流了下来。下面战况凶险，睦兵主将褚重武艺高强，小姐身怀六甲，真是凶多吉少啊。

钱英披挂完毕，立即走下城楼，一跃骑上追风桃花马，手提九凤朝阳乌金宝刀，向城门走去。郑虎手提浑铁点刚槊，骑着金睛墨角驹，紧跟其后。护城铁索吊桥还没有完全放下，钱英和郑虎两人直冲桥上，打马从吊桥上跃下。睦兵负责攻城的队伍见城门打开有人要出城，立即杀向吊桥边，想抢先占领吊桥，杀进城去。钱英和郑虎手起刀落，杀了几个冲在最前面的睦州骑兵。

"夫人，你快走，这里交给我！"郑虎见铁索桥已经收上去，就要钱英立即离开，他来对付这些人马。

"郑将军，你多小心！"钱英撂一下一句话，如风一般地杀向褚重。此时的褚重正杀得张士埙毫无还手之力。

"张将军，我来也！"还离十余丈远，钱英的声音格外清脆，张士埙听得分明，远远看到钱英骑马杀来，一下子来了精神。

周围的睦兵见有人杀向褚重，也忙杀过来阻挡。别看钱英是个女子，力气可不小，手中的九凤朝阳乌金宝刀要得忽忽生风，很快就削掉了十来个睦兵脑袋，威力十足，无人阻挡。褚重见钱英杀来，知道是个狠角色，便撇下张士埙向钱英杀去。

"张将军，你先歇息，这里交给我。"钱英与褚重边战边对张士埙说。张士埙虽然大汗淋漓，又受伤了，但是岂敢歇息，立即举着混元双铜锏去砍杀睦兵。

钱英不愧是女中豪杰，与褚重连战五十回合，不分上下，褚重越战越暗自佩服这女子，怀有身孕，还这么能打。

"臭婆娘，你乃何人？"褚重觉得此人不简单。

"你姑奶奶我乃汪世华之妻钱英，我们歙州与睦州无冤无仇，为何要兵犯我城池！快快滚回你们睦州，否则小心你人头落地！"钱英厉声对褚重说。

"你赶快下马投降吧，我褚重乃英雄豪杰，不与孕妇斗！"褚重嘴上这么说，但手中的丈八大枪却没有停。

"笑话，趁人之危偷袭城池，还谈得上英雄豪杰，丢你祖宗的脸。今天姑奶奶就让你见识一下厉害！"钱英边骂边打。

又是二十多个回合过去，因为挺着大肚子，钱英慢慢地感到有些吃力。而此时褚重气喘吁吁，刚才与张士埙大战了近两百回合，消耗了不少体力。钱英见褚重手法越来越慢了，觉得这是个机会，在两马交错之际。

"砍你的脑袋！"钱英嘴上这么说，左手却从怀里掏出一把飞刀射向了褚重的坐骑。

褚重看着钱英的刀往头上削来，举枪一挡，坐骑却往地一跪，自己摔了下去。正在惊愕之际，钱英手起刀落，褚重的脑袋离开了脖子。

钱英一刀戳在褚重的脑袋上，高高举起，对着睦兵大声吆喝："褚重已死！快快投降！"

张士埙见褚重真的死了，一阵狂喜，举着铜铜砍杀，大声喊道："褚重死啦！快快投降！"

睦兵这一股人马见主将真的死了，立即丢盔弃甲，望风而逃，有些逃不了几步就蹲在地上举手投降！

群龙无首，另外两股睦兵人马，没想到主将被杀了，士气一下子就低落下去。而城楼上陈朴看到下面发生的情况，立即让人击鼓呐喊。一时之间，歙军士气高涨，迅速从劣势转向优势！

原本准备攻城的睦兵将领赵龙和李金宝只得率军撤退，郑虎趁他们惊慌失措之际，把赵龙挑下了马，结果赵龙被逃命的睦兵活活踏死。高茂和程厚率领的睦兵虽然仍占优势，但见大势已去，也只得撤兵逃走。

"郑将军，立即率兵追杀！投降者免死！"兵败如山倒，钱英立即让郑虎率军追杀！

于是郑虎和张士埙立即率兵一路追杀。而钱英却骑着马往城池走去。

"姐姐要进城了，快放吊桥！"稽圭见钱英远远走来，边跟陈朴说，边往城楼下跑。

钱英骑马走过吊桥，稽圭已经让兵卒打开城门站在那里等她。钱英笑了笑，没有说话，脸色苍白，她缓缓从马上下来。

稽圭已经看出不对劲儿了："姐姐！"

"哇——"钱英刚抓住稽圭的手，突然一口鲜血喷出，整个人无力地倒在稽圭的怀中。

"姐姐！你怎么了，姐姐！"稽圭惊呼，并迅速掐住钱英的人中，试图让她恢复意识。

"小姐！你这是怎么了，小姐！"碧玉是钱英自幼陪伴在身边的丫鬟，此刻看到钱英这般模样，眼泪立刻涌了出来，声音带着哭腔。

还是稽圭冷静，不愧是出于医学世家，生老病死伤残见得多，她跟碧玉说："别哭了，快叫人准备马车，下面多垫几床被褥，还有毛巾和热水。"

城楼上的陈朴也得知情况，忙从城楼上跑下来。

很快马车来了，稽圭和碧玉，再加上几个丫鬟一起把钱英小心地抬到车上，平躺着，嘱咐马夫慢点儿走，千万别颠簸。一行人提心吊胆地缓缓向州府走去。

董晏身受刀伤，弟弟董平战死，但是此时战局扭转，来不及悲伤，忙组织兵卒清理战场和收编睦州降兵。

郑虎和张士埙率兵一路追杀了二十来里，正巧遇上汪铁瑶和汪世荣率领的精骑从宣州赶回来，这下歙军声势更加浩大。前有歙州精骑，后有歙州追兵，睦兵真是恨不得找个地缝钻进去逃命。

只有突围才能活命，高茂提着大刀就向汪天瑶杀去，程厚与汪世荣战在一起，赵金宝明知自己打不过郑虎，只得硬着头皮迎战，张士埙冲了上来与郑虎合战赵金宝。

高茂虽然武功不错，哪是汪天瑶的对手，三十个回合下来，就被汪天瑶的丈八滚云枪戳了个窟窿，倒在地上了。汪世荣的皂金虎头枪杀得程厚毫无还手之力，最终程厚被汪世荣挑下马，再一枪把他钉在地上。那边的赵金宝被两人一齐攻击，本来就心虚，张士埙一铜打在其肩膀上，接着郑虎对着其胸部补上一槊，当场一命呜呼。

汪世荣见大势已定，高喊："降者免死！"

睦兵见将领都被杀了，没办法，只得弃甲投降。

于是大家一起得胜回歙州城，到了城外，与董晏会合。汪天瑶就在城外召聚所有降兵列队，说道："我们歙军是保境安民的仁义之师，不杀你们。愿与我们一起保境安民、维护天下太平者，请留下来成为我们歙州的将士。年老体弱者回家；家是独子者回家；兄弟一起从军的，哥哥回家；父子当兵者，父亲回家；我们均给你们发放盘缠，任你们各自回到故乡，孝敬父母，照顾家人。并借你们之口，告诉你州军民：我们决不骚扰黎民、滥杀无辜。若有人胆敢来犯，我们也不客气，会杀他个片甲不留。"

睦州降兵听了这番话，留下一大部分被编入歙州兵营，近三千人，除了在战场上被杀的，其他的都领了盘缠回故里了。

一切安顿好后，歙军将士厚葬了董平。

毛仁和毛凤杀跑了睦州押送粮草的队伍，把粮食押送到歙州的关内，做好防御睦州援兵进入和切断从歙州撤回的睦兵退路，并派出探子打听歙城的情况。

"启禀将军，程将军已经领三千人马从昱岭关而来，已到十里之外。"探子来报。

"太好了！程富来后，我们就可以围魏救赵，杀进睦州。"毛仁一听程富带兵来了，高兴地对毛凤说。

"我明白了。"毛凤点了点头，说。

"你明白什么？"毛仁见毛凤恍然大悟的样子，就问道。

"刺史大人当时说遇到睦兵来犯，就让我们放其过去，我当时就在想，为什么要放其进去呢？为什么不把其阻挡在边界呢？"毛凤说。

"为什么？"毛仁反问儿子。

"大人首先是担心我们阻挡不了睦兵进攻，与其折兵损将，还不如让其进去，有郑虎和张士埙在歙城周围布防，应该能阻止敌人攻城。而我们留守在边界，自然就知道切断睦兵的粮草供给，睦兵久攻城池不下，就会陷于无粮草的窘境，撤退时，就会前有我们堵着退路，后有郑虎和张士埙率兵追赶。其次，大人肯定早就有把握顺利攻下宣州，这样就可以快速调遣程富等人前来边界，即可支援我们围剿撤退的睦兵，也可根据情况直接杀入睦州。"毛凤一口气把刚才的想法说了出来。

毛仁一拍大腿，茅塞顿开："你这一说，我也明白了。快准备迎接程将军。"

事情的一切是这样谋划的，但是汪世华没有想到的是，睦州居然派出最厉害的将军率领五千睦州精兵进犯，并且作战能力强，若钱英不出城迎战，歙军损失惨重，城池都可能被攻破。

程富、陈罗明和汪铁罗很快就率兵赶到，相互寒暄了几句，程富就让毛凤和汪铁罗立即率领原来的人马赶往西边靠近饶州的边界，防止饶州侵犯。而从宣州来的人马停下来休整等候歙城的消息，做好随时进攻睦州和支援毛凤部阻止饶州侵犯的准备。

钱英昏迷了两天，终于醒来，稽圭赶紧让人送来参汤。原来是钱英与褚重大战时，褚重力大无穷，几次兵器相碰时，震得她手都发麻，引起内伤。

钱英喝完参汤，有了点儿力气，便问稽圭："妹妹，你把消息传给世华了吗？"

稽圭见钱英已无大碍，回答道："我等姐姐亲自把这消息告诉世华呢。宣城已经攻下，天瑶和世荣率精骑回来了！"

钱英高兴地说："那就好！那就好！"

"姐姐您先休息会儿，我出去告诉他们。"稽圭才想起，天瑶、世荣、陈朴等人都在外面焦急地等候消息呢。

"去吧，告诉他们。我没事！"钱英笑了笑，"碧玉，建儿和璨儿呢？"

"小姐，我现在去叫两位公子来。你昏迷时，二夫人让姑奶奶带着他们在外面，说不能让他们知道你受伤，他们年纪太小，怕吓着他们。"

钱英点了点头："还是圭妹考虑周全，你去叫他来吧，我想看看他们。"

"好的，小姐，我马上去。"碧玉说完出去了。

此时，其实只有钱英自己知道，这次决斗，自己受的内伤太重，她摸着肚子里的孩子，心想："老天爷，您一定要保佑，千万别让我肚子里的孩子受到伤害。"

第二十五章　追击饶兵

饶州，因"山有林麓之利，泽有蒲鱼之饶"而得州名。隋平陈后置饶州，州治为鄱阳县，隋大业三年改州为郡，即为鄱阳郡，大家通常仍称饶州。饶州素有"鱼米之乡""富饶之州""银鄱阳"的美誉。饶州刺史吴有才准备在宣州和睦州进攻歙州时，发兵进犯歙州，寻找所谓的宝藏，但是农民起义打乱了他的部署。为了稳定内部，吴有才只得派出大将鲁汉前去镇压起义。鲁汉与汪世华、汪天瑶等人一同在紫霞观跟随演公学艺。当年，鲁汉与汪世华等人在歙州边界告别后，就来到饶州投靠亲戚，后来投军多次镇压寇乱，因功而升为饶州兵营大将。

鲁汉从小跟随演公学艺，武功和谋略都值得称赞，他带领五千兵卒开往鄱阳湖周围连续两次进攻就把义军打败，再加上义军内部矛盾重重，为了钱财自己打了起来。鲁汉利用此机会很快就扑灭了三千人的农民起义。当吴有才得知睦兵已经兵临歙城，便立即调鲁汉开向歙州抢夺胜利果实。鲁汉会同边境上的一千人马，共率兵六千通过马金山间小路隐蔽潜行，很快就踏进了歙州地界。

汪铁罗和毛凤率领一千兵卒赶到时，已经是第二天了。因为董晏和张士埙均在保护歙城时受了伤，只得把守城的主要任务交给郑虎和汪世荣。汪天瑶在歙城休整一日，立即率领一千精骑向西而行，阻止饶兵进攻。汪天瑶的人马刚出城，就接到探子报告，饶兵离歙城只有一百里路程了，有六七千人马。

汪天瑶听到这消息，确实吃了一惊，没想到饶兵速度这么快，人数众多，并且来得不声不响。必须想办法阻止其前进！前面不远处就是新安江，饶兵必须渡江才能过来。而派溪这个地方是最适合渡江的，江面相对窄小，水流平缓。汪天瑶立马想起了应对办法，迅速把防御任务布置下去。

鲁汉带领的饶兵果然要从派溪这个地方渡江，当六千人马到了江的南岸时，看到的却是歙军在江对岸严阵以待。

"对面是哪路人马？居然敢来歙州撒野！"汪天瑶的嗓门，让对岸的饶兵都感到震耳欲聋。

鲁汉没想到两日两夜奔袭，辛辛苦苦地跑到这里，而人家却在江边等着。他看出了对面的将领是汪天瑶，两人在紫霞观一起生活了十来年，只要一听声音就知道了。

"请问是天瑶师弟吗？我是你师兄鲁汉，听说睦兵攻下了你们歙城，我特意率一万精兵前来助你！"鲁汉故意这样说。一是怕对方知道自己的行踪，又不知道对面到底有多少人，要强行渡江比较危险；二是故意说歙城被攻，是想探探底细；三是把人数扩大，就是想吓唬吓唬对方。

汪天瑶一听是鲁汉，心想难怪饶兵走了这么远的路程，我们都不知道，原来是这家伙带兵。鲁汉武功没有汪天瑶高，但是兵法上两人可以好好切磋切磋。更何况对方兵力多，真要强行过江，自己这骑兵还真抵挡不住。他也想吓唬吓唬对方："鲁汉师兄，原来是你啊，太感谢你们远道而来帮助我们。睦兵已经于昨日被我们打败，他们的将领全部把脑袋留下来了，余下的兵卒也都归降我州。得知你要过来，我大哥特意让我在此迎接您。对了，告诉你一个好消息，宣城已经被我们攻下，你现在过江吧，我们兄弟一起进城喝喝庆功酒！"

鲁汉听汪天瑶这么一说，心里开始掂量了，之前是听说汪天瑶出兵攻伐宣州的，宣州没有攻下的话，他也不会回到这里来。还有睦兵，难道真的也失败了？这两天他率兵通过山林潜行，为了隐蔽，一直没有与外界联系，六千人马都是携带干粮前进，连押送粮草的都没有。鲁汉的作战风格就是不用粮草，他最羡慕西汉霍去病，不要粮草供给，打到哪里就吃到哪里。歙州的兵力并不多，这次同时与宣州和睦州交战，肯定非常吃力，就算侥幸胜利，自身损失也很大，应是处于急需休整阶段，即使是宣州真的归顺汪世华，大军从那边调遣过来是需要时间的，不可能这么快。

鲁汉突然明白了，汪天瑶的布置显然是一出空城计，他断定对方绝对没有足够的实力来对抗饶兵。假若歙军兵力真的充足，他们必然会选择在山中设伏，等待我们渡江过半时突然袭击，而不会这么早就隔着江面暴露自己。这种策略的目的无非是想让我们感到困难重重而主动撤退。想到这里，鲁汉露出了微笑。汪天瑶，过去在紫霞观时拿你没办法，但现在我手握大军，终于可以好好地与你较量一番了。

鲁汉随即说："那真是好事啊，值得庆祝！既然你们已经获胜，那我就先回去了。撤！"鲁汉说完就大手一挥，大军就往回走。

"将军，我们真撤？！"副将马英见队伍往回走了十来里路，就走到鲁汉身边问道。

鲁汉骑在马上笑了笑，说："不撤，你能渡过江吗？"

马英跟随鲁汉多年，知道鲁汉不是那种轻易认输的人，更何况这次率领大军来歙州，是不可能空着手回去的，就说："现在渡江，我军肯定损失很大，将军一定是想到了妙计。"

鲁汉知道马英了解他，就说："你一个人知道就行，我们先缓缓往回走，你带两千兵卒绕过北边的山，再悄悄地回到原来的地方去，隐蔽好，观察江对岸的动静。"

"他们过江，我该怎么办？"马英问。

"你说呢？"鲁汉反问他。

"拖住他们，让他们走不了，而将军另外找地方渡江。"马英说。

鲁汉没有直接回答，而是说："我们必须要在宣州的援军回来之前，成功攻占歙城！"

马英率兵离开，鲁汉让部队生火做饭，让浓烟升起，很远就让人看见。所有人马饱饱美餐一顿，就原地休息睡觉，准备养精蓄锐之后杀向新的目标。汪天瑶的人马一直在派溪地方等着，鲁汉不可能就这么轻易放弃的，必定返回。果不其然，站在山峰上的兵卒马上就发现有饶兵返回，很快所有人马都看到十里之外升起大量炊烟，这是饶兵在埋锅做饭。

天黑了，汪天瑶安排兵卒原地宿营，只要能把饶兵阻止在新安江之南，就可以让毛凤和汪铁罗的人马顺利地包抄饶兵的退路，待大军从宣州回来后，就可立即发起进攻，消灭饶兵。新安江之北，歙军营地燃起了一堆堆篝火，漫山遍野的火把，让人远远一看就认为至少有五六千兵马。

吃饱睡好了的饶兵，在半夜时分全都出动了，目标——歙县。

鲁汉已经看出了歙州兵力的情况，既然歙军力保歙州州府所在地休宁，即歙城，那么歙州原来的州治所在地歙县兵力肯定空虚，攻下歙县也是对歙州的致命重创。饶兵神不知鬼不觉地潜行到练江下游，砍伐树木制作成浮桥，四千人马快速到达了歙县城外的渔梁坝，此时天刚刚亮，整个渔梁镇的人都还在睡梦中。

渔梁坝修建后，上游商贾乘舟而下，经过此处时，必须停船卸货，再到坝的下方装货出发，如此搬运，时间一久，商贾来往密集，渔梁坝岸边兴起了客栈、茶馆、仓库等。鲍安国素有商贸头脑，就与汪世华商议在此建立渔梁镇，开市交易，成为上下游货物的中转站，成为歙县货物运往各地的重要码头，逐渐也成为歙州财政收入的重要来源之一。

鲁汉借着大雾率领饶兵抵达渔梁镇后，留下两百兵卒，准备好草把，分布在镇的各个角落，又继续率兵在浓雾下前行到歙县旁边的斗山下埋伏起来。

突然，渔梁镇火光冲天，四面八方一起着火。

"走水啦！走水啦！"渔梁镇的父老从美梦中惊醒，四处救火。

歙县城墙上的兵卒远远见到大火冲天，立即汇报给守城官。渔梁镇是重要码头，堆放有很多货物，不容出事。在太平日子里过惯了的人们，完全没有任何警惕感，守城官立即点兵出城救火。而此时的鲁汉却像鹰一样盯着城楼上的一举一动，蓄势待发。

"杀！"歙县兵卒刚打开城门，还没走出一百人，就从斗山旁杀出饶兵。鲁汉一马当先，直接向城门冲去。

"快关城门，有敌军！"守城官站在城楼上看得真切。

"嗖！嗖！嗖！"鲁汉骑在马上箭无虚发，负责关门的兵卒应声倒地。饶军冲在最面的是骑兵，两三百骑兵，像风一样冲向大门，走出城外的十几个歙军兵卒不是被马踩死就被杀死。

鲁汉的马最先冲进了城门，手中的五股烈焰叉，在歙军面前一晃，又是几个人头飞出。鲁汉控制了城门。

"快关城门！放箭！"城上的守城官亲自拿弓对着城外的骑兵连发三箭，城上的兵卒把箭都对着城门射去，阻止饶兵继续冲进。由于城楼上一直准备有大量石块和弓箭，守城的人虽然不多，但是大家都对着城门扔石块。鲁汉率领的饶兵一直是轻装前进，并没有携带大型的攻城工具，所以饶兵要想快速攻进城内只有通过城门才行。城楼上的石块和弓箭如雨一样往下飞去，很快就阻止住了饶兵的步伐。但是骑马冲进城门的饶兵有一百多人，包括鲁汉在内，都是骁勇善战的精兵强将。

怎么还有一个门？鲁汉冲进城门后，头一下子大了，怎么回事？这里居然是瓮城！冲进来的只是第一道城墙，里面还有一道城墙，第二道的城门已经关严，而第一道城墙却与第二道城墙相连，在瓮城中根本就无法上去。瓮城里，除了两道门，无任何通道出去。而这两道门，第二道的已经关闭，第一道的却被乱石狂砸、利箭乱射，很快就会把城门堵上，无法冲出去。

鲁汉再看城墙上面，都是严阵以待的弓箭手！一支支满弦利箭对着他们这一百多人。这一百多名饶兵与鲁汉都成了活靶子，什么叫惨烈？鲁汉马上就开始领教了，刚才的兴奋一下子落到冰点，难道这就是他最后的战场？！

守在派溪之地的汪天瑶部昨晚上并没有睡好，他担心半夜时分，鲁汉会仗着人多，强行过河，所以歙军都是身不离甲，随时做好战斗准备。直到凌晨，对岸的饶兵一直若隐若现，毫无进攻的迹象。他们到底想干什么？汪天瑶思索着，饶兵既然来到江岸，按道理应该是渡江，难道还要等待援军？不从这里过江，他们还会从哪里？

"报告将军，歙县城池附近突然大火冲天，百里之外都能看到。"忽然有兵卒走进营帐报告。

"糟糕！鲁汉去歙县了！"汪天瑶恍然大悟，饶兵故意留下小股部队在这里牵制我们，实际上大部队人马已经奔袭到歙县了。汪天瑶和鲁汉是同门师兄弟，长途奔袭是他们当年训练的重点，兵贵神速，很多战争就是赢在一个快上。鲁汉的人马肯定也是经过长期长途奔袭训练的，从这边奔袭到歙县对他们来说，不算难事。现在去救歙县还来得及吗？！

汪天瑶立即走出营帐："集合，出发！"所有歙军精骑立即上马向歙县方向飞驰而去。

饶军将领马英也看到了渔梁镇的火光，鲁汉偷袭成功了！很快他就看到对岸的歙军急急忙忙地往歙县奔去。时机来了！

"架浮桥，过江！"马英见歙军走远，立即下令过江！两千名饶兵把准备好的木筏一个个放到江里，再用树木一个个连接起来，很快一座浮桥架设成功。

饶兵立即过江，他们要杀向歙城，接应鲁汉人马。渔梁镇的火光燃烧着马英的内心，他兴奋地提着方天画戟，把自己想象成三国英雄吕布，跨着踏雪追风马一跃从浮桥上到了江北岸上。风景真美啊！马英正想美美地欣赏这如画晨曦，可惜他再也没有机会了。突然山上杀出一股骑兵，接着江岸的东西两头也有骑兵杀来，是汪天瑶率领的歙军精骑。

"何人偷袭我州？拿命来！"汪天瑶一马当先，手中的丈八滚云枪连挑五个饶兵，神勇无敌，威风十足！原来汪天瑶并没有去援救歙县，而是从前面的山绕了一圈又回来了。他明白，只要歙军一离开派溪，江对面的饶兵肯定就会渡江杀向歙城。

此时的饶兵过江后，稀稀拉拉地站在岸上，骑兵也是牵着马过江的，他们在等队伍全都过江聚集后，再听候马英的命令前进。歙军突然杀出，让毫无警惕感的饶兵惊慌失措，马英一看中计，立即向汪天瑶杀去。

"老子乃饶州大将马英，不杀无名小卒，快报上名来！"马英是饶州猛将，鲁汉的左膀右臂，战功赫赫，非一般人物。其实他知道对面之人就是汪天瑶，鲁汉也跟他说起汪天瑶的武功。

"哈哈，马孙子，连你爷爷的威名都不知道吗？"汪天瑶一枪刺去，"把人头留下后，爷爷告诉你！"

"不自量力！"马英剿杀贼寇时如砍西瓜，尽管鲁汉事先一再叮嘱，但是哪里知道汪天瑶的本事远远在他想象之外，举着方天画戟一挡，"咣"右手的虎口当场震出血来。

汪天瑶因还要赶着去歙县，所以一上来就招招致命，不到三十个回合，就把马英挑下马来，马英就地一滚，想逃脱，汪天瑶的长枪像长了眼睛一样，直接插进了马英的肚子，把他死死地钉在地上。

而此时周围已经是刀光剑影，杀声震天，歙军骑着马追着饶兵砍杀，有砍死的，有被马踏死的，有落到水里淹死的，连浮桥上的饶兵一慌乱都掉到江里。歙州这支精骑是歙州的王牌军，由汪世华和汪天瑶魔鬼般训练出来的，杀人不眨眼，见到鲜血从敌人身上喷出，更加刺激他们的兽性，杀得更起劲儿！很快新安江被鲜血染红。还没有过江的饶兵也被吓跑了，根本就不敢冲过来救援。

"马英已死，速速投降！"汪天瑶把马英整个人用枪举起来。饶兵一看将军死了，只得跪在地上，乞求能活一命。

所有饶兵被围在岸边，兵器被扔到江里，刚才的冲杀，饶兵只留下二百来人，并且不少都是伤兵。

"将军。"一个副将走到汪天瑶的身边，他是想问如何处理这些人。

汪天瑶看了看歙县方向，什么话都没说，右手做了个砍的动作，就骑马走了。几分钟之后，投降的饶兵全部身中利箭死在岸边。

汪天瑶的精骑向歙县奔去。不是他要斩尽杀绝，而是留下这些降兵没办法立即安置。现在最紧急的是救援歙县城池！他不得不违背汪世华永不杀降兵的命令！

进入瓮城后的鲁汉真是插翅难飞，唯一的出口还在不断地从上面扔石头，再不冲出去，那就只有变成刺猬了。城墙上的利箭像雨一样落下，幸好鲁汉身边的几名将士对其忠心耿耿，把他围在里面，不停地用手中的兵器挡掉利箭。

"将军，快走！"鲁汉的坐骑已经被射死，周围的将士也只剩下十来个人了，他们掩护着鲁汉往外跑。

"一个也不要放过，全部射死！"守城官见这帮饶兵为了攻城，居然在渔梁镇纵火，完全不顾及无辜的百姓，他决定让饶兵付出惨重的代价，便不停地命令兵卒放箭。

城门外的饶兵为了救鲁汉，多次往城内冲锋，但每次都是非死即伤。

鲁汉终究还是逃了出来，手上和脚上都中了箭，是进入瓮城后唯一出来的人。饶兵救出鲁汉立即撤退，而歙县城内的兵卒并不多，见饶兵败走，也不敢去追，饶兵并未元气大伤。

汪天瑶的精骑到达歙县时，汪世荣率领的一千人马也到了歙县。原来歙城兵营见歙县火光冲天，判断出有敌军袭击歙县，于是除加强歙州城的防护之外，派出汪世荣立即前来救援。

当汪天瑶从守城官口中得知，饶兵主将已经受伤时，决定迅速追击，一定要重创饶兵，让其知道歙军的厉害！只有战争才能换来和平，只有把对手打在地上，让对手受到致命的重创，才能让对手彻底臣服，才能给百姓带来真正地安宁。

鲁汉这次进入瓮城，损失的人数虽少，但个个都是精英，有好几名副将丧命。在撤退过程中，他见歙军并没有派兵出城追赶，就推测，歙军现在兵马不足，不会有追兵，同时也希望尽快得到马英的消息，如果马英顺利过江，就等于接近了歙州的心脏，还可以反败为胜。他虽身负重伤，但还可以指挥战争，不愿意这样狼狈地回去。这样才思考了半天，鲁汉便失望了。他们遇到了马英部尚未过江的残余部队，才得知马英中了埋伏，过江的八百多人全部被杀，包括马英。

"快速撤退，后面肯定有追兵！"鲁汉判断出汪天瑶的部队肯定追赶过来了。他了解汪天瑶的性格。鲁汉虽然手和脚都中了箭，但是刚才从歙县撤出来十里远后，就已经把箭拔出，现在躺在一个藤椅上，被兵卒抬着。汪天瑶部干掉马英部后，必定会火速赶往歙县，到歙县了解情况后，就会立即前来追赶。虽然说自己的人马还有约五千，但主将受伤，多名副将已死，兵卒的士气已经低落，此时岂能与汪天瑶的虎狼之师决斗？！更要命的是，没有粮草，在歙州境内安营扎寨，被歙军包围，就只有饿死。鲁汉决定回到饶州地界进行休整，伺机再来报仇。当然，让鲁汉想不到的是，在歙州边界上，汪铁罗和毛凤率领一千兵卒正在等着他呢。

汪世华已经从宣州班师回歙州了，离登源里还有十里之远，就见到官道上站着两三百名父老乡亲，他们见汪世华骑着马率领着大军远远走来，就一齐跪在地上挡住了去路。

"去问问是什么情况。"汪世华对身边的兵卒说。

兵卒很快就跑回来禀告："启禀将军大人，前面跪着的都是登源里的父老，他们听说将军凯旋，想请您衣锦还乡看望家乡父老。"

登源里，这个让汪世华想起就隐隐心疼的地方，这里有他美好的童年，但是也有他终生挥不去的屈辱，他无法忘记母亲带着他们三兄弟被全村男女老少赶出村的场景。当他成为歙州副将时，登源里就有父老前来请他回家乡看看，他拒绝了；后来成了刺史后，登源里的人更加积极地来州府求见他，都被他拒绝了，他说有什么困难就找当地的衙门。今天，登源里的人们打听到汪世华要从十里之外的官道经过时，由村里的里正带领父老乡亲来这里邀请他回家乡看看。

汪世华知道这些人是什么心态，当年家境败落时，像乞丐一样被赶了出来，现在自己成为歙州的父母官，他们又觉得这是登源里的骄傲，他们比其他乡村的人更有自豪感。当然这种自豪感都来自他们自己的意识，他们一直想风风光光地举办一场刺史大人衣锦还乡的活动，争足面子，但是每次他们都失望。其实当年赶走汪世华全家的父老大部分已经不在人世了，就是尚在人世的这些人，也都在为自己当年的举措内疚和受尽良心的谴责。当年他们的行为其实在歙州乃至周围州郡都是很正常的现象，为了自身利益而忘恩负义大有人在，但是现在不同了，自汪世华大力开办私塾，兴起读书之风以后，人们的整体素质都提高了，忠孝仁义礼智信人人都懂。他们如此这般地多次恳请汪世华回乡，其实也是想借此机会为当年村里人的行为道歉。

"你告诉他们，我的心胸还没有大海那么宽广！"汪世华坚定地说。

兵卒跑了过去，很快又跑了回来，后来还跟着十几个上了年纪的老人，兵卒走到汪世华马前，说："将军，这些父老说要亲自跟您说。"

汪世华一看这些老人都是六十来岁的，他们跪在汪世华的马前。汪世华忙从马上下来："各位父老，请起，不知有何事需要找我。"

"刺史大人，我们以前是有很多地方对不住你们全家，当年做错事情的那些带头人，包括汪大，自你们去了歙西之后，他们一个个都身患怪病，全身长脓疮，奇痒无比，连续折磨了三四年，先后悲惨地死去。请刺史大人看在他们已经得到了老天爷报应的份上，原谅登源里当年的错吧。"一个带头的乡绅跪在地上说，看样子他应该就是里正，负责管理登源里的。

汪世华没有说话，远远地望了望登源里的方向，父亲去世后，母亲与他三兄弟在登源里遭遇的羞辱再一次在脑海里浮现。登源里有他的伤痛，父亲被严刑拷打而死，宝欢叔被活活烧死在家，母亲被衙役踢伤，最后病死。即使他的心真的如大海一样宽广，他岂能忘记这一切呢？汪世华首先是个孝子，其次才是歙州的父母官，他不是圣人。即使圣人孔子在十几岁时被阳货羞辱，直到三十多岁时还念念不忘，数次拒绝阳货给他的官职。

汪世华正准备再次拒绝时，歙城的使者快马奔来，原来钱英得知汪世华班师回歙州，立即派人送来消息告知近期情况：睦兵进犯已经被打败，饶兵正在逃回饶州的路上。汪世华又从使者口里得知，钱英为了阻止睦兵进攻，亲自出城迎战，已受内伤，昏迷两天，身体虚弱；饶兵为了攻进歙县城池，放火烧了渔梁镇。

汪世华心急如焚，没想到睦州和饶州居然联合发兵一万多进攻歙州，歙州损失如此之大。他当即传令：郑虎从歙城出发，率兵一千支援汪天瑶；毛仁率兵一千支援汪铁罗和毛凤，两军夹击，不能让饶兵回去，一定要在歙州境内歼灭；汪铁佛为全权使者立即与周边的杭州、婺州达成友好协议，互不侵犯；程富和陈罗明在原地驻扎，防止睦兵再次进犯，等候讨伐睦州的命令。而汪世华决定自己和庞实率轻骑百人先行赶回歙城，由任贵和汪铁彪率大军随后。

汪世华刚下达完军令，歙城又有使者匆匆赶来，并且带来了另外一个人，说是奉房玄龄之命特意赶来拜见将军的，并递上一份厚厚的信。

原来五月时，十八岁的李世民随父亲李渊于太原起兵；六月，李世民与兄长李建成率兵攻西河，首战获胜，促使父亲李渊发兵关中，并担任右领军大都督，统领右三军，封敦煌郡公；七月，随李渊自太原南下，途中遇暴雨无法前行，李渊一度动摇，欲还师更图后举，李世民坚决主张继续进军，提出先入长安号令天下的方略；八月，进攻霍邑，李世民先率轻骑至城下，诱使隋守将宋老生出战，继而率骑兵猛冲其侧背，配合李渊、建成正面攻击，斩宋老生，克其城；九月，军至河东，李世民主张急速进军长安，并奉命率前军西渡黄河，顺利占领渭河以北地区，收纳各大族豪强和数支农民起义军，兵力迅速发展至十三万多人。此时房玄龄也被李世民多方打听最终寻访到，纳入其帐下，随军参事。

李世民真是军事天才啊，小小年纪就如此了得，唐军在短短的四五个月时间就一跃成为中原最具实力的义军之一；李世民是一位非凡的战略家，他不像其他义军一样去大量扩展地盘，而是要占领长安，借大隋天子的名义号令天下。难怪有人夸他从容大度像汉高祖刘邦，英武神明像魏太祖曹操。

汪世华看完信后，对房玄龄的使者说："我汪世华以天下百姓为己任，保境安民，非常敬佩唐公为了天下百姓安危而进驻长安。我马上修书一封，请带给房大人。"又对庞实耳语几句，让庞实想办法把登源里父老打发走。

鲁汉的饶兵离汪铁罗的营地还有三十里地时，歙军就得到消息了。此时毛仁的人马刚刚与汪铁罗和毛凤会合，而汪天瑶和汪世荣的人马也紧紧地跟着鲁汉，由于饶兵人数众多，直接追上去作战，肯定伤亡很大，只有与汪铁罗部合力前后夹击才是上策。

"将军，穿过前面的山谷，再走二十里路，就到我们饶州地界了。"副将燕飞对鲁汉说。

此时鲁汉正趔在藤椅上闭目养神，他已得知后面有歙军尾随，紧跟了三天三夜，却没有向饶兵发起攻击，他猜着歙军兵力不足，不敢轻易上前挑战，但是又不停地跟着，目的估计就是怕饶兵杀向其他地方，起到牵制作用吧。既然快到饶州边界了，那就送一份大礼给歙军。

"你立即带领一千人马占领山谷，设好埋伏，我们原地休息，阻止歙军前进，待天黑时分，我们通过山谷，歙军肯定会紧随而来，到时你们把他们全部消灭在山谷。"鲁汉对燕飞说。

事情实在是凑巧，此时的山谷两侧其实已经被汪铁罗设好埋伏了。而燕飞此时也带着饶兵从山谷侧面往上爬行。谁占领山谷，谁就能主导这场战争，此时的汪铁罗不得不提前发起战争。

"毛凤，你带领兵卒阻止饶兵上山，控制山谷。老将军，你和我各领一千人马从后山下去，包抄到饶兵后面，与汪天瑶的人马会合，一起出击消灭饶兵。"汪铁罗本来是想让饶兵通过山谷时，在山谷上面设好埋伏用乱石、利箭对付饶兵。但是，鲁汉也想在这山谷上设伏兵对付汪天瑶的人马，没办法，只能重新调整作战方式。

毛凤立即带领兵卒居高临下对付往山上爬的饶兵，一块块大石头从山上往下滚去，砸得饶兵哭爹喊娘。同时又安排部分兵卒敲锣打鼓，摇旗呐喊，恍若有数万大军。

"有埋伏，快撤！"鲁汉因为受伤，所以一直处在大军中间位置，当听到歙军呐喊声后，发现山谷已经被歙军控制了，这山谷易守难攻，听山上的声势，人数众多，要抢占的话，只会增加伤亡，毫无意义，所以他赶紧爬起来让燕飞撤军。其实此时早就有部分饶兵往回逃了。

"将军，歙军从后面攻上来了！"副将苏坤快马跑到鲁汉身边。

"还有多远？"鲁汉坐了起来，他身上的伤还没好。

苏坤赶紧说："只有十里路了，是汪天瑶的骑兵，很快就到。"

因为是走山路，道路并不宽，五千多人的队伍，拉起有三里长的距离。

"只要过了这个山谷，我们就回到饶州，那边肯定有人接应我们。现在山谷已经被设了埋伏，即使有援兵，也过不来啊。"鲁汉犹豫了一下，"看来只有拼了！"

"将军，拼吧！杀一条血路出去！"是另外一名副将张恒，他说，"我们饶兵还怕他不成？挑一些精壮兵卒掩护你躲进山林，这里交给我们！"

"汪天瑶武功盖世，你不是他的对手！"鲁汉看着张恒说。

"大丈夫应当战死沙场，马革裹尸而还。"张恒毫无畏惧，"我们有五千多兵力，难道还怕他不成，我与苏将军直接率兵返杀回去。我们饶兵不是孬种！"

已经别无选择，鲁汉抓着张恒的手说："好！这才是我们饶州的勇士！你和苏将军负责对付汪天瑶的追击，燕将军率兵负责阻止山谷的歙军下山。让他们前后不能合力。"说到这里，鲁汉看了看天上的乌云，说："今天可能要下雨，只

徽州魂
大唐越国公汪华传奇
上

要坚持到天黑，我们就有机会突围。"

鲁汉这句话说得非常正确，天黑加上下大雨，肯定是不适合作战，饶兵就可以趁机借助山林逃出包围圈。

"遵命！"张恒和苏坤领命后，立即组织饶兵站住阵脚，分出兵力交给燕飞负责阻挡山谷上的歙军杀下山，其余四千多兵力向汪天瑶人马返杀而去。

战争很快开始，汪天瑶、汪世荣身先士卒，率先杀进饶兵阵营，汪铁罗和毛凤也很快就赶来支援。歙军三千人马，其中有一千精骑，饶兵四千多人马，双方共投入了七八千人马展开了生死之战。一边是为了杀出重围的饶兵，一边是要为渔梁镇父老报仇的歙军。

战争一直打到傍晚，歙军虽然人少，但是战斗力明显比饶兵强，尤其是歙军精骑以一敌十。饶兵副将张恒和苏坤被杀，但是士气并没有降低，他们也不敢投降，汪天瑶在江边杀死降兵的事情他们都知道了，投降也会死，还不如拼一拼。眼看汪天瑶快杀到鲁汉周围的时候，果然狂风大作，电闪雷鸣，下起了大雨，视线越来越差，天又黑得快，很快就不见鲁汉踪迹。

汪天瑶见雨下得越来越大，而饶兵趁机逃走，只得收兵，就地安营扎寨。到了第二天，汪天瑶一看天气转好，就与汪世荣和汪铁罗商议继续追击饶兵，杀进饶州。大家一致赞成，正准备传令吃完早饭就出发时，各军营传来消息，由于昨晚淋雨，不少兵卒发起高烧，有气无力。又加上这次是追击饶兵，没有携带太多的干粮，后勤补给不足。汪天瑶无奈，只得选出一千名身强体壮的兵卒由汪铁罗、毛仁和毛凤带领，镇守山谷，其余人等回歙城。

汪天瑶的撤兵，给了鲁汉一个喘气的机会，其实此时的饶兵通过这一战死伤近四千人，还有一些人也跑散了，鲁汉身边只有三百名兵卒跟随，正在逃往饶州的路上。歙军这次放弃了追击，让鲁汉捡回来了一条命，但是半年后鲁汉为了寻回这次丢尽的颜面，谋划倾饶州之兵力进攻歙州，歙饶两州将爆发更激烈更惨烈的战争。

第二十六章　杭州来归

大业十三年，即公元 617 年，又称义宁元年。由于李世民指挥得当，李渊的唐军势如破竹，所向披靡，于十一月就攻占了长安。从太原起事到攻占长安，前后才短短的半年时间。李渊立留守长安的代王杨侑为天子，改元义宁，遥尊被困在江都的杨广为太上皇。李渊以杨侑名义自加假黄钺、使持节、大都督内外诸军事、尚书令、大丞相，进封唐王，总理万机，开始挟天子以令天下。

睦兵和饶兵兵败后，睦州刺史吴仁和饶州刺史吴有才两人立即秘密商议，谋划如何对抗歙军的进攻。但是让他们还没有想到的是，歙州刺史汪世华主动向两个州派出使者，说愿意与两州睦邻友好，化干戈为玉帛。这大大出乎两人意料，此时的汪世华已经拥有歙州和宣州，兵力远在睦州和饶州之上了，完全可以乘胜追击的。既然汪世华主动提出和好，那对吴仁和吴有才来说是最好的事情，这次进攻歙州折兵损将，损失惨重，这样他们就可以有充足的时间来招募和训练更多的兵卒，待时机成熟之时，两州同时进攻歙州报仇雪耻。

其实汪世华也考虑过立即发兵讨伐睦州和饶州，只是马上就要进入秋收时期，粮食需要收割，长期作战，就会让歙宣睦饶四州的百姓都陷于困境。汪世华举兵本来就是为了保境安民，在此关键时期他肯定不愿意轻易发动战争。同时他还等着汪铁佛的消息，只要杭州、婺州与歙州、宣州结成友好，到时睦州和饶州有任何军事行动，随时可以发兵。还有，这段时间讨伐宣州、围阻睦州和重创饶州，三面作战，让歙州也很吃力，军队需要休整。

这天，汪世华带领鲍安国、陈朴在歙县县令和其他官吏的陪同下视察了正在重修的渔梁镇，刚回到歙县衙门休息，大贵急匆匆地跑了进来，表情非常紧张。

"大贵叔，你没看到我与各大人商议州事吗？"汪世华皱着眉头，对大贵这

徽州魂
大唐越国公汪华传奇
上

样冒冒失失地跑进歙县衙门，非常不高兴。大贵是刺史家的总管，歙州上下都认识他，所以他来到歙县衙门时，连禀报都不用，直接就进来了，衙役也没有阻挡。

"大人，不好了，夫人要生了。"大贵慌慌张张地说。

鲍安国笑着说："大贵，你怎么说话的，夫人要生了，是好事啊。"

汪世华和另外官员都没有说话，笑着看着大贵，都以为是大贵兴奋地说错了话。

"不是的，夫人身体虚弱，听说流了很多血，三夫人让我来找您。"大贵的话刚说完，所有的人站了起来。

当汪世华快马加鞭赶回到休宁万岁山的刺史府时，钱英已经生命垂危。

"世华，你先别进去！"庞实挺着大肚子在门外挡着汪世华。

"为什么？到底怎么啦！"汪世华焦急地问。

"小孩早上就生出来了，是个男孩，但是英姐流血不止，圭姐和大夫还在里面抢救，应该无大碍。"庞实表面镇静地安慰汪世华道，实际她内心也非常担心钱英有意外，他们在里面已经很长时间了。汪世华两天前就到歙县去了，本来也计划今天下午回歙州府，没想到中午的时候就接到了大贵的消息。从歙县衙门所在地到州府所在地万岁山，汪世华骑着越影，快马加鞭，两个时辰就到了。

"庞妹，你告诉我，为什么出现这种情况。"汪世华乱了方寸。

"英姐自从亲自上阵斩杀褚重后，身体就一直虚弱，内伤严重，圭姐准备了草药为其治疗身体，但是为了肚子里孩子的健康，担心药物影响孩子发育，所以英姐根本就没有喝药，这两个月来完全是靠人参何首乌燕窝之类的营养品调理身体。每次劝她，她总说没关系，等孩子生出来之后再吃药也不迟。"庞实抓着汪世华的手说，"你不用担心，应该很快就没事的。"

"庞妹，是世华回来了？"稽圭在房里听到了外面的说话声，就问了句。

"圭妹，我回来了，你英姐情况如何？我想进去看看。"汪世华忙抢过庞实的话说，声音很急促。

房里没有人说话，过了一会儿，稽圭拉开门，轻轻地说："都进来吧。把建儿和璨儿也叫来。"

钱英永远离开了汪世华。她因在守卫歙城时与褚重的大战而受内伤严重，导致产后失血过多，抢救无效，最终恋恋不舍地离开了世华，离开了她的三个儿子。

汪世华痛苦万分，后悔讨伐宣州时没有留下得力大将协助钱英，汪天瑶、程富、任贵和汪世荣，任何一个人留在歙城，都不会酿成如此结局。他也责怪自己怎么就没留意钱英拒绝吃药治疗身体的情况，若自己发现得早，必定会逼着钱英治疗身体的。汪世华决定报仇雪恨！看着庞实和稽圭都将到临产期，汪世华压住内心的仇恨，他在等待机会，他决定让睦州付出更惨重的代价！

郑虎和张士埙两人同样感到内疚万分，后悔自己愚蠢，当年练武的时候没有努力，导致身怀六甲的钱英出战。看来只有帮助汪世华照顾好钱英生下的三个儿子，才能对得起逝去的嫂子。

万岁山的城池不适合战时长期坚守，而原来歙州府城是在歙县的乌聊山，城池虽小，城墙是用花山洞里的石块修建而成，非常坚固，易守难攻。乌聊山分长青山和斗山两段，东边为原来的歙州府城、西边为歙县县城，也适合州县之间的政务处理。汪世华决定把州治迁回到歙县，他不忍再见到钱英过世的房间，更希望坚固的城池能保障家人的平安。

汪世华下令简单地翻修乌聊山原来的州府，在原来州府的后面加盖了几间房。在钱英离开世华的两个月时间内，庞实和稽圭先后临产，生的都是男孩。这让汪世华多少从失去钱英的悲伤中走了出来，他已经有五个儿子了，长子建、次子璨、三子达、四子广、五子逊。此时江南各地已经是战火连天，汪世华在第五子汪逊满月后，立即把州治迁回到位于歙县乌聊山原来的州府内。

大业十三年，即公元617年，是隋朝战事最多的一年，也是隋朝正式走向灭亡的一年。各地武装割据有增无减，这些大大小小、许许多多的割据政权，不但要对付隋军的朝廷军，同时也要不停地向周围的割据政权发起进攻，每个割据政权都对自己充满信心。

从大业七年，即公元611年，王薄举起第一面农民起义的旗帜和杨玄感以朝廷贵族身份反隋开始，到大业十三年，大隋的江山烽火连天。从这些义军首领后来自封的身份就可以看出，什么叫作无处不乱。

占据河北诸郡的窦建德，贼寇出生，自称夏王；占据江淮地区的杜伏威，贼寇出生，自称楚王；占据江淮北部的李子通，贼寇出生，自称吴帝；占据楚荆中部的朱粲，狂贼出生，自称楚帝；占据河南诸郡的瓦岗军李密，贵族出生，爵位蒲山公，自称魏公；占据在岭南东部和赣闽西部的林士弘，贼寇出生，自称楚帝；占据幽州一带的虎贲郎将罗艺，自称幽州总管；占据山东中东二部的徐圆朗，贼寇出生，自称鲁帝；占据山西北部，有突厥支持的马邑校尉刘武周，自称定杨可汗；占据绥远及甘肃东北部的朔方郎将梁师都，自称梁帝；占据陕西北部，戍卒出身的郭子和，自称永乐王；占据甘肃中部的金城校尉薛举，自称西秦霸王、秦帝；占据甘肃西北部的武威司马李轨，自称凉王、凉帝；占据两湖广西越南一带的南朝梁宗室、罗县令萧铣，自称梁王、梁帝；占据长江下游地区的吴兴太守沈法兴，自称梁王；占据河北东部的贼寇高开道，自称燕王。还有杨广本来是最信任的两个人，东都留守王世充，已经割据一方，自称郑王、郑帝；太原留守李渊，已经占据山西大部分，并攻进长安，后来称唐王、大唐皇帝。

此外，还有一些小股势力也在称王称霸，比如河北的张金称、灵武的白瑜娑、河间的格谦、济阴的孟海公、余杭的刘元进、晋陵的管崇、离石的胡人刘苗王、汲郡的王德仁、齐郡的孟让、上谷的王须拓、魏刀儿、河南的卢明月等。

虽然这些人起义有先有后，并且相互攻伐，你唱罢来我登场，但是大隋江山已经是无处不乱。而那个开疆辟土无所不能的大隋天子杨广却躲在江都游乐，更可笑的是每次喝醉酒后，指着自己的脑袋说："好头颅谁当来砍。"其言行举止已经完全没有当年平南陈、破突厥、败契丹、征吐谷浑和攻高丽的影子，真是盖世人才，有盖世之怪举。

义宁二年，即公元618年，也称大业十四年，又称为武德元年。称大业十四年，是因为这一年杨广才死去。称武德元年，是因为这年李渊称帝，改国号唐，改元武德。

这年注定是非常不平凡的一年，三月，江都发生兵变。杨广在江都无心回京城，而称为"骁果"的随从禁卫多为关中人，不愿久驻扬州，多次闹事。野心勃勃的宇文化及是朝廷重臣，在文武百官中威信甚隆，他见天下已乱，就煽动统领骁果的武贲郎将司马德戡发动叛乱，缢弑杨广，立杨坚之孙、秦王杨俊长子杨浩为帝，宇文化及自称大丞相。不久发生内讧，宇文化及用计把司马德勘等将领捕杀，直接掌管军权。这样，在隋末又增添了一个强大的军事集团。

这时自称历阳总管，盘踞在江淮地区，对江都又虎视眈眈的杜伏威势力已十分稳固，宇文化及为拉拢杜伏威，派人封其为历阳太守，结果被杜伏威嗤之以鼻。宇文化及本性吝啬，居然只给个太守，也不想想杜伏威是什么人，十六岁就起义造反，现在手下拥有精兵十多万人，岂是一个太守之位可以拉拢的？！宇文化及的吝啬，也注定让其在这场风云争霸中，被快速洗牌出局。

身在长安的李渊见杨广已死，立即把最后一块遮羞布撕去，就暗示身边的幕僚跟杨侑摊牌，五月，处在长安的傀儡皇帝杨侑只得禅位给李渊，李渊尊杨侑为隋恭帝。李渊称帝，改国号唐，定都长安，改元武德，大封功臣，立长子李建成为太子，次子李世民为秦王，四子李元吉为齐王。

同时李渊还给杨广上谥号为"炀"，即隋炀帝。古代《谥法》说，"好内远礼曰炀，去礼远众曰炀，逆天虐民曰炀，好大殆政曰炀，薄情寡义曰炀，离德荒国曰炀"。死去的隋炀帝怎么也没有想到，他当年给陈国最后一位皇帝陈叔宝上的谥号也是"炀"。历史居然跟他开了个如此大的玩笑。

身在东都洛阳的土世充见杨广已死，就与留守洛阳的群臣奉杨广之孙越王杨侗为帝，改元皇泰，史称皇泰主。王世充为吏部尚书，封郑国公，掌管军政大权，专制朝政。

处在长江以南的湖州守将沈法兴，闻知宇文化及在江都煽动兵变，弑逆杨广，便以讨宇文化及为名，招兵买马，起兵杀向江都，人马很快就发展到六万之众，并趁机攻占余杭、毗陵、丹阳等地，自称江南道大总管。

杭州州治初设余杭，后移至钱唐，大业三年，改杭州为余杭郡，领钱唐、余杭两地。钱唐若干年后，改名为钱塘。余杭郡习惯上仍称杭州，素有"鱼米之乡，丝绸之府，花果之地，文化之邦"之美誉。沈法兴的攻占让杭州失去了大半地盘。杭州剌史钱仕因之前与宣州长史汪铁佛结好，尤其是汪铁佛奉汪世华之命与其达成友好协议，在此危难时期，只有想到借兵了。大隋名存实亡，就算有几个傀儡皇帝，那也是一点儿用都没有的，幕后的操纵者只是想借此更加名正言顺地抢占地盘而已。为了自保，钱仕只得亲自出使歙州，请汪世华帮其夺回余杭。

身在歙州的汪世华，虽然偏居一方，但是密切关注天下大势，群雄争霸，他本可以振臂一呼，像造反者那样打着拯救天下的旗子，到处烧杀掠夺，攻城略地，陷天下百姓于水火，割据一方，成就霸业，再问鼎中原。

"大哥，你怎么每天只知道关心老百姓吃喝拉撒，现在天下都乱了，虽然我们歙州太平，指不定哪天就有一股军队杀到我们这里来了。"这天汪世华召集歙州和宣州的文武官吏在歙州府商议耕地和商贸的事情，汪天瑶对这些事情都不感兴趣，气鼓鼓地说。

"天下不是早就乱了吗，你急什么？！"汪世华知道他们为什么个个心急火燎的，看样子大家是憋了很久，见汪天瑶这样说了，大家便开始在下面窃窃私语。

"大哥，你知道吗，就这半年时间，就你待在歙州啥也没干的半年时间，天下又多了多少支起义军？又有多少人称王称帝了。"汪天瑶急得眼睛像一对大铜铃说，"我们歙宣两州，拥有精兵四万，为什么就不去与他们抢夺天下？你就能放任北边的杜伏威耀武扬威，就能容忍东边的沈法兴攻城略地、欺压百姓，你也能忍着去年睦饶两州对我们的欺辱？"

汪天瑶说到这里，激动得都站了起来："我已经被憋疯了，我要去打仗！"

汪世华笑了笑说："你打仗的目的是为了什么？"

汪天瑶一愣，没想到汪世华问他这个问题，他这段时间只是看到群雄争霸，作为一个将士，岂能错过如此好的机会？但是打仗是为了什么，他还真没有去想。

汪世华让大家都静下来，就问汪天瑶："你打仗是为了发泄你个人的私欲，还是为了建功立业？"

"当然是建功立业，拜将封侯，封妻荫子，名垂青史！"汪天瑶看了看周围的人，一口气回答了一连串。

"没错，这是大丈夫都应该考虑的。但是现在给你一支军队，你准备去打谁？如何打？战争意义在哪里？"汪世华耐心地问道。他今天需要借这个机会让大家明白他的心思，他现在掌管两州，所有兵马都必须通过他本人才能调动，所有兵营的总兵，都只是管理和训练兵卒，没有汪世华的命令，谁也调动不了一兵一卒。而这些兵营虽然由总兵管理，但是作战时，负责带领出征的将军可能就不是自己的总兵，兵营的总兵定期对换。在乱世时期，只有这样管理兵卒，才能更好地巩固兵权，才能更好地约束好各级将领。否则，就会像有些起义军一样，将领随时都可以带走一大批人马投靠到另外主子那里去了。汪世华不希望汪天瑶等人把这种情绪带到兵营里去。

"谁都可以打啊，只要不归顺我们的，都可以去消灭他。什么叫群雄混战，你看现在那些造反的，都是你打我，我打你，不是盟友就是敌人。"汪天瑶听汪世华那样问他，想了一下，只有这样无赖地说。他的话刚说完，大家都笑了。

汪世荣说："天瑶兄，你这样打法，岂不累死，还嫌天下不够乱啊。"

汪天瑶也知道自己说错了，只是这半年来，天下变化太快了，一些本来只是小小的贼寇，经过半年都拉起了几万人的队伍了，而他们却待在歙州无所事事。

"我让你们训练的水军情况如何？神弩队训练得如何？"汪世华岔开话题问其他的事情。

"水军由陈罗明负责训练，两千人都跟水蛇一样，作战凶猛，拥有五百艘快船，停泊在新安江不同的位置，根据作战安排，他们可以在任何训练场随时出征。你没有点名让陈将军来议事，我也就没有通知他。"程富答道。

水军是去年汪世华回宣州后新组建的一支军队，上次睦兵通过水路潜入歙州，让他深有感触，在江南一带，河流密布，拥有水军，就能更快捷地到达战场，能更快地运送军用粮草。歙州境内有新安江、练江和横江三大河流，拥有无数小河，歙州的兵卒基本上都是从小在水里长大的，个个都是游泳高手，所以组建水军是非常容易之事。

神弩队是一支新型战争队伍，汪世华在史书中多次看到弩在战场中出现，只是制作的弩体积庞大，运输不便，不适合战争普及，是一种比弓箭更具有杀伤力的武器，射程远，力度强，历史上只有在攻城时，偶尔使用过弩。汪世华在翻看古书时见到鲁班介绍弩的制作和射杀力，就召来能工巧匠反复研究，最后制作出小型的弩，一人单手就可发射，射程是弓箭的数倍，一个手无缚鸡之力的人，用强弩也可射穿三张牛皮。汪世华挑选五百名箭法优秀的兵卒，组成神弩队，专门训练使用弩来射杀。

神弩队由汪世荣统领，他见程富回答完，就接着说："现在的神弩队个个箭无虚发，即使在奔跑的马背上，也能准确地射杀目标。作为开路先锋和担任重要使命，均能胜任。"

"很好！"汪世华对两支队伍的训练结果很满意，"现在天下虽然说十八路反王、六十四路烟尘，大小武装势力上百个，但是真正能在历史舞台上留下笔墨的没有几个。"

大家都没有说话，他们想听汪世华的分析。但是汪世华没有接着说下去，而是问汪铁佛："铁佛兄，你说说当前哪几股势力相对强大？"

这些情况汪铁佛掌握得一清二楚，自钱英死后，他就参与协助汪世华处理州事，不仅管理宣州，也参与管理歙州，已经成为除汪世华之外的第二号人物。

汪铁佛不紧不慢地说："当前除了大人看好的李渊之外，还有所谓的'八巨头'不容小视，随时都有独大的可能。农民军方面，经过这几年的扩张和兼并，最终形成了三支较大的武装力量：一是由李密领导的主要活动在中原地区的瓦岗寨起义军；二是由窦建德领导的主要活动在河北、山东地区的起义军；三是由杜伏威和辅公祏领导的主要活动在江淮地区的起义军。依靠原来朝廷官吏身份而起家的，除李渊外，还有五个较大的军事集团：其一是活动在东都洛阳及其附近地区的王世充；其二是盘踞在江都附近的宇文化及；其三是活动在陇右地区的薛举；其四是活动在代北地区的刘武周；最后一个则是控制了整个长江中游及南部地区的萧铣。这八大巨头，个个拥有兵力数十万，均可算得上当世枭雄，至于沈法兴、李子通、梁师都之流，不屑一顾，随时会被巨头吞并。"

"那我们怎么办？"程富问，他的意思是,巨头吞并了沈法兴这些小势力之后,不就开始向我们进攻吗？

"不用担心，我们的刺史大人早已成竹在胸，不然组织水军、神弩队和严令你们不停地训练兵卒，做什么用？"汪铁佛笑了笑，边说边看汪世华。

汪铁佛这么一说，大家一下子明白了，原来汪世华早就有所准备，只是在等待时机而已。

见大家都明白，汪世华便开始和盘说出自己的想法："盲目地出兵作战，只会给百姓带来灾难，一个地盘上本来就有两三家在打打杀杀，我们再搅和进去有什么用？只会增加我们的对手，与其这样，还不如等他们都打完了，分出胜负了，我们再去岂不更好？"

"我们的责任是什么？就是保境安民，维护中华统一，维护民族团结。我们现在的任务就是，谁给百姓带来灾难，我们就把谁消灭，谁能给百姓带来和平安宁，我们就支持谁！"

说到这来，汪世华故意停顿了一下，接着说："八巨头没什么可怕的，他们虽然拥有强大的军队，但是没有根基，难以长期立足；而我们在歙州经营十几年，铁佛兄在宣州也经营了六七年，均可全民皆兵。只要有外部势力入侵我们的地盘，肯定就会让他们有去无回。年初的时候杜伏威派王雄诞两次渡江想进犯宣州，不都被铁师兄带兵阻止了吗？还有沈法兴为什么不敢进兵我们宣州和歙州？因为他不是傻子。我们歙宣两州虽然地盘小，却坚固如一块铁板，不是他们想占领和瓜分的。这就是我们的优势。"

大家听汪世华一说，觉得还真是这么一回事，现在天下混战，各路义军都在抢地盘，为什么就没人敢发兵进犯歙宣呢？他们是怕引火上身，饶州和睦州的兵败，大家都是有耳闻的。

"在当今乱世，我们能保一方安宁，也算一件幸事。战争的目的是什么？就是为了天下太平，为了老百姓过上安宁的日子。既然我们两州百姓都安居乐业，为何我们要轻易去发动战争呢？"汪世华说到这里故意停顿了一下，又接着说。

"但是，我们也不能安于现状，我们更应该让其他州郡的百姓也如歙宣父老一样，过上这种生活。我们该怎么做呢？没有足够的实力，何以横扫天下群雄？！"

"杭州刺史钱大人前天已在铁佛兄的陪同下，来到了歙州，余杭县被沈法兴占领。沈法兴到处抢夺粮食和强行征兵，企图北上。这样的人只会给百姓带来灾难，我们岂能容忍？但是我们轻易出兵，即使取胜，也会损失很大，我们需要寻找时机。"

徽州魂
大唐越国公汪华传奇
上

"什么时机？"汪天瑶一听准备打仗，就激动了。

汪世华接着说："杜伏威在拒绝杳嚣的宇文化及的官位之后，被宇文化及的部队多次打败，他为了寻找靠山，已经上表洛阳的皇泰主杨侗，自称为臣。杨侗封其为东南道大总管、楚王。杜伏威就可以借着为杨广报仇的名义对付宇文化及，抢占江都。而宇文化及的十万骁果都是关中人，回乡心切，必定要返回长安，不会久留江都。那时江都势必成为实力真空，而江都周围三大势力，厉阳的杜伏威，海陵的李子通，毗陵的沈法兴，岂能错过如此良机，必定会为了江都而展开决战！这三股势力分别要面对两股敌人，无暇顾及，伤亡肯定惨重。到那时我们就可以切断沈法兴的退路，夺回余杭，接着兵发睦州和饶州，巩固后方，再引兵北上！"

大家一听汪世华这么说，个个摩拳擦掌，心花怒放。原来这半年来，不仅在增强自己的兵力，也在等群雄们的势力耗弱。

"报！"大家正在讨论军政，突然有探子来报。

"启禀大人，宇文化及已经留下陈棱部守江都，自己率十万骁果开始北上，杜伏威、李子通和沈法兴三方人马均已开往江都。"探子说道。

"下去吧！"汪世华看了看文武官吏，笑着说："时机来了！"

所有的人都没有说话，他们在等汪世华下达进军命令。

"汪天瑶！"

"在！"

"你率神弩队两百人，骑兵一千人，为先锋，直扑余杭！"

"遵命！"

汪天瑶接过汪世华的令牌，站在一旁。

"程富！"

"在！"

"你率兵卒五千，为主力，配合汪天瑶部，务必夺回余杭，切断沈法兴退路。"

"遵命！"

程富接过令牌，也站在一旁。

"汪世荣！"

"在！"

"你负责押送粮草，不得有误！"

"遵命！"

汪世荣也接过令牌，站在汪天瑶旁边。

"汪铁佛！"

"在！"

"你负责筹集攻杭兵马粮草！"

"遵命！"

汪铁佛起身走上前，接过令牌。

汪世华站了起来，大手一挥："明日辰时出发，二十天之内务必拿下余杭！"

"遵命！"汪天瑶等人同时回答。

李子通得到宇文化及离开江都的消息，从海陵出发，最先到达江都附近。此时，江都太守陈棱年龄已大，隋军粮草缺乏，士气低落，眼见孤立无援，城破在即，只好饥不择食，向西求救于杜伏威，向南求救于沈法兴，分别对他们说："你们一个是隋朝旧臣，一个是隋朝新臣，你们当中不管谁占据江都，都是隋朝的江都，但李子通却不同，他是隋朝的反贼，一旦他据有江都，我们谁都没有好日子过。"

杜伏威和沈法兴两人为了共同的利益，居然被陈棱说服了，决定帮助他解危。杜伏威亲自率军驻扎在清流，沈法兴则派出自己的儿子沈纶领兵驻扎在扬子，两军相距不过数十里。李子通得知杜、沈二军准备助陈棱解危的消息，十分震惊，急谋对策，很快就看出这两股援军的问题了。原来这两股援军都希望双方杀得你死我活时，自己捡现成的。结果就是谁也不动手，大家互相观望。李子通抓住杜、沈双方互不信任的弱点，派出小部队化装成沈法兴人马夜袭杜伏威兵营，结果杜伏威怒火中烧，出兵突袭沈纶兵营，两路援军打成一团。而李子通趁此机会，全力发兵进攻江都。一场江都争夺战已经拉开！

当汪天瑶的先锋部队抵达余杭时，正是杜伏威与沈纶打得不可开交的时候，沈法兴一心想拿下江都，也就无暇顾及余杭之地。他所在的毗陵，即后来的常州，离杭州较远，一时无法派出兵力救援，而他的老巢吴兴，即后来的湖州，有一部分兵力，但是也不敢动，因为汪铁佛已经陈兵宣州边境，只要吴兴的兵力离开，汪铁佛立即就将率兵杀进沈法兴的老巢。

沈法兴尝到了自起兵以来最郁闷的事情，首尾不能相顾，北边沈纶节节败退，南边在汪天瑶和程富的凶猛攻击中被迫撤退，把原来占领的杭州土地拱手交还。

可以说，汪铁瑶的先锋部队到达余杭后，除了最初遇到一两次抵抗之外，基本都被神驽队和精骑摧毁，加上程富的大军随后跟进，沈法兴的人马除了逃命就是投降。

"程富，大哥真是英明，逮着一个这么好的机会来收复余杭，沈法兴这家伙估计气得都想撞墙啊。"走进余杭城门，汪天瑶兴奋地对身边的程富说。

"大哥谋略超群，运筹帷幄，沈法兴在大哥眼中算不了啥。"程富说，"战争最重要的是战略得当，攻城略地易如反掌。"

"两位将军，一路辛苦了。"钱仕在汪天瑶消灭沈法兴人马时，已经先行进城了。这也是汪世华特意交代的，歙军只是来帮朋友夺回失地而已。此时钱仕接收了余杭，心里非常高兴。

"这一切都是我大哥谋划得好。钱大人您应该感谢他才行。"汪天瑶说。

"那是那是，汪将军文韬武略，乃当今盖世英雄，钱某将亲自前往歙州致谢。"钱仕边说边请两位到衙门里去休息。

当天，钱仕犒劳将士，晚上酒足饭饱之后，见周围也无外人，就跟汪天瑶和程富说："两位将军，汪将军以仁勇闻名，保境安民，素得人心。当今天下大乱，钱某无能，不知汪将军可否以歙州为总管，统辖杭州，保我杭州父老安宁？！"

汪天瑶和程富虽然好酒，但是在行军打仗和有任务在身之时，从来不敢多喝，汪世华颁布的军令中就有此条例。刚才钱仕的话，他们岂能不懂，两人对视一眼，又看着钱仕，担心听错了。

钱仕只得又说："天下大乱，百姓流离失所，生灵涂炭，而唯独歙宣两州一片太平盛世，不见战火。钱某身为杭州父母官，却无能保父老平安，甚是愧疚。

当今群雄并举,不断列土分疆,图霸伟业,杭州乃鱼米之乡,定是群雄眼中的肥肉,如无将军之雄才镇守,杭州将变为一片焦土。"

钱仕说到这里,握着汪天瑶和程富的手说:"两位将军是汪将军的左膀右臂,钱某担心汪将军拒绝,特意提前与两位将军商议,届时望两位将军多多美言。这是钱某的肺腑之言。"

程富看了看汪天瑶,他想等汪天瑶回答。因为汪天瑶是这次军事行动的主将,汪天瑶只得说:"钱大人,我大哥以保境安民为己任,不仅保歙州父老,也会保天下父老的。"

钱仕听汪天瑶这么说,非常高兴:"那就太好了,有汪将军统领,杭州无忧!"

没过几天,钱仕就随汪天瑶前往歙州。为了防止沈法兴再次南下,留下程富和二千兵卒驻扎在余杭,同时又让程富统领杭州其他兵营,杭州将领奚飞、尤万、逢辅均受其节制,杭州长史孙哲处理政务。

钱仕带着杭州图册、户籍、官吏名册和归顺书一并交给了汪世华。从此以歙州为总管,统领杭州。

杭州归顺歙州的消息很快就传到了睦州和饶州。吴仁和吴有才两人紧急商议,决定趁此机会立即讨伐歙州,不能让汪世华的兵马有休整的机会。

其实此时的饶州刺史吴有才已经受到林士弘义军的威胁,若不是鲁汉率兵费力抵抗,饶州早就成了林士弘的地盘了。吴有才的错误决策,让自己更快地走向坟墓。不过,他算是幸运的,因为吴仁连坟墓都没有。

林士弘是鄱阳人,大业十二年,即公元616年,率众起义,攻占豫章郡,即洪州,大败隋军于鄱阳湖,经过两年发展,队伍发展到数十万人,声势浩大,除不断向南用兵之外,也向东扩张,时时威胁着饶州。但是这个在豫章称为楚帝的枭雄,很快就要迎来新的邻居,也由此走向了灭亡。

乱世中,拥有正确的战略和强大的军队,必定就能成为胜利者,否则就会被埋葬在历史的尘土里。吴仁就属于即将埋葬在历史尘土里的人,他自作聪明地伙同饶州,又挑拨婺州,企图三州共同对付汪世华。他们迎来的又将是什么样的灭顶之灾呢?

第二十七章　统领六州

睦州、饶州和婺州联合出兵攻伐歙州的消息很快就送到汪世华手里了，送来消息的正是三州之一的婺州刺史王文景。因之前汪世华已派汪铁佛与其友好，所以双方常有往来，王文景仰慕汪世华以民为重，保境安民，所以这次睦饶找其联合攻伐歙州时，立即派使者把这消息送到汪世华手里。

婺州，即东阳郡。三国吴宝鼎元年，即公元 266 年，置郡名东阳。南陈时期为金华郡；隋开皇十三年，即公元 593 年，改为婺州；隋大业三年，公元 607 年，改州为郡，复称东阳郡，人们仍习惯称婺州。婺州在睦州的南边，不与歙州接壤，与歙州并没有瓜葛，倒是与接壤的睦州和饶州常有一些小摩擦，只是婺州王文景为人胆小，在这乱世之中只要睦州和饶州不发兵对付他，适当地送些钱财结好，也是可以容忍的。而实际情况是睦州和饶州境内不断有农民起义，需要精力扑灭战火，不然早就对婺州下手了。

这几年来王文景对汪世华、吴仁和吴有才三人都了解得清清楚楚，又见杭州已经归顺歙州，凭睦州和饶州当前的实力，岂是歙州的对手？

汪世华早就想收拾睦州和饶州了，没想到他们居然主动送上门来。汪世华随即命令程富与奚飞率兵五千从杭州出发，杀向睦州；汪铁罗率兵三千从昱岭关杀向睦州；陈罗明率两千水军从新安江顺江而下杀进睦州；任贵和毛凤率兵五千从饶州东边南部杀入；汪天瑶和汪铁彪率兵五千从饶州东边北部杀入；毛仁、郑虎、张士坝、董晏等人负责镇守歙州，防范外敌潜入。

当汪世华的各路兵马杀到睦饶两州边界时，吴仁和吴有才刚把队伍集结好，饶州仍然以鲁汉为主将，领兵一万，睦州以曹鼎为主将，领兵一万。

睦州的水军在江南闻名，上次在偷袭歙州时虽然损失不少，但是经过这半年多的重整，已很具规模，战斗力有增无减。因水路行进速度快，陈罗明部最先与睦州水军交上了手。

睦州在境内新安江沿岸险要位置，均设有防务，歙州水军需要通过五道防务才能到达睦州城。幸运的是，睦州向来在水路上非常自负，并没有在江面上设置铁索和栅栏。因为睦州认为，在水路上只有自己出击进攻别人，并不担心别人来进攻。睦州水军控制着险要位置，任何一艘船经过，便可轻而易举地将其消灭在江中。

陈罗明部除了拥有装载百人的大船之外，还有无数小船应对灵活作战。因长期在新安江上训练，自然地就与防务第一道水路关隘的睦军有些往来。陈罗明指使手下经常暗中与睦军交结，送钱财物品，并偶尔宣传汪世华的仁义，之前偷袭歙城失败后有不少睦兵归降，有这些人在旁边添油加醋，第一道关隘的睦州水军早就与陈罗明部成了好友，根本就没有防范。

陈罗明先派遣一小股部队，以送美食和酒水的名义，进入睦州第一道关隘的营地，再突然袭击，迅速占领第一道关隘，招降了关隘中的所有睦兵，再用这些降兵诈开第二道关隘，当到达第四道关隘的时候，睦州才发现歙军来了，为时已晚。程富率领的杭兵也杀进了睦州。

吴仁怎么也没有想到歙州居然兵分三路直捣睦城，而且是先发制人。

"曹将军，目前战况紧急，该如何是好？"睦州大军还没出动，三面均传来歙军杀进的消息，让吴仁束手无策。

"大人，不用着急，水路方面，我们第四道防务最坚固，歙军偷袭失败，一时难以前进，我们可以暂且不管。另外两路人马，我立即兵分两路前去阻挡，他们长途作战，我们只要切断其粮草，何愁他们不退兵？"曹鼎胸有成竹地说，"汪世华作战向来喜欢速战速决，原因是当前乱世，大家都在抢夺地盘，他陷于我们的战争中，外州的义军就会趁机杀入，他将多面受敌。而我们就要拖住他，在其吃不消的时候，再从水路杀出，顺江而上。"

"曹将军说得没错，但是我们能阻止得了他们的进攻吗？歙军早有预谋的啊，这半年来，汪世华两次派来使者，说要携手保境安民。没想到下手比我还快。"

吴仁本来是想突然袭击歙州的，没想到歙州居然率先下手，看来早就有所准备了。

"大人刚与饶州、婺州商议联合出兵歙州，汪世华就立即发兵来攻打我们。这时间是不是太凑巧了？"曹鼎疑惑地问。

吴仁一听，觉得有道理："我们三家是在交界地的小镇秘密商议的，外人怎么知道我们的内容？难道……"

"没错，大人，除了我们用兵对付歙军外，还得注意南边。"曹鼎说。

"他敢？！"吴仁一拍桌子，"王文景算什么东西，击退歙军后，我们就灭了婺州。"

"大人，现在我们还不能得罪他，把利害关系跟他说清楚，我们打败，歙军肯定会顺势南下，婺州也保不住的。"曹鼎说，"您立即让其出兵攻打杭州，假若他拒绝，就让饶州出兵去对付他。"

"饶州方面我派使者过去，让其立即发兵攻打歙州，让歙州陷于多面作战。汪世华纵有天大本事，岂能奈何我们三家联合进攻。更何况，江北杜伏威随时有南下的迹象，沈法兴也不会容忍其夺去余杭。"

"大人英明！请速派使者前往历阳和毗陵，全面包围汪世华！"曹鼎边说，脑海里就已经浮现出，多路人马围攻歙州的场景，他嘴角微微一翘，笑得很冷。

曹鼎战略失误，即使有天大本事，也无济于事。曹鼎一介武夫把问题想得太简单了。杜伏威和沈法兴真的南下，歙州灭亡后，睦州还能存活吗？

睦州前往饶州的使者还没到达饶城，而饶州的使者已经到睦城了。

"汪世华已经兵分两路杀进饶州，连攻两城，正在德兴、玉山一带与鲁汉将军率领的饶军展开激战。"饶州使者对吴仁说。

"这么快！"吴仁本来指望饶州能围魏救赵呢，看来只有靠自己了。

"请转告吴大人，我睦州已是箭在弦上，必定会倾全州兵力对抗歙州！"吴仁已经打听到消息，汪世华这次出兵就是为他夫人钱英报仇的，去年睦兵攻打歙州的时候，让其身怀六甲的夫人身受重伤，导致产后失血过多而死。汪世华发誓要砍下吴仁脑袋祭祀亡妻的。这次攻打睦州的将士全部披上白袍，打着两面旗帜，一面是"保境安民"，另一面就是"报仇雪恨"。

送走饶州使者后，吴仁又派人去催婺州出兵，同时又下令睦州十二岁以上的男子全部入伍从军，对抗歙州。

吴仁征兵的举动，不仅不能扩充其兵力，反而逼着睦州父老拿起武器对付睦兵。数年来，吴仁在睦州横行霸道、为非作歹、刮净民脂民膏，各地已有多起农民起义，由于吴仁手法残忍，只要抓住暴乱者，立即砍头示众，抄家灭族。曾有不少百姓被迫背井离乡，逃离睦州。后来吴仁想想这样不行，大家都跑了，谁去种地种田，就设定关卡，严禁外出，定期派人查访人口，一旦发现村里有人逃走，整个村里的人都将被杀头。吴仁这措施还很不错，很多人为了自保，就相互盯梢，大家都跑不了。但是征兵的消息，让本来就想起义的农民多了个希望，又都听说歙州汪世华的仁义，早就想去投奔。宣州和杭州归顺歙州后，都政清人和，现在汪世华举兵讨伐睦州，是这些父老们求之不得的事情。大家明面上应征入伍，实际上，早就想趁作战时，掉转矛头引导歙军杀向睦城。

杭州方面，以程富为主将，奚飞为副将，一路过关斩将，很快就与急忙赶往前线的曹鼎遇上了。

曹鼎原是睦州副将，是睦州原来主将褚重的得力助手，攻打歙州时，褚重被杀，曹鼎升为睦州主将，今年三十岁的曹鼎是典型武夫，武功不在褚重之下，只是做事有些鲁莽。

"程富，我睦州与你无冤无仇，为何兵犯我州，快快下马投降，否则让你死无葬身之地！"交战前，双方都已经知道对方主将情况了。

"哈哈……笑话！"程富用手中的亮银盘龙戟指着曹鼎，"去年睦州偷袭我歙城暂且不说，你们与饶州勾结企图再犯我州，岂能容忍！"

"是你们先发制人，居然说我们要再犯你州。汪世华以仁义闻名，一个月之前还与我大人通信说睦邻友好，今日出兵岂不让天下人笑话！"曹鼎握着手中的五钩梅花枪随时准备上前决战。

"大事不拘小节，如今睦州父老被吴仁狗官欺压，生不如死，我主公以保境安民为己任，发兵睦州救百姓于水火！"程富说到这里，大喝一声，"曹鼎你后

徽州魂
大唐越国公汪华传奇
上

面的睦兵多是农家子弟出身，岂能忍心看着家乡的父母饥饿而死？！我家主公不忍心，他们更不忍心！"

曹鼎一听程富想煽动军心，他哪里还敢与程富废话，气得哇哇直叫："程富小子，拿命来！"

程富见曹鼎杀奔过来，一声令下："杀！"

一千名杭兵全部奋勇地向睦兵杀去。

曹鼎不愧是睦州第一猛将，程富与其连战五十回合不分胜负。正在这时奚飞带领大军赶到，全军出动，杀向睦兵。睦兵见杭兵士气正旺，难以招架，很快就处于下风。曹鼎见杭兵援军已到，只得边战边退。

汪铁罗率领三千宣兵出昱岭关，除了遇到小股睦兵阻挡，并没有遇到大敌。三千宣兵除了作战，还在执行另外一个任务，每到一处就张贴告示，述说吴仁罪状，宣扬汪世华仁德和保境安民宗旨。睦州父老见来了救星，欢天喜地，纷纷拿出家里仅有的一些粮食、鸡鸭慰劳宣兵，而汪铁罗一一婉拒，并送父老钱财。一时之间，睦州父老纷纷依附。

汪天瑶和任贵兵分两路在饶州攻城略地，到了德兴和玉山时遇到了鲁汉率领的大军阻止。德兴是饶州的粮仓所在地，玉山也是饶州重镇，从德兴和玉山到饶城，都只要一天路程，精骑奔袭的话，甚至半天就能到达，德兴或玉山任何一个地方失守，就意味着饶城很快就会被攻下。

饶州刺史吴有才原本还做着去歙州花山寻宝的念头，没想到自己现在东西两线受敌。西线的林士弘兵陈边界，随时想占领这个被誉为"山有林麓之利，泽有蒲鱼之饶"的饶州，扩张其实力，想借饶州富饶的土地为其起义军提供大量粮食。所以，鲁汉在德兴和玉山两地的阻击战连打了五六天，吴有才却没法为其增加一兵一卒。

鲁汉亲自坐镇在粮仓德兴，派得力副将杨义与副将燕飞一起镇守玉山，而攻打粮仓的是汪天瑶部，攻打玉山的是任贵部。

鲁汉文武双全，布阵得当，汪天瑶数次进攻均无功而返；玉山易守难攻，任贵也一直打不下来。战争持续了五六天，鲁汉就通知燕飞，紧守城池不要出兵迎战，拖住歙军，并向婺州发出求救，让婺州出兵断掉歙军粮草。

婺州主将就是当年与汪世华、汪天瑶和鲁汉等人在紫霞观学艺的石五郎。睦州和饶州两边都在催着婺州出兵，这一下子让婺州王文景左右为难，但是也不能不表态，只得命令石五郎点三千兵力缓缓出发，一日还走不了二十里路程。

在攻伐饶州的歙军进退两难之际，汪世华和汪世荣率领三千精骑长途奔袭到了饶州城附近的沙溪，沙溪就是饶州的东大门，汪世华部以山林为掩护，到了沙溪才发现，这个城镇根本没有什么兵力，不费吹灰之力就拿下，兵临饶州城下。

到此时鲁汉才得知消息，接到吴有才的救援信，左右为难，救援饶州，玉山或德兴必有一地失守，仍然解不了饶城之围。汪世华部是长途奔袭而来，携带的粮食肯定不足，不适合长期攻城，而饶城高大坚固，守城的两千人马只要不出城迎战，汪世华的三千人马奈何不了。

鲁汉的想法是没错的，汪世华的三千人马到了饶州城外一看，还真的傻眼了，吴有才这几年大量扩建城池，修得又高又大，别说没有准备攻城设备，就是准备了，三五天也攻不下来。但是鲁汉也忽略了一点，汪世华见城池难以攻下，就留给汪世荣一千兵力盯着饶城防止吴有才逃出，自己率兵两千直接杀向广丰。广丰也是饶州的一个重要粮仓所在地。汪世华趁夜色冒充饶军诈开了城门，攻占了广丰。广丰守将临死之前还一直以为汪世华在饶州城下。

广丰的粮仓储备有十万石粮食，吴有才宁愿百姓饿死都不愿开仓放粮，他成天想到的就是如何收集金银财宝。汪世华攻下广丰后，向州内百姓开仓放粮，这些父老久闻汪世华仁义之名，这次刚来就分粮食给他们，敲锣打鼓，高兴得不得了。年轻力壮者纷纷慕名到帐前效力，不到三天，汪世华就有了一万人马。

鲁汉得知消息，后悔莫及，汪世华是仁义和慈悲化身的活菩萨，而吴有才是专门剥削百姓的吸血鬼，饶州父老见到活菩萨来了，岂有不纷纷归附之理。吴有才一直窝在城中也不敢出来，外面发生天大的事情，居然还不知道。连城外送信的人也不让进来，生怕是汪世华使的诡计。

鲁汉决定出击，坚守德兴已经失去意义，拖的时间越长，归顺汪世华的人就越多，只有拼了！第二天，汪铁彪又来叫阵，喊了半天见饶营还是挂着免战牌，毫无动静，只得返回歙营。这么多天来都是这样，歙军也放松了警惕，以为饶兵还是会缩在城里不出来，汪铁彪没有任何防备地带兵返回。

歙军正走着，从山林中突然杀出一股饶兵，两三千人马，把歙军包围起来，乱箭齐飞，汪铁彪今天来叫阵只带了五百人马，这袭击完全是出乎意料，被杀得措手不及。

歙军寡不敌众，损失惨重，汪铁彪正准备逃走，鲁汉又率了一千人马杀来，这是饶兵提前就谋划好的，战争的主动权掌握在饶兵手里。而此时的汪天瑶却被鲁汉派来的另外一千人马偷袭，这股偷袭的饶兵边打边撤，一步步拉开汪天瑶部与汪铁彪部之间的距离。汪天瑶围困德兴已经十来天了，都没有打仗，见这次饶兵主动出击，正中下怀，便边追边打，一直追了七八里地，忽然觉得不对劲儿，汪天瑶知道中了调虎离山计了，立即带领人马往回赶，并留下一千人断后。

汪铁彪正拼死与鲁汉厮杀，歙州人马已经剩下不到几十人，而汪铁彪已经受伤，只有招架之力了。

"留下两百人，其余全部设好埋伏，等待汪天瑶来。"鲁汉边打边发出命令，不愧是演公弟子。

汪天瑶远远地就看到鲁汉杀得汪铁彪团团转，而大队人马居然没有出现。

"神弩队掩护！"汪天瑶一下就判断出周围有埋伏，刚说完话，饶兵就从两边杀了出来。

"放箭！"汪天瑶一声令下。

弩箭向饶兵的骑兵飞去，而此时饶兵的弓箭手还没有拉弓射箭呢，因为距离远远在弓箭手的射程之外。弩箭的威力瞬间阻止了饶兵的进攻。弩箭还有一个特点就是换箭非常快，一番射杀，饶兵的骑兵损失大半。汪天瑶乘机骑马杀向鲁汉。

"鲁汉，去年饶了你的狗命，今天是你自己来送死的！"汪天瑶见地上躺下一大片歙军，怒火烧红了眼睛，他手中的丈八滚云枪杀向鲁汉，招招致命。

汪铁彪见援军已到，松了口气。

"铁彪兄，这里交给我，你去收拾那些小喽啰！"汪天瑶决定亲自收拾鲁汉。

鲁汉武功比汪天瑶差不了多少，但是刚才与汪铁彪一通厮杀后，已经消耗了不少体力，而汪天瑶此时正在怒火中，鲁汉很快就招架不住。五十回合后，鲁汉就准备败走，而汪天瑶岂能放过。一个在前面跑，一个在后面追。

玉山战况其实与德兴没有太大的差别，还没等歙军来叫阵，饶兵就主动出击了，虽然双方人数相当，但是燕飞哪里是任贵的对手，很快就被任贵斩杀。而另一饶州副将杨义见燕飞被杀，一着急，就被毛凤一锤砸死了坐骑，摔在地上。歙军一拥而上把杨义生擒过来。饶兵见大局已定，纷纷投降。

鲁汉逃走时，从旁边杀来十几个骑兵一起冲上来围攻汪天瑶。没跑几步路的鲁汉也被歙军骑兵发现了，几个骑兵拿着强弩向鲁汉追去。鲁汉见是几个兵卒追击，并不怕，调转马头迎战骑兵，他想趁机再砍几个人头，重振士气。此时双方混战难分胜负。

鲁汉失策了，这几个骑兵一人手里端着一把弩，一齐向他的脑袋、胸膛、坐骑射去。鲁汉不愧是饶州顶尖高手，威力无比的弩箭速度之快无法形容，居然被他轻易地躲过了。但是他也重重地摔在了地上，马中箭了，强弩的威力实在是惊人，弩箭射穿了马的肚子。倒在地上的鲁汉刚爬起来，五六支弩箭又对准他了。

鲁汉死在汪天瑶的手里，是一种光荣，可惜他是死在骑兵的弩箭下，是一种遗憾。但是这种遗憾在风起云涌的隋末，每天都在上演，一个为虎作伥的人，即使本事再大，死去也无人留恋。

饶州城已是一座孤城，汪世华在四面包围的过程中，数次派出使者到饶州西边去招降。三天后，汪天瑶和任贵率领各路人马陆续到达饶城，汪铁彪留下镇守粮仓德兴，毛凤镇守玉山。

"杨将军，委屈你了。"汪世华一看到五花大绑的杨义，忙上前亲自帮其解开绳子。在来饶城的路上，任贵也与杨义多次交谈，劝其归顺汪世华，一起保境安民，但是杨义什么话都没说，他要亲自见了汪世华再做决定。

杨义也不言谢，大大方方地说："饶城固若金汤，你们这样围困不是长久之计，倒霉的只会是城内数万百姓。"

汪世华听杨义这样说，就道："杨将军言之有理，我汪世华保境安民，出兵讨伐的是贪官吴有才，救百姓于水火。愿听杨将军高见！"

"现在正是午时，您让我进城，明日午时，我务必让吴有才打开城门！"杨义胸有成竹地说。

杨义的话让在场的歙州将领惊愕，让其进城，他要是一去不返了呢？汪天瑶正想说话，汪世华不假思索地答应："世华代饶城的父老感谢杨将军了！你告诉吴有才，只要他投降，我可饶他性命！"

杨义离开了汪世华的大帐，汪天瑶上前说："大哥，会不会是放虎归山啊？"

任贵也跟着说："此人文武双全，我们若不是侥幸，很难抓住他的。"

汪世华摆了摆手："杨义面相正派，我也闻其名，在饶州算是一位难得的英雄。我们就等待明天的消息吧。"

见汪天瑶和任贵没有说话，汪世华又接着说："饶州西线将领见我们开广丰粮仓，知晓我们仁义，已经答应归顺我们。但是饶州西线战事吃紧，林士弘见我们攻伐饶州，也想趁机抢夺城池。"

"那我立即带兵奔袭西线，干掉林士弘。"汪天瑶主动请缨。

汪世华笑了笑："你就喜欢打仗！不用急，大军先休整一日，明天饶城归降后，你率一万兵力开往西线。林士弘拥有兵力十余万，已称帝三年，野心勃勃，只知抢夺地盘，却不善经营，他管辖下的百姓并没有过上一天好日子，将来必定灭亡。现在他北面有背叛过他的张善安，西面有虎视眈眈的萧铣，南面有随时向他发起攻击的冯盎，所以他攻打饶州的兵力并不多。"

汪世华边说边指着案几上的行军地图，他指着东边一处地方对汪天瑶说："你只要带兵在这里阻止其进攻就行，等我们腾出了手，再去收拾他！"

张善安，兖州人，十七岁就为贼寇，为人狠毒，品性极差，投靠林士弘时不被信任，就偷袭豫章，使林士弘损失惨重，后占领豫章，成了林士弘的心腹大患。

萧铣，南朝梁宗室，为西梁宣帝曾孙，祖父萧岩为西梁明帝萧岿之弟，隋炀帝杨广册立的萧皇后就是其叔伯姑母。大业十三年，即公元617年，身为罗县令的萧铣在罗县起兵，自称梁公；十月，称梁王，年号鸣凤；大业十四年四月，在岳阳称帝，国号梁，建元鸣凤，其势力范围东至九江，西至三峡，南至交趾，北至汉水，拥有精兵40万，雄踞南方。

冯盎就是钱英的大哥，杨广被杀后，便返回岭南，聚集各部落酋长，拥兵马五万，守土防乱。

汪世华见林士弘与张善安、萧铣为了抢夺城池交战不断，而张善安与萧铣之间为了豫章也反复争夺，觉得此时由他们去斗吧，等时机成熟，联合岭南的冯盎一齐出兵。

汪天瑶和任贵不由得暗暗佩服汪世华，坐在歙州只问百姓饥寒的他，居然对整个南方局势掌握得一清二楚。其实何止南方，汪世华对中原的一举一动也了如指掌。这些都归功于鲍安国和汪世英培养出来的一大批探子，都以商人身份遍布各地。这一行为对后来的商业发展也起到很大的作用，商场如战场，最先发现商机，也就意味着赚大钱，后来歙州一带商人的迅速崛起也得益于此。

第二天午时，饶城南大门准时打开，吴有才用绳子把自己捆绑起来，与杨义一起站在门口迎接汪世华进城。

杨义在饶州素有威望，军中将士都很敬佩，听说鲁汉已死，汪世华在广丰开仓放粮，饶城的守城将士都愿意听从杨义指挥，一起归顺汪世华。杨义便带着守城官和一些将领去见吴有才，向其晓之大义。其实城内的将士都听从杨义调遣，他完全可以直接打开城门，但他是一个重义之人，吴有才待他不薄。吴有才听了杨义禀告了城外的情况，而城内将士也心归歙州，为了保住全家老小上百口人的性命，只得开门投降了。

睦州这边，歙军、宣兵和杭兵都已经兵临睦州城下了。睦州境内纷纷归附，现在就留下一座睦城。睦州本来面积不大，汪铁罗带领的三千人马基本上不是在打仗，而是到处贴告示，宣传保境安民，招募兵卒。而睦州的兵力，水军被陈罗明全部牵制，步军都在抵抗程富率领的杭兵。曹鼎原有把握阻止杭兵进攻的，不断作战，曾一日十战，但是杭兵在程富的带领下越打越有劲儿，而睦兵越打越没斗志，几次战争刚开战，刚招募的新兵居然调转矛头归顺杭兵，曹鼎险些被杀。这种战争没法打啊，曹鼎只得带领自己三千子弟兵逃回睦城，而城外的睦兵全都被程富和汪铁罗收编了。

睦城被围困三天，但是歙、宣、杭三军并没有发兵攻城。只围不打。原来睦州州治在雉山县，而雉山县原名新安县，是新安故城所在地。汪世华一再强调，新安故城有很多历史遗迹，城中居住有数万百姓，轻易攻城，势必会让城中百姓受到伤害，有违保境安民之意。同时汪世华曾说要亲自手刃吴仁，为钱英报仇。

汪世华进入饶城之后，因吴有才主动开门献城，也算其有功，除没收其全部财产后，准其携带家眷回家乡，并给其盘缠和部分钱财供其养老；官吏中民愤大者一律杀头，对声誉佳者一律重用和奖赏，饶州境内免赋一年。民心欢呼，一片称赞。因饶州多年来生产被吴有才破坏，急需快速恢复，而汪铁秩有理政之才，则调其前往饶州代理刺史一职，掌管州事；赵学文为长史主掌政务；杨义主掌军务，汪铁彪和毛凤辅之。赵学文原为饶州治下鄱阳县令，因不愿遵从吴有才搜刮民脂的命令，被打入大牢，汪世华进城后听众人说起，则从大牢里将其请出。

饶州安顿好以后，汪世华和任贵率领一千人马前往睦州，此时睦城已经被围困半个月。曹鼎也几次出城交战，企图杀出重围，但是每次都被迫退回城池。

"吴仁，你现在投降的话，我还可以保你家眷安全，否则城池被攻破后，你后悔都来不及。"汪世华骑着越影，腰挎湛卢剑，威风凛凛地对城楼上的吴仁说。

"汪世华，你要是攻打城池，我就放火把整个睦城都烧掉，让这里变成焦土，你不是口口声声说自己仁义吗？你忍心看着城里的百姓都为我殉葬吗？！哈哈！哈哈！"吴仁得知饶城已经被攻占了，饶州全境都归顺了歙州，而婺州的援兵到现在还没踏进睦州，已经没有希望了，吴仁后悔当年听信张么的话，也后悔自己贪婪，现在一切都晚了，他没有退路，只有拿城里的百姓做筹码，得过且过，城里的粮食储备充足，足够维持半年，说不定这半年世道又变了。

"丧心病狂！"没想到吴仁居然以全城百姓做人质，汪世华已经从程富口里得知了城内的情况，不能这样耗下去，杜伏威、李子通、沈法兴三方中任何一方取胜，都会向南用兵，必须赶在他们分出胜负之前，就做好准备。汪世华不能等！

"把刚才吴仁说的那句话，写在纸上，抄写一千份，全部用弓箭射进城里去。"回到账内汪世华气愤地对身边的程富说。

"我就去办！"程富说完就准备走。

大家明白汪世华的意思了，城内的老百姓有三四万人，而城内的将士五六千人，让老百姓都闹起事来，将士们也不一定镇压得住。这是一个好方法。

"主公，用箭容易误伤百姓。"陈罗明说。

汪世华被陈罗明提醒，忙跟程富补充道："提醒得对，晚上等大家都睡着了射进城去。"

"用孔明灯如何？"陈罗明提出想法。

"那也不好，孔明灯落下去容易失火。现是秋季，天干物燥。"奚飞忙反对。

"是啊，得想个什么法子能飞到空中，把信笺全扔进去，那就好了。"汪铁罗也插嘴说，只是想不出办法。

汪世华一拍桌子，指着汪铁罗说："好主意，我们飞到睦城上空去，把信全部撒下去。"

"怎么飞啊？"大家一起看着汪世华，以为听错了。

"风筝，秋高气爽，风筝完全可以乘秋风飞进睦城。"汪世华一说，大家一起称好。

风筝源于春秋时代，相传"墨子为木鸢，三年而成，飞一日而败"。楚汉争霸时，垓下之战，项羽的军队被刘邦的军队围困，韩信派人用牛皮做风筝，上敷竹笛，迎风作响，汉军配合笛声，唱起楚歌，涣散了楚军士气，战败了西楚霸王项羽，"四面楚歌"也因此而来。到南北朝，风筝开始成为传递信息的工具，梁武帝被叛臣侯景起兵围于台城，梁武帝让太子简文制作风筝，乘西北风飞向空中向外求援，不幸被叛军发觉射落，不久台城即遭攻陷，梁武帝被侯景关起来活活饿死。这次通过风筝求援虽然失败，但因此而奠定了陈霸先的霸业，梁国大将陈霸先率兵打败侯景，建立了陈国。

第二天，睦城上忽然飘起了无数风筝，吸引了城内所有人，随后一个个风筝落进了城里，每个风筝上面都携带着信件，里面写满吴仁罪状和汪世华的仁德，城里百姓争相抢阅。

再过了一天，睦城的大门打开了，原来守城官林凯得知饶州杨义和赵学文归顺后都得到重用，而睦城百姓愤怒高涨，决定开城门归顺汪世华。于是林凯用计把曹鼎灌醉捆绑，再带兵把吴仁抓了起来。

汪世华人马很顺利地进入了睦州城，当即宣布每户发放粮食一担，免赋税一年，各级官员照旧留用，陈罗明代理睦州刺史，卫哲民为长史，掌管政务，林凯为主将掌管军务。

一切安顿好之后，汪世华才去看被绑后放在校场上的吴仁和曹鼎。

"汪世华，你有种把我放开，老子与你决战三百回合！"曹鼎见汪世华来了，大声嚷嚷。

"听说你武功不错，是个人才，为何要为吴仁这等狗官效命呢？"汪世华骑在马上，居高临下地说。

"管你屁事，有种你就放开我，与你单打独斗。"曹鼎咆哮着。曹鼎这人非常自负，与程富战过一百回合，没有分出胜负；与陈罗明战过一百回合，也没有分出胜负。早就听说汪世华武功盖世，他想在临死之前挑战一下，打赢，死也光荣，打败，终究是死在战场上，而不是被这样五花大绑地砍下脑袋。

"好，我答应与你决战！但是你也得答应我的条件。"汪世华本来不想决斗，他看了看校场一角有近千名被俘虏的兵卒，都是曹鼎培养出来的，他们只臣服于强者。曹鼎与程富、陈罗明几次交手并没有失败，结果被林凯用计把他抓了起来，同时也用计俘虏了他们，这些兵卒心里非常不服。汪世华决定借此摧毁这些人的心态，使其彻底臣服。

"你讲！老子命都不要了，还怕什么条件。"曹鼎没想到汪世华居然接受了他的挑战。

"你失败了，就让他们毫无二心的追随我，一起保境安民！"汪世华用手指着俘虏的睦兵说。

"好！"曹鼎爽快地答应，"你们听着，我若战败，你们便效忠于他，一起保境安民！"

"松绑！"汪世华大喝一声，立即有兵卒上前给曹鼎松绑，并把曹鼎的坐骑和兵器送来。

曹鼎穿挂妥当后，骑上马，手中的五钩梅花枪一举："开始吧！"

北风呼呼，整个校场充满寒意，汪世华缓缓拔出湛卢宝剑，越影宝驹背着寒风提起一对前腿，"嘶——"一声长啸。

六十个回合过后，曹鼎倒在地上，身首异处，他估计死时都没看清楚刚才汪世华是如何出招削下他脑袋的。

刚才还在周围一起呐喊助威的将士们一下子都静了下来，曹鼎的那些子弟兵一齐跪在地上，他们臣服了。

"厚葬曹将军，优待曹家老小！"汪世华一字一句地吐了出来，手中的剑还在滴血。

吴仁跪在地上脸色惨白，他知道自己的死期到了，他想向汪世华求饶，嘴巴一直在动，却没有发出任何声音。

"吴仁！"汪世华一声厉喝，吓得吴仁尿都流了出来。

"将……将军，你大人不记小人过，饶我一命吧。"吴仁边说边跪在地上磕头求饶。

"我曾发誓要砍你狗头，但是今天我改变主意了，我不杀你！"汪世华缓缓把剑插入剑鞘，"一剑杀了你，难解我心头之恨。我要让睦州的父老来处置你！"

汪世华对兵卒说："把这个狗官拉到大街上去，欺压百姓数年，就让父老来发泄心中的愤怒！"

绑在大街上的吴仁，很快就被围上来的百姓争相用瓦块、石头砸死。由于对吴仁恨的人太多，最终吴仁的尸身，烂如肉泥。

汪世华在睦州休整五天，正准备班师回歙州，婺州刺史王文景在石五郎的陪同下，向汪世华呈上了归顺书。汪世华拉着王文景的手说："王大人为了婺州百姓安宁，作出了英明决策，功德无量！"随后汪世华宣布婺州文武将官职务一律不变，只派汪铁罗到婺州协助石五郎参掌军务，婺州境内免税赋一年。

至此，歙、宣、杭、饶、睦、婺六州均归汪世华统领，汪世华虽然没有定歙州为总管府，仍谦称歙州代理刺史，但六州政令军令均出歙州府，由汪世华总管六州大权。回到歙州后，汪世华又大犒三军，厚恤伤亡将士，告示境内百姓安居乐业。自此，六州境内安定祥和，军民欢悦。

第二十七章　统领六州

汪世华在江南收服杭州、饶州、睦州和婺州之时，李世民在北方也忙得不亦乐乎。

在大业十三年，薛举和他的儿子薛仁杲在西部起兵，他们自称是西秦霸王，改年号为秦兴，占据了陇西地区，拥有一支十三万人的强大军队。薛举是个凶猛且箭术高超的人，武艺非凡，自称皇帝，并把都城迁到了天水。当他知道李渊已经占据了关中地区，就派薛仁杲带兵去攻打渭河附近的扶风，但被李世民打败了。

七月的时候，薛举带着他的秦军去攻打高庶城。李世民作为统帅迎战，坚守高庶城，采取防御策略，想通过拖延时间来消耗秦军的士气。但就在这关键时刻，因为天气太热，李世民得了疟疾，不得不暂时离开战场去养病。这时，刘文静、殷开山等人没听李世民的告诫，轻率地出兵与秦军交战。结果，在浅水原，薛举趁机偷袭了唐军，唐军大败，损失了一半以上的士兵，高庶城也被薛举占领了。这是李世民从太原起兵后的第一次大败。

到了八月，薛举本想继续进攻，趁机占领长安，但他还没出兵就突然生病去世了，薛仁杲继位。为了消除唐朝西北方的这个大威胁，李渊和自称河西大凉王的李轨结盟，想切断西秦的支援。因薛仁杲在称帝之前就与诸将不和，所以刚即位时，人心不稳，君臣之间相互猜忌。李渊决定借此时机消灭薛仁杲，就任命秦王李世民为元帅，讨伐西秦。

李世民带着大军到了高庶城外，但他并不急着攻城，而是选择保存实力，和薛仁杲的军队对峙六十多天。结果，薛仁杲粮尽，部分将领相继率领本部人马降唐。李世民知道这个消息后，就在浅水原扎营，引诱西秦军队来攻。当西秦的大军来围攻时，李世民亲自带兵从北面攻入敌阵，秦军四散溃逃，数千人被杀。然后，

李世民不顾部下的劝告，亲自带着两千精锐骑兵追击，把薛仁杲围在高庶城里，并下令猛烈攻城。守城的士兵纷纷投降。

到了十一月，西秦皇帝薛仁杲看到大势已去，只好投降。薛仁杲被俘至长安，李渊下令斩首示众，西秦灭亡。

也就在十一月，凉王李轨终于按捺不住称帝的野心，即皇帝位，改元安乐，成为继薛举、薛仁杲之后，大唐在河西的新威胁。但是，李世民已有了新的任务，李唐政权的河东已经陷入了危机。

在隋末的群雄争霸中，各大势力之间展开了激烈的角逐。让人意想不到的是，八大巨头中的李密和宇文化及竟然率先被淘汰出局。特别是李密领导的瓦岗军，他们的失败让所有人都感到惊讶。

瓦岗军曾多次击败隋军，声名远扬，拥有众多勇猛的将领。在中原地区，各路起义队伍都尊李密为盟主，甚至连李渊也不得不表达对他的尊敬，推崇他为领袖。然而，就是这样一位杰出的人物，却在这场争霸赛中率先被淘汰。

李密，出生于四世三公的贵族家庭，袭父爵，为蒲山郡公，曾在朝廷任侍从官。当年杨玄感造反时，他就为其出谋划策，杨玄感就是因为没有听从他的出兵建议而兵败。李密过了一段逃亡生活，于大业十二年，即公元616年，投靠了农民起义队伍瓦岗军，并得到了瓦岗军首领翟让的重用。因李密多次献策，让瓦岗军大败隋军，立了大功，翟让便命他统率一部分瓦岗军。李密又建议袭取兴洛（洛口）仓，开仓赈济贫民，起义队伍迅速壮大。

大业十三年初，李密获准建立由他直接领导的"蒲山公营"，因在瓦岗军中已很有威信，翟让胸襟宽广，就让贤李密，推他为魏公，置魏公府和行军元帅府，宁愿自己听从李密领导。但是李密心胸狭隘，不容将士们对翟让的推崇。李密为了独揽瓦岗军领导大权，于十一月，借饮宴之际在席间杀了翟让及其亲信。

大业十四年正月，李密统领三十万之众的瓦岗军，进逼洛阳。但瓦岗军在与洛阳王世充率领的军队进行了多次战斗，屡屡失利，力量大减，并没有顺利攻占洛阳。六月，宇文化及率领从江都返回关中的十多万骁勇善战的骁果军进攻瓦岗军的黎阳。

此时李密的瓦岗军与王世充统领的东都洛阳隋军相持日久，既要东拒宇文化及，又恐王世充攻其后路。而王世充也害怕宇文化及杀来，便以皇泰主的名义遣使说服李密一起攻打宇文化及，其实是希望李密与宇文化及两败俱伤。而李密认为宇文化及是弑君之人，为解除后顾之忧，便上表归降东都。皇泰主册拜李密太尉、尚书令、东南道大行台行军元帅、魏国公，令他先平定宇文化及，然后入朝辅政。并封瓦岗军大将徐世勣为右武侯大将军。

本来徐世勣为避骁果的锋芒，深沟高垒，不与宇文化及交战，企图拖垮宇文化及。但是到了七月，李密作出了错误判断，遵从了皇泰主的旨意，命令瓦岗军与骁果军在黎阳附近激战。最后，宇文化及败走，李密的瓦岗军也损失严重。

这时，王世充率军乘势袭击瓦岗军，李密大败而走，大将秦叔宝、程咬金、牛进达、单雄信等被俘投降。九月，无处可归的李密只得率领小股残兵投降李渊。从此，威震天下的瓦岗军退出了历史舞台。徐世勣因战功显赫，被李渊赐姓李，即改称为李世勣。而李密本人，降唐后总嫌李渊对其封赏不高，没有封王，觉得不被信任，不久就趁外出之机，招募旧部叛唐，最终兵败被杀，年仅三十七岁。唐军又正式少了一个争夺天下的对手！

宇文化及战败退到魏县，见兵势日渐衰弱，知道败局已定，便说："人都是要死的，不妨在死之前做一日皇帝再说。"于是他杀掉傀儡皇帝杨浩，自己称帝，建都河北魏县，国号许，建元天寿，设置文武百官，企图割据一方。称帝加速了宇文化及的灭亡，他很快就引来了唐军和窦建德的农民军围攻。最后，已建夏国称夏王的窦建德大获全胜，逃往聊城的宇文化及城破被俘，最后被处死。

随后，窦建德的大夏政权对河北其他义军进行兼并，很快就拥有黄河以北大部分地区，南与洛阳的王世充抗衡，西与关中的李渊鼎立对峙。一场长江以北最大规模的战争，即将爆发，而李世民也将在此打响其人生的巅峰之战，"战神"的称号也将由此而得！

汪世华统领六州，休养生息，大力鼓励农耕生产和发展商贸，体恤百姓，各级官吏廉洁奉公，很快吴越六州一片繁荣，百姓对汪世华感恩戴德，敬若神明。

汪世华一边治理六州，一边关注天下战况，每次得知李世民大捷之后，兴奋不已。他与李世民偶有书信往来，一起在信中商谈兵法，领悟战争要义，两人在作战中都有一个共同特点，就是在率领大军作战时，喜欢亲自率少量骑兵长途奔袭以奇兵的形式出现在敌人面前，常出其不意攻其无备，一贯虚虚实实，声东击西，兵无常势，经常以最小的代价换取极大的胜利。两人都把"兵者，诡道也"之深意发挥得淋漓尽致。同时两人也在信中，上演当年曹操与刘备青梅煮酒论英雄的事迹，点评天下群雄。

由于李渊的帝位名义上是由隋恭帝杨侑禅让，李渊登基一年来又实施了各项利国利民政策，汪世华对李唐政权产生了好感。而这一年，在凉州称帝的李轨被李渊斩杀，李密兵败后投降王世充的秦叔宝、程知节、罗士信等领军大将也归顺李唐，另有几路义军也纷纷归降李唐。虽然此时的李唐政权势力范围并不大，只有关中和河东部分地区，实力不是最大，但是相比较当前其他各路反王割据政权，李唐政权实施的各项政策最得民心。加之李世民英武神勇，手下文武将官如云，参掌秦王军务的房玄龄也常来书信与汪世华交流，商议携手共平义军，实现华夏一统；当年在石头城相见如故的兵家高手李靖在长安攻破时归顺了李唐，成为李世民帐下大将，也常来信与汪世华商量天下一统大事。

天下大势，分久必合，合久必分。而只有合才能给天下百姓带来安宁，而要想合，就必须通过各种手段扫平天下群雄，而当前，武力是唯一解决的途径。

正当汪世华伺机而动之时，李唐政权遇到了前所未有的风险：割据朔州一带，被突厥封为"定杨可汗"的刘武周派大将宋金刚率兵两万在介州大败唐军，进逼晋阳，占领李唐在河东的大部分地区；窦建德带领十万大军攻陷属于李唐的洺州和相州；萧铣率兵先后进攻李唐的峡州和巴州。一时之间，李唐政权危机四伏，吓得李渊惊慌失措，甚至颁发了"贼势如此，难与争锋，宜弃大河以东谨守关西而已"的手敕。

经过慎重考虑，汪世华决定立即出击，在江南发起军事进攻，配合李世民的军事反攻，协助李唐政权实现天下一统大业。他的首个目标，就是杜伏威。

此时的杜伏威与沈法兴已经进行了近一年的持久战，由于杜伏威并没有倾巢而出，双方打得不分胜负。除了杜伏威亲自领兵在东部作战之外，他的西部和北部也时有战争发生，辅公祐忙着领兵阻击其他势力。

李子通趁杜伏威和沈法兴之子沈纶相互斗争之时，得以全力进攻江都。隋军老将陈棱最终因寡不敌众，弃城而逃，投奔了杜伏威，结果被杀。

李子通占领江都，随即称帝，建国号为吴，改元明政，又率军进攻沈纶。

得知李子通向沈纶发起进攻的消息后，汪世华立即召集高层军政会议。

"沈纶本来就与杜伏威交战损耗很大，这次李子通再出兵攻打他，沈法兴离灭亡之日已经不远。"汪世华说，"沈法兴部基本都是无恶不作的暴徒，进入我们的地界，必将给百姓带来灾难。铁佛兄、钱大人，你们务必要做好宣州和杭州的防御，不能让沈法兴的人马逃窜进入，适当时机出兵剿灭他们。"

"遵命！"汪铁佛和钱仕一起领命。

"从战略上考虑，我决定出兵北上攻打杜伏威！"汪世华说得很平静，但是下面的文武将官们听着却如雷贯耳。

"大哥，要出兵作战？！"汪天瑶还以为自己听错了，当前六州太平，周边割据政权虽然争战不止，但是汪世华布置得当，外部势力并没有危害到六州境内。

"怎么？你不想打仗了？"汪世华问。

"我做梦都在打仗，但是现在六州太平，大哥您提倡休养生息，又没有人来侵犯我们，所以我也不敢去想啊。"汪天瑶忙站起来说，"我天天憋着，就等你这句话呢。"

汪世华笑了笑，没有继续与汪天瑶说话，而接着说自己的理由："杜伏威经营江淮多年，整治贪官污吏，降低赋税，深受管辖内的百姓支持，若此人归顺李唐政权，我就可以与其联手，东灭李子通、沈法兴，西平林士弘、萧铣，长江之南即可安定。"

"主公，为何不让杜伏威归顺我们，而去归顺李渊呢？"婺州刺史王文景问，他不明白汪世华对天下大势的判断，也不知道汪世华与李世民、房玄龄和李靖之间的关系。自六州一统后，虽然汪世华只是歙州代理刺史，王文景为婺州刺史，按隋朝官职来说，两人是平级，但是此时六州政令均出歙州府，由汪世华总管，所以这些人都尊称汪世华为主公。

"李渊帝位由隋帝禅让，是为正统，虽然隋天子已故，我等身为大隋臣民，岂能容忍当前各股势力割据称王，天下混战？我们仍要遵循正统，扫平天下，安宁四海，完成中华一统。"汪世华知道有些官吏不理解其想法，便解释道。

汪铁佛见王文景等人仍很迷惑，就代汪世华分析给大家听："当前天下混乱，群雄争霸，说白了其实只有三种势力，一种就是所谓的反王，他们或是农民起义军，或是朝廷以前的封疆大吏，他们一开始就反对朝廷，武装割据一方，起义之初确实为百姓做了一些实事，但是随着势力的增强，逐步丧失了拯救天下苍生的意愿，变成了为已私欲而斗争的集团。第二种就是李渊、王世充和宇文化及等人，通过战争扩充实力后，占据都城，拥立听命于他们的杨家子孙称帝，企图挟天子以令天下，李渊与王世充、宇文化及之间帝位获得有根本区别，李渊的帝位是因功勋卓越后，由杨侑主动禅让。而王世充和宇文化及却分别缢死杨侗、毒弑杨浩，再自行称帝，而称帝后又不体恤民心，不颁布治国方针，这种政权岂能长久。王世充迟早也将步宇文化及的后尘。也就是说算得上正统的只有李渊领导的唐政权，我们岂能舍本逐末？第三种势力，那就是我们这样的，不反对朝廷，不跟随大流，而是保境安民，在适当时机挺身而出，维护国家统一。"

汪铁佛边说边看着大家："当前李唐政权遇到危机，我们若袖手旁观，只会让天下越来越乱，到时谁也没有能力一统天下，整个中华又会回到南北朝时期，那样百姓就惨了。而凭我们自己的能力，能一统天下吗？周围的杜伏威、李子通、林士弘、萧铣，他们的势力都不比我们小，决战胜算的把握有多大？杜伏威的势力范围北接王世充地盘，西连萧铣政权，李唐政权若能在南方得到杜伏威的支持，就可以在很大程度上牵制王世充，防止王世充乘机进军长安，也可让杜伏威部从东面进攻萧铣，拖住萧铣顺江而上。在一定程度上，就能挽救李唐政权的危机。同时杜伏威归降李唐，那么我们的势力范围就可以从地域上与李唐相连。相对于其他农民起义军来说，杜伏威算是为百姓做了些实事的，我们应该促使他归降，感受王化，争取通过他的势力一起平定江南；协助李世民在北方的军事行动，完成天下统一大业。这样，百姓又可以安居乐业，国强民富，重现盛世！"

"铁佛兄说得太好了！所以我想趁杜伏威还在与沈纶交战之际，出发攻打杜伏威的根本之地历阳，他在东有李子通、北有王世充、西有林士弘和萧铣，南又被我们进攻，他这个被皇泰主封为楚王的人，肯定是四面楚歌，插翅难飞，为了自保，他必定同意我们的条件。"汪世华很赞赏汪铁佛的分析。

既然汪世华和汪铁佛都说得这么清楚了，文武将官也就都明白了主公的意图。尤其是下面这些武将心里都在想，靠自己六州之地去争雄天下，确实很难。现在不能想得太远，只有多灭掉对手，少了争霸天下的人，自己实力壮大了，那时想如何做就如何做。

"大哥，我与兄弟们永远听命于您，您说打，我们就打；你说不打，我们就不打！"程富站起来首先表态。其他人等也纷纷站起来附应！

汪世华见大家没有疑惑，就开始布置作战任务。兵分两路，程富为主帅，陈罗明为先锋，率宣杭兵马三万，为东路军，从宣州出发自当涂顺江而下；汪天瑶为主帅，任贵为先锋，率歙饶兵马三万，为西路军，出箬岭渡江而下。两军在历阳会合，楚军有援军过来，则想办法在路途阻止，逼其就范。东路军的粮草由汪铁佛负责，西路军粮草由汪世英负责，三日后大军开拔！

"遵令！"程富、陈罗明、汪天瑶、任贵、汪铁佛和汪世英一齐接过令牌！

正在前方攻打沈纶的杜伏威忽然接到历阳紧急求救信，歙军三万顺江而下，已经包围了历阳。而历阳只有辅公祐率领一万人马在驻守，歙军气势高涨，历阳城随时会被攻破。由于杜伏威与李子通是死对头，他的主要兵力放在东边，企图消灭李子通与沈法兴，夺取江都；杜伏威西面的对手是林士弘，而林士弘此时西与萧铣忙着争夺长江中游地区，南与岭南的冯盎战争不断，所以杜伏威的西面虽有强敌，但并不危险，所以只派驻一万人马驻守历阳，同时监视周围动向，只要有风吹草动，可以立即回师救援。但是出乎意料的是，举着"保境安民"旗号的汪世华居然出兵北上攻打其老巢。更没想到程富居然学三国陆逊"白衣渡江"的计谋，沿着长江神不知鬼不觉地到达历阳附近，顺利登岸，其速度之快也出乎意料。

历阳是杜伏威的根本之地，当江淮水陆之冲，左挟长江，右控昭关，东依梁山，北有濠滁，为"淮南之藩维""江表之保障"，自古以来，为兵家必争之地。失去历阳，杜伏威实力将受到毁灭性的打击，周围其他势力再乘机进入，杜伏威就会立即被历史淘汰。历阳不能丢，必须全力保历阳。

"你立即率三万人马赶赴历阳，支援辅伯！"杜伏威焦急地对义子王雄诞说。

"遵旨！"王雄诞领命后犹豫了下说，"父王，既然我们西有汪世华派兵攻打历阳，战况危机，而东有李子通与沈纶交战，两者斗得你死我活，无暇关注我方，不如我们乘机收兵。我回师救援历阳，您和阚陵就坚守六合，让大军休整，这样东可以随时攻占江都，西可以声援历阳。"

杜伏威听后，沉思了一下，面露喜色："我儿不愧计谋超群，为父就依你言。你率兵先走，我与陵儿断后。到了六合后，我再让陵儿也领一部分人马去支援你，务必要把汪世华部消灭在长江以北。"

"父王英明！"王雄诞说，"汪世华统治下的六州，地广粮多，我们解围历阳，再乘机南下，霸业可图！"

杜伏威在王世充杀害杨侗自立为帝后，就与王世充结恶，但是仍自称楚王。王雄诞说到这里，看着杜伏威，眼里闪烁着希望。杜伏威明白了王雄诞的意思了，既然李子通、王世充和萧铣等人不容易对付，何不趁汪世华北上之际，率领楚军消灭歙军，再乘胜渡江，把江南握于手中，他笑着点了点头："好！我儿速速前往历阳，为父等你的好消息！"

程富部围困历阳后，并没有急于攻城，而是在围城的过程中，不断地派出兵马消灭前来救援的人马。历阳周围的援军都只是小股部队，一两千人马，与程富部根本没法抗衡，基本是来一个，消灭一个，或者来一个，招降一个。

王雄诞的三万楚军离历阳城还有三十里远，程富已经率大军在等着他了。

"什么人敢如此嚣张，在老子地盘撒野！"王雄诞向程富发起挑战。

"一个连江都拿不下来的人，口气还挺嚣张的啊！"程富见王雄诞主动带兵来挑战，自己以逸待劳，正想灭一灭王雄诞的威风。

"你是什么东西？！让汪世华出来！"王雄诞不认识程富，他起初认为是汪世华亲自领兵前来。

"哈哈！"程富大笑，"对付你们这些无能之辈，还需要我主公出马吗？他现在正在新安江钓鱼呢！"

"你是何人？报上名来！我王雄诞不杀无名小辈！"王雄诞不想与程富啰唆。

"你听好喽！你爷爷我乃歙州大将程富！"程富自信自己的威名远播，所以也没必要向王雄诞通报官职。

程富！如雷贯耳，这个名字王雄诞早就听说了，汪世华的左膀右臂！

"程富，立即带领你的人马滚回歙州，否则你们就再也没有机会了！"王雄诞手提五钩神飞亮银枪，对着程富很不客气地说。

"我们离开歙州时，就没有考虑回去的，我们要进驻历阳！"程富也决定直接使硬，不想磨嘴皮子。

"那就等着瞧吧！"王雄诞说完，左手往前一招，数千名人马一起出动，向程富阵营地杀来，这是跟随王雄诞南征北战多年的精骑，杀气腾腾，像一把尖刀扑来。

程富没有说话，歙军人马也都没有任何动作，近了，近了，当王雄诞的精骑进入了射程之内后，程富举起右手，轻轻往前一扬，神弩队手中的弩箭飞了出去。

"啊——啊——"一阵惨叫，两三百名兵卒从马上掉了下来，变成了尸体。

这是一千名神弩射手，射程远在弓箭手的数倍之上，并且换箭到发射，速度极快。王雄诞的精骑还在往前冲。

程富的手又往前轻轻一扬，又是一千支弩箭飞了出去。接着同样有两三百名兵卒从马上掉了下来。

程富的手再一次往前一扬。

"全军杀出！"王雄诞的五钩神飞亮银枪往前一指，自己率先跨着闪电乌龙驹杀向歙军，身后三万大军一起杀出！

"杀！"

程富一声令下，提着亮银盘龙戟率先杀出。

五里之地，四五万人马杀成一片。

歙军并没有倾巢而出，陈罗明带领一万兵卒还在盯着历阳城，防止辅公祏从城中杀出。

歙军两万人马力战三万楚军，虽然王雄诞人多，但是歙军并不畏惧。

王雄诞和程富边砍杀身边的敌兵，边向对方走去。

"王雄诞，今天是你的忌日！"程富提着亮银盘龙戟向王雄诞杀去。

"你来找死！"王雄诞也不含糊，举着五钩神飞亮银枪拨开了程富的戟，两员虎将战在了一起。

"轰——轰——"历阳城内一阵炮响，辅公祏亲自率领五千人马从城东杀出，接应王雄诞。穿过山路时，忽然整个山上鼓声震天，旌旗飘扬，陈罗明率领的一万人马在等着他们呢。

一阵石头和乱箭之后，"杀！"陈罗明一声令下，歙军以两倍的优势扑向楚军。辅公祏见中了埋伏，急忙撤军，赶紧往城池跑。他本来以为王雄诞已经牵制住歙军了，所以才大胆出城接应。

让辅公祏实在没有想到的是，他还没撤回到城池，从西边杀来了一支大军，旗帜上写着一个大大的"汪"字！城池被围，辅公祏前后受敌。

"辅公祏！快快下马投降，否则你们这点儿人立马死无葬身之地！"汪天瑶和陈罗明率军把辅公祏包围起来。而历阳城的守城官见城下满山遍野都是歙军，吓得不知所措，根本不敢出城救援辅公祏。

"你是何人？谁是汪世华？！"辅公祏再一次出乎意料，歙军居然还有一股大军杀到历阳城来，前几日大家都把注意力放在围城的歙军身上，忽略了后续还有大军过来，他看过汪世华的画像，这个黑煤炭一样的人不是汪世华。

"哈哈！收拾你们这些残兵败将，还需要我大哥出马？记住你爷爷名字，去阎王爷报到时提起，是汪天瑶送你去的！"汪天瑶的声音如平地雷声，两里之外都让人感觉震耳欲聋。

汪天瑶，汪世华的第一猛将，辅公祏早就听过这个人的名字，在歙军中，除了汪世华，他就是第二号人物，看来这次汪世华是下定决心攻占历阳了。

"你们乘人之危，偷袭我州，算什么英雄？"辅公祏说。

"兵不厌诈，你辅公祏不是最擅长谋略吗？怎么今天居然说出这样的话呢？"汪天瑶不屑一顾的回答辅公祏。

"任贵，你留意城内，困死他们，我率两万人马去支援程富。让陈将军围困这个老头子就行。"汪天瑶明白这次出征的任务，他低声对任贵说。

"去吧，这里你放心！"任贵说。

辅公祏见汪天瑶和任贵嘀咕一阵后，忽然撤走了一半军队，向东边走去。程富和王雄诞，两军正在十里之外决战。辅公祏只能眼睁睁地看着歙军去支援，而自己无能为力。一排排强弩对着他们，辅公祏不敢轻易率军突围。

"王雄诞！你爷爷来也！"汪天瑶远远就见王雄诞与程富打得天翻地覆，原来程富与王雄诞战了三百多回合，不分上下，两人都已筋疲力尽了。

而此时两军斗得激烈，地上到处都是尸体，可以说正是两军都筋疲力尽的时候，汪天瑶这么一吆喝，后面的歙军战斗力十足地杀进战场，瞬间把楚军的士气压了下去。

"天瑶，你来得正好，这里交给你了！"程富见汪天瑶来了，就想撤下去歇会儿。

王雄诞听程富这么一说，知道来了一个更厉害的对手。楚军的几名副将见汪天瑶在人群中东杀西砍地冲向主将，忙丢下对手，向汪天瑶杀去。

"你下去，这里交给我！"汪天瑶边说边挥舞着手中的丈八滚云枪，如入无人之境，三下五除二，就挑死了三四个副将。

王雄诞见汪天瑶杀气腾腾，威不可挡，自己已经是筋疲力尽，肯定是斗不过了，又见歙军有了援军士气高涨，不敢与汪天瑶交手，只得边打边撤。

程富和汪天瑶见楚军准备撤走，象征性地追赶了十来里路，就收兵了。其实汪天瑶率领的人马一路上马不停蹄，也需要休息，同时也担心楚军有埋伏。

于是王雄诞率领的楚军与汪天瑶、程贵率领的歙军相隔二十里地安营扎寨，相互对峙。而任贵和陈罗明率领的歙军既包围着城外的辅公祏，也围困着历阳城。歙军占据明显优势，但是并没有发起任何攻击。

在六合一带的杜伏威得知了消息，吃惊不小，这是关系到他整个势力安危的时期，稍有不慎就会让多年来辛苦建立的势力土崩瓦解。阚陵正准备率军救援历阳之时，居然又得到消息，还有一股歙军正在赶往六合的途中。

"我儿，现在如何是好？"杜伏威左右为难，历阳不能不救，但是只要六合的兵力一撤走，不仅传闻中歙军要来攻占，就连旁边的李子通也会来夺取，不得不问义子阚陵。

"父王，事情不一定是坏事，您想想看，歙军居然放出这样的话，只要王雄诞进攻，辅伯的小股人马就会全军覆灭。辅伯与父王之情胜过兄弟，我们岂敢轻易动手？歙军玩的是什么把戏？要攻占历阳城，凭他们手里的人马和强弩的威力，肯定是很容易得手的。"阚陵思考了一阵，分析道。

"现在我们处境是非常危险，稍有不甚，数年的基业就会毁于一旦。"杜伏威想想周围各势力的情况，有些担忧。

"汪世华统领歙宣杭等六州，打的是保境安民的旗号，从不侵犯别人，六州之内一片太平盛世，而我们暂时也无意渡江，为何这次他竟然劳师动众，派大军渡江北上呢？为了江都，他完全可以兵发石头城，攻占京口等地。"阚陵对汪世华的出兵意图捉摸不清。

"保境安民只是他当年兴兵的一个借口而已，现在他兵强马壮，而各地群雄都征战不止，筋疲力尽，正是他问鼎中原的时候了。"杜伏威若有所思地说。

"既然要问鼎中原，为何不直接开战呢？对我们围而不攻，是什么意思？"阚陵说。

"我亲自写封信，你派心腹过江，送到汪世华那里去，探探他的意图。"杜伏威走了几步，看着窗外缓缓地说，"只有保存实力我们才能有机会！"

阚陵明白他说的机会是什么意思。

身在长安的李世民正处于悲痛之中，他的好友刘文静被李渊下旨处死。刘文静是辅佐李渊晋阳起兵的重要人物之一，唐朝建立以后被封为鲁国公，任民部尚书，自以为功绩在裴寂之上，而位在裴寂之下，对此十分不满，结果因酒后失言，被裴寂得知后，以谋反罪告发，最后全家被杀。李世民曾多次向李渊求情，均被拒绝。这时忽然接到了汪世华的来信，江淮之地将出大事，非常兴奋，立即上奏李渊，招降杜伏威。

"世民，杜伏威的势力不比我们小，又相隔遥远，他岂愿意归降？"李渊有些不敢相信。

"父皇，杜伏威现在是强弩之末，周围势力对其虎视眈眈，归降我们，双方合力，他就会有喘气的机会。同时我们也可以利用他的势力，辅佐我们平定江南，牵制王世充，夹击萧铣。"李世民没有把汪世华的事情告诉李渊，他觉得还不到时机。

"那就试试吧！"李渊心想这个老二做事总是出人意料。

武德二年九月，即公元619年，杜伏威宣布归降唐朝。杜伏威的上表书大大出乎李渊意料。当时李唐的势力还远未达到一统天下之势，比杜伏威也强不了多少，其老巢太原正被刘武周猛攻，河北窦建德、河南王世充也正在蚕食唐朝的地盘，别说统一，连李渊自己的生死都还是未知之数。杜伏威居然在此时降唐，李渊一下子重燃起一统天下的信心，立即把历阳改为和州，拜杜伏威为淮南安抚大使、和州总管、东南道行台尚书令，封为楚王。虽然说李渊对杜伏威的管辖是鞭长莫及，这种归降只是名义上的，唐王朝此时不可能来干涉杜伏威的事务，但是在名义上李唐政权的势力已经延伸到了江淮。杜伏威在一定的情况下也得配合唐政权的军事行动。

杜伏威为什么在接到李渊派出的招降使者后，就立即答应归降呢？这是不言而喻的事情。因为在此之前，他收到了汪世华的回函。汪世华在回函中对李唐政权的未来发展和杜伏威当前的处境进行了综合分析，也深深地触动了杜伏威的神经。他思索着，汪世华虽然还没有正式宣布归顺李唐，但与李唐政权肯定有不为人知的关系，他这次出兵没有直接攻占历阳，目的就是逼其降唐，看来汪世华还真是人们所说的爱国爱民的英雄。降唐，其实还是与以前上表洛阳皇泰主称臣性质一样，只是名义上的，但是能换来汪世华退兵，同时也可以伙同汪世华一起对付李子通和沈法兴，扩大自己的势力。只要自己的地盘大了，人马多了，到时李渊确实是真命天子，那么自己也是割据一方的诸侯；若李渊逐鹿中原失败了，自己照样可以去争雄。归降只是权宜之计而已。

杜伏威的降唐，不仅立即换来了汪世华的退军，同时也让自己可以再次出兵攻打李子通。归唐后的杜伏威与歙州的汪世华两方关系一下子进入了蜜月期。但是，随着杜伏威的势力扩张，他岂能忘记汪世华大军围困历阳之事？两人后来进行了数次大规模的决战，就连李渊和李世民都无能为力。

第二十九章　建吴称王

围困历阳的歙军在杜伏威降唐后就返回了歙、宣、杭驻地，遵照汪世华的命令密切关注杜伏威、李子通和沈法兴的动向，保障边境安宁，并随时做好出战准备。因此六州之内安定祥和，路不拾遗夜不闭户，丰衣足食，军民欢悦。尤其是百姓们，根本不关心外面战事，战争离他们很遥远，就如生活在另一个国度。

杜伏威见汪世华与李唐关系密切，随时就会归顺，就想抢先一步笼络汪世华，成为自己的势力。终究自己是朝廷的淮南安抚大使、东南道行台尚书令，李渊若有幸一统天下，整个东南地区还不都归他杜伏威掌管？

"雄儿，你与歙军曾有交战，对歙军有何看法？"杜伏威特意把王雄诞召入王府问询。

"启禀父王，歙军纪律严明，战斗力强，擅长奔袭和骑射，古往今来少见如此凶猛的军队。"王雄诞实事求是地说。

"是啊，若有一支这样的军队，江南可平，天下可平！"杜伏威点了点头赞赏道，"汪世华是治军高手，不愧是三大名师的高徒，青出于蓝而胜于蓝。"

"父王今日如此夸赞汪世华，不知有何深意？"王雄诞问。

"我想明年开春后，就出兵攻打李子通，他现在与沈法兴两人斗得你死我活，我们联盟汪世华一起出兵，李子通必亡！"杜伏威说。

"父王高明！"王雄诞说，"不知汪世华是否愿意出兵？"

"他既然与长安关系暧昧，那么我就直接去招降他，我代表的其实就是长安，他归顺李渊，也是归属在我的势力范围内，听令于我。他不归降我，就等于也不归降李渊，我就借口发兵渡江。"杜伏威说，"你跟他曾经有过节，所以我想听听你的意思。"

王雄诞听杜伏威这么说，犹豫了一下："父王多虑了，我不是心胸狭隘之人，此一时彼一时，为了父王的宏图大业，我赞成与汪世华结盟。他拒绝父王美意，我挂帅讨伐他。不过，即使他拒绝，我们也不能现在攻打他。我们可以暂且这样如何？首先我们去招降，他归降了，父王您以东南道行台尚书令的身份命令他出兵攻打李子通；其次他若拒绝，我们就先忍着，仍然与其和睦相处，借他之手保障我们西部安危和牵制沈法兴，以免沈法兴反过来与李子通联手对付我们。等我们解决了李子通和沈法兴后，就可以腾出手来对付他。"

杜伏威高兴地击掌道："还是雄儿聪明，就依你说的去办。"

杜伏威降唐后，李唐政权对其封赏出乎众人意料，不过这也是情理之中的事情，终究杜伏威势力庞大，属于隋末"八大巨头"之一，李渊也吸取当年李密归降后又反叛的教训，所以对这些枭雄的封赏非常慷慨。正因为李渊对杜伏威及其部下的封赏，使汪世华统领的六州文武将官产生了新的想法。

转眼新春到来，各州官吏齐来歙州贺岁，刺史、长史、主簿、主将、总兵等总共上百人。汪世华连日设宴款待诸官众将，又单请婺州刺史王文景至书房叙话小酌，谈饮甚欢。

王文景回至驿馆，正好遇到饶州刺史汪铁秩，就邀请到其房间道："王某素闻主公武艺超群，心智过人，战无不胜，攻无不取，才率睦州父老投靠。没想到今日主公单独约见我谈的一席话，更让我深有感触，敬佩不已。主公大仁大义，盛德诚信，是千古少有的大英雄。"

汪铁秩谦虚道："我兄弟奋祖上余烈，崛起田垅，以保境安民为己任，存仁重德，宽厚待人。故百川归海，六州诚服。王大人当年率睦州军民归之，促主公一统六州，功不可没啊！"汪世华总管六州，汪铁秩虽为汪世华的兄长，但不敢称名道姓，与汪铁佛一样，均称汪世华为主公。

王文景微笑道："铁秩兄弟，你真是过奖了。有句话说得好，良禽择木而栖，忠臣择主而事。能够归附主公，是我们睦州的荣幸。"他瞥见门外无人，便低声说："主公现在已经掌管了六州之地，统领百万之众，但他现在还只是一个代理刺史，这对于号令四方来说确实有些不便。尽管他对李唐王朝心怀敬意，但这天下最终会落入谁手，还尚未可知。我们应该劝他在江南称王，建立自己的大业。退一万步说，即使将来归顺李唐，他所受的封赏也会因此有更大的不同。"

汪铁秩听后，如同找到了知音，他紧紧握住王文景的手，激动地说："英雄所见略同。铁佛、天瑶、世荣、程富、任贵等人私下里已经多次商议过此事，都觉得应该劝主公南面称王，以正其名。天瑶曾经试着提过这个建议，但被主公责怪了，所以就一直拖到现在。王大人，你现在提出这个想法，可见这是众望所归。我们不妨借此次聚会的机会，大家一起商议，到时候请你领衔劝进，如何？"

王文景颔首道："这是在下应尽之责。只是我何德何能，敢占此领衔之位？还是请铁佛或天瑶兄弟领衔更为合适。"

汪铁秩摇头道："王大人，你德高望重，深受民众爱戴，六州的将士们也对你极为敬仰。在这件事上，你比我们自家兄弟更有说服力。再者，王大人当年率领睦州百姓归顺歙州，这份仁义之举令人敬佩，主公对您也是尊敬有加，言听计从。所以，此事非您莫属。"

在汪铁秩的夸赞下，王文景心中暗自欢喜，他点头应道："领衔之事，我义不容辞。既然六州的军政主官都聚集在此，我们应尽快商议行事。"

次日，汪世华设宴款待部众。酒过三巡，王文景站起身来，朗声说道："如今天下大乱，中原尚无定主。主公身为贵胄之后，仁德兼备，智勇双全，统领六州，拥兵百万。然而，主公至今仍以刺史之名统领众人，这实在是名不副实。为了顺应人心，主公应当称王江南。"

汪世华闻言大惊，虽然他曾偶尔听到下面人的议论，但从未在正式场合被提及。他没想到王文景会在今日当着六州文武百官的面直接提出此事，这让他有些措手不及。他连忙摆手说道："王大人，此言差矣。我汪世华只是一介武夫，当初只是因为贪官张么的暴虐，才顺应民众请求，代理了歙州事务。后来得到各位兄弟的支持，虽然拥有了六州之地，但我始终以保护百姓安宁为己任，从未有过非分之想。我的心意你们应该都清楚，此事万万不可行！"

听到汪世华的拒绝，汪铁佛站起身来说道："如今天下纷争不断，群雄割据一方，隋室已然名存实亡。主公应天顺人，除暴安良，使得六州百姓能够安居乐业，这实在是莫大的功绩。正因如此，主公才应当称帝称王，以总揽人心，成就一番伟业。虽然主公心向一统天下，对李唐示好，但当前时局变幻莫测，谁将成为华夏之主尚未可知。"

汪世华坚定地摇了摇头："我汪世华从未有过称帝称王的心思。民为贵，君为轻，只要六州太平无事，军民欢欣鼓舞，那些虚名又有何用呢？我无福享受那些荣华富贵，更不想因此而给六州百姓带来战乱之祸。"

汪天瑶见汪世华拒绝，就站起来嚷道："如今普天之下，称帝者数人，称王者数十人。大哥纵不称帝，就称个王又有何大碍？周围那些反王要攻打我们，他才不管你是否称王呢。何必拘泥于小节呢？"

汪世华听到汪天瑶的言辞，觉得过于激进，猛地一拍桌子，站起身来，面带愠色地说道："真是一派胡言！帝王之说岂能儿戏？难道你们想让我像宇文化及那样，贪图一时之快而招致灭亡吗？"

程富、任贵等人见汪世华动怒，赶忙上前劝慰道："大哥请息怒。我们都是真心拥戴您。只是眼下群雄割据，我们觉得如果您以王者的身份来统御六州，可能会更加名正言顺。天瑶也只是酒后失言，请您多多包涵。"

王文景、陈朴、杨义等人也急忙站起来打圆场："酒后失态，这也是猛将的风度嘛，想当年张飞不也这样吗？主公，您就别生气了。天瑶他也是出于一片好意。来，大家继续喝酒，别再谈这些事了。"

汪世华见状，怒气才稍稍平息，他缓缓说道："各位兄弟的心意，我领了。但我汪世华此生以保境安民为己任，在这乱世之中，我们能够肝胆相照，共同守护六州的太平，已是难能可贵。王位之事，我从未有过奢望。"

散席之后，众人聚集在王文景的住处。程富转向汪世荣询问道："刚才在席上，你和世英怎么一句话也没说？"

汪世荣面露难色地解释："我现在担任府衙总管，与大哥日常接触密切，深知他从未有过称王的念头。如果我跟随你们一起劝他，他可能会更加生气。再者，我与他是亲兄弟，在这个问题上表态确实不太合适。这事还得靠王大人、陈大人等诸位来推动。"

王文景听后，微笑道："现在，我们确实需要汪将军的协助。"

汪世荣立刻回应："请王大人吩咐！"

王文景继续说道："我听说主公对令姐非常尊敬，如同对待母亲一般孝顺。因此，我想请将军前往棠樾鲍府，将此事先告知令姐，请她在合适的时机劝主公权宜行事。"

众人纷纷附和："王大人的主意不错。有大姐出面，主公恐怕难以拒绝。"

程富也仿佛突然醒悟，补充道："稽夫人参与民政管理，庞夫人则参与军务，她们都是大哥的得力助手，深受他的信赖。只是最近两位夫人忙于照顾儿女，与我们接触较少。我可以借探望公子的机会，请求两位夫人出面劝说，这或许能起作用。"

王文景点头赞同："这样最好。我会立即准备劝进的文书，明天大家联名呈上。"

汪天瑶在席上被斥责后，心中颇为不满。听到大家的议论，他忍不住发言："大哥总是想着归附李唐，天下一统。但李渊那老头子自己能否稳坐皇位都还是个问题。现在群雄并起，我们拥有十万精兵，何惧他人？要是惹急了我，我就带兵直取长安！"

大家听汪天瑶说，知道是气头上的话，打下了六州江山，主动归附别人，确实让人心有不甘，但是当前不管那么多，先让汪世华称王再说，等江南一统之后，大家再逼其发兵北上，争夺天下。

程富说："天瑶，此话千万不要在大哥面前说，他的脾气你是知道的。我们辛辛苦苦打下的江山，岂能拱手让人？何况六州百姓只知大哥，谁听说过李渊？我们暂且让他称王，等灭掉江南这些群雄后，我们再逼其称帝，发兵北上，问鼎中原！"

任贵听程富这样说，搂着天瑶的肩膀说："一步步来，天下时局未定，指不定过一两年李唐就亡了，大哥还归附谁？其他群雄没一个被大哥放在眼里的，到时为了天下百姓，他不称帝也不行！"

王文景看了一眼汪铁佛，见汪铁佛也在点头，又看了眼陈朴，见陈朴也在微笑，就说："天瑶兄弟，此事急不得，程兄弟和任兄弟说得很对。你今天虽然受了委屈，但我们都佩服你，感激你。关键时候还得靠你们这些领军大将出面才行。"

"现在多说无益，先分头行动，让大哥称王再说。"一直在旁边不吭声的汪世英也终于说话了。汪世英办事老成，任何事情处理得都很谨慎。由于鲍安国长年在外经商的缘故，身体不是很好，六州的商贸现在主要由汪世英主管。

夜晚，汪世华在处理完州事之后，回到了府邸。他发现庞实和稽圭正在闲谈，于是问道："庞妹、圭妹，你们怎么还未休息？"

庞实看到汪世华归来，立刻迎上前去扶他坐下："孩子们都睡了，我和圭姐特意在等你。"

此时，汪世华已经有了七个儿子。在攻打饶睦的那年，稽圭和庞实又各自为他生下了一个儿子。世华给老六取名为逵，老七取名为爽。

汪世华接过稽圭递来的一碗参汤，笑着说："这几天各州的官吏都来祝贺新年，我忙于应酬，可能有些疏忽了你们两位。"

庞实微微一笑，然后直截了当地问："世华，听说六州的文武将官有意拥戴你为王，这是真的吗？"

汪世华喝了一口参汤，回答道："虽然将领们有这样的想法，但我汪世华并不是贪图王位的人。只要百姓安宁，我就满足了。"

庞实听后叹了口气："你这样想可就不对了。"

汪世华看着她问："为什么这么说？"

庞实看了一眼稽圭，然后对汪世华说："隋朝已经灭亡，天下现在没有真正的主人。这正是时势造英雄的时候。你因为平定寇乱而统治了六州。这不仅是因为你的仁德、智慧和勇气，还因为有文武将官的支持。这些人冒着生命危险追随你，无非是想要建功立业，将来能够拜将封侯，留名青史。你现在仅仅以一个代理刺史的身份，如何能有效地统率这六州之地和百万之众呢？"

世华听后觉得有些道理，便说："庞妹说的确实有道理，这点我之前可能没考虑周全。但我已经倾向于支持李唐，我希望能够辅佐李唐平定江南，一统天下。迟早我们都会归顺，到那时朝廷自然会有封赏。"

稽圭听后笑了，她坐到汪世华身边："人人都称赞你世华才智出众，明察事理，能在战场上运筹帷幄，决胜千里。但为什么在这个问题上你却如此糊涂呢？杜伏威以楚王的身份归顺李唐，被封为楚王，官至东南道行台尚书令，成了一方之王。他的手下部将中，有数十人被封为公侯，官拜大将军，这让人羡慕不已。即使李唐将来一统天下，你以歙州刺史的身份，有什么权力率领六州归顺？你能保证其他州郡没有人反对吗？即使成功归顺，那些与你并肩作战的兄弟们能否得到朝廷应有的封赏？大家都拼命奋斗，谁不希望自己身居高位，威风凛凛？"

见汪世华听得很认真，稽圭继续说："圣人曾说：'民为贵，社稷次之，君为轻。'你以民为重，保护民众，所以众人都追随你，六州都归附于你。你为百姓造福，对国家有功。隋朝已经灭亡，群雄并起，称帝称王的有数十人，他们的追随者都拜将封侯，非常风光。你不忍心看到华夏大地分裂成多个国家，不愿国家再次陷入混乱。但你执意不愿建国称王，长此下去，那些追随你多年的兄弟们官职卑微，岂不是会心寒？一旦人心涣散，恐怕连自己的身家性命都难以保全，还谈什么保境安民、建功立业、重整社稷？！"

庞实看到汪世华沉默不语，就趁机劝说："天与之而不取，必受其咎！到时候，人们不会称赞你的仁德，反而会说你沽名钓誉！"

汪世华听了两位夫人的话后，沉思了片刻，然后站起来来回踱步。过了好一会儿，他才说："圭妹、庞妹，你们说的话合情合理。但这件事关系重大，让我再好好考虑。"

稽圭和庞实看出他有接受的意思，于是相视一笑，没有再说什么。她们一人挽着他的一只胳膊，一起走到后院休息。

第二天，汪世华召集文武官员，正准备共商六州军政大事。突然，门吏来报："江北杜伏威派遣使者到来，希望面见主公。"

汪世华对众人说："自从杜伏威归顺李唐之后，他一直在扩充军力。现在，他看到李子通与沈法兴陷入僵持，很可能是想邀请我们共同出兵讨伐。"于是，他下令请使者入内。

使者昂首挺胸地进入，显得目中无人，摆出一副大国使者的架势。他走到大堂，向汪世华微微鞠躬，说道："大唐扬威将军秦豹奉楚王之命，特来问候汪将军。"

汪世华一摆手，示意免礼，并请秦豹上座。待秦豹落座后，汪世华问道："将军此次前来，不知有何要事？"

秦豹拱手回答，同时扫视了一眼大堂上的文武官员，较为客气地说："无事不登三宝殿。楚王对将军的英名仰慕已久，希望与将军携手共图大业。不知将军意下如何？"

汪世华淡淡一笑，回应道："我汪某只求保一方平安，并无远大志向，真是让楚王过誉了。"

秦豹听到汪世华这样的回答，只得直言："楚王的意思是，只要将军愿意归附，歙宣杭六州听从楚王的指挥，一同出兵讨伐李子通和沈法兴。江南平定后，楚王定会向朝廷举荐你为江南王、六州都总管。将军觉得如何？"

汪世华原本心情不错，但听到这话后，立刻明白了杜伏威的意图——他想不费一兵一卒就控制六州，将其作为自己的资本。于是，汪世华冷冷地回答："我汪某无福享受那江南王的富贵。六州虽然地薄人稀，但没落到需要别人保荐的地步。"

秦豹原本只是杜伏威手下的一个副将，自从杜伏威归顺李唐后，他被授予扬威将军的职位。这个职位让秦豹有些飘飘然，他开始到处炫耀自己的将军威风。到了这里，他看到汪世华等人对他客客气气，就更加放肆，言语上也不知如何把控了。

秦豹的话，六州的众将领都在场听得一清二楚，这简直是对汪世华的侮辱。汪天瑶一拍桌子，怒斥道："杜伏威算什么东西？！我大哥手握十万精兵，还需要你们来举荐？！当年历阳被围，是他写信求我大哥解围的！要不是我大哥仁慈，我早就让他见阎王了！"

其他将领都怒而不言，他们虽然气愤，但是都不敢在汪世华面前放肆。

汪世华见众将怒形于色，觉得杜伏威终究已经归顺了李唐，两家真闹起来，兵戈相向，倒霉的只是百姓，也会让周围割据政权坐收渔翁之利，就说："若楚王有意代唐帝平定李子通与沈法兴两贼，我遵守前期承诺，保障和州西部不受外敌侵入，牵制沈贼兵力，让你主子大胆东进。其余一切免谈。"

历阳此时已经被李唐政权颁旨改为和州，汪世华尊重李唐政权，便以和州之名称呼。

秦豹见汪世华和众将怒气冲天，知道这帮人都不是好惹的，吓得赶紧告退。这家伙回到和州后，在杜伏威的面前添油加醋地说了一大堆汪世华的坏话。杜伏威因此记恨在心，图谋报复！

秦豹刚走，已经身为歙州长史的陈朴走上前说道："主公仁德天地可表，无奈当今乱世，为断他人非分之想，保障六州安宁，请主公成大事而不拘小节，速速建国称王，以安六州百姓！"说完就跪在地上。

陈朴世居歙州，是山越族人的代表，秉公办事，在百姓中威望甚隆。这样的人都开头了，王文景忙大步上前，跪在地上大声道："王文景敬请主公称王，以慰军民之心。"说罢，双膝跪下，其余将官见状，也一齐下拜。

汪世华慌忙起身离座，上前去扶陈朴和王文景，向众人说道："诸位何必如此！都请起来说话。"

王文景道："主公若从众人所请，我等方才起来。"

汪天瑶跪在地上爬到汪世华脚前，哭泣地说："我等兄弟跟随大哥浴血奋战、保境安民，深受父老爱戴，如今却落到如此地步，居然被秦豹之流小视，让人伤心欲绝！"

程富等将官见汪天瑶大哭，也一起跪在地上边哭边擦眼泪。州府大堂哭声四起，犹如受了天大的委屈一样。

汪世华一时措手不及，只得说道："诸位爱戴之心，世华心领了。只是这称王之事，需从长计议！"

汪铁佛眼泪纵横地说："当今六州太平，军民同心，华夏时局未定，何须从长计议？主公一心为国为民，在此天下危难之际，还有何顾忌？刺史之职本无朝廷钦定，不建国称王，有何威严让各路诸侯归附？用何身份出政令荡平群雄，匡扶社稷？如此名不正言不顺，日后估计连六州父老都难统驭，他日一旦外敌入侵，恐人心涣散，土崩瓦解。那时悔之晚矣！请主公三思啊！"

陈罗明、杨义、羊宣、奚飞和石五郎等各州军务主管，一齐说："六州十万将士愿奉主公建国称王！"

陈朴、王文景、沈浮、赵学文、卫哲民等各州政务主管，也跟着一齐说："六州百万父老奉请主公建国称王！"

见大家都如此，若不答应，就很难收场了，汪世华只得说："诸位请起，只是此事突然，容我三思一两日如何？"

众人见他已经松口，也就不勉强，终究建国称王不是儿戏，也不可能如此匆匆答应。

当天下午，已经退居在家享受天伦之乐的鲍安国带着夫人汪世贞来到了州府。

"世华，如无杜伏威差特使来，称王之事尚可延缓，但现在必须立即决断，且不可沽名钓誉！"汪世贞已经听世英、世荣把今天在府衙的事情说了，"你不称王，即使现在归顺李唐，你和部将地位定在杜伏威等人之下，到时必受委屈。只要你心存天下百姓，何必拘泥于此呢？"

汪世华听姐姐都这样说，沉思一下，说："既然众命难违，那我就只有建国称王了。"

而此时王文景正邀集众人在驿馆商议，并不知道汪世华与汪世贞的谈话。王文景道："事不宜迟，也事不过三。明日我等必要主公立即答应！以免夜长梦多！"众人齐称有理！

次日，汪世华刚走进府衙大堂，准备议事。王文景、汪天瑶等率众将官一齐跪倒，递上六州文武将官的劝进书，说："请主公勉从众请，即日称王。"

然后一齐高呼："千岁，千岁，千千岁！"

汪世华知道事情已经无法掌控了，如不速速称王，真的就会寒了将士们的心，就说："诸位请起。此事我们慢慢商议，我有其他话要说。"

王文景跪在地上往前挪了两步，把劝进书举到汪世华面前，说道："主公，事不宜迟，为了六州父老，请速答应，即日建国称王。否则我等便长跪不起，任主公鞭挞！"

汪天瑶嚷嚷道："大哥，您难道真想寒了十万将士的心吗？快点儿答应吧！"

汪铁佛道："天意不可违，人心最要紧。主公还是早日称王为好！"

汪世华只得说道："既然各位大人、兄弟都有此美意，我且答应就是。不过我有言在先：李唐政权为天下正统，时机成熟我即率土归之，决不裂土割据，祸国殃民。"

众人见他答应称王，大喜，至于日后如何，到时再说吧，于是一齐道："臣等遵旨！"

随后，汪铁佛提议汪世华在二月甲子日称帝，理由是甲子日是中国干支历法中的第一天，凡事之始，用甲子日最吉。历史上周武王姬发在二月甲子日的牧野之战平定天下，开创周朝八百年的基业；隋文帝杨坚也是在二月甲子日称帝，统一南北，开拓了广阔疆域。

义宁四年，也是武德三年，即公元 620 年，二月甲子日，汪世华在歙州正式称王。因歙、杭为古吴越之地，又因汪世华持有当年吴王夫差留下的湛卢剑，则定国号为吴。虽然隋室已亡，但华夏之主未定，则仍采用隋朝的义宁纪元，定吴国为隋朝诸侯国。追封钱英为吴王妃，册封稽圭为贤妃，庞实为惠妃；册封长子建为世子。大封文武百官：汪铁佛为左相，为吴国文官之首，辅佐吴王治理朝政；汪天瑶为右相，为吴国武将之首，辅佐吴王治军，掌管吴国军权和民间武装力量；程富为太尉，管理军务；任贵为兵马总管，负责训练将士；陈朴为歙州总管，汪铁佛兼任宣州总管，王文景为婺州总管，汪铁秩为饶州总管，陈罗明为睦州总管，钱仕为杭州总管；汪世英为王府总管，兼管全国商贸；汪世荣为神弩营总管；鲍安国为粮秣官，同时兼管全国建造；陈朴兼任刑部尚书，沈浮为吏部尚书，赵学文为户部尚书、卫哲民为礼部尚书；同时封郑虎、张士垠、石五郎、杨义、林凯、毛凤、奚飞、汪铁彪为八大虎将；撤销原来各字营，另行建制，董晏、羊宣、汪铁师、汪铁罗、汪铁环、汪铁珉等俱为兵营总管将军，追封董平为忠勇将军，其余将吏亦尽皆升赏。又大犒三军，厚恤曾经伤亡将士及家眷。并告示境内百姓安居乐业，免一年赋税徭役。自此，吴国境内安定祥和，军民欢悦。

吴王汪世华特意下旨重修当年在歙州府城外借宿的寺庙，为佛祖菩萨塑金身，尊寺庙为吴国佛法第一道场。

不知是有意还是无意，半年前，在江都称帝的李子通，建立国号也是吴，自称吴帝；而在汪世华建吴称王不到半年后，李渊又给杜伏威晋封为吴王。武德三年是乱世的高潮，而割据华夏东南一带的三大势力，居然两个建吴国，一个吴帝国，一个吴王国；两个称吴王，一个为吴王国之主，一个为册封的大唐吴王。有相同，又有不同。建吴国的汪世华，是有意要向李子通挑衅？还是不知道汪世华与李世民已经交好的李渊，有意暗示杜伏威南下？！三方的战争迟早会拉开！

李唐政权为了加强对长安西部的控制，于武德三年四月，设置益州道行台，统辖益州、利州、会州、郦州、泾州和遂州等六州总管，任命正在河东出击宋金刚的李世民为益州道行台尚书令。同时在四月，李世民率唐军追击粮耗尽向北撤退的宋金刚部，在吕州大败宋金刚的后卫，乘胜追击，一昼夜兼行二百余里。行至高壁岭，部将以深入敌后、兵卒饥疲劝谏秦王李世民罢兵。李世民没有采纳，抓住战机统军继续追杀。在雀鼠谷，唐军一天八战，大败宋金刚主力军，歼敌数万人。宋金刚率领残兵两万余人，背城布阵，与唐军在西城门外交战。李世民派总管李世勣正面迎击宋金刚，自率精锐骑兵突袭宋金刚的背后，大败宋军，歼敌三千人。宋金刚力不能敌，率骑兵逃走。

当时宋金刚的大将尉迟敬德收集败兵据守介休，李世民派遣使者前去劝降。尉迟敬德降唐，李世民不听别人劝阻，重用尉迟敬德。定杨可汗刘武周听说宋金刚战败，退出并州向北逃入突厥。宋金刚也只得率百人逃入突厥，结果被突厥追杀。隋末乱世"八大巨头"之一的刘武周逃入突厥境内，因看不惯突厥的冷脸，企图逃回兴起之地马邑，结果在路途中被突厥追上杀死。李唐政权又少了一个劲敌！

李唐政权收复河东失地后，开始把目光转移到了洛阳王世充，为了切断王世充退路，李渊做了两手准备：第一，与称王建国的夏王窦建德交好；第二，晋封杜伏威为吴王，总管江、淮以南诸军事、扬州刺史、东南道行台尚书令、淮南道安抚大使，并赐姓李。杜伏威在李唐政权的地位，仅次于皇帝李渊、太子李建成、秦王李世民，成了第四号人物。辅公祏也被授予行台左仆射，封为舒国公。杜伏威倍感兴奋，决定死心塌地效忠李唐政权，并率军北上援助李世民攻伐洛阳。

而经过大半年的征战后，吴帝李子通已渡江攻克了梁王沈法兴的重镇京口，杀死了沈法兴派来阻击的大将蒋元超，失去主力的沈法兴只得放弃丹阳、毗陵，往吴郡老家撤退。

趁李子通和沈法兴双方打得不可开交之际，杜伏威以辅公祏为主将，阚陵、王雄诞为副将，领数千精兵进攻李子通刚夺取的丹阳。谁知，因沈法兴平时在军营大肆杀戮，将士本离心离德，主力军失败后，梁军毫无抵抗之力，望风而逃。李子通不费吹飞之力就赶跑了沈法兴，立即调遣数万兵马亲自迎战辅公祏。辅公祏没想到李子通的军队回来这么快，又见双方兵力众寡悬殊，若双方硬战，自己肯定是死路一条。只得挑选千名兵卒持长刀为前锋，又以千人紧随其后，自己领其余兵力再紧随其后，宣言说，前阵有退后者，后阵斩之。

杜伏威本来是治军高手，加之江淮子弟天生剽悍，再有如此严酷的军法，自然人人奋勇向前，尤其前锋的长刀阵更是有进无退。双方一接战，李子通所率人马士气一下子被压制下去，居然败退。辅公祏趁机一路追杀，被逼急了的李子通见辅公祏追击时阵法已乱，不再像交战时那样长刀为前锋，于是下令反攻。辅公祏才多少兵力，很快就从追击者沦为逃跑者。辅公祏率领余众一路逃窜，直到天黑，李子通才停止追赶。

当夜，王雄诞力劝辅公祏夜袭，辅公祏因被李子通一路追杀，吓得不敢出击，还说现在去偷袭，无异于飞蛾扑火，自取灭亡。王雄诞见说服不了辅公祏，战机不容错过，便擅自领了几百人去偷袭。李子通依仗人多，加之刚取胜，就犯了轻敌的大忌，晚上扎营不设防备。李子通的大军追赶一日，大家很疲惫，都睡得很死。王雄诞很快就潜入李子通营地，命令兵卒在营地各处大肆纵火，又一路掩杀，敲锣打鼓，高喊大军已到。李子通兵马猝不及防，以为辅公祐的大军真的杀来，大家只顾逃命，全军溃散，几万人相互踩踏，一夜间居然死伤无数，只剩下数百人马护着李子通逃走。一场关系到江淮霸业的战争，居然出现如此戏剧性的结局。辅公祐部先胜后败最后全胜，击败十倍兵力的李子通主力，王雄诞功不可没。战败后的李子通，见辅公祐部一路杀来，只得主动放弃江都，撤往京口。

辅公祐部乘胜追击，李子通只得又逃往太湖，原来的地盘全部归于杜伏威。杜伏威的势力越来越强大，无论是从地盘上还是从兵马人数上计算，都与李唐政权并驾齐驱，为后来辅公祐率军反唐提供了足够的家底。

逃回吴郡老巢的沈法兴，手里兵马不到两万人，还都是残兵败将，人心涣散，本来指望攻取江都后，再分兵南下攻占杭州等地，现在连想都不敢想了。他只得窝在吴郡准备先恢复元气，后图谋发展。

沈法兴在湖州的一举一动，都被汪世华掌握，他决定乘机出兵攻打吴郡，不能让沈法兴有喘气的机会。于是就命令汪铁罗为行军总管，以羊宣为副，发兵一万从宣城出发攻打吴郡的属地湖州；命令奚飞为行军总管，以汪铁环为副，发兵一万从杭州出发攻打吴郡属地嘉兴。

汪世华建吴称王后的第一场战争正式拉开！

　　汪世华的吴军分别到了湖州和嘉兴附近一百里处，自称梁王的沈法兴才得知消息。真是屋漏偏逢连夜雨。本来以为李子通被杜伏威牵制后，自己可以休整一段时间，没想到一贯打着保境安民的汪世华居然乘人之危、趁火打劫。

　　"父王，现在该如何是好？"沈纶小心地问沈法兴。

　　沈法兴年龄不到五十岁，但头发已经白了一半，这几年征战，基本都是胜少败多，虽然自称梁王，可形势骤下。他心里很明白，就算汪世华不来攻打他，杜伏威和李子通任何一方取胜后，也会来攻打他。可以说，在东南之地，他已经成了实力最弱的一方，谁都可以来欺负他。

　　沈法兴抬起头，看着二十多岁的儿子，心里想的却是如何躲过这一劫。只要争取时间休整，才能有希望活下去。原本希望通过休整招兵买马，等杜伏威和李子通两方损耗很大后，自己再坐收渔翁之利。可是世事难料啊。

　　"你立即率兵前往嘉兴，要不惜一切代价阻止吴军的进攻！"沈法兴权衡再三后，艰难地说出来。

　　"湖州怎么办？"沈纶问。

　　"没办法，只有放弃，守住嘉兴。"沈法兴说。

　　没错，沈法兴的大本营现在苏州，若嘉兴被吴军占领，那么等于打开了苏州的大门，沈法兴就无路可逃了，他的北边、东边都是李子通的地盘。而湖州靠近宣州，与苏州之间有太湖相隔，吴军从太湖南面杀向苏州，那么镇守嘉兴的梁兵就可以出击，拖住吴军。苏州、湖州、嘉兴三座城池成品字形结构。苏州可以快速支援嘉兴，嘉兴也可以快速救援苏州，而唯独湖州不行，除非有水军。而沈法兴也恰恰忽视了，吴军有一支由当年歙军、睦军和杭军组建而成的强大水军。

"报！"有探子飞快跑进大殿。

"查清楚吴军领兵的将军了吗？"沈纶问。

"启禀殿下、世子，已经打听清楚了，进攻湖州的主将是汪铁罗，进攻嘉兴的主将是奚飞。各领兵一万。"探子如实禀告。

"奚飞？领兵攻打嘉兴的主将是奚飞？咱们当年的手下败将？"沈纶以为自己听错了。

"启禀世子，确实是奚飞。"探子再次肯定地回答。

"好！"沈纶右手握着拳头重重地击在左手掌上，"我让他有去无回。"

当年沈法兴攻打余杭的时候，就是以沈纶为先锋，与奚飞决战的，结果奚飞败走。这两年来，沈纶一直没有打过一次那样的大胜仗，越来越不自信了，现忽然听说是奚飞带兵来攻打嘉兴，恍惚刹那间重拾了当年的自信！

"父王，您放心，我一定能守住嘉兴！"沈纶拍着胸脯向沈法兴打包票。

"世子，还是小心点儿，以免有诈？"站在一旁一直不说话的相国高占城说。

"还会有诈？"沈纶好不容易找到了自信，忽然被人这样说，心里很不痛快。

"汪世华比狐狸还狡猾，怎么会让奚飞来攻打嘉兴呢？世子与杜伏威能决战数月不分胜负，难道奚飞如今比杜伏威还厉害？"高占城反问道。

"高爱卿言之有理，汪世华用兵如神，兵无常势，手下大将比奚飞厉害的，比比皆是，为何派他为主将？莫非他另外还有一支人马杀来？"沈法兴说，突然眼睛一亮，"哎呀。"

高占城和沈纶听沈法兴这么一哎呀，都吓了一跳。

"殿下，怎么啦？"高占城忙问。

"他攻打湖州和嘉兴，估计只是做样子，企图把我们的兵力都赶往这两座城池去救援。实际上，他必定是另外派兵杀到苏州来！"沈法兴话刚说完，沈纶吓得差点儿坐椅子上。

"父王，他真会这样做？"沈纶小心翼翼地问，希望得到否定的答案。

"极有可能！"沈法兴现在是草木皆兵，他现在最期望的就是别有战争，手里就这么点儿家底，怎么能经得起折腾。当然这也都怪沈法兴本人，不体恤兵卒，不爱护百姓，谁愿意给他卖命呢？！

"那我们该怎么办？"沈纶又问。

"加强苏州城的防御，让张云将军率兵隐蔽在城外，吴军来偷袭，则里外夹击。纶儿，你继续带兵赶往嘉兴，不管如何，嘉兴不能丢。还有，也派出小股人马赶往湖州，要让汪世华以为我们苏州已是空城。"沈法兴果断地说。

"父王英明！"沈纶一听这样安排，甚是妥当。

沈法兴不管怎样，终究也是隋末一代枭雄，文武兼备，他的分析是非常对的。汪世华在派出汪铁罗和奚飞两支吴军后，已经另外安排汪世荣和张士塽率五千精兵从山岭小道直奔苏州城。汪世荣是此次东征的元帅，他的大军离苏州城已经只有两日路程了。

张士塽以前的主要任务就是镇守歙州城，攻打宣州、饶州、婺州和北上围攻历阳都没他的份儿。他常有怨言，多次向汪世华上奏，请求带兵出征。本来这次汪世华是安排汪世荣和毛凤，见他多次请求，也就只有改变主意，让他换下毛凤。正巧这时毛仁病重，毛凤正好可以在家照顾父亲。

汪世荣素有"小汪世华"之称，武功谋略都不在程富和任贵之下，汪世华见沈法兴已经是残兵败将了，对此次出征也就非常放心。也正是这次认为很妥当的安排，居然忽视了一个大大的差错，差点儿导致汪世荣全军覆灭。

在吴国的西边，除了萧铣和林士弘之外，其实还有一股势力，那就是张善安。张善安此人心术不正，目光短浅，原来投靠林士弘，觉得不被信任，就背叛了林士弘，焚烧豫章城郭，让林士弘损失惨重。萧铣乘机夺取了豫章，结果张善安居然赶跑了萧铣军队，占领了豫章。张善安属于那种势力不大，但是却让人很头痛的人，手下将士多是亡命之徒。

萧铣和林士弘两方战争不断，但是他们都恨张善安这种小人，所以尽管两人打得不可开交，但还都派军队去进攻张善安。他们两人的想法就是，不能让张善安这种小人活在世上，不能给他任何占便宜的机会，两人都想夺回豫章。于是自称梁帝的萧铣和自称楚帝的林士弘不约而同地发兵进攻豫章城。

受到两面夹击的张善安，西面和北面是萧铣，南面是林士弘，他只有盯着东边属于吴国的饶州。

张善安的势力范围一直与饶州接壤，但是以前他只是忙着争夺豫章和防御萧、林的进攻，没有心思，也没有足够的兵马东进，所以与汪世华这边向来相安无事。而汪世华也从来没把他当回事，认为张善安手里不到两万人马，又是萧铣和林士弘的仇人，迟早会被消灭，因此也忽略不计他的存在。

张善安可不是这样看待汪世华，他认为自己与饶州相安无事，归根于汪世华软弱，归根于汪世华不敢轻易发动战争，归根于汪世华害怕他。于是，在萧铣和林士弘两军的联合进逼下，张善安把饶州作为自己的后方，在豫章激战两三个月，实在坚守不住的情况下，他只得撤出，想退到饶州、占领饶州。而萧铣和林士弘两军此时都没心思去乘胜追杀张善安，而是双方打了起来，抢夺豫章城。

饶州告急！鄱阳城告急！

汪世华接到消息后，冷冷一笑，萧铣和林士弘目光短浅，只知道抢夺地盘，而不知道杀掉心腹大患张善安，从这事就可以看出，这两人离败亡之时不远了。既然你们不杀张善安，我就让张善安去杀你们！

"令兵马总管任贵为西路元帅，即日赶往饶州，统领三万兵马西线作战。首先，攻打张善安，逼其反攻豫章；其次，牵制林士弘，再乘机削弱其实力。"吴王汪世华在吴王宫大殿下令。

"臣遵旨！"任贵领旨出发。同时点汪铁彪和杨义为行军总管，即日发兵。

吴王宫由原来的歙州府衙改建而成，并在宫城四方分别建造城楼，东谯楼、南谯楼、西谯楼和北谯楼。尤其是作为正大门的南谯楼，城门两侧各立十三根大柱支撑，高大雄伟壮观。

相传十三在道教中意味着超越轮回，而万物之间只有神仙菩萨才能超越轮回；在佛教中也有深层含义，佛教十三宗，佛教十三经，十三是严肃、敬畏、吉祥的意思。为了体现吴王的仁德和威严，在刑部尚书兼歙州总管陈朴、吏部尚书沈浮、户部尚书赵学文、吏部尚书卫哲民的多次上奏请求下，最终把南谯楼建成此样。

后来汪世华为了规避朝廷规制，下令称为"二十四柱"，并用泥土在两侧各覆盖一根柱子。更让人没有想到的是，千百年后南谯楼依然耸立，"二十四柱"依然被人赞叹！

杨义和汪铁彪本来就镇守饶州，两人接到旨意后，立即调兵遣将，赶往边境，等候任贵帅令。杨义在西线南面负责牵制林士弘，防止任贵与汪铁彪在西线北面率兵攻打张善安时，林士弘乘机东进。

任贵和汪铁彪率领一万大军赶到边境时，张善安已经包围了鄱阳县城。没有落脚地方的张善安决定拿下鄱阳城作为自己地盘。

"张善安，我邦与你无仇，为何兵犯我城池？"汪铁彪为先锋，先与张善安部相遇。两军对垒，汪铁彪看过张善安的画像，一眼就认了出来，于是打马上前问话。

"什么你邦我邦的，我攻下来就是我的。"张善安从来没有与吴国交过手，连萧铣和林士弘地盘比吴国还要大的，看到他都发愁，他怎么能把吴国将领放在眼里呢。他的大军已经围困鄱阳城五天，很快就要攻下，这时即使来了援军，他也不害怕。

"好大的口气。杀！"汪铁彪也不想跟他啰唆，率领三千人马直接开战。

张善安手里还有一万人，之前听说吴国有援军过来，亲自率领四千人马赶到二十里之外迎战。

很快两军大战。汪铁彪骑马杀向张善安。

张善安人品很差，但武功很好，汪铁彪与其连战八十回合，都没分出胜负，反而是张善安越战越勇，汪铁彪越战越怯。

接着，吴军两名副将被杀，劣势逐渐向吴军转移。

张善安从豫章撤出时，人马虽然只有一万多人，但都是亡命之徒，在战斗中个个心狠手辣，招招致命。这都得益于常年与萧铣大军和林士弘大军作战。萧铣拥有兵马三十万，林士弘拥有兵马二十多万，而张善安却能从他们手里抢来豫章，并且还能住上一两年，岂不是能耐？

这次战争，汪铁彪率领的人马又比张善安的少，并且远途赶来尚未休息，怎能战胜？很快吴军开始败退，一路上丢盔弃甲，张善安连追十里，见天色已晚，因怕吴军设有埋伏，才鸣锣收兵。

待张善安撤退后，汪铁彪清点人马，发现居然死伤近千人，损失惨重，只得选一地方安营扎寨，等候西路元帅任贵到来。

次日，任贵就率领大军赶到。

"启禀元帅，昨日一战我军损失惨重，末将有罪，请军法处置！"汪铁彪年龄虽然比任贵大，但是任贵是吴国兵马总管，此次西征的元帅，军职在汪铁彪之上。当任贵的大军刚赶到时，汪铁彪立即走到任贵马前请罪。任贵治军严厉，铁面无私，当年在讨伐饶州时，因有军官未遵守军令，提前出战，任贵当场砍了三名副将的脑袋；在视察军营时，曾发现有兵卒赌钱，当场下令斩首，所辖兵营校尉被重打一百大板。

此时汪铁彪跪在任贵马前，汗如雨下。任贵没有说话，而是下马走进大帐，董晏这次也随军参战，也跟在任贵后面。

任贵坐在大帐主位，看着汪铁彪战战兢兢地跑了进来，又跪在地上。汪铁彪是吴王的堂兄，左相的亲弟弟，任贵有些犯难。虽然说以前处罚将士，但是没遇到有这种身份的，按军令当斩！

等了好一会儿，任贵说："你罪在哪里？"其实任贵早就接到情报，知道汪铁彪失败的原因。

"末将没有遵照元帅指令，而轻易出兵决战。"汪铁彪说。

"就这么简单？！"任贵语气让人害怕。

汪铁彪不敢说话，怕说错。跪在地上，垂着头。

任贵站起来，盯着他，说："吴王殿下一再强调，要智取，不可蛮攻。我们追随殿下南征北战囊括六州，有几次战役是靠傻乎乎地强攻蛮打？汪铁彪你也不是没打过仗，我们吴军都照你这种打法，没几天就全部完蛋！"

汪铁彪垂着头，连忙说："元帅训示得对，末将该死。"

"你本来就该死！当年围攻德兴的时候，也是你的失误和轻敌，差点儿误了大事，幸好有右相汪天瑶大人及时赶到。这次救援鄱阳城，又盲目开战，以疲劳之师去对付虎狼之师，你的脑子是不是进水了？！"

任贵气得发抖，大声喝道："来人，把他拖出去砍啦！"

刚说完，大帐外走进两名兵卒，绑着汪铁彪就往外走。

"慢着！"董晏以为任贵训一番也就算了，没想到真要砍头，忙制止兵卒。

"元帅，尚未正式开战，就斩大将，于我军不利。不如让其戴罪立功如何？"董晏忙走上前，双手一拱，向任贵求情。

"戴罪立功？他不让全军覆灭就已经不错了。"任贵气都不打一处来。

"元帅，我们首次与张善安交手，对其情况并不了解，汪将军一时失手也是人之常情。更何况打与不打，其实取决于张善安，汪将军肯定是被迫应战的。"董晏帮着解释。

"元帅，请给我一次机会，末将一定会提着张善安的人头来见你！"谁愿意这样窝囊地被杀啊？汪铁彪见董晏为其求情，知道有希望了。

"好！像条好汉，张善安的人头不需要你去提，我自有安排。明天我给你五千兵马，你再去攻打张善安，只许败不许胜！"任贵的眼睛像鹰一样盯着汪铁彪。

"只许败不许胜？"汪铁彪糊涂了。

"没错，明天率军攻打张善安，再败到这里来！董将军与你一起去！"任贵说完就回到座位上坐下。

董晏赶紧向汪铁彪使眼色，两人一起说："末将遵令！"

任贵看也不看，右手往外一挥："出去吧！"

董晏赶紧帮汪铁彪解开绳子，拉着他走了出去。

"谢谢董兄，不然我这脑袋真的搬家了。"走到外面，汪铁彪跟董晏说。

"元帅治军严厉，部将犯错，连吴王求情都没有用的。以后我们需遵令行事，千万不可鲁莽。"董晏年纪相对大一些，虽然在外带兵打仗比较少，但这么多年来，做事规规矩矩，虽无显赫战绩，也无过错。

"董兄说的是。"汪铁彪点头称是。

汪铁罗率领的吴军抵达湖州城外时，发现城门居然大开。原来守城官郑雄听说吴军来犯，而苏州又无援兵过来，自己整个城里兵卒才三千人，能守几日？既然沈法兴放弃湖州，那还有坚守的意义吗？还不如直接开门投降！所以当得知吴军已到城池十里之外时，立即率领湖州城内军民打开城门迎接。

不费一兵一卒就得到了湖州城，完全出乎汪铁罗和羊宣的意料。沈法兴的军队虽然说已经是强弩之末，但不至于毫无反抗。为了安全，以防有诈，直到羊宣指挥吴军全部替换了守城兵卒后，才相信是真的。汪铁罗并没有安排大军进城，而是留了五千人马在城外驻扎。一切防御安排妥当后，贴出告示，安抚军民。

奚飞和汪铁环的大军可没有汪铁罗这么幸运，嘉兴城池坚固，守城官李飞是沈法兴的义子，对沈法兴忠心耿耿。

"奚总管，攻城伤亡一定很大，该如何是好？"汪铁环问。奚飞是此路行军总管，汪铁环为副手。

"吴王殿下向来反对强攻城池，不仅兵卒伤亡很大，而且城内的百姓也跟着倒霉。"奚飞说，"不用急，大军先休整几天，他们出来，我们就打，不出来，我们就围困他们。"

"我们已经在城外待了好几天，他们援军也很快就要到了。"汪铁环觉得这样干耗着不是办法。

"我知道，他们速度再快，也得等到明天午时才能赶到。"奚飞自从归顺汪世华之后，完全改变了以前的作战风格，也开始玩计谋了，不再逞强好勇。

"我是不是得带些兄弟去路上等着他？"汪铁环的意思是在路上设埋伏。

"别急，你是看到汪铁罗轻易夺得了湖州，也着急立功了吧。"奚飞还真沉得住气。没办法，为汪世华效命，一个个都得学精。汪世华要求他们攻占城池，要减少伤亡。花血本攻下城池，不但得不到奖赏，还要受到责罚。当然，若为了保持实力，而不攻城池，那就死罪一条。逼着这些领兵大将天天翻看兵书，做到文武兼备。

"沈纶都送上门来了，咱们不能太客气啊。"汪铁环说。

"别着急。"奚飞见大帐内无其他人，就靠近汪铁环说，"现在大家吃好喝

第三十章　左右出击

好睡好，子时，你悄悄带三千兵卒到二十里之外埋伏。等沈纶进入埋伏圈后，你放炮三声，再用神弩射击！"

"好！"汪铁环说。

"我听到炮声就立即赶来助你。千万不能让沈纶与李飞会合。"奚飞说。

沈纶武功在奚飞之上，自然也在汪铁环之上。

吴王宫。

汪世华收到汪铁罗不费一兵一卒获取湖州的捷报，大家正高兴着，结果还没到一个时辰，就收到了从鄱阳来的奏折。

"张善安果然能打，汪铁彪与其首战就死伤兵卒近千人。"汪世华坐在宝座上，边说边把奏折递给左相汪铁佛，"一定要好好利用他去对付萧铣和林士弘"。

左相汪铁佛接过奏折一看，西路军首次开战就被张善安打败。他不便说话，因为汪铁彪是他的亲弟弟，也一时没理解汪世华话中深意。

汪世华看了看殿内坐着的文臣武将，说道："平贼寇，统六州，尤其是去年北上围攻历阳，把我们吴军磨炼成一支攻无不克战无不胜的虎狼之师。汪铁彪听从帅令就不会有这次失误。我们不能因为以前取得的胜利，而目空一切，对任何一个敌对势力都不能小视。"

汪世华说到这里，特意看着坐在右边的数十名武将，接着说："现在我们面对的都是非常狡猾、顽强和具有丰富战斗经验的割据政权。他们凭什么能割据一方？凭什么在这几年的混战兼并中还能生存下来？"

汪世华站了起来，来回踱了两步，继续说："这是我们必须面临的挑战，李密、宇文化及、刘武周、薛举等人就是很好的教训，他们实力再强大，还不都失败了？！比如李密，势力本比王世充强，就因战略失策，自己与宇文化及斗得两败俱伤，结果被王世充乘虚而入。我们不要在乎一城一池得失，要保存实力，学会借力打力，伺机而动才是关键。必须要有战略的眼光，稍有不慎，满盘皆输。"

"臣等一定遵照殿下旨意，做到智取为先。"太尉程富忙站起来，先汪世华拱手说话。

"我们以智得六州，就一定要以智保吴国，以智平天下。只有这样才能真正地做到以一敌十，以一敌百。"汪世华说，"西楚霸王的势力比汉高祖强十倍，为何垓下失败，乌江自刎？东汉末年群雄割据，为何实力弱小的刘备能三分天下有其一？！在当今乱世，我们如何去做？如何做好？你们都明白？！"

"臣等明白！"所有文臣武将一齐站起来说。

"右相，你立即告知东西路两军，务必遵循孤的旨意行事，不可图一时痛快。还有沈法兴和张善安都不能死，必须借助他们去对付李子通和萧铣、林士弘！"吴王汪世华对右相汪天瑶说，"李、萧、林，势力强大，仅靠我们的兵力去攻取，是非常困难的，仅靠李唐政权去讨伐也很吃力。必须让他们之间相互战争，不断削弱势力，我们再与李唐兵马相互夹击，方可一举歼灭他们，平定天下！"

左相汪铁佛为文官之首，右相汪天瑶为武将之首。

"臣明白！"右相汪天瑶说。

"汪铁彪战败之事暂时搁在这里，等凯旋后再议。该如何惩罚就如何惩罚，决不姑息！"汪世华边说，边走向宝座。

汪铁彪和董晏两人领着五千人马向鄱阳城开进，张善安得知吴军新增加了兵力，继续前来，二话没说，也点了五千兵卒前来迎战。

"哈哈，手下败将，昨天没取你的狗命，今天又送上门来了啊。"张善安见还是汪铁彪领军，口气狂妄地说。

"张善安，昨天爷爷让了你几招，你就这样得意忘形，有本事现在再战一百回合。"汪铁彪举着长枪对着张善安说。

"好，今天我就取你狗头！"张善安说完就拍马出阵，挥刀向汪铁彪杀来。

很快两人打了起来。董晏在旁边给汪铁彪掠阵。

两人又一连战了八十回合，汪铁彪开始处于下风，董晏怕出意外，也忙跑上去助战。

"来一对，死一双。"张善安口气不小，没把董晏放在眼里。

张善安那边几个副将见二打一，也一起杀出。拼杀了几个回合后，汪铁彪和董晏只得撤退，往自己阵营这边跑，而张善安等人紧追不舍。

汪铁彪和董晏带着人马边战边跑，兵卒们丢盔弃甲，溃不成军。

因昨天汪铁彪也是一路败逃，所以张善安并没有想太多，就这样一路追赶，很快就追到吴军大营附近，进入了任贵早就布置好的埋伏圈中。

突然，周围山中三声炮响，在前面逃亡的汪铁彪和董晏立即组织吴军返杀过来。冲在最前面的居然都是神弩队的人，弩箭像雨一样向张善安部飞去。而山上鼓声震天，杀声一片，任贵带着另外两千人马一起从山上杀了下来。

张善安部一时慌了手脚，吴军的神弩队骑着马冲在最前面，十丈之外就射杀过来。张善安部惨叫声一片，一下子就死伤上千人，最后被吴军逼到山谷中，全面包围。

"张善安，你也有今天！"汪铁彪冲着下面喊话。

"汪铁彪，有本事跟老子单打独斗，靠弩箭围困我，算什么英雄好汉！"张善安虽被包围，但嘴上不能认输。

"跟你这种小人斗，我不需要做英雄好汉。"汪铁彪指着张善安说，"我只要能砍下你的狗头就行！"

这时任贵走了过来，指着张善安说："张善安，我给你两个时辰的时间考虑，一是与我们合作，我们帮你夺回豫章，听清楚，不是要你投降我军，你仍当你的首领；二是拒绝合作，被我们乱箭射死。"

张善安反复无常，又忘恩负义，投降吴国，指不定会干出什么坏事。汪世华早就明确不要这种人。目前只是利用而已。

"你们有把握夺回豫章？"任贵的话让张善安出乎意料，没想到吴军居然开出这样的条件，为了豫章，林士弘和萧铣已经是斗得不可开交，双方各投入了五六万兵力，战争非常激烈。

"记住，是帮你夺回！而不是我夺回来送给你。"任贵说。

"你们怎么帮我？"张善安说。

"这不用你操心，到时一切按我计划行事就行。"任贵轻描淡写地说。

"要是夺不回来怎么办？"张善安就是一个鼠目寸光之辈。

"你不相信，那就在这里等死吧。"任贵懒得搭理这种小人，要不是为了从全局战略出发，早就乱箭射死这个穷凶极恶之徒。任贵甩下一句话，就走开了。

实际上，林士弘的南部地区已经战火纷飞，多座城池都已被岭南首领冯盎率军攻占。而看到西边暂无战事，萧铣不断调兵前往豫章，意图将豫章作为进一步东进的跳板。林士弘深感即使夺取豫章，未来的战事仍将连绵不断，因此他认为不如尽快收复南部的城池。就在任贵出征西路的同时，汪世华已通过信使向冯盎传递了情报，建议他在豫章争夺战时，加大对林士弘在南部城池的攻击力度。另外，汪世华还调动了一万大军，由杨义统领，驻扎在林士弘的边界，并宣称要向西进军。这一系列举动让林士弘误以为汪世华和冯盎将联手进攻，因此不得不放弃豫章，转而专注于南部的经营。

两个时辰后，任贵又走了过来，拎着几个人头扔向张善安。张善安仔细一看，完了，这是负责攻打城池的几个将领，怎么被杀了呢？刚才领兵来与汪铁彪作战时，他们还好好的呢。

原来任贵早就命令一小股精兵潜伏在张善安的兵营附近，等张善安与汪铁彪交上手后，潜伏好的精兵趁张善安部没留意，放火烧了粮草就跑。鄱阳城内的守军趁机杀出，与任贵派去的另外三千兵卒里外夹击。张善安那些围攻城池的人马见漫天飞尘，以为吴军大部队杀来，纷纷丢盔弃甲逃亡了。

张善安见毫无退路，只得投降。

为了防止再次出现张善安火烧豫章城郭的事情，任贵把其兵卒进行重新整编，又把原来失散的人马召集起来。每天限量供应张善安的粮食。

张善安也算是一代枭雄，没想到粮草被烧，而自己又在吴军的处处监视下，但是为了夺下豫章，只得忍气吞声。他不敢有半句怨言，任贵随时可以用手里的粮食收买他的部属。那些穷凶极恶之徒，为了能吃饱肚子，背叛主子是做得出来的。所以，张善安为了保存自己的势力，得到豫章，只有听从任贵的安排。

任贵此时正在收集豫章的情况，查看萧铣和林士弘的动向，只要一方撤退，就立即与张善安部向豫章挺进！机会果然来了！

徽州魂

大唐越国公汪华传奇 中

汪鑫 著

天津出版传媒集团

天津人民出版社

第三十一章　血战苏州

公元 620 年，大唐武德三年，亦称隋朝义宁四年，歙、宣、杭、饶、婺、睦六州之主汪世华在歙州称王，建吴国，大封群臣，实施仁政，劝课农桑，鼓励生产，发展商贸，同时让吴国军队厉兵秣马，枕戈待旦！

此时，大唐皇帝李渊派次子秦王李世民出兵征讨洛阳王世充，拉开了中原大战；自称吴帝的李子通夺取了自称梁王的沈法兴的重镇京口，并消灭其主力，迫使沈法兴退守苏州。

为了尽早扫除江南其他政权，保障百姓安宁，吴王汪世华趁机命令汪铁罗为行军总管，以羊宣为副，发兵一万从宣城出发攻打沈法兴的属地湖州；命令奚飞为行军总管，以汪铁环为副，发兵一万从杭州出发攻打沈法兴的属地嘉兴；命令汪世荣为东路元帅，率五千精兵直插沈法兴老巢苏州城。汪世华发起了建吴称王以来首次征战！

东路元帅汪世荣率领五千吴军精兵，穿越山岭小道，迅速推进至距离苏州城外三十里处。鉴于江南地区群山连绵，地形复杂，极易隐藏兵力，汪世荣当机立断，下令全军在山林深处安营扎寨，原地休整。

"元帅，我们为何不立刻攻城？"先锋张士埙一得知安营的消息，便急匆匆地赶来询问汪世荣。

汪世荣沉稳地解释道："我们经过一路的翻山越岭，将士们身心已经相当疲惫。此时若贸然攻城，实乃兵家之大忌。我们需要先让将士们充分休整，恢复体力，以确保之后的战斗能够更有力地进行。"

张士埙远眺苏州城池上闪烁的灯火，再环视四周正在忙碌安营的士兵们，心中涌起一股冲动，决定试图说服汪世荣："元帅，我军虽然经历了长途跋涉，但将士们的体力并未大幅消耗，其实无需安营扎寨，只需原地简短休整，大家便能迅速恢复战斗状态。此刻正是深夜，苏州城的防守相对松懈，若我们能趁机发动突袭，出其不意，那么夺取城池将如探囊取物。"

汪世荣听了张士坝的陈述，猜测这位久未出征、如今担任先锋的将领或许是因为初回战场而心潮澎湃。于是，他耐心地劝解道："士坝兄，稍安勿躁。苏州城池坚固难攻，沈法兴在此地经营防守多年，我们想要一举拿下并非易事。"

然而，汪世荣的话似乎更加激起了张士坝的斗志。他向来以智计自负，虽然他在武艺上自愧不如汪世荣，但在谋略方面却颇有自信，总认为自己能有许多独到的见解和小聪明。

"现在夜深人静，正是行动的好时机。"张士坝提议道，"我们可以趁他们巡逻交接班时的空隙，派遣十几名武艺精湛的兄弟，利用飞钩爬上城楼，迅速解决守卫，打开城门。之后，我们全军便可一举攻入城内。"

张士坝说完后，得意地看着汪世荣，期待他的回应。

汪世荣沉思片刻，觉得张士坝的提议确实有一定的道理。若在此地安营扎寨，等到天明，沈法兴必定会得知消息并加强城池的防守。虽然扎营可以起到一定的牵制作用，但如张士坝所说，通过奇袭轻松拿下苏州城，那自然是更好的选择。

看到汪世荣在犹豫，张士坝继续说道："据我所知，苏州城的大部分兵力都已被调往嘉兴，现在的沈法兴已是力不从心。元帅，倘若我们过分谨慎，很可能会错失这次难得的战机啊。"

汪世荣沉思许久，目光最终落在张士坝身上，他缓缓开口："你带领三千精锐先行，务求一举夺下城池。我会率领剩余的两千兵力在城外设伏，以阻挡可能回援的梁军。"

"元帅英明！"张士坝听到自己的计策被采纳，难掩兴奋之情。作为先锋，他渴望在这次远征中一战成名，若能成功夺取苏州，他在吴国将士中的威望必将更上一层楼。

张士坝立刻组织士兵们原地休整，以干粮充饥，为接下来的潜行和攻城做准备。他们即将向苏州城进发，展开一场关键的战斗。

张士埙率领的三千精锐隐藏在城外的密林中，他们远远地观察到，十个身手敏捷的士兵利用飞钩顺利攀上了城楼，一切看似进行得异常顺利。紧接着，五六十名士兵也成功爬上了城楼，但随后城楼上响起了激烈的兵器交击声。不久，吊桥缓缓放下，城门洞开。

攻城成功的信号已然明确！

"杀！"张士埙高举长剑，一声令下，率先骑马冲向城门，紧随其后的吴军也如潮水般涌出。

然而，就在张士埙带着骑兵飞速通过吊桥，冲入城门的瞬间，城楼上突然火光冲天，战鼓擂动。

吊桥竟然开始迅速升起！

"快抓住吊桥！"张士埙急呼。

"砍断铁索！"有士兵喊道。

一切努力都是徒劳，吊桥仍然被无情地拉起，桥上的骑兵纷纷坠入护城河。后面的吴军虽然奋力冲向吊桥，企图阻止其升起，甚至有几名士兵挥刀猛砍吊桥的铁索，但都无济于事。

吊桥的升起不仅阻断了后续吴军的进攻，也切断了张士埙和先头部队的退路。

"报！"一名探子骑马飞驰而来，远远地就大声呼喊。

"讲！"汪世荣从探子的语气中预感到了事态的严重性。

"先锋主力已被敌军包围，张将军被困苏州城内。"探子翻身下马，单膝跪在汪世荣面前报告。

"被包围？"汪世荣惊愕地站起身。

"启禀元帅，我军几十名兄弟成功爬上城楼后放下吊桥、打开城门，张将军便率大军杀入城内。但刚进城不久吊桥就被升起，张将军及部分军队被困城内。同时，城外东山和西山埋伏的梁军也趁机出击，将我军围在城下。敌军数量数倍于我军！"

汪世荣紧握剑柄听完探子的报告，胸膛起伏不定。显然，我军的行动早已被沈法兴预料到了。张士埲此次恐怕是凶多吉少，而城外的大军此刻也群龙无首。

"唰——"长剑出鞘的声音划破夜空。

"全军出发！"汪世荣毅然下令，率领剩余军队火速前往救援。

吴王汪世华与惠妃庞实，身着便装，由管家大贵陪同，低调地骑马进入了歙西郑村。三人衣着简朴，又恰逢农忙时节，村民们大多在田间忙碌，因此他们的到来并未引起太多关注。

这天天气晴朗，郑大和邹氏正在自家屋前的大树下，耐心地教一个幼儿学走路。郑大，一位头发和胡子都已花白的老人，蹲在地上，边拍手边慈爱地呼唤着："乖孙子，来，快到爷爷这里来。"他的声音充满了温暖和鼓励。邹氏则站在孩子身后，双手小心翼翼地护着，以防孩子摔倒。看着孩子蹒跚学步的可爱模样，两位老人的脸上露出了幸福的笑容。他们的生活安逸且富足，虽然都已年过花甲，但身体依然硬朗。

汪世华一行人在远处静静地观察，并未立即靠近。郑大和邹氏的注意力都集中在孩子身上，并未察觉到远处巷口的三人。然而，郑宅门口的两个丫鬟很快发现了他们，急忙跑到郑大身边，低声向他禀报。

郑大和邹氏同时向汪世华他们的方向望去。

"舅父、舅母，你们好啊！"汪世华迅速走上前，首先开口打招呼。

郑大和邹氏赶忙迎上前，齐声说道："草民参见吴王殿下！"

汪世华走上前，双手搀扶起两位老人，亲切地说："舅父、舅母，你们对我世华有莫大的恩情，请不要这么客气。"

"舅父、舅母。"庞实也跟随上前，向郑大和邹氏行礼。

这时，两位老人才注意到庞实也在场，忙回应道："惠妃娘娘。"他们正准备行礼，却被庞实迅速扶住，她微笑着说："二老无需多礼。这里不是吴王宫，应该是晚辈向长辈行礼才对。"

"娘娘言重了。殿下是吴国的天，我们实在受不起。"郑大被汪世华和庞实的真诚所打动。自从郑大的孙子郑小虎因犯法被处决后，这是汪世华第三次来到

徽州魂
大唐越国公汪华传奇
中

郑村。在前两次，即汪世华称王之前，他曾带着三位夫人和儿子们一同来访，希望向两位老人解释为何没有出手救郑小虎，并请求他们的谅解。然而，那两次都未能获得邹氏的好脸色，她始终耿耿于怀，认为汪世华没有尽力救她的宝贝孙子。当时，汪世华一行人在门外等候了一个时辰，但邹氏始终没有开门让他们进去，也阻止郑大和儿子郑大牛出去迎接。

汪世华两次吃了闭门羹，他了解舅母邹氏的脾气，对郑小虎这个独孙宠爱有加，视如珍宝。当郑小虎因强抢民女和骑马撞死无辜老人而被判死刑时，尽管汪世华当时身为刺史，完全有权赦免郑小虎，但他却选择不违背法律，不愿让自己的家人凌驾于法律之上。尽管两次都吃了闭门羹，汪世华却并未将此事放在心上，他充分理解邹氏丧孙之痛的心情。后来，汪世华的姐姐汪世贞将府中的一名丫鬟许配给了郑大牛为妾，这位丫鬟也非常争气，在第二年就为郑大牛生下了一个健康的儿子。邹氏见自己又添了一个孙子，心中的悲痛渐渐得到缓解。同时，在郑大和郑大牛的耐心劝导下，她也开始反思过去对郑小虎的溺爱，意识到倘若当初不那么纵容他，或许就不会发生那样的悲剧。渐渐地，邹氏放下了对汪世华的怨恨，开始理解并接受他的决定。

这时，丫鬟跑到府上，把大门打开，郑大牛带着妻妾都跪在门口迎接吴王和惠妃娘娘。

"殿下，请到屋内坐！"郑大说。

汪世华没有说话，看了眼邹氏，邹氏忙低下头，看着自己的孙子。他知道舅母其实已经原谅他了。

汪世华笑了笑，点了点头，就扶着郑大，走在前面。庞实扶着邹氏，另一丫鬟抱着小孩，跟在后面，向大门口走去。

"报——"

正当汪世华准备跨进大门，程富带着十几名骑兵从巷口飞驰而来。

程富下马，快步走到石阶下，单膝跪在地上："启禀殿下，八百里加急，东路先锋张士堨被俘，元帅汪世荣被围！"

"你说什么？"汪世华以为自己听错了，先锋被俘，元帅被围，汪世荣岂能把战争打成如此局面？

"先锋被俘，生死不明，元帅率领的五千兵马被围，近两千将士战死。一日三战，突围失败。"程富焦急地说。

"回宫！"汪世华手一挥。

刚走下台阶，汪世华转过身，向郑大和邹氏作揖道："舅父、舅母，战况紧急，世华下次再来看你们。"

"快走吧，战事为重！"郑大扶着大门，焦急地说。

"世华，您一定要让世荣平安归来！"邹氏站在门口喊道，满脸都是关切之情。

汪世华飞身上马，向舅母点了点头以示安慰。他没有多说什么，一扬马鞭，率领众人火速向吴王宫奔去。庞实、程富、大贵以及随行的士卒们紧随其后，马蹄声疾，尘土飞扬。

汪世荣已被敌军围困三日，形势严峻。此次东征，他们携带的粮草有限，原本的战略计划是以牵制苏州的梁军为主，同时清扫周边敌军，并通过就地筹集粮草的方式，确保另外两路军队能集中精力攻占嘉兴和湖州。最终，三路大军将合力包围苏州，迫使沈法兴不战而降。然而，一向有主见的汪世荣，在这次行动中意外地采纳了张士坝的冒险建议，试图趁机攻占苏州。不幸的是，他们反而落入了沈法兴精心布置的包围圈中。

张士坝偷袭城池时，城外吴军因当时群龙无首，又被围攻，损兵一千多人，幸好汪世荣率领余部及时赶到，双方在苏州城外激战，汪世荣连斩梁军两名副将。苏州城是沈法兴的老巢，是根本之地，一旦苏州城被攻破，他将失去最后的根据地。因此，沈法兴亲自率领梁军进行了顽强的抵抗。这场战争从深夜一直持续到第二天中午，双方均付出了巨大的努力。

然而，由于吴军是长途奔袭而来，体力消耗巨大，不利于长时间作战。因此，汪世荣不得不率领部队退守到苏州城外的横山进行休整。但出乎意料的是，天色尚未暗淡，沈纶的兵马已从嘉兴急速赶回。梁军的三路兵马以品字型紧密地围住了横山，使得吴军陷入了重重包围之中。

沈法兴亲自指挥留守苏州城的五千梁军、大将张云率领原来埋伏在城外的三千梁军、沈纶率领本来计划救援嘉兴的三千梁军，总共一万多人马，一齐来围攻吴军。

此时被围困在横山的吴军，兵力已锐减至三千余人，其中不少士兵还身受重伤。更糟糕的是，在之前的匆忙撤退中，粮草不慎丢失，使得吴军的处境更加艰难。面对如此严峻的形势，汪世荣决定率部突围。尽管吴军作战勇猛，无奈梁军为了保护自己老巢，拼死围堵，使得汪世荣多次突围失败。

汪世华一行人匆忙赶回吴王宫。当他们进入大殿时，发现文武百官已经聚集在那里，分列在大殿的左右两侧，静静地等待着。

汪世华端坐在宝座之上，在文武大臣叩拜礼毕后，他沉声问道："如今东线战况告急，诸位爱卿有何解救之良策？"

汪铁佛正准备站起来说话，汪天瑶抢先在前说道："殿下，请速调嘉兴和湖州兵力前往苏州支援，臣愿领一千精骑火速前去取沈贼父子狗头！"

"嘉兴和湖州两地兵力开往苏州需要多长时间？"汪世华问。

"三天！"汪天瑶说。

"现在东征军已经没有口粮，靠吃树叶和草根，如何能坚持住？"汪世华说。

"汪世荣智勇双全，肯定能坚持得住。"汪天瑶果断地说。

"左相，你认为呢？"汪世华见汪铁佛有话想说，就问道。

"启禀殿下，臣以为当务之急，就是争取让沈法兴停止进攻，只有这样才能保住我们东征将士的性命。沈法兴围困我军，已经多次向横山发起进攻，他必定想在我援军到来之前攻下横山。"汪铁佛站起来答话。

"如何让他停止进攻？"汪世华反问。

"请殿下写亲笔信，八百里加急给沈法兴，承诺不攻打苏州，并从嘉兴撤军，以此换取他停止对横山的围攻并释放张士塥。"汪铁佛说。

"这绝对不行！"汪天瑶立刻反驳道，"殿下怎能向沈法兴这种人低头？更何况，即使我们提出这样的条件，沈法兴也未必会同意休战。"

"右相，这并非表示低头，而是一种策略性的交换。"汪铁佛解释道，"沈法兴很可能会接受这样的条件，因为持续战斗下去，他手下的人马也会不断损耗。这对我们双方都不利。"

"我不同意，只要汪世荣坚持三天，让汪铁罗从湖州出发、奚飞从嘉兴出发，精骑先行，大军随后，火速赶往苏州，直接攻打苏州城，沈法兴必定调军去守城池，横山自然解围。"汪天瑶坚决不同意汪铁佛的意见。

"那样的话，张士埚就必死无疑！"汪铁佛也急了，"别忘了，现在不单单是要救汪世荣，还要救张士埚。"

不能不救张士埚，那是他从小一起玩到大的兄弟，汪世华脑海里瞬间闪出大家一起放牛时的场景。尽管汪铁佛说得很好听，那是交换，其实就是向沈法兴低头。汪世荣在横山坚持三天应该没有问题，现在关键是张士埚在他们手中，必须让他活着回来。

汪天瑶本想继续发言，但看到汪世华坐在宝座上闭目沉思，便明白他正在权衡利弊，于是选择了暂时保持沉默。

大殿里的臣子们都没有说话，一齐看着吴王。

过了一会儿，汪世华微微睁开眼睛。

"呈笔墨！"汪世华的声音很低。

"殿下！不能写！"汪天瑶急得眼睛都红了，"这是您称王以来第一场战役，怎能主动向人求和呢？岂不让天下人笑话？"

"笔墨！"汪世华再一次说话，声音震耳欲聋。

殿前侍卫忙把笔墨纸砚和书案搬来，在吴王座前摆好。歙州总管兼刑部尚书陈朴见状，赶紧走上去亲自磨墨。

汪世华提笔不假思索把信函写好，亲自盖上吴王宝印。

"世英，你立即出发，八百里加急，亲自把信送给沈法兴。要他释放张士埚，横山退兵，我军立即撤退，永不攻伐！"汪世华站起来，亲手把信递给汪世英。

"臣弟接旨！"汪世英接过信函，立即向殿外走去。

456

"殿下，这事应该让我去才行！"汪天瑶见汪世华把任务交给汪世英，立即嚷起来。

"世英更合适。"汪世华边说边回到吴王宝座前。

汪世华并没有坐下，而是居高临下，扫视殿下文武将官："传旨！"

汪天瑶刚才是站在队列外说话的，一听传旨，赶紧回到自己位置。所有文臣武将一齐站了起来，面向汪世华，静候吴王旨意。

"令陈罗明立即赶往湖州，接管防护；汪铁罗率军四千从湖州出发，奔袭苏州，在城外十里处驻扎；羊宣率水军两千渡太湖，从香山一带登陆，就地驻扎。两路人马务必两日之内达到指定位置。"

"臣领旨！"陈罗明站出队列，双手一拱，准备领旨就走。

"慢！"汪世华右手一伸，示意还没说完。

汪世华对陈罗明斩钉截铁地说："倘若张士埕平安回营，则令全军撤回；倘若汪世英谈判失败，则令两路人马立即攻城，不惜一切代价拿下苏州城，提沈贼父子人头来见孤！"

"遵旨！"陈罗明领旨后，立刻转身走出大殿。他明白时间紧迫，需要即刻启程，人不解甲，马不卸鞍，火速前往湖州。

见陈罗明已经出殿，程富走出队列说道："启禀殿下，臣请旨协助奚飞将军围攻嘉兴，策应苏州。"

"准奏！程富立即赶往嘉兴，汪世英若谈判失败，立即率军攻城！"汪世华略一思索，立即准旨！

"报——"汪世华刚下达完旨意，殿外飞马来报。

"传！"汪世华一听就知道是紧急军情。

兵卒跨进大殿，单腿跪在地上，双手把一份奏折举过头顶："启禀殿下，汪铁罗将军已率军六千前往苏州城，因战况紧急，部队先行开拔，现特来请旨！"

汪铁罗这么快就出发了？！大殿内，上至吴王汪世华，下至文武百官，感到非常意外。

"汪铁罗什么时候出发的？现在哪里？！"汪世华问道。既然是赶往苏州，那么汪世荣就有救了。

"昨日出发，预计今晚即可到达苏州城。"兵卒回答。

汪铁佛亲自走过去，接过汪铁罗的奏折。

整个大殿的人都松了一口气，既然汪铁罗已率军赶去救援，那么苏州之战必胜无疑！

"将在外君令有所不受！"汪世华站了起来，"能根据战场瞬息变化而灵活地调动兵力作战，汪铁罗不愧为智勇双全的虎将！"

"殿下，是否需要立即派人追上陈罗明，把消息告诉他？"右相汪天瑶站起来说。

"对。你立即派人通知陈罗明，羊宣的水军行动不变！"吴王汪世华说。

吴王宫，后殿。

吴王汪世华、左相汪铁佛、右相汪天瑶。三人都已经换下了朝服。

汪世华轻轻啜了一口茶，然后转向汪天瑶问道："你知道为什么这次没有派你去苏州吗？"

天瑶听到世华的问题，立刻放下手中的茶杯，站起身回答道："臣弟确实不明白其中的缘由。"

世华用右手微微示意，让天瑶坐下。他微笑着转向铁佛说："铁佛兄，你能否为我们解释一下原因呢？"

铁佛显得有些犹豫，"微臣才疏学浅，怎能轻易揣测殿下的深思呢？"

世华了解铁佛的顾虑，他温和地说："铁佛兄，此刻我们在后殿，不必受朝堂规矩的束缚。你但说无妨，我们只是兄弟间的私下交谈。"

尽管世华如此说，铁佛仍然保持沉默。这时，天瑶有些不耐烦了，他站起来说道："铁佛兄，你也太小心翼翼了吧？殿下为人仁德，怎会是心胸狭窄之人？"

世华心中暗叹，天瑶还是像以前一样了解他。尽管两人曾因家道变迁分别多年，但他们的感情始终如一。而铁佛，虽然血缘上与世华更亲近，但身为文人，读史颇多，考虑事情时往往过于周全，有时显得过于谨慎。

徽州魂
大唐越国公汪华传奇
中

为了让铁佛放心，世华再次鼓励道："铁佛兄，但说无妨。我们是兄弟，不必有太多顾忌。"他希望铁佛能明白，即使他登上了王位，兄弟之间的情谊依然不会改变，无需相互揣测和提防。

世华保持着沉默，继续品茶，静静地等待着铁佛开口。

铁佛环顾了两人一眼，感觉若再保持沉默，反而会显得自己心胸狭窄。于是，他示意天瑶坐下，然后解释道："世英性格稳重，面对危机时能保持冷静，而且他多年来负责商贸，与众多商人打交道，积累了丰富的经验，让他变得精明且谨慎。他擅长洞察人心，把握对方的心理。"

"难道我做不到这些吗？"天瑶有些不服气地反驳。

"你当然也能做到，但世英可能会做得更好。"铁佛深知天瑶的性格，于是接着说，"世英作为殿下的亲弟弟，以这样的身份去谈判，能更显出我们的诚意。而且，你和程富这样的高级武将没有参与，其实也是对沈法兴的一种隐性威慑，意味着如果他拒绝我们的条件，我们将随时可能派遣大军进攻苏州。"

天瑶听后若有所思地点了点头。

"再者说，你身为吴国的右相，怎能与沈贼那类人进行谈判呢？这不仅有损殿下的颜面，也有损吴国的尊严。"见天瑶已经有所领悟，铁佛又补充了一句。

天瑶听后笑了起来，知道这是铁佛在给他戴高帽。但随即，他又露出了担忧的神色，"殿下，如果沈法兴不讲道义，把世英扣为人质怎么办？"

汪世华微微颔首，"这个担忧并非多余。"

"那世英不是很危险吗？"天瑶惊讶地问，既然存在这样的危险，为何还要派世英去呢？

"沈法兴不会愚蠢到这个地步。"汪世华淡淡地说完，又端起茶杯品了一口。

"殿下，这种事情很难说。如果沈法兴被逼急了，他可能会不顾后果。"铁佛也开始担忧起来。在危机时刻，人们往往为了化解危机而不惜一切代价；而当危机逐渐消退时，大家就会更多地考虑个人的得失。

汪世英的这次行动，究竟是为了化解危机，还是将他自己置于更大的危机之中呢？

汪世荣已经整整一天没有进食了，横山上的树叶和草根都已被将士们搜寻一空。这次出征，他们的兵力损失惨重，近乎一半，且多次突围尝试都以失败告终。幸运的是，山上有几处清澈的泉水，这才让剩余的二千多名将士得以存活，不至于因饥渴而倒下。

"报告元帅！"汪世荣正疲惫地坐在一棵大树下稍作歇息，抬起沉重的眼皮，只见夕阳余晖中，一员副将急步走来，是副将鲍雷。

鲍雷靠近世荣，低声而神秘地说道："汪铁罗将军率领的六千人马已经抵达附近。"

世荣怀疑自己听错了，他带着疑惑的目光紧紧盯着鲍雷："真的吗？"

"小舅，我会拿这种事跟您开玩笑吗？"鲍雷佯装不悦地反问。他是汪世贞的小儿子，与汪世荣年龄相仿。汪世贞的两个儿子都投身军营，这次鲍雷也随军出征。

汪世荣露出了笑容，他并非不信任鲍雷的话，只是这援兵的到来出乎他的意料，快得让他难以置信。于是，他好奇地问道："既然援军已至，那为何还要如此保密？"

"铁罗将军认为，虽然六千人马的调动沈法兴肯定会有所察觉，但他想制造出一种我们仍在秘密潜行的假象。"鲍雷解释道，并在世荣耳边低语了几句具体的计划。

世荣听后频频点头："好计策，就照铁罗将军说的办。"

"殿下，吴军的援军已经抵达三十里外，他们偃旗息鼓，专门选择山间小道潜行。"梁将张云向梁王沈法兴报告。

"哼，让我带兵去把他们一网打尽！"沈纶这几天成功将吴军围困在横山，重燃了战斗的信心。

"不必。"沈法兴稍作思考后说，"我将带兵返回苏州城，你们继续坚守横山，确保他们无法逃脱。"

"父王是担心他们会偷袭苏州城吗？"沈纶疑惑地问道。

"吴军肯定会趁我们大军集中在横山之际，尝试偷袭苏州城，这是围魏救赵的策略。"沈法兴解释道。

"殿下，那我们为何不直接在路上阻击他们呢？"张云提出了疑问。

"倘若我们选择阻击，那需要多少兵力？"沈法兴耐心地分析，"兵力一旦分散，横山的包围还能维持吗？倘若我们与他们的援军在路上形成僵持，横山的敌军就有可能突围。"沈纶和张云听后，若有所悟地点了点头。

沈法兴继续说道："他们肯定以为我们无法识破他们的意图，计划在晚上偷袭我们的城池。我们可以将计就计，在城池外围设下埋伏。当他们偷袭时，我们从城内和城外同时发动攻击，他们必将溃败。"

"殿下真是英明！"张云觉得沈法兴的分析非常有道理，立刻恭维道。他们希望吴军在同一个地方再次栽跟头。

沈纶听完沈法兴的部署后，也表达了自己的看法："倘若真是这样的话，被困的吴军可能会在天黑时尝试突围，以吸引我们的注意力，企图牵制我们的兵力。"

"没错，这正是他们的计划。"沈法兴对沈纶的观点表示赞赏，"但他们只有两三千人马，不足为惧。你们继续按兵不动，维持对他们的围困。天黑后，我会带领军队悄悄返回苏州城。"

沈纶和张云听后相视一笑，预感今晚将有一场精彩的战斗上演。

汪世荣果然在天黑时发起了突围，他们向多个方向同时突围，意图分散梁军的兵力。然而，沈法兴却早有准备，在吴军突围之际，他安排沈纶和张云负责指挥梁军进行阻击，而自己则率领五千人马悄然撤离，埋伏在苏州城外，静待吴军的另一支援军到来。苏州城内，由梁国的相国高占城率领的两千守城将士也早已做好了迎战的准备。

汪铁罗率领的人马，正如沈法兴所预料的那样，利用夜色的掩护向苏州城进发。这究竟是一场围魏救赵的妙计，还是声东击西的策略？更大规模的激战，即将拉开序幕。

被困在横山里的吴军，突围的火力并不猛烈，更像是一种试探性的攻击。现在，神弩队的精锐骑兵每人手里仅剩三支箭，战斗力已大不如前。虽然在苏州城外曾大显神威，但经过多次突围和厮杀，战马因缺乏草料已失去了往日的战斗力。这次突围，东路元帅汪世荣虽然亲自披甲上阵指挥，但并未像之前那样拼命。

沈纶和张云再次露出了笑容。他们意识到，吴军并未真正做好突围的准备，只是想通过这种突围的形式来牵制梁军。

就这样，一个时辰过去了，汪世荣率领的吴军多次发起突围攻势，但每次都在短暂交手后迅速撤退。

"别理他们了，他们就是在闹着玩，想拖住我们。"沈纶几次上阵都未能真正交战，他有些不耐烦地对张云说，"我们回营帐休息吧，把这里交给其他人就行。"

"还是小心点为妙，不可大意。"张云一向谨慎行事。

"放心吧，即使他们全军出动，我们也能迅速将他们击退。回营休息是为了养精蓄锐，我估计苏州城外深夜会有一场大战，我们到时带兵去支援，定能给他们来个瓮中捉鳖。"沈纶满怀信心地说。

"你说得对，他们这样瞎折腾，我们即使再调走一些兵力，他们也察觉不到。他们没有粮草，即使突围也跑不远。"张云认同沈纶的看法。吴军东边冲一下，西边打一下，显然是雷声大、雨点小。

"让你的人马先休息，我的人马留在这里应付他们。汪世荣以为我们傻，其实真正傻的是他们自己。"沈纶说着向营帐走去。

深夜，苏州城外炮声响起，沈纶立刻翻身坐起。这是梁军的炮声，是沈法兴通知他的信号，吴军果然去了苏州城。

"哈哈——"张云端起酒杯一饮而尽，"殿下真是神机妙算，吴军被包围了。"

"张将军，这里就交给你了，我去支援梁王！"沈纶信心满满地说着，抬腿就往大帐外走去。但他并不急于出发，因为父王和相国的人马足以对付吴军。他打算在两军斗得筋疲力尽时突然出现，这样既能激发自己梁军的斗志，又能直接打压吴军的气势，瞬间改变战局。

徽州魂
大唐越国公汪华传奇
中

沈纶虽然在反隋争夺天下的过程中多次失利，但他在军事方面还是颇有造诣的。只可惜他遇到的对手一个比一个狡猾。

"轰——轰——"突然周围炮声四起，火光冲天而起，喊杀声震耳欲聋。

"这是怎么回事？"张云惊讶地问。

沈纶没有说话，在迅速判断形势。很快有兵卒跑来报告："将军不好了！吴军从山上全军出击了，而我们后方也有一股上万人的吴军杀了过来！"

"报！"又一名兵卒急匆匆地跑来，"我们营地多处起火，粮草被点燃了！"

中计了！沈纶和张云对视一眼，都从对方眼中看到了同样的答案。

"沈纶，拿命来！"汪世荣手持皂金虎头枪，骑着靠山雪花骢，直冲向沈纶。

两人相隔百米，熊熊燃烧的大火将战场照得如同白昼。在援兵的支持下，汪世荣显得威猛无比，他连续挑翻数十名梁兵，直取沈纶。

尽管意识到中计，沈纶却毫无惧色，他挥动金背滚珠刀与汪世荣展开激战。两人已多次交锋，每次都能打上数十回合。之前，由于汪世荣急于突围，且吴军兵力远少于梁军，因此每次交锋都较为短暂。在战场上，生死关头，没有人会等待你单挑，所以汪世荣每次与沈纶交手后，很快就会有众多梁军将士围攻他。沈纶也是一员猛将，吴军将士与他交手往往会被迅速击败。为了减少无谓的牺牲，汪世荣每次出战都专找沈纶对决。

只有击败沈纶，突围的希望才会大增。

显然，这次吴军的两路人马经过精心策划，他们的目的并非简单突围，而是要摧毁梁军的营地。骑兵们手举火把投向每一座梁军营帐；弓箭手们则对准从营帐中逃出的梁兵射击；战鼓震天，呐喊声此起彼伏，仿佛十万天兵天将降临。

在前后夹击之下，梁军丢盔卸甲，四处逃窜。

沈纶终究不是汪世荣的对手。在激战五十回合后，汪世荣察觉到沈纶有逃跑的意图。他趁机一枪刺向沈纶战马的腹部。沈纶重重摔落马下，虽然躲过了汪世荣的致命一击，但随即被数十名吴兵俘获并捆绑起来。

"把他押到高处去，让所有梁军都看到。"汪世荣看着被捆绑的沈纶，立即下令，"大家一起喊'沈纶被俘了'！"

连日来突围失败的阴影一扫而空，吴兵们兴奋异常。他们将沈纶推上高台，齐声高喊："沈法兴死了！沈纶被俘了！"

汪世荣听到将士们自发地喊出"沈法兴死了"，心中一阵暗喜。他深知攻心为上的策略，于是立刻向张云发起攻击。

此时，汪铁罗正与张云鏖战。张云远远看到高台上被捆绑的沈纶，以及四散而逃的梁军，他立刻甩开汪铁罗向高台冲去，意图解救沈纶。然而，汪铁罗紧追不舍。

"张云！"汪世荣大喝一声，挺枪向张云刺去。

三人陷入混战。不到十个回合，汪铁罗的双耳亮银戟攻向张云的前胸，而汪世荣的皂金虎头枪也刺向了张云的后背。

沈法兴在苏州城外布下了精心设计的陷阱，然而他并未遇到吴军的大部队。他等到的仅仅是五百人的吴军先锋队在陷阱外围徘徊，似乎在等待后续的增援。沈法兴只能选择静待时机。但出乎意料的是，没过多久，这五百吴军竟主动发起了攻击。原来，吴军的探子早已察觉了沈法兴的陷阱，他们在伪装等待援军的同时，巧妙地派出小队人马从后方采用火攻策略对付梁军，迫使沈法兴转为防守。

由于夜深人静，相国高占城的人马为确保城池安全，只能坚守阵地，无法出击。因此，城外的战斗重任就落在了沈法兴的肩上。显然，吴军此次行动是经过周密计划的，他们虽然人数不多，但行动异常灵活。借助夜色的掩护，他们声东击西，成功地将沈法兴麾下的五千梁军牵制在苏州城外，使其无法前往横山进行增援。

横山上战鼓擂动，火光冲天，沈法兴意识到已中计。然而，他一时之间无法抽调兵力前往支援，同时又担心一旦部队离开，会有其他吴军趁机攻城。直到听到战鼓声越发急促，判断出吴军在横山已占据优势，沈法兴才决定分出一半兵力前往增援。

但遗憾的是，横山的战斗在短短一个时辰内便宣告结束。

汪世荣和汪铁罗迅速指挥人马在横山附近布下防线。他们深知，一旦苏州城外的沈法兴得知中计，必定会派出援军。因此，他们必须迅速结束横山的战斗，以便在梁军援兵赶到之前做好准备。

当沈法兴的援军匆匆赶到时，战斗已经结束。而汪铁罗又在路上巧妙设伏，给了沈法兴的援军一个措手不及。在这场伏击中，梁军再次遭受重创，最终只能仓皇撤退。

第三十一章　血战苏州

第三十二章　挥军西进

横山之战，沈法兴损兵折将，围困横山的六千人马，不到一个时辰就死的死、逃的逃、降的降，连赶来增援的两千人马，也被消灭。

汪世荣和汪铁罗趁胜追击，率领大队人马向苏州城杀去。沈法兴还没有得到战败的消息，就看到吴军蜂拥而来，只得硬着头皮迎战。几番厮杀，沈法兴就抵挡不住了，只得逃往城内。

苏州城内。

"殿下，胜败乃兵家常事。"相国高占城沉稳的声音在寂静的大厅中回荡，试图提振沈法兴低落的士气，"我们苏州城池坚如磐石，粮草储备充裕，足以支撑我们坚守一年半载。"

沈法兴头低垂，声音中充满了悲观："但此战我们损失重大，纶儿又落入敌手，我们该如何是好？"

高占城不得不安慰道："殿下，吴军的先锋张士埙还在我们手中，他与汪世华情深义重，汪世华是个重情义的人，不会轻易放弃他的。"

沈法兴叹息道："我原想用张士埙和汪世荣作为筹码，迫使汪世华退兵并割让湖州。但现在，张将军已阵亡，纶儿被俘，我们哪还有谈判的筹码？"他眼中闪过一丝绝望，"即便能换回纶儿，苏州城仍被吴军重重包围，坚守下去又有何意义？哪里会有援军来解救我们？我们岂不是迟早要被困死在这城中？"

高占城见沈法兴沮丧到极点，只得安慰道："殿下不要多虑，我们现在可以尝试与吴军和谈，先迎回世子，再从长计议。"

沈法兴黯然点头，他还有什么办法？这几年，与杜伏威、李子通为了争夺江都，

打得你死我活，虽然屡有败仗，但是至少还有退路。现在老巢都岌岌可危，过去那争霸的雄心壮志已然消磨殆尽。

高占城跟随沈法兴多年，对其忠心耿耿，沈法兴此时的心情，他何尝体会不到呢？但是，他现在必须振作起来，想办法与吴军联系，救回世子。

当汪世英快马加鞭赶到苏州城外时，汪世荣和汪铁罗已经指挥吴军完成了对苏州城的合围。

"幸亏铁罗兄及时赶来救援，不然我们这近三千人马就会被沈法兴老贼给折腾死。"世荣对二哥世英说。

"铁罗兄智勇双全，是我们吴国之福。你和张士塇两个不听从吴王敕令，违背东进战略，贪功夺城，损兵折将，倘若不将功补过，后果不堪设想。"世英见战役出现了决定性的扭转，内心非常高兴，但是得知汪世荣原先率领的五千人马，只剩下五分之二，损失惨重，则很生气地责怪他。

"胜败乃兵家常事，只要我们攻下苏州城，拿下沈法兴的人头，吴王应该会宽恕世荣的。"汪铁罗在旁边说道，"只是沈法兴窝在城内不会轻易出战，而苏州城池坚固，易守难攻，我们大军刚经历一战，倘若立即攻城，必会付出惨重代价。我建议，先围而不攻，让他主动献城！"

"言之有理！"世英认可汪铁罗提议的方案，"现在第一要务就是救出张士塇，吴王的原来计划让我们用退兵来换取张士塇，现在既然战况发生扭转，还有沈纶在我们手里，那我们更有利于谈判了。"

"想办法说服沈纶投降，再让他出面去说服沈法兴，只要归顺我吴国，仍然让其镇守苏州，抵制李子通和杜伏威。"汪世荣思索了一下，说道。

"沈法兴也算得上是一代枭雄，这种人不会甘于屈居人下，除非到了绝境，否则他很难选择投降。而且，他的品性不佳，即便真的投降，也未必能给我们带来多少助力。"世英在营帐中踱步沉思，经过深思熟虑后讲道。

"此等人物存活于世，实在是无益之举。"汪铁罗接口道，"他对部属与百姓的残酷行径，早已让他失去了人心。如今他即便仍在挣扎求存，也难再有什么作为。我建议，我们首要之务是救出张士埕，随后集中全力攻城，将百姓从水深火热中解救出来。"

"二哥，我有个想法。"汪世荣看着两人，眼中闪过一丝精光，"既然我们都不看好沈法兴，那是否可以考虑先设法救出张士埕，与他结盟，并让他继续留在苏州城做他的梁王。这样，他可以作为我们的前锋，帮助我们对抗准备南下的李子通。"

"这个策略值得考虑。"汪世英沉思道，"苏州城池坚固，难以攻克。我们手中兵力有限，不足一万，要拿下这样的城池确实困难重重。即便我们能够占领苏州，李子通也很可能会趁机南下。虽然我们有信心与他一战，但代价会非常大。"

他顿了顿，继续说道："目前，我们在西线正与萧铣激烈交战。若因一个苏州城而牵制过多兵力，对我们整体战局将极为不利。"

"二哥分析得很透彻。"汪世荣点头赞同，"那我们就将当前的战况和我们的想法上奏给吴王，请他定夺吧。"

"好主意。"汪世英说，"世荣，你是东路元帅，就由你来起草奏报吧。同时，我会派人给沈法兴送信，探探他的口风。"

"这样安排很妥当。"汪铁罗也表示赞同。

尽管张善安的人品饱受诟病，但他在战场上的表现却不容小觑。他率领着那支看似乌合之众的兵队，身先士卒地冲锋陷阵，对豫章周边地区展开了猛烈的攻击，竟使得萧铣的人马节节败退。

此时，唐帝李渊正以李世民为统帅，集结了二十万大军全力攻打洛阳，不夺城池誓不罢休。为了防范萧铣趁机沿江西进，李渊任命赵郡王李孝恭为主帅，领兵征讨萧梁政权。而李靖则以正四品散官开府的身份加入征讨大军。面对唐军的压境，萧铣被迫加强了西线的防御。然而，李靖率领的唐军却并未急于发动攻击，而是把萧梁政权周边的蛮族部落一个个消灭掉，步步为营，稳步沿长江往下推进。

自称为楚帝的林士弘，在南线面对岭南首领冯盎的攻城略地，而东线的豫章城又久攻不下，终于失去了耐心，选择撤兵。林士弘的撤退使得萧铣也随之撤回了部分兵力，以应对日益逼近的唐军威胁。在萧铣心目中，张善安只是要他们一个城池而已，而唐军要的是他整个梁国地盘。豫章丢了，可以再抢回来；若他的政权被唐军彻底摧毁，那便意味着一切的终结。

考虑到张善安兵力薄弱，难以成大器，萧铣决定只留下少量兵力镇守豫章，以阻止张善安进一步西进。他将剩余的兵力全部投入到对抗他一生中最强大的对手——唐军。

"张将军，豫章城已近在眼前，你有何攻城策略？"任贵骑在马上，手指前方巍峨的豫章城，向张善安询问。

"元帅，萧梁的兵马并不足惧，他们只是人数众多而已。何况现在他们内部纷争不断，萧铣对将士也并非全然信任。只要您给我半个月的时间，我必定能拿下这座城池！"张善安曾数次企图玩弄诡计，但都被任贵洞悉，因此现在变得较为顺从。

然而，他心中却另有一番盘算：在这特殊时期，我先借助你们的粮草和后备军队夺取豫章城。现在我的弟兄们每次都奋勇冲锋，你任贵若想趁机捡便宜，那可真是打错了算盘。等我占领豫章城，这里就是我说了算。

任贵眉头微皱，提醒道："萧铣虽然面临强敌，但他毕竟经营多年，兵力雄厚。张将军还需谨慎行事。我会派遣汪铁彪和董晏协助你在外围作战，攻占周边据点，并阻击萧铣的援军。你只需专心攻城即可。"任贵目光深邃，没有直视张善安，他深知这家伙表面老实，内心却暗藏鬼胎。特别是现在兵临城下，若张善安真的占领城池，又怎会轻易让吴军入城呢？

任贵抬头望向豫章城上空的乌云，心中暗想：现在只是利用你们这些亡命之徒去拼夺豫章城罢了。只要城池一破，岂能由你张善安一人说了算？！

两人各自心怀鬼胎，互相利用。任贵此言，实则是在激励张善安放手攻城。

萧梁政权表面上看起来强大，其实已经是内部矛盾重重。

萧铣为人心胸狭窄，常常猜忌部下。大将们也居功自傲，喜欢掌握生杀大权。萧铣担心他们发生兵变，就宣布罢兵营农，实际上是要夺回他们的兵权。大司马董景珍的弟弟是将军，因对萧铣不满，准备发动兵变，但消息泄露，被萧铣提前下手杀死。董景珍当时镇守长沙，萧铣假装赦免其罪，同时又召他回江陵。董景珍非常害怕，知道回到江陵必定死路一条，则于公元620年，即武德三年十一月，悄悄派人与唐军主帅李孝恭联系，企图归降李唐。萧铣消息灵通，立即派遣梁国齐王张绣率兵讨伐董景珍。而董景珍却想劝说张绣也归降李唐。在梁国位高权重的张绣立即拒绝，发兵围攻长沙，董景珍坚守不住，见城池将破，在准备突围逃走时，被部下杀死。夺回长沙的张绣被萧铣拜为尚书令，总揽萧梁政权朝政，但是萧铣很快就失望了，张绣居功自傲，嚣张气焰让他忍无可忍。最后萧铣只得设计将他杀死。因张绣被杀，萧铣的功臣大将都萌生离叛之心，兵势越来越弱。幸好其地盘本来就很大，多多少少还有效忠他的将士，瘦死的骆驼比马大，所以还能坚持一段时间。

张善安在跟着任贵攻打萧铣的时候，其实已经派心腹去了江都，拜见了杜伏威。此时的杜伏威已经是唐帝晋封的吴王，除了派出兵力配合李世民围攻洛阳之外，与李子通之间的战争，也打得不可开交。当张善安派心腹来找到他时，杜伏威乐了，两人一拍即合。

正在任贵与张善安两人打着各自算盘的时候，一骑快马飞来。

"启禀元帅，吴王密旨！"使者翻身下马，从胸襟中掏出密旨双手捧上。

任贵等将领慌忙下马，单膝跪在地上。

使者看了一眼众将领，走到任贵跟前，把密旨递过去："吴王说，元帅一人看后，立即烧毁！"

"臣遵旨！"任贵双手接过密旨，其余将士齐低头，不敢把眼神瞟向任贵。

任贵展开黄绸，匆匆看完，立即从自己腰中掏出火石，亲自点燃。

使者看着密旨化为灰烬之后，便高声说："吴王口谕，攻下豫章城后，不可滥杀无辜，城内所有金银珠宝全部奖赏给阵前将士。"

将士们心花怒放，一起欢呼："吴王千岁！吴王千岁！"

此时跪在地上的张善安看着化为灰烬的密旨发呆。到底是什么内容？莫非跟我勾结杜伏威有关？

任贵站了起来，一跃上马，举着燕翅鎏金锐往前一挥："全军西进！夺下豫章城！"

高占城在盘算着如何救出世子沈纶，同时也在思考如何度过眼前这场危机。吴军已经兵临城下，即使换来世子，还是解不了苏州城之围，手里没有张士坝这个人质，那么吴军就会肆无忌惮地攻打城池。

高占城焦急地在院内走来走去，自从追随梁王沈法兴起兵以来，一直忠心耿耿，最初跟随梁王时，自己只是一个小小的幕僚，但经过这几年努力，出谋划策，逐步攀升到相国之位。这是梁王给他的荣华富贵。

他看了看摆在桌上的信函，那是吴国特使汪世英派人送给梁王的，明天午时必须把张士坝毛发无损地送到吴军大营，交换沈纶。高占城在犹豫，因为他担心把张士坝送回去后，沈纶回不来，想换一个地方做交换，但是汪世英果断拒绝了，说梁军没有协商的权利。

高占城深深地吸了一口气。他曾安排高手潜入吴军大营去营救世子，但是吴军守卫森严，他派去的高手居然没找到沈纶被关押的地方。他也尝试着写书信去找吴军东征元帅商议交换人质，结果回复是，只有沈法兴才有资格来谈。

当初沈纶被俘时，考虑得最多的就是营救沈纶出来，甚至拿张士坝去交换也无所谓，但是现在想了想，还真不能交换，张士坝在手里，吴军不能把沈纶怎么样？同时也会投鼠忌器，不一定会立即攻城，吴军肯定是想拿沈纶来交换张士坝，倘若交易完成，那么吴军就没有什么可顾忌的，到时他们就会大胆攻城。看来，只有借助商议交换的时机，拖延时间，再寻找转机。

高占城边思索，边点头，这个想法不能告诉梁王，救子心切的梁王不一定会冷静思考这些问题，假使这些话以后从梁王传到世子那里，凭世子那样的性格肯定会认为自己是见死不救，必定会图谋报复，置自己于死地。但是如何寻找转机呢？嘉兴的李飞现在已经被吴军包围，自身难保，根本指望不了他来救援。只有去找闻人遂安来帮忙了，他也是一支小规模的义军，在吴郡境内有近万人，深居山林，擅长游击，虽然梁王一直瞧不上他，但在这个关键时刻，派人去陈说厉害，吴军真要是攻下了苏州城，占领吴郡全境，他也无路可逃。

以谈判来拖延时间，只要闻人遂安率兵前来，就立即完成交易，救出世子，然后两军夹击，肯定会击退吴军。

想到这里，高占城立即把想法禀告给沈法兴。

"这不失为一招好棋，只是当年闻人遂安造反时，孤主政吴郡，曾派兵马去围剿过他，危难时期，他能派出援军吗？"沈法兴听高占城提出让闻人遂安来救援，思索再三后说道。

"殿下，此一时彼一时，唇亡齿寒，闻人遂安为了自身利益也一定会出兵救援的。"高占城知道沈法兴会这么问，所以早就想好了说辞，"闻人遂安至今为止也只是一支不入流的贼寇而已，倘若当年不是殿下发兵北上攻打江都，他能有今天的势力？说不定也早就被殿下派兵剿灭了。是殿下给了他生存的机会，他应该感激殿下才对。当年派兵攻打过他，但也是所处的位置不同而已，更何况殿下称王时还曾派使者去招抚他，甚至想委任他为镇南大将军，虽然被他拒绝了，但是殿下仍然奖赏了一些钱财给他。这些他岂能忘记？作为山野贼寇，闻人遂安一直以仗义自居，他岂能忘恩负义？"

沈法兴听高占城说得非常有道理，也点了点头："高爱卿说得不无道理，汪世华是以剿灭贼寇起家，对付山野贼寇有独特的手段，倘若他占领苏州，为了安定境内，肯定会立即出兵围剿闻人遂安。"

"殿下英明！"高占城见沈法兴想通了，就接着说，"只要我们告诉他这一消息，他不会不来攻打吴军。"

"汪世英要求明日午时交换，你如何安排？"沈法兴问。

"殿下，万一吴军不守信用，不愿意交出世子怎么办？"高占城担心地问道。

"孤也是这样考虑的，但是还有其他的办法吗？"沈法兴无奈地说。

"殿下，其实世子在吴军大营并不危险，张士塓也在我们手里呢？我们为什么要听他们安排呢？"高占城看着沈法兴小心地说。

"我们先不要理他，单方取消明天的交换，你立即安排人去找闻人遂安。"沈法兴略一思索便说。

"不救世子？"高占城出乎意外。

"我们越是乞求吴军，他们便越是自以为是，仗着纶儿在他们手里，便以为可以任意摆布我们。张士塄与汪世华关系非同寻常，我们越是对他们置之不理，他们便会越加焦急。就算吴军立即攻城，没有一两个月时间，是很难攻破的。"沈法兴看着高占城说，"我思考再三，应以大局为重。我不担心纶儿的安全。"

"殿下胸怀天下，英明盖世，令微臣汗颜。"高占城没想到沈法兴在这个时候居然能说出这些话来，不得不佩服。看来枭雄终究是枭雄，即使他现在身处困境，没法与天下群雄相比，但是在个人得失与远见方面，他终究非同常人。

"你立即联系闻人遂安，越快越好！"沈法兴果断地说。

"臣遵旨！"高占城说完就退了出去。

"二哥，沈法兴老贼看来是不会派人来了。"已经快过午时，苏州城内居然毫无动静，东路元帅汪世荣对吴王特使汪世英说。

"他肯定不会来的！"站在大营外面盯着苏州城的汪世英对此事好像在意料之中。

"他是想拖住我们，太湖那边很不平静，李子通现在又聚集了一些人马，肯定也在打苏州城的主意。"汪世荣说，"他是想让我们陷于困境。"

"闻人遂安那边有消息了吗？"汪世英问。

"还没联系上，这家伙很狡猾，迟早得灭了他。"汪世荣说，"探子来报，沈法兴已经派人去找他了。"

"将计就计。"汪世英意味深长地说。

"明白。"汪世英是自己的亲哥哥，汪世荣对其言听计从。

"报！"副将鲍雷匆匆跑来。

"启禀特使、元帅，苏州城北一百里发现有李子通的人马。"鲍雷说。

"李贼也是来夺苏州城的。"汪世荣不屑一顾，"他被王雄诞打败后，一直想找一座大点的城池作为栖身之地。"

"对我军会不会有影响？"鲍雷担心地问。

"没关系，他已是强弩之末了，苏州城是一块硬骨头，正好可以让他去啃。"汪世荣淡淡一笑。

"我们不要了？"鲍雷大吃一惊，在苏州城外折腾了这么多天，差点全军覆没了，居然让李子通去打？他看了看两个与自己年纪差不多大的舅舅。

汪世英笑着说："我任务是救出张士坝，打仗的事情就得问元帅了。"

汪世荣看着苏州城说："苏州是个好地方，为了这座城池，不知道有多少人将在这里牺牲？！就让他们为了这块骨头，拼个你死我活吧。"

鲍雷还是有些摸不着头脑，汪世荣补充了一句："我军出征时，吴王就没有说让我们攻占苏州城。江南未定，苏州城位置显著，谁占有，谁就将成为别人的目标。"

鲍雷如梦初醒："我明白了，元帅英明！"

"是吴王英明！"汪世荣笑着说，"你赶紧想办法把李子通要攻打苏州城的消息告诉沈法兴。"

"是！末将明白！"鲍雷说完打马就走。

"报！"汪世英、汪世荣和汪铁罗正在大帐里面议事，帐外就有兵卒来报。

"进来！"汪世荣传令。

"启禀元帅，李子通已率人马在三十里外安营扎寨，其水军已在太湖被羊总管击败。"兵卒单膝跪在地上报告军情。

"羊宣不愧为我军猛将，这次本是让他来苏州救援的，没想到顺路就把李子通的水师给端了。"汪世荣笑着说，"水师何时登陆？"

"暂无消息。"兵卒说。

"哦。"汪世荣猜测羊宣肯定有秘密行动，就说，"你下去休息吧。"

"两位兄长，你们认为羊宣下一步有何动作？"汪世荣见兵卒走出营帐后，就问汪世英和汪铁罗两位。

"铁罗兄与羊宣两人一直是搭档，应该非常清楚他。"汪世英边说边看着汪铁罗。

"太湖周边范围宽广，控制住太湖，就等于能牵制住太湖周边数十个大小城池，羊宣肯定是从李子通的水军动机上看到了什么苗头。只要我们吴军二千水师在太湖中纵横，加上湖州有陈罗明随时供给和接应，就可以起到四两拨千斤的作用。这应该是吴王得知我们横山战败沈贼后下达的新旨示。不然羊宣岂不早就从香山登陆了？"汪铁罗信心十足地推测。

"铁罗兄的分析确实鞭辟入里，由此可见，李子通目前唯有攻下苏州城，方能获得一个稳固的立足之地。同时，沈法兴也必须竭尽全力守住苏州城，否则就会变成丧家之犬。"汪世荣拍手称赞。

"吴王最讲究的是战略和全局，从来不在乎一城一池的得失。"汪世英也点了点头，"估算不错的话，很快就会传旨到前线，让我们撤军，把苏州城让给李子通去攻打。"

"吴王是运筹帷幄，决胜千里之外，苏州城将成为他们的噩梦。"汪铁罗说，"世英，现在这个时机跟沈贼谈判交换张士坝，应该是很容易的。"

"是的。现在时机成熟。"汪世英点了点头说，"沈贼本来想等闻人遂安来救他，没想到等来了他的克星李子通。真是一物降一物，沈法兴与杜伏威交战半年，两人打成平手，但是沈法兴与李子通一交战，就兵败如山倒，而李子通与杜伏威一交手，变成了落荒而逃，这三人还挺有意思的。沈法兴怕李子通，李子通怕杜伏威，而杜伏威又奈何不了沈法兴。现在李子通被杜伏威打成这样，只有抓着沈法兴出气了。而沈法兴已无退路，倘若失去苏州城，沈贼就将正式从这场群雄争霸中出局。"

"二哥说的没错，李子通与沈法兴决战时，我们也要在一定程度上防止李子通坐大。"汪世荣说，"苏州城的争夺时间越久，双方的损耗就越大。"

"看来我们的元帅大人是想暗中帮帮沈贼了。"汪铁罗听汪世荣这么一说，就笑着打趣道，"让沈贼多活几天不一定是坏事。"

"吴王左右出击的目的，不是攻占城池，而是削弱群雄势力。只要势力削弱了，城池就是囊中之物，倘若只顾占领城池，而对手又有反击能力，反而是让我们自己背上大包袱，分散了兵力，容易挨打。"汪世荣说，"沈贼让我军损失惨重，这个仇迟早要报的，但是根据战况，我们需改变策略。沈贼交出张士坝，我们退兵百里,暗中派兵袭击李子通粮草和牵制其水师,同时让闻人遂安不要插手此事。"

"争天下与夺地盘是有俨然区别的。我派使者过去,限他今晚就交出张士埕,否则我们分兵阻止闻人遂安,并联合李子通一起攻城。"汪世英说。

事情果然如大家所料,沈法兴一听李子通也来攻打苏州城,就如老鼠见到猫,立即同意汪世英的条件,但是他的举措也让刚刚出发准备来救援的闻人遂安非常气愤:几日前求我出兵,人马刚开拔,又说不用来了,岂不是在戏弄我吗?

闻人遂安一怒之下,加速向苏州城进发。

沈法兴让闻人遂安退兵,也是有难言之隐,吴军势力比闻人遂安的人马要强很多,倘若吴军真能放弃前嫌,帮助他对付李子通的部队,他守城的希望就大很多。即使吴军的最终目的也是为了夺得苏州城,但是在风起云涌的当今,多熬几天就多一丝希望。这个世上没有永远的敌人,只有永远的利益。

张士埕被救回到营帐之后,非常消沉,把自己关在帐内,谁也不见,借酒浇愁。就是因为他自己的逞能导致被俘,损兵折将,差点让全军覆没,他深感愧疚。

汪世荣等人劝了他几次,见没有效果,也就随他,知道他此时心情不好,时间久了,就相对好些了。

吴王的旨意来了,令汪世荣率军占领吴县作为驻军之地,牵制李子通、沈法兴和闻人遂安三路人马;汪世英和张士埕率军从运河水路南下到嘉兴,配合奚飞攻取嘉兴;到达嘉兴后,令程富立即返回歙州,接受新的任务。

张士埕听说要攻打吴县,一下子就来了精神,这是他雪耻的好时机,他主动请缨,再做先锋。

"元帅,末将愿意担任先锋攻下吴县将功赎罪。"张士埕对汪世荣说。

"张将军,本帅已经令二哥和铁罗兄去攻取,你多休养几天,攻下吴县后,你随二哥一起去增援嘉兴。"汪世荣安慰道。

"我不想去嘉兴,我要留下来消灭沈法兴老贼。"张士埕愤怒地说。

"这是吴王的旨意,我等不可违反。"汪世荣知道张士埕报仇心切,留在这里只怕坏事,一时不知该如何劝说,只有直接把吴王的旨意搬出来。

张士埕见汪世荣不再听他多说,本来心情就不好,知道多说无益,只好走出营帐。

吴县位于苏州城的南边，只要控制吴县，就等于切断了沈法兴的退路，并且也控制了苏州到杭州这一段的大运河。接到吴王命令的当晚，汪世荣便以汪铁罗为先锋，汪世英为行军总管，率领五千兵马连夜赶到吴县城外。由于吴县位于大运河，商贸繁荣，而城中不少商贾都是汪世英以前就布下的棋子，于是汪世英先安排两百人马分批化装成商队混进了城去，很快就夺下了守卫相对薄弱的北门，大军随后发起进攻，杀进城池。

在此之前，吴县守城官见苏州城池已经被团团包围，认为吴县迟早是他人之物，根本就没有决心守城，这次见吴军用计夺取了城门，又大军压境，根本没怎么抵抗就投降了。

李子通的人马到了苏州城北三十里处，并没有急着攻城，而是安营扎寨，并派部将叶孝辩前往汪世荣的军营商议攻城之事。

汪世荣仔细阅读了自称吴帝的李子通亲笔信，笑着把信放到案桌上，对叶孝辩说："谢谢吴帝美意，我吴王有旨，已令我军撤退至吴县，苏州城由贵军取之。"

叶孝辩是李子通最得力的大将，智勇超群，听汪世荣这么一说，一时没明白深意，就很客气地说："元帅大人，我们两吴人马可能有些误会，所以在太湖上发生了一些小摩擦，弄得很不愉快。我主见贵军围困苏州城已近一个月，尚未攻取，特意派兵前来增援，希望能化解我们之间的误会，共同经略江南。"

汪世荣当然明白李子通的意图，北边有杜伏威命令王雄诞带领大军在追赶，南边若又有对手挡着道，他李子通再大的能耐也插翅难飞，所以愿意低下头来讨好汪世荣，企图结盟。

"叶将军，请你回去转告吴帝，我军明日开进吴县，不插手苏州之事。吴帝能有幸进驻苏州，请不要滥杀无辜。"汪世荣恳切地说。

"元帅大人请放心，我主礼贤下士、爱民如子。"叶孝辩见汪世荣确实要撤军到吴县，心里就踏实很多，不能成为盟友，至少不会阻碍其攻取苏州城，在当前形势下，又多了生存和发展的机会，于是说话就特别客气。

"祝你们马到成功！"汪世荣看着叶孝辩说，"叶将军占据苏州后，下一个目标是否就是吴县？"

叶孝辩一愣，没想到汪世荣当面提出这样的问题，说实话只要夺取苏州，下一步肯定是去占领粮仓和商贸的重镇吴县。两座城池又相隔这么近，岂有不夺取之理？但是他怎能说出真正意图呢？

"元帅多虑了，我军占据苏州后，有了一席落脚之地已是万幸，到时我军的主要精力是要对付死敌王雄诞。期望与元帅永结同盟，免我后顾之忧，岂能窥视吴县？"叶孝辩匆忙解释道。

"能有叶将军这句话，我军定不会插手贵军与任何一方的争夺。我王一直强调保境安民，维护天下太平，不忍心看着百姓在战火中挣扎。"汪世荣说到这里后，意味深长地看着叶孝辩说，"我王有句话请叶将军带给吴帝，如夺取苏州，应养精蓄锐，切勿出击，否则只会加速灭亡。"

叶孝辩眼神一闪，这是什么意思？是吴王汪世华的劝解，还是警告？他由不得多想，此时夺取苏州才是关键，于是很客气地双手作揖："多谢吴王殿下！多谢元帅！"

吴王汪世华坐在宝座上，看着殿下文武大臣缓缓说道："汪世荣已经率军进驻吴县，休整三天后，汪世英将与张士塕率领两千士卒走水路开往嘉兴，与奚飞合力攻取。"

汪天瑶正想站起来说话，汪铁佛给他一个眼神，他只好忍着坐在椅子上。

汪世华接着说："李子通已经率军在攻打苏州城池了，沈法兴又重新启用李百药为府掾，让他与高占城一起佐助军务，凭双方的当前势力和苏州城内的粮草储备情况，苏州城的攻坚战预计要持续半年。"

汪天瑶终于按捺不住，站了起来说道："殿下英明，这样不费吹灰之力，就让两条疯狗死劲对掐，只是我们不能亲自手刃沈贼，心有不甘。"

其他大臣听了纷纷点头称是，沈法兴在苏州城外让吴军损失惨重，不能亲自取其项上人头为阵亡将士报仇雪恨，确实不甘心。

汪世华把手微微一抬，示意大家安静，解释道："苏州城池坚固，易守难攻，倘若我们执意要亲自攻取城池，会付出很大的代价。李子通对苏州城是志在必得，到那时城破之日，也就是我们手刃沈法兴之时。"

大臣们一听，原来不是真的不管苏州城，而只是先让两家恶斗一番，纷纷称赞吴王英明。

"现在秦王李世民正率领大军在围攻洛阳，已经有半年多了，城池仍未攻下，而窦建德正准备率领夏军南下支援王世充，北方的战局非常艰难。为了扫平群雄，一统华夏，我们必须要保存自己实力。苏州之事，我们暂且不管，李沈两军都已是强弩之末。不管苏州结局如何，还都将面临王雄诞的南下军队，我们必须利用苏州这块硬骨头，让他们争得你死我活。"

大臣们纷纷点头。

汪铁瑶又站了起来说道："殿下，西路军正在猛攻豫章城，我们是否需要增援？"

"刚刚得到情报，李孝恭因为没有听从李靖的建议，连失两城，梁军士气高涨，正在进行大规模反攻。我们须立即攻下豫章，再挥军西进。不能让豫章成为阻挡我军西进的堡垒，梁军拥有兵力近三十万众，我们只有联合唐军分而攻之。"吴王说，"救援唐军就是救援我们自己！倘若唐军败退，萧铣就有精力东进我大吴国土。"

在这群雄争霸的关键时期，凭任何一方的实力，都难一统天下，若打成僵局，就又让历史再一次回到南北朝时期，连年征战。只有配合唐军作战，才能消灭南方各路反王，才能有力保障吴国境内安宁。吴王汪世华不得不这样去做。此时程富已经从嘉兴返回歙州。

"程富听旨！"吴王汪世华看着群臣突然宣布，"率兵一万即日出发，绕过豫章，直接西进，与任贵部相互呼应！"

"臣领旨！"程富站起来领旨作揖！

自武德三年七月起，李世民对盘踞洛阳的王世充展开了近半年的持续讨伐。在这期间，他巧妙地运用策略，不断对王世充率领的郑军实施军事打击。李世民精心挑选了一千余名精锐骑兵，他们身披黑衣、黑甲，被编为左右两队，并由他的得力将领秦叔宝、程知节、尉迟敬德和翟长孙分别指挥。每逢重大战役，李世民都会身先士卒，作为先锋深入战场，敏锐地洞察战况的变化，并抓住战机果断出击，因此所向无敌。在最为激烈、关键的战斗时刻，他常出奇兵，以精锐骑兵抄袭敌军后方，深入敌阵，取得关键的突破。这一战术使得唐军在多次骑兵参战的战斗中频频告捷。随着战事的推进，洛阳周边的城池相继被李世民占领，王世充被迫退守洛阳城内，进行最后的坚守。至此，唐军已成功地完成了对洛阳城的全面合围。

身陷困境的郑帝王世充，在面临唐军的围攻下，不得不向夏帝窦建德发出求救信号。尽管此前郑、夏两国关系紧张——王世充曾出兵攻打窦建德的黎阳，而窦建德为报复也袭击了王世充的殷州——但在这样的紧要关头，夏国的中书侍郎刘彬提出了唇亡齿寒的论点。他力劝窦建德放下旧怨，出兵援助郑国。

刘彬向窦建德分析道，当前长江以北是唐、郑、夏三国并立的局面，若郑国灭亡，夏国亦难以独存。因此，他建议夏国应立即出兵救援郑国，形成内外夹击之势，趁唐军疲惫之际，共同消灭唐军。同时，他还提议在击败唐军后，趁机兼并郑国，从而有望一统天下。

窦建德听取了刘彬的建议，决定出兵救援东都洛阳，但并未明确出兵的具体时间。同时，因唐帝李渊在讨伐王世充之前曾与窦建德结盟，窦建德也派遣使者前往唐营，试图劝说李世民解除对东都的围攻，退至潼关，并归还侵占的王世充

领土，以修复两国关系。

然而，对于李世民而言，洛阳是他志在必得的目标。他追求的是一统天下，绝不容许三国并立的局面出现。当看到窦建德以长辈口吻劝其退兵的书信时，李世民勃然大怒，当即扣留了使者，对窦建德的要求不予理睬。

武德三年十二月，王世充再次派遣使者前往窦建德的都城，提出联姻的请求，并敦促其即刻出兵援助。然而，窦建德认为出兵的时机尚未成熟，加之新年将至，因此迟迟未发兵。时间又过去了两个月，洛阳城内的粮食已经耗尽，城内甚至出现了人吃人的惨状。王世充已到了无法再坚持的地步，他深知若窦建德再不出兵，一切将无法挽回。在这样的紧迫情况下，窦建德最终决定率领十万大军向洛阳进发，旨在救援王世充，并企图借此机会一举两得。

"窦建德率领大军，以孟海公和徐圆朗为先锋，势如破竹地连克唐军的管州、荥阳、阳翟等重要据点。他们水陆并进，逆黄河西上，展现出不可阻挡的攻势。与此同时，王世充也派遣其弟徐州行台王世辩和大将郭士衡领兵与窦建德会合，两军汇合后兵力达十余万人，对外号称三十万大军。"

在吴王汪世华的宫殿内，他审视着秦王李世民送来的军情报告，对在场的文臣武将们说道："目前围攻洛阳的唐军内部存在两种不同意见。一派主张暂时避开敌军的锋芒，撤离洛阳，计划到秋季再战，以避免陷入两军夹击的险境，从而防止可能出现的毁灭性失败，甚至危及长安的安全。另一派则坚持应分兵把守，继续围困洛阳，同时派遣精锐部队攻占窦建德的屯兵要地成皋。他们的策略是以逸待劳，待敌军疲惫不堪时，再给予致命一击。只要打败了窦建德的援军，王世充就难以继续坚守孤城，必定会选择开城投降。"

殿下的大臣们都默不作声，全神贯注地听着吴王汪世华讲述洛阳的战况。

"秦王打算采取后一种策略，但这确实存在极大的风险，"吴王汪世华面带忧虑地继续说道，"虽然围攻洛阳的唐军号称有二十万之众，但长达半年多的围城战已经让不少将士感到疲惫和沮丧。假使选择分兵固守，无疑会削弱唐军的整体战斗力，甚至可能面临被敌军逐个击破的危险。"

"殿下，李世民来信的具体意图是什么？难道他希望我们出兵洛阳支援他吗？"汪天瑶这段时间一直未能领兵出征，早已跃跃欲试。一听到汪世华的情况介绍，他就迫不及待地想要上阵杀敌。

汪世华察觉到了汪天瑶的急切，微笑着安抚道："稍安勿躁，等孤说完。秦王的意图是从杜伏威和李孝恭那里抽调精锐部队去增援洛阳的唐军。而我们吴军的任务则是全力牵制住萧铣和李子通，以防他们趁机北上。"

吴王汪世华的话音刚落，殿下便一片哗然，议论声此起彼伏。李子通相对容易应对，他目前正与沈法兴争夺苏州城，兵力并不充裕，即便在持续招募新兵，总兵力也不足三万，已为了苏州城争夺战疲惫不堪。然而，萧铣的情况则截然不同，他仍拥有三十万大军。要牵制他放弃北上，实质上意味着吴军需对萧铣发动大规模进攻，使其无暇分兵。但这样做无疑会增加吴军的压力，同时带来一个潜在风险：一旦洛阳之战唐军失利，萧铣很可能会对吴军展开报复性反攻。

汪铁瑶率先站起身，郑重地说道："殿下，尽管我们与唐军是盟友，但若他们将整个江南的敌对势力都留给我们来对付，那么吴国的处境将变得极为危险。"

婺州总管王文景也紧随其后，表达了他的担忧："殿下，我们与唐军联手攻击萧铣，我们尚有信心取得胜利。然而，若由我军单独承担此重任，万一林士弘也趁机对我们发动攻击，那我们就将面临两大强敌。以我们十万大军之力，如何能够抵挡他们四十多万大军的联合进攻？这样做可能会使吴国深陷战争的泥潭。"

歙州总管兼刑部尚书陈朴也急切地站起来进言："殿下，目前我国东线虽然基本安稳，但仍不能掉以轻心。太湖、吴县和大运河等战略要地必须分兵把守。而在西线，林士弘与岭南的冯盎交战正酣，冯盎目前处于不利地位，已有几个部落投降了林士弘。照此趋势发展下去，林士弘很有可能腾出手来对付我们。"

陈朴的话道出了吴军当前不得不面对的现实问题。

虎将毛凤见吴王沉默不语地坐在宝座上，于是鼓起勇气表达了自己的想法："殿下，假如李世民统一了北方，他势必会挥师南下，一举吞并我们三家争斗的吴国、梁国和楚国。那么，我们为何不能与萧铣、林士弘结成联盟，暂时停止内战呢？这样，我们就能腾出手来一举消灭为了苏州而疲惫不堪的沈法兴和李子通，然后再顺势向东扩张。如此一来，我们的势力将会超越萧铣和林士弘。再者，我们占据了江南最富庶的地区，只需稍作休整，便可向西进军，统一长江以南。"

文武官员们听完这个提议，纷纷点头称赞。

"毛将军，我汪天瑶率先支持你。"汪天瑶粗声粗气地说道，"我们为什么要配合李世民作战？他现在是骑虎难下，却想把我们跟他捆在一起。从他老子李渊占领长安后，他们就没消停过，四处征讨。现在谁都想攻打长安，把李渊赶下台。"

户部尚书钱学文捋着胡须，附和道："确实如此，我们应该先东进，再西征，一统江南。倘若李世民统一了北方，我们就与他划江而治；倘若北方仍然混战不休，那我们就挥师北上，逐鹿中原！"

"钱大人所言极是，"王文景立刻接口道，"李世民想一统天下，我们为何不可有同样的抱负？如今天下各路割据政权已争斗多年，彼此都疲惫不堪，百姓也渴望太平。殿下，您应该振臂高呼，一统天下！"

殿下的文武官员们纷纷表示赞同，个个跃跃欲试，希望吴军能立即出征，实现这一宏伟愿望！

吴王端坐在宝座之上，他深谙大臣们的心愿。自从他建立吴国、自称为王以来，文武大臣们就不断地怂恿他争霸天下，这种呼声以往就存在，但从未像今天这般强烈。李世民提出的要求确实让他陷入两难境地：一旦李世民在洛阳落败，他势必会立即面临其他政权的反扑，吴国能否抵御得住？

即便李世民在洛阳侥幸取胜，他在江南仍需面对两个强大的对手。想要轻易取胜，在短时间内几乎是不可能的。假如他真的先东征后西征，那么在和这两大势力斗得筋疲力尽之时，唐军是否会趁机南下，坐收渔翁之利？到那时，他是否还有筹码与李世民谈判？以李渊的行事风格，很可能会毫不留情地将他铲除。

另一种可能是，洛阳之战后，李世民败退长安，一切又回到原点——北方和南方都是数家政权并立。但这种局面能维持多久？天下的分裂和不断的战争只会导致百姓流离失所，这是他汪世华所不愿看到的。

再者，与萧铣和林士弘结盟，就意味着与李世民和冯盎为敌。萧铣和林士弘的为人，他心知肚明，与他们为伍，岂不是玷污了自己多年来的名声？

汪世华看着殿下群臣们激烈的讨论，决定需要静下心来好好思考。他必须为吴国百万民众的安危深思熟虑。

"今天就议到这里吧。退朝！"汪世华平静地说道。没等群臣们回过神来，他已先行离去。

原本兴致勃勃讨论东征西讨的大臣们一时愕然，这种情况极为罕见。他们面面相觑，心中不禁疑惑：莫非吴王对刚才的提议大为不满？

吴王心事重重地步入宫殿后花园。由于今年春天来得早，气温回升迅速，桃花已然盛开，绚烂如云霞。远处，几个孩童在花丛中嬉戏打闹，笑声清脆悦耳。

"建儿，你们在玩什么呢？"汪建是吴王的长子，与孪生兄弟汪璨相差不过半炷香的时间来到这个世界，此刻他们才五岁，正是天真烂漫的年纪。

"父王！"孩子们见到吴王，纷纷围拢过来，脸上洋溢着纯真的笑容。

吴王汪世华此时已有七个儿子。长子汪建、次子汪璨、三子汪达均为王妃钱英所生。想当年，汪世华征讨宣州时，歙州城曾遭睦兵偷袭。钱英为了挽救战局，在怀有八月身孕的情况下仍英勇出战，最终击杀了睦兵主将褚重。然而，她也因此身受重伤，在难产中不幸离世。汪世华对出生就失去母亲的三子汪达始终怀有一份特别的怜爱。四子汪广是惠妃庞实所生，五子汪逊则是贤妃稽圭的孩子，他们与三子汪达同年，都快四岁了。六子汪遝和七子汪爽分别由贤妃稽圭和惠妃庞实所生，这两个小家伙还不到三岁，正是活泼好动的时候。

"父王，叔叔怎么还没回来呀？我好想听他讲杀敌的故事。"小汪达拽着汪世华的紫色王袍，眼中闪烁着期待。尽管汪世华是吴国之主，但他在家庭生活中却十分随和，与儿子们之间并无太多君臣之礼的束缚。

小汪达口中的叔叔指的是汪世荣。汪世华心中暗忖，世荣自去年东征后便一直未归，即便是新年之际也依旧驻守在吴县，牵制着李子通与沈法兴两军。他笑着拍了拍小汪达的脸蛋说："去和哥哥弟弟们玩吧，叔叔很快就会回来了。"

懂事的小汪建看出父王心有所思，便拉着弟弟们到远处的假山旁继续玩耍。

华夏大地的战局已进入白热化阶段，天下一统或四分五裂的命运可能就在今年揭晓。江北的三大势力已倾尽全力进行最后的博弈，而江南的三大势力则处于半进攻半防守的状态，各自希望利用其他势力的消耗来寻找独占南方的机会。

汪世华望着嬉戏的儿子们，思绪却已飘向远方。文臣武将们心中的小算盘他何尝不知，他们希望他登基称帝，从而水涨船高。这是人之常情，毕竟谁不希望能更进一步呢？然而，回顾历史的长河，多少人为了个人利益而让天下苍生陷入战火之中，最终自己也难逃悲惨的命运。这些道理他能与共同打天下的兄弟们分享吗？他们又能理解多少呢？

看着儿子们纯真的笑脸，汪世华衷心希望战争能早日结束。他不愿自己的孩子们将来像将士们一样出生入死，他渴望天下太平，让每个人都能无忧无虑地生活。然而如何才能实现这一愿景呢？单凭他汪世华一人的力量显然是不够的，李世民也同样无法独自完成这一伟业。到了最后的关头，为了华夏的一统，必须有多方势力臣服于一方，然后共同消灭其他政权。又有谁会愿意臣服于他汪世华呢？是萧铣还是林士弘？甚至是李世民？这现实吗？在这纷乱的年代里，实力才是决定一切的关键。既然李世民不可能臣服于他汪世华那么他也只能做出选择。否则等待他们的只有决战！

汪世华觉得思绪有点乱，使劲地摇了摇头，企图让自己清醒。至于与李世民之间将来到底如何？那只有留到将来再说吧！江南的格局将如何打破？倘若真的按照毛凤的方案，可能出现两种情况：一种就是李世民调走李靖的大部分兵马，萧铣率大军突破李靖的防线，李唐的益州一旦丢失，威胁着长安，让李世民后方补给受到威胁；另一种就是李靖的大军不去增援，李世民在洛阳一对二的决战中就难言取胜，倘若失败，江北就会出现新的混乱，杜伏威肯定就会乘机脱离唐政权，成为吴国的新对手。而江南，萧铣利用主动出击，就会把政权的内部矛盾转化到外部来，在兵马中重新洗牌，巩固自己的势力，转而会对吴国政权带来危害。到那时，吴国六州就将真正的陷入困境，即使自己东征成功，依然难以改变整体格局，因为面对的敌人更强大。

目前最佳策略是，在东线留置少量兵力进行防御，而将主力部队全力投入西征，进攻萧铣。同时，必须策动岭南的冯盎全力反击林士弘，以防其分兵他顾。然而，问题在于，当前冯盎与林士弘的对抗中处于下风，如何扭转这一局面成为了一个亟待解决的问题。吴王汪世华又陷入了一个新的难题。

"世英，林士弘那边有什么新的消息吗？"汪世华得想办法帮助冯盎扭转当前的处境，否则自己就不敢全力出兵去对付萧铣，便把汪世英召到吴王宫里来询问林士弘的情况。汪世英负责吴国商贸，吴国不少在外经商的人其实都是他培养出来的探子，负责收集各路情报。

"据可靠消息，林士弘现在粮草紧缺，由于去年天灾，其境内收成锐减，加之秋收时冯盎对其发动进攻，为了迎战，有些稻子来不及收割就坏在田里了。"

汪世英说，"现在林士弘位于虔州和安成的粮仓已在我们的掌握之中。"

"哦？为什么这么说？"吴王汪世华好奇地问。

"两处守卫粮仓的将领均已被我们收买，同时我们又另外安插了人在里面，两步棋，走任何一步，都可让粮仓化为灰烬。"汪世英自信地说。

"很好！只要林士弘的粮草告急，军心自然涣散，冯盎就可趁机反攻！"吴王紧握拳头。

见周围无外人，汪世英靠近吴王，低声问："大哥决定全力出兵攻打萧铣？"

吴王点了点头，意味深长地说："其实这是最好的选择。"

"天瑶他们可不是这样想的。"汪世英提醒道。

"想按照毛凤的方案做？！"这在吴王的意料之中。

"是的！"汪世英说。

"你私下了解，大概有多少人赞成？"吴王小声地问。

"全部！"

汪世英的话，让吴王愣了一下，这出乎了他的意料。

汪世英补充道："除了前线的将士不清楚之外，留在朝廷里的，都希望你独霸江南，逐鹿中原。"

"连汪铁佛也这么想？"吴王不由得吸了一口气。

"是的，当年他用计让宣饶睦三家围攻歙州，使得大嫂遇难，他内心有愧，想用助你完成帝业的方式来回报你。"汪世英说。

"胡闹！"吴王脸有不悦。

"自大哥称王之后，虽然多次对外用兵，但都没有大规模出征，朝廷上下文臣武将生活安逸，为了各自利益已经开始明争暗斗了。"汪世英提醒道。

"这些我已经觉察到了。现在还不是挑明这些事情的时候，以免造成内耗对我们不利，只要全面作战开始，他们就会转移视线，暂时会放下个人得失。"吴王点了点头说，"在大局上，他们相对还是明智的。"

"该找什么理由向萧铣出兵呢？倘若说是为了帮助李世民，肯定会遭到他们反对的。"汪世英说。

"看来只有从张善安身上做文章了。"吴王若有所思地说道。

汪世英明白了吴王的意思。

"天瑶，你如何看待东线战局？"吴王在后殿单独召见右相汪天瑶。

"大哥，有汪世荣在吴县守着，根本就不用担心。李子通和沈法兴两人为了苏州城已经疲惫不堪了。李百药虽然说已经复出，但是他并没有下决心帮助沈法兴守护城池，现在只要有最新情况，他都会送到汪世荣那里。"汪天瑶见是在后殿，又没外人，还是按照以前称呼大哥。原来汪世华早就通过其他途径与李百药联系上，并争取让其成为吴国的内应。

"李百药是个人才，一定要善加利用。"吴王话锋一转，"倘若我们大军开向苏州，王雄诞会不会增加兵力南下？"

"这是必然的，他对苏州城一直虎视眈眈，目前按兵不动，就是想等沈法兴与李子通都把家底拼完了，再趁机捡便宜。若我们大军进攻，与王雄诞必定是场恶战！"汪天瑶说。

"谁都想占便宜！"吴王冷冷一笑，"为何要与他恶战，为什么就不能避开呢？"

"为什么要避开？跟他打！难道怕他不成？"汪天瑶一副不屑一顾的样子。

"我考虑很久，总觉得这个时候把主力调往东线，不合适！"吴王看了看汪天瑶说，补充一句，"跟李世民没有关系。"

"为什么？"汪天瑶很疑惑。

"目前东线有汪世荣足够了，李子通与沈法兴两者不管谁最终取胜，终将要面对王雄诞，围绕苏州城又要发起攻取和守卫的恶战，消耗极大。我们其实可以坐山观虎斗，等待良机。我们早已与唐军结盟，而王雄诞代表的就是唐军，倘若我们夺取苏州城，就势必与王雄诞展开激战，那么我们与唐军之间的关系就会破坏，不利于后期发展。在当今世上，我们宁愿多个朋友，不愿多个敌人，尤其是李世民统率下的唐军。"吴王见汪天瑶在耐心地听，就接着说，"暂且不去讨论将来与唐军决战谁赢谁输，但是目前这种局面，还是对我们最有利，一支与我们毫不相干的兵马在苏州帮我们阻止了唐军南下。"

"为了争夺天下，与唐军迟早要开战，何况他们现在为了洛阳城，忙得不可开交，我们攻下苏州，再引兵北上夺取江都，与唐军隔江抗衡，岂不更好？"汪天瑶有自己另外的想法。

吴王明白汪天瑶的意思，就接着说："话是这么说，但是做起来，可就不容易了。现在还没到成为对手的时候。否则我们就会处在王雄诞、萧铣和林士弘三大势力的包围中。"

汪天瑶想了想，点了点头，说："那么大哥的意思是？"

"答应李世民的请求，全力出兵攻打萧铣，扩大我们的势力范围。"吴王见汪天瑶看着他，就接着解释道，"打萧铣，我们就一个对手，可以全心而攻。倘若东征，就会面临三个强劲的对手，到那时可能王雄诞把我们的兵力大部分拖在苏州城，而西线兵力薄弱，会给萧铣和林士弘带来反攻的机会。他们两个是什么人，你应该很清楚，看到我们西线薄弱，即使与他们结盟，他们依然会出兵占我们便宜的。"

汪天瑶犹豫了半天，终于点了点头："大哥分析得很有道理。这确实是当前最可行的办法。"

吴王淡淡一笑，心想，说了半天，孤等的就是你这句话。

"刚得到消息，张善安已经向杜伏威提交了归降书，估计李唐朝廷很快就会下旨加封他。"吴王说。

徽州魂

大唐越国公汪华传奇

中

"这狗东西，任贵怎么搞的，豫章攻下后，直接把他砍了不就得了？"汪天瑶听后气得暴跳如雷。

"他在攻打豫章之前就已经与杜伏威勾结了。"一切其实都在吴王的掌握之中，"张善安不是善类，杜伏威收纳了他，迟早会成为祸害。"

"那么豫章城算谁的？"汪天瑶气呼呼地问。

"他是拿豫章城作为礼物去归降杜伏威的。"吴王平淡地说。

"那我们白忙活了？"汪天瑶很不甘愿。

"除了豫章城池是他的，周围州县却都是我们的。"吴王说，"他只是孤城一座，虽然说名义上归降了李唐，但是还必须听我们的，否则，就让他饿死在城内。"

"既然他归顺了李唐，那就让他做征梁先锋，面对两个主子，看他还能活多久。"汪天瑶愤愤地说。

吴王忙点了点头，用手指了指汪天瑶，笑着说："李世民要我们全力进攻萧铣，就肯定会采纳我们的建议，让张善安做先锋。等张善安手里的人马都拼完了，杜伏威更高兴。"

"原来大哥早就有预谋！"汪天瑶哈哈大笑。

"最初不是这样想的，后来我分析江南局势后，觉得这样做可能会更好。张善安为了夺取豫章城，已经损失不少将士，他向李唐政权投降，其实就是看在李唐政权无法管辖豫章城的份上，才这么做的。他认为成了李唐政权的人，我们就不会对付他，他就可以天高皇帝远，休整和扩充兵马。他这种人只要实力壮大，必定还会叛唐，他是不愿意居人之下的。但他没想到的是，李世民急需调走李孝恭精锐部队开往洛阳，而又需要人马帮助他牵制萧铣所有的兵力。"

"我们什么时候发兵？"汪天瑶很直接地问。

"三日之后出发，你为征梁大元帅，给你六万大军如何？"吴王淡淡地说。

"真的？！"汪天瑶有点意外，因为西线已经有程富和任贵两大战将了，按常规只需增加兵力而已，没想到居然让他来挂帅，"嗖"一下站了起来，有一年没打战了，很激动。

吴王汪世华看着他，目光坚定："孤等你凯旋！"

汪天瑶激动得说道："臣领旨！"

天下大势，确实变幻莫测。在这紧要关头，突厥竟出乎意料地出兵进犯李唐的汾阴领地。李渊一直与突厥保持着相对友好的关系，甚至在起兵之初还得到过突厥的援助。然而，此刻的李渊却陷入了困境。原本在围攻洛阳时，他已将精锐部队调离，如今又要对抗以骑射见长的突厥兵，这无疑为这次的中原争霸增添了更多的不确定性。

原来，突厥的颉利可汗继承了父兄打下的基业，手握强大兵马与精锐骑兵，一直怀有成为李唐太上皇的野心，并持续寻找着实现这一野心的机会。这也是突厥同时支持中原多方势力的原因，他们认为无论哪一方最终胜出，突厥都能从中获利。

按照突厥的传统，颉利可汗娶了隋朝的义成公主。公主的堂弟杨善经逃到突厥后，与王世充的使者一同劝说颉利攻打李唐政权。他们向颉利阐述，当初是隋文帝接纳了战败的启民可汗，而如今的唐天子并非隋文帝的后代，因此应当拥立杨家子孙为皇帝，并讨伐唐朝，以此来报答隋文帝昔日的恩情。

颉利采纳了他们的建议。恰逢此时，杨广的孙子、齐王杨暕的遗腹子杨政道与杨广的皇后萧后在一年前一同投靠了突厥。于是，颉利可汗便立杨政道为隋王，并将留在东突厥境内的中原人交给他管辖。

事情的发展总是充满巧合。在这个关键时刻，李唐政权又因未能满足突厥人的要求而得罪了他们。颉利可汗见李渊如今在洛阳方面陷入困境，正面对抗两大强敌，便以此为借口向唐属地发兵，企图趁机抢占更多地盘。

突厥的这次行动对李唐政权来说，无疑是雪上加霜。从地理位置上来看，汾阴、东都洛阳和西都长安构成了品字形布局，突厥若占领汾阴，将直接威胁到洛阳和长安的安全。

为了应对这一危机，李孝恭和李靖率领的兵马必须紧急前往长安进行支援。因此，李世民不得不请求吴国汪世华出手相助，负责牵制萧铣的兵力，否则李唐政权就会面临真正的四面楚歌。

徽州魂
大唐越国公汪华传奇
中

当吴王汪世华答应这份重托时，其意义已经不仅仅是为了保障自己吴国六州的安危，而是关系到天下未来的分与合！

正如所料，李世民为了应对突厥的威胁，从杜伏威处调走了大部分精锐兵马，这导致王雄诞手中的兵力严重不足，他只能在苏州城外一百里处驻扎，不敢轻易向李子通发起进攻。而没有了后顾之忧的李子通则趁机加大了对苏州城的攻势。

与此同时，李世民还将李孝恭麾下的精锐部队调往长安附近设防，以防其他外部势力的偷袭。这样一来，李孝恭和李靖手中仅剩下少量的兵力来把守关隘要塞，局势变得异常紧张。

武德四年三月，李唐政权的军事统帅秦王李世民重新部署了兵马，开始前往虎牢阻击夏王窦建德的援军。李世民把兵马分成两部：一部由其弟弟齐王李元吉统领，以老将屈突通等人为副将，继续围守东都洛阳；一部由自己亲自领三千五百兵马向东奔袭虎牢。而此时的王世充，在洛阳城中得知李世民要前往武牢阻击自己的援军，居然迟迟不敢派兵主动出击拖住唐军，从而造成重大失误。

由于守将的倒戈，李世民轻松地夺取了原本属于王世充的虎牢关，这一易守难攻的天险之地。在部队抵达虎牢之后，李世民选择在离窦建德军营仅二十多里的地方安营扎寨。经过短暂的休整，次日他便精心策划了一场诱敌深入的战术。

李世民命令李世勣、程知节、秦叔宝各自率领兵马，在道路旁设下埋伏。而他本人则仅带领四名骑兵，走到夏军营前，高声自报家门："我是大唐秦王李世民。"窦建德果然上当，一听到是李世民，他立刻派出五六千人马进行追击。善于骑射的李世民且战且退，巧妙地引导夏军进入了唐军的埋伏圈。

随后，预先埋伏的唐军如猛虎下山般冲出，将夏军打得溃不成军，并成功俘获了窦建德手下的几名大将。尽管首战失利，但窦建德并未因此气馁，他继续调集大军，源源不断地向虎牢关进发。而李世民也抓住时机，迅速致书窦建德，深刻分析当前时局，陈述利害关系，试图劝说他撤兵。然而，气急败坏的窦建德并未接受这一建议，决心继续与唐军对抗。

虎牢关作为通往洛阳的咽喉要道，以其易守难攻的地理特点，成功地阻挡了窦建德大军的进攻。双方军队在虎牢关展开了长达近两个月的对峙。在这期间，李世民频繁地派出骑兵对夏军进行骚扰，使得夏军始终无法找到与唐军主力决战的机会。随着天气逐渐炎热，夏军的士气开始低落。他们原本自信满满，认为自己战斗力强大，然而面对唐军的坚韧与狡猾，他们开始感到力不从心。令人难以置信的是，三十万夏军竟然被数千名唐军牢牢地牵制在虎牢关，无法前进一步。夏军将士们逐渐失去了信心，纷纷向窦建德建议撤退。然而，窦建德仍然坚持对峙，希望能够找到突破唐军防线的机会。

在窦建德犹豫不决之际，李世民派遣大将王君廓偷袭了夏军的粮草队伍，并成功俘虏了夏军的送粮将领。这一行动导致夏军营内混乱加剧。在此情形下，窦建德采纳了幕僚的建议，决定放弃直接救援东都的计划，转而率大军攻取怀州、河阳，意图进入汾、晋地区，夺取关中，使唐朝陷入腹背受敌的境地，从而逼迫唐军从东都撤兵回救。

然而，就在窦建德准备实施新计划时，王世充的使者为了加速夏军对洛阳的救援，私下勾结窦建德的将领，反对这一新策略。窦建德因此变得更加犹豫，觉得新计划过于周折。在得知唐军粮草匮乏的消息后，他决定冒险率大军直接进攻虎牢。

唐军迅速获得了这一军事情报。五月初一，李世民北渡黄河，亲自侦察敌军形势。他留下一千多匹战马在河边作为诱饵，以迷惑窦建德，然后趁夜迅速返回虎牢。与此同时，窦建德得到的情报是，李世民因粮草不足已率骑兵渡河去对岸牧马，预计需要几日才能返回。

初二，窦建德率领全军猛攻虎牢，但唐军坚守不出。夏军在烈日下列阵两个时辰，人马疲惫不堪，士气大跌。于是，窦建德下令全军原地休息，骑兵下马，将士卸甲，这一幕不禁让人想起三国时期夏侯惇在定军山与黄忠的对决。尽管窦建德可能也想到了这一历史典故，但他更认为虎牢关中既无李世民，又无骑兵，仅凭少量步兵不足为惧。

就在夏军最放松的时刻，甚至有人还在打瞌睡时，虎牢关城门突然大开。李世民率领骑兵如狂风般席卷而来。夏军在惊愕中仓促应战，尘土飞扬、杀声震天。缺乏士气的夏军只能护着窦建德慌忙撤退。李世民带领的精骑在夏军中来回冲杀，使得夏军更加混乱不堪。见时机成熟，李世民深入夏军阵后高举唐军大旗。夏军误以为大营已被占领，更加无心恋战，全军崩溃四散而逃。

窦建德本人也在混乱中受伤，在慌乱中逃到了一个叫牛口渚的地方，最终被唐军的车骑将军白世让俘获。这一结局竟与夏军中流传的一首童谣不谋而合："豆（窦）入牛口，势不可久。"

夏军一败涂地，五万多人被俘。李世民当天就遣散了这些俘虏，让他们各回各家。而窦建德的王妃曹氏和左仆射齐善行则率领几百名骑兵逃回洺州。不到半个月后，齐善行便率领夏国都城的文武官员以及曹氏一起归降了李唐。至此夏国所属的河北三十多州全部并入李唐版图。

在河北地区享有多年盛誉的夏政权，就这样在历史的群雄争霸中迅速陨落。虎牢关一役，成为了历史上以少胜多的经典战役，而李世民也因此战一战成名，被赞誉为一代战神！

王世充在洛阳城头盼望已久的窦建德终于出现，然而，他等来的却是被秦王李世民囚禁在囚车中的窦建德。看到这一幕，王世充与窦建德在城楼上相对而泣。随后，王世充急忙召集文武官员商议突围之策，但遭到了众人的反对。在无奈之下，五月初十，王世充只得身着素服，率领太子和群臣两千余人，打开城门，向李世民投降，跪倒在他的脚下。

郑国，如同夏国一样，从此消失在了历史的舞台上。

这场战役，无疑是李世民人生中最辉煌的一战，被誉为他的巅峰之战。而在此时的江南地区，战争也在同样激烈地进行着！

李子通注定是沈法兴的克星，在王雄诞的兵力减少之下，李子通毫无顾忌地对苏州城发起猛攻，并用计诱惑沈纶出城迎战。沈法兴轻易上当，沈纶战死，随后城池被攻克，高占城自杀，李百药被俘投降，沈法兴潜逃出城。

沈法兴带着残兵败将没走多远，就被追上，被迫向李子通的大将叶孝辩投降。叶孝辩带着沈法兴绕过汪世荣镇守的吴县，想从大运河走水路前去招降被困在嘉兴城内的李飞。

路上，沈法兴思前想后，觉得嘉兴城已经是汪世华口里的肉了，虽然说一直没有攻城，但是这么长时间的围困，已经让李飞的人马剩下不到一千人。与其指望招降李飞在李子通面前立功，还不如在路上趁机逃向汪世华或者闻文遂安，或许更好些。于是就与投降的部将一起商议，并决定寻找机会杀了叶孝辩，算是送给归顺对方的一份见面礼。但是让沈法兴没有想到的是，投降后的部将已经决定向新主子效忠了，立即把消息通报给了叶孝辩。正当沈法兴在船上想趁机击杀叶孝辩之际，自己反而被包围，见走投无路，只得投河自尽！

每个人都有自己的克星，沈法兴的克星是李子通，而李子通的克星就是王雄诞。在付出惨重代价后夺得苏州城的李子通，尽管收拢了沈法兴的原来大部分将士，但都是乌合之众。在他刚准备喘一口气时，他的克星已经向他走来。

张善安归降让李唐政权非常意外，因为豫章城离杜伏威的管辖范围还是比较远的，但在围攻洛阳时归降，是非常具有战略意义，可以让张善安作为一个棋子与汪世华的吴军共同牵制萧铣。李渊对江南的时局掌握得并不多，对他来说，只要投降，他都接纳，现在能利用的时候先利用，到时候该收拾的还是要收拾。因此李渊收到杜伏威转递过来的降书后，立即下旨改豫章为洪州，授张善安为洪州总管，受杜伏威节制。

汪天瑶率领大军到达洪州后，命张善安为先锋，任贵和程富各率两路人马，直接向岳阳杀去。萧铣原来是在岳阳称帝，后来为了向西发展，迁都到江陵，但是岳阳也一直是萧铣的核心地带，不过驻军并不多。

当吴军直接向岳阳杀去时，位于两端的重镇江陵和江夏驻军立即前来救援。倘若吴军占领岳阳，就等于扼制长江，切断了江陵与江夏两者之间的水路，梁国地盘就一分为二。这是吴王汪世华的战略，倘若与梁军大规模正面作战，肯定不利于长途作战的吴军；直接插入岳阳，就会迫使萧铣调动两地的兵马前来救援，让梁军也奔袭在路上，同时再设计在路上寻找有利位置分批消灭梁军。就这样，为了救援洛阳，梁军的心思全都扑在这里，被完全拖住，并在路上被汪天瑶亲自率领精骑不停骚扰，损失惨重。

第三十三章　讨伐梁国

"大哥，李渊这人手段太残忍，王世充那些投降的部将全部在长安被杀头了！"吴王宫后殿，汪世英把获取的最新情报告诉了吴王汪世华。

"单雄信也被杀？"汪世华感到非常意外，既然投降了，除非罪大恶极的必须斩杀之外，另外的应该能免则免。

"是的，李世勣、秦叔宝、程知节等，这些当年瓦岗寨旧友都替单雄信向李世民求情，希望他能出面求李渊免其一死，结果被李世民拒绝了。"汪世英说。

"哦？"这更加让吴王汪世华感到意外，李世勣、秦叔宝和程知节都是李世民最得力的将领，而李世民竟然为了报当年之仇，居然一点都不顾部将们的哀求。

"看来李世民这人并非心胸宽广之人，单雄信曾经两次差点要了他的命，他是在报复。"汪世英说，这些情况他掌握得清清楚楚。吴王汪世华也知道单雄信追杀李世民的事情。

"王世充呢？"汪世华问。

"当时攻打洛阳时，李世民曾跟他说，只要投降可免其一死，李渊把他贬为庶人，与其兄弟、子侄等一同流放到蜀地，现已在路途上了。"汪世英说。

"窦建德是不是也被杀了？！"汪世华接着问。

汪世英一愣，这消息还没告诉汪世华呢？

"是的，大哥从哪里得知的？"汪世英问。

"我猜的，窦建德治理夏国深有威名，百姓对其尊敬有加，李渊岂能容忍一个这样的人留在世上？"汪世华满怀忧虑地说。

"窦建德这个人没有恶名，比王世充在将士和百姓的口碑中要胜百倍，据说这就是李渊要杀窦建德的理由，李世民也曾向李渊求过情，但李渊执意要斩杀，说为了永绝后患。"汪世英说。

"李密当年降了又叛，给李渊留下了阴影。窦建德虽败，但是他手里还有不少人马啊，万一哪天被人蛊惑叛唐，确实很危险。"吴王若有所思地说道。

汪世英想开口说，欲言又止，因为他也不知道该如何开口。正在他不知道说什么时，汪世华又问他了。

"世荣那边情况如何？"

汪世英不仅是王府总管，且掌管吴国商贸，同时也是负责两端战线的粮秣官。

"没什么情况，王雄诞的兵马已经纠集到位，又要围绕苏州打一场恶战了。"汪世英说。

"李子通估计还没休整好，不过没三五个月时间，王雄诞是很难攻下苏州的。"吴王汪世华不由得叹息，"苏州这个地盘，谁拿着谁就处于被动。"

"李飞的家属全都安置好了，钱大人负责的。"汪世英见长安那边的事情谈完了，就转移话题。他说的钱大人就是杭州总管钱仕。

"李飞是难得的忠诚，可惜是愚忠，嘉兴城我们围而不攻，就是希望他能开城投降，以免将士和百姓遭殃，没想到他得知沈法兴投河自尽的消息，居然自杀。"汪世华叹息道，"也算是一条好汉！我们一定要照顾好他的家人。"

"遵旨！"汪世英说。

"征梁的战争打得非常激烈，看样子，李渊一时半会是不会出兵增援的。"汪世华有点失望地说。

"李世民刚刚从洛阳回到长安，兵马还没有很好的休整，加上李渊老奸巨猾，估计是想等我们与萧铣两败俱伤时再出兵吧。"汪世英也有点担忧地说。

"虽然说李靖也在配合我们作战，但唐军没有大规模兵马开来，是很难攻灭梁军的。"汪世华步行到窗外，看着外面的烈日高照，思索着。

"倘若我们撤军呢？"汪世英小心地问。

"已经不能了。倘若我们撤军，梁军就会乘机尾随寻找机会攻打我们。"汪世华有点骑虎难下的味道，"这几个月作战，我军实行分割打击，消灭了梁军三万多人，连攻下周围州县十余座，已经让梁军受到了致命的重创。"

汪世华看了看汪世英说："最重要的是，梁军因与我们作战，错过了收割稻谷的机会，后期粮草必定匮乏，不利于他们长期作战。"

"现在是雨季，洪水暴发，我们的水师无法从长江逆江而上，虽然已围攻了岳阳，但是梁军的水师可以来回支援，我们只能牵制他们全军，却无法直接插入梁军的心脏江陵。"汪世英分析道。此时的东线汪世荣镇守吴县、奚飞和汪铁环镇守嘉兴、陈罗明和羊宣镇守湖州，这三个地方是东线的防线，不能轻易调动；杨义和汪铁师主要在西线南面，防止林士弘的兵马入侵，另外各州县也有将领把守；汪铁瑶已经把主要兵力都调往岳阳了。

"我们目前已经没有额外的兵力可以调配了，"汪世华略显无奈地说道，"即便我们能再派出一支精锐骑兵前往江陵，恐怕也难以扭转局势。毕竟江陵的城池坚固，又毗邻江河，要想攻克，非得借助水师不可。"

"现在只要李靖率一支水师顺江而下，萧铣必定灭亡。"汪世荣说。

"看这样子，李渊真是要等两败俱伤了才动手。"汪世华边说边向门外走去。

汪世英看着他的背影，陷入了沉思。

岳阳城外，吴军大营。

汪天瑶、程富、任贵、汪铁彪、董晏、毛凤、石五郎、汪铁珉，这里汇集了吴国的优秀将领。吴国自三月从洪州出兵以来，一路上过关斩将，攻城略地，只花了两个月时间就打到了岳阳。吴军包围了岳阳城已经两个月，切断了长江上下游水路，像一把尖刀插在萧铣的胸部，只是这把刀还没有让萧铣立即断气，还需要外力。

"大元帅，吴王为何忽然让我们停止攻城？"任贵得到停止攻打岳阳的消息后，气急败坏地跑来找大元帅汪天瑶，"现在周法明和文士弘分别率领三万人马赶来救援，我们必须把岳阳城攻下来。"

周法明是萧梁政权的大将军，镇守江夏，统管四州；文士弘是萧铣最得力的骁将，一直镇守江陵，忠心耿耿。

萧铣眼见岳阳城被吴军团团包围，很快就要攻陷，不得不把两支最得力的兵马全部押上去。万一岳阳失陷，梁国真的就会被一分为二，东西无法相互救援。

"别急，任元帅，先坐下来消消气。"汪天瑶安抚道，他深知任贵此行定是来兴师问罪的。

"我们的人正在攻城，只要坚持一天，岳阳城必破！"

任贵部担任攻城主力，为了岳阳城已经打了数月，好不容易等到岳阳城内出现内讧，是千载难逢的好机会，怎么能说不攻就不攻了呢？自对萧铣开战以来，虽然攻城略地，但都是进行大规模的运动战，吴军兵力较少，不可能分兵驻守每一座城池，除了占领具有战略意义的城池之外，其余都是以消灭梁军为主。而岳阳城意义重大，若被吴军占有，就可以连接一大片梁国城池，大大地扩展了吴国的版图。

"吴王是担心我们打得下而守不住！"汪天瑶见任贵坐下，就看着他说。

"守不住？"任贵一听猛地站了起来，"我能打下，就一定能守住！"

"那就需要付出很多代价，任元帅以前可不是这个态度的？！"汪天瑶盯着任贵说。

"莫非吴王要让唐军来攻取岳阳？"任贵终于把憋了很久的话说了出来。

"哈哈——"汪天瑶大笑起来，"任贵啊，任贵，你怎么也糊涂起来了呢？"

任贵见汪天瑶嘲笑他，就尴尬地说："请大元帅明示。"

汪天瑶站了起来，走到任贵面前："你是不是听到歙州那边的一些消息了？吴王为什么要对萧铣全面开战，与其说是帮李世民，还不如说是在借机保我们吴国六州。"

任贵没有说话，看着汪天瑶，他在等汪天瑶后面的话。

"拿下岳阳城是吴王的意思，停止攻打岳阳城，也是吴王的意思。"汪天瑶并没有直接解释吴王汪世华的意图。

"吴王有令，命你率领所有攻打岳阳城的兵力明日辰时向洪州方向撤退，途中会有新的旨意。"汪天瑶从案台上拿出一块令牌递给任贵。

"大元帅，我彻底糊涂了，不攻城，您不给我个解释，居然还要我立即向洪州方向撤退，这到底为什么？"任贵更是丈二和尚摸不着头脑。

"吴王已经到了洪州，难道你不去接驾？"汪天瑶很平静地说。

"吴王来了？"任贵既迷糊又兴奋，"我怎么一点消息都没有？吴王要亲征？！"

汪天瑶笑着说："我也是刚接到密旨，吴王和惠妃只带了两百精骑过来。"

任贵接过令牌，舒了口气："吴王亲征，我就放心了，我们这些做臣子的只要执行好旨意就行。"

"废话，吴王文韬武略，千古少有，小小岳阳城估计只是吴王设计的一个诱饵而已。"汪天瑶笑骂着任贵。

"只要不让唐军来攻就行。"任贵念叨着。

"现在快到申时，命令所有攻城兵马立即回营休息。明日辰时开拔！"汪天瑶说。

"末将领旨！"任贵领旨就走。

"我军人马在岳阳全部加起来也只有六万，现在天气炎热，又出现水土不服的情况，倘若再持续作战，对我军非常不利。"汪世华骑在马上对身边的惠妃庞实说。

"吴王言之有理，倘若不把萧铣的援军灭掉，即使攻下岳阳城，也没有多大的意义，只会陷于梁军的围攻中。"庞实深情地看着汪世华说。自当年跟随汪世华征讨宣州，亲自斩杀宣州女将银黛后，庞实一直待在歙州照顾儿子们，除了协助吴王处理军务之外，再也没有出征过。

"文士弘与周法明是萧铣的左膀右臂，是梁军的核心人物，只要灭掉这两个人，获取萧铣的梁国就如探囊取物。"汪世华说，"任贵的兵马往洪州撤退，梁军务必认为我军害怕主力作战，在避其锋芒。梁军必定放松警惕，认为岳阳无忧。"

"任贵的兵马真的不参加战争？"庞实几次都想问这个问题。

"让他来洪州休整吧，唐军没有动静，我们也不能把全部家当都拿来赌。"汪世华看着北方，"该是他们唐军出兵的时候了。房玄龄也几次来信说李渊将有大动作。"

"也不可全信他的话，我们只有保存实力，才能有话语权，才能保障吴国百姓的安危。"庞实骑在马上，并肩而行。

"这就是孤让任贵撤兵的原因，军事意义上的胜利，不能代替政治上的胜利。"汪世华坚定地说，"我们也要针对岳阳城，来一场以少胜多的战役，向长安发出警示，要他们遵守诺言。"

说到这里，汪世华看着庞实说："其实我最担心的是洪州出问题，万一张善安切断我军退路，事情就糟糕了。"

庞实点了点头："我懂您的意思。程富两千人马现在也应该到达指定位置。"

汪世华默默地点了点头，未发一言，随即手一挥，策马疾驰而去。

周法明的三万人马并没有在码头登陆，而是选择了一个非常隐蔽的山丘边上岸，这正是他高明之处。三万人马前来救援岳阳城，为的就是能与文士弘联手把围攻岳阳的三万吴军一锅端掉。他已经得知任贵率部撤向洪州，但是岳阳城外还有汪天瑶率领的三万兵力。

周法明为了防止吴军在他们上岸时偷袭，特意提前在五十里外的地方上岸，再利用山林掩护，出其不意地出现在城外的吴军面前。

三万人马倘若全部上岸，需要整整一天的时间才行。梁军的一切行动都在汪世华的视线之内。吴军全都是轻骑，根据山势也早推算出梁军会在这一带登陆。

当梁军小心翼翼、不动声色地靠岸时，吴军已经等了两个时辰。

"殿下，可以动手了吗？"程富已经按捺不住了。

"多少人？"汪世华低着头继续与庞实下棋。

"约一万人了。"程富激动地说。

"再等等，还是少了点。"汪世华头都没抬。

"殿下，他们都是精兵强将，已经是我们兵力五倍之多了！"程富担心自己两千人马消灭不了已经上岸的一万梁军。

"没事，继续等吧。"汪世华边说边走了一步棋。

程富还想说什么，见汪世华看都没看他一眼，着急得走来走去。担心打不赢梁军是原因之一,他更担心吴王的安危,这是汪世华自建吴称王以来,第一次亲征。程富不敢冒这个险。

外面的天气越来越热,很快就到正午,梁军上岸后的队伍稀稀拉拉地在山谷中休息,有睡觉的,有准备埋灶做饭的。

此时,汪世华瞟了程富一眼,向庞实眨了眨眼睛,庞实会意一笑。

"程将军,这次作战为何如此紧张呢?"庞实笑着问急躁的程富。

"哎呀,惠妃娘娘,我是为殿下担心,要在平时,臣一人单枪匹马都敢杀入三万敌军之中。"程富忙走到庞实身边解释,"殿下现在是一国之主,不能有任何意外。只要我们能把这一万梁军给吃掉,已是大胜利了。"

庞实听程富这样说,就故意责怪道:"亏你还是他兄弟,连他这点脾气都不知道?自攻打睦州后,他就一直没有出征过,好不容易躲着那般文臣跑出来,岂不露露身手?!"

庞实说到这里,看了一眼汪世华,接着说道:"我们吴王艺高人胆大,这才多少人马,他岂能放在眼里?"

"哈哈——"汪世华听到这里,轻轻地笑了起来,"爱妃在讽刺孤了。"

汪世华边说边把手中的棋子扔到棋缸里,解释道:"等会儿打比现在打更有利。周法明是梁国数一数二的名将,文武双全,他在安排人马上岸时,最初上来的肯定都是精英,上来之初表面看起来松散,其实是做了百般防备,随时应付我军突袭。但是两三个时辰过后,他们就会发现,这个地方其实是非常安全的,根本没有吴军,于是就会放松警惕,让后面的兵马加紧上岸。"

汪世华说到这里,就问身边的哨兵:"是不是梁军上岸的速度在加快,一次性上岸的人数也在增多?"

"回禀殿下,梁军现在一次性上岸的人数比最初增加了三倍,士兵上岸的步伐也在加快,没有最初那样稳重。"哨兵立即回报。

汪世华看了看程富说:"他们已经放松警惕了,这样加快速度,就会让队伍真得乱起来。最初上岸的先锋兵马已经彻底放松警惕,估计正趁着大热天躲在树荫下纳凉,指不定有些已经睡熟了。根据目前的进度,很快就会有两万人马上岸。

到那时你按孤预先跟你说的去做，肯定成功！"

程富听吴王这么一分析，悬着的心落了下来，忙施礼："臣遵旨！"

"报——"程富刚准备走开，有哨兵来报。

"启禀吴王，梁军的辎重兵马准备登岸！"哨兵来报。

"好！"汪世华一拳头砸在棋桌上，"程富，杀！"

"打旗语！杀！"程富接到旨意，立即命令身边负责打旗语的士兵。

瞬间，周围山头杀声震天，轻骑从山上飞驰而下，战鼓声响彻群山。毛凤带领一百名骑兵最先冲到登岸口，裹着布条浇了油的箭像长了眼睛一样，飞向梁军的船只。

天气炎热而干燥，着火的船只火势瞬间燎原，切断了梁军登陆的路径。

在山谷之中，原已登陆的梁军大部分都已卸下铠甲，在树荫下休憩，甚至有人已沉浸在甜美的梦乡中。当山上的巨石开始滚动，梁军尚未回过神来，便已有士兵在睡梦中失去了生命。更令他们惊愕的是，山上的巨石如洪流般滚滚而下，夹杂着无数火球疾冲而来。由于占据高地，吴军投掷火球时并不会危及自身，然而对于梁军而言，却是避无可避。一些身上着火的士兵在惊慌失措中跳入河中，除了极少数精通水性的幸存者，大多都葬身水底。

梁军在突如其来的袭击中措手不及，几名将领在混乱中丧生，随后梁军开始溃败，士兵们如同惊弓之鸟四散而逃，但更多的是选择蹲在地上投降。

这一切变故来得太过迅猛，隔岸观战的周法明只能眼睁睁地看着火势蔓延，无能为力。短短一个时辰内，他的两万多人马死伤大半，其余的不是逃跑就是投降。这支梁国的精锐之师，就这样灰飞烟灭。

"大将军，快撤退吧！"身边的副将焦急地对悲痛欲绝的周法明说。

"我该如何向皇上交代？失去了这些兄弟，我还有什么立足之地？"周法明站在船上，双眼失神地盯着熊熊大火，几次想冲过火海，都被副将紧紧拉住。

"大将军，请快撤离！"副将搀扶着周法明向江对岸返回，他们生怕周法明在绝望中做出傻事。

"我还能去哪里？"周法明黯然神伤地问道。

身边的副将心头一震，确实，这是大将军的嫡系，如今损失惨重，如何回去向皇上复命？以梁帝萧铣的性格，杀头甚至灭族都是有可能的结果。

"传令，停止追击梁军。立刻放出消息，就说周法明早已与我国暗通款曲，这次兵败是故意为之。试问，若非如此，他的三万大军又怎会轻易败给我们仅有的两千兵力？"汪世华向身旁的汪铁珉吩咐道。

汪铁珉微微一笑，明白了汪世华的用意——这是想借萧铣之手来除掉周法明。

汪世华骑在战马上，对从山下快马赶来的程富说道："你立刻整顿队伍，率领五百精兵，随我火速赶往岳阳。这里的善后工作，就交给汪铁珉来处理。"

"臣领旨！"程富在马上拱手应道，随即转身去调集兵马。

很快，吴王汪世华、惠妃庞实以及吴国太尉程富，率领着五百骑兵，如风驰电掣般向岳阳城进发。

与此同时，梁将周法明也已收拾起残兵败将，带领着七千人马，通过水路和陆路两条线路，急速向岳阳城奔去。

文士弘已经率领三万梁军离岳阳城不足百里，而汪天瑶也已率领吴军三万严阵以待。

"程富，你去告诉天瑶，只要看见我部兵马在后山燃出狼烟，就立即率军杀出。兵分三路，你和石五郎为左右翼，汪天瑶为中军，以排山倒海之势冲杀出来。记住，一定要把假冒的周法明人头，高高地挂在旗杆上。"

"殿下，谁保护您？"程富犹豫再三。

"呵呵——孤还需要你担心？你快去吧，要赶在周法明到来之前发动战争，越快越好。你孤身前去，这五百骑兵留下，孤要与惠妃迂回到文士弘的后方，杀他个措手不及。"汪世华果断地说。

"他们可是三万大军啊！"程富有些担忧。

"怕什么？只要你们见到狼烟，全军杀出，文士弘必败。我们没有时间与他们这样对峙。"汪世华手一挥。

程富没法说服吴王，更何况吴王用兵向来喜欢出其不意，险中求胜，他只得领命而去。

看着程富飞驰而去，汪世华对庞实说："据探子来报，离文士弘的军营只有两个时辰的路程，现在命令全军休息，我们待黄昏时杀出！"

"汪天瑶部与梁军两营只相隔不到十里，一番拼杀，到了天黑会对我军更有利。"庞实赞许地说。

"今日一战，爱妃可以大展手脚，但也要注意安全。"汪世华深情地望着庞实说。

庞实微微一笑，说道："五百骑兵只往主帐杀去，你为龙头，我为龙尾，根据战场形势，我俩随时变换龙头龙尾，像一把尖刀一样，来回拼杀，只需几个回合就会把梁军阵营冲乱。再让汪天瑶他们全军杀进，梁军必败！"

"好！就按照爱妃这个战术去打，不管他们是多少路人马杀来，我们就一路人马杀进去，冲乱他们的阵营！"汪世华对庞实投去了赞许的眼光，两人总能心灵相通。

黄昏，天边的云彩像血染红一样。

汪世华和庞实率领骑兵悄悄地潜到文士弘的梁军大营，这是他们的后方，防备相对松懈。

"杀！"

汪世华骑在越影宝驹上，手举湛卢宝剑，在血红的夕阳下，犹如天神。

"杀！"五百吴军骑兵跟在汪世华的后面，一排十人，共五十排，有序地冲向梁军大营。

"吴军来了！"梁军外围的士兵紧急呼叫。

"放箭！"汪世华的剑一挥，一排排弩箭向梁军飞去。

梁军的弓箭手还没拉开弦，就一个个倒在弩箭之下，吴军杀进了梁军阵营。

"让文士弘快快出来受死，孤乃吴王汪世华！"汪世华边杀边喊。

梁军将士一听是吴王汪世华，为了抢功，纷纷上前拼杀，真是螳臂当车，不是被湛卢剑削去脑袋，就是被砍断手脚。结果汪世华杀到半路，梁军将士主动闪开，生怕送了性命。五百吴军骑兵如猛龙般在梁军阵营翻滚。

"报告将军，汪世华带着一支骑兵从阵营后方杀来，已经快杀到主帐了！"梁军大将军文士弘此时在阵营前方，他正带领一大批将领与汪天瑶隔空对话呢。

"什么？"文士弘一听，就知道上了汪天瑶的当。

原来汪天瑶接到程富的汇报后，为了配合吴王从后方突袭，特意率大军到梁军营前叫阵。文士弘见吴军来势汹汹，就想避其锋芒，谋划天黑再战，没想到正中了汪天瑶下怀。

"吴军来势汹汹，为首者说他是吴王汪世华。"士兵回报。

"多少人马？"文士弘问。

"可能有两三千人。"士兵只见吴军东突西杀的，也一时搞不清楚到底来了多少人。

"可恶！"文士弘拔出宝剑，"虎贲将军，你立即带领两千精骑，去把汪世华的人头提来！"

虎贲将军武坤是文士弘的左膀右臂，梁国猛将。武坤领命后立即率领精骑往后营赶去。

"大元帅，敌营乱了。"毛凤远远地望见武坤带领精骑往后营奔去，就赶紧指给汪天瑶看。

"狼烟升起来了吗？"汪天瑶其实也早已看到了敌营已乱。

"还没有！"毛凤说。

"等！"汪天瑶咬着牙说。

"大元帅，末将担心吴王安危！"毛凤见方圆两三里都是梁军人马，倘若吴王带领骑兵在敌营中真有不测，后果就不堪设想。他不由得捏了一把汗。再晚就天黑了，到时即使升起狼烟也不一定看得清楚。

汪天瑶又看了一眼高山，确实还没有升起狼烟，果断地说："等！"

毛凤见汪天瑶的态度坚决，也就只得骑马退在一旁等候。

其实此时的汪天瑶也是非常紧张，但是没有吴王的命令他不敢轻易出动。现在敌军后营虽乱，但是前营仍然是严阵以待，他在推测吴王的意图，应该是在等敌军后营吃不消，前营按捺不住时，再命令他们全军突进。

文士弘此时更不敢轻易挥军杀出，因为后营正在混战，不压制住，岂不腹背受敌？尤其是从汪天瑶的吴军阵营可以看出，他们肯定是要从左右翼包抄，中军主攻。

文士弘是梁国名将，明白吴军的企图。只有压住前营不乱，想办法解决掉后营，吴军必退。但是他没有想到的是，梁国猛将武坤居然不敌汪世华！

当武坤率领两千精骑赶到后营时，吴军骑兵并没有像他们想象中那样拿着长枪去拼杀，而是快速地冲到吴王前面，围成扇形，手里全部端着轻型强弩，随后弩箭分批飞了出去，梁军骑兵纷纷落地。

一番弩箭过后，射程之内的梁军不是射死，就是已经逃出射程之外。吴军骑兵立即变换阵型，吴王站在阵前，惠妃庞氏则站在阵后，做到首尾呼应。

"我乃梁国虎贲将军武坤，不杀无名小卒，报上你的名来！"武坤见箭雨停了，对着汪世华远远喊话。

"叫文士弘出来，你没有资格！"汪世华手里握着湛卢宝剑，骑着越影宝驹，威风凛凛。

"岂有此理！"武坤怒气冲天，举着长枪，又不敢冲过来，他担心箭雨再次飞来。

"要不你放马过来试试！"汪世华微微一笑，举起湛卢宝剑。

武坤见吴军骑兵手里换成了长枪，弩箭已经挂在腰上，便一拍马背向汪世华杀来。

吴王汪世华也拍马出战，两人立即战在一起。

真是龙争虎斗，武坤不愧是梁国的猛将，与汪世华连战三十回合，居然连一口气都不喘。

"吴王威武！吴王威武！"吴军骑兵举起手中的长枪，一声声呐喊！

汪世华看了看天空，天色很快就要暗下来了，倘若再不斩杀武坤通知山上放狼烟，汪天瑶的大军就不会出动。

"武坤，下马投降吧，我饶你性命！"吴王举剑对着武坤。

"哼！"武坤已经知道对面的人果真是吴王汪世华，早就听闻汪世华武功盖世，刚才这一交手，果然不同凡响，但是这三十招内谁也没有占到便宜。

武坤满怀自信，二话不说，直接向汪世华冲去，意图与其一决高下。

汪世华原本有意收服武坤，但见他如此莽撞无礼，也就不再留情，当即加大了攻势的凌厉程度。

两人的战斗愈发激烈，每一招每一式都充满了危险与杀机。

"啊！"十招过后，汪世华的剑锋突然划过了武坤的大腿，趁他因疼痛而慌乱的刹那，汪世华反手又是一记迅猛的剑招，精确地削中了武坤执枪的右手，导致长枪脱手落地。

武坤惊恐地想要逃离战场，然而已经为时已晚。汪世华的身法和剑法都太过迅疾，眨眼间，他的剑已经从武坤的脖颈处掠过。

最终，武坤身首异处，他的人头重重地摔在了地上，战斗宣告结束。

"武坤已死！杀！"汪世华手举宝剑，振臂一呼，趁梁军尚未回过神来之际，吴军骑兵迅猛出击！庞实站在阵尾，迅速挥动五彩旗，向高山方向连挥三下，随即狼烟袅袅升起，传递着进攻的信号。

"报——虎贲将军阵亡，吴军已突破后营防线！"一名骑兵飞马报到文士弘身旁。

梁军后营因武坤被杀而士气大跌，士兵们纷纷放弃抵抗，四散逃窜，整个营地陷入混乱。武坤被杀的消息如同野火般迅速在梁军阵营中传播开来，就连前营也开始出现动荡。

"振威将军、奋武将军，立即前往后营，阻止汪世华，稳住阵营。"文士弘作为主帅，不能轻离指挥位置，只能下令调派其他大将前往后营应对危机。

吴军阵营。

"大元帅，狼烟！"毛凤激动地指着远处的高山，夕阳的余晖映得狼烟格外显眼！

汪天瑶骑在雪蹄乌骓马上，手中的丈八滚云枪往前一指，高声喊道："全军杀出！"

瞬间，三万吴军如排山倒海般向梁军扑去。

"大将军，不好了，吴军杀出！"梁国的振威将军正准备点兵赶往后营，只见远处尘土飞扬，吴军已经出动了。

"杀！"文士弘心中暗叫不好，但还是抽出腰中宝剑，往前一挥。

这时的文士弘已经没有退路，他只有迎敌，倘若撤退的话，就会让阵营更加混乱。前营往后撤，后营往前逃，岂不相互冲撞，相互踩踏？

吴军如猛虎出山，很快就把梁军阵营撕破了一个口子。此时的梁军果真是腹背受敌。

混战开始。这时天已黑。

战斗还没到一盏茶的工夫，梁军后营忽然火光冲天。原来汪世华已经率领骑兵杀到了梁军粮仓，几把火把粮仓点燃了。

"文士弘，快快下马投降。周法明已死！"汪天瑶见梁军粮仓着火，立即下令点燃数百支火把，把假的周法明人头高高地挂在旗杆上。

梁军将士被刚才的冲杀，已经弄晕了头，此时见吴军忽然挂出周法明的脑袋，隐隐约约，似真似假，全军一下子都失去了斗志。周法明是梁军名将，此时其人头出现，岂不大大打击了梁军的士气？！

"文士弘，周法明在渡江登岸时，已经中了我吴王的埋伏，全军覆没。"

汪天瑶再次高喊。

"大将军，吴军来得凶猛，末将断后，您快带领将士们撤退！"奋武将军骑马跑到文士弘身边。

"报——"忽然又有骑兵匆匆跑来禀报，"振威将军阵亡！"

"什么？"文士弘瞪着大眼反问，他不敢相信这是事实。

"吴军一名女将用鞭取下了振威将军的脑袋。"骑兵说。

文士弘环视周围，只见一个个火把下，梁军将士到处逃窜，毫无战斗力，只得叹气一声："我文某一世英名，就毁于这场战争！撤！"

文士弘的命令很快传开，梁军在撤退中更加混乱，吴军乘胜追击。

汪天瑶、程富、石五郎和毛凤，率领吴军一路追赶二十余里，梁军或死或伤或降者，占十之八九，梁军奋武将军在混乱中被杀，文士弘趁夜色逃走。

吴军大营。

"殿下筹谋深远，仅仅两战，便歼灭了梁军的精锐部队，实在是智勇双全，令人钦佩！"汪天瑶笑容满面，对坐在主座的吴王汪世华赞不绝口。

吴王汪世华面露微笑，却仍保持着谦逊："此战成功，全赖将士们的勇猛善战，和各位的鼎力支持。"他确实为这场轻松击溃梁军精锐的胜利感到自豪，但更明白，胜利是团队共同的努力。

庞实静静地坐在一旁，她的目光始终停留在汪世华的身上，充满了敬仰和爱意。这是她第二次陪伴他出征，看着他如何以智慧和勇气带领军队取得胜利，内心充满了作为妻子的骄傲。

吴王环顾众将，然后对汪天瑶说："天瑶，你是大元帅，你把这两次战役中表现英勇的将士名单整理给孤，孤会一一论功行赏。"

"感谢殿下的恩典！"汪天瑶深深一礼，表达了他的感激。

"三天后孤将班师回歙州，你与程富率两万人马后续返回，石五郎统率其余人马就地休整，毛凤为副，等候孤的旨意，不要轻易出战，岳阳城倘若不开门投降，就不要去攻取。"汪世华说。

"臣遵旨！"汪天瑶、程富、石五郎和毛凤一起站起来领旨。

第三十五章　心系长安

汪世华和庞实率领两千人马先行返往歙州，汪天瑶和程富率领大军随后。

率三万大军退守洪州的任贵早就率领一班将官在三十里外迎接吴王和惠妃。

"臣等叩见吴王殿下、惠妃娘娘！"汪世华还有数十丈远，任贵他们就都下马跪在地上迎接。

"众将平身！"汪世华骑在马上，微微一笑，伸出右手轻轻往上一抬。

"谢殿下！"任贵与众将领一起谢恩。跟随任贵退守洪州的还有汪铁彪、董晏等大将。

"任贵，你上马，随孤一起走。"汪世华的意思就是让任贵与其并肩同行。

"这……"任贵犹豫了，现在整个吴国上下，除了惠妃与吴王偶尔外出时并肩同行，做臣子的岂敢如此。

"孤有事要问你。"吴王骑在马上，一副不容拒绝的样子。

任贵只得说："谢殿下！"说完就翻身骑上五色斑豹铁黑马走到吴王的身边，但还是紧勒着缰绳，让吴王的越影宝马在前面半步。

吴王与任贵骑马走在队伍的前面，汪铁彪和董晏也忙跟在惠妃庞实的后面，其余将士都紧随其后，浩浩荡荡的向洪州城开进。

"殿下这次亲征，一举灭掉了梁军的精锐之师，威震华夏！"任贵在马上说。

"算是险中求胜吧。现在你该明白孤为什么调你退守洪州了吧？"吴王笑着说。

"臣明白。"任贵忙向吴王一拱手，很歉意地说，"原来殿下让臣从岳阳撤兵，就是为了迷惑梁军，让他们以为我们害怕与其大规模决战，待他们放松警惕时，殿下亲自出马，出其不意的在半路上截杀他们。"

511

"这是其一。"吴王点了点头。

"其二,中原已定,殿下担心长安会让张善安以洪州为中心,切断我军补给线,造成岳阳前线将士粮草匮乏。而臣与张善安长期在一起并肩作战,他对臣又恨又怕,只有臣率军队退守洪州,张善安才不敢有非分之想。"任贵说。

"没错,张善安此人狡诈多变,野心勃勃,洪州是一块战略要地,虽然名义上已经归顺李唐,但是我军数倍于张善安部,实际上洪州就是我们的地盘。"吴王看了一眼任贵说,"我们既要利用张善安,又不能让其强大,否则他可能成为别人用来对付我们的刀子。"

"臣明白。"任贵说,"他知道殿下要来,已经在城外十里等候您了。"

吴王冷冷一笑,没有说话。

任贵见吴王没有说话,知道他不想谈张善安这个人,就问:"殿下既然已经在岳阳击败梁军精锐部队,为何不挟余威直攻江陵?"

吴王汪世华说:"此事孤也曾考虑过,梁国虽然精锐之师无存,但百足之虫死而不僵,我军劳师远征,势必会陷入梁军的重重包围之中,江陵是其心脏,梁军还有近二十万大军,岂能善罢甘休?!"

说到这里,吴王停顿了一下:"倘若我军被梁军拖住进退两难的话,吴国也就危险了。吴国兵力不足,不适合持久战。最好的办法,还是等唐军出兵,两军东西夹击,方可取胜。"

"但是现在要唐军出兵估计又困难了,窦建德的部将刘黑闼在殿下会战岳阳时,已经起兵反唐,说是为窦建德报仇,连克数州,声势浩大。"任贵在旁边略有担忧地说。

"这个消息我在狙杀周法明的时候,已经听说了。刘黑闼是一员猛将,只要李世民挂帅,肯定会很快降住他的。"吴王说,"李渊平定中原以后,就会挥师南下,你如何看待当前大局?"

任贵一愣,他未曾料到吴王会在此刻向他抛出这个问题。尽管他们这些行军将领在私下里已多次探讨过相关议题,各自也都有一套独到的见解,但此情此景下,他并不方便直接表达个人观点。于是,他只得谨慎地回应:"臣等自然是一切遵从殿下的安排。"

吴王听出任贵的回答中有所保留,温和地笑了笑,说:"任贵,你我是兄弟,我想听你说句实话。以我们吴国的兵力,你觉得我们有能力扫平萧铣、林士弘和李子通他们,一统江南吗?"

任贵抬起头,深深地看了吴王一眼,嘴唇动了动,却还是没有立即回答。

"你只管直言,孤赦你无罪。"吴王说,"孤这个王位都是你和天瑶、程富众兄弟,大伙儿用命拼来的,孤也得为你们及子孙后代的荣华富贵着想。"

虽然是简简单单的一句话,但是任贵已经很感动了,自己当年只是一个人人喊打的小叫花子,倘若不是吴王仁义,认其为兄弟,一起并肩作战,怎能有今日吴国兵马总管这么显赫的地位呢?他激动地说:"殿下,实话实讲,我吴国无此能力平定江南,即使是李世民靠一己之力也不能平定江南。正如殿下以前所说的一样,当今天下各路诸侯谁也没有能力一股独大,最好的办法就是联盟,消灭对手后,盟友之间再进行争斗。"

吴王听了后,点了点头,随后又摇了摇头:"如此一来,战争不断,百姓遭殃。"

"殿下,认为李唐真的能为天下百姓带来福祉?"任贵说。

"你认为还有谁可以?"吴王反问任贵。

任贵骑着马默默走着。吴王的问题是明摆着的,当今天下各路政权有实力的,能让百姓安宁的,除了李唐之外,就只有吴国了。而吴国地处江南,由于人口、军队、地理条件等各方面的限制,很难一跃成为天下王者。

"孤在洪州休整数日,待天瑶的人马到达后,就回歙州。你和董晏率两万人马留守洪州,其余将士都班师回朝。这样我们可以进退自如。"吴王也猜着任贵在想什么,也知道这些将领们的心思是一时难以改变,只有合适的时候潜移默化地开导。

"臣遵旨,请殿下放心,臣一定会看守好这块战略要地!"任贵骑在马上向吴王施礼。

窦建德被唐军击败后,他的部将大多返回了各自的家乡。然而,唐政权担心他们有可能东山再起，因此派遣官员四处追捕。在这样的背景下，李渊又下令窦建德的旧将范愿、董康买、曹湛、高雅贤等人前往长安接受任命，声称将为他们安排官职。这些将领陷入了两难境地：若拒绝前往，便是抗旨不遵，将面临杀头的危险；而若前往，又恐怕会步入王世充部下的后尘，在长安被处决。因此，他们开始密谋起兵反抗。经过多番寻找，他们联系上了隐居在漳南乡村的窦建德麾下第一猛将刘黑闼，并邀请他一同起兵。

刘黑闼在窦建德军中时曾风光无限，备受敬仰，但自虎牢关战败后，他逃回乡下，生活拮据且需时刻提防唐军的追捕，心中苦闷无比。当旧部将领们前来拜访，并尊他为主公，请求他起兵反唐时，刘黑闼毫不犹豫地答应了。

武德四年七月十九日，即窦建德被李渊处决后的第八天，刘黑闼等人率领百余名部众揭竿而起，攻占了漳南县，正式宣布起义。

李唐政权为了便于军政统一管理和指挥，通常会在战乱地区设立行台尚书省，事态平息后再行撤销。刘黑闼起义的消息迅速传至朝廷，李渊闻讯大为震怒，于是在洛州设立了山东道行台，统辖魏州、冀州、定州、沧州等地。他任命淮安王李神通为山东道行台右仆射，意图利用周边数州的兵力迅速平定刘黑闼的叛乱。

然而，无论是李渊还是李世民等人，此时都未将刘黑闼视为重大威胁。这从他们选择由李神通领兵平叛便可看出。李神通是李渊的堂弟，虽无显著军事才能且多次战败，甚至曾被窦建德俘虏过，但他因早期积极响应李渊起兵而受到重用。

李渊认为，既然窦建德那般强大的势力都已被消灭，刘黑闼虽勇猛却已今非昔比，难以掀起大风浪。他相信李神通率领数州之兵，并有数位战将辅佐，定能轻易取胜。

刘黑闼兵力虽少，但《老子》中有一句，哀兵必胜。处于劣势，横竖都是死的窦建德旧部在刘黑闼的率领下，一路过关斩将，势如破竹。袭漳南，下鄃县，破历亭，接连斩杀唐政权的贝州刺史戴元祥、魏州刺史权威、屯卫将军王行敏。

在占领贝州和魏州后，刘黑闼开始大力招兵买马，并率领两千将士在漳南设立祭坛，以此告慰窦建德的在天之灵，并正式向全国发出反唐的檄文。这一行动犹如星火燎原，迅速点燃了原本沉寂的反唐势力。降唐后被任命为戴州刺史的孟

徽州魂
大唐越国公汪华传奇
中

啖鬼，率领曹州和戴州反叛唐朝；而洛阳之战后归降唐朝并被封为鲁郡公的兖州总管徐圆朗，也起兵叛唐，并被刘黑闼任命为大行台元帅。与此同时，兖州、郓州、陈州、杞州、伊州、洛州等地的豪门望族也纷纷响应，一时间，山东、河北地区战火连天。

面对如此严峻的局势，李渊急忙下令从关中调兵遣将。他派遣将军秦武通和定州总管李玄通率领精锐兵马进攻刘黑闼。为了确保万无一失，李渊还同时命令幽州总管李艺出兵配合进攻。李艺，原名罗艺，在武德元年归顺李渊后被封为燕王，并被赐姓李。李艺在归唐后曾两次成功抵御窦建德大军的进攻，一度被视为窦建德的克星。这次，李渊决定再次启用李艺，让他与李神通联手围剿刘黑闼。

李艺的部队与李神通的部队在冀州城下汇合，五万唐军士气高昂，与刘黑闼的一万多人马在饶阳展开了激战。双方实力悬殊，看似唐军胜券在握。然而，战斗的结果却出人意料，刘黑闼以少胜多，李神通和李艺战败逃窜，李艺麾下的两员大将薛万均、薛万彻兄弟竟被生擒。

刘黑闼的这次胜利，震惊了天下。李神通的失败或许可以理解，但连勇猛善战的幽州总管李艺也败逃，这让人们对刘黑闼的实力刮目相看。

尽管刘黑闼继续势如破竹，秦王李世民数次请求出征，却都被李渊委婉拒绝。这是为什么呢？原来，自从虎牢之战后，李世民亲手擒获王世充和窦建德，使北方两个最强大的对手瞬间覆灭，他的军事生涯达到了巅峰，朝野中的威望也无人能及，甚至超过了在长安辅佐朝政的太子李建成。虽然李世民和李建成之间的矛盾尚未公开化，但两人之间已经开始暗中较量。李渊担心李世民军功过高会对太子不利，这种情况对李唐政权来说是一种潜在的危险。因此，他下定决心不让李世民出征，想借此证明，除了李世民，大唐还有其他人能平定天下。

李世民几次上奏被拒绝后，也猜透了李渊的心思，加之房玄龄和杜如晦为首的幕僚出主意，于是在秦王宫以西开设文学馆，广邀天下文学之士。把杜如晦、房玄龄、虞世南、褚亮、姚思廉、李玄道、蔡允恭、薛元敬、颜相时、苏勖、于志宁、苏世长、薛收、李守素、陆德明、孔颖达、盖文达以及许敬宗等十八位当世颇有名望的文人墨客吸纳到文学馆中，授予他们“学士”之名。秦王让著名画家阎立本为各学士画像，又请褚亮撰写赞文，号称十八学士。当时世人都对文学馆学士很重视，倘若得为学士，时人便称为"登瀛洲"。李世民将他们分成三批，轮流值班，自己则与学士们讨论古籍中的治国之策，评议前代的政治得失，经常讨论到深夜。实际上，李世民是让文学馆成为他的政治决策机构，弥补自己在政界根基浅薄的劣势。在军事上已经取得无人能替代的功勋之后的李世民，在揣测到父皇李渊的心思后，就成天待在文学馆，不问外面战事。

刘黑闼真不是那么容易对付的，其发展势头强劲，一步步向长安逼近，李唐政权再次陷入了危机之中。

"庞妹，这几日我一直在思索，倘若刘黑闼重新收复窦建德的地盘，那么北方的统一又要推迟，而南方也会同样延迟。"吴王汪世华骑在马上对并肩同行的惠妃庞实说。

"这样下去，弄不好，天下真的就这样四分五裂了。"庞实担忧地说。

"凭我吴国一己之力灭不掉萧铣，也灭不掉林士弘。"汪世华说。

"冯盎那边有消息吗？"庞实忽然问道。

"在洪州时，有使者送来情报，还在与林士弘进行拉锯战，谁也吃不下谁。"汪世华说，"但是我们又不能抽兵去帮助他。"

"是啊，我们手里的兵力有限，既要制衡李子通，又要防着杜伏威，还要随时准备与萧铣大战。林士弘拥有兵力二十多万，不可小视，倘若真要灭掉他，除了冯盎的兵马之外，至少还得加上五万精兵才行。"庞实分析道。

"所以，我还是想采用原先的战略，联合唐军灭掉萧铣，再与唐军一起南下，与冯盎南北夹击林士弘。"汪世华说。

"倘若萧铣和林士弘都灭了呢？你、冯盎、唐军，三家该怎么办？是不是又要相互征战？"庞实说，"倘若归顺李唐，只怕下面这些将领们会反对。"

"华夏一统是必然的趋势，既然当今各路政权只有李渊最得人心，为何我们不归顺呢？"吴王说，"我找机会去说服他们。"

"现在刘黑闼这样一折腾，统一不知道又要到何年何月？"庞实说。

吴王汪世华骑在马上没有说话，沉思半天后，忽然开口："庞妹，倘若我率吴国十万将士和百万子民现在就归顺李唐，你觉得如何？"

庞实吃惊地看着他，虽然汪世华多次提出将来要归顺李唐，但并没有指明时间，现在忽然这样一说，太出乎意料了。

汪世华知道这个提议对庞实来说太突然了，就说："现在李唐又陷入了危机，倘若我们归顺，势必会震撼天下那些降而又反的乱臣贼子，向天下百姓释放一个只有大唐才是天下王者的信号。到时上奏武德天子，立即分兵出征萧铣，扫去南部最强劲的对手，没有了后顾之忧，便可以拿出更多的精力去对付刘黑闼。"

"想法是不错，就怕实施起来很难。"庞实说，"第一，能否说服吴国文武将官一起归唐，这不是一天两天的事情；第二，归唐后，你的位置如何安排？是否有权力向李渊上奏攻伐之策？即使上奏，李渊是否采纳？"

吴王汪世华微微点了点头："我其实最担心的就是李渊是否采纳意见。至于我的官职安排，都不重要，天下太平后，我就与你们一起在新安江旁过平常人家生活。"

"话可不能这样说，到时身不由己，倘若归唐了，就是李渊说了算，不是我们想干什么就干什么的。"庞实此时心里其实也非常矛盾的，她支持汪世华为了天下一统归顺李唐，但是又总感觉现在时机未到，终究刘黑闼还在闹事，发展势头迅猛，而北方又有突厥虎视眈眈，扶持了好几个小政权，等待李渊吃不消的时候，随时南下。庞实不想这么早让汪世华就与李唐政权绑在一起。目前吴唐两国是盟友，虽然吴国势力相对弱小，但是在江南尚无任何政权能与其抗衡，并且在战略上一直为李唐配合军事行动。目前这种关系是吴国将士们相对最满意的，如果忽然宣布归顺李唐，这些浴血奋战的将士们肯定不会心甘情愿的。

"倘若我们在李唐危难时刻归顺，比天下一统就剩下吴唐两家之时归顺，更能显示我们的忠诚。"吴王说。

"这是大事，还是等回到歙州后，与左右相，及文武百官商议后再定吧。"庞实也一时拿不了主意，终究放弃吴王宝位归顺李唐不是儿戏。

"有道理，终究吴国不是我汪世华一个人的吴国，而是十万将士和百万子民的吴国。"吴王点了点头。

两人刚说到这里，从远处就飞驰而来一匹快马。跟在吴王和惠妃后面的两名护卫赶紧打马上前了解情况，很快，三人一齐回到吴王驾前。

"启禀吴王殿下，奉大元帅令来报，前方二十里就是屯溪黎阳镇，左相和诸位大臣已列阵恭候殿下和惠妃娘娘凯旋。大元帅请示殿下，是否需要加速前进？"使者翻身下马，跪在地上奏报。黎阳与歙州城相隔很近，只有五十多里路程，得到吴王凯旋回朝的消息后，左相汪铁佛则率领在朝的文武将官一齐到黎阳镇来迎接。

"传令，大军加速前进！"吴王立即发令。

这次从岳阳和洪州一共率领三万多骑步兵返回歙州，右相兼征梁大元帅汪天瑶为前锋，吴王和惠妃为中军，太尉兼二路元帅程富为后军，汪铁彪负责粮草辎重。大军绵延三十里，浩浩荡荡由西向东返回吴国都城歙州。

黎阳依傍新安江、横江、率水三江口，是一个商贸繁华，风景秀美的集镇，也是西征必经之处。

吴王和惠妃很快就到黎阳镇外，此时正是八月，秋高气爽，集镇外面挤满百姓，岳阳会战的捷报，早已在吴国各城镇乡村传遍了，这些身在乱世之中而又远离战火的吴国子民都怀着崇敬的心情，翘首以待吴王的到来！

黎阳镇的大门大开，左相兼宣州总管汪铁佛、歙州总管兼刑部尚书陈朴、婺州总管王文景、王府总管汪世英、吏部尚书沈浮、户部尚书赵学文、礼部尚书卫哲民和虎将郑虎和兵营总管将军汪铁珉等文臣武将齐在镇外迎接。

右相汪天瑶、太尉程富和虎将汪铁彪及几十名副将，一起骑着战马跟在吴王和惠妃的身后。

"吴王千岁千岁，千千岁！惠妃娘娘千岁！"汪铁佛率领文臣武将一起跪在地上迎接吴王和惠妃。

"吴王千岁千岁，千千岁！惠妃娘娘千岁！"周围的百姓也一起跪在地上。

吴王和惠妃相视一笑，吴王端坐在越影宝驹上，微笑着抬起右手，往空中微微一抬："众爱卿平身！"

汪铁佛与众人站了起来，只见他右手一挥，文臣武将立即列开大道，集镇的城池门口，三百六十名青壮小伙子，穿着黄色衣服，头上裹着红色头巾，每人胸前用红绸带斜背着一个大鼓，左手持鼓环，右手执鼓槌，很壮观地站在那里。

汪铁佛一声令喝："得胜鼓，起！"

话音刚落，三百六十名鼓手齐敲响胸前的大鼓，"咚，咚，咚"鼓声震天。同时旁边还有一百八十名吹笛者和九十名敲锣者，一时锣鼓震天响。场面非常壮观！

那雄壮威武的鼓点，缓时声声如雷、九天回响，急时排山倒海、气势如虹，再加上悠扬的曲笛、清脆的云锣，大有吴王汪世华指挥千军万马攻城略地的英雄豪迈！

吴王和惠妃不停地微笑点头，身后的将士们也一个个精神抖擞。

一炷香的工夫过后，鼓手们一齐列开，让出大道，吹奏继续，鼓声继续。

汪铁佛也忙退到一旁，吴王整了整铠甲，骑着马向城内走去。庞实、汪天瑶和程富率领部分副将紧跟其后，汪铁彪则负责在城外指挥军队原地休息。

全军在黎阳镇附近休息一天后，就领命回到各兵营。吴王则在左右相的陪同下，率领文武将官一齐班师回到吴国都城歙州。

此时，歙州，一件非常棘手的事情正等待着吴王去处理。

"殿下，这是诸位大臣弹劾张士埙的奏折。"回到歙州后，吴王颁旨奖赏了前线立功将士，刚回到后殿休息，左相汪铁佛拿着一叠奏折走了进来。

吴王正在审阅这一个多月来各部大臣处理的公文，听汪铁佛这么说，忙放下手中的文件，抬起头问："为何今日孤在朝堂之上没听说这个事呢？张士埙他做什么了？"

汪铁佛忙把奏折放到吴王案台上，吴王并没有立即打开。

汪铁佛说："十天前他放火把仁和街上的一家酒楼烧了，并且还杀死了店小二。"

"杀人？"吴王一听非常震惊，"你把经过跟孤仔细说说。"

同时，他用手指了指旁边的凳子，意示左相汪铁佛坐下来慢慢把事情经过说清楚。

"事情经过其实很简单，"汪铁佛坐下后说，"张士埚自去年跟随汪世荣东征苏州时，因自告奋勇而违背战略方式，导致苏州之战差点全军覆没，而他自己也被俘。后来汪世英为吴王特使与当时的梁王沈法兴谈判，用我军俘虏的梁王世子沈纶进行交换，才让张士埚得以解救。我军占据吴县后，张士埚则随汪世英前往嘉兴，配合奚飞将军围攻嘉兴，嘉兴夺取后，张士埚回朝交旨，因战前违反军令，功不能抵过，而被吴王下旨夺去军职和全部俸禄，打入大牢。"

"这些孤都清楚，本来按律当斩，但是念在他围攻嘉兴时，立有战功。死罪则免，活罪难饶。"吴王有点不耐烦地听汪铁佛啰唆这么多，"这次孤亲征岳阳前，特意赦免他的罪，让他出狱回家。"

"但是他并没有因此感激吴王恩德，而是一直耿耿于怀。"汪铁佛说，"据调查得知，十天前他去酒楼，想要最好的包房，而那个最好的包房正好被礼部尚书卫哲民预订了。"

吴王继续听汪铁佛说。

"张士埚当场就扇了店小二一巴掌，说今天就要那个包房，否则就烧了这个酒楼。"汪铁佛继续说，"没想到的是，这个店小二也是狗眼看人低的家伙，他当场就骂张士埚，说一个被敌人俘虏的人，算什么东西，要是我早就自杀了，有什么脸面来这里耍威风！"

"啪！"一个茶杯被吴王重重地摔在地上，粉碎，只见他喘着粗气，胸脯起伏不平，非常气愤。

汪铁佛被吓着了，额头上冒着汗，他不知道自己刚才在什么地方说错了，是在气愤店小二侮辱了张士埚，还是气愤张士埚在意一个店小二的话，没有一点大将风度。

门口几个宫人听到茶杯摔地的声音，伸头看了一眼，赶紧也都缩了回去。吴王很少发这么大的火。

吴王可能也觉得自己刚才失态了，对汪铁佛说："你接着说。"

汪铁佛清了清嗓子，小心地接着说道："其实店小二做得也不对，不应该用话去讥讽张士埙。但是张士埙也太没胸襟了，当年韩信都能忍胯下之辱，他怎么能真的一气之下，就拔出腰上的剑把店小二给杀了。"

汪铁佛边说边观察着吴王的脸上变化，但是他一点也看不出来，吴王还是刚才那个表情，阴晴不分。吴王汪世华在听取重要汇报时，表情总是让人捉摸不透。

汪铁佛只好接着说："张士埙杀了人，估计头脑一下子糊涂了，正巧遇上卫哲民带着几个文官坐轿过来。卫哲民喝令他放下手中的剑，去刑部自首。没想到张士埙一怒之下还要拿剑去杀卫哲民，说：老子在外面拼命杀敌，你们这些狗文官不但花天酒地，还背后说我们这些将领们的坏话，我要杀光吴国所有的文官。"

汪铁佛说到这里，停顿了一下，见吴王什么话都没有说，只好又接着说："幸好跟着张士埙去的那些副将忙拉着他，否则卫哲民也就一命归西了。本来事情也就到此结束了，结果那个酒楼的老板跑出来拉着卫哲民，说请他主持公道，这让张士埙更火了，他大声说：我与吴王是结拜兄弟，吴国六州的太平是我们打下来的，杀你一个店小二算什么？要不是我们保吴王打天下，你们早就在战乱中饿死了，哪里还有这样好的命来享福，我就是把你的酒楼烧了，也没人敢把我怎么样！就是吴王凯旋，也不会杀了我。今天谁要是拦着我，我就杀了谁。随后，他命令身边的几个仆人把酒楼里的人全部赶出去，自己拿着宝剑站在门口，命令仆人跑到楼上楼下到处点火。"

"他现在哪里？"吴王狠狠地蹦出几个字。

"歙州府的衙役去抓捕他，被他身边的几名副将护着跑了，后来刑部也派了人去他府上找他，也不在。"汪铁佛说到这里，微微向前倾，小声说，"据说是躲在郑虎府里，我们又没有证据，所以也不敢贸然去郑府抓人。终究郑虎将军是歙州防卫统领。"

吴王瞟了一眼弹劾张士埙的奏折，没说话，汪铁佛又接着说："这三十六封奏折都是吴国最有声望的三十六名文官呈上来的。"

"武将的呢？"吴王问。

汪铁佛一愣，随后说："暂时还没收到。"

"左相，你可是代孤监国啊。"吴王说，"这么明白的事情，你为何不处理呢？"

汪铁佛一听吴王在这种场合称其官职，就知道吴王对这件事的现状非常生气，赶忙站起来，恭敬道："臣无能。"

"让汪世英传郑虎来见孤。"吴王说完话，就去翻看弹劾的奏折，汪铁佛忙告退。

吴王看着汪铁佛消失在门外的身影，陷入了沉思，这不仅是一起简单的杀人纵火案，还是吴国文臣与武将之间的一种较量。

第三十六章　深夜话谈

"殿下，郑总管正在殿外等待求见。"侍卫恭敬地汇报道。

吴王从容地放下手中的弹劾奏折，淡淡地吩咐："让他进来。"

侍卫大声传达："宣郑总管觐见！"

郑虎身着戎装，步伐稳重地走了进来。他刚跨过门槛，便深深施礼："臣郑虎，叩见殿下千岁！"

"免礼，站起来说话。"吴王端坐在凳子上，神态自若。

郑虎保持着恭敬的姿态，沉声说道："臣有罪，请殿下降罪！"

"你有何罪？"吴王汪世华眉头微挑，语气平静。

"张将军在冲突中不幸杀死店小二，并火烧了酒楼，之后他在我家中藏匿。"郑虎解释，"但事情并非外界所传的那般，实际上，张将军是遭受了极大的冤屈。"

"你的意思是，他受的是孤的冤屈？"吴王的声音中带着一丝冷意。

"不，不……"郑虎慌忙摆手，紧张得开始磕头，"臣表达有误，请殿下恕罪。"

看着郑虎额头渗出的汗水，吴王稍微和缓了语气："站起来慢慢说，把你所了解的情况详细告诉孤。"

"谢殿下！"郑虎爬起来，小心翼翼地坐到靠墙的凳子上，一五一十地把自己掌握的情况说了出来："春风得意酒楼是半年前开业的，听说老板就是卫哲民的亲戚，里面的歌妓非常漂亮，生意异常火爆。张将军自殿下赦免出狱后，一直闲居在家，他以前营下的几名副将见其在家闷闷不乐，就邀其出来散散心，去这家酒楼喝酒听曲。张将军以前在外面打仗，回来后又被关在牢里，所以没有去过这酒楼，觉得好奇，也就去了。没想到，刚走进酒楼，就见到几个朝廷文官搂着歌妓往楼上走，看到他后，冷冷一笑，理都不理。张将军当场气愤，就骂道，吴王殿下带兵在外面亲征，冒着生命危险保六州太平，你们这些狗官居然大白天地跑到这里来花天酒地，不理政务，全都该死！"

郑虎说到这里，抬头看了看吴王。吴王道："你接着说。"

"没想到那些文官就笑话他，一个被敌人俘虏的人，有什么资格在这里说话？要不是我们治理六州，保障你们兵马供给，你们纵使有天大的本事，也打不了胜仗。正在此时，那个店小二，狗眼看人低，因为他不了解张士埙的身份，见这些文官都笑他是被敌人俘虏的人，就走过来要赶张士埙一行滚出去。真是狗仗人势。这店小二自以为有这么多文官做靠山，没把张士埙放在眼里。结果张士埙一气之下就扇了那个店小二耳光。那个店小二活该找死，挨了一耳光后，居然要动手打张士埙，嘴上还不停地说一些侮辱的话，结果张士埙怒火之下，就拔出宝剑，把他一剑给杀了。"

郑虎接着说："杀了人，身边的副将就知道事情搞大了，忙拉着他往外走，谁知刚到门口，就遇到了卫哲民，他带了一帮随从，一下子把张士埙的人马给包围起来，酒楼的老板是卫哲民的亲戚，见卫哲民来就如见到了救星，要卫哲民为他做主。张士埙当时带了三个副将和六个仆人，这些仆人也都是士兵出身，结果双方就打了起来。虽然卫哲民的人多，但哪里是张士埙这伙人的对手，很快就把那群随从打散。估计张士埙当时失去了理智，追着要杀卫哲民，幸好被副将拉着，但是他还不解气，就命令仆人放火烧了酒楼，随后逃走，当时谁也不敢去追。"

郑虎见吴王还是没说话，只得继续说："后来，陈大人带领刑部的人去抓捕，都没有找到，又来到我兵营，出示左相手令，让我出兵搜查，找了半天没看到。没想到，我回家后发现他已经躲进了我家，当时我想把他送给刑部，但是张士埙求我，说等吴王回来后，他就投案自首，他不甘心被这群文官整死。"

郑虎说的陈大人，就是刑部尚书兼歙州总管陈朴。

"杀人偿命，还有什么不甘心的？！"吴王终于说话了。

"殿下，张士埙是一时冲动，失去理智，不是故意杀人！"郑虎听说要杀人偿命，忙解释道。

吴王冷冷地说："除了战场上，只要是杀人，就得偿命。如照你这么说，只要有人骂你，你就可以冲动之下，杀掉对方？！"

"臣不敢，臣不是这个意思。"郑虎忙请罪。

"张士埙藏在你家，别人不知道吗？"吴王问。

"大家肯定知道，即使没看见，也会猜着。"郑虎说。

"既然如此，为何左相和陈大人没问你要人？"吴王问。

郑虎思索了一下说："可能他们觉得我是歙州防卫统领不能轻易得罪，只有
等殿下回来决断。"

"看来你这个统领还挺威风的，连监国的左相大人都怕你三分。不得了！"
吴王淡淡的一句话，却让郑虎心惊肉跳。

郑虎扑通跪在地上，边磕头边说："微臣不敢，郑虎的一切都是殿下赏赐的。
不是左相大人怕微臣，而是左相大人敬畏殿下。"

"大贵！"吴王忽然大喝一声。

"殿下！"一直在门外候着的大贵忙走了进来，弯着腰向吴王鞠躬。

"郑将军的虎符带在身上吗？"吴王问跪在地上的郑虎。

郑虎忙从怀里掏出调遣歙州防卫营的虎符，双手捧着，举过头顶："微臣一
直带在身边，一刻都没有离开。"

吴王向大贵施了一下眼神，大贵会意，走过去从郑虎手里拿过虎符，双手捧
着交给吴王。

吴王接过虎符，放到案台上，对郑虎说："虎符就暂时由孤代你保管，最近
几天你在家好好休息，不要参与朝廷任何事情，否则纵使孤想保你，都难！"

郑虎听吴王这么一说，汗如雨下，忙叩头："谢殿下！"

吴王对站在一旁的大贵说："你陪郑将军去一趟将军府，把张士埙送到刑部，
不要多说话，办完事后立刻回来见孤。"

大贵忙跪在地上："微臣领旨！"

"去吧！"吴王右手轻轻一挥，转过身去继续看奏折了。

大贵赶紧站起来，扶起还在发愣的郑虎退出后殿。

"殿下，右相来了，在殿外候着。"侍卫走进来通报。

吴王正捧着《佛说四十二章经》在读："人有众过，而不自悔、顿息其心，罪来赴身；如水归海，渐成深广。若人有过，自解知非，改恶行善，罪自消灭；如病得汗，渐有痊损耳。"

"叫他进来吧。"吴王边说边把经书合上，恭敬地放在书案上。

侍卫还没出去，站在外面的汪天瑶听到吴王的声音后立即走了进来。

"殿下！"汪天瑶大大咧咧地走到吴王身边，正准备施礼。

吴王笑着说："免了吧，这么晚孤找你来，是有要事相商。"

"殿下看着经书，忽然想起我来，肯定又要用经书里面的道理来训诫臣了。"汪天瑶打趣道，他两人从小感情深厚，汪天瑶的父亲汪宝欢又是吴王当年的武学启蒙老师，关系非同一般，所以只要是在私下场所，两人之间的话语没有隔阂。

"下午，以左相为首的文官十几个人陆续去了你府上，一直商议到掌灯才先后离开，不知是何大事？"吴王微笑着问道。

汪天瑶的笑脸一下子僵住了，左相汪铁佛从吴王宫出来后，绕了几个圈子，进了他的右相府，另外的十几个文官，陈朴、赵学文、沈浮等也都是分批悄悄去的，没想到，还是没有逃过吴王的眼睛。

"孤一直等你来汇报，但你也太忙，估计忘记了，所以孤只好叫侍卫请你过来。"吴王还是微笑着说。

汪天瑶知道事情瞒不住，只得开口："大哥，其实我想明天向你禀报的，我挺矛盾的，一直在思考，不知道该怎么办？"

汪天瑶做事干脆利落，也光明正大，尤其对吴王汪世华忠心耿耿，所以就有什么说什么。

"那你细说一下事情的经过，为兄来帮你分析分析。"汪世华放缓了语气，并以兄弟相称，显得更为亲切。

"他们口头说是看望家母，实际上是想打听您的想法。"汪天瑶说。汪天瑶的母亲马氏自从登源里逃到会稽山后，一直居住在娘姐家，后来汪天瑶被演公寻访领到紫霞观去学艺，马氏仍住在姐姐家，直到汪天瑶跟随汪世华在歙州平定贼寇，立有军功，被荣升为天字营总兵，才把母亲马氏接回到歙州。马氏常年不出门，在家吃斋念佛，身体非常好。

"这段时间太忙，我也隔了很长时间没去拜访一下婶娘。这几天处理完手中的事情，也去看望她老人家。"吴王说道。

"谢谢大哥惦挂。"汪天瑶见吴王不直接问文官们打听他什么想法，而是说去看望他母亲，就知道汪世华要他主动说明情况。

汪天瑶在汪世华旁边的凳子上坐下，把今天文官去他家的情况一一说了出来。

"现在中原战火又起，并且声势迅猛，而李家兄弟不和，可能导致李唐政权灭亡，文官们想了解大哥您的真实想法，是称帝还是归唐？"汪天瑶说到这里，看了看汪世华。因为汪世华虽然多次提出为了天下一统，将来要率土归唐，但是现在李唐政权内外交困，自身危机重重，国祚是否长久还是未知，岂能让吴国与其绑在一起？所以他也不清楚汪世华的想法。

"你认为呢？"汪世华反问汪天瑶，其实汪世华此时也内心矛盾。刘黑闼之流起兵，虽然发展速度很快，但是只要李世民出兵，还是非常有把握消灭，重新恢复中原一统。现在最重要的问题是，身为秦王的李世民与太子李建成之间的矛盾日益激化，已经到了公开化的地步，太子有皇帝李渊和一帮老臣撑腰，秦王有一群将领撑腰，这种事情只要稍微处理不好，就会发生内拼。这次刘黑闼起兵，李渊不让李世民出征的最大原因，就是不希望李世民继续坐大，以免尾大不掉。

汪世华本来是非常看好李唐政权的，但是这段时间从长安传来的消息，让他越来越为李唐的未来担忧。皇储之争，是最大的内耗。他看了看汪天瑶，想听听他的意见。

"我一切都听大哥您的。"汪天瑶很干脆地说，"你要称帝，我就带兵去打，谁不服就灭掉谁，拼了这条命，也要让你坐稳这江山。倘若你要归唐，有谁不服，我就带头去收拾谁。"

汪世华微微点了点头，他相信汪天瑶说的全都是真心话，就问："他们什么意思？"

"称帝！"汪天瑶说，"他们一致要求您称帝，您建吴称王已快两年，东边的沈法兴已死，李子通窝在苏州城内不敢出来；西边张善安已经归唐，但一切都在我们的掌控之中；萧铣的精锐之师也被我们消灭；林士弘现在与冯盎斗得难舍难分，已经无暇顾及其他。北边的杜伏威虽然实力壮大，但是他已经与李唐绑在一起，而又野心勃勃，只要李唐出事，他势必会反唐北上抢夺地盘。不到两年的时间，天下格局已经改变，而我们吴国六州更加强盛，百姓拥护，将士同心，正是大哥您振臂高呼的时候！"

"高呼什么？"吴王故意问。

"当然是追随您一统天下，问鼎中原啊！"汪天瑶瞪着大眼睛说。

"你认为可能吗？"吴王问。

"怎么不可能？一切皆有可能！"汪天瑶说，"大哥，现在就是最好的机会，大家商议一致认为，即使不能一统华夏，平定江南，划江而治是有十足把握的！"

"你说说想法。"吴王问。

"今天大家商议，只要让汪世荣领兵趁李子通疲惫之际，夺下苏州城，与汪铁罗、羊宣形成东部和北部防线，杜伏威必定不敢轻易南下，何况杜伏威与辅公祈之间已有矛盾，即使要用兵南下，也只有阚陵和王雄诞领兵，这有何可担心的？"汪天瑶说到这里，见吴王没反对，就接着说，"至于西边就更容易了，萧铣精锐之师已亡，我们吴国与李唐联盟两面夹击，只需一两个月时间就可消灭梁国，梁国领土长江以北归李唐，长江以南归我们吴国，同时两家签订永不侵犯盟约，让李唐全心全意地对付刘黑闼、梁师都和突厥，并且让他防范杜伏威造反。根据目前李唐的处境，这是对他们最有利的条件，李渊肯定答应。而我们吴国在消灭梁国后，顺势往南推进，与岭南的冯盎一起南北夹击林士弘，横扫楚国，依当前林士弘的状况，只要我们出动五万左右兵力，即可让其灭亡。"

吴王汪世华听汪天瑶越说越有激情，就接着问："灭亡楚国后，冯盎怎么办？"

"冯盎？"汪天瑶看来早就与那般文人商议好了，"两种方式，最好的一种就是归顺吴国，大哥封其为岭南王或者百越王，让其主政岭南诸州，双方皆大欢喜；第二种，倘若他拒绝归吴，我吴军可挟余威一举灭之。岭南穷乡僻壤，怎能与我们富庶的江南相比，即使是长期作战，他们也吃不消。"

528

"你也是这样想的？"吴王问。

"我觉得他们分析得非常有道理。我们为什么一定要与李渊老儿绑在一起呢？他这个人狡诈多疑，不是他的嫡系和跟随太原起义的人马，一律得不到重用，不少义军首领归降于他，不是杀害，就是被软禁。现在连他亲生儿子李世民，他都开始不信任了，并且对李世民麾下的将领一律不重用，这种嫉贤妒能之人，我们为什么要归顺他？现在李建成和李世民两人之间矛盾非常尖锐，倘若归唐后，你站在哪一方？这个肯定不用说，你是要站在李世民一方的，那边有房玄龄、李靖，但是他两个现在李唐文武将官里面算什么角色？没有显赫的身份和地位。李建成是名正言顺的太子，背后有李渊和老臣们支持，除非李世民想学昏君杨广当年那样，搞臭太子，让李渊改立他为储君。"汪天瑶一口气说了不少，看来他对李唐的事情掌握得非常多，"李渊在这事情上优柔寡断，既想利用李世民打江山，又害怕李世民抢夺太子之位；既要防着李世民坐大，又不得不给其不断的奖赏。李渊下令废止隋朝的五铢钱，改行新铸造的开元通宝钱，在其李唐境内统一了货币，但又赐李世民三座铸币炉，可以自行铸钱，这表示什么？李世民在财政上已经完全独立，加上他打下洛阳后，把洛阳经营成自己的地盘，这是非常危险的信号，他有钱有人，只要时机成熟，肯定会与李建成火拼，到那时，李唐政权不用别人去打，自己内部就四分五裂了。"

"李世民不是那种人。"吴王说。

"大哥，您想得太简单了，即使李世民不想这样做，他能保他下面那帮将领不做？谁不想水涨船高？他手下那些将领难道个个都是吃素的？在战场上所向披靡，在官场上就愿意忍气吞声？"汪天瑶说，"反过来说，即使李世民不想做，李建成岂能容忍功高盖主之人？李建成不是傻子，当年太原起兵时，与李世民是左右先锋，也是了不得的人物，只是立为太子之后，出征的机会都给了李世民，李建成一直留在长安辅佐李渊处理朝政，他肯定要在登基之前想办法搞掉李世民，以免李渊驾崩后，他失去靠山，防止李世民到时搞掉他。"

吴王眼睛一动不动地看着汪天瑶，说："不愧是堂堂车骑将军的儿子，不愧是我吴国右相、兵马大元帅！"

汪天瑶尴尬一笑："大哥，我说得有道理吗？难道事情不是这样的吗？"

"似乎有几分道理。"吴王笑着说，试探地问，"倘若我执意归唐呢？"

"我认为不妥，不仅文武将官反对，连吴国六州百姓也不赞成。"汪天瑶肯定地说。

"百姓为何不赞成？"吴王问。

"这还不简单，现在大家过得这么好，倘若归唐后，李渊能管理好六州吗？大哥您颁布的政令，还管用吗？指不定李渊会全部推翻，重新来一套并不符合大家生活的措施。江南为富庶之地，朝廷肯定要把宣州、杭州、饶州这些鱼米之乡作为兵马粮草供集之地。老百姓怎么会傻到把自己口袋里的东西送给别人呢？"汪天瑶说道。

"倘若北方统一不了，南方也统一不了，该怎么办？"吴王汪世华问。

"北方能不能统一先不管，南方诸州，我们有信心统一。退一万步讲，即使不统一又如何？我们吴国六州国富民强，这日子过得也不错啊！只要周边几个家伙有不顺眼的，稍有不慎，我们出击消灭他，夺取十几个州在手里，还不是轻而易举？疆域很自然地慢慢扩大，你的执政理念就可以更大地得到实施。"

"那样岂不是要连年征战？又回到南北朝时期？"吴王继续问。

"那也没办法啊，现在纵观天下，还没有哪个政权有实力横扫天下，一统华夏。"汪天瑶说，"你看好的李唐政权，现在也就这个样子，内外交困，离灭亡估计也相差不远了。"

"你回府休息吧，我只跟你说两点，你好好思考下。"吴王见他还想说，就知道汪天瑶已经被文官们说动了心，现在连汪世华自己也很矛盾，只好说，"第一，我不想看到连年战争，希望中华早日一统；第二，你是右相，吴国兵马你最清楚，好好掂量一下，我们是否有雄霸江南、问鼎中原的能力。明天晚上来告诉我。"

汪天瑶本来还想说，见汪世华这么说了，知道现在正处于矛盾中，很纠结，称帝和归唐，只要走差一步，就可能带来杀身之祸，就可能让吴国六州百姓重陷战火之中。他只得告退回府，回去琢磨这两个问题。

"圭妹，怎么还没安寝？"吴王汪世华从后殿出来，经过花园就是后宫，特意绕道从贤妃稽圭居住的德贤宫前经过，见还亮着灯，就推门进去。

稽圭在翻看医书，见汪世华走了进来，忙迎过去："见你在后殿操劳国事，就熬了份莲子羹，等你回来睡觉时喝，正准备送到永宁宫去，你来了正好，快趁热喝了。"

稽圭边说边走过去把莲子羹端过来，吴王双手接过，三两口就喝了。稽圭右手拿着手绢轻轻地把吴王嘴边擦干净。

吴王幸福地伸出左手抓住贤妃稽圭的手，充满爱意地拉着她坐下："圭妹，前段时间我与庞妹征梁，辛苦你了。"

稽圭脸微微一红，说："儿子们都大了，有那么多丫鬟照顾，我一点都不辛苦。"

"仁和药铺那边忙吗？"吴王汪世华问。

"我也只是每天过去察看一下，大夫很多，我都帮不上忙了。"稽圭说。仁和药铺原来是稽圭的父亲稽宗沆创办的，后来稽宗沆被山贼杀害；经汪世华建议，仁和药铺归州府管理，由稽圭全权负责，免费医治穷苦病人，成为歙州拯救穷苦百姓的慈善之处；再后来汪世华统御六州，建吴称王，身为贤妃的稽圭仍然每日前往药铺察看，并在六州各地也都建立了仁和药铺，通过药铺来关心六州穷苦百姓。

"张士埧杀人放火的事情，你知道吗？"汪世华问。

"当然知道啊，整个歙州城都知道。"稽圭说。

"你怎么看待这个问题？"汪世华问道。

稽圭想了想说："朝政之事我不清楚，可惜英姐不在了，不然她早就处理好了。"

稽圭说的英姐就是吴王妃钱英，当年汪世华率兵攻打宣州时，钱英负责留守歙州城，结果睦州出重兵偷袭，由于留守城池的人马较少，眼看歙州城危在旦夕，身怀六甲的钱英亲自披甲上阵，斩杀睦州主将储重，挽救了歙州百姓，但因内伤严重，最后难产而死。钱英文韬武略，当年在岭南时，是岭南首领洗太夫人认养的孙女，与岭南新首领洗太夫人孙子冯盎习文学武，是治理地方的好手。钱英回到歙州与汪世华成亲，一直协助汪世华治理州事，多有见解。

"可惜她英年早逝。"汪世华听到稽圭提到钱英，很忧伤地说。

稽圭看到汪世华又伤感了，知道两人感情甚深，自己不该又提及钱英，忙说："张士埙属于武将班底，刚才天瑶来时，他是怎么看待这事的？"

"我没问他这个事情，下午已经让大贵把张士埙送到刑部去了。汪天瑶应该知道这事情，但是他没问我，我也就没问他。"汪世华说。

"我还以为你们两个在后殿就是讨论这事情呢。"稽圭不清楚另外情况，"现在文臣武将之间时有矛盾，而文臣之间，武将之间，也都相互有矛盾。生活安逸，大家就开始顾着自身利益，小事就慢慢扩大，矛盾就越来越明显。你一定要处理好。"稽圭边说边看着汪世华，充满期待。

"是啊，这两天必须把张士埙的事情处理好，通过处理这件事情，给这些人敲敲警钟，否则如此下去于国于民都不利。"汪世华叹了口气说。

"算了，不谈这些事了，早点休息吧，你明天还要早朝。"稽圭说，

"今晚还回永宁宫吗？"

"今晚在这里陪你！"汪世华捏着稽圭的手，看着她说。

稽圭一听，高兴地站起来说："那好，您坐一会儿，我去准备热水为您沐浴。"说完就往后院走去。

此时，在两百里外的宣州，一匹快马在官道上向歙州方向飞驰，骑在马上的士兵身揣绝密文书。

一场兵变已经发生……

第三十七章　吴国兵变

"报！八百里加急！"殿外传来急促的传令声，随后一名兵卒急匆匆地跑进大殿。

此时吴王汪世华刚准备早朝，还没来得及坐在宝座上。

兵卒跪在地上："启禀殿下，紧急密函！"

"呈上来！"吴王一听八百里加急和密函，知道事态的严重性。

汪天瑶忙走上前，只见兵卒把外衣脱掉，撕开衣襟，从里层抽出一块白布，递给汪天瑶。

朝臣们一看这情况，一下子都惊呆了，这是从未见过的送信方式，可见这事情非常机密。

吴王打开密函，瞬间脸色一变，又一瞬间恢复了平静。虽然变化很快，但是殿下的文臣武将都已经观察到了，这是吴王极少见的神色变化，一定出大事了。

大家都屏住呼吸，脑海中飞速搜索，到底是什么事情。

吴王看完密函，把信重新叠好，看着殿下文臣武将，过了半晌，才缓缓地说："世英，你把他带出去，不要与任何人接触，孤退朝后要单独见他。办完后立即回来。"

王府总管汪世英听令后，忙站起来说："臣遵旨！"说完就领着兵卒出去了。

所有人都没有说话，吴王没有开口，谁也不敢吭声。过了一会儿，吴王看着左相汪铁佛问："左相，最近湖州方面有什么消息吗？"

湖州？！大家一听，就猜测湖州肯定出大事了。

左相汪铁佛忙站起来说："启禀殿下，十天前湖州守城官郑雄申请调拨两万石粮食，供给汪铁罗部和羊宣部，正巧睦州总管陈罗明请旨去太湖配合羊宣训练水师，臣就命陈总管从宣州就近押送粮食过去。"

"两万石粮食，可以供一万兵卒至少吃三个月。"吴王若有所思地说，"原来他们早就有预谋的。"

"殿下！"左相汪铁佛忽然全身冒冷汗，"出什么事了？！"

"陈罗明与郑雄起兵造反了！"吴王终于一字一句地蹦了出来。

殿内立即像炸开的锅，大家议论纷纷，充满担忧。陈罗明文武双全，又是睦州总管，身份显赫，居然毫无征兆地造反了，太出乎所有人的意料。郑雄这个人算不了什么，武功平庸，也无什么谋略，当年汪铁罗与羊宣领兵去攻打湖州时，郑雄是湖州守城官，见沈法兴不派兵力支援，就早早地打开城门投降吴军。郑雄这个人虽然爱好酒色，高傲自大，目空一切，但汪世华念在其主动投诚，让城内百姓免除了战火，仍让其为湖州守城官。

"汪铁罗和羊宣情况如何？"右相汪天瑶着急地问。汪铁罗部一直驻扎在湖州，是羊宣率领的太湖水师的后勤补给基地，倘若陈罗明与郑雄造反，必须先解决掉这两个人。

"汪铁罗被杀，羊宣被俘。"吴王眼睛都红了。

汪铁罗是难得的战将，当年征讨睦州时，他率兵三千从昱岭关杀入，除了作战之外，每到一个地方，都张贴告示，述说当时睦州刺史吴仁罪状，宣扬汪世华仁德和保境安民宗旨，一时之间，睦州父老纷纷归附；年前的苏州横山之战表现非常突出，一战而扭转战局。

羊宣原是宣州泾县大营总兵，汪世华当年以歙州刺史身份出征讨伐宣州时，从尘岭小道出奇兵突袭泾县粮仓，亲自擒俘他，并说服他归顺歙州。羊宣归顺后第一功就是诈开泾县城门，让汪世华部轻易夺取了城池。羊宣文武双全，对汪世华忠心耿耿，是难得的将才。汪世华建吴称王，汪铁罗与羊宣两人都被授予兵营总管将军，征讨湖州时，汪铁罗为行军总管，羊宣为副。

吴王宣布的消息，无疑如五雷轰顶。左相汪铁佛一下子瘫坐在椅子上，汪铁罗是他的亲兄弟，骁勇善战，没想到居然被叛军杀害。

过了半晌，右相汪天瑶猛然站了起来，走到宝座台阶前，大声请旨："臣请旨平叛！"

左相汪铁佛也站了出来，走到台阶前，伏在地上，大声喊道："臣监国有误，酿成大错，请殿下降旨割去臣职，臣愿领兵前往湖州平叛，为铁罗报仇！"

"你们先退下，这么大的事情发生，应该还有消息会来的。"吴王压着内心的痛楚说，"不在乎这一时半会儿。"

"殿下，难道怀疑这消息的真实性？"左相汪铁佛满脸疑惑地问。

"不，这是汪铁罗临死前的亲笔信，上面有我与他之前约定的暗记。"吴王汪世华说，"这个兵卒是汪铁罗的随从。"

"既然是真的，殿下为何不立即发兵讨伐？"汪天瑶急了，"陈罗明这狗贼武艺高超，倘若他率兵往宣州杀来，汪铁师部肯定抵挡不了。"

"殿下，请立即下旨平叛，以免让一些别有用心之人利用。"歙州总管陈朴也站出来说话，"若陈罗明与杜伏威勾结，就会给我们吴国带来更大的灾难。"

"你们说，该如何出兵？用什么办法尽快消灭叛贼！"吴王不是不想立即出兵，他在等另外的消息，他要知道陈罗明为什么要反叛。只有了解目的之后才能对症下药，陈罗明是一员猛将，连程富这样的人物与他大战数百回合都分不出胜负。更重要的是，汪铁罗送出的是八百里加急密信，到现在为止吴国各州都不知道陈罗明反叛的消息，估计陈罗明自己也认为消息还没有传到歙州来。

当今天下，有不少人唯恐天下不乱，也有一些人就想趁乱获取利益。吴王汪世华看着殿下交头接耳、议论纷纷的朝臣，他怀疑这中间应该有陈罗明的同伙，或者至少有知情者。调遣兵马去镇压叛贼，在时间上会给陈罗明创造更多机会，他可以趁大军到来之际勾结外敌，或者做好精心防卫，坚守险要关隘，尽量拖住吴军的步伐。

很快，汪世英走了进来，看来他已经安顿好那个送信的兵卒。

吴王从宝座上走下来，把汪世英拉到一旁小声地说："世英，你调遣侍卫加强王宫禁卫，严禁任何人外出，以免消息外传，影响吴国稳定。"

"所有人？"汪世英反问。

"是的，我担心这中间有陈罗明的内线，但现在不知道判断是否正确。小心驶得万年船，我马上要惠妃轻骑赶往杭州调遣兵马，同时让奚飞从嘉兴出发，世荣从吴县出发，三军同时开往湖州。"汪世华小声地说。

"大哥这样安排非常妥当，从歙州调动兵力，时间太长，陈罗明非等闲之辈，必定会设好各类防御。出奇兵，速战速决才是上策。"汪世英说。

"你把一切布置妥当，天黑之前，除了惠妃出宫之外，谁也不要放出去，晚上是内线露出马脚的时期，你安排好探子。"吴王汪世华低声说道。

"遵旨，请大哥放心。"汪世英刚说完，就走开了。

吴王回到宝座上，见大家还在激烈争论，就故意咳嗽一声，殿下立马安静下来。吴王说："列为臣工，你们暂且讨论着，孤去见见那个兵卒。记住，孤只要一个结论：用什么办法最快消灭叛贼？"

吴王汪世华说完就离开宝座，从侧门出去了。他并没有去找那个兵卒，而是直奔王宫后院，他见后面无人跟踪，则加快步伐往庞实居住的仁惠宫走去。

惠妃庞实正在仁惠宫前的花坛边与儿子们嬉戏，远远地见吴王匆匆走来，忙跑过去。

"殿下，什么事情这么急匆匆的？"惠妃走到吴王身边问。

吴王见周围的人离得比较远，却仍然压着声音说："陈罗明和郑雄两人在湖州举旗造反，汪铁罗被杀，羊宣被俘，情况非常危急。"

"什么时候的事情？"庞实问。

"叛乱是在昨日凌晨，八百里加急送来的情报。"吴王说。

"你要我做什么？"庞实见吴王匆匆跑来跟她说这事，就猜着要交给她任务。

汪世华从怀里掏出调兵虎符，递给庞实："这是虎符，你乔装出城，快马加鞭，今晚务必赶到杭州，立即调兵从武康北上；同时你到杭州后，连发两道紧急军令，命奚飞从嘉兴、汪世荣从吴县火速调兵，三军一起杀向湖州。要用迅雷不及掩耳之势把陈罗明和郑雄灭掉。"

庞实接过虎符，顺手用手绢把虎符包裹住，以防外人看见，说道："我现在就出发。"

汪世华点了点头："从后门出去，不要让任何人知道你的行踪，注意安全！"

庞实没有说话，给了他一个坚定的眼神，就直接跑进仁惠宫去换装了。

汪世华见儿子们远远地看着他，就走过去问："建儿，先生今日没来给你们授课吗？"

小汪建拉着小汪爽走过来："父王，娘娘说今天天气好，让我们在花园里玩，不要去上学。"吴王一听，无奈地摇了摇头，肯定是庞实出征很长时间没见到儿子们，想他们了，想多陪儿子们玩玩。虽然这七个儿子中只有汪广和汪爽是庞实亲生，但是其他几个，庞实一样视为己出。而作为汪逊和汪逵亲生母亲的贤妃稽圭也一样视其他儿子为己出。

吴王只得对站在一边的丫鬟若溪说："你带他们去德贤宫，告诉贤妃，孤令惠妃出去办点事，具体晚上孤跟她说。"

若溪是从小跟着庞实长大的丫鬟，吴王几次提议让她出嫁，她就是不愿意，说要服侍惠妃娘娘。见吴王吩咐自己，若溪忙施礼答应。

吴王从后宫出来后，去见了士兵，只问了三个问题，就回到大殿。

大殿上已经安静多了，大家都坐在椅子上，估计已经讨论出一个结果，就等吴王来了。

"殿下，臣等商议，立即调遣兵马包围湖州，防止叛贼从太湖水面逃走。"汪天瑶见吴王刚坐下，立马站出来说道。

"两千水师已经在叛贼手里了，如何能控制得住？"吴王问，"我们有这么快的速度调遣兵马去包围吗？即使包围，能一战而灭之吗？"

"让镇守宣州的汪铁师部先去牵制叛贼，随后从杭州、嘉兴、吴县等地调遣兵马，大军会师后即可一举剿灭贼寇。"汪天瑶信心十足地说，"臣愿挂帅前去取下叛贼人头！"

"这样不是好办法，很难一战灭之。"吴王说，"根据湖州常驻兵马来算，叛贼手里有一万人马，运去了两万石粮食，足够他们三个月用，反叛之前，他们肯定早就做好了准备。"

"殿下，那你说该如何办？我们不能不出兵啊。"汪天瑶见吴王否决了大家讨论的方案，着急了。

"殿下，臣愿意为先锋，辅佐右相出征。"太尉程富也沉不住气了。

吴王扫了眼殿内诸位文臣武将，缓缓地说："刚才孤已经仔细询问了送信的兵卒，已经掌握了一些情况。陈罗明是智勇双全的猛将，手中现在又拥有一万精兵，倘若仓促出兵，不利于我军取胜。"

吴王见大家都没说话，就说："今天晚点散朝，先把这件事情搁置一下，等会儿再讨论。现在我们先来议议张士埙的事情。"

吴王边说边指着案台上一堆弹劾张士埙的奏折："这些都是列位臣工递上来的，现在大家讨论该如何处理吧。"

殿内立即又是一片交头接耳，汪天瑶见吴王放着紧急情况不议，居然让大家讨论这个，回到座椅上气得吹胡子瞪眼睛。左相汪铁佛则坐在座椅上为汪铁罗被害而暗自悲伤。

刑部尚书兼歙州总管陈朴走出来说："殿下，平定叛贼是第一要务，需尽早制定对策，以免叛贼趁势发展。至于张士埙已关在刑部大牢，可暂缓审议。"

"不行，张士埙之事关系到我吴国百姓稳定，只有百姓稳，才能吴国安定。陈罗明反叛之事，无疑飞蛾扑火，成不了气候，不用担心，孤自有良策。"吴王坐在宝座上说。他的话语对陈罗明的称呼已经从叛贼转变为名字了，这是一个微妙的变化，其实这也关系着整个战局。

陈朴见吴王都这样说了，也就没有办法，只得犹豫一会儿，接着说："张士埙胆大妄为，目无王法，众目睽睽之下杀人放火，性质恶劣无比，按律当斩！"

陈朴不仅是歙州总管，同时也是刑部尚书，吴王汪世华就是见其大公无私，所以才委以重任。他这句话一出，殿内诸臣不少人都点头赞成，也有人为张士埙摇头叹息。

兵营总管将军汪铁珉站起来，走到殿前说："启禀殿下，张士埙罪不可赦，但念在他对吴国和殿下忠心耿耿的份上，能否留其一条活命，也算是向天下百姓彰显殿下的仁慈。"

吴王没有说话，微微闭着眼睛，不知道在想什么。

太尉程富也想争取一下机会，走到汪铁珉身边，对吴王说："殿下，张士埙本性并非坏人，他肯定是一时冲动，失去了理智而触犯了法律，请殿下念在多年兄弟的情分上，免其一死，贬为平民。也算是殿下重情重义！"

"殿下，"右相汪天瑶有点冲动地站出来求情，"当年我们在紫霞观学艺时，你说过，我们兄弟要有福同享、有难同当，行军中，将士们犯错，您宁愿责罚自己统御不当，也不愿意处罚将士。张士埙虽然杀了人，但一个店小二凭什么要侮辱堂堂吴国将军？谁给他这么嚣张的气焰？没有将士们的浴血奋战，他们能有这么逍遥的日子吗？"

吴王微微睁开眼睛，看着汪天瑶。

没想到汪天瑶越说越有劲："一个贱民大庭广众之下羞辱保境安民的将军，罪该万死，张士埙杀他，没有任何错；至于烧毁酒楼，那也是身负重辱而无处发泄的结果，大不了赔那酒楼老板一点钱就行。"

最会察言观色的婺州总管王文景见汪天瑶也出来为张士埙说话，觉得这个时候可以适当出来做顺水推舟的人情，便站出来说道："启禀殿下，张士埙多年来一直镇守歙州，是吴国不可多得的勇将，虽然东征苏州时犯有错误遭到免职，但是他一直对殿下忠心耿耿，尤其是当前陈罗明反叛，正是殿下用人之际，望殿下能再给他一次机会，也算是给吴国多留一名将才。万不可为了一个平民百姓，而痛失勇将！"

"平民百姓的命就不是命了吗？冲动杀人就可以网开一面吗？功臣就可以藐视法律、为所欲为？"吴王见还有几位臣子想站出来给张士埙求情，越想越来气，说道："情大于法，还是法大于情？"

"殿下……"汪天瑶听吴王口气就知道难以说情，但他还想再说一句。

"倘若居功自傲，为百姓做了一点点事情，就认为可以草菅人命，践踏法律，那么你们这些立有功勋的人是不是都可以拿着刀子出去杀人放火？"吴王很愤怒地打断了汪天瑶的话。他很生气，没想到一个如此重大的事件，居然被他们说得这样轻描淡写，长此以往，法律何存？天理何在？

汪天瑶一听吴王这么说，便灰溜溜地回到座椅上。

吴王见大家都没说话，就接着说："知道郑虎为什么今天没来上朝吗？我们不能一味地为自己着想，你们要多听听民间的意见。张士埙这件事情，你们知道在百姓中产生多大的负面影响吗？你们知道现在有多少双眼睛都盯着我们这个吴王宫，看如何处置这件事情的吗？韩信都能忍胯下之辱，为何他连百姓的几句风凉话就容忍不了呢？如此气度，如此胸怀，何以成大将？"

殿内文臣武将这才发现，郑虎今天居然没有来上朝，听吴王这口气，肯定是为张士埙求情时，被严厉训斥，贬在家里了。本来大家以为吴王想听听意见，再找个好的理由把张士埙这件事情大事化小、小事化了。没想到都摸错方向了。

"三日之后，城外江边斩首！"殿内静寂了半天，吴王艰难地说出这几个字。张士埙是他从小放牛时就结识的兄弟，怎能没有感情？但是大义面前，在百万吴国百姓面前，他身为吴国之主，岂能徇私枉法？为了吴国文臣武将能遵纪守法，为了保障六州百姓安危，他必须这么做，也只能这么做。他没有选择！倘若说，一定需要选择的话，他选择天下苍生！

他的眼睛像鹰一样扫视全殿，所有人都没有说话，连大气都不敢喘一口。其实他的心在滴血，他恨张士埙不能忍辱负重，他悔自己不该把张士埙从大牢里放出来，其实他更恨自己太重感情。就是因为重感情，所以张士埙无法无天；就是因为太重感情，才充分信任陈罗明，所以才有了陈罗明在湖州造反。

吴王，汪世华，他紧紧地握着拳头，为了六州安宁，他必须果断地大义灭亲；为了天下安宁，他必须为华夏一统而义无反顾！他知道自己下一步该怎么做了，他告诉自己，必须这么去做。从张士埙和陈罗明这两件事来看，天下安宁大于一切！大于他这个吴王的尊贵！

三天时间很短，但是对于吴国来说，这三天却是非常关键的。

这三天，作为吴国之主的吴王汪世华要用行动告诉大家，任何一个破坏稳定、破坏六州团结的人和事，都要受到应有的惩罚。

这三天，在吴王宫内，吴国的核心团队在商议着未来的道路，是归顺大唐，还是称帝江南？而湖州的陈罗明，吴王没有提一句，也没有允许文武将官们提一句，犹如那天的事情从未发生过一样。

　这一天已是八月下旬，秋风萧瑟，草枯叶落，百花凋零，歙州城外，练江之滨，吴国虎将张士埙因目无王法、杀人放火而被斩首。站在南谯楼上的吴王汪世华看着远处的渔梁坝呆呆出神。

城墙外，练江边，成千上万的六州百姓都跪在地上，向着吴王宫的方向叩头，用最传统、最高贵的礼仪向他们的吴王致敬！

高呼千岁的声音把汪世华的思绪拉了回来，此起彼伏的高呼声，让他决定了自己的选择！

在张士埙被斩首的第七天，也就是过了民间所谓的"头七"，吴王汪世华命令监造官鲍安国负责建造的亭子，已经在歙州城外张士埙斩首的地方完工。

传说，人死后，魂魄附于骨上，到第七日遇天煞地冲，因肉体死亡，魂魄受激，故而离骨而行，此时魂魄仍有意识，并知晓自己肉体已经死亡，因魂魄在有意识的情况下首次受天煞地冲之激，为感受之极，故而有寻觅被保护的意愿，因而民间有"头七返魂"一说，亦有"头七后下葬"一说。

吴王率领文武百官穿上素衣，带上素帽，步行到新修建的亭子前，摆上瓜果和鸡鱼肉等供品，点香烧纸，一一上前祭拜。

练江两岸都围满了百姓，大家都在议论纷纷。

祭祀完毕，吴王汪世华站在新修建的亭子前对百姓们说："吴国的臣民们，孤自幼家境衰落，寄居歙西舅父家，与张士埙一起在山上放牛；我们后来一起去紫霞观学艺；学艺归来又一起平定歙州贼匪；随后孤与众将士南征北战，而张士埙一直负责留守歙州，保障歙州百姓安宁。其功勋卓越，对孤忠心耿耿，对百姓赴汤蹈火、在所不辞，他是孤的兄弟，也是吴国十万将士的兄弟，更是吴国百万父老的兄弟。但是，他触犯了王法，闹市中杀人放火，他为我们吴国六州制造了混乱，为我们百姓的心里添上了阴影，他应当受到法律的惩罚！他应当以自己的生命向百姓们谢罪。这是他应有的结局。"

说到这里，吴王汪世华扫视了全场听众，接着用力地说了一句："今天孤再向大家重申一句，在吴国六州只有一部法律，王子犯法与庶民同罪！"

"千岁，千岁，千千岁！"瞬间，在场的所有臣民全都跪在地上，一起高呼。他们在为自己有一个如此圣明的王而喝彩，他们在为自己的王而欢呼！

欢呼声地动山摇，久久不能平息。

吴王汪世华抬起右手，又轻轻地往下一摆，呼声立即停住。

吴王汪世华接着说："作为触犯法律的人，他已被斩首，这是他应有的结局。但是，作为他的兄弟，孤在'头七'应该来祭祀他，祈祷他的魂魄永远记住这个教训，记住永不要再去触犯法律，让他来世再做孤的兄弟，来世再来保障六州百姓的安宁！"

"千岁仁德！千岁仁义！"吴王的话刚说完，跪在地上的臣民在一起为六州之主的仁德而高呼，呼声直冲云霄！

"殿下，请为这个亭子赐个名字吧！"老臣鲍安国走到吴王的身边轻轻地说。亭子旁边的笔墨纸砚都已经准备好。

"等一下！"吴王微微摆了摆手，轻轻地说。

鲍安国退了下去，他不知道吴王在等什么。

"鲍大人，殿下刚才说什么？"户部尚书赵学文凑到鲍安国身边问。

"殿下说等一下。"鲍安国疑惑地说，"不知道是为什么？"

左相汪铁佛见吉时已到，只得也走到吴王身边说："殿下，吉时已到，请为亭子赐名！"

吴王看着江两岸已经安静下来的百姓，看了看远处城墙上英姿飒爽的兵卒，又抬头看了看天边的云彩，慢悠悠地说："左相，今天秋高气爽，是个好日子！再等等吧，有好消息呢！"

左相见吴王这么说，也没办法，正准备退下去，忽然从远处传来高呼声："湖州大捷！湖州大捷！"

三匹快马飞速地向这边奔驰，一马当先，将官打扮，边飞驰边高呼。跟在后面的两名骑兵手里举着大旗，一面红旗上写着大大的"汪"字，一面黄旗上写着大大的"吴"字。

所有人的目光全部注视着远处这三匹快马，道路上的人群纷纷让道，让快马飞过。

吴王站在祭祀的高台上，静静地看着这一幕。这就是他要等待的消息，为了这个消息，他已经连续十个昼夜没有睡好觉了；为了这个消息，他时时在牵挂着湖州的动向；为了这个消息，他一直隐瞒着在朝文武将官和歙州百姓。

三匹快马很快就来到了高台前，三人立即翻身下马，跪在地上。

"启禀殿下，湖州大捷！"带头的将官双手捧着捷报，举过头顶，"叛贼陈罗明、郑雄，已被斩首，叛军全数投降，湖州收复，惠妃娘娘即日班师回朝！"

台下的所有文武将官都面面相觑，吴王这十天原来一直在调兵遣将，惠妃娘娘庞实居然潜出歙州，领兵平叛了叛军，太出乎意料了！太让人惊叹了！他们再一次见证了他们的王，是如何的运筹帷幄、决胜千里的！

江边的百姓尽管不知道具体情况，但是知道吴军打了大胜仗了！他们知道，他们的王又一次挽救了吴国，挽救了吴国百姓！

文臣武将、平民百姓，一起跪在地上，再一次高呼："吴王千岁！吴军威武！"

呼声惊天动地！呼声震撼九霄！

欢呼声终于停了下来，吴王走到案台前，拿起毛笔，用力地在展开的红纸上写下——"永宁亭"三个字。

"永宁是孤的寝宫名字，今日孤把这个名字赐给这座亭子——永宁亭。愿我们吴国远离战火，永享安宁！愿我们华夏各族停止征战，早日一统，永享安宁！"

台下的呼声又一次响起！

"吴王圣明！"

"华夏一统，永享安宁！"

吴王宫。

吴王汪世华稳重地坐在宝座上，殿下的文臣武将都静静地坐在座椅上。

"陈罗明造反事出突然，倘若我方不出奇兵，难以快速平定。孤在获得消息的当天就到仁惠宫让惠妃单骑赶往杭州，调遣杭州、嘉兴和吴县三地兵马火速赶往湖州，三军在三天之内就完成了集结。"吴王开始向大家讲述这次平叛的过程。

"惠妃为先锋率百名精骑率先赶到湖州水师大营，用计斩杀陈罗明任命的水师总兵，向大家宣布了陈罗明造反罪状和羊宣被扣押之事，大家才得知受了陈罗明的蒙蔽。惠妃夺取水师兵权，堵住陈罗明的水路。同时派人偷偷放出消息，吴军将用计攻取杜伏威的和州，让杜伏威以为陈罗明是诈降，并派王雄诞把守关隘，防止叛军北上，导致陈罗明想与杜伏威勾结而不成。"

说到这里，吴王微微一笑："我军刚从岳阳得胜归来，西线已无大碍，而东线一直布置重兵驻扎，杜伏威疑心我军趁胜向其进攻，加之孤以前在平定贼匪时就喜欢派人打入敌营内部，所以熟悉孤的王雄诞，就更加疑心陈罗明造反是我们布下的圈套。"

"这也是孤为什么要封锁消息的原因。"吴王扫视了一眼殿内文臣武将，"陈罗明造反，而歙州城居然毫无动静，宣州大营的兵力也没有出动，难道不让杜伏威可疑吗？而从杭州、嘉兴和吴县调去的兵力，杜伏威一定以为是我们派去攻打他的主力军，认为陈罗明部就是攻打他的先锋。孤就是赌杜伏威多疑这步棋，让陈罗明叛军，瞬间孤立无援。"

说到这里，吴王缓缓从袖口中抽出一块写满字的信纸，向左相汪铁佛晃了一下，示意让他阅览，说："这就是陈罗明为什么要造反的原因。"

左相汪铁佛走过来，接过信纸，打开看后，不由得叹息点头："没想到陈罗明一世英名，居然毁在美色上。可惜啊，可惜！"

吴王叹了口气说："实在可惜，怪他愚钝，也怪我们没有调查清楚郑雄这个人的背景。原来他就是当年我们讨伐宣州时斩杀的郑横和郑野的亲兄弟，只是郑雄从小就过继给湖州的亲戚。他率湖州将士归顺我吴国后，却一直在用计为他的两个兄弟报仇。陈罗明就是被他身边的歌女诱惑上当，为了金屋藏娇，而几次挪用军饷。郑雄又把证据偷偷地送给了汪铁罗，导致汪铁罗问罪陈罗明，而郑雄趁机派遣上百名杀手包围汪铁罗，最终汪铁罗寡不敌众，而被杀。陈罗明被逼造反，用计骗来羊宣，羊宣不愿投降，被押于地牢。"

吴王的眼眶红了，为失去汪铁罗而伤感："幸好羊宣已被救出，汪世荣已经诛灭了郑雄九族，为汪铁罗报仇。"

"我军分三路包围湖州后，立即采取心理攻势，尽管有效忠陈罗明和郑雄的人马，但是也有更多忠于我们吴国的将士，于是他们内部出现了分化，湖州城很

徽州魂
大唐越国公汪华传奇
中

快就被攻陷。"吴王汪世华很自豪地说。

讲到这里，吴王以鹰隼般锐利的眼神扫视了大殿内的众位大臣，然后声音坚定地宣布："叛贼虽然已平，但是在孤西征之时，左相身为监国，居然轻易为湖州调去两万石粮食，并允准陈罗明从睦州前往湖州，轻信叛贼言辞，犯有失察之责。着除去汪铁佛左相和宣州总管之职，降为宣州长史，以示正法严明。"

第三十七章 吴国兵变

第三十八章　率土归唐

三日后。

吴王宫。

"日月既升，爝火应熄。"吴王对大臣们说，"近日孤看天象，主利西秦，唐必定得天下。为了尽早结束战争，让百姓安宁，孤决定放弃吴王之位，归顺大唐！"

吴王说完后看着殿内文武将官，想听听大家的意见。自三日前得到湖州捷报后，文武将官对自己的王更加的俯首帖耳、唯命是从了。因为他们知道吴王所做的一切都是为了六州百姓，为了他们这些做臣子未来的荣华富贵。

过了半天，大家都没有说话，也没人敢轻易开口说话，自汪铁佛被贬为宣州长史，这些平时很有见地的文官也开始谨慎起来，生怕自己一句话就丢了乌纱帽。更重要的是，他们都由衷地佩服自己的王，觉得吴王所做的肯定就是正确的。

吴王的目光扫到了武将这一边，身为右相的汪天瑶也不知道说什么好，吴王的威望在整个吴国六州是至高无上的，在六州百姓中被视若神明，吴王的每一个举措都是为百姓利益去着想，他作为吴王的臣子，作为吴王的族弟，也只有服从。

太尉程富低头不语，吴王为了六州百姓，连自己的王位都愿意放弃，他敢说什么？

"陈大人，您有什么想说的吗？"吴王知道这些臣子们找不出很好的理由来反对，但是为了能顺利地归顺大唐，能顺利地完成后续工作，需要解开所有人的心结才行，倘若留有隐患，就会后患无穷。

吴王是在问刑部尚书兼歙州总管陈朴，汪铁佛被贬后，文官中就他威望最高，同时他又是山越土族的代表，在百姓中素有声誉。

陈朴见吴王点名问他，只能站起来把心中的担忧说出来："启禀殿下，李唐政权虽然平定窦建德和王世充，成为长江以北最具实力的政权，但是目前并不能说明他在北方已经无忧，刘黑闼骑兵才一个多月就攻克了李唐十几个州，声势浩大，已经威胁到李唐在北方的稳定；还有一点，不少以前归降李唐的地方势力也纷纷揭竿而起，如此下去，李唐真的就危机四伏了。从各路势力反叛可以看出，李渊此人对待归降的势力向来都是另眼相待，不委以重用，而且还随时找茬，企图消灭。仅这两点来看，臣以为目前归唐不合时宜，更为殿下安危担忧。"

陈朴刚说完，殿内其他大臣纷纷点头。

吴王听到这里，点了点头说："说内心话，孤归顺大唐也是在担心安危之事，虽然从大义上说，为了六州百姓，孤可以做出任何牺牲，但倘若连自己的安危都保障不了，又如何去保障六州百姓安危？！"

大臣们没想到吴王居然说出这样的话，开始交头接耳。

婺州总管王文景见吴王如此说话，就大胆站出来说："启禀殿下，陈大人说的乃是肺腑之言。目前李唐政权内部矛盾重重，李建成与李世民两方水火不容，而李渊又无解决之良策，这是不祥之兆。臣也在担忧，万一李唐内部真乱了怎么办？其实力必定大大削弱，那么指望李唐来统一的希望就非常渺小了。长安往北不远就是盘踞朔方的梁师都，他有突厥撑腰，岂能错过如此机会？更何况现在还有一个他们最头痛的刘黑闼呢。"

饶州总管汪铁秩也出列说话："启禀殿下，假使李唐最终能夺得天下，但是当前时局未稳，还是缓一缓为宜，以免惹火上身。"

吴王把眼光看到武将这边，问低着头的右相汪天瑶："右相是如何认为呢？"

汪天瑶见吴王问他，就猜出吴王对文臣们的意见并不满意，就只好站出列说："启禀殿下，吴国十万将士一切听从殿下旨意！"

吴王微微一笑，问太尉程富："太尉你说说看。"

程富见吴王问汪天瑶，就猜接着要问他，便站出来说："启禀殿下，刚才陈大人、王大人和汪大人都言之有理，李唐政权至今并非稳如磐石，加之李渊为人气量不大，臣担心归唐后，殿下会受到委屈，并且难以改变当前天下格局。"

吴王问："何以见得？"

程富说："在征梁班师回朝的路上，殿下曾跟臣说过，希望李渊能尽快趁萧铣岳阳战败元气尚未恢复之际，立即出兵南下，与我军东西夹击，一举灭之。"

"没错，这是孤的想法。"吴王在宝座上点了点头，"单凭我军难以单独纵横梁国数十州之地，若与唐军合力定是摧枯拉朽之势。但是根据当前大唐状况，唐军难以分兵攻梁，倘若等灭掉刘黑闼，稳定北方后再谋萧梁，恐怕梁国元气恢复，又要面对强敌，而我们之前的付出就等于徒劳。"

"殿下运筹帷幄，臣佩服。"程富说，"总让我军牵制梁军，长期下去对我军不利，终究梁国疆域辽阔，兵马众多，我军不能长期这样耗下去。但是以目前的李唐局势又难以说服李渊下决心分兵，而中华一统是历史的必然趋势，殿下就想牺牲小我成就大我，想用放弃吴王宝位，来换取李渊对江南的信心，促使他立即平梁。"

吴王点了点头："孤就是这样想的，分久必合，天下一统是必然趋势，既然我们已经心向大唐，就不如趁此时机率土归之。一可以向天子表示我们的忠心，二可以尽早完成统一大业。"

"殿下英明。"程富说，"倘若唐军能快速平定萧梁，就可以挥师南下，楚国的林士弘、南岭的冯盎势必归之，长江以南则尽归李唐。"

吴王点了点头说："所以孤想亲自上表长安，说服武德天子发兵攻梁。"

此言一出，满殿皆惊。大臣们面面相觑，吴王要亲自去长安上表李渊？这怎么行，归唐是一回事，亲自上表归唐又是另外一回事。

汪天瑶立即反对："殿下为了天下苍生，弃王归唐，臣无异议，但殿下要亲自上表长安，臣以为万万不可。"

"何出此言？"吴王反问。

"殿下身系吴国六州百姓，不可草率前往长安，李渊此人多疑，万一扣留殿下在长安为人质，我们该怎么办？"汪天瑶说。

"武德天子岂能不顾大义？"吴王说，"孤亲自去长安，可与李渊的朝臣走动，方可有把握说服李渊。"

"臣以为殿下留在吴国才能更有把握让李渊出兵平梁。"汪天瑶说，"李渊也不会错过这么好的机会统一天下，而他倘若不能立即出兵的话，就会担心在我们面前失去威信。"

"殿下，臣以为右相大人所言极是。"吏部尚书赵学文说话了，"倘若殿下被李渊找个理由在朝廷里面授予一个闲职，不能回到江南，那么我们吴国六州就等于投鼠忌器了。"

"年初时，孤曾提出乔装商客前往长安一带了解李唐实情，你们找种种理由反对。这次你们又找一堆理由来阻止。"吴王无奈地说道。

赵学文说："殿下乃金枝玉叶，身系吴国六州百姓安危，岂可轻易离开邦土孤身前往异地？如有意外，我们做臣子如何向六州百姓交代？殿下心意，臣等明白，但是当前天下局势未稳，远涉长安，危机重重，即使李渊无害人之心，难保途中被他人知晓身份，图谋不轨，那就后悔莫及！所以臣等上次百般阻挠殿下提出微服私访长安之事，是同样道理。"

赵学文为人耿直，对吴王忠心耿耿，说话也从来不计后果，有话直说，这也是朝中少有的敢当面指出吴王错误的人。

赵学文继续说："即使这次前往长安，我们还需穿过杜伏威的地盘或者萧铣的地盘才能到达，路途遥远，危机重重。臣以为只要殿下亲书上表书，派一使者前往长安即可。"

"臣复议！"陈朴出列说话。

"臣亦复议！"王文景也出列说话。

于是，文臣武将都站起来，面向吴王，跟着复议。

吴王汪世华看着诸位臣工，无话可说，他们的提议确实是有道理，自己离开吴国，自身安危事小，万一六州又出乱子，那就是大事了，将影响大局。这些文武将官们虽然答应归唐，难保有些人并不是真心实意地，倘若遇到有不轨之人趁机煽风点火，出现内乱，到那时别说辅佐大唐平定天下，连扑灭自身之火也来不及呢。

"众卿言之有理，待孤仔细想想。"吴王也找不到更好的理由来反对，只好这么说。

"请问殿下，何时上表？"陈朴问。

"此事宜早不宜迟，陈大人请您负责选一黄道吉日。"吴王对陈朴说，"卿等再共议何人担当奉表前往长安之重任？尽快启程。"

"臣遵旨！"陈朴领旨退回到座位。

吴王见大家没什么话要说，便开口："归唐之事暂时不要外传，殿内众卿明白即可，如消息传出去，杜伏威之流获知后，就会阻碍使者前往长安。"

汪天瑶说："殿下提醒得对，杜伏威现在身为李唐吴王，总管江淮以南诸军事、东南道行台尚书令、淮南安抚大使等职，按照李唐政权谋划，江淮以南全都归杜伏威管辖，由其接受招抚。而我们既然要前往长安上表，就得经过杜伏威的地盘，也就得瞒过杜伏威的眼线，否则他就会阻挠通过，并且会趁机向长安邀功。"

"哼，杜伏威算什么东西，我辈岂能听其差遣？"程富一听汪天瑶说起杜伏威，打心眼里不舒服，"归唐之后，殿下定要执掌六州军事，与杜伏威毫无瓜葛才行，我们六州不能由其统属。"

吴王在上面一听，这又遇到一个重要议题了，归唐之事大家暂时无异议，但是与杜伏威的瓜葛，大家是心知肚明的。从李唐政权给杜伏威授予的一堆官职可以看出，江淮以南将由杜伏威总管，这就在形式上也把吴国六州也列入其中。若真是这样，这些将士们岂能咽得下这口气？

吴王见大家开始交头接耳讨论这个事宜，并且情绪非常激动，就算他自己，也打心眼里瞧不起杜伏威，不屑与杜伏威为伍。当年自己被大家逼着建吴称王，就是因为受到了杜伏威派使者招抚的刺激，倘若六州将来真由杜伏威总管，那么这些文臣武将必定反对归唐，即使归唐，日后也必定会反。

他只得说："这些都是后话，以汪天瑶和陈朴牵头，尽早拟定一份牒文，到时由使者把我们的条件一并上交长安。"

"殿下言之有理，我们什么条件都不提，会让人家小视。"汪天瑶说。

"对了，陈大人你牵头把这些年六州的官方文书及记录都通通销毁。"吴王特意提醒道。

殿内群臣一听，没明白吴王的意思。陈朴看着吴王，想听听理由。

"这几年我们各地文书记录了不少事情，在六州官方通函中也对各诸侯有不少评议，中间自然也包括李唐政权。为长远计，这些文书全部烧毁，陈大人您亲自执行，防范以后被一些小人利用，断章取义、添油加醋地诬陷我等。"吴王说。

大家一听，恍然大悟，吴王真是深谋远虑啊。

陈朴说："殿下英明，至于各地捷报文书、地方表彰文书，可以留下，载入青史，流芳百世。"

吴王摆了摆手说："既然烧毁，不管是功绩还是私下商议各诸侯的文函，全部不留。功德自在人心，我汪世华不图载于史册，只图留在百姓心中。"

"殿下功德如日月，定会永载史册，流芳百世，彪炳千秋。"陈朴说。

"今天就议到这里吧，这事情就这么定了，至于我们希望长安能给予我们什么官爵，需要什么封赏，众卿商议好后再告诉孤即可。"吴王觉得此时先让他们议论后再定，可能会更妥当些，免得又在殿内争论不休。

"今日向文武将官传达了率土归唐的消息。"

德贤宫内，吴王与贤妃稽圭一起在用膳。他把早朝的消息告诉了贤妃。

"有多少人反对？"贤妃放下手中的筷子问。

"没人反对。"吴王边吃饭边说。

"哦？"这结果出乎贤妃的意料。

"很意外？"吴王反问。

"确实很意外的。"贤妃说，"据臣妾掌握的消息来看，至少有七成的人是反对归唐。"

"孤也感到意外。"吴王笑了笑说，"不过，又在情理之中。"

"说来听听。"贤妃问。

"湖州事件，让他们也意识倘若华夏不能一统，各方割据政权并存，就容易让一些野心家借机找各种理由挑起战争，制造不稳定，企图获取利益。我们曾是隋朝子民，文帝时开皇盛世就是建立在华夏一统的基础上，这十年连年战乱，大家越来越思念太平盛世。而太平盛世的基础就是统一。"吴王放下筷子耐心地对贤妃说，"这是主要原因。其次就是，我前天把铁佛兄从左相之位贬为宣州长史，起到一定的杀鸡儆猴的效果，让这些反对归唐的文臣们一下子失去了主心骨，也就没人敢挑头来反对。张士堪杀人放火之事，按道理卫哲民也要承担一点责任，但是孤念其理政向来勤廉，这次虽有责任，但不追究，让其心存感激，站在了我的立场这边。"

"您说得对。"稽圭边点头边说，"铁佛兄是治国之才，在吴国素有威望，加之您多次委以其重任，这些文臣们都以他马首是瞻。卫哲民的亲戚虽然狐假虎威，但是卫哲民本人还是很勤廉的，咱们用人要看长处，不能处处去计较别人短处，这样才有王者之风嘛。"

吴王笑了笑说："铁佛兄能治理吴国，是孤的福气。国君垂拱治天下，民众欢歌醉太平，这正是孤所追求的。但是在归唐大事上，必须得由自己决断。一步走错，将给天下带来灾难。"

"天瑶和程富他们也是不甘心归唐的，妾曾听得传闻，他们议论说用血拼出来的江山，不能这么轻易地拱手让给别人。"贤妃说。

"他们的心思，孤懂。没有与唐军交战，就这样主动归顺，感觉面子上挂不住。"吴王说，"其实这是他们的小肚鸡肠在起作用，为了天下百姓安宁，为什么一定要战争呢？就算现在天下笑话我汪世华懦弱，一百年后，一千年后，大家就会明白我的良苦用心了。"

贤妃边听边点头赞许。

"况且孤统六州，战苏州，打岳阳，东征西讨，已经不需要向别人去解释什么。"吴王说，"从洪州班师回朝的路上，孤已经与天瑶和程富把想法都说清楚了，他们尽管心里有所不愿，但是也找不出更好的理由来反对。加之这次湖州事件，孤不动声色地派遣惠妃出征，快速平定叛乱，让他们更加相信了孤的选择。"

吴王说到这里，看了看周围没有他人，就低着声音说："湖州事件使得孤下定决心归唐，并且是尽快归唐。尽管我们失去了一员大将，但是免去了将来唐吴两国之间的战争，等于是挽救了更多的生命。"

"倘若没有湖州事件，归唐肯定不会这么顺利，也可能会有文武将官滋生事端，引起吴国上下大乱。"贤妃后怕地说。

"这种事情不是不可能的。"吴王说，"尽管他们反对归唐、逼孤称帝的想法是好的，但是很多事情都要看得长远，我们千万不能像宇文化及、窦建德和王世充那样，满足了称帝的欲望，结果换来杀身之祸，甚至满门抄斩。"

贤妃犹豫了一下，说："世华，难道您真的不想称帝吗？"

汪世华一愣，没想到稽圭忽然问他这个问题，并且直接改称其名字，稽圭想听他的心里话，他犹豫了一下说："从来就不曾想过。我觉得就算称王，若不是为了六州百姓，我也不会。只要天下百姓太平，我即使做一名普通的平民百姓，也心甘情愿。"

稽圭微笑着问他："难道您就没有一点争夺天下的心？"

"保境安民是我的使命，倘若没有李唐政权出现，或者说李唐政权不实施仁政，为了天下百姓，我肯定要去争夺的。"说到这里，汪世华看了看稽圭说，"但是李唐政权已经出现了，李渊又由隋帝禅让，属于正统，登基后又实施仁政，百姓归一，我岂能为了个人私欲而去逆历史之洪流呢？"

稽圭点了点头说："听世英派出的使者探回来的消息，李渊确实为百姓做了不少事情，尤其是其儿子李世民，囊括了天下文武英才，为统一天下做准备。"

"你说得对，秦王确实有雄才大略。今日我总结前朝历史，发现一个奇特的规律，我一直在思索，可能这也就是天意吧。"汪世华说。

"什么规律？"稽圭好奇地问。

"自夏商周以来，秦汉晋隋，这些一统华夏的王朝，最早若不是起兵于西方，便是兴起于北方。"汪世华怕稽圭听不太明白，就解释说："他们若不是从西往东攻打，就是从北往南征讨。居然没有一个王朝发祥于东方或者南方，也就是说，从东往西，或者从南往北，都没有取胜，且最终灭亡。"

稽圭恍然大悟地说："细想起来真是这么回事。秦国当时在西边，统一了全国；刘邦当时在汉中，也处于西方，打败了项羽，一统天下；晋在北方，灭了东吴；

隋军南下平定陈国，一统华夏。"

汪世华点着头说："这不仅跟地域的民情民风有关，也跟地域经济文化有关，是一时难以改变的。"

说到这里，汪世华笑了笑说："比李渊早先起兵的反王众多，比他有势力的也众多，李渊的个人能力也不是这些反王中最强的，但是为何他能那么快速地进驻长安？这除了他战略得当之外，既有他出身关陇贵族，深得到大世族扶助；也有他广纳天下英才，手下人才济济；更有就是所谓的天命所归吧。"

稽圭点了点头说："讲的不无道理。既然是天命所归，我们支持归唐，只是担心你……"

话还没说完，汪世华伸手抓着她的手说："杜伏威之流都受到了李渊的重用，还担心我什么？我一片赤心，别无他求。"

稽圭努力让自己笑了笑，尽管她相信汪世华能把控好一切，但是内心里总隐隐约约觉得有一张无形的危机大网正悄悄地扑来。

第二天，早朝。

吴王宫。

"启禀殿下，九月甲子日为黄道吉日，诸事可行，臣等商议可在此日派遣使者上表归唐，定会万事大吉！"陈朴出列上奏。

"今年九月甲子日正是九月初九。好日子！"吴王坐在宝座上略一思索，微微点头赞许，"离今日还有数日，卿等有充分时间准备相关文书和图册。"

"是的，殿下。"陈朴说，"臣等还商议，汪铁佛大人可担当上表长安的重任，汪世英大人率领数名精干兵卒护送即可。"

"汪铁佛现在哪里？今日没来上朝吗？"吴王问。

"启禀殿下，汪铁佛身为宣州长史无权参加朝会。"陈朴说，"他还在歙州府邸，因汪铁罗将军身遭不测，他伤心过度，身体不适，可能还需要数日才能前往宣州赴任。"

吴王听陈朴这样解释，就知道这些文官心里打的是什么算盘，则故意说："既然汪铁佛身份低微，就不能担任此重任，上表长安，需派遣朝中重臣，方可彰显我吴国诚意。难道其他卿家不能担当此流芳百世之重任？"

陈朴见吴王不温不火，则低头说："臣等无能，长安群英荟萃，汪铁佛大人曾为吴国左相，足智多谋，才华盖世，定不会辜负殿下重托。"

"卫大人为礼部尚书，孤认为更合适此重任。"吴王看着卫哲民故意说。

"臣无能。汪铁佛大人才是最佳人选。"卫哲民惊慌失措地出列回答。

吴王有些无奈地笑笑，这肯定是文臣们私下商议的，也想借此机会让汪铁佛将功赎罪。从能力上来看，汪铁佛是最合适担当此重任，加之他又与房玄龄有往来，到了长安如若遇到什么事情，也可以从中斡旋，更重要的是可以传话给秦王。

吴王边想边微微点头，说道："既然卿等已经商议，那么就这么定了，汪铁佛为正使，汪世英为副使，挑选十名精干随从，以商贾打扮，于九月甲子日正式上表长安。"

"殿下英明！"殿内文臣武将齐声高呼。

"世英，这次出使长安事关重大，你一定要万分小心。"退朝后，吴王在后殿跟汪世英说。

"大哥，这事情您放心，我一定会保障铁佛兄安全的。"汪世英肯定地说。

"不但是要保障铁佛兄安全，你们一行人的安全都要保障。"吴王汪世华说。

"是，大哥。"汪世英说，"我们在长安一带有自己的商旅，他们其中不少都是当年训练有素的兵卒，如有突发情况，会立即有人接应。至于途中，也不用担心，从歙州前往长安的水路或者旱路，重要州郡都有我们吴国的商人在那里经营，我作为他们的顶头上司，随时可以调遣他们。"

"这样甚好，当年你和姐夫布局的商旅不仅能为我们探知到各地情报，这次还可以用来掩盖你们的身份，接应和保障你们的安全，真是我们吴国一支无形之师。"汪世华赞许道。

"当年大哥您提倡各地乡村都习武术，整个歙州兴起习武之风，这些商贾人士都是从小习武，武艺超群，加之姐夫对他们进行一系列训练，让他们明为商人，实可成为冲锋陷阵的战士。"汪世英说。

"这个组织一定要好好掌控好，归唐后，歙州与长安之间就常有文函往来，随时掌控好情报，把不利情况扼杀在萌芽之中，保障世道安宁。"汪世华认真地对汪世英说。

"明白。"汪世英忙点头应许。

"启禀殿下，宣州长史汪铁佛前来求见。"两人交谈间，侍卫匆匆来报。

"宣他进来。"吴王汪世华端坐于座椅上，沉稳地命令道。

汪铁佛缓步而入，刚跨过门槛，便恭敬地跪拜在地："微臣汪铁佛叩见殿下，愿殿下千岁。"

吴王汪世华面带笑容，和颜悦色地说："铁佛啊，起来吧，此处是后殿，无须多礼。"

汪铁佛依言站起，见汪世英也在场，于是微微点头致意。

"铁佛，请坐。上茶。"吴王轻轻一挥右手，示意汪铁佛落座，无需拘泥朝堂之礼。

"谢殿下赐座。"汪铁佛边落座边表达谢意。

"铁佛啊，我找你来所为何事，想必你也有所耳闻。朝中重臣均推荐你作为上表归唐的使者，世英将作为副使与你同行。"吴王汪世华直言不讳地阐明来意。

"方才陈大人已向微臣提及此事，感谢殿下的信任与委任。只是微臣唯恐才疏学浅，辜负了殿下的厚望。"汪铁佛说着再次起身向汪世华行礼。

"你就别推辞了。这是群臣共同商议的结果，你是最合适的人选。到了长安后，你要伺机与秦王、房兄会面，将我的意愿转达给他们。接下来几天，你将与朝臣们共同起草文书，并准备户籍、土地、银库等各类账册。务必做好万全准备，仔细考虑所有环节。若有任何进展或问题，随时向我汇报。甲子日正式启程。"吴王汪世华面带微笑地叮嘱道，语气中透露出对汪铁佛的充分信任与期待。在这里，吴王选择了更为亲切的"我"来自称，而非朝堂上的"孤"。

"臣领命。"汪铁佛刚坐下，又立刻站起回应。

"坐着说吧，我们是自家兄弟，不必拘礼。"吴王轻声说道，"关于上表书，我打算将落款名改为汪华，去掉'世'字。"

"去掉'世'字？"汪世英不解地问，"这是为何？难道是要避开李世民的名讳吗？"

汪铁佛也表达了疑惑："现在就开始避讳，是否过早？他毕竟还只是秦王，目前似乎没有这个必要。"

吴王汪世华摆了摆手，说："这其中缘由你们就无需深究了，按照我的吩咐去办便是。"

"是，殿下。"汪铁佛和汪世英虽心有疑惑，但仍领命退下。

仁惠宫。

惠妃庞实从湖州归来，当时吴王汪世华正与大臣们在吴王宫商讨国事，她因此直接返回了后宫。贤妃稽圭领着孩子们围聚在她身边，亲切地嘘寒问暖。实际上，庞实此次湖州之行，后宫中仅有贤妃稽圭和她的贴身丫鬟若溪知情。这二人度过了十多天提心吊胆的日子，又不敢向吴王询问湖州的战况，直到收到捷报，才如释重负。

"惠妃，你此行辛苦了，孤定要好好赏赐你。"吴王得知惠妃回宫后，匆匆赶往庞实居住的仁惠宫。

庞实看到吴王到来，抚摸着小汪爽的头说道："我才不稀罕你的赏赐，只要能让我多陪伴孩子们便足矣。"

吴王听了庞实的话，放声大笑："此次情况非同寻常，若非我们英勇的庞大将军出马，岂能如此迅速地平定叛军？现在你可以在宫中多陪陪孩子们了，但切记不要过分溺爱他们。"

吴王话音刚落，众人都笑了起来。

稽圭察觉到汪世华还有要事相商，便向若溪使了个眼色。若溪心领神会，立刻对孩子们说："小公子们，我们到外面去玩耍吧。"

见若溪带着孩子们离开了仁惠宫，吴王开口说道："今日在朝堂上，我们已商定由铁佛兄担任正使，世英为副使，定于九月甲子日启程前往长安上表。"

贤妃和惠妃静静地听着，没有插话，因为这一切都在她们的预料之中。

吴王转向贤妃说道："圭妹，接下来你有一项重要任务。从明天起，你要前往仁和药铺，伺机向百姓们宣扬大唐的仁德。"

"我明白了。六州百姓在您的治理下安居乐业，但他们对远在北方的唐政权并不熟悉。倘若我们突然宣布归顺大唐，可能会让人一时难以接受，同时也可能给那些别有用心之人以可乘之机，煽动不明真相的百姓聚众滋事。"稽圭毫不犹豫地答应道。

吴王满意地点头微笑："我们要防患于未然。毕竟周围的其他政权也希望我们内部发生动乱，所以我们必须时刻小心谨慎。"

说到这里，吴王看向庞实："我有一个想法，你看是否可行。在适当的时机，让世荣把吴县的兵力全部撤回，驻扎在宣州境内；同时，嘉兴的主要兵力也全部撤回到杭州。"

庞实提出疑问："倘若这样做，李子通就有了退路，那么这一大片地区，岂不是有可能成为他的势力范围？"

吴王点了点头说："我就是希望这样。现在李子通坚守在苏州，而杜伏威派遣王雄诞来攻伐，双方持久不下，加之这次刘黑闼起事，杜伏威又要调兵过去扑火，势必会放慢攻打苏州的速度，导致王雄诞改攻为守，如此下去，局面很难打开，双方都干耗。倘若等平定了刘黑闼再来攻打苏州的话，那么王雄诞的兵力大增，对我们是非常不利。"

庞实听到这里，笑了："我明白你的意思了。李子通现在是没有退路，所以就破釜沉舟坚守城池，倘若我们让出地盘之后，他就势必会谋图扩张，而王雄诞肯定不愿意看到这种局面发生，就会不顾兵力多少，主动发起进攻。趁早让双方分出胜负。"

"没错！"吴王汪世华赞许地说，"其实，我还在想更重要的一步，我们归唐势必会让杜伏威动怒，他迟早会寻机报复，我与他之间的战争是不可避免。我想让他在与李子通的作战中削弱实力，为我们以后与他对决创造必胜的机会。"

吴王继续解释着："吴县和嘉兴的兵力撤走，闻文遂安为了自保，可能就要与李子通结盟，共同对付王雄诞。双方任何一方取胜，都对我们有利。倘若王雄诞取胜，见嘉兴空虚，肯定会挥军南下，谋求抢夺地盘，再趁机报复我们，那么我们就可以从宣州出兵，切断其退路，来个关门打狗；倘若李子通取胜，我们也可以趁机切断其退路。"

"我们归唐，就与王雄诞都属于唐军，怎么能双方开战呢？"庞实满脸疑惑地问，"我们能管得住他们任何一方吗？"

"与王雄诞开战，不需要我们找理由，他肯定会先动手的，这是他的本性。我们为了自保，迎战是有理由的。倘若李子通胜利，我们就打着为王雄诞报仇的名义，去攻打李子通。"吴王耐心解释道，"现在已经秋收，我已经命令宣州、杭州和吴县周围把所有粮草全部征集，运到安全位置。尤其是吴县附近和嘉兴附近，让进来的兵马没有任何吃的。进入冬天，他们就会冻死饿死。"

庞实明白了："你说得对，这些破坏天下一统的势力，我们就得创造机会尽早消灭他们，让争战早日结束。"

吴王点点头，眼前出现的是一幕幕战争场面，东线迟早要来几场大战才行！

九月甲子日，秋高气爽，天高云淡；霜天红叶，秋阳杲杲；梧桐叶落，金桂飘香。歙州城外，一行二十来人的商旅驾着马车一路向北疾行。

自晋阳起兵，李世民身经百战，功高望重。尤其是在武牢关（李渊为避祖父李虎的忌讳，把虎牢关改称武牢关）一战两克，立下了盖世奇功。以三千五百兵马对阵夏郑联军三十万大军，居然以少胜多，以弱胜强。三国赤壁之战，秦晋淝水之战也不过如此，这一战绝对是隋末唐初最为经典的战役。

这场辉煌的胜利将年仅二十三岁的秦王李世民推至荣誉的巅峰，整个朝廷和民间都为之欢声雷动。然而，唐帝李渊的内心却充满了喜悦与忧虑。喜悦之情自不待言，而那份忧虑却始终萦绕在他的心头。

李世民的声望已然凌驾于太子李建成之上，两兄弟间的矛盾逐渐从暗流汹涌转为半公开化。身为帝王，李渊虽然需要坚定支持自己的长子——太子，但对李世民的嘉奖亦不可或缺。特别是这次刘黑闼的叛乱，尽管李渊曾压制李世民，未让他出征，且从表面上看，李世民并未显露明显的情绪，但李渊仍希望借此机会对功绩卓著的次子给予应有的奖赏，期望这样的奖赏能让他感到满足，以减少与兄长的矛盾。

然而，当李渊开始思考具体的封赏方式时，他陷入了深深的困扰。因为对于李世民来说，似乎已经没有更高的封号可以赐予，也没有更大的赏赐可以提供。李世民已然"封无可封，赏无可赏"。

此时的李世民已经拥有了四大显赫的头衔。

首先是秦王，身为李渊的次子，他在皇室中的地位仅次于皇帝和太子，实际上在诸王中名列第一。

其次，他还是太尉，位列三公之首，这一职位让他统领全国军事，是武将中的至高无上者。

再者，他身兼尚书令一职，作为尚书省的最高长官，由于当时李唐政权中名义上的文官之首——太师、太傅、太保的三师职位空缺，这使得尚书令的地位等同于后来的宰相，即文臣的领袖。

最后，他还是陕东道大行台的掌权者。陕东道作为当时最大的战时行政单位，覆盖了李唐的大部分领土，使他有权随时调动各地方的各类资源。

无论是在官职还是在爵位上，李世民都已经站在了巅峰，他的位置仅次于皇帝和太子。更值得注意的是，他还拥有朝廷特许的铸币权。在某些情况下，他实际掌握的权力和资源甚至已经超越了太子和皇帝。

面对这一尴尬局面，为了进一步提升士气，李渊在武德四年九月特别创设了一个新的官职——天策上将，并将这一崇高职务授予了李世民。

天策上将这一职位，首先被定义为大唐百官之首，彰显其崇高的地位。其次，天策府被确立为大唐政权全面掌控对外战争的军事机构，拥有"掌国之征讨"的重要权力。再者，天策上将还被赋予自行招募和选拔人才的特权，即李世民可以根据需要为天策府选拔合适的官员。这样一来，天策府实际上成为了一个相对独立的小朝廷，而天策上将则自然成为了这个朝廷的最高统治者。

从"天策"这两个字中，我们可以窥见李渊对李世民的深厚期望。因为"天策"实际上是一颗星星的名字，它位于东方苍龙七宿中的箕、尾之间，也被称为"傅说星"。而傅说，是一位历史上真实存在的人物，他的名字与这颗星紧密相连，象征着辅佐和指引。这背后蕴含着一段深刻的典故，透过这段典故，我们更能体会到李渊的良苦用心和深远期望。他希望李世民能像傅说一样，成为大唐的明灯，照亮国家前行的道路，引领大唐走向更加繁荣昌盛的未来。

在商朝中后期，武丁作为第二十三任天子登基。他在年少时曾隐瞒身份深入民间游历，不仅习得各种技艺，更深刻体验了民间疾苦。面对当时商朝的衰落，他日思夜想如何重振国威。

据传，武丁即位后的前三年对政事并不多加干预，朝廷军政大事皆由大臣们处理。然而，他并非真正放手，而是一直在暗中观察，寻找能够辅佐他进行改革的贤臣。某日，武丁梦中得到天启，梦见一位自称傅说的贤人。醒来后，他对梦中人的相貌和名字记忆犹新。他解读这个名字为"辅佐我，而使万众喜悦的人"，预感到这将是他治理天下的得力助手。

于是，武丁召集朝臣，试图找到与梦中人相貌相符的人，却一无所获。他随即命令画工根据他的描述绘制出傅说的画像，并下令全国范围内寻找此人。最终，在傅岩这个地方，臣子们找到了一个与画像一模一样的人，他也名叫傅说，但身份却是一个奴隶，正在与其他劳工一起筑墙。

得知此消息后，武丁迅速派人将他请回宫中。一见面，武丁便认定他就是梦中的贤人。两人交谈甚欢，傅说虽身为奴隶，却见识卓越。他向武丁提出虚心纳谏的建议，并阐述了自己的治国策略，其中"知之非艰，行之惟艰"的观点更是成为后世传颂的名言。武丁对他大为赞赏，当即任命他为宰相，主持朝政。

傅说上任后，立即实施了一系列政策，包括治乱罚恶、敬畏天意、保护百姓、选拔贤才等，这些措施有效缓解了社会矛盾，使得国家政治清明、人民安居乐业。商朝因此迎来了又一个鼎盛时期，被誉为"武丁中兴"。武丁和傅说也因此成为古代明君贤相的代表，被后人尊为圣人。

傅说的名声甚至升上天空，与星辰并列。用《庄子》的话来说，就是傅说辅佐武丁统治天下，他的名声与天上的箕宿、斗宿等星星相提并论。傅说早年的艰苦经历也被孟子作为"天将降大任于斯人也"的范例来讲述。

从这个典故中我们可以看出傅说是贤相的代表。李渊授予李世民"天策上将"之位，显然是希望他能像傅说一样成为辅佐李建成的贤臣，为国家的安定和繁荣贡献力量。然而事情的发展却违背了李渊的初衷。权力是一种极具诱惑力的东西，一旦尝到了权力的滋味就很难回头。已经位极人臣的李世民离皇位只有一步之遥，他怎能轻易放弃这个机会呢？即使他本人没有这个想法，他身后的天策府将领和文学馆的文士们也会推动他向前迈进。一场关于皇权的争斗已经悄然展开！

经过十日快马加鞭远程奔波，乔装成商客的汪铁佛和汪世英带着随从终于到达了大唐都城长安，一路上虽有波折，但在各地吴国商人的暗中协助下，总算能平安到达。

唐帝李渊闻得吴国之主汪华派遣使者上表归唐，心中大喜，特意安排在宣政殿接见吴国使者。宣政殿是皇帝平日朝见群臣、听政及举行朔望册拜等大典的地方，也是皇帝早朝和百官办事的行政中心，皇帝经常在这里召见地方重臣、外国使节与策试举人。

汪铁佛和汪世英两人在大殿内行完君臣大礼，便由正使汪铁佛将表文捧过头顶奏道："歙州汪华率歙、宣、杭、睦、婺、饶六州军民，归属大唐王化，请陛下恩准。"内侍接过表文，呈至龙案之上，天子李渊伸手缓缓展开黄绸文书，只见汪华在里面亲笔书道：

乾坤革运，帝王有真，据地利之善便者，当思天命之攸归。臣本田家，强起山谷，不忍盗贼戕害生民，遂率一方，相与保聚，伊图左右，率属归心。故能赈乏窒奸，镇安境土，抚养黎庶，以定俟一。今闻应天受禅，革命肇基，敢令宣城长史汪铁佛奉表以闻。

武德四年九月甲子歙州汪华状奏

李渊龙心大悦，对汪铁佛和汪世英两人道："两位爱卿辛苦了。"

汪铁佛和汪世英忙道："此乃臣等本分。"

汪铁佛从汪世英手中接过六州户籍图册，再往上呈："这是六州户籍图册、银库数量、兵马名册，请陛下御阅。"

内侍又过来接过厚厚的图册，呈至龙案。天子李渊并没有急于去打开图册阅览，而是很高兴地说："汪华识大义，归王化，有大功于社稷。朕心甚慰，当予以褒奖。爱卿远道而来，车马劳累，暂且回驿馆歇息，听候旨意。"

两人谢过圣恩，下殿去了。

见两人走后，天子李渊就问殿内群臣："汪华率土归唐，是我朝大事，正值当前征伐刘黑闼关键时期，可谓是意义深远。六州归唐后，能促使江南一统，早日实现天下归一。众爱卿，你们说说，该如何封赏呢？"

秦王李世民听后，只是微微一笑，他并不急着站出来说话。汪华的私信早就在汪铁佛进入长安城之前，已经派信使送到他的手上了。倘若他率先提议给汪华的封赏，可能会引起太子李建成的警惕，所以他想听听群臣们对汪华的看法。

太子李建成率先说话："启禀父皇，汪华割据江南六州数年，在百姓中素有声誉，多次与吴王李伏威交战，拥有精兵十万，战无不胜，尤其是今年东征围困苏州，逼死沈法兴，困住李子通，往西又打到岳阳，消灭萧铣主力，可以说威震江南，所向披靡。这次能主动率土归唐，是我朝之福，定当重赏，这样既是做给那些归唐后又反叛的乱臣贼子看，也是做给其他割据势力看。"

杜伏威归唐后，被李渊赐姓李，所以大唐朝廷上下都称其为李伏威。汪华在没有上表归唐之前，不屑杜伏威，所以也不称其为李姓。

天子李渊听到太子极力夸赞汪华，微微点头，很是满意。其实李渊也明白太子的意思，就是要极力拉拢各路群雄，巩固其太子地位。

李渊说："太子认为该如何封赏呢？"

李建成不急不忙地说："儿臣认为，应该大封大赏，但又不能大封大赏。"

李渊一听，觉得很奇怪，就问："这当如何解释？"

李建成接着说："汪华虽然威震江南，但是他不能独霸江南，目前南方的汪华、萧铣、林士弘、冯盎等，他们谁也独吞不了对方，长期对峙，相互内耗，只能为我们南下提供便利。但是，倘若我们南下，只要南方任何两个政权联盟，都有可能阻挡我军步伐。儿臣认为，汪华归唐，除了希望天下一统，让百姓免遭战火之外，还基于以下几个方面考虑：首先，他不希望连年征战，消耗自身实力，为别人创造机会，他懂得，失去实力就失去话语权；其次，他见我大唐已经统一北方，随时会派遣吴王李伏威渡江南下，横扫江南，而他所管辖的六州首当其冲，不管胜败如何，万一另外政权归顺我朝，或者与我朝结盟，他就会受到夹击，必定一败涂地；再次，最新获知汪华有部将在湖州叛乱，虽然他派兵及时扑灭，但是在六州之内还是产生负面影响，他也担心万一再来一两起这样的叛乱，就会危及他的统治。"

李建成说到这里，看了看周围群臣，接着说："所以说，汪华归唐是有多种目的。儿臣认为可以授予汪华高官厚禄，但是不能授予他太大的实质性权力。"

李渊听了李建成这么分析，觉得很有道理，就问群臣："众爱卿意下如何？"

内令史萧瑀出列说："臣以为太子所言极是，可授予汪华国公之爵位，以显天子隆恩。"

萧瑀是隋炀帝杨广的萧皇后之弟，自幼以孝行闻名天下，且善学能书，骨鲠正直，并深精佛理。早年被隋炀帝疏斥，唐朝时深得李渊信任。武德元年六月，拜为内史令。

右仆射裴寂忙出列说："臣以为汪华在六州称王数年，素有威望，又主动归唐，应大力表彰，授予王位，让其他割据政权效仿汪华，尽早归唐。"

裴寂在隋炀帝时任晋阳宫副监，与李渊交谊深厚，是李渊太原起兵主要策划者之一。并以晋阳宫米九百万斛、杂彩五万段、铠四十万枚支援出兵。后来李渊进驻长安，他又支持李渊称帝。唐建国后，他任尚书右仆射，最为李渊所宠信。

李渊将将下巴胡须，缓缓说道："王爵之位不可轻易再封，况且汪华刚归唐，尚未立有尺寸之功。国公之位已经很显赫，在我朝能获此爵位者尚少，当年册封李伏威为王是情况特殊，就依萧卿所言授予其国公。歙宣杭六州属于古吴越之地，可以授予越国公。至于军事之事，太子有何看法？"

太子自辅政以来，李渊处处遵循太子建议，意图在群臣中树立太子威望，让群臣明白，秦王李世民虽能征善战，但是治天下才是未来的重点，而太子能担当此重任。

李建成说："父皇圣明，越国公这爵号非常贴切。至于军事方面，儿臣认为授汪华为歙州刺史，管理一方军政即可，另外五州郡可从朝廷另外派遣大臣前去掌管。这样既可防止汪华一方坐大，也可更实际地掌管南方诸州。"

裴寂听后摇了摇头，正巧被李渊看到，李渊就点名道："裴卿有何高见？"

裴寂刚才提的建议被皇帝否决，这时李渊问他，就想给自己挣回颜面，免得让其他大臣小视，则说："太子所顾忌的不无道理，李伏威归唐后，各州郡都由其节制，新扩展的领土也归其总管，现在处于尾大不掉的状态。太子不希望汪华再出现这种现象，希望分而治理，能消除很多潜在危险。这是非常具有远见性的。"

裴寂看了看李渊，见李渊露出满意的微笑，周围的大臣也纷纷点头，便话锋一转，说道："但臣以为，在当前环境下还不能分治六州。首先，汪华在六州经营多年，已经形成了政治气候，外人突然接管，可能会引起一些不必要的麻烦，同时也会让汪华感到朝廷对其不信任；其次，汪华直接派人前来长安上表，而不是通过大唐委任的东南道行台尚书令李伏威，就可以看出汪华从内心是不愿意居李伏威之下。既然李伏威的势力过于庞大，而目前又不能轻易分其州郡治理，朝廷为何不利用汪华来制衡李伏威呢？所以臣以为，可由汪华任歙州刺史，总管六州，置六州总管府，直接听命于朝廷，不归李伏威节制，这样既可以牵制李伏威，又可让汪华知道朝廷对其信任和重用，这样利于天下稳定。待四海清平之后，朝廷就可逐步收回权力。"

姜还是老的辣，裴寂不愧是老臣，既拍了太子的马屁，又提出了自己的看法，无形中让群臣们再次佩服他的治国谋略。

李渊微微点了点头，若有所思地说："裴卿不愧是老臣谋国啊！那就授汪华牧守之权，执掌一方军政，持节总管六州诸军事，授予歙州刺史，置六州总管府。"

裴寂听到皇帝赞扬，掩住内心兴奋，忙说："陛下圣明，皇恩浩荡。"

萧瑀见裴寂抢了风头，也站出来说："为总揽人心，可再授予上柱国，同时大封汪华部属。"

太子李建成觉得裴寂分析得不无道理，何况自己也有收拢汪华之心，则说："儿臣复议。"

李建成表示也同意萧瑀的建议。其实他最初的想法是给汪华在爵位上高封，笼络其心，而在实职上低授，以防以后控制不住汪华，同时又可安插自己的人到地方去掌权，或者以后利用机会逐步提拔汪华，让其对自己效忠。

李渊见大家都纷纷表态，现在正是笼络人心之时，则点头道："准奏！"

秦王李世民自始至终一句话都没说，因为他认为当前授予汪华的这些官职和爵位都比较满意。现在避免让人知道他与汪华的关系，既是对汪华的保护，也是更好地隐藏自己的势力。

在殿上商议好汪华的爵位和官职后，君臣们又开始商议汪华请求朝廷出兵攻打萧铣之事。

次日早朝，宣汪铁佛和汪世英上殿，李渊在圣旨上加盖皇帝玉玺，大封六州文官武将。

在封赏汪华的沼书上写道：

门下汪华，往因离乱，保据州县，镇静一隅，以待宁晏，识机慕化，远近投诚，宜从褒宠，授以方牧。可使持节，总管歙、宣、杭、睦、婺、饶六州诸军事，授歙州刺史，上柱国，封越国公，食邑三千户。

主者施行。

武德四年九月二十二日

又由吏部、户部、兵部等颁布相关牒文，优待六州军民。

汪铁佛和汪世英叩头谢恩，立即奉旨返回歙州。

汪华接得圣旨后，自除王号，改吴王宫为歙州总管府，下令让六州境内全部府衙、兵营按照朝廷牒文更换名称和旗帜。

同时，汪华以歙州总管的名义，统领六州，遵旨委任众人实职，基本都是各按原职，只是部分名称有所改变。

汪铁佛为歙州总管府长史，协助总管政务；汪天瑶为歙州总管府司马，协助总管军务；撤销原来兵营建制，六州境内根据战略需要分东西两大军营，程富为东营大将军，任贵为西营大将军；两大军营各置六路将军，东营六路将军分别是汪铁彪、郑虎、羊宣、奚飞、汪铁师、汪铁环；西营六路将军分别是石五郎、杨义、林凯、毛凤、董晏、汪铁珉；汪世荣为神弩营总管将军，由歙州府总管汪华直管；汪世英为总管府护卫将军，兼六州商贸；陈朴为歙州长史、汪铁佛兼任宣州长史、王文景为婺州长史、汪铁秩为饶州长史、钱仕为杭州长史、沈浮为睦州长史，各自主政一州政务；陈朴兼掌司法、赵学文掌户籍、卫哲民掌礼法；鲍安国以年老体弱为由，辞官不受，深居棠樾，与家人享受天伦之乐。

六州军民闻知已归属大唐，从此消除兵祸，境内太平，尽皆大悦。

同时，李渊正式下旨通告天下，改新安郡为歙州、宣城郡为宣州、鄱阳郡为饶州、余杭郡为杭州、遂安郡为睦州、金华郡为婺州。隋朝大业三年，杨广改州为郡，虽然天下大乱后，大家习惯称为州，汪华统领六州，建吴称王，也称为州，但他当时仍奉大隋为正朔，并没有通告天下，在各地官方文书上仍以郡记载。现在汪华率土归唐，李渊就觉得应该改变隋朝的东西，下旨把所有归顺的郡全部改为州。

一切安顿好后，在总管府内，越国公汪华对文官武将们说："我们现在已是大唐臣民，定当忠君报国，勤政为民，方可上报天子隆恩，下报百姓厚望。大家精诚团结，建功立业，早日实现天下一统。"

众人一起称是，都面向北方，叩拜天子隆恩。

随后，歙州总管汪华立即调兵遣将，以西营为主力，开始与李孝恭和李靖率领的唐军一齐向萧梁发起攻击。

"这次征梁，是我们六州归唐后为朝廷立功的首次次机会，本府将亲自挂帅西征，兵分三路，分前军、中军、后军，前军以石五郎为大将，汪铁珉为副，立即牵制岳阳下游梁兵，使其首尾不相连；中军以任贵为大将，毛凤为副，率征梁主力从洪州出发，向梁军发起全面进攻；林凯为后军大将，董晏为副，根据战况率军支援前军和中军，负责押送辎重和粮草。杨义率领兵马继续牵制林士弘楚军，不得让梁楚两军会合。"汪华总管六州，持节六州军事，可开府募兵征粮，代天子牧守一方，故自称本府。

"报——"汪华的话刚说完，总管府外有士卒匆匆跑来禀告军情。

"讲！"汪华坐在总管大座上。

"启禀总管大人，歙东有士兵闹事，不愿意归顺大唐，说朝廷要派人来六州征寻美女充实后宫，同时要加倍征收赋税。现在歙东已经有十几个村子的乡民在烧毁唐旗，已杀死了几名官吏，并扬言只要见到穿朝廷服饰的官员，一律杀害。"

兵卒跪在地上，如实禀报。

"岂有此理！"总管汪华在上面怒了，这种谣言必须立即遏制住，否则就会像瘟疫一样迅速传遍六州，引起社会动荡，也影响这次征梁。这一定是某些图谋不轨之徒，想借刚刚归唐，上下政令还没有完全畅达之前，趁机挑拨不明真相的

徽州魂
大唐越国公汪华传奇
中

民众，借此制造混乱，谋取个人利益。

"郑虎！"汪华大喝一声。

"末将在！"郑虎出列答话。

"你率一千精骑速往歙东，明天酉时之前平息叛乱。带头闹事者，杀！"

汪华怒气冲天地说道，同时右手用力地做了一个"杀"的动作。

朝廷的圣旨刚刚宣读才三天时间，各兵营也都申明了归唐大义，居然还有人造反，对付这种危害国家统一的人，绝不能手软。

"末将遵令！"郑虎双手一拱，领令就走。

郑虎走后，汪华对歙州长史陈朴说："陈大人乃歙州长史，明日与孤启程，一起前往歙东，惩治叛贼，安抚百姓。"

"下官遵令。"陈朴出列答话。

歙东，秋风萧瑟，带着阵阵凉意。

大唐越国公、统领六州的歙州总管汪华在将士们的护卫下，来到了一群被捆绑的叛贼面前。

"启禀总管大人，这些都是妖言惑众、企图谋反、杀害朝廷官吏的叛贼。"郑虎一身戎装，半跪在汪华面前。

汪华伸出右手微微往上一抬，示意郑虎起身："郑将军辛苦了！"

汪华瞪着虎眼从头到尾仔细扫了一遍，除了二三十个叛兵之外，其余被抓的都是老百姓。

"大人，刚才下官都审问清楚了，带头闹事的就是这些兵卒，他们都是今年新招募进来的兵，听说六州归唐不用打仗，觉得没有升官发财的机会，就起哄闹事，散播谣言。这些老百姓都是他们原来村里的父老，不明真相，是被他们欺骗了。"郑虎在旁边继续禀报实情。

汪华骑在马上，用手指着旁边的一个坑地，脸上露出坚定的表情，仿佛下了极大的决心，他宣布："把带头闹事反对归唐者，斩首示众！"

郑虎郑重地应了一声，随后策马离去。

不久之后，一队士兵押送着叛乱的士兵来到了指定的坑地。他们手中的大刀在阳光下闪着寒光。

眼见叛兵纷纷身首异处，那些被捆绑的乡民们被吓得瑟瑟发抖，他们纷纷磕头求饶，生怕自己也遭受到同样的命运。

汪华骑着马在坑地边走了一圈，来到了捆绑的乡民前，从头到尾看了一遍，语重心长地说："各位父老，我汪华弃王归唐，是为了保六州太平，让你们避免战火，是为了华夏一统、国泰民安。大唐天子乃天命所归，爱民如子，一定会让你们过上比以前更幸福的生活。你们怎么就如此糊涂，听信几个叛兵的谣言呢？难道你们就从来没有相信过我汪华？！"

一个老者匍匐着在地上："吴王，不，总管大人，我们错了，我们老糊涂了。这么多年来，六州太平，大家安居乐业，我们都是托总管大人您的福啊，我们从来没有怀疑过您。"

"大人，我们糊涂，不应该听他们的谣言。"另一个年长者也匍匐在地说道，"我们在吴国境内过得好好的，为什么忽然要归顺长安的唐王，我们对他不了解，害怕他对我们不利。怪我们眼光短浅，不明白大是大非。"

"来人，全部松绑，希望你们以后做遵纪守法的大唐子民！"汪华骑在马上，话锋一转说道，"为了六州百姓安宁，为了天下一统，谁也阻止不了我率土归唐！"

说到这里，汪华提高声音，指着坑地说："保境安民，促进华夏一统，是我汪华的职责，谁反对，就杀谁的头！"

"保境安民，华夏一统！"

"保境安民，华夏一统！"

所有将士官吏一起大声呐喊！响声震天！

第四十章　攻灭萧梁

歙州总管汪华骑着神骏的越影宝马，腰挂传说中的湛卢宝剑，与林凯、董晏等将领集结，准备踏上西征之路。正在此时，汪世荣骑着雄壮的靠山雪花骢，率领三十名护卫骑兵疾驰而来，直接冲进了校场，无视校场外士兵的询问。

"大哥，虎尚且不食子，你怎能对自己的亲生儿子下杀手？！"汪世荣在马上怒目而视，手中的皂金虎头枪直指汪华，仿佛随时准备与他一战。

"世荣，你冷静点！"汪世英急忙策马上前，试图平息这场突如其来的冲突，"你怎么能对大哥这么无礼？"

"二哥，我理解不了，大哥为了归顺唐朝，放弃王位也就罢了，为何连自己的亲生儿子都不放过？"汪世荣眼中闪烁着泪光，满脸的失望与不解。

"你在说什么啊？侄子们不都好好的吗？你到底听谁说的这些胡话？"汪世英一头雾水，忍不住斥责道。

"昨晚我在杭州一带听到百姓传言，说侄子因为反对归唐，被大哥在歙东一个土坑里杀了。"汪世荣愤愤地说。

汪华听到这里，顿时松了一口气。他猜测世荣可能是听到了下面的传言，于是解释道："世荣，你误会了。世英，你跟他解释一下。"

世英听后恍然大悟，笑着说道："世荣，你真的误会大哥了。前几天我们在歙东一个土坑里确实斩杀了三十多名叛兵，大哥当时只是说，倘若他的儿子反对归唐，他也会一视同仁。这话经过人们口口相传，不知道怎么就变成了大哥杀了反对归唐的儿子。这完全是个误会。"

"真的吗？"汪世荣还是有些半信半疑，"可老百姓说那个坑都被改名叫杀子坑了。"

"虎毒不食子，难道我汪华会是那种冷酷无情的人吗？"汪华终于开口，声音中透露出坚定与温情，"你们这些侄子，从小受我和嫂子的教导，深知华夏一统的大义。他们如今都还是孩童，又怎会涉足复杂的军国之事？世荣，你身为大将军，怎能如此轻信传言，不加以分辨呢？若你不信，我随时可以派人把建儿、粲儿他们带出来让你亲眼看看。"

汪世荣的脸庞倏地变得通红，愧疚地收回长枪，低声道歉："大哥，我错怪你了。我听闻那传言后，信以为真，沿途又听见不少百姓议论纷纷，我就更加深信不疑了。"

"你应该好好读读'曾子杀人'的典故。"汪华语重心长地说，"谣言止于智者，我们不能被谣言所左右。"

说着，汪华策马上前两步，环视四周将士，继续说道："民间还有传言说，这座歙州城是我汪华站在江对面的高山上，一箭定城。难道你们也信这种无稽之谈吗？"

众将士闻言哄笑起来，汪世荣更是羞愧难当。

"且不论那所谓的'杀子坑'传说，单说这一箭定城的谣言。"汪华指着江对面的高山，"从那儿到城池中心，距离何止三四里？我汪华岂有那般神力？即便是飞将军李广复生，他的箭能否飞过江面都是个问题。更别提你麾下的神弩营了，他们的箭再强劲，也无法从那么远的高山射入城中。这个世上高手如云，倘若我汪华真能一箭射入城中，那岂不也意味着有其他人能从外部射入我们的城池？那我们还有何安宁可言？"

"世荣，这些传说都是百姓对大哥的敬仰而渲染出来的，'一箭定城池'是显示他心目中的英雄武功盖世，他们起名"杀子坑"，是为了显示大哥对朝廷的忠诚。"世英说，"不管民间如何传说，都显示大哥在他们心中崇高的地位，大哥就是江南六州的太阳。"

"世英。"汪华匆忙打断世英的话，"天无二日，以后不要说这种话。"

汪华对世荣微微一笑："世荣，为兄西征，你们一定要好好把守东边，杜伏威不是吃素的。"

世荣见汪华没有责怪他，忙笑着说："大哥，您放心，祝你们旗开得胜，一举荡平萧梁！"

"好！"汪华大喝一声，"出发！"

公元 621 年，即武德四年九月底，大唐皇帝李渊下诏征发巴、蜀两地军队，水陆并进，进攻盘踞在江陵一带的萧铣。李渊命赵郡王李孝恭为平南大元帅、荆湘道行军总管；李靖为大元帅行军长史，负责统领夔州水军，为西路军；以庐江王李瑗为荆郢道行军元帅，出兵襄州道，为北路军；黔州刺史田世康出辰州道，为南路军；黄州总管周法明出夏口道，为东路军。诸军统归李孝恭节度，水陆并进，征讨萧铣。

周法明原是梁国大将，被汪华用计打败后，企图逃回江陵，结果汪华又散布谣言说周法明其实早就与汪华勾结，故意兵败，让梁军损失惨重。萧铣听到谣言，立即要召见周法明。周法明得知萧铣对其已经不信任，若去江陵必定性命不保，只得带着家人和残兵败将归顺李唐，被李渊封为黄州总管。

四路兵马均布置妥当，而攻打梁国旧都岳阳和切断梁军水师援助江陵的重任就交给汪华。汪华归唐前就已经围困了岳阳，歼灭了梁军主力，并令大将石五郎和汪铁珉率军队驻扎在岳阳附近。梁帝萧铣原来起兵于岳阳，后称帝时，为了进取巴蜀和中原而把都城迁到江陵，岳阳是其老巢，具有非常重要的战略意义。

"启禀总管，连日暴雨，梁军水师松懈，各地开往江陵的援军在路上停滞不前。"探子来报。

汪华正在大帐内与中军大将任贵、中军副将毛凤一起查看军事地图。

"知道了，下去吧。"汪华让探子走出大帐后，对任贵说，"这么大的暴雨，你认为靖公会命令水师突袭江陵吗？"

汪华说的靖公就是李靖，因李靖年长许多，素有名望，大家故尊称其为靖公。这次平梁虽然以赵郡王李孝恭为主帅，但是李渊在诏书上特别指示，赵郡王李孝恭于军旅之事不精，尚未指挥过大战，三军之任全权委托李靖担当。这是李靖归唐五年来，第一次真正掌握大军兵权。

"攻取江陵主要靠水师，而连日暴雨，江水暴涨，不利于行船，倘若突袭，必会付出巨大代价。"任贵说，"靖公好不容易掌握大军兵权，岂能轻易冒险？"

"你的意思是西路军不会突袭？"汪华问。

"是的。"任贵边说边看毛凤，毛凤也连连点头。

"不！他一定会兵行险招，突袭江陵！兵贵神速，倘若是我，则会倾西路军全部人马顺江而下。"汪华坚定地说，"当年在石头城我与靖公畅谈一晚，对其兵法谋略是相当了解，当今世上估计也只有秦王与其并驾齐驱。"

"大哥自谦了。"任贵忙说，"应该还有第三人，我们歙州总管大人。"

汪华摆了摆手说："以后这些话在别人面前不要再说。靖公当年在马邑以一千老弱残兵完胜突厥五千精骑，闻名天下；后来又辅助秦王在浅水原一战而定薛仁杲；在金州以两千人逼败数万蛮兵；又以八百旧部纵横巴蜀，仅四年时间打造出五万水师，拥有两千多艘战船，这不是常人所能做到的。这次平梁攻打江陵的重任是赵郡王和靖公，以他们的势力拿下江陵只是时间问题而已。"

汪华说到这里故意问身边的诸位将领："为什么靖公向皇帝上奏请求调动其他几路人马一起攻打呢？"

任贵和毛凤对视一眼，摇了摇头，表示不明白。这是建立旷世之业的绝佳机会，为什么要别人也来分一杯羹呢？

"赵郡王、靖公与秦王关系密切，庐江王李瑗与太子关系非同一般。倘若这次平梁仅由赵郡王和靖公统领的巴蜀军队单独平梁，不管是胜还是败，事后都将遭到太子派系打压。"汪华解释道，"秦王在北方战场立有那么大的功勋，皇帝对其提防着，从这次出兵镇压刘黑闼就可以看出来，皇帝并不想让秦王立功太多。靖公这么做就等于送太子一份厚礼，平梁是太子和秦王两边人马共同完成的。"

"对靖公有什么好处？"毛凤问。

"靖公在皇帝当年进驻长安时就归顺了，立功不少，但从未重用，主要原因是皇帝记恨靖公当年要去江都告发他在太原想起兵之事。一个旷世奇才，年已半百却无功名，内心是多么痛苦？靖公终于悟出了大道理。"汪华意味深长地说，"他志向远大，一生中要的不仅仅是平梁，还要去做更多更大的事！"

任贵和毛凤若有所思地点了点头，李靖是不希望卷入太子与秦王之争，他只是想多做一些事情，他希望通过这次平梁能让皇帝对其刮目相看，再委任他新的重任，平定四方。

"总管，那么这与他突袭江陵有什么关系？"毛凤问。

"有很大的关系。"汪华说，"平梁十策是靖公以赵郡王的名义上呈给皇帝的，但皇帝肯定知道这是出自靖公之手，所以才有了三军之任全权委托于他的原因。虽然靖公已是三军的实际指挥者，但是他岂能真的让各路人马一齐攻入江陵城？倘若这样的话，花四年心血打造的水师岂不委屈？"

"我明白了。"任贵说，"靖公名义上是各路人马一起平梁，实际平梁任务还是让西路军来完成。只有这样，既能满足各路人马立功，又能让自己西路军的战绩受到天下人的关注。"

"自己卖命，大家立功。"毛凤说。

"所以说靖公肯定会趁此次暴雨进军！"汪华信心十足地说，"这绝对是出人意料的。连其他各路人马都因暴雨而停滞不前，自信水师天下无敌的梁军，就更加不相信靖公会冒雨进军。只有出其不意方能攻其不备！"

"总管，我们该如何做？"任贵问。

"攻打岳阳城！"汪华斩钉截铁地说。

正如所料，担任大元帅行军长史并统领三军的李靖，确实计划率领水师冒险东进。

年届五十的李靖，头发已然霜白。他在南方扎根五年，始终等待着朝廷下达平定萧梁的圣旨。过去，汪华曾成功击溃梁军主力并围困岳阳，但他并未继续进攻，并非因他无意出兵，而是由于朝廷的犹豫不决以及北方战事的牵绊，使得大唐无法全力投入南方战场。因此，他们只能多次致函萧铣，表达和平意愿，这一切都是为了麻痹伪梁，同时为大唐争取时间，以建造战船并训练水师，力求能一举歼灭伪梁。

此刻，李靖站在军事地图前，眉头紧锁。时值秋季雨季，江水汹涌澎湃，流经三峡的江水如同怒吼的巨兽般狂奔而下，其声震天动地，整个峡谷都为之颤抖。面对如此汹涌的水势和艰险的三峡，多数唐将心生畏惧，纷纷请求等洪水退去后再行进军。甚至连大元帅赵郡王李孝恭也反对此时进行突袭。这场百年不遇的大雨确实提供了难得的机会，但如果不能说服各路人马协同作战，单凭西路军的五万水师顺江东下，也难以迅速击败分散在江陵附近的十多万伪梁水师。

正当李靖如何悄无声息地率军顺江而下时，军营里出现了意外，由于连日大雨，四百多艘辅船被冲走，导致军粮无法运送。按军法，李孝恭准备把负责管理船只的将领处决，但李靖却认为这些将领反而立了大功，因船只被冲走，下游的萧铣更是放松警惕，为唐军顺流而下突袭创造更好的机会。李孝恭还是没想明白，担心没了这些辅船，平梁的功劳会被庐江王李瑗抢去。

李靖深谙赵郡王心中的顾虑，只得向他解释："王爷，稍安勿躁。您是平南大元帅，无论谁最终攻下江陵，这份功劳都会记在您的名下。不过，在我看来，这样的天气里，其他几路兵马想要迅速穿越重重山脉，直达荆州，实属不易，更别提攻城拔寨了。"

李孝恭听了李靖的分析，终于吐露出心底的疑惑："靖公，你说得对。有歙州总管汪华领兵攻打岳阳，这本应足够我们合力荡平伪梁。但为何你请求皇上降旨，让其他军队也参与其中？千里迢迢，长途行军，这不是多此一举吗？"

李靖一听便明白了李孝恭近期反对他建议的缘由。这位小王爷毕竟历练尚浅。他耐心地解释道："王爷，平南之战，实则关乎半壁江山。您想想，如此巨大的功劳，若被您一人独揽，朝中的权贵们岂会不眼红？战后，他们必定会搜寻我们战争中的任何疏忽来攻击您。因此，我们必须让他们也分享这份功劳。他们不劳而获，自然不好意思再与我们为敌。"

说到此处，李靖又补充道："我猜想，即便是皇上，也不愿见您一人独占这半壁江山的功劳。"

功高震主！李孝恭如梦初醒，急忙转身向李靖抱拳致谢："靖公，若非你明言，我险些铸成大错！没想到你为我考虑得如此周全！实不相瞒，先前我对你调集其他兵马协同作战的决策颇为不满。是我愚钝，还请你海涵。"

李靖比李孝恭年长二十岁，二人在南方共同征战多年。尽管李孝恭贵为郡王，但他对李靖充满敬意，两人私下里常以兄弟相称。

李靖恳切地陈述道："今日的情形，我深知您并非真心想要处决这些将领，而是希望在阵前树立威严，以严明军纪。但请您考虑，若今日真的处决了他们，明日战场上就会少几名奋勇杀敌的勇士。尤其是在当前这个用人之际，我们绝不能损害军队的士气啊。"

看到李孝恭若有所思地点头，李靖继续说道："孝恭，我们之间必须保持深厚的信任，坦诚相待，携手并进，才能共同成就大业。说实话，我这把年纪了，跟随您在这艰险的环境中练兵数年，忍受了无数艰辛，难道是为了与您争权夺利吗？我对于名利已经无所动，唯一的心愿就是能够向世人证明自己的价值。"

李孝恭听到李靖如此坦诚的言辞，脸上不禁露出了愧疚之色。他确实曾在心中暗怪李靖架空了他的权力，此刻却感到羞愧难当，他有些不好意思地说："靖公，请您原谅我的狭隘。您的才智远在我之上，由您来统领三军，我衷心信服。但您说这些将领不仅不该受罚，反而应该得到奖赏，这究竟是何用意呢？"

李靖继续解释："目前江水猛涨，大多数调兵遣将者都不会选择此时冒险率水师东下，萧铣会这么想，我们的其他几路兵马也同样会这么想，当然，越国公汪华是个例外。兵法有云，兵贵神速，我军刚从各地集结，士气正旺，将士们都渴望早日上战场建功立业，因此不宜拖延。那几个将领的失误导致四百多艘辅船被冲走，而在当前湍急的水流下，这些船只很快就会漂流至江陵，必然会被梁军所察觉。萧铣是个有谋略的人，否则他无法在湘荆地区称霸数年。他见到江水暴涨，可能会怀疑我们会冒险东进，但当他看到数百艘船只散落在江中时，必定会误以为我们的粮船在行军途中已经全部损毁，无法继续前行，从而放松警惕。同时，伪梁的各路援军也会因此放慢增援的速度。另外，假如我们只装载士兵和武器，不带粮草，以决一死战的决心东下，将士们必定会奋勇杀敌，一举拿下江陵。萧铣之流岂能抵挡我们的攻势？！"

这一番话让李孝恭如梦初醒，热血沸腾，他激动地说："靖公，你总能出奇制胜。我全都听你的，何时东进，由你决定！"

李靖回应道："选一吉日，我们就可以发兵了。"

"好！"李孝恭兴奋地拍手同意。

见李靖准备离开，李孝恭问道："靖公为何认定歙州总管汪华会猜着我们涉险东下呢？"

"汪华乃旷世奇才，其兵法超群，可独步天下。倘若是他换在你我这位置，定会东下，尤其是辅船丢失的情况下，更会倾全军出动。"李靖停止脚步，欣赏地说。

"汪华文韬武略，我早有耳闻，当今世上能得到靖公如此盛赞的人，也只有秦王和他了。"李孝恭说。

"这次攻下江陵后，他一定会来拜见大元帅您的。"李靖说。其实他自己也想与汪华见面，两人在石头城分别已整整十年。虽然两人常书信往来，纸上谈兵，但更想见面畅谈三五天。

"我也早想见见他了。"李孝恭说，"靖公认为汪华将如何攻取岳阳？"

"汪华只攻不取！"李靖说。

"哦？靖公怎么会这样认为呢？"李孝恭觉得好奇，梁国三大重镇，江陵、荆州和岳阳，只要攻取任何一城，都将立下大功，会受到朝廷的重赏。

"倘若我处在汪华这个位置，也会这样做。"李靖解释道，"岳阳城已经被他围困数月，他在归唐之前，以他兵力就可拿下岳阳，但是他一直围而不攻，却又不停地扫除周边障碍，就是想送大元帅您一份礼物。"

"送给我？"李孝恭更加好奇，觉得这不可思议，大家都抢着立功，而他居然把唾手可得的大功让给别人。李孝恭对汪华更加感兴趣了。

"攻下江陵之后，到时您只需向被围困数月的岳阳城发一份檄文，城内梁军将士即可招降。"李靖解释道，"汪华当年起兵是为了百姓，建吴称王也是为了百姓，现在弃王归唐还是为了百姓。百姓安宁、天下归一是他的心愿。归唐后，皇帝封其为越国公，勋位品级与您都是从一品，节制六州军事，又食邑三千户，已经非常显赫。作为一个曾经割据一方的霸主，荣华富贵对他来说都已看淡，他见孝恭您位高权重，深受朝廷信任，想以此向您示好，同时说明他无功名之心。他只求上保天下一统、百姓安宁，下保自身平安。"

李孝恭听后对汪华更加敬佩，说道："当今世上能有如此仁德之人，真是我大唐之福啊。靖公，皇帝当年命我们南下时就说过，只有仁德方可天下长治久安。汪华对岳阳攻而不取，就是想避免战争，避免城内百姓伤亡，真乃仁德也。"

"甚是。倘若我们这次对江陵也能围而不攻，让萧铣主动开城门投降，那么南方州郡必定会望风归附，释甲而降，岭南之地就可不动干戈而定。"李靖说，"现在汪华已经在做了，以他手中的兵力，在目前情况下，夺取岳阳城易如反掌。"

"靖公言之有理，平梁策中也曾说起先派兵以武力挫其锋锐，再遣使分赴州县，分化文臣武将，安抚黎民百姓，广布仁德，取信于民。"李孝恭不由得有点激动，"汪华做的一切其实就是在遵照我们上奏皇帝的平梁策。一个以百姓生命为重，一个以国家大业为重，而不计个人名利之人，真是难得啊。靖公，汪华来江陵见我们时，一定要挽留他多住几日，我要与他促膝长谈。"

在李孝恭的眼里，江陵很快就是他的大本营了。

"总管，岳阳城周边的卫城都已经攻下，为什么不乘胜夺城？"任贵很不情愿地跑进主帐里面问汪华。

"任贵，你认为岳阳城一定要派兵去攻取才能拿下么？"汪华笑着问。

"现在暴雨持续不断。只要我们派人把北门攻破，岳阳城就是我们的了。"任贵说的北门就是靠近江边的水门，因暴雨持续不断，洪水暴涨，北门是一片汪洋，梁军以水师无敌自居，放松了北门的防护，把主要兵力集中在南门和东门。

"你是不是想派人潜入水下，把梁军的船只底部全部凿窟窿洞，让他们船只变成废物？"汪华说。

"你怎么知道的？"任贵觉得奇怪，这计划是他自己想出来的，还没跟人说呢。

"因为我也想到了这招。"汪华说，"攻打江陵也会用这招。"

"梁军水师从小在江边长大，水性很好，万一大帅的船只也被他们凿了怎么办？"任贵忽然想到这一层，我们能凿人家的船，人家也可以来凿我们的船。

"岳阳城就不用攻打了，到时让赵郡王发一份檄文过来就行。城里百姓已经苦不堪言，倘若我们继续攻打主城，就会给百姓带来危害。这些人都将是我们大唐的子民，我们应该倍加爱护。"汪华说，"刚才你问到点子上了。我们的船只就是不怕凿。"

"为什么？"任贵奇怪了，只要是木船哪有凿不烂的？赵郡王和李靖率领水师顺江东下攻取江陵时，势必与梁军水师发生激战，而在水师激战的惯例中，各方都会派出水性极好的兵卒潜入水里，游到对方的船只下，用锉子凿烂对方船只，使对方船进水而沉。

"到了江陵拜见大帅时，你就知道了。"汪华说。

"我们用三天时间把周围的卫城都拿了下来，就真的不攻取岳阳了？"任贵见汪华不说，知道肯定有缘由，忽然想起自己来的目的，就是问为何不取岳阳的。

"现在天天风雨大作，让兄弟们多休息休息。大家的功劳，我都记着。奖赏一个都不会少！"汪华并没有直接回答，"我们就等着看大帅和靖公如何夺取江陵吧！"

事情的发展正如李靖所预料的那样，丢失的战船顺江而下，被梁军发现，他们因此误以为唐军已失粮草，从而放松了警备。

武德四年十月的天空阴风阵阵，李孝恭站在大船上，按照巴蜀的风俗，举行祭水仪式，正式宣布出师。这一天，黄历上显示为吉日，李靖深知兵贵神速的道理，于是向李孝恭建议趁萧铣尚未防备之际，迅速出兵。李孝恭接纳了李靖的意见，随即部署了二千艘战舰从夔州启航，顺长江东下。他们接连攻破了荆门、宜都，进而抵达夷陵，又在那里击败了萧铣驻扎在清江的将领文士弘，并缴获了三百多艘战舰。此外，萧铣的江州总管盖彦举也率领五州投降了唐朝。

江陵此时只有数千人防守。当萧铣得知唐军已攻至城里，并且文士弘已战败的消息后，他急忙从远方调兵回防江陵，但远水难解近渴。看到萧铣兵力薄弱，李孝恭不顾李靖的劝告，执意亲自率领精锐部队迎战萧铣，但结果却遭遇了失败。见此情形，李靖迅速出兵，利用敌军收缴战利品时的疏忽，给予了他们沉重的打击，随后乘胜追击，直逼江陵。他们先后攻破了江陵的外城和水城。为了迷惑萧铣的援军，李靖下令将缴获的战舰投入江中，任其顺流而下。萧铣的援兵看到这些漂浮的战舰，误以为江陵已失，因此放弃了增援。同时，萧铣委任的交州刺史丘和、长史高士廉和司马杜之松在赶往江陵的途中，得知萧铣战败，也选择向李孝恭投降。在李孝恭的围困下，江陵的梁国群臣眼见大势已去，纷纷劝说萧铣投降唐朝。

武德四年十月二十一日，萧铣最终下令开城投降。岳阳城的守将也在接到李孝恭的檄文后，立即向汪华投降。梁国境内的其他州郡在得知江陵失守的消息后，也纷纷选择了投降。

战后，萧铣被李孝恭押解至长安，并很快被处决。

李渊委任李孝恭为荆州总管，李靖加封为上柱国，赐爵永康县公。

第四十章　攻灭萧梁

第四十一章　伪吴归西

"我终于明白靖公为何如此英勇东下江陵了。"任贵感慨道。

"这些战船设计确实前所未见。"毛凤赞同说，"底舱隔板加固，保证船只安全与便于修复，且能增强船体稳定性。最重要的是船底设计防腐蚀、耐攻击。"

汪华补充道："平稳的船体也适合北方将士。船底用铁钉和特制油灰加固，再加上山漆减少阻力和防腐。但更重要的是靖公的战术。他巧妙运用水陆两路夹击江陵，才是关键。城内又有内应，萧铣不得不降。"

任贵和毛凤深表赞同，尤其在见过军神李靖与汪华的交流后，对汪华更是敬佩不已。

三人骑在马上正说着话，远处有密使飞驰而来。汪华约定歙宣六州境内传递密件的使者一律着黑衣，骑黑马，后面跟着两名护卫，专门传递重要军情。

"启禀总管大人，总管府司马汪天瑶将军密函。"密使说完就把一封密信呈给汪华。

汪华展开一看，对身边的任贵和毛凤说："李伏威已派王雄诞攻打苏州城，并让开南门允许李子通带兵南逃。王雄诞传李伏威的东南道行台令，命我军东营让开城门，允许李子通逃窜。程富不敢定夺，就请示天瑶，天瑶认为事关重大，只得又来问我。"

因杜伏威被朝廷赐姓李，所以汪华归唐之后，也就改称杜伏威为李伏威。

"我们与李伏威互不统属，他岂能命令我们？"任贵听后气愤地说。

"歙州总管府直接听命于朝廷，不归东南道行台节制，王雄诞算什么东西？！"毛凤瞪着虎眼，气呼呼地说。

"你们认为不能让开城门？"汪华反问。

"肯定不能！自古以来只有守城抗敌，哪有让开城门由得敌人乱窜的？"任贵说。

汪华边听边点头，说道："以王雄诞的兵力完全可以围攻城池的，为什么要故意留这南门不打呢？王雄诞是想借追击李子通之际，趁机抢占我地盘。"

"大哥归唐时没把他这个东南道行台放在眼里，按照当年朝廷的谋划，江南一带尽归李伏威统管，现在大哥与其鼎立东南，李伏威肯定就是想借平定李子通之际，使我们难堪。"任贵说。

"任贵分析得对，王雄诞这小子见大哥出兵岳阳，重兵难以向东线聚集，想趁隙进兵六州挑衅。"毛凤说。

"李伏威不除，我们难以安宁。"汪华思索再三，一字一句地说。

任贵和毛凤两人一对视，汪华准备向李伏威动手了。现在六州与江淮诸州都归属大唐，两人都是大唐执掌一方的军政首脑，如何动手？如何在朝廷的眼皮下动手？这是需要很高技巧的。最好的办法就是杀人于无形！

汪华看着任贵说："我和毛凤率精骑一千先行返回歙州，你整顿岳阳和洪州一带的兵马，做好相关防护后，立即返回西营待命。"

"遵令！"任贵在马上双手一拱。

与李伏威之间的战争要开始了。

原来，李伏威闻汪华率土归唐，与其共掌东南，心中老大不乐，也猜着朝廷的用意。他思索良久，与辅公祏、王雄诞、阚陵等商议，决定立即出兵攻下苏州，灭掉李子通，再顺势攻取汪华管辖的六州。这样做，一是给朝廷以颜色，用军事力量让李渊明白，东南一带还是我李伏威说了算，既然我是东南道大行台，那么这一片都得归我李伏威管辖，名义上我遵你李渊为皇帝，实际上在这里都得听我的；二是仗着东南道大行台的身份骗开六州城池，趁机夺取，以泄汪华轻视之恨，削弱其实力，打破朝廷企图以汪华来制衡他的格局；三是尽快消灭李子通，以免李子通和闻人遂安等人学汪华归唐，万一朝廷也让李子通据守苏州一带，不归东南道管辖，那么自己就真的危机四伏了。那时，朝廷随时可以拿他开刀，分割他的地盘和势力了。

第
四
十
一
章　伪
吴
归
西

李伏威权衡再三，又见汪华此时正出兵攻打萧梁，以萧梁兵马的实力，没一年时间是难以攻下，正好可以借其兵力分散之际，向歙宣六州用兵。

阚陵疑惑地问："父王，朝廷就不会出面阻止吗？"

李伏威自信地说："朝廷现在北要对付刘黑闼，南要对付萧梁，哪里腾得出手来管我们？"

"父王说得对，我们是打着征讨李子通的旗号去做的，就算我们与汪华兵马交战，朝廷最多下一道圣旨来调停而已，鞭长莫及。"王雄诞不屑一顾地说。

辅公祏赞许地点了点头说："只有我们占有更多的城池，扩充更多的兵马，朝廷才对我们更加重视，我们才能更加安全。现在天下还没统一，群雄还没消灭，朝廷就开始在我们周围施展小手段，倘若我们不能趁机强大起来，天下太平之日，估计就是对我们动刀子之时。"

辅公祏边说边用手抹自己的脖子，李伏威不由得打了个冷战。

于是，李伏威以辅公祏为主帅，王雄诞为副帅，率领江淮兵五万攻打苏州。江淮兵的先锋大将陈当世在浒墅关大败李子通的先头部队。苏州城的李子通听闻王雄诞率五万精兵过来，而苏州的北面门户浒墅关已经攻破，只能边调兵仓促迎战，边向闻人遂安发出求救，寻找南下逃窜的路。

"大哥，怎么办？"汪华刚回到总管府，汪天瑶就跑来问道，"汪世荣一直驻守在吴县，倘若堵住李子通的退路，王雄诞拿下苏州后，定会立即向吴县用兵。"

"都是大唐兵马，他凭什么向我们的地盘用兵？"郑虎在一旁气愤地说。

"郑虎兄，这你就不明白了，朝廷只允许我们在六州境内驻军，对外用兵需得朝廷认可，而吴县虽然被我军一直占领，但是朝廷并没有认可那里归我管辖。李伏威是东南道行台，从名义上说，六州之外的地方都归其节制。"汪天瑶说，"我们在那里与他们兵戎相见，就理亏了。到那时我们再撤兵，就又会被他们小视。"

汪华点了点头说："我们归唐上表时曾把吴县、嘉兴、湖州等六州之外城池也一并制成册子上报过，但是朝廷压着一直没说，连官吏任命也没有牵涉到这三个地方的。"

"朝廷其实想在苏州一带另外委任官吏。"汪天瑶说，"倘若李子通主动归唐，他肯定就是苏州刺史了。"

"有这个可能。李子通一心只想分割天下，即使到了苏州没有退路的情况下，也不主动归顺。"汪华边思索边说，"既然如此，我们就撤军吧。"

"真撤？"汪天瑶问。

"是的。不但吴县的兵马撤回，连湖州、嘉兴驻守的兵马也全部撤回到宣州和杭州兵营。"汪华说。

"都撤？为什么？"汪天瑶和郑虎一齐纳闷。

"我会让李伏威吃不了兜着走。"汪华看着远方淡淡地说，"给世荣传令，三路兵马全部撤回，所有粮草全部撤走，城内的百姓也一起撤走，让杭州和宣州方面做好安置。我把空城留给他们。"

汪世荣虽为神弩营总管将军，但是去年东征时以他为大元帅，所以吴县、湖州和嘉兴三地兵马仍归其指挥。

"百姓就没有必要撤了，劳师动众。李子通或者王雄诞他们进城也不会杀百姓的。"郑虎说。

"只要有百姓在城里居住，就会有粮食，只要有粮食，这些缺乏粮草的兵马就会去抢劫。"汪华看着郑虎，一字一句地说。

"清壁坚野，秋收过后，百姓手里都有口粮，而李子通现在正是缺乏粮草的时候。留下城内的百姓，就等于给李子通留下了粮草。"汪天瑶说，"既然这样，那就在撤走之前让乡下的百姓把粮食藏起来，就说被官兵强行征收了。"

"主意不错，只是这样我们就得背黑锅了。"郑虎说。

"只要父老乡亲有饭吃，我们背黑锅也值得。"汪华坚定地说，"不过，李伏威千算万算，没想到萧梁只花了一个月时间就被我们平定了。现在我要让他骑虎难下，自讨苦吃。"

汪天瑶从汪华的目光中看懂了意思，点了点头说："我们不收拾他，有人会收拾他。"

"你是说……"郑虎边说边用手指了长安方向。

汪华和汪天瑶微微地点了点头。

李子通得知吴县的歙军撤走，运河上也没有驻军把守，于是就放弃坚守城池抵抗，率兵从南门逃出，往闻人遂安的地盘昆山方向逃走。秋收时，因南北两边都有兵马骚扰，李子通错过了征收粮草的时期，派人多次请求闻人遂安支援粮草，但是押送过来的粮草数次被汪世荣派兵抢夺。苏州城内已经粮食匮乏，倘若再不出城，即使城池不被攻破，也会像王世充守洛阳那样，饿死一大半再投降。

接到放弃城池的消息，这群本来为了生存坚持抵抗的守军立即望风而逃，直向位于苏州城东边的昆山败去，而王雄诞率领江淮兵顺道占领吴县，接着一路追杀，不一日就到了昆山一带。

昆山地势险要，易守难攻。闻人遂安在昆山一带经营数年，据有数座小城，兵卒主要驻扎在山寨，常以山贼自居。

"皇上，臣认为闻人遂安并不可靠，唐军来势汹汹，他能抵挡得住吗？"李子通的部将袁方私下里说。

"朕与他终究无生死之交，昨日刚来时，就觉察出来了。"李子通担忧地说，"我们率领的一万多名兵马都驻扎在山下城外，粮草紧缺，而他给我们送去的粮草只够三日食用。"

"他派兵接皇上时，也没有行君臣之礼，可见他并没有把自己列为我们吴国的重臣。"袁方说。

"朕不计较这些，他能抵挡住王雄诞就行。"李子通冷冷地说，"只要守住昆山，以后有办法收拾他。"

"皇上高明！"袁方奸笑着说。

"昆山是粮仓之地，闻人遂安在这里经营多年，粮草充裕，足够大军一年食用。"李子通说，"明日大军开战，你率兵在左翼支援他，一定要抵挡住唐军。"

"臣遵旨。"袁方允许，过了半晌，壮着胆子问，"我军疲惫不堪，刚到昆山还没来得及休整，立即作战，只怕难有胜算。何况王雄诞当年火烧我营，在兵卒心里一直有阴影。"

李子通见袁方说出了实际情况，只有硬着头皮说："那你认为该怎么办？"

"臣以为，我们在配合闻人遂安作战时，应该只观战不出战。"袁方说。

李子通没听明白袁方的意思，疑惑地看着他。

袁方淡淡一笑，说："当前我军兵力与闻人遂安的山贼无法抗衡，倘若作为主力出击，势必受到重创，不利于谋图发展。闻人遂安的兵力多为山贼，习惯于集聚山林，又在昆山一带经营多年，肯定不愿意轻易撤退，面对唐军进犯，即使我军不动，他们也会全力迎战。"

李子通明白了袁方的意思，点了点头说："你说得没错，昆山并不是我们久居之地，现在汪华已经下令从嘉兴、湖州一带全部撤军，而李伏威的兵力还没有过去，那里才是真正的战略要地。"

"皇上深谋远虑，早就有新的打算了。"袁方说。

"朕不仅看中他手里的兵力，也看中他手里的粮食。"李子通说，"倘若能利用昆山拖住王雄诞的兵力，朕领兵夺取嘉兴，甚至杭州，我们就有机会真正立住脚。"

袁方终于明白李子通的意思了，原来撤退到昆山的真正目的，就是把王雄诞的兵力引过来，再借闻人遂安的势力拖住唐军步伐，自己再趁机去占领无兵把守的嘉兴、湖州等地，能在那里再招兵买马聚集力量，又可以像以前那样翻身，甚至兵马南下，夺取杭州。

"汪华向来喜欢借力打力，这次朕也用这招试试。"李子通冷笑着说，"王雄诞借李伏威的旗号让汪华撤军，难道汪华就会心甘情愿？他们虽然都已归顺李唐，但双方的矛盾是无法消除的。只要他们之间斗了起来，就没心思来管我们了。"

袁方点了点头，李子通说得对，他们都看明白王雄诞的企图，想借追击他们的机会去趁机抢占汪华实际控制的城池，而他们则借机率兵尽快靠近汪华的势力范围，让这两股唐军相互之间为了自身利益而斗争，他们就可以休整兵力和发展势力，火中取栗。

次日，王雄诞率军向昆山发起进攻，闻人遂安与袁方分别率兵分左右两翼向王雄诞反攻。战争持续三天，王雄诞并没有取得优势。尽管这次战争袁方为了保存实力，只是假装在反攻，但是对王雄诞来说也是牵制了不少兵力，而闻人遂安发挥自身熟悉地形的优势，都是夜间反攻，白天把兵力隐藏起来，随时放出冷箭射杀王雄诞的兵马。

"袁方，朕封你为威武大将军，领兵五千镇守昆山，朕亲率其余兵力去夺取嘉兴等地。"李子通对袁方说。

"谢皇上隆恩。臣等定当死守昆山，保障皇上顺利南下。"袁方忙叩头谢恩。

"昆山是战略首冲之地，千万不可大意。"李子通叮嘱，"务必要与闻人遂安相处好，不能让其有二心。"

"请皇上放心，臣明白。"袁方说到这里，右手轻轻做了个砍的手势，"如对我方不利，臣会这样做的。"

李子通点了点头，眼神透出杀气。

歙州总管府。

越国公汪华问汪天瑶："刚才钱仕来报，李子通已经占领嘉兴，率兵来到余杭城外三十里地驻扎，问该怎么办？"

汪天瑶一拍旁边的桌子，怒道："兵来将挡，水来土掩！还要问怎么办？！老子去把李子通狗头给拧下来！"

"天瑶不要动怒。"汪铁佛在旁边说，"李伏威以东南道行台的身份传令来，让我军不可与李子通兵马交战，一切由王雄诞率兵平定。"

"这是什么道理？"汪天瑶愤怒地说，"李子通领兵来犯我州县，我们还不能去阻止？"

"现在连湖州也被李子通派兵占领了，如此下去，李子通的势力又会很快壮大。"汪华略有担忧地说。

"大哥，现在朝廷也不吭声，我们派了八百里加急上奏此事，至今没有回复，倘若再这样下去，余杭真有失守的可能。"汪天瑶说。

"现在李子通已经进入我们六州境内，看来战争难以避免了。余杭是杭州的门户，令奚飞务必守住，前两日调汪铁环率一万人马赶往杭州，现在什么位置？"

汪华犹豫了一下问。

"已到杭州城了。"汪天瑶说。

"昆山的战况如何？"汪华继续问。

"没有动静，自李子通率兵离开后，双方就没有发生战事。"汪天瑶说。

"这不是王雄诞的作战风格，看来他有阴谋。"汪铁佛说。

汪华点了点头说："不管他是什么阴谋，反正余杭是绝对不能丢。"

说到这里，他看了看汪天瑶说："保境安民是我们的职责，六州之内任何城池丢失，我们都有失职之责。"

"李子通虽然占领了嘉兴和湖州两个州县，但是手中并没有粮草，他为了生存，肯定要向富庶的余杭进军抢夺粮食。"汪铁佛略有所思地问。

"这确实让人不可捉摸，凭他现在的兵力，是不应该再惹上新的对手啊！"汪华也纳闷道。

"管他呢。李子通这个人向来野心勃勃，又自恃谋略超群，见余杭是富庶之地、杭州门户，能不垂涎三尺？"汪天瑶说。

三人正说着，有信使来报，汪华打开一看，笑了。

"闻人遂安杀了袁方，投降王雄诞了。"汪华说。

汪铁佛和汪天瑶两人吃惊不小，看来王雄诞还真有两下子。

原来王雄诞见昆山易守难攻，武力难以攻取，即使拿下，也需投入不少兵力和时间，而自己兵力又被牵制住，无法分兵。没过几日，就获知李子通率兵杀向嘉兴和湖州，并且一路招兵买马。王雄诞觉得如此下去，对己方不利，就派人去游说闻人遂安，并用高官厚禄许诺。而闻人遂安对李子通离去本来就有想法，就借喝酒之际杀了袁方，下山投降了王雄诞。

"王雄诞正兵分两路杀向湖州与嘉兴，看来李子通真是遇到了克星。"汪华淡淡地说，"现在李子通又兵陈余杭附近，他是没与我们真正的交过手，不知道我歙军的厉害。"

虽然六州兵马都属于唐军，但隶属于歙州总管，在天下各路兵马中，为了区分开，大家统一称六州兵马为歙军。

"李子通自造反起，数次起起落落，碰到唯一的对手就是王雄诞，所以他也就以为天下除了王雄诞领兵厉害，其余的都不可怕。"汪天瑶说。

"现在李子通有多少兵马？"汪华问信使。

"除去在昆山的全部被王雄诞招降之外，不足两万人，有一半都是沿途路上新招募的原来沈法兴的旧部。"信使说。

汪华满意地点了点头，说道："你先去歇息吧。"

信使退出总管府大殿后，汪华沉思片刻说："不出所料的话，王雄诞可能会狂妄的要我们让出余杭，由其来对付李子通。"

"哪有这样的道理？！"郑虎说，"余杭是我们地盘，岂能容他指手画脚？"

"传我令，让程富率兵把李子通在余杭附近的兵力全部灭掉。"汪华站了起来，像下了很大决心地说，"天瑶，你领兵在会稽山和富阳两地布下伏兵，等候王雄诞的兵力。只要他们来，你们就不要手软。"

"王雄诞还能攻下余杭和杭州城？"汪天瑶疑惑地问，因为会稽山在杭州的东南方，富阳在杭州的西南方，这两地出现江淮兵，余杭和杭州城就是必经之地。

"防患于未然。"汪华说，"倘若王雄诞要我们让出余杭，那么他们必会在这两个地方出现。"

"只要他敢来，我就让他有去无回。"汪天瑶狠狠地说。

李子通没有想到闻人遂安居然归顺了唐军，并且斩杀了他的心腹袁方，着实出乎意料。

其实闻人遂安也不是傻子，在唐军压境面前，自己坚守昆山不是长久之计。以前在昆山经营多年，那是因为苏州周围战事繁忙，各个势力都围绕苏州城争得你死我活，没人关注小城池和山贼流窜的昆山。现在唐军在江南坐大，汪华撤军，李子通逃窜余杭一带发展势力，自己岂能以卵击石？又见袁方处处提防他，总感觉李子通是在利用他，更何况王雄诞开出的条件也不错，何不顺水推舟呢？真等到战败再投降，就没有筹码了。

李子通原本计划，闻人遂安和袁方拖住王雄诞一两月，他就可以在嘉兴和湖州一带发展势力，再派人马赶往昆山救援，让昆山这个地盘永远绊着江淮兵的脚步。但是他到了嘉兴和湖州一带后才发现自己错了，还不如老老实实地在昆山与闻人遂安并肩作战抵抗王雄诞。因为这两座城池里面粮食颗粒无存，城内空无一人，等于拿到一座死城，没有吃的，这城池有什么意义？只要王雄诞率兵把城池包围，他们就全都饿死，还不如在山林中安营扎寨。

李子通就是这样被迫提前向余杭动手的，按照他最初想法是等具备实力了再攻取余杭，或者等王雄诞过来后，故意把江淮兵引到歙军的前面，让他们之间相互斗争。但现在的李子通已经没有退路了，他只有去夺取余杭，明知是饮鸩止渴，他也要去做。没有吃的，手里的人马就会立即哗变或者逃跑，给他们一个目标，给他们一个希望，即使这个希望是渺茫的，至少有个盼头，能暂时的稳定军心。指不定会出现什么转机呢！李子通就是一直带着这样的侥幸心理前进着，最后他也就是因为这种侥幸的心理让自己走向灭亡。

缺乏粮草的嘉兴和湖州两地的伪吴兵，听闻王雄诞已经夺取了昆山，正向两地进兵，便纷纷逃跑了，把城池留给了王雄诞。

前是重兵防御的歙军，后有如狼似虎的江淮兵，李子通只得派精兵守卫独松关，想在此挡住王雄诞。

独松关位于独松岭上，东西有高山幽涧，南北有狭谷相通，为杭州通往丹阳的咽喉要地，是用兵出奇之道。关墙横跨湍急的独松涧，衔联左右两条高峻的山脉。沿山涧右侧是一条陡峭的羊肠小道，直通关门。关门如洞，只能容一人通过，大有"一夫当关，万夫莫开"之势。

王雄诞领兵到达独松关附近后，一连十日都拿不下这座关隘，死伤无数，损失惨重。这天正在发愁，大将陈当世走了进来。

"启禀副帅，已经找到了一条通往山岭的天险小道。"

"怎么发现的？"王雄诞一听有小道能通往山岭，一下子就来了精神。

"末将按您的方法把方圆二十里村子中砍柴的、采药的、打猎的，都问询了一遍，最后是一位躺在床上三十多年的老人家告诉我的。"陈当世说。

"是否有别人知晓？"王雄诞问。

"只有他一个人知道那条路，他就是走那条路，被摔断了腿。"陈当世说，"老人说以前也有人走过，后来觉得太危险了，也就没有人走了，现在的年轻人也都不知道。"

王雄诞背着手在营帐内走来走去，他在犹豫，那条路太危险了，这个险要不要去冒。

"副帅，末将愿意带兵去走那条道。"陈当世见王雄诞犹豫不决，便主动请缨，"末将愿效仿三国邓艾冒险剑门关取成都的勇气，走天险夺取独松关。"

"好！"王雄诞被陈当世的勇气感染，坚定地说，"你挑选一千名惯于山林攀爬的精兵，明日出发，带上战鼓，占据独松岭，以火把为信号，猛击战鼓，我们上下同时攻打敌营。"

次日凌晨，当江淮兵大将陈当世带领一千人通过天险小道攀爬上独松岭高峰后，再来清点人数，发现只有七百余人，这些侥幸上山的将士亲眼看着自己的战友因抓靠不稳或手脚力气缺乏而掉下山崖，摔在石头上惨叫而亡。

深夜，战争如约进行，陈当世带领七百余将士稍作休息后，在夜深人静之时，忽然在山上点起无数火把，犹如万人，战鼓齐鸣，与山下的王雄诞部遥相呼应。同时陈当世让弓箭手把箭头裹上布条、蘸上松油、点火后一齐向独松关射去，瞬间，独松关的营帐全部着火，李子通兵马惊慌失措，各自逃命，相互踩踏。重演了上次王雄诞带数百将士火烧兵营让李子通数万大军一夜散尽的战事。

李子通此时正在独松关亲自坐镇，见将士各自逃命，又见山岭上火把众多，知道关隘无法坚守，只得趁着夜色带着数百名兵卒连夜逃往余杭附近的大本营。

"启禀皇上，驻扎在余杭三十里外的兵营，已被歙军攻占，死伤无数，仅留下五千左右人马。"带着伤的大将鲍震天在半路上遇到往余杭方向逃跑的李子通。

"现在哪里落脚？"李子通的胡须被火烧了，一路逃跑都没来得及修剪，他得知连唯一依靠的余杭兵营也被攻占了，一下子沮丧到极点，伏在马背上问鲍震天。

"余部已经退守到海宁小镇，但是刚刚得到消息，辅公祏老贼已经率大军前来增援王雄诞，已经到了嘉兴。"鲍震天护着右臂，跪在地上禀报。

"看来真是天要绝我了！"李子通含泪望天长叹。

一代枭雄李子通自起兵以来多次处于绝境，多次数万兵马化为乌有，而又绝地逢生，但是他从来没有像今天这样绝望。东北两面有王雄诞的江淮兵追击，西南两面有汪华的歙军以逸待劳，看来这次上天入地也无退路了。

"皇上，天无绝人之路，当年汉高祖不也数次起伏，最后都是坚持不懈，垓下一战而定天下。"鲍震天宽慰着李子通。

李子通看着鲍震天的眼睛，明白他的意思，现在应该激励士兵斗志，否则手里这些兵马也会立即散去。他何尝不知道自己当前的处境岂能与汉高祖当年对比？！汉高祖当年与西楚霸王对战屡次失败，但是他手下有萧何、张良、韩信、樊哙等盖世文武之才，而西楚霸王连唯一的亚父范增都不信任，只凭一己之勇，岂能获得天下？现在天下初定，大唐朝廷聚集了天下最优秀的文臣武将，那个汪华文韬武略，用兵如神，手下猛将如云，统领六州坚如磐石，岂能撼动？而身后有克星王雄诞如猛虎下山，正紧追不放。

他向着鲍震天点了点头说："鲍将军所言极是，汪华和李伏威虽然同为唐臣，但是他们并非同心，只要我们保存实力，他们两人火并，我们就有机会！"

"皇上英明！"鲍震天忙说。

"向海宁小镇出发！"李子通下令向海宁方向走去。

"大将军，总管大人让我们真的放弃余杭？"奚飞问程富。

"余杭是我们的州县，凭什么要放弃守城让李子通进来？"汪铁环也疑惑地问程富，"我们都已经把他的兵营端掉了，还怕他们不成？！"

"两位不要着急，总管大人说李伏威又亲自发函到歙州府，要我们让开城门，让李子通进城，再全面包围城池，把李子通残余一网打尽！"程富解释道。

"凭啥要把余杭让开，他们完全可以在海宁包围李子通。"奚飞不理解地说。

"海宁城池小，倘若王雄诞的兵马去，他们就会分散而逃，不能做到一网打尽。而李子通这人很会收拢人心，擅长死灰复燃，只有杀了他，才能真正地灭亡这股势力。"程富说道。

"倘若让出余杭，王雄诞灭了李子通后，会把城池还给我们吗？"汪铁环问。

"总管大人自有安排，我们就不要操心，按军令执行就是。"程富已经得知了汪华的意图，但这事只能知道的人越少越好，说句不夸张的话，余杭就是汪华向李伏威挑战的一个筹码。

程富笑了笑说："现在不仅是关系到将来江南势力划分的斗争，也关系到朝廷未来的布局，我们一切听从总管大人的就行。"

他接着看了看奚飞说："你迅速把余杭内的百姓全部迁移到杭州城来，再给李子通留一座空城。"

奚飞点了点头说："末将明白，不仅会给李子通留座空城，即使王雄诞这小子进去了，也是空城。"

身处海宁的李子通见镇守余杭的歙军撤走，心中大喜，还以为是歙军害怕与江淮兵产生摩擦。他急匆匆地率兵赶往余杭，不费吹灰之力进驻了余杭。

李子通还没布置好各城门的防护，王雄诞的兵马就已经到了余杭城外，传令在东北西三面布兵。

陈当世问："副帅，李子通已是笼中之鸟，为何反要留着南门不围？难道还要让其溜走？"

王雄诞冷冷一笑，说道："我眼中的是整个杭州，而非余杭。"

陈当世猛然醒悟："副帅高明！我们追着李子通一路南下，每路过一座城池，就让汪华让开一座城池。到时有我们的兵马驻守，他们岂敢回来夺取。"

"呵呵，大不了到时我让吴王向朝廷请旨，也来个借荆州，有借无还。"王雄诞嘿嘿一笑。

陈当世不由得佩服，这真不失为一着好棋。自从攻打苏州城开始，汪华遵循东南大行台令，一步步撤退，让出大片城池，不敢有半分抵抗。

"这就是本帅让你们不要杀尽李子通兵马的原因，他是我们的先锋部队啊。"王雄诞哈哈大笑，"明日攻城时，记得手下留情，千万不要斩尽杀绝！让他们往杭州城跑。"

"末将明白。"陈当世说道。

困守余杭的李子通勉强坚持了两天，见粮草缺乏，外无救兵，已是瓮中之鳖，只得与鲍震天商议投降之事。

"朕上了汪华的当，进了余杭就等于没有了退路。如在海宁，我们或许还可以在山林之间穿梭，现在所有兵力都已进城，却无粮草，看来只有开城投降。"李子通绝望地说。

"皇上，南门一直无兵力围困，我率兵掩护您从那里离开。"鲍震天说。

"王雄诞善于用兵，朕明白他的意图，他就是想让我们出城，奔向杭州城，他再借机诈取。"李子通叹息道，"朕这几天思考，发现这一切其实都已经在汪华的掌控之中。杭州是他六州最富庶之地，他岂能轻易让出？"

"末将愚钝。"鲍震天说。

"汪华与王雄诞的交战从来就没有输过，当年还兵围历阳，差点端了李伏威的老巢。王雄诞几次偷袭宣州都遭败退，现在汪华势力与日俱增，而与李伏威不相统属，为何要听命东南道行台的命令呢？"李子通说。

"倘若我们真的按照王雄诞的预谋杀向杭州城的话，就是我们真正的末日，王雄诞不杀我，汪华也会杀了我的。"李子通接着说，连自我的称呼都变了，"倘若我们现在投降，就等于是保存了实力，江南之地，李伏威和汪华之间迟早会有大的战役，到时我们再趁乱复出，岂不更好？"

鲍震天点了点头说："皇上英明，既然如此，为何不到杭州城去归顺汪华呢？汪华仁义，自然不会委屈皇上。"

李子通冷冷一笑，说道："汪华是不会接受我们投降的，他是非常聪明之人，岂能让李伏威抓住对付他的借口？"

"看来江南最可怕的不是李伏威、王雄诞之流，而是这个汪华啊！"鲍震天感慨地说。

"是的。运筹帷幄，决胜千里，他是兵家高手，也是谋略高手。"李子通说，"从苏州出来时，我在内心小视他，但是一路南下，我越来越被他这种退让所震撼，他是在寻找反攻李伏威的机会。"

"希望他们之间早日开火，这样我们就又可以火中取栗。"鲍震天说。

"希望如此，但愿我率全城之师投降，能换来机会。"李子通无奈地说。

于是，李子通和鲍震天在内心中藏着巨大阴谋，开城门向王雄诞投降。

李子通的伪吴政权正式宣告结束。

后来李子通被押送到长安，李渊赐其宅院和田地，等于软禁在长安。次年，李子通见江南又起战事，认为还有机会东山再起，就逃出长安，结果在途中被捕杀，正式退出了历史舞台。

"启禀大将军，王雄诞兵分三路，正朝杭州进发。"奚飞向程富禀报。

"看来王雄诞这叛贼果真要与我们为敌。"程富在杭州兵营大帐内踱步，沉思着退敌之策，"王雄诞已在余杭一带集结了三万大军，辅公祏又率两万兵马紧随其后，再加上闻人遂安投降后的兵力，总体兵力已超过我杭州驻军三倍。"

"我军可调动的兵力仅有两万，是否应立即向歙州府的总管大人请示？"奚飞询问。

"远水解不了近渴。我们只能全力以赴，准备迎战。"程富断言，"总管大人在权衡利弊后，命令我们撤出余杭，这背后定有深意。他对王雄诞的兵力部署了如指掌，却未向我们杭州下达任何具体命令，这足以说明，总管大人对我们能够化解当前危机抱有信心。"

"大将军，末将请愿担任先锋，与王雄诞叛军交锋。"汪铁环请战道。

"好，铁环将军，明日你领五千精兵出城迎战，首要任务是打击敌军士气！"程富命令道，"奚飞将军，你带领两千人马绕道至王雄诞的后方，待双方交战正酣时，你从敌军后方发动突袭，但切记，一旦取得成效便立即撤退，不可贪战，以免被敌军包围。"

"末将领命！"汪铁环和奚飞齐声应道。

次日，王雄诞率领三万大军兵临杭州城外，而汪铁环已带领五千兵马在城外列阵以待。同时，奚飞也率领两千人马于凌晨时分从西门出发，绕道至王雄诞兵马的后方，在高山上设下埋伏。

"王雄诞，你带重兵来到我杭州城下，究竟是何用意？"汪铁环语气中透露出怒火，他直接称呼王雄诞的名字，而非其官职，以示不屑。

"本帅是奉东南道大行台的命令，来此捉拿李子通的余孽。"王雄诞高傲地宣称。

"胡说！余杭城被你们围得密不透风，李子通已率部主动投降，哪来的余孽？"汪铁环瞪了你一眼，愤怒地反驳道。

"但本帅亲眼看到有余孽逃向了杭州城！"王雄诞故意编造谎言。

"哼！莫非是你故意放跑的余孽？"汪铁环嘲讽地笑道。

"汪铁环，本帅不与你多费口舌。速速让开道路，别妨碍我军追捕叛贼，否则你便是违抗朝廷之命！"王雄诞自知说辞上占不了上风，便直接搬出朝廷来施压。

"这里是我们越国公歙州总管的治下，六州之地，岂能由你们胡来？！"汪铁环厉声喝道，"王雄诞，你若真有朝廷的圣旨，就拿出来让我看看！"

王雄诞闻言一愣，他手中哪里有什么朝廷圣旨。

"若你真能出示朝廷圣旨，我自然会全力配合你们。若你拿不出来，就休怪我不客气了！"汪铁环敏锐地抓住了王雄诞的破绽，料定他无法出示圣旨。

"汪铁环，你真是冥顽不灵，看来你是非要逼我动手不可！"王雄诞失去了耐心，转头对身旁的闻人遂安说，"闻人将军，我给你一个立功的机会，去把这家伙拿下！"

闻人遂安自归降王雄诞后，还未曾在战场上立过功，此刻听闻王雄诞的命令，顿时精神一振，觉得这是个千载难逢的机会。

"汪铁环，废话少说，快下马投降，让开道路，否则别怪我刀下无情！"闻人遂安手提泼风九环刀，大步走出军阵。

汪铁环早已做好迎战准备，他深知与王雄诞无法讲理，于是骑着雪花银鬃马，手提乌金虎头枪，迎了上去。

"闻人遂安，你归顺唐朝，本是识时务之举。但如今你受王雄诞指使，意图侵占我城池，难道不怕朝廷降罪吗？"汪铁环直视闻人遂安，语气严肃。

闻人遂安闻言，心中不由一颤。他们原本都是大唐将士，如今却自相残杀，若朝廷真的追究起来，他确实难以逃脱罪责。他回头看了看王雄诞，却见对方并未关注他，此刻他方才恍然大悟，王雄诞让他打头阵原来是别有用心。然而，事已至此，他已无路可退。

闻人遂安只能硬起头皮，挥起泼风九环刀冲向汪铁环。

汪铁环毫无惧色，紧握乌金虎头枪迎了上去。两人立刻交战在一起。闻人遂安身材魁梧，长发披肩，宛若野人；而汪铁环则显得较为清瘦。

闻人遂安力大无穷，大刀挥舞得风声呼啸，连连攻向汪铁环的要害。汪铁环灵活躲避，但每次用长枪挡开大刀时，都感到手腕发麻，虎口生疼，力量上确实不及对方。

短短二十回合，汪铁环便落入下风。闻人遂安能在昆山坚守数年，确实非泛泛之辈。

王雄诞远远观战，频频点头。见汪铁环即将落败，他向陈当世微一示意。陈当世高举长枪，大声呼喝："杀！"

江淮兵士气高昂，如狼似虎地冲向歙军。三万大军对阵五千兵马，然而歙军并未慌乱。他们静待汪铁环退回阵中后，立刻向江淮兵齐射利箭。歙军的神弩营专射骑兵，弓箭手则专攻步兵。

江淮兵纷纷倒下，但他们的冲锋并未停止。他们举起盾牌护住胸前，继续猛烈进攻。

这支李伏威麾下的精锐之师，平日训练严格，此刻又一心想要报复当年歙军围困历阳之仇，因此攻势异常凶猛。他们已兵临杭州城下，岂能轻易罢手？很快就与歙军展开了近身肉搏。

兵刃相见，勇者胜！

在两军激战正酣之际，江淮兵的后方突然响起了十多声炮鸣。奚飞率领的两千名歙军如猛虎下山般冲向江淮兵的后方。

江淮兵被这突如其来的袭击打乱了阵脚，一时间人心惶惶，急忙分兵去救援后方。虽然歙军人马数量较少，但他们背靠着不能失守的杭州城，因此也展现出了无比的英勇。

双方鏖战了近两个时辰，但由于兵力悬殊，以及汪铁环和奚飞在武艺上难以与王雄诞、陈当世和闻人遂安等人相抗衡，江淮兵最终还是占据了上风。为了保留实力，加之天色已晚，汪铁环不得不选择且战且退，而江淮兵则紧追不舍，一直将歙军逼至杭州城下。

"停！"王雄诞见已兵临城下，便下令收兵。

"副帅，我们何不趁机攻入城内，为何要鸣金收兵？"闻人遂安不解地问道。

"杭州城池坚固，我军经过一天的战斗已经筋疲力尽。倘若现在攻城，只会增加无谓的伤亡。"王雄诞解释道，"我们就在此地安营扎寨，等待主帅辅公祐的援兵到来后，再一举拿下杭州城。"

"副帅，主帅已经派遣冯惠亮将军率领一万兵马先行赶往余杭，他自己则率领余部随后赶到。"陈当世汇报道。

"吴王也已经派遣阚陵随时准备南下增援。此外，徐绍宗将军正率领一万兵马从湖州杀向宣州。即使汪华有天大的本事，也难以抵挡我们的攻势。"王雄诞信心满满地说，"杭州，我们无需过多担忧。汪华手里已经没有援兵可用了。"

"吴王英明，副帅英明。"陈当世恭维道。

接着，王雄诞转向闻人遂安说："你和陈将军两人就负责在这里扎营，围困住歙军。等主帅一到，我们立刻攻城。我则带领五千兵马，明日凌晨过江去攻打会稽。"

"明天就要出发？"陈当世感到有些突然。

"没错。杭州的主要防御力量一直都集中在杭州城内，而作为粮仓重镇的会稽因为位于杭州全境的中部地区，所以相对防守较为松懈。倘若我们能出其不意地绕道杭州城直接攻打会稽的话，就能解决我军长途运送粮草的困难。"王雄诞解释道。

"副帅真是深谋远虑啊！拿下会稽后就能确保我们的后勤供应无忧了。到时候我们就可以逆江而上夺取睦州和歙州了！"陈当世兴奋地说。

"明天凌晨我出发后你们就派两千人马去攻占富阳并守住那个门户要道，让杭州城变成一座孤城。"王雄诞在经过一番思考后向陈当世和闻人遂安再三交代了作战计划。

"总管大人，杭州城已被王雄诞包围，汪铁环和奚飞已败退至城内。"郑虎在总管府后院向歙州总管汪华汇报了杭州的最新情况。

"无妨，我们已经收到了会稽方面的消息。"汪华沉稳地说，"三日前，王雄诞率领五千人马秘密过江，正通过山林小道向会稽进发。只要我们能够消灭这支部队，就能给江淮兵以重大打击。"

"那杭州城的安危如何呢？"郑虎担忧地询问。

"杭州城池坚固，地势易守难攻。况且我们在那里有两万人马驻扎，城内的粮食储备也足够维持一年。即使有十万大军来犯，也难以轻易攻下。有程富在那里坐镇，我们无需过于担心。"汪华信心满满地解释。

"大人，您是如何提前预料到王雄诞会去偷袭会稽的呢？"郑虎好奇地问。

汪华看着郑虎，微微一笑，说："你还是需要多读读书啊。王雄诞并非等闲之辈，他深知杭州城并非轻易可以攻下。因此，他肯定会把攻打杭州这块硬骨头交给辅公祏去处理，而他自己则会选择更易攻击的目标。会稽作为粮仓重镇，一旦拿下，便是立下了奇功。有了充足的粮草供应，辅公祏就能牵制住我军在杭州的兵力，为他逆江北上创造有利条件。"

"原来如此！"郑虎恍然大悟，随后又问道，"朝廷为何对我们的战事置之不理呢？"

"现在朝廷正忙于在北方征讨刘黑闼，同时在岭南地区派遣靖公前往桂州一带进行招抚工作。因此，他们根本没有精力来关注江南的战事。"汪华无奈地解释道，"其实，朝廷一直在暗中观察我们与李伏威之间的争斗。"

郑虎似懂非懂地点了点头，表示理解。

"只要李伏威还在，江南就难以得到真正的安宁！"汪华抬头仰望天空，深深地叹了口气。

郑虎没有说话，但是他能感受到汪华自岳阳回来后，压力倍增，常常与汪铁佛两人密谈到深夜。现在不仅是军事斗争，也有政治斗争，如何除掉对歙州虎视眈眈的吴王李伏威，确实让人煞费脑筋。

汪华看着从树枝上飘下的落叶，心情格外沉重。李伏威现在是尾大不掉，占据大唐半壁江山，拥有可与朝廷抗衡的军事实力，对朝廷的政令也常常是于他有用就遵守，于他没用就置之不理，而朝廷因顾忌他的实力，也只能装傻，只要江淮兵名义上听从大唐政权指挥就行。

汪华决定向李伏威出手，这也是被李伏威所逼的，在江南一带，不可能有两股势力并存，即使这两股势力都在大唐统治之下。为了巩固大唐江山，为了让江南百姓避免不必要的战乱，汪华必须找机会让李伏威永无翻身之日，而现在正是千载难逢的机会，他也想通过这次机会看看朝廷是否有魄力来解决这个问题。

他通过八百里快骑往返杭州，随时掌握王雄诞的动态，他要王雄诞一步步走进他设计的圈套之内。

"副帅，再往前三十里就是会稽城池。"探子来报。

"路上有什么异样吗？"王雄诞问。

"没有发现歙军踪迹，会稽城外防卫也很疏松，听说守军不到一千人。"探子回道。

"很好！现在大家就地休息，天黑后攻城！"王雄诞看了看天边的夕阳，用手一挥，满意地说道。

全军停下来饱餐一顿，或就地躺卧，或背靠树下休息，一直等到酉时天黑，王雄诞才命令全军继续秘密行军。

会稽城池上灯火昏暗，隐隐约约看到城楼上有几个兵卒在巡逻。王雄诞的兵马悄悄地向城池边靠近。

刚摸到城池边，正当王雄诞暗自得意之时，城上的灯火忽然全部熄灭，周围鼓声震天，江淮兵惊慌失措。城内三声炮响，城楼上无数支利箭向他们飞来！歙军早有防卫了。王雄诞正准备撤退站住阵脚时，后方也传来三声炮响，从黑暗中落下箭雨，江淮兵一片惨叫。当晚月黑风高，江淮兵漆黑之夜慌忙逃命，相互踩踏。有部分兵卒为了看清楚路，刚点上火把，就被利箭射杀了，吓得其他人马都不敢往有火光的地方逃窜。

王雄诞在将士的拼死护卫下逃了出来。让他没想到的是，以前两次都是趁夜色成功偷袭李子通，让李子通惨败，可才多久的工夫，自己在偷袭别人的路上，被对方偷袭了。

王雄诞清点一下身边的人马，不到两百人，也就是说他带来的五千人马几乎全军覆没。让王雄诞恼怒的是，连对手长什么样都不知道。

此时，王雄诞才猛然醒悟自己的行动其实一直都在歙军的监视之中。汪华定是派了厉害的角色来对付他。他在心里盘算着，这个黑暗之中指挥大军的不是汪天瑶就是汪华本人。因为他得到情报，任贵在饶州，程富在杭州，汪世荣在宣州，整个歙州能被他王雄诞放在眼里的也就这几个。

倘若真是汪华亲自领兵，那就没有胜算了。王雄诞最初南下的信心，一夜之间被箭雨摧毁，他带领残余人马为了躲过歙军视线，翻山越岭，专选偏远的险路逃跑。他决定立即回到杭州，重整大军，目前这不足两百的兵马犹如惊弓之鸟，在逃回杭州的路上，晚上数次从梦中惊醒，他们感觉到会稽之战就像一场噩梦。

湖州方向，江淮兵大将徐绍宗占据湖州以后，见王雄诞部已经逼近杭州，为了牵制歙军兵力，防止歙军调兵前往杭州救援，便从湖州出发，率兵一万，向宣州进发。

徐绍宗智勇双全，他在进军时向李伏威请求派阚陵率兵尽快前来会师，而阚陵见王雄诞从苏州一路杀向杭州，立下不少战功，更是急着与其一争高低，便领兵三万，兵分两路，分别从溧水和溧阳出发，杀向宣州。

汪世荣、羊宣和汪铁彪率兵两万此时正在狮子山一带以逸待劳，因为徐绍宗的部队刚出发时，他们就得到了消息。

"辅伯，末将有罪。"王雄诞终于逃回了杭州城外的江淮兵大营，来到主帅辅公祏面前请罪。

"王副帅请起。"辅公祏连忙扶起跪在地上的王雄诞。

辅公祏此时已经知晓会稽之战的情况了，整个驻扎在杭州城外的江淮兵也都得知王雄诞全军覆没的消息，这让他们非常震撼。杭州城内的歙军也知道了战况，守城将士的士气更加高涨。

"王副帅你不要自责，歙军太狡猾了，汪华太狡猾了。"辅公祏不停地宽慰王雄诞，不管怎么说，王雄诞是江淮兵中最显赫的战将，与阚陵同属李伏威的左膀右臂，尤其是现在，李伏威对他辅公祏总是不信任，找各种借口削弱军权，这使得辅公祏更加想多拉拢拉拢王雄诞。

"辅伯，我王雄诞从来没有这样惨败过，败得窝囊啊！居然还没见到对手是谁就战败了！"王雄诞一世英雄，差点连眼泪都快流出来了。

"刚刚接到消息，徐绍宗在狮子山惨败，只带领一千余名将士突围，阚陵已向宣州进发，要报仇雪恨。"辅公祏伤心地说。

"啊？！歙军主帅是谁？"王雄诞吃惊不小，徐绍宗是能征善战的大将，大小战役数十次，很少有失败的，而这次居然惨败，太出乎意料。

"汪世荣！"辅公祏咬牙切齿地说。

"难怪！"王雄诞说，"他被歙军称为小汪华，是神弩营总管将军，他从吴县撤军后驻扎在宣州，我叮嘱过徐将军，在宣州谁都不用怕，只要防范汪世荣就行。"

"徐绍宗说他接到消息，汪世荣身体不适回到歙州休养去了，就大胆率军出发，没想到是歙军故意放出来的假消息。"辅公祏后悔地说。

"这是歙军故意引徐将军上钩的。"王雄诞叹道。

"这次阚陵领兵一定要让这个汪世荣尝尝厉害，我已跟吴王说了，务必要阚陵拿下宣州！"辅公祏恼羞成怒地说道。

两人正说着，闻人遂安满身是血地跑了进来。

"启禀主帅，富阳失利，歙军大将程富单枪匹马杀入我军，我军追击时，中了埋伏。"闻人遂安跪在地上，右臂还受了伤，用一块布裹着。

辅公祏到达杭州城外时，派他率两千兵马攻打富阳，企图对杭州城形成包围，没想到兵败而归。

"你，你……"辅公祏气得直跺脚，三个地方接连失败，他一下子变得语无伦次。

"快下去疗伤吧。我与主帅商议对策。"王雄诞对闻人遂安说。

此时闻人遂安才发现王雄诞回来了，看其打扮，就猜出肯定也是兵败而归，只得说："谢副帅！"

看着闻人遂安退下后，王雄诞说："辅伯，我们何时攻打杭州城？"

辅公祏在大帐内来回走了数步，看着王雄诞说道："本来我想等拿下会稽和富阳后开始攻城，但是现在已经失去了优势，这座城池不是那么容易攻取的，只会徒增我们的伤亡。"

王雄诞没有说话，辅公祏接着说："我们还要顾忌一下朝廷，倘若耗时太久攻城，就理亏，终究我们还不能当着朝廷的面明着干。"

"是的。只有速战速决。倘若我们围困城池太久，朝廷怪罪下来，就会让我们骑虎难下。"王雄诞点了点头说。

"但是目前这种情况，我们若撤兵，就会颜面丢尽。汪华更加不把我们放在眼里了。"辅公祏说。

"辅伯言之有理，末将愿率军避开城池，直捣歙州！"王雄诞一拳砸在桌子上说道。

"我们要改变战略，要像汪华那样不在乎一城一池的得失，而在于消灭对手。"辅公祏目光冷峻地说，"只要对手实力耗尽，城池自然就落在我们手里。"

王雄诞双手紧握拳头："辅伯，你带兵镇守余杭一带，牵制杭州歙军，保障我军粮草供给，我与陈当世、冯惠亮领兵三万一齐沿江而上，摧毁汪华主力部队。"

"好！你们三人领兵联合作战，千万不可分开，以免被歙军各个击破。只攻占粮仓，不夺城池，切割歙州各城池，使其不得合围。"辅公祏嘱咐道。

"请辅伯放心，汪华总共兵力才十万，西营在饶州，难以快速救援，东营五万兵马除去杭州城和宣州城的兵力，可调用兵力无几。"王雄诞瞬间又恢复了信心。

"你的分析很有道理，宣州、杭州以及睦州能调动的兵力大概只有一万左右。

但即便如此，也不能掉以轻心。汪华是个出色的统帅，他的兵卒在战场上能以一当十，所以你们必须谨慎行事。"辅公祏再次提醒。

辅公祏和王雄诞的情报分析相当准确。在汪华的十万大军中，有五万分散驻扎在饶州、歙州和婺州，其中饶州的西营大本营兵力最为集中。尽管萧梁政权已然覆灭，但自称楚帝的林士弘势力仍旧不容小觑，传闻他手中还掌握着近三十万的兵力。因此，以西营将士为主的任贵部，目前主要任务是防御伪楚军的进犯，难以抽身东援。

汪天瑶作为此次攻打王雄诞的撒手锏，其实真正率领的只有六千兵马，不过这六千兵马都是歙军的王牌，以神弩营人马为主力，擅长远程射杀和长途奔袭，出没山林犹如平地。

富阳之战，程富是利用闻人遂安急于立功的心理，让其进入伏击圈，战败闻人遂安后，立即返回杭州城。江淮兵人马众多，不能与其正面作战。由于程富身为镇守杭州城的主帅，更不能有丝毫闪失，所以他就采取以攻为守，利用熟悉杭州周围地形，寻找机会小规模突击，也在一定程度上牵制住了江淮兵大量兵马。导致辅公祏担心杭州城外江淮兵兵力减少后，城内的两万歙军突然杀出，那就措手不及了。因此辅公祏不敢轻易调兵前往其他地方，在杭州城外到余杭一带，营营相连，驻扎了近四万兵力，包括闻人遂安归降的兵马。

王雄诞率兵三万人马水路并进，沿江北上，一路上歙军驻防毫无阻挡，见江淮兵远远开来，就早早放弃关隘纷纷撤走。三天后，江淮兵就进入了睦州地界，拿下数座关隘。

辅公祏连连接到捷报，看来歙军真的是难已调兵阻挡了。他又忙去信叮嘱王雄诞小心谨慎，防范歙军西营的兵力过来。同时在心里为自己的安排窃喜，汪华再有能耐，正如巧媳妇难为无米之炊，宣州兵力被阚陵牵制，杭州兵力被围，即使能调动一万兵马，也不敢轻易与三万人马的江淮兵作战。何况王雄诞本来就是能征善战、智勇双全的大将，步步为营，稳打稳扎，三万兵马统一协调作战，不分兵多路，歙军无法实现各个击破的目的。

正在辅公祏窃喜的时候，汪天瑶的六千精兵已经趁着夜色，潜入到杭州城外，这支以骑兵为主的歙军从会稽一路上利用熟悉地形的优势，悄无声息地来到了杭州城外。

"你率五百骑兵从左翼进攻，不要恋战，只负责用火攻敌军各营，然后以最快的速度从右翼杀出。"汪天瑶指着桌上的行军地图跟鲍雷说。

鲍雷是汪华的外甥，鲍安国和汪世贞的小儿子，血战苏州时，他为汪世荣的副将，作战勇敢，沉着冷静，像他父亲一样，有一副商人的头脑，临危不乱，心思缜密。这次，汪华派他做汪天瑶的副将，跟随出征。而他的哥哥鲍风在军营效力多年后，现在跟随汪世英，负责六州商贸，继承了他父亲当年的衣钵。

"你率两千骑兵潜伏在这座山边，等战争打响后，敌军后营势必会出兵前来救援，你们切断道路，阻止前进。"汪天瑶指着余杭和杭州城之间的一座高山，对副将逄载说，"这是余杭援军的必经之路，不在乎杀敌多少，而在乎扰乱他们步伐，让他们在黑夜中相互踩踏，自相残杀。当你们看到杭州城上空燃起三股烟花后，就立即撤走，回到这里。"

"其余兵马都归我统领，我已与城内程富将军约定，今夜丑时同时攻打杭州城外的敌营，并分配好各自任务。"汪天瑶还没到城外，就已经派信使潜入城内与程富约定好了破敌计划。

汪天瑶大胆攻打辅公祏的计划是完全出乎江淮兵意料之外的，他们总是认为那支在会稽的歙军应该是在阻止王雄诞兵马的路上，因此杭州城外的江淮兵都把目光紧盯着城内。

丑时，杭州城外刮起一阵阵寒风。现在已经十一月底了，虽然还没有完全进入冬季，但是今年的天气格外寒冷，自八九月下雨比较频繁之后，已经连续两个月没有下雨，天气异常干燥。

除了派出少量的兵卒巡逻之外，江淮兵大营遍地寂静，在各处营帐的前面，隐隐约约堆放着一两处柴火，除了给巡逻的兵卒照明之外，更重要的是驱散寒气，为大家取暖。

鲍雷带领五百名骑兵，马蹄裹上棉布，马嘴蒙上口罩，像幽灵一样来到了敌军大营左翼，忽然一声厉喝，五百名骑兵如利箭一样越过栅栏，举起手中的浇上油脂的木棒冲进大营，借助堆放在营帐外面的火堆点燃木棒，接着用燃着的木棒点燃营帐，动作迅速而老练。

"有人劫营啦！"巡逻兵卒惊恐的呼喊声将睡梦中的江淮兵惊醒。

汪天瑶带领余部紧随骑兵后面，杀进敌营，这时杭州城的大门打开，连平时作战的炮声都没响，只见程富和奚飞带领大部分城内将士一起杀出，向着火光冲天的地方杀去。

辅公祏此时正在大帐里面安睡，兵卒从外面忽然闯入，大声说道："启禀大帅，歙军来劫营了！"

辅公祏一骨碌从床上爬了起来，问道："劫营，怎么没听到炮声？！"

"歙军兵马没有放炮，是偷偷杀来的。"兵卒慌张地说。

"那一定是小股人马偷袭而已。"辅公祏说道，按照常理，大部队袭击敌营，都是炮火齐鸣，杀声震天，在声势上压住对方。

"有数百骑兵冲入营地放火，后面有大军跟进！"兵卒是在高处放哨时远远看到歙军骑兵冲入敌营的，同时看到后面黑压压一片人马向手无寸铁的江淮兵砍去。

"报——"辅公祏正披上铠甲，帐外又有兵卒跑来。

"启禀大帅，杭州城里的敌军杀出来了。"兵卒跪在地上说。

"快传令，让左营与右营合拢，共同阻止敌军。"辅公祏大吃一惊，想调左右两翼的兵马夹击歙军。

"敌军的先头部队已到营前了，出城时毫无声响。"兵卒以为汪天瑶的兵马是从城内出来的。

"传令，两营必须合拢夹击敌军，不可各自为战，不可乱了阵脚！不要顾及营帐着火！"辅公祏边说边把腰牌递给跪在身边负责安全的卫士。

辅公祏当年征战时多次偷袭敌营，明白守住营地立于不败的道理，只要兵马不惊慌，稳住阵脚，沉着迎战，是难以失败的。被偷袭的兵马，往往都是在黑夜中惊慌失措，不穿挂铠甲，只顾逃命，相互踩踏，基本上都是死在自己人马之中。

"传令后营，火速救援，把敌军困在城外。"辅公祏不愧是久经沙场的老将，他料定此次来劫营的歙军不会很多，而自己手中的兵力，完全可以把他们围在城外，再利用优势兵力歼灭歙军。只要把握得当，这是消灭歙军的绝好机会。辅公祏传完令，就走出了营帐。

当江淮兵主帅辅公祏骑马走上主帐旁边的高地时，才发现事情出乎了他的意料。

歙军利用江淮兵沿着河边扎营的情况，借助杭州城外的丘陵地貌，采取分割攻打。

程富率领兵马专打左翼，利用人数优势把左翼全部困住；汪天瑶率兵占据地理优势阻止江淮兵其他人马前来救援；而鲍雷带领的骑兵则在营地里一路冲杀，到处放火，弄得江淮兵这些人马只顾自保，无法快速分兵前去左翼救援。

"快！立即调兵救援左翼，骁骑营跟我来！"辅公祏率先向左翼方位奔去，骁骑营是辅公祏亲手训练出来的骑兵营，人数虽然只有两千，但训练有素，从未遇到过对手。

很快辅公祏就到了汪天瑶面前。

"汪天瑶！"辅公祏借着灯火认出了汪天瑶，当年汪天瑶率兵围困历阳城时，他们就相互认识。

"辅公祏！"汪天瑶也认出了辅公祏，二话不说，举着手中的丈八滚云枪向辅公祏杀去。当年历阳之战时，汪天瑶急着救援与王雄诞决斗的程富，两人只是打了个照面，并没有决战，这次情况就不一样了。

辅公祏手中的亮银方天戟也向汪天瑶杀去，两人很快就斗了起来。

两方兵马也斗了起来。

辅公祏虽然以谋略见长，武功也是非常厉害，与汪天瑶连战三十回合不分上下。两军对垒很快进入了白热化，全是精兵，决斗非常残酷，都在殊死拼杀，尤其是江淮兵的其他各营人马也陆续向这边赶来，倘若作战时间过长就会对歙军不利。

汪天瑶一声怒吼："呔！"拿出十成力量向辅公祏连刺三枪，辅公祏连连躲闪，还是被汪天瑶用枪把头盔戳了下来，辅公祏披头散发，赶紧逃走。

汪天瑶一路追赶，几名江淮兵骑兵冲过来阻挡，统统被他用长枪挑下马去。

汪天瑶边追边大喊："辅公祏已被斩首！辅公祏已被斩首！辅公祏已被斩首！"

声音犹如霹雳响彻天空。远处的江淮兵见汪天瑶举着长枪在阵营中犹入无人之境，加之夜晚火光并不明亮，还真以为辅公祏被杀。

歙军听到声音后，士气瞬间高涨，战斗力更强，也大声欢呼"辅公祏已被斩首"。辅公祏本来是边逃跑边呼喊"我在这里"，但是都被震天动地的歙军叫喊声盖住了。

远处不明情况的江淮兵立即就出现败退的迹象。

"轰——轰——轰——"

三声炮响后，杭州城上空放出了三支大大的烟花。

烟花的出现让江淮兵真以为歙军在庆祝辅公祏被杀，于是纷纷逃亡，真是兵败如山倒，汪天瑶和程富率军一路追杀，江淮兵死伤大片。

"程富，迅速带领你的兵马返回城中，再继续追击对我们不利。"汪天瑶紧拉缰绳，果断地说。

"我预计敌军很快就会察觉到我们的计谋。倘若辅公祏重新集结人马反击，战况将会变得难以预料。"程富回应道，"你负责掩护我们撤退，我立刻回城，并通知汪铁环带领兵马在杭州城西门等候你们。"

"无论如何，我们必须守住杭州城。不论敌军如何引诱，我们绝不能出城迎战。"汪天瑶严肃地嘱咐。

"放心，我刚才已经几乎歼灭了他们的左翼部队，他们短时间内应该没有能力来攻城。"程富说罢，立刻率领部队迅速回城。

汪天瑶则命令部队原地休整，直到天明才率众返回杭州城。

当他们抵达城西时，汪铁环已经整备好了三千兵马，严阵以待。

汪天瑶命令跟随自己作战的兵马进城休息，而他则带领鲍雷的五百人、逢载的两千人和汪铁环的三千人，一刻不停地向睦州进发。

他的下一个歼灭目标，正是王雄诞！

果然，江淮兵一路溃败后，很快就发现辅公祏其实还活着，大家慢慢地停住了脚步。

到了天亮，辅公祏清点人马，居然损失兵力达到一万余人，元气大伤，一时还没掌握歙军真实情况，只好暂时退守到余杭。

王雄诞在继续进军。三万兵马除了自带十日口粮之外，每到一个地方就收集附近粮食，尽量保障供给，他这种做法就是避免万一后勤补给不及时，也能坚持作战数日，利用有效兵力夺取一个地方。

"副帅，前方五十里就是睦州城。"冯惠亮向王雄诞禀报。

"根据我们获得的可靠情报，睦州城内仅有五千守军。夺取睦州城后，我们既可以进攻歙州，也可以保卫杭州。"王雄诞凝视着睦州城的方向，深思熟虑地说道。

"但这一带地形险峻，我们必须小心可能的埋伏。"陈当世环顾四周的山峦，对王雄诞提出了警告。

"汪华是个善于用兵的将领，他也很清楚，一旦进入这一区域，任何人都会提高警觉。因此，除非他拥有数倍于我们的兵力，否则即使在这里设下埋伏，也难以取得胜利。"王雄诞展现出坚定的自信。

"你说的没错，在这里设埋伏可能只是徒劳。但为了安全起见，我建议还是先派遣小股部队到周围的山林进行侦察，以防万一。"陈当世提出了一个稳妥的建议。

"很好，传令全军原地休息，加强防卫。同时，派遣五十名兵卒迅速到周围进行侦察。"王雄诞边下令边看着冯惠亮和陈当世，"我们一路走来，居然没有遇到歙军的抵抗，这确实有点出乎意料。汪华肯定在某个地方等着我们。"

两人点头表示赞同，冯惠亮补充道："汪华向来不好对付，这几天的平静确实让人感到不寻常。"

"除了睦州城，如果他打算派兵阻挡我们，那么最佳布兵地点只有两个：一是这里，二是新安洞一带。"王雄诞分析道。

"新安洞一带地形复杂，怪石嶙峋，石洞深邃且相互连通，又紧邻新安江，周围山势险峻。"陈当世详细描述了新安洞的地形特点。

"我确信他一定会在那里设伏等我们。"王雄诞断言，"届时，我将亲自率领一千兵力前去诱敌出战。交战一阵后，冯将军再率两千兵力赶来增援，制造我们先头部队已经全力出战的假象。然后我们边打边退，引诱他们追击。同时，陈将军你带领一万兵力绕道占据他们的洞口。最后，我们再一起发动反攻，将他们全面包围，让汪华无处可逃。"

"副帅，您确定汪华一定会上钩吗？"冯惠亮向王雄诞确认。

"我确定！我非常了解他！"王雄诞的眼神坚定而冷峻。他与汪华已经交锋十多年了，一直在研究汪华的战术和策略。他深知，只有彻底击败汪华，他王雄诞才能真正地称霸江南。

"汪华真的会中计，派出全部兵力出洞吗？"冯惠亮再次询问。

"这取决于我们前面三千兵力的表现。你还记得当年卫青讨伐匈奴时的漠北大战吗？"王雄诞看着冯惠亮解释道，"只要我们打得出色，紧紧咬住他们的兵力不放，为了取得胜利，汪华就会不断派兵增援。待他们兵马尽出之后，我们继续奋力战斗，让他们感觉到我们是真的在败退。这样一来，他就会出兵追击我们。"

"副帅智谋过人！"陈当世赞叹道，"但为了确保诱敌计划能够成功，我们不能向这三千将士透露真实情况。要让他们感受到自己是孤军奋战，没有后援，只有勇往直前才能取得胜利。唯有这样，汪华才有可能上当。"

"当世所言极是，我们确实应该这样做。"王雄诞对陈当世的建议深表赞同，因此直接称呼其名以表赞扬。

过了两个时辰，有侦察兵返回报告。

"副帅，这一带的山林里并未发现歙军的踪迹，但在二十里外的新安洞附近，我们隐约看到了兵马的活动。"侦察兵汇报道。

"你确定那是歙军的队伍吗？"王雄诞询问。

徽州魂
大唐越国公汪华传奇
中

"由于距离较远，未能看清，因此未敢轻易接近。但从他们的装束来看，很可能是歙军。"侦察兵回应。

"再探！"王雄诞命令道，"弄清楚他们的具体人数。"

就在探子准备再次出发时，两名兵卒押着一名歙军俘虏走了进来。

"报告副帅，此人自称是歙州总管派来的信使。"其中一名兵卒说道。

"汪华派你来的？"王雄诞感到意外，他没想到自己刚到此地不久，汪华就派人前来了。

"见过王将军。我是大唐越国公、歙州总管汪华大人的信使，特来向王将军传达口信。"歙军信使态度从容地说。

"说吧！"王雄诞简洁地命令。

"总管大人说，双方都是大唐的将士，理应避免自相残杀，以免日后难以向朝廷交代。"歙军信使正气凛然地传达了汪华的话，"倘若王将军觉得率领三万大军来此，不经过一番演练就撤退有些不妥的话，总管大人提议三日后在新安洞与王将军进行一场阵法演练。"

"哈哈哈——"王雄诞放声大笑，"你回去告诉汪华，新安洞见！"

"庞妹，王雄诞这家伙不可能等我们三日的，他休整一天后，肯定选在明日开战。"新安洞营内，歙州总管汪华对三夫人庞实说。

王雄诞率三万大军从杭州进发时，汪华与庞实便率精兵三千从歙州赶来。新安洞本来就是一处兵营，拥有兵马三千，汪华决定在这里利用六千人马重创五倍于歙军的江淮兵。

"兵不厌诈，他肯定不会给我们喘气的机会，在这里耗的时间越久，对他们越不利，粮草是他们决定速战速决的关键。"庞实说。

"他明天肯定会先率小股兵马过来试探，诱我们出战，再派兵绕道到我们后方，迅速占领我们各营洞口，使我们无退守之路。"汪华站在洞口指着周围山势对庞实说，"今晚他肯定会防范我们前去劫营，你率四千人马真去凑下热闹，分先后两拨去折腾一下他们就行，让他们今晚别睡踏实。"

"放心，去的路上，我们会把东西留下来的，让他们见识一下我们越国公的厉害！"庞实微笑着说。

"这几天风刮得紧，可以派上大用场。"汪华看着王雄诞扎营的方向说道。

夜晚，王雄诞果然布置森严，庞实带兵只是围着江淮兵营地乱闹了一番，就撤走了，并没有冲进营地，而是用强弩向营帐射去点上火的弩箭，烧了一些营帐。

第二天清晨，王雄诞果然率兵过来攻打新安洞。

远远见汪华领兵在洞外布阵，等靠近时，没想到汪华却率兵躲进洞里，并不出来迎战。

正在王雄诞捉摸不透的时候，洞口里冒出滚滚浓烟，十几个洞口的浓烟，借着风向，向王雄诞兵马扑去。

"有毒！"王雄诞用鼻子轻轻闻了一下，立马感觉到气味异常，赶紧闭气。

可惜晚了，周围的兵卒已经东倒西歪，全身无力。

"快撤！"王雄诞从铠甲内扯下一块布捂着鼻子，连忙下令撤兵。这实在是出乎他的预料，本以为汪华会与他大战三百回合，没想到居然会用这种手段。

没走多远，王雄诞发现自己完全陷入了汪华布置的毒气阵中了。昨晚庞实带兵去假装劫营时，就在路上、山边、河边等不少地方，放置了很多毒草堆，让兵卒分散躲在山林中，见洞内放出毒烟后，立即点燃各自负责的毒草堆，很快，方圆十里都是毒气弥漫。

原来这是汪华让精通医学的二夫人稽圭配置出来的草药，只要闻到这药物的烟味，则全身无力，昏昏沉沉，直至睡觉，烟雾散后，过三天，人就会自然清醒过来。

这些安排来放烟雾的歙军提前都准备了解药，每人口里含一片解药，点燃草药后，立即撤退。

汪华故意在洞前布阵，诱导王雄诞前来，等靠近后，立即钻进石洞，从另外出口出去了。

汪华带着两千兵卒，从洞口另外方向出来后，很快就绕到了陈当世大军的后面，借着熟悉的地形，突然杀出。

陈当世部突然见到汪华亲自领兵过来，吓了一跳，慌忙迎战，尽管人多，但终究敌不过汪华神勇，陈当世部大败而逃，死伤过半。

陈当世也被汪华砍伤。

江淮兵营地，因冯惠亮按计划率兵去支援王雄诞，结果却是无大将镇守，被庞实率兵杀来，无人能敌，营地江淮兵不死即逃，也快死伤过半。

幸好王雄诞功力深厚，用布沾上水捂着鼻子，带领少数兵卒逃出了烟雾阵，与冯惠亮部汇合。

此时的汪天瑶离这里只有半天路程，他已经收到了汪华的密函，打开一看，只有两个字——诈败！

第四十三章　诈败新安

自李子通逃向余杭时，身在长安的李渊，就觉得事情比想象中要复杂，又见歙州总管汪华送来的八百里加急，则准备利用此次机会削弱李伏威和汪华的势力，巩固江南。于是他决定秘密派遣一名钦差大臣去了解具体情况，趁机抓住两人的把柄，再削弱两人的兵权。

李渊思索良久，决定派遣自己最信任的府臣钱九陇担任此重任。钱九陇本是江南湖州人氏，其父亲是南北朝时期陈国大将吴明彻麾下的将军，因陈军战败，陈国很多大臣将领的家属被罚为奴。钱九陇则被分配到李渊府上成了府兵，他凭着睿智勇猛，善于骑射，深得李渊信任，后因战功和忠诚，成了唐国公府的家将，每遇重要活动常被李渊带在身边。隋朝末年，各路农民军起义，钱九陇随李渊起兵，在攻克京城和平定薛仁杲、刘武周等战役中，以军功卓著先后被李渊授予金紫光禄大夫、左监门郎将、右武卫将军、苑游将军等职。后来又跟随秦王李世民擒获窦建德、平灭王世充，立有赫赫战功。李渊决定让钱九陇打着回乡寻亲的理由到江南摸清情况。

钱九陇一行做客商打扮，刚进入湖州就得知阆陵派兵两万进攻宣州被汪世荣打败的消息，并且获知了详细的战争情况。

"父亲，看来汪华算不上什么英雄好汉，两军对垒，他歙军居然用如此下三滥的手法，胜之不武。"在湖州客栈，钱任对钱九陇说。

钱任是钱九陇的女儿，长相清秀，武艺高强，多次跟随父亲钱九陇驰骋疆场，是女中豪杰，虽然今年芳龄二十，但是一直还没婆家，钱九陇多次想给她提亲，都被拒绝，说非盖世英雄不嫁。

年过半百的钱九陇此时虽身为苑游将军，是大唐军中身份显赫的大将军，

但为人谦和，刚才听闻爱女指责汪华，便微微一笑："任儿，汪华统领六州拥兵十万，自起兵以来从无败仗，是我大唐罕见的英雄人物。"

"呵呵。"钱任抿嘴一笑，"在敌军粮草中偷放巴豆粉末，让江淮兵全体拉稀，再趁机包围对方。这是绿林之人用的损招，他若是英雄，岂能如此呢？"

"战争不需要讲究规矩，只要能让敌人屈服，就是良计。"钱九陇解释道，"歙军虽然用下三滥的招打败了江淮兵，但是他们包围江淮兵后，并没有杀戮，而是跟阚陵陈述利害关系，让江淮兵主动退兵。从这里就可以看出，汪华胸襟宽广，光明磊落，以大局为重。至于选择的手段，也是不得已而为之，倘若真是双方交战，不知又要死伤多少人马呢？成大事者不拘小节，他避免了战火，挽救了这么多将士的性命，他就是大英雄！"

听父亲这么说，钱任点了点头说："父亲分析问题入木三分，任儿一定要到歙州去见识见识这个汪华。"

"我们明日出发，就去歙州会会他。"钱九陇拉着钱任的手，慈爱地说，"他兵法超群，当今世上能与其论兵者，唯秦王和李靖。为父也想去见识见识这位兵法大家，向他讨教讨教。"

连常年追随皇帝和秦王南征北战、屡立奇功的父亲都这样夸赞，钱任不由得更加想早点见到汪华。

"总管，既然把王雄诞兵马毒晕了，为何不趁机把他们一举灭之？"歙州总管府内，郑虎满脸疑惑地问汪华。

汪华和庞实在新安洞打败王雄诞部后，见江淮兵已经不能构成威胁，便立即返回歙州。负责镇守歙州的郑虎得知情况后，认为汪华不应该轻易放过王雄诞。

"双方都是大唐将士，相互残杀，于心不忍。"汪华说，"挫其主力，使其不敢嚣张即可。倘若双方真要斗得你死我活，大家都不会有好结局。"

汪铁佛在一旁点了点头，补充道："总管英明，假如我们消灭了江淮兵，朝廷就会忽视江淮兵的过错，反而来追究我们的责任。维持双方的势力平衡，正是朝廷所期望的。对于李伏威来说，他们侵犯我们却被打败，只要我们保持沉默，他就不敢在朝廷前揭我们的短。毕竟，他自知理亏，只能默默承受。然而，如果我们让他们损失过重，他必然无法忍受，也无法掩盖，进而会利用朝廷的关系，煽动皇帝对我们采取行动。这样一来，我们反而会变得无理。这也是为什么我们不能斩杀江淮兵中的高级将领，他们被朝廷赐予爵位和官职，没有皇帝的命令，我们怎能随意处决他们呢？"

郑虎听后频频点头，感叹道："看来事情远比我们想象的要复杂得多！"

汪铁佛回应道："确实如此，朝廷怎会容忍诸侯间互相争斗？我们出兵迎战，是在向朝廷报告后未得到回应，为了保护境内安宁而被迫采取的行动。实际上，朝廷并非不想介入，只是觉得还没到需要他们出手的地步。皇帝想借此观察我们江南地区如何处理这种关系，同时也想看清谁是真正的忠臣，谁怀有野心。"

"但现在江淮兵处于两难境地，王雄诞肯定不会善罢甘休。我们接下来该如何应对？"汪世英在旁提问。此次汪华和庞实出征，歙州的防卫工作就交给了他和郑虎。

"阆陵部已经主动从宣州撤离，并与徐绍宗的残余兵马返回湖州一带驻扎。他们的将士们已经认清形势，应该不会再出兵。辅公祐部在兵败后退守余杭，他性格多疑，这次又遭到突然袭击，因此近期内他应不敢轻举妄动。目前，只有王雄诞部仍深入我境内。尽管新安洞一战使他们损失了一些兵力，对我们的威胁有所降低，但王雄诞善于用兵，又有陈当世和冯惠亮作为他的副手，因此他们不会轻易撤军。所以，我们需要想个办法给他们一个撤退的台阶。"汪华细致地分析道。

众人都保持沉默，期待汪华接下来的布局。

汪华继续说道："我已经指示天瑶有意打一场败仗，而且是一场大败仗。"

"大败仗？这要怎么打？我们怎能让王雄诞占到便宜？"郑虎显得有些焦虑。

"我们必须打一场败仗，具体如何操作，那就看天瑶的策略了。"汪华淡定地笑着说，"至于我们为何要故意打败仗，事后你们自会明白。"

大家正说着，门外有人来报，苑游将军钱九陇来访。

汪华带着疑问的目光看着大家。

在座的其他四人汪铁佛、陈朴、汪世英和郑虎都觉得突然，只推测最近长安肯定将派人过来察看缘由，没想到这么快来了，而且来的是苑游将军。

汪华边说边站起来，问道："在哪里？我们去迎接。"

"就在总管府大门外。"兵卒说。

汪华带领众人忙向大门口走去。

总管府是由原来的吴王宫改建而成的，总管府前的南谯楼城门两侧各立有十三个大木柱子，汪华归唐时，则在两侧用泥土各覆盖一根柱子，百姓们称为"二十四柱"，又蕴含春夏秋冬二十四节气。

钱九陇到了歙州之后，就把其他人员全都安排在驿馆，自己只带女儿钱任到总管府来。

"钱将军，在下汪华，不知您远道而来，实在是失礼啊！"汪华刚跨出大门，就见钱九陇和钱任立在台阶下，忙双手作揖施礼。按照朝廷爵位来分，汪华是国公爷，比钱九陇要高，但是钱九陇身份特殊，来自长安，又是皇帝信爱的府臣，此次前来也算是钦差大臣，所以汪华对钱九陇格外尊重。

钱九陇也双手作揖回礼，说道："钱某拜见越国公歙州总管。"

钱任在一旁见汪华英俊潇洒，器宇轩昂，浑身上下透着万夫难敌之威风，不由得双眼一亮，心里微微泛起了一阵涟漪。

双方寒暄几句之后，汪华便热情地挽起钱九陇的手臂，一同走向府内的大堂。

刚一落座，钱九陇便直截了当地说："越国公，我此次南下，除了寻亲之外，更重要的是奉了皇命，来探明您与吴王之间的关系和现状。"

汪华双手向北拱手作揖，恭敬地说："感谢皇上的关心与惦记。"他的动作寓意着对远在北方的长安朝廷的尊重。

接着，汪华脸上露出一副委屈的神情，对钱九陇诉苦道："吴王带领军队平定贼寇李子通，这无疑是我国的大事，我等理应全力支持。然而，吴王却多次以东南道行台的身份，命令我军撤退，让出城池，这真的让我陷入两难的境地。"

说到这里，汪华叹了口气，接着道："为了江南的安定和大唐的统一，我已主动从吴县、嘉兴、湖州等地撤军。然而，贼寇李子通在兵力明显不足的情况下，竟能一直逃到余杭城外。身为大唐治下的六州总管，我理应肩负起责任，主动配合吴王围剿敌军。但吴王又下令让我军撤出余杭，为了尊重东南道行台的命令，我只能委曲求全，命令兵马撤退。可谁料到，李子通自缚出城投降后，江淮兵竟然继续进犯我六州城池，如今王雄诞已经率兵深入，直逼我睦州。"

汪华说到这里，眼眶已经发红，声音也略带哽咽。

钱九陇见状，忙安慰汪华道："越国公，这些情况我都有所了解。辅公祐兵围杭州，阚陵兵进宣州，王雄诞领兵潜入睦州，他们的行动已经严重侵犯了六州的权益，超出了朝廷所能容忍的底线。"

听到钱九陇这样说，汪华立刻走过去，紧紧握住他的手，感慨道："钱将军，你真是了解我的苦衷啊！作为大唐的臣子，我们为何要这样自相残杀呢？我汪华当初起兵，就是为了保护境内的安宁和民众的生计。可如今，我只能眼睁睁地看着自己大唐的江淮兵长驱直入，侵占我的城池，欺压我的百姓，而我却束手无策，这真的让我痛心疾首！"

钱九陇也抓住汪华的手，边点头边说："越国公一心为民，忠心为国，顾全大局，钱某心里明白，我已来江南数日，情况已经基本掌握清楚，我会上奏向皇帝如实禀报这里情况的。"

"那就好，那就好。"汪华连连点头。

"来，我介绍一下，这是小女钱任，从小没有管教好，读过一点书，也喜欢舞刀弄枪的，讨伐窦建德和王世充时，曾跟随老夫去长过见识，久闻越国公威名，这次特意过来向您讨教。"钱九陇指着身旁的钱任介绍。

在府外时，汪华就已经注意到钱任了，只是当时钱九陇没有主动介绍，也不便询问。进府两人忙着说话，他也没仔细观察。这下听钱九陇主动介绍，忙转过身子仔细端详。

只见钱任眉如春柳，眼似秋波，丰姿绰约，浑身上下透出一股英气，果然是巾帼英雄。

汪华忙作揖道："巾帼不让须眉，钱小姐，汪华有礼了。"

钱任见汪华施礼，忙盈盈一笑，边还礼边说："越国公，不敢当，小女子拜见威名远播的六州之主。"

"哈哈——"汪华开怀一笑，"钱小姐言重了，我汪华乃草莽匹夫，岂敢配威名二字。"

"越国公谦虚了，今日我和小女前来贵府，一是谈江南之事，二是向您请教兵法。"钱九陇插嘴说道。

"客气了，恭维之言咱们就不相互再说了，酒宴已摆好，为钱将军和钱小姐接风洗尘！"汪华边说边拉着钱九陇的手往后院走去。

"报——"汪华和钱九陇刚刚落座，外面就传来紧急军情。

"总管大人，末将失职，新安洞一战，我军将士惨败！"汪铁环负伤跑了进来，刚进门槛就跪在地上，头盔歪戴，铠甲斜披，脸上还有血迹，左臂有伤，用布简单包扎。

汪华猛地站起来，着急地问："不是有汪天瑶挂帅吗？怎么惨败了呢？"

汪铁环跪在地上说道："王雄诞率兵攻打我军驻地新安洞，我军坚守不出，但王雄诞出言辱骂总管大人。主帅一怒之下率兵出阵，结果被王雄诞以诈败诱入山谷，被三万大军包围，我军六千余兵马力战到天黑，幸好下雨，才趁机逃出。"

"我军损失多大？"汪华压着怒火问道。

"幸存将士不足一千人。"汪铁环低着头小心地说。

汪华扑通一下坐在椅子上，没有说话，表情非常难过。

"天瑶情况如何？"汪铁佛在一旁急忙问道。

"主帅在突围中受伤，目前已经率军退守新安洞，命我前来请兵救援。"汪铁环说。

"王雄诞欺人太甚！"汪铁佛气得一拍桌子站了起来，吹胡子瞪眼睛，呼呼喘气。

"总管大人，末将愿率兵前去救援。"郑虎站了起来说道。

"坐下吧。"汪华摆了摆手说，"铁环，你先退下养伤。我等商议一下。"

铁环走后，汪华看着钱九陇说："钱将军，实在抱歉，我得处理一下军务。"

钱九陇忙说："越国公，您先忙，我等回避一下。"

"不用，耽搁一下吃饭时间而已。"汪华拉着钱九陇的手说。

随后汪华就对汪世英说："你立即传令，让世荣率兵出昱岭关，救援睦州；速整顿精骑五百，在校场待命。"

"越国公要去睦州？"钱九陇问。

汪华点了点头，说："钱将军，还有什么更好的办法吗？"

"钱某愿陪越国公去趟睦州。"钱九陇诚恳地说。

"那太好了，汪华不胜感激。"汪华激动地说，"我们一个时辰后出发。"

"我也去。"钱任听说要去睦州，忙说。

"副帅，汪天瑶现窝在山洞里不出来，不如由末将和冯将军一起率兵去把睦州打下来。"在新安洞外江淮兵大营内，陈当世对王雄诞说。

"睦州城池守卫虽少，但是城池坚固，非一日可以攻克的。"王雄诞说，"汪华至今不对睦州增援兵力，城内肯定早就有了布防。我们只要把汪天瑶除掉，就等于削去了他的左膀右臂，何愁以后六州不向我们臣服。"

"副帅英明，杭州和宣州没有拿下，我军即使夺取了睦州，也不能长久镇守，等于困在对方的势力范围内。"冯惠亮说。

"当世，你认为汪天瑶是真的怕我们吗？"王雄诞问陈当世。

"副帅难道怀疑汪天瑶是诈败？故意拖延时间，等待救兵？"陈当世反问道。

"如有救兵，汪华就不会那么早地撤回歙州了。汪天瑶不仅有翼德之雄，也有公瑾之智。在我军挑衅下，难道真的是因愤怒而出战？当时乌云密布，谁都知道马上要下雨，为何又要选择傍晚时刻出阵？"王雄诞思索道。

"听副帅这么一说，确实有些奇怪。我军最初战败、尚未整顿之际，本是他们进攻的绝佳时机，为何汪天瑶没有选择在那时出兵乘胜追击呢？还有，假如那天不下雨，他是不是就不会出战了？"冯惠亮在听完王雄诞的分析后，也开始对汪天瑶当时的出兵时机产生了疑问，觉得其中似乎有违常理之处。

"其实，我心里也一直有些疑惑，只是之前没有说出来。"陈当世见大家都对这次战役有所怀疑，便也表达了自己的想法，"汪华在用计击败我军之后，为何没有乘胜追击，反而选择退兵回歙州呢？还有，汪天瑶的兵马在我们士气低落时赶到，尽管他们经过长途奔袭，但士气依然高昂，可他为何没有选择与我们立即交战？更令人费解的是，他们在雨夜与我们交战时，只出动了一半的兵力，摆出一字长蛇阵，战斗力极强，被我们包围后，他们杀出重围，却又再次冲入，这样的反复冲杀为何发生了三次？当时双方在山谷中混战，由于黑夜和下雨，山谷上准备好的石块和滚木为了避免误伤我军都没有使用。表面上看，我们似乎取得了胜利，但实际上我军也伤亡不小，并没有占到明显的优势，那他们为何又突然败退到新安洞呢？"

"会不会是歙州那边出了什么事？所以汪华才紧急返回？或者，汪天瑶的兵马被派来这里，目的是为了牵制我们的前进？"王雄诞提出了自己的猜测。

"副帅的考虑很有道理。我们被牵制在这里，一旦我们试图离开，汪天瑶就会出兵攻击我们。倘若我们长期耗在这里，很快就会耗尽粮草。"陈当世补充道，"还有一点，宣州和杭州怎么一直没有消息传来？我们派出去的信使一个都没有回来，辅伯也没有派信使过来。"

"这几天我一直专注于消灭汪天瑶的兵马，竟然忽略了这件大事。为什么宣州和杭州一直都没有消息？"王雄诞听到陈当世的话后突然警觉起来，"难道这两个地方都出了什么问题？汪华是否已经派兵切断了我们所有的联系？"

说到这里，三人同时头上冒冷汗。

正在此时，兵卒来报："启禀副帅，汪华率五百精骑来到营前，听说随行的还有一位长安来的苑游将军。"

"汪华来了？长安来人了？"王雄诞一脸茫然地看着陈当世和冯惠亮。这两人也同时心里咯噔一下。

三人只得点兵一千，打马出营。才发现汪华与汪天瑶已经会合，早已严阵以待。

"王雄诞，你本当在吴王麾下效力，为何领兵到了越国公管辖的境内？"王雄诞刚列好阵，钱九陇就抢先向他发话。

"我奉东南道行台的令，前来捉拿李子通的余孽。"王雄诞狡辩道，他见对方方脸阔眉，虎背熊腰，一身盔戒，浑身透露出一股霸气，则问道，"你乃何人，敢直呼本帅名讳？"

钱九陇见王雄诞口气嚣张，则冷冷一笑："在下大唐天子驾下苑游将军钱九陇！"

大唐王朝大将军不少，提起苑游将军尊号一时想不起是谁，但是钱九陇这个名号，王雄诞是听过的，并且也多次听吴王李伏威说起。围攻洛阳时，李伏威还与钱九陇一起在秦王麾下并肩作战，也知道钱九陇在皇帝面前的份量。

"钱将军，末将失礼了。"王雄诞立即转变了口气，"请恕雄诞戎装在身，不能下马施礼。"

"知道就好。"钱九陇说，"老夫奉皇帝旨意前来江南了解战况，既然李子通已经被俘，朝廷已有旨意声明其余人等一律不再追究，你们就不要再大动兵戈追剿了。"

王雄诞见钱九陇面无表情，但是已经在语气上给他台阶下了，也猜着事情的变化都在汪华的掌控之中，又想起宣州和杭州两地没有消息，也萌生了退兵之意，便说："钱将军训斥得对，我等马上遵旨班师回丹阳。"

"既然这样，老夫就请越国公下令让已过昱岭关的宣州兵马原路返回吧。"钱九陇的这句话说出来轻轻松松，但是王雄诞等人听后不由得汗流浃背。

"多谢钱将军，我军明日清晨即刻班师。"王雄诞向钱九陇抱拳施礼。

说在这里，王雄诞看着在旁边一直没说话的汪华说："王某久闻越国公勇冠三军，几次无缘切磋，不知越国公能否赏脸，让王某领教一二呢？"

谁也没想到王雄诞居然提出这样的要求，其实这也是王雄诞一直想做的事情，自当年被汪华从他手里夺得歙州府兵营统领的位置时，他就想雪耻，但是数次交战都没有与汪华亲自交手。虽然此次退兵已成定局，但是他想向汪华单独挑战，倘若战胜，趁机杀了汪华，就能夺回自己的颜面，不愁以后得不到歙州；倘若战败，也好向吴王交代，技不如人，以后就死了侵占歙州这条心。

钱九陇看着汪华，他不反对王雄诞的要求，认为这是让对方心服口服的好机会。

汪华没有说话，微笑地看着王雄诞。

钱任骑马走了过来，脸微微一红，关切地轻轻说道："越国公，小心。"

两人双眼对视，汪华给她一个坚定的目光，什么话都没说，打马走出阵。

越影宝马，湛卢宝剑，汪华一身银盔银甲，在初冬的阳光下格外耀眼。

王雄诞见汪华出阵，也缓缓往前走了几步，胯下骑着闪电乌龙驹，手提五钩神飞亮银枪。

两人什么话都没说，猛然同时向对方疾驰而去，宝剑、银枪碰撞的金属声，让围观的人感受到双方都在用十成的功力决斗。

这是场生死搏斗。

五十个回合过去了，双方还没有分出胜负。

两人骑在马上，相距五六十步，眼睛都像鹰一样盯着对方，寻找着破绽。江淮军营的兵卒都出来观战了。

钱九陇骑在踏雪火龙驹上，左手捂着缰绳，同时横捂着豹尾画杆方天戟，右手微微捋着胡须。这一战让他真正见识了传说中拥有盖世武功的汪华的身手。

决战已经开始，汪华出剑有如雷霆之势，收剑如四海归一，速度快如闪电，而招式又变化无穷。

他看了一眼旁边的女儿，只见钱任拉着踏雪胭脂马的缰绳，紧握着滴血梅花枪，表情关切而紧张，一副只要汪华失手，她就立即冲上前去营救的样子。

钱九陇在心里微微一笑，这是女儿第一次如此着急地关心人，看来是对汪华动心了。他转头又想，汪华已经有三房妻室，女儿去做侧室就太委屈了，终究自己是有身份的人。

他再看汪华时，两人已经斗到八十回合，只有高手才能看得出，王雄诞已渐渐处于下风。

两军的战鼓响声震天，两边的将士一起呐喊助威。

只见汪华右手在空中划一道弧，途中猛然一变，直奔王雄诞脖子，尚有半寸之时，剑锋下偏，划在王雄诞的铠甲衣襟上。

王雄诞惊慌失措，想回手挡剑已经来不及了，因为长枪在手，失去了近身搏斗的优势，即使这时取腰上佩剑，也为时已晚，正待他认为必死无疑时，宝剑划在铠甲上，发出几点火花。

这速度太快了，周围的人根本没有观察到这一瞬间，即使是眼尖的也会认为是汪华这一剑刺偏了。只有他们两个知道。

双方各退后两步。汪华收住手中的剑对王雄诞说："王将军，天色已晚，我们还是休息吧。你武艺高超，令汪华佩服！"

王雄诞见汪华给他台阶下，为他在将士面前保住了颜面，则感激地说："越国公武功盖世，雄诞幸会。既然天色已晚，那我们就到此为止。后会有期！"

两人说完就返回到各自阵营里。

"越国公乃真英雄也！"队伍的最前面，钱九陇与汪华骑马并行。

汪华微微一笑，侧过头对钱九陇说："钱将军好眼力！"

钱九陇哈哈一笑："实话跟越国公说，钱某虽没看清楚，但是能揣测出一二。"

汪华叹了口气："汪华真希望世上少一些战事，多一些太平啊！"

次日凌晨，王雄诞就率兵往杭州方向撤退。到了杭州城外他终于遇到了辅公祐派来的信使，知晓了杭州和宣州两地的作战情况，只得撤到余杭。正待辅公祐和王雄诞商议如何向吴王回报时，李渊收到钱九陇的密报，派人到余杭传旨，令江淮兵立即撤出六州境内，王雄诞平寇有功，授苏州总管。王雄诞正好借此机会与辅公祐率军返回苏州。

却说李渊因当时中原未定，尚无力经营东南，暂委李伏威为东南道大行台，封吴王，付以重托，就是希望他能忠心爱国，维护大局。今见他擅自行征讨之权，派出多路兵马侵犯歙州属地，已经超出了朝廷的底线，于是就与诸子商议。

"李伏威以追剿李子通余孽之借口，向歙州境内发兵，事先也不向朝廷请旨，事后也不向朝廷解释，如此下去朝廷威严何在？"李渊气愤愤地说道。

太子李建成说："李伏威在江淮经营多年，根深蒂固，兵强马壮，一直以东南道行台身份与朝廷划江而治。这次见汪华归顺，我朝让歙州不归其统领，记恨在心，想趁朝廷多线作战，无暇东顾之际，借口侵占歙州，企图向朝廷示威。"

李建成一直在长安辅佐朝政，看问题比较深刻，虽与李伏威结好，但是侵犯朝廷底线，企图一支坐大，这也是作为储君所不能容忍的。

只见李建成接着说："现在王雄诞为苏州总管，李伏威的势力范围越来越大，如不早想办法解决，恐怕后患无穷。"

"建成，你有何良策？"李渊问。

"父皇，如我们传旨让李伏威来京面圣，让其在长安担任高官，享受厚禄，离开根本之地，他就难以翻起大浪了。"李建成说。

"李伏威不是傻子，他岂肯来京？"齐王李元吉在旁边插嘴道。

"他不一定肯来，但是他身边的人会鼓动他来。听说李伏威与辅公祏面和心不和，辅公祏一直受到李伏威的排挤，出征作战即使是主帅，兵权也都在副帅王雄诞或者阚陵手里。"李建成说，"对辅公祏来说，李伏威来京，是他掌权的大好机会，他会联络一帮将士鼓动李伏威来的。"

"你是想借此分化李伏威的兵权？"李渊反问。

"没错。李伏威来京后，江淮兵各派系势力抬头，就会形成相互牵制的作用。"李建成说。

"大哥这是妙计啊，从内部分离他们的势力。"李元吉说，"万一李伏威仍然找各种借口不来呢？"

"他不敢不来。"李建成说，"虽然他势力庞大，但是周围还都是我们的人马，真打起来，他不一定能占便宜的。歙州汪华足可威胁他了。"

"建成说得有道理。"李渊说道，"汪华管辖的地盘虽小，兵马也不多，但歙州兵马战斗力强。钱九陇密报，此人确实忠心耿耿，一心为国。朕认为在关键时候，他还是可以重用的。"

"战斗力强，我看未必吧？！"李元吉讽刺道，"新安洞之战，歙军损失惨重，江淮兵从余杭一直杀到睦州，都无人抵挡。真要打仗，也只是让他们配合一下而已，关键时候重用，是指望不上的。"

"元吉你只看到表面。"李渊笑着说，"汪华能统六州，也非平庸之辈，能在乱世之中让六州不见兵戈，更不是等闲之人。他与李伏威是互不统属的，他完全可以不听从东南道行台的令。王雄诞的兵马进入余杭，他本可以派兵去阻挡，但是他却敞开大门放其进来，途中关隘畅通无阻。同时又把辅公祏和阚陵分别阻挡在杭州和宣州之外。这说明什么问题？

"汪华是在故意示弱，单引王雄诞进入腹地。这就说明，其一，汪华想向朝廷证明，李伏威有野心；其二，汪华是想看看朝廷是否有决心消除这个隐患？其三，汪华也在告诉我们，他有能力对付李伏威。"李渊接着说出自己的看法。

"他这样做，代价也不小啊，据说新安洞之战，歙军损兵折将，败得很惨。"李元吉听后边点头边疑惑着。

"王雄诞是李伏威的第一猛将，文武双全，平定李子通不费吹灰之力，在新安洞战败汪天瑶，也是情理之中。倘若汪华亲自领兵的话，可能就不会是这样的结局。"秦王李世民终于在旁边开口说道，"倘若父皇要诏李伏威来朝，他虽有顾忌，但不会拒绝。不过，儿臣认为最妥当的办法就是，朝廷暂时装作不知道他与汪华之间的矛盾，继续对其笼络恩宠。待我军平定刘黑闼和徐圆朗后，再诏其来朝，到那时他即使想造反，我们也有精力对付。"

"世民言之有理，那我们就先暂时隐忍一段时间，终究李伏威这家伙兵强马壮，万一被人蛊惑反起来，我们还真应付不过来。"李渊点了点头说。

说到这里，李渊看了看三个儿子，接着说："李伏威来朝后，再在适当时机让汪华也来长安。这样江南就没有权威之人，其余人等也就不敢跳窜了。把两人留在京城观察一段时间，若有二心，一律斩杀！"

"父皇英明！"三个儿子一起点头称赞。

第四十四章　奉召进京

武德五年，即公元 622 年，对于大唐帝国而言是军事上一个举足轻重的年份。

在正月，刘黑闼自立为汉东王，改年号为天造，并选择洺州作为他的都城。为了巩固政权，他恢复了窦建德夏政权时期的文武官制，并模仿窦建德的行政方式立法施政。在军事行动上，刘黑闼展现出了比窦建德更为勇猛果敢的态势。

为了镇压这场叛乱，唐高祖李渊在武德四年十二月，被迫任命与太子有深刻矛盾的秦王李世民为帅，领兵东征，同时齐王李元吉也随行参战。

秦王李世民领兵初战便成功收复了相州，随后军队推进到洺水沿岸。他又命令李艺从幽州率领数万兵马南下增援，成功占据了洺水县。

到了二月，刘黑闼率领大军猛烈围攻洺水县，攻势异常凌厉。秦王多次率领唐军试图增援，但都被刘黑闼的军队所阻挡。为了迅速夺回这一战略要地，刘黑闼指挥大军不分昼夜地发动攻击。由于天降大雪，城外的唐军无法提供有效的支援，最终洺水城失守。在城中坚守的大唐勇将罗士信，虽然奋勇杀敌，但因寡不敌众被俘。刘黑闼知晓罗士信是当世的勇猛将领，于是亲自尝试劝其投降，然而罗士信坚决拒绝，最终英勇就义，年仅二十岁。罗士信是大唐一位杰出的将领和军事天才，他的牺牲让李世民深感悲痛，随即率领军队再次对洺水城发起攻击。

三月初，秦王李世民指挥唐军在洺水的南北两岸扎营，并切断了刘黑闼的补给线。接着，他向刘黑闼的左仆射高雅贤的大营逼近，并通过巧妙的策略将其斩杀。唐军随后再次包围了刘黑闼的军营，双方对峙了长达六十多天。在一次偷袭中，刘黑闼率领精锐部队攻击李世勣的大营，李世民赶去救援时也被刘黑闼的军队围困。在这危急时刻，尉迟敬德率领精锐骑兵冲入重围，成功解救了李世民。

此后，唐军预测到刘黑闼的军队粮食耗尽后，必定会寻求决战。因此，李世民采取了截断洛水上游并蓄水的策略，同时设定了放水的时间。当刘黑闼率领两万步兵和骑兵渡过洛水，意图与唐军进行最后的决战时，李世民率领精锐骑兵对敌方的骑兵部队发动了迅猛的攻击，并取得了胜利。他乘胜追击，继续攻击敌方的步兵部队。在激烈的战斗中，刘黑闼感到胜利无望，于是与大将王小胡在混乱中乔装逃脱。他们的逃脱并未立即被发觉，因此其余的士兵仍在与唐军激战。此时，唐军打开了洛水上游的水闸，巨大的水流淹没了刘黑闼的军队，导致了他们的大败。刘黑闼只带着两百多名残存的士兵逃向了突厥，而他原本占据的河北地区则被唐朝重新收复。

秦王世民击败刘黑闼后，便迅速率兵南下，攻打反贼徐圆朗。由于李世民征战徐圆朗，反倒给了刘黑闼喘气的机会。

四月底，逃至突厥的刘黑闼成功说服突厥的颉利可汗，派出数万骑兵围攻新城。代州总管李大恩在粮草耗尽、形势紧迫的情况下，向朝廷发出求援信号。李渊得知消息后，立即派遣右骁卫大将军李高迁领兵前往救援。然而，援军尚未抵达新城，李大恩已因粮尽而被迫在夜晚突围。不幸的是，突厥军在途中伏击，唐军大败，李大恩英勇战死。当时，由于李世民正在山东地区征讨徐圆朗，无法分兵北上增援，李渊只得采取外交手段，向突厥送上财礼以求和解，从而暂时阻止了突厥的南下步伐。

到了六月，李世民在征讨徐圆朗的战役中取得胜利，连续攻占十余座城池，其威名震慑江淮地区。

见时机已经成熟，李渊下旨召李伏威入朝。接到圣旨后，李伏威观察到四周均已被唐军势力所包围，因此他不敢抗旨不去长安朝见。然而，他也谨慎地布置了后事，为了防止兵权落入辅公祏之手，他表面上让辅公祏代理执掌东南大权，但实际上却命令王雄诞辅佐政务并掌管军队。在对王雄诞再三嘱托之后，李伏威才带着阚陵前往长安。

李渊对于李伏威的顺从感到非常高兴，于是封他为太子太保兼行台尚书令，地位甚至在齐王李元吉之上。同时，还为他建立了吴王府，并赏赐了无数美女和珠宝，让他留在京城陪伴皇帝。

徽州魂
大唐越国公汪华传奇
（中）

"看来朝廷里的斗争比想象中还要激烈。"在歙州总管府书房，汪华对汪铁佛说。

"秦王眼看就要彻底消灭徐圆朗，皇帝居然在此关键时刻召其回朝廷复命。"汪铁佛叹息道，"看来是皇帝不想让这功劳由秦王独占。"

"现在征讨徐圆朗的任务交给李世勣，他有元帅之才，游离于两派斗争之外，这也是皇帝深思熟虑的。"汪华说，"多培养几个能独挡一面的大将，有利于各派系权力平衡。"

"赵郡王和靖公与两边好像也是若即若离。"汪铁佛说。

"不依附朋党，不参与派系内斗，是明智之举，关键时候又能力挽狂澜，这样才能有利于权力更替和国家稳定。"汪华若有所思地说。

汪铁佛点了点头，汪华不仅是在赞扬赵郡王李孝恭、李靖和李世勣，同时也在告诫自己。

"赵郡王以荆州总管的身份领兵南下，招抚与武力并行，现在战况如何？任贵部现在哪里？"汪铁佛是歙州长史，辅政务，不理军事，对讨伐楚帝林士弘的军事行动，了解得并不全面仔细。

"林士弘部属虽多，但都是乌合之众，不足而谈。"汪华说，"现在荆州兵马已到袁州一带，任贵率部已经夺取建州。林士弘不少城池守将已投降归顺，消灭他只是时间问题而已。"

"此一时彼一时。当年我们为了六州稳定，总是防御他进犯。现在东线、北线和西线都是我们唐军，林士弘手里又没有响当当的谋臣和勇将，离灭亡不远。"汪铁佛说道。

"现在我最担心的是岭南情况。"汪华看着汪铁佛说。

"总管担心冯盎不愿意归唐？"汪铁佛说。

"岭南少数民族居多，野蛮好战，偏居一方，远离中原，倘若朝廷需要用兵，就得翻山越岭，长途跋涉，中原将士很难适应岭南气候和山林环境。冯盎家族在岭南经营数十年，盘根错节，各部落形成了自己的势力和利益，如要归顺朝廷，就得一一说服。"汪华担忧道。

"他给你的回信是如何说的？"汪铁佛问。

"上个月我去信给他，他回复说跟靖公见面后再决定。"汪华说，"他要靖公只带随从，不带兵马，前往岭南与他商谈归唐之事。"

"这怎么行呢？"汪铁佛大吃一惊，"万一他动手，靖公岂不糟糕？"

"靖公艺高人胆大，他既然决定去，就肯定有防范。"汪华苦笑着说，"只要靖公诚意前往，冯盎也就一定会效仿他的祖母冼太夫人，归顺朝廷。"

"报——"两人正说着，信使来报。

"启禀总管，岭南冯盎已率部归顺朝廷，皇帝授予其上柱国、高州总管，封越国公，统领高州、罗州、春州、白州、崖州、儋州、林州和振州等八州。"信使说道。

"太好了，岭南太平了。冯兄顾全大局，定将流芳百世。"汪华欣慰道。

"你再说一遍，冯盎被封为什么国公？"在一旁的汪铁佛以为听错了，再问信使。

"越国公。"信使说道，"与总管大人的爵位一样，名称也一样。"

汪华和汪铁佛一听，不由得深吸了一口气，两人对视了一眼，把信使打发出去。

"大唐天下国公爷数十人，但从未出现同一尊号的。"汪铁佛纳闷道，"历史上在一国之内，也从无同时出现相同尊号的爵位。"

汪华没有说话，坐在椅子上，他也觉得事情蹊跷。

"莫非皇帝对大人您起了疑心？"汪铁佛说。

"我汪华忠君爱国，遵守法度，何事让皇帝见疑？"汪华摊开双手，一副无辜的样子。

"难道是李伏威在长安说了我们什么坏话？"汪铁佛说道，"终究我们去年让他损兵折将，他怀恨在心。"

"你这样猜测，也不无道理。"汪华说，"杭州和宣州能退兵，而王雄诞的兵马却能毫无阻挡地深入睦州，并且在大战后，又被朝廷派来的钦差大臣钱老将军当面抓住他们的把柄。他现在离开老巢，前往长安，虽然身居高位，却是离开森林的老虎。他肯定猜着是我们设局，让他在皇帝面前失去信任，被召到长安，明为重用，实被架空权力。"

"倘若是他插手的话，事情倒是好办。就怕是皇帝平白无故来试探您。"汪铁佛说，"不少归顺朝廷的义军首领，不是归了后再反，就是归了后被朝廷设法软禁或杀害或病死。"

"今天已晚，你先回去吧。明天早上大家一起商议下。"汪华觉得事情出乎了自己的想象。他明明已经在一年前被封为越国公，为何还要封冯盎为越国公呢？皇帝这么做是什么意思？

晚上，汪华来到德贤轩准备就寝。德贤轩是三夫人庞实的住处，在汪华建吴称王时，此处曾是德贤宫，归唐后更名为德贤轩。

"世华，我觉得皇帝似乎在试探你。"听完汪华的叙述，庞实提出了她的看法，"之前李伏威在江淮地区坐镇，势力庞大到难以驾驭，甚至依仗其势力侵占我们的六州城池。而现在，江南地区你的势力最为强大，不夸张地讲，已经没有人能够牵制你。现在你派遣任贵领兵协助赵郡王征讨林士弘，皇帝可能是担心你会步李伏威的后尘。"

汪华从床上坐起，赞同道："夫人言之有理，我之前怎么没想到这一点呢？我还以为是李伏威在背后搞小动作。"

"即使真的是李伏威在背后捣鬼，那也是皇帝乐于见到的局面。"庞实也坐起身来，以便两人更好地交流，"所以说，这次再封冯盎为越国公，可能就是想观察你会如何处理这件事。这就像你与吴王李伏威之间不存在直接的统属关系一样，是一种微妙的平衡。"

汪华听后点头表示同意，并看着庞实问道："庞妹，依你之见，我该如何应对呢？"

庞实回答道："为了向天下展示你的忠诚，除了向皇帝上奏祝贺岭南归附之外，最好能请旨亲自前往长安朝见皇帝。"

汪华紧紧握住庞实的手，激动地说："庞妹真是聪慧过人。我汪华对大唐忠心不二，虽然朝廷已授予我高官厚禄一年有余，但因战事连绵，我尚未有机会亲赴京城面见圣上，这确实有些不妥。不明事理的人可能会说我汪华不敢离开自己的势力范围。"

"夫君明智。"庞实继续说道，"你到了长安后，在言行举止上一定要多加小心，只要不被小人抓住造谣生事的借口就好。皇帝见到你如此忠君爱国，又怎会对你不利呢？反而会更加重用你，因为你的安危对江南地区的稳定至关重要。"

"天威难测啊。到了长安，我还不能轻易去找秦王和房玄龄商议。"汪华陷入沉思，"他们与太子之间的矛盾激烈，我若与他们走得太近，恐怕会卷入派系之争。看来，我确实需要多加提防。"

看到汪华这般模样，庞实轻轻一笑，说道："我倒觉得，你到了长安后，有一个人或许能帮到你。"

"哦？是谁？"汪华好奇地问道。

"钱任小姐。"庞实回答道。

"她？"汪华略显惊讶。

"去年钱小姐来歙州后，就对你颇有好感。"庞实的话语中带着一丝酸意。

"别乱说。"汪华急忙辩解，"我这一生，有你和圭妹陪伴就已经足够了。"

"哎呀，你可别这么说。"庞实打趣道，"我和圭妹都已经是黄脸婆了。你现在正值壮年，可以考虑再纳一房新人嘛。"

"庞妹，这种玩笑可开不得。"汪华尴尬地笑了笑。

"好啦好啦，不说这个了。总之，根据我与钱小姐接触的那段时间来看，只要你去找她帮忙，她肯定会义不容辞的。"庞实见汪华不愿多提此事，也就不再继续这个话题了。

在长安城内，皇宫的御书房中气氛凝重。

"汪华上奏，请求来长安朝觐。"李渊手持汪华的奏折，对太子李建成说道。

"这很好。父皇不是一直想找个机会召他来京城吗？"李建成回应道。

"他是个聪明人。"李渊点评道，"朕特意封冯盎为越国公，就是想看看他会有什么反应。"

"他能主动提出前来朝觐，说明他还是很识时务的。"李建成说，"不过，他这么快就做出反应，也显示出此人善于揣摩圣意，头脑相当灵活。"

对于李建成而言，身为储君，他自然希望各路诸侯都能臣服于他。像汪华这样手握重兵、曾经称王称霸的大臣，若不能拉拢，则最好的策略就是消除其威胁。

"他来了以后，我们要观察他的表现。如果忠诚，就重用他；如果不忠，就除掉他。"李渊用手指轻轻敲着奏折，语气严肃，"你要多与他接触，展现出朝廷的威严。只有这样，才能让这些曾经割据一方的封疆大吏真心臣服，从而确保你稳坐江山。"

"父皇请放心。儿臣明白该如何行事。"李建成回答道，"不过，儿臣得到消息，他与老二有过往来，他们的信件都是通过房玄龄转交的。"

"哦？"李渊此前并未听说过此事，他注视着李建成说，"你要装作不知情。等他到长安后，再暗中观察他是否真的与秦王府有密切联系。但你也不要过度猜疑，毕竟他们都是军队统帅，相互之间交流兵法也是情理之中的事情。"

说完这些，李渊开始翻阅其他奏折。然而，他内心其实颇为担忧。建成在驭臣之道上尚显稚嫩，心胸也不够宽广。自己处斩敌人时总是从容不迫，且善于借他人之手找到合理的理由；而建成则喜怒形于色，缺乏隐忍之心，对于冒犯他的人往往直接打击报复。在化敌为友、收拢人心方面，他与老二相差甚远。

"姐姐，你就放心地陪夫君去吧。"庞实对稽圭安慰道，"家里的事和孩子们，我会照顾好的。"

"我从未出过远门，又不懂武功，我该怎么保护他呢？"稽圭显得有些为难，"你武功高强，又多次陪伴夫君出征，其实你去才是最合适的。"

"姐姐想多了，这次是赴京面见圣上，并非领兵打仗。你是夫君的知心伴侣，在日常生活起居上，你比我更懂得如何照顾他。"庞实微笑着说，"听说长安城繁华无比，你回来后可得跟我好好分享你的见闻哦。"

居住在棠越的大姐汪世贞也常来总管府探望汪华的孩子们。见此情况，她插话道："圭妹，你就去吧。世华此次是去向皇帝表达忠诚，你就带着数十名随从前往即可，文武将官都不需要随行。"

说到这里，汪世贞半开玩笑地说："难道圭妹是担心长安城有危险吗？"

稽圭一听，脸色微微一变，有些不悦地说："姐姐说的哪里话。世华是我的夫君，即便是陪他去闯龙潭虎穴、赴汤蹈火，我也绝不会退缩。我只是担心自己在外照顾不好世华，回来被你们责怪罢了。"

尽管汪华归唐后，正式名字已改为汪华，但在家人之间，大家还是习惯性地称他为世华。

"姐姐只是跟你开个玩笑。"庞实急忙拉着稽圭的手说，"去长安的路途遥远，世华长期居住在江南，我们担心他可能不太适应北方的气候。你是我们歙州有名的医者，又是我们后院的女主人，你去是最合适不过的了。"

"姐姐，你看庞妹她又欺负我。"稽圭笑着假意别过头去，向汪世贞"告状"。

"你们家里的这些小事，我就不掺和了。"汪世贞故意打趣道，"现在英妹不在了，你作为家中长姐，庞妹自然得听你的。"

庞实接着说道："铁佛和陈大人他们经过商议，也认为文武将官都留在歙州比较好，这样世华在长安反而会更安全。"

"铁佛他们考虑得很周到。"汪世贞点头赞同，"歙州的兵马都由世华统领，文武将官都听从他的命令。即便皇帝听信了谗言，想要对世华不利，也会顾忌到歙州十万将士。圭妹，你细心又体贴，有你陪同去长安，我真的很放心。"

稽圭点了点头："那好吧，我就去。"

"姐姐，你还记得钱任钱小姐吗？"庞实突然提及。

"当然记得，去年她和钱老将军在我们总管府住了大半个月呢，世华还陪他们游览了歙州的好多地方。"稽圭回答道。

"到了长安后，妹妹建议姐姐多与钱小姐来往。毕竟，她的父亲是皇帝宠信的大将，关键时刻或许能帮到汪华。"庞实提醒道。

"这个我明白。"稽圭说，"你之前不是还提过，她对世华有好感吗？"

"是啊，但这只是我的直觉而已。"庞实说，"姐姐到时可以多观察一下，倘若这是真的，倘若能促成这段姻缘，那可真是件大好事。你觉得呢，姐姐？"

稽圭表示赞同："对于普通人家来说，三妻四妾都是常事，更何况世华是位盖世英雄，又是朝廷的国公、歙州的总管。倘若能与钱小姐结好，那真是门当户对、再合适不过了。"

"哈哈，你们家的这些私事，我还是少掺和微妙。"汪世贞听到两人如此体贴大度，心中很是欣慰，但又不便多说什么，"我还是去看看我那几个宝贝侄子吧。"说完，她便向外走去。

汪华安顿好六州军政之后，便与稽圭带着三十六名随从一起赴京。因徐圆朗和刘黑闼尚未完全平定，李伏威遥领的江淮一带也不能走，为安全起见，特意从饶州，经洪州，过岳阳，到荆州。在荆州，汪华拜见了赵郡王李孝恭，停留数日，一起商议了平定林士弘的军事行动。再从荆州北上，过襄阳，途径南阳，到洛阳，再从洛阳到达长安。因无紧急之事，汪华一行一路上走走停停，从七月初出发，到达京城长安时，再过数日就是中秋节了。

汪华在驿馆安顿好稽圭和随从后，次日清晨便去宫外候旨觐见。

大唐天子李渊闻知汪华已到，立即传旨召见。

汪华随太监走进李渊朝见群臣和听政的宣政殿大殿内，朝高高在上、面南而坐的天子李渊恭恭敬敬地行了君臣大礼，口称："歙州刺史汪华拜见吾皇陛下。吾皇万岁！"

李渊面带笑容，朗声道："爱卿免礼，且起身说话。"

"谢皇上！"汪华起身立于殿中。

"爱卿一路辛苦了，长途跋涉来到京城，确实不易，既然来了，就在长安多居住一段时间，与朕多说说江南六州的风土人情。"李渊微笑着说。

"谢皇上天恩，微臣愿在长安伴驾天子左右。"汪华答道。

"好，好。爱卿车马劳顿，暂且在驿馆歇息数日，改日朕再召你细谈。闲暇之余，卿可与诸位大臣多多走动，相互熟悉。"

汪华闻言，施礼谢恩，领旨下殿。

李渊散朝后，在后殿与近臣、诸子商议，问道："汪华已到长安，大家有什么看法，一起议议？"

尚书仆射裴寂说："汪华主动请旨来京朝觐，可见此人并无野心。"

内令史萧瑀说："汪华这次来京，除了一位夫人和数十名随从之外，歙州没有一位文武将官陪同。从这可以看出两个问题。"

"萧卿说说看。"李渊问道。

"一方面，说明汪华对朝廷放心。没有武将护送，表示他一路上不担心被歹人截杀，没有文官随行，表示他到了京城不需要有人为他出谋划策，不担心被小人进谗言。这说明他堂堂正正、坦坦荡荡。"萧瑀分析道。

听到这里，大家都点了点头，李渊露出满意的微笑。

萧瑀接着说："但是从另一方面来看，说明汪华对朝廷不放心。所有文武将官都留在江南，他孤身来京，只要有任何闪失，六州兵马必有异动，不少部属都追随他多年，有家族兄弟，也有结拜兄弟，这些人岂能善罢甘休。"

李渊的脸色慢慢变得没有表情，过了片刻，缓缓说道："萧卿言之有理，汪华是既向朝廷表忠，又提防着朝廷对他不利。"

萧瑀点了点头说："皇上圣明！"

这时太子李建成站起来说："儿臣认为萧大人有些找茬之嫌。数月前李伏威来朝，携带爱将阚陵，萧大人当时说李伏威是提防朝廷对其不利，身边有文武双全的义子，如遇不测，可护送他潜逃出京。"

说到这里，李建成笑了笑说："带人来是提防朝廷，不带人来也是提防朝廷。萧大人的分析确实令人难以捉摸啊！"

"太子，不是老臣故意找茬，最主要的是，他们都曾是割据一方的首领，虽已归顺朝廷，为长治久安，我们不得不多加防备。"萧瑀解释道。

"萧卿是老臣谋国。"李渊说道，"考虑周全才能万无一失。还得多观察观察，他还年轻，若真是忠诚，以后有的是机会重用；若有二心，就让他留在京城，把他家眷全都接来，再逐步把他部属调离到外地。"

"父皇英明。"李建成说。

李渊看了一眼李世民说："听说汪华与你常有书信往来？"

突然这样一问，周围的人都感到惊讶，李世民也没想到父皇会问这件事，只好说："是的，当年在江都的时候，我们就相互认识，只是偶有书信往来，一起议论兵法。"

"哦。"李渊说，"汪华兵法超群，据说连李靖也敬其三分。"

"儿臣认为当今天下，兵法登峰造极者，唯此两人。"李世民如实说。

"二哥也太抬举这两人了吧。"齐王李元吉自命不凡，对谁都不服气，听李世民夸赞汪华和李靖，就耻笑道，"李靖老头年过半百才混出个人样，如他真有本事，为何之前毫无建树？要不是父皇运筹帷幄，他在平梁中岂能立奇功？至于汪华，如不是隋末当地官吏昏庸，他岂能拥有六州？你看其他反王，总是不断征战抢夺地盘，而汪华拥有六州数年，自称拥有精兵十万，为何地盘再也没有扩大？我看是他有自知之明。"

李世民听完后，心中不禁暗骂元吉真是个愚蠢至极的家伙，像汪华这样的绝世奇才，又岂是他这种平庸之辈所能理解的？然而，他转念一想，这样的误解或许反而能更好地保护汪华，于是便开口说道："四弟，你说得对。我之前的话还没说完。在军事策略上，我们确实不能小看了李靖和汪华，但是在国家治理和安定社会的才能方面，他们确实有所欠缺。就拿李靖来说，他只有在我们提供的稳定基础上才能发挥出他的军事才能，离开了我们的支持，他就难以有所作为。至于汪华，就像你说的那样，他是个有自知之明的人。在乱世之中，他能够占据六州之地，但看到天下逐渐太平，他明白自己无力继续扩张，于是选择主动归顺朝廷。尽管他文武双全，但六州地处江南一隅，倘若他自视过高、实力真的强大的话，早就东征西讨去扩张地盘了，又怎会数年来都按兵不动呢？从这里可以看出，他其实并没有太大的野心，反而是一个容易满足的人。"

说到这里，李世民看了看周围的人说："王世充、窦建德、萧铣都自认是天下盖世英雄，讨伐之前，我们也都认为他们实力雄厚，结果呢？还不是被我们轻易夺取？！所以说，我们大可不必担心汪华，他最多只是耍一些小聪明而已，为此劳神确实不值。但是我们也不可因此不用他，终究他在六州经营多年，当前能节制六州军政的，也唯有他是最合适的人选。皇恩浩荡，他自然就会效忠朝廷，定当鞠躬尽瘁。"

"秦王说得有理。"裴寂说，"汪华即使有所防备，也是人之常情。只要皇帝对其稍加恩宠，他定会肝脑涂地，鞠躬尽瘁。"

李世民在心里不由得微微一笑，刚才本来是父皇问他与汪华书信来往之事，没想到把话题一下子扯远了，正合心意。

"既然这样，看来是朕多虑了。"李渊笑着说，"再过三日就是中秋节，到时通知他与列位臣工一起到御花园赏月。"

第四十五章　冷箭难防

汪华初到长安，对周围环境不熟，便约束随从留在驿馆，不要随便外出，而他自己在中秋之前，带着一些礼品分别拜访了太子、秦王、齐王、裴寂和萧瑀，其他人等还没来得及拜访。

得知汪华来京后，钱任便天天到驿馆来找稽圭玩，偶尔还陪她出去走走。

这几日早朝皇帝并没有通知汪华参加，一来他是外臣，远途来京，需要休息数日；二来暂无事务询问。

中秋节当天酉时，汪华才接到圣旨要他去御花园陪皇帝赏月。

"中秋"一词，最早见于《周礼》。根据我国古代历法，一年有四季，每季三个月，分别被称为孟月、仲月、季月三部分，因此秋季的第二月叫仲秋，又因农历八月十五日在八月中旬，故称"中秋"。到唐朝初年，中秋节才成为固定的节日。而这时，平常人家都是在月圆之下喝酒吃点心谈天说地，文人饮酒对诗，武者喝酒划拳；女子们则在户外放上供案，摆上水果糕点，点香拜月，愿自己能"貌似嫦娥，面如皓月"，也祈祷自己能有一世好姻缘。当然，官宦之家，尤其是帝王，就不一样，张灯结彩，歌舞升平。

"越国公，你怎么才来呢？大家早就到了。"汪华刚踏进御花园，与齐王李元吉碰个照面，还没待他请安，李元吉就先说话了。昨日汪华去齐王府拜访时，带去了厚礼，正合李元吉心意，所以对汪华顿生好感。

"微臣拜见齐王殿下，皇宫巍巍，微臣被宫殿的雕梁画栋迷住了，一时步伐慢了点。微臣有罪。"汪华不能说接到圣旨晚了，只能这样说。

"没事，江南虽然富庶，但是远没有京城繁华和贵气，越国公初进皇宫，欣赏一下，在所难免。"齐王非常友好地笑着说，"你快去吧。"

汪华又向李元吉施了下礼，说："谢殿下。"

"汪华拜见各位大人！"汪华穿过人群，边走边向周围的人施礼，大家也一一回礼。此时整个御花园张灯结彩，灯火通明，犹如白昼。

到了御花园中间，李渊坐在亭子里，最宠爱的两位妃子张婕妤和尹德妃陪在左右，三人正在说话。

汪华走到亭子台阶下，鞠躬施礼，朗声说道："微臣汪华叩见皇上，叩见两位娘娘。"

"爱卿免礼。"李渊微微一笑，说道。

"谢皇上，谢两位娘娘。"汪华说完昂首挺胸立在台阶下，等李渊问话。

"皇上，这位就是威震江南的越国公汪华吗？"尹德妃看了汪华一眼，搂着李渊的胳膊问。

"爱妃说得没错，我大唐群臣荟萃、将星闪耀，而能威震江南、统领江南六州者，唯有汪爱卿。"李渊今天心情很好，尤其是今天上午听太子和齐王都说汪华识时务、懂礼节，所以就不由得夸赞起来。

汪华忙说："托皇上洪福，托朝廷天威！"

"皇上，微臣从歙州来时，带了一点小礼物，想献给两位娘娘。"汪华早就听说皇帝对两位妃子言听计从，而这两个妃子原来就是杨广在晋阳宫的妃子，李渊起兵时便成了他的爱妃，这两个女人最大的特点就是贪财。

张婕妤和尹德妃两位听闻汪华给他们带了礼物，立即笑开了颜。李渊的窦皇后在起兵之前就已病逝，李渊被裴寂设计，醉酒后留宿晋阳宫，与张婕妤和尹德妃发生了关系，起兵后把这两位妃子收入自己室内。这两位妃子年轻美貌，又很会甜言蜜语，常常哄得李渊心花怒放，仿佛年轻了二三十岁，因此对两位妃子宠爱有加。两位妃子高兴，李渊也就跟着高兴。

李渊故意笑着说："爱卿一来就给张妃和尹妃送礼，可没给朕任何礼物哦！快拿来看看。"

汪华知道皇帝高兴，忙说道："普天之下莫非王土，四海之内皆是皇上您的。"

他边说边从朝服袖口里拿出两个精美的盒子，捧了上去，说道："这是从东海采集到的两颗夜明珠，望两位娘娘笑纳。"

张婕妤和尹德妃两人同时接过盒子，轻轻打开，只见夜明珠光芒四射。

这是两颗一模一样的翠绿色夜明珠，晶莹圆润，剔透耀眼。

张婕妤合上盖子，心花怒放地说："越国公千里迢迢从歙州赶来，还念着给本宫和妹妹带上如此贵重的礼物，真是难得。"

"谢娘娘，这是一对姐妹夜明珠，微臣在歙州久闻两位娘娘情胜孪生姐妹，所以特意奉来孝敬娘娘们的。"汪华谦卑地说道。

"谢谢越国公一片好意。"尹德妃把盒子收好，高兴说道。

"爱卿忠心耿耿，是我大唐之福。"李渊见两位妃子高兴，自己更加高兴，"你去与诸位大人多多走动，大家熟悉熟悉。"

汪华领旨退下后，没走几步，旁边一个老头靠近过来，身穿一品朝服，只见这人皮笑肉不笑地对汪华说："越国公年轻有为，深得皇上和娘娘们宠爱，将来前途无量，老夫提前向你道喜了。"

"宰相大人，卑职失礼了。"汪华从朝服和外貌上立即猜出此人就是宰相封德彝。汪华忙向封德彝施礼，同时心里却在暗暗打鼓，刚才自己向娘娘献礼时，肯定被他看到了，来长安数日，还没抽出时间去赵国公府拜访他，听他刚才的语气，并非友善。

封德彝，出身渤海郡的名门望族，以才思敏捷、善于审时度势而著称。其祖父封隆之在北齐时期身居高位，曾任太子太保，家族背景显赫。在隋朝，封德彝曾担任杨素的行军记室，他因出色的智谋和筹划能力而被杨素视为亲信，随后被举荐为内史舍人，并娶杨素的侄女为妻，进一步巩固了他在朝廷中的地位。仁寿宫的大规模修建工程，正是在他的精心策划和组织下得以实施。然而，在隋炀帝统治时期，封德彝却暗中支持虞世基操纵政权，对朝政造成了极大的破坏。当宇文化及发动政变后，他迅速转投宇文化及阵营，被任命为内史令。但好景不长，宇文化及兵败后，封德彝再次转变立场，与宇文士及一同归附了唐朝。在唐朝，封德彝的仕途更是一帆风顺。李渊对他颇为赏识，先后任命他为内史舍人、内史侍郎。他还曾跟随秦王李世民东征王世充，并在王世充败亡后受封为平原县公。

武德三年三月，他更是被拜为中书侍郎兼中书令，正式登上相位。同年四月，他又被授予检校吏部尚书之职，进封为赵国公，位极人臣。封德彝的深谋远虑和精明干练，使他在政治斗争中始终立于不败之地。

汪华正准备说点什么时，封德彝奸笑一下，什么都没说就走开了。

看着封德彝离开，汪华不由得提高了警惕，得小心这老家伙使阴招。一种不祥之感猛然而来。

其实谁也不了解真正的封德彝，否则的话，汪华就会更加谨慎，日后也就不会多次身处危机之中，数次死里逃生。

封德彝是一个极其复杂和狡猾的人物，他左右逢源，善于在各方势力中游走，同时深谙隐藏自身真实意图的艺术。在征讨王世充的战役中，他首先向李渊提议由李世民担任统帅，并亲自随行出征。在战场上，他屡次为李世民献上妙计，从而帮助李世民取得显著战功，也赢得了李渊和李世民的赞赏与信赖。每当他随李世民出征时，他总是能言善辩，表现得忠心耿耿。他的甜言蜜语让李世民感到无比舒心，甚至让李世民误以为他是忠心无二的臣子，因此屡次重赏他，赐予的财物数不胜数。然而，封德彝在背后却向李渊进言，指出李世民因自恃有功而心怀不满，暗示倘若李渊不将李世民立为太子，就应采取防范措施。但当李渊真正考虑更换太子时，他又坚决反对，这实际上是在向李渊暗示，太子之位不可动摇，而应该考虑的是如何处置秦王。同时，他也在暗地里接触李建成，提醒他为了大局可以不顾亲情。他引用刘邦与项羽的典故，暗示李建成应为了保住太子之位而采取果断行动，这让李建成误以为他是真心相助。随着李氏兄弟之间的矛盾逐渐激化，封德彝又不失时机地暗中鼓动李世民要先发制人，以掌握主动权。他的这种两面三刀、首鼠两端的做法，使他在各方势力中都能游刃有余，同时也反映出他深藏不露的政治手腕和策略。

汪华竟然没想到自己一时疏忽，得罪了这样一位人物，为他后来埋下了多重危机。

"越国公，请到这里来坐。"这熟悉的声音来自苑游将军钱九陇，他的话将汪华从沉思中唤醒。今夜是中秋赏月的欢庆活动，座位安排得相当随意。除了皇

徽州魂
大唐越国公汪华传奇
中

帝和贵妃们的座位固定之外，其余的王公大臣们都可以自由选择座位。这种场合在唐初是非常自由的，即使在朝堂上严谨的按职排辈，在这样的聚会中也变得宽松。宰相与县令同桌共饮、划拳行令也并不罕见。

汪华自到京城后，时间尚短，还未曾有机会亲自登门拜访钱府。只是在钱任来访驿馆时，他托稽圭带去了一些礼物，略表心意。

"钱将军。"汪华急忙向钱九陇行礼。

落座之后，钱九陇为汪华一一引荐了在座的其他宾客。让汪华感到意外的是，这些人竟然都是李渊在太原时的旧部。

随着宫女们的歌舞声响起，宴会正式开始。今夜参与赏月的都是皇室成员、朝廷要员以及皇帝特别邀请的臣子，李渊对他们都表现得十分平易近人，因此大家都感到很轻松自在。

酒过三巡，气氛愈发热烈。文臣们开始以月亮为主题吟诗作对，武将们则回忆起当年如何借助月色追击敌军的英勇事迹。就在大家谈笑风生之际，封德彝突然走到李渊所在的亭子下，大声说道："皇上，天上的月色固然美丽，但毕竟离我们人间太远。依老臣之见，我们更应该欣赏这水中的月亮。"

说着，封德彝指向御花园中宽阔的湖面。这片原本只是小池塘的水域，在隋炀帝杨广重修皇宫时被特意拓宽挖深，以便行船游湖。此刻，天上的月亮静静地倒映在湖面上，与岸边的彩灯和垂柳相映成趣，使得这轮圆月显得更加皎洁而迷人。

"封卿真不愧是谦虚低调之人，当大家抬头望天之时，卿既然能低头望月，实在是难得。"李渊看着湖面上的月影赞许地说，"人生就如这赏月，与其渴望活一万岁，还不如活在当下，及时行乐！"

李渊一时兴奋，说出了自己的心中之言，现在位居九五之尊，无数国事需要操心，尤其是当前刘黑闼未灭，突厥对中原虎视眈眈，诸子之间的斗争越来越白热化，每每想来让他有心无力，只得在后宫与嫔妃放纵行乐，暂时不去想宫外之事。同时他也通过此言告诫诸子和群臣，守好自己的饭碗，不要看得太远太高。

李渊很喜欢封德彝，认为这个老臣每次总能不动声色地暗示他治国安邦，比有些张扬和邀功的臣子要好很多。

"皇上圣明！"封德彝知道皇帝已经要抓住机会训诫诸子和群臣了，便说，"今晚天子与民同乐，君臣同庆，如有大臣能把湖中美月捞出来献给皇上，上天必定会助我大唐国祚万年。"

听说大唐国祚万年的吉利话，李渊非常高兴，虽知道湖中捞月是不现实的，但是封德彝提出这个想法，肯定是有一定道理的，则顺着他的意思故意问道："封卿这主意不错，哪位爱卿能捞出湖中的月亮给朕看看呢？"

群臣一听，面面相觑，湖中的月亮谁能捞得出来？倘若跳进湖里没捞出月亮，可就是欺君之罪，是要杀头的。

"我大唐能臣勇将无数，看来捞月之人还真没有啊。"李渊见大家都不说话，则想找个借口下台。

"皇上，我大唐文臣武将多是来自北方，不熟水性，但来自江南的必定能捞月。"封德彝看着皇上说。

李渊听懂了封德彝的意思，原来这老臣是想帮朝廷考验大臣，则点了点头说："封卿言之有理，江南河流纵横，那里的人打小就在水里长大。"

"皇上说得没错。"封德彝笑着说，皇上很配合。

"这里有不少来自江南的文臣武将，封卿认为谁最合适呢？"李渊说道。封德彝在他眼里就是大忠臣，常为大唐费尽心思，看来这老头又发现什么不对的地方了。

"老臣认为战场出来的要比书房里出来的强，一直在江南生活的，要比很久之前就离开江南的要强。"封德彝不紧不慢地说。

"驰骋沙场，久居江南的，在座的也只有吴王和越国公了。"李渊听出了封德彝的意思，但是他维护老臣，自己则主动说了出来。吴王就是李伏威，越国公就是指汪华。因为另外一个新封的越国公冯盎，此时还在岭南。

封德彝暗自一笑：皇帝老儿果然够义气，我这样画一个圈，他就把人名公布出来了，便平静地说："吴王和越国公威震江南，麾下训练出来的水师踏浪如平地。"

封德彝真是老狐狸，旁人听他与皇帝这样对话，还以为是事先两人串通好了的。他也不直接指名道姓，而李伏威和汪华向来是对头，此时让皇帝同时说出这两个人名字，就会让两人相互猜疑是对方向皇帝告了阴状，即使这次不整死一个，到时也可以让他两人相互争斗。

封德彝是典型的借刀杀人，李伏威与汪华两人之间想致对方于死地，在座的各位大臣谁也不会怀疑。又有谁会想到真正的幕后推手是他呢？！

汪华与李伏威的位置只相差一个桌子，两人同时看了对方一眼。皇帝都点他两人的名了，只得走到亭子台阶下。从李伏威的眼神中可以看出，他已经怀疑是汪华向皇上说了什么，正在找他的碴儿。而汪华已经猜出了封德彝的意图。

"启禀皇上，微臣与越国公共居东南，深悉水性，但相对比较起来，越国公从小在新安江长大，比微臣更胜一筹。微臣自愧无能，愿受责罚。"好一个狡猾的李伏威，抢先一步，自认无能，主动退出。

汪华从李渊的眼神上看出了失望，他现在已经没有退路。

汪华上前一步，朗声说道："启禀皇上，若与吴王殿下比较起来，长江、淮河，远比新安江汹涌。不过，为了大唐社稷千秋万代，微臣请旨捞月！"

所有人都听得清清楚楚，汪华同意去湖里捞月。这怎么可能？倘若捞不上月亮，就是欺君，就得杀头。大家都为他捏一把汗。李伏威本来以为汪华也会同他一样找理由拒绝，没想到汪华除了同意之外，还说长江和淮河比新安江要大，水势要凶，这不是明摆着是指责他李伏威临阵退缩，不愿为皇上卖命吗？！

想到这里，李伏威不由地微微冒汗。

"哈哈——"李渊站起来突然大笑，"汪卿忠君爱国，朕甚欣慰。赐酒！"

内宫太监从李渊手中接过酒杯，用盘子端着，小心地走到汪华面前。汪华双手接过酒杯，举过头顶，说道："谢皇上隆恩！"随后一饮而尽！

汪华把空杯子放回到盘子后，则把官帽、朝服和朝靴一一脱下，恭恭敬敬摆放在旁边的石头上。李渊看着都觉得过意不去，无缘无故让汪华去死，终究不好向天下百姓交代，尤其是无法向六州百姓交代，正待他想出言制止时，封德彝向他施了下眼色，于是只好强忍着。现在又不便问封德彝为何要这样做，但是在内心中，又相信封德彝这样做一定是有道理的。

秦王李世民本来想请求父皇收回成命，但是见汪华胸有成竹的样子，也就不说话了。

汪华穿着一身单薄的衣服，缓缓走到湖边，停下来，看了一眼天上的圆月。然后一跃跳入湖中，向湖心的月影游去。湖水泛起的水花使得月影荡漾，更加迷人，很快汪华消失在湖面上，水波渐渐消失。

"妹妹，你觉得我家世华人品如何？"稽圭与钱任一起坐在将军府后花园，边吃着点心边赏月，见将军府其他家人不在旁边，稽圭问钱任。

"越国公平贼寇、驱贪官、统六州、建吴国、归大唐，英雄盖世，是顶天立地的大丈夫！"钱任很诚恳地回答。

"曾闻妹妹非盖世英雄不嫁，不知我家世华能否入妹妹的法眼呢？"稽圭拉着钱任的手，带着渴望的眼神看着她。

"唉——"钱任长叹一声，低下头，没有说话。

稽圭见钱任既没反对，也没点头，知道她喜欢汪华，但是又顾忌太多，则说："世华是重情重义之人，对我和庞妹一视同仁，从不偏袒任何一方。倘若妹妹能看上世华，姐姐和庞实愿意听从妹妹吩咐，请妹妹主掌府内。"

钱任脸不由得一红，说道："姐姐您多想了，妹妹不是这意思。只怕是越国公看不上小女。"

"呵呵——"稽圭笑着说，"什么越国公的，叫他世华。自去年你离开歙州回长安，他常念叨你。当年称王时，下面人等都要他选美女充实后宫，他说我汪世华只跟与我有感情的女子相处，倘若两人无缘，即使美若天仙，与我又有何干？但是自去年你到歙州，从他的眼神里，我和庞妹都看出，他喜欢你，你走后，他经常提起你。"

"姐姐真坏，原来是个媒婆。"钱任红着脸故意生气地说道。

"妹妹别生气，姐姐也看得出来，你对世华有好感，既然两人情投意合，为何就不结合在一起呢？"稽圭说，"妹妹文武双全，又通情达理，虽然贵为将军府千金，却常常关心天下苍生。这么好的女子，倘若嫁了别人，实在可惜啊。世华虽有家室，但哪个男子不是三妻四妾的？妹妹即使另嫁如意郎君，能保他日后不再娶妻纳妾？"

"姐姐多想了，妹妹也有心能与世华结百年之好，只是怕家父为难。"钱任叹了一口气说道。

"难道老将军心中另有人选？"钱任说。

"皇上曾向家父说起，要给我在皇室内寻一门亲事。"钱任说道。

"皇上指定是谁了吗？"稽圭忙问道。以钱九陇的身份，皇帝让他把女儿嫁到哪位王爷家，是很平常的事情，自家府臣与自家亲戚之间结成亲家，这是对他们最好的恩宠。

"还没有。因为我曾说非盖世英雄不嫁，皇上说待他在皇室内找到盖世英雄再告诉我爹。"钱任为难地说，"后来，因为朝政繁忙，估计皇上把这个事情给忘记了。"

"既然皇帝还没有提亲，我明天就让夫君来将军府提亲。"稽圭听说皇帝还没有正式指婚，就不担心了，"总有个先来后到的顺序吧。"

"话是这样说，但是这事情皇帝已经开口了，做臣子的怎么能抢在前面呢？"钱任说道。

"妹妹说得不无道理。这是皇帝预定的事情，你父亲也答应了，虽然没有下文，但也不能私下另外说亲。"稽圭也为难地说道。

"是的。这也是妹妹为何叹息的原因。"钱任说。

"能否让老将军去请皇帝收回成命呢？"稽圭说道。

钱任摇了摇头说道："我另外几个姐妹也都是皇帝做媒，嫁给朝中大臣或皇亲国戚，家父也希望我能嫁给皇室公子。"

"哎，老将军的想法，我们做晚辈的都能理解。"稽圭听钱任这样说，也不由得泄了气，"谁都希望自己的女儿能嫁入豪门，能得到皇帝指婚更是荣幸之至。"

说到这里，稽圭拉着钱任的手说："我们应该自己争取机会，明日我让世华来将军府提亲。倘若老将军也看上世华，那么他俩肯定会想出好办法说服皇帝的。"

"还是姐姐有魄力！世华若真心娶我，他堂堂越国公、歙州总管，难道连这事都办不成？！"钱任点了点头说。

"他一定能做到的。"稽圭表面上胸有成竹，内心却在发愁，终究这是长安，这是朝廷，即使是一件很简单的事情，到了这里都可能变得非常复杂。

所有人都屏息凝视，目光紧紧锁定在湖面上。过了约莫半炷香的时间，湖面突然翻起波浪，汪华从水中冒出，他挣扎着爬上岸，空着手走到亭子前。

"启禀皇上，"汪华全身湿透，跪在地上，"微臣无能，未能将月亮从湖中捞起。"

"月亮明明映在湖中，你为何没有捞起呢？"李渊见汪华安然无恙，便故意发问，想听听他会如何解释。

"皇上，"汪华回答道，"微臣在湖中遇到了三闾大夫屈原，他与我有一番对话，之后臣便上岸了。"

"噢？"李渊兴趣盎然地问道，"那屈原都对你说了些什么？"

"屈原询问臣下，汪华，你缘何来到这湖中？臣回答说，我是为了捞取月亮而来。屈原道，月亮高悬天际，怎能在湖中寻觅？你快些上岸，此处水深难测，小心性命不保。臣说，我已向皇上承诺要捞取月亮，如若空手而归，便是犯了欺君之罪，性命同样堪忧。屈原言，你真是愚昧，想当初我选择投河自尽，皆因遇到了楚王那般的暴君。而今日的皇上，乃是如尧舜禹汤般的明君，又怎会因一句戏言而轻易斩杀大臣？我回应道，传闻若能将月亮捞起献给皇上，大唐的江山便能绵延万世。屈原却说，大唐的江山本就能绵延万世，又何必多此一举？闻听此言，臣便决定上岸。"汪华声音洪亮地叙述道。

"哈哈哈——"李渊放声大笑，"爱卿，快快请起，把这件衣服披上，免得受了风寒。方才朕只是说了句玩笑话，想为这中秋之夜增添些许欢乐气氛，你可千万别当真。"

虽然李渊知道这是汪华即兴编造的故事，但听起来却让他十分愉悦。

汪华急忙叩首道："皇上万岁，万万岁；愿大唐繁荣昌盛，千秋万代！"

在场的其他人也纷纷下跪，齐声高呼："皇上万岁，万万岁；大唐千秋万代，国运昌隆！"

"众卿平身！"李渊站起身来，左手叉腰，右手豪迈地一挥，宣布道："汪爱卿的忠勇可嘉，特赏黄金千两！"

"谢皇上隆恩！"汪华谢恩后，方才站起身来。

封德彝在一旁看着这一切，心中愤愤不平。他瞪着汪华，心中暗想：这次算你走运，逃过了一劫。但下次可就没这么容易了，我收拾你的办法多的是！

第四十五章　冷箭难防

第四十六章　比武夺亲

稽圭早于汪华回到了驿馆。当汪华踏入房门，稽圭正欲提及钱任的事情，然而，当她触碰到汪华拉着她的手时，却惊讶地察觉到他双手的异常热度。原来，汪华在捞月活动中受凉了。尽管此时才是中秋时节，长安已经带有一丝寒意。由于他长期居住在江南，对北方的气候尚不适应，在湖水中潜泳过久，从而患上了风寒。

汪华详尽地向稽圭叙述了今晚在御花园赏月的经历，而稽圭则边聆听边为他熬制草药。在离开歙州时，为了防止路途中感染风寒，稽圭特地准备了一些药材。

"这一切肯定是封德彝在背后捣鬼。"稽圭听后愤然说道。

"他是因为我到长安数日未去拜访他，所以想给我一个下马威。"汪华冷笑一声，"这确实是我的疏忽，理应早些去拜访他的。"

"那我们以后得提防着他，毕竟宁可得罪君子，也不可得罪小人。"稽圭提醒道。

"你说得对。"汪华点头附和，"还有李伏威，他主动放弃捞月，而我不仅从湖中安然返回，还得到了皇上的赏赐。他必定会对我心生怨恨，认为我故意设计陷害他，让皇上看出他的不忠。他也可能会在背后要些手段。"

"看来这次长安之行真得小心翼翼。"稽圭小心翼翼地端来煎好的药，轻声问道，"那我们接下来该怎么办？"

"李伏威并不可怕，他最多在背后说我几句坏话。他虽然地位高，但初来长安并无实权。即使给我制造难题，我也应该能够化解。"汪华靠在床头，接过药碗慢慢喝了一口，继续说道，"封德彝才是真正的威胁。皇上、太子和秦王都对他宠爱有加。他提出的捞月建议看似轻松，实则暗藏杀机。这次他未能陷害我，肯定还会再次出手。"

稽圭坐在床边，瞥了一眼窗外，提议道："要不我们找个借口尽快回歙州吧。"

汪华端着药碗，一口气喝完，然后递给稽圭，微微一笑："我们才来长安几天，如果现在就找借口回去，会让皇上起疑的。我汪华对朝廷和皇上忠心耿耿，虽然面临危机，但只要小心行事，应该能够应对。"

"明枪易躲，暗箭难防。"稽圭说着，将药碗放在桌子上。

"你今天与钱任到哪里去玩了？"汪华问道。

"就到集市里走了走，晚上在她府里后花园赏月。"稽圭走过来坐在床边，握着汪华的手，"我正想跟你谈谈钱任的事情呢。"

汪华握着她的手，深情地看着，两人从小认识，算得上是青梅竹马，与他结婚后，对他照顾备至。每次他出征，都是让她留守在家里照顾儿子们。

"来长安时，庞妹与我商议，想让你娶钱任。"稽圭费了很大力气才说出这句话。她是汪华三个妻子中，第一个遇到他的女人，他俩相识时间最久，但她为了他，一直在默默付出。

"圭妹，我虽然欣赏钱任，但是我并没有想过一定要娶她为妻。我汪华一辈子能有你与庞妹相伴，已经知足了。"汪华如实地说道，他心里喜欢钱任，但他觉得更应该多花时间陪伴现在的两位夫人。自钱英过世后，他一直在内心谴责自己，恨自己当年出征时，没有考虑周全，结果让敌军偷袭了歙州城。

"喜欢就应该得到，更何况钱任妹妹文武双全，对你也非常爱慕。"稽圭故作轻松地说道。

汪华伸出右手，抚摸着稽圭的脸蛋："我希望多花一些时间陪你和庞妹，还有儿子们。"

"你与她结婚，一样可以陪我们啊。"稽圭说，"你放心吧，我和庞妹说的都是真心话，千万别把我当成独孤皇后。"

"呵呵——"汪华听到稽圭这样说，都乐了，"我要真有隋文帝那么厉害，我也愿意你们成为独孤皇后哦。"

"世华，不跟你开玩笑。"稽圭看着汪华，诚意地说，"我和庞妹都喜欢钱任妹妹。"

汪华说道："窈窕淑女，君子好逑。如果说我不想娶钱任，那是假的，但是也没想过一定要娶她，一则，有你和庞妹相伴，我已知足；二则，钱老将军会同意吗？"

"钱老将军虽得皇帝信宠，但是他在爵位和官职上，还没有你高。"稽圭说，"如果女儿能嫁给你，也算是他钱家的福气。你不向钱老将军提亲，怎么会知道他不同意呢？尤其是这次捞月之事，我更加认可了庞妹所说的，如果你与钱家联姻，就等于朝廷里面有了我们自己的人，说句不吉利的话，若真遇到什么困难，钱老将军岂能袖手旁观？"

汪华点了点头，表示赞许。

稽圭接着说："最重要的是，你们两个都有心相许。她知书达礼，能与我姐妹和睦相处，如此难得的机会，岂能放过？"

"看来夫人比我还急啊。"汪华笑着说，"你分析得很有道理，她的家世背景都不重要，重要的是能与你俩和睦相处。"

"皇帝对钱老将军信宠，若你又是钱老将军的姑爷。就算有人想找你的茬，看在钱老将军的份上，他们也要重新掂量掂量了。"稽圭说道。

"夫人比我更懂政治啊。"汪华笑着说道。

"历朝历代都有通过联姻来加强关系的。"稽圭说，"我可不至于连这么简单的道理都不懂吧。"

汪华欣喜地将稽圭紧紧搂入怀中，带着玩笑的口吻说道："看来我的娘子快要成为女诸葛了。"

稽圭依偎在汪华怀里，低声细语："明天你去将军府，亲自提亲吧。"

汪华略一沉思，回应道："明天就行动，会不会显得有些仓促？"

"为何仓促？我今天还和你的钱任妹妹谈及此事了呢。她希望你明天能亲自上门提亲。"稽圭解释道。

"今天发生的事情，钱老将军肯定也已经知晓。如果我明天就急匆匆地去提亲，钱老将军会不会觉得我的动机不够纯粹呢？"汪华表达了自己的担忧。

稽圭听后，若有所思地点点头："你说得也有道理，那我们就先等几天看看。正好你现在患了风寒，可以借机在驿馆里养病，同时再寻找合适的时机。"

汪华在稽圭的额头上轻轻印下一个吻，赞美道："你真是我的女诸葛。"

稽圭轻轻地在汪华的胸膛上捶了一下，然后闭上眼睛，幸福地靠在他坚实的胸前。

中秋节次日。

"永业，听说汪华来京，你家小女钱任每日都去找他二夫人，还陪她在长安城游玩，可有此事？"早朝后，李渊在御书房单独召见了钱九陇。钱九陇，字永业。

"回禀皇上，去年在歙州时，小女就与汪华的家眷熟悉，与他两位夫人无话不谈，都以姐妹相称。"没想到皇帝的消息还挺灵的，钱九陇如实回答，"自汪华来长安，小女得到消息后，就天天与他二夫人在一起。"

"汪华此人能否信任，还得多多观察。"李渊若有所思地说道，"让你女儿多与他夫人接触，看能否掌握到一些不为人知的消息。"

"皇上，微臣认为汪华对朝廷是非常忠诚的，否则他也不会主动来朝觐。"钱九陇是李渊的府臣，跟随李渊数十年，是李渊非常信任的人，所以有些话可以直接说出来。

"表面上看是这样的，但是汪华此人做事过于谨慎，考虑问题过于周全，遇到大事能临场应变。这种人，如果是忠臣，就是朝廷之福。如果是奸臣，那必定是朝廷最大的祸害。"李渊耐心地说道，"东南是我大唐最富庶之地，现在割据东南数年的两位首领都在长安，如何处理好他们与朝廷的关系，关系到东南数十州的稳定。虽然朕要信任汪华，但是为了千秋大业，我必须先怀疑他才行。"

钱九陇没有说话，他了解皇上的脾气，犹如夏季的天气，随时变天，就连对他亲生儿子——秦王李世民，也是一会儿信任，想立为太子；一会儿怀疑，帮太子李建成巩固势力，排挤李世民。谨慎和怀疑，是李渊最显著的性格特点。

李渊见钱九陇没有说话，便问道："你女儿钱任订亲了吗？"

"回皇上，小女尚未许配。"钱九陇感到奇怪，皇上怎么突然问起自己女儿的事情。

"朕答应过你，给她在皇室内找个好夫君。"李渊居然拉起了家常，"这段时间太忙，朕一直没时间问那些亲王。"

李渊称帝后，大封了家族内不少堂兄堂弟，而这些兄弟中都妻妾成群，儿女成群，有些还没住在长安，他忙于国事，也不清楚谁家的儿子合适。

"谢皇上隆恩。"钱九陇没想到皇帝居然还记得这事，非常激动。

"听说钱任心仪汪华，不知是真的吗？"李渊很随意地问道。

钱九陇明显感觉到自己的后背都出汗了。皇帝掌握的消息太多了，看来皇帝一直在盯着汪华和跟汪华接触的人。

钱九陇赶紧跪在地上，诚惶诚恐道："微臣失职，真没注意到这方面情况，只是认为她与汪华夫人走得近而已。"

"你起来吧。朕只是问问。"李渊坐在椅子上，瞟了一眼钱九陇，说道，"汪华在吴越六州素有人望，能一呼百应，这种人只能留给朝廷用。"

钱九陇坐在椅子上，听出了皇帝这句话的另一层意思：汪华如果不能被朝廷用，就不能留在世上；而这种人，朝廷若想用，那就得想办法让他踏踏实实地被朝廷所用。

"听说汪华的正室夫人过世后，就没再立正室夫人，让另两位夫人平起平坐。当年称王时，被民间称为东宫娘娘和西宫娘娘；而现在被民间称为左右夫人。"李渊说道，"如果你女儿与汪华都心仪对方，朕真希望他俩成婚，以你的身份地位，你女儿完全可以做正室。那么江南六州的安稳，朕也就放心了。"

钱九陇听皇帝赞成女儿与汪华成婚，忙跪在地上，连叩三头，说道："谢皇上赐婚。"

"起来吧。这个婚，朕还是不赐为好，让他们顺其自然。朕只是希望而已。"李渊微微一笑。

"皇上英明！"钱九陇听明白皇帝的意思了。如果直接赐婚给汪华，倒容易引起汪华的猜疑，不如就顺其自然，两人确定感情后，让汪华自己主动来求婚。有女儿在他身边，如果他真有二心，女儿也可以规劝他，等于朝廷在汪华身边安插了一个眼线。钱九陇不由得佩服皇帝的手段高明，如果赐王室的女子给汪华，汪华除了感恩之外，肯定还会想到监视这番关系。汪华文韬武略，才三十多岁，正当壮年，又位居国公，身份显赫，如果女儿真能嫁给他，不比嫁给那些皇室公子差。

原来皇帝东拉西扯大半天，就是为了这事，钱九陇心里不由得高兴起来。

"老爷，吴王来了，在府上等您很久了。"钱九陇刚回到将军府，门童立即告诉他，李伏威来了。

钱九陇吃了一惊，他与李伏威平时没有往来，只是在朝堂之上见面打打招呼，当年在洛阳围攻王世充时，李伏威虽也带兵出征，但营地相隔很远，也没什么往来。

莫不是与昨晚的事情有关？钱九陇边往里走边猜想。

"吴王殿下千岁。"钱九陇刚走到厅堂门口，就看到李伏威正襟危坐，在里面慢慢品茶。

李伏威年纪尚轻，不到三十岁，满脸横肉，鹰钩鼻，豹子眼。大业九年，即公元613年，当时年仅十六岁的他，就扯旗造反了，几经发展，在短短数年内，成为雄霸江淮的枭雄。他浑身上下充满霸气，五大三粗，力大如牛，杀人手法毒辣。

"老将军，小王有礼了。"李伏威听到钱九陇的声音，忙站了起来，双手作揖行礼。

"殿下，使不得，使不得。折杀老夫了。"钱九陇赶忙还礼。

"老将军，请坐。"李伏威把钱九陇扶到椅子上坐下，他指着摆在厅堂上的四箱聘礼说，"老将军，这是小王的聘礼。想与贵千金钱任小姐结秦晋之好。"

原来李伏威受了封德彝的教唆，来将军府求婚。封德彝见钱任与汪华走得近，掌握情况后，跟李伏威说，如果娶得钱家小姐，可以巩固其在朝廷的地位。李伏威琢磨，认为封德彝分析得对，是为他好，感激不尽。于是，他在散朝后，回到府里，立即备好礼金前来求亲。

钱九陇长期在李渊身边做事，思维敏捷，立即猜到李伏威定是受了他人说使前来求亲的。否则，按照李伏威的身份及两家之间的关系，应该是先派媒人前来探探口风。而如今他亲自登门前来求亲，就是想借吴王这个显赫的身份，让钱九陇不好意思拒绝。

"谢殿下看得起老夫和小女。"钱九陇向李伏威边作揖边说，"只是小女已许配人家。"

"老将军，您可别跟我开玩笑。"李伏威早就知道钱九陇会来这一招，"小王已经打听清楚，连贵公子都向小王证实，令千金尚未婚配。"

钱九陇是久经沙场的老将，说道："犬子年幼，这等大事尚未告知于他。"

"哦。"李伏威盯着钱九陇，再次逼问，"难道老将军瞧不起小王？"

"老夫不敢。"终究李伏威是吴王、太子太保，位在齐王李元吉之上，钱九陇不得不客气地说道，"确实是小女已有许配。"

钱九陇说边在脑海中飞转，男方是谁呢？该如何回答？这种事情，也不能把皇帝扯进来啊，不能说皇帝要给小女做媒。如果说了，李伏威去向皇帝求证，皇帝为了拉拢他，说不定顺水推舟把钱任许配给他；如果不去求证，也会认为自己与皇帝合谋拒绝婚事，那么李伏威内心肯定就会埋下仇恨。

"请问钱任小姐许配给哪位公子？"李伏威果然问这个问题。

"越国公汪华。"钱九陇在脑海中把能看上眼的文臣武将王孙公子都筛选了一遍，最后还是选出了汪华。

"汪华？！"李伏威猛然站了起来，瞪着豹眼盯着钱九陇，过了片刻，仰天哈哈大笑，"老将军真会开玩笑！"

"殿下，老夫说的句句是实话。"钱九陇一口咬死。

李伏威看着钱九陇，这老家伙肯定是诓他。封德彝的消息绝对可靠。他坐了下来，端起茶杯，慢慢地喝了一口茶。终究他是吴王，要注意身份和形象。

"殿下，去年老夫带小女去湖州寻亲时，认识了越国公，小女与越国公一见钟情，回京后，两人鸿雁往来，已订终身。这次越国公就是想趁来京朝觐之际，正式接小女回歙州完婚。"既然已经把话说出去了，那就继续往深一点说去，堵死他的路，让他彻底死心，钱九陇编起了两人的爱情故事。

钱九陇和钱任在歙州府住了大半个月的事情，李伏威是有耳闻的。他们父女还在新安洞助汪华兵马训斥了王雄诞率领的江淮军，李伏威也是知晓的。

李伏威想到这里更加气愤，但他努力控制着自己的情绪，微微一笑，说道："恭喜老将军得此佳婿。小王告辞！"

李伏威说完就往外走。

"吴王殿下，请把礼物带走。老夫不远送了。"钱九陇站了起来说道，一副并不想送的样子。

李伏威也不说话，把手一挥，几位随从忙跑过来抬着箱子跟在后面离开了将军府。

吴王府。

"父王，这钱九陇老家伙欺人太甚！"阚陵亲自给李伏威端上茶水。虽然李伏威年纪比他小，但是当年李伏威威望高，他和王雄诞都愿意做李伏威的义子。隋唐时期，这也成了一件怪事。大家也琢磨不透李伏威是怎样想的，为了加深感情，不是与这些部将结拜为兄弟，竟然把年龄比自己大的人收作自己的义子。李伏威与常人的思维确实不一样？！

"你没去，不知道这老头是多么得意！"李伏威喝了一口茶，把杯子狠狠地摔在地上，"我李伏威堂堂大唐吴王千岁，亲自跑去求亲，居然被拒绝，被传出去，我以后还有什么脸面在这世上混？！这个汪华，处处坏我好事。我与他誓不两立！"

"父王，汪华这人诡计多端，如果他与钱九陇老家伙联手的话，我们以后可要小心啊！"阚陵在旁边说道。

"钱九陇仗着以前给皇帝当了几年奴才，现在又跟着秦王出去打了几次胜仗，真觉得自己了不起啦！"李伏威气愤地说，"在东南我们没有占到汪华的便宜，到了长安我们无论如何也得把汪华整一整。让钱九陇这个老家伙看看到底是本王厉害，还是汪华厉害？"

"父王现在位及人臣，大唐上下，除了皇帝、太子和秦王之外，还有谁比您有权势？这次不把汪华整趴下，岂不让天下英雄耻笑，以后如何在朝廷立足？"

阚陵与越军决战数次，都没有占到便宜，这次连自己的大靠山都受到如此大的羞辱，那也等于是让自己受到了羞辱，他决定唆使李伏威对汪华进行打击报复。

"你去请封大人来府。"李伏威思索了一下，对阚陵说，他决定再从封德彝口里了解一些情况。

"女儿，刚才李伏威亲自前来下聘礼，要向你求亲。"钱九陇走到后院对钱任说。

"父亲大人是如何回复的？"钱任问道。

"他是有备而来的，知道你尚未婚配。"钱九陇说。

"那您答应了？"钱任焦急地问。

"你希望为父如何回答？"钱九陇故意问道。

"直接拒绝他！"钱任说。

"那可不太好吧。终究人家是吴王，身份显赫。"钱九陇说，"也算是盖世英雄，符合你的征婚要求。"

"父亲大人答应了？"钱任生气道。

"为父找了个理由拒绝了。"钱九陇叹气道。

"父亲真好！"钱任听说拒绝了李伏威，忙站起来拉着钱九陇的手说道，"告诉女儿，是什么理由！"

"为父说你已经许配给越国公汪华了。"钱九陇说道。

"父亲。"钱任一听许配给汪华，脸一红，背过身子。

"女儿啊，为父还没有老眼昏花，也看得出你与汪华之间情投意合。"钱九陇拉着钱任的手坐下，说道。

钱任红着脸低着头，不高兴地说："约好今天要他来府上下聘礼的，结果到现在天快黑了还没来。"

"汪华生病了。"钱九陇笑着说，"昨晚中秋夜他下湖捞月，染上风寒。"

"真的？"钱任焦急地站起来。

"为父岂能骗你？"钱九陇说。

钱任听后，就往外走。

"你去哪里？"钱九陇问。

"我去驿馆看看他。"钱任头也不回地说。

"快回来。为父的话还没说完呢。"钱九陇说道，"你现在不能去见他。"

"为什么？"钱任疑惑地问。

"为父已经写了封信找人悄悄送给越国公，让他与我们统一口径，以免穿帮。"钱九陇说，"现在我们不能大摇大摆地去找越国公，如果被李伏威的人发现，会说我们私下串通，欺骗他。"

"父亲大人考虑周全。"钱任返回来坐在桌子旁，"还是谨慎点好。"

"小心驶得万年船。"钱九陇说，"今天散朝后，皇上跟我说，他有意把你许配给汪华。"

"真的？"钱任不由得激动起来，没想到皇帝主动答应提这门亲。

"别急。你听我说。"钱九陇于是就把皇帝的意图说给钱任听。

"女儿是真心喜欢汪华，可不能成为朝廷监视他的工具。"钱任撅着嘴巴说。

"傻女儿。"钱九陇慈爱地说，"为父早就想向皇帝提你与汪华之事，碍于他以前说给你做媒的事情，我几次欲言又止。既然皇帝亲口同意你与汪华在一起，不要管是什么目的。只要你们在一起幸福就行。"

钱任转脸一笑，说道："还是父亲大人英明。"

"现在朝廷政局并不稳定，内有太子和秦王斗，外有刘黑闼造反，皇帝心情不好，脾气越来越古怪，动不动就要杀人，咱们小心点为妙。"钱九陇说，"汪华是忠义之人，咱们顺着皇帝的意思，这样既让你们两个在一起，又可以保护汪华。"

钱任点了点头说："即使以后有人想诬陷汪华，皇上至少看在父亲大人的面子上，会冷静处理的。"

"汪华是盖世英雄，为父也很欣赏他。只是他已有家室，会委屈我宝贝女儿啊！"钱九陇说到这里，叹了口气。

"父亲，您想多了。"钱任半埋怨地说。

深夜，御书房。

"封卿，你说的可是事实？"李渊问封德彝。

"皇上明鉴，这是吴王亲口对老臣说的，还要老臣做媒。"封德彝说，"吴王对钱任一见钟情，英雄难过美人关啊！"

"封卿说得不无道理。"李渊思索了一下，说道，"只是你刚才说钱九陇已经拒绝了这门亲事，朕再来提出赐婚，恐怕不合适吧？"

"非常合适。"封德彝说，"这充分体现了皇上对吴王的恩宠。既让他对皇上感恩戴德，也可以让钱任拴住他，以免他以后有非分之想。"

"如果真是这样的话，这不失为好计。"李渊说，"李伏威和汪华，两人比较起来，更应该恩赐予李伏威。朕明日就给永业传旨。"

"皇上圣明！"封德彝说，"从此东南真正太平了。"

"封卿是老臣谋国，朕很欣慰啊。"李渊也高兴起来，如果事情真是封德彝所说的那样，那么李伏威除了感恩戴德，是难以有反心的。退一步说，即使想造反，有钱任在身边，也会说服他回心转意或者提前把情报告知朝廷。

"谢皇上。"封德彝边说边在心里得意，皇上还是听他的。

"皇上，此事万万不妥。"钱九陇一听皇帝要把钱任赐婚给李伏威，说话的声音都不由得大了起来。

李渊此人向来喜欢两边都不得罪，封德彝离开皇宫后，李渊立即传旨召见钱九陇。

钱九陇在路上就开始琢磨，会不会是李伏威直接去向皇帝说情，求赐婚了呢？

听皇帝说完后，钱九陇才知道，原来是封德彝这老家伙在背后搞鬼。

"吴王经略东南，年轻有为，令爱做其侧室，也算是钱家的福气啊。"李渊安慰钱九陇说，"朕想来想去，吴王是最合适的。"

"皇上，小女已经许配给越国公汪华了。"钱九陇跪在地上说道。

"永业，你在欺君。"李渊见钱九陇态度坚决，不高兴地说，"今天上午的时候，你还说没有。我们还在商议让他们两人自由发展关系呢。"

"臣该死。"钱九陇忙说道，"皇上，小女与吴王素未相识，毫无感情基础，而与越国公情投意合。"

"什么感情基础，什么情投意合。"李渊生气地说，"父母之命，媒妁之言。朕赐婚难道还不对？"

钱九陇的额头都在冒汗了，皇帝的变化太快了，这是典型的要牺牲自己女儿的幸福，去拉拢李伏威。

"皇上，请听微臣把话说完。"钱九陇说，"微臣拒绝吴王的请求后，就答应小女，把她许配给越国公，并且也告诉了越国公。"

"真的？"李渊没想到钱九陇又走快了一步。

"臣句句为实。"钱九陇说。

李渊站起来走了两步，思索着，李伏威和汪华都是东南霸主，不能笼络一方而得罪另一方，便道："平身吧。朕已经跟封卿说了，而你又跟汪华说了。你说朕该怎么办？"

"微臣听皇上明示。"钱九陇站起来说。

"哎——"李渊看着钱九陇，长长地叹了口气，说道，"该想个让双方都心甘情愿的办法才行。"

"谢皇上。"钱九陇听皇上这么说了，不由得松了一口气。

"永业，这事情只能这么办了。结局如何，就看你女儿的造化了。"李渊想了一下说，"就说你女儿有意在吴王和越国公两人之间选夫君，条件是，做正室，且都要经过你设定的文武比试。你觉得这方法如何？"

钱九陇也没有别的办法，皇帝已经为他退了一步，他也得为皇帝退一步啊，忙说，"皇上英明。吴王现在已有王妃，估计让他另外改立王妃的希望很渺茫，而汪华现在正室虚位以待。只是文武比试，不知皇帝该如何比法？"

"呵呵——"李渊也觉得自己这方式不错，两人都不得罪，到时钱任不管嫁给谁，钱九陇父女都无话可说，于是他微笑着对钱九陇说，"难道这比试之事也需要朕帮爱卿来操劳吗？"

钱九陇忙跪在地上，朗声说道："谢皇上恩典，微臣不敢。微臣现在就回府想法子。"

三日后，长安城外校场。秋风习习，黄叶飘飘。

李伏威，火云战马，金翅长柄宝刀。

汪华，越影宝马，湛卢宝剑。

两人骑在马上，并肩立在校场中央。与其说他们为了钱任而战，还不如说是为了荣誉而战！

校场外有太子、秦王、齐王等王公贵族；也有秦琼、程知节、尉迟敬德、长孙无忌等驰骋沙场的战将；还有萧瑀、裴寂、房玄龄、杜如晦等治国有方的文臣。他们都来这里见证割据东南多年、雄霸一方的两位霸主的胜负。

太子是这次比试的主官，钱九陇带着女儿钱任坐在太子旁边。

通过传话，李伏威听从封德彝的建议，只要钱任嫁给他，同意立为正室，并且同意比试。李伏威认为这是汪华向他发出的挑战，便毫不犹豫地答应了。

阚陵骑着马站在后侧，为李伏威助阵。而汪华这边，只有稽圭远远站在一旁看着，从歙州带来的随从都留在驿馆。

"第一场，弓箭比试！"太子李建成站在将台上朗声说道。

"吴王殿下，请！"汪华骑在马上，向李伏威做了个请的手势。李伏威地位高，理应当先。

李伏威看着汪华，双手一拱，做了个答谢的姿势，也不说话，从兵卒手上接过弓箭，打马就走。

原来这是比马上骑射，而不是简单站着不动、瞄准目标射击。

校场一侧高高竖着箭靶，李伏威骑马在箭靶两百步外横穿而过，搭箭、拉弓、射箭，三步一气呵成！

"好——"场外想起了欢呼声，李伏威一箭射中靶心。

"嗖——嗖——"又是两箭！

664 "好——"又中靶心。

李伏威果然箭法超群，骑在马上快速奔跑的情况下，居然连发三箭，三箭都中靶心，实在是高超！连场外围观的秦琼、程知节等能征善战之辈，都佩服得五体投地。

秦王李世民擅长骑射，箭无虚发，看到李伏威这本事，也不由得点了点头。

钱任与父亲钱九陇，两人不由得对视一眼。

看着在靶心上插着的三支利箭，大家都为汪华捏一把汗。

李伏威把弓箭递给兵卒，打马走到汪华身边。

"越国公，请！"李伏威向汪华做了个请的手势。

"谢吴王！"汪华向李伏威双手一拱，接过兵卒递来的弓箭。

"驾——"

汪华一声厉喝，胯下的越影宝马如风一样飞驰而出。

只见，马跑出离靶子两百步外，汪华右手从背上箭筒中一把掏出三支箭，搭弓，上弦，拉弓，三支箭同时射出，准确无误的同时插进靶心。

"好——"全场沸腾。

"报太子殿下，吴王和越国公两人都射中靶心！"兵卒跑到将台报告。

"把靶子抬过来！"太子李建成在台上一声令下，两名兵卒把靶子一齐稳稳地抬过来。

"好箭法！"太子看到靶心上插着的六支利箭，不由得佩服起来。太子文韬武略，当年随皇帝在太原起兵时，与秦王分别率领左右路大军，过关斩将。今日见到大唐将帅有如此能耐，甚是高兴。

"哪三支是汪华的箭？"钱任也站在一旁，问道。

"箭上都刻有字。"太子边说边指给钱任看，"这支刻有'吴'字的就是吴王的，这支刻有'越'字的就是越国公的。这个是，这个也是，这个……"

太子李建成边说边指着，忽然手指停了下来，他看了一眼站在另一侧的钱九陇，从钱九陇的眼神可以看出，他俩都发现了一个现象。

虽然两个人六支箭都射中靶心，但是越国公汪华的三支箭都均匀的排在吴王李伏威的三支箭旁边。也就是说，李伏威的三支箭在靶心的不同位置，汪华的三支箭就如有意为之，分别让每支箭都靠着吴王的箭。李伏威有一支箭在靶心的边上，汪华也射了一支箭在靶心边上。在奔跑的马上，把箭射中靶心，已是很不容易，而把三支箭同时射出，分别落在三个预定的位置，更是难上加难。

"神箭手！"太子不由得轻声说道，"即使李广在世，也无此能力。或许也只是巧合吧。"

钱任也看出来了，兴奋地看着父亲。钱九陇满意地向女儿点了点头。

"第一场，平局！"太子回到座位上宣布。

钱任听到比赛结果是平局，心中很是不服气，想要上前争辩，却被钱九陇紧紧拽住。钱九陇深刻理解太子的用意，在这种场合下，胜负并不需要明确指出，大家心知肚明即可。如果非要根据箭矢的落点与靶心的距离来严格判定胜负，李伏威可能会觉得汪华在故意羞辱他，而且这样的结果也许仅仅是巧合。

"第二场，举重比试，现在开始！"太子高声宣布了第二场的比试内容。

汪华和李伏威同时下马，将各自的兵器稳妥地挂在马鞍之上，然后并肩走到了一尊巨大的铜鼎前。那铜鼎的体积预示着它的重量绝对不下千斤。

"此铜鼎重达千斤，"太子端坐在椅上，清晰地阐述了比试规则，"不借助任何工具，徒手将铜鼎搬走十步者，即为胜出！"

汪华向李伏威做出一个请的手势，礼貌地说："吴王，请！"

"越国公，这次你先行吧！"李伏威注视着汪华回应。他在心中暗忖，这铜鼎非同小可，看汪华的体格与自己相仿，倘若他能搬动铜鼎走十步，那自己便走十一步，定要压他一头。

"吴王身份尊贵，理应您先请！"汪华依然谦让，同时他也想先观察李伏威的表现，以便自己能够更精准地应对，只需比对方多走一步，胜利便是自己的。

"不，此次机会，还是让给越国公先来。"李伏威坚持着，并不急于出手。

观众们在场外窃窃私语，由于听不清两人的对话，都在纷纷猜测他们推让的缘由。

太子见两人久久未动，便转头笑问身旁的钱任："依你之见，谁应先试？"

钱任含笑回应："此事还是由太子殿下定夺为宜。"

太子闻言轻轻一笑，随即高声宣布："越国公，你先来比试！"

李伏威朝汪华微微一笑，心中暗喜，心里想，太子真不错，知道照顾我，倒要看看汪华如何应对这一挑战。

汪华只得走到铜鼎边，绕着铜鼎走了一圈，半蹲身子，跨马步，气沉丹田，双手用力抱住铜鼎。

场外鸦雀无声，大家都伸着脖子想瞧个仔细。

第四十六章　比武夺亲

汪华紧紧地抱着铜鼎，一步一步艰难地前行。

一步，两步，三步……他的步伐越来越沉重，每走一步都仿佛在与巨大的重力抗争。到了第八步，他的腿已经难以抬起，走过的路面留下了深深的脚印，显示出他所承受的巨大压力。

李伏威看着汪华艰难前行的身影，心中也不禁感叹。他知道自己力气大，但面对如此重的铜鼎，他还是第一次。传说中项羽能力举千斤鼎，那种神力令人叹为观止。而现在，看到汪华如此神勇，他也不由得为自己接下来的比试感到紧张。

当汪华迈出第九步时，那一步几乎微不可见，他已经到达了极限。最后，他无力再坚持，将铜鼎轻轻放在地上，满头大汗，仿佛刚从水中捞出。

观众们看着这一幕，文官们纷纷惋惜，认为汪华再坚持一下就能走到十步。而武将们则纷纷点头称赞，他们知道，能抱着如此重的铜鼎走出九步，已经是非常了不起的壮举了。

钱任紧张地看着钱九陇，而钱九陇则回以一个坚定的眼神，告诉她别担心，李伏威还没比呢。此时的李伏威也松了一口气，因为走到十步者才能获胜，而汪华却差了一步。

他走到汪华身边，微笑着称赞道："越国公，真是神力啊！"汪华此时已经疲惫不堪，只是双手一拱，便艰难地走开了。

接下来轮到李伏威了。他挽起袖子，扎稳马步，运足全身气力，"嘿！"伴随着一声短促的呼喊，他双手紧紧抱起了铜鼎。然而刚走一步，他就感受到了千斤重的压力，这并不是说书人口中的轻松之举。

他一步一步地前行着，步伐越来越沉重、缓慢。只要他能再坚持三步就能胜

徽州魂
大唐越国公汪华传奇
中

过汪华了，但此时李伏威已经感到力不从心，左腿仿佛被灌满了铅一样沉重且不听使唤。

然而就在这时，"报——"一声长呼传来，宫中御卫飞骑疾驰而至！

"传皇上口谕：边关告急！突厥颉利可汗率十五万骑兵已入雁门关！令文武大臣速回武德殿议事！"御卫大声传达着皇上的紧急口谕。

听闻此消息，李伏威心中的重担仿佛一下子卸了下来，他手中的铜鼎"嘭"一声重重地砸在地上，其实他已经再也迈不出下一步了。而此时太子李建成也宣布："比试暂停！速回武德殿！"

突厥的入侵让所有人都紧张起来，文官们急忙上轿武官们翻身上马迅速向皇宫赶去，这场举重比试也因此戛然而止。

尽管之前大唐派人向突厥送去财礼言和，推延了突厥南下步伐，但颉利可汗经不住刘黑闼的挑唆，又见唐军主要精力在剿灭徐圆朗和攻打伪楚政权的林士弘。突厥在撤兵休整一段时间后，又贸然进兵，攻占城池，分兵攻打并州、原州，掠夺财物和美女。

十五万骑兵压境，其速度之快，出乎大唐意外。

武德殿。

"众爱卿，颉利背信弃义率兵攻打我城池，你们有何良策？"李渊坐在皇帝宝座上，气呼呼地问道。

太子李建成率先出列，说道："启禀父皇，自古以来都是兵来将挡，水来土掩。突厥多次侵犯我城池，掠夺我大唐财物，不能再向其示好，儿臣愿提十万兵马取颉利首级！"

"启禀父皇，儿臣愿挂帅出征，保我大唐！"秦王李世民也出列请旨。

李渊看到两个儿子都积极请旨出征，非常高兴，就看了看裴寂，问道："裴卿，你说说看。"

"皇上，老臣以为突厥来势凶猛，我军应避其锋芒，皇上可派使者前去游说颉利，许其金银和美女，他必定会退兵。"裴寂说道。

"突厥贪婪，我朝每年已送其不少财物，长此以往，我大唐有何威严驾取四方？"李渊听说又要送财物去求和，很不高兴。

"老臣认为，突厥虽然可恶，但当前并无实力可坏我江山社稷。我军当前应尽快扑灭华夏各路反叛势力，巩固大唐政权，他日再发兵北上，消灭突厥。"裴寂说，"突厥要的是钱财美女，而那些反叛势力要的是我大唐江山。"

"突厥常常掠我城池，朕寝食难安，这次十五万骑兵南下，岂能用钱财就可打发走的？"李渊很不高兴。

"皇上，裴相言之有理，当年汉高祖、吕后也都以求和为主，笼络匈奴，待汉武帝时，国力强盛，一举消灭匈奴。微臣请旨再次出使突厥，说服颉利退兵。"太常卿郑元寿出列附议裴寂的建议。郑元寿从隋恭帝义宁以来，曾五次出使突厥，每次处境都极为危险。

"我大唐武德天子威加四海，唐军所向披靡，岂是当年汉高祖时期可比？"中书令封德彝出列反对，"突厥就是认为我朝软弱可欺，所以才每年发兵南下，老臣附议太子和秦王的建议，出击突厥。"

李渊微微点头，突厥屡次侵犯，他已经忍无可忍。

"不过，老臣认为战败突厥之后，再与其议和，这样可让突厥数年不敢南下。"封德彝接着说。

"封卿何出此言？"李渊问道。

"突厥铁骑骁勇善战，我军以步兵为主，如果长期正面作战，于我军不利。"封德彝解释道，"老臣认为太子或秦王任何一人挂帅出征，均可首战取胜。"

"封卿言之有理，我唐军骑兵虽然勇猛，但是与突厥铁骑比较，还是有一定的差距。"李渊点了点头说道，"我军可利用地理位置优势，击败突厥，但是暂时也无能力乘胜追击。"

"皇上圣明！"封德彝见皇上采纳了他的建议，立即谢恩入列。

"秦王刚从外征战回来，应该在京城好好休息。"李渊看了看李世民，觉得应该把这次出征的机会交给太子。秦王上次征讨刘黑闼，又一次在群臣中巩固了地位，这对太子是非常危险的。

"父皇，儿臣回京休息已快三个月，愿请旨出征！"秦王见父皇拒绝让他出征，就出列请旨。他不想让太子得到这次机会。

李建成觉得应该抓住这次机会，让朝中大臣们都认可他这个太子，二弟李世民多次出征，抢尽了风头，他向齐王李元吉使了个眼色，李元吉会意。

"父皇，您应该公平才行。每次都把打仗的苦差事交给二哥，让大哥在长安城里享福。"李元吉打仗不怎么样，但是很会说话，并且很讨李渊欢喜，

"这次就应该让大哥去挂帅，让二哥在长安多休息休息。"他表面上是在维护李世民，实际上是在帮助李建成。

李渊在上面感到左右犯难，让太子出征，可以提高在军中的威望，但是刚才又仔细想了下，这次面对的是十五万铁骑，太子有把握取胜吗？太子已经很长时间没有挂帅出征了，如果打了败仗，怎么办？而秦王常年在外东征西讨，战无不胜、攻无不克，让他出兵突厥，取胜的把握就大，但是他取胜的话，太子的地位将再次受到威胁。

萧瑀刚抬头看皇上，正好与李渊两人眼神相对。萧瑀慌忙低下头，这是太子和秦王之间的斗争，如果站错队以后就会掉脑袋的，还是什么都不说为好。

"萧卿。"李渊叫他名字了。

萧瑀暗暗叫苦，只好出列说道："启禀皇上，微臣建议太子和秦王一起出征，兵分两路出击突厥。"

他只得这样说，太子和秦王都得罪不起。

"何出此言？"这建议出乎了李渊意料。

"回皇上，突厥与我大唐关系向来是时好时坏，两者还没有达到必须置对方于死地的处境。尽管突厥每年都侵犯我大唐，但是对我大唐还是有所顾虑。既然我们决定大军出击，就必须保证首战取胜，让突厥不敢小视我大唐。太子和秦王一起出征更能震慑突厥，这样到时皇上再提出议和，昭显的是大唐隆恩，是皇上对他们的恩赐。"

李渊听得不由得露出了笑脸，这主意不错，谁也别争了，都有份。想到这里，他给封德彝递了一个眼神。

封德彝忙出列说道："臣附议！"

其余大臣一听，也跟着一起说道："臣附议！"

"太子，秦王，接旨！"李渊从宝座上站起来，大声说道："太子李建成率兵马五万出幽州，秦王李世民率兵马五万出秦州，共同出击突厥！"

"儿臣领旨！"太子和秦王同时出列接旨！

随后李渊又下旨，派左武卫将军段德操和云州总管李子和率军防御。李子和本姓郭，原在榆林割据，自称"永乐王"，后降唐。由于攻打刘黑闼有功，李渊赐姓李。

李渊命李子和赶赴云中，突袭颉利；段德操奔夏州，截断突厥的归路；又命并州大总管、襄邑王李神符、汾州刺史萧寿分别在汾东等地出击突厥。

长安驿馆。

"越国公，老夫来向你告别。"钱九陇对汪华说。

"老将军要出征？"汪华问道。

"是的，老夫要随太子去幽州，抗击突厥！"钱九陇说。

"祝老将军旗开得胜，早日凯旋！"汪华说。

"这次比试之事，临时中断，看来这婚事一时还定不了。"钱九陇端起茶杯缓缓喝了一口说道，"天子脚下，请越国公多约束随从，尽量别外出，以免惹事。"

汪华听明白了钱九陇的言外之意，封德彝和李伏威肯定想趁这段时间找汪华的把柄。

汪华感激地说："多谢老将军提醒。"

"一山不容二虎，皇上的意思是你和吴王，将二选一，长久留在京城。"钱九陇见没有外人，小声地对汪华说。

汪华没有说话，听钱九陇继续往下说。

"吴王留在京城的机会最大，但是他在活动，想回江都。"钱九陇说，"你最好是静观其变，不要去推测圣意，否则会聪明反被聪明误。"

汪华点了点头，感激地说："感谢老将军！"

"这次出征老夫不带小女随军，她也不愿意去。"钱九陇笑着说道。

汪华忙站起来，向钱九陇鞠躬作揖："多谢老将军成全！"

钱九陇站了起来："年轻人的事情，你们自己好好把握。老夫先走了。"说完，就往外走去。汪华和稽圭赶紧一起送到门口。

看着钱九陇走远的身影，稽圭说："老将军这一去，不知何时才回？"

"不管什么时候回来，咱们也得等。"汪华说。

"这次出征，你为何不请旨随军作战呢？"稽圭疑惑地问。

"在朝堂上皇上只定挂帅之人，不会过问各路总管将军。这得由挂帅的太子和秦王来挑选。"汪华说。

"他们会不会都选中同一个人？"稽圭好奇地问。

"这个不会。大家都会选自己的心腹大将，只有这样才能为自己英勇奋战。"汪华说，"太子统领的将领，主要都是从太原起兵时由自己和皇上直接指挥的部属，秦王的将领全都从天策府里面挑选。这些人都是随他们征战多年，对其忠心耿耿。元帅熟悉各路将领的优缺点，才能因人制宜，根据不同的战况发挥不同将领的长处。"

"哦。原来这样啊。"稽圭说，"如果你主动请缨，他们会同意吗？"

"江南战事未平，我和李伏威随时会被朝廷颁旨南下。"汪华说，"皇上与太子、秦王肯定商议好了。"

"南方仅林士弘没有平定，有赵郡王和靖公在，还担心什么？"稽圭问。

"这只是一部分原因而已。江南数十州归唐时间不久，难免会出现别有用心之人，如果威震江南的两位首领都在长安，曾经统率的将士会如何去想？曾经管辖的百姓将如何去想？"汪华说。

稽圭点了点头："我现在有点想儿子们了，逊儿和逵儿肯定也在想我们。"

汪华看着她，拉着她手说："有庞妹照顾，你放心吧。"

"万一皇帝把我们留在长安，怎么办？"稽圭问。

"留就留呗，我就让人把庞妹和儿子们都接过来。"汪华认真地说。

"我还是想回歙州去住。天子脚下，伴君如伴虎，不如歙州自在。"稽圭不情愿地说。

"我身正不怕影子斜，对大唐誓死效忠，不怕他人说三道四。"汪华说。

"话虽这么说。"稽圭说道，"皇上的性格你又不是不知道。刘文静那么大的功臣都被他斩杀了，暗箭伤人。"

"夫人说的是。"汪华说，"只要皇帝不传旨上朝，我就天天在驿馆陪你如何？"

汪华紧握着稽圭的手，眼中闪烁着热烈的光芒，注视着她。稽圭脸上微微泛红，轻轻地抽回了手，转身走向窗边，轻声说道："还是算了吧。这段时间我打算去皇宫拜访皇上宠爱的贵妃们，送些礼物，与她们聊聊吴越的风土人情，为她们解解闷。同时，我也打算去东宫、秦王府、齐王府拜访王妃们。"

"夫人的这个主意真不错。"汪华赞同地坐到一旁，称赞道，"夫人在外交方面，确实有着独特的优势。"

"你还是多花点时间陪陪钱任妹妹吧。"稽圭提议道，"以前老将军每次出征，她都会随行，这次她为了你留了下来。"

说到这里，稽圭坦然地继续说道："比武求亲的事情大家都已经知道了，你不如就光明正大地与她交往，这样也能让李伏威知难而退。"

"遵命！"汪华以玩笑的口吻拱手应道。

"你又来了，你每次都这样。"稽圭心中原本有些酸楚，但看到汪华那副搞笑的模样，不由得笑着别过头去，假装生气地挥了挥拳头，轻轻地打在汪华的肩膀上。

长安城披上了浓浓秋意，金风送爽，秋色宜人。长安城的名胜古迹，处处留下汪华与钱任的身影。李渊因关心突厥的战事，也没召汪华进宫面圣和早朝。

每日，汪华与钱任两人或游山玩水，或琴剑合鸣，或纵论古今英雄，或饮茶博弈。

一个月很快过去。出击突厥的唐军班师回朝。

在唐军与突厥作战取得首战胜利后，李渊派太常卿郑元寿去见颉利可汗。当时，突厥精锐骑兵驻扎在介休与晋州数百里之间，声势浩大，继续作战的话，肯定对唐军不利。郑元寿见到颉利可汗后，指责他背信弃义，进犯唐朝，劝说突厥退兵休战，两国重归于好。突厥颉利可汗听从了郑元寿的劝说，率兵返回。

"钱将军胜利归来，是否继续举行比武招亲之事？"散朝后，刚走出武德殿大门，封德彝凑到钱九陇身边轻轻问道。

"多谢封相操心！"钱九陇笑着对封德彝说，"老夫刚从前线回来，暂未考虑此事，不知封相有何高见呢？"

封德彝笑着说："老将军在取笑老夫了。年纪大了，对年轻人的事情比较好奇而已。见老将军凯旋，若又能尽快定下佳婿，岂不双喜临门？！"

"多谢封相抬爱。"钱九陇说，"上次比武因军情紧急，临时取消。是继续举行比试，还是另行它法？请封相指点。"

封德彝捋了捋胡须，与钱九陇并肩，边走边说："虽然吴王和越国公都是驰骋沙场的将军，但扫平天下以后，还需要文来治国，我看比武的环节不如取消，仅进行文斗如何？"

"封相高明！待老夫回府后细细琢磨。"钱九陇向封德彝拱手赞扬。

御书房。

"李伏威数次上奏说在长安水土不服，想去江都过冬，等开春后再回长安。"李渊与太子李建成、秦王李世民谈完国事后，开始讨论留在长安的两位江南诸侯。

"父皇打算怎么办？"太子问。

"朕把奏折压着没回。"李渊不满意地说。

"请问父皇，汪华这段时间有什么动静？"秦王问。

"朕没宣他，他倒乐得自在，整日与钱任在一起逍遥快乐。"李渊笑着说。

"江南数十州归我大唐不久，百姓尚未沐浴到朝廷恩惠，如果长期把他们留在京城，恐有不便。"秦王说。

"说的没错。既然李伏威想回江都，不如让他回去，表示朝廷对其信任。"太子李建成说，"看来汪华是乐不思蜀，顺水推舟，让其留在京城。"

李渊听了不由得皱了皱眉头，显然他对太子的话不满意。

"大哥，我们应该反着来。李伏威想回去，表示他担心朝廷对其不利，位居吴王、太子太保，如此显赫之位，不思报效朝廷，莫非另有居心？"李世民见机说道，"或则他担心部属图谋不轨。"

李渊没有说话，点了点头，表示满意。

"言之有理，万一他部属图谋不轨怎么办？"李建成像找到了理由一样。

"大哥，如果他俩中间有部属闹事，你希望是谁？"李世民问。

"我是不希望再闹事，如果真要闹事，倒希望是汪华这边。"李建成说。

"为什么？"李世民问。

"吴越六州，地方相对狭小，兵马只有十万，容易平定。"李建成说。

李世民听后摇了摇头说："我希望是李伏威这边。"

李渊和李建成同时吃了一惊，看着他，等他解释。

李世民不慌不忙地说："为了大唐江山千秋万代，若要选择，我希望是李伏威的部属闹事，这样他那些部属就会争权夺利，自相残杀，我们再趁机平定叛乱，一举消灭李伏威的势力。江淮一带就真正地归属我大唐。"

"世民不仅想得远，而且连拐弯的地方都想到了。"李渊赞扬道。

李建成听了，也不由得点了点头："二弟说得有道理。"

"汪华并无图霸天下的野心，从他在吴越六州施行的仁政就能看出。"李世民趁机夸赞汪华，"若汪华的吴越闹事，势必要调李伏威的江淮军去平定，这样就会扩大李伏威的势力。而汪华去平定江淮军，依照他以往不乱抢占地盘就能看出，他要的是保境安民，而不是独霸一方，不会出现趁机扩大势力的情况。"

李渊点了点头。

"父皇，既然汪华与钱任两情相悦，不如顺水推舟，成全其美事，让他们回到歙州，既能感恩天子隆恩，又能帮助我们镇守江南。"李世民说。

"昨日李孝恭来报，林士弘归降没几日，又逃出去，召集余部继续造反，朕准备再派一支军队前去参与剿灭，抓住林士弘就地正法。"李渊有些气愤地说，"既然你这么说，朕就命令汪华领军去镇压。"

李渊说到这里，看了看两个儿子，接着说，"只是汪华与钱任结婚，李伏威那边如何交代？"

"汪华与钱任的感情在长安已经是有目共睹的，为何还要以此来比武呢？既然当时比武中断，就是老天注定这段婚姻是需要靠感情来经营的。"李世民说，"李伏威自己没有本事赢得美女欢心，岂能让朝廷来强作此事呢？"

"二弟说得没错，我们不能太给李伏威面子。"李建成也认可二弟的话，则说，"让他掂量掂量自己，想想怎样做大唐的好臣子。如果处处顺着他，就会让其恃宠而骄。"

"那就这样，传话给汪华，让他去钱九陇家提亲。"李渊说。

"父王，大事不妙。汪华敲锣打鼓带着厚礼去钱府正式提亲了。"阚陵急急忙忙地跑进李伏威的书房。

"这个汪华，是成心与本王做对！"李伏威狠狠地把书摔在桌子上，"钱府那边如何答复？"

"钱府答应了！"阚陵边说边看着李伏威。

"哼——"李伏威来回在书房内走来走去。

"钱九陇老儿，居然如此不守承诺，比试还没结束，岂不是把本王当猴耍么？"李伏威很是愤怒。并不是因钱任美若天仙让他李伏威神魂颠倒，而是关系到颜面问题。

"父王，汪华乃新安巨寇，狡猾无比，我早就说过，应该趁他与钱任外出游玩之时，派人把稽圭给杀了。给他一个下马威。"阚陵说。

"猪脑子。"李伏威恨铁不成钢地骂了阚陵一句，"这是天子脚下，岂能随便杀人？何况汪华是国公，他的夫人在长安城被杀，势必惊动朝野，到那时，我们即便有一百个脑袋也不够砍的。"

"我可以做得神不知鬼不觉。他们查不出来。"阚陵还在狡辩。

"这话就别说了，都过去了。汪华做事向来谨慎，稽圭手无缚鸡之力，他能放心让稽圭天天穿梭于皇宫和王府，说不定早就在暗中安排好了，或者他也会想到朝廷会派人暗中保护的。"李伏威说。

李伏威听封德彝说，外地诸侯进京，皇帝都会安排内卫暗中保护，以免出差错，防止有野心的诸侯找借口为难朝廷或者以此为借口造反。

"那现在怎么办？"阚陵不敢乱说话。

"还能怎么办？"李伏威在书房里来回走了很多圈，终于停了下来，"这事肯定是得到皇上默许了，不然他们也不敢这样做。"

"那我们去找皇上说理去。"阚陵说。

"战场上你智勇双全，在这方面怎么就如此笨呢？"李伏威觉得多骂几句，自己心里也舒服些，接着说，"皇上是什么人？你还不知道。常常说话出尔反尔，耳根子又软。如果现在去找他，不就是摆明在指责皇帝言而无信么？岂不找死？"

阚陵想想觉得有道理，又不服气地说："那也不能便宜了汪华。"

"等着瞧吧！"一条毒计从李伏威脑海浮出。

徽州魂
大唐越国公汪华传奇
中

"汪华，我把女儿交给你，你可要照顾好啊。"钱九陇当着家人的面对汪华说，不再尊称汪华爵位了。

"请岳父大人放心，我汪华绝不会辜负任妹！"汪华诚恳地说。

"那就好，那就好。"钱九陇满意地点了点头，又对钱任说，"到了汪家要与两位姐姐和睦相处，共同服侍汪华。"

"知道啦，爹。您都说了好几遍了。"钱任笑着说。

"你看看，嫌我啰唆了吧。"钱九陇哈哈大笑。

"明日就是黄道吉日，在京城把婚事办了，这样你们也好回歙州。"钱九陇接着说。

"婚事办完后，皇帝就会下旨让你们一起回歙州，朝廷还需要汪华领兵平叛林士弘。"钱九陇补充道。

汪华和钱任对视一眼，说："岳父大人，现在我什么都没有准备，明日就举行婚礼，是不是有些仓促？如果太草率，岂对得起您和任妹？"

"我们都是从战场上走过的人，不要那么多的讲究。"钱九陇听汪华这么说，就解释道，"这件事我们简简单单操办就行，也不要邀请宾客，闹得满城皆知，不太好，顾忌一下李伏威的面子。回到歙州，你们想怎样大办特办，那就由你们决定了。"

汪华听钱九陇这样解释，觉得有道理，便说："一切听从岳父大人安排！"

"对了，今天早朝时，皇帝已经下旨，改封岭南高州的冯盎为耿国公。"钱九陇说，"忠心耿耿的耿。"

"耿国公？！"汪华犹豫了一下，若有所思地说，"皇上英明！"

夜。

长安驿馆。洞房。

"任妹。"汪华握着钱任的手，坐在床边，含情脉脉地看着她。

"世华。"钱任脸微微一红，低着头不敢看他，心在怦怦地乱跳。

"婚事简朴，委屈你了。"汪华说。

钱任低着头，柔柔地说："只要能跟夫君在一起，我不计较这些。"

汪华伸出右手轻轻托起钱任下巴，盯着她娇媚的眼睛，温柔地说："娘子，今晚你比天仙还美。"

钱任红着脸，笑了。

汪华把她轻轻地搂入怀中……

第四十八章 杀机重重

徽州魂 大唐越国公汪华传奇 中

长安城外，汪华和钱任骑马走在前面，紧跟在后面的是稽圭的马车，再往后就是一百多名随从，包括钱任身边的几名丫鬟。这次钱任跟着汪华回歙州，为了安全起见，钱九陇特意调拨了七十二名士兵护送。走在最后面的是钱任的弟弟钱琪，刚十七岁，也出征作战多次，这次奉父亲之命护送姐姐回歙州，他故意走在最后面，表面上担心随从掉队，实际上他是想离姐夫姐姐远点，让他们多说说话。

"任妹，那七十二名士兵走路稳健有力，目光如炬，应该都是能征善战的精兵。"汪华问身旁的钱任。

"夫君好眼力，他们都是父亲亲自训练出来的家将，跟随父亲多次出生入死，个个武艺高超，擅长骑射，能以一敌十。父亲担心离开长安后，李伏威会对我们有所不利，特派他们来护送。"钱任自豪地说。

"难得岳父大人想得如此周全。"汪华说，"我也推测李伏威不会轻易放过我们，所以在离开长安前，我已派人快马向歙州送去信函，让世荣率兵过江迎接我们。"

"李伏威在长安没有实力，也不敢在长安对我们下手，出了长安后，他就可以为所欲为。"钱任说，"明枪易躲，暗箭难防。"

"任妹言之有理，李伏威若不在途中对我们使些手段，那就不是他的风格了。"汪华微笑着说道，"只是我们难以预料他会在何处对我们下手。"

"目前看来，他应该不会立刻行动，毕竟他手中并无兵权，即便让阚陵亲自出马，也未必是你的敌手。"钱任冷静地分析，"我猜测，他更可能在靠近江淮地界时发难。"

"你的分析很有道理。若是在他自己的地盘上动手，他无疑会成为最大的嫌疑人。再者，他也可能预料到我们会选择绕道回歙州，所以在岔道口附近动手最为合适。"汪华补充道。

"如果他想要做到悄无声息，就不会动用大军，也不会选择离他们地盘太远的地方，以免引人注意。"钱任进一步推断。

"既然如此，我们更需小心谨慎，大家放慢行程，步步为营即可。"汪华说。

"雄诞，这是吴王的密信。"辅公祏将密信递给了王雄诞，"汪华已经离开长安，带着家人，仅有一百多人护送。"

"我要求你务必在半路上将他们一网打尽。"辅公祏的声音冷冽而坚定。

长安发生的事情已经传开，这关系到整个江淮兵马的尊严。王雄诞接过信函，匆匆扫了一眼，沉声说道："辅伯，请放心，我绝不会让汪华活着回到歙州。"

"好！"辅公祏的眼中闪过一丝狠戾，让王雄诞不自主地打了个寒颤。"你带领三百精锐士兵，伪装成商人，在南阳设伏，务必用计将他们一网打尽。"

"遵命！"王雄诞领命而去。

看着王雄诞远去的背影，辅公祏转向身边的心腹爱将冯惠亮，"惠亮！"

"末将在！"冯惠亮应声而立。

"你带领三百精兵，乔装打扮，前往襄阳。一旦遇到汪华，格杀勿论！"辅公祏的语气冰冷而决绝。

"遵命！"冯惠亮领命欲走。

"等等。"辅公祏急忙叫住他，"你晚半天出发，不要让雄诞知道。"

"末将明白！"冯惠亮点头应道。

"正通！"辅公祏又转向了另一员大将陈正通。

"末将在！"陈正通大声回应，他是江淮兵中的猛将，声名显赫。

"你也带三百精锐，伪装成各种身份的人，前往洪州。"辅公祏吩咐道。

"辅伯，您是担心他们两个完不成任务？"陈正通与辅公祏关系紧密，因此言语间也多了几分随意。

"王雄诞现在对汪华已经没有了往日的杀气，我担心他关键时刻会心软。"

辅公祏解释道，"而汪华一旦进入襄阳，必定会加强戒备，我也担心冯惠亮会失手。洪州靠近饶州，算是汪华的势力范围，他可能会在那里放松警惕。你的任务就是趁机将他们一网打尽。"

"末将明白！"陈正通郑重应道。

"你后天再出发也不迟，汪华他们行进速度缓慢，不必着急。"辅公祏再次叮嘱道。

"遵命！"陈正通领命而去。

辅公祏望着陈正通的背影，脸上露出了冷酷的笑容。他对李伏威虽然忠心耿耿，但一直受到李伏威的猜忌和打压。即使外出领兵作战时名义上是主帅，但实际上还不如副帅有话语权。李伏威表面上对他尊重有加，但实际上一直在暗中削弱他的兵权。而现在东南地区的权力出现了真空，李伏威被留在了长安难以回归，汪华也正在回歙州的路上。这正是一个千载难逢的机会，可以借助李伏威的密信将汪华一举铲除。即使朝廷日后追查起来，也可以将责任全部推到李伏威的身上。

汪华并没有想到辅公祏会如此胆大地派遣王雄诞到南阳来截杀他们。

汪华为了避免地方官员接待应酬，都不惊动当地官府，大家都作客商打扮。这天，汪华一行入住到南阳一家名叫隆福的客栈，为了安全起见，钱琪把整个隆福客栈都包了下来。这在南阳城内所有客栈里属于中档标准，规模不大。

钱琪也随父亲出征多次，做事细心谨慎，一路上的防卫都由他来负责，汪华也乐得清闲。

"圭妹，今晚我们三个住一起吧。"走到楼上客房，汪华对身旁的稽圭说。

"不太合适吧。"稽圭显得有些惊讶，汪华自与钱任拜堂成亲以来，每晚都与钱任在一起。新婚蜜月，她是很理解汪华的。如果汪华说今天单独与她在一起，她倒不会这么惊讶。

"姐姐，你来陪陪我们嘛。"钱任走过去拉着稽圭的手轻声说。

"南阳是大城池，相对安全，一路上钱琪日夜护送，很是辛苦，我想让他好好休息休息。你在我房里，我睡得踏实。"汪华说道。

稽圭一听，原来是自己想多了，脸不由得微微一红，说："这样也好。"

这一行人，只有稽圭没有武功。

三人入住的是这个客栈最大最好的房间，一行随从都被安排在楼下或者客栈后面的房间休息，钱琪则住在楼上靠近楼梯口的房间。

很快店小二就把一桌精致的菜肴送到楼上来，还准备了美酒。

汪华、钱任、稽圭和钱琪围桌而坐，等待店小二关门退去后，稽圭谨慎地拿起银针，一一检测桌上的食物是否有毒。

"圭姐，你真是太细心了。姐夫能有你这样的照顾，真是他的福气。"钱琪见稽圭每次在客栈用餐时都如此小心，不由得笑着称赞。

"我这只是对你姐夫和你姐姐负责嘛。"稽圭打趣道，"害人之心不可有，防人之心不可无哦。"

"有圭姐在身边，我们无论走到哪里都感觉很安心。"钱任也在旁边称赞稽圭。

"姐夫，你们有没有觉得这个客栈有点奇怪？"钱琪好奇地说，"这里的好几个仆人都是哑巴，问他们什么都不知道。"

"哦？这倒是挺稀奇的。"汪华笑着回应，"也许是这家店的老板心地善良，收留了他们，让他们有口饭吃吧。"

"哑巴？！"稽圭抬起头，手中的银针已经收起，她看着钱琪，"你确定他们都是哑巴吗？"

她边说边看向汪华。汪华突然睁大眼睛，看着旁边的钱任，点了点头，然后迅速伸出右手食指放到嘴边，做了一个"嘘"的动作，示意大家保持安静。

"其实这种情况也挺常见的。我上次去过一个酒馆，那里的店小二都是聋哑人。"钱任随机应变地说，"聋哑人比较老实，工作又努力，而且工资要求也低。"

钱任的话还没说完，汪华就轻身一跃，走到窗边，轻轻推开一丝缝隙。他看到一个仆人假装在外面擦灰尘，实际上却在偷听他们说话。

"姐姐，这家是黑店吗？"钱琪靠近钱任，小声地问。

钱任没有说话，只是微微抬起右手，示意钱琪保持安静。

汪华转过身来，对钱任轻轻点了点头。钱任明白了他的意思，于是故意大声地说："弟弟，你下楼去拿壶酒吧。我们一路上风尘仆仆的，好不容易有这么个机会，你和你姐夫多喝几杯。"

钱任边说边向钱琪使眼色，钱琪会意地说："好的，姐姐，我这就去。"

外面的仆人听到钱琪要下楼拿酒，赶紧离开了。

汪华见钱琪走出去，便小声地对两位夫人说："看来今晚我们要多加小心了。"

"是什么人呢？"稽圭问。

"还不清楚。"汪华摇了摇头说，"这不像是一家普通的黑店。我们有一百多号人，即使是黑店，也不敢轻易对我们下手的。"

"难道是李伏威的人？"钱任猜测道，"那些仆人假装哑巴，可能是怕一开口说话就被我们听出是外地口音。"

"任妹的推测很有道理。"汪华点头说道，"虽然现在各地都有外地人在经商，但是仆人和士兵在说话的口气和形态上还是有所区别的。所以他们就干脆装成哑巴，以避免露出破绽。"

稽圭微微点头，看着汪华说："那现在我们应该怎么办？我们在明处，他们在暗处。"

"我看这样如何？"汪华说着，对两位夫人耳语了一番。稽圭和钱任听着连连点头。

深夜，隆福客栈周围隐隐出现众多人影，客栈附近的制高点，一双双眼睛盯着夜幕中的客栈，每个人手里都握着弓箭。

王雄诞站在客栈对面的楼上，拉开弓搭上浇上油已经点燃的利箭，对着汪华入住的房间射去。

紧跟着，隐藏在客栈周围的黑衣人，点燃预先准备好的火把投进了室内。瞬间，火光冲天，客栈陷入火海之中。原来客栈四周早就摆好了油桶，一点即燃。

"副帅，这次汪华是插翅难飞！"一名身着黑衣的兵卒对王雄诞说。在江淮兵的将士们心目中的主帅就是李伏威，副帅是王雄诞和阚陵，不管是否出征作战，他们都喜欢这样称呼王雄诞，其地位无人能取代。

王雄诞嘴角微微奸笑，说道："先别大意，只要有人从火海里逃出来，立即放箭射杀。"

"遵令！"兵卒只得快快离开。

看来茶水里的蒙汗药真的管用了。王雄诞心里想道，为了让汪华入住这个客栈，他提前就安排人在南阳其他客栈打上招呼，把中档以上客栈的所有好房间全部包下，导致汪华一行最终选择了隆福客栈。

这次使用的蒙汗药也是精心准备的，无色无味，算是蒙汗药中的极品，为了防止精通医学的稽圭察觉出来，在饭菜酒水和茶水里都没有放药，而是把蒙汗药化在水中，把茶杯和碗筷放在药水里浸泡，再拿出来晾干。只要碗筷和茶杯上还留有蒙汗药，即使是一头骆驼也会很快就晕倒。

火光把整个南阳城都照得犹如白日。周围的百姓纷纷开门，南阳城的守军也很快往客栈跑来。但，火势太大，仅半盏茶的工夫，客栈已燃得精光。

"撤！"王雄诞对身边的副将轻轻下令，副将手中的一束烟花瞬间窜上夜空，放出了信号。

王雄诞带来的三百名黑衣兵卒迅速地消失。

南阳城的城门在晚上是关闭的，王雄诞一行趁着混乱，分散到城南的几处院落里。

"副帅，是否需立即向辅伯飞鸽传去捷报。"王雄诞还没坐下，副将跟在后面问。

"不急，明天早上你派几个人乔装后到隆福客栈附近察看一下，再飞鸽传书也不迟。"王雄诞征战多年，做事稳重，急于邀功的心理早已没有。

他看了看副将，接着说："明早上去隆福客栈之前，你安排部分人马先出城，在十里外那座荒废的寺庙等着。"

"遵令！"副将说完就退了出去。

副将走后，王雄诞对身边的兵卒说："你们在这里守着，我进房间休息，谁也不许进来。"

王雄诞推门走进里屋，把门栓上，径直走到后面的窗户边，推开一丝缝，见外面无人，立即轻轻推开窗户，一跃而出。

次日，清晨，南阳城外的一座小村庄。

一个老农挑着一担青菜从村庄里走出来，两里之外就是南阳城。

这位看似年近六十的老农，已经发如白霜，慢悠悠地来到城门口，这时城门才刚打开，城外已经有几十人正等着进城，农户跟着人流正准备跨进大门，一队商旅打扮的人赶着马车从城内急急忙忙地走了出来。

老农微微驼着背，低头整理筐里的青菜，而眼光透过人群向商队扫去。

王雄诞。农户认出了商队中的一个人。尽管此时的王雄诞一副商人掌柜的打扮，但只要一个侧影，就能让人认了出来。

待商队走完后，老农跟着人流进入了南阳城，拐过两个巷口后，他放下肩上的菜，见周围无人，拿起刚才挑在肩上的竹竿，转身就向城门走去。

十里外的荒废寺庙，王雄诞正在与几名副将说话。农户躲过外面的守卫，藏在一尊菩萨像后面。

"你说隆福客栈烧毁后居然没有发现尸体？"王雄诞问。

"是的，副帅。"一名副将说，"清晨末将奉命去隆福客栈查看情形，没有看到尸体，听旁边的街坊说，昨晚南阳城守卫扑灭火后，也没发现尸体。"

"难道他们提前逃走了？"王雄诞纳闷道。

"自从汪华一行进入客栈后，末将和张将军一直在监视，未曾发现有人离开客栈。"另一名副将说。

"副帅，末将和江将军没有一丝松懈，整个客栈是被我们包围得水泄不通，即使有只苍蝇飞出，我们都能察觉。"刚才那名副将姓张，忙向王雄诞解释。

"如果是一个人，要离开是非常容易，问题是他们是一百多号人马，是如何不动声色离开的呢？"王雄诞来回走了两步，忽然转过身说，"张皋、江龙，你们在这里等候杜冰等人，我独自到南阳城内走走。"

"副帅，末将陪您去。"那名叫江龙的副将说。

"不用。"王雄诞把手一抬，"我一个人行动方便，你们在这里把人马聚集齐，等我回来后再出发。"

"遵令。"江龙和张皋一起说道。

王雄诞径直往寺外走去，待走远后，江龙对张皋说："这就奇怪了，大伙眼都不眨地盯着隆福客栈的，他们怎么就消失得无影无踪了呢？"

"不会是火太大，把他们全都烧成灰了吧？"张皋说。

"不至于啊，还有好几匹马，怎么能燃成灰烬了呢？"江龙说。

"你是谁？"两人正说着，老农从菩萨后面走了出来，右手挂着竹竿，把他们吓了一跳，张皋右手捂紧挂在腰上的刀，左手指着老农喝道。

"两位将军，我是借宿在这寺庙的老汉。"老农边说边向张皋和江龙靠近。

"站住，不要过来。否则杀了你！"江龙也把手放在刀柄上，对这位突如其来的访客充满戒备。

"将军在沙场上出生入死，为什么还怕我一介老夫呢？"老农站在离两人不到五步远的距离，竹竿撑在地上，微微挺了挺有些驼背的身子，淡淡地说。

"放肆！"江龙右手拔出腰刀就向老农砍出。

"啊——"江龙还没迈出步子，老农手中的竹竿瞬间变成利剑，刺穿了他的喉咙。

剑太快了，张皋还没反应过来，老农手里的剑沾着江龙的鲜血对着他的脖子，只差一寸远，张皋只要稍微一动，这把剑可能也像刚才刺向江龙一样，穿过他的喉咙。

"别动。放老实点。"老农压低着声音对张皋说。

这一切来得太突然，张皋还没反应过来，对手的速度太快了。

"老实回答，谁派你们来的？你们想杀谁？"老农声音低沉而严厉。

张皋的额头冒汗了，战战兢兢地说："我们奉朝廷密旨斩杀新安巨寇汪华，这次来了三百多人。"

没想到在这些人嘴里，汪华居然成了新安巨寇。

"放屁！还不老实说？"老农的剑贴近了张皋的喉咙，只要微微用力，就会喷出血来。

"别——别——"张皋吓得僵硬，又不敢有丝毫动作。

"你们这一路除了王雄诞还有谁？"老农问道。

张皋闭了一下眼睛，看来说不得假话了，对方连王雄诞都认出来了。

"没有别人，只要副帅一人带队出马就足够了。"张皋说。

"口气不小。"老农冷冷一笑，"我放你一条生路，王雄诞回来后，你告诉他，他文武双全，是难得的将才，要感恩朝廷，忠心报国，不要被别人利用，否则随时有人来取你们的脑袋。"

"是，是，是。"张皋一听放他一条生路，感激地连连说是。

老农把剑收回，盯着张皋说："辅公祐野心勃勃，痴迷于权势，你告诉王雄诞不要听信其言。李伏威对朝廷忠心耿耿，深受皇上恩宠，位高权重，岂能做出有违朝廷威严、挑起地方战火之事？"

"是，是，是。"张皋连连点头。

"既然这样，那我就走了。"老农把剑重新收到竹竿中，转身就往后殿走去，从破窗户处一跃，消失得无影无踪。

张皋擦了擦额头上的汗，好险啊。

"夫君回来啦。"老农刚走进村口，钱任和稽圭就迎了上来。

原来这个老农就是乔装打扮的汪华。

"通知钱琪，立即集合，马上离开这里。"汪华边说边向一座宅子里走去。

稽圭忙跟着他走了进去，很快，汪华就换回原来装束走了出来。

"副帅！"张皋老远见到王雄诞，忙跑过去请罪。

"出什么事了？"王雄诞从张皋的神色上就能判断出不妙。

"副帅刚离开寺庙时，来了一位老农，武功极高，在我们毫无防备下，杀了江将军。"张皋急急忙忙禀告。

王雄诞皱着眉头，刚才在南阳城内已经让他不快，现在又遇到这等事情。王雄诞没有说话，江龙的尸体就摆在寺庙大殿内，他径直走了过去。

一剑封喉。以江龙的身手，能一招致命者，一定是顶级高手。

"那人的模样你看清楚没？"王雄诞问。

"是个六十多岁的老农，头发胡须都白了。"张皋说，"不过，从气度和神色上可以断定，那人一定是易过容。"

"汪华他们一伙提前逃走了。"王雄诞叹了口气，说道。

"怎么逃走的？"这出乎张皋意料。

"那个客栈的马棚下面有个非常大的暗道，直通城外的村庄。"王雄诞失望地说。

"一个客栈怎么会有那么大的暗道？连马匹都能通过？"张皋觉得奇怪。

"我打听了，南北朝时期攻城时挖的暗道，后来新来的守城官麻痹大意，没有填充，时间一久，大家都忘记了。"王雄诞说道，"我顺着暗道找到村庄时，他们人马早就离开了。"

"唉，算他们幸运！"张皋叹了口气说。

随后，张皋把汪华跟他说的话，向王雄诞复述了一遍。

王雄诞听后，叹了口气，说道："我们撤！回丹阳复命！"

"启禀越国公，王雄诞一行人已经向丹阳方向撤退了。"探子急匆匆地来报。

在汪华一行人撤离村庄时，他特意指派了几名随从分头去打探消息，以确认王雄诞等人是否继续追击。

"王雄诞选择撤退到丹阳，这表明他已经知道我们成功逃脱，并且他意识到自己无法将我们一网打尽，因此不敢轻举妄动。"汪华沉稳地对钱任分析道。

"夫君你如同天降神兵，自有天佑。"钱任深情地看着汪华说。

"哈哈——"汪华爽朗地笑了起来，"这次能够脱险，钱琪功不可没。如果不是他机警地去马房查看，我们也不会发现藏在草垛中的店掌柜。没有店掌柜的指引，我们更不可能知道那条秘密通道的存在。"

"确实如此，仿佛一切都有天意相助。"稽圭在一旁感叹道，"世华你的逃生计划虽然也很周全，但这样的空城计更加有趣。"

"说的是啊，至少这次行动让王雄诞知道了我们的厉害，他应该不敢再在路上找我们的麻烦了。只是可惜了那座客栈，被我们付之一炬。"汪华有些惋惜地说。

"姐夫，那座客栈烧了也不可惜，你给了店掌柜那么多金子，足够他重新盖起三座客栈了。"钱琪乐观地插话道。

"尽管王雄诞已经撤退，但我们仍然不能掉以轻心。"汪华神色凝重地说，"辅公祏绝不会只派一路人马来找我们的麻烦。"

"兵来将挡，水来土掩。"钱琪挺直腰板，信心满满地说道。

"好样的，有我当年的风范！"汪华赞赏地看着钱琪说。

"姐夫，你说得好像自己已经很老了一样。"钱琪调皮地笑道。

"哈哈哈——"众人闻言，都忍不住大笑起来。

"辅伯传来消息，副帅失手了。"冯惠亮沉静地告诉副将薛超。

"大将军，那我们接下来该如何行动？"薛超在震惊之余，急忙询问。

"我们按照最初的计划行事。"冯惠亮目光深邃，注视着信纸在火焰中渐渐化为灰烬，他慢条斯理地说，"辅伯显然已经预见到副帅可能会失败，否则他也不会派我们前来支援了。"

"辅伯真是深思远虑。"薛超是由辅公祏一手提携的，因此他对辅公祏满怀敬意。

"为了确保任务万无一失，我打算在另一条要道上也布下埋伏。"冯惠亮透露出了他的策略。

"但是，我们的人手可能会不够用。"薛超表达了他的担忧。

"这个你无需担心，我已有应对之策。"冯惠亮的双眼闪烁着决绝与冷酷的光芒。

第四十九章　声东击西

深夜，歙州，长史府。

"当年在花山石窟里面发现无数宝藏？"汪铁佛感到非常惊讶，他从未听汪华说过。

"千真万确。"黑衣人说。

"你真的没听错？"汪铁佛说。

"大人，小人亲耳所闻，绝无差错。"黑衣人说。

"现在宝藏在什么地方？"汪铁佛急忙问。

"他们只提到秘密转移，并没说在什么地方。"黑衣人说。

汪铁佛左手背在身后，右手轻轻捋着胡须，慢慢地在书房里走来走去。汪华居然向他隐瞒了一个这么大的秘密，汪铁佛不由得失落起来，天瑶和程富都知道，为何没有告诉他呢？难道是对他不信任？难道真的如密旨所说的那样？我一定要查个明白。

"这件事你不要对任何人再提起，小心被人灭口。"汪铁佛盯着黑衣人一字一句地说。

"这件事烂在肚子里，小人也不会对外说的。"黑衣人额头不由得冒汗。

"下去吧，我在宣州城买了座宅子，你父母妻儿已经搬进去住了。"汪铁佛轻轻说道。

黑衣人忙跪在地上，连叩三个响头，念道："多谢大人，小人赴汤蹈火，在所不辞！"

黑衣人说完就退了出去。

汪铁佛走出书房，对守在门外的仆人说："速请铁环将军过来，有要事相商。"

691

"鲍雷，再有一天路程就到襄阳了，你带两名随从连夜先到约定的地方等你大舅一行。"汪世荣对鲍雷说。

"好的，小舅，我现在就出发。"鲍雷说。

鲍雷这几年跟着世荣历练，私下场所，两人都以辈分相称。

"姐夫，前方就是襄阳城了。"钱琪骑在马背上，转向身侧的汪华说道。

此刻，钱任正在马车内与稽圭闲聊。

"我们争取在天黑前进城，让大家都能好好休息一下。"汪华回应道，"世荣他们应该也快到达目的地了。"

"姐夫，你一向英勇无敌，这次怎么如此小心谨慎？居然还特地让世荣他们大老远地赶来接应我们。"钱琪不解地问道。

"防人之心不可无，小心点总是好的。"汪华并没有过多解释自己的真实想法。

"姐夫，前面有两条路可选，一条是宽敞的官道，另一条则是狭窄的小道。虽然小道穿山而过，路面较为狭窄，但它能直通襄阳城，比起官道来要省下近两个时辰的路程呢。"钱琪曾在这一带随军征战，对当地的地形颇为熟悉。

汪华抬头望向远处的高山，沉思片刻后对钱琪说："那山谷陡峭险峻，很容易设下埋伏。我们还是走官道吧，虽然会晚些到达，但安全第一。"

话音刚落，前方探路的士兵便回来报告："越国公，官道前方十里处的高山上，似乎有人马活动的迹象，粗略估计，数量恐有数千之众。"

汪华闻言看了钱琪一眼，随后又将目光转向刚从小道探路归来的士兵。

那名士兵半跪在地上报告道："越国公，小道虽然狭窄，但路面尚算平坦，马车应该可以通过。"

"那你是否穿过了那个山谷？"汪华进一步询问道。

"回越国公的话，小的穿过了山谷。山谷的另一端有一块巨大的青石，上面刻有'天地'二字。"士兵如实地回答道。

钱琪听到这里，不禁点头向汪华示意，证实士兵所言非虚。

"姐夫，既然官道上有埋伏，我们不如改走山谷小道，或许能更安全地抵达襄阳。"钱琪提议道。

"山谷上空是不是有大量的飞鸟在盘旋？"汪华突然问道。

"越国公，您是怎么知道的？"士兵惊讶地问道，"天空中的飞鸟确实很多，它们成群结队地在山谷上空盘旋。"

"难道山谷里也有埋伏？！"钱琪惊愕地看向汪华。

汪华点了点头，斩钉截铁地说道："我们还是走官道。"

"可是官道不是有埋伏吗？"钱琪担忧地问道。

"官道上的埋伏只是虚张声势，真正的危险在山谷里。"汪华解释道。

钱任在马车内听到了汪华和钱琪的对话，她掀开马车的帘子说道："夫君所言极是，辅公祐这是在声东击西。即使官道上有埋伏，我们也更容易突围；而一旦进入山谷，那就真的是绝境了。"

"姐姐分析得有道理。"钱琪赞同道，"我当初提议走山谷小道，只是想让大家能在天黑前进入襄阳城。毕竟我们人多，我担心会找不到合适的落脚点。"

"这个不用担心，世荣他们会安排好的。"汪华安慰道，"传令下去，让所有人都换上铠甲，列队通过官道并翻越前方的那座高山。随时做好战斗准备！"

"遵命！"钱琪应声领命，立刻向后面的随从传达了汪华的命令。

"大将军，汪华从官道上走了。"探子匆匆跑来向冯惠亮说。

"岂有此理。"冯惠亮气急败坏地怒吼。

"难道他察觉到什么？"薛超也感到意外。

"他们现在所有人马换上铠甲，列队前进。"探子说。

"完了。汪华要对官道上那帮兄弟动手了。"冯惠亮说。

"大将军不是说在那边安排了很多兵力吗？"薛超疑惑地问。

"襄阳城军营的主将是我老乡，我从他那边借了两千兵。"冯惠亮说。

"那有什么担心的，汪华才一百多号人。"薛超说。

"你不懂，之前汪华一行都是商旅打扮，我跟襄阳主将说这伙人是我的仇人，押着很多金银财宝，只要把他们杀了，所有财宝都归他们。"冯惠亮说，"现在汪华等人都换上铠甲，双方都是唐军打扮，交战时自然就会相互通报，这样就露馅了。"

"现在该如何是好？"薛超问。

"我以为汪华等人看到高山上藏有兵马，就会从山谷穿过，这样我们就可以借用地势把他们全部射杀在山谷中。"冯惠亮说，"其实我根本没想过借用襄阳兵去杀汪华。"

"现在我们赶过去已经来不及了。"薛超说，"我们若这样漏过了汪华，如何向辅伯交代？"

冯惠亮盯着远处的襄阳城说："只要他们在襄阳城落宿，我们就有机会。"

"报！"又有探子来报。

"讲！"冯惠亮急忙问。

"汪华一行到了高山前，全体原地休息，但仍然是马不卸鞍，人不离剑。"探子说。

冯惠亮看着薛超，一脸莫名其妙的样子。

"山上有什么动静？"薛超问。

"山上的襄阳兵毫无动静。"探子说。

"你率人马撤回襄阳城，我带几个兄弟过去看看。"冯惠亮说完带着几名兵卒骑马飞奔而去。

"姐夫，这是岳将军，他们奉襄阳主将之命在这里抓捕一队奸商。"钱琪奉汪华之命，装作毫不知情的样子，拿着自己的将军腰牌直接找到襄阳兵的头领。这帮人脑子简单，一看是长安来的小将军，赶紧把知道的都说出来，听说越国公在山下，忙下来拜见。

"末将岳鹏飞拜见越国公。"岳鹏飞长得得高大，一看就是憨厚之人，边说边半跪在地上参拜。

"岳将军请起。"汪华忙上前两步扶着岳鹏飞，说道，"戎装在身，不必行如此大礼。"

"越国公威震江南，末将久闻大名，如雷贯耳，今日得见实乃三生有幸。"岳鹏飞客气地说。

"岳将军客气了，今日借道宝地，还得仰仗您护卫安全。"汪华拉着岳鹏飞的手，也非常客气地说。

"越国公言重了，这是末将应该做的。"岳鹏飞有种受宠若惊的样子，接着说道，"我现在亲自护送越国公进城。"

汪华听他这么一说，向钱琪投去一个满意的眼神，忙对着岳鹏飞说："那太谢谢岳将军了，只怕会耽搁你在这里抓捕奸商之事。"

"请越国公放心，区区几个奸商算得了什么？"岳鹏飞说，"我把兵马都留在这里，抓住奸商让他们押送进城便可。"

"岳将军这样安排非常妥当，事不宜迟，我们现在出发。"汪华说。

钱琪在一旁露出满意的笑，姐夫这招很管用，让岳鹏飞护送，等于是手上有着一个人质，山上的那些兵卒就不敢轻举妄动，大伙就可安全通过。

当冯惠亮骑马赶到时，只能站在高山上远远地看着汪华一行离开，听到襄阳兵卒说岳鹏飞亲自护送越国公进城时，他已经明白自己的计划落空了。

冯惠亮只得欺骗襄阳兵，说刚得到密报，奸商绕道去随州了，他们得立即去追赶，让襄阳兵自行回营。同时冯惠亮又派人进城，取消城内计划。汪华一行被护送进城，襄阳城的地方官吏和主将肯定要款待他们，自己哪里还有机会下手，自己也不敢在襄阳城内搞出大动作，以免露馅；想刺杀，自己又不是汪华的对手；只有等汪华等人出城后，再寻找机会。

"舅舅，一路辛苦了。"鲍雷得知汪华等人住进了官府安排的客栈，忙赶过来拜见。

"鲍雷，你来得正好。"汪华此时已经从襄阳城主将口里得知冯惠亮借兵之事，他决定反手对付冯惠亮，让李伏威和辅公祏知难而退。

"舅舅有何吩咐？"鲍雷问。

"辅公祐派冯惠亮来襄阳城外阻杀我们，被我识破其计，他现在带领人马已经撤离，我预计他不会就此善罢甘休，肯定留有探子侦探我们一举一动，为下一步动手做准备。"汪华说，"立即让你小舅在城外找到冯惠亮的落脚点，想办法一举歼灭。"

"你们什么时候离开襄阳？"鲍雷问。

"看你们行动再定。"汪华说。

"明白。"鲍雷立即告退，大舅要留在城内不动，把冯惠亮等人牵制在城外附近，这样便于让没有露面的小舅带领兵马前去消灭。

鲍雷走后，钱任与稽圭从房间走了出来。

"这么快就让他走了，我还没见见他呢。"稽圭说。

"我让他与世荣去找冯惠亮。"汪华向前走两步，扶着稽圭坐下，"一路辛苦你了，这次我们在襄阳多休息几天，再直插汉阳，从那里走水路回家，相对就轻松很多。"

"我坐在马车里不累，任妹妹骑马才辛苦呢。"稽圭边说边拉着钱任的手说。

"我十五岁就随父亲出征，都习惯了，这不算什么。"钱任说。

汪华说："襄阳是个好地方，自古都是兵家必争之地，当年白起水灌鄢城、关羽水淹七军等历史上著名的战役就是在这里发生，这一带名胜古迹不少，这几日我陪两位夫人一起去走走。"

"那太好了。"稽圭和钱任齐声说。

"看来我们有机会了，刚打听到消息，汪华的小舅子钱琪向驿馆的仆人打听哪里有好玩的地方。"薛超对冯惠亮说。

"天助我也。"冯惠亮高兴地说，"只要出了襄阳城，我们就可以见机行事。"

"刚才我进来的时候，听下面的兄弟说，副帅被辅伯责罚了？"薛超小声地问冯惠亮。

"是的，收回将军令牌。"冯惠亮说。

"啊，岂不是剥夺了兵权？"薛超感到很惊讶，辅公祐的处罚也太大了。

"是啊，我们千万不能大意，否则回去下场更惨。"冯惠亮说，连王雄诞这样的人物都受到了如此严厉的处罚，要是自己再失手的话，后果不堪设想。

"放心，即使汪华解决不掉，把他两个夫人抓起来，也是大功一件。"薛超的眼神放着寒光。

冯惠亮点了点头。

汪华在襄阳城待了两日后，终于带着两位夫人去城外的鹿门庙了，随从只有二三十人。

鹿门庙位于襄阳城外的苏岭山，修建于东汉建武年间，原为苏岭山神祠，因门前立有两头石鹿，故被众人称为鹿门庙。苏岭山，峭壁苍苍，烟树茏荫，景色幽丽。

汪华一行到苏岭山时，已近正午，虽然刮起微微凉风，但红日当空，是深秋时节难得的好日子。

"大哥，一路辛苦了！"汪华等人刚到寺庙前，汪世荣从里面走了出来。

"冯惠亮现在哪里？"汪华从马上下来就问。

"已经关押起来，等候大哥发落。"世荣说。

"好，你们干得漂亮！"汪华夸赞道。

这时，钱任和稽圭两人从轿子里面下来，世荣忙过去拜见。

"听说世荣轻而易举地擒拿了李伏威的大将，说来给嫂子听听。"稽圭笑着对世荣说。

"让两位嫂子见笑了，我用的是江湖中下三滥的招。"世荣边说边尴尬地笑了笑。

"只要能擒住敌人，不管什么招都是好招。"钱任说，"莫非你是用蒙汗药？"

"嫂子不愧是巾帼英雄，我就是用蒙汗药把他们放倒的。"世荣说，"奉大哥令，发现他们就住在这寺庙后山的院落里，他们只顾着你们在城内的动静，想等你们出城后下手，却没想到，螳螂捕蝉，黄雀在后，昨晚我亲自潜入院内，在他们的水缸里放了些蒙汗药。等我们进去后，他们全都倒下来，另外有几个到外面玩的，回来后，刚进门，就被我们制服住了。"

汪华点了点头说："我们到庙里给菩萨烧炷香后，就过去看看他们。"

冯惠亮被绑在柱子上，鲍雷则坐在旁边守着。

"其他人都被关在后院，有人守着。"世荣解释道。

"把他松绑。"汪华看了冯惠亮一眼，坐在主座上，说道。

鲍雷手起刀落，瞬间将绳子斩断，紧接着一脚将冯惠亮踹翻在地，厉声喝道："跪下！"

由于被绑的时间过长，冯惠亮的手脚有些发麻，他挣扎着爬了两次才勉强站起，然后顺从地跪在了汪华面前，恳求道："请越国公饶命！"

汪华端坐在椅子上，俯视着脚下的冯惠亮，冷冷地问："冯惠亮，你可知道，如果我把这个消息上奏朝廷，你会面临怎样的后果？"

"灭九族。"冯惠亮声音颤抖地回答，同时哀求，"求越国公给小人留条活路！"他跪在地上，深切地感受到了汪华的威严，此刻的他只敢谦卑地自称"小人"。

"你身为大唐的将军，没有皇上的旨意，是谁给你的胆子，竟敢对国公下手？"汪华严厉地说，"你是个有才能的将领，怎么会做出这么愚蠢的事情？歙军和江淮兵都是大唐的兵马，你这样做只会引发两军之间的冲突，甚至可能导致天下大乱。到时候不仅你会被灭族，就连给你下令的人也难逃一劫。"

"越国公教训得是，小人确实是一时糊涂。"冯惠亮汗流浃背，他之前确实没有考虑过这些严重的后果。

汪华继续说道："这次在长安，我与吴王相处得非常融洽，我们亲如兄弟，还在长安校场上比武切磋，这件事轰动京城，天下皆知。然而，总有一些不明事理的人喜欢歪曲事实，制造事端，他们唯恐天下不乱。"

冯惠亮跪在地上，连连点头，表示认同。

"我听说王雄诞将军被辅公祏夺了兵权，有这事吗？"汪华又问。

冯惠亮身上的汗水更多了。他没想到汪华这么快就知道了这个消息。他只得如实回答："是的。辅伯派副帅在南阳企图加害越国公，但失手后回到丹阳就被剥夺了兵权。"

"辅公祏野心勃勃，吴王早就对其防备，不然也不会在进京时由王将军执掌兵权。"汪华故意诓他，"南阳之事并非王将军失手，而是王将军事先把情况告诉我，我与他联手演的一场戏而已。"

这下轮到冯惠亮傻眼了，原来王雄诞早就与汪华暗中串通了，他们什么时候走近的？难道是当年新安洞之战？自那次交战之后，王雄诞常在私下里称赞汪华是真英雄。

"如今天下一统，即使有几个跳梁小丑也翻不起大的波澜，当今皇上文治武功，太子和秦王也是千古少有之人才，我等做臣子的唯有忠君爱国，遵纪守法，竭力维护华夏一统，方能泽被后昆。"汪华看着冯惠亮说，"冯将军乃当世英雄，江淮豪杰，对当今世道应该比我看得更清楚。"

"多谢越国公的指点，您的教诲让我茅塞顿开。以后若有许多事务，还望越国公能不吝赐教。"冯惠亮恭敬地向汪华低头致谢。

"只要我们保持沟通就无碍。"汪华平和地说，"你回到丹阳之后，要密切注意辅公祏的动向，一旦发现任何异常，必须立刻向我报告，这样才能确保你的安全。否则，你可能会陷入万劫不复的境地。"

他接着叮嘱道："吴王深受皇上的厚爱与信任，你们作为下属，一定要小心行事，绝不能给他带来任何麻烦。"

"小人明白了。"冯惠亮应声答道。

"好了，起来吧。你带来的那些弟兄都在后院等候，你们尽快回丹阳复命去吧。"汪华说着，便站起身来向外走去。

"多谢越国公！"冯惠亮感激地朝着汪华的背影深深一礼。

当汪华走出院落时，世荣走上前来，疑惑地问道："大哥，你就这样轻易地放他走了？"

"嗯，放他走吧。这个人对我们来说还有用处。"汪华解释说。

"可是，你之前不是命令我把他们全部解决掉吗？"世荣不解地问。

"我后来又仔细想了想，觉得这样做更为妥当。"汪华说，"我们不想逼得辅公祏铤而走险。"

两人正说着，冯惠亮急匆匆地从后面追了上来。

"越国公，陈正通现在在洪州，请您务必小心。"冯惠亮提醒道。

汪华微笑着回应："多谢冯将军的提醒，我已经做好了相应的安排，请放心。"

在汪世荣的护送下，汪华于次日从襄阳启程，途经随州，抵达汉阳，之后改走水路，乘船顺流而下，迅速返回了歙州。

"钱妹妹，你来了真是太好了，以后这个家就交给你来打理了！"庞实亲切地拉着钱任的手说道。

钱任微笑着回应："有两位姐姐在，妹妹我怎么敢当此重任呢。"

"妹妹你就别客气了，我和庞姐姐已经商量好了，这个家还是得由你来主持大局。不然世华无法向你父亲交代，也难以面对世人啊！"稽圭劝说道。

"两位姐姐，虽然世华在长安提亲时有过承诺，但我觉得我们姐妹之间还是按照年龄大小来排序更为妥当。"钱任依然推辞道。

庞实继续说道："其实我已经想好了，钱英姐姐的三个儿子——建儿、粲儿和达儿，都一并归到你房里，请你代为照看。我相信世华也会支持这个决定的。"

钱任听闻此言，便说道："既然姐姐如此信任，妹妹愿意听从吩咐，照看钱英姐姐的三个儿子，这是我们应尽的责任。"

"太好了，如果有任何问题，我和圭姐姐一定会在旁边帮忙的。"庞实见钱任答应下来，非常高兴，稽圭也在一旁满意地点头。名义上是要她照顾钱英的三个儿子，实际上就是让她接替钱英的位置。钱任当时并未想那么多，然而当汪华正式把汪建、汪粲和汪达三个儿子并到钱任名下时，她在府内的地位也随之确立，此时她也不好再推辞了。

"你们三个在聊些什么呢？"正当三姐妹相谈甚欢之际，汪华从外面走了进来，好奇地问道。

"哦，我们正在分享长安的一些有趣见闻呢。"庞实看到汪华进来，立刻站起身来说道。

"长安的趣闻轶事确实数不胜数，说上三天三夜都讲不完。"汪华笑着说道。

徽州魂
大唐越国公汪华传奇
中

"那我可得让她们俩天天给我讲，让我好好听听那些趣事。"庞实兴致勃勃地说道，"你这么快就处理完公务了？"

"嗯，其实也没什么大事，手下的人们这段时间都处理得很好。"汪华回答道，"不过，陈朴刚才向我汇报了一个纵火案，这个案子有些蹊跷，值得仔细推敲。"

"纵火案？我怎么没听说过这件事呢？"庞实惊讶地问道。

"就是前几天发生的事情，造成了不少人死伤。"汪华的语气中带着一丝愤怒，"今天天色已晚，明天一早我就去现场看看，一定要查出凶手是谁！"

第四十九章　声东击西

第五十章　王者归来

"大人，就是这里了。"陈朴指着前方说道。

汪华顺着他手指的方向望去，只见一个被烧毁的村落映入眼帘。二十多栋房屋已被火焰吞噬，只剩下断壁残垣在默默诉说着曾经的灾难。

汪华的心情沉重，他环顾四周，问道："村里的居民都安置好了吗？"

"都已经妥善安置在前山的村落里，"陈朴回答道，"受伤的人员正在接受免费医疗救治，逝者也已安葬，并且给他们的家人发放了抚恤金。"

汪华点了点头，称赞道："做得不错。那关于纵火凶手，有什么线索吗？"

陈朴面露难色，说道："目前还没有确凿的证据。村里有个疯子，在火灾前就一直在村口叫喊着火了，现在他被关在牢房里还是不停地说着这句话。有人怀疑是他半夜放的火。这个月雨水少，又逢深秋季节，天气干燥极易引发火灾。这里的房屋又都紧密相连，一旦一处起火，其他房屋很难幸免。"

汪华听着陈朴的汇报，眉头紧锁。他正准备走向一座残破的房屋，陈朴急忙上前阻止："大人小心，这些房屋随时可能倒塌。"

汪华停下脚步，看着这些摇摇欲坠的房屋，严肃地对陈朴说："既然这么危险，为什么不尽快把它们推倒？倘若村民回来寻找物品发生意外怎么办？"

陈朴解释道："大人，我们确实考虑过这个问题。但负责调查的同僚建议暂时保留现场以便查找更多线索。不过请放心，我们已经通知了村民不要靠近这里，并且安排了专人看守。"

听到这个解释，汪华的脸色缓和了一些，说道："你们考虑得还算周全。除了那个疯子，还有其他嫌疑人吗？"

"还有两个。"陈朴回答，"一个是邻村的张癫子，他曾经因为调戏村里的

寡妇吴氏被村民打过,之后他放话说要报复。另一个是村里的许秀才,他与邻村的一个姑娘相爱,但因为家境问题被家人反对,所以他经常借酒消愁。有村民看到他在事发前几天晚上举着火把在村里游荡。"

"那这两个人现在在哪里?"汪华追问。

"都已经被关进监狱了,"陈朴说,"但他们都不承认自己是纵火犯。我们目前也没有确凿的证据来指证他们。"

"那火势最初是从哪里开始蔓延的?"汪华继续询问关键信息。

"据村民反映,是多处同时起火,"陈朴回答,"这明显是人为纵火的结果。"

汪华自言自语道:"一个醉酒的人会不会在深夜举着火把外出呢?"

这时,跟在陈朴身边的捕头刘戎插话道:"大人,这要看情况而定。有些人虽然喝醉了但头脑仍然清醒;而有些人则会完全失去意识。"

汪华转向刘戎问道:"那你觉得许秀才属于哪一种情况呢?"

刘戎思索片刻后回答道:"倘若他头脑不清醒的话,应该不可能还会举着火把外出。既然许秀才是读书人,我认为他在喝酒后应该还是保持了一定的清醒意识。所以他不太可能做出放火烧村的事情。"

汪华听后点了点头表示认同,"那吴氏现在怎么样了?"他突然想起这个关键人物。

然而陈朴却回答道:"大人,吴氏已经在火灾中不幸去世了。"

汪华听后默然无语片刻后继续追问:"那张癞子在火灾当晚有没有来过这个村子?"

"据我们调查了解并没有人看到他来过这里。"陈朴回答道。

接着汪华又详细询问了关于吴氏的为人和品行情况。在了解到她是一个忠孝节义、深受村民爱戴的女子后他感慨地说道:"真是难得啊!在我们歙州竟然有如此优秀的女子!同时我也为我们歙宣六州父老之间这种相互扶持、相互帮助的精神感到骄傲!"

"是啊!蒙总管大人教化,歙宣六州父老都知廉耻、懂礼仪。"陈朴也感慨地说。

"无论如何我们都要查出这个残忍的凶手！还给村民们一个公道！""汪华紧握着拳头，两眼冒出愤怒的目光。

"下官一定办到。"陈朴说。

"走吧，我们去前面的山村看望下父老。"汪华对陈朴说。

歙州，六州总管府。

汪华正在与诸位文官武将议事，前线快马来报。

"启禀总管，林士弘被杀，伪楚军都已投降，大将军将于三日后班师返回。"前线使者说。

"好！从此长江以南战事平息，天下太平！"汪华高兴地站了起来。

在府议事的文官武将听了都非常高兴，伪楚最强盛的时候，拥有兵马四十余万。在赵郡王荆州总管李孝恭、越国公歙州总管汪华和耿国公高州总管冯盎三处兵力的联合围攻下，终于灭了长江以南最后一股地方势力。伪楚帝林士弘前一段时间曾经战败，诈降大唐，不久又逃出，聚集余部，企图东山再起，最终是歙州西营大将军任贵把他彻底打败，林士弘悲愤而亡，部下群龙无首，或投降唐军，或自行离散。

"林士弘无勇无谋，伺机天下大乱之际割据称王，大唐将一统天下之时，又不识时务，企图蚂蚁撼大树，活该落到如此下场。"汪铁佛在一旁说道，"最初若以他的兵力和掌控的地盘，归顺朝廷，必定是位居国公，封妻荫子。"

"识时务者为俊杰。"汪华说，"自古以来，多少王侯将相，企图与天争命，不顾天下百姓安危，只图个人荣誉，最终都落到凄惨下场。"

说到这里，汪华故意停顿了一下，看了一下在座的诸位文武将官，语重心长地说："只有天下一统，四海晏平，百姓才能过上安定祥和的生活，我等才能封妻荫子、光宗耀祖，永享荣华富贵！"

"皇上万岁，万岁，万万岁！大唐万岁，万岁，万万岁！"文官武将一齐跪在地上，面北高呼。

大家回到座位后，汪华问陈朴。

"陈大人，后山村案件处理好了吗？"

"回总管大人，已经处理好了。纵火犯就是张癫子，他被后山村的父老惩罚后，怀恨在心，深夜潜入到村里，在各房门口浇上油，最先从吴氏家后门点火。"陈朴回答。

"可恶！"汪华气愤道。

"张癫子深夜到后山村时，遇到坐在溪边喝酒的许秀才，就从背后把许秀才打晕，拿走火把点火作案。"陈朴说道，"天网恢恢、疏而不漏，张癫子的母亲，八十岁的刘氏来衙门作证，说事发前几天，张癫子分批从外地买了很多灯油回来，足有一桶，案发当晚，刘氏听见张癫子开门外出。第二天天亮时，一桶灯油已不见踪影，而张癫子神色异常。下官随后派人到周边集镇了解，张癫子为了不被人怀疑，先后在十几家店均买过灯油，每家都不多，但是聚集在一起，就有二十多斤。"

"难得有一位这么大义的母亲！"汪华感慨道。

"是的。"陈朴说，"刘氏在案发第二天就怀疑是张癫子所为，只是不敢相信而已。后来见凶手一直没有查出，就亲自来衙门把张癫子的行为说给我们听。大义灭亲，这是多么难得的事情啊！"

"既然凶手查出，我们应该表彰刘氏的义举，官府为其养老送终。"汪华说。

"大人英明。"陈朴说，"下官建议，要为吴氏立碑表彰，修贞节牌坊，昭示后人。"

"准！"汪华点头道，"忠孝节义者，官府都要表彰，甚至上报朝廷，请皇上恩赐牌匾，让六州百姓以其为榜样！"

在座文武将官纷纷点头称赞。

夜，歙州总管府，永宁楼。

"天瑶，林士弘已死，长江以南太平，我们手里现在握有十万精兵，我想解散部分将士，你有什么看法？"汪华问。

"大哥，你是总管大人，一切听你的。"汪天瑶说。

"你不要跟我客气，今晚我就叫你一个人来，就是想听听你的意见。"汪华说。

"大哥考虑得深远，乱世之中，兵马越多，就越有话语权，太平盛世，倘若拥有这么多兵马，就会授人以柄。"汪天瑶说道。

"你说得在理。"汪华说，"我在从长安回歙州的路上一直在思考这件事情，我们既然率土归唐，促进华夏一统，为何不能再进一步，维护华夏稳定呢？倘若我们率先裁减军队，其他各地必定效仿，只有地方政权拥有的兵力越少，引起内乱的可能性就越小。现在大唐境内，有不少州郡的总管都曾是割据一方的起义首领，迫于形势，才归顺朝廷，万一有人被蛊惑，再起兵造反，岂不是又把百姓拖于战火之中吗？"

"大哥言之有理。"汪天瑶说，"徐圆朗就是典型的例子，这小子当年被迫反唐，后来刘黑闼造反，他就马上跟着呼应。"

"是啊。我就是这样想的。"汪华说，"现在太子亲自出兵征讨刘黑闼，陕东道大行台以及山东道行军元帅、河南、河北诸州并受其节制，身边又有魏征辅佑，应该很快就会取得胜利。"

"只要刘黑闼灭亡，余下的几个成不了什么气候。"汪天瑶说道，"你不是一直担心李伏威和辅公祏有动作吗？"

"李伏威已在长安，估计也无望回来了。"汪华说道，"江淮兵势力那么大，朝廷能不顾忌？只是这个辅公祏，野心勃勃，我担心他会借机造反。"

"现在江淮一带的军政大权都握在他手中，常与左游仙往来。左游仙就是一个坑蒙拐骗的伪道士，自比张良，也是一个唯恐天下不乱之徒，所以说江淮兵的动向不得不防。倘若我们裁军后，能迫使辅公祏也裁军的话，就能避免战火。"

"大哥考虑得周全。"汪天瑶说，"你计划裁减多少？"

"一半！"汪华右手在空中轻轻一划。

"这么多？"汪天瑶感到惊讶。

"东营、西营、神弩营和总管府的护卫营，已近十二万人马。这么多的兵马不仅需要很多粮草给养，太平时期，也不好安顿啊！"汪华说，"各营均减一半，挑选优秀者留下。"

"我们自统六州以来，一直强调精兵强将，优胜劣汰，兵力并没有增加多少，但是战斗力在不断提升，现在这些都是优秀者。"

"那就优中择优。我明日就上奏朝廷，请求颁旨裁军。"汪华说，"先裁一半，等天下完全稳定后，再裁一半，江南六州有三万精兵镇守就足够了。征战沙场，谁不想回归故里，与家人团聚呢？"

"大哥言之有理。"汪天瑶见汪华心意已决，也无话可说了，"若辅公祐真造反怎么办？他必定会南下图谋江南，与朝廷抗衡。"

"倘若真不幸发生这样的事情，那就听从朝廷旨意就行，可就地招兵买马。"汪华说。

汪天瑶点了点头，没说什么。

长安，皇宫，御书房。

李渊看了汪华的奏折后，正合他意，甚是高兴，则同李世民说："汪华此人明大义，是难得的人才，在关键时刻可重用。"

李世民说道："父皇圣明，汪华可成为我大唐楷模，倘若各地总管刺史都能像他这样，天下早就太平了。"

"这是我大唐之福啊！"李渊兴奋地说，"应该好好表彰他，让辅公祐、冯盎等人都效仿他。"

"父皇英明，应该让大家都学他这样，裁减军队，向朝廷再次效忠。"李世民说，"表彰就不用了，让所有臣子们都明白，效忠朝廷是他们应尽的本分。"

"言之有理。"李渊赞许道，"不表扬他，不为他加官晋爵，而他又能继续处处为朝廷着想，就更能证明其忠心，在关键时期就可委以重任。"

"父皇英明。"虽然这想法是李世民提出来的，但是他不得不拍父皇的马屁，现在太子领兵讨伐刘黑闼，节节取胜，朝中大臣都在说太子不仅治国有方，领军作战也很有一手。这对有心谋取太子宝座的李世民来说，可不是好兆头，只得在父皇身边多多博取父皇欢心，再寻找出头的机会。

歙州，长史府。

汪铁环刚走进书房，汪铁佛就急匆匆地问。

"有什么新消息？"。

"没有。"汪铁环摇了摇头说，"与天瑶、程富都单独喝了酒，我都快喝趴下了，就是没有从他们口里套出一丝消息。"

"这就奇怪了，他们的酒量向来都没你厉害，酒后竟然都没吐真言，看来这事情不是一般的蹊跷。"汪铁佛说。

"可是他们守口如瓶，是不是你得到的消息不可靠啊？"汪铁环反问道。

"消息可靠，花山宝窟这事绝对是真的。"汪铁佛轻轻捋着下巴微须，若有所思地说，"我另外得到消息，当年大虎二虎在回玉乡起兵造反，其实就是为了花山宝窟。"

"既然宝藏富可敌国，传说谁拥有谁就可以夺得天下，为何世华之前不广招兵马扩充实力，抢夺地盘呢？"汪铁环纳闷道。

汪铁佛仍然轻捋胡须，似乎在思考什么。

"我觉得汪华是没有野心的人，我们都是与他并肩作战的兄弟，倘若他真的另有企图，岂不早就跟我们私下里谈这些事情了？"汪铁环见汪铁佛没有说话，则接着说道，"何况这次一下子裁掉了一半兵马。"

汪铁佛一身正气地说道："普天之下，莫非王土，率土之滨，莫非王臣。倘若真有宝窟，我们应该献给朝廷，岂能据为私有？"

"这件事情我们又没有证据，也不方便问他。"汪铁环说。

"你再仔细查，一定要找到。"汪铁佛的口气非常强硬。

汪铁环明显感觉到汪铁佛查找宝藏是另有目的，但是他又不好意思去问。

歙州总管府。

"你们仔细看看这几张图纸。"汪华将手中的图纸递给陈朴。陈朴接过图纸，仔细审视后，又传递给赵学文和卫哲民。

赵学文看过后，眼中闪过一丝惊讶，说道："总管大人，这图纸上的房屋设计确实非常新颖，我之前从未见过。"

卫哲民也点头赞同，说："而且，这个村落的布局看起来非常便于居民出行和生活。"

陈朴则直接提出了关键问题，问道："大人，您是想在我们这里建造这样的房子和村落吗？"

汪华微微一笑，不直接回答，反而问道："你们先说说自己的看法，按照这样的图纸建造房屋和村落，是否可行？"

陈朴率先发言："我看这些房子的屋檐被改成了高墙，而且使用了砖料而非传统的木料，这样做的好处很明显。倘若邻居家发生火灾，这面墙就能有效阻挡火势的蔓延。"

赵学文也补充道："的确如此，而且这样的设计还能在一定程度上防止小偷通过攀爬进入其他人家。"

卫哲民则进一步提出建议："倘若要增强防盗功能，可以考虑将房子后面的窗户开得高一些，而且不需要太大，这样既能保证通风透气，又能增加安全性。"

汪华对他们的看法表示赞同，"卫大人的建议很好，我们的房子不仅要能防火，还要能防盗。这样的设计既美观又实用。"

陈朴好奇地问："大人，这样的房子设计确实非常出色，但不知这是哪里的建筑风格？我从未在歙州见过。"

汪华微笑着回答："这就是未来的歙州风格。后山村的那场火灾让我深思，如何能让一座房子的火灾不影响到周围房屋，如何保护我们歙州留守在家的女子免受骚扰。所以，我与一些建筑师傅共同商讨，最终提出了这样的设计方案。"

陈朴听后，由衷地感慨："大人真是时刻将百姓的安危放在心上，这是我们六州父老的福气啊！"

赵学文和卫哲民也齐声附和："大人心系百姓，六州之福！"

"这村落的布局，我是翻阅周易，根据五行八卦来构思的。"汪华说着，接过卫哲民手中的图纸，解释道，"我们六州，河流纵横，山间小溪纵多，村落都是依山傍水而形成。村里着火，往往都要跑到村口的小溪边提水灭火，很费周折。倘若我们能借助山势和地形，让溪流在村里绕行，这样很多人就可在家门口取水，洗衣做饭也非常方便，即使出现火灾，也能迅速地取水扑灭。"

"大人真是高明！"陈朴感叹道，"此村落，此房屋，若建成，岂不犹如仙境，不仅美观，而且非常实用。"

赵学文和卫哲民在一旁也连连点头。

"后山村的重建，就按这样的方法去做吧。"汪华说，"六州各州县以后建造房子，都提议他们这样修盖。可能在修建上要多花一点钱财，我们州府可以酌情给他们补贴一些。百姓安宁，我们以后日子也就轻松！"

"总管英明。"陈朴说，"后山村的废墟房屋都已经推倒，正在准备砖瓦，下官向赵大人请拨了一些款项。"

"总管，后山村的重建费用，下官已做主由州府全额拨款。"负责此事的赵学文忙向汪华说明情况。

"这本该就是你负责的事情，不需要向我奏请。"汪华把手一挥，"只要是为百姓办实事，我们都要义不容辞！"

第五十一章　丹阳谋反

刘黑闼在第二次起兵后，得益于突厥的支持，在河北地区屡获胜利，使得相州以北的广泛区域都纳入了他的势力范围。然而，魏州总管田留安坚守城池，抵御了刘黑闼的多次攻击。当刘黑闼攻打魏州无果后，他转而向南，成功占领了元城。但在他再次尝试攻打魏州仍然未能成功后，太子李建成和齐王李元吉率领的大军已抵达昌乐。刘黑闼于是率军迎战唐军。

在这个关键时刻，魏征向太子提出了一个策略，建议对俘虏进行安抚并释放他们，以此瓦解刘黑闼的军心。李建成采纳了魏征的建议。随着时间的推移，刘黑闼的军队面临粮草耗尽、后勤不继的困境，士兵们开始逃亡，甚至有些人还逮捕自己的将领投降唐军。

刘黑闼担心唐军会发动内外夹击，于是选择在夜间撤退到馆陶。在永济桥尚未完工之际，齐王李元吉的部队已经追至。刘黑闼的部将王小胡为了掩护刘黑闼完成桥梁建设，勇敢地迎击唐军。桥建成后，刘黑闼率先渡河向西逃亡，但他的起义军陷入混乱，士兵们争相抢渡，唐军趁机发动猛攻，重创刘黑闼的兵马。

到了武德六年正月，刘黑闼只带着数百名骑兵逃亡，但最终在饶阳被自己的部将捕获并交给了太子李建成。李建成在洺州处决了刘黑闼和他的弟弟刘十善等人，并将他们的首级送往长安，至此，中原地区恢复了安定。

两个月过去了，李伏威仍留在长安未归，这让辅公祏觉得自己的机会已经到来。于是，他找来了左游仙进行商议。左游仙原本是个以算卦为生的道士，虽半路出家却总爱装神弄鬼，自诩为世外高人。漂泊了半辈子，他受尽了世人的冷眼，如今被辅公祏尊为神人，自然是喜不自胜，私下里常称辅公祏为真龙天子。

711

左游仙一直渴望辅公祏能早日造反，这样他或许能趁机捞个官职。今天辅公祏主动提出造反的计划，他心中不禁暗自高兴。

"大人，凭借您在军中的崇高威望，要想成就大事并不难。"左游仙恭维道。

辅公祏却有些担忧："话虽如此，但王雄诞是李伏威的义子，对他忠心耿耿。虽然我现在已经找借口剥夺了他的兵权，但他勇猛无敌，极受军士爱戴。如果他站出来反对，我们的计划恐怕会受到很大的阻碍。"

左游仙轻笑一声："既然如此，我们只需想办法除掉他便是。"

辅公祏皱眉："要除掉他谈何容易？他武功高强，除了李伏威和阚陵，江淮军中无人能敌。"

"一个人不行，就多人一起上。"左游仙提议。

"这方法行不通。"辅公祏摇头，"王雄诞是江淮军的副帅，我们无缘无故不能对他下手。更何况，其他将领也不敢轻举妄动。"

"既然武力不行，那我们就来文的。"左游仙眼珠一转，计上心来。

辅公祏急忙问："如何用文？只要你能助我成事，我必拜你为军师，与你共谋大业！"

"用毒！"左游仙兴奋地说，"我最近炼丹时发现了一种无色无味的慢性毒药。只要让他服下，不出几个月，他就会神力尽失、卧床不起，甚至可能吐血身亡。"

辅公祏却有些犹豫："自从我剥夺了王雄诞的兵权后，他表面上虽然仍对我保持尊重，但实际上对我防备甚深。他的饮食起居都由心腹照料，我们很难找到下毒的机会。"

"只要大人有决心，机会总是能找到的。"左游仙信心满满地说，"我们可以花重金收买他府上的厨师或仆人。威逼利诱之下，不怕他们不就范。这件事就交给我吧，我一定会让大人满意。"

辅公祏闻言大喜："道长考虑得真是周全！只是这样一来，我们可能需要更多的时间来准备。"

"欲速则不达嘛。"左游仙劝慰道，"大人可以利用这段时间做好充分的准备，尤其是与其他将领建立良好的关系，让他们唯您马首是瞻。"

武德六年，即公元623年的夏天，王雄诞因连日来的四肢无力，最终病倒在床。得知这一消息的辅公祏迅速与左游仙进行了商议。看到时机已经成熟，左游仙对辅公祏道："主公，我夜观天象，发现紫微星有向南方移动的趋势，这对主公极为有利。丹阳历来是都城之地，主公可以在此建立基业，进而横扫江南，与李唐划江而治，形成南北对峙之势。"

辅公祏按捺住内心的激动，说道："道长所言极是。如今在江南，我已无敌手。汪华的兵力经过裁减后，势力已大不如前，难以对我构成威胁。而朝廷目前正忙于攻打吐谷浑，经略西北，无暇顾及我们这里。"

"现在正是天时地利人和的绝佳时机，只等主公您一声令下了。"左游仙鼓励道。此时的江淮将领们已经对辅公祏唯命是从。

然而，辅公祏却皱着眉头说："王雄诞那边还是个问题。他虽然卧病在床，但威望犹在。尤其是起兵这样的大事，万一被他揭穿就麻烦了。"

左游仙立刻明白了辅公祏的担忧，他其实是想尽早除掉王雄诞，以绝后患。"既然如此，我们就一不做二不休，趁机除掉他！"左游仙边说边做了一个果断的手势。

"看来也只能这样了。"辅公祏决定道，"我们可以伪造一封李伏威的起兵密令，拿去给王雄诞看，借此机会将他除掉。"

"这个主意不错！"左游仙赞同道。

于是，两人模仿李伏威的笔迹，伪造了一封密令。密令中称李伏威在长安被扣押并经常受到羞辱，这次更是被打得遍体鳞伤。朝廷正准备给他罗列罪名并企图将他斩杀。因此，他密遣心腹送信回丹阳，命令辅公祏起兵相救。

拿到密令后，辅公祏召集了江淮军的主要将领冯惠亮、陈当世、陈正通、徐绍宗、西门君仪和吴骚等人。这些将领本来就怀疑朝廷软禁了李伏威，现在看到密令后更加确信了自己的猜测。他们纷纷表示要杀向长安救出李伏威。

西门君仪曾多次在危难中为李伏威保驾，在众人眼中他对李伏威最为忠诚。然而事实上他已经暗中效忠于辅公祏。只见他第一个站起来对大家说："我誓死效忠辅公！愿意听从辅公的差遣杀向长安救出吴王！"

其他将领看到西门君仪的表态后也纷纷向辅公祏表示誓死效忠。

"诸位兄弟请稍安勿躁！"辅公祏见火候差不多了便站起来说道，"王雄诞智勇双全且一直挂念着吴王现在正卧病在床。在决定军旅大事之前我想去听听他的建议。"

西门君仪趁机说道："我愿意随辅公前往向王将军请教军旅之事。"

其他将领也多日未见王雄诞，都知道他病情严重，于是纷纷表示愿意随行一同探望。

辅公祏却摆了摆手，说："雄诞现在身体不适，人太多反而会影响他的休息。还是我和君仪去就可以了。"

随后，辅公祏带着左游仙和西门君仪前往王雄诞的府邸。自从病倒后，王雄诞一直觉得事有蹊跷。他向来身体强健，却无故病重至此，心中不免生疑。尽管找来了大夫检查，却并未发现明显病因，吃了许多药也不见好转。因此，他加强了府内的戒备，担心辅公祏会对其不利。

在平时，辅公祏是难以进入王雄诞府邸的，但这次情况特殊。他声称带有李伏威的密令，仆人只得放他们进入王雄诞的寝室，但要求他们将所有兵器留在院外。

王雄诞，这位一世的英雄，此刻却被毒药折磨得四肢无力，躺在床上奄奄一息。辅公祏将伪造的密令递给王雄诞看，并告诉他大家都已经同意起兵，希望他能亲手写一封讨伐唐军的檄文，以传示天下。

王雄诞看到密令中李伏威受伤的消息，心急如焚，大喊一声，鲜血喷出，差点昏倒在床上。西门君仪见状，忙让仆人退下，声称辅公祏要与将军商议军机大事，并亲自站在门口把守，防止他人进入打扰。

王雄诞经过一番思索，挣扎着对辅公祏说："辅伯，起兵之事非同小可，需慎重考虑。我认为我们还是应该先派人到长安了解实情，或者向阚陵求证之后，再做决定。"

"雄诞，你是怀疑这封密令的真实性吗？"辅公祏试探着问。

"吴王位高权重，朝廷怎会轻易对他下手？"王雄诞反问道。

徽州魂

大唐越国公汪华传奇

中

"可我已经命令各营将领集结军队，准备举旗反唐了。只要你肯手写一封讨伐唐军的檄文，等我们打到长安后，我封你做天下兵马大元帅，如何？"辅公祏诱惑道。

"我看是你想做皇帝吧！我劝你赶紧收手，否则后果不堪设想！"王雄诞听他这么一说，猛然想起李伏威去长安前对他的嘱咐，于是冷笑着揭穿辅公祏的野心。

"真是不知好歹！"辅公祏觉得没必要再伪装下去了，便直截了当地说，"雄诞啊雄诞，你平时仗着有兵权就欺负我缺兵少将。如今你落到这个地步也是报应！不过呢，我念在你过去忠勇可嘉的份上不忍心害你性命。只要你答应我的条件，我就立即让左道长治好你的病！"

"原来是你对我下的毒手！"王雄诞终于明白了真相，怒视着辅公祏说，"辅公祏你别白日做梦了！我王雄诞是顶天立地的汉子，岂能受你摆布！如今天下大势已定，李唐乃天命所归，岂是你能扭转的？赶紧收手吧，别自寻灭族之祸！我王雄诞被你所害，不过一死而已，何惧之有？我若是跟你一起谋逆，也不过是多活几个月罢了！你要杀我就动手吧！"

辅公祏见无法说服王雄诞，于是向左游仙使了个眼色。左游仙心领神会地从袖中取出一根绳子，紧紧勒住了王雄诞的脖子。没过多久，这位一世的英雄便一命呜呼了。可怜王雄诞英雄一世，最终却落得如此悲惨的结局！

辅公祏草草整理现场，便出门招呼王雄诞家人，说刚才王雄诞看了吴王的密令后，急火攻心，死了。王雄诞的家人刚才已从仆人口中得知王雄诞口吐鲜血，正想趴在王雄诞身上哭泣，结果被左游仙挡着。还没等王家的人反应过来，西门君仪已让候在府外的随从进来，专门看守，说王雄诞病情古怪，怕有传染，不可靠近。

当天下午，辅公祏就让人送去棺材，装殓入棺。众将领闻讯，不知详情，信以为真。唯独冯惠亮一人觉得事有蹊跷，于是安排心腹给歙州汪华送去情报。

武德六年，即公元 623 年，农历七月初九，辅公祏在丹阳称帝，国号宋，设置百官，以左游仙为兵部尚书、东南道大行台，冯惠亮与陈正通为左右大将军，西门君仪为水师总管，陈当世为骁骑营总管，对拥戴他的将士大加封赏；又与洪州总管张善安勾结，授其为西南道大行台。张善安本就是个不安分之徒，见大唐上下能人不少，自己不仅难有希望再晋升，而且还担心随时会从洪州总管这个位置上下来。如今见辅公祏答应授予他高官显位，立即答应起兵。

辅公祏之前就早有准备，粮草齐备，兵器马匹充足，十五万大军中，骑兵三万，水师拥有战舰千艘，声势浩大。

辅公祏称帝反叛，朝野震动。

"李伏威，朕对你可谓是恩重如山，你为何指使你的部属造反？"李渊愤怒地质问，同时将一份奏折重重地摔在地上。

李伏威被吓得脸色苍白，他跪在地上，急切地解释："皇上，臣对您忠心不二，绝无反意。这一切都是辅公祏的野心所致，他假借我的名义反叛，甚至谋杀了我委任掌握兵权的王雄诞。请皇上明察秋毫，为臣做主！"

"那你说，现在该如何应对这个局面？"李渊的语气稍微缓和了一些。

"请皇上赐予三万精兵，臣愿亲自带兵平叛，取辅公祏的项上人头来见皇上！"李伏威仍然跪在地上，语气坚定地说。

"你去平叛？"李渊紧盯着李伏威，眼中闪过一丝疑虑。他心中暗想，怎么能让你离开长安呢？放你回去，岂不是放虎归山！

"如果臣不能平定叛乱，不能斩杀辅公祏，愿接受皇上的任何惩罚！"李伏威的语气更加坚决。

"你还是老老实实在吴王府待着吧。"李渊冷冷地扔下一句话，然后转过头询问朝臣们的意见，"众位爱卿，你们有什么好的建议吗？"

中书令封德彝见李伏威已是危在旦夕，立刻出班奏道："皇上，辅公祏号称拥有二十万精兵，但依臣看，那不过是些乌合之众，根本翻不起什么大浪。皇上只需派遣一员大将前往，便可轻松平定叛乱。"

封德彝对江淮军的情况并不了解。想当年，李伏威还未与唐军交战，就已被汪华逼迫归顺了大唐，所以封德彝认为江淮军并不足惧。

"封相此言差矣。"尚书左仆射裴寂出班反驳道，"辅公祏的谋反是早有预谋的，他在此之前肯定已经加强了军队的训练。如今他的军队正是士气高昂之时，再加上江南物产丰富，粮草充足，又有长江天险作为屏障。单凭一路兵马前去征讨，恐怕难以取胜。江淮兵勇猛善战，精通水陆战法，我们切不可掉以轻心。"

听了裴寂的分析，李渊更加担忧起来。他再次盯向李伏威，换了一种口气问道："吴王，情况果真如此严峻吗？"

李伏威此刻心中犯难，他既不能说自己的江淮兵如何勇猛，也不能说他们不善征战。他只得硬着头皮回答道："回皇上，以前臣在丹阳时，部下确实能征善战。但如今将士们是否还听从辅公祏的指挥，臣就不得而知了。"

这等于没有给出明确的回答。李渊也懒得再追问下去，于是又转向裴寂问道："裴爱卿，依你之见，我们应该如何应对这场叛乱？"

裴寂回答道："回皇上，江南地区的战事关系到大唐的钱粮供应，我们必须谨慎行事。江南地区水陆交通纵横交错，战线漫长且复杂。如果我们只派出一路兵马深入敌境作战，恐怕会陷入敌军的包围之中。因此臣认为朝廷应该在目前无更多大军可调的情况下，就近派遣各州府的总管带领军队对江南地区形成合围之势。然后再派遣精锐部队深入敌境作战，这样定能平定辅公祏的叛乱。"

"裴卿的建议甚合朕意。"李渊听了裴寂的建议后连连点头表示赞同，"不过各州府之间南北相距甚远，往来通报消息需要耗费不少时间。再加上各州府集结军队也需要一定的时间准备。我们应该如何制止辅公祏的势力进一步扩张呢？"

裴寂见自己的建议得到了皇上的采纳，便继续说道："回皇上话，丹阳与宣州相距不远，只有两三天的行程。而宣州又隶属于歙州府管辖范围内。因此我们可以立即命令歙州总管汪华担任先锋官，迅速调兵遣将前往讨伐辅公祏。"

"歙州的汪华？"李渊若有所思地说道，"不过去年汪华已经裁减了一半的兵力，现在要从江南六州之地调集兵马恐怕也不是一件容易的事情。"

"皇上所言极是。"裴寂点头表示同意皇上的担忧，"但这确实是我们目前最佳的选择了。只要我们能够防止辅公祏在江南地区进一步扩张势力范围，那么他离灭亡之日也就不远了。"接着他又补充道:"汪华深谙兵法之道且身经百战,相信他一定有办法快速集结江南六州的兵力对抗辅公祏。"

李渊听后点了点头,郑重地说道:"汪华确实智勇双全,能够担当大任。他将是牵制辅公祏势力扩张的关键。速速向他下达出兵的旨意!"

紧接着,李渊继续说道:"为了确保统一指挥和调度,我们必须选拔一位元帅来统领各路兵马。"

萧瑀见裴寂之前提出了有效建议,不甘示弱,急忙出班建言:"皇上,臣认为我们可以借鉴平梁的旧制,任命赵郡王李孝恭为主帅,李靖为副帅。他们二人配合默契,再者,赵郡王作为皇室成员,调遣兵马时,诸将必定遵从。"

"萧卿所言极是。"李渊赞同道,"就依你所奏!即刻召赵郡王李孝恭为平南大元帅,岭南抚慰使李靖为副帅,统领所有兵马!"

正当李渊与朝臣们商议兵马调度之际,一名使者急匆匆来报。

"启禀皇上,"使者气喘吁吁地说道,"歙州送来八百里加急奏报!"说着,他将奏折递了上去。

李渊迅速展开奏折,浏览后笑容满面地说:"汪华在得知辅公祏谋逆的消息后,已经迅速调集了六州的兵马,在宣州完成了集结。现在他正请求旨意,准备出征讨伐!"

朝臣们听后纷纷露出喜色。汪华越早出兵,就能越快地阻止辅公祏的兵力进一步攻占其他城池。

李伏威心中暗想,汪华终于找到了一个正当的理由,可以名正言顺地出兵讨伐江淮兵了。

裴寂趁机进言:"皇上,汪华忠心耿耿,我们可以授权他在江南等地招募新兵,以增强兵力。"

"裴卿的建议很中肯!"李渊大声宣布,"速速传旨,让汪华大力招募兵勇,补充军力。"

萧瑀也走上前来,补充道:"皇上,经过我们的初步估算,周边各州能够出动的兵力不足十万。再加上路途遥远,将所有兵力集结起来相当困难。江南的吴越子弟勇猛善战，我们可以让汪华放手去招募新兵，无需担忧粮草问题。等招募完毕后，可以将这些新兵分配到其他总管的麾下。"

李渊听后微微点头，他明白萧瑀的提醒，这是为了防止汪华的势力过大。于是他说："吴越地区的粮草确实有限，如果把新兵分配到其他各州，这将是个妥善的安排。"

随即，李渊立刻起草旨意，命令齐州、怀州、徐州、光州、安州、黄州、舒州等其他州府尽快出兵增援。

在宣州城外的广阔校场上，阳光照耀着整齐列队的歙军将士，他们士气高昂，阵容威严。

平南先锋大将军汪华立于高台之上，他的声音洪亮而坚定，穿透每一个人的心扉："打仗，一打人心，二打钱粮，三打战局，第四才是兵力。反贼辅公祏逆天而行，已失人心；江淮之尖锥之地岂能与大唐万里疆域可比？长此以往，他在物资和粮草上必然难以支撑；皇上已经下令各州，共同征讨辅贼，很快就会形成围攻之势，辅贼插翅难逃；至于兵力，我歙军骁勇善战，以一敌十，三万精兵何惧他二十万乌合之众？歙军必胜！大唐必胜！"

"歙军必胜！大唐必胜！"台下的将士们齐声高呼，声震九天，气势如虹！

"出征！"汪华一声令下，校场上的将士们立刻有序地开赴前线，踏上了平叛的征程！

第五十二章　旗开得胜

武德六年，即公元 623 年的九月，辅公祏派遣军队对寿州和海州发动了攻击。在受到唐军的顽强抵抗后，他迅速作出战略调整，命令大将冯惠亮和陈当世率领三万水师驻扎在当涂西南的博望山，同时将前线推进到枞阳。另外，他又指派大将陈正通和徐绍宗带领三万精锐骑兵屯驻在当涂东南的青林山，与冯惠亮部队形成犄角之势，相互呼应。为了进一步加强防御，辅公祏下令在梁山一带用铁锁横断长江水路，同时在西岸构筑坚固的堡垒，东岸则修筑起绵延十余里的土城，这些举措极大地增强了丹阳的防御能力，使其固若金汤。

左游仙对辅公祏的布置大为赞赏，恭维道："皇上智勇双全，名震天下，有了这样的战略布局，唐军肯定会望而却步，我大宋自然安如泰山！"

然而，辅公祏并未因此放松警惕。他进一步派遣左游仙和吴骚统领五万大军向宣杭两地进发，并特别嘱咐左游仙必须率军深入会稽，以开辟一个新的后方基地。这样做不仅能保障战时的军需供应，还能建立起一道新的防线，为未来的战争做好更充分的准备。

"报！江淮兵已向宣州杀来，离营地只有三十里。吴骚为主将。"歙军刚安营扎寨，探子来报。

"好哇！老子正想找他们，没想到自己送上门来了。"程富从凳子上站了起来，"唰！"抽出佩剑，"让他有来无回！"

汪华笑着说："不可大意，首战一定要取胜，方可把将士士气发挥到极致。"

"来了多少人马？"汪世荣在一旁问。

"约有三万兵力，其中一半是骑兵。"探子说。

"看来辅公祏把宣州作为主攻重点了。"汪华说，"宣州的南面就是杭州，都是富饶之地，辅公祏是想把这作为根本。"

"总管大人，让我先去会会他们。"程富说。

"我们兵力较少，总共才调遣三万人，兵分两路，另一半由天瑶率领，从杭州出发，攻占嘉兴和苏州。我们需避其锋芒，用计取胜，否则即使硬拼打败他们，我们自己也会损失不小。"

汪华边说边走到行军地图前，说道："你们到这里来。"

程富、汪世荣、汪铁彪等人围拢过来。汪华指着地图说："程富，你带五千兵力，埋伏在这座山上；世荣，你也带五千兵力，埋伏在对面这座山上；我和铁彪留守在营地，等江淮兵过来。"

"还是我守在这里吧。"程富认为汪华亲自在营中等敌军上钩很危险，便抢着让自己留下。

"不用担心，吴骚是有勇无谋之人，打仗全靠以多欺少。"汪华摆摆手说，"我和汪铁彪率兵与吴骚兵马决战，诈败逃走，吴骚见我兵力少，必定派骑兵前来追赶。"

汪华边说边指着地图说："当我部诈败到这里时，敌军的骑兵与步兵就会拉开了距离，到时程富立即杀下山来，从后面攻打敌军步兵。世荣在山上摇旗呐喊，让敌军误认为这山上还有很多兵马。"

汪华看了看天色，接着说道："他们陷于包围之中，但是又不见你部下来。敌军势必恐慌，既要应付程富的攻击，又要防范你部下山。程富，在这个时候，你部必须要死战，直到天黑。"

"时间一长，敌军会认为，世荣部是虚张声势，根本就没什么兵力，随即会放松警惕。"汪华说，"这时，程富部往山上撤退，敌军必定去追赶，这时，世荣部率军下来直插敌军腰部猛攻。"

"我部攻打时，追击你部的敌军骑兵不会赶回来救援吗？"程富问。

"不用担心，我会安排神弩手在路上阻杀。"汪华指着几座山中的小路说道，"敌军大批骑兵成队形出现时，用强弩射杀的取胜效果并不佳，只有当敌军在追击我们时，利用这山势地形将他们队伍分散。"

程富点了点头，明白汪华不仅仅是要把敌军骑兵引开，还要在路上阻杀一部分骑兵。

"三万兵力如果聚集在一起，我们难以取胜，尤其是对方有一半是骑兵时。但是我们这样把他们的战线拉长，他们就会首尾不能兼顾，骑兵又失去优势，我们必胜。加之到了天黑，更添了我们的优势，敌军必败无疑。"汪华说道。

程富、世荣和铁彪听了后，连连点头。

"只是程富的压力比较大，你部非常关键。"汪华看着程富说。

"总管请放心，这一带地形我很熟悉，我会借助地形来进攻的。"程富说。

"还有一个关键，就是吴骚。很有可能他领兵来追赶我，这是他立大功的好机会，肯定不会放过。"汪华说，"汪铁彪，这个任务就交给你，你务必要把他斩杀！他死之后，群龙无首，敌军必定不战而逃。"

"请总管放心，我一定会提着吴骚的人头来见您。"汪铁彪信心十足地说。

荆州总管府。

"靖公，此次皇上任命我为帅，你为副，集合了七八路兵马共同围剿辅公祏，按理这场仗应该不难打。"赵郡王李孝恭以轻松的口吻对李靖说道。

然而，李靖却摇了摇头，回应道："殿下，事情并非想象中那么简单。我在来荆州的途中已经做了一些调查，发现我们的兵马质量参差不齐，其中不少是临时招募来充数的。"

"怎么会这样呢？"李孝恭露出疑惑的神情，"这些兵马不是来自各州县吗？难道他们原本就连一两万的常备军力都没有，还需要临时招募？"

"由于北方的战事，朝廷已经从各地抽调了部分兵力。再加上连年的战争，使得粮草供应变得困难，每次战争结束后，都会让一部分士兵回家。所以，现在各州能够真正派往前线作战的兵力其实并不多。"李靖耐心地解释，"不说其他州县，就以我们为例。在平梁的时候，我们的大部分兵力都是从各州县临时调来的，战后他们就各自返回了。而回到各州后，为了减少开支，除了留下一小部分战斗力强的士兵外，其他的都被遣散回家了。在平定岭南时，我们几乎没有动用多少兵力，但是岭南各州府归顺大唐后，由于没有战事，为了稳定，我们遵循朝廷的旨意，也将这些州府的兵力遣散了大半。"

"我原本以为，从这么多路兵马，数十个州里面，凑齐三十万兵力应该是轻而易举的事。但现在听你这么说，我们下一步该如何是好呢？"李孝恭开始有些担忧。

"在各路总管中，真正能够担当大任的只有汪华和李世勣，其次是李大亮。其他人的谋略相对有限，如果他们独立作战，恐怕难以对抗江淮兵。辅公祐虽然是草莽出身，但他工于心计，手握水陆两军。他的部将，如冯惠亮、陈当世等，都是身经百战的老将，一时间我们难以攻下他们。"李靖分析道，"现在，关键的第一步就是等待汪华的消息。作为此次讨伐辅公祐的先锋大将军，只有他首战告捷，才能在气势上压制住辅公祐，为我们大军壮威。"

"靖公说得没错。"李孝恭连连点头，"汪华是大唐少有的将才，他的谋略和武功，只有秦王和你才能与之比肩。他作为先锋，我对此充满信心。"

"在朝堂之上，许多大臣都认为辅公祐称帝只是小打小闹，成不了气候，然而他们并未真正掌握实际情况。从表面上看，辅公祐似乎是篡夺了李伏威的兵权而自立为帝，但实际上，自从辅公祐除掉王雄诞后，江淮兵的士气不仅没有受到打击，反而更加高昂，这显然是因为军中将士都得到了实质性的好处。辅公祐称帝后，对全体将士进行了大量的封赏，其慷慨程度远超李伏威归顺唐朝后受封为吴王时的赏赐。这样的重赏之下，将士们自然会拼命保护自己的荣华富贵。"李靖耐心地为李孝恭剖析敌情："说到辅公祐本人，他与李伏威一样，都是从十几岁就开始在战场上拼杀，积累了丰富的经验和能力。在江淮兵的发展过程中，辅公祐多次担任主帅，与将士们并肩作战，共渡难关，因此与他们建立了深厚的感情。同时，他自身的军事才能也非常出色，例如当年他以少胜多，击败兵力远超自己的李子通，占领丹阳，就充分展示了他的军事才能。如今，他统领着这样一支战斗力强大的军队，如果我们只是简单地派兵包围攻打，取胜的可能性非常小。"

听到李靖如此深入的分析，李孝恭不禁紧张起来，额头上渗出了汗水。他身经百战，每次都是在李靖的辅佐下才能取得胜利。在朝廷中，他的战功仅次于秦王。虽然他熟读古籍，明白树大招风的道理，内心深处也希望能够在现有的功劳上安稳度日。然而，他也担心自己过于出色会招来其他王公贵族的嫉妒，更担心在未来的战场上一旦出现失误，会惹怒皇上，导致之前的所有封赏化为乌有。

现在，连一向稳重的李靖都认为取胜的希望渺茫，李孝恭不由得更加担忧起来了。

他小心地问道："汪华部应该出发了吧？"

"按时间来推算，应该与江淮兵交战了。"李靖说，"现在从整个战局来看，第一步，就是汪华部为先锋给辅公祐下马威，尽快占领苏州一带，阻止江淮兵势力南下；第二步，齐州的李世勣南下，阻止江淮兵北上；第三步，李大亮从安州东进，直接与反贼张善安交战，攻占洪州，切断江淮兵西进的步伐。虽然是三步，只要同时实施，就可以形成真正的包围，把江淮兵的势力压制住，使其无机会扩张。"

"靖公言之有理，只要能真正地把辅公祐困住，我们有的是耐心消灭他。"李孝恭满意地说，"从时间上来说，他耗不起。"

"殿下英明。"李靖说，"当年秦王围困洛阳，让王世充不战而降，拼的就是这个。"

李孝恭听到这里，说道："如果三步就能阻止江淮兵扩张，江淮兵的士气必定下落，从当前辅公祐修建的防御来看，他并无争夺天下的雄心，只想偏安一隅坐个小朝廷而已。"

"不管他是想争夺天下，还是偏安一隅，只要与大唐作对，我们势必将其灭之。"李靖说，"所以说，这次讨伐辅公祐，我们既要给自己信心，又要谨慎，步步为营，不可大意。"

李孝恭听李靖这么说，微微坐直了身子，其实这也是李靖给自己找信心，北方的战事已经越来越频繁，朝廷希望尽快结束南方的战事，把精力投放到北方去。辅公祐谋逆，他其实是从时间上做了充分考虑。

两人正说着，外面有信使匆匆进来。

赵郡王李孝恭接过信函仔细一看，心花怒放，他笑着把信函递给李靖，说道："好消息啊！汪华旗开得胜，首战告捷，斩杀了吴骚，三万江淮兵非死即降；汪华正领兵攻打溧阳和宜兴两地，同时派大将汪天瑶正在攻打嘉兴。"

"太好了！"李靖接过信函边看边说，"辅公祏兵分两路南下，企图夺取宣州和杭州，汪华首战就断了他一路兵，至于嘉兴方面就不用担心，左游仙无德无才，作战能力远在汪天瑶之下。"

"江淮兵在溧阳和宜兴一带布兵不少，看来汪华要恶战了。"李孝恭走到行军地图前，指着溧阳和宜兴说。

"当涂、溧水、溧阳和宜兴均是江淮兵的防线，只要攻破这里，就等于打开了丹阳的大门。"李靖也走到行军地图前面说，"汪华兵力少，他不可能直接发起进攻。"

"为什么？"李孝恭问道。

"汪华的意图很明显，他就想在溧阳和宜兴一带牵制敌人，让附近的江淮兵赶来救援。"李靖说。

"制造恐慌？"李孝恭说。

"没错，汪华即使突破溧阳和宜兴，也不会率军前进的，否则就是孤军深入，容易陷入包围。"李靖说，"汪华这样做的目的，就是给其他各路大军创造机会。"

李靖边说边指着地图说："尤其是让溧水的江淮兵左右为难，它在当涂与溧阳之间，本可左右驰援的，如果驰援溧阳，那么当涂就孤立，长江的防线就有被攻破的危险；如果不去救援，那么就必须从其他地方调遣，这是丹阳的门户，辅公祏不可能不重视。"

"等我们其他各路兵马形成包围之时，汪华就可以率兵攻破溧阳和宜兴，直插丹阳。"李孝恭说。

"没错，那个时候，我们的水师也可以直接顺江而下，突破当涂，进入丹阳。"李靖把手一挥。

"汪华真是军事天才，他能为你我考虑，又不直接告知他的意图和要求我们配合他做什么，而是只告知行动。他知道凭靖公之才能，必定猜透他的心思。"

李孝恭不由得夸赞起来。

"汪华不居功自傲，不计个人名利，又能处处为他人着想，确实难得。"李靖不由得点头称赞。

"那我们下令让李世勣和李大亮尽快出兵！"李孝恭说。

"好！一切遵循殿下您的号令！"李靖说道。

宜兴城外三十里的歙军大营。

"程富、世荣，天瑶已经攻破嘉兴，左游仙逃回苏州。"汪华对帐内两位兄弟说。

"太好了！应该乘胜追击。"世荣说。

"已经派遣汪铁师和奚飞率五千精骑先行，天瑶随后开拔。"汪华说。

"苏州向来都是兵家必争之地，看来又少不了一场恶战。"程富说。

"是啊，当年我还差点全军覆没。让天瑶哥千万别大意。"世荣在一旁说。

"他会见机行事的。"汪华说。

"溧阳打不打？"程富问。

"打！过几天你率兵过去，只打不攻。"汪华说，"今天傍晚你带一些兵力到前方五里外的树林里埋伏。世荣，你在营前设下埋伏。"

"江淮兵要来劫营？"世荣问。

"以防万一。"汪华说，"我们长途奔袭，还没休整，应该提高警惕。"

"遵令！"程富和世荣同时接令。

三人正说着，就有信使飞马来报。

"启禀总管大人，西营大将军任贵一日三次战败反贼张善安！"使者说。

汪华微微一笑，看着程富和世荣说："任贵是张善安的克星。"

"张善安谁都不怕，就怕任贵。"程富说。

"那是因为他一直没碰到对手，自以为是。任贵一直在饶州和洪州一带，对其了如指掌，他有任何破绽，都能被任贵抓住和利用。"汪华说，"只是可惜了周法明，当年他被我们打败后归降了朝廷，被授予黄州总管之职，没想到因贪酒，被张善安这个狗贼派刺客杀害。"

徽州魂
大唐越国公汪华传奇
中

"是啊！真是可惜啊！周法明一死，他麾下将士军心大乱，四溃而散，让我们少了一路兵马。"世荣说，"张善安这狗贼狡诈，让任贵不要给他任何机会，只要抓住，直接杀之！"

"放心吧，安州总管李大亮很快就率兵前往洪州，有他与任贵联手，不会让张善安过好日子的。"汪华不屑一顾地说。多次给张善安这家伙机会，没想到他居然是个典型的反骨，见到哪里有好处，就往哪里跑，跟他讲道理和忠义是没有一点用的。

任贵虽然多次打败张善安，但终究自己兵力有限，不能一举消灭张善安势力，但洪州属下的县城已经攻克几座。正在张善安焦头烂额之时，安州总管李大亮也率部到了洪州。两军隔水列阵，张善安有些惧怕。一个对付不了，这下子又来了一个！

张善安投靠辅公祏，无非就是想得到更大的奖赏，做个更大的官，见当前形势不利，就想给自己找个退路，则故伎重演。他催马向前，站在岸边，高声道："李总管，我敬您是个英雄，您兴师远征，将士疲乏，我不想与您交战。"

李大亮早就从任贵那里得知了张善安的情况，高声道："张总管，你我本是唐臣，我也不想与你交战。只是李某不明，皇上封你做洪州总管，如此器重，为何还要跟着辅公祏这样的小人谋逆呢？我们唐军攻无不克、战无不胜，薛仁杲、刘武周、王世充、窦建德、萧铣、林士弘、刘黑闼等兵强马壮，皆被平灭。辅公祏自不量力，想诈骗江淮将士逆天而行，必遭惨败。张总管是聪明人，不要助纣为虐，以免遗臭万年。"

张善安见李大亮与其讲道理，则眼珠一转，说道："您有所不知，我率众归唐，李渊只授我洪州总管一职，而汪华、冯盎等人，封上柱国、国公，统领数州，未免太让人寒心了吧？今大宋皇帝授我西南道大行台之职，我当知恩图报，岂能叛宋？"

李大亮见张善安果然是个贪图富贵之人，则说："张总管所言极是，当年皇上不知你功勋，都是依臣下所奏而封赏的。现如今你是辅公祏的左膀右臂，身价不菲，若你归降，定会加官晋爵。平南大元帅赵郡王早就闻你威名，很看重你，一直想与你结交，他说只要张总管归降，他定会联合各路总管将军向皇上请奏，封您为国公，不在汪华和冯盎之下，并且还考虑委任您总管豫章数州。"

张善安被李大亮的话语所打动，若能受封为国公并总管豫章数州，那便意味着他将拥有如林士弘昔日的广大地盘，这无疑比现状更具吸引力。

为了验证李大亮的诚意，张善安邀请他单独过河来到自己的营帐进行进一步商议。李大亮听后，毫不犹豫地乘坐小船渡河，展现出了如关公单刀赴会般的勇气。他身手了得，尤其擅长左手用剑。过河后，他亲切地挽着张善安的手深入交谈。

旁观者或许认为李大亮是出于真心，但实际上，他始终保持着警惕，左手随时准备拔剑以防张善安有诈。

看到李大亮如此坦诚地单独赴会，多疑的张善安逐渐放下了戒备，相信李大亮的诚意。于是，他答应第二天前往李大亮的军营继续商谈。

为了安全起见，第二天张善安带领了几十名武艺高强的将士随行。然而，一进入唐军的营帐，他们就被李大亮预先布置的士兵包围并俘虏。

与此同时，任贵趁机率领精兵偷偷绕道攻击张善安的大营。由于群龙无首，张善安的兵马军心大乱，迅速崩溃。

战后，任贵高兴地回到军营，对李大亮说："李总管，您真是足智多谋，一战就击败了张善安。"

"任将军过奖了。"李大亮回应道，"如果不是你之前多次击败他，使他产生了投降的念头，我们也不会有今天的胜利。首功应该归你！"

"末将不敢当！"任贵谦虚地退让。

在攻占洪州之后，李大亮和任贵立即派人将张善安押解至长安。

没想到张善安这家伙一口咬定自己没有跟随辅公祏造反，是李大亮和任贵等人为了立功，把他抓起来的。李渊为了表现仁慈，居然赦免了他，还赐给他一座宅子在长安居住。可惜好景不长，辅公祏兵败后，唐军在辅公祏的伪宫殿中搜到了张善安与辅公祏往来的书札。李渊大怒，下令把张善安斩首。这是后话。

面对吴骚被斩、张善安被俘的局势，以及西线和南线同时受困的情况，辅公祐为了确保当涂至宜兴一线的防线稳固，进而捍卫丹阳的安全屏障，作出了新的部署。他决定派遣陈正通和西门君仪率领两万精锐骑兵火速增援宜兴，意图在那里一举击败汪华，进而将战线向宣州方向推进。此外，他也未忽视苏州方向的战局，特别向苏州增派了援军，并严令左游仙必须击败汪天瑶的部队，夺取吴县附近的粮仓，以确保后方的稳定与补给线的畅通。

第五十三章　饮马长江

李伏威天天提心吊胆，生活在恐惧之中，唯恐李渊杀了他。他早已没有了争取天下的野心，李渊封其为吴王，位在齐王之上，虽然在朝堂之上并没什么话语权，李渊身边的那些老臣也个个牛气冲天，但是多少还给他一些面子。太子和秦王对他也是相当客气。人生在世，自己虽然不能回到家乡，但是在长安每天歌舞升平，也是逍遥快活。本想这辈子就这样优哉优哉地度过，没想到，遭天杀的辅公祏居然率领江淮将士造反，还说要杀到长安，迎他回去，这不是把他往死里整吗？现在王雄诞也被辅公祏害死了，如果他李伏威也被皇帝一怒之下杀掉，在江淮兵中，真没人能与辅公祏抗衡了。

在吴王府中，李伏威感受到了来自朝廷的严密监视，甚至连出府都变得困难重重。他已经被禁止参加早朝，这更让他确信李渊已经迁怒于他，也无法脱身。李伏威身边唯一心腹大将阚陵在汪华从长安回歙州时，就被朝廷派往岭南协助军务，其实就是变相地让李靖派个手下看着阚陵，让阚陵与李伏威不要同时在长安，以免生事。李伏威也已经猜着，自己在长安对汪华的那些小动作，被李渊察觉了，或者是朝中大臣见汪华得势，就趁机落井下石，向皇帝打了他的小报告。

如今，李伏威只得借酒消愁，成天在自己的吴王府里转来转去，不敢乱说话，甚至担心府内的仆人们都是朝廷的眼线。得知李靖为这次平南副帅，要从岭南调遣兵马，于是给阚陵写信，希望他主动请缨跟随李靖讨伐辅公祏，以表忠心。

李伏威的信还没出长安，就先到了李渊手里，李渊见李伏威此举倒还忠心，则让李靖同意阚陵随军出征，但需细细察看，稍有异举，就地斩首！

辅公祏在丹阳谋害王雄诞，举旗造反，阚陵得知消息时本就想代父王李伏威领兵前去镇压，但又闻知朝廷对李伏威监视甚严，也猜测到朝廷担心他阚陵一去

徽州魂
大唐越国公汪华传奇
中

不返，如同放虎归山。为了避免引起朝廷的猜疑，阆陵决定暂时留在岭南，服从冯盎的指挥。

这次收到李伏威的信后，立即向冯盎说明情况，恳求出征。恰逢冯盎正在集结一万精锐骑兵，准备派其次子冯智戴领兵增援前线，于是便让阆陵随行前往。

阆陵虽然性格高傲，但此时他明白自己的处境，人在屋檐下，不得不低头，在李靖的帐下，他表现得非常谦逊。而李靖也没有安排他什么实质性的军职，没让他统领兵卒。阆陵虽然心急如焚，急于立功，但是几次请缨出战，都被李靖婉言拒绝。

唐军的各路兵马，战功赫赫，深受朝廷倚重，他们并没有把赵郡王李孝恭的话放在耳边，认为这个小王爷没有真正指挥过大规模作战，那个副帅李靖老头，到了五十多岁才熬出了头，虽有爵位，却只是个县公，也没被一些将领放在眼中。

尤其是李世勣，今年才三十岁，自十六岁开始闯荡，十几年来东征西讨，立下赫赫战功，先在瓦岗寨被李密重用，后被李渊、李世民视为国之柱石。此次他领齐州兵马南下，意在独自拿下丹阳，立不世之功。至于李孝恭、李靖传来的各项命令，他懒得搭理。

若各路大军不能听从指挥，不能遵守调度，即使兵力远比辅公祏多，也一样会打败仗。更何况目前兵力不如江淮兵的多，还有不少是临时招募过来的。李渊也看到了这一情况，这些各路总管，除了汪华和李大亮听从调遣，已经取得战略先机之外，其余各路大军行军速度缓慢，各自为战。将在外，君命有所不受。

为了更有效地进行征讨，李孝恭和李靖提议对各路兵马进行重新调整，比如将来自各州的水师和骑兵分别统一由一员大将指挥。同时，他们还建议根据各路总管的能力来分配攻克不同城池的任务。然而，这一提议让一些总管感到为难，他们都不愿意把自己的兵力交给别人指挥。在他们看来，手里的兵力就是自己的本钱，如果在自己手中损失了并不可惜，如果在别人手里打没了，找谁赔偿去？因此，部分总管总是找各种借口拖延，拒绝完成统一作战的调整。

唐军本应是一个整体，平时各自归属不同的府邸，战时则应统一遵循调度。

但这次情况却有所不同，好几位总管带来的都是自己起家的本钱，因此都舍不得拿出来共享。尽管汪华主动把任贵统领的五千兵马交给李大亮指挥，并让任贵完全听从李大亮的调度，但其他总管却以汪华兵力雄厚、不在乎这点兵力为借口来反对调整。这让李靖气得火冒三丈，但生气也无济于事。尤其是当李世勣带头找理由反对时，其他人更是理直气壮地支持他。

朝廷了解情况后，为了尽快平定江南，让平南的各路总管能听从调度，统一作战，只得把在并州屯兵的秦王李世民派往江州，任命为江州道行军元帅，统帅大军。李世民的到来使得其他各路总管不得不听从他的号令。李世民的军事才能在这些将领们的眼里是战神一般存在，无人不服。有些人原本就跟随李世民征战多年，有些人则一直对他崇拜有加。李世勣就曾在秦王麾下效力多年，所以李世民一声令下，他也是老老实实地遵从。

打仗说白了，就是拼钱财，拼粮草。终归到底拼的还是粮草，没有吃的，拿着一大把钱，照样饿死。汪华自把兵马推进到宜兴和溧阳一带后，除了让程富和世荣轮番叫阵之外，主要还是盯着江淮兵的粮草。

入秋之后，南方的水稻正处于收割期。江南水稻是双季稻，春天清明左右播种，夏天六月底左右收割，稻田里有水，地是稀泥；接着继续种植，到了秋天稻子快熟的时候，放干稻田里的水，由于秋季阳光仍然充足，当稻田的稀泥变硬，甚至干裂时，稻谷也就成熟，可以收割了。对于江南百姓来说，主要粮食作物就是水稻，因此汪华旗开得胜后，并没有孤军深入作战，而是在防御江淮兵反攻，充分调动将士，收割江淮兵属下的稻谷。

同时，汪华还常派遣小股部队偷偷深入江淮兵腹地，烧毁江淮兵的一些粮仓。

陈正通和西门君仪的兵马赶到溧阳和宜兴时，汪华并不与其接触，高挂免战牌，不派兵出战。歙军坚守险要之地，江淮兵来叫阵，就是不出战；等他们不叫阵的时候，歙军又去叫阵，若江淮兵迎战的兵力少，歙军就去打一打；若江淮兵的兵力多，歙军就不打，把整个江淮兵弄得抓狂。陈当世和西门君仪想撤走，又怕歙军进攻，不撤走的话，在这里又干耗着，双方就这样对峙数月，终于等来了大战的机会！

军粮丰足的汪华一直在等待秦王李世民的作战命令。

武德七年，即公元 624 年，一月，秦王李世民命李孝恭率水师沿江而下，攻下重镇枞阳，兵进池州；二月，李大亮率安、洪两州兵马抵达猷州。

猷州为原来宣州的泾县一带。汪华归唐数月后，根据朝廷规制，把宣州重镇泾县与旁边的南阳和安吴两县单独划出，另建州府，以泾县为州府所在地，以当时唐朝分上中下三州级别来算，猷州只是下州，归属中州宣州，而宣州归属上州歙州。

齐州总管李世勣率一万二千兵马渡过淮河，攻占寿阳，逼近辅公祏的水路防线；接着，李孝恭率水陆兵马长驱直入，逼近当涂；李靖率精骑抵达宣城，与汪华部会师。

当涂将成为唐军攻克的重要壁垒，只有当涂拿下，才能让水师通过长江，进入丹阳。

第五十三章　饮马长江

歙军行军大营。

"越国公，溧阳之战就交给你了，你部牵制的兵力越多，攻克当涂耗费的时间就越少，拿下丹阳的时间就越早！"李靖说。

"靖公，请放心！我已做好充分准备。"汪华说，"丹阳城墙高厚，又据水而守，步兵无法攻城，唯有从水路突破城栅方能进入城中。我部一定会全力而战，保大军顺利攻破当涂防御。"

汪华与李靖属于英雄相惜，所以官场上的繁琐礼节就省了，汪华不称他为副帅，也不自称末将。虽然汪华在爵位上比李靖高一大截，并且又节制六州军政，拥有地方实权，但是在这次平南的职权上，李靖则是领导，而汪华是部属。

"靖公，伪宋大将冯惠亮传来消息，当涂驻军已经缺粮，他现在奉命亲自押送粮草，说在溧水那里可以动手。"汪华道。

"冯惠亮？！"李靖觉得很惊讶，冯惠亮是辅公祏的左膀右臂，怎么能透露军情呢？

"情况是这样的，前年我从长安回来时，他奉辅公祏之命，在襄阳企图对我下手，被我提前探知消息，将计就计，把他抓住，跟他讲了一番道理，就放他走了。"汪华解释道，"后来我与他之间偶有书信往来，辅公祏谋逆时，是他第一时间给我送来消息，使我能及时调集军队。辅公祏称帝后，给了江淮兵将领很高的封赏，大家得到了更多的实惠。你也明白，自古以来都是人为财死，鸟为食亡。他们为了维护自己所得的实惠，必定与辅公祏站在同一战线。冯惠亮也是这样的，我派使者多次与其接触，都被拒绝见面，后来我战败吴骚之后，又多次派人与其联系，找到他家人晓之以理，在家人的劝说下，他又与我们联络上了。几次偷袭江淮兵的粮仓都是他送来的消息。"

"原来如此。越国公真是用心良苦，有冯惠亮做内应，当涂何愁攻不下！"李靖道。

"那些粮草就劳烦靖公派人去接收了。"汪华笑着说。

"越国公太客气了，我刚来就送我一份这么大的礼物，真不好意思。"李靖也笑着说，"我立即传令，派一路人马过去。"

李靖说完，就手写了一道军令让随从火速送往当涂唐军大营。

"此外，我还有一个更为关键的情报，"汪华郑重地说道，"在溧水和当涂之间，隐藏着一条极为隐秘的小道，这条路径鲜为人知，却可以直接通向丹阳。"

"真的吗？"李靖的双眼闪过一丝锐利的光芒，"那条路上有驻军防守吗？"

汪华轻轻摇了摇头，"并无驻军。我已经派人详细侦察过，那条小道蜿蜒曲折，需要绕过石臼湖，穿越茂密的树林、沼泽和深邃的山谷，路虽然狭窄但足够军队通行。如果急速行军，大约三天就能抵达丹阳。"

李靖陷入了沉思，手指无意识地敲打着桌面。

汪华继续说道："不过，冯惠亮警告说，那条小道可能是个陷阱。他猜测这是辅公祏的诡计，如果我们急于求胜，选择放弃水路改走陆路进攻丹阳，辅公祏可能会提前在那里埋伏兵马，一旦我们进入圈套，他们就会从四面八方围攻我们。同时，他再率领城内大军出击，我们将陷入腹背受敌的险境。"

"这个情报非常宝贵。"李靖肯定地说，"之前，怀州总管黄君汉和徐州总管任瑰看到长江被铁锁牢牢封锁，战舰难以通过，就曾提议寻找小路突袭丹阳，想要一举摧毁辅公祐的大本营。"

"但辅公祐在江南经营多年，对这里的每一条路都了如指掌，各个关隘也都有重兵把守，他怎么可能偏偏留下这样一条明显的破绽？这必定是诱敌之计。"汪华分析道。

"你的分析很有道理。"李靖赞同道。

"要拿下丹阳，最佳的策略还是水路并进。"汪华坚持道，"如果我们放弃水军，即使能够到达丹阳，也只能从西南两个方向发动攻击，而无法从水路突入。"

"确实如此。"李靖点头，"辅公祐在城内布置了五万精兵，如果我们只攻破一门，很快就会陷入他们的围攻之中，到时候进退两难。"

"因此，我恳请靖公能向秦王和赵郡王再次强调，我们应当集中全力在水路展开攻势。"汪华郑重地说道，"关于铁锁拦江的难题，我经过深思熟虑，并且在新安江进行了多次模拟实验，终于找到了一个比火烧铁链更为有效的方法。"

李靖的眼中闪过一丝兴奋，"哦？什么方法？"

汪华解释道："我们可以利用大型船只装载巨石，借助当前三月江水猛涨的自然条件，以强大的冲击力去撞击铁链。只要船只数量足够，必定能够成功冲断铁链。"

"用巨石冲击铁链？"李靖疑惑地重复道。

汪华进一步阐述："辅公祐选择在大江最狭窄的地方布置铁锁，他动用了数百名江南最优秀的铸铁工匠，耗时近百天才完成这一防御工程。他使用的铁链比碗口还粗，根本无法用普通工具斩断。为了确保铁链的牢固，他还命令工匠将铁水浇铸入两岸坚硬的岩石中，使铁链与岩石融为一体。据冯惠亮说，辅公祐为了防止敌人用火攻烧断铁链，特意在两岸建造了坚固的堡垒，并配备了强弩射手。任何试图靠近铁链的小船都会遭到射击。同时，他还在两岸部署了投石器，能够投掷出具有强大破坏力的石块，足以击沉接近的战舰。"

"他的防御计划真是周密到了极点。"李靖不禁感叹。

"是的，"汪华继续说道，"辅公祐为了确保万无一失，甚至在江水暴涨时进行了实验。他派遣了五十艘战舰从上游冲下，试图冲破铁链。然而，这些战舰在撞击到铁链时全部被摧毁，沉没在江中，而铁链却完好无损。他自豪地宣称这是史上最坚固的水上防线。"

"正因为战舰无法冲破铁链，所以有些人提议寻找小路直接进攻丹阳。"李靖皱着眉头说，"但既然战舰无法冲破铁链，你为何认为你的方法会有效呢？"

"如果五十艘战舰无法冲破，那为何不尝试使用五百艘呢？"汪华反问，"而且，我们唐军的战舰在设计和建造上都比江淮水师的战舰更加先进和坚固。我们的战舰船底和四周都装有铁皮进行保护，再加上载有巨石并挂满风帆，当大量战舰连成一片，在江水暴涨时从上游冲下，将产生无与伦比的冲击力。我相信，在这样的力量面前，铁链必定会被冲断。"

李靖听后点了点头："越国公不仅才智过人，而且胆识非凡。你的计划确实令人钦佩。如果成功的话，我一定会向秦王和赵郡王为你请功！"

"靖公过奖了。"汪华谦虚地说，"这并非我一人之功，而是需要你的精心调度和全体将士的共同努力。这份功劳应该属于所有前线奋战的将士们！"

李靖被汪华的谦逊和大局观所感动。他明白汪华不贪功的深层原因：水满则溢、月盈则亏。作为地方诸侯和曾经的王者，在地方百姓中享有崇高威望的汪华如今已身居高位、执掌六州军政大权。如果他再因功受封，很可能会引起朝廷中某些人的嫉妒和皇上的猜疑。历史上，无数英雄豪杰都因在高位上犯下小错而遭遇不幸的例子比比皆是。汪华作为熟读史书之人，自然明白这些道理。

数日后，天刚破晓，薄雾笼罩着江面。

镇守江口的陈当世站在堡垒之上，目光凝重地注视着江面上的情况。远处，唐军的五百艘战舰犹如一条巨龙，一字排开，满帆而行。战舰上的帆布在晨风中猎猎作响，顺着大风，顺流而下，直逼江口而来。

陈当世心中不禁生出一股无力感。他们花费了无数心血，在这江口布置了坚固的铁链防线，自以为可以阻挡任何进攻。然而，此刻面对唐军强大的攻势，他心中却充满了不安。

战舰越来越近，陈当世可以清晰地看到唐军战舰上的巨石在阳光下闪烁着冷光，仿佛预示着即将到来的毁灭性打击。

江两岸的投石器开始疯狂地投掷石块，然而，这些石块对于唐军巨大的战舰来说，只是隔靴搔痒。即使偶尔有石块砸中战舰，也只是在船体上留下一些痕迹，根本无法对战舰造成实质性的伤害。

五百艘满载巨石的战舰犹如一道不可阻挡的洪流，先后冲去。后舰顶着前舰，产生了巨大的冲力。碗口大的铁链在唐军战舰的连续冲击下，开始逐渐变形、扭曲。最终，在一声声震耳欲聋的巨响中，铁链纷纷断裂，沉入江底。

陈当世目睹了这一切，心中最后的希望也随之破灭。他明白，大势已去，江淮兵水师已经无法阻挡唐军的进攻。他默默地命令兵卒投降，然后拔出腰间的长剑，决绝地自刎而亡。

随着铁链的断裂，唐军战舰如入无人之境，长驱直入。江淮兵水师在唐军的强大攻势下迅速崩溃，士兵们四散而逃。而唐军则乘胜追击，声势浩大，不可阻挡。

冯惠亮率领两万五千精锐镇守溧水，这是陆路的一道关键防线。他精心备足了滚木和石块，配置了精锐的强弩射手，所构筑的城垒坚如磐石。他成功地击退了唐军的数次进攻。冯惠亮此举，不仅是为了展示他卓越的军事才能，更是想借此向唐军证明自己的价值，以期在归顺大唐后能得到更高的地位和重用。

李靖眼见两路总管将军的攻击都未能攻破冯惠亮的坚固营地，反而损失惨重。他明白了冯惠亮的用心，于是就派遣阚陵上场。

冯惠亮所率那支战无不胜的五千盾牌兵，曾是阚陵亲手训练的队伍。阚陵仅带着一百名兵卒，静静地来到城外。城垒上的江淮兵惊讶地发现他们的前主帅，一时间无人动弹。

城内的气氛突然变得紧张起来。冯惠亮也走到城楼上，他看到了城外的阚陵，心中更加坚信了汪华之前的告诫。

没有过多的言语和交流，但城内的将士们已经开始动摇。他们看到了曾经的主帅，听到了阚陵的宣告，再加上冯惠亮的默许，于是纷纷放下手中的武器，有的更是跑去打开城门。

阚陵率领唐军顺利进城。而冯惠亮带着几名心腹，乔装打扮成战场上溃败的士兵模样，匆匆赶往丹阳。

困守在苏州城的左游仙，在无外援的情况下，只得利用雨夜的掩护逃回丹阳。而汪天瑶则顺势攻占苏州，率领大军继续挺进，直逼丹阳。

与此同时，在宜兴战场上，汪华部与江淮兵陷入了激战。面对兵力两倍于己的陈正通和西门君仪两位大将，战斗异常艰难。为了更有效地牵制和消灭敌人，汪华果断命令程富和汪世荣采取主动攻击策略，持续给江淮兵施加压力，不让他们有喘息之机。

这时，鲍雷走进营帐，向汪华报告："舅舅，投石器已经准备就绪。"

鲍雷是汪华姐姐汪世贞的儿子，多次随军出征，私下见汪华时，从不称官职。

"这么快？"汪华略显惊讶地问，"是一百架吗？"他原本以为，从三天前命令鲍雷组织工匠现场制作大型投石器到现在，时间并不充裕。

"一个不少。"鲍雷回答道，"工匠们连夜赶制出来的。"汪华在每次出征时，都会随行携带一些技艺精湛的工匠，以便根据战场需要，及时制作出适用的器械。此次攻打宜兴，城池坚固，难以迅速攻破，因此汪华决定动用投石器这类重型武器。在士兵们的协助下，工匠们就地取材，迅速完成了制作任务。

"很好！"汪华满意地点头，"那么，我们明天就开始攻城！"他顿了一顿，又补充道："对了，这些投石器不要毁坏，我们还需要将它们带到丹阳去。"

鲍雷听后，微微一笑，说："舅舅，这个我已经考虑到了。在制作投石器时，我就已经跟工匠们交代过，采用木楔子进行固定，这样方便拆卸和组装。等我们攻下宜兴后，可以迅速将投石器拆解，用马车运输，随大军一同前往丹阳，绝对不会耽误行程。"

汪华听后，赞赏地笑道："孺子可教也！现在就给你记一大功！"

"谢谢舅舅！"鲍雷笑嘻嘻地说。

第二天。

陈正通和西门君仪都傻眼了，城外巨型投石器，一字排开。他们没想到汪华为了攻下这个小县城，居然如此兴师动众。

"陈将军，西门将军！我们在宜兴这地方也耗费了不少时间。辅公祏的长江铁锁已经被我唐军攻破，陈当世已死，冯惠亮已败。识时务者为俊杰，辅公祏乃乱臣贼子，希望你们能快快出城投降，我汪华定会向朝廷保举你们高官厚禄！"

汪华骑着越影宝驹，腰挎湛卢宝剑，威风凛凛地指着城楼大声喝道。

陈正通与西门君仪对视了一眼，看来这下汪华玩狠的了，宜兴城池虽坚固难攻，但是哪能承受得了巨型投石器的狂轰？！

"拼了！"西门君仪抽出宝剑，"皇上对我们恩重如山，岂能背叛？既然已经反唐，就一反到底！"

"拼！"陈正通也抽出挂在腰上的宝剑，大声说道，"汪华，少废话，有本事就与老子大战三百回合！"

"哈哈——"汪华大笑，"陈正通，别说三百回合，只怕你在我手里走不出三十回合。不是我小视你，我是念在宜兴城内三万将士性命的份上，才对你好言相劝！"

"我江淮子弟岂是贪生怕死之徒！"陈正通说道，"不要以为有了投石器，我们就畏惧你！只要我们三万将士倾城而出，你们的投石器应付得过来吗？我念你是英雄豪杰，速速退兵，否则你手里的一万兵马就将成为我们的刀下鬼！"

汪华见陈正通不知好歹，转过身对程富说："放！"同时右手往前一挥。

瞬间，一百架早已待命多时的投石器抛出了一块块桌椅那么大的石头，像流星一样直向宜兴城池飞去。

"轰——轰——轰——"石块撞击城楼的声音。

"啊——啊——啊——"砸伤了的江淮兵发出刺耳的惨叫声。

陈正通和西门君仪也差点被飞来的石块砸着。

"快！杀出城！"西门君仪边走边命令江淮兵倾巢杀出！

最先出来的是骑兵！

江淮兵骑兵，骑兵与战马都全副武装，披上铁甲，这是辅公祏最得意的铁骑，一般刀剑无法砍伤战马，是他手中的王牌。辅公祏觉得宜兴是要害之地，对手又是汪华，必有恶战，才将这支三千人的铁骑交给自己的心腹大将陈正通。前几次的交战，陈正通见汪华并没有出动全军，便一直舍不得把这支铁骑拿出来用，想在关键时刻再亮出撒手锏。

投石器离城池的距离较远，而在投石器的前面是步兵，手持短刀；步兵前面是骑兵，手持长枪，汪华与程富、世荣等将领都在此处；骑兵前面又是步兵，但都是手持长枪。这是汪华兵马的阵列。一个把骑兵围在中间的奇怪阵列。

江淮铁骑的速度很快，像狂风般向歙军袭来。

歙军稳如磐石，一直站立，盯着江淮铁骑奔来，无动于衷。

铁骑近了，近了。在铁骑离歙军仅五十步时，汪华一声令下："撤！"

前面队列的步兵，熟练的把手中的长枪斜插在地上，枪头指向前方，再迅速低头蹲在地上，而骑兵立即向左右两翼飞速散开。

"啊——啊——"

战场上立即传出一阵阵惨叫声。

江淮铁骑尽管马背上披着铁甲，马腿关键部位也包裹软甲，但是有个致命的地方，那就是马肚子！

歙军斜插在地上的长枪，在马抬腿落地之时，像串烤串一样，穿过马肚子。江淮铁骑冲势太猛，一时勒不住马，那些快马转眼间就撞上了长枪，顿时鲜血喷射，一片悲嘶惨叫。歙军步兵纷纷冲上前去，拔出短剑，砍杀跌落在地的江淮军，这些突然摔倒的江淮兵卒还没反应过来，就被砍掉了脑袋。

跟在江淮铁骑后面出来的，都是步兵，而这时歙军骑兵已经成扇形分开，给自己步兵让出道后，立即向城门合拢。原来汪华是故意摆那奇怪阵法迷惑敌军的。

江淮步兵还没明白前面铁骑的情况，就遇到了歙军的骑兵。

而此时的投石器也在调整了方向，专往城门抛砸，大大阻止了城内江淮兵杀出。冲出来的江淮步兵并不多，被歙军骑兵左右夹击，死伤惨重。

原来宜兴城只有南北两门，东西两侧是陡峭山势，不能徒手攀爬。这是宜兴城的重要之处，它既是城池又是关隘。

陈正通见无法调兵与汪华部死战，败局已定，躲在一处墙角对西门君仪说："西门将军，你带领兵马先撤，这里交给我。"

"怎么交给你？留下都是死，咱们都撤吧，城外的那些兄弟别管了。"西门君仪说。

"唉！"陈正通一声叹息，伤心地说，"铁骑都没了，我如何向皇上交代！"

"先别想那么多，逃命吧！"西门君仪看着天上砸下来的石头，悲伤地说，"在这里多待一刻，就会多死很多兄弟。"

西门君仪见陈正通低着头没说话，拉着他就走。

城外。

遍地都是江淮兵的尸首。

"大哥，陈正通他们都跑了！"世荣骑马飞驰而来，大声喊道。

"全军听令，迅速穿过宜兴城，不要停留！"汪华高举手中的剑，向前猛地一挥，大声命令道，"杀向丹阳，饮马长江！"

第五十四章　江南太平

秦王李世民坐在最坚固的战船上，向平南各路兵马下达了全面进攻丹阳、消灭辅公祏的军令。一时间，长江从当涂到丹阳的江面上，数千艘战舰犹如群龙，顺江而下，不到一日，就到了丹阳城外，安营扎寨，准备择机攻城！

"靖公，现在你该放心了吧，汪华已经击败了陈正通。"秦王对李靖说。

"回秦王，接到这消息，我确实是松了一口气。"李靖说道，"虽然说攻打丹阳以水师为主，但是不把宜兴、溧水、溧阳等地拿下，就会被江淮兵反制。"

"言之有理。辅公祏花数月时间加固这几个地方的城池，派遣精兵强将镇守，就是防止我军攻破江口铁锁后，他可派军从后面封住江面，使得我军前后受敌。我们的粮草有限，倘若攻下当涂后不能快速拿下丹阳，一切都是徒劳。"

"汪华这次立功不小，先是说服了冯惠亮，再攻破宜兴，打败陈正通，为我们扫平了地面上的一切障碍，使得我水师可以大胆前行！他又派兵夺下苏州，断了辅公祏的后路，战略得当。"秦王兴奋地说。

赵郡王李孝恭也在一旁连连点头，秦王和李靖军事才能都比他要高出一大截，所以这两个人讨论战争的时候，他只能知趣地在一旁听，从不插嘴。

正在这时，朝廷快报送达。李世民一看，李伏威在长安病逝了。

封德彝见李伏威大势已去，同时从皇帝的言谈中，他敏锐地捕捉到皇帝对李伏威的存续已无多少期待。作为一名精明的政治家，封德彝为了自身的利益，毫不犹豫地摒弃了李伏威过去的恩情，转而开始游说其他大臣，一同向李渊上疏。他们声称，正是李伏威通过密信向丹阳透露消息，才激起了辅公祏的反叛。为了进一步证实这一指控，封德彝甚至在暗地里指使吴王府中的人提供伪证，声称他们亲眼目睹了李伏威的所作所为。

这些举动正中李渊下怀，表面上伪装出要进一步深入调查的样子，声称即使李伏威真的有错，念在他当初主动归顺唐朝的份上，也应当获得宽恕。然而，实际上，李渊在当晚便秘密派人将毒酒送至李伏威的府邸。

此时的李伏威已对朝廷的动向有所耳闻，面对皇上赐来的毒酒，他无奈地长叹一声，最终一饮而尽。第二天，朝廷便宣布太子太保、吴王李伏威因突发疾病离世。李渊又故作悲痛，下令按照亲王的礼仪为其举行葬礼。

"我们去看看阚将军吧。"秦王眼中闪过一丝深邃，边说边向帐外大步走去。

阚陵，这位曾经在李伏威麾下叱咤风云的大将，如今在李靖的军营中却显得有些落寞。看到秦王、赵郡王和李靖一同前来，心中一惊，难道是出了什么大事？他迅速站起，走上前去行礼："末将参见秦王、大帅、李副帅。"

李世民扶起阚陵，和颜悦色地说："阚将军，这里是军营，不必拘泥礼节。"

四人落座后，阚陵试探着问："秦王殿下，是不是我义父那边有什么新消息？"

李世民叹了口气，沉痛地说："吴王数日前因病去世了……"

阚陵刚听到这里，就掩面而泣。

"人死不能复生，请阚将军节哀！"秦王安慰道。

"父王向来贵体康健，如果没有辅公祏这反贼借父王名义作乱，父王也不会整日郁闷而气坏身子。"阚陵说道。

原来李伏威在长安的情况，阚陵基本清楚，李伏威不仅是被辅公祏害死的，其实也是被皇帝逼死的，每日被皇帝派去的人监视，皇帝只要心情不好，就宣李伏威进殿，劈头盖脸地羞辱一顿。堂堂的江淮兵首领，十六岁就聚众起义，征战无数，拥有兵马三十余万，岂能受得了这般待遇？能不急火攻心吗？能不气死？阚陵知道李伏威已经生病，没想到这么快就病逝了，令他永远都不会想到居然是李渊赐了毒酒。

秦王说道："阚将军，若没有辅公祏造反，吴王、王雄诞将军和你有享不尽的荣华富贵，江淮将士都会安度此生。现在我们已兵至丹阳，一定会手刃辅公祏老贼，为吴王和王雄诞将军报仇！"

阚陵跪倒在地："秦王殿下，攻打丹阳时，我请求担任先锋，誓要攻破那座城池！"

秦王轻轻扶起他，眼中闪烁着赞赏："阚将军，你的忠诚和勇敢值得称赞。丹阳城中的将士，多半是你的旧部，若你愿意挑起这份重担，并能立下赫赫战功，我定会向皇上禀报，加官进爵。"

这番鼓舞人心的话语让阚陵心中激情澎湃。阚陵深深一拜，声音铿锵："末将定当竭尽全力，听从殿下的调遣！"

秦王再次扶起阚陵，神色凝重地说："丹阳城坚固难攻，城墙高耸，又有秦淮河作为天然屏障，河水深且宽，让我们的兵马难以接近。而且，据探报，城内现有精兵六万，粮草储备丰富，足以坚守一年之余。阚将军，可有破城之计？"

其实破城之计，李世民早就心里有数，只是这个时候，想探探阚陵的意见，终究阚陵久居丹阳，比大家更熟悉周围环境。

阚陵向秦王建议："要破丹阳，关键在于水门。水门防御严密，但四门齐攻可分散其兵力。然而，这也将分散我们的力量。"秦王点头，表示理解。阚陵接着问起冯惠亮的情况，秦王告知他冯惠亮被辅公祏猜疑，无法内应。

阚陵提出利用徐绍宗与陈正通的关系，尝试说服他们回心转意，配合行动。但李孝恭透露两人已对辅公祏死心塌地，秦王也曾尝试劝说无果。阚陵决定亲自出面，表示将以三千兵马为先锋攻打水门。

秦王赞同，并下令明日辰时全面攻城，他与赵郡王、李靖等率水师配合阚陵攻打水门，其他将领分别攻打南、东、西三门。李孝恭、李靖和阚陵接令，准备行动。

阚陵密信冯惠亮，要么说服徐绍宗，要么除掉。夜晚，冯惠亮以饮酒为名，邀请了徐绍宗，并在席间流露出了自己的忧虑，同时暗示辅公祏对他们的猜疑。然而，徐绍宗性格豁达，并未深思冯惠亮的言外之意，他依然保持乐观，坚信他们有能力击退唐军，或者至少能够长期坚守阵地。冯惠亮又告知常州失守已被汪华部攻占，长江下游也已被唐军封锁，江淮兵现在已是插翅难飞，只能做困兽之斗。冯惠亮巧妙地借用汪华的说辞，让徐绍宗开始怀疑军中的传言以及王雄诞的死因，逐步对辅公祏产生了怀疑。紧接着，冯惠亮透露出博望山之战的实际领军将领是阚陵，江淮将士对其仍怀有深厚的忠诚，若双方真的打了起来，这些将士很可能临时倒戈。他又告诉徐绍宗，李世民的作战手段是先打败对手再谈和，若是败了再谈和就没有任何条件了，现在他们就面临着选择：主动归降或是被彻底消灭。最后，冯惠亮递给徐绍宗一封阚陵的亲笔信。徐绍宗陷入了沉思，最终表示愿意听从冯惠亮的安排。

丹阳城，南门。

俗称为"歙军"的唐军汪华部，一百台投石器摆成方阵，在天还未亮时，猛然向城楼发起了攻击，一块块石头向城楼上飞去。

由于来得突然，攻城时间是辰时，正是下半夜，天亮之前，守城的江淮兵都处于深度睡眠时，南门的江淮兵守卫并不多，一阵狂轰滥炸后，楼下休息的守卫手忙脚乱地拿着盾牌和刀枪冲上来。他们看到城下灯火通明，布满唐军，但距离较远，无法用箭射杀。只有眼睁睁地看着石头从天上往下砸，而无能为力。城上的几处灯火，唐军有意避开不炸，就是为了方便照明。

南门的守卫只得向其他几个门求救，结果其他几个方位的门也正受到唐军的进攻。

一番石块轰砸之后，江淮兵只有举着盾牌、猫着腰躲在城垛边往外瞧，但是仍然有不少人被石块砸伤砸死。强弩之末不能穿鲁缟，但是石块不一样，重量和体积在那里，只要轻轻砸下来，也会缺胳膊断腿的。

汪华见时机成熟，立即命令兵卒把装满土石的板车往护城河倒去，上千辆板车，不到一盏茶的功夫，就在护城河上填出三丈宽的道路。

"大哥，真是高明！"看到露出河面的道路，世荣不由得夸汪华出的好主意。

汪华微微一笑："兵无常势，水无常形。秦淮河虽然宽广，但是水流并不湍急。能用此招为什么还要渡船而过呢？这样更便于架设云梯和骑兵通过。"

程富听了后，在一旁连连点头，汪华不仅战略格局大，而且战术总是出人意料。很多人总是把兵法想象复杂，其实那是跟自己过不去，很多事情只要因势利导，就能游刃而解。

"世荣，你负责率兵攀爬云梯攻城；程富，你负责率兵用重型战车去撞击城门；

鲍雷，你负责继续用投石器轰炸城楼，做好掩护。"汪华下令。

很快，数十架云梯升起，冲过刚刚垒砌的道路，架到了城楼上，骁勇的战士奋勇地往上攀爬。鲍雷通过投石器做了很好的掩护，城楼上的兵卒多次想把云梯推倒，或者想往下扔石块阻止唐军往上爬，但是投石器快速飞来的石块，让那些江淮兵命丧黄泉。

程富指挥的重型战车，其实就是三个人才能合抱的树木，绑在两三十个大轱辘做成的大板车上，百多名兵卒一齐推着向南门撞击。按照常规，此时的南门上方的城楼上应该是站满江淮兵的弓箭手或者拿滚木石块等往下砸，但是，鲍雷的投石器封锁了江淮兵的步伐，从天而降的石块，吓得城上的兵卒躲闪都来不及，哪里还谈得上防御。

汪华制定的双管齐下的战术，很快就见成效，歙军率先登上了城楼，城下的投石器也立即停止了轰炸，城楼上一片打斗。丹阳南大门虽然坚固，最终还是承受不了巨木的无数次疯狂撞击，终于撞开了。歙军向城内蜂拥而入。

汪华率领歙军冲进城后，仍然遇到江淮兵的阻挡，一阵厮杀后，终于控制了局面。

"这里交给我！程富，速率领两千精骑杀向东门；世荣，速率领两千精骑杀向西门！"汪华见南门已经完全掌控在唐军手里后，立即命令程富和世荣率兵从城内支援东西两门。

丹阳城西门。

冯盎次子冯智戴率领岭南军率先登上了城楼。岭南人擅长攀爬，在树林里，可以从这棵树跳跃到另外一棵树，速度奇快，而且还能在空中躲闪弓箭，行如平地。更重要的是，这支岭南军身穿藤甲，根本不怕箭矢。

李大亮负责率军攻打西门，冯智戴主动请缨，要求率领自己的岭南军为先锋，前期的攻城很辛苦，死伤惨重。在世荣率兵杀到西门时，坚守西门的江淮兵被迫两面作战，给冯智戴提供了可趁之机，他亲自拿着盾牌爬上了城楼。

丹阳城东门。

守城主将是西门君仪，辅公祏的心腹大将。

攻打东门的主将是李世勣，他之前就安排兵卒准备了浮桥，原来他这浮桥非同一般，桥是由一根根树木组成，用铁钉固定，每座浮桥有十来丈长，两三丈宽。攻城时，让百名士兵一齐推到河里，百多座浮桥都塞在河道上，相互卡着，异常平稳，河水再大也冲不走，护城河一下子就失去了护城的作用。真是没有做不到的，只有想不到的。李世勣部很顺利地接近了城墙，展开了艰难的攻城，但是城墙太高，多次攻城失败。

正在李世勣一筹莫展之时，程富带领兵马已经杀向了东门。原来程富边打边喊"唐军进城了，城门攻破了！"一路上本来准备阻挡的江淮兵赶紧纷纷逃窜，所以他的兵马能很快到了东门，扰乱了西门君仪的守城计划。

西门君仪见城内真出现了唐军，认为其他城门都被攻破了，长叹一声，无心应战，带领数十名心腹逃了。江淮兵见主将逃跑，均无心战斗，纷纷投降。

东门顺利攻破！

丹阳城的水门，也被称为北门，是丹阳之战的关键战场。然而，这场战争并未如众人所想象的那般硝烟弥漫、战火连天。

阚陵怀揣着建功立业的渴望，策马来到城下。他大声呼喊："城头上的兄弟们，你们还认得我阚陵吗？"城头的守卫在灯火映照下仔细一瞧，果然是昔日威震四方的阚大将军。他们发现，跟随在阚陵身边的，正是那些曾被派去驻守博望山的江淮精兵。这一幕让守卫们惊愕不已，面面相觑，不知所措。

阚陵的声音再次响起，这次他的语气更为柔和，却充满了力量："吴王在长安有令，他派我来看望你们。辅公祏逆天而行，无端造反，让你们这些本应过着平静生活的士兵卷入了无休止的战火。你们从中得到了什么？什么都没有！与唐军为敌，只会让你们的父母失去儿子，妻子失去丈夫，孩子失去父亲。若你们牺牲了，谁来守护你们的家人？吴王命令我传达他的意愿，希望你们能放下武器，归顺大唐。大唐皇帝已经承诺，对于过去的一切既往不咎！"

守卫们听着阚陵的劝降之词，心中动摇。原本紧绷的弓箭也松弛下来，他们虽然不怕牺牲，但却害怕自己的家人无人照料。

阚陵见状，继续说道："如今唐军已将丹阳城团团围住，你们能坚守多久？待到粮尽援绝之时，你们将何去何从？只有辅公祏一人能从中得到好处，他可以做几天皇帝，享受几天逍遥快活。而你们呢？为了他的私欲而做出无谓的牺牲。"

城头上的士兵们陷入沉默，而此刻冯惠亮和徐绍宗正站在城楼上。他们交换了一个眼神后，冯惠亮狡黠地对士兵们说："唐军人多势众，你们要坚守岗位，我去向皇上禀报情况。"徐绍宗也附和道："我也去！"说完两人匆匆离去。

阚陵猜到他们可能是想趁机去辅公祏那里救出家人，因为如果现在开城门放唐军进来，辅公祏得知后必定会杀害他们的家人。于是他果断下令："攻城！"

城头的守卫见主将逃走，而阚陵又发起攻城，除了少数几个胆大的士兵还向城下射箭外，其余的都四散而逃。冯惠亮和徐绍宗的行为无异于将水门拱手让给了阚陵。阚陵迅速命令士兵攀上城楼夺取了控制城门的绞盘，随着绞盘的转动，坚固的城门缓缓升起。

唐军涌入丹阳城后，却未能找到辅公祏的踪影，甚至连冯惠亮和徐绍宗也不知去向。最终，他们在辅公祏皇宫的后院发现了一个巨大的地道，足以让车马通行。原来，在唐军攻破水门的消息传来后，辅公祏曾怀疑冯惠亮和徐绍宗与唐军勾结，于是下令将他们拘禁。而就在此时，西门君仪闯入宫中，急报唐军已攻破所有城门。面对败局，辅公祏只得带着冯惠亮、徐绍宗等人匆匆从密道逃离。

尽管辅公祏带领了两万兵马出逃，但许多人见大势已去，纷纷离散。辅公祏愤怒之下命令亲兵斩杀逃兵，却引发了内乱。当他们逃至句容时，又惊闻吴王李伏威已在半月前病逝于长安。

这个消息让冯惠亮和徐绍宗心灰意冷，他们开始怀疑李伏威的死与李唐朝廷有关。他们觉得，既然阚陵已经围攻丹阳，吴王本应心情舒畅，且他一向身体健康，怎会突然病逝？这让他们对朝廷对江淮兵的信任产生了深深的怀疑。

于是，冯惠亮和徐绍宗联手说服了陈正通，三人设法买通了看守的士兵，成功救出了各自的家人。此后，他们带着家眷隐居起来，远离了世间的纷争。

辅公祏见三员大将离去，心中虽有悔意，但事态已无法挽回。他只得带着西门君仪和数十名残兵逃往句容，途中遇到了左游仙。得知唐军已派李世勣率军追剿，他们不得不继续向武康方向逃窜。

在常熟一带征战的汪天瑶接到命令，率领军队追捕江淮军的残余势力，并在武康地区发布了悬赏捉拿辅公祏的命令。辅公祏一行人如同丧家之犬，逃到武康的一个村庄时，被当地的一个无赖带领一群农夫抓获。尽管辅公祏的士兵们有些武艺，但饥饿疲惫的他们已无力抵抗，最终被押送到汪天瑶的营帐。

随后，辅公祏一行被押送到丹阳，斩首于东门。

从此江南太平。

第五十五章　秦王夜访

丹阳城被攻破后，追剿辅公祏的残余势力和整顿江淮兵政的重任交到了赵郡王李孝恭的手中。秦王李世民则需立刻启程返回长安，向皇帝复命。

这日晚间，东南道大行台府内举办了一场盛大的晚宴，既是为了庆祝平定伪宋的胜利，也是为了给即将离去的秦王送行。在大厅中，坐着此次平叛行动的核心人物：秦王、赵郡王、李靖、汪华、李世勣以及李大亮。为了彰显朝廷对岭南地区的重视，秦王还特地邀请了冯戴智同席。此外，阚陵也应秦王的邀请，坐在了这一桌。这样的安排出于三个方面的考虑：一是阚陵在攻占丹阳的战斗中功劳显著；二是想借此向归降的江淮兵传递一个信号，即朝廷对江淮兵的重视；三是鉴于李伏威的去世，这样的座位也是对阚陵的一种慰藉。

大厅两侧坐着的是来自各路的总管、先锋、副将和谋臣等。起初，大家都显得有些拘谨，但随着酒过三巡，气氛逐渐热烈起来。李世民更是带头与大家划拳行酒令，他身先士卒、与将士们同甘共苦的态度，使得麾下的将士们无不心悦诚服，愿意为他效命。

晚宴一直持续到深夜才圆满结束，众人都带着几分醉意。秦王感慨地说，天下没有不散的筵席，催促大家回去休息。

歙军一直驻扎在城外，攻破丹阳城后，汪华主动命令全部兵马退到城外安营扎寨，由汪天遥、程富和汪世荣统领，他与任贵在城内居住。赵郡王李孝恭把原来左游仙在丹阳城内新盖的宅子分配给汪华、任贵和鲍雷等人临时居住。

宴席散后，汪华回到住处已经是子时，但他并没有睡意，直接走进书房。

左游仙助辅公祏起兵后，就开始大兴土木，为自己建造豪宅，房子建好后，

又附庸风雅，到处重金购买古书名集。别看左游仙没风光几天，但是书房里面的书还真不少，值得品读的名经古书也有好几套。汪华入住后，对豪宅的雕梁画栋、金银珠宝丝毫不感兴趣，一头扎入书房，对书籍爱不释手。

汪华刚拿着一本书坐好，任贵就从外面走了进来。

"秦王来了。"任贵说道，从语气上就感觉到他对秦王的到来很意外，

刚在前院看到秦王走了进来，就忙跑过来告诉汪华。

汪华的表情并没有惊讶，显然是他意料之中的。他把书合上，对任贵说："知道了，你们早点歇息吧。"

汪华边说边往外走。任贵愣了一下，随后就明白了，或者秦王与汪华早就约好了，夜深人静到这里来，肯定是有重要事宜商议。

"秦王，请！"汪华走出去的时候，秦王已经到了后院。

"你们都下去吧，本王与越国公说说话。"秦王向左右摆了摆手。

左右随从知趣地都退了下去。

秦王迈进书房后，看着满屋子的书，说道："左游仙这个装神弄鬼的假道士，居然还有此爱好。"

"有几本倒是我喜欢读的书。"越国公汪华说道。

这里已无外人，凭两人私交的关系，言语也就放开得多，没有更多顾忌。

秦王李世民看着摆在书桌上的《史书》，走过去拿在手里，中间有个露出半截的书签，很显然这是汪华阅读的地方，他随手翻开，正是《鲁周公世家》的章节。

李世民笑了笑，没有说话，他已经明白了汪华的意思。这个书签与其说是汪华看到这个地方做个记号，还不如汪华故意翻到这个地方，向秦王传递某种信息。

秦王把书放到原处。

"殿下，请喝茶！"汪华在秦王翻书的时候，亲自在旁边的茶几上泡上了一壶茶。

秦王走了过来，坐在椅子上，端起茶杯轻轻闻了闻茶香，随后缓缓喝了一口，放下茶杯，说道："好茶！"

汪华没有说话，端起茶杯也喝了一口。

屋外。虽然汪华让任贵退下休息，但这时任贵岂能睡得着？秦王来到这里，不能大意，只得亲自在后院担负起禁卫，又命令鲍雷到前院负责禁卫。

现在已经四月，江南的天气逐渐炎热起来，晚上吹着微风，非常舒畅。

书房里的灯火一直通明，直到天边放白，秦王与越国公才走出书房。两人这一夜到底谈些什么，没人知道。

送走秦王后，汪华对任贵说："传令汪天遥，今日班师回歙州。"

当歙军返回江南六州的驻地时，驻扎在丹阳城附近的唐军并未撤离至各州。

"殿下，其实我们可以让大部分兵马回归各州了，追捕残余势力并不需要如此庞大的军队。"李靖向赵郡王李孝恭建议道。

"靖公，你来得正好，我有事想与你商议。"李孝恭面露难色地邀李靖入座，语气也显得异常谦逊。

"请殿下明示。"李靖察觉到他的为难，预感到有棘手的事情发生。

"我接到了密旨，"李孝恭压低声音，"要求各路军队原地待命，随时可能南下。"

"南下？目标是哪里？"李靖感到意外。

"歙州。"李孝恭吐露出目的地。

"歙州？"李靖惊愕，这完全出乎他的预料。

李孝恭无奈地点头确认。

"汪华对大唐一片忠心，皇上怎么会考虑对他用兵？"李靖显得焦虑不安。

"皇上担忧他会成为第二个李伏威。为了确保江山稳固，皇上觉得必须消除这些归降的地方势力，他才能安心。"李孝恭解释道。

李靖的额头开始冒汗，"那如果我们真的对歙州用兵，你想过可能的后果吗？岭南的冯盎极有可能因此反唐，我们多年的努力将付诸东流。更别说其他归降的势力，为了自保也可能起兵反抗。如果他们联合起来对抗大唐，那朝廷就危险了。"

"现在只能寄希望于秦王这次回长安能说服皇上了。"李孝恭叹息道。

"希望秦王能成功。"李靖也叹了口气，心中涌起一种兔死狐悲的凄凉。他

徽州魂
大唐越国公汪华传奇
中

当年并不受李渊看重，好不容易在平南战役中立下大功，如今天下初定，自己会不会也遭遇鸟尽弓藏的结局？

"汪华的命运如何，我们只能听天由命了。"李孝恭无奈地说。

"不，我们不能坐视不理。"李靖坚定地说，"帮助汪华，其实也是在维护大唐的稳定。"

"那我们该怎么做？"李孝恭问，"难道把密旨透露给他？如果他提前知道了，会不会因此起兵？"

"皇上既然将钱九陇老将军的女儿许配给汪华，这也算是朝廷与歙州的联姻。按理说，皇上应该对汪华有足够的信任。"李靖没有直接回答，而是提出了自己的疑问，"难道是汪华有什么把柄落在了朝廷手里？"

"这我怎会知道？"李孝恭摊手表示不知情。

"或许是朝廷中的某些老臣在皇上面前煽风点火，让皇上误以为铲除这些势力就能永保江山。"李靖说到这里，突然笑了，"不过，我有个主意了。"

"哦？快说来听听。"李孝恭急切地问。

"先保密，十天后你就明白了。"李靖神秘地笑道。

"靖公，你就别卖关子了，快告诉我吧！不然我这心里总是七上八下的。"李孝恭恳求道。

"裁军。"李靖吐出两个字。

"裁军？"李孝恭思索片刻，"他之前确实裁过军，这个办法或许可行。但问题是，如果裁军数量太少，意义不大；如果裁得太多，他会愿意吗？毕竟六州兵马是他的立足之本。"

"这就要看汪华个人的魄力了。"李靖说，"他既需要裁军以示忠诚，又要确保六州的安宁。如果裁军后六州出现动荡，那些朝廷老臣还是会找借口对他不利。"

李孝恭沉思片刻，觉得别无他法，只得点头同意："也只能这样了，走一步看一步吧。"

他望向屋外，心中感慨万分。古人说"鸟尽弓藏，兔死狗烹"，权力确实是一把双刃剑。不知未来，这把剑是否会伤及身为皇室成员的他。

长安城，武德殿内。

早朝时分，气氛庄重而肃穆。

"父皇，汪华功勋卓著，一直以来对朝廷忠心耿耿，他绝不可能怀有二心，请父皇明察。"秦王李世民恳切地进言。

李渊眉头微皱，反驳道："李伏威当初对朝廷也是忠心不二，然而他手下的辅公祏最终还是造了反，这又如何解释？"

李世民毫不退缩，据理力争："李伏威与汪华的情况不能相提并论。汪华的手下将领们一直深受忠君思想的熏陶，他们的忠诚与辅公祏之流截然不同。我相信，在汪华的领导下，他们绝不会走上叛逆之路。"

李渊见李世民如此坚决地维护汪华，心中虽然仍有疑虑，但也不愿与儿子过多争论。于是，他转向太子李建成，询问他的意见。

"太子，对于此事，你有何看法？"李渊问道。

李建成自领兵平灭了刘黑闼之后，在朝中威望如日中天，尤其是老臣们对其恭维有加，说太子文韬武略，定能承前启后，继往开来。

此时的李建成从自身角度考虑，当然是遵循父皇和老臣们的意思，尽管他对汪华并无成见，两人交谈起来也很投机，但是世间没有永远的朋友，只有永远的利益。就算他与汪华是铁哥们，为了让父皇满意，他也会毫不留情地对其下手，更何况，他跟汪华的关系也只是普普通通而已。加之，二弟李世民现在处处维护汪华利益，他就更加要站在对立面。

李建成说："父皇，为了江山永固，儿臣认为应该趁夺取丹阳之际，立即挥军南下，全面接管六州军政。"

"大哥，挥军南下，说得轻巧，汪华手握重兵，足可与我们抗衡一两年。"李世民说。

"只要他敢抵抗，他就是造反。"李建成说，"倘若他真忠于大唐，就会放下武器，开门迎接我们。"

李世民听到这里，不由得在心里骂了一句，世上哪有伸着脖子等人来砍的？你这是逼汪华造反。

李世民想到这里，认为不能与他们直接辩论是否攻打歙州，便换了个方式说："汪华主动率土归唐，在平定萧铣、林士弘和辅公祏的战役中立有大功；曾主动前往长安觐见，并与钱九陇老将军女儿钱任联姻；又主动裁减军队效忠。如此忠良之臣，若被朝廷猜疑，并遭朝廷大军征讨，请问，在岭南的冯盎会怎么想？另外那些归顺朝廷的英雄豪杰又会如何想？"

李世民说到这里，环视了殿中文武百官，接着说道："唇亡齿寒，这些英雄豪杰为了自保，必定会抱团取暖，联合对抗朝廷，到那时，好不容易换来的天下太平，立马又会回到烽火连天的岁月！"

朝中那些大臣，听李世民这么一说，也吓了一跳，灭掉汪华事小，万一天下群雄又揭竿而起，那大唐还能撑得住吗？

萧瑀见大家都没说话，则开口道："秦王殿下说得不无道理，挥军江南六州关系我大唐社稷，需慎重。"

他一直反对朝廷挥军南下，但是又不敢得罪太子，所以话说得很委婉。

封德彝自上次在长安帮助李伏威对付汪华，没有占到便宜，现在李伏威已经完蛋，可他还是不想让汪华轻松过日子，只见他出列说道："秦王殿下刚才说得有理，但是太子殿下说得也不无道理。汪华既然归顺了我大唐，虽然执掌六州军政，但都是皇上授其权力。大唐兵马挥军南下到达歙州，汪华也无话可说。普天之下莫非王土，皇上的兵马到任何地方去，都不应该受到质疑的。"

封德彝见李渊脸色缓和，有了胆量，接着说："现在江南太平，为了长治久安，为了百姓安宁，调整军政总管，调遣歙州兵马，也是合情合理。倘若堂堂大唐天子的兵马都不能去歙州，那么歙州还属于大唐的疆土吗？"

很明显，狡猾的封德彝偷换了一个概念。

"封相说得有理。我们把丹阳的兵马调遣到歙州，更换驻军，有何不妥？"李建成明白了封德彝的意思，忙反问李世民。

这下李世民有些措手不及，人家又没说去攻打歙州，只是调遣兵马过去更换防务，有何不妥？既然都是大唐州县，所有兵马自然都归天子调度。把汪华手里的兵马调换后，汪华肯定指挥不动，到那时他有二心，也是有心无力。封德彝这样一番说辞，他还真没法反对。

裴寂见李渊面带微笑，知道皇帝很满意封德彝的说法，则赶紧接着说："汪华手下猛将如云，而如今不少地方正是用人之际。皇上可以借这次汪华灭辅公祐有功的机会，把他手下的汪天瑶、程富、任贵、汪世荣等得力大将调遣到六州之外，委以高官厚禄，待这些人走马上任后，再让六州裁减军队，并另派大将去更换防务，掌握兵权，这样更妥当些。"

李渊说道："正好西北多战事，可让汪天瑶等人到那里为国效力。"

大臣们听李渊这么一说，就明白皇上已经采纳了裴寂这招釜底抽薪的绝招了，这比挥军南下，兵进歙州要高明得多。裴寂不愧是老谋深算。

封德彝不由得看了裴寂一眼，心里骂了句：这老匹夫！

萧瑀岂能落后，也不再和稀泥了，赶紧说："汪华部将中，汪铁佛兄弟人数众多，或掌管一州政务，或掌管一路兵马，是歙州实力中不可低估的力量。汪铁佛理政能力强，在江南六州是除汪华之外的二号人物，倘若皇上推恩给汪铁佛等兄弟，也势必能瓦解汪华势力。"

李渊听了点点头，说道："萧卿言之有理，当年就是汪华委托他奉表前来长安的，朕对他比较了解，可以考虑重用。"

午后，歙州长史府内，气氛异常凝重。

"你说什么？总管大人正在私下召见各路将军？"汪铁佛惊愕地问道。

"确实如此，"汪铁环肯定地点头，"石五郎、羊宣、毛鸾、杨义、林凯等人都已被秘密召见。"

他顿了一顿，继续说道："现在，还未被召见的，就剩下我们兄弟几个了。"

汪铁环所指的兄弟，包括汪铁师、汪铁彪、汪铁珉以及他自己，他们四人分掌东西两营，都是手握重权的总管将军。

　　汪铁佛沉默了许久，才缓缓开口："这是何意？难道他察觉到了什么？"

汪铁环神色紧张地站了起来："他会不会已经掌握了我们的动向？"

汪铁佛做了个噤声的手势，低声说道："自从他从丹阳回来后，行为就颇为反常。从这次秘密召见各路将军来看，他必定在筹划着什么大事。"

"会是什么事呢？"汪铁环忧心忡忡地问道。

"你有没有从他们口中探听到什么消息？"汪铁佛反问。

汪铁环摇了摇头："他们看起来都心事重重的，什么也没说。"

汪铁佛陷入了沉思。自从汪华归顺唐朝后，他们之间的来往就减少了，主要是政务上的接触。而汪华对兵权的控制却越来越严，经常与那些出生入死的将士们密切交往。这一切究竟意味着什么呢？

"三哥，要不我们直接去找总管大人，开诚布公地谈一谈吧。"汪铁环终于说出了自己的想法。在兄弟中，汪铁佛排行老三。

但汪铁佛并没有直接回应他，而是问起了另一件事："花山宝藏的事情，你调查得怎么样了？"

"已经确认宝藏确实存在，而且数量巨大，"汪铁环回答道，"但具体位置还需要进一步查找。我找到了张士埕的儿子张水生，他回忆起父亲曾跟他提起过宝藏的事情。"

汪铁佛点了点头："张士埕早婚，他被处斩时张水生已经十二岁，这个消息应该是可靠的。"

"张士埕曾跟随总管多年，是这个秘密的知情者。"汪铁环继续说道，"水生说，他父亲当年曾告诉他，等天下太平后，吴王会把宝藏拿出来与大家分享。"

"这是个重要的线索。"汪铁佛眼睛一亮，"那他有没有说宝藏现在转移到了哪里？"

"我试探过水生，但他确实不知道。"汪铁环摇了摇头，"只是听说有一份藏宝图，被总管独自保管着。"

"这是个好消息，"汪铁佛说，"但为什么后来藏宝图会被总管独自保管呢？是他们自愿交出的，还是总管用了什么手段？"

"这个我也不清楚。"汪铁环低声说道，"天瑶、程富他们都非常精明，我

757

不敢轻易向他们打听，怕引起他们的怀疑。"

"虽然如此，但这些消息还是无法帮助我们找到宝藏。"汪铁佛叹了口气，"看来事情比我们想象的要复杂得多。"

这时汪铁环提到了另一个话题，"三哥，你听说丹阳那边的情况了吗？"

汪铁佛看向他，"丹阳怎么了？"

"灭辅公祐的军队，除了我们的歙军回到驻地，其他各州的兵马都还驻扎在丹阳、湖州等地，并没有撤离的意思。"汪铁环神色凝重地说。

汪铁佛猛然站起身，"这是什么意思？"

"这太不寻常了，"汪铁环解释道，"这些地方根本不需要那么多军队。除非……还有其他的战事即将发生。"

汪铁佛在书房里踱步，沉思片刻后说："看来总管可能有什么把柄被皇上抓住了，否则不会出现这种情况。"

"他能有什么把柄？"汪铁环疑惑地问，"我们在六州境内并没有做错什么，而且在征讨辅公祐的战役中，歙军还立了大功。"

汪铁佛没有回答，他虽然身负皇上密旨监督汪华，但他并不希望汪华倒下。他深知，一旦汪华失势，六州的安宁也将不复存在。他看向汪铁环，说道："要不，我主动去找他谈谈，探探他的口风。"

在这个关键时刻，汪铁佛首先想到的是如何维护六州的稳定。他向汪铁环投去一个坚定的眼神，然后转身走出了书房。

汪铁环看着汪铁佛离去的背影，心中充满了忧虑。这场突如其来的变故，让他们都陷入了前所未有的困境。他深吸一口气，试图平复激动的心情。他知道，接下来他们将面临更大的挑战。

汪铁佛说完，就走出了书房。

可以说这是歙杭六州遇到的最大危机，若失败，则永无翻身之日，汪华他下一步该如何做呢？汪铁环陷入了沉思。

第五十六章 王者伐道

歙州总管府，后院花园。

汪华正与钱任、稽圭、庞实三位夫人坐在花园的亭子里，汪华手里抱着一个才三四个月大的婴儿，这是他与钱任的女儿。汪华之前已有七个儿子，如今有个女儿，非常宠爱，只要忙完公务，就抱着亲来亲去，将其视为掌上明珠。

记得钱任分娩后，得知是个女儿，笑着对稽圭和庞实说："我有三个儿子，又生了个丫头，比两位姐姐幸福。"

钱英的三个儿子，建儿、璨儿和达儿，都归在钱任的房下，钱任把三个儿子当作自己亲生的儿子看待。

稽圭和庞实打趣道："你想得美，这丫头也是我们两个的女儿，你可不能一个人霸占。"

汪华给女儿取了个非常好听的名字，叫合羽，就是歙州的"歙"字的一侧。

钱任问汪华："什么意思呢？"

汪华神秘地说："这是秘密，将来我会解释给你听的。"

合羽，一个非常特别的名字，倘若从字面上看，就是把展开的翅膀收起来，停在这里。倘若说代表着小鸟，那应该是快乐飞翔，为何要停下来呢？或者是代表安静、安宁的意思？稽圭和庞实都猜测着，但是汪华都只是笑笑，笑得很神秘。

庞实说："我的名字有些土，叫'实'，没圭妹妹名字好听，我就是小时候太顽皮了，父亲认为女孩子应该老老实实、本本分分，就干脆给我改名'实'，后来又把我送到道教名山葛仙山去修道，没想到数年后，还是不安分，算是有名无实。而姐姐的'圭'字，特别好听，不仅是古玉器的名字，还是权贵之人的身份象征。"

汪华笑着说："'实'这个名字多好啊！东汉许慎的《说文》解释：实，富也；《墨子经上》里面说道：实，荣也。我的岳父大人是就希望你荣华富贵。"

庞实笑着说："可能还真是这意思啊，所以我就嫁给你这位大英雄，做总管夫人。"

大家听后，都笑了，一家人在一起的时候，说说笑话，是一件很幸福的事情。

钱任则说："我的名字就复杂了，当年父亲在危难之际曾受过一个姓任的人家帮助，所以给我取名'任'，以示纪念恩人。"

稽圭说："做人就要学会感恩，不过你这个'任'字还有多种解释呢，当年西汉末年王莽篡位后，称公主为任，你是你钱家的公主；在南方少数民族中间有一种乐曲，也叫任。"

钱任钦佩地说："姐姐博古通今。"

稽圭双手一摊："我懂的只是鸡毛蒜皮，闲着无聊时，到世华书房里翻了翻几本书；有时为了确认一份古人用的药方，翻翻各地风俗民俗或者文史传记的小册子，略微记得一点皮毛而已。"

今天的天气不错，天高云淡，没有风，园内花团锦簇、姹紫嫣红。汪铁佛在大贵的引领下，来到了后花园。

"铁佛兄，你来得正好，我本来想晚上找你有事商议。"汪华对走过来的汪铁佛说。

"有点小事想跟总管大人商酌。"汪铁佛说完，又看了看钱任等人。

庞实见状，走过去从汪华手里接过合羽，说道："我们看儿子们练剑去。"

稽圭和钱任会意，跟着走了。儿子们都在校场练习武术，汪华规定一定级别的文官武将的子弟，上午学文、下午习武。

见众人走远后，铁佛坐到汪华对面，压低声音问道："我听闻攻打丹阳的兵马都未曾撤离，这是真的吗？"

汪华微微点头，显然他已知晓铁佛的来访意图。

"您对此有何应对策略？"铁佛进一步追问。

"丹阳的兵马如何调动，最终还是由皇上和赵郡王说了算。"汪华的回答似乎有些含糊其辞。

汪铁佛没有急于打断，他深知汪华的聪明才智，既然自己已经提及这个问题，汪华必定会给他一个明确的解释。

汪华沉吟片刻，终于开口说道："近日我一直在与各路将军进行深入的交谈，目前还有铁师、铁环和铁珉尚未面谈。这个问题相当复杂棘手，我选择暂时不与他们沟通，也是出于对你的信任，相信你能在关键时刻助我一臂之力，共同处理好这个难题。"

铁佛神情凝重地聆听着，他已经做好了准备，将与汪华共同面对这场未知的挑战。

"我准备大规模裁减军队，六州境内只保留一万兵马，负责日常的防务即可。各路总管将军，两个选择，一是我向朝廷举荐，请求到其他军营效力；二就是离职回家，享受朝廷的俸禄，做个田舍翁，逍遥后半生。"汪华慢悠悠地说着。

汪华刚说完，铁佛立刻睁大了眼睛，这是触犯众将领利益的事情，闹得不好，就会出现兵变的。大家辛辛苦苦跟着打江山，好不容易熬出了头，天下太平了，做个太平将军，既威风又安全。

"他们怎么说？"汪铁佛说。

"现在天下太平了，养这么多的军队，对朝廷和地方来说都是一种负担，将士们征战多年，其实也是希望能平平安安地回到家里，享受天伦之乐。"汪华说，"当然，还是有不少人反对的，尤其是高级将领，若到其他军营效力，肯定是目前还有战事的北方或者西北方，那里天寒地冻，南方人很难适应那边的气候；若回家享福，虽然是好事，但是身居高位的人，忽然之间回到家里无所事事，也是很难过的。"

这不是难过不难过的事情，汪铁佛心想，人一旦失去了前呼后拥，心里落差会很大，习惯军营的生活后，再回到家，生活环境变化大，即使妻妾成群，也难以适应。说到底，其实就是人的心态问题。

现在算是明白了，为什么汪华这几天单独与那么多的将领谈话，也难怪那些将领们个个心事重重。倘若六州只留一万兵马，最多保留两名总管将军，东西两兵营，各五千人。汪华没有找铁师几个谈，是情有可原的，因为只要说通了那些人，他们几个也就不会有任何意见，即使有意见，也可以让铁佛去说服。

"如今江南已经恢复太平，兵器也可以马放南山了。我正准备向朝廷递交辞呈，打算与家人一起隐居山水之间，享受钓鱼打猎的乐趣，这也算是人生中的一大幸事。"汪华缓缓地说道。

汪华的这番话让汪铁佛心生疑惑，汪华究竟是出于何意？是在与朝廷赌气，还是真的想要知难而退？又或者，他是为了六州的安宁而主动辞去官职，希望部将们能够效仿他？

"六州离不开您。"汪铁佛诚挚地说道。

汪华闻言哈哈大笑，"中华历史绵延数千年，多少王侯将相都已在岁月中消逝。那些被千古传颂的帝王，如尧舜禹汤，他们虽然早已离我们远去，天地之间照样还是日升日落。"

汪铁佛听后，有些尴尬地笑了笑。

汪华继续说道："只要有人能为天下百姓带来安居乐业的生活，即使他消失在世间，也会永远留在百姓的心中。六州的百姓民风淳朴、勤劳善良，只要我们对他们公平公正，实行轻徭薄赋的政策，就一定不会有问题。"

"但如果您真的辞官隐居，那这些文官武将又该如何自处呢？"汪铁佛担忧地问道。

"你是要我保障他们什么？是利益、性命，还是官运亨通？"汪华说完后，稍微停顿了一下。其实他并不需要汪铁佛来回答这个问题，于是他接着说，"我们都是大唐的臣子，皇帝就是我们最强大的靠山。只要大家安分守己、遵纪守法，就能平安一生，子孙绵延。如果目无法纪，即使我汪华身居高位，也保不了他们。大唐的法律才是对他们最好的保障。"

汪铁佛静静地听着，他知道汪华这是在向他阐述大道理。

"许多人都认为，历史上的英雄豪杰必定是谋略出众、英勇善战的人物，然而这仅仅是一种片面的看法，未能触及到更高的境界。老子所倡导的无为，并非指无所事事、消极怠工，而是在适当的时机学会放手，顺应自然；孔子所提的入世，也并非鼓励所有人都去追逐官职，而是在国家需要时，我们能挺身而出，承担起应有的责任。无为与入世，这两者并不冲突，都是在教导我们认清时势，做出符合历史发展规律的选择。以大汉王朝为例，初建之时，国家急需恢复与发展，提高民众生活水平，维护社会治安，避免战乱，让人民休养生息，这才是符合当时历史规律的做法。因此，不论是主动还是被动，与突厥和亲、纳贡送礼，都是为了实现这一目标。而到了汉武帝刘彻时期，情况已有所不同。经过几代帝王的治理，特别是文景之治后，大汉王朝已国富民强。然而突厥仍不识时务，频繁侵扰边疆，烧杀抢掠。此时，果断出兵讨伐不仅是朝廷大臣的共识，也赢得了百姓的支持。但当突厥彻底败退后，理应采取无为而治的策略。然而，汉武帝仍坚持兴师动众远征，就显得过犹不及了。因此，后人才会批评他晚年穷兵黩武、好大喜功。这恰恰说明了有为与无为之间的区别。有为并非等同于英雄，无为也并非就是懦弱的表现。"

言及此处，汪华远眺片刻，又收回目光，缓缓说道："《孙子兵法》有云，上兵伐谋，其次伐交，其次伐兵，其下攻城。这些战略你我皆知，许多文官武将也都明了，然而，还有一层更高的境界，你可知道吗？"

汪铁佛好奇地问道："那是什么样的境界？"

汪华沉声说道："这种境界，虽然史书未曾明确记载，但历来都被高明之士所运用。有些人即便知晓，却未必能真正领悟其精髓。"

说到此处，汪华一字一句地总结道："简而言之，就是'王者伐道，智者伐交，武者伐谋'。"

汪铁佛闻言，眼中闪过一丝精光。以他的智慧，自然能从字面上理解这句话的含义，但他深知汪华对此的理解必定更为深刻。于是，他恭敬地请求道："还请总管大人不吝赐教！"

汪华解释道："所谓'王者伐道'，其中的'王者'并非单指帝王，而是代表着最高层次的智慧者。这里的'伐'，不仅指讨伐，更是指运用和执行的意味。而'道'，则是指天地发展规律，也就是我们通常所说的顺势而为。简而言之，最高的政治智慧就是顺应天地发展的规律，这才是真正的王道。然而，最难的部

第五十六章　王者伐道

分在于准确认清这个'势'。因此，能够在历史长河中洞悉形势并顺应形势的人寥寥无几。隋末时期，天下大乱，众多英雄豪杰纷纷起义，割据称王，这是隋炀帝荒淫无道所导致的必然结果。而随着大唐的崛起，各路豪强归顺，天下逐渐统一，这就是大势所趋。刘黑闼和辅公祐就是因为违背了天地大势，企图割据一方，最终走向了灭亡。"

汪铁佛点了点头说："当年我们保境安民、建吴称王，再到后来率土归唐，都是遵循了天地大势，所做的一切，都符合大势所趋。"

汪华继续解释道："那我们再来讲讲'智者伐交'这个概念。这里的'交'，你可以理解为打交道，包括外交关系、人和人之间的来往，还有做买卖、交换东西等等。不仅官场需要平衡，整个天下，都需要平衡。平衡一旦打破，招致的必然是灾难。我们六州兵强马壮，自讨伐辅公祐重新又招募了不少兵卒，人数又达到了十万之众，比其他总管府管辖的兵马都要多数倍，对朝廷来说，其实就是一个危险。即使我们对皇上忠心耿耿，难免还是会被人猜疑。他们对我们有看法，这是可以理解的。如何才能相安无事呢？我们就得与朝廷做一笔交易。什么交易？说得好听点，就是裁减军队换取朝廷的充分信任，让皇帝每天睡得踏实；说得不好听一些，就是用我们主动放弃一些官职去换取性命，换取自己后半生自由自在的生活。"

汪铁佛边听边点头，汪华说得没错，权力结构的平衡是很重要的，倘若自己这边重了，就得想办法减轻，只有这样才能保持平衡。秦王李世民是皇帝的亲生儿子，就是多掌握了一点兵权，也常被皇帝猜疑，被太子私下告状，作为归顺朝廷的一方首领，倘若不主动放下身段，怎么能取得皇帝的信任呢？你拿皇上想要的东西与他交换，皇上也就会把你想要的东西给你。实际上，这就是一种交易。李伏威倘若当年主动裁军，主动让一些将士解甲归田，辅公祐就不会有造反的机会，他二人就不会落到如此结局。

汪华见汪铁佛点头，接着说："'武者伐谋'，相信你已经理解了，我就不多说了。武者只是一个泛泛的概念，只是智者之下的一个层次，也可以认为是有勇者或者武将。对于这一部分人，最高的政治智慧，就是运用谋略。而谋略，又

分为两个部分，阳谋和阴谋。可见，阴谋不仅是政治智慧的末流，而且，最多也只占政治智慧的一小部分而已。

"正所谓得道多助，失道寡助，现在江南太平，我们养这么多的军队也没有用，这么多的将领如何安置？从中国历朝历代发生的一系列事情可以看出，政治斗争远比军事斗争要残酷，多少英雄豪杰在战场上所向无敌，但是在朝堂上却被人像对待蚂蚁一样地捏死。韩信、周亚夫，就是典型的例子。兄弟们在战场上出生入死，好不容易有了富贵，我不希望大家再到官场上去冒险。"汪华说到这里，有些戚戚然。

汪铁佛良久没有说话，过了半晌，他说："大人，一切我都明白了。您放心吧，余下的任务请交给我。我会处理好，让您满意的。"

汪华点了点头说："铁佛兄，辛苦你了！"

长安城，武德殿。朝会。

"歙州汪华请旨裁减军队，六州境内只保留一万兵马，各路总管将军，有一半人员请求解甲归田，另一部分将领愿意听从朝廷重新调遣；部分州官也告老还乡，请求朝廷另派官员赴任。"李渊说到这里，故意停顿了一下。

殿内大臣一听到这消息，吃惊不小，这可是汪华的大手笔啊，举国上下，各路总管内还无人有这样的魄力。大家交头接耳，小声议论。

李渊故意咳嗽了一下，殿内安静下来，他又接着说："最重要的是，汪华还说，近年来他身体总是不适，对牧守六州有心无力，请朝廷另派大臣执掌。众爱卿对此事有何意见？"

太子李建成听到这消息，心中一喜，六州不少官位空缺，正好可以把自己的人员派过去接管，尤其是六州总管这个位置。

想到这里，他忙出列说话："启禀父皇，汪华乃识时务者，见天下太平主动裁减军队，为朝廷减少军饷，值得表彰，他戎马半生，想安度后半生，辞去六州总管和歙州刺史军政两职，也是合情合理。"

李建成说到这里就停下来了，他要听听其他人的意见。于是退到一旁开始暗自琢磨，到底派哪位心腹大臣去任六州总管和歙州刺史之职。

秦王李世民见太子说完，就出列说道："启禀父皇，儿臣认为江南虽然安定，仍然需要有威望之人执掌，汪华先后执掌江南六州十余年，百姓安居乐业，深有教化，他正值壮年，正是为朝廷效力的时机，建议他继续留任，以安百姓。至于裁减军队和将领安置事宜，可恩准。"

李世民猜着太子肚子里的小九九，他不好明说。

太子与秦王的矛盾已经是公开化了，虽然皇帝装糊涂，经常和稀泥，希望两人和好，但是大臣却不一样，这种情况下不能轻易表态支持谁和反对谁。若出列说话，要么同意汪华辞官，要么同意汪华留任，这样就势必是，要么得罪太子，要么得罪秦王。

李渊见太子和秦王两人意见不一致，而大臣们都不敢开口，只有点名，说道："裴卿，你说说看。"

见皇上点名，裴寂只有硬着头皮说："越国公的请求，老臣认为都是为了国家的长治久安去考虑的。越国公在六州经营多年，根深蒂固，关系盘根错杂，倘若朝廷委派另外官员去担任六州总管，改变当地官僚格局，何尝不是一件好事。但是，六州之地与其他地方比较，又不一样，终究十多年来，并没有大的人事变动，倘若朝廷突派他人执掌，恐因事务生疏而出错。老臣认为，六州总管换人是必然趋势，但一时半会儿能否物色到合适的人选，却也是问题。"

裴寂这话说得相当有水平，两边都不得罪。换人嘛，是必然趋势；不换人嘛，也是从六州稳定去考虑的。

李渊只好再问萧瑀。

萧瑀也不敢完全表态，只好说道："各地官员调任是平常之事，尤其是异地做官，既可以防止官员为所欲为，又可以把老地方的经验带到新地方去，是很有益处的。但是汪华的情况有所不同，他平定辅公祏立有大功，本应大力奖赏，但这时突然同意他辞官不做，六州百姓可能有非议，若新任总管威望不在汪华之上，就更加难以掌控局势。老臣认为，可告诉他，为了地方大局着想，由他暂时仍然执掌六州，待裁军和调任将领之事完成之后，再在适当时机，换人去接替他的位置。

而汪华是否从此辞官不就，还是另有任用，到时皇上根据实际情况来裁决。"

李渊听明白了萧瑀的意思，想想刚才裴寂说得也没错，既然都是从稳定大局出发，姑且同意汪华的裁军方案，给离开军营的将士多发赏银，让他们回家老老实实地过日子，再把下面的文官也替换一部分，等这些事情逐步完成之后，再决定汪华的去留就容易多了，到那时汪华手里的本钱不多，他也翻不起什么波浪。

想到这里，李渊暗自一笑，看来汪华是个明白人，他这样做，既达到了朝廷所希望的，也避免了一场更大的战争。倘若各地诸侯都能像他这样识时务，这江山就稳多了。

封德彝在殿下的小动作被李渊在上面看见了，李渊猜着他也有话说，估计还是不一样的说法，便点名让他出列。

封德彝领命出列后说道："老臣担心汪华裁减的军队人数过多，牵涉面广，会不会引起六州兵营动乱？倘若出现动荡，朝廷怎么处理？是不是应该让汪华保证不会出乱子？"

这一招厉害，裁军稍有不慎就会引起兵营动乱，只要动乱，那么是谁的责任呢？是朝廷批准这个方案的，应该由朝廷来承担这个责任，但是封德彝的一句话，就明显提醒皇上，这个责任就应该由汪华来承担。

封德彝这样做，明面上是为了朝廷，实际上，谁都知道这中间有一定的风险，倘若风险出现，那么汪华就等着倒霉吧。

终于散朝了，大家讨论的情况也基本明确了，李渊把太子李建成、秦王李世民、萧瑀、裴寂和封德彝都叫到御书房。

"汪华奏折里面还有一份这样的东西，你们传阅一下。"李渊坐在椅子上，把厚厚的一本册子递给太子。

太子接过后，还没来得及翻看，李渊就接着说："这是汪华治理六州十多年以来的笔记，中间有他对赋税、土地、刑法、兵役、治安等多方面的见解。朕昨晚连夜阅读，直到拂晓，感触颇深。江南六州百姓为什么能安居乐业，即使隋末大乱时也能清平祥和，是有很大原因的。大唐建国七年来，虽然说天下百姓过上了好日子，但还不够，离朕的理想还差很远，朕一直在冥思苦想，希望能从历朝中找出一个好的对策，但很遗憾。历史上不少治国之策，虽说惊世绝伦，可其成效并没有达到四海鼎盛的局面。汪华的这些心得让朕耳目一新。"

说到这里，李渊扫视了一下臣子们，说道："汪华乃绝世良臣，之前朕确实对他抱有一点戒心，通过他这次上奏，朕彻底明白了。还有，这个人不居功自傲，低调做人做事，确实值得你们效仿。江南六州治理的那么好，这是有目共睹的，他心怀天下百姓，却又不主动上奏大谈治国之策，而是用另一种笔记的形式告诉了朕。他不计较个人名誉，十分难得！"

李渊挥了挥手说："你们把这心得好好看看，认真研究，根据大唐各地实际情况，尽快拟出一份治国良策！"

第五十七章　谋定六州

没过多久，朝廷颁布了圣旨，同意汪华裁军方案，每位离开军营的将士一次性支取三年的俸禄作为奖赏，不管是务农还是经商均连续三年免除税赋，其中封爵的将官仍然根据爵位领取俸禄，只是少了实际职务的那些待遇而已。

当时大唐名目繁多的各种俸禄项目里，最重要的是"禄米""职田""月俸"和前期"力课"，这些都是按"散官"的品级来计算发放的。唐朝的官职虽多，但是说来说去就只有两种，"散官"和"职官"。所谓散官，经常也被叫作寄禄官，意思就是这个官衔没有实际工作可做，一般都是荣誉性的。比如汪华的爵位"越国公"和勋位"上柱国"都属于此类。所谓职官，也就是职事官，意思就是这个官衔就是要对应相关的实际工作，都是干活的。汪华的官职"歙州总管"和兼任的"歙州刺史"属于此类。按照大唐官位制度，"散官"级别都比"职官"要高。

汪华的爵位"越国公"属于从一品，勋位"上柱国"属于正二品，官职"歙州总管"属于从二品，"歙州刺史"属于从三品。

在大唐官职中，"总管"还分大总管、中总管和下总管，级别分别是从二品、正三品和从三品。因歙州的历史特殊性，定为大总管府。在"刺史"中也分上刺史、中刺史和下刺史，级别分别是从三品、正四品和从四品，歙州是六州的总管府所在地，其刺史就属于上刺史，而宣州、杭州和饶州的刺史就属于中刺史，睦州和婺州因地理位置相对小，其刺史就属于下刺史。

不过，又针对各种情况，京城的官员与地方官员，虽然同一级别，但在禄米和职田方面有区别。禄米方面，京城官员比地方官员拿得多；职田方面，地方官员比京城官员分得多。

禄米，顾名思义领取的就是大米，有些地方由于自然地理条件限制，可能发同等价值的小米、稻谷或者其他粮食。职田，就是朝廷给官员们发的土地，让他们雇请农民来耕种，自己收地租来作为俸禄的补贴，不过这不是按"散官"等级来分配，而是按"职官"来算的。

当时大唐地方官每年能拿到的禄米大约是：正一品六百五十石，从一品官五百五十石；正二品官四百七十石，从二品官四百三十石；正三品官三百七十石，从三品官三百三十石；正四品二百八十石，从四品二百四十石；正五品一百八十石，从五品一百四十石；正六品九十五石，从六品八十五石；正七品七十五石，从七品六十五石；正八品六十四点五石，从八品五十九点五石；正九品五十四点五石，从九品四十九点五石。

地方官能分配的职田数量分别是：二品一千二百亩，三品一千亩，四品八百亩，五品七百亩，六品五百亩，七品四百亩，八品三百亩，九品二百五十亩。地方职事官中没有一品官，最厉害的只有尚书令和大行台尚书令，属于正二品，比如秦王李世民就被授予尚书令，李伏威当年被授予东南道大行台尚书令。而在长安的京官，一品官分的职田与地方官二品的是同样多，都是一千二百亩。

当然，这么多田地不可能自己耕种，肯定需要租出去给农民，自己按年收租就行。朝廷为了让农民少受剥削，对职田收租明文规定，每年每亩不能超过六斗粟。一石等于十斗，当时两石粟等同于三石稻谷，也等同于一点二石大米。所以即使是个九品芝麻官，每年职田的收租也不少。

关于"月俸"，最初是发放一些实物，比如鸡鸭鱼肉，或者绸缎布绢之类，也有发钱的，后来为了方便，都统一定为发钱，京官与地方官的月俸没什么区别，不同级别的官员分别是：一品十一贯钱，二品九贯钱，三品六贯钱，四品四点二贯钱，五品三点六贯钱，六品二点四贯钱，七品二点一贯钱，八品一点八五贯钱，九品一点五贯钱。

在武德年间，一斗米的价格在三钱左右，很少有超过四钱的。而一千文钱等于一贯钱，作为一个正六品的中州长史，每月的月俸都有两千四百钱，购买六百斗以上的大米，也就是六十石的大米，就这月俸，足够府上府下吃的了。

除以上之外，还有"力课"，这是中低官员的一项比较重要的收入。大唐朝廷规定，百姓中四肢健全无残疾、头脑正常的男丁，每年除了种地、交租交粮之外，还需要服役，即免费给官府干活，比如看家护院、站岗放哨等。这些服役的男丁，根据品级和从事的岗位不同，分别叫防阁、庶仆、白直、执衣等等。

朝廷给官员配备的役力之人，分别是一品官九十六人，二品官七十二人，三品官四十八人，四品官三十二人，五品官二十四人，六品官十五人，七品官四人，八品官三人，九品官两人。那些应该来服役的男丁，如果有事不能来服役，或者不想来服役，可以根据官府的约定，每个月向要去服役的官员交二百钱左右来替代，相当于五十斗大米，即五石大米。

这些都是朝廷给官员的好处，对于地方官员来说，还可以根据地方情况另外有些其他收入。

因此，对于大部分文官武将来说，即使是不在其位，只要爵位还在，就一样享受相应级别的待遇，虽然比在位少了，但坐享其成，也是一件美事，不在战场或者官场上拼搏，少了很多危险，大家还是很乐意的。

不过，在朝廷的俸禄中，有一项是有明显区别的，那就是皇帝圣旨在封爵位时，直接注明食邑多少户的，就不能领取禄米和职田；对于那些封爵，没有注明食邑多少户的，很多情况下，并不一定拥有实际的食邑，都是根据级别领取禄米和职田，终究国库和田地是有限的。

在六州，只有汪华享有真正的食邑，这是当年归唐时，李渊下旨明确规定食邑三千户，即指朝廷在江南六州境内划出三千户人家，规定这些人家本来应该交给国家的赋税，即租庸调三种，转而交给越国公作为他的收入。正常情况下，大唐皇族亲王真实的食邑最高不超过一千户，像汪华这种情况的非常之少，只有当年雄霸一方，主动归唐者，才享有这样的待遇。此时身为宰相、官居尚书仆射的裴寂，也才食实封一千五百户；后来房玄龄、杜如晦、尉迟恭等人立有大功，最高才食实封一千三百户。其实想想，这也合常理，人家本来就是一方霸主，所有的东西都属于他的，现在归顺你了，你多划几户给他有何舍不得呢？

汪华之前就已经与各总管将军深入商议了裁军减政之事，总管将军又跟兵营的将士们阐明了道理，大部分兵卒都希望回家，加之朝廷开出离开军营的条件非常不错，很自然的，裁军之事顺利完成。随后汪华就跟一些文官商谈，建议他们告老还乡，把位置留出来，由朝廷来安排。这些官员都是饱读诗书、通晓历史，也知道明哲保身、激流勇退的道理，就都答应汪华的条件。

六州将领中，汪铁环、汪铁珉、郑虎、杨义、林凯、董晏、毛凤、羊宣八名重要人员都离开军营；汪世荣、石五郎、任贵、汪铁彪和汪铁师前往千里之外的西北军营效力，投入大唐驸马柴绍的麾下。

六州官员中，王文景、沈浮、赵学文和卫哲民都选择告老还乡，他们的空缺由朝廷另派官员接任。陈朴、钱仕和汪铁秩仍留任，汪世英也辞官不做，专门经商。

以上高级将领和官员虽然不再为官，朝廷封的爵位却依然保留，所以他们仍然享有一定的俸禄，加之离任时朝廷又给了他们一大把赏银和田地，足够大家安逸地度过晚年。所以六州境内文官武将虽然来了一场很大的人事变动，但是都很稳定，没有出现意外。

汪华、汪铁佛、汪天瑶和程富官居原职，同时让汪天瑶兼管西营大将军之职。

公元 624 年，武德七年四月，唐朝颁行新的律令，基本上沿袭开皇律令，仅比开皇时增加新格五十三条。同时参考汪华在江南六州的土地税赋政策，正式规定：每个成丁、中男授田一顷，笃疾给田四十亩，寡妻妾给田三十亩，皆以其中的十分之二为永业田，十分之八为口分田。每个丁男一年交纳租粟二石，调随土地所出交纳，绫、绢、布皆可。每年服役二十天，不服役则收其佣，代役费，每天三尺。增加劳役十五天免其调；加三十天，租、调全免。若遇水旱虫霜等灾害，收成损失十分之四以上免租，损失十分之六以上免调，损失十分之七以上租役全免。政府又将百姓的赀财分为九等。并建立乡党制度，以百户为里，五里为乡，四家为邻，四邻为保。在城邑里设坊，乡村设村，食官禄的人不许与一般百姓争利；工商杂类，不许与士类为伍。规定年龄区别为：男女始生为黄，四岁为小，十六岁为中，二十一岁为丁，六十岁为老。每年一造计账，三年一造户籍。

唐王朝建业后，为了加强对地方的统治，不仅改郡为州，对地方行政区划进行了调整，还逐步确立了府制。为加强对地方的管理，在各战略要地设置总管府。

军政上，改总管府为都督府，即歙州总管改称为歙州都督。

由于历史原因，此时大唐王朝境内，都督一般兼任治所州的刺史，出现了都督、刺史两个长官合一的现象。在这种情况下，都督府与治所州政府之间的关系存在两种形式：一种形式是都督府与治所州政府之间是合署办公的关系，两套僚属机构合并；另一种形式则是都督府与治所州，存在着都督府官员与州级官员两套官僚系统，这两套系统虽拥有一个长官，但并不是合署办公，而是相对独立，互不统属。都督府与其属州是上下级的统属关系，具体表现在上下级行政关系、对属州的监察职能以及军事管理职能等三个方面。

汪华作为江南六州的不二人选，自然就以第一种情况出现，为歙州都督兼任歙州刺史，六州都督府与歙州州府合署办公，他既是六州军事首领也是地方政府首领，同时执掌军政大权。这也反映此时的大唐王朝还找不出一个合适人选能单独出任歙州刺史之职，或者单独出任六州都督府的都督之职。从另一方面也反映了汪华在大唐王朝所有大臣中的能力和地位。

夜，歙州都督府。

"铁佛兄，你还有什么事情吗？但说无妨。"汪华见铁佛来到书房，东扯西扯说了很多话，但都没有说到重点，他猜着铁佛肯定有什么别的话想说，只是一时不知道怎么开口而已。

"没什么事，兄弟们回家的、出征北方的，都走了一大批，就留下我们这些人，有点想他们啊！"汪铁佛忙解释道，但是从语气上可以看出，这还不是他今天来想说的话。

汪华开玩笑地说："男儿志在四方。回家的无官一身轻，享受天伦之乐。你在想他们，他们可不一定会想我们哦；那些出征在外的，说不定正在营帐里大口吃肉、大口喝酒、划拳吹牛，把我们抛到九霄云外了。"

汪铁佛听了哈哈一笑，刚才也只是他随便说说而已。

"都督，我听到一个消息，不知该不该问。"又过了半晌，铁佛终于开口了。

"铁佛兄，我们是兄弟，有什么该不该问的？你就直说吧。"汪华认真地说。

"听说以前花山石窟中间有一批宝藏？！"铁佛问道。

汪华看着铁佛，心里念叨，他终于问这件事了，说道："是的，很久以前的事情了，我刚刚平定山寇，还只是歙州兵营统领的时候。"

"有多少？"铁佛问完这话后，顿时觉得自己问的问题太幼稚。

"很多，具体我也记不清楚。"汪华说，"后来我们又重新找个地方藏起来了，只有急需时才拿一点出来用。"

汪华见汪铁佛没有说话，接着说："当今天下一统，国泰民安，朝廷又实施了新的租佣调法，惠及全国，如果把那些宝藏拿出来，做什么用？"

"朝廷如果有充足的财富，能更快地从战火的废墟中走向繁荣。"汪铁佛说。

汪华说："我看不见得，不经过辛苦劳作，难以知道财富积累是多么艰难的。这就是历朝历代开国之君能艰苦创业，守成之君多骄奢淫逸的原因。"

宝藏是汪华他们发现的，汪铁佛也不能说太多的话，多说也无益，反而会让汪华误会。

果然，汪华没等铁佛说话，自己又说了："宝藏利用得好，就是财富；利用得不好，就是灾难。前朝隋文帝励精图治，好不容易积累了大量财富，到了隋炀帝手里，本来可以让盛世再上一个新的台阶，没想到，他大兴土木，穷兵黩武，好大喜功，骄奢淫逸，把好端端的大隋给折腾没了。不能说隋炀帝这个人是昏君，他在前期治国理政是非常有水平的，可以说历代帝王中很少有他那种治国安邦的才能，但是为什么到了后期就成昏君了呢？是因为他权欲的膨胀。大隋的财富积累达到了一定高度，使他为所欲为。就比如一个平常百姓，本来他过着日出而作、日落而息的生活，为了妻儿辛勤劳作，每天过得平淡而又充实，突然有一天，他在地里干活挖到了一罐元宝，他会怎么做？多数情况他会盖高楼、买田地、纳妾、喝酒、赌钱，最后有可能败光所有的家产。"

铁佛听到这里点了点头说："您说得不无道理。"

汪华继续说道："大部分常人都会这样去做。当然这个世上也有少部分人，拿到元宝后，除了用一小部分改善生活，大部分会用来救济周围穷苦百姓，但这种情况很少。在没有形成居安思危、富贵仍然能保持勤劳节俭的生活习惯之时，突如其来的财富还是不要为好，等到真正需要的时候再出现，更有意义。"

"我明白了，看来我之前误会您了。"汪铁佛诚恳地说。

"哈哈哈——"汪华笑了起来，"那些宝藏富可敌国，我拿着有什么用？我汪华从一个寄居舅父家的落魄少年，到今天执掌六州军政的都督，代天子牧守一方，对我来说，已经足矣。吃的，一日三餐，琼浆玉液；穿的，一年四季，绫罗绸缎；住的，水榭亭台，琼楼玉宇。夫复何求？"

随后，汪华语气一转："知足者常乐。我不是要占有那些宝藏，而是代上天保管那些宝藏，也不是把他们藏起来，如泥土一样。黄金不用，好比泥土。我会把它合理利用，用在关键的地方，比如我们前几年征战，就动用过一些。它不属于我汪华一个人，而是属于整个天下！"

听到这里，汪铁佛不由得耳根子都红了，尴尬道："我不该问这件事。"

汪华大方一笑，说道："我们是兄弟，有些事情说出来，总比憋在心里要好受得多。"

两人正说到这里，只见大贵领着朝廷使者从门外匆匆进来，脸色凝重。

汪华忙走上前去迎接，双方礼节性相互问候几句后，使者直入话题，告诉大家一个重要的消息，长安出大事了！

今年的六月比往年要格外炎热，京城长安更是酷热无比，因朝廷没有多少急务要办，皇帝李渊决定暂时离开长安，到避暑胜地仁智宫去安心静养。他把朝政交给太子建成，让宰相裴寂、陈叔达他们在朝中辅佐。正好借这个机会，让太子独立执掌一段时间的朝政，对他也是一个锻炼和磨砺。

皇帝带上秦王李世民、齐王李元吉，宰相封德彝、萧瑀和众妃嫔们，于六月初三清晨从长安出发，直奔仁智宫。

仁智宫在宜君县，位于长安西北约三百里。这里群峰叠翠，流泉鸣琴，茂林修竹，老树苍苔，的确是一个避暑的好地方。正当皇上李渊准备好好享受一下清福时，在长安监国的太子李建成却打起了歪主意，他认为这是一个除掉李世民的好机会，甚至是一个宫廷政变的好良机。

李建成谋划，让李元吉趁同行之便，寻机杀掉李世民，他则利用居守京师的机会，调兵举事，与之呼应，逼父皇让位。当李渊刚离开长安时，他便派快马秘密驰往庆州，命自己的亲信、庆州都督杨文干招募死士送往长安，补充到他的私人部队"长林军"中。又派人去幽州命李艺派遣精骑到京师，补充东宫警卫，以应大变。

随后，李建成密令杨文干准备起兵，并派大将尔朱焕、乔公山二人，去庆州为杨文干送去铠甲三千副。

庆州在仁智宫所在的宜君县北二百余里，距长安近五百里。按照李建成的计划，就是让杨文干在庆州举事，自己则在长安起兵，然后从南北两个方向夹击仁智宫。皇上与李世民所带侍卫不过千余人，兵微将寡，又有李元吉从中接应，此次兵变，可稳操胜券。

结果，东宫郎将尔朱焕和校尉乔公山，奉太子之令，带了百余步卒，押送铠甲行至半路上时，越想越害怕，两人一商量，决定到仁智宫去皇上面前揭发此事，告太子纵容杨文干起兵，将功赎罪。

李渊闻知，震怒，立即降诏，说自己龙体欠安，命太子速到仁智宫见驾。

接到皇上手诏后，李建成一下子慌了手脚，不知如何是好。他万万没有想到，跟随自己多年的尔朱焕和乔公山背叛了自己。他连夜召集身边的谋士们商量对策，通过权衡，只得推说与秦王李世民交恶，为其所逼，只想举兵除去秦王，并不敢窥视皇位。

李建成知道父皇宽厚仁慈，肯定能免一死，只要能暂时保住性命，过了这道坎，以后还有的是机会。

李建成到了仁智宫，在皇上面前，又是哭又是叩头，最后又头撞柱子，晕死过去。一番苦肉计之后，皇上暂且饶了他的性命，把他关押起来。

随后，皇上下旨让杨文干来仁智宫觐见。谁知，杨文干知事情败露，居然拥兵造反，攻占宁州。李渊只得立即降旨，命左武卫将军钱九陇与灵州都督杨师道各从任所率精兵两万，前去镇压杨文干。

大军开拔之后，过了三天，李渊又命李世民亲率大军到宁州平叛。

送走使者后，汪华立即通知汪天瑶、程富、陈朴等在歙州的文官武将赶到都督府来议事，就当前事情进行了全盘分析，尤其是对太子和秦王两人的斗争进行了综合考虑。众人一直商议到天黑才各自回府。

汪华直接去了钱任住的合羽楼。钱任嫁到歙州后，住的房子本来叫朝凤轩，后来合羽出生了，钱任就把这座房子改称女儿的名字——合羽楼。至于给女儿为什么起名叫"合羽"，汪华一直没说，但钱任猜测，这里面肯定有汪华深藏的秘密，只是没到合适的时机告诉大家而已。

钱任听了汪华介绍完仁智宫事件之后，没做任何反应，就直接问道："既然父亲大人和杨都督一同出征讨伐杨文干，为何皇上还派秦王去呢？"

钱任的意思很明显的，父亲钱九陇能征善战，杨文干只是一只小泥鳅，翻不起什么波浪，武功与谋略都不及父亲。杨文干只有兵力两万，父亲也率军两万，足可消灭杨文干。何况又有灵州都督杨师道同样率军两万前去讨伐，这已是十拿九稳的事情。为何还把大唐战神秦王李世民也派出去呢？杀鸡焉用牛刀？

汪华开口道："刚听到这消息时，我也有过一闪而过的疑惑。有岳父和杨都督率领比杨文干多两倍的兵力去讨伐，按理说平叛应该很快就会结束，怎么还需要秦王出手呢？说实话，杨文干这个庆州都督的位置，多半是托了太子的福，他的能力大家都心知肚明。但后来使者私下透露了一件事，我一下子就明白了。"

"什么事？"钱任好奇地问。

汪华解释道："皇上把太子关起来后，当天晚上在数百名禁卫的护送下，带着尹德妃和张婕妤，没通知任何朝臣，就从仁智宫悄悄出发，向南急行了数十里，在一片密林里躲了一夜，直到第二天中午才回宫。到了那个时候，那些惊慌失措、四处寻找皇上的朝臣们才知道发生了什么事。"

钱任吃惊地说："难道皇上是担心秦王或齐王会对他不利？怕他们晚上发动兵变？"

汪华点头："皇上肯定是有所担忧，具体是担心谁，可能他自己也说不清楚。但他知道自己现在处境微妙。太子谋反，秦王身边的人必然会意识到这是太子想要置秦王于死地，他们怎会善罢甘休？肯定会劝秦王趁机起兵除掉太子和齐王，以绝后患。皇上囚禁太子后，对秦王来说是个千载难逢的机会，他完全可以趁机杀了太子和齐王，再逼宫。"

听到这里，钱任不由自主地打了个寒战，尽管是炎炎夏日，她还是感到一阵寒意袭来。

"但秦王宅心仁厚，并没有这么做。"汪华感慨道，"皇上派秦王出征，这一招可谓一举两得。既避免了秦王与太子、齐王之间可能发生的冲突，又能借助秦王的力量迅速平定叛乱。"

"看来太子是没救了。"钱任叹息道。

"我从未对他抱过希望。"汪华坦言。

钱任沉默不语，看着汪华的眼神，她明白了他的意思。

过了好一会儿，钱任试探着问："太子会被废掉吗？"

汪华回答说："应该不会。皇上是个仁慈的人，他一直对太子寄予厚望。"

"可是太子都尝试政变了，甚至想要皇帝的命，皇帝还能这么心软？"钱任不解地问。

汪华解释说："太子虽然在战功上不能与秦王相提并论，但他在文治武功方面还是有一定成就的。有传闻说，为了打败王世充和窦建德，皇上曾向秦王承诺，只要他凯旋，就改立他为太子。但事实如何呢？秦王胜利归来后，皇上对此事只字不提，还让秦王在长安闲置了很长时间，不允许他外出带兵。"

钱任点头表示理解："有关改立太子的事情，我也私下听父亲提起过。不过，如果没有确凿的证据，会不会是秦王身边的人故意散布的谣言呢？"

汪华摇了摇头："这种玩笑谁敢开？传到皇上耳朵里可是要掉脑袋的。这件事朝野皆知，皇上不可能不知情。但他既没有发怒，也没有下令追查造谣者。这说明此事很有可能是真的。"

"不过，仔细想想也有可能。当时大唐四面楚歌，王世充和窦建德联手进攻，皇上甚至考虑过放弃河东。在朝臣中，只有秦王坚持决战。为了保住江山，皇上对秦王说出这样的话，也并非不可能。"钱任分析道。

"后来刘黑闼叛乱时，多路唐军主将战败。皇上又对秦王做出了类似的承诺。然而，秦王打败刘黑闼后，还没来得及乘胜追击，就被皇上传旨召回长安。结果刘黑闼死灰复燃，皇上又派太子出征讨伐，最终消灭刘黑闼，并把这一大功归给了太子。"汪华继续说道，"从这些事情可以看出，皇上非常器重太子，但对秦王则是既利用又防备。"

"皇上这样言而无信，只会让秦王越来越失望。难怪秦王与太子之间的矛盾越来越深。"钱任感叹道。

"如果太子这次坚称发动政变只是为了对付秦王，而不是为了篡夺皇位，那么皇上可能只会关他几天，骂他几句不懂得兄弟和睦之类的话。然后在几位老臣的劝说下就会把他放了。"汪华预测道。

"我估计不仅老臣会劝说，尹德妃和张婕妤可能也会不停地为太子说好话。"钱任补充道，"有传闻说太子和这两个女人有关系。"

汪华叹了口气："一个淫乱庶母、陷害兄弟的人，有什么资格登上皇位？这岂不是让天下人笑话？他与昏君杨广有什么区别？"

"我父亲随他出征过几次，觉得他心胸狭窄、刚愎自用。"钱任说。

"那天晚上，秦王在丹阳与我深谈到天明，说了很多肺腑之言，甚至委屈地流下了眼泪。"汪华回忆道，"为了大唐的万年基业，在这个时候我也得做点什么。"

"你想做什么呢？"钱任挽着汪华的手问道。

汪华轻轻搂着钱任，沉默不语。他的内心正经历着巨大的挣扎和抉择。

钱任沉默了片刻，然后说道："前段时间，钱琪来信说想来歙州看望我们和合羽，可惜他又随父亲出征了，看来近期是来不了了。"

"钱琪还年轻，多让他出征立功是好事。等我们以后搬到长安居住，他这个舅舅就能常常见到我们家合羽了。"汪华接话道。

"搬到长安住？"钱任惊讶地问，"是皇上下旨让你去的吗？"

汪华握着钱任的手说："你不想你的家人吗？"

"这里就是我的家，你和女儿就是我的家人。"钱任靠在汪华的怀里，温柔地说。

"傻瓜，我是指我们家合羽的外公和舅舅。"汪华笑着，轻轻抚摸着钱任的脸颊。

"皇上真的下旨让我们去长安吗？"钱任再次确认。

"还没有。"汪华回答，"但我想请旨去长安。"

"去长安有什么好的？"钱任直起身子，有些不解，"在歙州，你是一方之主，我们过得自由自在。到了长安，伴君如伴虎，宰相有好几位，王爷一大堆，朝臣之间又勾心斗角。上次你去长安，差点连命都没了。"

汪华听后哈哈大笑："那点风险算什么？我可是得到了奇世珍宝！"

钱任好奇地问："什么宝贝？我怎么不知道。"

汪华深情地望着钱任，双手轻轻捧起她的脸："你就是我的奇世珍宝！"

钱任羞涩地别过头去，脸颊泛起一抹红晕，轻轻靠在汪华的肩膀上："讨厌！"

汪华哈哈一笑，顺势将钱任搂在怀里，过了半晌，把钱任拉到桌子边坐下，说道："江南已经太平，但是北边和西北一时半会儿是不能平静的，秦王在丹阳时就跟我说，朝廷在时机成熟后要大规模出征讨伐，不把突厥和西北各部落诸国纳入大唐版图，边外的百姓就难以有安宁的日子。"

"突厥人贪婪，对中原蠢蠢欲动，多次出兵偷袭长安附近州县，现在又扶持了夏州的梁师都，盘踞雕阴、弘化、延安等州郡。"钱任说，"西北有铁勒、吐谷浑、吐蕃、回纥、党项、大食等部落王国。如果把这些少数民族都融入华夏民族之中，大唐囊括寰宇，必定河清海晏，威加天下，八方来朝！"

"秦王雄才大略，文有房玄龄、杜如晦、长孙无忌、高士廉，武有尉迟恭、秦叔宝、程知节等人辅佐，我相信他定能实现理想的！"汪华说。

钱任看着汪华，说道："不仅是当前天策府的那些人吧，如果再加上李靖、李世勣和你，大唐将无敌于天下！"

在自家人面前，汪华并没有自谦，而是接着说道："所以在离开丹阳时，秦王与我长谈到天亮，分析了朝中各派的情形，分析了大唐各州的情况，分析了北边的将来，他说中原和江南已经太平，希望我能在合适的时候到长安去。"

"去长安做什么？"钱任说，"你文能治国、武能安邦，是让你在朝廷辅政，还是领兵出征？"

"这个还没谈，只是秦王自身处境微妙，将来的路，他自己估计也没有考虑清楚。"汪华说。

钱任听明白了汪华的话，只有秦王把自己的路安排好了，才能把他认为可以重用的人安排好，她转过话题问道："你准备什么时候请旨去长安？"

汪华站了起来，走到窗边，看着夜空的星辰，说道："等我把手里几件重要的事情处理好再说吧。有几个地方，有几个人，我去长安之前，需去走走看看。"

钱任看着汪华的身影，没有说话，虽然她猜不出汪华要去什么地方，见什么人，但她能感觉到，要去的地方和要见的人，对汪华来说一定非常重要，重要到他一直埋在心里，没有告诉任何人。

今天是黄道吉日，歙州府歙县登源河畔的仁里村热闹非凡，一群出外经商的小伙子要在仁里码头登船，经登源河到扬之水，顺流而下，在歙州府衙所在地歙县河西处，进入新安江，再沿水路到杭州一带经商。

仁里是登源河上的重要码头，是方圆数十里居民去往外地的必经之地，也是歙州地区的商贸重地。虽然这个村落只有一百多年的历史，当年隐居到这里的南梁工部尚书耿源进估计没有想到，歙州的商贸活动却让这个小小的村落迅速地发展起来，形成了三条主街道，十八条大巷子，初来之人肯定以为这是一个集镇或者小县城。仁里村房舍鳞次栉比，大街小巷的行人熙熙攘攘，摩肩接踵。

汪华、钱任和程富三人着商人打扮走在人群中，远处一队人马敲锣打鼓，划着小船靠近码头。

"没想到他们外出经商，当地如此重视。"钱任说。

汪华在一旁解释道："这些小伙子只有十三四岁，他们这次外出，等到下次回家，时间长者二三十年，短者三五年。"

"二三十年？这么长时间？"钱任好奇地问。

"他们一般都是先到亲戚或者老乡的店铺里面做学徒，学做生意，等手里积攒了一点钱财，再自立门户。当了掌柜，经营数年，手里有一定积蓄了，就衣锦还乡，娶妻生子。"汪华感叹道，"我们歙州的男子都很好强，倘若外出经商不混出个人样，是绝对不肯回家的。他们不想给自己丢脸，不想给父母丢脸，不想给家族丢脸。"

这事情让钱任很意外，她责怪道："你治理歙州这么多年，鼓励大家开荒种地，轻徭薄赋，甚至有些地方还直接免赋数年，为何大家还要如此辛苦地为生活奔波呢？"

歙州魂

大唐越国公汪华传奇

（中）

程富在一旁插嘴解释道："看来嫂子对我们歙州真不了解啊！歙州一带山多田少，有'七山半水半分田，二分道路和庄园'之称。群峰竖立、高峰陡绝，开发艰难，即使勉力垦辟，种上农作物，收成也很难保障。以前，歙州不到年关，很多人家就断粮了，外出乞讨。饿死人是平常之事。大哥治理歙州十多年，百姓们住瓦房、盖棉被，吃饱穿暖，至今没有发生饿死人的悲剧，也没有见到有人乞讨，每年还有余粮，已经是非常难得了。不敢说五百年来没见过这样的事情，至少说南北朝到现在，只有大哥有这能力。"

汪华说道："穷则思变。既然我们向天向地都求不来田地，那么只有改变大家的生活习惯，不要把自己的命运寄托在田地上，改变思维，把先辈人经商的思路发扬起来。春秋范蠡辅佑越王勾践打败吴王夫差之后，三次经商成巨富，三散家财，自号陶朱公，乃中国儒商之鼻祖，让我感触很深。在这农耕社会，只要有钱财，就可以买来粮食，只要努力经营，创造的财富会比耕种田地获得的更多，百姓生活得更好。"

"古人重农仰商，提出农本商末，这些都是为了统治需要，也是符合农耕社会的。"汪华接着说道，"但是，治国也要因地制宜，因时制宜，歙州的状况倘若不鼓励经商，巴掌大的田地能养活多少人？尤其是隋末天下大乱之时，不少中原人迁居到歙州，使得人口急速膨胀，最好的办法就是利用歙州的天然优势，开展多种经营，植茶、造纸、制墨、制砚，把歙州的特产销往外地，这样既满足了其他地方的需求，又为自己获得换取粮食的钱财，岂不两全其美？！"

钱任点了点头说道："你说得没错，从统治上来看，商人跑遍天下，容易传播各种不利消息，通过货物差价获取利益，积累大量财富，容易聚集挑战统治阶层的力量。但是，一个地方百姓常年吃不饱，更容易造成社会动荡。权衡起来，还是先让百姓们填饱肚子，他们过上了好日子，自然会珍惜这来之不易的生活，也不敢轻易挑战统治。即使有那么几个唯恐天下不乱者，也翻不起什么大浪。"

汪华笑着说："夫人言之有理。民富才能国强，百姓们日子过好了，皇上和大臣们的日子才能过得踏实。各种社会矛盾，就如大禹治水一样，宜疏不宜堵。针对歙州这种天然条件，只有农商兼顾才行，并且还要在一定情况下鼓励经商，

第五十八章 农商兼顾

783

提高商人的地位。"

钱任满意地看着汪华说："你就是让我来看这些的吗？"

"不仅如此。"汪华说。

"哦。"钱任好奇地瞪大眼睛，"还有什么呢？"

汪华指着那些上岸的小伙子说："你知道他们这些人刚才去干什么了吗？"

钱任摇了摇头，说："他们不是刚从自家赶过来，一起坐大船去杭州的吗？"

汪华微微一笑，看着程富，说道："让我们的程大将军跟你说说吧。"

程富说道："嫂子，你是第一次来这里，对这些情况肯定不了解的。这里的人外出除了在自家祠堂祭祖，还有个习惯就是到前面的司马公祠去祭拜，祈求平安、祈求财富！"

"司马公祠？"钱任疑惑地问。

程富接着解释道："司马公祠，就是南朝宋孝武帝时期军司马汪叔举的墓祠。这位先辈当年是一位叱咤风云的大英雄，也是你身边这位都督大人的先祖。"

程富边说边笑指着汪华道。

钱任看着汪华，汪华点了点头说："我的高祖父。"

"司马公隐居这里之后，积德累善，乐善好施，受登源一带人们爱戴，他逝世后，人们常到他墓祠前祭拜，祈求平安健康，风调雨顺，都很灵验，于是每逢大事，方圆数十里，乃至数百里的百姓都来祈福。"程富说。

钱任听后，对汪华说："既然是我们汪氏先祖，我们也应该去祭拜才对。"

汪华说："带你来，就是去祭拜先祖的。"

"嫂子，你来到歙州后，因为大哥州事繁忙，又几次出征，没空陪你过来。"程富插嘴道，"其他几个嫂子，大哥都陪他们偷偷地来过了。"

"哦？为什么要偷偷呢？"钱任问。

程富看了一眼汪华，对钱任说道："大哥没跟你说起？"

"说起什么？"钱任更加好奇地问道。

"他小时候的事情。"程富靠近钱任，故意轻声地说。

钱任看了一眼汪华，见汪华在翻看路边摊位上的饰品，也小声地说："我知道，一家人从登源里赶出来，寄居在舅父家。"

程富点了点头说："大哥心里一直有阴影，虽然他对这里有感情，但是他不愿意大张旗鼓地回来。他说，父亲在这里被贪官污吏害死，天瑶的父亲也在这里被害死，他无法忘记母亲带着他们三兄弟离开这里的情景。他认为，衣锦还乡与当天父亲死去的惨景形成太大的对比，他内心接受不了。尽管这一带的人都认为他离开后再也没有回来过，其实他来过很多次，他还是深深地爱着这里，他是一个以德报怨的人。"

钱任说："他带我来这里，既是让我祭拜先祖，也是他来向这里告别。这次去长安，不知道什么时候才能回来。"

程富也有点不舍地点了点头。

"程富，你看！"正当两人说着话，汪华在旁边一声低沉的声音传来，顺着汪华的手指方向看去，程富见前方有一个小偷趁旁人在买东西谈价没注意时，偷取了人家的钱袋。

"住手！"程富一声厉喝。

小偷见被人发现了，拿着钱袋就跑。

光天化日之下，歙州境内居然还有小偷，汪华对着程富说出一个字："追！"

街上的行人见小偷慌忙冲来，也不明白情况，纷纷躲闪，程富在后面紧紧追赶。很快，小偷拐进了一个巷子，程富跟了进去。

汪华和钱任并没有跟着去，一个小偷算什么，即使是面对千军万马，也不用担心程富安危。两人登上了城门，想站在高处看看景致。仁里这个村落跟县城一般，在东南西北四个方位，分别建有了晨曦门、迎熏门、秩成门和拱辰门。白天四门开启，四通八达，人来人往，车水马龙。夜深人静，四门紧闭，犹如县城府池。

汪华和钱任登上东门晨曦门，站在门楼上，环顾四方，整个仁里村落地形像临水腾飞的鲤鱼。钱任曾跟随父亲钱九陇行军打仗，懂得察看地形风水之类，她对汪华说："这真是一个好地方啊，远处五座山脉一齐奔赴而来，犹如五条巨龙。中间的山脉不出口，另外四脉均临河边，称得上是藏龙卧虎。山脉之尾有山为虎形、有山为象形，可谓是虎象把门。这里真是块风水宝地。"

汪华说："当年先人选址这里，就是根据《周易》'山发人丁，水聚财'的理念和'天人合一'的想法。这个村落才短短百年，就如此兴旺，不能不说有一定的道理。"

说到这里，汪华拉着钱任的手说："当年父亲常常带我到这里玩耍，这里有好几个老先生都是饱读诗书之士，与父亲是好友，我常在旁边听他们谈古论今。每次外出我们也都要经过这里。"

"汪村是不是就在附近？"钱任问。

汪华指着远处说："那边村落就是。"

说到这里，汪华换了种口气，轻松地说："你看河边那一排排垂柳，小时候我逃课就常跑到那里钓鱼、逮蟋蟀。"

钱任笑着说："原来你小时候还是调皮捣蛋鬼，可别让儿子们学你。"

汪华也哈哈大笑，说道："学我有啥不好呢？我倒希望儿子们都像我小时候那样调皮。"

"得了吧。"钱任说，"我和两个姐姐常被这些儿子们气晕，你还认为他们不调皮啊？就差没把都督府掀翻了。"

"达儿和爽儿是最顽皮的，这两兄弟上下年龄只差一岁，估计是让你们最烦心的吧？"汪华幸福地笑着说。排行老三的小汪达是钱英的儿子，负伤的钱英因生他时难产而死，他从小生出来就失去了娘，所以稽圭和庞实对其照顾格外有加；排行老七的小汪爽是庞实的儿子，只比小汪达小一岁。两个小孩是七兄弟中最调皮捣蛋的，鬼点子也是最多的。

"建儿是老大，让他好好管教两个弟弟，不听话，就让他揍。"汪华开玩笑地说。

钱任说："他去管教？他管好他自己就行啦。达儿天生神力，真打起来，建儿赢不了。"

汪华点了点头说："这个我相信，世荣教他们武术时就说过，达儿的天赋最高，气力也格外大。比试中，他总是占上风，但最终还是输给两个哥哥。我和世荣仔细观察过，是这小子故意让着哥哥的。这么小小年纪就懂得礼让，是非常难得的。"

"这个倒是。"钱任说，"虽然他们调皮，但是对忠孝仁义还是很懂的。"

两人正说着，钱任眼尖，见不远处有一处民宅天井之中燃起一团火焰。由于晨曦门地势较高，能很清楚地看到周围几处院内动静。

汪华顺着钱任的手看去，果然见一个商贾打扮的中年人在天井面西而跪，对着一尊金身菩萨连连磕头，随后用手抓起一些东西往火焰中投去，火苗瞬间窜得更高，升起浓烟，那人接着跪拜，隐隐约约能看到他口里念念有词。

汪华对着钱任笑了笑说："在做火供，祈求大准提菩萨保佑。"

钱任显然还不明白，疑惑地看着汪华。

钱任惊叹道："我还是第一次听说。"

汪华接着说："这是商人求财宝丰茂的方式。"

两人一直看着商人做完火供，把菩萨像收拾进屋内，正准备从晨曦门楼上下来，只听见有人在下面喊道："快去看啦，打架了，一个人对付二三十个。"这时外出经商的人都已经乘船离去，送行的人们正准备离开，听人这么一看，纷纷往一个巷口跑去。

汪华与钱任对视一眼，说道："不会是程富吧？去看看。"

果然是程富。

二三十个人拿着刀剑凶神恶煞地围着他，他手里也拿着一把刀，估计是刚才从别人手里夺过来的。

"都滚开，看什么看！"一个长得非常高大魁梧之人对着围上来的百姓喝道，看样子他并不希望更多的人知道这事。

"把人交出来！"程富右手提着刀，语气坚定地说。

"小子，把刀放下，滚出去，老子可以放你一条生路。"另外一个瘦得像猴子一样的人对着程富嚷道。

程富没有搭理他，对着那个高大魁梧、有点像头领的人说："看来你们是这一带的地头蛇了。"

那头领一听，仰天狂笑："老子就是这里的地头蛇，土皇帝！你能怎么着？告诉你听，在登源一带，老子说了算！"

"看来你狂妄到极致了。"程富冷笑着说，"没想到大唐天下、歙州境内还有你这样的人渣！"

汪华与钱任挤在人群中，只听旁边有人议论。

胖老头说："这人要倒大霉了，这两年来耿虎欺行霸市，无恶不作，手下这些打手都是流氓痞子。"

另一个瘦一点的老头说："唉，好像是他手下偷了别人的钱袋，被这人发现了，就追到这里来的。"

胖老头说："这人也太好心了，多一事不如少一事，来仁里游玩的人，丢钱袋的还少吗？这家伙仗着舅父是县尉，哥哥是里正，没人能管得了他。"

瘦老头说："这家伙之前就好吃懒做，前年他舅舅当了县尉以后，他就开始欺男霸女。听说上村的刘瘸子去衙门告他的状，结果在回来的路上，掉进河里淹死，估计跟他也有关系。幸好他只欺负外乡人，大家能忍则忍。"

那个叫耿虎的头领见围观的人太多，并没有指挥手下冲上去与程富动手。现在天下太平，事情闹得太大了，真要被州府知道了，也不好办。所以他只是仗着人多，在言语上威胁程富。

"你说的那个人，真不在这里。"耿虎说，"倘若你不相信的话，可以进屋去搜。"

程富看到那小偷进了这屋子，想进去抓，结果耿虎一伙人冲出来围着程富，不让他进去。耿虎没想到今天来仁里的人太多，虽然这是个隐蔽的小巷子，但还是被路人看到了，大声一嚷嚷，来了很多人。耿虎心想，光天化日之下不能真的把人打残打死，只能平时偷偷这么干。若被人抓住了把柄，即使是做县尉的舅舅也帮不了忙。现在最好的办法就是让程富进屋里去，把门一关，事情就好办了。只要没外人亲眼所见，谁能把他怎么着？

"你爷爷我现在又不想进去了。"程富也看清楚了情况，决定当着这么多百姓的面收拾这个狂妄的家伙，除暴安良，只见他盯着耿彪说，"说不定那家伙早就从后门走了，你爷爷决定不抓小偷了，倒想会会你这个地头蛇。"

耿虎还第一次遇到跟他这么说话的人，尤其是程富这句话，更让他恼怒了，现在不把这人收拾了，以后如何在登源里混？他看了一下身边的"瘦猴子"，眼神一瞪，"瘦猴子"立马明白了意思。

"上！""瘦猴子"左手一招呼，右手就提着刀子冲上去了。

只见程富站着没动，等"瘦猴子"靠近时，挥刀一搁，挡开劈来的刀子，左脚往前一迈，右脚跟着端向了"瘦猴子"的肚子。程富接着再反身挥刀向后面另一个人的肩上劈出，幸好是刀背。打斗开始，除了耿虎没有动手之外，其余的人都向程富扑去。周围观看的人，不由得往后面退，生怕被刀剑伤着。

汪华和钱任站在人群中看程富与这群坏蛋打斗，他们根本不担心程富会有差池，从出招就能看出来，这些人虽懂一些拳脚功夫，但是与程富比，还差得远。很快就有五六个人趴在地上，不是被打断胳膊，就是被打断腿，另外几个人虽然站着，但看样子也是伤筋断骨的。

"退后！"耿虎没想到才一眨眼功夫，这个人就三拳两脚把自己手下打成这个样子，只见他从另一个人手里接过一把大刀，走进了场子，那些手下知趣地把受伤的几个人拖开。

耿虎看样子才二十来岁，但是从他走路和拿刀的动作就能看出，这个人应该是练过武术，并且底子不差。

程富并不意外，冷笑道："你早就该出来送死！"

耿虎拿着刀子，刚摆出动武的架子，人群外走来一批人，是武侯，共十个人。大唐给负责街坊、乡村治安的人，定了很好听的名字，武侯。武侯原本只是负责长安京城各街坊治安的特殊称谓，后因各地战事平息，士兵解甲归田，地方上一些治安还是需要有人来负责的，于是就把一些退役回家的士兵根据需要组建为武侯，其月俸由地方政府负责。

很明显，这些武侯都与耿虎很熟，上来就对程富喝道："什么人？敢在这里撒野！"

程富见这些武侯并不认识他，就说："他们有人偷东西，我想去抓，被他们阻止。"

"胡说！"一个武侯走到程富面前，估计是队正，对程富喝道，"我们歙州夜不闭户、路不拾遗，人人遵守王法，怎么会有小偷呢？你要是胡言乱语，小心我掌你的嘴。"

汪华小声问旁边的胖老头："老人家，为什么这个武侯问都不问一下，就骂人呢？"

胖老头看了看汪华说："你也是外乡人吧。这个人是队正，与耿虎是把兄弟，常在一起喝酒。这个队正原来在任贵任大将军帐下效力，打仗很勇敢，大都督第一次裁军时，他就回到乡里当了武侯的队正。"

原来如此。汪华再看程富时，发现程富有意要激怒这个队正，只听他说："你算什么东西，敢在我面前大呼小叫的，滚开！"

程富的确很愤怒，堂堂的东营大将军，居然被一个队正训斥，要是在军队里，他可能直接一刀把这人劈了。不过他也没想到这个队正原来是在西营效力。作为一个普通兵卒，不一定见过西营大将军任贵，更谈不上认识东营大将军程富了。但程富可不是这样想的，他知道这些武侯当年都在军营里待过，没想到离开军营回到乡里后，居然如此霸道。他决定教训教训这些人。

"你说什么？"显然程富的话出乎了队正的意外，他也愤怒了，拔出挂在腰上的刀。

"滚！"程富盯着队正，狠狠地吐出了一个字。

队正举刀向程富劈去，大声喝道："老子宰了你！"

显然，程富早有准备，一抬手，挡开了队正的刀。两人斗了起来。

这个队正还有两下子，一连与程富过了十招，随后就被程富一脚踢飞在地，一丈多远，重重摔在地上，牙齿也摔落了，满口是血。

其他几个武侯见状，纷纷拔出刀子，向程富围来。

"住手！"正在这时，有人拨开人群，此人四十多岁，对那些武侯大声喝道："兔崽子，都住手！"

那人说完，一瘸一拐地走到程富前面，跪在地上，放声哭了起来："大将军！我终于又见到你了！"

"你是？"程富忙扶起那人。

"大将军，我是骁骑队的阿瞒。"那人激动地说。

"你是当年富字营骁骑队的阿瞒？！"程富也很激动，仔细打量那人。

阿瞒使劲地点头。

程富边说边摸着阿瞒的腿："我记得你的腿是当年攻打睦州时受的伤。"

"大将军好记性，当年与曹鼎决战时，我冲在最前面，战马受伤，摔在地上，这条腿是被摔断的。"阿瞒边说边痛惜地摸着左腿。

"让你遭罪了。等会我请你喝酒。"程富抬起头，对周围的武侯大声说道，"我是东营大将军程富，你们听令，把这几个无法无天的家伙都绑起来！"

这些武侯都认识阿瞒，听两人的对话，早吓得魂飞魄散。程富的话音刚落，这几个武侯立即把队正和耿虎等人绑了起来。

围观的百姓在不停地拍手欢呼。

胖老头对汪华说："真是老天有眼，程大将军把这些王八蛋给收拾了。"

汪华和钱任在河边一家酒肆里喝酒，程富走了进来。

"还喝点吗？"汪华指着酒壶对程富说。

"不喝了。刚才与阿瞒一伙人喝了不少。"程富说，"大哥，您陪嫂子去司马公祠了吗？"

钱任插嘴说："我们看完程大将军勇擒恶霸之后，就去拜司马公了。"

"今天这事，交给歙县衙门办就行了，你不要插手。"汪华对坐在对面的程富说。

"知道。不越权，不破坏秩序。"程富点头说道。

汪华笑了笑，这是他常在这些兄弟们面前说的道理，程富与他又很投机，听的次数也肯定是最多的，但他还是继续说："我还得念叨几句啊！"

"不用啦，大哥。您说的道理我都能倒背如流啦。"程富转过头对钱任说，"嫂子，干脆我把大哥训导我们文官武将的条律背给你听听吧。"

钱任很感兴趣地说："好啊！我正想知道他常跟你们念叨什么呢。"

"其一，做好自己的官。"程富说，"意思就是，你当什么官，就管什么事，把自己本职做好，不要对本职以外的事情吆三喝四、指手画脚。"

钱任点了点头说："这个没错，有些人就是错位，好不容易当个县令，也不

791

好好干，就想着如何巴结上级，谋求做刺史，自己的本职没做好，怎么能指望其他的呢？"

程富看了一眼汪华说："大哥其实还有一层意思，就是我们这些军队的就不要插手地方的事情。带好自己的兵，打好自己的战。州府县衙有那些老爷们坐堂，不要瞎操心。即使是州府县衙的主管犯了错误，那是他们的事情，作为军队将领不能对他们横加指责，甚至向上级进言换人。"

"各司其职，确实应该如此。"钱任说，"历朝历代，就是因为一些军队将领武能安邦，就认为自己文一定能治国，结果出现军阀割据，甚至军事政变。有些文官觉得自己学富五车，瞧不起行武打仗的将士，对军队横加指责，纸上谈兵，随意上奏撤换将领，结果造成军心涣散，战役失败。"

"其二，遵守秩序。"程富接着说，"比如作为一州刺史，老百姓若有什么冤情，你不能插手去接管这个事情，而应该由所在的县衙来查办。虽然你是这个州的主管，但是按着秩序来，就应该由县衙负责。你不能为了显示你爱民如子，而直接干预这件事。倘若是这样的话，以后只要有点什么事情，大家都直接来找你这个刺史了，那么县衙是干什么的？县令是干什么？什么事情都找你，等你手忙脚乱时，对大家说不要来找我，这是下面官员能处理的事情，到那个时候，还能吗？不能了，因为你自己带头把这个秩序破坏了。也就是说把整个官场体系破坏了。"

钱任说："言之有理，倘若一个九品官员的任命都拿到朝堂之上去讨论，岂不笑话。这个前提就得每个官员都秉公办事。州刺史就管好那些县令，让他们秉公执法就行。"

程富说："没错，其三就是法律面前人人平等。王子犯法与庶民同罪。官员不能因某些人的身份特殊而破坏法律。法律是这个社会公平公正的最后保障，倘若这个都破坏了，这个社会必然就乱了。"

"那么其四呢？"钱任问道。

程富刚想开口，汪华摆手制止了他说话，道："下次再谈吧。我等的人已经来了。"

窗外，夕阳下，一个老头缓缓走来。

第五十九章　南山追忆

"大哥，再往前就是昱岭关了。"程富对走在前面的汪华说。

汪华骑在马上，望着远处的崇山峻岭，感慨地说："当年我发歙宣杭三州兵力与饶睦婺联军对战，汪铁罗率三千宣州兵马越过昱岭关，直插睦州腹地。"

说到这里，他不由得想起了离世的汪铁罗，勾起了无限回忆。程富见状忙岔开话题，说道："再往前就是南山了，大哥难道这次是要故地重游？"

汪华微微一笑，从思绪中走了出来，说道："没错，我们是去南山。"

"真的？"程富吃了一惊。南山是汪华当年跟随高僧罗玄学武习艺之地。

汪华说："这次去长安，不知道要什么时候才能回来。"

"老人家在南山等你？"程富说。

"哈哈，我又不是神仙，哪能知道。"汪华说，"这得看机缘。"

"你原来在南山习武？你俩不是师兄弟吗？"钱任问汪华。

"嫂子，我跟大哥确实是师兄弟，当年一起在紫霞观习武，天瑶、任贵、郑虎、张士埙、石五郎都是同门师兄弟，大哥是我们的大师兄。"程富解释道，接着开玩笑地说，"可惜师父偏心啊，认为他将来必定是济世天下的英雄，就举荐到江南第一高人那里去习武。"

"你是说高僧罗玄？"钱任说。

"原来他跟你说过啊！"程富说。

钱任摇头说："他从没跟我提起。我曾听家父提起过，说高僧罗玄隐居江南，精通阴符，通晓奇门源甲，是当今的鬼谷子。"

"鬼谷子被誉为千古奇人，长于持身养性，精于心理揣摩，深明刚柔之势，通晓纵横捭阖之术，独具通天之智。他高深莫测，一生中教出四个弟子，兵家有孙膑和庞涓，纵横家有苏秦和张仪，纵横天下，令人叹服。而大哥的尊师，平生只收了他一个弟子，大哥好福气啊！"说起罗玄高僧，程富佩服得五体投地。

汪华笑着说："你又没见过我师父，这马屁功夫也太高了吧。"

"我想拍啊！可惜至今为止未与他老人家见过面。"反正这里又没有外人，程富与汪华言语上没有那么多的顾忌。

"别说你没跟他老人家见面，就是我自下山后，曾来拜访，都没见到呢。"汪华说。

"连你后来也没见过师父他老人家？"钱任吃了一惊。

"是的。我曾来过两次，都没见着。"汪华说，"其实我明白师父的意思，既然我已经出山了，不管面对什么困难，都要学会自己去解决；遇到什么疑惑，要学会自己去领悟。他已经给我开启大门的钥匙，为什么还需要他帮忙打开大门呢？其实我每次来，只是想看看他而已。"

说到这里，汪华看了钱任一眼，说道："也可能是师父觉得没有必要跟我见面，因为他老人家对我放心。他是世外高人，觉得见与不见都在于心。既然如此，又何必要见呢？他未卜先知，所以我来时，他干脆出去云游，或者在哪个山洞中闭关。"

"那我们这次能见到吗？"程富问。

"要不你占一卦？"汪华说完，三人哈哈大笑。

汪华接着对程富说："程大将军对鬼谷子是崇拜之至，你说说鬼谷子智慧的精髓是什么？"

程富笑着说："大都督考我，看来我得仔细回答。他的精髓知道的人不少，但古往今来，能做到的寥寥无几。"

"说来听听。"汪华说。

"我认为有两点，其一是：智用于众人之所不能知，而能用于众人之所不能。"程富说，"意思就是，聪明地运用别人所不知道的东西，而别人不能运用的东西能为我所用。简单讲就是，天下之物皆为我用。"

汪华点头赞许："不错。孺子可教也！"

程富接着说："其二是：潜谋于无形，常胜于不争不费。意思就是，想要立于不败，那最好的办法就是不去挑衅，既然不去战，那就没有人能够战胜你了。"

汪华点了点头说："这个可以这么理解，但是有些情况下，不去战斗是不可能的，某些情况下战斗又是唯一的解决方法。所以'潜谋于无形'更应该认为是，真正深沉的厉害谋略都是无形之中的，就是很难被敌人感知到的，让敌人防不胜防，超乎想象，无法防备。这和《老子》中的大象无形、大音希声等，有共同之处。而'常胜于不争不费'就是，在敌人看来，你是不想和他争夺，使其放松警惕，可实际上你就是要和他争夺。简单来讲就是要迷惑敌人，让其在不知不觉中失败。"

程富的脑海不由得闪出，大哥辞官去长安，表面上看他是不争，难道实际上他是为了得到更多？凭他的才干和抱负，岂能甘心就此隐居山野？

想到这里，程富内心豁然开朗，他也明白大哥为什么要问他这个问题了，原来他是在暗示自己，要他们这些在歙州的文武将官不要担心。

"当年我离开紫霞观后，到睦州的双林寺拜师，得知师父在寺院的前山结庐，等我找到师父时，他居然说的第一句话是，你来啦，那我们就走吧。于是我就跟着他来到南山。"汪华说，"到了这里我才明白，原来他之前结茅为庐的房子为什么叫南山寺了。"

"他本来就要来南山的，只是在等你。"程富说。

汪华笑了笑，继续说："这整片山脉都叫南山，又叫覆船山，山体像一艘覆盖的船。有个传说，大禹治水时，所乘之船被巨浪打翻，化之为山，故而得名。实际上，《山海经》中记载这是羽山，也就是大禹之父鲧被杀之地。这里的整个山脉一直延伸到会稽山，由此可推知，大禹为何要在会稽封禅的原因了。他是要在山脉之尾，遥祭处于山脉之首的父亲鲧。"

三人骑在马上边走边说，很快就能看到南山了。

汪华指着南山的西侧山谷说："那边有座范王庙，供奉的是越国的范蠡。春秋时期，越王勾践被吴王夫差打败后，忍辱负重，卧薪尝胆，在范蠡、文种等贤人的辅佐下，经过'十年生聚又十年教训'，使国力渐渐恢复起来，最终打败夫差，逼其自杀，越国成为霸主。当年为了不被夫差察觉越国在聚集力量复仇，范蠡通过寻访，找到了这里。这里山势陡峭，进入山内只有一个洞口，所以非常隐蔽。如果不知道入口，即使走到山前，面对悬崖峭壁，都望而兴叹，知难而退。但是进入洞口后，就会发现里面别有洞天。"

汪华感慨地说："相传范王庙就是将士们为了纪念他而在这里修建的。当年习武时，我多次到庙内祭拜。后人称其'忠以为国，智以保身，商以致富，成名天下'。令人钦佩。这也就是我为什么在歙州重视商贸的原因。"

程富说："范蠡既能治国用兵，又能齐家保身，是先秦时期罕见的智士。对于我辈来说，应当效仿。"

汪华和钱任微微点了点头。

见汪华没有说话，钱任问道："范蠡能把越国的主力放在这里训练，如此说来，山中地方非常之大？"

汪华说："没错，数十里宽，自耕自种在里面可以养活数万兵马。幸好找到入口的人非常少，否则这里作为山贼的窝点，真是易守难攻。"

"进入南山的，不是世外高人，就是隐居山林的贤人，他们知道入口也不会告诉外人。"程富说。

三人说着就到了山前，山高千仞，嵯峨怪石，环布铁围，汪华熟练地带他们从一个非常隐蔽的石洞里穿过。石洞有两丈多高，宽五六尺，足够骑马通过，只是道路崎岖，三人只有牵着马走。

"天啦，这也太隐蔽了吧！"钱任说，"真是别有洞天。"

"沿着这条峡谷，一直往前走，需走十多里路才到寺庙。"汪华说，"天快黑了，山路崎岖，不能骑马，只能等明天。今晚我们就在前面的山村落脚，把马留在村里，明天赶个早，步行上山。"

"好。到这里一切就得听您的。"程富说。

汪华听了一笑，说道："你的意思是，以前我跟你说的话，你没遵循？"

"别，别，别。"程富忙摆手，故作夸张地说，"时时、处处，我都在遵循大都督的教令。"

刚说完，三人都哈哈大笑起来。

随后三人牵着马，往不远处西侧山腰上的村落走去。

汪华说："这个村落历史悠久，范蠡练兵之前，就已经有了，传说很久以前，菩萨曾在这里修行，后来一群居士得知了，纷纷在此结茅，希望能一沾菩萨的佛性，时间长了，就形成一个村落。"

钱任听了以后不由得感叹："没想到歙州境内还有如此宝地，若不亲临此境，真不敢相信这是真的。"

"任妹，你知道为什么我要给女儿起名合羽吗？"汪华说。

终于说了，钱任看着汪华没有说话，显然，她在等汪华向她解释。

"首先，南北朝的傅大士算得上是我的太师父，他不仅精通佛教，也通儒、道，兼收并蓄，犹如云中之龙。他不仅是双林寺的开山鼻祖，更在南山建立了维摩诘佛道场。本名傅翕。翕，从字形上看，是双翼收拢，就是停在这里；但是从字义上说，又表示合、聚、和顺的意思。其实就是合乾坤之灵气，聚天地之精华，让万物和顺。翕，拆开来看，就是合羽。我为女儿起名合羽，不仅是为了纪念太师父，也是感恩师父。同时也希望我们女儿一生和顺。"汪华说到这里，柔情地看着钱任。

钱任感动得眼眶闪烁着泪光，她幸福地对着汪华微微一笑，正准备说话时，汪华接着说道："其次，歙州的'歙'字，是从何而来？古人为什么要给我们这里造一个'歙'字？除此之外，再无别的地方用'歙'来命名。难道真的就是表示这里山多地少，粮食很少，一人吃一口羽毛都不够吗？显然不是这样的。这只不过是后来人们的自我嘲讽而已。"

程富在一旁插话道："我以前一直以为就是这个意思呢。当年王成大人也是这样跟我们说的。"

汪华说："王成大人通经博古，不会不知道的，只是他当时身为歙州刺史，面对山寇、灾民，故意这样跟我们解释，意思就是希望能激发我们，想尽办法不局限于陈规，敢于突破。"

说到这里，汪华不由得回忆起当年在王成手下当副将的岁月，感激王成当年对他的信任和重用。他想起当年王成跟他说的一句话，要想推动历史前进，要想让未来更加美好，只有相信年轻人。只有大胆放手让年轻人去做，他们才能延续你的梦想，才能把你的理想推到更高的台阶，你才能拥有更好的未来！若你不能攀登更高，那么就做能攀登高峰者的垫脚石。王成大人是一块非常好的垫脚石，他让汪华有机会站得更高，看得更远；他作为一名长者，虚怀若谷，而又高风亮节，把未来的天空无私的留给了年轻人！

汪华看了看远处的群山。没错，相信年轻人，把未来交给他们！不管是歙州的未来，还是大唐的未来，都应该让年轻人站上舞台，让年轻人去创造！

他对程富说："上次去长安，因各种缘由，没有去看望他。这次到了长安一定要去与他喝喝酒，聊聊天。快十年没见面了啊。"

"没有王大人当年的提携，也不会有我们兄弟们的今天。到时大哥去长安时，我陪你去，我们一起去拜访王大人。"程富说。

"好！就这么定了。"汪华说，"我跟你们继续讲这个'歙'字吧。"

汪华是一个非常重感情的人，显然不想勾起太多的回忆，便忙转回了话题。

"歙，其实有两个发音，不仅是我们常说的'歙州'的这个发音，其实它还与太师讳名'翕'，也是同一个发音。"汪华接着说，"许慎的《说文》里面讲得很清楚，歙，缩鼻也，从欠，翕声。老子《道德经》里也说，将欲歙之，必固张之。意思就是，想要收敛它，必先扩张它。其实也可以理解为，要想合上羽毛停下来休息，就得飞到更高的地方才能安全；要想让自己高枕无忧，就得让自己处在一个别人无法伤害到你的地方；放大点说，要想天下百姓安居乐业，就得消灭一切破坏稳定的力量。"

汪华看着钱任和程富说："歙，其实代表的就是一切自然规律。"

两人若有所思地点了点头，汪华的一言一行不正是在诠释这个"歙"吗？！

很快就到村口了，一条清澈的溪水蜿蜒而过，溪水两岸长满茱萸，茱萸不仅是一种中药，也是对远方亲人的思念。难道这是当年隐居到这里的居士们对亲人的思念？

汪华对钱任说："这里的溪水清澈甘甜，你可以去喝几口，洗洗脸。"

"好啊，我正想呢。"钱任说完把缰绳递给了他，向三丈见外的溪边走去。

看着钱任走到溪边后，汪华对程富说："铁佛兄前段时间向我问起花山宝藏

徽州魂
大唐越国公汪华传奇
中

的事情。"

程富猜着汪华有事要跟他说，但是没想到居然是这件隐藏十几年的秘密。

"他怎么知道的？"程富问。

"不知道。"汪华说，"据我得知，他还派人到处私下打听。后来找了个机会直接问我。"

"你怎么说？"程富问。

"我实话实说。"汪华说，"也讲了一下当年我跟大家讲的道理。"

程富说："我们都非常支持这种方式。"

程富说的方式，指的就是把宝藏掩藏起来，关键时用。

汪华说："宝藏虽然没有全部拿出来，但是我们也用了不少，这几年征战，所花军饷近半数是靠它解决的。皇上当年在太原起兵时，不仅有豪门贵族倾囊相助，且得到晋阳宫内的金银珠宝支撑，还有突厥提供的大量马匹和兵器，而我们在乱世中能从哪里得到钱财扩充军备？只有这些宝藏了。自我执掌歙州十多年来，我们把州府的所有收入基本上都以各种形式返给了六州百姓，我们州府银库并没有多余的费用。"

"这些我清楚，动用宝藏也是我们大家商议了的。"程富说，"当年修建歙州府；修筑渔梁坝和几条河堤；翻修吴王宫；连续两年旱灾整个州内颗粒无收，去外地购买粮食免费发放给百姓；免费办学堂；免费医治贫困百姓；皇上与秦王在太原起兵后，我们得知消息，私下给秦王支援过军饷，尤其是在围攻洛阳时，资助最多；耿国公冯大人在岭南起兵时，你为了报答他，也派人送去过军饷。"

汪华轻轻点了点头，说道："是啊，说不用，但是在很多情况下，不用又不行。不过，钱财本来就是为人所用的，只要是用对就行。如果真不用，放在那里，跟石头泥土没有区别。"

"讨伐萧铣、林士弘和辅公祐，不少军饷都是由我们提供，也是从宝藏里面取的。"程富说，"尤其是讨伐萧铣，我们大军在西线一直驻扎，开销不少。"

汪华接过话题说，"上次去长安朝觐时，向朝廷上供和向皇亲国戚、朝中大臣送礼，也花了一笔。"

"没想到一计算，还真感谢这宝藏，帮了很大忙。"程富说。

"哈哈。"汪华一笑，"马无夜草不肥，人无外财不富。我们也是得上天眷恋，赐予宝藏，帮助我们把六州治理得这么好。"

"那当然，自古以来都是'一分钱逼死英雄汉'。皇上在太原起兵时不也是靠一些世家大族和富商资助，加上晋阳宫内的财宝。不然，怎么能那么迅速攻下长安？！"程富说，"历朝历代，朝廷下令到处开采各种矿场，金矿、银矿、铜矿等等，其实也就是向天地求财。我们利用先人留下的财富并不多。城池、房屋、水利工程、良田、山林等等，其实也算得上是先人留给我们的遗产。"

"你这样说，我也就释怀了。当年我们招募府兵征集粮草之时，也是姐夫慷慨解囊大力资助我们，不夸张的说，是姐夫用经营多年的积蓄为我们安定了歙州，换来了我们今日的荣华富贵。"汪华说，"我有时常自责自己能力平庸，在战乱年间不能让六州百姓和军队自给自足，还需要依靠先人的财宝来自强。你说得对，规模庞大的长安城，抵御外族铁骑的长城，贯通南北的大运河，造福川汉的都江堰，等等，乃至璀璨的文化，都是先辈留给后人的财宝。只是有些是以金银珠宝的形式出现，有些是以实物的形式出现。"

程富听了不由得呵呵笑起来："没想到堂堂的越国公还为了这事情愁怀，岂不笑人，看来有时我比你要明白。利用先人的遗产，经过我们更好的发展，留给后人更大的遗产，这是一种规律。就比如，做父亲的花钱让儿子吃饭、穿衣、读书，还要盖座房子给他娶媳妇；做儿子的轻松成家，就可以更快捷的立业，随后生儿子、养儿子，让自己的儿子过上更好的生活，读更多的书，向更好的老师求学，取得比自己更大的成就。当年秦始皇一统天下，还不是依靠先辈数百年的积累吗？三国刘备不也常把'中山靖王之后'作为无形财富挂在嘴边吗？就连当今皇帝，若不是出身关陇贵族，号令天下未必有人跟随的。这些不都是占用了先人的财宝？他们占用了，而且是大大的占用了！"

汪华听了之后，爽朗一笑："言之有理，你说得对。孔子说'三人行，必有吾师焉'，程大将军，你是我的老师。"

汪华说完真就向程富深深鞠躬。

程富忙扶着他，笑说："真是受不起！做越国公的老师，是我一辈子最骄傲的事了。"

说完，两人哈哈大笑。

随后，汪华叮嘱道："我去长安后，你和天瑶等人好好看守余下的这批财宝。"

"放心吧，大哥。"程富说，"虽然我们已经用去了不少，但是还不及一半，或者说一半的一半都没用完。如果落在坏人之手，必定会祸害天下。我们一定会看守好的，没您允许，我们绝不动用。"

"那就好。"汪华说到这里，向钱任招了招手，示意她过来。

钱任在溪边不仅满满地喝了几口水，而且仔细地洗了一把脸。当她站起来准备返回时，见汪华和程富小声地在说什么，就故意站在溪边停留一下。既然他与程富说话声音那么轻，就猜着肯定有不愿意让第三人知道的秘密。

钱任微微一笑，说："我从来没喝过这么清甜的水，明天下山后，我要带一囊回去给孩子们。"

汪华只是笑着，没有接过她的话，对程富说："铁佛兄的事，你知道就行。我没跟天瑶说，他脾气大，以免兄弟间隔阂。"

程富说："我明白。天瑶的脾气，肯定会给铁佛兄脸色看的。"

钱任走了过来，接过汪华手中的马绳。

汪华说："我们走吧，去找户人家落脚。"

说完，他就牵着马走在前面，钱任紧跟着，程富在后面。

走了几步，汪华在前面头也不回地大声说："想知道我在登源河酒肆里等的那个人吗？"

"我一直好奇呢！"程富在后面大声接过话。

"好！"汪华在前面摆了摆手，大声说："今晚我讲给你们听！"

汪华一行人刚抵达歙州府，便迎面遇上了来自长安的天策府使者，手中还携带着秦王亲自写给越国公的问候信。

在杨文干叛乱之后，秦王李世民联手钱九陇、杨师道等人，仅用了十余日便迅速将其平定。杨文干见败局已定，率领残部逃入深山，却最终被自己的部将所斩杀，其首级被送往长安示众。

然而，李渊皇帝在尹德妃和张婕好的枕边风影响下，竟将太子李建成释放，并责骂一番后令其返回长安继续监国。当李世民得胜归来，皇帝的态度却与出征前大相径庭，对于之前的承诺绝口不提，仅以口头嘉奖了事。

在仁智宫度过了三个月的避暑时光后，皇帝终于带领群臣和嫔妃返回了京师长安。经历叛乱后的李建成变得更为收敛，对皇帝毕恭毕敬，对朝中老臣关怀备至，对李世民也表现出异乎寻常的亲热。朝堂上，他对于政务的讨论总是支持李世民的提议。

但两人在迁都一事上产生了分歧。有人向李渊建议，突厥之所以频繁进攻关中，是因为长安的财富和人口过于集中。若将长安焚毁并放弃作为都城，突厥的攻势自会消解。出乎意料的是，李渊对此建议颇为赞同，并派宇文士及前往樊州、邓州一带探寻新的建都地点。太子建成、齐王元吉及裴寂均对此表示支持。尽管萧瑀等人持反对意见，却未敢进言。唯有李世民坚决反对迁都，并力劝皇帝放弃此念。最终，在他的坚持下，李渊打消了迁都的打算。

就在李渊放弃迁都念头后不久，突厥突然来袭。此次，突厥的颉利和突利两位可汗率领全军南下，接连侵犯原州、忻州、并州等地，关中地区为之震动，京都长安也进入了戒备状态。紧接着，突厥军队又进攻绥州，逼近长安。秦王李世民奉命领兵出征，然而当时关中地区已连日大雨，粮道受阻，将士们疲惫不堪，朝廷和军队都陷入了深深的忧虑之中。

在豳州五陇阪，双方严阵以待。李世民单骑驰至突厥阵前，先是指责颉利背信弃义，违背和亲之约，然后又对突利说："你过去曾与我结盟，承诺在困难时相互扶持，为何今日却率兵来犯？如此出尔反尔，你如何在部落中立足？"

突利与叔父颉利之间本就存在矛盾，李世民趁机挑拨二人的关系。同时，他利用雨夜偷袭突厥军营，破坏了突厥的粮草供应，并派遣使臣游说突利，许以重利。面对李世民的攻心计和军事打击，颉利虽然有意决战，但突利却坚决反对，并详细分析了各种利弊。经过深思熟虑，颉利最终决定派突利和夹毕特勒阿史那·思摩前往李世民处求和。

李世民答应了突厥的和亲请求，并与突利共同祈天盟誓，结为异姓兄弟，承诺大唐与突厥永不相欺。此后，突厥撤兵而去。

李世民的军事胜利再次让太子李建成感到了威胁。他决定寻找一个能够彻底消除这个威胁的机会。

深秋时节，皇上率领皇室成员前往城南进行围猎，太子、秦王和齐王都随行同往。在休息的间隙，太子李建成故意向秦王李世民展示了一匹难以驾驭的胡马，这匹马性情暴躁，无人能够骑乘。太子深知秦王对马的热爱，尤其是对难以驯服的烈马更感兴趣，因此他用这匹马来引诱秦王。

秦王看到这匹马后，果然眼睛一亮，迫不及待地接过马缰，翻身上马。然而，那匹马突然长嘶一声，高昂马颈，前腿腾空而起，竟然直立起来猛烈蹦跳。秦王未能及时抓住马鬃，被甩出了很远。幸运的是，由于前几天的降雨，地面湿软，且他摔在了草堆上，因此并未受伤。

然而，秦王并未因此而气馁。他默默地走到马匹身边，突然飞身上马，紧紧地抓住马鬃，双腿用力夹紧马腹，整个人紧贴在马背上。那匹胡马再次尝试甩掉他，但无论它如何挣扎，都无法将秦王甩下。最后，这匹马像发疯一样冲进了山林中。

经过一番狂奔，胡马终于疲惫不堪地停了下来，呼呼地喘着粗气，似乎已经被驯服了。

此时，秦王的心腹雷永吉担心他的安危，骑马跟进了山林。作为李世民的侍卫长，雷永吉不仅是他的亲密战友，还是当年攻打长安城时率先登上城墙的勇士。秦王与他之间无话不谈。

当秦王看到雷永吉时，他冷笑着说："这就是我的好兄弟啊，竟然想用马来害我。但是生死有命，他怎么能害得了我呢？"

此时的山林深处寂静无人，秦王原本想发泄一下对太子建成的怨恨。然而，他们并未察觉到，李建成的一名侍从正在追逐一只受伤的野兔，他疲惫不堪地在一棵大树下休息，却无意中听到了他们的全部对话。

这名侍从随后将这些话传给了李建成。李建成听闻后，将话语稍加改动，又添油加醋地通过张婕妤传给了皇上李渊。于是，李世民原本的话语被曲解为："我乃天命所归的天下之主，岂能被小人害死？"同时，还夸大其词地说秦王早已有篡位之心，必须加以防范。

李渊是一个耳根子较软的人，他常常对两位妃子的意见言听计从。在听到张婕妤传达的夸大之词后，他愤怒不已，立刻下令传唤李世民进宫。幸运的是，秦王深知父皇的性格，于是他声泪俱下地解释，并提出愿意被囚禁在宫中直到事情调查清楚。李渊本是一个心肠柔软的人，对这个二儿子更是心存愧疚。看到李世民如此诚恳地哭闹和解释，几番安抚之后，他只是提醒李世民以后言行要小心，务必与太子保持良好关系，兄弟之间要和睦相处。

原以为这场风波会就此平息，但太子李建成并未善罢甘休。第二天，他热情地邀请李世民到东宫饮酒，声称是为了胡马之事向二弟赔罪。这显然是一场鸿门宴，但秦王却不得不去。若他拒绝，太子便会在皇上面前诬陷他不愿兄弟和睦，甚至挑起以往的矛盾。经过深思熟虑，秦王决定赴宴。为确保安全，与他关系亲密的族叔淮安王李神通主动提出陪同前往。

众人都认为，在外人面前，太子和齐王应该不敢明目张胆地加害秦王。然而，秦王赴宴归来后却出现腹痛难忍、脸色惨白、呕吐不止的症状，最后甚至吐出几口鲜血。幸好御医及时救治，才挽回了秦王的性命。

皇上得知此事后匆匆赶来探望。虽然他心中猜到可能是太子对秦王下了毒手，但又不便明说，只能紧紧握着次子世民的手泪流满面。太子见秦王已无生命危险，也假装懊悔不已，声称自己本想借酒加深兄弟情谊，却没想到会发生这样的意外，并连连致歉。

面对大哥李建成的虚伪面目，李世民心如刀绞。他意识到，为了争夺未来的皇位，自己的亲哥哥已经多次对他痛下杀手。这一刻，他决定展开反击，因为他手中握有足以反击的力量！

送走使者，汪华立即传令让汪铁佛、汪天瑶、程富和陈朴到都督府商议。

"大哥，我看您还是先别去长安了，现在他们两兄弟斗得这么厉害，我怕牵连到您。"汪天瑶听完情况后，嚷道。

"都督，我觉得司马说得有道理，还是避开那是非之地。"陈朴也说话了。汪天瑶是都督府司马，辅助都督执掌军事。

"现在去长安很不安全。"汪铁佛说，"两人争斗，胜负难料。太子背后有皇上和老臣支持，自己在军队也有势力；秦王虽然位高权重，天策府内文有房玄龄、杜如晦，武有尉迟恭、秦叔宝、程知节等人，但是这些人，文无实权，武无重兵。"

汪铁佛说到这里，看了看大家，解释道："文学馆的十八学士虽然说个个通今博古，有治国理政之才，但是他们的官职在天策府，而不在朝廷。说得直接一点，他们并没有在朝廷的某个重要部门担任长官，他们说的话在天策府管用，但是在别处就无人搭理，无法与朝廷那些老臣进行政治斗争。天策府的武将不少，个个能征善战，作战都能独当一面，但是他们手中并无自己的兵力，每次作战都是皇上下旨，从各州和各兵营调兵，再由他们率领出征，作战回来后，就得把兵权交回。看起来秦王能指挥天下兵马，但无皇上旨意，他又调动不了任何兵马。"

程富在一旁连连点头，说道："长史分析得非常对。虽然各地不少都督、刺史都跟随秦王南征北战，若真到了要排队站位，与太子对着干时，估计大家都要犹豫了。终究太子的后面是皇上，事情稍微处理不好，就是谋逆，就会被杀头。在长安，秦王肯定处处受限制，唯有东都洛阳才是他的根本之地，当年讨伐王世充和窦建德时，秦王广交山东豪杰，留有了一定的家底。"

汪华一直听他们说，没有说话。

汪铁佛接着说道："秦王的最好方法就是离开长安，到了洛阳才能如鱼得水。"

"我看，即使到了洛阳也未必。"汪天瑶说，"难道秦王到时从洛阳起兵攻打长安？第一，皇帝还在，他敢这样做吗？肯定不敢。那样的话，秦王就是反臣，不忠不孝。第二，即使皇帝不在了，秦王也未必有机会，太子也不是傻子，肯定会想一切办法削弱秦王势力，甚至有可能在皇帝驾崩时，假传圣旨，咔嚓把他杀了。"

这里都是自己人，汪天瑶在言语上说话就非常直接了。他见程富等人点头，继续说道："即使前面的事情不发生，太子登基了，秦王会起兵吗？即使他手里有兵马，他也不会像前朝杨谅那样起兵造反。天下好不容易太平，不仅百姓不希望再乱，连我们这些带兵打仗的将领也不希望再乱。他到时就是想造新皇帝的反，也没人跟着他干。除非新皇帝是昏君，跟杨广一样。"

"秦王肯定不会等到那个时候再反击。"汪铁佛说，"退一万步说，即使他不想反击，天策府那些谋士武将们也会逼他早日反击。听说房玄龄、杜如晦等人常受到东宫人的欺辱，后宫尹德妃和张婕好的家人也与天策府的人有过节。秦琼和程咬金等好几名武将也都被调出天策府，到别的兵营去当差，据说过得并不舒心。这些人因遵循秦王教令，一直忍着。俗话说，兔子逼急了也会咬人，何况是这些人。我看秦王与太子生死决对很快就要到来。"

"长史认为会在什么时候？"陈朴同意汪铁佛的观点。

"就在这一两年吧，不会太久。"汪铁佛说。

"为什么这么肯定？如果真是这样，大哥还是待在歙州清静吧，他们李家的事情，我们不掺和。"汪天瑶说。

汪铁佛并没有直接回答汪天瑶的问题，而是看着汪华，大家都讨论半天了，他还没说话呢。

汪华重复汪天瑶那句话："为什么那么肯定？"

汪铁佛说："太子现在已经出招，并且是招招致命，秦王虽然数次侥幸躲过，但是能保证下次也能平安吗？这次太子用的是鸩杀，多险啊，幸好秦王早有防备，并没有咽下，而是趁咳嗽时把酒吐到了手绢上。但即使这样小心，都差点被毒死了。你说下次太子会如何做？说不定直接派人刺杀。"

"使者说，幸好当时有淮安王在，否则，太子见鸩杀不成，说不定直接派刀斧手出来，也不是不可能的。"汪华说。

"你看，多恐怖啊！太子心肠也太狠了吧。"汪天瑶说，"有本事，签个生死书，两人到校场拼个胜负得了。"

"太子才不傻呢。"程富说道，"秦王常年在外征战，刀剑上比他强。就算要决斗，也得让齐王去，齐王武功高。"

程富刚说完，大家就哈哈大笑起来，气氛一下子轻松了许多。

"长史刚才分析得非常有道理，也是很现实的问题。"陈朴说，"太子并非平庸之辈，也知道秦王到洛阳，他就鞭长莫及，他一定会阻止秦王去洛阳，而皇上为了避免自己儿子之间将来兵戎相见，也不会放秦王去。很显然，秦王给都督写亲笔信，其实就是希望得到都督的支持。纵观当今天下，在外能影响朝政的，只有三个人，李靖、李世勣和大都督您。"

汪华听后忙摆手，说道："不能这样说，赵郡王和耿国公也不容忽视。"

陈朴说："赵郡王虽然是扬州大都督，但他的主要军功都是李靖建立起来的。以前他比李靖有号召力，但是现在，李靖比他更有号召力。耿国公冯盎偏居岭南，对中原不会有太大影响。"

"陈大人的观点我赞成。"汪铁佛接过话说，"如果猜得不错的话，秦王应该也给黎州大都督李世勣和安州大都督李靖都去了信。你们三位执掌的都督府，不仅地理位置至关重要，你们在军事才干上也无人能及，威名远播，若有你们三人支持秦王，其他都督府估计只有跟随。"

汪华微微闭了一下眼睛，陈朴和铁佛都猜对了，秦王在信中已跟他说，很是想念他们三人。意思自然是不言而喻。

"其实秦王也是衡量过各种利益关系及感情远近的。从军事才能上讲，李世勣恃才傲物，在兵法上只佩服秦王一人，所以秦王主动与他亲近，他应该是不会反对的。李世勣与秦琼、程咬金当年都是瓦岗寨兄弟，现在秦琼和程咬金已经是秦王府的人，所以李世勣肯定能争取过来的。李靖与秦王关系向来就非同一般，当年李靖差点在长安被杀头，还是秦王向皇帝求情，才躲过一劫，后又被秦王推荐到赵郡王麾下，所以秦王对他是有知遇之恩。秦王也知道，赵郡王本来就与他关系很好，只要李靖表态，对李靖服服帖帖的赵郡王还能说不？至于大都督您，与秦王早就有交往，多次资助军饷，加之中间又有一个房玄龄，两人一起大打忠义牌，大举为天下百姓谋福祉的旗子，您岂能无动于衷呢？只要您表态，与您渊源颇深的高州耿国公冯盎肯定效仿您。"陈朴说。

汪华觉得陈朴分析得有道理，看来秦王把一切都算计好了。

"哈哈，不愧是秦王啊。"汪天瑶也不由得赞叹秦王的布局。

"好啦！这个今天就不谈了，去长安的事情，我已经决定，大家就不要阻拦了。"汪华见聊得差不多了，便说，"马上就进入冬季了，北方天气寒冷，我们南方人刚去不太适应，尤其是孩儿们跟着去，一时半会儿难以适应，万一染上风寒就麻烦了。即使皇上准旨，我们也得到明年开春后才能北上。"

大家见他不愿意改变意见，也就没办法，好在还要等几个月才出发。夜长梦多，只要时间长，说不定他又不想去了呢。也有可能这几个月，朝廷的变局已经有了结果。这帮文官武将就是这样打着算盘的。

汪华见大家无话可说，就问陈朴："登源里那个案子现在处理好了吗？"

原来，上次汪华和钱任、程富到登源里的时候，程富与仁里的耿彪等一帮地痞无赖发生了矛盾，后来程富把案子交给了县衙。陈朴掌管六州刑法，所以，汪华就问他。

"县衙已经开堂审理完了，仔细调查了耿彪的所作所为，根据人证物证，他确实杀了人，按律当斩，卷宗刚送到我手里。"陈朴说，"那个队正发配边疆；耿彪的兄长是里正，耿彪的舅舅是县尉，都犯有纵容包庇罪，全部革职，打入大牢。"

陈朴还准备介绍案件，汪华伸手摆了摆，说："只要你们按律判决就行。你安排一些人到下面多走走，只有微服私访，才能发现问题。我们不能因为天下太平，就放松管理。千里之堤毁于蚁穴，千万不能麻痹大意，多听听民间的声音，即使是骂声，总比一律歌功颂德要强。"

"下官明白。"陈朴说。

"好，今天就议到这里，散了吧。"汪华边说边站了起来。

武德八年，即公元 625 年，三月，汪华从朝廷请得了晋京的圣旨，在程富的护送下，带领三位夫人和八个儿女及部分随从，告别了歙州文官武将和百姓，告别他生活了三十八年的歙州大地，踏上了北上长安之路。

汪华骑在马上，走在最前面。

前面的路很长，在这条长长的路上，将发生什么？他不知道。

在他人生将来的道路上，又将发生什么？他也不知道。

他唯一知道的是，不管将来发生什么，他相信自己一定能够战胜！

第六十章　请旨晋京

徽州魂

大唐越国公汪华传奇 下

天津出版传媒集团

天津人民出版社

徽州魂

大唐越国公汪华传奇

下

汪鑫 著

天津出版传媒集团

天津人民出版社

第六十一章　路途凶险

大运河，两岸杨柳青青，微风拂拂，一艘三层船舱的客船经过淮水，进入通济渠，逆水北上。

在舟船往来频繁的大运河上，这艘船并不是特别起眼。因为自隋炀帝征发数百万民工开通了这条纵贯南北的大运河之后，南北交通立即便捷起来，江南的大米、茶叶、丝绸等运往北方，东北的皮毛、人参、木耳等运到南方，商旅的船队浩浩荡荡，其中不乏各种大型货船、客船。但是只要靠近船身仔细观察，就立即能看出端倪，这艘从南方来的船只不仅用料考究，而且做工精致，船身坚固无比，完全就是改装后的战船。

此时正过晌午，甲板上站着一位中年男子，衣裳用料是江南绸缎，雍容华贵，他目光如电，英气逼人。

他，就是大唐越国公、江南六州之主、歙州大都督——汪华。汪华请得进京圣旨之后，于阳春三月，携家眷由杭州走水路，沿着京杭大运河，前往都城长安。

他坐的这艘船，就是杭州官吏按照战船的要求来打造的。从歙州前往长安，虽说走陆路要近一些，但是翻山越岭，路途上太辛苦，根本不适合年幼的儿女们远行。反正，前往长安定居，又无紧急大事，携家带口还是坐船最合适。船体宽大，上下三层，吃住全都在船里。在船上可弹琴击剑读书，比骑马坐轿要舒服自在得多。

因这条大运河，天下大乱，风起云涌十数载。他几次想好好看看这条毁灭一个王朝的运河，看看这个饱受争议的大工程。当他在大运河上度过数十个日夜后，他脑海里浮出，这条运河还能兴盛一个王朝。

一名中年男子从船舱里走了出来，虽然他也只是一副商旅打扮，但是从他整个人的气宇就可断定，这绝对是武艺高超的行军将军。没错，他就是江南六州东营大将军程富，此行他担负着护送的重任。

作为位高权重的大唐越国公，汪华本可以兴师动众地在船只上升起"大唐越国公、歙州大都督"的大旗，沿途官吏定会蜂拥迎接。但是，汪华为人向来低调，一个连吴王宝座都不在乎的人，更不会在乎别人对他的恭维。一来他不想打扰沿途官吏，免得给别人添麻烦；二来他也不想把动静搞得太大，以免被朝廷的一些人，尤其是封德彝之流抓住口实。所以，这艘船一路上比较低调，船上的人都不着官服。

汪华没有回头，他从脚步声就猜出是谁来了，开口说道："如此美景怎么不与我一起好好欣赏呢？"

程富听了，无奈地笑道："这就得问你家那些公子了，都缠着向我学剑，教了一套剑术之后，还要我讲行军打仗的趣事。"

汪华回过头，笑着说："当年他们三叔世荣在歙州时，他们就老粘着，现在遇着你这位东营大将军，岂能放过。"

"三位嫂子哄他们去午睡，还都不愿意，看来你这几个儿子都是行军打仗的料，说起调兵遣将，个个心花怒放。"程富说。

汪华说："小孩子嘛，好奇而已，天下太平，做个田舍翁多好啊。战争只会给百姓带来灾难。"

程富看着前方，叮嘱道："官场复杂，远比战争残酷，长安城内个个都不是吃素的，你可一定要当心啊。"

汪华笑了笑，没有说话，也一并看着前方，目光坚定有力！

在大运河边的李集小镇，五六个人聚集在客栈的一个房间里。

为首的那位，身材高大威猛，孔武有力，旁边几位也都是暗藏利刃，眼神充满杀气。

为首者说："经过多次观察，汪华的船每天清晨和傍晚会停靠码头，有仆人上岸采购食材和取水，根据行船速度，今天傍晚会在这里停靠，到时我们只要派两人乔装成他船上的仆人混进船内，找地方躲藏起来，待半夜大家睡熟后，在船舱各处放火。"

旁边一个人坏笑道："大火一起，即使汪华跳河，没被烧死，他那些臭婆娘和狗崽子也难逃一劫。"

"一定要记住把这个令牌丢在船上。"为首者说完拿出一个令牌，上面刻着两个字——"东宫"。

一群人呵呵大笑，就好像已经看到了船只着火。

原来这是一场嫁祸于人的阴谋。为首者，不是别人，正是当年辅公祏的心腹大将西门君仪。

西门君仪最早与王雄诞结好，跟随杜伏威时，对杜伏威忠心耿耿，但他听传言说其妻子与杜伏威私通，便怀恨在心，寻机报复。待杜伏威前往长安之后，他与辅公祏勾结，响应辅公祏谋逆，间接逼死了杜伏威。辅公祏兵败后，他跟随辅公祏带着仅剩的数十名兵卒逃往武康。结果，辅公祏一行惶惶如丧家之犬，刚逃到武康一处村落，当地一名无赖纠集了一群农夫就把他们抓了起来。而西门君仪当时恰巧到附近打探消息，待回来时，已见辅公祏一众被押进了汪华部将汪天瑶的营帐。

很多人都认为西门君仪战死了，实际上他已经化装潜逃，一直在寻找为辅公祏报仇的机会。周围这几个人，当年就是他的手下，战败后潜逃，躲过了追捕。他通过各种途径找到这些人，一起隐居起来，但又处处留意时局动态。这次获知汪华要进京，他决定利用这次机会置汪华于死地，再嫁祸给朝廷，引发朝廷与江南六州之间的战争；同时也可以加深太子与秦王之间的矛盾，引发朝廷震荡，到时自己再振臂一呼，召集当年旧部起兵，建立自己的王朝。

汪华作为征讨辅公祏的主力军，尤其是在开战之初，牵制了辅公祏的大量兵力，使得辅公祏的势力无法扩展；发起总攻时，又是汪华率领的吴越军最先攻进城。在西门君仪眼中，汪华出兵是辅公祏失败的关键。

西门君仪对旁边的一个年轻人说："你负责安排小船，半夜时分，带领兄弟们一定要悄无声息地分布在大船附近。待大火起时，必定有人跳河，你们就要一个不漏地用弓箭射杀。"

说到这里，他紧握着拳头，狠狠地砸在桌子上："我要让他们一个不留！"

这时，旁边有个中年男子问："将军，要是下船的仆人太少，我们就没法混进去了。"

"已经得到消息，每次下船买东西和取水的仆人有二十来人，他们船上人多，需要不少食物。"西门君仪说。

"万一没有混进去，到了半夜时分，派几名水性好的兄弟潜游到船底，凿穿船底。"另一个小伙子说。

"这个不行，我已经安排人潜到水底察看了。船底包有精钢打造的薄钢板，无法钻开。估计船舱底层的结构，也跟当年攻打萧梁的战船一样，底舱用厚木板隔开，隔板与船舷接合处拼接板材、用铆钉加固，再用木料填塞，密封，一舱破损，其他舱不会受到连累。"西门君仪说道，"汪华此人狡猾无比，平时出兵作战都考虑周全，这次携带妻儿出行，必定是面面俱到，花尽心思。据说他对这艘船的建造非常满意，还升了监造官的职，参与造船的每个人都领到了封赏，并给这艘船起名叫'铁甲'。"

那个年轻人惊叹道："他真是费尽心思，实在可怕。"

"雷虎，你没有参加当年的宜兴之战，汪华为了攻破城池用大型投石器一阵狂轰滥炸，他们不出一兵一卒，就把我们倚重的重要防御砸得稀里哗啦，我们毫无还手之力，无数兄弟阵亡。现在想来还都觉得是噩梦。"一个中年人说。刚才说话的年轻人是雷虎，原来是一名副将。

"李将军说得对。攻丹阳城时，他也是用的这招。雷虎和你们几个都是水师，没见过汪华出招。"西门君仪说。那位中年人叫李破符，当年还是一名总管将军。

李破符说："若实在不能跟仆人混上船，到了晚上，我带兄弟划小船利用飞索偷偷爬上船。"

"好。"西门君仪盯着雷虎说，"你们的小船不要刻意在大船附近游荡，要显得很随意，千万不要让船上的哨兵发现异常。"

"将军，这个你放心，我们水师出身的，知道怎么做。你就等着好消息吧。"雷虎信心十足地说。

西门君仪露出满意的微笑。

傍晚，"铁甲"停靠在李集小镇的码头上，一群仆人拿着箩筐和水桶走上码头。李破符一直盯着仆人的一举一动。

"父亲，我和弟弟想到岸上玩会儿。"小汪达带着小汪爽走到汪华身边。

此时，汪华正与三位夫人说事，还没等他说话，钱任就说："达儿，不可这样。这小镇上没什么好玩的，天快黑了，不安全。"

钱任虽然不是汪达的亲生母亲，但是钱任自嫁给汪华之后，二夫人稽圭和三夫人庞实主动让贤，请钱任代替汪华大夫人钱英的位置掌管后院，钱英的三个儿子，汪建、汪璨和汪达自然也都归属在钱任这一房，所以钱任完全担起了母亲的责任。

庞实说："在这里我们人生地不熟的，你们年纪幼小，上岸不安全。"

"娘，我和三哥都这么大了，怎么就不安全呢？你可以陪我们下去走走嘛。"小汪爽说，"我们都在船上待了好多天了呢，都快憋坏了。"

汪华看到两个儿子幼稚的脸蛋，心想，你们才八九岁就敢说长大了。又想起自己也就这么大的时候，父亲过世，与两个弟弟跟着母亲迁居到歙西舅父家。他便耐心地对两个儿子说："现在天下表面上看起来太平，但是还有一些余孽尚未消除，我们要时刻保持警惕。这些小镇码头南来北往的人特别多，人员特别复杂，我们要小心为上。"

作为父亲，汪华觉得保护子女安全成长是应尽的责任和义务。他自己南征北战，图的是什么？还不是天下太平？还不是让天下百姓能享天伦之乐，安安稳稳地过好日子？对于自己，不就是希望自己的子女也能安稳地过日子吗？

小汪达和小汪爽听了后，都嘟着嘴，很不开心地退了出去。

"圭妹，去看看这些小家伙，别让他们偷跑下去了。"汪华对坐在旁边的稽圭说。

"放心，没你的命令，即使他们再顽皮，也不敢乱跑的。"稽圭虽然这么说着，但还是站起来往外走。

程富站在甲板上，看着码头上人来人往。这个小镇太普通了，他也没有什么兴趣下去看看，他帮稽圭盯着这群小家伙，看着他们在甲板上嬉戏。

仆人们陆陆续续上了船，西门君仪安排的两个人穿着与仆人一样的服饰，手里拎着一筐菜走上了船。仆人们是直接从第一层船舱进出的。船夫和仆人都住在第一层。程富站在第三层的甲板上，虽然看到了这些仆人搬着东西进来，但是并没有留意。

第二层船舱的每个窗户纸后面，都有一双眼睛谨慎地盯着靠近"铁甲"的每一个人。这一层住的都是汪华亲自训练出来的卫士，人数虽不多，却个个武艺超群。跟在后面的两个仆人大摇大摆地走进了船舱，他们在这条河上混了好几年了，混进船内抢劫偷窃非常拿手。他们是一对兄弟，哥哥的绰号叫"血蛇"，弟弟的绰号叫"飞鼠"。据说与李破符有亲戚关系。

这些仆人上船时，都扛着东西或者挑着东西，大家都忙着自己手里的活，并没有留意多了两个人。加之天色已暗，不仔细留意，很难发现他们中间多了两个陌生人。

两人上船后，把菜筐往伙房一放，就退了出去，找了个地方藏了起来。

很快，船就开动了。

深夜，大运河上的船只越来越少，小船一般都在天黑时就靠岸过夜，只有大型货船仍然日夜行驶。

"铁甲"里一片寂静，寂静得让人害怕，只有两三个窗户隐隐约约透出弱弱的烛光。

有三艘船只远远跟在后面，一道道冷峻的目光紧盯着"铁甲"。突然，"铁甲"的船舱里有个人举着火把钻了出来，站在甲板上，不停地向四周挥舞。

李破符对身边的雷虎说："得手了。"

雷虎得意地点燃了手里的火把，左右挥舞了一下，他座下的船与另外两艘船立即跟上，靠近"铁甲"。

"表哥，全部搞定了，他们都被蒙药迷倒了。""飞鼠"兴奋地对李破符说。

"飞鼠，你两兄弟立大功了！"李破符边说边借着飞钩跃上了甲板。

雷虎等人也紧跟着李破符一一跃上甲板，十来个人，个个手握尖刀。

"汪华在哪里？"雷虎边说边往里面走。

"就在里面，我哥在看守着，他迷倒之后，我们兄弟俩怕他醒来，又把他绑了起来，还有他那些娘们，都绑在椅子上。""飞鼠"边说边带大家往船舱里走去。

果然。船舱大厅里，一片狼藉，汪华和他的三位夫人都被绑在椅子上，还一副睡得很熟的样子。"血蛇"拿着一把剑站在大厅中央。

"其他人呢？"李破符问。

"都在下面船舱。""血蛇"说。

李破符走到汪华身边，突然仰天长笑。笑过之后，他得意忘形地说："汪华，没想到你也有今天。我终于可以为宜兴之战牺牲的兄弟们报仇了。"

他刚说完，突然绑着汪华的绳子飞向了他的脖子。李破符当年不愧是总管将军，反应迅速，连退两步，躲过绳子，右手立即去拔剑。

但是，他还是慢了一步，他的剑还没拔出来，汪华的剑已经指着他的喉咙了。

同时，汪华的三个夫人也一跃而起，制服了身边的敌人。

这一切来得太突然了。

雷虎面面相觑，握在手里的刀一时不知道该如何是好，但他已经知道中计了。

程富带着卫士冲了进来。

"都把手里的兵器放下。"汪华的口气无法让人抗拒。

李破符显然也被汪华的突然反击震住了，冰冷的剑尖抵着喉咙，让他第一次感觉到与死神如此接近。

这些进入大厅的反贼，惊魂未定地把兵器扔在地上，乖乖地束手就擒。

卫士们熟练地把这些反贼捆绑起来。

而船舱外传来了一阵打斗声，原来已经有卫士悄悄潜入河里，爬上了反贼的船只，正在捕杀企图驾船逃跑的反贼。

其实事件的逆转完全是一个巧合。

原来，快天黑时——

"娘，我想到下面去玩，郑豹不同意。"小汪达气愤地走进船内厅堂对钱任说。

"他们要日夜轮流巡逻，有些卫士需要休息，你跑去折腾，人家还能睡得着吗？"钱任正与两位姐姐说话，听小汪达这么说，就解释道。

"我看不像。我假装退出来躲在旁边听他们说话，好像说什么，赶快找，一定要找到。"小汪达说完，好奇地瞪大眼睛说，"他们是不是发现有小偷了？"

一听到"小偷"两字，钱任不由地与庞实对视了一下。

庞实向小汪达问道："父亲在哪里？"

小汪达更加好奇地说："三娘，不是真的进坏人了吧？父亲与程叔叔在甲板上看两岸的灯火呢。"

"这岸上没几栋房子，有什么可看的？你赶紧把哥哥弟弟都叫到厅堂来，有话跟你们说。"庞实说完站了起来，对钱任和稽圭说，"姐姐、妹妹，你们在这里别出去，我去叫世华过来。"

"汪世华"是汪华归唐之前的名字，率土归唐时为避秦王李世民名讳，改名"汪华"，但是他的几位夫人在家仍称呼其"世华"。

庞实还没走出门，卫队长郑豹走了进来。

郑豹是郑虎的弟弟，虽然比郑虎小十来岁，但是他比郑虎精明，武功也比郑虎高很多。郑虎与汪华从小一起长大，对汪华忠心耿耿，郑豹后来进入军营，作战勇敢、机灵，汪华见他做事仔细，武功又非常好，就带在身边，作为警卫。汪华建吴称王时，授二弟汪世英为王府总管，任郑豹为王府禁军统领。汪华对郑氏兄弟非常信任，郑虎负责歙州城防，郑豹负责王府禁卫。后来，汪华率土归唐后，为了与朝廷官职统一，改郑豹禁军统领为卫队长。

郑豹一进门看到三位夫人都在，就忙说："启禀三位夫人，我们发现有可疑的人上船，正在搜查。为保障你们的安全，请不要随意走动。"

原来，在仆人们搬运货物上船时，被卫士发现了异常，居然多了两个人。因为每次上下船的时候，卫士都暗自清点了人数，并且对每个人的面貌都牢记于心。

发现异常后，卫士立即把这个情况禀告了郑豹。郑豹不敢大意，立即带卫士下去清点仆人，发现人数没多没少。又让仆人们相互辨认，都相互认识，并没有陌生人。这就奇怪了，上下船时清点的人数为什么不一样呢？

郑豹又仔细检查伙房，发现多了两筐菜，筐虽然与船上用的筐相同，但是把菜倒出来，发现筐底并没有以前做好的标记。

郑豹判定，有人上船了。于是，他立即封锁了通往三层的通道，带队搜查每一个角落。却什么都没发现。

这下，郑豹有些着急了，难道这人去了三层？不可能啊，从一层到三层，必须通过二层的关卡，那个位置一直有人守着的，何况二层与三层之间的楼梯，也有人守卫。

不管如何，三层还是要搜查一下才行，以防万一。于是，他就到三层来请求搜查。

庞实听了郑豹的汇报后，看了下钱任和稽圭，见她俩都点头，就对郑豹说："让若曦带你去每个房间搜一遍，一定要仔细。"

若曦是庞实的贴身丫环，从小就跟她在一起。当年初遇汪华时，就是若曦陪着庞实的。

郑豹跟着若曦离开后，钱任就对自己的贴身丫鬟月影说："你与碧玉赶紧把公子都叫过来，别让他们玩了。"

碧玉是钱英以前的丫环，钱英撒下三个儿子离世后，汪华给碧玉一笔钱让她找个好人家嫁了，但是碧玉不同意，说要留下来照顾三个公子。见碧玉态度坚决、诚恳，汪华也就只有把她留了下来。由于汪华身边一直没有婢女打理生活，于是碧玉也就顺其自然地负责汪华的一些生活起居。

很快，奶妈拉着钱任的女儿合羽进来了，合羽刚三岁，很乖巧，全家都视为掌上明珠。

陆陆续续，小汪建、小汪璨、小汪广、小汪逊、小汪逵和小汪爽都被领了进来，加上之前就在里面的小汪达，人都到齐了。厅堂门口也站了四名卫士守卫。

"娘，真的有坏人在船上吗？"小汪达说完就把挂在墙上的剑取下来，拿在手里。

其他小孩们见状，也纷纷去取墙上的剑。汪华规定他们每天都要读书练剑和学习兵法，这次北上长安，这些小家伙们的兵器也都带上，在船上也不间断练习。

三位夫人见状都笑了，稽圭说："看来我们家童子军都可以上战场了。"

"呵呵，有你们老爹小时候的勇气！"正巧汪华走了进来。

"世华，你知道了？"庞实问。

汪华摆了摆手说："已经知道了，我让程富也去搜查。不信找不出来。"

汪华走到小汪建身边，用手摸了摸他的小脑袋，笑着说："和弟弟们把剑都收起来，两个小毛贼而已，没必要让我们这些小将军们出马。"

小汪建见父亲这么说，与弟弟们纷纷又把剑都挂到墙上去。

"这运河一开，南来北往跑生意的人多，一些绿林好汉把这条河当成了财源之地，潜入船上偷窃是常有的事。"汪华坐下来，慢慢地说，"隋末天下大乱之时，有些人为了生计就开始从事偷窃的勾当，逐渐养成了习惯，现在中原初定，治安尚未加强，这些毛贼管不住自己的手。这次到了长安后，我要向皇帝上奏，加强运河的治安管理，让商贾无安全之忧，才能更好地促进南北商贸畅通和繁荣。"

"世华说得对，见微知著。我们这样谨慎航行都遇到坏人，可想而知那些商贾之人在这运河上要面对多少困难了。"稽圭说。

"不过，这次潜上我们船的不见得真是小毛贼。"汪华漫不经心地说。

"何以见得？"庞实问。

"这条运河上有盗贼横行，不假，这些天我从南来北往的货船上的守卫就可以看出，大家都很小心谨慎。为什么小心谨慎？还不是因为这条道上不安全。"汪华只顾边想边说，"但是，能上我们船的人，一定不是普通的毛贼了。我刚才进来的时候说是毛贼，是为了宽你们的心，尤其是不要让这些小将军们紧张。"

汪华边说边轻松地笑了笑，他的笑很快就感染了厅堂内的每一个人。

汪华接着说："在这河里讨生活的人只要看我们船的结构，都能看得出，我们这里并非商船，也非文官坐的船，而像水师作战的船，不是一般的人能建造得了的。你们想想，敢偷偷混进战船的会是什么人？一般的毛贼敢吗？"

"有道理，常人是看不出'铁甲'与其他船只无异，但运河上偷盗之人见多识广，能看不出来？"庞实点了点头说，"难道不仅仅是为了偷东西？"

汪华点了点头，淡淡地说："没关系，有程富和郑豹在，还怕搞不定吗？船就这么大，除非他们从窗户逃到河里了。"

说到这里，汪华突然像想起什么一样，向碧玉招了招手，碧玉走了过来，汪华对她轻轻交代几句，碧玉点了点头，就走出了厅堂。

"你说得对，这么搜查都找不到人，不可能是一般的偷窃。"钱任说，"世华，你现在想怎么办？"

"他们既然预谋已久，我们就得陪他们玩玩。"汪华用手轻轻地敲了敲椅子的扶手。

"他们是谁？"钱任问。

汪华淡淡一笑："很快就会知道。"

一个时辰之后。

汪华坐在自己的书房，"铁甲"在建造的时候，特意辟出一间小房间作为汪华的书房，汪华离开歙州时，携带了不少书籍。

"大哥，审出来了，说是李破符让他们来的。"程富走进来说。

"李破符？"汪华在脑海里搜索这个人的印象，"以前没听说过。是什么人？"

"他们说李破符当年跟随辅公祏，是一名将军。"程富说到这里，他又补充说，"我在东营，对辅公祏那边的主要将领还是比较了解的，确实有名将军叫李破符。"

"李破符是怎么找到他们的？"汪华问。

"两人里面哥哥叫'血蛇'，弟弟叫'飞鼠'，与李破符是表兄弟。"程富回答，"他们之前联系得少，只是这一年两家来往频繁，李破符多次在他们面前提到西门大将军。他们推测，这次行动是西门大将军的意思。"

"西门大将军？"汪华想了想说，"辅公祏下面有个西门君仪，听说在逃亡武康的路上被人杀死了，当时上报朝廷的时候，还拿了颗血糊糊的脑袋呢。"

"可能西门君仪根本没死。"程富说，"这次知道了我们的行程，就想弄出点儿动静。"

"想个办法引蛇出洞，若他没死，还真不能让他留在这世上，以免兴风作浪。"

汪华说。

"你看这样如何？"程富悄悄地向汪华说了几句，汪华点了点头。

原来，汪华在厅堂里说到窗户时，忽然想起，船上哪里都搜查了，为何没看到人呢？会不会躲在窗户后面？于是他就让碧玉把想法转告郑豹。

果然，郑豹他们在窗户外面逮着了这两个小毛贼。原来他俩发现有人来搜查，就翻过窗户，用铁钩勾着窗户下方，把自己吊在船外面。大晚上的，其他船只从旁边经过也不会发现。

"血蛇"和"飞鼠"的偷盗技术不错，但是打斗不行，没什么武功。他们被发现后，正准备跳河，没想到卫士手脚麻利，迅速拽住他们的头发，像拎小鸡一样拎了上来。

他们没想到自己居然被发现了，又贪生怕死，一阵软硬兼施，就都老实交代了。

原来，"血蛇"和"飞鼠"在上船之时，不仅有火烧"铁甲"的计划，还有用蒙汗药迷倒汪华等人的备选计划。最终，西门君仪认为用药迷倒活捉汪华这个计划更好，这样可以让他亲自手刃仇人。

两人被捕后，为了免死，老老实实地把计划和盘托出，于是汪华就给了两人立功的机会。

稽圭怕两人不能很好地配合，就随手从兜里抓了两粒药丸塞进他们嘴里，说这是毒药，在明天太阳升起之前不吃下解药，就会全身如百蛇吸髓，最后痛苦而死。吓得两人直冒冷汗，一个劲儿地点头说一定会配合演好这场戏的。

于是，就出现了，"飞鼠"举着火把走上甲板，诱使众人上船的一幕。

李破符等人被带到二层船舱审问，碧玉负责指挥仆人收拾大厅，若曦与稽圭的丫鬟映雪去安排公子小姐睡觉。

汪华立在船头，看着天空皎洁的月色，心情难掩兴奋，他对站在身边的庞实说："庞妹，去把我的剑取来，今晚我要弹剑长歌，笑傲山河。"

"好，那我给你弹琴。"庞实幸福地看着汪华。

"我陪你舞剑。"钱任在远处听见了两人对话，抢着说道。

"太好了，最好也请姐姐在一旁跳舞助兴。"庞实边说边拉着稽圭的手高兴地说。

稽圭大方一笑，说道："只要我们家的国公爷高兴，何乐而不为呢。"

月光下，在"铁甲"三层甲板上。

古筝已出声，霓裳已起舞，双剑已出鞘。

汪华边舞边歌：

点红尘千万

看弱水三千

人醉灯红舞未散

一曲销魂绕宫殿

新安江水影若在

黟山奇峰尽开颜

纵横千里战场

运筹长城内外

快马飞驰到天边

只因想你梦缠绵

今生有你

让我内疚万千

看江南繁华

已有多少红颜

恨岁月如白驹过隙

为何不能早日相见

与你相依江边

数鸿雁飞过天边

金戈铁马　气吞如虎

化作一缕青烟

刀光剑影　纵横捭阖

变成你的笑颜

只因今生有你

我愿马放南山

与你一起琴瑟和鸣

只因今生有你

我愿弓箭落满尘灰

与你一起煮茶对弈

只因今生有你

我愿放弃万里江山

与你一起逍遥云里

只因今生有你

我才珍爱万物生灵

一起摘日月为灯

陪伴我们相守终生

……

徽州魂

大唐越国公汪华传奇

下

第六十二章　防不胜防

"过了前面那个小镇就到长安城了。"汪华对夫人钱任说。

"终于可以见到父亲大人了。"夫人钱任说。

"一别三四年，武德五年的时候跟我回到歙州，如今已经武德八年了。我们合羽的舅舅都已经做父亲了。"汪华爱恋地看着钱任。钱任的弟弟钱琪当年曾率家将护送汪华和钱任等人从长安回歙州。

"是啊。因你军务繁忙，钱琪结婚我们都没有来。"钱任有些歉意地说。

汪华正准备说话，正前方一艘快艇飞驰而来。

钱任眼尖："钱琪！"

说着顺手指去。

果然是钱琪，比当年更魁梧了，他兴奋地远远招手："姐姐、姐夫！"

汪华没想到钱琪跑这么远来迎接他们，高兴地说："钱琪，我和你姐刚说你呢。来得正巧。说曹操，曹操就到。"

很快，快艇靠近"铁甲"，用铁钩勾住"铁甲"，钱琪借着铁钩一跃就到了"铁甲"的甲板上。

"姐姐、姐夫，父亲接到你们到洛阳的消息后，就天天派人在这广通渠上打听，让我来迎接你们。"钱琪刚站稳，就兴高采烈地说。

"让岳父大人劳心了。"汪华客气地说。

"一家人不说两家话，我的宝贝小外甥女合羽呢？"钱琪边说边在甲板上左顾右盼。

"合羽在这里呢。"稽圭领着小合羽走上了甲板。

原来，在船舱里休息的稽圭、庞实、程富等人得到消息，都走上了甲板，来见钱琪。

钱琪一一与大家打了招呼，就开始抱着小合羽左亲右亲，喜欢得不得了。小合羽也不认生，居然呵呵地乐。

"钱琪，长安是不是有事？"汪华判断出钱琪跑到长安城五十里之外来迎接他们，肯定还有其他事。

钱琪见汪华问他，就说："我们到船舱里说吧。"

船舱里。

汪华、钱任、稽圭、庞实、程富、钱琪、郑豹。

"看来这位封相真是处处为难我啊。"汪华听完钱琪的介绍后，不由得调侃了一句，不过内心总觉得有什么东西堵着，感觉非常不爽。

"皇帝老儿是什么意思？难道自己没有一点儿主意吗？"程富听了后，抱不平地说，"盖座越国公府有那么难吗？"

"据父亲私下打听，是封德彝跟皇帝说，边外战事未平，中原百废待兴，需要花钱的地方太多，何况原来的吴王府本来就很气派，现在荒废太可惜了。"钱琪说。

原来，李渊接到汪华主动要求进京伴驾的奏折后，非常高兴，觉得汪华很识时务，就下令大兴土木建造越国公府。谁知，中书令封德彝却谏言皇帝把原来杜伏威居住的吴王府改为越国公府赐给汪华。

这个吴王府，最初就是前朝宰相杨素的府邸，杨素在隋文帝时，任内史令，封越国公，至隋炀帝时，官拜司徒，改封楚国公，权倾朝野。因受到隋炀帝猜疑，病重故意不吃药而病逝。其子杨玄感是第一个率兵反叛隋炀帝的朝廷大臣，后兵败而亡，杨素子孙全部被杀。杨素在长安居住的房子，被人视为不祥之物，无人居住，一直荒废着。

李渊在长安登基建立大唐，瓦岗寨首领李密归降，被封为邢国公，李渊曾被李密小视过，故意把这座荒废的杨素府邸改建为邢国公府，赐给李密。李密归降后不久，在手下的煽动下，企图潜出长安召集旧部东山再起，结果被杀。

随后，江淮军首领杜伏威在汪华的军事围攻下，归顺大唐，后被迫前往长安，李渊又把邢国公府稍作修缮，改为吴王府，赐给杜伏威，并赐杜伏威姓李，即李伏威。谁知，辅公祏起兵反叛，李伏威就被李渊赐毒酒而亡。这座府邸再次失去了主人。

两朝三位枭雄都在这座府邸居住，且都没有落个好下场，让人不得不为这房子的新主人担忧。

"可以不要吗？怎么看都觉得不吉利。"稽圭说。

"皇帝赐的，能不要吗？也不敢不要啊。"汪华说。

"父亲忙于军务，一直在外带兵，若最初就知道消息的话，也可以跟皇帝说，现在都已经修缮完工，越国公府的牌匾都已经挂上了。还是皇帝亲笔题写的金匾。"钱琪说。

"管他什么金匾银匾，另外盖座越国公府，有那么难吗？我们自己掏钱盖，难道长安城没块儿空地吗？"程富第一次来长安，人还没到，就遇到这样一档子扫兴的事情，心情非常不爽。

"封德彝老头诡计多端，皇帝、太子和秦王对他是言听计从。他向皇帝提出赐这座房子，不仅仅是他个人的意思，更可以说是皇帝的意思。这座房子不住也得住。"汪华说，"我们刚到长安，就另盖别院，不是不可以，朝中大臣基本上都有两三处豪宅，甚至更多，但是我们现在还不行，必须住进去，否则一大堆参我的奏折立即就会摆在皇帝的御案上。"

"不住是违抗圣旨，住却感觉不吉利，真是进退两难。以后真要多多提防这个封德彝，否则一不小心就被他在背后捅刀子。"钱任说。

"父亲的意思是，你们先搬进去住一两天，再搬到我们城西的院子去，母亲也过去，就说与家人团聚，别人也就无话可说了。"钱琪说。

"父亲这主意不错，若我们搬到将军府住，这么多人，肯定住不下，城西的院子虽然偏了些，但是房子非常大，这也是皇帝当年赏赐给父亲的别院。"钱任一听忙点头赞同。

"是父亲随秦王征讨王世充时，皇帝赏赐的。"钱琪补充说。

汪华有点儿迟疑地说："但这也不是长久之计。不能总住在那里。"

庞实见大家讨论不休，终于说话了："一座房子有什么担心的，只要你忠君爱国，怕什么？我觉得皇帝赐这房子是件好事，时时提醒我们要处处约束自己、正直做人，管束好部下，以免我们重蹈覆辙。"

汪华听庞实这么一说，目光一亮，看了看稽圭和钱任，点了点头说："庞妹说得不无道理。我汪华一身正气，难道还压不住那些邪气？"

程富点了点头："大哥说得没错，但是那房子终究有些不吉利的过去，我们能不住最好不住。"

钱琪也跟着说："能避免就避免，还是按照父亲意思办吧。"

大家正商议着，这时侍卫进来禀报："启禀都督大人，前面来了一艘快艇，说是奉中书令封大人之命，来通报都督大人，封大人率领文武百官在朱雀码头迎接。"

这又让人意外了，封德彝亲自率领百官前来迎接，真是奇了。他到底是唱的哪一出呢？

原来，皇帝李渊接到汪华即将到达长安城的消息，想让太子李建成率文武百官去码头迎接汪华。虽然说，这是大唐开国以来最高的迎接外臣规格，但此时皇帝需要帮太子笼络人心。谁知，皇帝把这想法告诉了封德彝。封德彝听说之后极力反对。

封德彝说："皇帝让太子屈尊迎接进京的外臣，是对外臣的恩赐，但目前时机不对。"

皇帝问："何以见得？"

封德彝解释道："若太子去迎接汪华，一是涨汪华的傲气，让汪华认为自己真是国之栋梁，在外臣之中无人能比；二是降了太子的威严，让汪华认为太子有意拉拢他。太子乃大唐储君，只需在东宫召见汪华，稍加赏赐，就显示了太子的威严，又显示了太子对下臣的关心，汪华必定会感激涕零。"

皇帝听了略加思索，点了点头说："还是封爱卿考虑周全。当前太子与秦王之间小有摩擦，外面也传得风言风语，汪华乃封疆大吏，若太子屈尊去迎接，势必会引起误会，反而会让汪华认为太子在向他示好。"

"皇帝英明。若汪华无兵无权，太子去迎接倒还无所谓，可以说是私人感情深。而汪华执掌江南六州军政，百万民众对其俯首帖耳，六州将士唯其马首是瞻。对其过于恩宠，就会高傲，目空一切；对其过于冷淡，就会失望，暗怀二心。"

皇帝点了点头，说："封卿认为派谁去迎接最合适？"

封德彝见皇帝采纳了他的建议，就接着说："微臣愿当此任。"

皇帝问道："爱卿乃当朝宰相，德高望重，亲自去迎接地方刺史，是不是不太合适？"

"皇上，这非常合适。汪华不仅是地方刺史，更是皇上恩赐的国公，从勋爵上来说，微臣与他平级，都是国公，前去迎接，是显示朝廷大臣之间情谊深厚；从官职上说，微臣身为中书令，迎接上州刺史，也是对地方的关爱，体恤下属的表现。"

不管封德彝怎么解释，皇帝都很喜欢他说的话，加之皇帝李渊本来就是个耳根子软的人，就这样率领百官迎接汪华的重任落在了封德彝的手上。

钱琪一听说封德彝居然亲自来码头迎接，感到很意外，就说："黄鼠狼给鸡拜年，不安好心。"

汪华不由得哈哈大笑，笑得大家面面相觑，随后他说了一句："常言道，不怕真小人，只怕伪君子。你们有必要这么担心吗？千军万马都不怕，难道还怕他背后施小技？不管他是真小人，还是伪君子，我们只要对皇帝忠心不二，有何惧之？"

"我觉得有封德彝这样的人，算是我们的一面镜子，时时处处监督我们，让我们谨慎做人做事。否则在长安城这个王公贵族云集的地方，稍有不慎，就可能酿成大错。"庞实说道。

钱任点了点头，说道："姐姐说得极对，我们时常提醒自己，身边有个封德彝盯着，也会让我们居安思危，防患于未然。"

稽圭也点了点头，虽然都知道这是自我宽慰的话，但是京城的危险，她以前陪汪华来时就已经感受过了，现在要长住长安，能否化险为夷，那就只有看汪华的谋略和上天的眷顾。她还能说什么？只有赞同大家的意见，希望大家别带着悲壮的心情走进这繁华的帝都。

"越国公，一路辛苦了！"

汪华还没走上码头，封德彝就远远地打招呼了。

"封相，您老亲自迎接，真是折杀下官啊，实在是担当不起。"汪华忙向封德彝双手作揖致谢。

"越国公乃当今盖世英雄，替天子牧守江南，本阁能讨到这份差事是一种荣幸。"封德彝兴奋地挽着汪华的手，旁人还以为两人是无话不谈的故友。大唐采用群相制，并没有"宰相"或"丞相"这样的实际官职，而是把三省的长官都俗称为宰相，甚至有时连六部的长官也俗称为宰相。而作为宰相，领衔各阁部，所以一般都自称为本阁。

汪华趁机从袖中掏出一个小盒子，在外人毫无察觉的情况下递到了封德彝的手里，悄声说："这是当年吴主孙权视为至宝的龙虎珠，望封相笑纳。"

封德彝的眼睛立即闪出光亮，这颗珠宝的传说他是早有所闻，笑着说："越国公太客气了，无功不受禄啊。"

他嘴上虽这么说，但是把珠宝盒紧紧攥在手里，并没有往汪华这边推让。这个珠宝的价值不亚于当年汪华进献给尹德妃和张婕妤的夜明珠，送给封德彝也是为了以后少被小人在背后使诡计。

汪华客气地说："封相乃皇上肱股之臣，大唐朝廷之栋梁，孝敬您是下官的福气。"

封德彝假装客气了一下，就把盒子塞进了袖子里。

"越国公这么说，若本阁不收，倒显得见外了。"

封德彝边说边把汪华引领到迎接的队伍前，把站在前排的重要官员一一介绍给汪华认识。汪华与各官员一一答礼。

随后，众官吏在封德彝的带领下，陪着汪华和家人前往越国公府。

站在越国公府前，封德彝对汪华说："越国公府是皇上让工部花了半年时间重新翻修的，里面雕梁画栋，气派非凡，一切用具全部安置妥当，丫鬟、杂役也都是精心挑选出来的。"

汪华忙向皇宫的方向拱手作揖："皇恩浩荡，汪华愿为大唐粉身碎骨、万死不辞！"

封德彝笑了笑："越国公忠心可表，是我等之楷模。"

汪华忙谦虚道："封相太抬举下官了。"

封德彝说："皇上说您刚进京，先好好休息几日，等一切安顿好了再去觐见。"

汪华说："谢皇上体恤，明日上朝我等就去觐见。"

封德彝说："越国公和家眷一路上舟车劳顿，我等就送到这里了，过几日再来府上拜访。"

"封相太客气了。改日下官前去贵府拜访。"刚到长安，很多东西都没准备，也不方便接待这些京官，所以汪华也不挽留。

越国公府确实气派，汪华带着钱任等人在府内各处走走看看，熟悉环境。整座越国公府占地面积很大，布局规整、工艺精良、楼阁交错，既有京城王公贵族辉煌富贵的风范，又不失民间清致素雅的风韵。尤其是府内的后花园，古木参天，怪石林立，环山衔水，亭台楼榭，廊回路转，别有一番风景。

若不是因为这座房子之前住过杨素、李密和李伏威，确实是一所令人欣喜的宅子。

杂役们在不停地忙碌着搬运箱子，这些箱子从船上卸下来，再装上马车运到府上的。箱子里面是汪华等人的衣裳、书籍，还有给京城各王公显贵们赠送的礼品。中国是礼尚往来之邦，汪华作为一方刺史，来到京城，自然要多带些礼物去那些亲王府、国公府一一拜访。送的礼物不一定有多么贵重，但是送与不送，情意不一样。俗话说，千里送鹅毛，礼轻情意重。汪华既然决定往后在京城定居，免不了要跟这些人打交道，拿人手短，吃人嘴软，多个说你好话的人总比多个说你坏话的人要好得多。

大有是汪华带来的新管家，比汪华还年长几岁，是原来管家大贵的堂兄弟，也常年跟随大贵在都督府做事。稳重干练，且比大贵机灵。汪华决定来京城长安定居后，大贵要在家侍奉年老的母亲，便主动推荐大有顶替他的位置。这次大有也带着家眷一起跟着来了，他麻利地指挥着仆役们把不同的箱子搬到不同的房间。

"大哥，这越国公府比歙州的都督府还气派。"程富在府内走了一圈儿，连连称赞。

"那你就在这里住吧，别回歙州了。"汪华开玩笑道。

"那可不行，还是歙州自在。"程富说。

"虽然自在，但不能因此而无约束。"汪华说。

"这个是必须的，看来您这位都督大人对我们这帮在吴越的兄弟还不放心啊。"程富笑着说，"要不都督大人还是回歙州坐镇为好啊。"

"你看看，才说一句，你都回了几句？！我这个都督现在是鞭长莫及，在长安城闲居，比不过你程大将军威风！"汪华也开玩笑道。两人从小长大、一起习武、平寇、南征北战，私下里无所顾忌，无话不谈。

"您既然决定来长安定居了，皇上会给您在朝廷安排一个什么官职呢？"程富好奇地问。

汪华说："你问我，我问谁？暂时还是不要官职为好，京城的关系错综复杂，还是小心为上。"

汪华说到这里看了看程富，开玩笑地说："明天你要与我一起去朝拜天子，要不你替我向皇帝要个大官。"

程富听了忙摆手："一说要进宫见圣上，我都有点儿紧张。"

"瞧你那熊样，曾在千军万马中来去自如，万军之中取上将首级，怎么如此胆小了呢？"汪华打趣道。

"那可不一样。"程富说到这里，见周围无人，就话锋一转，略带神秘地说，"我刚才仔细看了几个杂役，感觉非同一般。"

汪华看了他一眼，意味深长地说："我也看出来了，所以我们的言行更要谨慎。"

程富点了点头，叹了口气说："我能体味到你的无奈。"

汪华淡淡一笑，看了看天空，很有信心地说："这些都只是短暂的，成大事者要能屈能伸。"

程富看着汪华的背影，隐隐约约感觉到，汪华与秦王李世民之间一定有某种约定。

御书房。

李渊把三个儿子叫来商议。

"汪华已经来到长安，是不是得给他在京城安排个什么官职？"

太子李建成说："汪华为上州刺史，官职上属于从三品，既然主动请旨来京定居，可官升一级，授其正三品官职，比如侍中、六部尚书等官职，以显天恩。"

其实，太子故意忽略汪华的另一个身份——执掌军事的歙州大都督，这个属于从二品。

李渊听后点了点头说："汪华文韬武略，尤其是治理江南六州素有声誉，授予尚书之位，未尝不可。"

齐王李元吉见李渊认可了太子的建议，忙说："目前六部尚书之位已满，汪华有治国安邦之才，父皇若授其太子宾客或太子詹事，让其辅佐太子，岂不更好？"

太子宾客和太子詹事也都属于正三品官职。

李渊眼光一亮，心里不由得盘算，元吉说得不错，让汪华归于东宫，不仅能帮建成治国理政，同时也增加了建成对抗秦王的筹码。显然，就汪华的职位安排，建成与元吉早就商议好了。

说到底，皇帝李渊不希望儿子之间为了帝位相互争斗，更不想改变皇储人选，太子建成在各方面还是比较稳重的。

他不由得点了点头，正想应允，旁边的秦王李世民有点儿着急了。汪华威震江南，执掌六州，谁都想把他归于自己麾下。若汪华归于东宫，以汪华的秉性，到时肯定左右为难，会使其陷于不忠不义的地步。

绝对不能让太子的阴谋得逞。但是他又不敢当着皇帝的面，抢着把汪华归于他的天策府，终究汪华身份特殊，从勋爵上说，是国公，从一品；从官职上说，作为执掌军事的歙州大都督，属于从二品；歙州属于上州，作为主政歙州的刺史，属于从三品。他天策府的官员，如长孙无忌、房玄龄等人，在朝廷并没有显赫官爵。

833

此时，明目张胆地与太子争抢汪华，势必会暴露自己。

李世民忙说："儿臣认为此时不适合给汪华任何官职。"

三人一听，都不由得吃惊，这在当朝是从无有过的现象，他们想听听李世民是怎么解释的。

李渊就问："为何不适合呢？"

李世民不慌不忙地说："汪华既是执掌六州军事的歙州都督，又是主政六州的歙州刺史，这是很多人都羡慕的职务，若现在委任其他官职，那么他现在手里的都督和刺史之职，是继续担任，还是委任他人来担任？"

李渊和太子、齐王都没说话，他们想听秦王是如何分析的。

"若继续担任，新委任的朝廷官职若无实际职权，就犹如鸡肋，就体现不了皇恩浩荡，他会感恩戴德吗？若给其尚书之职，他初来长安，虽有治国之才，但之前只是把江南六州治理好，大唐疆域万里，各地风情有异，能否执掌好阁部，还需考虑，终究大唐初建，容不得出现失误。"李世民继续分析道，"若罢免其歙州大都督和歙州刺史，另安排要职，会让汪华乃至歙州官员引起误会，认为是在削弱汪华的实权，引起江南动荡。"

李渊犹豫片刻，点了点头说："世民说得不无道理，考虑得非常周全。"

李世民见父皇采纳了他的建议，则继续说："为了体现皇恩浩荡，让汪华继续遥领歙州大都督和歙州刺史之职，不给其任何朝廷官职，同时跟他说明白，朝廷对他是万分信任的，来长安定居是其个人建议，朝廷非常欢迎，若他想回江南，来去自由，不受限制。这样就可避免出现当年杜伏威被软禁长安的谣言，有利于江南稳定。"

李渊越听越高兴，觉得李世民的建议更加合适，汪华既然把所有的家眷都带到长安来了，岂是想走就能走的？让他遥领江南六州，鞭长莫及，最终还得听朝廷的，待时机成熟，再换心腹去担任其职务，岂不更妥当。

太子见李渊点头认可秦王的建议，也不便强求，他因之前有几件对自己不利的事情，在皇帝面前变得百依百顺，对这个二弟也是客客气气的。

"父皇采纳了老二的建议，下一步该如何做？"回到东宫后，李建成与李元吉商议。

"汪华确实是一个很好的筹码，据说他与李靖、冯盎的关系非同一般，若把他拉入我们阵营，无疑增加了我们对付老二的实力。"李元吉说。

"现在我们就是缺这种手握兵权执掌一方的地方要员。"李建成道。他说得没错，他手里有一些心腹虽然在外面也执掌一方，但是能力平庸，没有威望，不能一呼百应，都是攀附太子才有了今天的。

"大哥，你说老二是不是自己想把汪华拉到他的阵营？"李元吉问。

"早就听闻他俩关系非同一般，但是现在不能轻易下结论，找个机会试探试探。若不能为我所用，至少也得中立，否则我是不会把他留给老二用的。"李建成的眼神闪出一丝杀气。

李元吉之前收过汪华送的金银财宝，他对汪华的印象不错。

"他来长安必定要来东宫拜见大哥，到时您看看他的表现。"李元吉说。

"有些话我不方便说，你到时跟他直接明说，看他如何答复，若模棱两可，不能效忠我这个太子，就想办法假借老二之手把他除去。"李建成与李世民的斗争已经是明面上的了，他隐隐约约感觉到若自己不主动争取，真的就会被老二夺走他这个太子之位。

"大哥言之有理，没有永远的朋友，只有永远的利益，只要让老二掌握了汪华假忠心的证据，他就会痛下杀手。"在权力争斗上，李元吉与太子是永远站在一起的。

封德彝离开越国公府，并没有回到自家的府邸，而是直接进了皇宫。

此时，太子、秦王和齐王已经离开了，皇帝李渊正在批阅奏折，封德彝走了进来。

封德彝正准备行礼，李渊放下手中的朱砂御笔，摆了摆手。

封德彝从袖中掏出汪华刚送给他的龙虎珠递给皇帝，轻轻地说了几句。

李渊把龙虎珠拿在手里，面无表情……

第六十三章　稽圭失踪

徽州魂

大唐越国公汪华传奇

下

越国公府。

庞实在院里赏花，汪华和程富走了进来。

庞实问道："你们这么快就回来了，没见到皇上吗？"

汪华还在思索着什么，程富见他没有吭声，就回答："见是见着了，皇上好像不怎么热情，也没跟我们说几句话。"

"不应该啊？"庞实觉得有些意外，"按道理，我们远道进京定居，皇上应该很高兴才对，何况昨天还派了宰相来迎接呢。"

汪华开口说道："我觉得有点儿蹊跷，今天朝上并没有别的大事要处理，皇上简单问了两句之后，就说远途奔波，一路辛苦，让我等在家里好好休息，若朝中有事商议，再令人来传旨。"

"是不是宫里有什么事？"庞实见周围无外人，悄悄地问道。

汪华摇了摇头说："不清楚。"

程富更加有些郁闷，第一次到京城见到皇帝，没想到热脸碰到冷屁股，皇上只是问了句，程爱卿一路辛苦了，这次来京城多住一段时间。

除此之外，皇上再没有跟他多说一句话。

庞实见两人心情不好，就劝慰道："别想多了，肯定是他儿子之间又闹什么事了。既然让你在府里歇着，岂不更好，我们就有时间到处走走，我和程富可是第一次来京城的哦。"

汪华见庞实这么说，也不想让自己的心情影响府里的其他人，就对着庞实微微一笑："还是庞妹说得有道理，我们该去拜访谁还是继续去拜访，该去哪里玩还是去哪里玩。"

"刚才散朝时,钱老将军说晚上让我们都去他府上吃饭,他还没见过合羽呢。"程富忽然想起钱九陇老将军散朝出宫时跟汪华说的话。

"钱老将军因跟随太子平定刘黑闼,战功卓著,已被皇上赐封为郇国公,你这个做女婿的早该去贺喜才对。"庞实说道。

汪华点头道:"那是自然。上次知道册封时,只是写了贺信,这次我和任妹已经备好了礼物孝敬他老人家。"

程富在一旁说道:"今晚去吃饭,说不定还能从钱老将军那里得知一些消息。"

汪华和庞实点了点头。

三人正聊着,钱琪从外面走了进来,奉父亲之命来接大家过府。原来,越国公府门外的卫士认出了他,就直接让他进来了。

钱九陇的将军府,今天热闹非凡,汪华不只是带着钱任和合羽去,而是把稽圭、庞实和儿子们都带了去,程富自然跟着去了。

吃完晚餐之后,大家在厅堂里聊着家长里短,汪华被钱九陇单独请进了书房。

"世华,最近宫里斗争激烈,你初到京城,与两边要注意保持距离,胜负难分,最好是静观其变。"钱九陇说。尽管汪华在率土归唐时,为避秦王李世民的名讳,隐去了"世"字,改汪世华为汪华,但是在家人之间,大家仍称呼他为世华。

汪华明白岳父跟他说的宫里斗争的意思。岳父作为皇帝旧日唐国公府的家将,自一开始跟随李渊在太原起兵,是十足的老臣。皇帝也把他列为辅佐太子的心腹,太子每次出征,钱九陇都归于太子麾下效力。现在朝廷里面有个不成文的划分,只要是皇帝的老臣,都算作太子的人。

岳父让他在太子与秦王两者之间保持距离,也是推测出汪华在这个风口浪尖之际,主动进京是另有隐情,所以私下里对他叮嘱再三。

汪华说:"岳丈提醒得对,世华谨记。"

说到这里,汪华则问今天在朝堂之事。

"今日早朝时,皇上为何并不热情?"汪华问。

"这个我也在纳闷,昨日听说你快到京城时,皇上还兴奋地想让太子率领群臣去迎接你。后来是封德彝提议，才改成了他。"钱九陇说。

"难道是宫里有什么事情让皇帝不愉快？"汪华问。

钱九陇摇了摇头说："不太像，太子与秦王虽然斗得厉害，但是在皇上面前都装得很和睦，即使在外面有什么事情，也不会传到皇帝那边去。"

"会不会是封德彝在搞什么鬼？"汪华觉得事情蹊跷，肯定有什么内幕，否则作为镇守一方的地方大臣来京，皇上应该是非常热情的，所以他想弄个明白。

"封德彝有治国之才，皇上对其非常恩宠，虽然你曾说过此人暗中向你使过手腕，但是我们也没有直接抓住把柄。对外人最好不要提及，以免横生枝节。"钱九陇数十年跟随在李渊身边，对李渊忠心耿耿，只要是李渊认可的人和事，他都毫无异议。钱九陇作为一名家将，能成为大唐国公，不仅战功卓著，还有他的为人为官之道，也深得皇上赏识。

钱九陇是皇上恩宠的属下，只要不犯大错，整个人生是安全的。而汪华却不一样，他作为地方诸侯，尤其是曾经雄霸一方自立为王的豪杰，不管如何向朝廷效忠，对于多疑的李渊来说，他总是无法彻底释怀。即使李渊对汪华非常信任和赏识，只要他身边有另外恩宠的臣子挑拨，他还是选择相信身边的人。

钱九陇见汪华没有说话，则补充道："你只要忠君爱国，遵纪守法，其余的就不用担心了，即使有些小插曲，也会化险为夷的。皇帝这个人就是耳根子软，说不定明天又召见你，问寒问暖。"

汪华说："岳丈说得对，世华明白。"

钱九陇说："鉴于当前时局，我提点儿建议，不知是否可行，你不一定要立即回答我，回去考虑后再决定。"

汪华说："世华洗耳恭听，愿意接受岳丈的意见。"

汪华自幼就失去父母，对岳父钱九陇如父亲般尊敬。

钱九陇说："江南六州在大唐的地位举足轻重，你要牢牢抓住，不可轻易易人。这样，将来不管哪边得势，你都无忧。"

汪华点头道："我虽然来京，但没考虑过要把江南六州的军政拱手让人，至少目前还不会这么做。我的想法是，既要遥领六州，又可在朝廷做点儿事情。"

钱九陇说："看来我猜对你的意思了。你是想去六部，还是想去左右卫？"

汪华说："这些我都不想去。我说的做点事情，不是来当什么官，而是让江南六州安宁。"

钱九陇好奇地看着汪华。

汪华解释道："我在歙州时，皇上数次怀疑我，平定辅公祏时，曾一度想让大军南下，是我主动裁军才化解。像我这种曾经割据为王的人，皇上既不放心我在外面节制军政，但又无借口削夺我的兵权，所以最希望抓住对我不利的把柄，也最希望别人能抓住对我不利的把柄。虽然我天高皇帝远地坐镇江南，却背若芒刺。现在来到京城，在他的眼皮底下过日子，他就心里踏实，也不会因几句谗言就对我怎么样。"

钱九陇点头称赞："你这想法不错。也确实如此。你来到京城，其实就是给江南六州的百姓带来了更大的安宁，等于用自身的安危来换取六州百姓的安定。但是，六州军政你不能松懈，必须要用信得过的人，不能出现第二个辅公祏。"

汪华说："这个请岳丈放心。汪铁佛和汪天瑶都是值得信赖的兄弟。"

钱九陇说："那我就放心了。"

汪华与家人回到越国公府，他就一直待在书房里，书房里的书都是从歙州运来的。但是他今天并没有心情去翻看这些书籍，而是在书房里来回踱步。

岳丈今晚跟他说的话，并不是太清晰，甚至有模棱两可的感觉。现在太子与秦王之间的斗争，作为老臣，尤其是作为皇帝昔日的府臣，将来不管太子和秦王谁胜谁负，对他都不会有什么影响。太子和秦王其实都是他的小主子。

而对汪华来说，他已经倾向于秦王，但是如何与太子保持距离，又不得罪太子；既能帮秦王，而又不让人觉察，确实迫在眉睫。京城里，势必有无数双眼睛在盯着他，盯着他歙州大都督和歙州刺史这两个诱人的位置。

有些话他不能跟岳丈说得太明白，而有些话钱九陇也不能跟他说得太明白，两人也不知道应该如何向对方说明白。

从早朝时皇帝的态度，和晚上岳丈的对话，他隐隐约约感觉到，繁华的长安城其实比战场还要凶险。

但是，不管如何，他必须与太子、秦王正面接触一下。

汪华到太子府时，太子李建成还在宫里，虽然此时已经散朝，但太子还要留在宫里帮助皇帝批阅奏折。皇帝无时无刻不在培养太子，只要不是非常重要的折子，都让太子直接批复。可以说，李渊为了保住这个太子，也是用心良苦。

汪华并没有立即离开，而是一直坐在大厅里边喝茶边等着。

过了好长一段时间，太子还没有回来，这时一个中年人走了进来，此人走到汪华面前施礼道："魏征拜见越国公。"

"魏兄，幸会幸会！"汪华忙站起来回礼。按照级别，汪华可以不站起来还礼的，但是魏征不仅是太子身边的红人，更重要的是此人名气很大，是汪华早就想结识的人物，又比汪华年长。

魏征此人，汪华早有耳闻，曾是瓦岗寨的首领之一，跟随李密归降大唐，并主动请缨成功劝说瓦岗寨大将李世勣投降；随后在黎阳与窦建德作战时，兵败，与李神通、李世勣一起被俘虏，窦建德仰慕其才干，委任其为起居舍人；后在武牢关，李世民击败窦建德，并将其生擒。魏征得以再次入唐。太子李建成用魏征为太子洗马，官级从五品，礼遇甚厚；当年刘黑闼起兵，就是他见太子军功不如秦王，则建议太子去请战立功。太子出征时，又采用他的建议，最终擒斩刘黑闼，平定山东。

"太子在宫里，我已派人去请了，请越国公再稍等片刻。"魏征一直在帮助太子出谋划策，比如鼓动太子上奏把秦王派往外地，比如鼓动太子上奏把秦王天策府的将军调往各兵营效力，等等，每招都釜底抽薪，千方百计地巩固太子的地位。这次他见汪华前来拜见太子，认为这是太子拉拢汪华的极好机会，所以没与人商议，就主动派人去宫里找太子。

"没关系，能在东宫与魏兄聊天，也是一大快事。"汪华有心结交魏征，所以很爽快地邀请魏征坐下来一起说说话。

魏征仰慕汪华威名已久，见此机会，当然欣然接受："承蒙越国公抬爱，魏征愿听教诲。"

汪华哈哈一笑，于是两人很快就天南地北地聊了起来，没想到的是，两人越聊越投机，相见恨晚。

如此同时，整个越国公府的人却急得团团转，如热锅上的蚂蚁。

原来，稽圭带着丫鬟映雪去西市买长安小吃，集市里人山人海，甚至还有西域人、波斯人，稽圭上次来长安时来这里买过好几次东西，可以说是轻车熟路。两人半条街还没走完，就买了一大堆东西了，正当映雪看得兴高采烈时，猛然发现夫人不在身边。起初，映雪还以为稽圭到周围哪家店铺里去了，就站在路边等，谁知，等来等去，都等了一炷香的功夫，还没见夫人稽圭出现。她立马着急起来，赶紧沿着原路返回越国公府，认为两人走散后，夫人独自回府了。

汪华与稽圭上次来长安时，没有带映雪一起来，所以映雪认为，自己都能沿着原路返回到府里，夫人对这里熟悉，必定不会走错，肯定也回到府里了。

映雪回到府里才知道，夫人并没有回来。钱任和庞实都在府里照看孩子们，她们一听到这消息，起初并没有担心，认为稽圭可能还在西市逛，只是让郑豹带几名侍卫去西市寻找。

一个时辰过去了，郑豹回来禀报，没有二夫人的下落。

钱任和庞实觉得不妙。

"姐姐，你在家照看孩子们，我与郑豹他们一起出去寻找，还有不到一个时辰就天黑了，若再不找到圭姐，就危险了。"钱任对庞实说。

"我也去吧。让碧玉他们在家照看孩子。"庞实说。

钱任拉着庞实的手说："你初到长安，对各街市都不熟悉，留在府里照顾孩子，我更放心。"

庞实说："你们抓紧找，圭姐不会武功，一个人在外面很危险。"

钱任点了点头，就与郑豹带着府里的所有侍卫走了出去。突然她有种不安，刚才她想起昨晚在父亲府邸，听父亲说过突厥最近派了不少杀手潜入长安，企图制造混乱。

起初，钱任并没有把这句话当回事，突厥杀手的目标一般都是朝中大臣，尤其是主战派，现在她担心杀手会不会把堂堂国公夫人也作为了目标。

此时，程富正与钱琪从左右卫的兵营回来。

"嫂子，出什么事了？"程富见钱任与郑豹带着近百名侍卫急匆匆地往外走。

"姐，怎么啦？"钱琪见这阵势心想必定出什么事了。

"圭姐不见了，在西市走丢了，郑豹带人找了整个下午，都没见踪影。"钱任焦急地说。

"大哥呢？"程富问。

"去东宫了，我已经让大有去太子府门外候着，世华出来就立即告诉他。"钱任说。

"郑豹，你率领十名侍卫回府，紧闭大门，守卫越国公府，不要让任何陌生人进入。"程富如身处战场，立即调遣人马。

"钱琪，哪座城门靠近西市？"程富问道。

钱琪说："金光门，漕渠从那里穿城而过。"

"好。请你立即前往金光门打听，问守卫是否看见圭姐模样的女子出城。"程富说。随后，钱任又把稽圭出门时的穿着向钱琪描述了一番。

郑豹和钱琪走后，程富对钱任说："嫂子，我们两个率两队人马，以西市为中心，扩大范围一个巷子都不落地地毯式寻找。"

大有看见太子骑马回到太子府，他才知道，原来国公爷一直在里面等太子回来。他焦急地在附近跺脚，看来国公爷一时半会儿是出不来了，这该如何是好？

他又不敢请门口的守卫进去通报，大夫人也只是让他在门口守着，等国公爷出来后再禀告消息。钱任被立为汪华的正室，填补了钱英的位置，所有下人称钱任为大夫人，稽圭为二夫人，庞实为三夫人。

天快黑时，汪华才从太子府走了出来。

"国公爷！"大有忙从对面迎上去。

"大有，你怎么在这里？"汪华一惊。他来太子府时没有带随从。

"二夫人失踪了，大夫人让我来告诉您。"大有焦急地说。

"什么时候的事？"汪华忙问。

"您出门来太子府没多久，二夫人和映雪去西市买小吃，不小心走丢了。"大有说，"映雪回来报信，郑将军带着侍卫找了一圈儿，也没有找到，大夫人就让我来告诉您。"大有说。

"为什么不进来通报我？"汪华有些生气地说。他与稽圭从小青梅竹马，这要是失踪了，岂不让他伤心欲绝。

"大夫人说让我在太子府前候着，等您出来时再告诉您，怕误了您的事。"大有委屈地说。

"赶紧回府。"汪华骑上太子府仆人牵过来的马，翻身就走，把大有甩在后面。

汪华是骑马来太子府的，到太子府的时候，太子府的仆人就把马牵到马厩里去，等汪华出来时，仆人又把马从侧门牵出来。

大有的马就拴在不远处的柳树上，见越国公汪华已经走了，忙骑着马去追。

太子府离越国公府有些距离，一个在皇城的东边，一个在皇城的西边。

汪华回到越国公府，这时天色已暗，府前守卫见汪华回来，赶忙打开大门。

汪华并没有下马，而是问守卫："二夫人回来了吗？"

"禀大都督，二夫人还没有回来，大夫人和程将军带着兄弟去寻找也没有回来。"守卫回答。汪华是歙州大都督，执掌江南六州军事，麾下的将士都称其为大都督。

这时，郑豹从府里跑了出来。

"大都督，二夫人失踪了。大夫人让我带几个兄弟在家守卫，不让外人进入。三夫人在里面陪着公子和小姐。"郑豹说话都有些紧张。他们初来长安，就出了这么大的事情，作为卫队长责任不小。

汪华明白这是钱任为了避免中别人的调虎离山之计，府里还有一群小孩，不能有任何差池，则叮嘱道："不要放松警惕。"

他看了一眼已经跟来的大有，说道："大有，你跟我走。"

汪华说完，也不等大有回答，就打马往西市而去。

钱任和程富带着侍卫已经把西市从南到北，再从北到南，仔细搜查了三遍，连西市周围几条街坊也都找了个底朝天，但是仍然没有见到稽圭的踪迹。

钱琪跑到金光门打听，守城官说没有见到稽圭模样的人外出。他又骑马跑到金光门北边的开远门和南边的延平门，让京城西面三个城门的守卫都仔细盘查出城人员。

当汪华来到西市时，钱任正带着侍卫从群贤坊过来。

"世华。"钱任见到汪华，差点儿哭了出来。当年她跟随父亲南征北战，陷入敌军的包围中，都能稳如泰山，而今日，稽圭的突然失踪，让她有点儿惊慌失措。

"一点儿消息都没有吗？"汪华问。

钱任摇了摇头。

汪华的内心更加不安，但是他强作镇定，对侍卫说："我们再到西市走一圈儿，映雪，你带路，告诉我们，你是在什么位置与夫人走散的。"

映雪在前面带路，很快就到了走散的地方。

此时已经天黑，长安城的西市已经失去了白天的喧闹。京城有规定，东西两市酉时闭市，唯有在过节或者重大庆典时，方可延长到戌时。

映雪与稽圭走散的地方，在白天是人群最密集的闹市口，此时街上没有其他人影。

"映雪，你说，是在什么情况下没看到夫人的？"汪华问。

"老爷，奴婢该死，是奴婢一时大意让夫人走丢了。"映雪哭着说。

"现在哭也没用，也不能怪你，你就说说当时的情况。"汪华说道。

映雪擦了擦眼泪，回忆道："夫人带着我买了一些长安小吃之后，就来到这里，两边都是小摊儿，有卖泥人的，有卖糖果的，有卖布匹的，有卖香囊饰品的，等等，当时我抱着一堆东西，夫人就说，你在这里站着，我去买几个泥人给小姐。"

映雪指着路边的一块儿空地说："那个捏泥人的摊儿，就在这个位置，我记得很清楚，摊子的旁边就是这棵分叉的桂花树。"

汪华走到那棵树前看来看去，对映雪说："你接着说。"

映雪说："因为泥人摊前面的人太多，我怕被别人挤掉我手中的东西，就站到路对面等夫人。"

映雪边说边走到她当时站着的位置。

"我在这里站着，看着夫人在对面泥人摊前挑选好了一个泥人，还把钱递给了摊主。这时，一个人从我面前经过，不小心把我手里的东西撞落在地上，我捡起包裹后，再看对面的摊子，夫人就不见了。"

"当时我还以为夫人到旁边哪家店铺里面去了，就继续站在这里等，谁知等了一炷香的工夫，还是没见夫人出现，我就立即到对面几家布庄去打听，结果店小二都说没见到夫人模样的人进店。我以为可能是我捡东西时，夫人没看到我，就自己回府了，于是我就赶紧沿原路回去，结果夫人没在府里。"

汪华问："你的意思是在你低头捡东西的时候，夫人忽然不见了？"

映雪点了点头说："是的，当时我手里的东西多，包裹被人撞散了，我一个个地捡起来的。"

汪华问："撞你的是什么样的人？"

映雪说："没注意看，那人撞了我就跑了，我没留意，只忙着捡地上的东西，免得被别人踩坏了。"

"这道路并不宽，她既然已经付钱买完东西了，自然会转身看你这边，而你的东西掉在地上，她不过来帮你捡，这不合情理。"汪华思索着。稽圭平时见身边的仆人忙不过来时，也会伸手去帮忙。

这时，侍卫提来了好几个大灯笼，汪华拿了一个过来。他举着灯笼，在映雪说的百步范围内，仔细检查着地面，一步一步地看。

"国公爷，您在找什么？"大有觉得好奇，国公爷看地上干什么？难道二夫人钻到地缝里去了？

"我在找线索。"汪华说。

"你是说圭姐若是被坏人抓走的话，会给我们留下线索？"钱任好奇地问。

"你圭姐虽然没有武功，但是做事非常细心，临危不乱。若她被坏人挟持，肯定会给我们留下线索。"汪华与稽圭从小长大，比谁都要更了解她。

其他人听后，也赶紧打着灯笼在地面上仔细寻找，希望能找到一点儿蛛丝马迹。

忽然，钱任从地上捡起一小块儿碎玉，借着灯光左看右看。

"世华，这像圭姐手镯的碎片，你来看看。"钱任拿着一小指尖大的碎玉对汪华说。

汪华走过来，接过碎玉，仔细看了看，说道："这就是你圭姐手镯的碎片，她戴的极品鸡血玉手镯是我送给她的，整个手镯有一条独特的血丝图纹，是天然形成的。"

他把碎玉握在手里，对周围人说："大家看仔细些，看能否找到摔烂的玉手镯。"

几个侍从甚至都爬在地上仔细看了，大有把路边的下水道都掀开查找。

汪华把映雪叫过来问道："你再仔细想想，当时你手里的东西被人撞到地上时，周围发生了什么事情？"

映雪想了想，突然睁大眼睛，吃惊地说："我想起来了！"

徽州魂

大唐越国公汪华传奇 下

第六十四章　寻找凶手

映雪突然想起来，她手里的东西被人撞到地上时，有几驾马车经过，她当时正在低头捡东西，还差点儿被马车撞了。

"难道夫人被马车上的人抓走了？"映雪害怕地问。

汪华点了点头，反问道："很有这个可能。否则她一个大活人，怎么会突然消失呢？"

钱任问道："你记得马车的模样吗？"

映雪摇了摇头，说道："具体模样不记得了，好像与普通马车没有两样。当时只顾着捡东西，是几驾马车，驾车人是什么样的，都没有留意。"

"不是一驾马车？"汪华问。

"不是一驾，好像是三驾，也好像是四驾，东西被撞后，散得到处都是，我没有留意。"映雪委屈地说。

汪华说："西市人来人往，常有马车经过，就算同时经过三四驾，也不能表示都是一伙的。但我可以推断，必定是某一驾马车带走了圭妹。"

这时，侍卫过来禀报，没有新的发现。

"要不要去报官？"钱任问汪华。

汪华摇了摇头："暂时别惊动官府，以免横生枝节。"他觉得带走稽圭的人肯定是有针对性的，不可能是盲目下手。在没有掌握线索的情况下，轻易报官，可能会让小事变成大事，也可能会惊动皇上。

"我们先回去吧，看程富和钱琪是否能带来什么消息。"汪华决定先收兵回府，稽圭要么被人挟持已经出城，要么被人关在某间屋子里，这样在街上盲目地寻找没有意义。

847

钱任不甘心地说:"再找找吧。"

"你安排几个人去通知程富和钱琪回府。"汪华对大有说。

大有点了点头,对旁边的几个侍卫说了几句。

汪华带着众人往越国公府走去,他手里紧握着那块儿碎玉。

郑豹带着人一直站在大门外,见汪华骑着马走来,则远远地跑了过去。

"大都督,找到二夫人了吗?"郑豹边问边伸长脖子往汪华后面看。

汪华摇了摇头,从马上下来,问道:"你们吃晚餐了吗?"

郑豹觉得奇怪,又不得不回答:"都还没吃。"

大都督带着大家都在外面寻找夫人,他们哪里还有心情吃饭,也不敢去吃饭。

汪华对郑豹轻轻地说:"你赶紧带着那几个兄弟去吃饭,随后换上便装,悄悄地到西市附近打探,不要错过任何可疑之人。"

郑豹明白了汪华的意思,点了点头。

庞实在府里,听到外面的车马声,知道大家回来了,忙跑出来,一见汪华和钱任失望的表情,就猜着人还没有找到。

走进厅堂,门口站着四名婢女,其中两名各端着一盆清水,另两名手里端着刚从盆里拿出来拧干的手帕,汪华和钱任各自接过手帕擦了擦脸,又在盆里洗了洗手。

两人刚落座,从后堂走进两名婢女,用托盘端着茶水上来,分别端放在汪华和钱任的身边。

汪华喝了一口茶,用手示意了一下,婢女们都退下厅堂。

庞实知道汪华有话要说,则坐到钱任身边,问道:"世华,有什么事要我去做?"

庞实总是能与汪华心有灵犀,只要他稍微做个什么动作,庞实就会猜着他有什么吩咐。

汪华把碎玉递给庞实说:"这是在圭妹失踪的地方找到的。我猜测,她肯定是突然被人挟持,且不能声张,她就随手把手腕上的玉镯子丢在路上,让我们知道她身处危险之中。"

庞实把碎玉拿在手里仔细看，点了点头说："这确实是圭姐的玉镯子，另外的呢？"

汪华说："西市人来人往的，肯定是有人捡走了，这点儿碎片太小了，路人没有留意，所以被任妹找到了。"

钱任点了点头。

汪华接着说："据映雪回忆，我推断圭妹被人挟持到马车上带走了，是否出城，还不清楚，还得再让钱琪去城门口打听，因为现在出城很严，车里车外都需要检查。不过，出城的把握比较小。歹人为了安全起见，不会驾着马车在京城里跑很远的，所以，我认为圭妹应该在西市附近某个街坊的房间里。"

钱任插话道："为什么你认为不会驾着马车跑很远呢？"

汪华说："歹人是利用人多，浑水摸鱼，抓走圭妹的，他们也怕周围的人觉察到，若在路上跑的时间越久，越容易引起路人的注意，他们会担心被人跟上。肯定会穿过一两个巷子，就把马车拐进了某一处院内。"

庞实和稽圭点了点头。

汪华说："我们刚才大动干戈地在西市附近寻找，歹人肯定一清二楚，只要他们不出院，我们就没法找到。搜查民宅，需要有京师衙门的搜查令；搜查王公贵族的府邸必须有圣旨才行。即使能这样搜查，可能会把歹人逼急，圭妹就有生命危险。所以，我们现在只有暗访，潜入可能的一些院子附近，到了午夜时分，歹人可能会有动静。"

汪华边说边从袖中拿出一块儿丝绸铺在桌上，这是长安城地图。这地图是汪华来长安之前就准备好的，提前熟悉各路线，便于出行。

钱任和庞实围了上来，汪华指着西市附近的几个街坊说："庞妹，今晚你到这几个地方去查查。"并具体对几座房子重重地点了几下。

"我也去。"钱任说。

"不用，她一个人去就行。"汪华说。

"你忙了一天了，就在家等我消息吧。"庞实把地图拿起来叠好，塞进自己的袖子里。

这时，程富和钱琪回来了，显然两人毫无收获。

"姐夫，我们报官吧。让京师衙门的人帮我们寻找。"钱琪说。

汪华摆了摆手说："再等等看。我怕歹人狗急跳墙。若歹人知道她的身份，应该会给我送信，提出交换条件。"

庞实说："整个下午都没有人来，郑豹一直守着大门，也无人来送信。"

汪华说："能在光天化日之下，神不知鬼不觉地把人掳走，非一般的歹人，一定是早有预谋。"

钱任点了点头说："你说得对，歹人肯定知道圭姐的身份。若只是一般的绑匪，大可不必在西市那么热闹的地方去绑走一个大活人。"

汪华说："歹人肯定会派人送信来的。程富，你去通知大门守卫，若有人送信来，务必派人暗中跟踪。"

程富说："放心，我现在就去大门守着，一有消息立即向您禀报。"

汪华又对碧玉叮嘱一遍，要照看好公子和小姐，千万不要出府，注意安全。

太子府。

"汪华的二夫人失踪了？"太子听到这个消息后非常震惊。

"千真万确，我已经打听了，汪华亲自带人在西市一带寻找。"魏征说。

原来，太子府的仆人到西市买东西，看到越国公府的侍卫在寻找，就从熟悉的越国公府仆人那里打听到消息。越国公府有大部分的仆人都是朝廷分配过来的，各王府和国公府内的仆人有些相互认识，他们要么是老乡，要么是亲戚，要么是在办事时相互认识的。

太子府的仆人知道消息后，立即告诉了魏征，魏征立即把这消息告诉了太子。

"汪华是堂堂朝廷国公，谁吃了豹子胆绑架他的夫人？！"太子觉得事情不是看起来那么简单。

魏征说："汪华的二夫人姓稽，以前跟随汪华来过长安，在京城生活了数月，对长安城应该是比较熟悉的。"

太子说："听说汪华除一个夫人之外，其余的几个个个武艺超群，难道这次失踪的真是手无缚鸡之力的这位？"

魏征点了点头说："汪华有四位夫人，发妻钱氏从小在岭南长大，是前朝冼太夫人的义孙女，是当今岭南耿国公冯盎的义妹，文武双全，可惜在守卫歙州的激战中受重伤，不治而亡；二夫人稽氏，其父是南陈太医，稽氏从小跟随父亲学医，精通医学，疑难杂症无所不精，汪华与其青梅竹马；三夫人庞氏，是能征善战的女将，多次跟随汪华出征；他现在的正室是郇国公钱九陇老将军的女儿钱任。"

太子补充道："钱任曾跟钱将军随我出征过。当年汪华与杜伏威比武争夺钱任时，我还是裁判官。"

魏征点头称是。

"你是让我派人帮他寻找稽氏？"太子问。

"没错。这是千载难逢的好机会，若帮他找回夫人，汪华对太子必定感激不尽。"魏征说。

太子点了点头说："你想得周到，我立即安排东宫左右卫去寻找。"

秦王府。

"尉迟将军，你务必要把稽氏找到，越快越好。"秦王李世民对天策府大将军尉迟敬德说。

"末将遵令。"尉迟敬德领到将令就立即出发。

原来秦王也得到了汪华夫人稽氏失踪的消息。李世民与房玄龄、杜如晦、长孙无忌立即商议，决定派大将尉迟敬德持秦王令到京城各处搜查。

"越国公刚到京城就发生这么大的事情，到底是何人所为呢？"李世民既像是自言自语，又像是问房玄龄等三人。

"会不会是突厥人绑架了稽氏，造成汪华对朝廷的误会，引起吴越兵乱，朝廷出兵讨伐，突厥再乘机南下？"房玄龄说。

"你说的不无道理。汪华初来京城，若夫人失踪，势必会问朝廷要人，而朝廷找不到人，汪华就会记恨在心，随后突厥利用内奸散播谣言，使得朝廷与汪华之间矛盾加深，最终引发战争。"李世民说。

"房兄和杜兄，你们两位今晚去见见越国公，安慰一下。告诉他，我们会尽最大努力寻找夫人的。"李世民说。

"请秦王放心，我俩正有此意，随后就去。"杜如晦说。

"秦王，稽氏失踪会不会跟太子有关？"长孙无忌突然提出了一个新的看法。

"为何这样说？"秦王问。

长孙无忌说："会不会是太子想结好越国公，被越国公拒绝，太子一怒之下绑架了他的夫人作为要挟。"

房玄龄说："越国公今天下午去拜访了太子，在太子府待了一下午。"

长孙无忌说："稽氏是在越国公进入太子府之后失踪的，很有可能越国公之前拒绝了太子的要求，使其怀恨在心。今天下午越国公去拜访太子，只是例行惯例而已。"

秦王觉得长孙无忌分析得也有道理，就说："这种事情，太子不是做不出来的。他曾私下结交尉迟将军，被拒绝后，曾多次派刺客暗杀。"

秦王说的就是前段时间发生的事情。

数月前，由于秦王府多骁将，李建成、李元吉欲收买为己用。因尉迟敬德是李世民的手下大将，所以便先向尉迟敬德下手，他们秘密递信给尉迟敬德，并赠送给他一车金银器物。尉迟敬德却不为所动，坚决拒收。李元吉等人非常忌恨尉迟敬德，便派刺客去暗杀他。尉迟敬德知道他们的阴谋，就打开重重门户，若无其事地睡觉，刺客多次走进他家厅堂，终究不敢走进卧室。于是，李元吉就在李渊面前诬陷尉迟敬德，李渊下令囚禁审讯，准备杀掉他。李世民坚决劝谏才使尉迟敬德获得释放。

秦王接着说："我曾多次提醒越国公，若太子与其结好，让他表面答应。这次进京时，我还亲自修书与他，让他提防。"

长孙无忌说："也可能是太子已经发现越国公在我们阵营，恼羞成怒图谋报复。"

秦王说："现在不管是什么原因，先把人找到再说。房兄、杜兄，你们两个现在就去越国公府。"

直到凌晨，庞实才从外面回来，汪华此时还在书房，送走房玄龄和杜如晦之后，他就一直在书房，思索着到底是谁绑走了稽圭。

突厥人？他感觉不太可能。他们初到长安，突厥卧底可能还不认识他们。那天进城时，稽圭是坐在马车里，路人无法看到她的容貌。是在去西市的路上引起了突厥卧底的注意？也不太像，稽圭出门时的穿着并不显眼，只是平常人家的打扮，最多就是一个富裕人家的夫人，让人难以想象是国公爷家的夫人。在长安城，像稽圭这种打扮的，多如牛毛，为何偏偏要绑架她呢？而且是在人来人往的集市里用计把人绑走的。

汪华在脑海里不停地重现映雪描述的场景。他觉得，路人碰掉映雪手中的东西，肯定是故意为之，目的在于引开映雪的注意；稽圭当时应该是在泥人摊的时候，周围应该就站着假扮顾客的歹人，甚至可能是好几个歹人。映雪的东西掉在地上的时候，马车快速走来，路上的行人纷纷躲避，此时大家的第一反应就是站到路边去，别让马车撞到自己。就在大家顾及自身时，站在稽圭身边的人挟持着她，她肯定还来不及呼喊，也可能是某种原因不敢呼喊，就随手把玉手镯掉在地上，随后她就被推进从身边驶过的马车。

汪华又拿起那一小块儿玉片琢磨，这玉手镯掉在地上，还有一种可能是在稽圭被推进马车时，本能地伸手去抓扶马车厢，结果撞坏了玉手镯。

汪华本来以为庞实会带些消息回来，结果什么都没有。

郑豹带领十几名侍卫还潜伏在几个主要的街道路口，不知等到天亮时能否发现什么。

一直到天亮时，郑豹才带着侍卫回来。

"大都督，昨晚东宫左右卫的人马在西市一带街坊挨门搜查。"郑豹说。

汪华整夜未睡。郑豹说的这个消息，他昨晚已经听庞实说了，庞实见到了东宫左右卫，但是并没有去打招呼。

"他们也是在找夫人的？"汪华问。尽管庞实说东宫左右卫也在帮忙找稽圭，他还是要问一下郑豹。

"是的。我们穿着便装在街上，被他们的人拦住了，幸好及时亮明了身份，否则差点被他们包围抓走。"郑豹说，"他们说，也是在奉命寻找夫人，几个人的手里还有夫人的画像。后来我们就跟着他们一个个地挨户搜查，依然没发现夫人的任何踪迹。"

汪华让郑豹下去休息，他坐在椅子上。东宫左右卫是禁军，为了找稽圭，太子把禁军都派了出来，看来并不像长孙无忌猜测的那样。

若真是太子安排人绑架了稽圭，他也没有必要如此兴师动众。更何况自己与太子之间，至少在表面上，关系还是非常友好的。岳丈钱九陇多次跟随太子出征，也是太子很倚重的军方人物，太子大可打感情牌来拉拢他，没有必要做出此等有失威严的事。

所以房玄龄把长孙无忌的想法说出来后，汪华当场就对此表示怀疑。因为太子还没有跟他彻底摊牌，他也没有得罪太子，太子不可能愚蠢到用他夫人作为要挟他的筹码。这样做的结果，只会让汪华更快地与其决裂。

这时钱任走了出来，汪华说："郑豹回来了，没有消息。"

"下一步怎么办？"钱任问。

"你安排人到金银店去打听，看是否有人拿摔断的玉镯子去镶嵌。"汪华说。

钱任说："我怎么就没想到呢，若有人捡到圭姐摔坏的玉手镯，肯定会到金银店去把摔断的部分用金银片包起来，就可以继续使用。"

汪华说："只能是去试试，说不定也有人不识货，捡到之后又扔掉了。"

钱任说："玉镯子摔断在地上，不识货的不会捡，去捡的一定识货。只是看这人会不会立即拿去镶嵌而已。"

汪华说："试试吧。看运气。"

两人正说着，大有从外面走了进来说："国公爷，太子府的魏大人来了。"

"魏征？"汪华有点儿吃惊。

"是的。这是他的名帖。"大有说完把魏征的名帖双手递给汪华。

汪华看了一眼，对大有说："他现在哪里？"

大有说："我已经请魏大人在前堂等候。"

汪华看了一眼钱任说："你吃完早点就去金银店，不用等我。"

说完，汪华就向前堂走去。

魏征正坐在前堂喝茶。太子派了东宫左右卫寻找了一晚上，没有发现稽圭的任何踪迹，一大清早就让魏征前来越国公府慰问汪华，并告诉汪华，东宫会调动一切力量寻找夫人的下落。

魏征也知道此时是太子拉拢汪华的最佳时机，因此连早餐也顾不得吃，就匆匆跑来了。

"魏兄，不知您来，有失远迎，失敬了。"汪华说。

魏征站了起来，说："越国公客气了。魏征是奉太子之命前来告诉越国公，太子昨日听下人禀告得知越国公的二夫人失踪，心急如焚，立即调遣东宫左右卫到各街坊查找，并与贵府侍卫一起搜查了西市一带的民宅，遗憾的是，毫无收获。太子令魏征转告越国公，请勿担心，东宫将调动一切力量帮助越国公找回夫人。"

汪华感激地拉着魏征的手说："请魏兄代汪华感谢太子，太子恩情天高地厚。"

说完，汪华请魏征就座。虽然两人品级相差很远，汪华品级高高在上，但是他对魏征非常客气。汪华尊重的不仅是太子洗马，更是魏征的才能。他还在心里想，这样的人才若归在秦王府那该多好啊。

汪华说："贱内失踪，汪华不敢声张，担心给您们增添麻烦。承蒙太子恩宠，竟然调遣禁军帮忙寻找，汪华真是感激不尽，无以为报。"

"太子说越国公是大唐的上柱国，是朝廷的栋梁，身为储君岂能不为自己的臣子多想想？"魏征说。

汪华恭敬地说："谢太子殿下。"

魏征问："太子让魏征来，是想看看越国公这边有什么新的消息，或者说越国公下一步有什么打算？需要东宫做些什么？"

汪华想了想说："有劳太子费心了。不知魏兄有何高见？"

魏征见汪华问他，也不客气地说出一个字："等！"

"等？"汪华吃惊地看着魏征。

魏征解释道："夫人失踪，肯定是歹人所为。而歹人绑架夫人，肯定是有所图，必定会在今日送来交换的消息。"

汪华点了点头，这想法与他不谋而合。

魏征接着说："只要歹人送出消息，就一定能顺藤摸瓜，找到元凶。"

汪华说："魏兄高见！"

魏征继续说道："越国公可安排人在府外潜伏，若有人来送信，可暗中跟踪。"

汪华问："为何要潜伏？"

魏征说："若歹人狡猾，来送信者必定是无关紧要之人，也可能临时请街上的路人送信过来，而歹人自己在暗中观察。若我们跟踪送信的人，可能失去了跟踪歹人的机会。我们必须明面上派门口的守卫跟踪送信之人，实际上潜伏在府外的人就可观察周围情形，判断出真正的歹人，再暗中跟踪，找到老巢，救出夫人。"

汪华一听，一拍大腿，惊道："魏兄，高人也！您若不说，我差点儿错过真正的歹人了。我立即安排下去。"

汪华说完，就叫来大有，把魏征刚才说的吩咐下去。

第六十五章　夜遇杀手

午饭时分，越国公府前来了一个乞丐，蓬头散发、衣裳褴褛，赤着双脚，身上还散发着臭味。

还没等他靠近，门口的守卫就凶狠狠地说："滚远点儿！"

乞丐咧着嘴笑着说："军爷，我是来送信的。"

此时程富也站在门口，一听说是送信的，忙问："信在哪里？"

乞丐笑着说："让我送信的那位好汉说，你会赏我十两银子。"

程富想都没想，就从腰带里掏出十两银子递给他。

乞丐拿着银子，嘿嘿笑，说道："看来那位好汉说得没错。"

说完他就把手里的一个黑布袋递给程富："军爷，信就在这里，请您交给这座房子的主人。"

程富接过黑布袋，打开一看，里面有一封信，还有一对耳环。

此时，乞丐高兴地走了，程富赶紧向守卫使了个眼色，暗示他们派人跟上。

程富拿着信和耳环立即往厅堂走去。

"大哥，有消息了。"程富跨进大门就边说边递向汪华。

汪华此时正坐在厅堂里，他一直在等消息。

他不仅在等歹人送来的信，也在等钱琪和钱任的消息。

汪华与魏征已经商议好，为了协调统一，东宫左右卫调遣一部分人马归钱任和钱琪统一指挥，在城内继续搜查稽圭下落。

而秦王府那边，汪华暗中送信告诉秦王李世民，请尉迟敬德将军继续带人暗中查找。

而越国公府这边，就由程富负责在门口守着，等待歹人或送信人出现；郑豹带人就化装成百姓分布在越国公府的周围路口，跟踪歹人。

"谁？"汪华问道。他必定是从谁那里得到了消息，是钱任率领的东宫左右卫，还是秦王府尉迟敬德的？等等。

他站起来接过程富递过来的信封和耳环，打开信一看，写着一行字："今夜亥时延康客栈天字一号房，一个人来。"

"有个叫花子送来了信，您看看这是嫂子的吗？"程富指着汪华手中的耳环。

汪华端详了一番，说："好像是她的，但我不能肯定，让映雪过来看看。"

稽圭虽然在穿着上简朴，但是作为一名国公夫人，衣裳首饰还是不少的，汪华平时并没有留意稽圭的每项饰品。

很快，映雪被唤了过来，她每天负责给稽圭梳妆打扮，她一眼就看出来，这是夫人的耳环。

"国公爷，这是夫人的耳环，昨天起床时，是我从梳妆盒拿出来递给夫人的，是夫人自己戴上的。"映雪说。

"延康客栈？"汪华边说边掏出长安地图查看。

"难道在延康坊？"两人找了一遍地图，居然没有看到标明延康客栈，只看到在京兆府的前面有个延康坊，程富满腹疑问。

"找下人来问问。"汪华说。

映雪唤来一个仆役。

仆役进来鞠躬道："国公爷，请问唤奴仆来有何吩咐？"

汪华问："你叫什么名字？"

仆役说："回国公爷，在下马六。"

汪华问："马六，你知道延康客栈在哪里吗？"

马六回答："回国公爷，延康客栈就在延康坊，是个小客栈。"

汪华说："好的，你下去吧。"

马六退下。

"要不要派人把整个客栈包围起来？"程富说。

"不用。圭妹在他们手里，不可造次。"汪华边摆手边说，"不知郑豹有没有找到他们的老巢。"

"等会儿应该就会回来。"程富说，"肯定不会是这个客栈。"

汪华说："对。不可能是延康客栈，我怀疑这个客栈是个幌子，今晚去时，他们不一定有人在。"

程富问："为什么这么认为？"

汪华说："凭感觉。"

两人正说着，钱任回来了。

"世华，我们找遍了长安城所有的金银店，都没发现圭姐的玉镯子。"钱任进门就说。

"都找了？"汪华问。

"都找了，整个长安城有大小金银店和玉器店一百零八家，我们都找了，也吩咐了掌柜，只要有人来镶嵌玉镯子立即来报。"钱任说。

汪华点了点头，把手中的信递给钱任，说道："歹人派人送来了信。"

钱任接过信后，汪华又说："随信来的还有圭妹的一对耳环，我已经让映雪拿下去了。"

"居然在延康客栈？！"钱任看完信有些吃惊地说，"昨晚我就去过，没有发现可疑的人，随后东宫左右卫又去搜查过。"

汪华说："这应该是他们仅仅用来跟我们接头的地方，圭妹肯定被他们藏在一个更隐蔽的地方。"

钱任说："你今晚去？"

汪华点了点头。

亥时，延康客栈，汪华如约而至。

此时，客栈已经关闭，汪华刚敲了三下门，店小二掌着灯打开了门。

"贵客，今日的客房已满，请到别处去落脚吧。"店小二以为汪华是来住宿的，就先开口了。

"小二哥，我是来找一位朋友的，他住在天字一号房。"汪华客气地跟店小二说。

"哦,这位贵客原来是找天字一号房的啊。"店小二的神色感觉他早就知道汪华要来了。

"是的。"汪华说,"小二哥,请帮忙给我带路吧。"

店小二问:"请问贵姓?"

汪华说:"免贵姓汪。"

店小二说:"那就是你了。"

说着,店小二从衣兜里掏出一个信封,递给汪华,说:"天字一号房的客人出去了,让我把这个信封交给你。"

汪华接过信封,打开信纸,借着微弱的灯光一看,上面写着一行字,"明天再约。"

明天再约?什么意思?今晚不见了?

汪华把信叠好放进袖口,正准备离开。

店小二拉着他,说:"那个客人说,你得给我十两银子。"

汪华笑了笑,想起上午程富说的送信的乞丐也问他要了十两银子,幸好他有所准备,就掏出银子递给店小二,说一句:"多谢小二哥。"

店小二见汪华真给他十两银子,兴奋得连连点头哈腰,不停地说:"多谢贵客,多谢贵客,您慢走!"

歹人失约,虽然在他的意料之中,但还是感到意外。汪华离开延康客栈之后,并没有立即翻身上马,而是牵着马在大街上慢慢步行。

圭妹,你在哪里?我该如何才能找到你?汪华越想越担心稽圭的安危,他的脑海里不停地浮现出稽圭的画面。钱英离开之后,汪华曾发誓要保护好自己的女人,不能让她们受一点儿委屈,不能有一丝危险。

寂静的大街上只有他一个人牵着马在孤独地走着。

在刚拐过弯,走到西市南面大街时,一群蒙面黑衣人从两旁的屋檐上一飞而下,把汪华团团围住,都手握明晃晃的圆月弯刀。

汪华冷眼一看,三十六人,厉声喝道:"本公乃堂堂大唐越国公、歙州大都督,还不速速滚开！"

汪华的左手紧紧握着湛卢宝剑，右手牵着马。此马并不是他以前的坐骑越影宝马，而是赤风马。

马的寿命只有三十来岁，此时的越影宝马年龄已大，来京时汪华把它留在歙州，请人好生饲养，让它安度晚年。赤风马是汪华来京时，岳丈钱九陇赠送的，是一匹西域宝马，全身披着闪光的赤红细毛，奔跑如风。

为首者喝道："杀得就是你。上！"

说完，三十六个蒙面人一齐举刀向汪华砍来，刀锋犀利有力。汪华一跃上马，一拍马背，赤风马像通灵性一样，长啸一声，抬起前蹄，腾空而起，冲出包围。

汪华并没有离开，赤风马走出十来步，他飞跃下马，湛卢出鞘。

蒙面人刚才一击不中，见汪华跳出了包围圈，立即反扑而来。

湛卢宝剑裹着剑气杀向了蒙面人。

蒙面人虽多，但是汪华跳出圈子后情况就大不一样，离汪华最近的人首当其冲成为击杀的目标。

蒙面人只得改反扑为防守，但是湛卢宝剑挑开了手中的圆月弯刀，直接划在一个人的手腕上。

显然，汪华的出招出乎他们的意料。显然，他们轻视了汪华的武功。

湛卢宝剑从蒙面人手腕上经过，留下的不是一道剑伤，而是带走了一个手掌。

血如泉水喷涌而出，惨叫声让其他蒙面人的剑速明显慢了半拍。

汪华熟练地驭剑右击，右侧的蒙面人挥刀来挡。

"铛——"金属的撞击声，清脆而刺耳。蒙面人的手臂明显地受到重力冲击往后缩。

激战在这皎洁的月色下拉开。

十招过后，汪华感觉到这蒙面杀手从招式上看不是中原人士，算得上是一流杀手，武艺高超，手法老练、配合默契。虽然自己出剑第一招就击伤一个，只能算侥幸，他们的武功比想象中要高。自己势单力薄，必须速战速决，否则于己不利。

汪华气沉丹田，加快出剑的速度，通过刚才的十招，他已经知道了对手的弱点。

天下武功唯快不破，汪华使出的剑招犹如闪电一般迅速和凶猛，再三个回合，湛卢宝剑从一个蒙面人的脖子抹过，又两个回合，湛卢宝剑穿过了一个蒙面人的胸膛，在剑拔出的一瞬间，一股鲜血喷涌而出，血喷在一个扑过来的蒙面人的脸上，这个人的脸上却闪过一道剑光。

六个回合，地上倒下了三名蒙面人，最初那个削去手掌的人退在路边用衣服包扎残手。

显然，余下的三十二个蒙面人遇到了一生中最强劲的对手，他们发疯一般地挥动着手中的圆月弯刀。

汪华沉着应战，近二十年的戎马生涯，他不仅在马背上可以取大将首级如探囊取物，在地上与武林高手切磋技艺，他一样能极致发挥。

汪华，他不仅是横扫千军万马的大将军，也是艺压江湖豪杰的高手。随着三个蒙面人的倒地，他越战越勇，手中的湛卢宝剑犹如闪电般杀向一个个敌人。

五十招过后，地上多了十具尸体。汪华已经感觉到如此斗下去，自己的处境比较危险，即使能杀败敌人，自己估计也难以全身而退，终究对手人多，且武艺非凡。

正在他酣战之际，一个彪悍的身影从外围杀了进来，此人手持单鞭，挥得虎虎生威，边斗边喊："越国公，我来帮您！"

虽是深夜，但月光明亮，汪华一眼就看出来，原来是秦王府的尉迟敬德。尉迟敬德是秦王的悍将，武艺超群，连自认为武功盖世的齐王都败在他的手下。

尉迟敬德的到来，大大增添了斗志，汪华答话："多谢尉迟将军！"

两人舞动着手中的兵器，犹如猛虎斗狼群，战斗激烈无比。

长安城，某座府邸的地下室，灯火通明。

稽圭坐在凳子上，看着窗外的两名黑衣人。她并没有被坏人五花大绑，只是被关在这间屋子里限制自由，门口两个时辰换班来盯着她，该到点吃饭时，有人会准时送来，虽是粗茶淡饭，但是总比饿着肚子要强很多。

稽圭被关进这个屋子后，她就仔细看了看四周，这是一个地下室，听进去的人开门就可以判断出，需要通过三道铁门才能到地面上。她没有武功，要逃出去是不可能的，唯一的希望就是汪华能来救走她。她相信汪华一定能救她出去的，她从来就没有怀疑过自己男人的能力。庞妹和任妹应该会照顾好孩子们的，这点她也不担心。她唯一担心的是歹人会以此要挟汪华，让汪华为了救她而违背某些原则。

正当她在想事情的时候，有人进入了地下室，是来换班的。此时外面是白天还是黑夜，她无法知晓。

"黑皮，你们怎么才来啊，我们都困死啦。"值班的两个黑衣人对下来的两人抱怨。稽圭仔细一看，其中一人真的皮肤很黑。

"西门将军被蛇咬伤了，情况危急，来了好几个大夫看，都说没办法。"那个黑皮肤的人说。他的名字真是黑皮，这名字有意思，稽圭都感觉到有点儿滑稽可笑。

"什么时候的事情？"还是刚才抱怨的那个人问道。

黑皮说："就刚不久，西门将军带着大漠杀手去西市，他自己潜伏在一座房子的房梁下，结果不小心被一条毒蛇给咬了。他觉得不对劲儿，就先行回来了，不到一个时辰，脸都变黑了。"

"啊，会不会有生命危险？"原来值班的两人都吃了一惊，异口同声。

刚下来的另一个人说："对面的刘大夫刚才也来看了，说这种蛇稀少，整个长安都没有解毒的药。"

"刘大夫是京城名医，医术不亚于皇宫里的太医，他要是说不能救，就没人能救了。"最先问话的那人说。

"你们自己赶紧上去看看吧。"黑皮说，"他刚来长安没几天就遇到这事情，真够倒霉的。"

那两个人刚准备走，稽圭隔着窗户喊道："等等，我懂医术，治过毒蛇咬过的伤。"

四个人吃了一惊，隔着窗户看着稽圭，黑皮说："你真懂医术？"

稽圭点了点头。

黑皮又说："你可知道是我们为什么把你关在这里的吗？"

稽圭说："你们把我抓来关在这里，自然有你们自己的原因，但是作为一名大夫，治病救人是我的职责。"

黑皮看了看另外三个人，又问稽圭："汪夫人，你不怕把我们的将军治好后，我们再把你杀掉吗？"

稽圭迟疑了一下，说道："等我先救治好你们将军之后，你们再决定吧。"

见稽圭这样回答，黑皮不由得敬佩地对另外三个人说："不愧是汪华的女人，果然厉害。你们在这看着，我上去请示一下老大。"

过了一会儿，黑皮领着一个人走了下来，那个人长得又矮又胖，刚才在下面守着的三个人立即从凳子上站了起来："将军。"

这就是黑皮刚才说的老大。

黑皮走到窗前，对稽圭说："汪夫人，这是我们蒙将军。"

稽圭看着蒙将军没有说话，她是去给他们救人的，不需要她说什么。

蒙将军笑着说："汪夫人，刚才听手下的兄弟说，你会治疗蛇伤？"

稽圭说："我从小在歙州长大，歙州一带多蛇，黑蛇、白蛇、青蛇、花蛇，上百种在歙州山林生活，山里的村民上山砍柴常有被蛇咬伤之事发生，我们仁和药铺对蛇伤医治非常有经验。"

"哦。"蒙将军突然像想起什么一样，慌忙问道："原来你就是汪华那位掌管仁和药铺的夫人？"

歙州的仁和药铺在江南六州无人不知，而掌管仁和药铺的稽圭早已名声在外。

稽圭说："正是。"

蒙将军忙双手施礼道："久仰久仰，多有得罪，在下蒙铁，彭城人氏。"

说完他虎着脸对身边的手下说："赶紧把门打开，请夫人出来。"

旁边一个人赶紧掏出钥匙把门打开，蒙铁亲自走进去请稽圭出来。

"汪夫人，我给您带路，请小心台阶。"蒙铁领着夫人走出了地下室。

这是一个大院落，房间里亮着灯，一大堆人围在床边。

旁边有几个大夫模样的人在边轻声说着话边摇头。

徽州魂

大唐越国公汪华传奇

下

这些人见稽圭走了进来，都带着诧异的眼光。

"汪夫人，请您看看我们的大将军。"蒙铁把稽圭带到床边。

床上躺着的一位身高八尺、五大三粗的彪形大汉，脸色已黑，气如游丝，人已经不省人事了，赤裸的上身插满银针。

稽圭心想，这模样有点儿大将军的样子。她伸出手掰开双眼看了看，又用手在这个所谓的西门将军脖子两侧轻轻试了试脉搏。

"幸好刚才有大夫帮他把伤口的毒血放了一些出来，不然他早就没命了。"稽圭说。

"刚才刘大夫放的，刘大夫说，他只能把伤口附近的毒血放出来，又用银针封住了穴道，以免毒液漫侵，只是那些侵入五脏六腑的已经没办法了，无药去除。"蒙铁说。

稽圭又仔细看了一下银针的位置，对蒙铁说："我要把这些银针全部拔出来，这样封住穴位不是长久之计。"

旁边的几个大夫一听，忙围了过来，其中一个胡须都白了的大夫说："这个夫人，银针拔出，毒液就会在体内流动，说不定一炷香的时辰人就没命了。"

稽圭没有解释，她继续对蒙铁说："我写封信，你派人立即到越国公府去取药。"

"越国公府？夫人的府邸？"蒙铁都以为自己听错了。

稽圭说："是的，我来京时带了一些名贵的治疗蛇伤的药。你们快去快回，他这种情况即使这样用银针封住穴位，最多三个时辰也会没命的。"

蒙铁一听，看着身边的几位大夫，那几个大夫点了点头，显然稽圭说得没错，若不及时救治，这位西门将军最多三个时辰就一命呜呼了。

旁边的一位中年男子刚想说话阻止，被蒙铁摆手制止住了。

蒙铁点了点头，对稽圭说："有劳夫人了。"

旁边的仆人立即把笔墨铺好，稽圭在纸上写了几个药名，递给蒙铁说："到了越国公府对守卫说是二夫人的亲笔信，他们就会放你进去，自然会有人把药给你们。"

"黑皮，你辛苦一趟，速去速回。"蒙铁接过信纸，对站在一旁的黑皮说道。

黑皮正准备走，旁边的那位中年男子说了句："注意尾巴。"

黑皮点了点头走了。

稽圭淡淡一笑，觉得这个中年男子多此一举，凭黑皮的本事能甩掉越国公府人的跟踪？！

她并没有搭理，而是对蒙铁说："安排人熬一碗千年人参汤，等一会儿要用。"

也没等蒙铁点头，她拿起桌上的一包银针走到床边，在病人身上，慢慢地拔出银针，插上银针，每拔出一根银针，就在另外一个位置插上一根银针。

当身上的银针全部换完，稽圭让人把病人扶起来坐好，随后她在病人背后连插三根银针。

"噗——"一大口乌黑乌黑的血从病人嘴里喷出。

稽圭又连插三针，又喷出一大口血。

血量之多，有些吓人，周围几个人都不由得紧张起来，连坐在一旁的那个中年男人也都站了起来，走过来看。

稽圭再连插三针，病人再次喷出一大口血，但是这次喷出的血明显没有最初那么乌黑，已经泛红。

稽圭说："先排出一部分毒，体内还有不少，若一次性都排出，人也就没命了。需要用药物才行。"

越国公府。

"姐姐，快看，圭姐找人送了封信。"钱任激动地拿着信纸走进后院。

"我看看。"庞实接过去一看，是几个药丸的名字，看字迹确实是稽圭的亲笔信。

庞实说："他们有人中了蛇毒，危在旦夕，圭姐的安危暂时不用担心。"

钱任点了点头说："他们肯定指望圭姐救命，被救的人一定是他们非常重要的人物，否则他们不可能犯险来取药。"

庞实说："你说得对，程富去接应世华了，我现在出府，等这人出门后，我就去跟踪他，找到圭姐下落。"

钱任说："我来找姐姐，就是这个意思。"

庞实说："让映雪把药丸给他。"

钱任点了点头，两人分头行动。

黑皮在前厅没等多久，钱任和映雪走了出来。

钱任说："这位壮士，请问我姐姐身体好吗？"

黑皮见钱任对他说话很客气，便也很客气地回答："请夫人放心，那位夫人一切安好。"

钱任说："那就好。这是所需的药丸，希望能救治好你的病人。"

她边说边从映雪手里接过药瓶递给黑皮。

黑皮没想到对方居然这么友善，有点儿内疚地说："谢谢夫人。"

说完，他向钱任双手施礼，向大门走去。

钱任看着黑皮的背影，对映雪说："你去把郑将军请来。"

西市街头。

激战还在继续，只是汪华这边已经完全占了上风。

程富见汪华久久没有回来，就出来寻找，正好在街上遇到了汪华和尉迟敬德力敌众敌。

程富二话不说，拔剑杀了进去。

汪华见程富也来了，高兴地说："你来得正好，他们是大漠杀手，一个不能留！"

这些大漠杀手，有一个响当当的名字，血鹰。他们是职业杀手，只要有人给足价钱，他们就会不惜一切代价去完成任务，即使全部战死也不会退缩。

当然，汪华是后来才知道这些消息的。

他见这些黑衣蒙面人死伤大半、明显处于下风之后，仍然坚持作战，就觉得这些人是嗜血如命的杀手，不能心慈手软，必须斩尽杀绝，否则后患无穷。

虽然说血鹰是一流杀手，但是他们时运不济，今晚遇到了三位身怀绝技的顶级高手。

不多久，地上全都是血鹰的尸体。那个最初被削断手掌的血鹰，是见同伴都一个个丧命之后，自杀身亡的。

"尉迟将军，幸亏你来，否则汪某有性命之忧。"汪华收剑入鞘，对尉迟敬德说。

尉迟敬德说："越国公客气了，举手之劳，何况保护越国公也是秦王安排属下的任务。"

汪华说："请代我感谢秦王。"

程富蹲在地上撕开杀手的面罩，果然是大漠人模样，再仔细看，每个杀手的手腕上都纹着一头滴血的雄鹰。

尉迟敬德说："果然是血鹰，大漠最厉害的杀手组织，总共三十六人，这次倾巢而出对付越国公，不知背后是哪位东家。"

汪华听了不由一惊，问道："我汪华刚到京城才三日，是谁要纠集如此厉害的杀手来对付我？"

尉迟敬德说："一定会查出来的。"

程富问："大哥，你不是去延康客栈了吗？怎么在这里打起来了？"

汪华说："店小二说，那人走了，给了我一封信，说明天再约。我正准备走到西市再返回潜入客栈瞧瞧，没想到在这里就中了埋伏。"

程富自责地说："要是我跟着你来就好了。"

汪华说："我们先回府吧，尉迟将军您辛苦了。"

尉迟敬德说："我回秦王府让人调查一下血鹰的情况，有消息就立即派人禀告越国公。"

汪华拱手说道："有劳。"

两人刚送别了尉迟敬德，越国公府的两名侍卫向这边跑了过来。

越国公府的侍卫都是汪华从歙州带来的，是汪华精选出来的忠勇之士。

"启禀越国公，刚才府里收到一封二夫人的亲笔信，大夫人请越国公立即回府商议。"侍卫跑到跟前，立即禀报。

"好。赶紧走。你去把我的马牵来。"汪华边走边对侍卫说。

第六十六章　营救稽圭

当汪华一行回到越国公府时，庞实已经回来了，而府内的侍卫也已经集结完毕。

"世华，我已找到圭姐，在修真坊的一座院子内。"庞实边说边打量汪华，吃惊地问，"你身上怎么这么多血？"

汪华笑了笑说："都是别人的。路上遇到几个毛贼，被解决了。"

钱任说："世华，卫队已经集结，我们现在就去救出圭姐。"

程富说："这样过去会不会让对方狗急跳墙，对二嫂不利？"

庞实就把刚才有人持稽圭的亲笔信来取药，她潜入院内看到稽圭救人的前后经过跟汪华简单说了一遍。

汪华思索了一下，说道："先把他们包围。"

庞实和钱任点了点头。

汪华对钱任和郑豹说："你们留一半侍卫在府里，以免中了人家的调虎离山之计。我们这些人去就足够了。"

钱任说："要不要把东宫左右卫也叫去？"

汪华摇了摇头说："最好还是别麻烦他们。"

这时，碧玉从后院拿了一件洗干净的外套送过来，汪华把身上沾满血的衣服脱了下来，碧玉帮他穿上。

"出发！"汪华手一挥，庞实和程富带着侍卫跟着走了出去。

稽圭把黑皮从越国公府带回来的药丸化成水，对蒙铁说："你们扶他起来，把药喂下去。"

869

蒙铁赶紧双手接过药碗，扶着病人喝下。

稽圭坐在桌边用笔又写了一副药方，对蒙铁说："天亮后，你们按照此药方去抓三副药，每天早上服一副，连服三天，体内的毒素就全部清除了。"

"这些药丸怎么吃？"蒙铁拿着从越国公府取回来的药丸问，刚才只用了一粒，还剩下两粒。

稽圭指着药方说："每天吃汤药前两个时辰，像刚才这样把药丸吃下。"

两人正说着，有人匆匆走了进来，焦急地说："官兵把整个院子包围了。"

整个屋子的人立即骚动起来，那个中年人厉声问黑皮："不是要你注意尾巴吗？"

黑皮紧张地说："先生，我回来时没有发现有人跟踪，都绕了好几圈才进院子的。"

稽圭若无其事地坐在椅子上，蒙铁严肃地对她说："夫人，你这样做会让自己陷入危险的。"

稽圭淡淡一笑，说："绑架朝廷国公夫人，你们不觉得自己更危险吗？"

蒙铁说："我们绑架夫人，并非想伤害您。我们的目标是越国公汪华。"

稽圭听了哈哈大笑，说道："你们想谋害我夫君，不就是等于要我的命吗？我宁愿自己死，也要换取我夫君的平安。"

蒙铁说："夫人对我大将军有救命之恩，我们岂能做不仁不义之事。"

稽圭说："既然如此，你们为何不放我出去。"

蒙铁说："怪蒙某无礼，夫人现在是我们的护身符。"

稽圭说："既然你们的目标是我夫君，我更不会让你们得逞。"

稽圭平静地说道："刚才我已经服下了一份毒药，一个时辰之后若无解药，就会毒发身亡，你们也就失去了我这个人质。"

所有的人大吃一惊，蒙铁冲上来在稽圭身上点了几个穴位，想制止住毒药蔓延。

稽圭淡淡一笑，说道："你认为这有用吗？毒药早已侵入五脏六腑了。"

蒙铁说："夫人请不要开这个玩笑。"

稽圭说："我从来不开玩笑。"

旁边的中年男子向一个大夫使眼色，大夫会意地走过去抓住稽圭的左手把脉。

大夫叹了口气。稽圭真的服下了毒药。

稽圭说："外面全都是官兵，你们是逃不掉的。"

黑皮对蒙铁说："将军，我们杀出去！"

蒙铁伸手制止，继续对稽圭说："夫人真的想鱼死网破？"

稽圭说："想鱼死网破的是你们。"

蒙铁没有说话。

稽圭继续说："其实有一个我们大家都平安无事的办法。"

黑皮焦急地问："什么办法？"

稽圭说："放我出去，以我夫君的仁德，他也不会无情无义的。"

黑皮说："放你出去，官兵就可以杀进来了。"

稽圭说："你认为我们是好杀之徒吗？"

黑皮想起刚才在越国公府时，钱任对他客客气气的态度，他不由得有点儿脸红。再凶残的男人，在柔弱的女子面前，都会理屈词穷。

稽圭接着说："你们可以考虑一下，不过时间不多了。至少，放我出去，你们有一半的希望，若我毒发身亡，你们就无路可逃了。"

这时，外面又有人跑了进来报告："官兵越来越多，围得水泄不通。"

蒙铁说："都是些什么人？"

那人说："好像都是羽林军。"

羽林军的战斗力是可以想象的，蒙铁看了看躺在床上的病人，又看了看中年男子。

过了一会儿，中年男子问稽圭："夫人能保证我们安全吗？"

稽圭坐在椅子上淡淡地说："你们的安全取决于你们自己。"

这时，躺在床上的病人发出了咳嗽声，居然自己撑着坐了起来，蒙铁忙走了过去，唤道："大将军，你感觉好点儿了吗？"

病人点了点头，说道："夫人乃神仙转世，君仪再次谢过。"

原来此人居然是西门君仪，当年辅公祏最宠信的得力大将，在辅公祏被擒时，他侥幸逃脱，后来聚集残余势力，企图在大运河上谋害汪华，结果上船的歹人全部被汪华用计擒获，因他在小镇指挥，并没有上船，所以又逃过一劫。

为了报复，西门君仪乘快船先行到达长安，找到丹阳城破后潜入长安的蒙铁等人。汪华等人刚进长安，就被他们盯上了，没过两天，他们就逮到了一个好机会，稽圭上西市买东西时，被他们用计擒获。他们的目的就是要以稽圭为诱饵，吸引汪华出来，再用计除掉汪华，为辅公祏报仇。

那个中年男人是蒙铁的表兄钟一道，与江湖上众多杀手组织都有联系，专门帮一些客人物色杀手。血鹰潜入长安本来有其他活要干，只是一直没有接到行动的指令，经钟一道推荐，西门君仪花重金请他们先接下刺杀汪华这笔单子，谁知道，血鹰遇到了克星。

稽圭并没有联想到此人就是前段时间在大运河组织刺客谋害他们的幕后人。

稽圭对西门君仪说："救死扶伤是我的责任，我夫君保境安民、忠君爱国，阁下为何要对其不利？我夫君与你有多大的血海深仇？你的所为是为了一泄私怨，还是为了拯救天下苍生？"

西门君仪看着稽圭，没有说话。

稽圭继续说道："我见阁下气宇非凡，定是响当当的汉子，乃英雄豪杰，为何要做如此宵小之事？岂不让天下人笑话？当今大唐天子勤政爱民，百姓拥护，阁下应该为朝廷效力，做英雄该做之事。即使不愿意归顺朝廷，起码也该做个不谋害忠良、不给别人带来危害之人。我看这些朋友，并非恶人，个个心存善念，阁下为何要把这些兄弟带入歧途？"

西门君仪沉思片刻，对稽圭说："夫人之言，君仪茅塞顿开。今日又蒙夫人救我性命，若能平安走出此院，君仪定带众兄弟归隐山林，从此不问世事。"

稽圭点了点头说："我相信阁下言而有信。"

说完，稽圭就向院外走去。

这时，站在一旁的钟一道快步抢到稽圭的前面，挡住了去路，喝道："慢着！不能走！"

徽州魂
大唐越国公汪华传奇
下

"世华，万一他们带着圭姐从地道逃走怎么办？"庞实见汪华久久不下令攻入院落，焦急起来。

"再等等。"汪华说。

"马上就天亮了，他们跑了我们去哪里找？"庞实着急地说，"这个街坊靠近城墙，若有地道通到城外，那就找不到了。"

汪华说："长安城非一般城池所比，城墙不但高大，地基也非常深厚，他们是出不去的。"

"越国公，我们都准备好了，就等您一声令下了。"东宫大将薛万彻对汪华说。

原来汪华从越国公府率侍卫来包围院落时，东宫太子李建成就获知了消息，立即派遣心腹大将薛万彻来援助。

汪华说："再等等。辛苦薛将军了。"

汪华对薛万彻这个人早有耳闻，知其勇猛，也听过薛万彻几次大战的事迹。

薛万彻出身将门，父亲是前朝左御卫大将军薛世雄，隋末为涿郡太守，后来，薛万彻与兄长薛万均随父亲客居幽州，兄弟二人都因武艺出众受到涿郡守将罗艺的赏识，几经辗转，最后归顺大唐。入朝后，薛万均被分配到秦王李世民的府中，而薛万彻被分配到太子李建成的东宫中。李建成知道薛万彻勇猛，将他引为心腹，委其为副护军。

薛万彻知太子有意结交越国公汪华，而自己对汪华仰慕已久，这次太子命其率东宫左右卫前来支援汪华，他欣然领命。

对于汪华来说，支援比不支援要强，至少在声势上让对方丧失了抵抗的幻想。

薛万彻见汪华客气，忙说："太子惦记越国公家眷安危，寝室安宁，命卑将务必协助越国公救出夫人。太子常在我等面前提越国公智勇双全、古今少有，让我等多向越国公请教。"

汪华听这话就知道这是薛万彻在他面前故意念太子的好，让他感恩太子，他则谦虚说道："蒙太子抬爱，汪华愧不敢当。太子仁德乃大唐之福。"

两人正说着话，院门忽然打开，一名黑衣人推开门，探出脑袋，看了一眼众官兵，问道："请问哪位是越国公？"

汪华盯着那人说道："我乃大唐越国公汪华。"

黑衣人说："我家主人有请越国公进屋一叙。"

汪华问："你家主人是谁？我夫人可在里面？"

黑衣人说："越国公进屋后自然就知道我家主人了，还请越国公进屋接出夫人。"

汪华刚迈出一步，薛万彻一手挡在汪华面前："越国公，不可上了歹人的当。"

站在一旁的程富对着黑衣人喝道："快把夫人送出来，否则我让你们鸡犬不留。"

黑衣人不卑不亢地说："我主人说，他相信越国公是不愿意见到玉石俱焚的。"

汪华摆了下手，示意薛万彻不用挡着他，不用担心。

庞实站在一边看着汪华，没有说话，汪华为了稽圭即使是刀山火海也会去的。

汪华提着湛卢剑跟着黑衣人走进了院落。

"世华。"稽圭见汪华真的冒着危险进来救她，很是感动。

汪华向坐在椅子上的稽圭微微一笑。稽圭服毒后，浑身无力，钟一道阻止她出去后，她只得又回到椅子上坐着。

原来，钟一道不同意西门君仪放稽圭出去，江淮军多次败在汪华手下，他想见识见识这位江淮军的克星，是否真有胆量走进他这个布满杀手的院落，是否真的遵守诚信放他们离开长安，他还想知道在外面领兵包围他们的是否真的是汪华，按道理来说，没有人能从血鹰手里活着出来。

"越国公果然名不虚传，血鹰现在哪里？"钟一道见汪华安然无恙地出现在他面前，仍然感到很吃惊。血鹰是大漠最厉害的杀手组织，三十六人围攻汪华，汪华是不可能全身而退的，因此钟一道最初怀疑外面包围他们的根本就不是汪华。

听钟一道这样说，汪华就明白了。

他微微一笑，轻松地说："我在这里，你认为他们会在哪里呢？"

钟一道将信将疑地问道："他们都被你杀死了？"

汪华冷笑一下，把湛卢宝剑在手中一转，潇洒地对钟一道说："幸好我有湛卢宝剑助力！"

他故意隐瞒尉迟敬德和程富帮忙之事，现在不是说的时候，此时最重要的是让对方完全折服，方可救出稽圭。

钟一道瞬间被汪华的霸气所震撼，他说："越国公果然名不虚传，不知夫人承诺的事情，越国公是否遵循？"

汪华进来之前就猜着了他们的意思，则看了眼稽圭，再盯着钟一道说道："我夫人承诺的事情，就等于我汪华承诺的事。"

钟一道说："很好，越国公果然爽快，等我们出城后，一定会让夫人回到越国公身边。"

汪华说："我夫人身中剧毒，应该让我夫人先回府医治，我保证你们的安全。"

钟一道说："我认为这样还是不妥。"

汪华冷笑道："这是最好的方式。信任我汪华的人，就是我的朋友。"

钟一道看了看西门君仪和蒙铁，犹豫了一下，点了点头。

汪华二话没说，走过去扶着稽圭就往外走。

钟一道等人只能看着汪华和稽圭的背影远去。

院外。

庞实和薛万彻、程富等人在院外焦急地等着，见汪华扶着稽圭出来，急忙围了上去。

汪华从怀里掏出一个小药瓶，倒出一粒黑药丸递给稽圭。

稽圭含笑着接过药丸仰头吞下。

汪华说："任妹把你写的药方告诉了我，我就猜着你想干什么，就把解药随身带来。"

稽圭接过庞实递过来的水囊，连喝好几口水，对汪华说："里面那个病人是西门君仪。"

"西门君仪？"周围的人大吃一惊。

稽圭点了点头说："这个可以肯定。"

薛万彻说："越国公，我带兵冲进去！"

他说完就拔出腰上的宝剑，准备指挥东宫左右卫杀进去。

汪华忙用手一把抓住他，说道："薛将军，刚才我在里面已经答应放他们一条生路，不能食言。"

薛万彻说："西门君仪是反贼，放虎归山，后患无穷。"

其实，对于薛万彻来说，若抓住西门君仪就算自己立了一大功，也算为太子立了一大功。岂能让这么好的机会溜掉。

稽圭说："西门君仪身中蛇毒，命在旦夕，是我用药丸把他从鬼门关救了回来。刚才他也说了，只要我们放他出城，他将带着那些兄弟隐居江湖，不再问世事。"

薛万彻说："夫人，西门君仪是江淮军的一员大将，更是反贼辅公祏的左膀右臂，他这次潜入长安城定是有所图谋，我们放其出城，若被皇帝得知，我们不但要受到责罚，而且还会连累太子。"

汪华听薛万彻这么说，觉得事情比自己想象中复杂，这里不是歙州，而是长安，他汪华说的话不一定管用。

他只有对薛万彻说："薛将军说得在理，但是里面到底是谁，只有我们这几个人知道。他们真能改邪归正，岂不更好。"

汪华说到这里，用手指了指周围几个人。卫队离他们有一定距离，听不见他们刚才的谈话。

薛万彻见汪华态度坚决，也不好硬顶着干，犹豫了一下，只得说："全听越国公吩咐。"

汪华说道："多谢薛将军成全，汪华改日到东宫向太子致谢。"

薛万彻说："越国公保重。"

说完，他就率领东宫左右卫撤走。

见薛万彻离开，程富走了过来："大哥，真放了西门君仪？"

汪华点了点头说："他终究也算是一世英豪，城门马上就要开了，让他们走吧。

希望他们以后能做大唐的顺民。"

程富又看了看庞实，庞实向他点了点头，他遗憾地说："那我们回府吧。"

汪华扶着稽圭骑上了赤风马向越国公府走去。

院内。

"外面的人马都撤了？"钟一道问蒙铁。

蒙铁说："一个不留，全部撤走了，前后院都没人了。"

钟一道说："汪华果然是个讲信用的人。你立即命令属下乔装打扮分散出城，午时到城外刘家庄会合。"

蒙铁应声出去。

西门君仪对钟一道说："钟先生，院内的那些大夫都在长安城有家小，我们还是别让他们跟着我们奔波了，给他们一些银两，让他们自己去谋生吧。"

钟一道说："大将军请放心，蒙铁都会安排好的。"

西门君仪说："出城后，钟先生有何打算？"

钟一道叹了口气说："天下已定，我等也只有归隐山林了，数年前，我曾到终南山访友，见那里确是神仙住的地方，我心向往之。"

西门君仪说："我戎马半生，如今孑然一身，愿带领这些兄弟跟随先生到终南山过闲云野鹤的日子。"

钟一道说："有大将军作邻居，也不孤独。"

西门君仪仰天大笑，是笑自己找到一个好的隐居地，还是笑自己有个好邻居，更笑自己征战半生将落到如此结局？

汪华一行回到越国公府时，已经天明。

程富正准备回房间休息，汪华叫住他："你认为薛万彻真的就这样放西门君仪出城了吗？"

程富听汪华这么一说，反问道："大哥的意思是？"

汪华说："我感觉薛万彻不会放过此个立功的好机会。"

程富点了点头说："他率兵离开是给大哥您的面子，等我们离开后，他就会再度返回。"

汪华说："你再辛苦一趟，叫上郑豹，一起去看看。"

程富说："没事，我一个人去就行。"

汪华说："不要大意，与东宫的人千万不能有冲突。"

程富点了点头正准备离开，稽圭走了进来。

她把一个小药瓶递给程富："程将军，你把这个送给西门君仪，让他吃完之前那些药，再每日吃一粒这药丸，能帮助他尽快恢复功力。"

程富把药瓶塞进怀里，说："嫂子真是菩萨心肠。"

稽圭说："我对待人也是有选择的，他若改邪归正，我们肯定要帮他。"

程富笑了笑，说："那我先走了。"

看着程富背影，汪华对稽圭说："我突然感觉到西门君仪活不过今天。"

稽圭一惊，问道："为何？"

汪华说："他现在是一块儿肥肉，薛万彻怎么能放过呢？！"

稽圭说："真不希望这样的事情发生。"

汪华拉着稽圭的手说："一切就看天意了，你早点儿去休息吧。"

稽圭柔情地说："你一夜未睡，也得休息会。"

汪华说："等一下我还得再去趟太子府，太子如此热情地派出左右卫来救你，从礼节上说我也得去谢恩。"

碧玉准备了大大的一桶热水，汪华坐在里面泡澡时，居然睡着了。

"国公爷，国公爷。"碧玉一直在门外伺候着，见半个时辰都过去了，而越国公居然还没有出来，不由得在外面敲门。

昨晚与血鹰大战消耗了不少体力，热水一泡，全身放松，汪华无意间就睡着了，听碧玉在外面喊，就应了一声，站起来换上碧玉早就准备好的衣裳。

碧玉虽是汪华的贴身丫环，但是汪华很尊重她，比如洗澡穿衣这样的事情，都是汪华自己来做，从不让碧玉来服侍。

汪华从房间走了出来，碧玉端着一碗莲子羹站在那里。

"国公爷，吃点儿东西。"碧玉恭恭敬敬地把莲子羹端放在桌子上。

汪华坐到桌前，问道："程将军回来了吗？"

碧玉说："刚回来，在前厅。"

汪华三两口把莲子羹喝完，接过丫环递来的手帕，擦了擦嘴，就走了出去。

"大哥，西门君仪被抓，其余人全部被杀。"程富见到汪华就立即说。

"什么时候的事情？"汪华问。

"就我们回府的一会儿，他们重新包围了院子。"程富说。

"速度真快啊。"汪华有点儿吃惊地道。

程富说："我和郑豹赶到时，西门君仪已经被押进了囚车。"

汪华说："东宫左右卫果然厉害，薛万彻是个狠角色。"

程富说："我见事已至此，就没有露面，随后跟着囚车，到了太子府门前，不多久太子就从里面出来，看了看西门君仪，就让左右卫押着，直接进宫了。"

汪华失望地说："这事我们也管不了，看他自己的造化了。"

汪华到了下午才去太子府向太子谢恩，从太子口中得知，西门君仪被押入宫后，皇帝宣布立即处斩。

太子非常高兴，说要感谢越国公，让薛万彻独占此功劳。

汪华后来才知道，薛万彻并没有跟太子说汪华要放走西门君仪，而是说越国公率人离开，把围捕反贼这样的好事留给东宫左右卫。

难怪，汪华在太子府时，太子一个劲儿地要留他一起吃饭，还把魏征和薛万彻都叫来作陪。

饭桌上，太子告诉汪华，突厥军队准备南下了。

数日之后，汪华和程富到岐山拜访当年的歙州刺史王成，王成曾是隋朝歙州刺史，当时汪华在王成手下担任副将。王成对汪华有知遇之恩，汪华是一位知恩图报之人。

他们刚返回长安，大唐与突厥的战争拉开了。

武德八年，即公元 625 年夏，突厥进攻唐朝的相州等地，代郡都督蔺誉与突厥作战，在新城被突厥击败。皇帝李渊立即派右卫大将军张瑾驻守石岭，李大亮率军奔大谷抵抗突厥入侵。李渊为对付突厥，再次派遣秦王李世民出长安到蒲州屯兵防御突厥南侵。八月，李渊又下诏令安州大都督李靖从潞州道出兵，行军总管任环驻屯太行山，防御突厥。颉利可汗率领十余万大军大掠朔州。张瑾在太谷与突厥军队激战，唐军战败，张瑾逃奔李靖，行军长史温彦博被突厥俘虏。突厥向其打探唐朝的兵粮情况，温彦博拒绝回答，被突厥押往阴山囚禁。突厥又发兵进犯灵武，被灵州都督任城王李道宗击退。突厥进攻绥州后，多路兵马被李世民领兵击败，颉利可汗只得派遣使臣向唐请和退兵。

唐军在秦王的指挥下又迎来了一场胜利，突厥主动与大唐和好，皇帝李渊看着凯旋的次子，内心像打翻了五味瓶，又喜又忧。喜的是次子又一次打败了敌人，巩固了大唐的江山；忧的是次子的威望再一次盖过了太子，两人的矛盾将更加尖锐。

李渊只要想到这个问题，就头痛不已，后来索性就不管了，顺其自然，自己干脆躺在后宫搂着年轻漂亮的妃子亲热。

这位大唐开国之君面对储君的问题，越来越选择逃避的办法了，他认为现在自己身体还健朗，只要自己在，两人还不至于闹到无法无天的地步，在往后的日子，多培养太子的势力，再想办法逐步削弱秦王的权力。

李渊每次抱着这样的想法躺在妃子们的床上，他根本就没有预感到，他的两个儿子都想早点儿结束这场皇权之争！

除了与突厥偶有争战之外，天下基本太平了，随着李渊推行的一系列惠民政策，大唐境内商贸繁荣，尤其是大运河贯通南北，大大带动了南北之间贸易。由于战乱和历史原因，各地在物件的重量和长短上使用不同的标准，在货物交易上

徽州魂
大唐越国公汪华传奇
下

带来了很大的不便。

武德八年，即公元 625 年，九月，为了统一度量衡，李渊命太府寺检查各州，颁发法令规定：长度以北方秬黍中等大的为准，长一黍为分，十分为一寸，十寸为一尺，一尺二寸为大尺，十尺为丈；重量也以秬黍中等大的为准，容一千二百个黍为龠，两龠为一合，十合为一升，十升为一斗，三斗为大斗，十斗为斛。以秬黍中等大的为准，一百黍的重量为一铢，二十四铢为一两，三两为大两，十六两为一斤。

"铁佛兄来信说今年江南雨水好，禾苗长势旺盛，颗粒饱满，收成应该比去年还要高。"汪华看完歙州来的信，对郑豹说。

"这是江南百姓的福分，远离战争，大家可以安居乐业。只可惜突厥仍很猖獗，频频南下，苦了北方百姓。"郑豹说。

汪华听后叹了口气，说："突厥不亡，华夏难以安宁。"

郑豹说："自春节一过，北边战事不断，多座城池被攻陷，朝廷出兵多路作战，应接不暇，你已到长安闲居一年了，为何皇帝不下旨让你领兵出征，为其解忧？"

汪华不由得自嘲地笑着说："自开春以来，我就没有上过朝，不会真把我这个闲人给忘记了吧。"

郑豹说："那倒不是。皇帝真要忘记了您，端午节也不会派人给您送来肉粽。"

汪华说："我是开玩笑说的。现在靖公领兵在外面到处救援，已经忙不过来了，皇帝下旨让齐王统领大军征讨突厥。"

汪华说的靖公，就是安州大都督李靖，"靖公"是人们对其尊称。

"齐王，他能行吗？"郑豹带着几分疑虑低声问道。

汪华平静地回应："我听老将军说，原本应该是秦王挂帅出征的，但太子却力荐了齐王，更将秦王府的猛将与精锐之师全数归于齐王旗下。"

他口中的老将军，即是汪华的岳父、大夫人钱任的父亲——钱九陇老将军。

郑豹沉吟片刻，道："齐王此招确实高明，釜底抽薪，让秦王府再无兵力可调配。"

汪华接口道："如今的秦王府，不仅是兵力匮乏，就连房玄龄、杜如晦等智囊，也被皇上一纸诏令逐出府外。"

郑豹压低声音，仿佛怕周围的空气都会偷听："长安城内，现在四处都在议论'秦地分野'的星象，看来皇上对秦王始终心存芥蒂。"

汪华默然无语，只是抬头望向烈日当空。过了许久，他才缓缓开口："行动随时会开始，你们要做好准备。"

郑豹正色道："大都督请放心，一切已准备就绪，只等您的号令。"

汪华微微点头，他似乎已经闻到了血腥味。

这年是武德九年，即公元 626 年。注定是充满杀戮充满血腥的一年。

春节刚过，二月二十八日，突厥铁骑进犯原州。三月十四日，盘踞雕阴弘化一带的梁师都按照之前与突厥的约定，率兵南下入侵，攻陷静难镇；二十三日，突厥进犯灵州；二十九日，突厥进犯凉州。四月九日，突厥进犯朔州；十二日，突厥再犯原州；十五日，突厥进犯泾州；二十日，安州大都督李靖在灵州硖口与突厥颉利可汗大战，并打退突厥军队；二十五日，突厥避开李靖的锋芒，进犯西会州。五月五日，党项人见机也想占点儿便宜，出兵进犯廊州；十一日，突厥进犯秦州；十九日，吐谷浑与党项联军侵犯河州，突厥兵临兰州。

六月之初，一个异样的天文奇观显现于天际。太白金星在光天化日之下，赫然挂在天空正南方的午位，那是一片被古人称为"秦地分野"的神秘疆域。在古人的解读中，这样的星象往往预示着"变天"的来临，象征着天下即将迎来一场巨变，或许是政权的更迭，或许是社会的动荡，总之，将有惊天动地的大事即将上演。

然而，这一异象并未引起大唐天子李渊的足够重视。此时的大唐，正在紧锣密鼓地集结各路兵马，准备挥师北伐突厥。在太子李建成的力荐之下，皇帝李渊最终首肯，由齐王李元吉替代秦王李世民，统领各路军马出征，担负起抵御突厥入侵的重任。

李元吉趁机向皇帝请旨，将天策府的尉迟敬德、程知节、段志玄和秦琼等大将，以及那些身经百战的精锐士兵，全部纳入自己麾下。这一举动，无疑大大增强了他的军力。

更早些时候，太子与齐王已在李渊耳边低语，使得皇帝下旨将房玄龄、杜如晦等秦王府中的得力谋士斥逐出去。这一系列动作，无异于对秦王李世民的釜底抽薪，让他在无形之中失去了左膀右臂。

手握兵权的齐王李元吉，满怀得意地踏入东宫。太子李建成眼见事态正朝着自己有利的方向发展，便向李元吉献策道："待你出征之际，我邀老二至昆明池为你饯行，料他定不会拒绝。届时，我们可在帐幕中暗藏刀斧手，趁机将他一举击杀。之后上奏父皇，只说他暴毙而亡。父皇即便心存疑虑，但木已成舟，也只得无奈接受。我再令人进谏，迫使父皇将国家大权交予我执掌。如今尉迟敬德等天策府将领已归你统率，想要除掉他们，亦是轻而易举。到那时，这天下便是你我的囊中之物。"

然而，世间事往往难料。太子东宫中的率更丞王晊，本是秦王李世民精心安插在太子府中的眼线。这日，他见齐王李元吉兴致勃勃地来访，便猜到太子与齐王又有密谋。他趁机靠近太子府的书房，躲在窗外，果然窃听到了太子与齐王的密谈。王晊意识到事态的严重性，急忙寻找机会逃离太子府，直奔秦王府，将这一重要情报亲口禀告给了李世民。

李世民听闻消息，心头一震，未曾想太子与齐王竟手握重兵，意图在光天化日之下对他下毒手，甚至连他的得力干将也难逃一劫。

他当即吩咐王晊返回太子府，继续刺探情报。同时，迅速召来长孙无忌与尉迟敬德，将所发生的情况和盘托出。

此刻的秦王府内，仅有长孙无忌、尉迟敬德、秦叔宝、高士廉及侯君集等亲信在侧。长孙无忌，作为李世民的妻兄，闻讯后立刻表态："殿下，情势紧迫，稍有差池，我们恐将满盘皆输。唯有先发制人，方能掌握主动，否则必将受制于人。"

李世民叹息道："骨肉相残，实乃古今之大恶。我深知祸事将近，但仍想待其发生之后，再行义举讨伐他们。"

尉迟敬德见李世民仍犹豫不决，焦急地进言："人之常情，谁愿轻易赴死？我们誓死效忠殿下，乃是顺应天道。如今大祸临头，殿下却还在迟疑不决。即便殿下轻视自身安危，又怎能对得起宗庙社稷？若殿下不愿奋起反击，末将只得逃

徽州魂 大唐越国公汪华传奇 下

入荒野，不能留在此地任人宰割！"

长孙无忌趁机对李世民说："殿下若不听从尉迟将军之言，大事必将败露。倘若尉迟将军等人离殿下而去，微臣也只得追随他们而去，无法再继续侍奉殿下了。"长孙无忌说完便拉着尉迟敬德向李世民告辞。

李世民见长孙无忌与尉迟敬德真的决意离去，急忙挽留道："你们所提的建议确实有理，但我的考量也并非全无道理。我们都需要深思熟虑，再三权衡。"

尉迟敬德眼见李世民在如此紧要关头还犹豫不决，心中不禁生疑，不知秦王是真的难以下定决心，还是在为了维护自己的名声而故作姿态。

他无法再容忍秦王的拖延，于是斩钉截铁地说道："殿下平日里处事果断，今日怎会如此迟疑？不瞒殿下，您平时豢养在外的八百余名勇士，我已将他们召集入府。如今他们已是剑拔弩张，箭在弦上，不得不发。事已至此，殿下又怎能制止得了呢？"

听闻尉迟敬德此言，李世民心中暗自赞叹。他身边的这位爱将不仅勇猛善战，而且颇具智谋。在这关键时刻，他敢于先斩后奏，迫使自己下定决心，背水一战。

正当李世民准备再次开口时，一名侍从匆匆进入禀报，称李靖和李勣两位大都督已经到来。

在得知太子意图对自己不利的消息后，李世民当机立断，派遣亲信去请两位在军队中身居高位、统领唐军精锐主力的将军来府中商议。他急需征询这两位大都督的宝贵意见。

尽管两位大都督执掌地方军政大权，并因公务暂留长安，但他们对秦王充满敬意，都为秦王的"战神"之名所折服。接到秦王的召见通知后，他们迅速赶到了秦王府。

秦王在密室向两位将军转述了长孙无忌和尉迟敬德的建议。然后诚恳地向两位将军询问："本王此次急召二位，正是希望能听听你们的看法。"

李靖虽已年过半百，两鬓斑白，但依旧沉稳从容。他听完秦王的叙述后，端起茶杯慢慢品茶，低头陷入沉思。李勣见状，也随即端起茶杯饮茶，以掩饰内心的波动。见两人都保持沉默，秦王有些不耐烦了："本王请二位将军来此，并非只是为了品茶。"

李靖见秦王态度坚定，终于开口："这是国家大事，我们作为武将不便过多议论，唯有听命行事。"

李勣见状也赶紧表明自己立场："这既是国事，亦涉及殿下的家事。关于殿下父子兄弟间的骨肉情深，此等大事应由殿下自行定夺。我等在秦王麾下效力，自然唯您马首是瞻。"

这番表态虽含蓄，却无异于一种默许。它向秦王传递了一个明确的信息：在关键时刻，他们会义无反顾地站在秦王这一边，同时恪守武将的职责，不越权干涉政事。秦王心领神会，无需多言。

这时已经夜深，汪华正与夫人庞实下棋。

"有什么新的动向？"汪华边捏着棋子边问庞实。

庞实自然知道汪华问何事，她举手落下一子，说道："齐王越发得意忘形，我几次在道路上观察，他更加目空一切了。"

原来，汪华一直安排庞实天天带着丫环在长安城内转悠，不明真相的人以为她只是喜欢逛街游玩，而实际上是在暗中观察东宫、齐王府的动静。庞实是女流之辈，天天在长安城转悠无人注意。

汪华说："他现在手握重兵，秦王已处于劣势，他当然高兴。"

庞实看着汪华意味深长地说："秦王府有大动作。"

汪华没有问，而是等着庞实说出来。

"这两日分批有人化装进入城内，随后都进入了秦王的别院，接头人是尉迟将军。"庞实说。

"多少人？"汪华问。

"都是化整为零进入了，若不仔细观察是根本发现不了的。"庞实说，"不低于五百人吧。我今天发现时，已经进去一批了，具体数目说不清楚。"

汪华把棋子拿在手里把玩，自言自语地说道："这一招是不是太险了？东宫'长林军'就有两千多人，战斗力超强，还有东宫左右卫。"

"你认为这不是秦王的主意？"庞实问。

汪华摇了摇头说："私自调兵进城，一经发现就是谋逆死罪，现在太子和齐王巴不得有整死秦王的证据呢，秦王在战场上敢屡次冒险，在政治上向来比较稳健。"

"太子和齐王每次出行都是重兵护送，秦王这些兵力难道想在半道上截杀？"庞实说到这里，又摇了摇头，说道，"这不可能，一则长林军战斗力强，二则只要有打斗，立即就会引来在城内巡逻的士兵。"

汪华点了点头，猛然想起什么，正准备说话，郑豹匆匆跑了进来。

"大都督，秦王府来人请您过去。"

汪华看了庞实一眼，放下棋子，走了出去。

"越国公，秦王殿下请您速去府上有要事相商。"来人边说边拿出一个信物。这是秦王与汪华约定好的，若深夜有紧急事情相商，以信物为凭，以免中了歹人奸计。

汪华看了一眼，说："跟我从后门出去。"

秦王刚送走李靖和李勣，汪华来了。

李世民把情况简单说了一遍，便对汪华说："越国公，本王现在该如何是好？"

汪华对秦王说："殿下既然连死士都已经进城了，还有什么可犹豫的？必须立即行动，以免夜长梦多。"

秦王大吃一惊："越国公是如何知道的？"

汪华说："我夫人庞实在街上发现的，尉迟敬德负责接应。此时，秦王已经没有退路了。"

秦王明白了汪华这句话的另一个含义，既然死士进城能被他夫人庞实发现了，难道就保证不被东宫的人发现？这事情拖延越久，被暴露的机会就越大，到那时真是百口莫辩，死路一条了。

同时，这也是汪华向秦王传递的一个信号，既然决定了，那就赶紧去做。

秦王点了点头，此时他彻底下定了决心！

汪华接着说道："臣蒙圣恩执掌江南六州，若参与皇室之事，极为不妥。"

汪华的意思其实也很明白，我支持你举事，但是作为地方军政首脑，我不能参与你们兄弟之间的斗争。

秦王又点了点头，他也明白汪华的另一层意思，政变若把地方首脑牵入进来，只会让事情变得更复杂，有可能由此让掌管地方军政的太子亲信也参与进来，那样就会引起朝野动荡。但是，他要的不仅仅是汪华这句话，他有个重要的任务需要汪华去完成。

秦王说："本王已请靖公和李勣整顿兵马，若有不测，立即进城。举事之时，我想请你护卫秦王府周全？"

原来秦王要把所有可用兵力都用来举事，府里仅留下手无缚鸡之力的老幼妇孺。汪华二话没说，双手一拱道："愿听候差遣！"

秦王满意地笑了笑，有汪华来守卫秦王府，就等于解决了他的后顾之忧了。

两人接着又聊了几句。随后，汪华离开。

李世民为求确认府中幕僚的决心，踏入密室，再次凝视长孙无忌等人，他的眼神深邃而坚定，仿佛能穿透一切疑虑。他缓缓开口，声音低沉而有力："我与太子，同根同源，兄弟情深。然而，为了这大唐的江山社稷，难道真的非兵戎相见不可吗？难道就没有别的路可走？"

长孙无忌眉头紧锁，坚定地摇了摇头："殿下，此事已至关键，非武力不可解决。"

高士廉是秦王妃长孙氏的舅父，深知秦王内心的挣扎与犹豫。他见秦王还在犹豫，便直言不讳："齐王野心勃勃，绝不会甘心居于太子之下。他暗中诋毁太子，实则想借太子之力铲除秦王，而后取而代之。此人野心难平，若此二人得逞，恐大唐基业将不复存在。殿下英明神武，擒此二人易如反掌，怎能因匹夫之节而忘国家大事？"

李世民听后，沉默不语。高士廉又问道："殿下以为舜帝如何？"

李世民沉思片刻，答道："舜帝，乃圣人。"

高士廉微微一笑，道："舜帝在疏通水井时，若未躲过父弟的暗算，便会化为井中泥土；在涂饰粮仓时，若未逃过父弟的放火，便会化为灰烬。然而，舜帝能忍小辱，成大业，恩泽后世，皆因心中装着天下大事。"

此时，李世民见众人皆坚定支持武力，便欲占卜吉凶。然而，张公谨急匆匆地闯入，一把夺过占卜用的龟壳，狠狠地摔在地上，大声喝道："占卜乃为决断疑难，如今局势已明，时机已至，岂可再犹豫不决？若卜得凶兆，难道便可坐以待毙？我等身为大唐子民，当以国家为重，岂可因一己之私而置国家于不顾？"

张公谨曾是王世充的部将，后降唐，成为秦王府的得力幕僚。他的这番话，如同重锤击打在众人心中，让人无法再有丝毫犹豫。

李世民见状，心中已有决断。他立即命长孙无忌速去召房玄龄和杜如晦前来议事。长孙无忌领命而去，心中却忐忑不安。他知道房、杜二人虽被逐出秦王府，但仍是秦王的坚定支持者。然而，当他匆匆赶到房玄龄的住处时，却发现两人正在对弈，似乎并未受到任何影响。

长孙无忌上前说明了来意，房玄龄却淡然拒绝："陛下有旨，我等不得再侍奉秦王殿下。若此时私见秦王，必遭重罪。请秦王殿下见谅，我等实难从命。"

长孙无忌听后，心中不禁冷笑。他知道房、杜二人是主张秦王举事的重要人物，本以为他们会欣然前往。然而，此刻他们却如此冷漠地拒绝了自己的请求。长孙无忌心中虽然不悦，但也无可奈何，只能冷冷地离开。

看着长孙无忌离去的背影，房玄龄与杜如晦相视一笑。他们多年的等待与期盼，终于迎来了秦王明确的表态，内心的激动难以言表。然而，他们选择暂时按兵不动，并非真的冷漠，而是在试探秦王是否真的下了决心。

他们深知，若秦王真的痛下决心，必会再次派人前来相请。若只是犹豫不决，即便此刻跟随长孙无忌前往，也不过是徒劳无功。这其中的道理，他们早已明了，这既是他们的策略，也是他们对秦王决心的考验。

果然，秦王李世民听闻长孙无忌带回的话后，勃然大怒，对尉迟敬德说道："房玄龄、杜如晦难道要背叛我吗？"他摘下佩剑，郑重地交到尉迟敬德手中，命令道：

"你再去一趟，若他们仍不肯前来，便提他们人头来见我。"

尉迟敬德手持秦王宝剑，跟随长孙无忌再次来到房玄龄的住所。他郑重其事地传达了秦王已下定决心的消息，言辞间充满了决心与威严。房玄龄见状，心中已明了秦王此次是真的下定了决心。

于是，房玄龄与杜如晦迅速换上道士的服装，以掩饰身份，跟随着长孙无忌一同赶往秦王府。为了避免引人注意，尉迟敬德则选择另一条道路，悄然返回秦王府。

在秦王府的密室中，秦王与房玄龄、杜如晦、尉迟敬德、长孙无忌等人围坐一堂，彻夜长谈。他们共同商讨着举事的计划，每一个细节都经过反复推敲，确保万无一失。

六月初三己未日，太白金星再次在白天出现在天空正南方的午位。精通天文历算的傅奕秘密上奏道："金星出现在秦地的分野上，这是秦王应当拥有天下的征兆。"

李渊将傅奕的密奏给秦王李世民看。

李世民乘机秘密上奏父皇，告发李建成和李元吉与后宫的嫔妃淫乱，说道："儿臣丝毫没有对不起皇兄和皇弟，现在他们却打算杀死儿臣，这简直就像要替王世充和窦建德报仇。如今我快要含冤而死，永远地离开父皇，魂魄归于黄泉，如果见到王世充诸贼，实在感到羞耻！"

李渊望着李世民，惊讶不已，回答道："明天朕就审问此事，你应该及早前来参见朕。"

张婕妤暗中得知了李世民密奏的大意，急忙派人告诉李建成。李建成将李元吉召来商议此事，李元吉说："我们应当管好东宫和齐王府中的士兵，托称有病不去上朝，以便观察形势。"

李建成道："宫中的军队防备已很严密了，我与皇弟应当入朝参见，亲自打听消息。"

于是二人决定先入大内皇宫逼皇帝表态。不料，在宫城北门玄武门执行禁卫总领常何本是太子亲信，却早已被李世民策反，因此宫中卫队已经倒向秦王。李建成和李元吉却不知内情，还以为宫中卫队都还是自己人。

这一夜，秦王府里显得紧张而又忙碌，明天就是个好机会。秦王与房玄龄、杜如晦、尉迟敬德、长孙无忌等人，再一次详尽地商量举事的每个细节，检查每一处可能出现的纰漏。

同时，秦王派心腹通知汪华率越国公府的卫队前来守卫秦王府，并通知李靖和李勣整顿兵马在长安城外随后听候调遣。

六月初四庚申日，拂晓时分，战神李世民身穿戎装，率领长孙无忌、尉迟敬德、程知节、秦琼、侯君集、张公谨、段志玄、屈突通等十多名心腹骁将和挑选出的七十名精锐骑士出发了！

人多不好隐藏，李世民把八百名勇士留在外面，用来应付长林军。

在玄武门守卫统领常何的帮助下，李世民率众进入了玄武门内，在临湖殿附近一片茂密的树林中，将人马隐蔽起来。

玄武门是宫城北面的唯一大门，东宫处于宫城东面稍微偏北的位置，而齐王府则与东宫毗邻。太子李建成与齐王李元吉，两人不管是去宫城前面的两仪殿，还是去宫城后苑的池海，玄武门都是必走之门。

把举事地点选在玄武门，这是李世民经过周密思考的。内廷安危实际上就系于玄武门。只要控制了玄武门，就可以控制内廷；只要控制了内廷，就可以控制皇帝；只要控制了皇帝，就可以控制朝廷；只要控制了朝廷，就可以控制整个国家。李世民在数年前就为自己布好了棋子，表面上与太子结好的玄武门守卫统领常何是太子的人，实际上早就投靠了秦王。

辰时初刻，天边已经泛起了鱼肚白，马蹄声在远处隐约可闻。李世民与将士们怀揣着激动的心情，目光如炬，紧紧盯着玄武门前的宽阔大道，宛若猎手静待猎物的出现。

终于，太子与齐王率领的卫队悠然来到玄武门前。常何迅速迎上前去，神色自若地禀报道："太子、齐王，圣上有旨，今日之议纯属家事，卫队不宜入宫。"

由于常何素来表现为太子亲信，太子对他的话深信不疑。更何况，过去也确实有过不许卫队入宫的先例。

太子与齐王短暂交换了一个眼神，随后太子果断地对卫队下令："你们就在门外等候。"

说完，太子就与齐王一起走进了玄武门。

谁知，两人刚走过玄武门没多远，常何就下令关闭城门。

李建成往回看了一眼，也没说什么，认为父皇耻于让淫乱后宫之事外传。他怎么也没有想到，昨晚还在父皇面前告他淫乱后宫的李世民，居然敢在皇宫禁苑内埋下伏兵。

太子李建成与齐王李元吉骑在马上，并肩而行，谈笑风生。当他们穿过一片葱郁的树林时，李建成无意中瞥见树林下的草坪上留有明显的马蹄痕迹。他惊讶地指向那片草坪，对李元吉说道："元吉，你看这草地，似乎有异常。"

李元吉顺着他的手指望去，只见马蹄踏过的痕迹清晰可见，而周围却出奇地静谧，一个人影都不见。他心中顿时涌起一股不祥的预感，急忙喊道："大哥，情况不妙，有埋伏，我们得赶快离开！"

李元吉话音刚落，便迅速调转马头，朝玄武门的方向疾驰而去。太子李建成也迅速反应，紧随其后，两人决定向东穿过玄武门，逃离这充满危险的禁苑。

就在此时，树林中突然冲出一匹快马，正是李世民。他高声呼喊："大哥，请留步！父皇在宫中等着您呢。"然而，太子和齐王哪里顾得上理会秦王的呼唤，只顾策马狂奔，边跑边大声呼喊。

李世民见状，立即策马疾追，而藏匿于树林中的将士们亦如猛虎下山，纷纷冲出。李元吉见李世民紧追不舍，心急如焚，回身搭箭射击，但因心绪不宁，连发三箭皆未命中。李元吉虽久经沙场，武艺高强，但在此时的心慌意乱之下，未能发挥出应有的箭术，未能射出那改变历史的一箭。

李世民箭术高超，素有百步穿杨之名，他轻松躲过李元吉的箭矢后，迅速搭箭瞄准了惊慌失措的太子李建成。那利箭犹如长了眼睛，精准地刺入李建成的后背。由于太子身着朝服，并无铠甲护体，秦王的箭矢带着积压多年的怨愤与仇恨，穿透了他的后背，箭簇从胸前透出，太子惨叫一声，从马上跌落，当场毙命。

尉迟敬德率领的骑兵随后赶到，他的部下纷纷射箭，李元吉也中箭落马。他慌忙爬起，试图逃向树林深处。然而，李世民的战马突然受惊，带着他冲入路边的树林，不幸被树枝挂住，李世民从马上摔下，一时无法起身。

李元吉见状，迅速冲上前来，夺下弓箭，准备对李世民不利。在这千钧一发之际，尉迟敬德策马疾驰而来，大喝一声："逆贼休得猖狂！"李元吉见是尉迟敬德，自知不是其对手，便放弃了对李世民的攻击，转身逃跑。

尉迟敬德紧追不舍，同时不断射箭。李元吉身中数箭，摔倒在地，但他仍挣扎着爬起，摇摇晃晃地继续前行。尉迟敬德赶上后，手起刀落，一道凌厉的弧线划过，李元吉的头颅应声而落，结束了他的生命。

玄武门外的长林军听到门内激烈的打斗声和太子的呼救声，顿时军心大乱。翊卫车骑将军冯立，作为太子李建成的忠诚护卫，闻讯后立即率领部下猛攻城门，企图打破玄武门的封锁，解救太子于危难之中。同时，他急令副护军薛万彻、屈直府左车骑谢叔方率领长林军的两千精锐，火速驰援玄武门。

此时的长林军并不知道太子和齐王已经遭遇不测，他们只想着冲破防线，杀入禁苑救出太子和齐王。而守门的张公谨面对长林军的猛攻，虽然不清楚内廷的具体情况，但他深知城门一旦失守，后果不堪设想。因此，他率领守军死守玄武门，箭如雨下，誓要阻挡长林军的进攻。

就在城门岌岌可危之际，高士廉和长孙顺德带领的八百勇士从芳林门一带杀出，及时增援玄武门。他们勇猛无比，与长林军展开了激烈的战斗。长林军作为太子的精锐部队，实力非凡，与天策军不相上下。两军激战，战场局势一度陷入胶着。

薛万彻眼见秦王的兵马纷纷增援玄武门，判断秦王府此时防备必定空虚。于是，他果断命令冯立和谢叔方继续攻城，自己则率领三百名精锐将士直奔秦王府，意图制造混乱，迫使玄武门的秦王兵力分心。他们如风卷残云般冲向秦王府，扬言要将秦王府夷为平地。

秦王府距离玄武门不远，薛万彻的部队很快就到达了目的地。他们决定在秦王府大开杀戒，这一行动意在牵制玄武门的守军，为冯立等人创造进攻禁苑的机会。一场更为激烈的战斗即将在秦王府展开。

刚踏上秦王府前面的那条街，薛万彻就远远地看到秦王府前有一支小队人马。

汪华！

薛万彻看清楚骑在马上的领头人，正是越国公、歙州大都督汪华，后面站着七八十名士兵，都是越国公府的卫队。

汪华接到秦王的通知后，按计划率领越国公府的卫队来守卫秦王府。

"越国公，难道您也想与秦王一起谋反吗？"薛万彻见汪华挡着他的去路，毫不客气地说。

"薛将军，作为外臣你我都不应该参与太子与秦王之间的争斗，你何必要伤及无辜呢？"汪华劝道。

薛万彻二话没说，从腰中抽出宝剑，斩钉截铁地说道："越国公，我敬您是英雄，请让开，否则别怪我不客气。"

越国公卫队虽然厉害，但此时要与同样一等一的长林军决战，胜负难分，何况长林军的人马数倍于越国公卫队。

立在汪华两侧的庞实和郑豹不约而同地亮出了兵器，他们已经做好了决战的准备。

薛万彻右手举剑一挥，三百长林军像猛虎一样扑了出去。

"弓弩手！"汪华一声令喝，藏在后面的三十名弓弩手一齐向长林军射去利箭。

越国公卫队是由汪华在歙州时精心训练出来的，个个都有百步穿杨的本领，弩箭经过改良后，不仅便于携带，也具有弓箭无法比拟的杀伤力。

三十支弩箭精准地射进了冲在前面的长林军身上，但是并没有因此而让长林军停下向前奔杀的脚步。

"放！"另一拨弩箭跟着射了出去。

弩箭不同于弓箭，射程远，长林军还没冲几步，就已经倒在了血泊中。

汪华不愿意让自己的兵马做无谓的牺牲，他不争强好胜，不希望卫队冲上去与长林军厮杀。对他来说，他现在的首要任务就是保护好秦王府，而不是去杀掉东宫多少兵马。

"盾牌手，上！"薛万彻见机不妙，立即命令士兵手持盾牌冲在前面。长林军每十个人就有五个携带有盾牌，不仅进攻厉害，防御也非常不错！

长林军手持盾牌蜂拥扑来，汪华手握湛卢往前一指："杀！"

瞬间，两军厮杀成一片，虽然长林军攻势凶猛，但是汪华卫队也战斗力超强，不甘示弱，英勇奋战，没有往后退一步！

而薛万彻手握长枪杀到汪华面前，两人打了起来！

薛万彻不愧是一员猛将，与汪华连战三十回合。汪华知薛万彻是不可多得的将才，有爱惜之意，所以并没有使出杀招，只是与其拖延时间。

果然，半盏茶的功夫，尉迟敬德提着李建成和李元吉的首级远远奔来，一路高声大喊："太子和齐王谋反已被斩杀！"

原来，围攻玄武门的冯立等人见太子和齐王被杀，顿时心灰意冷，全无战心，丢盔弃甲，落荒而逃。李世民听说薛万彻领兵杀往秦王府，大吃一惊，担心汪华手里的兵马太少抵挡不了薛万彻的进攻，便立即让尉迟敬德拎着太子和齐王的首级赶到秦王府去支援。

尉迟敬德举着两人的首级大喊，长林军见大势已去，纷纷溃散。

正在秦王府前与越国公卫队拼杀的薛万彻，见已无回天之力，长叹一声，只得带领士兵向城外逃去。

第六十八章　秦王继位

此时的李渊，悠然坐于凉亭之中，原本期望在早朝时能与三个儿子对质，却未曾料到，大殿之上竟空无一人，大臣们亦无本可奏。于是，他便携一班老臣前往海池，享受片刻的宁静。船儿在水面上轻轻摇曳，然而等待中的三个儿子始终未曾出现，李渊便决定移步至凉亭，一边休憩一边等待。

然而，凉亭中并未等来他期盼的儿子们，却迎来了身披铠甲、手握长矛的尉迟敬德，身后跟着一队气势汹汹的士兵。

原来，尉迟敬德在诛杀二人后，见东宫和齐王府的兵马已如鸟兽散，便迅速返回李世民身边，汇报战果。李世民紧握尉迟敬德的手，眼中闪烁着决然的光芒："尉迟将军，请你速速入宫护驾！"

护驾？尉迟敬德心中了然，从李世民的眼神中，他读出了其中的深意。李世民此时尚不知该如何面对自己的父皇，唯有借助他这位凶神恶煞的将领，入宫逼宫，让李渊接受这既成的事实。若李渊执意追究，那一切便交由尉迟敬德来处理。

当尉迟敬德浑身浴血、杀气腾腾地出现在李渊面前时，李渊惊愕不已，颤声问道："爱卿到此有何要事？"尉迟敬德环顾四周，直视李渊，声音洪亮："太子和齐王意图不轨，已被秦王诛杀。秦王担心惊扰陛下，特命臣等入宫护驾。"

李渊如遭雷击，猛地站起身来，厉声喝问："你说什么？"尉迟敬德再次重复："太子和齐王作乱，已被秦王诛杀。"

此言一出，满座皆惊。李渊颓然跌坐在椅子上，双目紧闭，悲伤的泪水夺眶而出。他万万没有想到，为了这皇位，儿子们竟会自相残杀。这是何等的悲哀啊！他痛不欲生，恨不得随他们而去。

过了许久，李渊才缓缓回过神来，看着周围的老臣们，声音哽咽地问道："今日之事，你们认为应当如何处置？"裴寂低头不语，封德彝则是一副事不关己的模样。而萧瑀则直言不讳："建成和元吉并无举义之功，又嫉妒秦王威望，才酿成今日之祸。如今秦王已诛杀二人，功盖天下，若陛下能立他为太子，将国家大事托付于他，则天下可安。"

陈叔达亦附和道："正是如此。"裴寂和封德彝等人也只得点头称是。李渊长叹一声："好吧，这也是我一直以来的心愿。"

为了平息事端、避免更多无辜的伤亡，尉迟敬德请求李渊颁布亲笔敕令，命令各军一律接受秦王的指挥。李渊无奈地点头同意，并颁布诏书赦免天下罪行，只将叛逆的罪名加诸于李建成和李元吉二人身上，对其余党羽则一概不予追究。

李玄武门外的血泊让李世民的内心剧烈挣扎，他站在门前，目光穿过那片死亡的阴霾，脸上的表情错综复杂，既有对过往的哀痛，也有对未来的迷茫。

李渊，这位曾经的大唐皇帝，此刻坐在龙椅上，眼神中充满了复杂的情绪。他等待着自己的儿子，那个如今双手沾满兄弟鲜血的李世民。他心中充满了怨恨，但更多的是一种难以言说的痛楚。

当李世民的身影终于出现在他的视线中，李渊的内心瞬间被一种难以名状的情感所淹没。他看到了那个曾经与他并肩作战的儿子，如今却成了他心中最大的痛。他怨恨李世民的冷酷无情，但他更理解他心中的挣扎和无奈。

李世民走到李渊面前，两人四目相对，仿佛时间都在这一刻凝固。他们之间的空气充满了沉重和压抑，但更多的是一种无法言说的情感。李世民再也无法抑制内心的痛苦，他猛地扑在李渊的怀中，放声大哭。

李渊在这一刻，想起了李世民的生母窦皇后，那个曾经温柔贤淑的女子，她留下的四个儿子如今只剩下这一个。他的眼泪也喷涌而出。

父子两人抱头痛哭，只是哭的内容大不一样。李世民哭的是，自己一生将声誉看得比性命都重要，想不到如今却为了皇位而杀害自己的兄弟，尤其是亲手射死了自己的哥哥，真不知世人如何看待自己，后人又将如何评价自己。李渊哭的是，自己非但不能杀了李世民为李建成和李元吉报仇，反而还要亲手将这个凶手扶上皇帝宝座，还要向世人去证明李世民做的一切都是对的！

越国公府。

稽圭正在给受伤的士兵进行包扎，在秦王府前与长林军作战时，越国公卫队死伤十余人，若不是尉迟敬德及时赶到，估计双方死伤更多。长林军是李建成的精锐，战斗力超强。越国公卫队是汪华在歙州精选出来的卫士，在人数明显占劣势的情况下，能抵挡住长林军的疯狂进攻实属不易。

"郑豹，你立即通知歙州，让汪铁佛厚待殉国士兵家属。"

汪华从营房里走出来对身边的卫队长郑豹说。

"我随后造册请您签章。"郑豹说。

汪华内疚地说："他们跟随我远离故里来到长安，不能侍奉亲人，现在为了江山社稷而英勇献身，我们要替代他们照顾好他们的亲人，不能让他们伤心之后又寒心。"

郑豹点了点头，说道："请大都督放心，我会安排好的。"

两人正说着，钱任从外面匆匆赶了回来。汪华率兵从秦王府回来后，就让钱任到外面去打探情况。

"世华，秦王带兵包围了东宫和齐王府，把府内的所有人全部抓了起来，当场把太子和齐王的一群儿子全部杀了。"

政变是上午发生的事情，钱任此时还没有改变对太子和齐王的称呼。

汪华当场震惊，皇帝不是颁布诏书罪名只加给李建成和李元吉吗？其他人等一律赦免，秦王这样做也太残忍了。

此时，汪华才知道自己根本就不了解李世民。

原来，李世民见完李渊之后，立即带领兵马杀向东宫和齐王府，他要斩草除根！既然事情已经发生了，那就做得更狠点儿，不要给以后留下任何隐患！

李建成的儿子安陆王李承道、河东王李承德、武安王李承训、汝南王李承明、钜鹿王李承义，李元吉的儿子梁郡王李承业、渔阳王李承鸾、普安王李承奖、江夏王李承裕、义阳王李承度等幼儿都被残忍杀害。

齐王妃杨氏美貌惊艳，历来与秦王妃长孙氏交好，她曾多次劝谏齐王李元吉不要与秦王争斗，查封齐王府时，她被单独带走，她将成为李世民的女人。

"据说秦王还想将府内其他人等全部杀掉，是尉迟将军出面阻止，才停止了杀戮。"钱任接着说。

汪华听后没有说话，默默地向厅堂走去。

他支持秦王成为大唐之主，他也支持秦王用武力夺取政权，但是他无法接受秦王对年幼的小孩举起屠刀。斩草除根，永绝后患？难道你英武神勇的李世民还怕这些小孩将来夺你的江山？难道你担心自己的子孙没能力守住江山？或许你是对的，或许是我太善良了。

汪华走进厅堂，厅堂北方正中悬挂着一幅画像，这是当朝天子李渊的画像。画像栩栩如生，出自当朝绘画高手阎立本之手。

去年汪华刚进长安时，封德彝向皇帝谏言把杜伏威当年住过的吴王府改为越国公府。

因为此座宅子之前几任主人都未善终，被视为不祥之宅，汪华本不想住，但这是皇帝所赐不能推辞。

在稽圭出事被营救回来的第二天，汪华忽然想到，天下之大，有谁大过天子权威？若用天子像来镇此宅，没有比这更好的了。

于是，汪华立即上了一道奏折，说自己初来长安身体不适，不能参与朝事，但又希望能天天仰慕天威，望皇帝能赐其一幅画像，他悬挂厅堂，全家老小日日参拜，以沐天恩。

李渊接到这奏折时，觉得很新奇，但又觉得这不是什么大事，也算是做臣子的一片忠心吧。李渊就把阎立本为其新作的一幅画像赐给汪华。

从此，汪华就把越国公府的正厅腾空，专门用来悬挂天子画像，每天早上与家人、卫士参拜。

此时，汪华来到李渊画像前，深深地跪了下去。

这几天，汪华一直把自己关在书房里，他约束卫队严禁离开越国公府半步，只让钱任一人在外面探知消息。钱任久居长安，父亲又是朝廷老臣，没有比她更合适的人选了。

钱任天天带回新消息。

李渊被迫下敕绝了李建成和李元吉属籍，把李建成和李元吉这两个李姓支系从皇家谱系上彻底除名，即剥夺了他们作为李唐皇室子孙的资格。这在以宗法制度为核心架构的封建社会，这可谓是最严厉的惩罚。

魏征被绑后，一向欣赏其才华的秦王亲自为他松绑，以礼相待，被委任为詹事主簿。

政变的第二天，农历六月初五，走投无路的冯立、谢叔方、薛万彻等人只得回来自首。长安的太子党势力被扫荡一空。

农历六月初七，李渊册封秦王李世民为皇太子，又颁布诏书："从今天起，军政诸事，无论大小，委托太子全权裁决，然后再报告给朕。"

农历六月十一日，李渊任命政变功臣宇文士及为太子詹事，长孙无忌与杜如晦为左庶子，高士廉与房玄龄为右庶子，尉迟敬德为左卫率，程知节为右卫率，秦王府旧臣虞世南为中舍人，褚亮为舍人，姚思廉为太子洗马，论及政变的功劳，以长孙无忌和尉迟敬德为第一，分别赐绢一万匹。李渊还特别嘉奖尉迟敬德，慰劳他说："爱卿对于国家来说有安定社稷的功劳。"并把齐王府的金银布帛器物全部赏赐给了尉迟敬德。

因汪华之前与李世民有约定，他不参与政变，仅是守卫秦王府安危，所以他与陈兵城外的李靖、李勣一样，都没被列入政变功臣，所以李世民上奏的请赏折子里没有汪华的名字。

李世民被册封为太子之后，并没有搬入原来的太子府，而是仍然住在秦王府，秦王府也就变成了东宫。

东宫的客人络绎不绝，一些之前没有站队的官吏都争先恐后地来东宫拜见新太子，向新太子效忠。当然，来的这些官吏除了个别有幸能得到太子接见，大部分的接待工作都是房玄龄和杜如晦在做。

而越国公府内，汪华不是读书就是写字，就连教儿子习剑之事他都不管，由郑豹指导。

庞实怕汪华一个人天天待在书房里闷坏了，就走进去跟他说："世华，你要不要也去一下东宫？秦王被册立为太子，至今你除了上了一份奏折道贺，还没有任何表示呢。"

汪华正在抄写《金刚经》，这是东晋十六国时期后秦鸠摩罗什译的经书，自来到长安，他每日都要在空闲之余读一段经书，抄一段经文。此时他听庞实这样说，就放下手中的笔，说道："太子心里有数，何必要去凑热闹呢？他现在既要处理朝政，协调好老臣与亲信的关系，又要防止外地李建成党羽的反叛。"

李建成和李元吉已经在皇室宗谱上除名，现在朝野都直呼其名。

"还有人反？不是都已经回来自首了吗？"庞实有些惊讶地问。

"回来自首的是李建成和李元吉在长安的亲信，这些年来不少执掌一方的都督、刺史都拜在李建成门下，得罪过新太子。此时他们内心非常恐慌，若有不轨之徒煽风点火，他们可能狗急跳墙起兵造反。"汪华说。

庞实问："冯立、薛万彻等人还在玄武门杀了新太子的几名部将，自首后不也都不计前嫌，委以官爵了吗？"

汪华说："这些人虽是李建成的亲信，但是他们并没有真正统领一方兵马或执掌一方政务，身份无轻无重，即使委以官爵也不大不小，新太子这样做就是彰显他的仁德，目的是让长安城外的李建成党羽安下心来，保障地方百姓安宁。"

庞实点了点头，汪华问她："天策府猛将如云，人才济济，在朝廷却无官职，即使是这次皇帝下旨奖赏了房玄龄、尉迟敬德等人，但是并没有恩及到所有人。新太子难道真的让那些李建成党羽继续执掌地方军政？难道真的让自己的旧部担任一些虚职，让他们久居无足轻重的位置？"

庞实听明白了汪华的话，她说："太子既要防止李建成党羽谋反，又要顺利地把自己的人换上去。这样既让自己的亲信感激太子恩德，又能让自己的政令顺利地上通下达。"

汪华说："地方军政关系到国家的安危，是国家的基础，只有让自己的亲信执掌，才能高枕无忧。何况李建成那些门下才智平庸，哪里有治国安邦之才？太子亲信，文能治国、武能安邦，珍珠不会久藏于泥沙之中。"

两人的聊天，虽然没有说得很直白，但是都已经说得很明白。庞实也明白了汪华不去东宫的原因。让江南六州安定，就是对新太子最好的交代。作为率卫队保障秦王府安危的人，还有必要再去表忠心，做多此一举的事情吗？汪华与太子相识这么长时间，两人之间还需要多说一句话吗？

太子李世民一直在防备着山东等地的李建成党羽谋反，特意让皇帝李渊任命能征善战的屈突通为陕东道行台左仆射，镇守洛阳。

自玄武门政变之后，皇室里有一个人如热锅上的蚂蚁，急得团团转，生怕李世民来找他麻烦。这个人就是镇守一方的庐江王、幽州大都督李瑗。

李瑗是李渊的堂侄，当年与赵郡王李孝恭一起率兵讨伐萧铣，未立尺寸之功，缺乏担任统帅的才能。但是李渊对其照顾有加，先让其为山南东道行台右仆射、后又改任幽州大都督。

李瑗是李建成的死党，他之所以要投到李建成的门下，无非是看中了李建成的太子身份，觉得他一定会当上皇帝，自己将来也就会获得享受不尽的荣华富贵。谁知千算万算，不如天算，玄武门政变，李建成被杀，李世民成了大唐储君。李瑗曾对李世民不敬，此时他天天烧高香，希望李世民不要找他，能放他一马。

幽州是大唐的战略要地，李世民坐上储君位置之后，立即给这位老兄去信，让李瑗到长安来，说要召见他。其实李世民并没有想这么快把他拿下，而是想敲打敲打他，让他识时务，在合适的时候能主动把幽州大都督这个位置让贤。

谁知，李瑗接到信后，就像接到了催命符，觉得去长安就是死路一条，李世民肯定不会放过他的。于是，他就与自己的女婿王君廓商议。

王君廓，大业末年在晋南起兵，初投靠李密瓦岗军，因不受重用，后归顺李渊，文武双全，有勇有谋，是难得的人才，也是李世民最宠爱的大将之一。在平定王世充、窦建德、刘黑闼等势力的战役中，立下汗马功劳，因功被封为右武卫将军，进爵彭国公，奉命镇守幽州。武德八年，突厥入侵，他在幽州大破突厥，俘斩二千人，获马五千匹。李渊大喜，征召他入朝，赐其御马，并让他在殿上骑马而出，又赐锦袍金带，让其辅佐幽州大都督李瑗。李瑗知王君廓是难得的人才，为与其结好，还把自己的女儿嫁给他了。

王君廓这人虽然有勇有谋，但为人狡猾多诈，他听闻李瑗大祸临头，立即把此事看作自己升官发财的天赐良机。

他私下劝李瑗道："千万不能去长安，去就等于自投罗网，你以前对太子不恭，他必定会找你算账。"

李瑗本来就不想去长安，听王君廓这样一说，就更加坚定了自己的想法。就问道："那我该怎么办？"

王君廓说："怕什么？杀掉使者，起兵勤王。前太子不少部将都雄踞一方，你只要说接到皇帝密旨诛杀李世民，其他人等为了自保，必定会跟随你起兵。"

李瑗本来就非常信任这个女婿，自己又没有主见，现在听王君廓这样提议，觉得没有更好的办法了。于是就立即扣押了使者，准备起兵。

六月二十五日，李瑗决定起兵反叛，他信任地将所有军事和政务的决策权交予了女婿王君廓。然而，他手下的部将们却对王君廓的忠诚度产生了怀疑，纷纷建议将兵权交给更为可靠的幽州刺史王诜。这一消息令王君廓倍感焦虑，他担心自己的阴谋败露，于是决定先下手为强。

王君廓迅速调集兵力，以迅雷不及掩耳之势斩杀了毫无防备的幽州刺史王诜。他提着王诜的头颅，向幽州的士兵们大声宣告："李瑗和王诜意图谋反，已经囚禁了皇帝的使者。我为了大唐的安宁，已经诛杀了王诜。你们是想跟随李瑗走向灭亡，还是选择跟我一起，保卫大唐，获取应有的荣华富贵？"

将士们有不少本就是王君廓的亲信，见王诜已死，他们立刻高呼，表示愿意跟随王君廓讨伐逆贼。王君廓趁机率领人马攻入了幽州城，这时，李瑗才惊觉自己被女婿背叛了。

李瑗深知自己不是王君廓的对手，只能带着数百名亲兵仓皇出逃。然而，在城外，他们被王君廓的追兵迅速赶上。李瑗的士兵们，面对王君廓的威势，或是选择投降，或是四散而逃。

最后，只剩下李瑗孤身一人，面对王君廓的刀锋。王君廓毫不犹豫地将其斩杀，随后将首级送往长安，以示忠诚。

王君廓在禀报幽州平叛的过程中，巧妙地掩盖了自己煽动李瑗反叛的真相。七月，他以诛杀李瑗之功，被朝廷任命为左领军大将军，并兼任幽州大都督，加封为左光禄大夫，赏赐食邑一千三百户，甚至将李瑗的家人也赏赐给他作为奴隶。

事情还没完。正如汪华所预料的一样，李建成的党羽多人因"谋反"的罪名被杀掉。其中就包括益州行台兵部尚书韦云起与其弟韦庆俭、韦庆嗣等人。

还有些隐藏在民间的李建成和李元吉的党羽，朝廷虽然多次下赦免令，但是这些人还是十分担心，不敢出来。一些唯利是图的小人就抢着告发检举他们，甚至添油加醋，好邀功请赏。一时之间，长安之外的李建成和李元吉党羽人人自危，甚至真有势力准备揭竿而起。

这天，魏征奉太子李世民之命，来到越国公府看望汪华。李世民自玄武门政变之后，除了册封太子那天在朝堂上见到汪华，两人已多日不见。

李世民是何等聪明的人，他已经猜着汪华深居府内的原因。这位越国公自归唐时，改"汪世华"为"汪华"，避其"李世民"名讳，就已经站在了李世民的队列中。玄武门政变，李世民把自己的全家老小都托付给汪华保护，也等于向汪华表白，李世民对他充分信任。

最近各地不时传来有小股势力谋反，唯独江南和岭南太平。这都是汪华的功劳。虽然自己没有跟他说，但汪华知道怎么去做。对于自己的江南根本之地，他只要一道都督令，就可让一切稳定下来；对于岭南，他与岭南之主、耿国公冯盎关系匪浅，只需修书一封，冯盎便知道如何做好。

李世民近日听说汪华身体不适，就让魏征过去看看。

"自李瑗被斩杀之后，息太子党羽人人自危，太子数次颁布赦令，只要出来自首就一律委以重任，但至今为止仍有不少隐藏在民间，且以山东为最。"

汪华把魏征请进侧厅，两人刚寒暄了几句，魏征就开门见山地说。

常人现在对李建成一般都是直呼其名了，但魏征原是李建成的旧臣，在言语上他对李建成仍很尊重，称"息太子"。

汪华说："这些隐藏在民间的党羽不出来就表示对新太子不信任，也是对朝廷颁布的赦免令不信任，这样下去迟早会变成社会隐患，但放任争相抓捕，人人自危，只会让社会更加动荡。"

魏征问："越国公有何高见？"

汪华淡淡一笑，说道："魏兄是息太子最信任的人，现在又被新太子重用，你与那些隐藏在民间的人多有交往，若魏兄亲自出面招抚，还有谁不相信呢？"

魏征犹豫道："他们对赦令都不信任，能信任我吗？现在有些人为了奖赏，在想尽办法收集他们的证据，检举他们。即使我出面，也保不了他们啊。"

汪华说："你保不了，太子保得了，只要太子下令严禁检举即可。太子新立，平息动乱，安定政局，关系到百姓对朝廷的态度。"

魏征听明白了，他好像一下子释怀了，笑着说："越国公一句话，让魏征茅塞顿开。"

汪华摆了摆手，说道："天下安定，我们自己才会过得舒服啊。"

魏征说道："越国公虽说是为了自己过得舒服，其实你想到最多的就是让天下百姓过得舒服。"

汪华笑了笑，魏征懂他。魏征虽然是带着李世民的赦令来看望汪华的，实际上他也知道汪华哪里来的病，只是不想在这个节骨眼儿上抛头露面而已。他汪华已位居国公，执掌六州，还需要去邀功请赏吗？汪华已经看淡了名利。

魏征从越国公府出来，直接去了东宫，向李世民禀告了汪华的想法。

李世民听了，觉得汪华说得非常有道理，说道："越国公提醒得对，仅朝廷颁布赦令这点措施，并不足以稳定全国局势。有些地方，朝廷的赦令形同一纸空文。"

魏征说："越国公说，请殿下立即颁布赦令，与李建成、李元吉和李瑗有牵连的人，一律不准揭发检举，既往不咎，并对违令检举者治以重罪。同时，派出使者分赴各地，严格履行朝廷赦令，有敢违抗者，严惩不贷，以示诚意。仁至义尽之后，如仍有反叛者，则坚决镇压。那时，殿下将有理有节，无愧于天下。"

李世民说："就依越国公所言，你在山东一带颇有人望，就委任你为山东宣慰使，便宜行事，即日前往。"

魏征说："魏征不辱王命。另外，尚有一事，请殿下裁决，原太子中允王珪及韦挺、杜淹，因杨文干反叛之事无罪遭贬。此三人皆治世之能臣，望殿下不计前嫌，召回并予以重用。"

太子看着魏征欣慰地笑了，说道："不瞒你说，我已派人去宣召王、杜等人还朝了。杜如晦已多次向我提到要他这位叔父回长安。"

杜淹乃杜如晦叔父，曾在隋朝为官，担任御史中丞，后效力于王世充，授为吏部尚书。投降唐朝后，被李世民引为天策府兵曹参军，文学馆学士。杨文干事件中受到牵连，被流放巂州。

随后，李世民又派房玄龄、杜如晦、宇文士及等，分赴陇西、河南等地，善加抚慰，到处宣谕朝廷和新太子的宽容政策。经过一个月的全国各地奔走，终于使李建成和李元吉的旧势力彻底瓦解，几乎所有的昔日党羽全部自首归顺。各地政局迅速平稳下来，就连那些小股的反叛也再没有发生过。

八月初八，大唐的开国君主李渊，于深思熟虑后，正式宣布退位，将皇位传承给了太子李世民。

虽然年岁已高，但李渊依旧保持着清醒的头脑。他深知，时代的车轮滚滚向前，属于他的时代已然过去。主动禅位，不仅是为了维护自己的尊严与荣耀，更是为了保障后宫嫔妃与心腹近臣的安宁，确保大唐权力的平稳过渡，避免朝廷与地方因权力更迭而动荡不安。更重要的是，这一举动彰显了他对李世民执政能力的认可，也体现了他对大唐未来繁荣稳定的期许。

八月初九，甲子日。长安显德殿，一代战神李世民在群臣的瞩目之下，终于登上了他梦寐以求的皇帝宝座。年仅二十八岁的他，正式成为了大唐帝国的主宰，开启了一个崭新的时代。

同日，新皇宣布，大赦天下，关内地区以及蒲州、芮州、虞州、泰州、陕州、鼎州六地免除租调两年，其余各地免除徭役一年；尊父皇为太上皇，仍居于皇宫禁苑之内，寝殿、仆婢一应不变，起居饮食一切生活待遇任父皇自定；此年年号仍称武德，从次年正月初一起，改元贞观；册封太子妃长孙氏为皇后；立长子李承乾为太子，次子李泰为魏王。

第六十八章　秦王继位

第六十九章 惊天命案

大唐新天子登基，一片新气象。

李世民对朝廷的人事安排做了重大调整，任命原秦王府护军秦叔宝为左卫大将军，程知节为右卫大将军，尉迟敬德为右武侯大将军。任命高士廉为侍中，房玄龄为中书令，萧瑀为左仆射，长孙无忌为吏部尚书，杜如晦为兵部尚书，宇文士及为中书令，封德彝为右仆射，又以原天策府兵曹参军杜淹为御史大夫，中书舍人颜师古、刘林甫为中书侍郎，左卫副率侯君集为左卫将军，左虞侯段志玄为骁卫将军，副护军薛万彻为右领军将军，右内副率张公谨为右武侯将军，右监门率长孙安业为右监门将军，右内副率李客师为领左右军将军。

这天，越国公汪华正在书房习字，管家大有来报说赵郡王来了。

赵郡王，李孝恭。汪华立即放下手中的笔，心想莫非有什么大事发生？

李孝恭为大唐开国元勋，灭萧梁，破辅公祐，平定江南，厥功甚伟。汪华与他多有接触，两人无话不谈，引为至交。

隋灭乱起，李氏家族除李世民带兵纵横天下，宗室中只有李孝恭一人能独当一面，并立有大功。也正因如此，李孝恭遭到了宗室里面无能之辈的嫉妒，于是有人诬告他手握重兵，坐镇江南，有不臣之心。皇帝李渊就召其回京，罢免了其扬州大都督之职，派有关部门对其调查，因实在找不到谋反的证据，只得赦免其罪，改为宗正卿，掌管皇族事务。因李渊说自己是道教李耳的后裔，定道教为大唐国教，所以，宗正卿除了管理皇族、宗族、外戚的谱牒、守护皇族陵庙，还管理道士、僧侣。

宗正卿这个官职地位不低，但是跟当年掌管大唐半壁江山的扬州大都督相比，是有明显区别的。李孝恭经过一番起落之后，对功利已经看淡，于是常与道士僧侣为友，煮茶论经，过得很逍遥。

汪华与赵郡王李孝恭差不多是同时来长安的，两人只是偶尔在一起下棋，不谈国事。自玄武门政变之后，两人只在朝堂之上见过两次面。一次是册封秦王李世民为太子，二是新皇登基。

赵郡王忽然来访，有何要事呢？

赵郡王已经在偏室等着了。按规矩，汪华是应该到大门口迎接的，因两人关系近，大有就直接请他到偏室。

汪华走进偏室时，赵郡王正饶有兴致地欣赏花架上的一盆兰花。

见赵郡王的神色，汪华放心了。

"王爷今日突袭，让世华措手不及啊。"汪华开玩笑道。两人关系近，见面也就免了俗套。

"本王领兵从来没有突袭过，唯越国公常玩这招啊。"显然赵郡王李孝恭心情特别好，也打趣道。

汪华猜着李孝恭今日必有喜事，就笑着说："王爷有何大喜之事要告知在下呢？"

李孝恭说："越国公智谋超群，你可猜一猜。"

汪华哈哈一笑："我可不是能掐会算的大师啊。不过，在下愿意一试。"

李孝恭说："好。"

汪华盯着赵郡王，故意从上到下打量一番，说道："王爷即将外出赴任，执掌一方。"

李孝恭一听，说道："越国公果然厉害。你是怎么看出来的？"

汪华微微一笑，说道："相由心生。王爷被人诬陷回到长安，虽有惊无险，表面言笑坦然面对，但内心依旧乌云笼罩。现在新皇登基，再受重用，定然豁然开朗。"

李孝恭说："知我者，越国公也。"

随后，李孝恭又问："要不你再猜猜是去哪里就任？"

汪华想了一下，伸手往西边指了指，说："凉州。"

李孝恭大吃一惊，反问道："为什么呢？"

汪华说："现在西边不太平，靖公已经领兵西进。而王爷与靖公在平南时是最佳搭档，凉州是我朝西北重镇，也是我大唐兵马横扫西域的重要后勤保障，朝廷上下没有比王爷更合适的人选了。"

靖公，是人们对李靖的尊称。

李孝恭点了点头，钦佩道："人说越国公不仅武功盖世，而且也能掐会算，再次让本王领教了。"

汪华打趣道："王爷真会开玩笑。上次你愁眉苦脸地在我府上喝闷酒时，我就劝过您，皇帝必定还会起用您的。"

李孝恭说："此皇帝非彼皇帝也。"

汪华笑了。是的，现在是新皇帝登基了。

看来人逢喜事精神爽，赵郡王心情格外好，每句话都带着乐趣。

李孝恭走到椅子上坐下，喝了一口茶，说道："越国公，我有一句话不知当讲不当讲？"

汪华也坐到椅子上，但没有喝茶，只是含笑地看着赵郡王，说道："王爷客气了，但说无妨。在下洗耳恭听。"

赵郡王见汪华非常有诚意，就看了看站在门口等着端茶倒水的仆人。汪华会意，摆了摆手，仆人立即把门关上。室内仅留下汪华和李孝恭两人。

"皇帝登基以来，大力起用山东士族，有打破关陇贵族门阀独霸朝堂的局面。目前两边势力都在暗中使劲儿，大有制对方于死地的架势。"

赵郡王见汪华在认真听，就接着说："越国公久居长安，遥领歙州大都督一职，不是长久之计，可趁机请旨辞京回去。"

汪华听明白赵郡王的意思了，赵郡王是担心两边会有人窥视他的歙州大都督之位。

歙州大都督执掌江南六州军事，尤其是杭州、宣州乃富庶之地，更是令人眼红。汪华久居长安，若有人借此向皇帝上奏，在朝廷授予虚职，而夺去其大都督实职给自己人，是有可能发生的。新帝登基，正在慢慢着手替换各地的都督和刺史。

赵郡王既担心汪华的大都督职位被人当一块儿大肥肉盯着，也担心汪华在朝廷担任一个无关轻重的职务，埋没了一世才华。而指望新皇在当前形势下授予汪华更高的实职，估计是不可能的。官职越高，官位越少，盯着的人越多。尤其是目前朝廷有不少老臣树大根深，关系盘综错杂。一个人若没有根基，没有自己庞大的人脉资源，即使身居要职也难以顺利开展工作。

过了半晌，汪华才说道："谢谢赵郡王的关爱，此事容我三思。"

李孝恭说："我懂你的心思，你好好思量。"

汪华没有点头，而是慢慢地喝了一口茶。他不是不想回歙州，那里的一草一木都印在他的脑海里。若皇帝真想让他回去，不需要他请旨，也会下旨让他带着家眷回去的。就跟赵郡王一样，皇帝要起用他，不需要他上奏，皇帝自然会召见他，重用他。

最近，汪华也一直在想，或许皇帝正在寻找某一个机会。

汪华刚送走李孝恭，钱琪来到府上，带来了一个好消息，尉迟敬德将军领兵在泾阳与突厥军队打了一场恶战，生擒敌军将领阿史德乌没啜，并且斩杀突厥骑兵一千余人。

"尉迟将军真是长了我大唐威风！"汪华听后热血沸腾。

"是啊，姐夫，我听到消息后就立即跑来告诉你。"钱琪说。

原来，东突厥颉利可汗见大唐权力变更，新帝忙于处理内部矛盾，加之盘踞雕阴一带的梁师都劝其南下，于是发兵十余万人，南下攻进泾州，而后一路挺进到武功，长安受到威胁。皇帝李世民果断派出能征善战的爱将尉迟敬德，作为泾州道行军总管，集结兵马反攻。

这是李世民登基以来的第一场战争，意义非凡。尉迟敬德勇不可当，不负众望，在兵力悬殊的情况下，硬是把装备精良、兵马强壮、善于骑射的突厥军队打败了。

越国公汪华看似每天闲在府上看书习字，实际上他每天都在关注朝廷内外的大事。突厥一直对中原虎视眈眈，不高兴时带兵过来抢夺一番，高兴时也带兵过来烧杀一阵，反正是把大唐当作一块儿大肥肉，想什么时候来咬一口就什么时候来咬一口，从来不遵守双方签订的盟约。

整个大唐武德年间不仅处于内外交困的征战中，还需要实施仁政发展各地经济以保障百姓生活。大唐的统治者一直保持着清醒的头脑，突厥要的只是钱财，而内乱要的是大唐江山。所以，统治者对突厥的所作所为一直容忍着，争取把更多精力用在肃清中原、恢复经济、争取民心上。

汪华想起当年与昔日秦王当今天子的李世民在丹阳夜话的场景，他认为皇帝很快就要对突厥动手了。

"不过，我们仍然不能放松警惕，突厥兵马十万之众，尉迟将军只是击败了其先锋部队。泾阳离长安城仅四十里路程，你们右武卫必须做好死守长安城的准备，突厥大军随时会来。"汪华说。

"现在整个长安城戒严了，严禁突厥奸细混入城内。"钱琪说，"姐夫，我来除了告诉你好消息，更有一件大事告诉你。"

汪华见钱琪一脸严肃的样子，就问："什么事情？"

钱琪担忧地说道："突利可汗也带有十万大军前来，目前共有二十万大军杀向长安。"

汪华听后为之一震，突利可汗是始毕可汗之子，与其叔父颉利可汗不和，这次居然也领兵前来，确实出乎意料，更何况突利可汗当年还与李世民结为异姓兄弟呢。目前长安兵力空虚，又无领兵大将，根本无力抵挡突厥大军，从外地调兵救援已经来不及了。

过了一会儿，汪华说出了四个字："只能智取。"

钱琪问："如何智取？"

汪华来长安后，钱琪常向其请教兵法，遇到问题常来听听这位姐夫的意见，长进了很多。而汪华也乐意与这位小舅子探讨，不能亲自领兵作战，纸上谈兵莫尚不可。

汪华说："渭河是长安城的屏障，必须在此处设疑兵让突厥军队不敢轻易渡河，同时派出使者与突利可汗动之以情晓之以理，让其撤兵。只要他的兵马撤退，颉利可汗就更不敢轻易过来。"

钱琪说："突利可汗与颉利可汗因继承东突厥大可汗的事情，两人素来不和，颉利可汗虽然为东突厥大可汗，但小可汗突利从不卖他的账，是无法调动突利麾下兵马的。这次突利为何甘愿率兵前来支援呢？"

汪华说："颉利与突利的矛盾在于大可汗之位，但掠夺大唐美女、粮草、珠宝是突厥人的本性，突利若在此时不率兵前来抢夺，会引起属下不满。若颉利满载而归，突利势必会众叛亲离。"

钱琪说："若是这样的话，突利岂会空手而归？"

汪华说："突利为什么在突厥部落受到推崇，就是因为他这人很重感情，为人诚实守信。若皇帝亲自出面与其谈兄弟之情，再许诺以金银财宝，突利不会不退兵的。而颉利见突利满载而归，自己就不敢轻易过河作战。一是害怕损兵折将，失去自己与突利斗争的筹码；二是同样让他得到金银财宝，他岂会愚蠢到不知道见好就收的道理？"

钱琪听了，叹了口气说："又是给金银财宝，突厥就是一匹喂不饱的狼。"

汪华理解钱琪的心情，他用坚定的目光看着窗外，说道："当年汉高祖向匈奴求和，换来了汉武帝的马踏漠北、封狼居胥。"

钱琪走后，汪华继续在书房看书，他看书比较杂乱，不仅有佛经，也有老子之学、孔孟之说，还有历朝史官杂记、野史。虽然太上皇在位时采纳太史丞傅奕请除佛法建议，下诏京城保留佛寺三所，道观二所，各州各留一所，其余都废除，除少部分僧、尼、道士、女冠，需修炼精深的僧道，可迁到大寺观，供给衣食，其他的则令还俗，返归故里。不仅是汪华，朝中大臣绝大多数都极力反对，但圣意难违，无可奈何。

傅奕前后七次上疏皇帝李渊，痛言佛教蛊惑人心，盘剥民财，消耗国库等弊端，请求减少僧尼。李渊征询太子建成的意见，建成上疏为佛道辩护。李渊又将傅奕的上疏交付群臣议论，大臣中大多偏袒佛道，只有太仆卿张道源支持傅奕的看法，而萧瑀则当面与傅奕争论。

傅奕指斥佛教不讲君臣父子之义，对君不忠，对父不孝；游手游食，不从事生产；剃发易服，逃避赋役；剥削百姓，割截国贮；讲妖书邪法，恐吓愚夫，骗取钱物。百姓通识者少，不察根由，信其诈语。乃追既往罪过，虚求将来的幸福。遂使人愚迷，妄求功德，不畏科禁，触犯法律。其身陷刑纲，还在狱中礼佛，口诵佛经，以图免其罪。

傅奕把佛教批得一无是处，而正中李渊心思，大唐初立，需要休养生息、鼓励百姓勤于农耕，以望能提高国家税赋。而大量青壮年男女为避战乱，或为避赋税，纷纷踏入空门，还需要国家出资供养，对于刚刚立国，而又内外战事不断，需要大量钱财和粮食的朝廷来说，确实压力重重。所以，不管傅奕出于什么目的，对于当权者来说，只要能为国家增加劳力、增加税赋，能发展生产，就足够了。

当众臣上疏为佛法辩护之时，汪华也拟好了奏章，但是等他准备上疏之时，他突然明白了，佛法在传播中遇到挫折或阻碍，也是有因果的，佛法之事岂是人力所能改变的，或许这次请除佛法，会对佛法在后世的发展提供更好的条件，让更多的人认识到佛法的宏大。

在儒释道三教之间，相互辩论以求高下其实并无实质意义。三教各有其独特的教义与特征，但同时也存在着相通之处。若要实现修身齐家治国平天下的宏伟目标，唯有儒释道三教兼容并蓄，方能达到万物和谐共生的至高境界。儒学，作为研究人世的学问，以做人治世为其核心目标。它倡导"格物、致知、诚意、正心、修身、齐家、治国、平天下"的修行路径，强调个人品德的修养以及社会责任的担当。而学佛修道虽超脱尘世，但其基础仍立足于人世间。没有佛家的慈悲心肠，便难以容纳万物。正如古人云："有容德乃大，无欲性则刚。"佛家追求的是超越生死，达到超凡入圣的境界。道家则强调清净无为、宁静致远，其智慧多体现在实践之中而非空谈。没有道家的智慧，我们很难制服那些给百姓带来祸害的恶势力。道家讲究从无为中显现有为，这种思想在开创国家时尤为重要。因此，人们常说："开国以道，治国由儒。"这三者虽然各有侧重，但都是"世间法"的体现。而佛家追求的是出世，要超脱生死，达到更高的精神境界。所谓三教合一，并非简单地将三教教义相加，而是要融合佛家的慈悲、道家的智术和儒家的伦理，以此为指导，我们在人生的道路上才能不误入歧途，实现真正的和谐与平衡。

徽州魂 大唐越国公汪华传奇 下

汪华看完一本书，正准备到后院花园去活动一下筋骨，大有急匆匆地跑了进来。

"国公爷，出大事了！"

大有从来没有这么慌乱过，说话声都在颤抖，步伐凌乱。

"什么事情？"汪华刚迈出书房，觉得一定有什么大事发生了，忙停下脚步，眉头紧锁，转身望向身边的大有。

"三公子出事了！"大有紧张地说。

汪华的心"咯噔"一下，不由地悬了起来，达儿怎么啦？作为指挥过千军万马的越国公，汪华遇事总是临危不乱，而唯独在儿女身上却处处呵护，生怕有任何闪失。

钱任、稽圭和庞实等人见大有急匆匆地跑向汪华的书房，也赶紧围了过来。

大有喘了口气，紧张地说道："三公子把封言德打死了。"

"什么？"汪华不敢相信自己的耳朵，达儿才十岁，怎么能打死人呢？

大有哆哆嗦嗦地说道："三公子在校场用箭射死了封言德。"

"封言德是谁？"钱任抢在汪华前面问道。

汪华深呼了一口气，定了定神，然后一字一句地说道："封德彝的小儿子。"

大有在一旁使劲地点头，证明汪华说得没错。

"啊！"钱任、稽圭和庞实异口同声，惊讶之极。

封德彝贵为大唐宰相，本来就处处针对汪华，现在汪华的儿子居然把他的儿子一箭射死，这真是结下世仇了。

封德彝妻妾成群，生有多个女儿，到了年近半百才得长子封言道，次年又得次子封言德。封德彝把两个儿子当心肝宝贝一样看护，也把两个儿子视为封氏家族新的希望。武德八年，封德彝就向朝廷请旨，让年仅十岁的长子封言道袭其爵密国公，位于从一品，食邑三千户。而小儿子封言德虽然尚未封赏，但封德彝心里早有计划，他一直在等合适时机向新君请旨。

"你仔细把过程说说。"汪华看着大有。

大有低着头把当时的情况仔细说了一遍。

李世民登基之后，为了建立强大军队开创大唐盛世，下令在长安的七品之上官员子孙凡十周岁以上者都要集中到校场操练，从小就要培养出将帅之才！李世民是非常具有战略眼光的一代圣君，他的这一措施让大唐在近百年之内所向披靡、无人敢敌。

汪华的五个儿子，长子建、次子璨、三子达、四子广和五子逊均已年满十周岁，所以全都被召到校场操练，习十八般武艺，学排兵布阵。

秦琼因当年南征北战时身体多次负有重伤，久病缠身，不便再领兵出征，于是李世民登基之后，授予其左武卫大将军，并兼任这些王孙公子操练的总教头。秦琼为人忠义、有志节，智勇双全，尉迟敬德都曾败在其手下，所以李世民选秦琼担任总教头，无人不服，王爷国公们也都乐意让自己的子孙得到秦琼的指点。

汪华也不例外，一来自己没有这么多闲工夫教儿子们学武，郑豹他们的武功虽然很高，但是跟秦琼比，那真是天壤之别。二来自己对儿子们的管教终究不够严格，加之几个夫人总是心疼儿子们，怕习武累坏身体，皇帝出了这个主意，真是合了他的心意。儿子们听说要去校场操练，个个兴高采烈，那里小伙伴多，比天天关在越国公府里要好玩得多。谁知道，这操练还不到半个月时间，居然出了这么大的事情。这该如何是好？

原来，在校场操练时，教头魏礼把这些弟子们都分成两组对练，碰巧汪达与封言道比试。封言道继承了他父亲封德彝的特点，文质彬彬，喜好读书写字，对刀枪棍棒不感兴趣，虽然比汪达年长一岁，但个头还没汪达高，武功自然与身有神力的汪达没法比。两人刚切磋一个回合，封言道就被汪达摔在地上，但这小子有骨气，立即爬起来，结果又被摔。

教头魏礼对所有来习武的王孙公子都一视同仁，见此情况并没有立即让两人停止比试。但在一旁的封言德可不一样了，他从小脾气火暴，性格怪异，三四岁就开始习武，虽只有九岁，但身手不错，封德彝常让他跟着哥哥来练习，此时他正在校场观看大家操练。封言德见哥哥被汪达连摔几次，就冲过来要与汪达打架，两人刚交手，幸好被魏礼跑过来阻止，但封言德怀恨在心。在操练休息之时，封言德居然跑到汪达背后狠狠地踹了他一脚，当场把毫无防备的汪达踹倒在地上，被所有人都看到了。汪建和汪璨跑过来扶起汪达，汪广和汪逊要去打封言德，结果被汪达叫住了。

此时，教头们都到屋子里去喝茶休息，这些坐在凉亭走廊上打闹的事情并没有引起教头们的注意，而作为总教头的秦琼被皇帝李世民召进宫里去商议突厥之事，并没有在校场。

汪达拍了拍衣裳上的灰尘，走到封言德面前说道，背后偷袭不是爷们儿，有本事我俩就单挑。封言德二话没说就同意了，两人就打了起来，尽管封言德学了些功夫，但与汪达比还是差了些，不到十个回合就被汪达打倒在地。几个年龄大一些的小孩忙让他们住手。没想到，封言德从地上爬起来之后，跑到兵器架前面取出一把弓箭就要射汪达，幸亏汪达躲闪得快，没有被射中。汪达到处躲，封言德拿着弓箭到处追，刚才制止他俩打斗的大孩子跑过来阻止，没想到恼羞成怒的封言德居然用箭射他们，一个小王爷的胳膊被射了一箭。

事情闹大了，教头魏礼跑了出来，另外几个教头也纷纷跑了出来。但封言德显然是不射中汪达就不罢手的样子，他的箭囊里有十几支箭，而校场周围躲闪的地方并不多。汪建、汪璨、汪广和汪逊见兄弟有难，忙追着封言德，想制止他，可失去理智的封言德转身拿着弓箭对着他们射去，情况非常危险，汪建幸亏躲闪得快，否则也会被射伤。而就在封言德转身射汪建的时候，汪达跑到了另一个兵器架前，他顺手取出弓箭，趁封言德向他跑来之时，一箭射了过去。就这一箭，不偏不倚，正中封言德胸口，封言德当场倒地身亡。

听完大有的介绍，汪华缓缓松了口气，这是自卫，不是恶意杀人，达儿有救。他问道："你和郑豹是在外面候着的，对院内的事情怎么知道得这么清楚？"

大有说："这是出事之后，我和郑将军一起进去，是大公子亲口跟我说的。教头魏礼已经把三公子抓起来了，把另外四个公子也扣留起来，说是五个公子一起杀害了封言德。"

"五个都抓起来了？"三位夫人一听，更慌张了。

"大公子他们碰都没碰封言德，即使扣留起来，应该也不会有什么事，大伙都看得清楚。只是三公子射死了人，那都是大伙瞧得清清楚楚的啊。"大有焦急地说，"校场已经派人去宫里禀告翼国公，又派人去刑部报案。郑豹他们在校场不让魏礼他们把人带走，让我赶紧回来找国公爷去救公子。"

翼国公就是秦琼。武德三年，秦琼跟随李世民打败宋金刚，招降尉迟敬德，立功最多，被李渊封为上柱国；同年，他又跟随李世民征讨王世充和窦建德，并担任先锋率领几十名骑兵冲锋陷阵，所向披靡，战后获封翼国公。李渊曾当着三军的面对秦琼说："你立下许多大功，我的肉都可以割下来给你食用。"

"儿子们都这么小，怎么能让他们带走，这不把他们都吓坏了。刑部更不能去，他们都听封德彝的。"钱任焦急地说，"不行，世华，我陪你一起去救儿子们。"

"我也要去！"

"我也要去！"

稽圭和庞实争先恐后地说道。身为尚书右仆射的封德彝是刑部的直接领导，进了刑部就真的麻烦了。

汪华此时已经冷静了下来，他向众人摆了一下手，说道："我和任妹去校场，你们在家不要着急，有什么事情，我会让大有回来告诉你们。"

汪华说完就抬腿往外走，钱任和大有跟在后面。稽圭和庞实两人急得直跺脚，但又只得听从汪华的安排。

汪达等人操练的校场就是当年汪华与杜伏威比武夺亲的地方，在长安城内，离皇宫并不远，这里平时是御林军操练的场地，不同于城外能容纳数万将士操作的大练武场。

此时整个校场都围满了人，封府家里的卫队也嚷着要杀了汪达五兄弟为他们公子报仇。教头魏礼为了撇开自己管教失误的责任，让一干手下押送汪达兄弟五人去刑部。魏礼虽然只是个小小的教头，但他对大唐朝廷王爷国公都了如指掌，封言德是宰相尚书右仆射大人封德彝的公子，汪达只是地方都督汪华的公子，两人的身份没法比。自古以来，官大一级压死人。

郑豹是越国公府的卫队长，此时的重任就是保护五位公子的安危，他坚决不让魏礼等人带走汪达五兄弟，他说要么皇帝来，要么国公爷来，否则谁也不能把五位公子带走。

两队人马，剑拔弩张。

此时的汪达虽然已经射死了封言德，但是他并不害怕，他认为封言德该杀，若自己不杀了封言德，就会被封言德所杀。

正闹得不可开交之际，秦琼来了，他刚从宫里出来就遇到校场的人来报信，听说出了人命，就风风火火地快马奔来。

封府管家封富贵见秦琼来了，忙跑上去哭泣说："秦将军，你可要为我家小公子做主啊，一定要杀了汪达这小子为我家小公子报仇！"

秦琼并没有去理会封富贵的话，他在来的路上已经从送信人口里得知了情况，封言德虽然有错，但错不至死，汪达虽然有理，但不应该杀人。没想到自己今天上午不在校场，就出了这么大的事情，幸亏是皇帝召见，否则自己也难逃其责。

秦琼扫视了一下人群，厉声喝道："把汪达兄弟五人全部关押到校场偏房，我将奏请圣上，为封小公子讨回公道，没有皇帝圣旨谁也不能将他们带走。"

魏礼见大将军这么说，立即把汪达五兄弟押进偏房关起来，门口站着数十名兵卒看守。郑豹赶紧带着几名侍卫跑到偏房门口守着，生怕封府的人来伤人。

秦琼见过郑豹几次面，认识他，见郑豹站在偏房门口，也就没去搭理，而是转身安慰封富贵。

"封管家，我刚知道这事，还不清楚具体情况，你别着急，我已经安排人去请宰相大人了，汪家五个小子我都已经关押起来，朝廷一定会秉公执法。"

原来，秦琼怕把事情闹得更大，故意把汪达五兄弟关押到偏房去，免得封德彝来了对汪达五兄弟不利，如果不保护好汪达五兄弟，又闹出人命，对整个大唐都是危机。现在正是突厥南下，国难当头，皇帝要的就是君臣团结、朝廷与地方和谐，所以他不能有半点儿马虎。

封富贵见秦琼一上来就把汪达五兄弟关押起来，并派人看守，合情合理，只得点头。

秦琼看了看封言德的尸首，便吩咐封富贵："赶紧抬到大厅去，拿块儿布盖上。"

校场有一个忠勇厅，是用来给将帅们休息的地方，皇帝来检阅军队时，也会到忠勇厅小憩一下。

封德彝和家人坐着轿子赶到校场时，汪华和钱任也骑马赶到。汪华刚想向封德彝问安，封德彝看都不看他一眼就往大厅里走去。汪华只得向秦琼双手抱拳算是施礼了。

汪华进校场时就远远看到郑豹带着侍卫守在偏房，就猜测汪达他们关在里面，没有被带走，暂时放心了。

封言道守在弟弟封言德的尸体旁，封德彝迈进大厅，三步并着两步走到尸体旁，一声"德儿——"就哭晕在地上。

封言德是封德彝小妾马氏生的，但封德彝的正室杨氏把他视为己出，两个妇道人家伤心地跟着封德彝哭晕过去。杨氏出身弘农杨氏，是前朝楚国公杨素堂妹。弘农杨氏，即华阴杨氏，是杨姓郡望，自西汉至隋唐，人才辈出，家族显赫。

秦琼见三人都哭晕过去，赶紧叫人把他们扶到椅子上，封言道爬到封德彝腿上大哭。这时刑部的人也来了。

大厅一片混乱，汪华看到一个十二三岁的小孩胳膊上扎个白布，鲜血都把白布染红了，心想，这应该就是大有说的被封言德射伤的小王爷。

李渊登基之后，不少李家宗族子弟被封王，汪华对这小王爷未曾见面，并不眼熟。

封德彝醒了过来，汪华并没有立即上前安慰，而是忽然很惊讶地问旁边受伤的小王爷："这位小王爷，你怎么受伤了？也是汪达伤着你的？"

这小王爷如何受伤，汪华早就听大有说了，显然他是故意当着这么多人面前问的。

"越国公，在下是柴哲威，不是小王爷，家父乃左卫大将军姓柴名讳绍，先母乃平阳昭公主。"被汪华认错的柴哲威朗声回答，"我这手臂是封言德用箭射伤的。"

柴绍出身于将门，自幼便矫捷有勇力，以抑强扶弱而闻名。少年时，便当了隋炀帝长子元德太子的千牛备身。唐国公李渊见柴绍是难得的人才，便将三女儿，即后来的平阳昭公主，嫁给了他。平阳昭公主，就是平阳公主，是一个真正的巾帼英雄，也是中国古代第一位统领千军万马为自己父亲建立帝业的公主，才识胆略丝毫不逊色于她的兄弟们，她当年率领的"娘子军"威名远播，连名将屈突通都曾数次败在她手下。武德六年，平阳公主因病逝世，被其父皇李渊赐谥号"昭"，所以后人尊称其为平阳昭公主，她是大唐王朝第一位死后有谥号的公主，也是中国封建史上唯一一个由军队为她举殡的女子。柴哲威是平阳公主的长子，爱屋及乌，李渊对这个外孙是格外疼爱，赐其亲王服饰，新皇帝李世民从小与平阳公主亲近，所以对这个外甥也非常喜爱。

听到柴哲威这样回答，汪华的心又宽了一半，封言德刚才箭伤了当今皇帝疼爱的外甥。

人在什么时候都是自私的，只要不是关乎民族大义国家兴亡，首先考虑的肯定是保护自己的利益，如今封言德已经死了，对于汪华来说，让自己的五个儿子，尤其是汪达多甩脱一些责任，少受责罚，才是他最关心的事情。封德彝现在杀光越国公府的心都有，自己没有必要跑到他面前乞求他放自己的儿子汪达一条生路。

秦琼这时才发现柴哲威受了箭伤，立即对身边的魏礼喝道："柴公子受伤这么严重怎么不送到宫里叫太医医治？你有几个脑袋够砍？"

秦琼平素为人和蔼，今日遇到这么麻烦的事情，难免不找个人发一通火的。

魏礼忙吓得低头说："柴公子自己不愿意。"

柴哲威大大咧咧地说："秦将军，你不要责怪他，这是皮外伤不碍事，我自己包扎一下就行。"

"不行不行。"秦琼忙说，"流了这么多血还说不碍事，快去宫里医治吧，不然太上皇和皇上都要治臣的罪了。"

汪华见势，也忙劝柴哲威："柴公子，赶紧进宫找御医吧，要是不及时抹药消炎，很危险的。"

汪华不敢说得太夸张，免得封德彝觉得自己是故意夸大其词。

封德彝听到柴哲威的箭伤是自己儿子封言德所伤，一时错愕，他看着跪在他

921

身边的封言道，多么希望封言道说一句"不是的"，却看到的是封言道点头证实。

一路上家仆并没有跟他提起，没想到自己儿子差点儿杀害了皇亲国戚。只得垂着脑袋有一声没一声地叫着"德儿啊，我的德儿啊"，心里却在想着要让汪华万劫不复。

汪华见此情形只得走到封德彝身边，深深作揖，诚意地说道："封相，请节哀，我汪华是明事理的人，愿把此事禀告皇帝，定要把前因后果调查清楚，还言德公子一个公道。"

汪华说得不亢不卑，也合情合理，在这个时候不能向封德彝低头认错，否则就真是自己理亏了。事情在没有正式裁断之前，他必须维护自己的利益，否则稍有不慎就会给自己、给儿子、给整个家族带来灾难。何况，这一切都是封言德有错在先。

封德彝猛地站起来，狠狠地一拳头向汪华打去，汪华习惯性地伸手去挡。在汪华的手伸到半路上时，他的大脑告诉了他，停止，让他来打。

封德彝的拳头砸在汪华的鼻梁上，这拳头充满了他的丧子之痛，充满了他对汪华的仇恨，虽然他只是一个毫无武功的文臣，但是他这一拳头的力量可真不小。

瞬间，汪华的鼻孔流出了鲜血。

"封相！别冲动！"秦琼冲过来拦住了封德彝，"您伤着越国公了！"

"汪华！汪华！"封德彝指着汪华恨得咬牙切齿，他本来只是想打一拳发泄一下心中的痛苦，没想到，站在他面前武功盖世的汪华居然毫无躲闪，自己刚才失去理智的拳头居然把他的鼻子都打出了鲜血。他恨，他恨汪华太有心计！

汪华与他一样都是国公爷，在爵位上是平起平坐，虽然自己儿子被他儿子所杀，但自己当着这么多人的面把汪华打伤，这要是传出去，他汪华倒变成了吃亏的人了。可是，自己不动手打人，又怎么发泄自己失去爱子的悲痛呢？！

"爹！"封言道哭喊道，"您不要再闹了！"

封德彝的正室和小妾看到封德彝把汪华打出血，而汪华居然动都不动，一下子都惊呆了。

这时，钱任从外面走了进来，原来她走进校场之后，并没有跟着汪华来大厅，而是直接去了偏房，隔着窗户告诉关在屋子里的五个孩儿，要他们别担心，他们的父亲会救他们的。

钱任是沙场征战过的巾帼英雄，父亲是皇帝太原起兵的府臣，见到汪华被打，立即大喝道："这是大唐的校场，难道真要在这里打打杀杀吗？封相，你是有身份的人，令公子之事，我们也很痛心，但一切都有大唐的法律来裁决！而不是你尚书右仆射凭个人感情来决定！"

秦琼见钱任这般说道，觉得有理，他也不希望事情在他这里闹得不可开交，忙说："汪夫人说得对，封相，大家都冷静下来，禀告皇帝，由圣上和大唐法律来裁决！"

看来，得把两家人分开，搅合在这里只会更乱，于是秦琼对汪华说："越国公，你和夫人到西厢房去休息片刻，我陪封相和封夫人到东厢房休息，刑部的兄弟，请你们就在这大厅看护着，大家都别离开校场，等皇上旨意。"

说完，秦琼就自行扶着封相向东厢房走去。

钱任掏出一帕手绢，小心地给汪华擦干净鼻血，两人在兵卒的引导下，向西厢房走去。

不到一个时辰，杜如晦作为钦差大臣来到了校场。皇帝李世民已经知道了事情原委，原来教头魏礼请人去禀告秦琼时，校场里面已经有人偷偷把消息送进宫里了。

李世民对校场这些王孙公子的操练很是关心，这些人将来都是国家的栋梁，再过几年，这些将相之后，个个都是指挥千军万马的将军，大唐的疆域还需要这些年轻人继续去开拓。如何培养，在培养过程中，哪些小孩更上进，他要时时掌握情况。除了从秦琼那里得到消息，他还需要另外渠道的消息。

李世民小心地在各个环节布下他认为总有会用得着的棋子，即使这个棋子几年、十几年，甚至几十年都不用，但是只要有用，他就会精心去布置。就如他与父亲率领唐军刚走进长安城一样，他就在兄长的东宫安排了自己的人，在父亲的皇宫安排了自己的人。玄武政变前夕，就是因为安排在东宫的人提前告诉他消息，所以他决定提前动手；就是因为玄武门的守将是他早就暗中结交的人，所以能把东宫的长林军拒之门外。

这次，也是一样，他只是想了解这些未来小将军们的操练情况而已，以便他在以后委任将帅时，能更清楚地了解他们的底细。没想到，才短短十来天的时间，居然就出了这么大的事情。外有强敌入侵，内有反贼余孽暗中兴风作浪，现在居然连朝廷大臣之间都出现了人命关天的大事，他需要谨慎处理，否则会影响大唐基业。

房玄龄和杜如晦是李世民处理朝政的左膀右臂，但所起到的作用却是不一样的。房玄龄擅长给李世民出主意，但是同一个问题，他出的主意很多，李世民也不知道采用哪个好，于是这时候杜如晦将房玄龄的主意加以分析，选出一个最适用的办法，让李世民采用。房玄龄帮李世民出主意，杜如晦帮李世民拿定主意，李世民称之为"房谋杜断"。

汪华这次真是大祸临头了，封德彝的势力谁都不能低估，看来只有身为天子的李世民才能帮他了。

汪达箭射封言德的事情前因后果都已经一清二楚，而如何作出裁决则需要杜如晦这样的人来拿主意才行。既要让封德彝心服口服，又要让汪华心甘情愿。

现在当机立断，不是最好的时候，终究封德彝正陷入丧子之痛，即使把越国公府满门抄斩，也不会让封德彝满意。更何况，汪达只是个十岁的小孩，危难之际作出自卫的措施，即使自卫过当，但也罪不至死。

李世民权衡再三，觉得只有杜如晦最合适出来办这个事。杜如晦此时身为兵部尚书，他有权直接处理校场里的事情。因为校场属于军营，也归属于兵部，他作为兵部尚书可以全权处理校场里发生的一切事情。

杜如晦来了，带着一班人马，在大厅里，把今日在校场操作的王孙公子一个个叫来，让他们把看到的听到的事情的前前后后都一五一十地用笔记下来，并且让这些王孙公子一个个都签字画押。随后他又让校场当值的教头也都把所见所闻都写来下，签字画押。

杜如晦把这些事情都办完之后，再到东厢房去见封德彝。

封德彝是太上皇的宠臣，在朝廷上呼风唤雨，杜如晦和房玄龄这些秦王府的文臣武将早就看他不顺眼了，封德彝和萧瑀一干老臣做事瞻前顾后，完全跟不上新皇帝的宏大理想。皇帝李世民也私下与杜如晦和房玄龄商议，准备尽快让这些老臣挪出位子给年轻人。

杜如晦来到校场时，秦琼就知道了，按道理他应该马上到大厅去参见自己的上司，但鉴于两人都是秦王府旧人，来往密切，也就免了俗套。他还是留在东厢房陪着封德彝，悉心劝慰。

"封相，下官向您请安。"杜如晦刚跨进东厢房门槛，便微微躬身，向封德彝作揖问安。

见是杜如晦来，封德彝很意外。

他忙站起来向杜如晦回礼："杜大人，犬子之事请你要为我做主啊！"

封德彝当年虽然在李渊、李建成、李世民三者之间游刃有余，但是现在是李世民一个人的天下了，而这个李世民倚重哪些人，封德彝心里是有数的。自己虽然是尚书右仆射，但是自己在皇帝面前说话的分量是没法跟杜如晦比的。

杜如晦来处理这件事，说明皇帝对此事的重视程度，他自信自己在皇帝面前比外臣汪华要有分量得多。

杜如晦上前两步，扶封德彝坐下，说道："皇帝已经知晓此事，特让我来调查原委，一再嘱咐要秉公执法，绝不姑息。"

封德彝听了连连点头："有皇帝这句话，老臣就放心了，绝不能让汪达那几个小子逍遥法外，还有汪华也要承担管教无方的责任！"

杜如晦心里在想，你自己儿子做了什么事情，你还不清楚？但他表面上却连连点头说道："封相和夫人们先回府准备，我马上安排人送言德公子回府。"

"汪华他们怎么办？"封德彝问道。

杜如晦说："我已经从皇帝那里请旨，调御林军把整个越国公府看守起来，不让任何人出入。汪华与其儿子们，我会依法处置。"

说到这里，杜如晦又补充一句："请封相放心，我一定会给言德公子一个公正的交代。"

杜如晦说的话滴水不漏，不偏不倚，就看对方如何理解了。

封德彝抓着杜如晦的手，犹如抓住一根救命稻草一样，感动地说："有劳杜大人了。"

说完，他在两位夫人和长子封言道的搀扶下离开了东厢房。

越国公府。

大门外除了有郑豹亲自带领的侍卫队守卫，还有一支御林军手持刀枪。

合羽轩，汪华的书房，用自己爱女合羽的名字起的。

汪建、汪璨、汪达、汪广、汪逊，五兄弟一字排开，规规矩矩地站在汪华面前。

"父亲，我错了！"汪达低着头说，声音很低。

汪华盯着他，很不客气地说："你错在哪里？"

这是他第一次用这么严厉的口吻跟儿子们说话，这次事件朝廷裁决只要稍有不公，整个越国公府真的会被满门抄斩。

封德彝家族显赫，在朝廷上下关系盘根错节，门徒遍天下，势力非常庞大，他本人历经隋文帝、隋炀帝、宇文化及、李渊到当今天子李世民，长袖善舞，能屹立不倒，位极人臣，既有过人之才能，也有过人之关系网。当今皇帝虽然想大量起用新人，但是为了朝局稳定，还不得不让他位居宰相之位。而如今，居然把他的爱子杀害了，封德彝门徒必定会使劲儿地向皇帝上折子要求严惩汪华和他的儿子们。儿子们年幼，首当其冲的责任就是汪华，只要汪华一倒，整个越国公府就倒，整个江南六州跟他有关联的地方官吏和将士们也都要受到牵连。说不定那些人指不定还会翻出什么陈年旧事往他身上套。

"我不应该把封言德射死。"汪达小声地说。

"封言德有错吗？"汪华问。

"他挑衅我，并用弓箭追杀我。"汪达说。

"他为什么挑衅你？"汪华问。

"切磋武艺时我数次把他哥哥封言道打败，他为帮他哥哥而与我动手，但也被我打败。"汪达说。

"谁让你们切磋武艺的？"汪华问。

"是教头魏礼将军安排的操练。切磋武艺，找出自己的不足，取长补短，这是操练时必修环节。"汪达说。

"封言德用弓箭追杀你时，为何不呼救？"汪华问。

"我呼救，柴哲威、李崇义、程处嗣、程处亮、尉迟宝琳等人都上前来阻止，但是封言德并不听劝，反而向他们射箭，还把柴哲威射伤。我若再不出手的话，可能还有另外人会受伤。"汪达解释道。

柴哲威是右卫大将军柴绍与平阳公主之子，李崇义是赵郡王李孝恭长子，程处嗣和程处亮是右武卫大将军程知节的两个儿子，尉迟宝琳的父亲是尉迟敬德。这些小孩都已经年过十岁，均在校场操练。

汪华听完汪达的回答，就问长子汪建："建儿，你是长兄，你说三弟做的是对还是错？"

汪建看了看汪达，小声地说："我觉得三弟做得没错，如果三弟不制止封言德，那么另外的人不仅仅是受伤，也可能会丧命。"

汪华看着汪建说："哦，真是兄弟连心啊，达儿都把人给射死了，居然还没错？！封言德射伤柴哲威是事实，他可能还会射死人，那只是你们的推测，一个没有依据的推测而已。"

"不！"汪建的声音明显比刚才响亮了很多，他解释道，"封言德仗着自己父亲是宰相，在校场操练时常常横行霸道，不仅不听从教头训练，而且还常常欺负别人。他对每一个人都吃三喝四，只要有人稍不如他意，他就动手打人。李崇义是小王爷，为人老实本分，他封言德当着大伙的面扇了他两巴掌。"

李崇义是赵郡王李孝恭的长子，汪华见过这个小孩几次面，身材单薄，为人老实，尤其是赵郡王被召回长安夺去官职审查的那段时间，对他儿子李崇义的打击不小，小小年纪就知道说话做事要非常谨慎。

汪华感到很吃惊，没想到，校场里居然还有这样的事情发生，便问道："小王爷就这样任凭封言德欺负？"

"封德彝是宰相大人，谁敢惹他儿子？小王爷本来就是老实人，王爷自己都忌封德彝三分呢。"汪璨插嘴道。

汪华听到这话不由得无奈，汪璨说得没错，即使是现在已经复出身居凉州大都督的赵郡王，也得让封德彝三分，何况十几天前，赵郡王仅是一个毫无实权被朝廷冷落多时的王爷而已。赵郡王不敢得罪宰相大人，小王爷自然也不敢得罪宰相家的公子。

想到这里，汪华不由得挺了一下身板，封言德敢欺负汪达，就是以为我汪华不敢得罪他老子封德彝！封言德敢在校场吃三喝四，就是以为那些小孩的父亲都不敢得罪他老子封德彝！那好！汪华来试试！

他站起来拍了拍汪达的肩膀，对五个儿子说道："以后不管谁问你们校场的事情，都要像刚才这样回答，不要有半丝犹豫，要理直气壮。"

说到这里，汪华看着五个儿子，故意把声音提高问道："知道吗？"

五个儿子一齐挺着胸膛回答："知道！"

汪华满意地笑了笑，故作轻松地说道："好！你们就安心玩耍吧！这事为父会解决好的！"

说完，他还不等儿子们点头，摆了摆手，示意他们出去玩耍。

汪达他们见父亲那充满自信的笑，他们的心情瞬间变好了，嬉笑着挤出了合羽轩。

御书房。

李世民与房玄龄看着墙上的地图，上面画满了行军路线，两人低声讨论着。

杜如晦拿着几本折子走了进来，他正想向李世民行君臣之礼，李世民摆手道："免了。情况如何？"

"这是几个小王爷和公子的证词，请陛下过目。"杜如晦说完，把手里的几本折子递给李世民。这些就是刚才杜如晦在校场让那些王孙公子们写出来的证词，并且上面都有他们的签字画押。杜如晦挑出了几份说得比较详细的带了过来。

杜如晦并不知道皇帝早就在校场安插了耳目。

李世民接过来快速扫了几眼，跟他得到的消息一样，问道："杜兄准备如何处置此事？"

李世民对这些近臣都非常尊重，私底下都以兄称之。

"臣以为，此事宜缓不宜急，当前突厥南下，朝廷应以稳定为主，全心应对外敌。"杜如晦回答道。显然他早就有了打算，不然不会这么快就回答的。

"你说来听听。"李世民脸上看不出什么表情，继续问道。

杜如晦说："就凭手里这几份证词，封德彝必定哑口无言。汪达虽然自卫过当，但是依照法律，严判也就是取消勋爵、罢黜官职、罚以重金。而他是未成年人，朝廷尚未授予其勋爵、也尚无官职，最多也就是罚其父亲越国公一年的俸禄而已。可是，这样的处罚，封德彝岂会甘心？他必定会联合各部官吏向陛下上书，请求用汪华五个儿子为他儿子抵命，甚至抄灭整个越国公府。现在外敌入侵，陛下有

929

心思管这事吗？"

李世民见杜如晦反问他，冷哼一声，没有说话。

杜如晦接着继续说："陛下您肯定左右为难，一是外敌入侵，突厥来势凶猛，他们南下叫嚣要攻进长安；二是封德彝是当朝宰相，位高权重，三省六部里的官吏不少都是他的门生，如不处理得让他满意，估计下面会有怨言，会影响朝政；三是汪华是朝廷有功之臣，未成年小孩有罪若殃及无辜，恐怕会涉及地方州郡的稳定。"

李世民看了看杜如晦，说道："汪华是明事理之人，敢以此而作乱？"

杜如晦说："他不会，但不保证一些别有用心之人用此来做文章。"

李世民看了看杜如晦，又看了眼房玄龄，点了点头。显然，他们三个人心里都在担心某些人会作乱。

见杜如晦的话还没说完，李世民让他继续说："你继续分析来听听。"

"只要把突厥赶走，陛下就不怕他们折腾了。"杜如晦说。

李世民明白杜如晦的意思，这是自己登基以来第一次面对外部强敌，很多人都用眼睛盯着他，看他如何化危为安。如果突厥真进了长安，他这个皇帝位置也坐不稳了；如果突厥败走，那么某些有二心的人也会老实下来，皇帝的权威就会更加至高无上。

"请陛下同时下两道旨，一道是安慰封德彝，赏赐一些钱财，让他厚葬封言德；另一道就是责备汪华教子无方，让其闭门思过。等突厥退了之后，臣再来判决此案。"杜如晦说。

李世民听了点了点头，就对房玄龄和杜如晦说："你们两个拟好就行。"

说完，他又走到地图前面，对杜如晦说："在你去校场的时候，前线来报，突厥二十万大军居然绕过了尉迟敬德在泾阳的防线，向长安扑来。"

"啊？！"杜如晦惊得下巴都快掉了，泾阳离长安也就四五十里路程，长安的兵力只有区区数万，精兵都被尉迟敬德带到泾阳去了。

杜如晦惊讶的不仅是突厥绕道赶往长安，更惊讶皇帝竟然毫无大敌来临的紧张。

"如今我们城里可用兵力不到一万，并非精锐之师，若迎战二十万突厥骑兵，则必败无疑。"李世民说，"这是长安城，不同于武牢关。"

房玄龄和杜如晦站在李世民旁边听着。

"自太原起兵以来，我们每年都向突厥纳贡，十余年来从未断过，这次举大军来长安，无非就是见朕刚登基，根基未稳，想来给我一个下马威。"李世民说，"虽然我大唐还不具备反攻他们的能力，但我们也得让他们知难而退，停止这种无休止地骚扰边境的行为。"

说到这里，李世民一拳头砸在地图上，咬牙说道："待我国力恢复，兵强马壮之时，定当横扫大漠，封狼居胥！"

越国公府。

"任妹，刚才钱琪过来说突厥已经屯兵渭河了。"汪华走进钱任的房间。

"这么快？！尉迟将军不是已经在泾阳打了胜仗吗？"钱任吃惊的问。

"颉利和突利带兵绕过泾阳而来，有二十万大军。"汪华说。

颉利和突利是突厥的两位可汗。突利与颉利是叔侄关系，突利是颉利的侄子。突利可汗是始毕可汗的嫡子，颉利可汗和始毕可汗都是启民可汗之子。突利又被称为小可汗，与叔父颉利可汗不和，而与李世民曾是结拜兄弟。

"长安城就这么点儿兵力怎么抵挡得住？"钱任说。

汪华坐到钱任旁边，说道："长安城池坚固，不是一天两天能攻下来的，这个倒不用担心，何况尉迟将军必定从泾阳率军前来。只是这样被突厥人围攻都城，对大唐来说就是耻辱，对皇帝来说也是耻辱，以后大唐皇帝在臣民面前有何尊严？更会让有不臣之心的人兴风作浪。"

"那怎么办？"钱任说。

"我在想，我们应该为朝廷做点儿事了，也算是为我们达儿将功赎罪。"汪华说。

钱任点了点头："达儿这次确实太鲁莽了，打人家几顿都没关系，犯不着夺了人家性命。你说怎么做？"

汪华说："我要进宫，一是向皇帝认错，教子无方，二是请皇帝给我将功赎罪的机会。"

钱任站了起来，目光坚定地看着窗外，说道："无论如何我们都要保护好儿子！"

汪华也跟着站了起来，点了点头。

汪华焦急地写了一份折子，并请门外的御林军迅速送往宫中。他深知自己必须等待皇帝的御批才能离开越国公府，然而直到夜幕降临，也未收到传他入宫的消息。

与此同时，渭水河畔，二十万突厥大军已经安营扎寨。颉利可汗派遣其心腹大将执失思力作为特使，进入长安面见李世民。执失思力是东突厥执失部酋长，以有勇有谋著称，颉利可汗派他前来长安，旨在探察大唐的防卫实情和摸清李世民的真实意图。

李世民得知颉利派遣特使前来谈判，立刻明白了颉利的意图，随即召见执失思力。执失思力趾高气昂地走进大殿，并未向李世民行礼，只是用蔑视的眼神扫视了两旁的大唐文臣武将，便开始狂妄地宣称："颉利可汗与突利可汗率领百万大军，现已驻扎在渭水河畔，准备进入长安与陛下共饮。"

李世民听后冷冷一笑，心想，执失思力你太过嚣张，我李世民可不是被吓大的。如果他示弱，颉利只会更加嚣张。于是，他紧盯着执失思力，突然严厉地斥责道："执失思力，你听好了。朕与你们的可汗当年约定讲和通好，赠予你们的金银布帛多得无法计算。然而，你们的可汗却独自背弃盟约，率领兵马深入唐境。朕自问没有对不起你们的地方，你们怎能忘记朕对你们的巨大恩惠，自夸兵强马壮？今天，朕就要杀了你，看看颉利能奈我何！"

李世民猛地站了起来，大声喝道："来人，把他拖出去斩了！"执失思力瞬间惊愕，他进城时本打算用一番言辞吓唬李世民，却没想到这位皇帝竟如此果决，一言不合就要杀他。

两名御林军迅速上前，准备将执失思力带走。此时，执失思力立刻软了态度，用恳求的语气对李世民说："皇帝陛下，微臣乃戎狄荒蛮之人，不懂礼数，不善言辞，请宽恕！"他意识到自己的狂妄已经触怒了这位皇帝，若真被斩首，不仅自己的性命难保，还会给部落带来灾难。

李世民见执失思力服软，便问："如果不杀你，颉利不就认为朕怕他了么？"

执失思力连忙跪在地上，惶恐道："陛下有好生之德，若能赦免微臣罪过，微臣愿向可汗进言，突厥与大唐停止战争，和平共处，亲如兄弟！"

为了保命，执失思力现在是什么承诺都敢说了。萧瑀和封德彝两名宰相见状，也忙出列请求皇帝赦免执失思力的无礼。

萧瑀说："皇上，请息怒。自古以来两军交战不斩来使，执失思力乃戎狄之人，不懂中原礼节，有情可原。"

封德彝也附和道："皇上，突厥境内人口不过百万，执失思力所说的百万大军不过是夸大其词。他们南下的先锋部队已在泾阳被尉迟将军歼灭。他们绕道前来，难道就不怕尉迟将军的十万精兵从背后袭击？我们长安城池坚固，岂是他们几日可以攻破的？不如留下他一条性命，让他亲眼看看我们是如何让他们溃不成军的！"

秦琼也出列支持赦免执失思力："皇上，我们暂且放他一条生路。当年在武牢关，陛下率三千将士就击溃了尉迟敬德十万大军。今日我长安拥有精兵十万，再加上尉迟将军麾下十万大军，定能让突厥有来无回。"

执失思力听到长安还有十万大军，对自己之前获知的情报产生了怀疑。他听说过李世民在武牢关的大战，又见秦琼一身武将打扮，心中不禁嘀咕起来。

李世民见众人为执失思力求情，便说："死罪可免，活罪难逃。若朕现在就放你回去，突厥会认为我害怕你们，从而更加肆意侵凌。因此，先将你囚禁起来，以观后效。"

执失思力听说不杀他，感激地叩头谢恩。

于是，李世民下令将执失思力暂时关押在门下省的一间屋子里。由于执失思力是突厥使者，且是颉利的心腹大将，不便将他关押在牢狱之中。李世民也不想因小失大，犯不着真斩杀执失思力而失去与突厥和好的可能。

深夜，御书房。

李世民急匆匆地把长孙无忌宣进宫。长孙无忌既是李世民的妻兄，也是当朝吏部尚书，是皇帝最信得过的谋臣。

"无忌兄，突利率大军在离颉利二十里之外扎营，他们终究还是相互猜忌，朕想请你去一趟突利大营。"长孙无忌刚进门，还没行君臣之礼，李世民就开口说道。

李世民不在乎这些虚套的礼节。

显然，长孙无忌的这个身份也是最合适代表皇帝去见突利的。

长孙无忌毫不犹豫地问道："陛下要臣什么时候动身？"

"马上！"李世民边说边从书案上拿出一封信递给长孙无忌，"这是朕写给突利的亲笔信，当年朕与他在雁门关外结拜为兄弟，对他的为人是很了解的，他退兵对双方都有利。"

长孙无忌明白皇帝的意思，突利可汗南下是被逼的，颉利一直提防他，也一直打压他，想在突厥削弱突利的影响力，如果跟随颉利南下的大军满载而归，那么突利的部下就会有怨言，他为了维系自己的势力不被颉利破坏，不得不南下。突利不想得罪李世民，也不想与颉利闹得不愉快。现在突利把大军驻扎在离颉利二十里之远，而两军之间又不往来，看来他们之间的矛盾并没有缓解。

李世民想让长孙无忌去说服突利退兵。

"何人陪臣同行？"长孙无忌很纳闷，不可能是自己孤身一人前往吧。

"钱琪将军。"李世民说，"他已经在殿外等你。"

长孙无忌把信藏入怀中，就匆匆往外走去。

钱琪陪着长孙无忌快马加鞭走进了突利的营帐，直到东方既白才匆匆离开。他们的举动早就被颉利可汗安插在突利里面的人发现了，并且也很快把消息送给了颉利。

看到长孙无忌与突利的交谈，钱琪不由得佩服姐夫之前的分析，当时汪华就认为突厥南下不可强攻只能智取，鉴于颉利和突利两人不和，利用突利与皇帝的交情，向突利许诺丰厚金银财宝让其满载而归，颉利失去帮手，也就不敢攻打长安城了。

这次长孙无忌代表皇帝与突利谈判的就是北归的条件。

突利本来就不想与大唐开战，这次既然能不战而获得很多钱财粮食，当然非常乐意，便立即答应了条件。

长孙无忌回到宫里向皇帝转达了谈判情况，就到门下省与各宰相一起准备给突利的钱财粮食。大唐采取的是群相制，并没有宰相这一具体官职，凡六部以上主官都可以称为宰相。

被关押在门下省的执失思力虽然失去了人身自由，但是他关押的房间就在群相们议事的旁边。这是李世民提前有意安排的。

执失思力在隔壁室内听得一清二楚，大唐的宰相们正在热烈讨论长孙无忌从突利那边归来的事情。

中书令房玄龄的声音洪亮而坚定："突利此番重返草原，其势力必将突飞猛进，颉利将难以匹敌。"

侍中高士廉紧随其后，语气中充满了对未来的憧憬："若突利与我们携手，草原的霸权将易主，颉利可汗的时代，恐怕要画上句号了。"

兵部尚书杜如晦说："李靖将军和李勣将军已经分别率领五万精兵潜行回京，三日之内就会赶到，程知节、段志玄、张亮、侯君集、薛万彻等将军也都从各地率大军赶回。"

左仆射萧瑀说："我们大唐向来与突厥交好，陛下念在多年的情分上并不想让双方大战。颉利可汗这次不知是听了谁的教唆居然率大军南下，若真要一意孤行与我军大战，我们各路大军一到就可立即向颉利军队发起总攻，让他们无法北归。"

关押在隔壁的执失思力听到这些大唐重臣商议之事，不由得冒出一身冷汗。原来李世民早就做好了防备，这要是他们的大军赶回了长安，失去突利可汗兵马援助的颉利可汗大军势必会损失惨重。得想个办法把消息尽快送出去让颉利可汗知道才行。

第七十一章　步步为营

颉利可汗得知突利与长孙无忌有私下往来的消息后，心中大惊，担心局势突变，急忙派遣使者去召唤突利前来他的营帐商议。然而，突利对这位叔父的使者却置若罔闻，连一句话都不回，就直截了当地拒绝了。

颉利可汗心中焦急如焚，他深知如果突利真的撤兵，自己将陷入极其被动的境地。他率领的十万骑兵所携带的口粮仅够三日之用，他们习惯在草原上走到哪里就抢到哪里。但自从先锋部队在泾阳被尉迟敬德击败后，大唐官吏已经严令沿途各乡各村的百姓将粮食藏匿起来，导致他们一路过来几乎找不到任何粮草补给。

颉利可汗清楚，若突利突然率兵北归，而自己被唐军牵制在这里，即使不被战死，也会因为粮草断绝而饿死。因此，他下定决心，绝不能让突利就这样离去，必须想办法将他稳住，以确保自己兵马的安全。

正当颉利准备再次派人去传唤突利时，一名探子疾步而入，神情紧张。

"报！"探子跪倒在地，声音急促。

颉利可汗坐在虎皮大椅上，目光锐利地扫向探子，"有何军情？"

"启禀可汗，尉迟敬德已率领唐军从泾阳出发，正向我军方向行进。"探子回答道。

颉利可汗手中摆弄着一把小弯刀，嘴角勾起一抹不屑的笑意，"尉迟敬德？他带了多少兵马？"

"约三万左右。"探子如实回答。

颉利可汗嗤之以鼻，"三万兵马就想与我二十万大军抗衡？简直笑话！"

但探子紧接着补充道："不过，他们行军缓慢，似乎并不急于交战。"

颉利可汗眉头紧锁，心中疑惑，尉迟敬德作为长安城小皇帝李世民最信赖的大将，此刻的举动确实令人费解。

就在此时，又一名潜入长安城的探子匆忙走进营帐，"启禀可汗，执失思力将军已被李世民关押！"

颉利可汗闻言大怒，手中的小弯刀猛地插入几案之中，"这李世民竟敢如此对待我的使者！"

他愤怒之余，又感到困惑。执失思力是孤身一人进入长安城的，他原本以为李世民会对其客气相待，以探虚实，没想到竟被关押。这李世民的举动让颉利可汗感到前所未有的压力。

探子继续道："据闻执失思力将军刚上殿便被小皇帝下令拖出去斩首，幸得萧瑀和封德彝求情才保住性命。"

颉利可汗听后，心中更是烦躁不安。他意识到长安城中的李世民并非他所想象的那样软弱可欺，他必须重新审视自己的战略。

他站起身，挥手让探子退下，然后沉思片刻，突然对外喝道："来人！速去请突利可汗来我营帐，就说我有要事相商！"

一名使者迅速领命而去，骑马奔向突利的营地。颉利可汗则重新坐回虎皮大椅，心中盘算着下一步的行动计划。

汪华终于接到进宫面圣的圣旨了。

此时已近午时，李世民在御书房等着他。

汪华在太监的引导下走进御书房。

"罪臣汪华拜见皇上，皇上万岁！"汪华说完就准备跪拜，李世民一个箭步走上去扶住他。

隋唐时期，臣民向天子行礼一般都是鞠躬作揖，每日早朝皇帝坐在龙椅上，接受的也是大臣们的鞠躬，而不是跪拜。只有在重大赏赐谢恩时才行跪谢之礼，也只有犯了重罪才下跪谢罪和请求宽恕或赦免。君臣之间相对平等。

汪华这么隆重地准备向皇帝行跪拜之礼，还不就是因为自己的儿子汪达射杀了右仆射封德彝的儿子封言德吗。

"汪兄，校场事情的前因后果朕已经知晓，不必为此伤神。"李世民以兄长的名义称呼汪华，就是为了显得亲切，让汪华不要因为校场之事而背负压力。

"罪臣教子无方，愿意承担一切责罚。"汪华诚恳地说道。

"这事杜兄会公平裁决的。"李世民说的杜兄就是指兵部尚书杜如晦。

两人分别落座之后，李世民不等汪华开口说话，就说道："你在折子里提的意见很好，跟靖公如出一辙。"

靖公就是李靖。原来李靖也向皇帝上了折子提议以议和为主。

汪华说："臣以为，突厥兵马强壮，是有备而来，只可智取，不可硬战。但我们又不能向其示弱，要让他们知道我们是不怕打仗，只是不想伤害双方多年的感情而已。"

李世民点了点头说："靖公的意见与你一样，他也认为两虎相争必有一伤，突厥要的只是我们的钱财而不是我们的江山，与其耗费财力开战，不如给他们一些钱财满足他们的贪欲，让他们北归给我们几年太平日子，等我们处理完内部事情，腾出双手再去收拾他们。"

李世民接着说："尉迟将军在泾阳一战已经打出了我们大唐的威风，但这不足以震住突厥大军，只有让颉利感到真正的危险，他才能接受和平谈判。目前真正能救援长安的只有尉迟敬德在泾阳的三万兵马，其余各路兵马若要赶回长安，朕担心地方上有些人会变。"

李世民是担心某几个握有兵马的地方势力会趁朝廷兵马调走之际起兵谋逆。汪华也能掌握大概情况，知道皇帝是指哪些人会变。对于李世民来说，这些人迟早会变，但他在登基之初，还是希望以稳定为主，对一些人的行为，只要不太出格，能忍则忍，揣着明白装糊涂，一切都等腾出手再来收拾。

汪华说："陛下希望臣做点儿什么？"

李世民说："朕需要你设一道疑兵，虚张声势，让颉利不敢轻举妄动。"

说完，李世民把汪华领到地图前，指着渭河北岸下游几处山丘说："今夜你领一千兵马潜行渡河到这一带隐藏起来，但又要被他们无意之中获知这个消息。"

说到这里，李世民又看了看汪华，汪华明白了皇帝的意思，皇帝要让颉利认为救援长安的大军已经悄悄回来了，只坐等开战了。

汪华问道："陛下需要我伪装成多少兵吗？"

李世民伸出手掌，非常干脆地说："五万！"

汪华毫不犹豫地点了点头，让一千兵马伪装成五万，确实有点儿难度，不过当前刚入秋季，树林茂盛易于掩护。

李世民满意地笑了笑，补充道："不过给你的这一千兵马是老弱残兵，现在还没回长安。"

汪华疑惑地看着皇帝。

李世民解释道："朕已让淮安王从武功领兵两千回城，这两千人战斗力弱，只是做做样子，在天黑时进城，再悄然出城又进城，制造有万人进城的假象，然后你带领其中一千兵马潜行出城驻扎在这里，连夜搭建营帐，继续制造假象。"

听到皇帝这么一说，汪华不由得笑了，李世民在前朝曾用此计救过困在雁门关的隋炀帝，没想到现在居然又要用这招来救自己。

大业十一年四月，隋炀帝杨广巡视北方边塞，突然遭到突厥始毕可汗数十万骑兵的袭击，被困雁门关。危在旦夕之际，年仅十六岁的李世民前来救驾，他故作隋军各地援军源源不断赶来的架势，实际上是白天进城晚上出城，再白天进城晚上出城，大张旗鼓，制造出隋军兵马众多的虚假场景，把始毕可汗数十万骑兵吓得不战而逃。

始毕可汗就是颉利可汗的兄长、突利可汗的父亲。

李世民见汪华笑，自己也不由得笑了起来，现在又要用这招来耍始毕可汗的兄弟和儿子。

武功县离长安城只有一日路程，原来那里驻扎着一支精兵，但为了经略西北，把兵马都调遣到凉州去了。仅留下两千老弱残兵由淮安王李神通统领。

淮安王李神通是李世民的族叔，是大唐开国皇帝李渊的堂兄弟，与李渊关系非常好。李渊在太原举义时，他起兵响应，李渊登基称帝之后，先后授予李神通为右翊卫大将军、山东道安抚大使、河北行台左仆射、左武卫大将军等重要职务。身为皇室的李神通虽然官职显赫，但本人并无智勇双全之能，当年与窦建德作战时兵败被俘，后来又被刘黑闼大败，损失惨重。不过，李神通多次在李世民麾下效力，与李世民关系亲密，在李世民与李建成的多年暗斗中，他多次站出来帮助李世民。

李世民获知颉利率突厥大军绕过泾阳前往长安之时，立即令李神通前往武功调兵。

汪华说："这个不难，我会安排妥当，不过我要陛下给我派一名副将。"

李世民问："你想要谁？"

"钱琪。"汪华说。

"可以。"李世民满口答应。

汪华见李世民把给他的任务已经交代完，便问他："陛下准备下一步如何做？"

李世民说："你们今晚布置得当，朕明日就去渭河与颉利面谈。"

汪华看着李世民，问道："陛下准备孤身前往？"

李世民笑了笑，汪华言中了。

汪华说："突厥向来毫无诚信，陛下不带兵马护驾，若颉利不计后果而鲁莽行事，则后果不堪设想。"

李世民说："这方面朕也考虑过。明日朕带数名文官陪同即可，你们越不出面，朕就越安全。"

汪华明白李世民的意思，皇帝要从头到尾唱空城计，把武将都隐藏起来，而又让颉利暗中得知，给颉利造成他附近潜伏有大批唐军的假象，使他不敢轻举妄动。

皇帝仅带数名文官随行，要的就是这种不把突厥二十万大军放在眼里的气势。

打仗，打的就是气势！

"明日，吏部长孙无忌负责与突利沟通，把答应给他的钱财全部落实；左武卫大将军秦琼和淮安王李神通负责京城防卫；朕带宇文士及、封德彝、高士廉和房玄龄前往渭河之滨，留萧瑀和杜如晦坐镇长安。"李世民补充道，"汪兄认为这样安排如何？"

汪华思考了一下，说道："颉利此人骁勇，传闻曾在草原上徒手斗败群狼，突厥勇士之中无人是其对手，陛下与他单独商谈，需多加谨慎，以防不测。臣建议陛下还是带几名武艺高强之人跟随，以防万一。"

李世民听完汪华的话，说道："尉迟敬德武艺高超，但他不适合出面。汪兄是陪朕去的最好人选，但这支兵马没有你统领也就无法唱好这场戏。"

李世民边说边用手指了指地图上刚才安排汪华在渭水北岸下游布疑兵的几座小山。

随后，李世民叹了口气，说道："目前没有看起来文弱彬彬，实际上武艺超群的合适人选。"

现在的李世民身为九五之尊，大唐的主宰，不再像当年驰骋战场的秦王了，那时的秦王可以孤身杀入敌军阵中大声呼喊"我是秦王李世民，我是秦王李世民"，吸引追击他的敌人进入早已设好的伏击圈。而现在他的安危关系到大唐的江山社稷，不可有任何差池了。

汪华见李世民亲口说出没有合适人选，便说道："臣向陛下推荐两人。"

"何人？"李世民问道。

"贱内钱氏和庞氏，自小习武，与臣成亲之后，又常得到臣的指点，若她们两人联手不在臣之下。"汪华说。

李世民刹那间两眼一亮，猛然想起，笑着说道："汪兄不说我还差点儿忘了越国公府里还有两位巾帼英雄。钱氏乃钱九陇老将军之女，当年还随朕多次出征，智勇双全；听说庞氏也曾随汪兄多次征战，当年湖州兵变，还是庞氏出奇兵平定叛乱，了不起啊。"

汪华见皇帝夸两位夫人，忙谦虚道："陛下过奖了，贱内钱氏和庞氏虽然曾领兵征战，略有功绩，但与臣成亲之后，臣让她俩把精力用于照顾家庭，保护子女安全，并要求她俩练习短剑，增强近身搏斗，这几年来进步不小。"

汪华当年在歙州，虽为江南六州之主，但是也要防备那些被其战败的而又留有余孽的对手暗中报仇向他子女下手，所以他让两位擅长武艺的夫人钱任和庞实加强近身搏斗。战争上指挥千军万马攻城略地，与手持刀剑勇博刺客杀手，完全是两种不同的状态。

"让他们着男装打扮，以尚书都事的身份随行。"李世民想了想说道，尚书都事是一种低级官职，一般隶属七品，主要工作就是掌管各部文书。这种官职虽然地位不高，但是参与的事情不少。

"谢皇上！"汪华感动地说。皇帝把自己安危交给钱任和庞实，这是对汪华最大的信任。

越国公府。

"你们两个这次任务非常艰巨，无论如何要保卫皇上安危。"汪华回到府上就把三位夫人都叫到自己书房，说了让钱任和庞实陪同皇帝前往渭河与颉利见面的任务。

钱任和庞实两人吃惊不小，对视了一眼，钱任说："既然皇帝这么信任我们，我们即使粉身碎骨也会保障皇帝的安全。"

庞实说："万一颉利不计后果命令大军向我们冲杀过来怎么办？我们再有本事，他们只要上来数百兵马就能把我们围得水泄不通。"

汪华说："如果真要出现这种情况，那你们要拼死杀出重围，把皇帝护送出来。"

说到这里，汪华话锋一转，接着说："希望这种情况不要发生！"

稽圭听到汪华这么说，心里不由得扑通扑通，她抓住钱任和庞实的手，依依不舍地说："两位妹妹一定要平安回来。"

钱任笑了笑说："姐姐不要多想，皇帝他都不怕，我们还怕什么？"

庞实说："我们福大命大，姐姐不用担心。我和任妹妹一定会护卫好皇帝平安归来，不仅要给我们越国公长脸面，也是让皇帝知道我们越国公府人人都忠心耿耿，能在关键时候为国家为朝廷排忧解难。"

汪华和钱任、稽圭听了庞实这么说，不约而同地点了点头。越国公府的那几个未成年的孩子将来也会为国家为朝廷效力，在关键时刻都会挺身而出，为国家排忧解难！

汪华插话道："刚才从宫里回来时，我去了左卫大营见了钱琪，他说那些老弱残兵基本都是兵油子，打仗时冲得最慢，撤退时跑得最快，有功劳就去抢，有困难就躲。他建议我从府中卫队里抽一半人过去，分别管理各小队，不然一夜之间要伪装成五万兵马的营地是很难做到的。"

"都带去也没关系，反正现在我们越国公府有皇帝的御林军把守，鸟都飞不进，很安全。郑豹跟着去，你多个帮手更好。"稽圭很爽快地抢先说。

"带六十人过去，有钱琪做我的副将就可以了。郑豹是卫队长，还是让他带领其余人等留在府里，我心里也踏实些。"汪华说。

深夜，长安城的延兴门有一支兵马悄悄地出城，钱琪作为先锋官走在最前面，汪华作为这支兵马的指挥官骑着马走在队伍的中间。

长安城内，某处将军府邸。

"汪华已经出城了，不知道皇帝派他出去干什么。"一个瘦个子将军说，三十来岁。

"管他干啥，明天只要皇帝出城，我们就砸开越国公府的门，冲进去杀他个鸡犬不留。"一个大胡子将军说，看起来身材非常魁梧，五十岁上下，满脸杀气。

"现在是我们向主子效忠的时候，要报仇雪恨，让越国公府鸡犬不留！"另一个独眼矮个子说。

"汪华那两个娘们儿武功厉害，你们不要与她们单打独斗，一定要群起而攻之，血洗之后立即出城逃往幽州。"大胡子将军说，"我会在那边给你们安排好的。"

"请独孤将军放心。"瘦个子和独眼矮子一起回答。

渭河北岸，颉利大营内，颉利正焦急地听取探子的报告。

"长孙无忌竟然亲自押送钱粮至突利大营？"颉利闻讯，怒不可遏。

"千真万确，大人。"探子紧张地回答，"他们出城时从光化门悄无声息地出发，沿途穿过树林，直至河岸，突利亲自率众迎接。若非我有兄弟在突利营中担任百夫长，我也难以得知此等机密。"

探子说着，从怀中取出一个小布袋，双手呈上："这是我在他们验收粮草时，趁机抓取的一把米。"

颉利接过布袋，只见里面是一小撮精致的谷米。他拈起几粒放在掌心端详："如此精制的米粒，中原之地才有出产。而突利那边，他们向来以馕为食，马奶为饮。"

颉利愤怒地将手中的米粒甩落在地，愤愤道："李世民究竟有何居心？看来，明日我非给他点颜色看看不可！"

说罢，他猛地站起身，下令道："传令全军，明日辰时渡河，准备进攻！"

辰时，渭河北岸。

颉利大营。

十万突厥骑兵已经完成集结，准备在颉利可汗的一声令下借助便桥渡过渭河，攻打长安！

"报——"

颉利站在大军前方，正准备开始热血沸腾的战前训话，一名探子飞马来报！

"启禀大汗，在下游二十里处发现大量唐军踪迹。"探子说道。

"具体在什么位置？"颉利突感意外地问道。

"渭河北岸牛角山。"探子说。

"多少兵马？"颉利问道。

"五六万。"探子说。

颉利忙看向身边的一名将军，显然两人都很意外，李世民的援军已经来了？！

"尉迟敬德现在在什么位置？"颉利大声问道。

另外一名将军打马过来回答："尉迟敬德已经渡过泾河，现在离我大营约二十里路程。"

颉利正想再问，又一名探子快马飞奔而来。

"报——"探子在颉利一丈远的地方停下，"启禀大汗，昨晚长安城有数万兵马进入，李世民带领数名随从已经出城！"

"报——"还没等颉利说话，远处一名使者飞马奔来，是派往突利大营的使者。

"启禀大汗，突利可汗说希望我们的兵马先行渡河，他率大军随后就赶到长安城下与我军会合。"使者说道。

离颉利不远的一匹马背上坐着一名老者，谋士打扮，他是颉利非常信任的近臣谋士阿史那思真，与颉利可汗同属于突厥贵族阿史那氏。

阿史那思真接连听到数次军情之后，立即打马走到颉利身旁。

"大汗，情况有变，应谨慎。"阿史那思真说道。

颉利没有说话，阿史那思真问长安来的探子："李世民要去哪里？哪些随从？"

"往渭河方向而来，只有六名随从，封德彝、房玄龄等人，均便衣轻骑。"探子回答。

阿史那思真再问使者："突利的军队完成集结了吗？"

使者说："没有。昨晚大汗命小人前往突利可汗的大营时，他就把小人关在一个营帐里面，直到今天早上才告诉小人。整个大营完全没有要出征的迹象。"

阿史那思真听完之后，对颉利说："大汗，这可能是李世民的一个阴谋。"

颉利可汗问道："怎么解释？"

阿史那思真说："李世民有战神之称，若无必胜把握，他岂敢冒险而来？当年他曾数次以自身作诱饵，把敌军引入自己设计的包围圈。"

颉利骑在马上环顾四周，看了看阿史那思真，问道："他在这周围已经布下了圈套？"

阿史那思真分析道："长安城池坚固，大汗认为几日可以攻下？"

"我从来没有考虑去攻打长安城的，到这里来，就是吓唬吓唬这个小皇帝，他太不懂规矩了，登基都这么久了也不向我草原进献财礼，我得教训他。"颉利瞪着大眼睛说。

阿史那思真问道："长安城里到处都是金银财宝，大汗为何不攻进去夺取呢？反而要他们进献的那么一点点礼物？"

阿史那思真边说边用手做了个比较的姿势。

颉利苦笑一下，说道："你刚才不是说了吗？长安城池坚固，易守难攻。当年李渊夺取长安靠的是内应。我们突厥人擅长长途奔袭和骑射，并无攻取城池的经验。我们率大军来到这里，让小皇帝有内忧外患，他为了自己的江山社稷，就会对我们毕恭毕敬，向我们进贡比往年多很多的钱财、粮食和美女！"

"大汗既然不想攻城，也没有把握攻下长安城，为何还要渡河呢？"阿史那思真说，"渡河到南岸有没有考虑返回到北岸？"

颉利说："不返回北岸，我怎么回草原？渡河就是为了兵临城下，给小皇帝点儿颜色瞧瞧，他派人与突利勾结，送钱粮过去，却把我派去的执失思力给关押起来，这是摆明要与我作对！"

阿史那思真说："大汗认为尉迟敬德的大军和潜伏在牛角山的唐军会轻易让我们返回北岸吗？渭河不是草原，即使是汗血宝马也不能一跃而过啊。攻不下长安城，断了我们回草原的退路，后果将是什么？"

颉利听到阿史那思真这样说，不由得有点儿犹豫起来，没想到阿史那思真又接着说："大汗觉得突利会跟着我们渡河吗？他拿了长安的钱财会再跟着我们去攻打城池？"

"突利，这个白眼狼！他勾结小皇帝，就是希望我与唐军大战，折兵损将。"颉利瞪着大眼吼道，突利若在他面前，他恨不得抽一鞭子。

"大汗英明，突利向来野心勃勃，一直寻找机会取而代之。他与李世民在十几年前就结成异姓兄弟，这是人人皆知之事。这次他倾巢而出，率大军随大汗南下，是另有阴谋！"阿史那思真分析道。

"他想与唐军联手对付我？"颉利盯着阿史那思真反问。

阿史那思真没有正面回答，而是说了一句："大汗比我更了解他。"

颉利正想再说什么，远处一名百夫长飞马而来："启禀大汗，大唐皇帝李世民派使者传话，请大汗到便桥叙旧。"

便桥其实就是搭建在渭河上简易的木桥，便于两岸往来。渭河在长安境内搭建有数十座这样的桥。突厥兵马绕过泾阳南下时，曾有大臣提议烧毁便桥，阻断突厥渡河。但是李世民果断拒绝，烧断便桥等于向敌方示弱了。何况，渭河不同于黄河，即使没有便桥，也不难渡过。

第七十二章　千钧一发

长安城某将军府邸。

"两位将军大胆行动吧，没想到汪华的两个会武功的娘们儿都已经跟随皇帝出城了。真是天赐良机！"被称为独孤将军的大胡子兴奋地对瘦个子和独眼龙说。他叫独孤云，是右骁卫的将军。

瘦个子和独眼龙异口同声地说："一切准备妥当，就等将军下令。"

独孤将军满意地大手一挥："行动！"

越国公府大门紧闭，最外围由御林军把守，三步一岗五步一哨，前门后院都防卫森严，不让任何人靠近越国公府。里面一层是越国公府的卫队，明显比前日人数少了，与御林军把守的位置只相差三步远。

这时，太阳刚刚出来，越国公府前的整条街道并没有几个行人。忽然，一队人马从远处走来，从着装上看，属于右骁卫。瘦个子和独眼龙都是将军打扮，骑在马上，威风凛凛。

唐初沿袭隋朝军制，设置十二卫四府，合称十六卫府或十六府，大家习惯上也称十六卫。其十二卫为：左右卫、左右骁卫、左右武卫、左右屯卫、左右候卫和左右御卫；四府为：左右备身府和左右监门府。十二卫统府兵、宿卫京城；四府不统府兵，左右备身府负责侍卫皇帝；左右监门府分掌宫殿门禁。

御林军归属于左右备身府，与右骁卫的人并无往来，见右骁卫人马众多往越国公府走来，御林军的一名兵卒上前几步，伸手横举大刀，刀在刀鞘之中，喝道："前方乃越国公府邸，无皇帝圣旨，任何人均不可靠近。"

瘦个子从怀里掏出一卷黄绢举过头顶，朗声说道："奉圣旨押送越国公老少人等前往兵部会审。"

947

御林军兵卒忙把大刀挂在腰上，双手向上做接圣旨状。

瘦个子冷笑一声，把圣旨塞入怀中，说道："请这位兄弟让开。"

御林军兵卒挡在前面，严肃地说："请把圣旨给我呈给统领过目。"

旁边的独眼龙冷笑着说："皇帝圣旨是你们想看就看的吗？我们是右骁卫，还看不出来吗？立即闪开。"

御林军兵卒不甘示弱，说道："对不起，我们统领不亲眼见圣旨，是不会放你们进去的。"

瘦个子左顾右盼，见越国公府门前的守卫并不多，对独眼龙说道："别跟他废话，往里冲！"

独眼龙把手一挥："兄弟们，冲进去！"

瞬间，跟在后面的两百右骁卫向越国公府杀去。

守卫在越国公府前门的御林军和越国公府卫队立即拔刀阻挡，但兵力悬殊，御林军和卫队守在前门的人员加起来还不够三十人。

瘦个子率领的右骁卫显然是采取快速作战原则，二话不说，边杀边往前冲，个个下手凶狠。

越国公府，府内。

"队长，外面数百名右骁卫的人要冲进来，已经在外面与我们的人打起来了。"一名卫士匆匆跑去禀告卫队长郑豹。

郑豹拿起案上的剑，就往外走："我去看看。"

郑豹隔着大门的小孔看到外面厮杀的场面，对卫士说："立即通知守卫后院的兄弟，提高警惕，不要从后院放进任何一个人。"

随后他又对身边的一名卫士说："赶紧去把值夜班刚睡觉的兄弟叫起来，大门一定要顶死。"

旁边一名卫士对郑豹说："队长，我们不冲出去帮他们吗？"

"你猪脑子啊？！我们里面就二十个人，冲出去也打不过。这门一开，他们就进来了。现在我们就是死也要把这门给顶住，不能让他们进来。"

郑豹边说边抱着一根大横柱顶着门，接着说："快去禀报夫人，让她带公子和小姐找地方藏起来。"

"郑队长，出什么事了？"郑豹刚说完话，越国公府的管家大有跑了过来，"外面怎么那么吵闹？"

"管家，你来得正好，有数百名人要冲进府，在外面打起来了，你快通知夫人带着公子小姐藏起来。快去！如果没有援军，这门也顶不了多久。"郑豹焦急地说。

"那可如何是好。国公爷都没在府上。"大有听说有人要冲府，撒着腿就去找夫人稽圭了。

渭河北岸。

"把他给我抓起来。"颉利对身边的百夫长说，"我要用他的使者换我们的执失思力。"

"慢！"阿史那思真忙阻止，"大汗，不可！"

颉利疑惑地盯着阿史那思真，等他解释。

阿史那思真耐心说道："李世民派来的使者肯定不是高官显贵，而我们执失思力将军是大汗最得力的战将，李世民会答应交换吗？我们先听听使者怎么说的吧。"

不等颉利可汗说话，阿史那思真对那名副将说："你传他过来。"

很快，李世民的使者过来了。

来的不是别人，正是越国公汪华的三夫人庞实，只见庞实女扮男装，一副文质彬彬的样子，随身未带任何兵器，而实际上庞实使用的金丝软鞭藏在怀里难以察觉。

"大唐天子特使尚书都事庞实参见颉利可汗。"庞实骑在马上向颉利行礼问好。

颉利可汗没有搭理庞实，而是扭头问旁边的阿史那思真："尚书都事是多大的官职？"

阿史那思真嘲笑地说："七品芝麻官。"

颉利可汗一听仰天大笑，随后盯着庞实问："你们小皇帝有何话想说？"

庞实朗声说道："大唐天子约颉利可汗于便桥一叙，是战是和，全凭可汗一念。"

颉利可汗见庞实口气不小，冷笑道："何时见面？"

"现在！"庞实回道。

颉利看了一眼阿史那思真，见阿史那思真点头，便说："好！"

颉利艺高人胆大，打马就走，阿史那思真忙向后一招手，十万突厥兵骑马立即一起前行。

百步之外就是河岸，颉利大军列阵在渭河北岸，声势浩大。

只见大唐天子李世民身穿金黄色龙衣，跨在名驹什伐赤上，一副天下唯我独尊的样子。

庞实骑马回到李世民身后，对其说了几句，李世民冲着河对岸的颉利可汗高呼："对面可是颉利可汗？！"

"正是！对面可是大唐天子？！"颉利见李世民立在桥头面对他十万雄师毫无畏惧，不由得暗自惊叹。

"颉利，你是草原的王者，为何不与你的子民们在一起享受天伦之乐？你带领大军来到长安有何企图？你我两邦是结交多年的兄弟，自前朝隋文帝到我父皇，你我两邦都订立盟约，互不侵犯，你草率起兵南下，如此不守承诺，将来如何统领将士，如何统御子民？"李世民张口就开始谴责颉利可汗的过错，没容颉利半点儿思考。

"我朝按时向贵邦送去钱财、粮食和美女，使得你与将士们都得到最大限度的享乐，而这次，你难道是被什么东西蒙蔽了良心了吗？你起兵南下，让十万将士远离故土、远离自己的父母妻儿，跟着你一路上风餐露宿，难道就是为了满足你个人的私欲吗？"李世民咄咄逼人，语气非常坚硬。

颉利可汗见李世民态度强硬，一副不怕与他撕破脸皮的样子，心里愈发感到疑虑。

徽州魂
大唐越国公汪华传奇
下

正在他理屈词穷的时候，几路探子同时飞马来报。

"启禀大汗，尉迟敬德的部队已经向我军开来！"

"启禀大汗，牛角山一带唐军有出营迹象，兵马众多！"

"启禀大汗，长安城楼上旗帜招展，城门紧闭，严阵以待！"

颉利问另一名探子："突利那边什么情况？"

"启禀大汗，突利可汗大营毫无迹象！"探子回报。

探子的声音虽然不是很大，但是前面几排的突厥将士却听得清清楚楚，队伍不由得变得有点儿骚乱。看来这些骁勇善战的草原勇士也不希望自己做无谓的牺牲。其实这些人的想法很简单，有钱财美女就一窝蜂去抢，要送命的事情还是能躲则躲，活着享受钱财和美女才是他们真正想要的，谁也不愿意牺牲自己性命，让别人去享受。

阿史那思真对着颉利低声说了几句，颉利挺直身板，冲着河对岸朗声道："陛下飞登九五，颉利闻之倍感激动，特率大军前来给陛下道贺！颉利昨日已派使者执失思力进宫拜见陛下说明来意。"

颉利的语气瞬间变得诚恳，李世民顺势给他一个台阶："执失思力不尊大唐礼仪，已被朕关押起来，准备送给可汗处置！"

执失思力果然被李世民关押起来了，颉利于是对获得的其他消息也深信不疑了。

颉利说："执失思力不懂礼仪，请陛下念在他身处漠北未读诗书，赦免其过错。"

"既然可汗为其求情，朕就赦其无罪，明日让其回到可汗身边。"李世民大方地说。

"谢陛下！"颉利的气焰完全变了。因为他明白了自己的处境。

"可汗，能否与朕在便桥上细说几句？"李世民胸有成竹地问道。

"好！"颉利说完就打马走上便桥。

李世民骑马走了上去，两人站在便桥中央，相互微微一笑。

越国公府。

不到一刻钟的时间，越国公府门口便出现了十几具尸体，有御林军，有卫队，也有右骁卫。

这支右骁卫分工明确，除了打斗，专门有几十个人负责砸门。御林军和卫队虽然勇猛抵挡，终究是寡不敌众，很快就处于劣势。而越国公府的后门也在厮杀，被围得水泄不通，无法逃出。

"夫人，快带公子和小姐藏起来，大门很快就要被砸开了。"郑豹见稽圭带着汪建、汪璨等公子和合羽小姐居然都站在正厅门口看着卫队们抵挡府门。

"不！我要与你们在一起！越国公府的人都不是孬种！建儿、璨儿带领弟弟们去帮郑队长，把门给顶死喽！"稽圭虽然不懂武艺，但有胆识、有主见。她知道，这个时候她就是越国公府的主心骨，她必须镇定，她必须鼓励卫士们把大门守住。若这扇大门被敌人闯入，她和儿女们不管躲在越国公府的哪个角落，也都会被他们找出来，整个越国公府都将鸡犬不留。

她是母亲，她要让儿女们学到这种坚强和临危不乱！

外面的撞击声越来越大，碗口大的门栓都已经开裂，汪建和兄弟们一齐抬着一根粗壮的木柱顶着大门。

撞击声一阵阵传来，越国公府内的每一个人都不由得暗自心惊胆战。

管家大有搬来一把椅子，稽圭坐在上面，搂着合羽。她的身后分别站着丫环和仆人，他们也都手拿兵器。

外面的打斗声此起彼伏。

渭河便桥。

李世民与颉利在便桥上说了些什么，没人知道，他们的声音很低，有意不让两岸的部属听见。不过从两人时而发出爽朗的笑声可以得知，两个差点儿兵刃相见的人现在已经是好朋友了。

李世民不仅能用战争让对方臣服，也会用钱财让对方退让。世上没有永远的朋友，只有永远的利益！所有的人都是围着利益奔波的。

勾践用十年隐忍换来春秋霸主，汉高祖用白马之围换来汉初的休养生息和若干年后的封狼居胥，李世民为了将来横扫漠北，可以装聋作哑地容忍颉利的所作所为。

两人正聊得开心，远处一行大雁由北向南飞来。

颉利笑着对李世民说：“久闻陛下善骑射，能否送我一只天上的大雁做顿午餐呢？”

李世民明白颉利的心思，自己的战绩颉利早已听说，只是这位狂妄自大的可汗想见识真伪而已。

李世民笑着说：“大唐与突厥是兄弟之邦，朕与可汗也是兄弟，不如朕送可汗一只大雁，可汗也送朕一只大雁，如何？”

“陛下这个主意不错。”颉利连连赞同，对着北岸喝道，“拿弓箭来！”

李世民骑在马上对着南岸上的钱任招了招手，钱任立即把皇帝常用的弓箭送了上来，递给皇帝之后，自己骑马站在不远处，盯着颉利的一举一动，她得保卫皇帝的安全。

此时，一名突厥将军把弓箭递给颉利，也骑马站在不远处。

“颉利可汗，咱俩一起吧！”李世民说完搭箭拉弓。

“嗖——”

“嗖——”

两人的箭都精准地射中了大雁的腹部，两只大雁掉在了北岸。

“陛下好箭法！”颉利觉得这个小皇帝果真有些本领。

“可汗好箭法！”李世民也夸了颉利一句。

北岸的突厥将士一齐欢呼着。

颉利旁边的将军见自己的可汗与李世民打了个平手，他并没有领悟到两人要打成平手的真正含义，他自负自己是草原上的第一射手，便对李世民说：“卑将自小喜骑射，可否向陛下献丑。”

李世民一听，就觉得这小子不服气，便看了颉利一眼，笑着说：“听说可汗身边有一名神射手，可是这位将军？”

颉利见自己部属主动比试，也不好推辞，便说：“正是这位拔也将军！”

拔也见自己可汗没有反对，便拉弓射箭。

"嗖——"

弓箭像长了眼睛一样，穿过了两只大雁的胸膛。

一箭双雁！真是神射手！

北岸上一片欢呼！

"拔也将军果然名不虚传！"李世民也不由得称赞他。大雁本来是排着一字飞行，但李世民和颉利射杀两雁之后，天空的雁阵已经乱了，而拔也却能一箭双雁，非常难得。

拔也自负地笑了笑，觉得自己给可汗长了脸面。

钱任见拔也一副得意扬扬的样子，便打马上前一步，对颉利说："下官乃大唐尚书都事，官居七品，虽从事文书抄写，但也略懂骑射，想向大汗献丑，望允准。"

李世民正想着如何压压拔也的气焰，见钱任一副胸有成竹的样子请旨射箭，心里高兴，钱任曾在他麾下效力，他知道钱任的能力，加之后来又得到汪华的调教，射术应该更上一层楼。

颉利一看，一个七品芝麻官的文弱书生也要来比箭，真不知天高地厚，便说："都事大人也有此雅兴，我乐意得很。"

李世民见钱任满眼自信，便故意说："试试吧，你们这些读书人平时训练得少，别让可汗笑话了。"

钱任对李世民说；"臣想请十羽利箭，望陛下恩准。"

李世民不明白钱任葫芦里卖的什么药，便说："准予！"

钱任得到李世民口谕，二话没说，对着天上飞行的大雁拉弓射箭。此时大雁已快飞过便桥。

"嗖——"利箭飞出，从尾雁的身边擦过，掉下了一根羽毛。

"哈哈哈——"北岸上瞬间一阵嘲笑。

李世民不由得捏了一把冷汗。

钱任目光坚定，表情凝重，再次拉弓射箭，利箭还是与尾雁擦身而过，又掉下一根羽毛。

徽州魂

大唐越国公汪华传奇 下

尾雁受到了惊吓，转身往回飞。

"哈哈哈——"北岸的嘲笑声越来越高，拨也不由得露出轻蔑的表情。

钱任又射出了第三支箭，尾雁又掉下来一根羽毛。

三箭都没中，北岸上的突厥将士都笑得快直不起腰了。

颉利看着李世民，一脸疑惑的样子。

第四箭射出，尾雁惊慌失措又掉下来一根羽毛。

第五箭射出，尾雁又转向南飞，掉下来一根羽毛。

北岸上的笑声忽然停了下来。李世民终于明白钱任要十支箭的缘由了。

第六支箭，尾雁掉下第六根羽毛。

第七支箭，尾雁掉下第七根羽毛。

第八支箭，尾雁掉下第八根羽毛。

北岸上突厥兵马异常安静，大家都伸长脖子看着天上的大雁。

颉利和拨也不由得暗自吃惊。

第九支箭，尾雁掉下第九根羽毛。

第十支箭已在弦上。

"陛下，要大雁生还是死？"钱任在问李世民时，箭已经对准了在空中飞晕头的尾雁。

"生！"李世民的话刚出口。

"嗖——"

第十根羽毛落了下来。

过了半晌，北岸上陡然响起惊破云霄的欢呼声。

"苍天之下，陛下说让谁生，谁就一定生；陛下说让谁死，谁就必定死！苍天之下的生与死，都由陛下决定！"钱任手持弓箭，大声说道。

钱任的声音穿透云霄，北岸上的突厥将士不由得向后退了三步，一名文质彬彬的七品都事居然有如此射技，大唐不可小觑。

这时，骑马站在便桥南头的庞实，见势振臂一挥："大唐万岁！大唐天子万岁！"

瞬间，远处战鼓雷鸣，似有千军万马杀来！长安城楼上旌旗高展！

颉利猛然醒悟，把手中的长鞭举向天空，也高呼："大唐万岁！大唐天子万岁！"

突厥将士立即跟着颉利可汗高呼："大唐万岁！大唐天子万岁！"

长安城内。

越国公府的大门在无数次的凶猛撞击之下，被撞开了！

门外的御林军和卫士全部英勇牺牲，右骁卫蜂拥杀了进来！

"杀！"

郑豹握着长剑向右骁卫杀去，他的后面跟着十来个卫士！他们要拼死阻止敌人走向夫人和公子。

大家都杀红了眼，郑豹和卫士们以一敌十，鲜血四溅。

稽圭站了起来，把合羽放在椅子上，双眼盯着台阶下的厮杀，用沉重的声音喝道："汪华的儿子们，举起你们手中的剑！"

汪建、汪璨、汪达和其他几个兄弟，不管大小，都双手握着宝剑，挺着胸膛，勇敢地盯着一步一步向他们杀来的右骁卫！

稽圭从大有手里接过一把长刀，握在手中，只要右骁卫踏上台阶，她就带领儿子们与他们拼杀！她的心在流泪，汪华，对不起，我保护不了儿子们，但我不会让他们丢了汪家的脸！

又有卫士倒下了，但更多的右骁卫倒下，越国公的卫士们已经没有退路，他们必须阻止这些人踏上台阶！

郑豹受伤了，手臂被刀划出了长长的口子，鲜血糊了整个袖子，但他依然殊死拼杀！

右骁卫见台阶难以杀进，开始有人从侧面往上爬。几名仆人拿着刀剑一通砍杀，把最先爬上来的砍了下去。

顶不住了！又有卫士倒下了！

稽圭彻底绝望了！

正当她准备命令儿子们跟她一起上前拼杀时，大门外突然响起了更大的拼杀声！

是救兵！

中郎将常何率领左武卫赶来，从越国公府前后同时救援！

左武卫战斗力强，把右骁卫杀得措手不及！

常何之前是玄武门守将，是李世民发动玄武门政变成功的关键性人物。李世民登基之后，他因功而升为中郎将，在十二卫中很有威名，右骁卫见他亲自带兵前来，纷纷丢盔弃甲，连瘦个子和独眼龙也暗自大叫不妙。

不一会儿，右骁卫非死即降，瘦个子被郑豹一剑刺死，独眼龙害怕被俘自杀身亡。

"中郎将常何救援来迟，让夫人和公子受惊了！"战斗已经结束，常何走上台阶向稽圭施礼。

此时的稽圭手里还握着大刀，她把刀递给大有，深深地还了一礼："多谢常将军及时赶到救援，越国公府上上下下永生不忘常将军的救命之恩。"

常何说："夫人客气了，常某是奉皇帝旨意暗中保护越国公府，只是没想到对方来的人太多，等我调遣左武卫赶来时，已经牺牲了这么多兄弟。"

稽圭忙说："谢皇帝隆恩！"

常何见汪建兄弟们个个仍然手握长剑，不由得惊叹，便对稽圭说："请夫人和公子们到屋里休息，这里交给常某和郑队长就行。"

稽圭再施一礼："常将军辛苦了！"

说完，她牵着合羽，带着汪建兄弟们一起向厅堂走去。

两个月后。

此时的长安城已进入了冬季，寒风吹在脸上犹如刀割一样。

"姐夫，今年冬天来得早，又特别寒冷。你这个在江南长大的人，能住习惯吗？"

越国公府庭院里，钱琪正陪着汪华站在廊道上看着院里的树木。

"在歙州，这个时候只需要穿一件衣服。"汪华说，"来了这两年，也习惯了。想回去估计难了。"

钱琪说："皇帝还没批你的折子？"

汪华淡淡地说："杳无音信。"

"封德彝暗中鼓动一干大臣上书要皇帝严办你，父亲大人从宫里得到消息，除了朝中的一些老臣，也有各地方刺史，这些人都与封德彝过往密切，听说连太上皇也找皇帝说话了。"钱琪有点儿担心地说。

"看来我这两个月告病在家没去上朝，封德彝抓住了好机会啊。达儿终究是杀了人，不管是自卫还是自卫过当，这个罪是大是小，只有凭皇帝来裁决了。"汪华也有点儿忧心忡忡。这官场与战场还真不一样啊，尤其是当今大唐朝廷，个个都是乱世里面拼杀出来的高手。

钱琪说："就算有罪，我们也将功赎罪了，便桥之盟，若没有我们的疑兵，若没有我姐的神射，怎能吓退颉利？不夸张地说，我们立的是挽救社稷的大功。更何况，我们越国公府还遭人袭击，差点儿被人血洗，朝廷至今还没给我们处理结果呢，这算怎么回事啊？堂堂的朝廷钦封的国公爷，居然被人这样欺负。"

汪华淡淡地说："或许皇帝有他的安排。"

说到这里，汪华不由得又回想起两个月前右骁卫攻打越国公府时的场景，脊背发寒，若不是常何率领左武卫及时赶到，后果真是不堪设想啊。

御书房。

封德彝跪在地上痛哭流涕："皇上，您一定要为老臣主持公道啊。汪达射杀言德，至今已经两个多月，却毫无处置结果，老臣全府上下都在悲痛之中。"

李世民坐在椅子上，手里翻着奏折，瞟了一眼跪在地上的封德彝，说道："这案子不是已经交给杜如晦去办了吗？"

封德彝说："老臣已经问过杜相好几回了，他说还在调查中。皇上，这案子非常明显啊，那么多人见证，连他汪达自己都承认是用弓箭射杀言德的，还有什么可以调查？"

"案子的前因后果都清清楚楚，人证物证都在，但是杜如晦一直没有递折子上来。"显然李世民是不想再提这个事情，想打个马虎眼就糊弄过去。

"皇上，杜如晦私下与汪华走得近，老臣担心他有包庇之嫌。"看来封德彝这次是下定决心要李世民处理这件事情了。

"封相认为应该如何处理汪华？"李世民问道。

"杀人偿命天经地义，汪达射杀封言德就得以命抵命；汪华作为汪达的父亲对儿子管教不严，应剥夺官职爵位一同问斩；汪建、汪璨等人作为汪达同谋，应打入大牢。"封德彝咬牙切齿地说道。

李世民冷冷一笑，问道："还有吗？"

封德彝抬头看了李世民，他没明白皇帝的意思。

李世民盯着他，过了半晌，一字一句地说："是不是应该把越国公府满门抄斩才能解你心头之恨？"

封德彝忙低头说："老臣不敢！老臣只需要按大唐法律公平处置！"

"按大唐法律公平处置？！"李世民站了起来，看着跪在地上的封德彝说，"你眼里有大唐法律吗？"

封德彝叩头道："老臣不敢！老臣不敢！"

李世民顺手一推，把书案上的奏折全都扫到地上说："这些都是要杀汪华父子的奏折，是什么人上的书，你不想知道吗？对，你其实早就知道。这些人与你什么关系？朕难道是瞎子不成？"

李世民指着封德彝说："你知道这算什么行为吗？你们这是在逼朕，是逼朕去杀掉汪华！大唐的法律就是这样被你们拿来玩耍的吗？"

封德彝没想到皇帝居然对他发这么大的火，他来之前想了一百种场景，没有想到皇帝居然直接对他发火，一点儿都不顾及他两朝元老的身份。封德彝不由得感觉情况不妙。

封德彝跪在地上，他不敢回话。他越来越觉得这个年轻的皇帝不是他所能看懂的了。

"封德彝，你是不是今天一定逼朕给你一个答复？"李世民边说边从书案上翻出一个册子，摔在地上，"你自己看看，你做的好事！"

封德彝慌忙爬过去把册子捡起来。

显然，李世民已经控制不住自己的情绪了，他指着封德彝手里的册子说："右骁卫独孤豪居然私调兵马围攻越国公府，是你举荐他担任右骁卫副统领！私调兵马是什么后果你知道吗？灭九族！"

"你不要跟我狡辩你与独孤豪没有任何关系，你只是赏识他的军事才能！"李世民盯着封德彝说着，"朕让汪华带兵出城的消息是你告诉他的，钱任和庞实陪朕一起去便桥见颉利的消息也是你送出去的。还需要朕把你与独孤豪之间的事情再多说一些吗？"

封德彝不敢狡辩，看来皇帝对独孤豪的事情已经调查得清清楚楚了。

李世民气愤地来回走了几步，又回坐到椅子上，看到两鬓发白的封德彝，又有点儿于心不忍，叹了口气说："很快就过年了，朕本来想让你过个安生年，过去的事情就过去算了，朕不想去追究。明年就是贞观，朕希望天下百姓都能看到我们大唐朝廷君臣同心。现在既然事已至此，朕就给你一个明确答复。"

李世民拿起一本奏折，对封德彝说："这本是杜如晦对整个案件的调查结果，你拿回去看吧。上面有很多王孙公子的签字证明你儿子封言德在校场的一言

徽州魂

大唐越国公汪华传奇

下

一行。"

说完他把奏折扔到封德彝面前。接着，他又拿起一本奏折，说道："这是汪华的请罪书，并请辞歙州都督和歙州刺史之职。他能扪心自问，而你为何偏要咄咄逼人？"

封德彝瞬间明白，在皇帝内心里，他不如汪华重要。

"你年纪也大了，以后不用来上朝了，回家好好休息，朝廷之事就交给房玄龄他们处理吧。"李世民说完站起来，头也不回就走了。

当太监把封德彝扶了起来，他还感觉恍惚，完了，他封德彝彻底完了。

封德彝回到家一病不起，李世民为了彰显天子仁爱，还数次派人前往府上看望他的病情。可是，不出数月，封德彝就病逝了，享年六十岁。李世民念其当年辅佐朝政随驾征讨功勋显赫，则追赠其司空，赐谥号"明"。

越国公府，合羽轩。

无官一身轻的汪华坐在书案前看书，合羽走了进来。

"爹，舅舅来了，娘请您去厅堂说话。"合羽边说边过来拽汪华的衣裳。

"舅舅来了！太好了！走，爹爹现在就去。"汪华听说钱琪来了，很是兴奋，钱琪这次刚从外面征战回来。

汪华牵着合羽的手走进厅堂。钱任、稽圭和庞实等人都在听钱琪讲战场上的事情。

"钱琪，这么快就回来了？罗艺这么不经打吗？"汪华还没坐下就问。

"他是众叛亲离，一战下来就败了，他抛下妻儿还想逃往突厥，结果在半路上被部将杀了，首级都已经传到长安了。"钱琪说。

原来，贞观元年刚一开春，天节将军、燕郡王李艺据泾州起兵反叛朝廷。武德三年，即公元 620 年，统辖幽、营二州，成为东北地区一大割据势力的罗艺奉表归唐，被大唐皇帝李渊下诏封他为燕王，赐姓李氏，从此，罗艺改名为李艺，为唐立下大功。五年前李艺发兵帮助太子李建成讨伐刘黑闼后入朝。在长安，李艺恃功，对人非常傲慢，秦王李世民的部下到他的兵营，李艺无故殴打他们，李

961

渊大怒，将李艺关入狱中，不久又将他释放。李世民即位后，李艺非常害怕。曹州一巫师李五戒劝李艺造反。李艺假称接到密敕，令他发兵入朝。李艺引兵到幽州，幽州治中赵慈皓出城拜见李艺，李艺遂占据幽州。李世民令吏部尚书长孙无忌为行军总管讨伐之。赵慈皓听说唐兵将至，便与统军杨岌秘密商量算计李艺，但被李艺发觉。李艺将慈皓囚禁，杨岌在城外知道不妙，带兵攻打李艺，在唐军不断增援的情况下，幽州被攻破，李艺兵败。他抛下妻儿，准备投奔突厥，半途被其部将杀死，将首级送往长安。结果还连累他兄弟、利州都督李寿也被诛。钱琪这次就是随行军总管长孙无忌出征讨伐李艺。

"真是府中方一日，世上已千年。"汪华自嘲地说，"自从辞去官职，现在朝廷里发生什么大事一点儿都不知道啊。"

钱任插嘴对钱琪说："你姐夫现在天天窝在书房看书写字，连大门都没迈出过一步，现在开春了，让他带儿子们到郊外走走，他都不去。要不是你来啊，外面就是天塌下来他也不知道。"

钱琪听了笑了笑说："姐夫谨慎一点儿也是对的。现在朝廷时局还看不清楚，爹爹给我来信，也让我提醒姐夫，一个字'等'。"

钱任听了与庞实、稽圭对视了一下，有些失望。

汪华淡淡一笑，问道："岳父大人在眉州生活得习惯吗？"

钱琪说："他没说，我在信中也没问。他南征北战这么多年，到哪里都适应生活。这次他初到地方担任父母官，不同于行军打仗，还得适应一段时间。"

原来，年初，朝廷就下旨委任已经晋封为郇国公的钱九陇为眉州刺史，刚去赴任才一个多月。

"最近皇帝会有大动作，一些朝中老臣为了自保，以年事已高为由，纷纷请辞官职回家养老，皇帝二话不说都批准了，随后起用了大批新人。"钱琪说，"姐夫迟早会被皇帝起用的。"

汪华说："大唐群英荟萃，能否起用我，我无所谓，正好可以教建儿璨儿他们兄弟读读书，官场比战场还要凶险。天下太平，我们更应该让自己过过太平日子。"

钱任听了笑了笑说："既然如此，你就向皇帝请旨回歙州老家，游山玩水，好不自在。"

汪华摆了摆手说："现在还不能回。歙州刚刚换上新刺史，汪铁佛汪天瑶程富他们见天下太平了，都已辞去官职在家过清闲日子，如果我回去，大家聚在一起，三天两头一起吃饭喝酒，新刺史会如何去想？朝廷知道这些消息，估计有些人又会做文章啊。"

庞实听了不高兴地说："这也不行，那也不行。这些都是你自己想多了吧，几个平民百姓在一起聚聚，还能把天给掀翻？"

汪华笑而不答。小心驶得万年船。

钱琪见汪华不好解释，便说道："姐夫考虑得很周详，这世上有一拨那样的人，总是喜欢踩在别人的身上往上爬，他们把寻找别人的缺点，打倒对方，作为他们升官发财的契机！"

他接着说："前段时间，尉迟将军在酒桌上闹事，被皇上当场喝住，并且让他在家写悔过书！尉迟将军是什么人？对皇帝可是有救命之恩的大将军，就因为在酒桌上耍酒疯，用言语讥讽任城王李道宗，动手打了人，被皇帝劈头盖脸地训得趴在地上磕头。你们出去打听一下，尉迟将军现在老实多了，连酒都不敢喝了，上朝都低头哈腰，散朝回家也大门不出二门不迈，不再像以前那样吆三喝四、呼朋唤友了。"

"这么大的事情，我们怎么没听说啊？"汪华吃了一惊，这可是件大事啊。

钱琪听了笑着问："姐夫，你有几个月没出越国公府大门了？有几个月没有朝廷大臣踏进你这大门了？"

汪华说："自去年我向皇帝递折子请辞官职之后，就没出门了，也谢绝大臣们来府上看望。"

钱琪说："那不就得了。朝廷发生的事情太多了。"

钱任插嘴说道："所以说嘛，让你没事就过来跟我们说说话。你姐夫自己不出去，也不让我们和儿子们出去。我们就跟聋子没区别，外面什么事情都不知道。"

汪华问道："尉迟将军到底是什么情况？"

钱琪就把当时的情况介绍了一下。

一天，皇帝大摆酒宴，邀请群臣，席间，尉迟敬德见到任城王李道宗的席位在他之上，认为自己功劳在李道宗之上，便言语讥讽道："你有什么功劳，配坐在我的上席？"任城王李道宗主动要求与他换席位，并向他做解释说这是朝廷的安排。尉迟敬德不听解释，挥拳打向李道宗，李道宗猝不及防，一只眼睛几乎被打瞎。幸巧皇帝赶到，否则酒宴不知道要乱成什么样子。皇帝非常生气，训诫尉迟恭："朕读《汉书》，发现汉高祖的功臣能够保全自己的很少，心里常常责怪高祖。到了登基以后，一直想保全功臣，让他们子孙平安。但是你做了高官之后不断触犯国法，才明白韩信、彭越遭到杀戮，不是汉高祖的过失。治理国家的重要事情，只有奖赏与处罚。分外的恩惠，不能给得太多，要严格要求自己，别做后悔不及的事。"尉迟敬德也明白自己做得太过分了，忙磕头谢罪，从此开始处处约束自己的行为。

汪华听了之后，说道："这件事对于尉迟将军来说是好事，皇帝及早地给他敲响警钟，以免他得意忘形真犯了不可饶恕的过错，否则到时为时已晚了。"

钱琪说："我分析，尉迟将军这次闹事，其实是各方势力在试探皇帝的底线，大家想知道皇帝是重用新人还是宠用新人？是重用能人还是宠用当年天策府的旧臣？"

汪华听了点了点头，说道："你分析得有道理，皇帝正好利用这次酒宴，让大家明白一个道理，皇帝是大唐的皇帝，而不是天策府的皇帝。"

钱琪说："现在朝局暗中风起云涌，稍有不慎就会酿成大祸，皇帝刚刚并省全国的州县，将全国分为十道，取消了总管府，每道各辖若干州，而道只是监察机构而非正式行政机构，长乐王李幼良因皇帝这举措夺取了他的权力而心生怨恨，便带兵侵掠当地百姓，并且私自与羌胡互市。有人奏其有不轨之心，皇帝已下旨赐其自尽。"

"长乐王赐死是什么时候的事情？"汪华吃惊不小，堂堂大唐宗室王爷就这样被赐死，确实令人意外。

全国分为十道，汪华是知道的，他接到了朝廷颁发的文书，歙州、饶州、杭州、宣州、婺州和睦州都归属江南道。全国十道即关内道、河南道、河东道、河北道、山南道、陇右道、淮南道、江南道、剑南道、岭南道。江南道以辖境在长江之南而得名，东临海，西抵蜀，南极岭，北带江，领润、常、苏、湖、杭、睦、歙、婺、越、台、括、建、福、宣、饶、抚、虔、洪、吉、袁、郴、江、鄂、岳、潭、衡、永、道、邵、朗、澧、辰、巫、施、思、南、黔、费、夷、溱、播、珍等州。

"就前几天发生的事情。"钱琪说，"我也是今天上午才知道这消息。"

"皇帝既要安抚臣民，又要杀人立威。"庞实在旁边说道。

汪华若有所思地说："训斥功高盖世的心腹大将，是为了让那些自诩立有大功的臣子们要懂得收敛；赐死宗室王爷，是告诉那些以血脉宗亲而跻身王室贵族的人不要目无法纪；灭掉雄霸一方的封疆大吏，更是彰显朝廷稳定天下的果断！加上去年便桥会盟，不费一兵一卒就退了二十万突厥铁骑。古往今来，有哪位帝王有当今天子之雄才？！"

钱琪点了点头说："父亲私下也是这样跟我说的。"

冬去春来，转眼就进入了贞观二年。

这天，李世民散朝之后回到御书房，房玄龄、杜如晦、魏征、长孙无忌等四人跟了进去。

李世民说："现在突厥政衰，颉利与突利之间矛盾激化，西突厥统叶护可汗欲向我朝请求和亲，而东突厥颉利可汗欲加阻止，两者时有兵戈之争。该到收拾梁师都的时候了。"

房玄龄说："陛下，梁师都虽然盘踞朔方十余年，但他是依靠突厥撑腰才嚣张到今日。现在突厥无暇顾及我朝，正是出兵横扫朔方之时。"

"虽然突厥暂时无暇顾及朔方，但我们也不能轻视了梁师都，终究他在那里经营了十余年，据探子来报，梁师都一直在加强朔方城池修建，城池高大坚固，易守难攻。"长孙无忌说。

"朔方是卡在朕身上的一根刺，每每想起，令朕寝食难安。"李世民说，"朔方是突厥南下的门户，只有夺取这座门户，将来我们不仅能阻挡突厥铁骑南下，也可北上纵横漠北。"

"陛下所言极是，只是我们要出兵攻打朔方，必须选一名优秀将领来统领白渠府拱卫京城，让长安城固若金汤，能抵住南下袭击的任何一支敌军。"魏征说道。

"今天让你们过来，就是讨论白渠府统领的人员，魏爱卿言之有理，白渠府不仅担任整个长安城防卫，因其驻地位于长安城北的白渠中游，还有担任抵御北方敌人南下之重任。"李世民说，"自大唐开国以来，常年对外征战，长安城的宿卫均由十六卫负责，突厥多次南下逼近长安，十六卫左右推卸责任，也无人承担真正责任，也始终没有让白渠府发挥真正的禁卫作用。若想高枕无忧长治久安，必须尽快委任一员智勇双全、忠一不二的大将军来统领才行。"

这时，身为兵部尚书的杜如晦说话了："陛下英明，白渠府归属于左卫，已换多任统领，均不满意。之前我们的重心是平定四方，并没有重视白渠府，既然现在我们要经略朔方，就不得不重视白渠府的地位了。"

"杜爱卿，你是兵部尚书，你认为谁最合适？"李世民问道。

"陛下，我朝人才济济，要选一个行军总管轻而易举，但找一个最合适担任白渠府统领的却难之又难。"杜如晦有点儿为难地说。

"你这话等于没说。"李世民面有不悦地说。

房玄龄见状忙解围道："陛下，杜相的意思是最合适的人选难找，而不是找不到。"

李世民说道："白渠府统领不仅要文韬武略，而且对大唐、对朕必须忠心不二。白渠府统领这个军职虽然不高，但在大唐军队中的地位非常特殊，他掌握的是大唐精锐之师，拱卫的是都城安危。"

站在一旁的魏征终于开口说话了，他说道："陛下，臣刚才想起一个人，堪当大任。我想杜相心里其实早就有了人选，只是一直不敢说出来。"

李世民听了，不由得笑道："哦，什么人不敢说？"

房玄龄见皇帝笑了，说道："陛下，我们不如玩个游戏如何？我们在场的每一个人都把自己认为最合适的人选写在纸上。然后大家说出各自的理由，陛下再来定夺。"

李世民一听，觉得这样很有意思，便说："别写在纸上了，就写在每个人手掌上，朕也写一个，大家一起举荐。"

杜如晦见皇帝刚才是故意生气，也就笑着说："看来陛下心里也早就有人选了。"

李世民笑了笑，把笔递给杜如晦，说："还是请我们的兵部尚书先写吧！"

杜如晦忙推辞，说道："还是陛下先写。"

李世民听了也不客气，用笔蘸了点墨，说道："朕先写了，你们别偷看。"

说完，他就拿着笔转过身，伸出手掌，在上面写了一个字。

随后，杜如晦、房玄龄、长孙无忌、魏征，先后在自己手心上写下一个字。

"看看你们都推荐了谁。"李世民把手握在胸前，问大家。

既然都已经写下了名字，也就不论先后了，房玄龄缓缓伸开手掌，是一个"越"字。

"越国公汪华。"他补充道。

杜如晦、长孙无忌和魏征三人不由得笑了起来，都一齐把手掌伸开，杜如晦的手掌也是个"越"字，长孙无忌的手掌是个"汪"，魏征手掌写的也是个"汪"字。

李世民看了哈哈大笑，说道："原来你们早就私下商量好，难怪一个个都不肯说。"

长孙无忌解释道："陛下，我们四个真没有商量过，朝中文武群臣对汪华的才能都是很知晓的，只是陛下去年处置封言德的案子时，在朝堂之上说，既然汪华请辞歙州都督，那就让兵部收回他的印信，这辈子就让他待在家里好好教育他的那几个儿子。身为兵部尚书的杜相岂敢违抗您的旨意奏请汪华出任统领呢？！"

李世民忽然想起自己当时刚把封德彝赶回家，为了安抚封德彝的那些党羽，确实是在朝堂之上当着文武百官的面说过这样的话。

他有点儿愧疚地对杜如晦说："真是差点儿误会我们的杜大人了啊，不要往心里去，朕也是开个玩笑。"

杜如晦忙说："臣不敢。臣等还想看看陛下写的是谁呢？"

李世民笑而不语，伸出手掌，"汪"！

五个人不约而同地哈哈大笑起来！

第七十四章　执掌禁军

"国公爷，国公爷！"郑豹风风火火地往厅堂跑来，边走边喊。

汪华正在厅堂与钱任说话，见郑豹一点儿规矩都不懂，就说道："什么事，大呼小叫的，成何体统！"

郑豹也不理会汪华的训斥，笑着说："国公爷，钦差大臣来了！"

"谁？"汪华感到很意外，问道。

"兵部尚书杜如晦大人！"郑豹回答，他猜肯定是朝廷要起用国公爷了，不然不会派堂堂的兵部尚书作为钦差大臣来传旨。

"快！开中门！请！"汪华边说边赶紧整理了一下衣服。

"大有，快去请夫人和公子出来接旨。"钱任对杵在一旁的管家大有说道。庞实、稽圭和儿子们都在后花园玩耍呢。

越国公府已经一年多没外人上门了，汪华也在这个府上闲居了一年多，哪儿也没去。

一听圣旨到了，大家争先恐后地赶到大厅堂来。

越国公府的大门大开，杜如晦在数名随从的陪同下，双手捧着圣旨踏进大门，走进越国公府的大厅堂。这个大厅堂就是当年汪华为镇宅而悬挂有李渊画像的厅堂，而汪华与家人聚会都是在旁边的侧厅。

杜如晦立在李渊画像前面，面向南方，看着跪在地上接旨的越国公府上上下下，念道：

奉天承运，皇帝诏曰：

越国公汪华，秉文经武，夙著款诚，屡立奇功，委之戎旅，特授予左卫白渠府统领，参掌禁兵，便宜行事。钦此！

贞观二年四月五日

汪华接旨谢恩之后，请杜如晦上座喝茶。

其余人等先后退了出去，整过厅堂就留下汪华与杜如晦两人。汪华与他关系匪浅，所以少了一些客套。

"杜相，皇帝怎么忽然召我为白渠府统领？白渠府掌管的是大唐禁军，精锐之师啊。"汪华对皇帝这个决议有点儿意外，这统领之职以前多次都是由皇室成员担任，而他作为一个外臣，确实有点儿忐忑。

"越国公，你任白渠府统领不仅是皇帝的意思，也是我与房相他们的意思。当今天子雄才伟略，将干一番惊天动地之伟业，而作为关系长安城安危的白渠府，务必要有一名文韬武略而又忠心耿耿的大将军掌管。您算是临危受命啊！"杜如晦接着就把前天在御书房的事情简单地说给汪华听。

汪华听了忙感激地说："谢谢各位大人抬爱，只是这白渠府地位特殊，我怕难以胜任。"

杜如晦摆手说道："越国公不用自谦，你的才能我们都是有目共睹的，你虽闲居长安数年，但你对皇帝、对大唐的忠诚，大家都是心里有数的。武德九年玄武门之变，皇帝临时召你守卫秦王府，把全家老小的性命都交给你；便桥之盟，皇帝让你布疑兵，又让两位夫人随行护驾，既是看中你的能力，也是看中你的忠诚。若不是当年您的钱夫人神射，怎能震撼突厥铁骑，让他们仓皇北归？！"

汪华见杜如晦都这么说了，也就不好意思再自谦了。

于是，他说道："请皇上和杜相放心，汪华一定不会辜负众望！"

杜如晦说："越国公，左卫是大唐十六卫中最精锐的军队，而白渠府又是左卫里面最精锐的禁军，兵营位于长安城北面，既要担负抵御外敌入侵长安的重任，也要负责长安城内的安危，同时还有驰援东都洛阳的责任。皇帝的御林军属于内禁，白渠府属于外禁，整个长安城和皇宫的安危全系在这两支军队之手。御林军是由皇帝亲自统领，而白渠府现在就交给越国公了！"

汪华忙说："汪华定当尽心尽力当好差！"

见杜如晦喝完一口茶，汪华问道："杜相，朝廷最近是不是准备对外大规模用兵？"

杜如晦听汪华这么一问，没有说话，微笑着盯着汪华，说道："房相常说越国公料事如神，今天姑且请越国公猜猜皇帝准备打哪里？"

汪华笑着摆手道："杜相，取笑了。我是连猜带蒙，有时只是凑巧而已。这两年我在府里大门不出二门不迈，不知道天下到底怎样，都成睁眼瞎了。"

杜如晦说："有位左卫将军常登门，天下诸事越国公早已了如指掌了。说说看，姑且你我之间算是说笑吧。"

汪华说："那我来猜一下。去年幽州都督王君廓谋反被杀，岭南冯盎遣子入朝，回纥大败颉利可汗，这三件事连在一起，就使大唐境内基本无忧。虽然突厥政权日衰，但出兵攻打颉利暂不是时机，那么一直悬在长安上方这头野狼就得打掉。"

汪华边说边用手指沾茶水在桌子上画了个草图，随后在长安的上方与突厥之间的地方点了一点。

杜如晦听了略显意外，讨伐梁师都的议题仅限于出入御书房的几个人，而汪华居然不动声色地就察觉出来了，不得不令人惊叹，但想想汪华以前对天下走势的准确分析，也就觉得应是意料之中了。

"看来很多话我就不需要向越国公交代了，你知道怎么去做。"杜如晦欣喜地说。

汪华说："赴汤蹈火，在所不辞。"

于是，两人又随便聊了一会儿其他事情，杜如晦就告别了。

唐初沿袭隋朝军制，设置十二卫四府，俗称十六卫。十六卫分别置上将军各一人，从二品；大将军各一人，正三品；将军各二人，从三品。十六卫遥领天下数百个军府，居中御外，卫戍京师，是府兵和禁军的合一。但是，十六卫大将军对天下军府只是"遥领"，并不具备真正的战时指挥权。战时，则由皇帝临时派行军大元帅为最高指挥官。

军府、地方州县长官、十六卫和行军大元帅互相制约，没有人能够单独控制军队。这样一来，虽然天下府兵驻地分散，仍然是皇帝能够直接控制的中央军队！

"皇帝准备讨伐梁师都？"钱任问。

汪华刚送走杜如晦，钱任和庞实、稽圭等人从后堂走了出来。

汪华看了看她们三人，说道："你们偷听讲话了？"

"没有啊，我们在后面陪儿子们玩呢。"钱任说。庞实和稽圭也纷纷点头证明钱任所说。

汪华拿起摆放在案头上的圣旨，又看了一下，说道："想起来了，前段时间跟你们聊天时说起，皇帝什么时候重视白渠府统领之职，就表示他准备对梁师都动手了。"

钱任说："目前朝廷的外禁主要是由整个左卫负责，而白渠府一直没有真正起到全权负责长安外禁的重任。重视白渠府，就表示左卫麾下其他兵力将做外调。"

庞实插话道："皇帝是不想让长安再次重演兵临城下便桥会盟的情况。左卫曾与梁师都交战数次，对梁师都军队非常了解，是当前讨伐梁师都最合适的选择。"

稽圭也说话了："既然皇帝和杜相、房相他们都让你来担此重任，也是经过深思熟虑的。"

正说着，钱琪来了，他已经知道了汪华被朝廷委任为白渠府统领的消息了，特来道贺，同时把他掌握的白渠府的一些情况告诉汪华，便于他去执掌时能心里有数。

三日之后，汪华准备就绪，带着郑豹和冯智戴到白渠府赴任。

因军营不能带家眷，三位夫人和儿女都留在城内越国公府。冯智戴是岭南冯盎的长子，去年因岭南多战，冯盎领兵镇压，但为消除朝廷对他的戒备，特请旨让自己的长子冯智戴前往长安居住。当年在讨伐辅公祐时，汪华与冯智戴多有接触，对他的智勇甚是欣赏。冯智戴年轻有为，到了长安，皇帝并没有为其安排事务，他每天跟汪华一样窝在府里，把自己当成了朝廷的人质看待。汪华因长夫人钱英与冯盎是义兄妹的关系，所以与冯盎交情匪浅，加之自己这次赴任白渠府军务繁忙，正需要得力助手，于是就向皇帝请旨要了冯智戴。

汪华到了白渠府的第一件事就是整顿军务，郑豹和冯智戴是非常优秀的副将，按照汪华的要求很快就使白渠府一万兵马的军容军纪焕然一新。随后，汪华又要求他俩带领白渠府将士日夜操练。

汪华不仅能亲自领兵攻城略地，还能做到如何让麾下将军的能力发挥到极致。御百万兵，不如御百名将。长安城的防卫由于汪华的到来，得到了周密的布置。

这日，汪华正在白渠府营帐里面看书，郑豹匆匆跑了进来。

"统领大人，出事了。轻骑校尉张三宝在春明门带兵扣押了户部车队，并打伤了一名官员。"郑豹焦急地说。

"户部什么车队？"汪华问道。

"黄金。"郑豹说，"从东都洛阳押送过来的。"

汪华立即觉得事情蹊跷，从东都洛阳押送黄金居然没有动用左右卫，而仅是户部的车队，这有点儿不合理。

"他们有朝廷的文书吗？"汪华问道。

"所有的文书都齐全，从洛阳到长安所有的通关文牒也都有。"郑豹说。

汪华把手中的书放到书案上，站了起来，问道："既然文书齐全，为什么要扣押他们？"

郑豹解释道："押送车队的是一名身居四品的尚书中司侍郎曹仁务大人，张三宝提出检查车队，他不配合，并出言讥讽，说他们的车队从来没有人敢拦截检查的。"

"除了手持皇帝圣旨，任何人的车队都要检查，即使是皇室车队也不例外。"汪华说，"我们有权扣押车队，但出手伤人就太不对了啊。"

"张三宝的脾气火爆，说要扣押车队，曹仁务带人来抢，结果两边就打了起来，张三宝拔刀把曹仁务的手臂砍伤。"郑豹说，"幸好，冯智戴及时赶来制止，否则后果更严重。"

汪华问道："曹仁务现在哪里？"

"与黄金一起都被扣押在东门的营房。"郑豹说。

"你出去吧，不要告诉外人已经向我禀告了此事。"汪华觉得事情不可能是表面看起来这么简单，便对郑豹说，"户部会派人找我的，你们按照规矩办就行，不用担心。"

郑豹还是不放心，张三宝打伤的可是四品官员，这事情要是闹大了，不好收场。

汪华摆了摆手，没有说话。郑豹只得退了出去。

汪华手里有一本皇室和六部的名录，这是长孙无忌给他的，里面详细记载着居住在长安城五品以上官员的背景资料。

曹仁务的父亲曹贵曾给太上皇李渊做过马夫，当时李渊还是唐国公，曹贵为人憨厚，擅长养马，深受爱马的李渊赏识。李渊当上皇帝之后，曹贵被授予四品散官，可惜不到半年就病故了。李渊为了表示对曹贵的恩宠，就对曹仁务也格外照顾，仅三四年时间，就让曹仁务官居户部尚书中司侍郎，掌管着大唐户部银库。曹仁务属于典型的官二代，并且是靠着太上皇这棵大树。

轻骑校尉张三宝的家世也不简单，父亲张虚戊曾是李渊唐国公府的侍卫，也跟随李渊太原起兵，后在攻打长安城时被流箭射死，据说当时李渊亲自脱下自己的披风盖在张虚戊的身上对其厚葬，并对张家也很照顾。

按理来说，张三宝与曹仁务两人的父亲都是太上皇的旧人，且都受太上皇宠信，两家关系应该很好，张三宝与曹仁务也应该相互熟悉，为何突然为了进城检查而动了干戈呢？事情可能不是表面上看到的这么简单。

汪华在脑海里盘算着这个事情，决定探探究竟。

户部尚书此时正是长孙皇后的舅父高士廉，他也刚上任才一两个月，他正调遣各州郡重新进行田地和人口登记，这是一项工作量非常大的事情，掌握了各地田地和人口数目就能更好地颁布赋税。他正在户部衙门办公，就有人走来匆匆禀告，说白渠府扣押了他们户部押送的黄金和所有押送黄金的人。

"汪华怎么搞的？连户部都不放在眼里？！"高士廉听了汇报，心里很不爽，扣押自己户部的黄金和官员，这不是摆明打他高士廉的耳光吗？问道，"他们现在哪里？"

"都扣押在白渠府东门营房！"属下禀告。

"备马，赶紧去白渠府找汪华。"高士廉说完就往外走，这批黄金是从洛阳铸钱局新铸出来的，是用来给兵部筹集粮草的，岂能耽搁。

曹仁务的伤口已经包扎好了，刚开始还大呼小叫地说要告白渠府，结果冯智戴对着他耳边轻轻说了句："小心我说你私通突厥，直接把你杀掉，你命都没了，还敢嚣张不？"

曹仁务也听说过冯智戴的事情，对这种在战场上杀人不眨眼的将军，他还是有点儿害怕人家玩真的，所以立马就老实了。

张三宝被人带进了汪华营帐。

还没等汪华说话，张三宝"扑通"跪在地上，请求道："统领大人，您一定要仔细查查曹仁务，他形迹可疑，另有阴谋！"

"他怎么形迹可疑了？他会有什么阴谋？把你知道的都说来听听。"汪华觉得张三宝必定掌握着曹仁务某些不可告人的秘密，否则他不至于鲁莽到要动手去伤害曹仁务。

张三宝看了看周围站着的兵卒，没有说话。汪华明白了他的意思，就摆手示意营帐里的兵卒都出去，只留下他与张三宝两人。

于是，张三宝一五一十地把他掌握的曹仁务的事情说了出来。

原来张三宝的父亲张虚戊与曹仁务的父亲曹贵不仅都属于太上皇李渊在太原的旧人，两人还是把兄弟，两家关系不错，曹贵当年还想让曹仁务娶张三宝的姐姐为妻，虽然张虚戊认为曹仁务好酒贪玩，委婉地拒绝了这门亲事，但这并没有影响两家之间的关系，年长张三宝十岁的曹仁务还偶尔来找张三宝喝酒，两家家眷常相互串门。可是自曹仁务担任户部中司侍郎之后，张三宝就开始感觉他慢慢地变了。首先是曹仁务换了大宅子，有次喝酒无意中又听说他在老家买了数百亩地，纳了几个小妾。前几日，他有个小妾来张三宝家串门，与张三宝妻子聊天时无意中说曹仁务越来越出息了，给几个小妾的娘家都买了地。张三宝从妻子口里听到这消息之后，就觉得奇怪，曹仁务的俸禄加上朝廷对官员的赏赐，根本就不够他这么开销的啊。于是，张三宝就开始留意曹仁务。谁知道，昨天张三宝妻子从曹府串门回来，说听到曹仁务的两个小妾在私下讨论这次老爷从洛阳回来肯定又会赚不少钱，两人商量一起去西市买玉镯子。

张三宝听了以后就纳闷了，曹仁务往返长安与洛阳，办的都是公差，怎么就能赚不少钱呢？钱从哪里来？曹仁务的身份，也不会有地方官吏给他送什么贵重财宝。难道他每次从洛阳押送黄金回长安的时候，私带了什么东西而从中获利？

张三宝一直感恩朝廷对张家的恩荣，一心想着如何报答朝廷。现如今大唐刚立十余年，他不忍一些不法之徒中饱私囊而危害国家利益，即使这个人是自己的亲兄弟，也都不行。

这次曹仁务回长安城时，正好赶上张三宝在春明门当值，负责守卫的白渠府兵卒按照惯例查看了文书和随便开了一箱检查之后，正准备放行，张三宝走了过来，他想仔细检查一下。谁知道曹仁务见张三宝要把他们的车辆带到营房仔细检查，就急了，觉得张三宝是在故意找茬儿，就说不同意。曹仁务越不同意，张三宝就越想查看个究竟。于是，两人在营房里顶了起来，谁知道，曹仁务说着说着就说张三宝就是个傻子、榆木脑子。张三宝被说急了，就命令兵卒把黄金全部搬出来检查，而曹仁务偏偏不同意，并说向来没有这个规定，还说张三宝没有权力这样检查。在推搡中曹仁务抢过旁边兵卒的刀要砍张三宝，反而被张三宝拔刀砍伤，若不是冯智戴碰巧赶来，估计真要出人命了。

"你为什么就一定认为他押送的黄金有问题呢？"汪华问道。

张三宝说："凭直觉。"

"直觉？！"汪华听了觉得有点儿无奈地笑了，"你仅仅凭直觉，就与朝廷四品官员发生了争执，差点儿伤了人命。"

"属下知罪！"张三宝低着头说，"但是，统领大人，曹仁务真的有问题，我不是嫉妒他有钱过得比我好，而是觉得他那么多钱确实来得不明不白。"

"他这么有钱财，难道别的同僚不知道？监察御史不知道？"汪华见张三宝一副憨憨的样子，真是想生气都没法生。

"他在老家买田地都是偷偷买的，别人还真不知道。"张三宝低头嘟囔了一句。

汪华只得耐心说道："如果你刚才说的事情属实，那么这个曹仁务确实有问题，确实从某些地方搞到了不少钱财，但是他岂敢在运给兵部的黄金上做文章呢？你这样一闹，不仅抓不到他的任何把柄，反而会打草惊蛇。你自己却会因刀伤四品朝廷命官而面临被革职查办。"

"只要抓住朝廷的蛀虫，我就是丢掉性命都不怕。"张三宝居然把曹仁务说成蛀虫，一副大义凛然的样子。

汪华也在脑海里盘算着，曹仁务极力阻止张三宝检查黄金，说明黄金确实有问题。如果不坐实曹仁务有问题，那么张三宝就会被兵部以军法处置，也可能会被户部送到刑部去按律定罪。他相信张三宝说的没错，曹仁务有问题。

他正准备去东门营房查看时，高士廉骑着马匆匆赶来，正在营地外。白渠府是军事重地，外人若不持白渠府腰牌是进不来的。汪华得到通报之后，亲自到营地外迎接高士廉。

"汪统领，我户部的车队为何被你们白渠府的人马扣押？"高士廉见到汪华连招呼都没打，就直接兴师问罪。自己刚掌管户部还没多久，户部的四品官员就被白渠府的人打伤，这样下去整个长安城的人岂不都要小看户部了？

"高相，我刚得知此事，正准备去东门营房察看究竟。"张三宝以待罪之人被五花大绑跟在汪华后面，汪华也不能说自己还不知道此事。

"那都是从东都洛阳押送过来给兵部的粮饷，你们岂能当作儿戏，想翻看就翻看呢？听说还要全部搬出来一个一个地看，这不是笑话吗？你们白渠府的人都无聊到这个地步了吗？"高士廉觉得白渠府这次太不给他面子了，他也没必要给汪华面子，说话的语气特别硬。

事情没有彻底调查清楚之前，汪华也不便与高士廉解释太多，终究自己属下伤了对方的人，汪华只得说："高相，我们到了东门营房之后再说对错吧。"

高士廉见汪华这样说话，伤人者张三宝又被捆绑起来了，他也只得跟着汪华去东门营房察看究竟。

高士廉年轻时很有器量，对文史典籍也有所涉猎，与司隶大夫薛道衡、起居舍人崔祖浚是忘年之交，因此得到公卿的赞许。但他认为自己是北齐宗室，不宜广交名流，于是隐居在终南山，闭门谢客。隋炀帝大业年间，高士廉出任知礼郎。大业五年，高士廉因妹夫长孙晟病逝，便将妹妹高氏接回家中，并厚待外甥长孙无忌、外甥女长孙氏。后来，高士廉发现李渊次子李世民才华出众，便将外甥女长孙氏嫁给他，这就是后来的长孙皇后。

武德九年，李世民与太子李建成矛盾加剧，高士廉与长孙无忌、侯君集等人日夜劝谏李世民，欲诛杀李建成与齐王李元吉。后来，高士廉配合李世民发动玄武门之变。李世民被立为太子后，任命高士廉为太子右庶子。

高士廉不仅是当今皇后的舅父，而且他本人确实能力非凡，汪华对其很是推崇，所以对他刚才的言语并不在意。

东门营房就在春光门附近，白渠府在长安城东南西北四个方位都布置有营房，作为白渠府兵卒临时休息之用。

曹仁务被关押在东门营房，冯智戴盯着摆在地上的十个大箱子左看右看，没看出有什么异样，又看着堆在桌子上的黄金，还是没看出什么异样。原来，冯智戴把一箱黄金全部搬出来摆在案桌上。每块黄金二十两，一箱五十块，每箱一千两，十箱黄金正好是一万两。

汪华和高士廉走进东门营房，冯智戴向两人禀告了他所见到的事情经过，随后说："黄金都检查了，没有任何问题。会不会是张三宝与曹仁务有什么个人恩怨？"

此时，张三宝被郑豹押在营房外面，并不知道冯智戴在里面说了些什么。汪华对冯智戴办事还是很放心的，见冯智戴都说没有查出什么问题，也觉得张三宝这次太鲁莽，打草惊蛇了。按照张三宝叙述的话，曹仁务肯定通过押送黄金这趟差事赚了钱，只是他到底是如何赚钱的呢？

汪华边思索边看着桌上的黄金，他拿起一块儿看了一眼，黄金上面有几行字，上面写着"20两 洛阳铸宝局"。

李世民当年是秦王时，因战功赫赫，李渊赐其一座建在洛阳的铸钱炉。李世民登基之后，把归属于秦王府的铸钱炉升格为洛阳铸宝局，与长安铸宝局一并归属于户部。洛阳铸宝局有一套工艺精湛的黄金冶炼设备，所以河北一带的金矿开采出来的矿石都送到洛阳冶炼成高纯度的黄金。

"汪统领，我还得赶紧回户部办差呢。"高士廉见汪华在黄金箱前面走来走去，就暗示他，赶紧放人吧，没时间跟你这样耗着。

汪华看了看高士廉，不好意思地笑了笑，说道："高相，是我属下办事不力，我定当严惩。"

汪华说完，对冯智戴说："赶紧请曹大人出来，把黄金装箱，你亲自护送到户部去。"

曹仁务手臂包扎着纱布，从另一间房子走了过来，正想说话，高士廉向他摆了摆手。

高士廉觉得曹仁务与张三宝之间肯定有什么瓜葛，否则不可能把事情闹得怎么大。此时还不是讨论谁对谁错的时候，带走人拿走黄金才是重点。见汪华爽快地放人放货，高士廉堵在心里的气也就消了一大截。

还没等高士廉说话，汪华对身边的兵卒命令道："张三宝无理取闹砍伤四品官员，立即送入兵部大牢听候处置。"

"汪统领秉公执法，高某就先告辞了。"高士廉见冯智戴已经把黄金装箱，则准备离开。

"汪某管教不力，改日登门道歉。"汪华说完就示意冯智戴押送黄金与高士廉一起去户部。

送走高士廉，汪华对郑豹说："陪我走走吧。"

郑豹猜着汪华此时心情不好，白渠府得罪了户部，只怕以后会有麻烦。

郑豹跟着汪华在城里慢慢走着，才走了不到三百步，见几个人正在争吵，其中一个愤愤地说道："你卖荔枝缺斤少两，难道不应该退钱吗？"

另一个人估计是卖家，也不服气地说："大伙评评理，这个人买了荔枝回家，过了大半天再拎过来说我给他少称了三两，这不是讹诈我吗？你可知道今年的荔枝有多贵啊。"

"你就是缺斤少两了，你要是不把多收的钱退给我，我去报官。"买荔枝的人理直气壮地说。

"你去报啊，谁怕谁啊。"卖家也语气硬得很。

听到这里，汪华突然灵光一闪，像是想起了什么重要的事情，他急忙转身对郑豹说："郑豹，快！立刻率兵追上冯智戴，务必把那批黄金扣押下来。"

郑豹被汪华这突如其来的命令弄得有些措手不及，但他很快反应过来，点了点头，表示明白。

"事不宜迟，赶快行动！"汪华边说边急匆匆地往营房的方向跑去。

郑豹紧随其后。

到了营房，汪华翻身上马就往户部方向奔去，郑豹忙点了十几名兵卒骑马跟着。

"高相，请留步！"汪华快马追上高士廉的车队。

"汪统领，有什么事情吗？"高士廉骑在马上问道。

而此时，曹仁务显得特别紧张。

"高相，可以借一步说话吗？"汪华翻身下马走到高士廉身边，高士廉也只得下马。

汪华轻声问道："高相，朝廷规定黄金冶炼成金块儿的火耗是多少？"

高士廉疑惑地看着汪华回答道："朝廷规定纯黄金冶炼成金块儿火耗不得超过半半成。"

汪华问道："半半成是什么意思？"

这是朝廷新规定的一种说法，不是户部的人不一定知道，高士廉耐心解释道："十两黄金的半成是五钱，半半成就是两钱半。"

汪华听懂了意思，指着远处车队上的装黄金的箱子问道："比如这里面的金块是二十两，除去火耗，实际重量只有十九两五钱，对吗？"

高士廉说道："没错，实际重量必须控制在十九两五钱以上，但是对外仍以二十两黄金的等价流通。"

汪华又问："高大人，黄金运回户部之后，你们有没有一一过称核对重量？"

高士廉见汪华问得稀奇，说道："这黄金是洛阳铸宝局冶炼出来的，在出库之前都一一称过重量，上面都刻有洛阳铸宝局的图文，黄金运到户部钱库，只需要清点数量就行，这么多黄金，有谁会一一过称称重呢。"

听到高士廉这么说，汪华彻底明白了，他的预感没错。

"高相，这黄金你暂时不能运到户部钱库去入账，我需要重新核查。"汪华说。

"汪统领，你们白渠府管得也太宽了吧，这可是给兵部的军饷。你们白渠府负责宿卫长安城的安全就行，这事你就别操心了。"高士廉听说又要扣押黄金，真的生气了。

"高相请不要误会，这些黄金我们不带回白渠府，可以仍然放在户部，但是需有我们白渠府的将士看守。"汪华解释道。

"我户部钱库有人把守，难道害怕飞走不成？"高士廉不同意。

汪华见围观的人越来越多，只好对郑豹耳语几句，很快，郑豹就从旁边的店铺借来一把小称。

汪华接过小称，郑豹安排兵卒背对着汪华和高士廉把两人围起来，不让外面的人看到里面在做什么。

汪华打开箱子，从里面拿出一块儿黄金，仔细地称给高士廉看，高士廉瞪大眼睛清楚地看到秤星，十八两。

"十八两？！"高士廉轻轻地惊讶道。

汪华不作声，又拿起一块儿再称，十八两一钱。一连称了五块黄金，重量都在十八两到十八两三钱之间，居然没有一块儿是十九两的，更别说十九两五钱了。

高士廉瞬间明白了什么，忙对汪华感激地说："汪统领，你救了我命啊。这要是送到兵部，被发现重量有误，我可要担大责任，掉脑袋啊。"

两人又轻轻说了几句，高士廉对外说："把曹仁务绑起来！"

围观的百姓没看清楚到底怎么回事，就见兵卒把骑在马上的曹仁务拖下马，五花大绑。随后，白渠府兵卒押着车队往户部走去。

回到户部，高士廉立即突审曹仁务，而曹仁务见事情败露，为免皮肉之苦，一五一十地全交代了。

原来，他到了户部第二年就发现了钱库漏洞，他管理户部钱库，常往来洛阳与长安。于是，他通过关系把自己的姐夫马征远弄到函谷关驿站担任驿丞，又把驿站后院地下室进行改造，私下备好熔炉和模具。

他每次从洛阳押送黄金落宿函谷关驿站时，就把押送的人员全部灌醉，再让马征远把黄金倒入熔炉，再按照模具重新铸出十八两的黄金。每块儿黄金，除去损耗，他们能得半两。一趟下来他们能从中获取数百两黄金。以这次为例，一万两黄金，有五百块儿，他们就从中得到黄金二百五十两。

武德年间朝廷规定，一枚铜币为一文，一百文为一钱，十钱为一两银子，十两银子为一两金子。

当时的朝廷四品官员的年俸在五十两银子左右，也就是才五两黄金而已。曹仁务跑一趟洛阳就能从朝廷钱库里面偷出数百两黄金，真是令人不敢想象。

高士廉觉得事情严重，又为了减少自己的失察之责，立即起草奏章向皇帝——陈述案件来龙去脉。

三天后，冯智戴率领白渠府兵卒和同长安京兆尹衙役查抄了函谷关驿站，抓捕了驿丞马征远。

随后，朝廷下旨，曹仁务和马征远罪大恶极，抄家灭族。高士廉犯有失察之责，免去户部尚书之职，贬为安州都督。张三宝升五品云骑将军，继续在白渠府效力。

长安城外，十里长亭。

汪华端起酒杯对高士廉说：“山高路远，高大人一路保重！”

高士廉也端起酒杯说道：“感谢汪统领在皇帝面前为高某说情。”

汪华说：“高大人掌管户部时间短，很多事务尚未捋清，何罪之过。只是皇帝要整顿朝野，高大人是他的至亲之人，暂且拿你做个样子给大家看看，过不多久皇帝又会召你回京的。”

高士廉感激地说：“汪统领好意，高某记在心里。后会有期！”

数月后。

大唐正式出兵讨伐梁师都了，李世民委任右卫大将军柴绍为行军总管，殿中少监薛万均为行军先锋，以左右卫兵马为主力，共率大军五万向朔方出发！

梁师都是夏州朔方本地人，世代为当地豪族，他本人曾在前朝为鹰扬府郎将。大业末年，被免官归乡，于是交结党徒起为盗贼，后占据朔方郡造反，自称大丞相，并与突厥结盟。攻占雕阴、弘化、延安等郡之后，于是即皇帝位，国号为梁。

武德元年，即公元 618 年，梁师都进犯灵州，被唐军打败。

武德二年，梁师都再次进犯灵州，被唐军击退，随后又与突厥联合南下，骚扰五原、延州、太原和幽州等地。

武德年间，梁师都多次勾结突厥颉利可汗，教唆其南下，因此突厥连年进犯，以致深入内地，兵临渭桥。

因此，在朝廷准备用兵灭掉梁师都之前，已经派遣使者去招降梁师都，结果被梁师都一番羞辱。于是，朝廷多次派遣小股骑兵践踏梁师都的庄稼，使得梁师都的军队失去与唐军长期对垒的决心。同时，朝廷又派人到梁师都身边施行反间计，使得梁师都君臣相猜，许多人先后降唐。

随后，大唐委任柴绍统领兵马正式征伐梁师都，梁师都和突厥援军被多次击败，被围困于朔方。最终，朔方城中粮尽，梁师都的堂弟梁洛仁杀死梁师都，献城投降。唐以朔方置夏州。

徽州魂 大唐越国公汪华传奇 下

第七十五章　汪达出征

时光荏苒，转眼就到了贞观九年，汪华执掌白渠府已近八年，长安城在他勤勉精密的防卫下固若金汤。皇帝李世民可以专心经略八方，推动大唐王朝走上了高峰，呈现出举世夺目的贞观盛世。

在这八年间，有几件大事值得记录：

贞观三年，李世民派李靖、李勣出兵与薛延陀可汗夷男等夹攻东突厥颉利；年仅十二岁的松赞干布在他叔父论科耳和宰相尚囊等亲信的大臣拥戴下，登上赞普宝座，成为吐蕃王朝第三十三任赞普。

贞观四年，李靖大败颉利于阴山，颉利被擒，东突厥亡国。颉利被押送至京，李世民为彰显仁义，赐其田宅，并授右卫大将军；大唐声誉海外，日本为学习大唐文化，派出遣唐使；一代名相杜如晦病逝；李世民下旨赦免汪达当年射杀封言德罪行，配左卫勋府，准其前往白渠府军营跟随汪华历练。

贞观五年，李世民赐汪华长子汪建配左卫勋府；汪华三夫人庞实生八子汪俊；因冯盎击败叛乱的罗窦洞獠有功，李世民对其大加赏赐，并授冯盎的长子冯智戴为左武卫将军；为避长安酷暑，李世民下令修缮位于长安城西北三百多里远的仁寿宫，并改名为九成宫，又称九宫，作为皇帝和后宫的避暑离宫。

贞观六年，焉耆王突骑支派使节到唐进贡，高昌痛恨突骑支，派兵袭击焉耆，大肆掠夺；铁勒十五部之一的契苾部落酋长契苾何力率所部六千余家到沙州向大唐朝廷归降，李世民令其居住在甘、凉之间，并授于契苾何力为左领军将军。

贞观七年，直太史李淳风造浑天黄道仪，观测天体位置和运动。

贞观八年，颉利可汗卒，追赠归义王；李世民为给太上皇李渊避暑，在龙首原修建夏宫永安宫，后改名大明宫。

贞观八年六月，李世民以左骁卫大将军段志玄为西海道行军总管，以左骁卫将军樊兴为赤水道行军总管，带领边境部队及契苾、党项人马进攻吐谷浑。九月，吐谷浑又进犯凉州。李世民大怒，下诏大举征讨吐谷浑，以李靖为西海道行军大总管，节度诸军，兵部尚书侯君集为积石道行军总管、刑部尚书任城王李道宗为鄯善道行军总管、凉州都督李大亮为且末道行军总管、岷州都督李道彦为赤水道行军总管、利州刺史高甑生为盐泽道行军总管，以及突厥、契苾的兵马分道出击吐谷浑。

"父亲，捷报！"汪建手拿信函兴奋地走进汪华营帐，汪璨跟在后面。

"达儿又打胜仗了！"年已半百的汪华，蓄着美须，接过信函看都没看就说道。这信函是与随大军报送朝廷的捷报一起带回长安的。

"是啊。三弟在李靖大元帅麾下率兵配合任城王李道宗在库山大败吐谷浑，随后率五千精骑为先锋，在牛心堆和赤水源两次击败吐谷浑可汗伏允主力，伏允向西逃亡，大军正一路追赶！"汪建激动地一口气把汪达西征的情况说给父亲听。

"不错，不错！"汪华边看信函边点头不已，"达儿越来越有出息了！"

"父亲，看了三弟的信，我热血沸腾，恨不得也马上驰骋疆场！"汪璨在旁激动地说。

汪华把信收起来，摆了摆手，说道："大唐将帅如云，新秀也如雨后春笋，这几年战争锻炼出不少年轻小将。南征北战、攻城略地、开疆辟土，把机会交给他们吧。为父戎马半生，就是希望你们兄弟能过太平日子。"

"父亲，我们兄弟，空有一身本领，不能报效朝廷，岂不可惜？"汪建有些遗憾地说道。

"你们在白渠府效力就是为朝廷效力啊！"汪华对两个儿子笑着说，"宿卫京城是头等大事，现在长安城是天下诸国向往之地，万国来朝，群贤毕至，保障都城安全，皇帝就能更踏实地治国理政。"

"我们还是觉得带兵打仗好玩啊。"汪建嘀咕道。

"打仗可不是好玩啊。其实，谁愿意打仗呢？皇帝不喜欢，常胜将军靖公不

徽州魂
大唐越国公汪华传奇
下

喜欢，为父也不喜欢。"汪华语重心长地说，"打仗其实就是拼人命，朝廷打的所有仗，都是为了天下太平！"

汪建和汪璨不说话，但是心里还是不太乐意父亲把他们留在身边，他们也希望自己能像三弟汪达那样驰骋疆场攻城略地。

汪华装作没察觉出两人的心思，四子广、五子逊、六子逵、七子爽，都十七八岁了，个个文韬武略，天天嚷着要出征作战，他都一一回绝了，他有他的难言之隐，以后会找机会跟他们说清楚的。

思绪回到了一年前——

汪华正在城内越国公府休息。

自冯智戴迁左武卫将军之后，汪华就让长子汪建、次子汪璨和三子汪达到白渠府历练，三个儿子办事认真，不管是操练兵卒还是巡视城防，都令汪华满意，李世民数次驾临白渠府检阅将士和抽查城防，都赞不绝口。现在有三个儿子在白渠府，他相对轻松了很多，回越国公府住的时间也相对多了些。

汪华带着爱女合羽与三岁的八子汪俊在后院花园嬉戏，郑豹急匆匆地跑了过来。

"大统领，三公子夺得先锋印了！"

"先锋印？！"汪华看着郑豹，他都怀疑自己听错了。

"三公子刚刚在校场比武，勇冠三军，夺得了征西先锋大将军！"郑豹补充道。

汪华内心不由得一愣，这事躲来躲去还是没有躲过啊。

吐谷浑多次犯唐边境，李世民决定举大军征伐彻底解决西北之患。于是起用年事已高、在家休养的李靖为征西大元帅，统领各路兵马。同时发出征贤令，挂出先锋印，在长安校场举行大比武，选拔征西先锋将军。

此次征西先锋将军至关重要，需率领先锋精骑提前三日开拔，直入吐谷浑境内，击败吐谷浑驻扎在境边的守军，攻占关隘，派遣多路探子获取情报，为大军西进扫清障碍。

校场上，不少王孙公子、文武官员子弟、郡县豪杰纷纷前来比武。汪华的七个儿子，也摩拳擦掌地要去比武，都被汪华一一喝住。汪华有自己的苦衷，他的想法也得到三位夫人的支持。七个儿子见父母都反对，也就老实了，或在白渠府规规矩矩地当差，或在越国公府踏踏实实地读书。

校场大比武的第十天，右卫大将军柴绍的长子柴哲威脱颖而出，一连三天，无人能敌。整个比武时间是十二天，谁知到了第十二天上午，一名来自幽州的梅者仕少年在台上与柴哲威大战三百回合，居然取胜了！柴哲威的武功大家有目共睹，当年在校场习武之时，长安城的王孙公子、文武官员子弟无人不服。

汪达这几天老老实实地待在白渠府驻地，连去城内巡逻的事情都交给汪建和汪璨，汪华也嘱咐让他镇守大统领营帐，哪儿也不要去。汪华对汪建和汪璨比较放心，唯独对汪达不放心，这小子心野。而汪达呢，虽然心野，但父命难违，父亲不让他参加比武，他也就没去关心校场里的事情，谁赢谁输，他都不想听，每当白渠府的将士聚在一起讨论昨天谁被打败了，今天谁又赢了，他就一个人郁闷地躲到一边生闷气，他就不明白父母为什么反对他们兄弟几个出征作战。

没想到，梅者仕上台打败柴哲威的消息被汪建带回了驻地，汪建把梅者仕一个劲儿地夸，从拳脚、刀枪到骑射，都兴高采烈地说了一遍，同时也为柴哲威可惜，真没想到大唐境内还有如此人才。汪达本来对此事不感兴趣，但是听说柴哲威被一个陌生少年打败，内心不由得充满好奇。柴哲威与他关系匪浅，两人在校场练武时认识，当年封言德追射汪达，是柴哲威为救他而负伤。后来两人常在一起切磋武艺，谈论兵法，汪达对柴哲威的武功是一清二楚，两人各有所长，汪达天生神力，要略胜柴哲威。

汪达听汪建说完校场比武的情况之后，决定要去会会这个梅者仕。他趁大家不注意，骑马出营直奔校场。

校场人山人海，汪达走近一看，见一名身高八尺、满脸黝黑的少年坐在上面，穿着一身黑衣裳，全身充满一股霸气。

名将程知节的儿子程处嗣和程处亮、尉迟敬德的儿子尉迟宝琳、房玄龄的儿子房遗直和房遗爱、杜如晦的儿子杜构和杜荷、李孝恭的儿子李崇义、秦琼的儿子秦怀道等王爷国公子弟年长的或年幼的都围在校场看热闹。

汪达一到校场就被大伙儿拉住，你一言我一语地鼓动汪达上台比武，并且说我们校场练武的子弟就看你的了，你再不上去，大伙儿真是丢尽脸面了。

汪达看到昔日这些校场兄弟们都鼓动他上去，头脑一发热，父亲的嘱咐早就被抛到九霄云外了，一跃就上台挑战了。

此时，离比武夺印只差一个时辰就结束了，坐在椅子上的梅者仕打败柴哲威之后，整个下午无人再上台挑战，眼看先锋将军非他莫属，偏在这个节骨眼儿上，蹦出来一位与自己年纪相仿的白衣少年。

校场周围等着看热闹的人，等了一下午终于见又有人上台了，便一起喝彩。

汪达这两年到白渠府效力，经常带领将士巡视城防，长安城内上至朝廷王公大臣、下至商旅走卒，没有不认识他的，尤其是数年前汪达射杀封言德轰动朝野，越国公的三公子早就声名远播。坐在考官台上的正是李靖、秦琼、侯君集、李道宗、房玄龄，他们见汪达上台挑战，不由得微微一笑。

郑豹正带着白渠府将士负责校场的防卫，见汪达站在台上，他吓得双脚发软，内心不由得念道，惹事了，惹事了，国公爷一再嘱咐要我郑豹盯着三公子的，没想到他还真来了。

郑豹在内心还没嘀咕完，汪达已经与梅者仕打了起来。夺先锋印比武分三步，第一是比拳脚，第二是比兵器，第三是比骑射，如果在第一环节取胜，就不用再比下一个环节。两人真是龙争虎斗，在台上赤手空拳打了一百多回合都没有分出胜负，台下围观者连连喝彩；接着两人分别从兵器架上取了兵器继续打，汪达持剑，梅者仕握刀，两人又大战了五十回合；随后，两人一起飞身上马。原来，比赛之人的坐骑都被牵到比武台下面，马背上有比赛专用的弓箭。

汪达和梅者仕骑在各自的马上，背道而驰，百步开外，两人一齐勒马转身向对方驰去，搭弓射箭。两人都是狠角色，三箭齐发，直向对方的头、胸、马三个方位射去。

说时迟那时快，汪达双脚在马镫上一蹬，整个人离开马背腾空再向梅者仕射出一箭，直插梅者仕额头。梅者仕手握强弓，舞散了汪达前三箭，却没想到汪达速度之快超乎想象，居然在空中又射出一箭，躲闪不及被射中。所幸，这是比武专用弓箭，箭头被取，裹上布条，并不伤人。但汪达天生神力，虽然只使出五成力道，但还是在梅者仕额头上留下了伤口。

整个校场瞬间沸腾了，坐在比武台上的五名考官也看得真切，不由得都相视而笑。

夺取先锋印的比武大赛正式结束，汪达从李靖手里接过先锋将军印！

郑豹见了，来不及去找汪达说话，对身边的副将交代几句，就急匆匆地跑到越国公府报信。

"国公爷，现在该怎么办？"郑豹问道。

汪华叹口气说道："木已成舟，能怎么办？顺其自然吧。"

合羽见父亲心情不好，便不明白地问道："父亲，三哥做了先锋将军，你为何反而不高兴呢？"

汪华抚摸着合羽的脑袋，微笑着问道："合羽，你希望三哥天天陪你在家玩，还是希望一年两年都见不到三哥的面呢？"

合羽说："我当然希望三哥天天陪我玩，他还常带我去西市买好吃的，带我去灞上骑马，要是一年两年都见不到他，我还真舍不得呢。不过，三哥去征讨吐谷浑，是为了西北百姓免受踩躏，他是英雄，我应该支持他！"

郑豹见合羽说得情真意切，笑着说："小姐长大了，懂得民族大义。"

"父亲和母亲不是常这样教导我们的吗？"合羽一本正经地说。

汪华看着合羽，微笑着说道："你们都长大懂事了，为父高兴啊。走，告诉你母亲去。"

说完，汪华一手牵着合羽，一手牵着小汪俊，往前院走去。

数日后，汪达率五千铁骑为征西先锋先行开拔。

临行前，汪达向家人辞行，汪华当着越国公府上下众人的面，把自己用了近三十年的湛卢宝剑递给汪达，说道："为父本希望你们兄弟做个平常人，过平常日子，既然你选择了驰骋疆场，建功立业，我和你母亲、兄弟都支持你！大道理从小就跟你说了很多，小道理说了也没用。这把湛卢宝剑陪伴为父近三十载，今日就送给你，让它见证你的铁血人生！"

汪达手捧湛卢宝剑，跪在地上，说道："达儿明白父母对子女的一片苦心，湛卢宝剑如父相伴，达儿会时时铭记父母教诲，为国立功，为家争光！"

说完，他分别向汪华、钱任、稽圭、庞实叩头而别，又向兄长弟弟们一一拥抱。

他拉着舍不得他离开而快流出眼泪的合羽说："妹妹，吐谷浑有一种宝马叫龙种，哥哥这次去给你弄一匹回来，到时我们灞上赛马！"

合羽破涕为笑，说道："三哥，我们拉钩！"

汪达和合羽两个小手指钩着，拇指相对，一起说道："拉钩上吊，一百年不许变！"

"父亲，父亲。"汪建的话把汪华从思绪中拉回。

他把汪达的信折叠起来，放到书案上，说道："你们母亲近日临产，我明日回府里陪她几天，白渠府的军务就交给你们两兄弟，有事要多与郑豹商量。"

"父亲，您放心吧。我们两兄弟在白渠府已经三年多了，还有啥不明白的？"汪建说。

"长安的商旅日益增多，外国使节频繁来朝，谨慎为宜。"汪华嘱咐道。

"父亲，您放心就是。"汪璨也说道，"六弟七弟都跟我说了好几次要来白渠府，您要是觉得我们人手不够，把他们几个都叫来。"

汪华听了忙摆手："千万不可。"

汪璨问道："这有什么啊？自家兄弟做事放心。"

"若不是皇帝亲自跟我说，冯智戴走了，你叫几个儿子出来帮衬着，我也会把你们两个跟你们四弟、五弟一样送到六部去作文书。"汪华说。

"四弟在吏部，五弟在礼部，他们说成天抄文书，太无趣了。"汪璨说，"还是我与大哥在军营舒畅。"

汪华招了招手，自己先行坐下，汪建和汪璨也跟着坐下。

汪华耐心说道："有些事情是可为可不为的。朝廷要想正常运转，在各个方面都需要有人去做，缺一不可。做大事是为朝廷效力，做小事也是为朝廷效力，若小事做不好，大事就难成。就好比我们白渠府将士，需要我这个统领，需要你们这样的校尉，也需要布防巡逻的兵卒。如果没有这些兵卒，统领和校尉本事再大，也没法宿卫整个长安城。"

汪建和汪璨点了点头。

汪华接着说："你们在白渠府都三年多了，为父想过段时间跟房相说一下，把你们两个也都安排到六部去，你们年轻就得多历练历练。"

"父亲，我和二弟都离开，这白渠府谁帮衬您？"汪建问道。

"建儿糊涂，难道朝廷无良将？"汪华说道。

汪建的脸不由得一红，知道自己说错话了。

汪华接着说："白渠府执掌着长安禁军，将领必须定期更换，以免守城将军长期担任一职见太平无事而松懈。"

汪建和汪璨点了点头，父亲说得没错。

"再过一两年，我向皇帝请旨，带上你们母亲和弟弟妹妹回歙州老家过清闲日子。"汪华说。

"父亲正当壮年，回歙州养老岂不可惜？"汪璨说道。

"天下一统，四海升平，夫复何求？"汪华很满足地说。

父子三人正说着话，宫里内侍匆匆来报，太上皇驾崩了！

汪华立即令汪建、汪璨会同郑豹加强都城防卫，以防生变，自己赶紧随内侍匆匆入宫。

贞观九年，即公元635年，农历五月，大唐开国皇帝李渊因病驾崩于垂拱前殿，享年七十一岁，葬于献陵，庙号高祖，史称唐高祖。

汪华忙了三天三夜才出宫，太上皇驾崩，各地的皇室贵族大臣都将进京祭奠，长安的治安容不得半点儿疏忽，而这些重任都将压在白渠府身上。

立在宫门外的越国公府管家大有见汪华走了出来，忙跑过去，焦急地说："国公爷，快回府，大夫人不行了！"

汪华忙问："大夫人怎么啦？"

大有说："大夫人难产，小孩没保住，大人不停流血，止不住，二夫人和大夫都无能为力，都快不行了。"

汪华翻身上马喝道："你怎么不早进宫通报？"

大有立在马下，说道："国公爷，我也是刚到。您快回府，还能与大夫人说句话。"

"驾——"汪华扬鞭疾驰而去，大有被甩在原地，直到汪华走出百步之外，才恍惚过来，忙骑上马跟去。

骑在马上的汪华恨不得插翅飞到钱任身边，他第一次感觉到从宫里到越国公府的路原来这么长。

他脑海里不由得浮现出钱任与他在一起的难忘时光，两人第一次在歙州总管府前相见，钱任陪他出征对决王雄诞，两人在新安江边一起看夕阳，等等。

汪华冲进了钱任的房间，稽圭、庞实、合羽和丫鬟都守在里面。

"父亲。"合羽见汪华回来，走上去一把抱着他，哭了。

汪华抚摸着合羽脑袋，拉着她走到床边。

"任妹，我回来了！"汪华握着她的手说道。

钱任微微睁开眼睛，用微弱的声音说："世华，对不起，我要先走了。"

"不！任妹，你不能走，你不能走。"男儿有泪不轻弹，但是汪华的眼泪流了出来。

钱任看了稽圭和庞实一眼，说道："儿女们就交给你和两位姐姐了。"

稽圭和庞实也走过来握着她的手。

钱任抽出手抚摸着女儿的脸蛋，恋恋不舍地说道："乖女儿，以后要多听父亲和二娘、三娘的话。"

合羽趴在钱任身边泣不成声。

……

钱任永远地离开了汪华，离开了合羽，离开了这个世界。

第七十六章　防患未然

李靖统帅各路大军继续进击吐谷浑，连战告捷。李大亮部于蜀浑山击败吐谷浑军，获其名王二十人；执失思力部也在居茹川击败吐谷浑军；唐军乘胜进军，经过积石山河源，一直打到吐谷浑最西边境的且末；契苾何力部追击伏允可汗，破其牙帐，杀数千人，缴获牛羊二十多万头，并俘虏了其妻子。

伏允可汗率一千多骑兵逃到碛中，已到了山穷水尽的地步，部下纷纷离散。不久，伏允可汗为部下所杀。其长子大宁王慕容顺杀死天柱王，率众降唐。李靖率军经过了两个月的浴血奋战，攻灭了吐谷浑，并向京师告捷。唐朝为了控制吐谷浑旧境，封慕容顺为西平郡王、趉故吕乌甘豆可汗，并留下李大亮协助防守，其余大军即日班师回朝！

"父亲，三弟已过麦积，不日就回到长安了。"汪建兴奋地跑进汪华营帐报信。

"你三弟这次西征没有丢我们汪家的脸，靖公给我来信数次夸赞你三弟，尤其是他作为先锋率军直入伏允可汗牙帐，配合契苾何力将军彻底击垮吐谷浑，吓得伏允可汗仅带上千余人逃走；接着又是他率领精骑，一路追击伏允可汗，迫使无路可逃的吐谷浑将领杀死伏允可汗向唐军投降。"汪华很欣慰地说。

"三弟回来，我得让他仔细讲讲西征的事，讲他三天三夜。"汪建说。

"大哥，三天三夜哪能讲完，要他讲个八天八夜。"汪璨从外面走了进来，显然他刚才已经听到了汪建的说话。

"没错，到时让他跟兄弟们都说说。"汪华也高兴地说，"建儿，你明天回府，让大有安排人把达儿的房间收拾好，还有他喜欢吃的荔枝和枇杷都得提前准备好。"

"放心吧，父亲，您平常总让我们兄弟别急别急，瞧您自己，比我们都急。"汪建故意打趣道，"高州的荔枝，歙州的枇杷，二娘早就安排好了。"

汪璨插话道："三弟从吐谷浑王城伏俟城班师的时候，二娘就跟郑豹说了，让冯智戴帮忙挑选高州最好的荔枝送来；还给三叔去信，挑选歙州三潭最好的枇杷送来。"

汪华满意道："那就好，那就好。"

"你怎么这么早就回营，有什么事吗？"汪建突然问汪璨。

"当然有事，而且是大事。"汪璨说，"早上发现一个奇怪现象，后来我仔细跟踪，发现一件大事。"

"什么事？你仔细说说。"汪华问道。

汪璨说："昨晚下了一夜的雨，城内多处路面积水，我在巡查城防时，发现有位商人下马时动作蹊跷，唯恐自己的鞋子沾着水。我好奇就与郑豹说起这事，没想到郑豹说前天下雨时，那个院前的其他人也是这样，生怕鞋子沾水。他们的鞋子并不是新的，为什么那么害怕沾水弄湿呢？我找来张三宝乔装到附近打探。你们猜怎么着？"

"怎么啦？"汪建问。

汪璨说："那个院子是一个羌族商人三年前买的，做马匹生意，党项马很受大家喜欢，他住在长安城的时间并不多，只有最近十来天突然每天都有人进进出出。我又亲自去打探，发现越来越可疑，他们是羌族人，却是汉人打扮，进入院内却很安静，并不喧闹。"

汪建插嘴道："这有什么稀奇的？突厥人、日本遣唐使、高丽人到了长安都喜欢穿汉服，他们之前喝了酒就喜欢在大街上咿咿呀呀地唱歌，学了汉礼之后，现在不都规规矩矩？！"

汪华一直没说话，听他们两兄弟说。

汪璨说："要是在平时，我还真不会在意，但是我们唐军不是刚与党项打了一仗嘛。所以，我立即回来禀告父亲，要不要增加人手盯住？"

汪华点了点头，说道："璨儿这个消息很重要。党项是羌族的一支。我们唐军西征时，羌族诸部曾担心被我唐军吞并，与吐谷浑结盟，是靖公与其晓以大义才归顺我朝。我们征西大军攻灭吐谷浑之后，赤水道行军总管李道彦在回师途中私自率军袭击党项首领拓跋赤，劫掠其牛羊数千头，盐泽道行军总管高甑生也乘机率军攻伐。虽然靖公惩罚了李道彦和高甑生，并向羌族诸部致歉，从中斡旋，估计也难消党项人之恨。"

"父亲分析得对，我就是这样想的。羌族向来好战，尤其以党项人为首，他们岂肯善罢甘休？"汪璨说。

汪建听了，也不由得吃了一惊，说道："他们见唐军兵马众多不敢惹，就派人来长安图谋不轨？"

汪璨点了点头说："很有这个可能。大军班师回朝，皇帝要出城亲自迎接，王公大臣都要随驾，这万一出现丝毫差池，后果不堪设想。"

"璨儿考虑周全，我们就得防患于未然。"汪华不由得站了起来，"你们两个立即派人继续留意那羌人院落，暗中跟踪所有进出院落的人。"

"得令！"汪建和汪璨立即出营布置。

汪璨说的羌族商人的院落就在西市延寿坊，靠近皇宫。长安城是周边诸国众人仰慕的都城，每天人来人往，各地特产都汇集到这里。长安城的东市和西市是繁华的商业区，这里最为热闹。

这座位于延寿坊的小院，外观并没有什么稀罕，与平常人家的院落并无二致，但是院子里面却大不一样，别有洞天。

一名中年商人打扮的人进了院子，仆人立即把大门关上，商人直接向后院走去。

后院有数名仆人正在取土堆积成小山包。

商人进了后院的房间，里面有一个老头迎了上来。

"怎么才来啊？"老头问。

中年商人看了看周围，见屋内没有其他人，便说："将军，我来时发现城门盘查得更严了，街上巡逻的兵卒增加了，好像还有暗哨。"

原来这两人都是党项首领拓跋赤的部将，老头是千夫长拓跋胥，中年商人是百夫长拓跋潜。拓跋赤被唐军袭击，虽然得到李靖安抚，但他认为这是唐军故意唱的双簧戏，于是心生怨恨，派遣拓跋胥和拓跋潜带领百多名部落兵卒乔装成商旅，在这个院落主人拓跋隐的安排下，分批潜入长安城，图谋惊天之事。

"李靖老头率大军很快就要回长安了，增加布防，也是情理之中。"拓跋胥说道。

"我总感觉有点儿不对劲儿，还是小心为好。今晚跟张启他们说一声，运东西进来一定要谨慎。"拓跋潜说。

拓跋胥听了点了点头，赞同道："小心驶得万年船，我和他们说一下。"

"刚才察看了朱雀大街上的那几家铺子，位置很合适，尤其是明月楼，站在三层楼上，可以清楚地看到大街上人群的一举一动，而又不容易被人发现，只需安排弓弩手，必定一击即中。"拓跋潜说。

"那地方我去看过，到时由你亲自负责，你是我们党项的神射手。"拓跋胥说。

"没问题。"拓跋潜应允。

白渠府。

"国公爷，已经查清楚了。"郑豹向汪华禀报情报。

"你仔细说说。"汪华说。

"大公子负责城门驻军，二公子负责城内巡防，张三宝负责城门盘查，我负责暗访。经过我们四人两天的消息汇总，已经判断出是党项人准备在皇帝出城迎接靖公班师回朝时，在朱雀大街进行刺杀行动。"郑豹说。

"根据兵部的消息，靖公将在七日内回到长安城，皇帝将率王公大臣出城迎接，自明德门至朱雀门的整条朱雀大街两边布防左右卫，两侧店铺也由雍州府派遣衙役为暗哨。"汪华说，"党项人想刺杀，这比登天还难。"

"他们可能不是简单的刺杀。左右卫个个都是高手，皇帝身边的御林军更是个个功夫了得，刺客即使是天下一等一的高手，也会立即被我们迅速拿下。"郑豹说。

"弓箭？弓弩？"汪华反问道，接着又摇头，认为这个也不太可能。

"弓箭的速度慢，杀伤力不强，要想一箭致命，这样的机会很小。"郑豹也推测道。

"弓弩速度快，射程远，如果躲在周围店铺里发射，可能会造成伤害。"汪华边分析边说，"不过，这种机会也几乎不可能。所有沿街店铺都有暗哨，刺客只要稍微有所动作，就会被布置的暗哨发现。党项人既然费尽心思来长安，必定有我们意想不到的手段。"

郑豹听了点了点头，说道："国公爷说得对，为了探明真相，我决定潜入他们的院落去查看一下。"

汪华摆了摆手说："暂时不要打草惊蛇，党项人能如此胆大妄为，长安城内必定有内应，我们务必要一网打尽。"

郑豹遗憾地说："他们在城外的房子没进去查看，城内的房子也不能进去，要掌握情况必定很困难。"

汪华说："你查到的城外那房子必定是他们的重要联络点，且布防肯定非常严密，若我们一不小心，就会被他们发现，不仅不能做到一网打尽，而且还为此促使他们改变行动方案。"

郑豹说："这两天感觉他们比之前更谨慎了。他们背后的大鱼到底能不能出来呢？"

"放心，越临近日期，他们会越紧张。为了万无一失，他们的相关人员必定会加快与各方面联系。人多了，事情多了，马脚就容易露出来了。"汪华分析道。

"那我继续暗访，把他们每个人住的地方和路线都掌握清楚。"郑豹说。

汪华点了点头。

汪璨负责整个都城的巡查，明面上与平时并没有两样，但是很快又发现了新情况，这些分别从各个城门进来的党项人都很留意自己的鞋子。作为平常人，走路显然并不会太关心自己鞋子，这些党项人，却总是有意无意地低头看鞋，而离开延寿坊院落却又轻松自如。

鞋子里面必定有秘密！张三宝几次提议在城门盘查，都被汪华否决，认为只要掌握他们所有人的动静就行。

明月楼已经被汪建布下了暗哨，也发现可疑之人多次到三楼踩点。这家酒楼在长安街很有名气，老板背景深厚，传闻就是淮安王李神通爱妾的哥哥吕植所开，酒楼装饰奢华，是王公大臣、外国使节常来饮酒作乐的好地方。

淮安王李神通是唐高祖李渊堂弟，唐高祖建立唐朝，任命李神通为右翊卫大将军，封永康王，不久改封淮安王，任山东道安抚大使，后来又升任左武卫大将军。李世民即位后，拜其为开府仪同三司，赐封食邑五百户，于贞观四年病逝。

李神通虽然在战场上多有败绩，但依仗唐高祖李渊对其宠信，并不影响他加官进爵。这次征西的岷州都督、赤水道行军总管李道彦就是其长子。

明月楼就是仗着这样的背景，在长安城生意红火。拓跋胥选中明月楼作为伏击点之一，主要是酒楼老板吕植与延寿坊院落的主人关系很好，常在一起喝酒。延寿坊院落主人并不清楚拓跋胥等人的阴谋，就把这个空闲的院落借给了拓跋胥住。

拓跋胥确定明月楼之后，提前跟吕植谈好，大军凯旋之日，他花高价包下明月楼，说要在三楼观看盛况。当然，这些消息，很快就被郑豹安排的人获知。

"父亲，您看，这是什么？"汪璨拿着一只鞋子走了进来。

"一只鞋子有什么稀奇吗？"汪华正在营帐里面处理公务，看了看汪璨手里的鞋子，反问道。

汪璨说："别小看这只鞋子，大有文章。为了得到这只鞋子，我安排一名兵卒冒充酒鬼在街上撞上党项人，故意争吵打架，两人厮打滚在地上，乘机踢掉党项人的鞋子，让另一名乔装成看客的人捡走。"

汪华听了，笑了笑说："真够折腾的，没被别人察觉？"

汪璨说："察觉不出来，打架掉了鞋子，很正常，街上那么多人，谁知道鞋子被一脚踢到什么地方去了？"

汪璨说完，就从鞋子里面掏出鞋垫放在书案上，说道："这就是他们天天偷运的东西。"

看起来是鞋垫，但是这鞋垫比常人的鞋垫要厚很多。更何况，现在天气炎热，普通百姓用鞋垫的也少。这么厚的鞋垫穿在脚下难道不出汗？

汪华用手拨开汪璨他们划开的口子，里面都是黑色的粉末。

"这是炼丹用的火药。"汪华说，"是用硫磺、硝石、黑炭等易燃物做成的。"

"我与大哥看了，也觉得是火药。这种东西非常少，他们是怎么得到的？"汪璨说。

"那些炼制长生不老丹的道士能弄到这些东西。"汪华说，"这是朝廷禁止带入城内的，只要碰上一点儿火星，立马燃烧，火力很猛。"

汪璨说："我记得曾有几座道观因炼丹而着火被烧。"

汪华说："炼丹炉都能被炸裂，爆炸声巨大。"

"我懂了。他们选中明月楼和周围几个铺子，就是想用这个火药作为武器，制造爆炸，趁乱刺杀。"汪璨说。

汪华用手指挑了一点儿火药粉末放在手掌心，细细观察，说道："如果把这东西跟飞针放在一起，然后包裹起来，点燃之后，发生爆炸，飞针就会飞出，周围的人还能活命吗？"

汪璨一听，吓了一跳，说道："父亲，真有这个可能吗？若真如你所说，那么火药可以制成致命武器，武功再高的人都难以躲闪。"

"有可能的。"汪华说，"虽然用火药制成的武器没有用过，但他们既然大量偷运进城，则说明他们一定找到了制成武器的方法。"

说到这里，汪华看着汪璨吩咐道："你继续仔细盯着他们动静，有情况再告诉我。"

汪璨走后，汪华想了想，觉得这个事情必须提前告诉皇帝，于是匆匆出营进宫去了。

汪璨很快又得到一个消息，他安排白渠府将士例行检查，沿着整个延寿坊一个个院落进去转一圈儿，顺便跟院里的主人说几句话，嘱咐几句注意防火防盗，家里有没有亲戚在借宿，盘问几句就离开了。这种例行公务的检查，对于长住长安城的平民百姓来说是太正常了。每逢重大盛事，宿卫长安城的白渠府将士就要会同雍州府衙役深入每个店铺、院落进行检查，防止有可疑人或意外事件发生。当年李世民登基大典时，就在长安城的民居里面抓捕到十余名李建成亲卫，他们在玄武门政变时逃出了长安城，等风声过了又潜入城内，企图在李世民登基之时，潜入宫中刺杀。

汪璨亲自带队进入院落，拓跋胥说自己是商人，出示了在雍州府办好的文牒。汪璨装模作样地翻看了一遍，嘱咐了几句，还夸赞院内的花漂亮。

回到白渠府，汪璨把院落布局画了出来，对大家说："根据我们以前的图纸对比，拓跋胥入住院落之后，在里面新增加了一个小山包，上面种上了花草。我认为这个地方可疑。"

郑豹说："我几次想靠近院落打探他们在做什么，发现他们在周围也布有暗哨，只要靠近就会被他们发现。"

张三宝说："这个山包的土哪里来的？可没有见他们从外面运过土石，难道他们新挖了地下室？"

"要是放地下室，我们突袭的话，就很危险。万一我们人进去了，他们鱼死网破，点燃火药怎么办？整个院子都会炸掉，进去的人都会没命。"郑豹说，"必须想个两全其美的办法才行。"

汪璨说："火药最怕的就是水，看这几日的天气是难得有雨。"

"还有三天征西大军就要回城了，这该如何是好？"张三宝一副愁眉苦脸的样子。

三个人正讨论着，汪建回来了，他带来了一个好消息。

原来，汪建通过身边的一个兵卒接触到了常年看守院落的老头，从老头的话里得知，他们并没有挖地下室，而是把东西埋在山包里，上面铺上花草。每天埋藏一次，把花铺在上面。

"消息可靠吗？"汪璨听完之后问道。

"绝对可靠。这个兵卒与那个守院的老人是一个村的。"汪建说。

郑豹沉思了一下，点了点头说："老人的话可信。火药的杀伤力大家都知道，拓跋胥把火药藏在地下，而自己睡在上面，能踏实吗？所以，他为了安全，埋在后院的花草下面，一是为了万一走火引起爆炸，二是防止官兵检查时找不到证据。谁会想到去挖地三尺呢？"

"既然这样，我们就无后顾之忧了，立即禀告父亲，让他老人家定夺。"汪璨说。

众人异口同声赞成。

汪华听完汪建的汇报之后，立即部署了抓捕行动。

深夜，汪建和张三宝带领一千兵马悄悄出城，直奔城外党项人接头的村落，已经摸清情况，村里暂住有百余名党项人，是火药中转站，党项人通过高价从各处道观收购过来火药送到这里，再每天安排数人带入城内。

黎明时刻，此时整个长安城都在睡梦中，街上还没有行人，郑豹悄悄带兵包围了明月楼和周围数家店铺，这里就有党项人的内应。

汪璨先派人拔掉小院周围拓跋胥的暗哨，趁着朦胧的晨曦，冲进了小院。拓跋胥和拓跋潜正在睡梦中，被外面的脚步声惊醒，正准备起床，白渠府的将士已经冲进了房间。

挖开山包，大大小小居然有三四十个油布包裹，撕开油布，里面是牛皮包着圆形皮囊，皮囊有一根半尺长的引线，皮囊里面裹着的就是火药和铁蒺藜。

皇宫。

"皇上，这就是拓跋胥企图谋逆的武器，把火药和铁蒺藜装在皮囊里面，只要点火，杀伤力无人能挡。"汪华向李世民说道。

李世民已经知道了事情的整个过程，幸亏汪华提前侦破了此案，否则自己会命丧朱雀大街。

他对汪华说："李道彦和高甑生不遵军令，袭击党项，夺人财物，差点儿让朕都丢了性命。"

汪华说："党项本有意与我朝结好，李道彦和高甑生擅自挑起事端，只怕又有战事要起。"

李世民说："更可恶的是，李道彦和高甑生八百里送来奏折，说靖公手握兵权藐视朝廷，有谋逆之心。朕居然信了他们的话，还派人去查问了！"

汪华听了，不由得脊梁发凉，忙说道："皇上英明，靖公为大唐戎马一生，呕心沥血，淡泊名利，绝无二心。去年他就以足疾为由辞官回家，这次征西还是皇帝亲自登门请其再度挂帅的。"

李世民说："查问一下也无妨。樊兴也上书说他有谋反之心。"

汪华听李世民这么一说，就明白皇帝对李靖终究还是不放心，李道彦是皇室、高甑生是秦王府的旧臣，樊兴属于高祖太原起兵时的老臣。但汪华还是想帮李靖说句话："臣记得靖公辞官时言辞恳切，皇上还派遣中书侍郎岑文本带话给他，说他身处富贵而能知足，识大体，让他成为一代楷模。皇上特颁下诏书，为其加授特进，赐物千段，赏乘马两匹。"

李世民见汪华为李靖说话，便说："真金不怕火炼。希望他是被冤枉的。"

随后，李世民下旨斩首拓跋胥和拓跋潜，其余人等一律按律押入大牢。

因党项人在长安城这样一折腾，加之后来又没查出李靖有不二之心，李世民一怒之下，把李道彦和高甑生以诬告罪流放边地。

汪达回到越国公府才知道母亲钱任已经离世数月，汪华对他说，你在外面作战，不想分了你的心，你母亲走时还念叨着你的名字。

钱任虽然不是汪达的亲生母亲，但是钱任对汪达视为己出；而兄妹之间，也只有汪达与钱任亲生的女儿合羽最玩得来。汪达抱着合羽泪如雨下。

汪达在家里守孝七七四十九天之后，就天天陪着合羽到处玩耍。

合羽骑着汪达从吐谷浑带回来送给她的龙种名驹，终于开心地笑了。

"三哥，前面新开了家糖葫芦店，特别好吃，有好多口味，还有橘子做的。"合羽骑在马背上用手指着前方。

"好呢。三哥给你去买，每种口味都买一串。"汪达给合羽牵着马。

"三哥真好！我们要快点儿去，那个老头每天就卖那么一点点，去晚了都没有。"合羽高兴地说。

"好呢。"汪达说完就用力拉了一下马缰绳，快步走到糖葫芦店门口。

这是一家小店，糖葫芦都插在门口的草垛上，种类还真多，有山楂、葡萄、橘子、海棠果、山药等，行人看着都流口水。

"真好，还没有卖光。"合羽边说边让汪达扶她下马。

"店家，这些糖葫芦多少钱？我都买了。"汪达笑呵呵地对卖糖葫芦的老人说。

老人看了汪达一眼，很抱歉地说："这位公子，要买糖葫芦请明天再来。这些都已经被人买下了。"

合羽一听被别人买了，立即泄了气，用商量的口气对老人说："老人家，那人全部都买了吗？能不能分我一点儿啊？我和哥哥一人一串就行。"

"这位小姐，实在不好意思，看你面熟，也是常客。有生意不是我不做，而

确实是客人全部买下了，钱已经给我了，糖葫芦暂时放在这里，他们到街上买完东西就回来取。"老人解释道。

汪达说："老人家，你生意这么好，每天怎么不多做一些卖啊？"

老人说："这位公子，我也想多卖多赚点儿钱，但是这糖葫芦从选水果到熬制糖浆都非常费神费力，我年纪大了，如果做多了就怕口感掌握不好。"

"老人家是实在人。那你明天一定要给我每样都留一串，我过来取。"汪达说完就掏钱递给老人。

老人双手接过钱，说道："一共是六种，每串一文钱，给我六文钱就行。"

合羽嘟着嘴巴，很不高兴地说："那人真坏，全部都买了，一点儿都没给别人留。"

汪达故意打趣道："全部买下的是坏人，我们刚才也想全部买下来呢。看来我与合羽妹妹也要变成坏人了。"

合羽听了破涕为笑。

汪达安慰道："我们再到前面走走，说不定还有更好吃的小吃呢。"

"好的。三哥，扶我上马！"合羽立即转忧为喜，要骑马。

"好呢！汪家大小姐，请上马！"汪达边说边扶着合羽骑上马。

"小姐，快过来，这里的捏糖人真好看。"一个丫环拉着她家小姐往人群中挤。

"如意，你小心点儿，别把我买的蜜饯弄丢了。"这位看起来十五六岁的小姐叮嘱道。

"没事，放心，您看，我拿得稳稳的。"丫环如意调皮地边说边举起左手的蜜饯盒子给小姐看。俩人挤进人群，这不是普通的捏糖人，只见一个中年男子在表演捏糖人，其实并不是用手在捏，而是用手托着一个小勺子，勺子里面盛有糖浆。顾客说给我来匹马，这男子就用勺子立即在案板上画出一匹用糖做成的马；顾客说给我来个漂亮的姑娘，这男子手中的勺子一动，案板上很快就出现一个栩栩如生的漂亮姑娘。这个中年男子的手法赢得观众连连叫好，大家都争着买他的糖人。

"如意，你让他捏一个骑马打仗的将军。"小姐对着丫环耳边悄悄地说。

"小姐，你自己说。"丫环明白了小姐的意思，故意拒绝。

小姐脸不由得一红，故作生气的样子，说道："快说，小心我回去罚你三天不吃饭。"

"饶了我吧，小姐，我说还不行嘛。"如意一副很害怕的样子。

"老板，给我捏一个骑着大马威风凛凛的将军。"如意边说边从腰里掏出一文钱递给那个捏糖人的中年男子。

中年男子接过钱，爽快地说："好勒，这位小姐，稍等片刻，马上就给你捏出一名英俊帅气、骑着大马、威风八面的小将军！"

丫环如意说："我不要小将军，我要大将军。"

中年男子笑着说："好嘞，大将军大元帅！"

如意又嬉皮笑脸地对着小姐耳朵说："小姐，要不要再在旁边写上征西先锋将军汪达几个字。"

小姐一听，满脸通红，伸手掐如意的腰说："你这死妮子，回去撕烂你的嘴，罚你三天不吃饭。"

如意嘻嘻哈哈地躲开，忽然眼睛睁得好大，指着小姐背后，说："小姐，快看，他来啦！"

小姐又要伸手去捏，佯嗔道："你又诓我！"

如意见小姐不相信，焦急地说："是真的。小姐。他走过来了。"

小姐见如意一副紧张的样子，不像是演戏，小心翼翼地转过身去。

首先映入眼帘的是骑在马上的合羽，而牵马的正是令她怦然心动的越国公三公子、征西先锋将军汪达。

她脑海里正在飞快运转，猜想马上这位小姐与汪达是什么关系时，只听合羽在马上说："三哥，我也要捏糖人，我要捏只小兔子。"

"好勒。哥哥扶你下来。你想要几个，三哥给你买几个，只要我合羽妹妹喜欢。"汪达边说边扶合羽下马。

汪达并没有注意到，在人群中，捏糖人的摊子前正有一双羞涩的眼睛看着他。即使他注意到这位漂亮的小姐，他也不认识。

原来是越国公府的千金小姐，他的亲妹妹。小姐见汪达向她走过来，越发紧张了。

"小姐，你紧张啥，他又不认识你。"显然丫环如意已经看出小姐此刻的心情了。

听到丫环提醒，小姐猛然想起，汪达确实还不认识自己。

这时，汪达拉着合羽也挤进了人群。

"这个骑马的将军好威风啊。我要！"两人刚挤到摊子前，糖人已经捏好了，看到栩栩如生的骑马将军，合羽就嚷着要买。

"这是我家小姐买的。"如意万万没想到合羽一上来就要买这个糖人。

"这位小妹妹喜欢的话，姐姐送给你。"小姐看着合羽可爱的样子，爱屋及乌了。而站在一旁的汪达在看到这位小姐的一瞬间，小心脏不由自主地怦然一动。

"真的吗？谢谢姐姐了。不过，我不能要别人的东西，我可以让他给我捏个与你一模一样的。"合羽说。

合羽虽然年纪小，但是很懂事，别人的东西怎能随便要呢？！

如意见小姐要送糖人给合羽，立即明白了意思，只是自己不便插话。她从中年男人手里接过糖人，递给合羽，说道："你喜欢的话，送给你。我们再让老板捏一个就行。"

合羽用手拽了拽汪达，她不知道如何拒绝人家。汪达回过神来，微笑着对那位小姐说："谢谢这位小姐。"

说完他又对合羽说："合羽，快谢谢姐姐。三哥买一份再送给她就行。"

如意高兴地说："三公子考虑得真周全……"

刚说到这里，丫环如意发现自己说漏嘴了。

"你认识我三哥？"合羽反问道。

如意果然机智，她立即反应过来，补充一句："三公子校场夺印，长安城无人不识？"

汪达谦虚道："过奖了。长安群英荟萃，汪达只是侥幸而已。"

周围的人听说汪达就是那位校场夺印、征讨吐谷浑所向披靡的征西先锋将军，都不停夸赞。

如意这才意识到自己说的话让周围人听到了。四人等中年人再做好一个糖人之后，匆匆离开。

"这位小姐言行举止非平常人家，不知贵府在哪里？汪达冒昧询问芳名，便于称呼。"四个人走出人群，合羽也不骑马了，牵着这位小姐的手，另一只手里分别拿着捏糖人，两人显得非常亲切投缘。而汪达牵着马与他们并排走着。

"民女玉瑶，家住城东，有幸认识三公子。"玉瑶边回答边含情脉脉地向汪达施礼。

"汪达见过玉瑶小姐。"汪达向玉瑶回礼。

"玉瑶姐姐，我叫合羽，我们以后可以经常一起逛街吗？"合羽难得上街，这次又碰巧上街遇到一位对她这么好的姐姐，非常高兴。

"合羽妹妹很少上街玩吗？"玉瑶问道。

"家父家母都说我太小，不让我出来，偶尔出来，也没有三哥陪我出来自由自在。"合羽说。

汪达在旁边插话道："她一上街就跟疯了一般，不到天黑不回家。"

如意听了呵呵笑，说道："三公子，你知道吗，我家小姐也这样呢，每次上街要从东市逛到西市，再从西市逛到东市，不到天黑也不回家。被老爷骂了，过几天又溜出来。"

"令尊真好，只是骂骂而已，而我就不同，想溜出来都溜不出。"合羽很羡慕地说。

玉瑶不由得笑了起来，说道："妹妹年纪尚小，长安城街上三教九流各色人等混杂，不太安全。"

合羽走过来拉着汪达的手说："那以后三哥别去打仗了，天天在家陪我逛街如何？"

汪达笑着说："好的，我最喜欢陪合羽逛街了。"

合羽高兴地说："三哥真好！"

合羽又走过去拉着玉瑶的手说："姐姐，以后我们出来玩时，也叫上你，我们大伙儿一起玩，我也想去东市看看，我还没去过呢。"

玉瑶高兴地说："那太好了！我喜欢与妹妹一起玩。"

如意在旁边插上一句话："合羽小姐，东市那边还有江湖杂耍，观看的人人山人海。"

"真的吗？太好玩了。我现在就要去。"合羽一听还有杂耍，兴奋得不得了，她边说边看着汪达，一副乞求的眼神。

汪达好久没有见合羽这么高兴了，看了看天边的夕阳，说道："太阳要落山了，东市离这边远，我们明日再去。"

"明日真的陪我去？"合羽瞪着大眼睛问道。

"三哥什么时候骗过你？"汪达说。

"玉瑶姐姐明日去吗？"合羽见三哥真的答应带她去东市，又问玉瑶，她喜欢与玉瑶在一起。

玉瑶看了一眼汪达，见汪达正看着她，一副期望一起同行的眼神，她点了点头，说道："好的。明日巳时，我们在东市南门等你。"

"玉瑶姐姐真好，跟三哥一样好。"合羽终究是个小孩子，童心未泯，高兴得活蹦乱跳。

这时，如意见到远处有人向她招手，就靠近玉瑶说了一句，玉瑶看了一眼远处的那人，就对汪达说："天色渐晚，家仆已催我回家了。"

汪达见远处那仆人后面跟着一辆马车，便说："那我们明日再会。"

玉瑶点了点头，脸不由得又红了。

合羽正玩得高兴，见玉瑶要回家，只有依依不舍地向玉瑶告别。

玉瑶刚走了两步，又走了回来，拉着合羽的手说："妹妹喜欢吃糖葫芦吗？姐姐刚才买了很多糖葫芦，分一些给你，要吗？"

合羽一听，瞪大了眼睛，都差点儿以为自己听错了，问道："姐姐买的是上面路口老人卖的糖葫芦吗？"

玉瑶点了点头，说道："正是。妹妹也爱吃他家的糖葫芦？"

合羽一把抱着玉瑶，咯咯笑了，说道："我刚才与三哥去买，那老人说已经被客人全部买下了，原来这位客人就是姐姐啊。"

四个人不由得都笑了起来。

四人又重新走到糖葫芦店铺，玉瑶让老人家把糖葫芦分成两份分别包好，送了一份给合羽，于是就上了马车回家了。

合羽见玉瑶回去了，瞬间觉得也不好玩了，也说要回家。

坐在马车上，玉瑶看着手上的糖人呆呆出神。

"郡主，是不是在想汪达公子啊？"如意看出了玉瑶的心思，坐在一旁故意取笑道。

"你这个死妮子，今晚回去罚你不让吃饭。"玉瑶嘴上虽这么说着，心里却乐滋滋的。

原来玉瑶是皇族宗室郡主，父亲是淮阳王、左骁卫大将军李道明，她是家中长女。那次校场比武，她正好跟着父亲在一旁观看，一下子就被比武场上的汪达给迷住。自那以后，就天天让如意私下打听汪达和越国公府的各种情况。

李道明是唐高祖李渊的堂侄，其兄李道玄在李渊登基之时就封为淮阳王，在攻打窦建德时立有大功，先后任千牛卫大将军、洛州总管、河北道行军总管，可惜在征讨刘黑闼时孤军作战而兵败被杀，年仅十九岁，被追封为壮王，因无子嗣，便由其弟李道明嗣袭淮阳王。

李道玄十五岁就追随李世民南征北战，骁勇善战，屡战屡胜，军事才能被公认为在皇族宗室里面仅次于李世民。李道明虽然嗣袭淮阳王，又官至左骁卫大将军，但能力与其兄长李道玄无法相比，可是他在朝廷踏踏实实做人做事，多次主动出面协助皇帝李世民调解皇室成员的各种矛盾，也深得李世民喜欢。

越国公汪华的一切过往，淮阳王李道明掌握得一清二楚，也非常赞赏汪华的能力和处世之道。女儿玉瑶每每问起越国公的事情，他知无不言、言无不尽。越国公汪华执掌着长安禁军，王公大臣、黎民百姓都想对汪华的情况了解一二，他倒没有想到自己的掌上明珠对越国公三公子一见倾心。

马车在淮阳王府大门口停下，两名早就等候在门口的丫环，赶忙迎了上去帮着拿马车上的东西。

刘妈妈是玉瑶郡主的奶娘，她见公主回来了，便迎了上去，略带责怪地说："郡主在外面玩得太久，王爷又生气了。"

玉瑶郡主靠近刘妈妈，兴奋地说道："刘妈妈，你知道我在西市遇到谁了吗？"

"谁？"刘妈妈见郡主满面春风，很是好奇。

"汪达。"玉瑶郡主一副害羞的样子，说完就窜进自己房间。

郡主对汪达暗生爱慕只有刘妈妈与贴身丫环如意知道，这是她们三个人的小秘密。

刘妈妈一愣，低声问如意："你们今天遇到汪达了？"

如意激动地说："是啊。我们还一起说话逛街呢。"

看如意的表情，比郡主还激动。

"仔细说给我听听。"刘妈妈更加好奇了。

如意一把把刘妈妈拽到一旁，把今天的事情一五一十地说了一遍，听得刘妈妈喜上眉梢，不停地说："这就是缘分啊，真是缘分啊。"

刘妈妈听完之后，走进玉瑶房间，只见玉瑶把糖人插在桌子上，撑着双腮看着，还时不时露出微笑，便故意打趣道："这可不得了，郡主刚跟那人分别，就又犯上相思了。"

玉瑶也没看刘妈妈一眼，盯着糖人说："这是我第一次这么近与他说话，他看我的眼神，好像都要把我融化一样。刘妈妈，你说他是不是也喜欢我？"

刘妈妈笑嘻嘻地说道："郡主才貌绝美，是长安城第一美女，汪达肯定见一眼就喜欢。"

听到刘妈妈这样说，玉瑶站起来，对刘妈妈说："我约好与他明天在东市见面，刘妈妈，你说我穿哪件衣裳更好？"

刘妈妈是过来人，见郡主这副模样，都忍不住笑，她忙说："郡主别急，今天回来好好休息，明早起床时，我让如意给你打扮得漂漂亮亮的。"

说到这里，刘妈妈又说："郡主明天又要出去玩，只怕王爷不肯。今天郡主出去玩时，王爷就已经骂了我一通，下午问郡主回来没有，都问了好几次。"

"我都这么大了，有什么担心的。不是还有如意和刘叔他们跟着嘛。"玉瑶听说不让她明天出去玩，就很不乐意地说。刘叔就是刘妈妈的丈夫，刘妈妈不姓刘。

"街上人太杂，万一出了什么差池，我和你刘叔都担当不起。"刘妈妈小心地解释道。

"那我不管，明天我是一定要去的。都跟他约好了。"玉瑶说。

刘妈妈耐心地说："我也想让郡主去见汪达公子，只是王爷那里，还得你自己亲自去说了。"

玉瑶站起来就往门外走。

"郡主，你要去哪里？"刘妈妈跟在后面追问。

"你不用跟着来，我去找父王。"玉瑶头也不回地走了。

合羽回到家里，高兴劲儿还没散，拉着稽圭和庞实讲她在街上遇到玉瑶的事情，说这个姐姐真好，还送了我这多糖葫芦。

稽圭和庞实见合羽这几天有汪达陪她出去玩，已经走出了失去母亲的悲伤，也跟着开心。至于，合羽说的玉瑶姑娘，什么身份背景，她俩也没打听，反正只要合羽开心就行，有汪达陪着她出去玩，也没必要有什么担心。更何况，长安城里里外外到处是白渠府将士，有个什么事情，只要呼喊一声，立即就有兵卒围过来了。

汪达征西回来之后，兵部也没有给他安排什么公务，正好在家可以陪陪两位母亲和妹妹合羽。

自钱任离世之后，汪建和汪璨都到刑部去做文书了，汪华请皇帝从皇室里面委任两三位年轻小将到白渠府，结果李世民说你家老六、老七也长大了，就让他们到白渠府帮衬你吧。汪华想拒绝，结果皇帝说就这样吧，有你一家子守城，我睡得踏实。于是六子汪逊和七子汪爽进了白渠府。

汪逊和汪爽从小在哥哥们的熏陶下成长，个个年少老成，做事稳重。而作为汪逊的母亲稽圭，和作为汪爽的母亲庞实，见自己的儿子一个个长成，能跟随父亲为朝廷效力，也感到非常欣慰。于是两位做母亲的，主要心思就是照顾合羽和小汪俊了。

"玉瑶，回来了，快到父王这边来。"李道明正在书房写字，见女儿回来了，还没等玉瑶说话，自己放下笔先开口了。女儿上街玩时，他每次都不放心，说晚回来就要家教处罚，等等。但是只要女儿出现在他面前，他之前说过的话就全都忘记了。他把这个女儿当作自己的心肝宝贝一样宠着。

"父王，我给您买了好吃的糖葫芦。"玉瑶边说边把糖葫芦递上。

李道明接过糖葫芦放在嘴里轻轻咬了一口，连连夸赞："真甜，真好吃。"

"父王喜欢的话，女儿天天去给您买。"玉瑶见父亲称赞，兴奋地说。

"买糖葫芦这事怎么能让我们家郡主出马呢？让下人们去买就行。"李道明边说边拉玉瑶坐下，"最近朝廷在西北打仗，而西北又有不少商旅到长安来做生意，他们是好是坏，有时候也察觉不出来，你要少出门，父王担心你。"

玉瑶见父王惦记她的安危，也明白父王对自己的一片苦心，便点头说："父王说的，女儿记住了。"

"那就好，那就好。"李道明见女儿乖巧听话，心情非常高兴，便接着说，"今天我进宫时遇到皇后，皇后说很喜欢你，说你琴弹得好，舞跳得好，让你多到宫里走走，与她说说话。"

玉瑶听说皇后都夸她，便说："过几天我带弟弟一起进宫去见皇后。"

李道明觉得女儿真听话，还知道带上弟弟去见皇后，虽然他不追求什么高官厚禄，但是他追求的是家人平安幸福。他李道明也有文武之才，也可提兵攻一城夺一池，但是每每想起骁勇善战而英年早逝的兄长李道玄，想起平定大唐半壁江山而被高祖皇帝猜忌严查审问差点儿问罪的河间王李孝恭，李道明更希望自己像父亲河南王李赟那样，终生不问朝政，平平淡淡无忧无虑度过一生。

他不知道怎么再夸女儿，只得拿起手里的糖葫芦又咬了一口，说："这种橘子做的糖葫芦，父王还是第一次吃。"

玉瑶见父王高兴，就开始提自己的条件了，她走到李道明身边，拉着他的手撒娇地说："父王，明天可以再准许我出去玩一会儿吗？"

李道明本来以为自己三言两语已经说服了女儿不外出逛街，没想到，话音刚落，女儿居然又提出要外出的要求。

淮阳王李道明说："今天刚出去玩了，能不能在家休息几天，过几天父王陪你出去玩如何？陪你去灞上骑马。"

玉瑶不高兴地说："不行。好父王，就让我明天出去一次如何？"

李道明好奇地问："难道女儿有什么秘密瞒着父王？你说一个令父王无法拒绝的理由，父王就一定答应你明天出去玩。"

"明天东市有杂耍，有猴子骑马，有大象跳舞，有狮子钻火圈儿。"玉瑶眼珠子一转就说了出来。

李道明摇了摇头，说："这种杂耍东市天天有，不在乎明天一天。你以前也去看过好几次。"

玉瑶说："那不一样，听说这次表演是从西域来的，只表演几天，就去洛阳了。"

李道明还是摇了摇头，说道："那就后天去，或者大后天去。"

玉瑶拉着李道明撒娇："父王，您就让我去吧。"

李道明狡黠地对玉瑶说："我家女儿有真正的理由没有告诉父王哦。"

玉瑶一愣，瞬间明白了父王的话，肯定是刘叔说了今天在西市遇到汪达的事情了。她红着脸，低着头，知道父王已经看出了她的心思，害羞得不知道说什么好。

李道明呵呵一笑，说道："刚才我让刘叔和如意都到这里来了。"

玉瑶更加害羞了，她拉着李道明的手摇摆着说："父王，您太坏了，我每次出去您都要打听。"

李道明笑着说："汪达英雄少年，父王也很喜欢。"

父王全明白了，玉瑶双脸通红。

其实，李道明早就看出了女儿玉瑶的心思。自那次校场比武夺先锋印，见到汪达之后，女儿整个人都变了，以前从来不关心王公大臣的事情，回到家之后，却总是有意无意地向他打听越国公府。李道明是过来人，能不明白什么意思嘛。他见汪达确实是难得少年，其父亲又是大唐越国公，执掌禁军，深受皇帝信任，家世好，两家门当户对。所以女儿表面上无意之中的打听各方事宜，他也乐意和盘托出，把汪华当年保境安民、统领六州、建吴称王、征讨江南、率土归唐等一一告诉玉瑶，汪华有几位夫人有几位子女，也都一一告诉了女儿。李道明很欣赏汪华的为官之道。

"父王让我去好不好？"玉瑶只有撒娇这一招了。

"好啦好啦。刚才父王是跟你开玩笑的。去玩吧，早点儿回家。"李道明笑着说。

"真的？！"玉瑶没想到父王答应得这么突然，都有点儿怀疑自己听错了呢。

李道明点了点头说："难道你希望父王刚才说的是假的？"

玉瑶一把搂着李道明撒娇道："父王真好！"

李道明会心一笑："我家玉瑶长大了！"

合羽昨晚激动了一夜，她从来没去东市玩过。越国公府位于长安城西边，离西市不是太远，所以家人只是偶尔带她去西市看看热闹。长安城是中国历史上规模最宏伟的都城，隋朝时期建立的大兴城成为当时世界之最，占地面积达到八十多平方千米；唐王朝建立之后，又在龙首原新修了大明宫，长安城整体规模更加宏大。东市和西市位于长安城东西两端，两地之间相隔十多里地。

合羽早早就起床了，想让三哥早点儿陪她去，来到汪达房间时，仆人告诉她，三公子早就起床了，到后花园练剑去了。

到了后花园，合羽发现三哥汪达与其他哥哥们都在练剑。大哥汪建、二哥汪璨、四哥汪广、五哥汪逊四人都在六部衙门当差，住在家里。而六哥汪逵和七哥汪爽刚进白渠府，住在军营，一般都是十几天才回一次家，回来也就是小坐一下，或吃顿饭，又匆匆离开了。

合羽站在屋檐下看着五个哥哥龙腾虎跃，打心里高兴，一家人在一起真好。

想到这里，不由得又想起病逝的母亲，想起小时候母亲在这后花园跟她捉迷藏，眼泪禁不住流了出来。

"小姐，你怎么啦？"丫环香菱见小姐忽然流泪，慌了手脚。

合羽发现自己失态了，用手擦了擦眼角，故意笑了笑说："没有啊。风吹的。"

两人的对话，引起了汪建他们注意，都一起收剑在手，走过来问。

"妹妹，怎么啦？"大哥汪建问道。

"大哥，没事。刚才看到哥哥们在一起练剑，我高兴呢。"合羽笑着说。

"没事就好。你这个懒丫头，平时都是睡到很晚才起床，今天怎么这么早啊。"汪建故意取笑她。他们很爱护这个妹妹，都当心肝宝贝宠着。

汪建说完之后，大家哈哈大笑。

"今天三哥要陪我去东市，那里有杂耍，有大象跳舞、猴子骑马、狮子钻火圈，太好玩了，我兴奋得睡不着。"合羽终究是小孩子，童心可掬。

"这么好啊。你看了回来一定要说给我们听。"汪璨说。

其实他们早就去看过了，在长安城住了十多年，除了皇宫，哪个地方都走了好几遍。尤其是汪建和汪璨在白渠府当差的时候，长安城哪个地方有好玩的能不一清二楚吗？

大家正闹着，有仆人过来说早点准备好了，两位夫人已经在等公子和小姐过去。

于是，兄妹们收拾一下，去西厢房吃早餐了。

稽圭和庞实见汪达又要带合羽出去玩耍，只叮嘱了几句早点儿回来，也就随他们去了，两姐妹就去后院带小汪俊玩耍去了。

汪建、汪璨、汪广、汪逊都要去六部衙门值班，所以就与汪达、合羽一起出门。

因东市较远，汪达和合羽两人就各骑一匹马。合羽骑的就是汪达带回来的吐谷浑龙种宝驹。龙种宝驹是吐谷浑的特产宝马，世上少有，征西大军打败吐谷浑之后，汪达立有大功，合羽骑的这匹就是征西大元帅李靖特意奖赏给汪达的。汪达也就兑现了出征前赠送合羽龙种宝驹的诺言。可能是家世遗传，合羽从小就喜欢马，五六岁时就嚷着要父亲汪华抱着她骑马玩。十岁时就在灞上与哥哥们一起骑马比赛射箭。汪华曾经苦笑着说，本想养个绣花抚琴的千金小姐，这样下去就会变成跟她母亲一样的巾帼英雄了。钱任反问，我这样不好吗？汪华说，好是好，天下太平了，还是在家绣绣花弹弹琴更好。钱任后来觉得女孩子还得要有个女孩子样，喜欢骑马可以，终究大唐是个多民族国家，男女都流行骑射，但不能舞枪弄棒，要多看看书，做点儿女红。其实，说白了，身为父亲的汪华对女儿特别宠爱，怕她舞枪弄棒太辛苦。

汪达和合羽到了东市南门发现玉瑶和如意早就到了。

为了隐瞒身份，如意在外面仍然称呼玉瑶为小姐。

汪达与玉瑶对视的眼神都要把对方融化，两人还没说话，合羽就走了过来拉着玉瑶的手问长问短。

李道明和两名侍卫身着便装在人群中远远看着。早上，玉瑶带着如意出门之后，他就立即换上便装带着侍卫尾随而来。虽然他对越国公汪华很了解，对汪达也多方打听了，但是他还是想跟着暗中观察观察。

东市的繁华与西市的热闹果然是各有千秋，两市由于地域位置不同，所形成的商业气氛也略有区别。东市更靠近三大内（西内太极宫、东内大明宫、南内兴庆宫）、周围坊里多皇室贵族和达官显贵第宅，因此市中经营的商品，多是上等奢侈品，以满足皇室贵族和达官显贵的需要。而西市周围相对来说平民百姓住宅多些，市场经营的商品，多是衣、烛、饼、药等日常生活品。也正因为这样，东市反而没有西市的喧闹，西市各个档口都有挤满商人经营，街边路口也都摆摊设点。于是，那些表演杂耍的只有跑到东市找场地，那边王公大臣的子女对这样的事物更加好奇。

玉瑶常来东市，对东市的各个店铺都很熟悉，拉着合羽跑上跑下，一会儿买这个好吃的，一会买那个好吃的，而汪达跟在后面付账，如意跟在后面拎东西。四个人有说有笑，嘻嘻哈哈，好不开心。

长安城一片太平繁华，而西北刚刚被唐军打败而向朝廷臣服的吐谷浑正在发生一场政变。

原来在开皇十七年，公元 597 年，吐谷浑内乱，可汗世伏被杀，其弟伏允继位，号为步萨钵可汗。伏允依照吐谷浑习俗娶兄嫂光化公主为妻，光化公主本为隋朝宗室女，在开皇十六年时为和亲而远嫁吐谷浑可汗世伏。此后，吐谷浑年年朝贡不绝。但伏允常打听隋朝的情报，隋文帝非常厌恶。隋炀帝即位后，伏允派使者和高昌、突厥一起向隋朝朝贡。隋朝大臣裴矩出使西域回来，建议隋炀帝控制西域，首先要消灭吐谷浑。这时，伏允和光化公主的儿子慕容顺正出使隋朝，便被隋炀帝扣留。大业四年，裴矩指使铁勒攻击吐谷浑，伏允大败，来到隋朝的西平郡（今青海省乐都），隋炀帝派安德王杨雄出浇河，宇文述出西平接应。伏允恐惧宇文述兵强，率众西逃，宇文述引兵追击，攻克曼头、赤水二城，斩首三千余，虏获吐谷浑贵族二百，百姓四千。伏允南奔雪山，其故地东西四千里，南北二千里，皆为隋朝所占有。大业五年，伏允想重返故地，五月，隋炀帝亲征吐谷浑，伏允败走，隋朝在吐谷浑故地设置西海、河源、鄯善、且末等郡，封慕容顺为可汗，其大宝王尼洛周为辅。可是，慕容顺刚到达西平郡，尼洛周被部下所杀，慕容顺不果而还。之后，大业十一年，隋朝大乱，陷入崩溃局面，伏允趁机恢复了吐谷浑汗国，另立太子。唐朝建立后，唐高祖李渊联合伏允夹击河西的李轨。作为回报，唐高祖将从江都逃回的慕容顺送归吐谷浑，但并没有受到伏允待见。武德五年之后，伏允听信天柱王的建议，屡次侵犯唐朝西部边境，持续了将近十年。李世民登基之后，剪除了东突厥，终于腾出双手令大军西征吐谷浑。

唐军击败吐谷浑之后，吐谷浑可汗慕容伏允自杀，其子慕容顺斩杀天柱王，自立为可汗，投降唐朝，大唐皇帝李世民册封慕容顺为西平郡王、趆故吕乌甘豆可汗。征西大军班师回朝时，李世民忧虑慕容顺不能服众，便命凉州都督李大亮领精兵数千为其声援。可惜好景不长，因吐谷浑甘豆可汗慕容顺曾在隋、唐两朝为人质，各部落首领以此为耻，众人不附，最后在外出时被部下所杀。

慕容顺被杀之后，慕容顺的儿子燕王诺曷钵继位，此时诺曷钵尚是十二三岁的小孩，手无寸兵，是典型的傀儡，各部落首领和权贵为争权打得不可开交，吐谷浑陷入内乱。为保西北安宁，李世民只得派兵助诺曷钵平定内乱。

越国公府。

庞实正在后院教小汪俊写字，稽圭从外面兴匆匆地走过来。

"姐姐，什么事情这么高兴？"庞实主动站起来迎上稽圭。

汪华身边现在就她们两位夫人了，两人感情胜似姐妹。

稽圭说："郑豹刚才回府了，已经打听清楚了。"

"真的？是谁家的？"庞实急忙问道。

原来，她两人见汪达最近半个月天天带着合羽外出，而合羽每次回来总是提起玉瑶姐姐。起初，两人并没有太在意，认为只是萍水相逢而已，但没几天就发现汪达不一样了。她俩都是过来人，能看不出来吗？这事情还没眉目，也不便告诉汪华，她俩便找来郑豹，让他私下去打听一下。郑豹是什么人？在白渠府待了八九年，长安城的一砖一瓦都摸得清清楚楚，所以很快就带回了消息。

稽圭故作神秘地说："妹妹猜猜。"

"哎呀，姐姐，长安城这么大，我都大门不出、小门不迈的，能猜出啥？姐姐你还是快说吧，急死我了。"庞实见稽圭在卖关子，都着急了。

"玉瑶是位郡主，淮阳王的长女。才貌双绝，皇后说她是长安城第一美女。"稽圭说。

庞实听了都吃了一惊，过了半晌，才说一句："好小子，挺有眼光的啊！"

"汪达在校场比武夺印时，就被这位玉瑶郡主看上，后来汪达征西回来，带合羽在西市又邂逅，两人就这样认识的。"稽圭说。

"难怪哦，达儿每天早出晚归，回到家里都魂不守舍的。原来心都到玉瑶郡主那里去了啊。"庞实说。

"可不是嘛。"稽圭接着说，"最近，他们城内城外到处玩，听曲看戏对弈，去了渭河散步，去了龙首原观景，还去了灞上骑射。"

庞实听了不由得点了点头，说道："有几天他确实出去得早，早点都没吃，回来也比较晚，说在外面已经吃了饭。"

"对，就是那几天。他出城时，长安城进进出出不都在白渠府的眼皮底下嘛。"

稽圭说。

"姐姐，这个淮阳王，我还真没听说过，你打听了吗？"庞实问道。

于是，稽圭把从郑豹那里得到的消息都原原本本地说给庞实听。

庞实听完之后，思索了一下，说道："照这样说的话，这门亲还真不错啊。淮阳王为人低调务实，跟我们家老爷的性格很像。达儿也快十九岁了，该到说亲的年龄了。"

她们年轻的时候私下直呼汪华名字"世华"，到了长安先称"国公爷"，年纪大了，后来慢慢地改称汪华为"老爷"了。

"我已经要郑豹捎信请老爷今晚回来。"稽圭说。

"姐姐考虑得周到。"庞实说。

稽圭犹豫了一下，又说道："只是两个哥哥的亲事都还没定，就定了老三的，建儿和璨儿会不会有什么想法？"

庞实说："我去年就跟老爷提了，儿子们都大了，亲事都得上上心，老爷说他会有安排。今晚老爷回家，我们再问问他。"

晚上，汪华回到府上时，汪达带着合羽玩耍还没回来。汪华听两位夫人把情况前前后后说完之后，沉思了一下说道："本来我想等俊儿再大一点，明年我向皇帝请旨告老还乡，带你们都回歙州去，到了老家再给他们兄弟几个说亲。倘若我们在长安给他们说好婚事，若女方家在长安，父母健在，又有兄弟姐妹，在娘家亲人其乐融融，嫁到我们汪家之后，离开父母跟随我们去千里之外的歙州，可能一辈子不再与娘家人见面，我想想都觉得于心不忍。人心都是肉长的，我们的父母都已经不在了，可我们身居都城，仍思念故土的一草一木。我想，她们肯定也思念父母兄妹，也思念长安的风土人情。当年我义无反顾地要来长安，除了向朝廷表忠，让皇帝摒弃猜忌，保障六州不再起烽火，还有一个原因，就是钱任妹妹的父母兄弟都在长安，虽然她常说我在哪里家就在哪里，但是我知道她思念父母，思念兄弟，只是她从不说出来而已。"

说到这里，汪华不由得眼圈儿都红了，想起钱任已经永远离他而去，他的心在痛。

"我们举家迁居长安，从她第一眼见到弟弟钱琪的眼神，我就知道自己没有猜错，时间和距离是永远冲淡不了血缘的。后来，钱老将军被委任为眉州刺史，很少回长安，钱老夫人病逝，钱琪也被派到外地领军，现在朝局稳定，大唐的江山已是铁板一块，皇帝考虑的不再是中原稳定，而是如何对外扩充版图。于是，我就想，合适的时候我们可以回老家了。谁知，钱任妹妹居然离我们而去，你们说长安城还有什么令我们留下来的理由？"

没想到汪华今晚如此多愁善感地跟她俩说了这么多，稽圭和庞实两人都不由得流下了眼泪。是的，歙州还有好多亲人在等着他们。两人都沉默不言，看着汪华。

汪华端起茶杯，缓缓地喝了一杯茶，说道："现在情况又变了，达儿西征立有大功，朝廷将要重用他，而他也向我表明其志在疆场，我们做父母的怎么不支持呢？我三次向皇帝请辞白渠府统领，皇帝都扣着奏折不批。"

"朝廷重用达儿，跟你请辞统领有什么关系？"庞实疑惑不解。

汪华说："我统领着长安禁军，我儿子在外率领着大军攻城略地，你们认为皇帝会放心吗？"

庞实和稽圭对视了一眼，瞬间明白了。

汪华接着说："当年的秦王可以对每一位将士推心置腹，如今的皇上为了天下稳定就必然会用人而又疑人。河间王李孝恭平定大唐半壁江山，其功甚伟，但如今他深居王府，遣散歌姬，粗茶淡饭，天天读书念经不问世事；翼国公秦琼老将军南征北战立有大功，当年高祖皇帝都说愿意割自己的肉给他食，如今辞去官职在家养病，并向皇帝上书其子不得世袭其爵位；吴国公尉迟敬德将军对皇帝有救命之恩，现今胆小谨慎，开始钻研黄老之术；卫国公李靖，其功劳更不用说，数年前就辞官在家养病,这次皇帝请其西征，回到长安立即交出兵权，说身子不适，要回家养伤。"

汪华看了看两位夫人，问道："我与他们几个人比，在皇帝心目中，谁跟他更亲，谁为其立功更大？"

大家听了，都默不作声。

汪华回到家跟两位夫人说了本想辞官归隐的想法之后，两位夫人不由得也沉默了。

汪华接着说："当今皇帝乃千古一帝，自登基仅十年时间，便创造了天下盛世，秦、汉、晋、隋，哪位帝王有此才能？！他用人而又疑人，用老人带新人，大胆起用胡人，是真正把大唐作为天下人的朝廷。我们也老了，也该主动退出，把机会交给年轻人！"

"老爷现在的想法就是主动辞官回家，不让自己成为达儿晋升的阻碍？"庞实问道。

汪华点了点头，说道："达儿既然志在疆场，那么就让他大胆地去实现自己的抱负！"

"那其他兄弟怎么办？我们儿子多啊。"稽圭问。

"如果让这些儿子都跟随我们归隐，于心不忍，他们也都文韬武略，志向高远，正逢盛世，若在山野虚度一生，也非我本意。"汪华的内心其实很矛盾，他既希望儿子们个个身居高位为民造福，可面对当前朝廷功臣受猜忌而归隐在家求平安的状况，又不忍让自己儿子们去犯险。

稽圭和庞实都明白了汪华的意思，稽圭说："如果都让他们从军，朝廷岂能全都重用？若个个都是领军大将，皇帝岂能安心？反而会一人犯错，其他兄弟都受牵连。"

庞实跟着说："做武将朝廷不放心，做文臣也一样不会重用，若个个身居高位，胜过朋党。"

汪华说："那就让他们做一些低级文官吧，既是为朝廷效力，也是不虚度

一生。"

"这就是老爷让建儿、璨儿他们去六部做文书的原因？"稽圭问。

汪华点了点头："我只是做了个两手准备。做个低级文吏，可进可退，进可继续为朝廷效力，领取俸禄，过着百姓们羡慕的生活；退可随时辞官还乡，朝廷也没什么损失，换个人来做也可以。何况，身居高位，必然勾心斗角，今日赢明日输，或今日败明日胜，只会心力交瘁，日子岂能过得踏实？"

庞实认可地说："老爷说得有理。为朝廷效力，为百姓造福，不一定要身居高位。一个朝廷的运转，需要无数人员在高低不同的职位上做事才行。宰相大人很威风，但是下面没人办事，或者下面没人会办事，他这个宰相即使有天大的能力，也不能为百姓谋来一丝幸福。"

"刚才老爷说自己辞官，让儿子们出仕，那么我们是回歙州吗？"稽圭问。

"你舍得把儿子们放在长安，而我们几个回歙州吗？"汪华笑着反问。

"我可舍不得啊。"没想到稽圭和庞实异口同声。

"他们大了，随他们。先看看皇帝什么时候让我辞官，到时再说吧。"汪华说道，"看来这个辞官不是自己想辞就辞得了的，长安估计还得住一阵子了。"

"那儿子们的亲事是不是得好好考虑了？"稽圭问。

"达儿回来之后，我问问他。先把建儿和璨儿的亲事定了，再接着考虑另外几个。"汪华说。

"你身为白渠府统领对长安城的王公大臣、世族商贾都一清二楚，有没有看到哪家小姐合适建儿的？"稽圭问。

汪华摇了摇头，苦笑着说："刚才不是已经说了，起初都想回歙州的，哪有心思考虑在长安城找儿媳妇啊。我这几天仔细打探一下。"

庞实和稽圭两人只有点头了。

三人刚说完话，汪达带着合羽回来了。大家简单说了几句话，稽圭就让丫环香菱照顾合羽去睡觉。

"达儿，你最近春风满面，有什么好消息要告诉父亲的吗？"汪华首先开口问道。

汪达一看这架势，就知道自己的事情都被父亲知道了，只好说："认识一个叫玉瑶的姑娘，最近带着合羽常与她一起玩。"

汪华说："玉瑶姑娘家住哪里？她父亲是为官还是为商？"

汪达说："她家住在东市附近，她父亲做什么的，我没问，她也没说。不过，她的言谈举止肯定不是平常人家。"

"她当然不是平常人家啦。"汪华说，"打仗需要知己知彼，才能百战不殆。你跟人家姑娘认识十多天了，都不清楚人家家境，如何更好地长期交往呢？"

汪达红着脸，低着头说："我们……我们只是朋友。"

汪达话刚落音，汪华和稽圭、庞实哈哈大笑起来。

稽圭见汪达年少不经世故，便插嘴说："达儿，你就大胆说话，你喜不喜欢这个姑娘，喜欢的话，我让你父亲上门去给你提亲。"

汪达惊奇地问："父亲认识玉瑶？"

稽圭说："你父亲不认识玉瑶，但认识玉瑶的父亲。"

"真的？"汪达一听激动地站了起来。

汪华呵呵笑着指着汪达对两位夫人说："你看看，这还是骁勇善战的征西先锋将军，这么一点儿定力都没有。"

"窈窕淑女，君子好逑。达儿是真性情，才不像您老谋深算呢。"庞实故意打趣道。

汪达嘿嘿傻笑，又坐下。

稽圭说："达儿，这几日你早出晚归，母亲为你考虑，派人打探了一下玉瑶姑娘的情况。你猜她的父亲是谁？"

汪达问："二娘，玉瑶她父亲是谁？"

"淮阳王。"稽圭说。

"淮阳王？！左骁卫大将军？"汪达对十六卫的情况一清二楚。

"没错，玉瑶郡主正是淮阳王、左骁卫大将军李道明的长女。"汪华点了点头，补充道。

汪达若有所悟地说："难怪每次与她见面时总是约在东市附近，她也不让我送她到家门口。"

庞实笑着说："那你也不跟踪去打探一下？"

汪达说："这怎么好意思呢。我喜欢的是她的人，她家是什么情况，有何干系？我根本就没考虑过去打探。"

汪华和稽圭、庞实相视苦笑，年轻人都是这样。

"你俩要是情投意合，父亲就去淮阳王府给你提亲。她虽是郡主，但你也是我们大唐将军，门当户对。"稽圭说。

汪达喜欢玉瑶，他也知道玉瑶喜欢他，只是忽然提到提亲，他还没这个思想准备，有些害羞地说："玉瑶尚小，才十五岁。"

"十五岁不小了。长孙皇后与当今天子结婚时才十四岁呢。"稽圭说道。

"当时情况不同。"汪达说，"孩儿想等建立更大功业再娶亲。"

"去提亲不一定马上结婚，可以先把这门亲事定下来，等你想结婚的时候再结，如何？"稽圭说。看来做母亲的都比儿子着急。

"孩儿志在疆场，当前西北战事不断，孩儿随时将随军西征，还是等博取功名回来亲自去淮阳王府提亲。"汪达说。

"达儿有志气！既然你心意已决，为父不为难你。你大胆去拼搏，我和母亲们都支持你！"汪华说。

"谢父亲和两位母亲！"汪达站起来向三人施礼。

话说吐谷浑内乱，各部落首领争权夺位，李世民只得派唐军去援助小可汗诺曷钵。幸好，之前征西时已经把吐谷浑的军队基本打残了，李大亮率领唐军不日就稳定了吐谷浑内乱。李大亮因功而被晋爵武阳县公，授右卫大将军。

长安城，皇宫。

"吐谷浑已经无忧，朕决定封诺曷钵为河源郡王，仍授乌地也拔勒豆可汗，以昭显我大唐对其恩宠，众卿家意下如何？"李世民问道。

殿下大臣一齐称赞陛下圣明。

李世民见列位臣工都无异议，便说："至于代表朝廷前往吐谷浑，持节册拜，赐以鼓纛，哪位卿家愿担此重任？"

长孙无忌出列说话："启禀皇上，臣以为朝廷派遣宗室大臣为钦差大臣前往，更能彰显天子对乌地也拔勒豆可汗的恩宠，也利于对吐谷浑朝局的稳定。"

"长孙爱卿说得有道理，哪位爱卿请缨？"李世民觉得长孙无忌说得不错，朝廷越显得重视诺曷钵，吐谷浑权贵就会认可诺曷钵的权力，才能保障吐谷浑不再内乱。

宗室大臣见长孙无忌把球踢给他们了，就都不吭声，他们中间不少人既想做事又怕做事。做事能立功，能给自己争脸面，但是事情做得太好，就会怕变成河间王李孝恭那样，能力太强会招来猜忌，最终只能窝在家里小心谨慎过日子；若事情做不好，就会像赤水道行军总管李道彦那样被罢官流放边地。谁也拿不准事情能做好还是做砸，所以这些宗亲大臣都宁愿不做事算了，安安稳稳过日子。

过了半晌，下面的宗室大臣没有一位主动请缨的，坐在上面的李世民显然不高兴了。

"看来宗室大臣更愿意在家喝花酒看歌舞了。"李世民不悦地说。

宗室大臣更加低头不语，吐谷浑远在西北，跋山涉水，路途遥远，路上并不太平，还是装傻自认无能，别去干这份苦差事。

站在下面的淮阳王李道明见皇帝尴尬不悦，而自己身为王爷至今尚未出外建立尺寸之功，便出列说话："回皇上，臣愿前往！"

李世民刚想发火，见李道明主动请缨，立即转忧为喜，还是这位兄弟体恤朕啊。

"淮阳王，你可知吐谷浑远在千里之外，西北黄沙满天，路途辛苦？"李世民故意问道。

"黄沙再大，有我大唐子民安居乐业；路途再远，有我大唐将士浴血奋战。臣请缨持节册封，让吐谷浑沐浴皇恩，也是臣之荣耀，有何辛苦？！"李道明诚恳地说。

"好！就以你为钦差大臣，前往吐谷浑昭宣册封之事。"李世民下旨。

"臣领旨！"李道明领旨，随后回到位置。

"侯爱卿，你是兵部尚书，你认为谁能担任此次护驾将军，护卫钦差大臣前往吐谷浑。"李世民问道。

此时的兵部尚书是侯君集，只见他出列说道："启禀皇上，前征西先锋将军汪达堪当此任！"

淮阳王一愣，没想到这么巧合，侯君集居然推荐汪达为其护驾，内心不由得有点儿喜悦。

只见皇帝在上面点了点头，很是满意，说道："汪达年少俊才，智勇双全，有其父越国公风范，尤其是上次西征击败吐谷浑多支精锐之师，对吐谷浑非常熟悉，堪当此任！"

侯君集说："淮阳王去册封是显示天子对吐谷浑的恩宠，汪达为护军是彰显我大唐威武，威恩并施，吐谷浑各部首领谁还敢乱来？"

李世民听了觉得有理，便问侯君集："汪达现为何军职？"

"启禀皇上，汪达以左卫白渠府正六品飞骑校尉身份夺得征西先锋将军，凯旋之日，兵部已报奏其功勋，授从四品威武将军。只因其母亲病故，他告假在家，兵部暂未正式颁令拜将。"侯君集答道。

李世民想起汪华长夫人钱任在数月前病逝，当时汪达正在征西。想起钱任，李世民不由得想到登基之初，突厥颉利欺长安空虚，率二十万铁骑南下，陈兵渭河，是钱任和庞实护其到便桥上与颉利谈话，也是钱任以神射吓退突厥骑兵。

想到这里，李世民不由得唏嘘，只见他说道："立即颁令拜将，授汪达为亲王护军，即日随钦差大臣淮阳王前往吐谷浑。"

"遵旨！"侯君集领旨。

淮阳王府。

淮阳王散朝回家，居然发现女儿在家。这很是稀奇，自女儿与汪达认识之后，两人可是天天游山玩水的。

他好奇地问道："宝贝女儿，今天回来得这么早？"

玉瑶嘟着嘴巴说："今天没出去。"

"怎么啦？汪达那小子欺负你？"淮阳王吃惊地问道。

"他已经知道我是郡主了，昨天说我欺骗他。我哪里欺骗他了，我只是隐瞒身份而已，他自己也没问我，我难道还主动跟他说我是淮阳王的郡主？"玉瑶有点儿伤心地说。

"对。我女儿怎么会欺骗人呢？只是隐瞒而已，难不成要像他老子在白渠府那样，每个进长安城的人都要查人家十八辈子啊。"淮阳王哄着女儿，说道，"咱们别理他。"

"父王，您说他会不会真的生我的气，真的不来找我了？"玉瑶眼睛都快红了。

看来女儿对汪达感情不是一点点深了，而是很深了。汪达不会这么不懂道理吧？这小子太不像话。不过，小孩子之间有点儿误会，闹点儿小别扭，也很正常。

淮阳王安慰女儿说："宝贝女儿，别伤心，父王给你出气，你想要怎么收拾他？"

玉瑶见父王要收拾汪达，感到报复的机会来了，立即说："他喜欢喝马奶酒，不让他喝；他喜欢吃烤羊腿，不让他吃；他不喜欢喝羊杂汤，就让他喝；他不喜欢吃兔头，就让他吃。"

李道明听女儿这么一说，都忍不住想笑了，这不是小孩子过家家嘛。别人喜欢的，不让他吃，别人不喜欢的，逼别人吃。

玉瑶说完之后，见父王忍不住在笑，便又泄气地说："他不在您左骁卫，您管不了他。"

李道明见女儿一副失望的样子，便从怀里掏出一卷黄绸给玉瑶说："你看看这是什么？"

玉瑶接过一看，惊讶道："父王担任钦差大臣前往吐谷浑？！汪达为亲王护军？！"

"怎么？你说父王能管得了他吗？"李道明说。

"当然管得了。"玉瑶一下子觉得事情太突然，"皇上怎么忽然让父王去那么远的地方呢？是父王要他为您护军，还是他自己请求随驾？"

李道明说："父王常年深居长安，也该为朝廷做点儿事情了，这只是去册封，是个轻松活儿，父王就抢了。"

李道明不能把朝廷的事情跟女儿说，也不能告诉女儿去吐谷浑可能有危险，以免她担心。

他接着说："汪达之前只是个六品飞骑校尉，他哪有资格参加早朝呢？即使他现在是从四品威武将军，也没资格参加早朝的。是兵部尚书侯君集举荐他担任护军的。"

"哦。原来这样啊。从四品也是个不小的官了。"玉瑶说。

"那当然啦。大都督府长史也才从四品，谏议大夫、御史中丞、中书舍人都还是正五品。汪达上次西征立功不少，理所当然。"李道明说，"小小年纪就有此出息，必为国之利器！"

"父王，我要随您去吐谷浑！"玉瑶说。

李道明一愣，这可坚决不能同意，立即说道："糊涂。父王是去给朝廷办事，岂能随便携带家眷呢。千万不能有此想法，否则朝廷会向你父王我问罪。"

玉瑶听父王说得这么严重，只得硬硬地把这个刚刚萌生起来的想法给掐掉。

越国公府。

"碧玉，快去叫三公子出来，宫里来人，要府上赶紧准备，圣旨要到了。"稽圭边吩咐丫环碧玉，边往里走。

"今天真是奇怪了，平时天天往外跑，今天居然懒在房间不出来。"庞实见合羽一个人在玩，便问，"合羽，三哥是不是哪里不舒服？"

合羽走过来说："三哥心里不舒服，生玉瑶姐姐的气了。"

"两人吵架了？"庞实问。

"没有吵架。三哥说玉瑶姐姐骗他，玉瑶姐姐一生气就坐马车走了，他自己也不去追，就伤心了。"合羽说。

"大男子汉还跟小姑娘生气，哪像个将军啊。"庞实边说边往后院走，"我去看看。"

这时，大有去正堂，吩咐人去打开大门，安排越国公府上上下下站立院中等候圣旨。

汪达跟在庞实后面，满脸不高兴地说："三娘，你错怪我了。我没生她气，是她生我气。"

庞实回过头说一句："她生你气也是对的。人家一个小姑娘，凭什么一见面就把家底都告诉你？你没问她，她没对你说，怎么就算是欺骗了呢？"

稽圭在旁边补充一句："达儿，你责怪玉瑶郡主欺骗你，确实是你的不对。长安城每天人来人往，三教九流各色人等都有。如果她在外面轻易露出郡主身份，能安全吗？能自由自在地玩耍吗？如果一开始就知道她是郡主，你还会每天那样肆无忌惮地跟她到处疯玩？"

汪达被两位母亲责怪之后，也觉得自己糊里糊涂，确实是自己做得不对。

稽圭见汪达不说话，又说道："要是说玉瑶郡主因没有主动告诉你她是郡主，你就认为她在欺骗你。那么你父亲更应该责怪你三娘，最初与她认识时，你三娘是女扮男装，你父亲好长一段时间都称呼她为庞兄弟。"

稽圭的话音刚落，周围的人都不由得"扑哧"笑了。当年汪华在扬州路上遇到女扮男装的庞实的事情，大家都听过。汪达也忍不住笑了。

庞实说："等下接完圣旨，自己去淮阳王府向玉瑶郡主道歉。"

汪达嘿嘿傻笑着。

大家刚走到正堂，圣旨来了！中书舍人李百药手捧圣旨，在数名侍卫的簇拥下，走进了越国公府。

此时，越国公府里面主事的只能是汪达了，父亲汪华身在白渠府，两位兄长汪建、汪璨已到六部值班。

汪达带领两位母亲和合羽、小汪俊跪在正堂，传旨大臣李百药手捧圣旨面南而立。

"奉天承运，皇帝诏曰：飞骑校尉汪达，骁勇善谋，征西立功居多，特晋封为从四品威武将军。并，为保西北安宁，特诏汪达为护军，护送钦差大臣淮阳王李道明前往吐谷浑进行乌地也拔勒豆可汗册封大礼，即日启程。钦此。"

"臣汪达接旨，吾皇万岁万岁万万岁！"汪达接过圣旨谢恩。

李百药握着汪达的手说："恭贺威武将军，祝将军此行一路顺畅！"

"谢李大人！"汪达也忙客气两句。

李百药与汪华是旧故，两人关系匪浅，他与稽圭、庞实说了几句祝贺话，就告辞回宫了。

李百药离开之后，汪达打开圣旨，左看右看。

稽圭和庞实两人对视了一眼，走了过去。

"今天是双喜临门，一喜是我们三公子是朝廷的威武将军，他父亲这个年纪还只是新安郡副将。二喜是我们的威武将军为淮阳王做护军。皇帝真是英明啊。"稽圭边说边笑。

"大有，去请老爷今晚回来吃饭，我们要好好庆祝一番！"庞实也边走边对站在一旁的管家说。

"是。夫人。"大有应允完就出去了。

忽然，汪达把圣旨卷好放在供案上，走过去拉着合羽就说："合羽，三哥带你出去玩。"

"三哥是要带我去找玉瑶姐姐吗？"合羽睁着大眼睛问。

"就你嘴快。"汪达责怪一声拉着她就往外走。

稽圭和庞实一愣，汪达拉着合羽快走出大门了，才反应过来，庞实高声嘱咐道："今晚要回来吃饭！"

她说完就与稽圭两人哈哈大笑，旁边的丫环也都掩着鼻子笑了。

第八十章　儿女亲家

汪达与玉瑶已经和好如初了，在汪达踏进淮阳王府大门的那一刻，玉瑶瞬间笑了。

三日后，淮阳王李道彦以钦差大臣身份离开长安启程前往吐谷浑，汪达作为亲王护军率三百精骑随驾同行。

"姐姐，皇后身体怎么样？"稽圭刚进府，庞实关切地问道。

原来，长孙皇后一病不起，都快一个月没下床了，太医束手无策。稽圭作为越国公夫人进宫去看望长孙皇后，同时自己精通医学，去看看到底是什么疑难杂症。

钱英作为汪华的原配夫人，结婚之后就理所当然是正室夫人；后来钱英去世，正室之位一直空着，汪华建吴称王时追封钱英为吴王妃，并没另立王妃，直到钱任嫁给汪华，依汪华承诺立钱任为正室夫人；谁知钱任难产而死，越国公府的正室夫人又空缺，于是汪华按着大小顺序，扶稽圭为正室夫人，这样也便于在王公大臣家眷之间走动。长安是大唐都城，也是礼仪之都，重大节日进宫向皇后请安，若派侧室去岂不有藐视之罪？

稽圭坐下来，叹了口气说："病得很严重，人都瘦了一大圈儿。太医说是肝脾不良引起的不适，属于气疾。"

"既然看出了病理，怎么还束手无策呢？"庞实说，"你看出是什么病了吗？"

稽圭说："我给皇后把了一下脉，阴阳不和，脏腑虚弱，不敢乱下结论。太子请求大赦囚徒并度人入道，以期冀蒙福佑，却被皇后断然拒绝。"

"太子两次大病，皇帝分别请道士和天竺高僧为其祈福，很快病愈。太子这样为其祈福，怎可拒绝呢？"庞实说。

"房相现在是太子詹事，他知道太子心意之后，会同朝中大臣上书皇帝，请求大赦天下，为皇后祈福。但是皇后说法律是国家存亡之根本，唯有依法治国才能人人守法，国泰民安。若为了祈福除病，而轻易释放罪犯，尤其是死刑犯，这样只会让罪犯有恃无恐，给社会造成更大的危害。皇后坚决拒绝了。"稽圭把知道的情况告诉庞实。

庞实点了点头说："皇后圣贤，为了江山社稷，宁愿舍弃自己身体。皇帝宽厚爱人，每每遇到重大喜庆之事或祈福健康，就释放天下囚犯，虽有仁爱之心，却让刑法在众人眼中失去了威慑力。尤其是一些杀人犯，侥幸在大赦之中活命，却让被害者家人处于更加悲痛的境地。"

稽圭说："据说有杀人犯被大赦之后，又去杀人越货，被判定死刑关押秋后问斩，谁知还没到上刑台，又赶上大赦了。也有被害者家人见杀人犯大赦，怨不能解，自己持刀去杀掉杀人犯，报仇雪恨。哎，朝廷之事，也不是我等能议论的。皇后这次宁愿自己处于病痛之中，而反对大赦，是维护了法律的公正，她的心思也代表了天下所有受害者家人的心。"

"皇帝见皇后心意已决，也就没有采纳房相等人的意见，但另辟蹊径，已经下令重修了三百九十多座废弃寺庙以此为皇后祈福。"稽圭接着说。

庞实听了，双手合十，祈祷："阿弥陀佛、观世音菩萨，保佑皇后娘娘身体早日康复。"

稽圭见了，也跟着一起祈祷。

西行路上，李道明骑在马上问汪达："威武将军，前面是哪里？"

汪达打马上前一步，回答："王爷，前面就是麦积，有我们的驻军。一路走来，大家也都辛苦了，今晚我们就在麦积过夜，早点儿休息。"

这支钦差队伍一路兼程，对于汪达来说算不上什么，但是对于常年不外出的淮阳王来说确实有点儿辛苦。

淮阳王对西行路线一点儿不懂，一路上全靠汪达告知。他也乐得省心去操心这些小事，正好可以在路途上多观察一下汪达。汪达谈吐有礼、遇事果断、体恤兵卒，就是在感情方面还有些懵懂，几日下来，他也越发喜欢汪达了，觉得自己女儿玉瑶没有看走眼。

"好！今晚就在麦积过夜，烤全羊喝美酒，大家吃个痛快！"淮阳王痛快地说道。

"烤全羊啊。淮阳王，今晚能让我吃个羊腿吗？"汪达赔笑着对淮阳王说。

汪达之前没有与淮阳王接触过，加之淮阳王又是玉瑶的父亲，所以，刚一开始，汪达在淮阳王面前非常谨慎。谁知道，一路上，发现淮阳王为人非常随和，时而跟他说一些奇闻趣事，两人之间的气氛立即轻松起来。淮阳王喜欢读书，正史野史杂书都喜欢读，与汪华爱好相同，所以汪达觉得淮阳王很是亲切。

而淮阳王是爱屋及乌，自己的宝贝女儿喜欢汪达，自己这几日与汪达接触，也觉得汪达这人很合他心意。

汪达又想讨要羊腿吃，李道明故意摇了摇头。

"还不让吃啊？自打长安城出来到现在，你们天天吃烤羊腿，我可是一口都没吃。王爷，您这是在虐待部将。"汪达开玩笑地说。

淮阳王打趣道："威武将军，你知道在我王府里面谁说话最管用吗？"

"不是王爷你吗？"汪达好奇道。

李道明摇了摇头，说："不是的。是我家玉瑶郡主。"

汪达吃惊，说道："王爷真会开玩笑。"

李道明没有跟他争论这个话题，而是得意地说："这次西行，我家玉瑶郡主有令，凡是威武将军喜欢吃的，我不能让你吃；凡是威武将军不喜欢吃的，我鼓励你吃。"

"哎呦，王爷，您就饶过我吧。"汪达哭笑不得。

李道明笑着说："饶过你，可以考虑的。就看你以后表现啦！"

汪达"哎"一声耷拉着脑袋。看来今晚吃羊腿又没戏了。

李道明心里乐呵呵的，没想到汪达这小子，打仗有本事，骁勇善战，读书也不少，跟自己谈古论今无所不知，连说话聊天也都这么投缘。等回到长安城，得找个机会跟他老子汪华好好谈谈了。

长安城。

汪华骑马匆匆回到越国公府。

"老爷回来了。"稽圭迎了上去。

"圭妹，告诉你一个好消息。"汪华乐呵呵地说。

"什么事情让老爷这么兴奋？"稽圭问。

"你猜一下。"汪华边说边接过丫环碧玉端上来的茶杯喝了一口。

"难道皇帝恩准老爷辞官回家了？"稽圭试着问道。前几日汪华说皇帝巡视白渠府时，他私下跟皇帝又提了辞官的事情，说自己身子骨越来越不行了，皇帝当场说了句汪兄的身子骨看起来比朕还硬朗。难道皇帝改变主意了。不然老爷怎么会如此兴奋。

"不是。"汪华喝完茶，把茶杯放到桌子上，"碧玉，你去把三夫人请来。"

碧玉应诺一声就出去了。碧玉是原配夫人钱英的贴身丫环，两人情同手足，钱英过世之后，汪华准其外嫁，碧玉虽然结婚生子，但仍然留在汪家照顾钱英三个儿子。

庞实很快就过来了，欢喜地问道："刚才碧玉说老爷有喜事要告诉大家，什么事情让老爷这么兴高采烈？"

"我刚才猜是皇帝让他辞官回家，他说不是。妹妹你猜猜。"稽圭说。

庞实坐下来说道："姐姐猜不到，我更加猜不到了。还是让老爷赶紧告诉我们吧。"

汪华故作神秘地说："建儿和璨儿的亲事有戏啦！"

"真的？"稽圭和庞实一听都很意外地问。

"上次你们说了这事之后，我就开始留意。你们还没说，还真让我碰巧遇到了。"汪华兴奋地说。真没想到时间过得真快啊，自己儿子都成年要娶亲了。

"谁家小姐？"稽圭抢先问道。

"通议大夫黄左锡大人家的千金。"汪华干脆地说。

稽圭和庞实两人一脸茫然，这个黄左锡大人没有听说过。不过，这也很正常，长安城里官员太多，她两个妇道人家没听过是很正常的。

汪华说："通议大夫是个正四品的散官，这个黄左锡大人武德年间在礼部做过给事，因父亲过世，他就辞官回家守孝，随后他就一直称病在家，皇帝念其是先帝旧臣，就封了他这个散官，每月领些俸禄过安逸日子。黄大人家里就只有这一位千金，今年芳龄十八，眉清目秀，知书达理，琴棋书画样样精通。"

"这正是我们要找的人家，没有权贵身份，看淡名利。老爷是怎么找到这样人家的？"稽圭满意地说。

"你刚才说建儿和璨儿两个的亲事，这个黄大人家里才一个千金啊。"庞实接着说。

汪华说："你们别急，听我慢慢说。这个黄大人，我之前也只跟他见过几面，不熟悉，是建儿自己找到的。"

于是，汪华就把事情的来龙去脉都一一说给稽圭和庞实听。

原来，刑部尚书右丞马庵大人与黄大人是故交，前几日，汪建陪马大人到外面办完事之后，在回来的路上经过黄大人家门，于是就顺道进去小坐了一下。

黄大人见汪建一表人才，谈吐非凡，听说又是越国公家的长公子，并且还未成家也未订婚，便找了个空档让自己女儿黄璟妍隔着屏风偷偷看了几眼，没想到向来挑剔的女儿一眼就相中了汪建。唐朝民风开放，女儿都可以出来见客人的。黄璟妍主动出来向马大人和汪建请安，而汪建居然也看中了黄璟妍，真是缘分。

于是，黄大人就托马大人来问汪华。真是踏破铁鞋无觅处，得来全不费工夫。汪华便与马大人约在今天上午去黄大人家登门拜访。黄大人见越国公亲自上门，也很是意外，觉得汪华对儿子的婚事很重视，便把女儿黄璟妍喊出来见面。汪华一看也很满意。既然儿子自己喜欢，而这女子也确实不错，他就当场答应下来。并说将择黄道吉日让汪建亲自上门提亲，把婚事尽早定下来。

从黄左锡家里出来之后，马大人说前面过两条街就是他家，越国公难得空闲出来一次，不如到他家去喝杯清茶。

自己儿子在马大人手下做文书，汪华能不给马大人这个面子吗？又是通过马大人找到一个这么好的儿媳妇，汪华一口就答应了。

没想到，在马大人家才坐下喝一口茶，一名明艳动人的年轻女子过来请安。马大人说，这是他姐姐家的女儿朱宛涵，芳龄十七，姐夫在征讨刘武周时战死，姐姐病逝，就留下这个女儿自小寄养在他家，他一直当亲生女儿对待，听闻越国公家二公子还未订婚，看是否中意。

原来，马大人之前并不知道汪建、汪璨尚无婚约，他认为越国公府家的公子肯定早就定了人家，到了黄左锡家谈话时才知道他们兄弟都未婚约，便留了个心眼儿，觉得汪建的孪生兄弟汪璨也不错。他与汪华约定去黄家时，便早就做好邀请汪华再去他家的准备。

汪华见马大人搞了个突然袭击，很是意外，便随便问了朱宛涵几句，见她举止优雅，谈吐得体，很是喜欢，于是也答应了下来。

"两位夫人，这两个女孩才貌双全，都出身老实人家，我就没回来跟你们两位做母亲的商量，当场便答应了。"汪华略作歉意地对稽圭和庞实说。

稽圭和庞实听完汪华前前后后把事情说完之后，一起说真是缘分啊。

"我们越国公府哪件事不都是你做主的。有你定就行。"稽圭说。

庞实也赶紧说道："选个黄道吉日，让建儿、璨儿两兄弟同一天把婚事都办了！"

汪华笑着说："我也正有此想法。"

淮阳王李道明和威武将军汪达的吐谷浑一行很顺利，早就被唐军打残了的吐谷浑各部落见汪达仅率三百精骑就敢来到这里，更是为唐军的胆量所震撼。大唐天子册封诺曷钵，恩威并施，使吐谷浑上下彻底臣服。作为大唐属国，吐谷浑从此按年纳贡，遵循大唐律法。

一个月后，汪达护送李道明返回长安。而汪建和汪璨两人的婚礼就等着汪达回来举行。

汪华虽不像房玄龄、李靖等人那样出阁拜相，但身为国公爷，又执掌长安禁军，身系长安城所有人的安危，所以长安城王公大臣听闻越国公的两位公子要娶亲，都等着送份大礼。

大唐已经进入盛世，百姓人家儿子娶亲都要大办三天三夜，但汪华却想低调办理，于是他与黄左锡、马庵一商量，没想到他们两个也不提倡大操大办，觉得还是低调点儿好，现在御史跟苍蝇一样到处闯，查找每个大臣的毛病。御史本来是监督和指正别人的，因皇帝对御史弹劾大臣大加赞赏，结果有些御史便千方百计地找各位大臣的毛病，芝麻大的事情都能举一反三地变成大事。于是，汪建和黄璟妍、汪璨和朱宛涵的婚礼就非常简单地举行。朝中大臣一律不邀请。

汪建和黄璟妍两人本来就一见钟情，结婚之后更是恩爱有加；而汪璨和朱宛涵两人，虽然尚未见面就被父辈订下了亲事，但两人婚前短短数次见面，心有所属，结婚之后也都情投意合。汪华和稽圭、庞实见了都乐在心里。

"达儿，两位哥哥已经成家，你是不是也该考虑一下婚事了？"一家人坐在一起说话，稽圭问汪达。

汪达看着大哥大嫂、二哥二嫂恩爱的样子，自己也不由得脑海里浮现出玉瑶的笑脸，但是他强烈抑制着，他的志向是扬鞭走马在疆场上建功立业，如今皇帝有意重新开通汉朝时期的丝绸之路，西域各国之间战事不断，唐军随时会再度西征。想起当年霍去病横扫匈奴壮志凌云"匈奴未灭，无以家为"，汪达更是满腔热血。

想到这里，汪达说："二娘，我还想等等再结婚。"

庞实说："还等啊，大哥、二哥都快做父亲啦，你也不小了。找个日子，让你父亲亲自去淮阳王府提亲。"

汪达看了一眼父亲，忙说："谢谢父亲和二娘、三娘操心孩儿之事。父亲当年与母亲们结婚都已年近三十了，孩儿还小。近来西北战事不断，朝廷随时将发兵征讨，孩儿想建功立业，再定婚事。"

汪华说："你还跟我比？当年父亲是什么情况，你现在又是什么情况。岂能比较？你可以晚结婚，但是两家之间的至少得把亲事给订了吧。这样也算是给玉瑶郡主一个交代。"

汪达说："我已经与她说好了，等西北平定之后，我与她结婚，在长安踏踏实实过日子。反正她年纪还小。"

"你们两个孩子之间约定怎么行呢？儿女婚事得'父母之命，媒妁之言'才行。"稽圭说到这，看着汪华，"老爷，我认为还是您亲自去与淮阳王把这个事情定下来，相互交换生辰八字，有个婚约才行。"

"二娘，真的不必，玉瑶会等我的。淮阳王也说了，让我放心去建功立业，玉瑶还小，他还舍不得出嫁呢。"汪达说。

"玉瑶郡主年纪不小了。长乐公主、皇帝的嫡长女，十二岁就下嫁齐国公长孙无忌的嫡长子长孙冲。"庞实插话道。

"算了。既然达儿心意已决，我们也不勉强。玉瑶郡主是个好姑娘，她能不顾儿女私情而支持达儿去建功立业，实属难得。"汪华见汪达再次表态暂不结婚，就只得说，"达儿志存高远，令为父欣慰。"

汪达见父亲遵循他的意见，则感激地说："多谢父亲理解！"

汪华继续说："很多人建功立业就是为了谋取高官显爵，这是不可取的。立功业是为了江山社稷、天下苍生，可去争；若谋取高官显爵是为了个人名利，则不可争。"

说到这里，汪华看了一下众人，继续说道："趁着今天大家都在，为父就多叨唠几句，希望你们能时时铭记在心。"

"父亲放心，我和弟弟们一定铭记。"汪建作为大哥，率先说话。

"我们都铭记。"汪璨、汪达等众兄弟一起说。

大家刚说着话，忽然窗外传来阵阵丧钟声，不一会儿宫里快马来报，皇后殡天了！

汪华立即与六子汪逵、七子汪爽赶往白渠府，要加强长安城宿卫。稽圭和庞实作为国公夫人都得进宫守灵。

一代贤后长孙皇后因病于贞观十年六月在立政殿崩逝，终年三十六岁。

长孙皇后，隋朝右骁卫将军长孙晟之女，唐朝宰相长孙无忌同母妹。八岁丧父，由舅父高士廉抚养，十四岁嫁李世民，武德元年册封秦王妃。武德末年，竭力争取李渊及其后宫对李世民的支持，玄武门之变当天亲自勉慰诸将士，之后拜太子妃。李世民登基册封其为皇后。在后位时，善于借古喻今，匡正李世民为政的失误，并保护忠正得力的大臣。先后为李世民诞下三子四女。

长孙皇后喜爱看书籍图传，即便是梳妆打扮时也手不释卷。成为皇后后依然如此。经常与丈夫李世民一起共执书卷，谈古论今，从容以对，发表独特见解，对李世民与朝政大有裨益。

长孙皇后生性简约，不喜欢浪费，所需的东西，够用就可以。对于皇子要求也很严格。她经常训诫诸位皇子，要求他们以谦恭节俭为先。长孙皇后御下平和，从不无故令人有冤。李世民长年行军打仗，脾气难免急躁。后廷之人常因小事触怒李世民。

长孙皇后深谙李世民脾性，总能让在气头上的丈夫熄灭雷霆之怒。有一次李世民一匹心爱的骏马突然无病死掉了，李世民一气之下要杀掉养马的宫人，长孙皇后并没有直接为宫人求情，而是对丈夫谈起了两人曾经共同读过的一个故事："过去齐景公因为马死了要杀人，晏子就请求列举养马人的罪过，说：'你养的马死了，这是你的第一条罪；让国君因马死而杀人，老百姓知道了，必定埋怨我们的国君，这是你的第二条罪；诸侯听到这个消息，必定轻视我们的国家，这是你的第三条罪。'齐景公听后便赦免了养马人的罪。陛下曾经在读书时看到过这典故，难道忘了吗？"李世民听了妻子的这番话后自然会意，养马宫人也因此得以免罪。

养马人这样的宫人只是皇宫内苑里极其卑微的人物，但长孙皇后仍然以她的仁慈智慧照拂着他们，不因他们地位卑微而轻视他们的性命，正是因为有这样一个宽和明理的女主人，才能使得宫内没有任何冤屈。

李世民和长孙皇后情义深重，对于妻子的家族也十分恩宠。长孙无忌与李世民为布衣之交，又是皇后胞兄，还是辅佐元勋，李世民视其为心腹，让他自由出入皇宫内室，对他的待遇群臣无人堪比。几度想要任命他为尚书右仆射，却遭到长孙皇后的反对，她觉得自己身为皇后，家族的贵宠已极，不愿意家族子弟遍布朝廷。于是再三阻挠丈夫授予哥哥大权，李世民认为长孙无忌才兼文武，没有听从。但长孙皇后异常坚定，在无法说服丈夫的情况下，转而私下命令哥哥让他坚决辞职，拗不过妻子的坚持，李世民只得解除长孙无忌尚书右仆射的官职，但却将他升为从一品的开府仪同三司，让长孙无忌享受高官厚禄但不管事。长孙皇后这才满意。

长孙皇后对外戚之事一直以前代为鉴，临终前仍然不忘嘱托丈夫不要给予她的家族太多。她认为自己的家族有幸结为皇室姻亲已经是很大的荣幸了，但他们并非都是才德出众之人却身居高位，所以很容易遇到危险，想要长久无忧，就不能让他们担任要职。长孙皇后对于家族的看法再联系日后之事，足见她的非凡远见和智慧。

长孙皇后病逝后，封其谥号文德皇后，葬于昭陵，李世民伤心欲绝，在以后的岁月里，每每想起她就流下思念的眼泪。

第八十章　儿女亲家

第八十一章　高昌野心

西域各国之间战事频繁，西突厥、高昌国、回纥、薛延陀、焉耆国、龟兹、吐蕃等国之间相互攻伐，或夺城池，或夺牛羊，或以大欺小，或以多欺少。李世民有意经略西北，与中亚诸国贸易往来打通丝绸之路，便下旨令右卫大将军李大亮为主将、威武将军汪达为副将率唐军两万镇守吐谷浑西部，防止西域诸国兵犯城池，待西域诸国相互征战筋疲力尽之时便发大军一举灭之。

贞观十年，朝廷下旨，改军府为折冲府，以折冲都尉为长，果毅都尉为副。全国共设六百三十四府，关内有二百六十一府，分统于中央各卫。折冲府分上、中、下，上府一千二百人，中府一千人，下府八百人。二百人为一团，团有校卫；五十人为队，队有队正；十人为火，火有火长。每人自备武器、粮食、衣服。二十岁入军，六十岁免役。每年冬季，折冲都尉率自己所属人马训练。府兵轮流到京城宿卫，按路程远近分番轮流，五百里内为五番，五人一组互轮，每五个月上番一次，一千里内为七番，一千五百里内为八番，二千里内为十番，二千里外为十二番。每番一个月。

因长孙皇后病逝，李世民思念甚深，常独自坐在长孙皇后的寝宫发呆，群臣担心皇帝为此伤身伤神有误国家社稷，则提议向天下选妃，征召美貌女子入宫。自皇帝登基以来，遵照长孙皇后提议，不仅未向天下选妃，而且还遣散了八百名宫女出宫。李世民准奏，因听闻宫人私下传闻故荆州都督、应国公武士彟家有女儿才色双绝，便召入宫来。武氏之女年仅十四，果然举止端庄仪容绝美，李世民甚为喜欢，便封为五品才人，赐号"武媚"。

武媚为唐朝开国功臣武士彟次女，母亲杨氏出身于隋朝皇室。武士彟从事木材买卖，家境殷实。隋炀帝大业末年，李渊任职河东和太原之时，因多次在武家

留住，因而结识。李渊在太原起兵反隋以后，武家曾资助过钱粮衣物，唐朝建立以后，曾以"元从功臣"历任工部尚书、黄门侍郎、判六尚书事、扬州都督府长史，以及利州、荆州都督等职，贞观年间，累迁工部尚书、荆州都督，封应国公。武士彟在贞观九年逝世后，武媚不久便随母亲从荆州搬回长安居住。

吐谷浑，且末河唐军大营。

"报！"

汪达正与李大亮在中军大帐里面商议军务，探子快马来报。

"启禀大将军和威武将军，前方五十里发现高昌兵马掩旗而来！"探子匆匆说道。

"多少人？"李大亮问。

"五六万！"探子说。

"主将是谁？"李大亮问。

"兵马太多，不敢靠近，又掩旗而来，不知道是谁。"探子说。

"再探！"李大亮说。

"遵令！"探子走了出去。

李大亮看了一眼汪达，说道："曲文泰终于耐不住了！"

"十天前他们还在与龟兹交兵，这么快就打完了？"汪达疑惑道。

"高昌兵马众多，可能是那边的战事刚停，这边就立即发兵过来。曲文泰一直向东扩，现在见吐谷浑可汗年幼，而吐谷浑兵力尚未恢复，便来偷袭。"李大亮说。

正说着话，另有探子走了进来报告："启禀大将军和威武将军，高昌与龟兹已于三日前休战言和。"

"果然。"李大亮说，"曲文泰与龟兹停战，就立即发兵东进，想给我们来个措手不及。"

说到这里，李大亮说："威武将军汪达听令！命你领三千精兵陈于雁林口，非我将令不可出战！"

"末将听令！"汪达领命而出。

西晋末年五胡乱华，群雄逐鹿，柔然攻高昌，立阚伯周为高昌王，建高昌国阚伯周死后，儿子阚义成继位。之后阚义成的兄长阚首归弑杀阚义成，篡位。不久阚首归被高车王阿伏至罗所杀。后来张孟明、马儒相继为王，被国人弑杀；高昌人推举马儒长史曲嘉为王，是为阚氏高昌、张氏高昌、马氏高昌、曲氏高昌四代政权，曲氏享国最久。曲嘉王时，焉耆危难之际向高昌曲嘉王求救，曲嘉王派次子为焉耆国王，高昌势力开始壮大。

此时高昌国王正是曲文泰，他于贞观四年到唐长安，看到城邑萧条，远不如当初他在隋洛阳城看到的富丽堂皇，认为唐朝并不怎样，便决定不再臣服于唐朝，自行取消岁贡，阻挡西域通道，抢劫商队。而大唐此时要忙于其他战事，西域又有数国与大唐结好，可以相互制衡西北局势，所以对曲文泰的无礼一直容忍着。

高昌与龟兹交战并不是大事，打打停停很多年，反正是你吃不了我，我也吃不了你。而正在此时的吐谷浑却被唐军彻底打垮，再无精锐之师，又见唐军驻军仅两万人，不足为虑，便暗下决心想奇袭吐谷浑扩大疆域，建立与大唐真正可以抗衡的势力。

曲文泰并没有经天纬地之才，却又想建立宏图霸业，而高昌国朝局并不稳定。曲文泰的父亲曲伯雅最识时务，在多次被突厥欺压的情况下，主动依附中原，向隋朝纳贡称臣，求得了平安，并娶隋朝宗室女华容公主为妻。但因高昌国周围强国林立，为求生存，曲伯雅还向铁勒纳贡，结果造成百姓赋税加重，大业十年，引发暴乱，曲伯雅被逐，此时隋朝自身难保，也无暇顾及。幸亏后来在西域诸国的帮助下，曲伯雅又登上王位，开始向唐朝纳贡。

曲文泰登基之后，一直想改变高昌国的命运，无奈西域各国都是在拼杀中成长起来的，大家势力都半斤八两，就这样胶着了十余年。这次他觉得吐谷浑是块儿好啃的肥肉，于是不顾群臣反对，执意发兵。高昌是个高度君主集权的王国。军国大事，几乎全部由国王专断，所以即使群臣反对也没有用。

于是，曲文泰令右卫将军葛庭昌老将军为征东大元帅，领精骑五万，掩旗潜行，直扑吐谷浑且末河唐军大营。只要攻破唐军大营，就如入无人之境，整个吐谷浑无兵马能抗衡。

高昌国武将最高将领是左右卫将军，掌管兵马，按规定均由王子担任，因葛庭昌为曲文泰妻兄，而葛家世代为将，当年曾助三王子曲文泰继承王位，立有大功，而曲文泰为防止自己儿子将来争夺王位，则让世子曲智盛担任左卫将军，让妻兄葛庭昌担任右卫将军。

葛庭昌虽不愿与唐军为敌，但见国王执意要为，也不得不挂帅出征。

"父亲，前方就是雁林口，过了那片山林就是唐军大营。"女儿葛武芳骑在马上对葛庭昌说。葛武芳是葛庭昌的爱女，芳龄十八，从小喜欢舞枪弄棒骑马射箭，十四岁就随父亲出征，有勇有谋，这次她任征东先锋。

"唐军大营有什么动静？"葛庭昌问。

"刚才探子来报，毫无动静，应该是未发现我军动向。"葛武芳说。

"唐军在这里过了几个月安逸日子，以为我高昌还在与龟兹作战呢。"葛庭昌说。

"是否命令将士加速前进，一举踏平唐营？"葛武芳胸有成竹地说。

"展旗！加速前进！"葛庭昌举着手中的鞭子往前一挥。

大军立即把掩藏的军旗展开，催马快进！

高昌国兵马以骑兵为主，而这次征东的是精锐之师。随葛庭昌出征的，有先锋将军葛武芳，伏波将军马勇、奋威将军张阚。

大军刚走三里地，前方树林里突然闪出一支唐军，千人而已，但是树林中隐隐约约藏有兵马，无法估计人数。

只见汪达手提虎头亮银枪，跨着千里追云驹，走了出来。

"何方兵马在此放肆？！"汪达一声厉喝。

葛武芳打马一看，嘿，这唐军将领英俊帅气，便答道："我乃高昌国征东大军，听闻吐谷浑朝政凋敝，君臣不和，我王特令我等率大军前来解救百姓疾苦！"

汪达一听，冷笑，出兵攻打别人还说得这么好听，便说："吐谷浑乃我大唐属国，沐浴天恩，君臣和睦，百姓安居乐业，你等速速退兵，回禀高昌王，你们的心意我领了。"

"退不退兵，不是你说了算，而是我说了算。"葛武芳边说边亮出手中雪山长蛇枪。

看来这女子是准备与他大战一场了。汪达心里默想，大将军有话在先，无他军令不可开战。雁林口是重要关口，岂能让他们过去。这女子长得眉清目秀，高昌国既然派她为先锋，肯定不简单，不能轻视。

"小姑娘，报一下你的名字，看本将军有没有兴趣点拨你一下。"汪达故意拖延时间，李大亮此时正在做迎战准备。

"休得猖狂！"葛武芳听对方居然说点拨她，则喝道，"你听好喽！本将军乃高昌王征东大元帅麾下先锋将军葛武芳！"

原来她就是葛武芳，汪达心里嘀咕，葛武芳能征善战，他本以为是个五大三粗的丑婆娘，没想到长得如此艳丽照人。

汪达说："葛小姐还是回家绣绣花吧，打打杀杀的事情还是请令尊葛老将军出来。"

"你休得放肆！"葛武芳听了就要提枪来战。

汪达远远用手一摆："停！"

他得拖延时间，没有命令不能开打，否则李大亮就会对他军法处置。更何况自己手里就三千兵马，怎能与对方五万大军打呢。只能智取，不能强攻。

"死前有何遗言？！"葛武芳喝道。她见汪达小视她，心里非常不爽，她得教训这个人。她自己也觉得奇怪了，以前与别人交战，不管别人如何讥讽，她都无所谓，而这次怎么这么在乎这个人说的话呢？生怕被对方瞧不起了。

"你还不知道我的名字，这样就打起来，多没劲儿啊。"汪达说道。

"那你叫什么名字？"葛武芳问。

"听好喽。"汪达故意清了清嗓子，此时两人相隔百步远，说道，"我乃大唐威武将军汪达！"

汪达这个名号在西域各国早已知晓，当年就是他为征西先锋将军，一路过关斩将，夺下吐谷浑一座座城池，追着吐谷浑可汗伏允到处跑。

原来是他？！葛武芳内心不由得颤动了一下，居然这般英武潇洒、气宇轩昂！

正好今天可以好好比试比试。

想到这里，葛武芳就准备打马上前。这时，征东大元帅葛庭昌和伏波将军马勇、奋威将军张阚已经赶到。

葛庭昌对葛武芳低声说了几句，葛武芳点了点头，便对汪达说："我高昌国与大唐素来交好，请汪将军看在两国友邦的份上，莫要插手我高昌国与吐谷浑之间的矛盾。"

汪达见葛武芳如是说，就已经猜着他们已经探到李大亮的大军动向，想做个试探而已。于是便说："本将军刚才已经说了，吐谷浑乃我大唐属国，吐谷浑一切军政要务均为我大唐要务，任何人侵犯吐谷浑就是等于向我大唐宣战。我大唐百万大军绝不轻饶任何外敌！"

这时，高昌奋威将军张阚上前说话："喂。你这唐军小毛孩，大言不惭，夸夸其谈。有本事过来跟你张爷爷我大战三百回合。"

汪达说："张矮子，瞧你那熊样，还想跟我大战三百回合？能过我三十招，本将军让你过这个雁林口。"

还真别说，张阚虽然是骑在马上，但是仔细一看，个子还真不高。汪达说完之后，周围的士兵都忍不住笑了。汪达回头观望，幸好后方升起了狼烟，李大亮已经做好了准备，通知他可以出手了。

高昌兵刚刚赶来，声势浩大，气焰嚣张，万万不可与其决战，唯有拖延时间，耗其斗志才是上策。

但葛庭昌是沙场老将，势必想一鼓作气攻下唐营。现在唯一的办法就是给其以威慑，不敢轻易过这个雁林口。想到这里，汪达打马上前。

"张矮子，过来吧！"汪达再次故意嘲笑对方。

张阚恼羞成怒，挥舞着大长刀杀了过来。汪达二话不说，举枪就战。

葛庭昌也早就听过汪达，刚才就是他故意让张阚先上阵来试试汪达的武功，看看唐军到底如何。

张阚是高昌有名的猛将，有三国张翼德之勇，力大无穷，曾手撕战马，威风十足。

他挥着大刀用力向汪达砍去，汪达举枪一档。

"铛——"震得虎口发麻。汪达没想到对方力气这么大，幸好自己用了五成力，刚才小看这个矮子了。既然比气力，那就看看谁的力气大。

汪达天生神力，武功又得父亲真传，立即用足十成力气，举枪与张阚大战。

天下武功唯快不破。汪达手上的那杆银枪不仅让张阚眼花缭乱，而且力道如排山倒海，不到二十回合，张阚就被汪达打得毫无招架之力。正在他无计可施之际，汪达的银枪从他的额前掠过，头盔被挂在了枪上。

"怎么样？还打吗？"汪达举着枪问道，枪上挂着张阚的头盔。

在一旁观战的葛庭昌等人惊吓一跳，张阚的武功在高昌军中那是响当当的，没想到今日在唐军汪达面前仅二十招就被打得落花流水。

张阚回过神来，刚才汪达的那一枪，其实是可以要了他的性命的。见此，他只得灰溜溜地败下阵来。

伏波将军马勇与张阚是结义兄弟，见张阚败下阵来，便打马上前，要替兄弟出这口恶气。

汪达骑在马上，见马勇提枪冲来，便道："站住！报上你的名来。本将军不与无名之辈交战。"

马勇喝道："高昌王伏波将军马勇！亮枪！"

看来马勇求战心切，话音刚落，人已到了跟前。

汪达早有防备，举枪就战，三个回合就摸出了马勇的路子，力道没有张阚强，但招式比张阚狠，两人两马两枪杀得天昏地暗！

要震撼住高昌军，就必须给他们个下马威。汪达不动声色，手中银枪耍得虎虎生威。到了二十回合，汪达找了个机会，用力举枪向马勇劈去，马勇见速度太快躲闪不及，只得举枪往上一挡。

"嘶——"马勇的坐骑一声惨叫，跪在地上。

没错，坐骑跪在了地上。刚才汪达用了十成力气往下狠狠劈去，马勇没有躲过，只得用力迎接，枪是挡住了，但是这倒海移山之力让坐骑无法承受得住。

马勇也差点儿摔在地上，观战的葛庭昌一惊，生怕汪达再刺一枪，那么马勇命就休也。而葛武芳此时却是另一番心情，面对汪达那英武之姿和盖世武功，不由得从惊叹到惊喜，面颊不轻易地浮上红晕。

汪达并没有乘机去要马勇的性命，反而是打马后退几步，让马勇自行起来。

马勇骑着马仓皇败下阵去，还没走到张阆身边，一口鲜血吐了出来。

观战的高昌兵都不由自主地往后退了两步，唐将太威猛了，他们不由得都胆怯起来。

"哈哈哈——"汪达大笑，随后把枪往高昌兵一指，喝道，"你们谁还敢来？！"

只见高昌兵不由得又后退了两步。

葛庭昌再看旁边女儿，发现女儿满脸温柔充满爱慕地看着汪达，这是女儿葛武芳从来没有流露出来的表情。再看远处，唐军狼烟四起，看来早就有了准备，偷袭已经不可能了。

他唤了一下女儿："芳儿。"

葛武芳马上回过神来，提枪就说："父亲，我去会会他。"

"不用了，他们早就做好了准备。天色已晚，还是安营扎寨，来日再战。"葛庭昌做事向来稳重，尤其是他本人一直就不想与唐军为敌。

葛武芳点了点头，说道："汪达，你不要嚣张，今日天色已晚，我们明日再战！"

汪达见小姑娘吓得不敢上阵，是在找借口给自己下台，便说道："随时奉陪！"

说完右手一挥，树林中的唐军立即无影无踪。

葛庭昌见唐军如此神速，也不由得暗自惊叹，只得命令士兵选址安营扎寨，并做好防卫，防止唐军夜袭。

"威武将军，今日旗开得胜，震慑了葛庭昌老儿，只要我们守住雁林口，他们就无法前进。"李大亮说。

"过几天他们要是探到了我们的底细，会不会进攻呢？"汪达问道。

李大亮说："这个难说。葛庭昌这个人做事稳重，多次要高昌王曲文泰与周围诸国结好，待国富兵强再对外征战。无奈，高昌国所处的地理位置不同，它不打别人，别人就要主动打它，西域各国为了各种利益，相互征讨，而葛庭昌却又不得不领兵到处征战，疲于奔命，难道他还想再添我们强大的唐军作为对手吗？"

汪达说："这难说啊。他既然出兵了，岂能无功而返，也得向曲文泰有个交代。"

李大亮说："你说的不无道理。曲文泰居然让其率五万大军前来，肯定要捞点油水回去才行。但皇上的意思是让我们能不打仗尽量别打，待时机成熟再一举歼灭。"

汪达说："跟他和谈。"

"和谈？"李大亮说，"怎么和谈？"

汪达说："我们可以与其决战，但若要取胜必定会造成很大损失，胜也只是惨胜。皇帝肯定不愿意看到这样的结果，所以，即使我们打赢，功劳不仅没有，反而会有罪。既然如此，不如就与葛庭昌和谈，正如你刚才说的，葛庭昌并不想与我们唐军为敌，我们给他找一个可以应付曲文泰的理由就行。"

李大亮说："什么理由能让曲文泰放弃吐谷浑呢？"

汪达说："不是他放弃吐谷浑，而是他能吃的下吐谷浑吗？今日小战，他两员大将都已败在我手，若再与我们决战，折兵损将，连这个雁林口都通不过，他回去更加无法交代。"

李大亮说："那就试试。只要把他们挡在雁林口即可。"

汪达对李大亮耳语几句，随后说道："明天我再出阵去与他们会会，您做好掩护就行。"

李大亮说："还是给你三千兵。"

汪达手一摆，很干脆地说："不用，明天我单枪匹马。"

第八十二章　西域情缘

早上，汪达一个人骑着马来到高昌营前喊话："请高昌王右卫大将军葛庭昌老将军出来答话。"

营前哨兵立即赶到中军大营禀告，葛庭昌带着女儿葛武芳骑马出营。汪达昨天打败他手下两员大将，而又手下留情饶了他们性命，这种人值得与他谈谈。

"汪将军，唤老夫出来有何话谈？"葛庭昌昨日已经见识了汪达的武功，对这位少年英才很是赏识，但是两兵交战各为其主。

"葛老将军，贵国连年征战，百业凋敝，刚刚与龟兹打完一仗，听闻损兵万余，为何蒙蔽心智要出兵吐谷浑，与我大唐为敌呢？我大唐本与贵国乃友邦，而贵国曾多次欺我商旅，大唐天子宽仁如海，从未计较。而今日不思贵国自身实力，却莽撞挑衅，难道伏允的例子你们都忘记了吗？"汪达说道。

伏允原是吐谷浑可汗，多次侵犯大唐边境，结果李世民出兵征讨，把吐谷浑从邦国变成了属国，而伏允本人被部将杀害。这仅仅是两年前的事情而已。葛庭昌怎能忘记？大唐雄兵仅仅数月就攻占整个吐谷浑，他对大唐的战斗能力能心里没有数？

只见葛庭昌大声喝道："吐谷浑曾多次欺我高昌，羞辱我王，如此大仇岂能不报？"

汪达说："老将军差也。俗话说，冤冤相报何时了？何况欺辱贵国的伏允早已归西，所有恩怨难道还不可以一笔勾销？当今吐谷浑可汗已为我大唐河源郡王，谨慎规矩，教化百姓，正是贵国与其结好的大好时期，岂能再起兵戈呢。"

"父债子还，当今吐谷浑可汗诺葛钵乃伏允孙子，自当要承担此责任。"葛庭昌觉得汪达说的有理，但自己岂能被这个年轻小伙教训呢？

"葛老将军，您可能还没弄明白一件事情，如今的吐谷浑已经不是之前的吐谷浑了。伏允时期的吐谷浑是独立的王国，但如今吐谷浑的每一寸土地都已属于我大唐，吐谷浑的每个百姓都是我大唐子民。"汪达说，"如果葛老将军执意要与我大唐为敌？请问高昌王有多少兵马？难道比当年的吐谷浑还强大？"

葛庭昌被汪达问得一时哑口无言，站在一旁的葛武芳看着眼前的汪达越发欣喜，没想到他不仅武功了得，而且还这么善于言辞，连一向能言善辩的父亲都被他问住了。

汪达见葛庭昌无话可说，则继续说道："我大唐天子为何能威加四海，靠的还不是以德服人？当年颉利可汗见我天子初登九五，率二十万铁骑南下，陈兵渭河，欺我长安，我天子威武，仅以钱氏神射而震撼颉利，令其仓皇而逃。随后，我天子不计前嫌，与其结好。后来，突厥内乱，颉利可汗被我大唐卫国公李靖元帅俘获押至长安。我天子数其有五大罪，但仍宽厚待人，赐给良田美宅，授其右卫大将军，令其安享晚年。葛老将军，您说，此等欺辱，我天子都能容忍，何愁四海不归依，天下不安宁？贵王不思百姓疾苦，而连年征战，岂是治国安邦的长久之策？葛老将军乃贵王肱股大臣，应该上谏贵王息兵止战，睦邻友邦。"

葛庭昌见汪达说的句句在理，这也是他曾劝谏高昌王的话，与大唐只有结好，不能结仇，否则后果不堪设想。

葛庭昌说："汪将军年纪轻轻能有如此见地，令老夫钦佩。"

"葛老将军过奖了，在下只是就事论事，也不希望双方兵戎相见，陷百姓于水火。两邦友好，和平共处，不仅是你我心愿，更是将士们的心愿、百姓们的心愿。"汪达说。

葛庭昌见汪达说的确实在理，便问道："当年有两名低级文官护卫大唐天子在渭河会见颉利可汗，其中一名以神射而震突厥，老夫后来也听闻此两人均为越国公夫人。将军也姓汪，老夫冒昧问一句，大唐越国公、左卫白渠府统军汪华是将军何人？"

汪达说："越国公乃在下家父。渭河神射之人乃在下家母，另一位乃在下三娘。"

葛庭昌一惊，原来眼前这名英武小将军是大唐越国公汪华之子，将门虎子，果然名不虚传。

葛庭昌说："久仰久仰。令尊令堂在大唐乃传奇人物，西域诸国也都知晓，老夫仰慕已久。刚才冒昧，不知将军乃越国公公子。失敬失敬。"

两名本要率兵沙场对决之人，居然如此客客气气地拉起了家常，真是少见。

汪达谦虚地说："家父教导我等兄弟，不可借父辈名望去博取功名。"

葛武芳在一旁听得更是欣喜不已。

"令尊率土归唐之大义，令老夫敬佩。今日能得见其公子，真是欢喜。"葛庭昌诚意地说。

"在下替家父谢过老将军。家父常教导我等兄弟，国家的和平安康和百姓的安居乐业远远大于个人的名利。"汪达说。汪达见葛庭昌尊重其父亲汪华，便不称其葛老将军，而是直接称呼老将军，显得更加亲切，拉近了两人之间的距离。

"越国公高义！"葛庭昌说道，"汪将军今日唤老夫出来，就是希望老夫退兵吗？"

"正如老将军所言，在下是来与您谈和的。"汪达说，"只是在下也明白，这样无缘无故地退兵，老将军回去也没法向高昌王交代。"

汪达已经说到了葛庭昌的心坎儿上了，本来这次征东就是不情愿的，只是王命难违。偷袭唐营的机会已经泡汤，如果与唐军激战，势必会损失惨重，能夺下吐谷浑几座城池倒还好说，若一城一池都未攻下，那么自己回去势必会被那些文官权贵们上奏罢官夺职，严重点儿的话，其他王子就会乘机夺权，与世子抗衡，引起国内朝局动荡。

这些，他昨晚就想到了，只是高昌王想不到而已。

葛庭昌说："汪将军所言极是。老夫戎马一生，图的是天下太平，没想到，东征西讨，天下反而更不太平。若汪将军能有两全其美之计，既能让两军休战，又能让老夫体面地班师，感激不尽。"

汪达说："如果老将军真有此想法，三日之后，在下一定会给老将军一个非常满意的答复。"

葛庭昌说："原来汪将军尚无良计？"

汪达笑了笑说："已胸有成竹，只是时机未到，请老将军耐心等待。"

"那好，老夫等你三天。"葛庭昌爽快地说。

于是，三人各自返回营地。

"父亲，汪达会有良计吗？"回到中军大帐，葛武芳问父亲葛庭昌。

刚才自己与汪达谈话时，女儿的表情，他通过眼角余光已经看得清清楚楚。女儿年已十八，曾为其提了几门亲事，都没被她看上，一一拒绝。而女儿这两天见到汪达的表现，他已经猜着，女儿对这位大唐威武将军心生爱意了。只是不知汪达是否已经娶妻成家了，若能结秦晋之好，倒是一件美事！

他没有直接回答女儿的话，而是反问："芳儿，你觉得汪达此人如何？"

葛武芳没想到父亲居然问她这个问题，不明白父亲到底是什么意思，便红着脸说："文武双全。"

"这样评价太简单了。"葛庭昌说，"昨天的武功，今天的谈吐，为父很欣赏这小子。"

说到这里，葛庭昌看着葛武芳认真说道："若是没有婚配，能做我的女婿，我葛庭昌此生无憾啊。"

"父亲，说什么胡话呢？"葛武芳害羞地说道。

"哈哈哈哈——"

葛庭昌大笑，随后说道："芳儿在父亲面前不要害羞。只要他没有婚配，父亲一定会想办法成全你这段姻缘。"

葛武芳低头轻声说道："只要他有意，女儿不在乎他是否已经娶妻。"

原来女儿是认定汪达了，只要能嫁给汪达，做不做正室都不在意。葛庭昌明白女儿是动了真心了。

他说道："那可不行，父亲不能让芳儿受委屈。"

葛武芳低头不语。葛庭昌心里有谱了，正想转移话题谈些别的，伏波将军马勇和奋威将军张阖走了进来。

两人向葛庭昌施礼之后，分别坐了下来。

"马将军，伤势好些了吗？"葛庭昌关心地问。

"谢大元帅惦记，已经好多了。没想到汪达这小子居然有如此神力。"马勇说。

"那就好。这几天好好休息，你这是内伤，不要动刀动枪。"葛庭昌嘱咐道。

"大元帅，汪达那小子唤你出营说了什么？"张阖问道。

"他希望两军言和。"葛庭昌说。

"两军言和？他是怕我们大军压境，害怕了吧。"张阖说，"他想得挺美的。"

"张阖，不许你这样说他。"葛武芳见张阖对汪达冷言冷语，又这小子那小子地叫着，心里很不是滋味。

"说他又怎么啦？怕他什么？唐军就两万人马。"张阖不服气地说。

"昨天他还放过你一条命。"葛武芳向来不喜欢张阖这个人，自恃孔武有力，常在军中横行跋扈。

听到葛武芳揭他的伤疤，他恼羞成怒，站了起来："他有本事跟我再战。"

马勇在旁边拽他衣襟都没用。

"死吹牛皮。你有本事再去试试，小心命休矣。"葛武芳也嘴不饶人。

"别吵了。"葛庭昌见两人一言不合吵了起来，立即呵斥。

张阖身份特殊，妹妹是世子曲智盛的妻子，虽然张阖人长得矮小丑陋，可他妹妹却貌若天仙。曲智盛本对葛武芳有意，曲文泰也有意巩固自己这个儿子的地位，也希望葛庭昌把爱女葛武芳嫁给曲智盛，谁知葛武芳一百个不乐意嫁给这个文弱无能的表哥。葛庭昌也觉得自己女儿若嫁给曲智盛肯定没有幸福可言。曲智盛不但无能没有才干，而且喜欢美女珠宝，成天饮酒作乐。张阖妹妹张丽艳因为貌美被曲智盛看上并宠幸。而最近，张丽艳总给曲智盛吹枕边风，想让自己哥哥张阖升任右卫将军，美其名曰自己人对巩固世子地位更放心。

曲智盛虽有此心，但葛庭昌是自己舅父，在高昌国立有大功，若无过错，岂能轻易罢免呢？于是，张阖就想给自己找找机会。

葛武芳和张阖见葛庭昌呵斥，也只得闭嘴。

葛庭昌说："我军出发时，唐军就已知晓，并早就做好迎战准备，已经失去了偷袭唐营深入吐谷浑腹地的机会。"

"难道我们就此撤军？"张阕问。

"不！"葛庭昌态度坚决地说。他不能让张阕抓住他的把柄。

他看了葛武芳一眼，用眼神暗示了女儿，接着说道："本帅将寻找机会，一举攻破唐营。"

"刚才大元帅是怎样回答汪达和谈的？"张阕抓住这个问题不放。

"我说给他三天时间退兵，否则我将率军踏平雁林口。"葛庭昌说。

"汪达是如何说的？"张阕继续问。

"他说了交战对双方都不利，希望我们慎重考虑。"葛庭昌继续瞎编着话应付张阕，"同时，他说他两万唐军可以以一敌百，我们高昌兵远道而来战斗力势必减少。仍然劝我们和谈。"

马勇插话说："我认为汪达确实有和谈之意，否则昨日决战不可能手下留情。唐军以逸待劳，我军长途奔袭而来正是疲惫之际，他们完全可以趁机与我们作战。"

"我看不是。"张阕否定道。他一是立功心切，二是想一洗昨日之羞辱。汪达当着那么多高昌兵的面仅二十招就把他打败，如此下去，他以后如何在将士面前立威？

葛庭昌问："张将军有什么新的看法？"

张阕说："我认为唐军根本就没有所谓的两万人，可能连一万人都不够。他们故意布好疑兵，意在迷惑我军。汪达出战与我们单挑，就是想以此向我们施压，让我们知难而退。这实际上是唐军用他们的强项对我们的弱项。领兵打仗，岂能靠匹夫之勇？靠得是兵强马壮。我高昌兵个个都是马背上长大的，比中原唐军要强百倍。汪达他再有本事，我派百个兄弟上去，派千个兄弟上去，他即使武功再高，双拳难敌四手。"

张阕说到这里，看了一下葛庭昌等人，接着说："我们就应该率大军压过去，踏平唐军大营！决不能坐失良机！"

张阕说得也不无道理，领军打战不是拼个人武功，而是讲究的团队作战。很多会领军打仗的将军并不一定个个都是武功高超，而是指挥得当，谋略得当。

葛庭昌认为张阕吃亏还没吃够，便问："张将军认为此战应该如何打？"

“直接全军开进，雁林口肯定没多少唐军。”张阚胸有成竹地说。

“好！张将军有胆识！”葛庭昌夸赞道。

葛武芳在旁边听得都着急了，五万骑兵真压过去，汪达的唐军能吃得消吗？两军酣战，将死多少将士啊。但她不能阻止张阚。

“什么时候出发？”葛庭昌问道。

张阚见葛庭昌采纳他的意见，更觉得自己了不得，便看了一眼马勇，问道：“兄弟，你再休息一天，明天上战场如何？”

马勇拍了拍胸脯说：“没问题。”

张阚点了点头，说道：“明日。”

葛庭昌说道：“既然张将军如此胸有成竹，这场战争不如就由张将军指挥吧。”

张阚听葛庭昌这么说，才意识到自己刚才越级了，忙站起来说：“请大元帅恕罪，刚才是末将自卖自夸，望大元帅见谅。末将愿听从大元帅调遣。”

葛庭昌微微一笑，你张阚再牛，还得要讲规矩的。他微微摆手道：“张将军不必自谦。”

葛庭昌说完，走到大元帅案几前，大声喝道：“张阚、马勇、葛武芳听令。明日辰时，张阚为前军领兵两万率先突袭雁林口；马勇为左军领兵一万，从左翼策应前军；葛武芳为右军，领兵一万，从右翼策应前军。本帅领兵一万，机动驰援。务必攻破唐军大营！”

“遵令！”葛武芳、张阚和马勇一齐接令！

唐军雁林口大营。

李大亮与汪达正在看着且末河地域的沙盘。

“汪达，你说葛庭昌会不会突然发兵突袭呢？”李大亮有些担忧地问。

“除非张阚要求出兵，否则葛庭昌不会轻易出兵。”汪达说，“从昨日葛庭昌没有直接率兵攻打雁林口，而选址扎营，加上今天上午我与他的一席谈话，我可以相信，他绝对不会发兵。”

李大亮点了点头，说道：“确实如此。雁林口的防卫绝不能松懈！我再给你增加五千兵马。"

汪达摆了摆手，说道："不用。我已经布置妥当。人少更适合作战。"

李大亮满意地笑着说："有你做副将，我所有的操心都是多余的。"

汪达谦虚地说："等葛庭昌退兵了，大将军再夸我吧。"

"好！"李大亮爽快地说，"葛庭昌退兵，我送你一坛好酒！"

"好！一言为定！"汪达听说有好酒，乐了。

正在这时，一名兵卒走了进来。

"启禀大将军和威武将军，抓住一名敌军探子。"兵卒说。

"带进来！"李大亮说。

说完，一名高昌兵打扮的人走了进来，后面跟着两名唐兵。奇怪的是，高昌兵并没有被捆绑起来。

汪达仔细一看，这不就是葛武芳吗？

"葛将军，你居然来我营地刺探军情？"汪达问道。

"我要是来刺探军情，还会被他们抓住吗？话说他们又有能耐抓得着我吗？"葛武芳看着汪达说道。

汪达指着她对李大亮说："大将军，她就葛庭昌的女儿葛武芳。"

"哦。前锋将军。巾帼不让须眉，了不起！"李大亮见葛武芳亲自来唐军大营，必定有重要事情，忙让兵卒退了下去。

"葛武芳见过李大将军。"葛武芳微微施礼。

"葛女将来到我营，请问有何事？"李大亮问。

"李大将军，我奉父帅命来告诉你们，张阚执意要出兵攻打雁林口，时间定在明日辰时，请你们提前做好准备。"葛武芳说。

"不是说好先休战三天，三天之后给你们一个很好的答复吗？"汪达说道。

"父帅也想两邦交好，两军休战，但事与愿违，请李大将军和汪将军谅解。"葛武芳说。

葛武芳说完，看了看汪达，又看了看李大亮，鼓起勇气对李大亮说："李大将军，能否容许我与汪将军单独说几句话？"

徽州魂

大唐越国公汪华传奇

下

李大亮见葛武芳双颊绯红，瞬间明白了什么意思，忙说："好！好！我现在就出去。你们随便聊。"

李大亮说完就走了出去。就留下汪达和葛武芳两人。

葛武芳的事迹，他曾有听闻，如今见她明艳动人，也不由得有点儿心慌意乱，但一想到远在长安的玉瑶郡主，不由得又平静下来。

高昌国的王都就在高昌城，交河城和田地城为高昌国两大重镇。三支商旅悄悄地分别进入了高昌城、交河城和田地城，不到半天，三个城里都在风传突厥与贺鲁要联兵攻打高昌，军队都已经出发了，高昌王曾轻视突厥可汗欲谷设。

不到半天，王宫里面的曲文泰就听到消息了，吓了一跳，曲文泰确实是轻视过欲谷设，去年欲谷设攻打焉耆时，要曲文泰出兵相助，而曲文泰却与吐蕃在打仗，哪里腾得出手来？

曲文泰忙准备派人出去打探，谁知交河城和田地城分别派人来禀告，说城里到处传言突厥发兵直向高昌城奔来，路上的商旅都看到了突厥大军。

曲文泰越想越害怕，这可如何是好，高昌城的兵力有限，如何能应付得了突厥大军呢？

世子曲智盛忙提议快请葛庭昌回师救援。曲文泰犹豫不决，征东大军刚出去，不捞块儿肥肉回来，心里不甘心啊。

很快，城令来报，满城都是商铺关门，商人和百姓赶着出城，拦也拦不住，说突厥这次是带领十万铁骑过来，要踏平高昌城，他们要提前逃命。

曲文泰心里更加没谱，想派探子去打探清楚，但是曲智盛天生胆小愚弱，一个劲儿地求父王快搬救兵，等探子查看到消息之后，突厥兵已经到了城下了，一切都晚了。

曲文泰六神无主，安全为上，只得急匆匆地传旨，让葛庭昌立即回师。

第八十三章　妙计退兵

唐军雁林口大营。

"威武将军，恭喜恭喜。"李大亮走了进来。

"大将军，高昌兵明日将进攻雁林口，喜从何来？"汪达问道。

李大亮见汪达故意装糊涂，便笑着说："老夫是过来人，威武将军就不要跟我装糊涂啦。葛姑娘是高昌巾帼英雄，才貌俱佳，真是难得，其门庭显赫，与你是门当户对！"

汪达见李大亮一语点破，则有点儿害羞地说："大将军说哪里话，她只是跟我随便说几句话而已。"

李大亮说："威武将军要好好把握机会。若能在西域演绎一段情缘，那真是为我大唐添彩啊。"

姜是老的辣，李大亮对儿女情长见多了。

汪达说："大将军不要开玩笑，我已心有所属。何况高昌与大唐迟早要交战，岂能娶敌国女将为妻。"

李大亮听了连连摇头，说道："令尊当年在歙州连娶三女，一时传为佳话；后来又在长安城校场比武夺亲，也是轰动华夏四海。虎父无犬子，威武将军怎能心系一人呢？老夫前后都娶妻纳妾八人。"

李大亮说到这里，故意靠近汪达神秘地说："人家送了一个这么大的礼给你，你还不感激人家？你可知道人家是冒着犯通敌之罪来给你送信的，就凭这一点，你就不能辜负人家。"

汪达说："又不是我让她来的，是她自己主动来的。"

在外行军打仗本来就很无聊，平时士兵们喝酒吹牛谈女人。反正已经做好军事防备准备，碰巧遇到一件这样的事情，李大亮岂能放过，必须拽着这个话题好好聊聊。

李大亮说："我大唐与高昌迟早要开战不假，若你与葛小姐联姻，让葛庭昌归顺我大唐，你想想高昌还有谁能领兵打仗了？到时我们唐军一到，他们就立马开城投降，不费一兵一卒，你功就大了！"

汪达心想，李大亮说的也不无道理，只是自己岂能辜负玉瑶呢，绝然不可。

李大亮见汪达没说话，以为他心动了，便接着说："葛庭昌是高昌宿将，曾多次劝谏曲文泰与大唐结好，今日之举，更是说明他有心向唐。你应该好好把握这个机会。葛氏一门在西域根深叶茂，与其联姻，其利不言而喻。"

汪达没有说话，他没法向李大亮解释，年轻人的感情，老年人不懂。于是他便转移话题问道："不知道高昌城现在是什么状况？"

李大亮说："你放心，那几个人是我花两年时间训练出来的，常以商旅做掩护，在高昌城、田地城、交河城都有很强的关系网，散播消息轻而易举。"

原来，唐军西征时，李大亮留下声援吐谷浑新可汗慕容顺，为了获取西域各国情报和策应突发情况，组建了一支小规模的斥候，平时以商旅身份穿梭于西域各地城邦之间，暗中送出各种有价值的消息。高昌兵快到达且末河时，李大亮就立即安排斥候进入高昌三城放出突厥与贺鲁联军攻打高昌的消息。因这是假消息，必须在最短的时间之内形成最大的效应，需令曲文泰真假难辨，否则时间一长，就会露馅儿。所以，安排的这支小分队，利用早就埋下的关系网，迅速把消息传出，很快就令曲文泰上当了。

汪达说："大将军未雨绸缪。"

李大亮说："这是皇上的旨意，我可不敢居功。不过，你若也能未雨绸缪，嘿嘿嘿，那就更好了。"

李大亮边说边故意用手指了指葛武芳营地的方向。

汪达笑了笑没有说话。

葛武芳乔装潜入唐军营地被张阆发现了。

今天在中军大帐里面，葛武芳与他争吵，令张阙觉得不同寻常，便派人暗中盯着葛武芳，果然，到了夜晚葛武芳悄悄出营。

于是，张阙就走进了马勇的营帐。

"兄弟，出大事了。"张阙说。

"怎么啦？这么神神秘秘地。"马勇正躺在床上休息，忙坐起来问。

"葛武芳勾结唐军，我刚才亲眼见她乔装进入唐营。"张阙说。

马勇与张阙是异姓兄弟，他一下子瞪大眼睛，都不敢相信。

"兄弟，这可不是开玩笑的话。你确定没看错？"马勇问道。

"千真万确。"张阙肯定地说。

马勇若有所思，点了点头，说道："今天她在大帐跟你争吵，就是在维护汪达那小子。难道她看中那小子了？"

"那小白脸，长得那么帅，武功又那么高，能不把她给迷住么？"张阙说。

"眼下该怎么办？"马勇问道，"不知道大元帅是否也知情。"

"我看他们父女早就投敌了。葛老头数次劝谏我王与唐朝结好，这次我王就是故意派他来攻打唐军的，目的就是让他与唐军结仇。"张阙说，"没想到，刚来这里，就与唐军勾搭上了。"

马勇说："以前打仗，哪次不都是他女儿葛武芳打头阵的？而这次居然让你做前军，她堂堂先锋将军只做策应，这难道不是他阴谋。"

张阙用拳头力锤在桌子上，恍然大悟道："原来葛老头让我去送命。真够毒啊。"

"那现在怎么办？"马勇问道，"如果你不担任前军攻打雁林口，你就是违抗军令。他可以按军法处置你。"

"我们的军事部署，唐军已经知晓，势必已经做好了应对准备。"张阙说。

"要不我们今晚提前发兵攻打雁林口。"马勇一拍桌子就说，"你我三万兵马一起进攻，打唐军一个措手不及。"

张阙听了不由得点了点头，随后又摇了摇头，说道："此举不妥，手无葛老头军令，私自调兵出战，是死罪。"

徽州魂
大唐越国公汪华传奇
下

"怕个鸟！"马勇一激动就站了起来，"只要我们打了胜仗，还怕他什么鸟军令。你立了大功再到我王面前参他一本。右卫将军就是你的啦！"

张阖不由得热血沸腾，一握拳头说道："好！就说唐军来劫营，我们倾巢而出！"

"就这么定了。我们立即集合兵马！马上出发！"马勇说完披上铠甲。

两人一齐向外面走去。

高昌兵中军大帐。

"他说他还没有妻室。不过已经有心爱之人，在长安。"葛武芳略有害羞地告诉父亲葛庭昌。

大唐男女开放，见到喜欢的人，不分男女都会主动向对方表白，葛武芳从小在西域长大，对男女之情更是大胆。刚才潜入唐军大营见到汪达，除了告诉高昌兵明日将攻打雁林口，还私下问汪达是否已经有婚配。

"好啊！"葛庭昌听了，暗自高兴，"真是天赐良缘。"

葛武芳说："看他那样子，他很爱那个人。"

葛庭昌摆了摆手说："女儿，你喜欢他，为父也喜欢他。他那么优秀，出身显贵，从小在长安长大，如果没有好姑娘与他结好，倒不正常啊。日久生情，他现在远在西域，就是你的机会。"

葛武芳没想到父亲这么开明。

葛庭昌又说："你娘是高昌第一美女，当时去你外祖父家提亲的人络绎不绝，我也去了，没看上。我不甘心，又去，仍不搭理。于是，我就寻找各种机会接近你娘，就这样三番五次下来之后，最终把你娘给打动了。为父认为，感情方面的事情，只要认准了，就去争取，不达目的不罢休。"

葛武芳见父亲居然还说起追求母亲的事情，笑着说："难怪母亲说父亲是个认死理的人，认准的事就不放手。原来说的是这个啊。"

葛庭昌很自豪地说："没有我死皮赖脸地缠着你母亲，怎么会有你这么棒的女儿呢？！"

葛武芳得到父亲的鼓励，笑开了花。

一名兵卒匆匆进来报告："禀报大元帅，唐军劫营，奋威将军和伏波将军已经带领兵马出营迎战！"

"怎么一点儿动静都没有？"葛庭昌问。

"唐军悄悄地来，我军悄悄地出。"兵卒禀告。

"走。出去看看！"葛庭昌带上头盔就往外走，葛武芳跟在后面。

"父亲，唐军不可能来劫营的。一定是张阆的阴谋。"葛武芳跟在后面边走边说。

"看看再说。"葛庭昌急匆匆地往营地外走。

高昌兵营分三处驻扎，葛庭昌的营帐居中，葛武芳的营帐与其相邻，张阆的营帐在东侧，马勇的营帐在西侧。葛庭昌走到外面一看，东西两侧兵营已经倾巢而出，而唯独自己的兵马守在营地不动。

"唐军在哪儿？"葛庭昌喝问。

"已经跑了。奋威将军已经率兵去追了。"兵卒回答。

"为何不击鼓？"葛庭昌问道。敌军来劫营，按照常规必须击鼓告知全营。

"不清楚。奋威将军只让小的禀告大元帅，唐军劫营，他率兵去追杀了。"兵卒小声地说。

"岂有此理！"葛庭昌立即传令，"中军大营所有将士听令，无本帅军令严禁出营，看守营地，不可中敌人调虎离山之计。"

说完，葛庭昌对女儿葛武芳说："你坐镇营地，我去接应他们。"

"不！父亲。我去。你在营地。"葛武芳抢着要去。

"不！这种情况，我亲自去更合适！"葛庭昌说完，对女儿嘱咐一句，"你刚才是去唐营察看敌情。"

葛武芳明白父亲的意思。

于是，葛庭昌领着三千名兵马匆匆往雁林口赶去。

雁林口是唐军大营的门户，也是第一道防线，由汪达亲自率兵驻守。

高昌兵安营扎寨之后，汪达就安排了人潜伏在高昌兵营附近观察着营地一举一动，一有异动立即来报。同时，汪达在雁林口外围设置了多道障碍物阻挡高昌骑兵通过。

虽然，汪达与葛庭昌已经约好三日之后给出答复，但是兵不厌诈，防患于未然，唐军对高昌兵的监视一直没有松懈。所以，当张阖与马勇聚集高昌兵时，潜伏在树林里的唐军通过微弱的灯火观察到高昌兵不停窜动，就已经猜着敌军将发起夜袭。于是，立即把消息报告了汪达。

雁林口是唐军的地盘，这里的一草一木都清清楚楚。

当高昌兵从十里外的营地赶到雁林口时，唐军早就做好了准备。高昌兵仗着人多，往雁林口奔来，却一步步进入了唐军事先设计好的圈套中。

当大约三四千高昌兵通过预先设计好的防线时，躲在周围的唐军立即升起拒马桩，这些拒马桩原来就是掩埋在土里，只需要通过绳子简单操作，就立即让拒马桩竖立起来。

一排排坚固的拒马桩立即挡住了后面高昌兵前进的步伐，先头的高昌兵陷入唐军包围之中，进退两难。

唐军万箭齐发，很快就让前面的高昌兵倒在血泊之中，而后面的高昌骑兵在黑暗中尝到了拒马桩的厉害，吃尽苦头。

唐军的拒马桩不是单独孤立的，也不是一排排独立的，而是前后十几排组合在一起，骑兵强大的冲击力都无法把其冲倒，一匹匹战马被穿在拒马桩上，挡住了后面骑兵的脚步。

唐军利用熟悉的有利地形，利用弓箭远距离不停射杀。

正在张阖进退两难之际，葛庭昌带着三千骑兵过来接应，见损失惨重，立即鸣金收兵。

"来人，把张阖给我拿下！"回到中军大营，葛庭昌立即命令兵卒把张阖绑起来。

"大元帅，我不服！"张阖大声呼喊。

"不服？！你想怎么才服？"葛庭昌怒道，"没我军令，私自带兵出战，我可以立即杀了你，以正军法！"

"唐军来劫营，我只是率兵追击！"张阚狡辩道。

"信口雌黄！"葛庭昌指着张阚说，"你以为本帅是聋子吗？唐军劫营我怎么就一点动静都没听到？唐军劫营，你为何不击鼓告知？！"

这时，马勇清点完兵马，走了进来汇报："禀告元帅，已经清点完毕，共死伤五千余人！"

"五千余人！张阚，你好大方啊，两个时辰就让我高昌国损失了这么多兵力。我们跟龟兹打了三个月都没死这么多人。"葛庭昌怒道。

张阚见损失这么多兵，一下子也不敢说话了。

葛庭昌乘机追问："马勇，今晚出兵是谁的主意？"

马勇一下子也懵了，私自开战已经是违反军令，又打了败仗损失惨重，两罪相加，必是死罪。他低头不敢说话。

"马勇，你要仔细回答，私自带头出兵，死罪！"葛庭昌补充道。

是马勇纵容出兵的，但是张阚下的令，两人只想到打赢的好处，没想过打败的下场。

"唐军劫营，是我带兵追击，张将军怕我孤军作战，便出兵声援我。"马勇主动把责任都揽在自己身上。他是明白人，如果自己承担责任，张阚肯定会通过妹妹的关系救自己。如果张阚是主谋，那么两人都没好下场。

"原来如此！"葛庭昌说，"来人，把马勇给我绑起来，把两人关押起来，待我上奏我王再做处理。"

"不服！"张阚仍然高声喊叫，"葛庭昌，你勾结唐军！"

葛庭昌盯着他，喝道："你再说一遍，张阚，你诬陷本帅，我可以立即砍了你！"

"我看见葛武芳溜进唐军大营，还有其他兄弟也看到了。你狡辩不了的。"张阚豁出去了。

"啪！"葛武芳用力把剑拍在案几上，指着张阚说道："张阚，你不要血口喷人！我是潜入唐营察看敌情，便于天亮之后决战！"

"察看敌情？！你骗谁？"张阚岂能相信葛武芳的话。

"知己知彼，百战不殆。作为领军将军，你连最基本的作战常识都不懂，身为奋威将军，你不觉得丢人吗？"葛武芳理直气壮地说道。

"你进了唐营到底干什么，当然你说了算。我看你跟汪达就是私下勾结！"张阚嘴不饶人。

葛武芳冲过去就想给张阚一巴掌，被葛庭昌给挡住了。

葛庭昌说："本帅命先锋将军葛武芳深入敌营，刺探敌情，我们天明进攻时能避开唐军伏击。你今日私自鲁莽出兵陷入唐军圈套，损失惨重，难道不是教训吗？还不明白吗？"

张阚见葛庭昌这么说，一时哑口无言，自己确实没有提前了解唐军情况而盲目出兵的。打败仗，就没有任何理由来解释。

这时，天色已经放亮，葛庭昌正准备让人押他们下去。王城使者匆匆赶来，传达突厥和贺鲁联兵进攻高昌王城，令葛庭昌立即回师救援。

话说，葛庭昌接到高昌王曲文泰的旨意之后，匆忙拔营回师。在路上，葛庭昌忽然想起，这应该就是汪达说的退兵之计。回到王城，当然没有突厥和贺鲁的军队，曲文泰也觉得自己一时鲁莽匆匆让葛庭昌回师，但大军都已经回来，也没办法了，只能自认倒霉上当。

曲文泰听了葛庭昌征东事宜，又把张阚和马勇传来对质，最终不管张阚和马勇如何狡辩，终究他们打了败仗，本要下令关押张阚和马勇，后来世子曲智盛出面多次求情，说现在正是用人之际，事情也就这样过了，张阚和马勇仍然官居原职。

高昌有了与唐军在且末河雁林口的这一战，暂时老实了一阵子。

长安城。越国公府。

"合羽，乖宝贝。"汪华看到爱女合羽在荡秋千，兴匆匆地走过去，夫人稽圭和庞实跟在后面。

"父亲，今日满面春风，一定有大喜事！"合羽走过来拉着汪华的手笑嘻嘻地说。

"你猜猜。猜中了，父亲带你去一个好地方玩。你肯定喜欢。"汪华笑着说。

"父亲，您先告诉我去什么好地方，我再猜。"合羽又长高了，都到汪华下巴了。

"你这个小精灵鬼。"汪华打趣道。

"合羽，二娘告诉你，你外祖父回长安啦！"稽圭说。

"外祖父回来了？父亲，是真的吗？"合羽激动得都差点儿跳了起来。她已经好长时间没有见到外祖父了。

汪华点了点头说："是真的。今天早朝的时候，我还与您外祖父见面了呢！"

"太好啦！父亲，我要去见外祖父。"合羽兴奋地说。

"别急。你外祖父这次回长安就不外出了，皇帝已经恩准他辞官回家养老。皇帝还下旨改封你外祖父为巢国公，加食庐州实封六百户，还要给他另外再修一座大大的巢国公府！"汪华说。

"太高兴了。外祖父身体还健朗吗？"合羽关心地问。

"健朗得很。这一路还都是骑马回来的。"汪华说，"等会儿你就能见到他了。哥哥们都回来，我们一起去外祖父家。"

"好勒！香菱，赶紧给我换衣裳，最漂亮的那件。"合羽说完就往自己房间跑去。

"都快及笄之年，还跟个小孩子一样。"庞实在后面笑着说。

见合羽走了，汪华说："刚才在朝堂之上还见到鄂国公尉迟将军，他刚从宣州回来了。说与铁佛兄他们常常一起出去钓鱼。"

尉迟敬德自那次在酒席之上与任城王李道宗争执，被皇帝李世民训斥一番之后，彻底变了，谨慎胆小，老老实实，再也没有领兵出征，也没有身居要职。为了江南稳定，皇帝于贞观十一年诏令他出任宣州刺史，并改封为鄂国公。他在宣州待了两年，皇帝念其家人都在长安，便召他回京，改任鄜州都督，鄜州离长安仅数百里，往返长安也方便。

"他这刺史当得挺自在。"稽圭说，"铁佛兄他们可好？"

汪华说："当然好啦。无官一身轻，钓钓鱼，打打猎，悠闲自在。"

原来，汪华当年在歙州的一帮子兄弟汪铁佛、汪天瑶、程富、任贵等人先后辞官回家，不再问世事，过着悠哉生活。

"对了，刚才我去胡国公府看望了一下胡国公夫人，秦公子怀道，比我们合羽还小，才十二三岁，但学问不简单，谈吐非凡。秦夫人说不希望儿子像他父亲那样舞枪弄棒博取功名，做个普通人更好。"稽圭说。

"普通人的生活也是很幸福的！"汪华说。

胡国公秦琼因长年征战，多次身负重伤，晚年卧病在床，贞观十二年病逝，李世民追赠其为徐州都督，陪葬昭陵。并命人在秦琼墓前造石人马，用以彰显其战功。后来，秦琼之子秦怀道，早年担任过皇帝侍卫武官千牛备身，后期只担任过从七品下的绵州司士参军、从六品上的常州义兴县令等低级官职。

当年不少名将功臣，有如尉迟敬德这样被派往外地任职，有如秦琼这样陆续离开了人世，他们的家眷有的迁回故乡，有的还留在长安。那些留在长安的，汪华就常让两位夫人到这些人家里多走动，串串门，看望他们。

第八十三章　妙计退兵

诺曷钵在大唐朝廷的扶持下，逐渐肃清朝政，完全摆脱了以往连年征战和内耗，经过数年精心治理，百姓日益安康。诺曷钵已经成年，相貌堂堂、英俊潇洒，在部属的点拨下，决定前往长安入朝请婚，与大唐结翁婿之好，保其世代罔替。

话说，诺曷钵请得入朝觐见的圣旨之后，便带上随从数百人和大量金银财宝，踏上了前往长安之路。诺曷钵一路上走走停停，花了一个月时间终于到了长安，见到长安都城之繁华不由得惊叹不已。

诺曷钵进了皇宫拜见了天子，并说明来意之后，就出宫了。长安云集天下各种各样奇珍异宝、山珍海味和各色人等，尤其是来自东夷、高丽、安南等各种物件，令这位偏居西域的吐谷浑小可汗诺曷钵闻所未闻，见所未见。

拜完天子，见眼下天子无大事召宣，诺曷钵便在近臣慕容风的陪同下——拜见王公大臣，望他们能在朝堂之上多为吐谷浑美言。

近臣慕容风是诺曷钵堂叔，对其忠心耿耿，常为其出谋划策。这次来长安主要也是慕容风的主意。

淮阳王李道明是诺曷钵唯一认识的宗室王爷，当年是李道明受皇命持节册封诺曷钵为河源郡王、乌地也拔勒豆可汗。

这天，诺曷钵在慕容风的陪同下，带着厚厚的礼物去拜访李道明，刚到门口就遇到了从外面回来的玉瑶郡主。

玉瑶凤眼含春，长眉入鬓，风华绝代，倾城倾国。蓦然之间，诺曷钵被眼前的这位郡主给迷住了，天啦，世间还有如此美貌女子，夫复何求？

诺曷钵欣喜若狂，而在一旁的慕容风早就看在眼里，记在心上。

李道明见诺曷钵登门拜访，也很是高兴，三人聊得很开心。

回到客栈，慕容风问诺曷钵："可汗看上了淮阳王府的那位郡主？"

诺曷钵说："没想到天下竟有如此绝色女子，能娶得美人，即使不要这个可汗也心甘情愿。"

慕容风说："可汗此言差矣，您是可汗才可有机会娶得此美人，若您什么都不是，美人岂能瞧得上您？"

"王叔说得有理。"诺曷钵说。

"刚才微臣已经打听清楚，此郡主名叫玉瑶，是淮阳王长女，才艺双绝，长孙皇后曾多次夸赞。至今尚未婚配。"慕容风介绍。

"王叔，我娶她如何？"诺曷钵问。

"别急。我想办法通过关系让皇帝知道你喜欢玉瑶郡主，得由皇帝定夺。"慕容风说。

"丞相宣王说我必须娶个真公主才行。"诺曷钵说，"皇帝岂会把自己的女儿嫁给我？！"

"可汗言之有理。丞相宣王之言不可听之。自前朝隋文帝时期开始，和亲的公主都不是皇帝的亲生女儿，选的是宗亲之女，再册封为公主。在汉朝，对外和亲更是选个宫女来冒充公主。如今，我吐谷浑已成为大唐属国，当今天子更不会把自己的女儿下嫁给你，我已打听皇帝的女儿里面未婚配的均还年幼。"慕容风说，"不过，当今天子有意经略西北，扩大唐朝疆域，为让诸国知其对吐谷浑的尊重，也为显其对你的恩宠，必定会从李氏宗室里面挑选女子与你和亲的。"

吐谷浑虽然稳定，因诺曷钵立为可汗时年少，朝政由丞相宣王慕容图突把持。慕容图突自恃拥立诺曷钵有功，对政见相左者进行打压。诺曷钵这次请婚，也是希望加强自己的权力。

诺曷钵说："王叔，玉瑶郡主之事，就拜托你了。"

"微臣会想法成全可汗的这段姻缘。"慕容风说。

皇宫，御书房。

李世民翻看着宗正卿送来的李氏宗室各户子女名单，发现要么已经嫁人，要么已经婚配，要么就是年纪太小。原来宗室王爷听闻吐谷浑可汗诺曷钵来长安请婚，都舍不得把自己女儿嫁到那么偏远的西域，于是在诺曷钵到来之前便纷纷为只要年龄十岁以上未出嫁的女儿把亲事定了。

看来看去，李世民正愁挑不出合适的和亲公主时，淮阳王李道明的长女玉瑶郡主的名单出现在眼前，未婚配，十八岁。

玉瑶比诺曷钵的年龄还大两岁，李道明心想宗室女子那么多，皇帝也不会选个大姑娘嫁给吐谷浑可汗，更何况玉瑶与汪达两人情投意合，在长安城王公大臣大家早就知晓了。李道明哪里想到，其他宗亲王爷早就暗自把自己那些十几岁的女儿都许配人家了。皇帝向来以仁爱人，怎能为了和亲而拆散别人婚事呢？而玉瑶虽然与汪达情投意合，山盟海誓，但是终究没有订婚，皇帝也并不知道他们之间这些情情爱爱的事情。

没有合适的，年龄大些就大些吧。李世民立即传旨让李道明进宫。

李道明进宫向皇帝行了君臣之礼，李世民亲切地请李道明坐着说话。

李道明看到皇帝御案上摆着的族亲属籍，心里不由得"扑通扑通"地跳了起来，莫非皇上选中自家女儿了。

李世民说："听闻前日诺曷钵去了你的王府？"

李道明心里再次狂跳，看来是真的，便说："是的。他只是例行上门拜访而已，就简单说了几句话。"

外臣来到长安拜访王公大臣已经是惯例，无可厚非。

"你与诺曷钵数年前就已认识，也算是渊源。你认为诺曷钵此人如何？"李世民问道。

李道明更加重了自己的猜测，只得根据自己的观察实事求是地说："生性懦弱，胆小谨慎，魄力不足，文武一般。"

李世民点了点头说："朕与他谈话时也看出来了，你评价得很得体。这也可能与他从小生存的环境有关。他祖父伏允兵败被杀，父亲常年在中原为质，好不容易夺得可汗之位，又被部属杀害。这种环境，在诺曷钵的心里造成极大影响。目前吐谷浑朝政由丞相宣王慕容图突把持，他岂能不胆小谨慎？！"

说到这里，李世民看了看李道明，说道："若能有个好贤内助，悉心辅助，假以数年，还是会有所作为的。做个守成可汗也是一件美事。"

李道明听出了皇帝的意思，要有人辅助诺曷钵有所作为，在朝政之中有自己的决策权，保住吐谷浑各部落内部稳定。这可能也是皇帝选中诺曷钵的原因，胆小而没有魄力，朝廷可以利用诺曷钵可汗控制吐谷浑各部落，而诺曷钵又没有能力摆脱朝廷的控制。慕容伏允和高昌王曲文泰就是因为有点儿小能耐，所以后来与朝廷作对。说白了，诺曷钵是个很好的傀儡。

李道明说："皇上深谋远虑，乃吐谷浑之福，大唐之福。"

李世民见铺垫也做得差不多了，便说："朕想册封玉瑶为公主，下嫁诺曷钵。今天找你来商量一下。"

李道明瞬间觉得眩晕，玉瑶是他的心肝宝贝啊，他怎么会同意呢？但是他敢反对皇帝吗？

"皇上，玉瑶年长诺曷钵可汗，不合适。"李道明说，"何况她已经与汪达两人已订终身。"

李道明连说两个理由来推脱。

李世民早就猜着李道明会找借口拒绝，但是没想到是这个借口。

他说道："才年长两岁而已，不足为虑。她与汪达之间可是真事？为何这里面没有登记？"

王室子女的生辰、婚配都要及时禀报给宗正寺，由宗正卿核对登记造册。而玉瑶因没有与汪达正式订立婚约，这里面当然没有记载。

宗正寺，管理皇族、宗族、外戚的谱牒、守护皇族陵庙等皇族事务。因为唐代道教是国教，所以宗正寺还管理道士、僧侣。河间王李孝恭曾担任宗正卿，长孙无忌长子长孙冲娶李世民嫡长女长乐公主李丽质，曾担任宗正少卿。

李道明说："他们两人情投意合，相恋已久，早就准备正式订立婚约，无奈汪达一直在西北领军未回长安，所以这事情就一直拖着。"

李道明又赶紧补充一句："不过，我与越国公都已经应允了这门亲事。"

李世民盯着李道明说："乱说话就是欺君之罪。只要没有在宗正寺登记就一律不予承认。皇族宗室子女婚约岂能儿戏？"

李道明不由得额头冒汗，玉瑶确实是没有与汪达正式订立婚约，无论自己如何解释都属于狡辩，说错话就真是欺君之罪了。如今皇上对宗室管制越来越严，稍有不慎就会夺爵问罪发配边地。

李世民见李道明无话可说，便接着说："诺曷钵不管如何，他也是朕册封的河源郡王，是吐谷浑的可汗，玉瑶嫁给他，委屈她了吗？"

李道明只得说："那是玉瑶的福气。"

"就是嘛，诺曷钵虽然没有什么雄才大略，但人却长得英俊潇洒。你也去过吐谷浑，那里不同于突厥草原，也不是贫瘠之地。"李世民不想用君威压制李道明，终究是要把人家的女儿拿去和亲，得安慰人家。

李道明此时的脑海里哪里还能听得进其他的话，暗自伤心女儿马上就要嫁到千里之外。李世民说什么，他就只有点头称是。

"玉瑶是个好姑娘，才艺双绝，当年文德皇后多次称赞，她通情达理，下嫁吐谷浑，对稳定西北，造福百姓，其功大也。"李世民说，"朕决定册封玉瑶为弘化公主。弘化，在佛教中是弘法度化之意，也有弘扬大唐王法、教化吐谷浑百姓之意。"

文德皇后，即长孙皇后。长孙皇后病逝之后，谥号文德皇后。

"谢皇上隆恩！"李道明见皇帝心意已决，无力胜天。

随后李道明担忧地问："只是越国公那边该如何交代？"

"国有国法，家有家规。你们之间属于私定儿女之情，又未在宗正寺报备，越国公是明事理之人，他岂会以此介怀呢？"

"但愿如此。"李道明说。

"对了。既然玉瑶与汪达曾有情分，朕忽然想起一件事，有必要告诉你一声。"李世民猛然想起一件事，说完就到书架上翻找奏折。

李道明不明白李世民要说汪达的什么事情，只得坐在那里看着李世民在书架上翻找。

过了一会儿，李世民拿出一份奏折，递给李道明，说道："这是李大亮数日前从西北军营送来的奏折，你仔细看看。"

原来，李大亮上奏了西北诸事，高昌国内部斗争激烈，右卫将军葛庭昌受到世子曲智盛派系的打压，纵容伏波将军马勇和奋威将军张阚等人在军中扩充势力，并不断寻找证据意图搞垮葛庭昌。葛庭昌虽是高昌王曲文泰妻兄，但是葛庭昌多次劝谏其与大唐结好，令曲文泰生厌，加之葛庭昌妹妹已经病逝，曲文泰又立新后，对新后言听计从，所以葛庭昌在高昌岌岌可危。因上次且末河雁林口之战，李大亮派遣汪达多次私下与葛庭昌联系，劝其归顺大唐。但葛庭昌一直犹豫不决，不想背叛高昌。李大亮在奏折中说道，自雁林口之战，葛庭昌也对汪达赞赏有加，葛庭昌女儿葛武芳心许汪达，葛武芳多次前往唐营找汪达，两人风花雪月，情意绵绵。李大亮还说，若朝廷准许汪达与葛武芳成亲，葛庭昌必反高昌效忠大唐。葛庭昌是高昌长城，只要葛庭昌归唐，夺取高昌如拾草芥。

李世民见李道明已经看完，便说："汪达早已移情别恋，心有所属，你回去也劝一下玉瑶。"

李道明不知道自己是怎么走出皇宫的，坐在轿子里糊糊涂涂地回到了淮阳王府。

他伤心自己的女儿要远嫁吐谷浑，他更伤心汪达负心人欺骗了玉瑶感情这么多年。

他坐在椅子上发愣，他不知道该如何去面对玉瑶，他不知道该如何去对玉瑶提及这两件事。

"父王，在想什么呢？"玉瑶兴奋地跑了过来，依靠在李道明的身边。

李道明看着常常在自己身边撒娇的女儿，心如刀绞。

显然，玉瑶并没有注意到李道明的痛苦，还以为是父王处理政务太累了，她激动地说："今日汪达给我来信了，还让商队给我带来了西域最新鲜的葡萄。"

李道明用双手扶着玉瑶的肩膀，痛苦地说："女儿，我的好玉瑶，我们以后不要再说汪达好吗？永远不要再提他。"

玉瑶内心一颤，担心地问道："父王，怎么啦？汪达怎么啦？"

她看到父亲伤心的眼神，她还以为汪达出了什么意外。

"没什么。"李道明心痛地说，"只是父王不想再听到他的名字，也不想让我的玉瑶再提及他，他不值得我女儿惦记他、爱着他！"

玉瑶看到李道明这么伤心，眼泪"哗"地流了出来说："父王，您快告诉我，汪达到底怎么啦？你为什么要这样说她。"

"玉瑶，汪达与你有多久没有见面了？"李道明问。

"去年开春时他回过一次长安，至今有十六个月十三天没有见面了。"玉瑶每天数着与汪达分别的日子。

"女儿，父亲跟你讲，你一定要振作。"李道明盯着女儿说。

玉瑶点了点头。

"他已经爱上了高昌国女将葛武芳，两人在一起有两三月了。吐谷浑可汗来朝请婚，皇帝已经选定你为和亲公主。"李道明狠着心把两件事一股脑都说了出来。

玉瑶看着淮阳王，目瞪口呆，接着身子一歪，倒在了地上。

"来人，快来人，快，快把郡主扶到床上去。"李道明没想到女儿会直接晕倒，忙唤身边的丫环过来。

丫环们忙慌乱地半扶半抬把玉瑶送进了房里，安排在床上躺下。

过了一会儿，玉瑶睁开眼，见李道明坐在床边，说："父亲，我没事，躺一会儿就好。"

李道明见到女儿这副模样，眼睛都红了，慌忙离开了房间。

御书房。

"真没想到，事情还有这么凑巧啊。"李世民对魏征、长孙无忌说。

"请问皇上，何事如此兴奋？"魏征问道。

"刚才房相来说，他在路上遇到慕容风，说起和亲之事，慕容风说诺曷钵在淮阳王府一眼就看上了玉瑶郡主。"李世民说。

"那真是缘分。"长孙无忌说道，"玉瑶年已十八，尚未婚配。这真是上天注定。"

"没错。就是上天注定的。"李世民说，"为了彰显大唐对吐谷浑的厚爱，玉瑶的身份得变一变。"

魏征和长孙无忌一脸茫然，不明白皇帝说的意思。

李世民说出自己的想法："诺曷钵为何要来朝请婚，不就是为了提高他在吐谷浑的威信吗？和亲公主的身份就至关重要，是宗室之女，还是天子之女，可有天壤之别啊。"

长孙无忌瞬间明白了皇帝的意思，便说："皇上圣明。若玉瑶乃皇上亲生骨肉，诺曷钵回到吐谷浑局面将大为改观。"

魏征忙说："恭喜皇上，喜得公主。"

李世民哈哈大笑，三人不由得都笑了起来。

"长孙兄，麻烦你去一趟淮阳王府。"李世民对长孙无忌意味深长地说。

长孙无忌当然明白皇帝的意思，忙领旨出宫。

"魏爱卿，你去驿馆找一下慕容风。"李世民说。

魏征也明白皇帝要他去干什么，于是也领旨出宫。

这时，侯君集从外面走了进来，向李世民行了君臣之礼。

李世民说："侯爱卿，李大亮所说之事，你这几天考虑之后，有何想法？"

侯君集说："禀皇上，臣以为李大亮所说可以准予。这是一箭三雕之事。一是成全了汪达与葛武芳的姻缘；二是得到葛庭昌这位高昌国大将，当然，葛武芳也是一名了不得的女将；三是削弱高昌国军事实力，将来我唐军可以不费吹灰之力灭之。"

"朕也是这样想的。"李世民说，"葛庭昌归唐，可封其为靖远大将军，让其居鄯州。"

侯君集说："皇上此举甚好。"

李世民接着说："朕亲自下旨为汪达赐婚，准其在鄯州举行婚事，朝廷派特使出席，并在长安赐其将军府邸。"

侯君集忙说："这是皇上对汪达之恩天高地厚。"

李世民思索了一下，说道："至于高昌国，你整顿兵马做好准备，我们将择日出征！"

"臣遵旨！"侯君集领旨。

他正准备退出，李世民又叫住他，说道："你等一下。朕还有话说。上次你说卫国公不肯把兵法全部教授于你，朕已经传他进宫问话了，他说传授给你的兵法知识，做兵部尚书足够了。我再问他，他就装糊涂，说身体不行。你就别管他了。"

侯君集点头说："臣明白了。"

原来，侯君集见卫国公李靖兵法超群，便向其请教兵法，李靖总是找借口推托。后来侯君集求皇帝出面，李靖不敢违抗圣旨，只得传授兵法给侯君集，但到了精要部分就闭口不说，没有倾囊相授。于是，侯君集就向皇帝告状，说李靖不肯多教他兵法，有谋反之心。皇帝便问李靖，李靖说所教兵法做个兵部尚书足够，除非他侯君集想谋反。李世民见两员大将都私下相互撕咬，也就只好装糊涂算了。

朝会。

长安城四品以上官员全部入殿参加，诺曷钵和慕容风也在人群中。

"今日朝会只商议两件事，并且都是婚事，大喜之事。"李世民坐在帝王宝座上微笑地说。

殿下群臣恭恭敬敬地听着。

"河源郡王诺曷钵牧守吐谷浑，数年来立有大功，近日入朝请婚，望与朝廷结翁婿之好，朕很欣慰。"李世民说。

诺曷钵请婚之事，群臣早已知晓，很多大臣都在私下里讨论皇帝这次得从哪里找个待嫁的公主出来。尤其是宗室成员，个个都暗自庆幸自己早做了打算。这不，诺曷钵入朝有一段时间了，天天在长安街东看看西看看，到处游玩，大家早就在暗中观察了，觉得人长得还不错，只是文弱了点儿，缺少英武之气。吐谷浑，蛮荒之地，谁愿意把自己的女儿送去遭罪？！

"朕亲身骨肉养育宫中十八年，虽有不舍，但为彰显我大唐对吐谷浑子民的恩宠，特赐弘化公主与河源郡王诺曷钵成婚！"李世民说。

殿下群臣瞬间糊涂了，皇帝的亲生女儿？十八岁？弘化公主？怎么从未听说过？

正在群臣交头接耳相互打听之际，只见弘化公主玉瑶从殿外身着盛装缓缓走来。

立在群臣中的汪华一下子傻眼了，这不就是自己三子汪达情投意合的玉瑶郡主吗？

群臣也目瞪口呆，又瞬间明白了，一起高呼："皇上万岁，大唐万岁！"

李世民见大家都识时务，待弘化公主在他宝座一侧站立之后，接着说："昨日西北来报，高昌国右卫将军葛庭昌已归顺我朝，朕已授其靖远大将军，迁居鄯州。"

"贺喜皇上！大唐万岁！"群臣又一齐唱赞。

李世民笑着说："这只是第二件大喜事的引子。"

群臣又一次糊涂，葛庭昌归唐是件可喜可贺的大事啊，皇上居然轻描淡写，说这还只是引子，那后面的事情才是皇上关心的。

李世民见有大臣又开始私下交头接耳，便清了清嗓子说道："越国公汪华听旨！"

汪华出列："臣接旨！"

"令郎威武将军汪达与靖远大将军葛庭昌之女葛武芳情投意合，朕愿成其鸾凤之好，特赐汪达与葛武芳成婚！"李世民说。

蒙在鼓里汪华只得领旨谢恩，但他从皇帝这两个钦定的婚姻中已多少猜着了些什么。

第八十五章　平定高昌

"大将军，你害死我了！"汪达怒气冲冲地走进李大亮营帐。

"什么事情把你弄成这样？"李大亮看着汪达。

"你害死我了。你有没有给皇帝上奏说我和葛武芳的事情？"汪达生气地问道。

"对啊。我说了啊。说你们两个日久生情，情投意合，乃天作之合。"李大亮说，"这说错了吗？"

"说错啦！"汪达一副要哭的表情，"我什么时候跟葛武芳日久生情了？你哪里见到我与她情投意合了？"

李大亮一脸懵懂的样子："你俩难道不是吗？"

"我的大将军呢。你误会啦！"汪达说，"葛武芳每次来找我，我只是把她作为朋友聊天而已，我跟她说的最多是我与玉瑶的爱情。"

"你俩常常河边牧马，有说有笑，就是聊你与别的姑娘的事情？那她怎么还常常来找你，还给你送好吃的，她要是几天没来，你就总惦记着。"李大亮晕乎乎地了，年轻人的事情难道真是看错了？

"朋友。我跟她只是朋友。现在一切都晚了。"汪达伤心地说。

"怎么晚了？"李大亮问，"等等，你刚才说的玉瑶又是谁？"

汪达气愤地耐着性子解释："玉瑶是淮阳王的郡主，我与她在三年前就相识相爱，我们私订终身，我原计划在这西北博取功名之后，回去迎娶她。可你好，居然给皇帝上折子，说我与葛武芳情投意合，现在皇帝已经册封玉瑶为弘化公主下嫁吐谷浑可汗诺葛钵，下旨让我与葛武芳成婚。玉瑶，我对不起你，我负你啦！"

汪达说完就哭天喊地。玉瑶一直是他的精神支柱，他一直等着平了西北就回去娶她，与她一起登泰山观日，去杭州观海，去赤壁怀古，去扬州看花。如今，一切都没有了。

李大亮这时才意识到，自己一味想到如何早日夺取高昌，误会了汪达的感情。看到汪达伤心的样子，他恨不得抽自己两巴掌。

等到汪达冷静之后，李大亮问道："这些消息你是怎么知道的？"

"三日前，皇帝在朝会上宣布赐婚之后，我父亲觉得事情蹊跷，散朝之后便去了淮阳王府。"汪达把事情前前后后说了出来。

知子莫过父，汪华在朝会上觉得事情蹊跷，他相信自己儿子是个对感情负责的人，即使与葛武芳情投意合，也会光明正大地把这件事情在信中告诉家人和玉瑶，绝对不会偷偷摸摸。

散朝之后，汪华想在路上找淮阳王私下聊聊，但是淮阳王不搭理他。此时已被册封为弘化公主的玉瑶入住宫里，等待吉日送往吐谷浑与诺曷钵完婚。汪华到了淮阳王府吃了闭门羹。汪华不甘心，他不愿意让自己儿子被人冤枉。于是他就站在淮阳王府等。

直到天黑，淮阳王见汪华还没走，只好请他进来，把如何得知汪达与葛武芳的事情说了出来。汪华当场对淮阳王说，老夫愿用这辈子的声誉来为儿子担保，他儿子一定是被误会了。并说，现在皇帝已经赐婚，木已成舟，天命难违，但是他也要证明这件事情，只希望两个年轻人将来虽相忘于江湖，但从此相互没有了误会，这辈子也就没有了亏欠。

于是，汪华回到府上立即把发生的事情原原本本地写在信上，用八百里加急送到西北军营。

李大亮听了之后，说道："你有越国公这样的父亲，真是福气啊。八百里加急送来，难怪这么快，都赶在皇帝圣旨前面。"

"我父亲说，现在木已成舟，只希望问心无愧。"汪达说，"父亲在信中说淮阳王告诉他，玉瑶万念俱灰，曾想自杀，被淮阳王苦苦哀求才罢手，但天天郁郁寡欢。父亲担心她还会走极端，希望我能自证清白，即是让我不负移情别恋之名声，更是告诉玉瑶，我从来就没有背叛她，我一直爱着她，让她为了民族大义，为了江山社稷，一定要勇敢地快乐地生活。"

李大亮听了汪达所说，为此震撼，汪华不仅仅是为了自己儿子的名声，更会为了和亲成功，为了江山稳固。若弘化公主一时糊涂，做了傻事，自杀身亡，于她自己香消玉殒，于国家来说，天子尊严尽失，和亲之事将成为丑闻传遍天下，吐谷浑权贵对诺曷钵有恃无恐，吐谷浑又将陷入内乱。

"汪达，实在对不住。我现在就写信给你父亲和淮阳王，上奏给皇上，是我误会你了。"李大亮惭愧地说。

"不。大将军，此事千万不要给皇帝上奏解释。你会有失察之罪的。"汪达说。

"汪达，我本来就是失察啊。我毁了你与玉瑶的好姻缘啊。"李大亮惭愧地说。

汪达说："不是你。是我与玉瑶自个毁了这段姻缘的。若之前我遵循父亲的意见，与她早把婚约定了，到宗正寺登记了，皇帝也不会把她赐给诺曷钵。这是天意。"

李大亮说："但我终究让玉瑶误会你了啊。"

此时的汪达已经冷静很多了，他说："你只要把情况写清楚，让我父亲、让淮阳王、让玉瑶知道就行。我只求她别再伤心，只求她知道我在鼓励她好好生活。"

李大亮说："好的。我马上写，你再让人八百里加急送回长安。"

汪达说："等等。为了自证我的清白，我已经让人去请葛武芳了。她应该一会儿就到，你可以亲口问她，我与她见面是谈情说爱，还是跟她讲我与玉瑶的故事。"

"汪达，我相信你。"李大亮说。

"还是让她告诉你。"汪达像脱虚一样躺在椅子上，有气无力。

葛庭昌在得到朝廷的承诺之后，已经带着女儿葛武芳归顺大唐，就暂住在唐军大营，准备过几日前往鄯州。

见葛武芳还没来。李大亮就问汪达："那你与葛武芳的婚事怎么办？"

汪达说："我能怎么办？父亲在信中说，顺应天命，以大局为重。"

过一会儿，葛武芳来了，她此时并不知道长安的事情，汪达此前并没有跟她说，只是让人请她到李大亮这边来。

李大亮为了证明汪达清白，于是很认真地问了葛武芳很多问题，葛武芳也一五一十地回答。虽然她每次与汪达见面，汪达都跟她说他与玉瑶的故事，但是她喜欢听。她觉得汪达是个重情重义的人，这种人更值得托付终身。她甚至假想，只要在汪达身边，即使只做个给他端茶倒水的小妾都乐意。

随后，李大亮亲笔向汪华、淮阳王和玉瑶写上道歉书，让汪达派人八百里加急送回长安。

公元 640 年，贞观十四年二月，大唐天子李世民遣左骁卫将军、淮阳王李道明及右武卫将军慕容宝携带大批物资护送弘化公主入吐谷浑与诺曷钵可汗成婚。

万事俱备，只欠东风。李世民在完成对高昌国的战略布局之后，决定主动发起军事进攻。

李世民任命刚改任为吏部尚书的侯君集为交河道行军大总管，左屯卫大将军薛万均为副总管，镇军大将军契苾何力为葱山道大总管，靖远大将军葛庭昌为副总管，威武将军汪达为先锋，率二十万大军讨伐高昌。此时，李大亮已调回长安，由葛庭昌接任其镇守西北之责。

高昌王曲文泰听闻唐军出兵，还自以为是地对群臣说："中原距离高昌有七千余里，有沙漠两千里，冬冷夏热，没有水草，大军难以前行。若唐军强行军至高昌二十天内粮草必然用完，那时候与唐军接战一定打败他们，所以没有什么好担心的。"

谁知，仅半个月时间，汪达已率军夺取高昌重镇田地城，侯君集率领大军已抵达碛口。面对唐军压境，高昌兵节节败退，高昌王曲文泰束手无策，终因过度担心恐惧而猝死，世子曲智盛仓皇继立。

侯君集送书劝曲智盛投降，谁知曲智盛身边将领张阇和马勇等人力劝死战到底，说唐军远道而来，不宜久战，只要坚持数月，其粮草必定供给不上，自会退兵，并派人前往西突厥请求乙毗咄陆可汗欲谷设出兵救援。

侯君集见劝降不成，便命各路大军发起猛攻，很快把高昌重镇交河、田地、高宁、临川、横截、柳婆、涝林、新兴、由宁、始昌、笃进、白力等四十六镇尽数拿下。

大军围困高昌王城。

高昌新王曲智盛只得开城门投降，高昌境内尽归大唐，曲智盛被押解至长安，李世民下旨改高昌为西州。西突厥乙毗咄陆可汗欲谷设屯兵可汗浮图城，意图声援高昌，结果高昌被迅速攻灭，唐军乘胜夺取浮图城，李世民下旨改可汗浮图城为庭州。

公元 640 年，贞观十四年九月，大唐置安西都护府，将此前高昌掠夺的焉耆土地和百姓归还焉耆，授唐高祖女儿庐陵公主驸马游击将军乔师望为首任都护，汪达为镇西大将军领兵驻守。

位于大唐西南的吐蕃赞普松赞干布见吐谷浑与唐和亲受益颇多，大唐不论军事上还是经济上都已经达到空前强盛，便再度派使者前往长安向李世民请婚。

松赞干布是一位传奇性的人物，公元 617 年，隋义宁元年，松赞干布诞生于亚隆札对园的降巴木决岭王宫。父亲朗日松赞是吐蕃王朝第三十二代赞普。当他三岁的时候，其父率兵灭掉了苏毗部落，统一了西藏高原，由一个山南地方的小邦首领一跃成为吐蕃各部的君主。松赞干布是朗日论赞的独生子，是吐蕃赞普的合法继承者，他从幼年起就接受骑射、击剑、武术等方面的严格训练，十岁以后已经成为武艺超群的勇士。他熟悉历史英雄传说，吐蕃民歌，长于诗歌创作，常常在宴会上即兴赋诗，有文武兼备之才。朗日论赞在封赏上触犯了旧贵族的利益，引起吐蕃旧臣的不满，因之心怀怨恨，阴谋叛乱。

公元 629 年，贞观三年，旧贵族一起举兵进行叛乱，朗日论赞被人谋害。年仅十二岁的松赞干布，在这突如其来的危机时刻，在他叔父论科耳和宰相尚囊等亲信大臣的拥戴下，登上赞普宝座，并很快平定内乱，削弱很多旧贵族势力，巩固了自己的权力。公元 633 年，贞观七年，为适应形势，松赞干布把都城从山南琼结，迁到逻些，国力日益强盛，松赞干布连年征战，把国土扩展到青海南部。

松赞干布对于盛唐有着深远的仰慕之情，并于贞观八年，派使者赴长安求婚，被李世民拒绝。贞观十二年，松赞干布曾攻打吐谷浑，兵犯松州，被唐军击败，率部退出党项、白兰羌及青海地区，遣使谢罪。贞观十四年，松赞干布见吐谷浑请婚成功，便再度派出使者前往长安请求和亲，希望通过和亲手段来加强与中原的沟通，从而在商贸、技术、物资等各个方面与大唐达成合作，为吐蕃谋得实际利益。

此时，吐蕃已非昔日之邦，军事力量日益强盛，加之吐谷浑成了大唐属国之后，大唐疆土与吐蕃接壤，吐蕃常出兵骚扰边地，而唐军赶来则又立即撤退。松赞干布避实击虚，不与唐军正面对决，却也始终不让大唐边境安宁。吐蕃地处高原，易守难攻，受环境等多种因素，唐军无力主动攻入吐蕃境内彻底击败吐蕃军队。李世民见其主动依附，也有心笼络，便答应了和亲之举。

可问题来了，前一年吐谷浑和亲之时，皇族宗室已纷纷把稍有年龄的女儿出嫁的出嫁、订婚的订婚，早就名花有主。李世民也不愿意把自己的女儿送到那么偏远的逻些去，何况自己的女儿十一二岁就都已经许配出去了，十三四岁就结婚了。

南北朝时期北方关陇集团势力显赫，八大柱国，李氏有其二，分别是李虎家族和李弼家族，李虎家族后来的代表人物就是大唐开国皇帝李渊，李弼家族后来的代表人物就是隋末瓦岗寨首领李密。到了唐朝，李弼这支逐渐凋零，李虎这支根深叶茂，因为大多跟随李渊起兵，或响应起兵，或李渊顾及血缘感情等多种原因，个个身份显贵，封王封公，不计其数。但是即使是如此庞大的宗室人群，居然也找不到适龄的和亲公主。

最后，在多方打听之下，终于从远支里面找到一个名叫李雪雁的女子，聪慧美丽，知书达理，是江夏王李道宗养女，李世民册封其为文成公主。

贞观十五年正月，江夏王李道宗为送亲特使护送文成公主前往吐蕃与松赞干布成婚。二十五岁的松赞干布迎娶文成公主后，中原与吐蕃之间关系极为友好，使臣和商人频繁往来。松赞干布十分倾慕中原文化，他脱掉毡裘，改穿绢绮，并派吐蕃贵族子弟到长安读书。松赞干布与文成公主和亲，开创了唐蕃交好的新时代。

吐谷浑可汗诺曷钵迎娶弘化公主之后，李世民改封其为青海王，诺曷钵在吐谷浑的威望得到急速上升，为分拆丞相宣王慕容图突的权力，诺曷钵授慕容风为威信王，在慕容风的帮助下开始逐步肃清慕容图突的势力，而慕容图突暗自聚集力量计划反击。

汪达在讨伐高昌之前，受皇命迎娶葛武芳为妻，葛武芳对汪达体贴入微，两人很快就如胶似漆。葛庭昌见两个年轻人恩爱浓浓，也就心满意足，向朝廷请旨辞官在家。西北分别由安息都护乔师望领兵居西州，镇西大将军汪达率主要兵力居鄯州。

这日，汪达正在将军府陪葛庭昌和葛武芳说话，兵卒快马来报。

"禀大将军，吐谷浑内乱，丞相宣王慕容图突谋反，青海王已下落不明。"兵卒禀报。

鄯州兵力的主要任务，东是看守吐谷浑，西是守护安西诸镇。汪达忙问道："几日的事情？"

"三日前，我军得知消息星夜来报。伏俟城已被奸臣慕容图突占领。"兵卒说。

"回营！"汪达说完就站起来。

"我跟你去。"葛武芳说。

汪达点了点头，两人忙向葛庭昌告别，立即快马加鞭赶往鄯州唐军大营。

诺曷钵下落不明，那么玉瑶下落如何？汪达的担心越来越强烈。

原来，慕容图突一次无意中听属下说，去年青海王诺曷钵与弘化公主举行成婚大典之时，李道明私下叫弘化公主"女儿"，当时也没在意，这名属下对中原礼仪不懂，还以为这是中原做叔伯的对侄女的爱称，是一种拉近两人感情的称呼。慕容图突知道这消息之后，就觉得事情蹊跷，他对中原礼仪还是很懂的，于是便暗中调查，并派人潜入长安城去打听。慕容图突的人以报答淮阳王两次前往吐谷浑为借口，在长安数次去淮阳王府看望李道明，最终李道明一次酒后失言，说出弘化公主并非皇帝亲生女儿，而是他的爱女。

慕容图突拿到证据之后，立即向诺曷钵兴师问罪，认为诺曷钵辜负了吐谷浑百姓。而诺曷钵好不容易掌握了一点儿权势，也不甘示弱。

于是，慕容图突想利用在城外祭山的时候，让其两个弟弟把诺曷钵擒获送给吐蕃，借刀杀人。幸亏诺曷钵安插在慕容图突的人提前告知阴谋，诺曷钵惊恐万分，无计可施，而威信王慕容风正在外地，只得请求弘化公主。弘化公主得知消息，果断劝诺曷钵连夜逃出王城投奔鄯州，请求唐军镇压慕容图突。于是，诺曷钵带着弘化公主和护卫连夜逃亡。而慕容图突见自己阴谋泄露，决定亲自下手，率兵攻入王宫，才发现诺曷钵仅在一个时辰之前已经逃出了王城，于是下令立即追击，格杀勿论。

汪达与葛武芳赶到军营，在听到了各路收集的消息之后，立即派出人马寻找青海王的下落。

汪达想到弘化公主，他认为若有难，玉瑶肯定会想到他的。只是，不知道她是否与青海王一起逃出。

"你说青海王会来鄯州吗？"葛武芳骑在马上问。

"他肯定会来。鄯州唐军大营离他最近。"汪达骑在马上回答道。

"他这个傀儡国王，还不如干干脆脆完全归附大唐得了，做个太平王爷自自在在，何必这样提心吊胆天天遭罪。"葛武芳说。

"这是朝廷的决定。当年打下吐谷浑，要是像高昌那样，直接推翻他们小朝廷，设置几个州郡，就没有这么费心。"汪达说到这里就想起，要是这个吐谷浑半傀儡国不存在的话，也就不会出现他们可汗和亲之事，想起玉瑶跟着诺曷钵这个无能之辈，他就觉得窝火。

两人正说着，前方有一骑兵奔来。

"启禀大将军，前面发现数人，其中一人说是青海王。"兵卒说。

"走，一起去看看。"汪达鞭子一挥，冲到前面去了。

上次与弘化公主见面，还是在文成公主入吐蕃时，诺曷钵和弘化公主还特意给文成公主在吐谷浑修建了行宫，文成公主在那里休息了一个月有余。作为礼节，汪达和葛武芳特意来拜见了文成公主和江夏王，见到了弘化公主，但是两人都没有机会私下说一句话。葛武芳也就是在那一次见到了弘化公主，她后来对汪达说，弘化公主可惜了。

远远地，汪达看到了马上的弘化公主，虽然她已经换了容装，但是只要看一眼，在茫茫人海中，他都会认出来，昔日他俩多少次一起骑马在渭河边漫步。那份情感，那份思念，却如同河水般，静静流淌，永不干涸。

青海王诺曷钵与弘化公主虽已安然进入鄯州，但他们的内心仍惊魂未定。原来，在出城的艰险旅途中，为了保障他们的安全，近百名忠诚的亲卫奋力抵抗后方的追兵，不惜牺牲自己的生命，只为让他们能尽快逃离险境。直到他们进入鄯州，那些穷追不舍的敌人才因忌惮而止步。

汪达和葛武芳在马上分别向青海王、弘化公主施礼之后，便率领兵马护着他们往城里行进。

"芳妹，你先行一步，去禀告刺史杜大人，我与青海王随后就到。"汪达对葛武芳说。

这是遵循朝廷文臣武将和地方州郡与属国之间的职权关系。

葛武芳点头立即策马先行。

鄯州刺史杜凤祥以礼仪迎接了青海王和弘化公主，并安顿好。

杜凤祥与汪达商议，由汪达率军会同威信王慕容风的兵马一起征讨丞相宣王慕容图突，并由杜凤祥向朝廷上书说明事情缘由。

一个月之后，以汪达为征讨主将联合威信王兵马一举击败宣王慕容图突，斩首慕容图突和他两兄弟，夺回伏俟城，迎回青海王和弘化公主。

在伏俟城回鄯州城的路上，汪达和葛武芳骑马走在大军前面。

"这几天见你与弘化公主在一起有说有笑的，你们说些什么？"汪达好奇地问。

葛武芳一脸灿烂地说："不告诉你——"

第八十六章　汪七公子

长安这几日可热闹了。

一场文武招亲让长安城的王孙公子蠢蠢欲动。

在一座小院里，每天都有一群人高兴而来，失望而归。

进入小院的人必须具备一个条件，或是四品以上官员子弟，或持有三品以上官员的推荐函。当然，五官端庄和未婚是先决条件。

院内空地在百步之外悬空吊着一个箭靶，下面有人通过绳子可以操作箭靶上上下下左左右右不停地移动，来人需要手持弓箭向箭靶连射十箭，且箭箭都中红心，方可通过初试。仅凭这一关，刷掉了一大批前来求亲者。这算是武试。

武试过关，就是文试。文试就是由招亲小姐的丫环出题，答对者均留下作为擂主。后来者，通过丫环的文试，就以文攻擂，擂主争夺赛的题由招亲小姐的另外一个丫环出题，擂主和攻擂者抢答，胜出者作为下一轮擂主，如此反复，三日之后，最后擂主再接受招亲小姐亲自出题，通过者，便可抱得美人归。

如此复杂的文武招亲，最终留下来的，必定是家世显赫、武功一流、才学盖世的佼佼者。

这日，汪华的七子汪爽正带着白渠府的兵卒巡视城防，张三宝把这个事情告诉了他。

"谁吃了饭没事干，女子都没见着就去求亲，万一是个丑八婆怎么办？到时退都退不掉。"汪爽听张三宝说了这事之后，觉得现在天下太平了这些王孙公子闲得慌，偏要去找这份刺激。

"七公子，你可不能这样讲啊。"张三宝说，"可惜我不够条件，不然我也想去呢。"

"张三宝，这个女子有什么稀奇的？你们怎么都贴着脸想去啊？"汪爽觉得很好奇。

"七公子，我跟你说啊。"张三宝见汪爽问他，便一本正经地回答，"这个女子叫闵婉玗，其父亲是闵璋。闵璋其人上知天文下知地理，精通五行八卦，知晓阴阳学说，早年出道时，在江湖上与李淳风、袁天罡，并称为'天学三杰'。只因喜过闲云野鹤的日子，从不与官员交往，逐渐被世人淡忘，无人知晓其故事，但是在士林之中一直流传着闵璋的传说。上个月，闵璋突然来到长安见了李淳风和袁天罡，李淳风见到其女儿闵婉玗说了一个词'子孙昌隆'，袁天罡说了一个词'福慧双修'。你想想，就凭两位大师这评价，谁耐得住呢？你富贵，不算什么本事，你子孙代代富贵，那才叫真厉害！"

张三宝边说边夸赞。

听说李淳风和袁天罡都夸赞，汪爽觉得这女子还真不简单，好奇地问："你们有人见过这个闵婉玗吗？"

"我们是啥？白渠府的人，除了皇宫禁内，还有哪个我们见不着的人？"张三宝很自豪地说。

这话汪爽相信，白渠府统领长安城禁军，负责一切长安城城内和城外三百里的安全，进入此范围的人，只要想查，必定会翻出他们的祖祖辈辈？

"长得怎样？"汪爽问道。

"赛西施，胜貂蝉。"张三宝夸赞道。

汪爽呵呵笑道："三宝，你就瞎扯吧，世间哪有此女子，西施、貂蝉你也没见过。"

张三宝一脸认真地说道："确实很漂亮。我也没读过什么书，找不出词来形容。"

张三宝见汪爽已经充满好奇了，便说："七公子，文武招亲昨天已经开始了，你今天赶紧去试试，抱得美人归，说不定越国公喜笑颜开，不再伤心啊。"

说到父亲，汪爽不由得叹气说："家父与二娘从小青梅竹马，感情非平常夫妻可比的。二娘病逝，先他而去，他能不悲伤之极吗？这半年来，他都没笑过，人都消瘦了很多。"

原来，汪华二夫人稽圭在半年前因病离世，短短数年，两位夫人钱任和稽圭都离他而去。因过度悲伤，汪华告假在家休息已有大半年了，而稽圭亲生的儿子五子汪逊和六子汪逵也均告假在家守孝。李世民又下旨让汪建和汪璨重回白渠府与汪爽三人共掌军务，以长子汪建为主，以汪璨和汪爽为副。李世民对汪华说，白渠府交给你们父子，朕心里踏实。

"你六个哥哥都已娶妻生子，而你也老大不小了，该结婚了。"张三宝与汪爽两人玩得好，说话也就很直接，私下里也不怕说错话。

汪爽想了想说："我明天去看看，能否成功就只有看运气了。"

张三宝说："别啊，明天就结束了。说不定你与闵小姐有缘呢。"

汪爽解释道："作战讲究策略，现在去即使我侥幸得胜夺擂成功，还需要面对一些人来攻擂。还不如我明天下午去，直接把那个擂主干掉，岂不省事？！"

张三宝听了点了点头夸赞道："七公子高明。"

汪爽说："你去帮我打探清楚，看看他们是如何比文的。"

张三宝说："不用去打探了，我已经知道了，比文就是从《大学》《中庸》《诗经》《史记》等先秦和两汉经史子集里面出题，范围很广。"

汪爽说："看来这不比考状元容易。"

张三宝说："可不是嘛。状元就只考文，不考武。"

武德五年，高祖皇帝为了维护自己的统治，能达到长治久安，延续了隋朝的科举制度，下诏开科取士，广招天下贤才。揽括天下英才。

在封建社会，科举制度是一个相对公平的人才选拔制度，也是众多贫苦子弟除了从军之外的另外一条通往仕途的通道。凡是读书人都可以参加科举考试博取功名，设定五个选拔环节，第一试为童子试，第二试为院试，通过院试的童生都被称为"生员"，俗称"秀才"，算是有了"功名"，进入士大夫阶层；有免除差徭，见知县不跪、不能随便用刑等特权。秀才分三等，成绩最好的称"廪生"，由公家按月发给粮食；其次称"增生"，不供给粮食，"廪生"和"增生"是有一定名额的；三是"附生"，即才入学的附学生员。第三次考试叫乡试，只有获得秀才资格才可以参加，所有通过乡试的叫举人，是被荐举之人。其中乡试里边的第一名叫解元，第二名称为亚元，第三、四、五名称为经魁，第六名称为亚魁。第四次晋京考试叫会试，由有举人功名的人参加，通过会试的称为贡士，是进贡给天子的士子之意。贡生里边的第一名叫会元；到皇帝那儿的考试叫殿试，通过殿试的叫进士，进士里边的第三名探花，第二名榜眼，第一名状元。但是，当时科举制度尚未完善，草昧初开，并无定制，参考之人只要是无功名之人均可参加。武德五年，中国历史上第一位状元是被因上疏而被免官的孙伏伽。状元孙伏伽后来官居大理寺卿。

"那更要去试试了。"汪爽说。汪爽这人越是难事越感兴趣。

"好！七公子威武！明天我陪你去！"张三宝说。

"就这样说定了，但是你先别告诉我大哥、二哥。"汪爽嘱咐道。

张三宝明白汪爽的意思，故意很严肃地说："末将遵令！"

文武招亲设在长兴坊的一座小院里，小院雅致，分前后两院，前院是武试，后院是文试。不少挑战失败的王孙公子并没有离开，而是留在院中看热闹。前院，见别人箭中红心，连连喝彩，若射偏，则遗憾叹息；后院，挑战者每答对一题，则掌声不断，如答错或未在规定时间内给出答案，众人则拍腿惋惜。

汪爽在张三宝的陪同下来到小院门口，递上腰牌，守门老汉看了一眼，便请他们进去。

汪爽是趁着巡查之际抽空过来的，戎装在身。

院内都是王孙公子，大家都识得汪爽，相互打了招呼。汪爽就见一名英俊少年正在拉弓射箭，连中五发，可惜在第六发时，由于吊在空中的箭靶移动太快，射偏了，虽在红心边上，但不在红心范围之内，只得落败。

前面还排了两个人，汪爽便站在一旁看着，其中一名是郡王的世子，一名是都督的公子，两人身份都不简单。郡王世子先上，他拉弓射箭，汪爽认识他，曾是皇帝身边的侍卫，他很冷静地一箭一箭射出，射完五箭，他并没有急着接着射，而是停了下来，舒缓了一下筋骨，再射出五箭，果不其然，箭箭命中红心，顺利过关，周围人忙夸赞小郡王是李广再世。

　　小郡王跟大家谦虚了几句，被丫环领着乐呵呵地进后院去。原来，过不了前院的武试，就不能进到后院去，即使是去看热闹也不行。后院看热闹的都是通过武试却又在文试里面刷下来的。大伙坐在里面，边喝茶边聊天，见到有人来攻擂，就一齐鼓掌。

　　小郡王武试比完，接着就是都督公子，这个都督公子长得高大威猛，汪爽知道这人的父亲曾跟随皇帝南征北战立有不小功勋，现在被封到南边做都督，但是家眷都留在长安。这位公子显然对自己的武功非常自信，他射箭速度又快又准，一连八箭，箭箭命中靶心，周围的人一起喝彩。但是，一旁的汪爽不由得有点儿为这个都督公子暗自紧张，吊在空中的靶子移动得越来越快，毫无规律，而这人过于自信，一种炫耀的神色，这样的话，后面两箭可能会失误。果不其然，都督公子在射出最后一箭时，吊在空中的靶子突然停止了移动，这完全超出了都督公子的判断，就这样，即使他射出的箭飞快，但还是钉在了红心外面。唉，周围人都不由得惋惜起来。都督公子气得把手中的弓箭往地上一甩，就走了。

　　轮到汪爽，因为三哥汪达的名头在长安城太响，有人说："汪七公子，你三哥可是我大唐有名的镇西大将军，当年校场比武夺印，可是艺压群雄。今日，你也来给我们亮几招绝活。"

　　汪爽谦虚地说："各位兄弟过奖了，我汪爽哪能跟三哥比，今日也只是跟大家一起凑凑热闹。我赢了，请所有人去喝酒。"

　　众人一起喝彩！

　　有人问："汪七公子，你可得提前说清楚，是这个武试赢了请大伙儿喝酒，还是武试、文试都赢了，抱得美女归，再请大伙喝酒呢？"

　　汪爽爽快地说："武试赢了，就请这里的每位兄弟喝；都赢了，就请整个院里的人喝。"

　　"好！"大家一起鼓掌，说，"就这么定了！"

　　汪爽简单地活动了一下筋骨，便拿起弓箭试了试，觉得这弓箭很称手，一看就是难得的好弓箭。

他对旁边操作靶子的人说："可以了。"

两名拉着绳子的人立即拉动靶子快速移动。

他通过前面三个人射箭的情况，已经发现了一个很重要的信息，不仅要观察靶子移动的方向，更重要的是注意两个操作绳子的人双手动作。他们双手细微动作就能决定靶子移动是快是慢、是左还是右，是上还是下。这需要飞速的反应能力才能在瞬间把箭射出。

汪爽根据自己的判断，射出一箭，果然没错，再射出一箭，还是没错。他心里有底了，自己的观察没错。在射到第五箭时，他故意往回走，再返身一箭射去，居然死死钉在红心上。

他刚才这一险招，博得周围连连喝彩。风头出一下就行，别总摆谱，容易失误。于是，他又规规矩矩地射出五箭。十箭全部命中，大家一起鼓掌称赞。

"快看，十箭是个圈儿！"有人一下子看出来了，原来汪爽射出的十箭是有规律的，竟然在红心里面围成了一个圈儿。一语道破，大家惊得目瞪口呆，随后就是一阵喝彩。什么神射啊，什么虎父无犬子啊，什么不去疆场可惜了啊，什么长安第一神箭手，等等，反正就是一个劲儿地夸。

张三宝跟在汪爽后面也觉得无比自豪。

随后，汪爽跟着丫环进了后院，才发现擂主是怀化大将军的公子司徒长英，而刚才进去的郡王世子却坐在案几上喝茶，原来他在闵小姐丫环出题这个环节败下来了。

闵小姐坐在帘子后面，若隐若现。

院中有一个设计得很巧妙的滴水计时方式。

"这位将军请！"汪爽因是戎装出行，所以丫环这样称呼他，把他引到一个位置坐下。

汪爽落座之后，丫环说："将军，您好，我叫芙蓉，您准备好之后就告诉我，我们就开始。"

汪爽笑了笑说："也没什么需要准备的，芙蓉姑娘，我们开始吧。"

芙蓉说："我们先考诗歌，我说上句，将军对下一句，并要说出，出自何人和题名。"

汪爽点了点头。

芙蓉说："凤兮凤兮归故乡。"

汪爽立即回答："遨游四海求其凰。出自司马相如的《凤求凰》。芙蓉姑娘，好彩头！"

众人一听这开头好，真是好彩头啊！一齐鼓掌喝彩！

芙蓉笑了笑，接着说："日月之行，若出其中。"

汪爽答："星汉灿烂，若出其里。曹孟德的《步出夏门行·观沧海》。"

芙蓉说："秋风起兮白云飞。"

汪爽答："草木黄落兮雁南归。汉武帝《秋风辞》。"

芙蓉再出题："一朝别后，二地相悬。只说是三四月，又谁知五六年？"

汪爽答："七弦琴无心弹，八行书无可传。九连环从中折断，十里长亭望眼欲穿。卓文君《怨郎诗》。"

"好！"汪爽刚说完，大家一齐喝彩！答得爽快！

芙蓉又说："薄帷鉴明月，清风吹我襟。"

汪爽答："孤鸿号外野，翔鸟鸣北林。阮籍的《咏怀》。"

芙蓉说："薄伐玁狁，至于大原。"

汪爽答："文武吉甫，万邦为宪。《诗经·小雅·六月》。"

因《诗经》作者无从考证，所以也就不要指出为何人创作。

芙蓉连出六题，汪爽都是随口说出，便觉得这小将军真不简单。

她接着出题："朔方烽火照甘泉。"

汪爽一愣，居然出这题，这是卢思道的诗，卢思道是在隋开皇时期过世，这么近代的诗都拿出来，很让人意外。因为此时唐朝长安文风已起，大家追求先秦两汉的风骚。

台下人一听，不少人都蒙了，想不起来，这属于典型的偏题，就是故意刷人下去的。

汪爽笑了笑说："长安飞将出祁连。卢子行《从军行》。"

卢思道，字子行。

见芙蓉姑娘点头，知道汪爽答对了，台下又是一阵喝彩。

芙蓉见这样不行，便决定换一种出题方式，她说："将军，现在我们换一种考法，我说下句，你说上句。题名和作者就不用答了。"

别看这方式，很多人对诗词，看到上句就能顺利对出下句，但是看到下句不一定能快速说出上句。这要是说慢一点儿，过了约定时间，就算答不上了。

"好的。听芙蓉姑娘安排。"汪爽说。

"请注意。"芙蓉说，"朝游江北岸，夕宿潇湘沚。"

这是曹植的诗，只见汪爽答："南国有佳人，容华若桃李。"

芙蓉说："风霜凛凛兮春夏寒，人马饥豗兮筋力单。"

汪爽心想，这丫鬟不简单，竟然熟悉蔡文姬的《胡笳十八拍》，不简单。

便答道："塞上黄蒿兮枝枯叶干，沙场白骨兮刀痕箭瘢。"

芙蓉接着说："今我来思，雨雪霏霏。"

汪爽答："昔我往矣，杨柳依依。"

芙蓉指着院中墙角的藤草，便对汪爽说："请将军以此为题，说出《诗经》中的一首诗。"

汪爽一想，《诗经》中讲到草木的不少，而这种草俗称蔓草，对了，《诗经》里面有首《野有蔓草》最为恰当。于是站了起来，走到藤草前，脱口而出："野有蔓草，零露溥兮。有美一人，清扬婉兮。邂逅相遇，适我愿兮。野有蔓草，零露瀼瀼。有美一人，婉如清扬。邂逅相遇，与子偕臧。"

说完之后，汪爽明白芙蓉出此题，是另有深意，便向芙蓉施礼："谢芙蓉姑娘。"

丫环芙蓉回礼道："将军博闻强记，奴婢叹为观止。"

说完，丫环回到帘子后面，与闵小姐耳语了几句，就走了出来："将军，我们小姐说，你可以攻擂了！"

"好！汪七公子威武！"众人一齐鼓掌。

1094 汪爽道了一声谢，就走到怀化大将军公子司徒长英前面，双手抱拳施礼道："司

徽州魂 大唐越国公汪华传奇 下

徒大公子好！"

司徒长英也抱拳回礼道："汪七公子好！"

司徒长英坐在擂主的位置上，汪爽回到攻擂的座位上坐下。司徒长英是昨天下午攻擂成功，今天上午连胜了三名攻擂者，自信满满。

还是由芙蓉主持擂台赛，她分别向司徒长英和汪爽施完礼，问道："两位公子，请问准备好了吗？"

司徒长英很自信地说："我早已经准备好了，看汪七公子是否需要休息一会儿。"

汪爽说："谢谢。可以开始。"

芙蓉介绍比赛规则，她说："攻擂第一轮，擂主出上一句诗词文章，攻擂者接下一句。连续六道题都答对，再进入第二轮。"

芙蓉见两人都点头，就说："请擂主出题。"

众人一齐看着司徒长英，这夺擂赛比刚才的答题环节可要精彩得多。

作为擂主司徒长英来说，这是身为擂主的优势，自己可以找非常难的题出来难住对方。

只见司徒长英说："维申及甫，维周之翰。"

汪爽答："四国于蕃，四方于宣。"

两人对的其实是《诗经》里面一个典故，讲申伯和甫侯是大贤人，是辅佐王室的栋梁，藩国以他们为屏蔽，天下以他们为墙垣。

司徒长英接着说："岂曰无衣？与子同裳。"

汪爽豪气地答道："王于兴师，修我甲兵，与子偕行！"

司徒长英说："天命玄鸟，降而生商，宅殷土芒芒。"

汪爽接："古帝命武汤，正域彼四方。"

司徒长英说得快，汪爽也答得快。

"晨兴理荒秽，带月荷锄归。"司徒长英说出了陶渊明的《归园田居》。

出对了，汪爽微笑，自己喜欢陶渊明的诗，答道："道狭草木长，夕露沾我衣。"

司徒长英又说："秋鬓含霜白，衰颜倚酒红。"

居然来了首隋代的诗歌，汪爽脑筋一转，立即想起："别有相思处，啼鸟杂夜风。"

还有最后一题，司徒长英若难不住汪爽，那么汪爽就顺利地进入第二轮与他对决了。

司徒长英停顿了一下，他在想，该找个什么样的难题呢？

他犹豫了一下，说出："貌丰盈以庄姝兮，苞温润之玉颜。"

这是宋玉的《神女赋》。几乎在座的人都读过此文，但是能背诵里面句子的，应该是少之又少。

汪爽略一思索，接上："眸子炯其精朗兮，瞭多美而可视。"

刚说完，众人一片喝彩。汪爽顺利进入了攻擂的第二轮。

这时，两名丫环过来分别给两人奉上茶水。汪爽喝完，见丫环芙蓉又到帘子后面与闵小姐商量。

过了一会儿，芙蓉走过来说："小姐说，第二轮，就行飞花令，出一个字，两位公子分别说一句含此字的诗词，擂主先说，攻擂者跟上，如此反复，直至一方词穷或一方在滴出五滴水仍未跟上。"

有三个人盯着滴水计时工具在看，水通过竹管均匀滴出，不快不慢。

众人一听，这跟行酒令差不多，很有意思。几个王孙公子还私下下注买谁赢谁输了。

见两人听明白，芙蓉指着旁边的假山说："就以'山'为题，小姐规定只能从《诗经》中给出答案，若说错，则算失败。"

很多人认为就在《诗经》中找带"山"的诗歌，岂不简单。其实，错了。你想想，满脑子装了那么多诗歌，先秦、两汉、魏晋南北朝，还有隋代的，带"山"字的诗歌能少吗？但记得多，也容易混淆，若一不小心就把记忆里的非《诗经》诗歌说出来，岂不就失败了？

芙蓉说："请擂主开始。"

司徒长英开口就说出："习习谷风，维山崔嵬。"

汪爽接着说："秩秩斯干，幽幽南山。"

司徒长英说："山有榛，隰有苓。云谁之思？西方美人。"

汪爽说："山有扶苏，隰有荷华。"

司徒长英接着说："山有乔松，隰有游龙。"

这两句对的是同一首诗，叫《山有扶苏》，汪爽说了上句"山有扶苏，隰有荷华"，司徒长英立即想到诗歌后面还有一句"山有乔松，隰有游龙"。

汪爽说："我徂东山，慆慆不归。"

司徒长英刚开口说："若有人兮山之阿……"

忙自己否定："错。陟彼北山，言采其杞。"

原来"若有人兮山之阿"出自屈原的《九歌·山鬼》，不属于《诗经》，幸好他反应快，立即纠正过来。

汪爽略一思索便说出："山有枢，隰有榆。山有栲，隰有杻。山有漆，隰有栗。"

他一口气把整首诗都背了出来，免得像刚才那样，自己说了前一句带"山"的，司徒长英就跟上诗中另一句带"山"的。

司徒长英见汪爽把整首诗说了，便说："锡之山川，土田附庸。泰山岩岩，鲁邦所詹。"也把《閟宫》里面两句带"山"的都说了。

这飞花令斗得越来越精彩，众人忘记叫好，都屏气凝听。

汪爽说："帝省其山，柞棫斯拔，松柏斯兑。"

司徒长英说："陟彼南山，言采其蕨。陟彼南山，言采其薇。"又把《草虫》中的两个"山"句说了，想堵住汪爽。《草虫》全文是：陟彼南山，言采其蕨；未见君子，忧心惙惙。陟彼南山，言采其薇；未见君子，我心伤悲。

汪爽也直接说出《蓼莪》整首诗，里面也含两个"山"字："南山烈烈，飘风发发。民莫不穀，我独何害。南山律律，飘风弗弗。民莫不穀，我独不卒。"

司徒长英不甘示弱，立即也说出《晨风》全诗："山有苞栎，隰有六驳。未见君子，忧心靡乐。山有苞棣，隰有树檖。未见君子，忧心如醉。"

汪爽脑筋一转，说出："殷其雷，在南山之阳。"

"南山"两字提醒了司徒长英，他眉头一皱，说出："节彼南山，维石岩岩。节彼南山，有实其猗。"

汪爽又跟上带"南山"的："南山崔崔，雄狐绥绥。鲁道有荡，齐子由归。"

司徒长英停顿了一下，滴完了三滴水，才说出："信彼南山，维禹甸之。"

汪爽想了一下，说出："山有嘉卉，侯栗侯梅。山有蕨薇，隰有杞桵。"

司徒长英突然卡住了，摇着脑袋使劲儿想，众人都跟着紧张起来，他刚准备张口，旁边的丫环说："时间到。"

司徒长英一下子靠在椅子上，他输了！

众人一齐喝彩，但另外有几个人因为刚才押错了赌注，正在唉声叹气。

芙蓉见汪爽赢了，便对他兴奋地说："恭喜汪七公子。"

她刚才听汪爽与司徒长英对话，也就跟着大家这样称呼他。

汪爽对她微微一笑，站起来向司徒长英施礼："司徒兄，承让！"

"汪兄弟，佩服佩服！愚兄学艺不精，恭喜你！"司徒长英站起来，虽然输了，但还是很大度地祝贺。

司徒长英请汪爽坐到擂主的位置。

芙蓉对众人问道："还有参加文试的吗？"

众人说："没有啦！赶紧让闵小姐出来，给擂主出题吧！"

只有最后一位擂主才有资格接受闵小姐的出题考核。

芙蓉对身边一名丫环说了一句，那个丫环跑到前院去，随后立即又回来，对芙蓉摇了摇头。天色已晚，确定没有人再来参加比赛了。

芙蓉走到帘子后面，又跟闵小姐说了几句。

这时，只见帘子缓缓卷起，一位风华绝代的女子映入眼帘，周围的人和景，瞬间黯淡失色。众人目瞪口呆，汪爽也一时愣在那里，连呼吸都不敢重一点。

闵小姐殷殷走来，对着汪爽微微说道："死生契阔，与子成说。"

汪爽愣了一下，旁边的芙蓉拽了一下他衣裳，忙反应过来说："执子之手，与子偕老。"

闵小姐向汪爽深深行了一下夫妻之礼，娇羞地说道："愿得一人心，白首不相离。"

说完，两颊绯红地离开。

芙蓉兴奋地说："恭喜汪七公子！明日即可来下聘书！"

众人见闵小姐出来跟汪爽只说两句话，就招亲完成了，他们还没看够呢，不由得都遗憾地说："闵小姐这就算出题考完啦？"

文武都比了，还要比啥？随后，大家纷纷祝贺汪爽喜得美人。

汪爽兴奋地说："兄弟们，走，我请大家喝酒！"

第八十六章　汪七公子

第八十七章　忠武将军

越国公府。

汪建从外面兴高采烈地匆匆回府。

"父亲，大喜事！"汪建见到汪华正坐在花园里与三娘庞夫人说话，便激动地说道。

"建儿，什么大喜事，把你乐成这样。"庞实问道。此时，汪华二夫人稽圭已经病逝，汪华身边仅剩三夫人庞实，为应付朝中各种礼节，汪华又扶庞实为正室夫人。庞实与汪华邂逅相识，两人和如琴瑟、相濡以沫，她曾多次随汪华出征，为汪华统领江南六州和建吴称王立有汗马功劳。

汪华看着自己这个已经做父亲的长子，他感到自己很幸福，儿女们已个个长大成人，且都孝顺懂礼，看着汪建激动的神色，他能猜出是什么大喜事。

"皇帝已经下旨，授三弟为会州刺史，督西北兵马，拜护国大将军！"汪建兴奋地说。

原来，汪达近两年多次随唐军出征，分别在兵部尚书行军大元帅李勣、新任安西都护郭孝恪的统领下，攻克西域龟兹、贺鲁、薛延陀、西突厥等诸国，立有赫赫战功。朝廷为表彰其功勋，特授汪达为会州刺史，拜护国大将军，领大军镇守西域！

汪华很欣慰地对庞实说："这个从小调皮捣蛋的三小子终于有出息了。"

庞实说："我们这些儿子都很有出息，就是你一直压着他们不让出征作战，否则个个都是大将军。"

汪华摆了摆手说："有一个儿子这样就行了，建儿他们这样也挺好的，至少我很喜欢他们现在这种生活。达儿太累，行军打仗，我们都经历过。但是，他喜欢那种生活，我们做父母的也就只好支持他。"

汪建插话道："西北安宁了，三弟也就轻松些。"

汪华说："你给我写信，告诉他，不打仗了，在家给我多生几个孙子。"

汪建笑着说："好的。你都十几个孙子了，还催着生啊。"

庞实笑着说："老爷，若不是你给他们早分家，另置了房子，你这个小小的越国公府早就被这些孙子闹翻了。"

汪华哈哈大笑，随后说："今晚就让他们来这里闹闹，这几天太清净，我都不自在了。建儿你等会儿要大有去送信，让他们今晚都回来吃饭。"

汪建笑着说："父亲这几天身体好多了，人逢喜事精神爽。"

汪华看了一眼附近的丫环，再看了一眼汪建，汪建会意了一下，向丫鬟们挥了下手。丫环们心神领会地离开。

汪华见只有自家三人，则对汪建说："明天我向皇帝上份谢恩折，你替我送去，折子里面我会讲到因年老体弱已不适合掌管白渠府，另外会说你和璨儿、爽儿资历尚浅，不适合接任我位，恳请到六部任职。"

庞实不解地问："你已经多次请求辞官回家，皇帝都没同意，怎么又上折子呢？"

汪华笑了笑，说道："这次情况不同。你想想，我掌管长安禁军，我儿子领兵十万镇守一方，皇帝会怎么想？皇族宗室会怎么想？另外那些文武大臣会怎么想？"

汪建点了点头说："孩儿明白父亲的意思。"

汪华对汪建说："让你去六部做个普通的文书而不掌管白渠府，确实是委屈了你，但是希望你能理解，父亲都是为了你们好，以后你们就会彻底明白的。"

汪建说："父亲多虑了，其实在六部也挺好的，轻松自在，没有那么多操心事。"

汪华笑了笑说："上次皇帝诏三品以上大臣的长子都进东宫辅佐太子，为父故意称病回家，请你代我执掌白渠府，目的就是不希望你进入东宫。"

汪建说："太子失德，皇帝对魏王愈加宠爱了。"

汪华说:"有前车之鉴。储君之位众王子都窥觊,而魏王李泰最重,这不是好的征兆。皇帝命忠诚正直的魏征大人为太子太师辅佐太子,而魏大人数次称病请辞,是皇帝坚持让他留下来的。皇帝有心保全储君之位不易主,但是树欲静而风不止,情况很不妙。为父让你远离东宫,也不与任何王子结交,就是希望你与兄弟不要涉入其中,以免惹火烧身。如今天下太平,王侯将相不一定比儿孙绕膝的田舍翁幸福。"

庞实和汪建认真听着,朝廷这几年关于太子李承乾失德与魏王李泰争宠的各种事情闹得满城风雨,皇帝李世民文治武功古往今来无人能及,面对儿子们却无能为力,甚至在某种程度上,也学起了自己父亲高祖皇帝那样装糊涂。

"这次我奏折里面不提辞官回家,只说年老体弱不合适掌管白渠府而已。"汪华说,"辞官提多了,皇帝也会生气的。"

汪建说:"父亲这样处理很合适,皇帝兴许就答应了。"

汪华说:"掌管白渠府太久了也不是好事,容易疏忽大意,说不定皇帝内心里面也想换人了。"

庞实和汪建点了点头。于是三人又说了一会儿别的事。

太子李承乾是李世民与长孙皇后的嫡长子,因生于太极宫承乾殿,故以此殿为名,取名李承乾,由当时初登九五的唐高祖李渊为这个皇孙亲赐。也因"承乾"此名,曾让当时身为太子的李建成十分不快,认为"承乾"二字虽为宫室之名,然而用作人名时却有着无比深意,承乾,有承继皇业、总领乾坤之意。

玄武门政变之后,李世民登基称帝,册封年仅八岁的李承乾为皇太子,并请名臣李纲担任太子太师教导太子。

李承乾和李泰两人之间的表现,让李世民的内心越来越矛盾,但是他不想废掉太子,又对李泰越来越喜欢,于是李泰的野心也是越来越大,李承乾与李泰开始暗自较劲。

汪华的这次上奏,很快就被批复了,李世民下旨改任汪华为右卫积福府折冲都尉，授忠武大将军；授汪建为朗州都督府法曹，汪璨为费州涪川令，汪爽为右卫积福府飞骑校尉。

"老爷，建儿和璨儿一下子都外放到千里之外任职，我还真舍不得。"庞实说。

"去外地也好，这是好事。都长大了，到外面去历练历练。"汪华说。

"英姐姐的三个儿子都放到外面去了，我不能照顾他们，我怕对不起英姐姐。"庞实眼泪都快流出来了。汪建、汪璨和汪达都是汪华原配夫人钱英所生，钱英离世时，三个小孩尚在襁褓之中，都是二夫人稽圭和三夫人庞实视为亲生儿子一样抚养的。虽然，这三个儿子都已经长大成人结婚生子，但是现在让他们都离开身旁，确实不舍。

汪华说："兄弟们都不在长安，我更放心些。现在广儿在礼部，逊儿在兵部，逵儿在户部当差，他们都在身边，三天两天地带着孙儿们回来看我们，你不会孤独的。"

庞实说："你都这么一大把年纪了，皇帝还把你放到积福府去，一个月都不一定能回来一次，我担心你。"

汪华说："担心我什么？我身体健朗得很。爽儿不也跟我一起嘛。皇帝其实还是为我考虑了的。"

自从稽圭病逝，儿子们都成家搬到外面去住，越国公府也越来越冷清了，汪华又要去四百里外的积福府当差，庞实更是觉得孤独。

"我跟爽儿说一声，让婉玗回来住，她也快分娩了，正好你可以好好照顾她。"汪华说。

庞实说："上次我就跟爽儿说了，他说八弟太小，让我悉心照顾俊儿。"

汪华说："上次是上次。这次不一样了，他自个都不在家，能放心？还得你这个做娘的来照顾才行。正好你照顾婉玗，让俊儿多读书，别让他成天舞枪弄棒的。"

说到这里，汪华拍着庞实的手说："你有空多去看望巢国公，他已是古稀之年，身体能这样，已经很不错了。合羽陪他快一年了，也去看看我们女儿吧。"

原来，巢国公钱九陇回到长安不久，身体不太好，钱琪等人都被外放到外地任职，巢国公府就他一个老人与一群仆人在家，合羽孝顺，见外祖父孤独，就干脆搬过去住，可以天天陪外祖父说说话。

"对了，说到这个女儿，年龄也大了，你是不是也该考虑为她订门亲事了？"庞实说。合羽虽然是汪华与钱任亲生的女儿，但是庞实也把她当作自己的亲女儿一样看待。

汪华说："前日我去见她时，与她的外祖父谈了此事，巢国公说他心里已有安排，等时机成熟，会告知我们。"

说到这里，他笑着对庞实说："老人家的眼光不会差的，有他给我们把关，更放心。"

"他老人家的眼光要是差的话，当年怎么会把自己的掌上明珠嫁给你这个已经有三个老婆的人呢。"庞实故意打趣道。

汪华哈哈大笑。

不几日，汪建和汪璨都带上家眷去外地赴任了，汪华也带上汪爽去右卫积福府。

折冲府是唐代府兵制基层组织军府的名称。折冲府分上、中、下三等，上府一千二百人，根据情况有时会增至一千五百人，中府一千人，下府八百人，所属的兵士通称卫士。每府置折冲都尉一人，为折冲府的最高军事长官，左右果毅都尉各一人，别将、长史、兵曹参军各一人，这是府一级的组织。府以下，三百人为团，团有校尉及旅帅；五十人为队，有队正、副；十人为火，有火长。

汪华为右卫积福府折冲都尉，是整个折冲府的最高军事长官，下设四个军团，汪爽担任第一军团的校尉。

右卫积福府在长安之西，位于岐州，扼守险关，拱卫着长安通往西域的西大门，同时又可随时北上宿卫皇帝离宫九成宫，那是每年夏天皇帝带着后宫避暑的地方，往往一住就是数月。所以，汪华从左卫白渠府调任到右卫积福府，责任同样重大，掌管的都是左右卫禁军。

话说，汪华这天正在积福府军营驻地练剑，汪爽匆匆跑来。

"父亲，出大事了！太子谋反，幸好发现及时，已被捉拿！"汪爽说。

汪华不由得一惊，手中的剑差点儿掉在地上，他总是隐隐约约觉得太子迟早会出事，没想到居然出这么大的事情，忙说道："你快说说情况。"

原来，魏征病逝之后，太子李承乾身边缺少有威望的正直忠臣，就变得更加无法无天。在李唐的宗室亲王中，高祖李渊的第七子汉王李元昌也是一个活宝，他与李世民是同父异母兄弟，李渊称帝时封其为鲁王，李世民登基之后，改封其为汉王，他没有能力，毫无建树，天天不干正事。李元昌和李承乾臭味相投，经常在一块儿玩打仗的游戏：各自统领一队人马，披上铠甲，手执竹枪竹刀冲锋厮杀。手下人个个被刺得浑身是血，可他们却不亦乐乎。要是有人不愿参与游戏，就会被绑在树上毒打，以致被活活打死。

对于太子的所作所为，李世民当然是忍无可忍，屡屡流露出了废黜之意。李承乾知道自己彻底丧失了父皇的信任。他思来想去，最后决定孤注一掷，发动政变。他暗中组织了一个一百多人的刺杀团，头目有左卫副率封师进、刺客张师政、纥干承基三人。刺杀团的任务首先是干掉李泰，其次是伺机刺杀太宗李世民。

为了保证政变成功，李承乾又秘密联络了一帮王公大臣，这里面的人身份个个不简单。比如：汉王李元昌，开国元勋侯君集，身为东宫侍卫的侯君集女婿贺兰楚石，禁军将领李安俨，杜如晦之子、娶李世民的女儿城阳公主的驸马都尉杜荷、母亲贵为李世民的姐姐长广公主的开化公赵节，等等。

这帮人歃血为盟，发誓同生共死。杜荷对李承乾说："我最近仰观天象，发现有变化之兆，我们应该立即采取行动，殿下只要声称突发重病、生命垂危，皇上一定亲来探视，到时候计划必能成功！"

就在太子集团蠢蠢欲动之际，齐王李祐起兵造反的消息传到长安，李承乾冷笑着对身边众人说："东宫的西墙，距大内不过二十步，我们要是想干大事，岂能轮到他一个小小的齐王！"

然而，李承乾万万没有料到，他的"大事"最终就是坏在这个齐王李祐身上。李承乾及其党羽还没来得及动手，一场灭顶之灾便已从天而降。

齐王李祐是李世民的第五子，贞观十年授齐州都督。和李承乾一样，这个李祐也是一个飞鹰走马的纨绔子弟，偏偏皇帝派来辅佐他的长史权万纪又是一个性情偏狭、极端严厉之人。于是，李祐和权万纪便经常死磕，双方矛盾愈演愈烈，李祐一怒之下杀了权万纪。由于担心皇帝追究，加之左右的怂恿，李祐索性起兵造反。但是李祐毕竟不是一个做大事的人，所以叛乱很快就被平定。李祐被押赴长安赐死。李祐败亡后，朝廷按照连坐之法，追查他在长安的余党，事情竟然牵连到了太子的手下纥干承基。朝廷立刻将纥干承基逮捕，关进了大理狱，准备处以死罪。死到临头的纥干承基为了自保，不得不主动上告，把太子党的政变阴谋一股脑儿全给抖了出来。齐王李祐刚刚伏诛，太子谋反案旋即爆发！在如此接踵而来的重大打击面前，李世民顿时心如刀绞、五内俱焚。

汪华得知汉王李元昌、开国元勋侯君集、杜如晦之子驸马都尉杜荷都已经被押入大牢，想到侯君集当年统率大军攻灭东突厥、大破吐谷浑，想到杜荷的父亲杜如晦为皇帝出谋划策，如今卷入到政治风波之中，不仅个人性命难保，还要连累家族。

他叹了一声，看着汪爽，说了一句："看来，我的选择没有错啊。"

汪华不由地想起在白渠府时，太子、魏王、齐王等多次派身边的人私下拜访他，要送他厚礼，太子和魏王还多次亲自表示与他私交。但是，汪华每次都装糊涂，并把情况原原本本地禀告给皇帝。没想到，自己刚离开白渠府没多久，朝廷就发生了这么大的事情。

第八十八章　九宫留守

公元 643 年，贞观十七年四月，李世民召集了长孙无忌、房玄龄、萧瑀、李世等宰辅重臣，以及大理寺、中书省、门下省的主要官员，对太子谋反案进行会审。审理结果，此案证据确凿，李承乾罪无可赦。

尽管这样的结果早在李世民的意料之中，可事到临头，李世民还是感到了无比的心痛和无奈。他神情黯然地问大臣们："该如何处置承乾？"

群臣面面相觑，没人敢发话。太子谋反是帝国政治中最严重、最恶劣、最敏感的事件，这种事情谁敢替皇帝拿主意？朝堂上一片沉默。最后，终于有一个小官站了出来，打破了这种难挨的沉默。这个人叫来济，是隋朝名将来护儿的儿子，时任通事舍人。他对皇帝说："陛下不失为慈父，太子得尽天年，则善矣！"他的意思很明白，就是希望保住李承乾一命。这样的答案当然也是李世民想要的。

四月六日，李世民颁下诏书，废黜太子李承乾，将其贬为庶民，囚禁在右领军府。不久后将其流放黔州。后来，李承乾在这边瘴之地度过了两年生不如死的岁月，于贞观十九年抑郁而终。

处置完李承乾，接下来就轮到他那帮党羽了。李安俨、杜荷、赵节等人全部被斩首，但是另外两个人，李世民却想对他们网开一面。

一个是汉王李元昌。李世民打算饶他不死，无奈群臣极力反对，李世民只好将李元昌赐死于家中。

另一个就是侯君集。刚刚逮捕侯君集时，李世民就对他说："朕不想看到你在公堂上遭刀笔吏的侮辱，所以亲自审问你。"但是不管李世民怎么审，侯君集就是拒不认罪。谁知，他的女婿贺兰楚石跳了出来，把老丈人与太子暗中勾结、策划政变的经过一五一十地向朝廷揭发了，侯君集无话可说，只好低头认罪。

李世民念在侯君集跟随自己多年，而且是开国功臣，打算法外开恩，饶他一命。然而满朝文武却一致反对。李世民没办法，只好将他斩首，家产抄没，妻儿流放岭南。

太子出局后，魏王李泰踌躇满志，自以为储君之位非他莫属。而李世民确实也属意于他。无论从哪一方面来看，李世民一直都觉得这个儿子最像自己，有志向、有韬略、有智慧、有才情，由这样一个儿子来继承帝业，应该是没有什么放心不下的。更何况，李泰是嫡次子，眼下承乾既然已经废了，由李泰来继任储君，就是理所当然、名正言顺的事情，相信那些一贯坚持嫡长制的朝臣们也没什么话可说了。

基于这样的考虑，李世民终于向李泰当面承诺准备立他为太子。与此同时，李世民也就此事与朝臣们进行了商议。但是大大出乎他意料的是，朝臣们在新太子的人选上却产生了重大分歧。

大臣们分成了两派。中书侍郎岑文本、黄门侍郎刘洎等人力挺魏王李泰；而司徒长孙无忌、谏议大夫褚遂良等人却提出了另一个人选，年仅十六岁的晋王李治。

褚遂良甚至在私下里提醒皇帝：如果一定要立魏王，晋王的人身安全必定会受到威胁。换言之，一旦魏王当上天子，李承乾和李治很可能都会被他斩草除根。

李世民不得不承认褚遂良的担忧是有道理的。以李泰的性格和手段，他完全有可能在当上皇帝后铲除所有政治上的异己。犹豫再三之后，李世民终于决定放弃魏王，改立晋王。他随后便在朝会上当众宣布："承乾悖逆，泰亦凶险，皆不可立。"

公元643年，贞观十七年四月七日，李世民亲临承天门，下诏册立晋王李治为太子。

数日后，李世民下令解除了李泰的雍州牧、相州都督、左武侯大将军等一应职务，降爵为东莱郡王。原魏王府的官员，凡属李泰亲信者全部流放岭南。不久，李世民又改封李泰为顺阳王，将其迁出长安，徙居均州的郧乡县。名曰改封，实则与流放无异。

短短数日，长安城惊心动魄，翻天覆地。远在右卫积福府的汪华认为事情终于平静之时，居然又出现了一件瞠目结舌之事。

数年前，贞观十七年正月，魏征病死，李世民非常伤心，为此废朝五日，亲自上门哀悼，并追赠魏征为司空、相州都督，赐谥号"文贞"。可以说对魏征是至上荣耀。

李世民下诏厚葬魏征，但魏征的妻子裴氏以魏征生平生活简单朴素，豪华的葬礼不是亡者之志为由拒绝。裴氏只用小车装载魏征灵柩，李世民召文武百官出城相送，并亲自刻书碑文。

魏征死后，李世民经常对身边的侍臣说："用铜镜可以端正自己的衣冠，以古史作为镜子，可以知晓兴衰更替，以人作为镜子，可以看清得失。我经常用这样的方式防止自己犯错，但现在魏征去世，我少了一面镜子。魏征去世后朕派人到他家里，得到他的一页遗表，才刚起草，字都难以辨识，只有前面几行，稍微可以辨认，上面写道：'天下的事情，有善有恶，任用善人国家就安定，任用恶人国家就衰败，公卿大臣中，感情有爱有憎，自己憎的就只看见他的恶，自己爱的就只看见他的善。爱憎之间，应当审慎，如果爱而知道他的恶，憎而知道他的善，除去邪恶不犹豫，任用贤人不猜忌，国家就可以兴盛了。'遗表的大意就是这样，然而朕思考这事，自己恐怕不能避免魏征所说的这些过错。公卿侍臣，可以把这些话写在手板上，知道朕有过错一定要进谏。"

同年二月，李世民命阎立本画二十四功臣像置入太极殿凌烟阁，魏征位列第三。

现在，太子谋反之事处理完之后，李世民突然觉得魏征这个人有点儿不对劲了。

原来，魏征在死之前曾经向李世民秘密推荐当时的中书侍郎杜正伦和吏部尚书侯君集，说他们有当宰相的才能。可是在魏征死后，杜正伦因为负罪被罢免，侯君集因参与谋反而被斩首。李世民开始就怀疑魏征这位他认为很老实的人在朝廷有营私结党的嫌疑。很快，李世民又得知消息，魏征曾把自己给皇帝的谏词给当时史官褚遂良观看。李世民怀疑魏征故意博取清正的名声，心里很不高兴。先前李世民已经同意把衡山公主许配给魏征长子魏叔玉，这时也后悔了，下旨解除婚约。到后来他越想越恼火，竟然命人砸掉了魏征的墓碑。

一段君臣佳话，没想到居然落到这样的地步，真是令人唏嘘。

当汪华得知李世民砸掉魏征墓碑的消息时，他把自己一个人关在房间里整整一天，连饭都没吃。

长安，越国公府。

汪华与家人们在一起谈话。

管家大有在三十步外禁卫，任何人不能靠近房间。

汪华若与家人聊一些隐私话题时，为防隔墙有耳，总是做好防备，不准旁人靠近。

"老爷这几个月不在长安，可是躲了清净。"庞实说。

"我终于明白父亲为了我们家人安全的良苦用心了。"四子汪广说。

"亏你才知道，你弟弟们都比你明白。还常抱怨在礼部当差很无聊。"汪广是庞实的亲生儿子，所以庞实对他说话也就很直接。

汪华说："你在礼部真要是觉得无聊，就跟我去积福府，让你七弟回来。"

汪爽与汪广是同胞兄弟，汪广是兄长。

汪广笑着说道："算了，我还是不去了。七弟干得好好的，我可不能抢他的饭碗。"

汪爽说："四哥，父亲说的是真话。我现在要回长安陪婉玗，处贯尚在襁褓。你去陪父亲。"

原来，汪爽妻子闵婉玗已经为其生下一子，取名处贯，不到半岁。

汪广见父亲点头，便说："好吧。我正好可以出长安城自由自在地走走。"

说到这里，汪广忽然想起什么，说道："许敬宗编写的《武德实录》，我们礼部很多人看了，都觉得有胡编之嫌，皇帝还认为不错，奖赏了他，让他继续编写《贞观实录》。"

汪爽问："他怎么胡编了？"

"谁跟他关系亲近，他就在文中死劲儿鼓吹，小战役都能说成决定性的大战役；与他关系不好的，很多事情就一笔带过。"汪广说，"连父亲在里面都是寥寥几笔带过。"

汪广气愤不平地说。

汪逯说："怎么能这样呢？实录就得实事求是地记录才行。"

汪逊说："我早就听说了，当初他负责编修的时候，我就跟父亲说了，他还私下收别人钱财。"

汪华听了说："若论起辈分他可比我们高啊，是我们长辈呢。当年他见时任左监门大将军的巢国公钱老将军深受高祖皇帝宠信，便把自己女儿许配给钱老将军为妾。"

"许敬宗比你都小，他女儿才多大啊。多亏他女儿早逝，不然我见到他都得叫他老祖宗。"汪爽说。

汪爽说得没错，许敬宗的女儿嫁给钱九陇为妾，而汪华娶钱九陇女儿钱任为妻，这一算，许敬宗比汪华高两辈，比汪爽高三辈了。汪华因耻与许敬宗交往，平时相见也只是官场上的礼节，而许敬宗见汪华不与其结交，便在修国史时，故意掩盖汪华的功绩。

作为天子，李世民关心的就是自己如何英武神明夺得大唐天下，并且合法继承帝位就行，其余的各文臣武将的事迹并没有精力去仔细对照。何况太子事件已经弄得他疲惫不堪。

汪华摆摆手说："不说此事。我们不要去在乎这点虚名，一个人的功过是非，是在老百姓心里的，秦始皇当年把自己的功绩都刻在巨石上，现在还能看到吗？国史修编，是各朝各代的大事，数十年数百年后，自然会有人来纠正的。"

"父亲言之有理。侯君集那么在乎名望的人，结果呢，还不是斩首，全家发配岭南。"汪爽说。

"侯君集为国立功，却不懂得谦和，骄横跋扈，皇帝当年把他从兵部尚书改任为吏部尚书，其实就是有所暗示。他在讨伐高昌时，居然私藏高昌王宫的珍宝，被人告发，按律当斩。皇帝念其是秦王府旧人，只是把他下狱。没多久，皇帝赦免其罪。谁知，他满肚子怨恨，居然与李承乾勾结，意图谋反。尽管皇帝还想免其死罪，但是群臣可不乐意了，非杀掉他不可。为什么那么多大臣都希望他死呢？还不是因为他平日太过于张扬。"汪逊边说边摇头，"他做人做到这个地步，也很悲哀，即使当年位高权重，又有何用呢？"

庞实在一旁听了说："侯君集那是罪有应得。可惜的是杜相长子杜构，袭封莱国公，因剿匪有功，官至慈州刺史，本来前途大好，可惜因弟弟杜荷参与李承乾谋反而受牵连，也被流放岭南。"

杜如晦两个儿子，长子杜构袭莱国公，次子杜荷娶李世民女儿城阳公主，最终落到这样的下场。真是令人惋惜。

汪华叹息一声，说道："杜相在天有灵知道此事，也都会流泪。必定后悔当初没让两个儿子做普通人过平凡日子。"

在座的汪广、汪逊、汪逵、汪爽和小汪俊不由地都沉默不语。

其实，朝廷功臣和其子孙的变故，这仅是刚刚开始。后来，在汪华去世后的仅十余年时间，不少功臣及子孙因牵涉朝政而未善终，包括一代名相房玄龄的爱子、娶李世民第十七女高阳公主的驸马房遗爱被杀，平阳昭公主驸马柴绍的次子、娶李世民第七女巴陵公主的驸马柴令武被杀，高士廉长子、娶李世民第九女东阳公主的驸马高履行被贬，等等，尤其是权臣长孙无忌被夺官而自杀身亡，子孙流放边地。而卫国公李靖、胡国公秦琼、鄂国公尉迟敬德、河间王李孝恭等人明哲保身，低调为官处事，子孙绵延。

汪华看了一眼窗外，确定周围无人，便说："为父当年率土归唐之后，就想做一布衣百姓，却因各种缘由，来到京城，深入宦海，既要不让皇帝失望，为朝廷效力，也要学会保护好大家。有个秘密藏在我心里快二十年了，现在你们都很稳重了，本来想找机会等你们兄弟们都在一起时，我再跟你们讲。不过，现在也是告诉你们几个的好时机。"

见到父亲如此严肃地要说出埋藏近二十年的秘密，几个儿子不由地都屏住呼吸，认真倾听。

汪华说："当年天子初登九五，突厥颉利可汗兵犯长安，我奉命率兵外出迷惑突厥大军，而你们两位母亲为皇帝护驾前往便桥，只留下你们与母亲稽氏在府。结果，右骁卫独孤云为替封德彝老头报杀子之仇，率兵围攻越国公府，护卫死战不敌，杀入府内。"

说到这里，汪广等人眼前不由得浮现出当年那场血腥之战，敌人的刀剑就在他们数步之外，而他们当时都只是十岁左右的孩子。

汪华说："你们与母亲稽氏个个手握利剑，视死如归，恶人再往前一步，你们就将上前与他们厮杀。在千钧一发之际，幸好中郎将常何率兵来救，你们才免遭恶人伤害。后来常何向皇帝禀报此事，并说了他进门时看到你们手握利剑不惧强敌的场景。皇帝听后，说了一句，小小年纪就如此了得，长大之后如何得了，我儿能驾驭得住吗？"

"砰"，庞实的茶杯掉在地上，显然她被汪华这句话吓着了。

"这话你怎么知道的？我怎么从来没听你说起？"庞实来不及捡地上的杯子，急忙问道。

汪爽走过去把茶杯捡起来。

"当时皇帝说这话的时候，身边有几名近臣，其中一名后来偷偷告诉我。"汪华说，"这人是谁，当时我就承诺不会告诉第二个人。泄露圣言，是死罪。"

汪华接着说："匹夫无罪，怀璧其罪。从那以后，我就处处掩盖你们的才华，让大家知道，你们不是宝玉，而是普通的石头。那次文武招亲，爽儿出尽风头，为父担心了很长时间，所以就一直把你留在身边，就是怕你在外犯错，被人抓住把柄而带来灾祸。"

汪爽听了忙说："孩儿让父亲担忧了。"

汪华笑了笑说："你给我带回一个好儿媳妇，为父高兴。只是以后你尽量别再出风头。"

汪爽说："孩儿明白。等父亲告老还乡时，我也辞官回歙州陪你。"

汪华听了笑着说："你要真这么想，你母亲可高兴了。为父说这些，不是说让你们都不当官回老家去。小隐隐于野，中隐隐于市，大隐隐于朝。男子汉大丈夫还要为天下苍生谋福利嘛。为父只是提醒你们，只要老老实实做人，踏踏实实做事，不去攀附权贵，就不用担心。身正不怕影子斜。"

汪爽与兄弟们点头明白。

第二天，散朝之后，李世民留汪华到御书房单独说话。

"汪兄，在积福府还习惯吗？"李世民问。私下场合，李世民对汪华常以兄称之。

"谢皇上挂念，积福府相对清闲，正适合老臣。"汪华说。

"你执掌白渠府十八年，长安城从未出现任何变故，总是能及时发现隐患，防患于未然，朕高枕无忧。你才刚刚离开数月，就出现承乾这逆子之事，朕才知道，这十八年来你付出了太多的努力。"李世民说。

汪华只得说："护卫皇帝，宿卫京城，老臣鞠躬尽瘁、死而后已。"

李世民说："朕过数日就要去九成宫避暑，你就别回积福府了，随朕一起去九成宫。有你在身边，朕心里才踏实。"

汪华说："谢皇上。老臣荣幸之至。"

这时，李世民向旁边的太监招了一下手，太监走到侧殿去，很快就领着一名年轻貌美女子走了过来。

那女子走到皇帝面前，行礼道："民女拜见皇上。"

"免礼，这就是朕跟你说的越国公。"李世民指了指旁边的汪华。

那女子忙向汪华行夫妻之礼，汪华见了慌忙阻挡，说道："姑娘，老夫担当不起。"

李世民见汪华惊慌失措的样子，笑了起来，说："汪兄，这女子姓张名瑾，其父亲张燮将军在讨伐罗艺时壮烈牺牲，朕让蓬州当地州府悉心照顾其母女两人，如今年方十八，尚未婚配，上月才奉召来京。朕见她性情温和，知书达理，念你如今仅庞氏一人在室，特赐她于你为妾，伴你左右，照顾起居，让你安享晚年。"

汪华听了忙说："张姑娘正是青春年华，而老臣已年迈体弱，万不可辜负张姑娘。"

李世民说："汪兄老当益壮，万不可推辞。张姑娘仰慕你威名已久，也愿在你左右。"

随后，张瑾深深施礼，莺莺说道："望越国公成全。"

汪华见此，也只好作罢，向皇帝行礼："谢皇上隆恩。"

李世民见汪华答应，哈哈大笑："择日不如撞日，今日乃黄道吉日。你速速回府准备，朕随后安排人送张氏过去。"

汪华谢恩退出。

出了宫门，汪华快马加鞭回到越国公府，忙向庞实解释此事，脸上带着几分忧虑，生怕庞实会对皇上的赐婚心生不满。

谁知，庞实听罢，拍手叫好，说道："皇上这事办得漂亮。老爷生龙活虎，我已经是老妪之人，早就应该纳新人回来照顾你。"

汪华见庞实如此开明，心中松了口气，脸上露出赔笑的神色："夫人这是在取笑老夫吗？"

庞实摇头，认真地说："我是真心为你高兴。以前我就曾提议过，府里的几个丫环都颇为贤淑，让你选一两个纳入偏房，你总是推三阻四。这次既然是皇上赐婚，你自然不能推辞。"

汪华心中感慨，握住庞实的手："夫人能理解，我便心安了。"

庞实笑了笑，对一旁的大有说："快让人抓紧布置，新人马上就要来了。"

大有领命而去，越国公府上下顿时忙碌起来。红灯笼高挂，彩绸飘扬，整个府邸洋溢着喜庆的气氛。

不久，大有气喘吁吁地跑来，脸上带着兴奋之色："老爷，圣旨到了！"

汪华急忙吩咐大开中门，通知府内所有人到中堂接旨。

内侍太监手持圣旨，缓步走进中堂。他站在堂前，面南而立，高声宣读："奉天承运皇帝诏曰：上柱国、越国公、忠武大将军汪华，忠心辅国，今特诏为九宫留守，以辅朝政。赐其妻并受五花冠一品服。钦此。"

汪华率领众人跪下接旨，叩首谢恩。

第八十八章 九宫留守

1115

内侍太监微笑着说："恭喜越国公双喜临门，老奴这就告退了。你们赶紧准备吧，新人张夫人马上就要到了。"

说完，内侍太监转身离开。汪华亲自将太监送出府门，不一会儿只见皇帝的送亲队伍已经抵达府前。

庞实亲自上前迎接新人入府，安排拜天地、行大礼。整个越国公府沉浸在一片欢声笑语之中。

第八十九章　忠勤大唐

　　九成宫，坐落于岐州麟游县的崇山峻岭之间，海拔逾三千尺，独享着夏无酷暑、凉爽宜人的气候。它静静地依偎在杜水之北的天台山旁，东有童山为障，西临凤凰山，南接石臼山，北靠碧城山，四周青山环绕，绿水潺潺，景色明媚秀丽，宛如一幅天然画卷。古树参天，郁郁葱葱，为这片天地增添了几分古朴与神秘。整体气温较长安城低十余度，是避暑胜地。

　　九成宫始建于隋文帝开皇十三年二月，至开皇十五年三月方告竣工。初名"仁寿宫"，乃是文帝的离宫。而后，大唐天子李世民于贞观五年对其进行了修复与扩建，并更名为"九成宫"。"九成"之意是"九重"或"九层"，言其高大，又俗称"九宫"。

　　隋文帝杨坚在建立隋王朝后，为避开长安的酷暑，下令天下绘制山川图以寻觅理想的避暑之地。开皇十三年，他亲自下令征调数万工匠，投入这项浩大的工程。工匠们依山傍水，精心构筑了内外城池，内城以天台山为核心，东南角矗立着巍峨的大殿，四周殿宇林立，历时两年余方告完成。文帝见后大为赞赏，遂将其命名为"仁寿宫"，取"尧舜行德，而民长寿"之美意。

　　隋亡唐兴，贞观五年，李世民对仁寿宫进行了重修与扩建，更名为"九成宫"，并增设禁苑、武库、官署等设施，设立了九成宫总监以管理宫室。此后，每当酷暑难耐之时，若无紧要国事缠身，李世民便会携后宫及未成年的王子、公主们来此避暑，享受这片清凉与宁静。

　　依照皇帝诏令，汪华携新婚五夫人张瑾，带上四子汪广和宣武将军郑豹，领着三千名御林军，护送皇帝、众后宫嫔妃和小皇子小公主一路前行，来到了九成宫。

1117

汪华指挥汪广和郑豹更换九成宫防卫，增加巡逻点，一切安排妥当才放心。

这日，皇帝与众嫔妃在花园看侍卫骑马玩耍。皇帝李世民以善射为名，身边侍卫都是他亲自挑选出来的骑马射箭高手。

众人正沉浸在欢愉的氛围中，忽见内侍牵来一匹骏马，向皇帝李世民禀报："皇上，这是西域宝马，唤名'狮子骢'，使者数日前进献至宫中，个性暴躁，无人能驯服它。太子说皇上身边侍卫个个不仅是神射手，也是驯马高手，特送来驯服。"

李世民目光落在"狮子骢"身上，见其身形高大，雄壮非凡，不禁问侍卫们："你们谁愿意上去试试？"

一名侍卫应声而出，拱手道："臣愿一试。"

李世民点头赞许："好！"

内侍把马牵给侍卫，侍卫靠近马，想先抚摸熟悉一下，再骑上去，刚把手伸过去，岂料，那"狮子骢"突然一甩颈项，重击侍卫之手，随后长啸一声，其声如雷，震人心魄。

侍卫被这突如其来的攻击吓得连连后退，面色惊恐。

李世民见这马果然烈性，来了兴趣，便站了起来，对身边侍卫说："你们谁要是能驯服它！朕赏金百两！"

侍卫试图再靠近，无奈这马通人性，知道这人要驯服它，一阵咆吼，吓得那侍卫都不敢再往前一步。

另外有侍卫说："你下来，我试试。"

谁知那侍卫也没成功，差点儿被"狮子骢"咬伤。

众侍卫闻此，纷纷跃跃欲试。然而，每当有人靠近，"狮子骢"便咆哮不已，或以蹄击之，或以口咬之，使得众侍卫皆败下阵来，个个狼狈不堪。

李世民望着那匹桀骜不驯的"狮子骢"，眉头紧锁，目光扫过众侍卫，却无一人敢应。此时，一位嫔妃款步而出，声音坚定："陛下，只要给我三样东西，我愿一试。"

李世民定睛一看，原来是娇美的武才人。他略感惊讶，但心中仍存疑："你，

1118

一个女子，当真能驯服此马？"

原来武媚被召进宫之后，李世民封其为才人，被称为武才人，但是她没宠幸几天，就被冷落了。自长孙皇后离开之后，李世民已经从民间召选了不少佳丽充实后宫，武才人虽然貌美，但也只是偶尔得幸被侍寝。

"陛下，女子就不能驯马吗？"武才人从容地答道。

"那你需要哪三样东西？"李世民问。

"一条铁鞭，一个铁锤，一把匕首。"武才人说。

"你要这些东西有什么用呢？"李世民疑惑地问。

武才人不慌不忙地说："马就是让人骑的。它不让我上马，用蹄子踢我，我就用铁鞭抽；再不服，就用铁锤敲它的头；还不服，那我就用匕首杀了它！"

"好！"李世民叫人给她拿来了这三样东西。

只随后，只见武才人手持铁鞭，腰悬铁锤与匕首，缓缓走向"狮子骢"。那马见她靠近，便蹶蹄示威。武才人毫无畏惧，举起铁鞭，狠狠地抽打在马身上。她趁机一跃而上，稳稳地坐在马背上。

"狮子骢"岂肯轻易就范，它疯狂地跳跃、狂奔，试图将武才人甩下。但武才人却如磐石般稳坐，左手紧握缰绳，右手掏出铁锤，狠狠地砸向马头。

一阵哀嘶之后，"狮子骢"终于屈服，它低下了头，温顺地听从武才人的指挥。

这一幕，让在场的所有人都为之震惊。他们看着这位平日里温婉的嫔妃，如今却如此英勇无畏，无不佩服她的胆识与智慧。

李世民见此情形，也不由得站了起来，没想到自己后宫居然还有如此胆量的女子，不由得刮目相看。

此时，站在远处看到此场景的汪华不由地对身边的汪广说："这个武才人不简单啊！以后我们父子可要更加小心谨慎。"

汪广听了，连连点头。他也被刚才这一幕给震撼了，他从未见过一名女子，这样有勇有谋，且手段刚烈凶狠。

果不其然，这个武才人经过数十年的奋斗，最终成为中国历史上唯一女皇帝——武则天。

正在大唐经略西域时，在大唐的东北方悄然发生了一件大事。

公元 642 年，贞观十六年，渊盖苏文杀死高句丽荣留王，立高宝藏为王，并自封为"大莫离支"摄政。"大莫离支"相当于宰相之位。

渊盖苏文是渊太祚的长子。渊太祚先后是高句丽平原王和婴阳王的莫离支。渊太祚的父亲渊子游也是高句丽的莫离支。渊盖苏文家族在高句丽非常有权势。

荣留王高建武于公元 618 年登基，他对唐朝和百济，都实行和解政策。唐高祖曾遣特使册封高建武为"辽东郡王"，册封百济武王为"带方郡王"、新罗真平王为"乐浪郡王"。辽东半岛三国均开始使用大唐的年号，认大唐为宗主国。自此，相互征战的三国接受大唐朝廷的调停，进入相对稳定的状态。

为稳定政权交替，高句丽荣留王晚年和他的大臣们想计划除掉一些高句丽内部颇有势力的将领，并准备第一个干掉对其王位最有威胁的渊盖苏文。不料荣留王的计划被渊盖苏文得知。渊盖苏文用计杀死了荣留王和百名大臣，并将荣留王分尸。

随后，渊盖苏文自封为"大莫离支"，立荣留王的侄子高宝藏为高句丽的国王，并由自己摄政。宝藏王形同虚设，兵权国政皆由渊盖苏文独揽，成为了渊盖苏文的傀儡。

唐朝得知这一消息后，有大臣曾建议攻打高句丽，教训渊盖苏文，但李世民却说趁国丧期间攻打并不合适。到了贞观十七年，李世民开始考虑对高句丽动武，并想下令先让契丹和靺鞨偷袭高句丽，长孙无忌建议先与高句丽假装关系亲密，再伺机趁其不备攻之，李世民接受了他的建议。

过了没多久，新罗善德女王派来使者，说高句丽联合百济攻打新罗，并请求大唐出兵援助。李世民派使者到高句丽，下令高句丽和百济停止攻打新罗，渊盖苏文直接拒绝了。李世民见渊盖苏文如此嚣张跋扈，便决意攻打高句丽。

于是，李世民下令征集战船，屯兵辽河岸边，渊盖苏文见势不妙，便立即派使者前往长安上贡求和。

"高句丽攻打新罗，表面上是不给我大唐面子，实际上，高句丽欲控制整个朝鲜半岛和辽东半岛。如果得逞，一定会向我们发起挑战，到时，局面更加不好控制。在大唐统治的范围内，绝不允许有这样的势力出现。朕绝不接受渊盖苏文求和，此乱臣贼子必须消灭。"李世民看完奏折对身边几名随驾大臣说，"立即传旨长安拘留来使，朕要部署三军，亲征高句丽！"

随驾大臣高士廉说："高句丽远在数千里之外，皇上乃千金之体，万不可去遭此辛苦。可选一行军总管，节制各路兵马，即可平定辽东。"

自登基以来，尚未领兵出征的李世民，眼见四方已定，仅辽东区区三小国未平而已，决定让自己去练练手。

他说："朕意已决，明日卿等随驾回长安。"

高士廉等人只得领旨。

李世民见汪华立在一侧，便说："后宫嫔妃及皇子公主尽数留在这九成宫，交由汪爱卿宿卫，非朕亲旨，任何人均不可离开。"

汪华忙领旨："臣遵旨。"

李世民要出征数月，认为只有把后宫宿卫交给汪华才更踏实。而且九成宫远离长安，不会受到其他势力的伤害。

李世民招了一下手，内侍捧出一个精美盒子。

李世民说："朕征辽期间，爱卿与房玄龄共掌朝政，长安城的十六卫府兵马均由爱卿节制，此乃调兵虎符，若有意外，爱卿可便宜行事！"

汪华和周围近臣都感到非常意外，长安城十六卫府兵是保障大唐江山的基础，此前兵符从未离开皇帝之手。这次皇帝亲征，把后宫眷属交给汪华宿卫已经很意外了，居然还把十六卫的兵符交给汪华，可见皇帝对其信任已经超越任何人。

汪华诚惶诚恐地接过李世民亲手递给他的兵符，说道："臣定当不负皇上厚望！"

李世民用坚定的眼神告诉他，朕信任你！

二十多年来，汪华的一言一行，都让他相信，在前太子谋反、新太子初立、其余皇子蠢蠢欲动、部分权贵大臣也暗寻对策这样错综复杂的环境下，只有汪华能让长安城某些权欲之火熄灭。

汪华双手捧着兵符，说道："启禀皇上，臣有一事相求，万望皇上恩准！"

高士廉等近臣一愣，汪华还想跟皇帝提什么条件？

李世民说："汪爱卿，但说无妨。"

汪华说："皇上此次亲征，乃我大唐之壮举。老臣生有八子，除第八子年仅十四，其余七子均已成年，也略懂文武。求皇上能恩准老臣八子随驾出征，为国立功！"

李世民听懂了汪华的意思，便说："汪爱卿心意，朕已明白。汪达乃我大唐护国大将军，镇守西域不可无他。你小儿子年纪尚小，还是让他留在长安。留守九宫，宿卫长安，你也不可没有贴心之人，汪广还是留在你身边。另外五子就让他们到兵部报到，随军出征！"

"谢皇上！"汪华见皇帝明白他的心思，也不由地松了口气。皇帝把家眷都交给自己了，若不能主动让皇帝也捏着点儿自己的软肋，哪能过踏实日子。

高士廉等人不由得都暗暗敬佩汪华的为人处世之道。

公元644年，贞观十八年冬，李世民带着大批朝廷重臣和皇太子李治离开长安，缓慢向高句丽的边境进发。房玄龄和李大亮留守都城长安。

贞观十九年新年，李世民下令以张亮为平壤道行军大总管，常何、左难当为平壤道行军副总管，冉仁德、刘英行、张文干、庞孝泰、程名振为总管，率近五万精锐之师，乘战船从莱州出发，渡黄海向平壤进发。

与此同时，以李勣为辽东道行军大总管，江夏王李道宗为辽东道行军副总管，张士贵、张俭、执失思力、契苾何力、阿史那弥射、姜行本、曲智盛、吴黑闼为行军总管隶之，率六万兵马从陆地向辽东进军。

李世民对这场战争的胜利充满信心，认为胜券在握。他认为隋炀帝没有完成的心愿，他必定能实现。

贞观十九年刚开完春，李世民离开洛阳，前往征伐高句丽的唐军大本营。萧瑀被留下来看守洛阳。到了定州后，李世民让太子李治留下负责兵马的后勤任务。

与李治一齐留守定州的还有高士廉、刘洎、马周、张行成、高季辅。李世民带着长孙无忌、岑文本、杨师道继续前行。岑文本在幽州病逝。

与此同时，李勣和李道宗已先与李世民越过辽河，并在贞观十九年夏攻下盖牟城。在海路，张亮已越过渤海并攻下卑沙城。为了震慑高句丽，张亮派先遣船队到鸭绿江入海口，但并没有按李世民最先要求的进一步向平壤进发。很快，李勣和李道宗将隋炀帝曾久攻不下的辽东包围，并在李世民到来时拿下了辽东，白岩城城主孙代音请降。随后李世民开始向安市城进军。

在攻安市城前，李世民就得知安市城地势难攻，安市城主杨万春机智勇敢，有一支强大的守城部队。渊盖苏文摄政高句丽后，杨万春拒绝接受渊苏盖文摄政。渊苏盖文曾发兵攻打安市城，但没有成功，因此只好让杨万春继续担任其职务。

李世民打算先攻打较为容易的建安城。只要拿下安市城南边的建安城，安市城也就不攻而破。李勣对此表示反对。他认为如果李世民先攻建安城，安市城就会切断唐从辽东的供给线使唐陷入被动。于是李世民决定还是先围攻安市城。

当李世民和李勣的部队到达安市城后，安市城的守城者见到李世民的旗帜就在城墙上大声谩骂，李世民大怒。李勣于是请求李世民拿下安市城后坑杀全城百姓。这使得安市城的守卫者更加奋力抵抗唐军。就这样李勣一时间拿不下安市城。

一天，李世民带领侍卫察看敌情时，听到从安市城中传出杀鸡宰猪的声音，告诉李勣说高句丽人可能在宴请守城部队准备突袭。

李勣于是作好了高句丽会在晚上突袭的准备。果不出所料，安市城当晚真的对唐进行了突袭。不过早有防备的李世民，亲自率兵击退了高句丽的进攻。

与此同时，李道宗开始在安市城的东南构筑一个用于进攻安市城的土山。为此，安市城也不断加高东南边的城墙。双方这样对峙了两个多月，李道宗的土山已经高到可以看到安市城的里面。

李道宗和他的手下傅伏爱登上了土山顶。忽然，土山出现了倒塌，并倒在了安市城的城墙上。安市城的城墙也因此倒塌。傅伏爱这时却擅离职守。高句丽趁乱发动进攻占领了土山，并使其成为安市城防守的武器。李世民一怒之下，公开处死了傅伏爱并下令对土山进行疯狂攻击。不过打了三天也没拿下来。李道宗于是赤脚向李世民请罪。李世民念其不易，便宽恕了他。

随着冬天的临近，唐军供给也开始匮乏，战争时间越发超乎预期。

公元 645 年，贞观十九年十月十三日，李世民下令撤退。

李世民在从辽东撤退的时候，强迫辽东的居民迁往唐的地域内。大约有七万高句丽人从辽东迁入大唐境内。李世民在过辽河的时候，遇到了泥沼。动用了一万人填平泥沼后，唐军大部队才通过辽河。一些士兵因此在寒冬等待时被冻死。

贞观十九年十二月，在定州到并州的路上，李世民病痈，在并州修养了几个月后才回到长安。回到长安后，李世民将一般政事交由了太子李治处理。

李世民很后悔发动了这场战争，说要是魏征还活着，魏征一定会劝阻他不要发动这场战争。魏征于贞观十七年病故后，李世民因废太子李承乾谋反之事，曾怀疑他与侯君集和杜正伦结党，而毁掉自己亲自撰写的魏征墓碑。忏悔后，李世民下令重建魏征的墓，并召见和奖赏了魏征家眷。

李世民征讨高句丽，从离开长安到回到长安，前后近两年时间。而这么长的时间里，汪华执掌十六卫兵马，加强巡逻，日夜操劳，未有丝毫大意，换来长安城井然有序，皇宫安若磐石。

汪华把兵符交给李世民时，李世民握着他的手连连点头，不容易啊，两年了，多少个日夜，汪华的头发又白了许多！

李世民亲笔写下"忠勤"两字，对汪华说："汪兄对朕之忠心，对大唐之忠诚，朕将让子孙后代铭记于心。忠勤两字，当之无愧！"

汪华见皇帝如此真情，手捧"忠勤"两字，谢皇帝隆恩！

第九十章　魂归江南

　　汪华交完兵符，又向皇帝递上辞呈。李世民舍不得其辞官，但见他近两年宿卫长安，留守九宫，确实辛苦，便准其告假在家休息，朝中有事再传旨召唤。

　　汪华诸子征辽回来，均各回原任，不久朝廷传旨，授汪华四子汪广和五子汪逊均为左卫府飞骑尉，六子汪逵为薛王府户曹，七子汪爽为岐王府法曹。

　　五夫人张瑾嫁于汪华之后，于贞观十九年生一子，汪华已是花甲之年，老来得子甚是欢喜，认为这是自己一辈子遵循王道、顺应天命，上天所赐，便取名为"献"。

　　"献"，有"庄严奉送"之意，他希望儿子将来也能用终生才智为天下苍生谋福祉；同时，"献"有"贤者"之意，则希望这个小儿子将来能成为造福天下苍生的贤达之人。

　　告假在家，闲暇无事，汪华不仅可以含饴弄孙，也可以天天逗弄这个小儿子，心情格外舒爽，容光焕发。

　　一日，汪华正与儿孙们在花园里开心玩耍，管家大有跑来禀告，合羽小姐回来了。

　　原来，巢国公钱九陇在离世前，在征得汪华应允之后，把合羽许配给他熟悉多年的部将之子，这部将为人低调，现为正议大夫，其子好读诗书，为人谦和，与合羽同岁。合羽嫁过去之后，夫妻两人恩恩爱爱，甚是幸福！

　　巢国公钱九陇于贞观十九年走完了他不平凡的一生，享年七十三岁，皇帝追赠其为左武卫大将军、潭州都督，赐谥号"勇"，陪葬高祖献陵。

　　合羽过来跟汪华说了几句话，就拉着张瑾到一旁说话去了。

　　合羽与张瑾年龄相仿，两人在一起有不少话题聊，实是母女之辈，却情同姐妹。

汪华继续逗着儿孙们玩，仿佛回到了自己童年在歙州登源里的日子。

汪华告假在家不久，朝中又发生了一件大事。

李世民回到长安没多长时间，就接到陕州人常德玄告发郧国公刑部尚书张亮私养义子五百人，蓄意谋反。李世民立即命中书令马周调查此事，而与张亮关系密切的江湖骗子也均作证说张亮确实要谋反。

张亮出身贫贱，年轻时以务农为业。隋朝末年，李密率领瓦岗军在荥阳、开封一带征战，张亮前去投奔，因战功而升为骠骑将军。武德元年，张亮随李勣投降唐朝，被任命为郑州刺史。后来，张亮得到房玄龄的推荐，被秦王李世民召入天策府，担任车骑将军，逐渐被李世民视为心腹之人。

玄武门之变，张亮因功被封为右卫将军、怀州总管、长平郡公。贞观五年，张亮担任御史大夫，改任光禄卿，进封鄅国公，此后又历任豳州、夏州、鄜州三州都督。贞观十一年，改封郧国公。贞观十四年，张亮入朝担任工部尚书。贞观十五年，改任太子詹事，又出任洛州都督。

贞观十七年，李世民将二十四位功臣的画像挂在凌烟阁，张亮位列第十六位。不久，陈国公侯君集因罪被杀，张亮因曾检举侯君集，得到李世民的嘉奖，并改任刑部尚书，参理朝政。贞观十八年，李世民征讨高句丽，张亮被任命为平壤道行军大总管。贞观十九年，张亮率兵从东莱渡海至辽东，攻陷卑沙城，屯兵于建安城下，大破敌军。

一名被皇帝赏识，视为心腹之人，为大唐立有赫赫功勋之人，居然想谋反？李世民很是不信。如今天下安稳，大唐江山稳固，兵马掌控在皇帝一人之手，张亮从贫贱之人升至国公，执掌大唐刑法，位极人臣，还有什么没满足的？凭什么谋反？

任何一个正常人都知道，谋反无异于飞蛾扑火。私养五百义子能成何大事？尽管张亮本人确实收养了一些人做义子，但怎么凑也凑不够五百人。若说勾结某皇子企图动摇储君，这个倒还合理。就凭两个江湖骗子就能证明张亮谋反？

李世民尽管让马周找到了言辞凿凿的证据，但是他相信张亮说的话。就在李世民想饶张亮一命之时，谁知朝中群臣蜂拥上书，要判张亮死罪。李世民也没想到群臣居然都想让张亮立马死掉，迫于压力，他只得派长孙无忌、房玄龄到狱中与张亮诀别。随后张亮被押到长安西市斩首，并没收家中全部财产。

越国公府。

汪广陪着父亲在长廊上看着天上的星星。

"真没想到张亮居然就这样被杀了。"汪广回到府上与父亲说起此事。

张亮被审查时，汪华就已经知道消息，只是自己也没有证明张亮清白的证据，也无力为天。

汪华说："张亮不是死于谋反，而是死于他自己的言行，身为国公，位居尚书，还与小人结交，能不被小人陷害？"

汪广说："听说他夫人也不检点，常与外人往来，令不少大臣耻于与张亮同朝。"

汪华说："一个人不管是高官还是庶民，都要自正其身，远离小人，教化家人，才能长久。他必定是在私下场合说了某些话，这些话的后果可大可小，甚至只是随口一说，但是某些小人为了自身利益，便会无中生有，添油加醋，最终让其致命。"

汪华语重心长地说："尤其是高官显爵，窥觊之人众多，在位者虽高高在上，但处在众目睽睽之下，稍有不慎，就会被周围人拉下来，别人爬了上去。张亮深受皇帝宠信，不仅对家眷缺乏管教，自己也常与小人往来，甚至在群臣面前以大功臣自居，岂能好景常在？所以他这次被小人举报谋反，听说除一个反对，在朝其他大臣均上言斩立决！"

"凌烟阁二十四功臣，两员大将被斩首抄家。当年皇帝要给父亲画像时，父亲连上三道奏折婉拒，如今看来，那些虚名与身家性命比起来又算得了什么呢？"汪广说。

汪华说："载于史书，刻于石上，还是上了凌烟阁，都不如活在天下苍生的心里。为父一生也仅仅是做了几件小事而已，不可与那些为大唐开疆辟土的武将和运筹帷帐的文臣相比。历史长河中文臣武将如浩瀚星空中的繁星，也正因大大小小各种星星存在，星空才变得如此璀璨！"

日月如梭，转眼到了贞观二十三年春天。

此时，大唐国力空前强大，各藩国尊称李世民为"天可汗"，周边各国和部落纷纷归附。

"父亲，三哥这次担任平西先锋大将军，彻底平灭了西域诸国，来信说过一阵子就回长安看您。"汪逊扶着汪华在花园里散步，手里拿着汪达写来的书信。

"那太好了。他在西域已经待了十多年了，上次回来还是什么时候？"汪华问。

"父亲，您不记得了？"汪逊说。

汪华摇了摇头说："老糊涂了。你们兄弟，去年这个回来看我，今年那个回来看我，都记乱了。"

汪华边说边用手指了指白花花的脑袋。

"二娘病逝，三哥带全家回来住了一个月。"汪逊说。

汪华思索了一下，说道："那是贞观十五年，都快八年了，我那两个孙子处惠、处哲应该都长成小伙子了吧。"

汪逊说："是的，父亲。三哥在信中说，处惠、处哲都快有他高了，骑马射箭都是好手。"

汪华高兴地点了点头，说道："是该回来看看了。"

汪华边说边落座于花园的椅子上。此时已是开春，阳光如金线般洒落，温暖而明媚，正是晒太阳的好时候。

"今日三月三，是上巳节。合羽说今天要过来与我们一起饮宴，怎么还没到啊？"汪华问道。

"已经来了，还带了好酒。现在正带着小孩们在前院玩。大有已经安排酒菜了，等一会儿都到这花园饮宴。"汪逊解释道。

农历三月三日，在魏晋时，被定为上巳节，此时天气已经暖和，大地回春，草长莺飞，柳绿花繁，正是大家外出郊游的好时节。同时，相传三月三是黄帝的诞辰，中国自古有"二月二，龙抬头；三月三，生轩辕"的说法。农历三月三日，也是道教神仙真武大帝的寿诞。真武大帝全称"北镇天真武玄天大帝"，又称玄天上帝、玄武、真武真君，生于上古轩辕之世，农历三月三日。所以，这一天，亲朋好友一起相聚，在水边饮宴，到郊外游春，以缅怀始祖功德。

正说着话，大有就领着仆人来到花园，开始铺摆桌儿。

汪华坐在椅子上与汪逊继续说话。

"我在长安的几个知己，河间王已于贞观十四年病逝，房相去年就病逝了。那次我生病时，皇上还派他过来看望我，看起来当时他身子骨比我强，没想到，居然走到我前面了。现在就留下靖公，为父走不动了，你和兄弟们有空就替我去看看他。"汪华掰着手指说。

河间王李孝恭于贞观十四年暴病身亡，年五十岁。诏赠司空、扬州都督，陪葬献陵，谥号"元"，配享高祖庙庭。

一代名相房玄龄于贞观二十二年七月病逝，终年七十岁。李世民为之废朝三日，赠太尉，谥曰"文昭"，陪葬昭陵。

"我昨天路过他的府邸，顺道进去看望了他，身子骨跟你差不多，走几步就没力气。他还说，过几天坐轿子过来找你，与你谈兵法。"汪逊说。

"好，好。他是兄长，不用他来，我去就行。"汪华笑着说。脑海里不由得又浮现出当年在石头城与李靖结识的场景。

"皇上自从辽东回来之后，身子骨也不太好，现在常常卧病在床。"汪逊说道。

"昨日皇上派了内侍过来看我，内侍也把皇上的病情告诉我了。"汪华感叹道，"当今皇上是千古一帝！"

他看着汪逊说："如果不论君臣，我与他才是真正的知己。他懂我，我也懂他。虽然他做了一些他也不想做的事情，但是我理解他，任何人处于他那位置也会那样去做的。"

两人正说着，大有把酒桌摆好。庞实带着儿孙们都拥进了花园，住在长安的儿子、女儿、儿媳、女婿、孙子、孙女、外孙都来了。

合羽招呼着众人坐下，随后又走过来与汪逊一起扶着汪华在主位坐下。

大家说笑着，举杯欢呼着。

觥筹交错，其乐融融。

酒席之余，大有安排人把酒桌撤走，庞实陪汪华坐在花园里，儿孙们在一起嬉戏。

汪华与庞实并排坐着，看到儿孙们欢悦嬉闹，露出幸福的微笑。

他恍惚回到了歙州登源里父母带着他与两个弟弟在门前嬉戏的场景。

他看了看庞实，握着她的手，慢慢地幸福地闭上了双眼。

贞观二十三年三月三日，即公元649年，汪华在亲人的陪伴下，带着微笑，离开了人世，享年六十四岁。

李世民闻之悲痛，予东园秘器，赐谥号"忠烈"，依照汪华遗愿，恩准回歙州老家安葬。

李世民念汪华忠心为国，特追封汪华曾祖父汪泰为昭佑侯，祖父汪勋明为广济侯，父亲汪僧莹为灵明侯；追封汪华原配夫人钱英为一品忠烈夫人，钱任为一品忠猛夫人，稽圭为一品忠慧夫人；加封庞实为忠勇夫人，张瑾为忠节夫人。又以汪达征西功劳最大，命其袭越国公爵，加封上柱国。其余诸子均赐官拜爵。

一个月后，四月二十三日，李靖逝去，享年七十九岁。李世民册赠司徒、并州都督，谥号"景武"，陪葬昭陵。

两个月后，五月二十六日，李世民因病驾崩于翠微宫含风殿，享年五十二岁，在位二十三年，庙号太宗，葬于昭陵。

两年后，公元651年，即永徽二年，汪华棺椁在诸子孙的护送下，与钱英、稽圭、钱任三位夫人合葬于歙州云岚山。

汪华又回到了他的故土，长眠在生他养他的那方土地，永远活在每一个人心中！从此，千百年来他一直守护着这方土地，护佑着这里的一切苍生万物！

附录一：汪华历代册封

【唐朝】

武德四年（621年），汪华率土归唐，唐高祖李渊册封其为"越国公"。

贞观二十三年（649年），汪华病逝，唐太宗李世民赐其谥号"忠烈"。

【宋朝】

大中祥符三年（1010年），宋真宗册封汪华为"灵惠公"。

政和七年（1117年），宋徽宗册封汪华为"英济王"。

宣和四年（1122年），宋徽宗加封汪华为"显灵英济王"。

乾道四年（1168年），宋孝宗册封汪华为"信顺显灵英济广惠王"。

嘉定四年（1211年），宋宁宗改封汪华为"昭应显灵英济广惠王"。

淳祐八年（1248年），宋理宗册封汪华为"昭应显灵英济威信王"。

淳祐十二年（1252年），宋理宗改封汪华为"昭应广灵显德英烈王"。

宝祐三年（1255年），宋理宗又改封汪华为"昭应广佑显圣英烈王"。

宝祐六年（1258年），宋理宗再次改封汪华为"昭忠广仁显圣英烈王"。

德祐元年（1275年），宋恭宗改封汪华为"昭忠广仁武神英圣王"。

【元朝】

至正元年（1341年），元顺帝册封汪华为"昭忠广仁武烈英显王"。

【明朝】

洪武四年（1371年），明太祖朱元璋册封汪华为"汪公圣主洞渊大帝"。

附录二：历代歌颂汪华的诗词选

（一）

煌煌纶音，光贲我祖。

保据勋高，大启尔宇。

威著款诚，为唐室辅。

持节六州，殁也六舞。

捍患御灾，诸方安诸。

锡封累朝，为百神主。

克开厥后，荐馨笃佑。

白牡骍刚，世酬绳武。

呜呼休哉，于录万古。

——唐玄宗李隆基

（二）

生钟间气，死为直神。

捍灾御患，保国护民。

褒封血食，照耀古今。

椒支繁衍，裕尔后昆。

堂堂庙貌，万载犹存。

——宋徽宗赵佶

（三）

皇皇忠武，

晔如震电。

一倡义旗，

六土攸奠。

草昧之英，

邦家之祯。

有赫庙祀，

绵延万龄。

　　　——宋宁宗赵扩

（四）

威震华夷，

功揭天地。

一代英雄，

千载庙祀。

有像斯存，

凛然生气。

　　　——北宋宰相赵普

（五）

桓桓其武，

英英其气；

振国之才，

无价之器。

敌王所忾，

遂民所利；

威光凌凌，

社稷之寄。

——南宋丞相李纲

（六）

大哉汪王，

庙食百世。

正直聪明，

发强刚毅。

归唐惟忠，

卫社惟义。

英灵在天，

亦职有利。

——南宋思想家教育家朱熹

（七）

功勋赫濯，

泽庇奕疆。

历朝褒赠，

庙食维光。

　　　　——南宋丞相文天祥

（八）

东南英气，

尽于此人。

可死其身，

不死其神。

　　　　——南宋丞相赵汝愚

（九）

越国汪王，

处心忠良。

施伟烈而保障六州，

著名誉而感慕万邦。

既佐唐朝之主，

复助我祖高皇，

宜其缮祀无穷，

以增先后之光。

——明朝辽王朱贵燮

（十）

庭下摩挲勘古碑，

贵王功德自巍巍。

洞中藏马山犹在，

梦里成龙世所稀。

同猎几人谁得鹿，

尽忠一表独知机。

唐家陵寝今何在？

可似王陵耀翠微。

——元朝状元护都答儿

（十一）

闻说真人起晋阳，

六州图籍便归唐。

干戈竟免群生难，

簪笏宜传百世芳。

封诰尚存题越国，

史书全失纪吴王。

丛祠香火千年盛，

知是英雄恋故乡。

——明朝礼部尚书程敏政

（十二）

保障东南有二王，

归唐归宋说钱汪。

独全民命离汤火，

能识天心罢斧戕。

史传略详虽有阙，

湖山祠祀并升香。

两家福报云初盛，

吴越千秋爱不忘。

——清朝文学家张应昌

附录三：唐朝爵位制度和官员品级

凡爵九等：

一曰王，食邑万户，正一品；

二曰嗣王、郡王，食邑五千户，从一品；

三曰国公，食邑三千户，从一品；

四曰开国郡公，食邑二千户，正二品；

五曰开国县公，食邑千五百户，从二品；

六曰开国县侯，食邑千户，从三品；

七曰开国县伯，食邑七百户，正四品上；

八曰开国县子，食邑五百户，正五品上；

九曰开国县男，食邑三百户，从五品上。

详细说明：

皇兄弟、皇子，皆封国为亲王；

皇太子子，为郡王；

亲王之子，承嫡者为嗣王，诸子为郡公，以恩进者封郡王；

袭郡王、嗣王者，封国公。

皇姑为大长公主，正一品；

姊妹为长公主，女为公主，皆视一品；

皇太子女为郡主，从一品；

亲王女为县主，从二品。

徽州魂 大唐越国公汪华传奇 下

凡王、公十五以上，预朝集，宗亲女妇、诸王长女月二参。

内命妇，一品母为正四品郡君，二品母为从四品郡君，三品、四品母为正五品县君。

凡诸王、公主、外戚之家，卜、祝、占、相不入门。

王妃、公主、郡县主媵居有子者，不再嫁。

凡外命妇有六：

王、嗣王、郡王之母、妻为妃，

文武官一品、国公之母、妻为国夫人，

三品以上母、妻为郡夫人，

四品母、妻为郡君，

五品母、妻为县君，

勋官四品有封者母、妻为乡君。

凡外命妇朝参，视夫、子之品。

诸蕃三品以上母、妻授封以制。

流外技术官，不封母、妻。

亲王，孺人二人，视正五品，媵十人，视从六品；

二品，媵八人，视正七品；

国公及三品，媵六人，视从七品；

四品，媵四人，视正八品；

五品，媵三人，视从八品。

凡置媵，上其数，补以告身。

散官三品以上，皆置媵。

凡封户，三丁以上为率，岁租三之一入于朝廷。

食实封者，得真户，分食诸州。